桐庐文史资料第十九辑

桐庐古诗词大集

上册 (全三册)

王樟松　编

浙江工商大学出版社 ZHEJIANG GONGSHANG UNIVERSITY PRESS | 杭州

序 言

王金才

　　桐庐县地处浙江省西北部，钱塘江中游，富春江贯流县境。这里，山明水秀，林壑幽深，溶洞奇绝，史迹众多，有人说，桐庐风光以"奇山异水"取胜；有人说，桐庐风光以"明媚秀丽"称魁，更有人说，桐庐风光以"诗情画意"为魂。

　　桐庐不仅拥有"潇洒"的自然山水禀赋，而且孕育了特色明显的隐逸文化、中药文化和诗词文化。古往今来，桐庐以其天下独绝的山水风光和得天独厚的地理优势吸引了上千文人骚客，谢灵运、李白、杜牧、孟浩然、王维、白居易、孟郊、苏轼、范仲淹、王安石、陆游、司马光、李清照、朱熹、黄公望、纪晓岚、康有为等都曾驻足于此，留下数以万计的描绘桐庐山水风光、风土人情的诗词。唐代诗人韦庄游经此处，不禁感叹："钱塘江尽到桐庐，水碧山清画不如"。诗人杜牧也赋诗赞誉桐庐"有家皆掩映，无处不潺湲"。宋代文豪苏东坡来到桐庐，连连称赞："三吴行尽千山水，犹道桐庐更清美。"尤其是北宋名臣范仲淹在这里一气呵成《潇洒桐庐郡十绝》，用整整十首五言诗来盛赞桐庐因"秀美"而"潇洒"，传为千古佳话。正如清代刘嗣绾《自钱塘至桐庐舟中杂诗》中所云："一折青山一扇屏，一湾碧水一条琴。无声诗与有声画，须在桐庐江上寻。"

　　最新研究发现，桐庐是中国山水诗的发祥地之一，是一座从古诗韵律中走出的山水之城，是文人墨客所追寻的"淡泊名利，山高水长"的精神家园，是一个被诗词浸润的地方，也是在全国县级城市中留下古诗词最多的县。桐庐古诗词始于南北朝，盛之于唐，丰之于宋元，集大成于明清，不仅数量多，而且诗品高。

《毛诗序》曾写道："诗可以'经夫妇，厚人伦，美教化，移风俗'。"千百年来，诗的作用不言而语。因此，历代官方或私家，多有汇诗成集之举。从北宋桐庐县令郑珧编纂的《钓台集》到清末汪光沛的《严陵钓台志》，地方性诗歌总集多达十余种。近年来，桐庐县委县政府十分重视桐庐古诗词的挖掘整理工作，先后编辑出版了《富春山水诗选》《富春江名胜诗集》《富春严陵钓台集》《美丽乡村村景诗集》等诗词（选）集，县政协文史委就古诗词专门编纂了《唐诗桐庐》《桐庐经典古诗词赏析》等文史资料，为研究县域文化打下了坚实的基础。为摸清桐庐古诗词"家底"，擦亮"钱塘江诗路"上"中国诗歌之乡"的"金字招牌"，2017年，县政协决定编纂《桐庐古诗词大集》。编纂工作启动后，文史委王樟松等人不顾年长体弱，昼夜奋战于古籍丛中，查核资料，集思广益，综合前著，去伪存真，历时三年，《桐庐古诗词大集》终成。

桐庐无愧"中国古诗词县级之翘楚"。《桐庐古诗词大集》上逆南北朝，下迄明清。辑录了1900余位诗（词）人的新旧体诗（词）7100余言。虽未网罗殆尽，却也蔚然大观。

"中国古诗词县级之翘楚"在学术界得到公认，在于桐庐古诗词在中国文学史、文化史上的地位，在于它的学术价值和遗产价值，对于宣传桐庐的山水的自然景观和人文风情，传承地域文化之精髓，以诗词为媒介推广桐庐的风光旅游、人文旅游，推动当地经济社会发展，具有十分重要的现实意义。

"潇洒桐庐郡，江山景物妍。"（范仲淹《潇洒桐庐郡十绝》）真诚希望《桐庐古诗词大集》在彰显地方特色文化、丰富"人文桐庐"的同时，尽快从学术层面转化为人文旅游产品，为开创潇洒桐庐转型跨越绿色崛起的新境界添砖加瓦。

是为序。

桐庐处处是新诗（前言）

王樟松

　　始建于三国吴黄武四年（225）的桐庐县，地处富春江中游。其独特的地理位置，造就了闻名天下的富春山水。"风烟俱净，天山共色，从流飘荡，任意东西。自富阳至桐庐一百许里，奇山异水，天下独绝，水皆缥碧，千丈见底。游鱼细石，直视无碍……"南朝梁代文学家吴均第一次途经桐庐，见两岸山的伟岸、石的气势、水的灵韵、林的秀色，构成了一个山水洞天色彩斑斓的景致与诗画般的意境，苦闷一扫而光，马上写信给朋友朱元思，与他共享心中的喜悦。《与朱元思书》道尽了富春江畔桐庐的风光之美，诚如吴均所说，能让"鸢飞戾天者，望峰息心，经纶世务者，窥谷忘返"。

　　唐刘长卿曾被贬为睦州司马，"履新"前曾对富春山水念念不忘，写下了《却归睦州至七里滩下作》：

南归犹谪宦，独上子陵滩。

江树临洲晚，沙禽对水寒。

山开斜照在，石浅乱流难。

惆怅梅花发，年年此地看。

　　北宋张伯玉两到睦州为官，对桐庐山水、风土人情了如指掌。一回，夜宿桐庐江口，但见江水清碧，明月倒映在江面上。清风拂来，诗兴大发，吟道：

桐庐江水碧，百丈见游鱼。

元是新安水，流从下濑初。

清风寒到底，明月静涵虚。

尘土谁难濯，人心自不知。

元代有个叫李桓的诗人，曾官江浙儒学提举。由于"工作"原因，他一生几到富春江。面对一尘不染、清翠碧绿的江水，他直接提出，天下好的山水，从古到今，最受推崇的应该就是富春江：

天下佳山水，古今推富春。

我行三度至，风景数番新。

净碧迎窗入，空青拂面匀。

斑斓工点缀，瘦石自嶙峋。

明末清初文学家、戏剧家李渔，自幼随父母小住桐庐。长大后，求学、赶考、谋生，无数次羁旅桐庐，对这里的一山一水、一草一木了如指掌，每到每新，流连忘返：

景到严陵自不凡，幽清如画始开函。

好山我欲迟迟过，卸却云中半幅帆。

一

桐庐是"中国山水诗的发祥地之一""中国古诗词县级之翘楚"。

早在黄帝时期，桐君老人就在桐庐邑东桐君山上，结庐桐下，采药治病。正如孙纲的《桐君》诗云：

> 以桐为姓以庐名，世世代代是隐君。
>
> 夺得一江风月处，至今不许别人分。

到了东汉，严子陵辞贵而返，独钓寒江。钓出了绝意遁世的旷逸风姿，一身风骨，成为高风亮节的一个标杆。从此，施肩吾、徐凝、方干、严侣、江端友、李康、徐舫、臧槐等一个个出身本土的读书人索性远离考场官场，最终都选择了归隐故里，笑傲林泉。范蠡、许迈、郭文、戴颙、罗甫、贯休、吕本中、黄裳、黄公望、杨维桢、朱翌、刘伯温等一大批文人雅士因爱桐庐的自然风光和深厚的隐逸文化，或短时的寓居，或长期的隐居，超脱世俗、结志养性。这些人不仅留下了一个个动人传说，也留下了大量的诗词。这些诗词不仅歌咏了富春山水的美景，表达了诗人悠游林泉的隐逸情结，也丰富了中国传统人文精神的品质。他们的逸事、诗文与优美的自然景观有机结合，使得桐江流域隐逸之风源远流长，长盛不衰。

山水诗的开山鼻祖谢灵运是最早游历富春江的诗人，也是最早描写富春山水的诗人。他来桐庐，写下了《初往新安至桐庐口》《富春渚》《七里濑》《夜发石关亭》等诗，对富春山七里泷一带的山水风光有着较为出色的描写。到了唐代，洪子舆、孟浩然、李白、白居易、杜牧、刘长卿、许浑等90多名诗人来过桐庐写有桐庐诗。唐以降，范仲淹、杨万里、范成大、陆游、袁枚、纪昀、查慎行……先后有1900余位诗人曾经到过桐庐。这些文人才子无不倾倒在富春江的一湾碧水间，留下7000余首吟咏桐庐山水、人文古迹的诗词名篇。他们在富春江畔纵情地挥洒笔墨，抒写内心的情感。陆游在《渔浦》一诗中写道：

> 桐庐处处是新诗，渔浦江山天下稀。
>
> 安得移家长住此，随潮入县伴潮归。

中国是诗的国度，桐庐是诗的渊薮。2015年6月，浙江省诗词与楹联学会授予桐庐"唐诗西路"称号。同年10月，新华网发表了周保尔的署名文章：《桐庐，全国县级城市中留下古诗词最多的县》。文章提出，桐庐不仅拥有"潇洒"的自然山水禀赋，而且来过桐庐的著名诗人多、留下的诗词佳作多、桐庐本地籍的诗人多。如此"三多"，足以使桐庐雄居"中国诗词县级之冠"。《今日中国》等媒体相继转载了这条振奋人心的发现。杭州图书馆、浙江及桐庐县诗词楹联学会的文史专家共同对中国县域古诗词做了专题研究，统计表明，到过桐庐的古代诗人留下的诗词数量，超过了以前有机构曾公布的全国留下古诗词排名最多的其他任何一个古代城市，而独占鳌头。唐代著名诗人几乎都到过桐庐，写过富春江山水诗。"李太白全集"中直接或间接写桐庐的有12首之多，其中的《古风》《酬崔侍御》，以及白居易的《宿桐庐馆同崔存度醉后作》《凭李睦州访徐凝山人》都是桐庐诗中的名作。北宋范仲淹更是一气呵成，写下了千古名篇《潇洒桐庐郡十绝》，为桐庐立下了千年的城市品牌。

二

在晚唐名家辈出，名作如林的诗坛上，睦州相继出现了一批土生土长的有一定知名度的诗人，南宋谢翱的朋友翁衡将其命名为"睦州诗派"："惟新定自元和至咸通间，以诗名凡十人，视他郡为最。施处士肩吾、方先生干、李建州频、喻校书凫，世并有集。翁征君洮，有集，藏于家。章协律八元、徐处士凝、周生朴、喻生坦之，并有诗，见唐《间气》及《文苑》诸书。皇甫推官以文章受业韩门。翱客睦，与学为诗者，推唐人以至魏汉，或解或否，无以答。友人翁衡取十先生编为集，名曰睦州诗派。"从这段话可知，翁衡所说的"睦州诗派"包括施肩吾、方干、李频、翁洮、章八元、徐凝、周朴、喻凫、喻坦之、皇甫湜等十位睦州诗人，其中方干、喻凫、施肩吾、章八元、徐凝、周朴、喻坦之、皇甫湜等八位是桐庐人。其实睦州诗派桐庐的参与者还有严维、章孝标、章碣、皇甫松、罗万象、陈毅、崔涂、罗甫、何希尧、章鲁封等，组成了一个颇具地域色彩的诗人群体，形成了桐庐现象。

清康熙四十五年（1706）修纂成的《全唐诗》总计900卷，有诗48900余首，作者2200余人，其中桐庐籍诗人有18位，占0.82%。收录他们的诗词1067首，占2.18%。也就是说近1%的桐庐诗人写了2%强的《全唐诗》作品。其中被收录300首诗词以上的作者仅37人，桐庐籍诗人方干为其中之一，名列第25位，可见其诗作之多，诗品之高，诗名之大。《唐才子传》收入共278名著名诗人，桐庐籍诗人11人，占4%。他们是施肩吾、方干、章八元、徐凝、周朴、喻凫、严维、章孝标、章碣、崔涂、何希尧等。施肩吾不仅诗名高，而且是开发澎湖列岛的第一人。我们可能不知道徐凝是谁，但对"天下三分明月夜，二分无赖是扬州"的诗句一定不陌生。更为奇特的是，章八元、章孝标、章碣祖孙三代，桐庐坊间俗称"三章"。他们既入《全唐诗》又入《唐才子传》，既收录诗作又列传，足见"三章"在唐代诗坛的分量和影响力，这恐怕在全中国也是绝无仅有的。

乾隆《桐庐县志》、光绪《分水县志》载，自唐至清，桐庐先后有164部诗集问世，近30部诗集收入《四库全书》。旧县街道在清末民初有"富春江上第一园"——肖园。主人爱诗，常召集县内外诗人集会肖园，对酒当歌，切磋诗艺，留有《肖园诗集》。

之所以桐庐"盛产"诗人，造访桐庐的诗人也如此之多，又留下大量的脍炙人口的诗词佳作，主要原因有五：

一是"天下独绝"的自然风光。"钱塘江尽到桐庐，水碧山青画不如。"（韦庄《桐庐县作》）桐庐处于中国著名山水风景带，境内群峦叠嶂，溪流纵横，两岸胜迹遍布。境内的"奇山异水"早就通过谢灵运、吴均等人的诗文闻名遐迩，为诗人启发文思提供了"江山之助"，也为本土诗人成长提供了土壤。

二是独一无二的人文景观。"物色旁求至汉庭，一宵同寝见交情。先生不入云台像，赢得桐江万古名。"（方干《题严子陵祠》）桐庐历代名人辈出，山川人物，交相辉映。桐君、严子陵两位著名隐士是我国古代文人的精神偶像，严子陵钓台更是古代失意文人的精神家园，诗人在拜谒严子陵钓台的同时，留下名篇佳作也在情理之中了。因前往拜谒的人络绎不绝，严子陵钓台往往成为歌台、赛诗台。

三是相对稳定的生活环境。安史之乱后，北方地区生灵涂炭，"两京蹂于胡骑，士君子多以家渡江东"（《旧唐书·权德舆传》），江东就是现在的长江以东地区，较为富足。五代十国，钱镠采取保境安民的政策，桐庐所在的吴越地区经济繁荣。历朝统治阶层相对注重吸纳寒门士子入仕，这使得读书风气在全国范围内迅速活跃起来，特别是自武则天以后，又以诗赋取士的科举制度逐渐走向完善，在这样的社会环境下往往会诞生、涌现出大批天赋极高、成就斐然的杰出诗人。

四是得天独厚的师承基础。以中晚唐为例：严维、皎然、贯休隐桐庐，刘长卿、杜牧、许浑客睦州，白居易、姚合寓杭州，戴叔伦、独孤及、权德舆等一大批诗人或游宦，或出使，或侨居，汇集于富春江畔，形成了长安、洛阳以外另一个诗坛中心。他们集会宴东，悠游往还，写下了许多脍炙人口的诗篇。如大历前期鲍防为官浙东时，与严维、吕渭等30多人联唱，结为《大历浙东联唱集》。桐庐诗人章八元身处"浙东联唱"之中；徐凝师从严维；皇甫湜受"湖州诗会"的顾况、孟郊熏染；徐凝见到方干，"器之，授以格律"，桐庐诗人或向前辈拜师学艺、交流唱和，或诗人群间相互学习，在创作上或多或少得到了前辈的指点、教诲，前辈们为桐庐诗人以其不同的方式追随当时的主流诗风起到了重要作用。

五是惊人相似的人生经历。贬谪是中国封建社会特有的一种文化现象。杜牧、白居易、刘长卿、范仲淹、苏东坡等，他们一个个一袭青衫，两袖清风，带着失意远离京城。他们大多是饱学之士，贬去的是官职，贬不去的是才思。诗家不幸桐庐幸。他们远离了繁杂的政务、党争的旋涡，与青山绿水为伍、诗词歌赋作伴，虽命运坎坷，却多了一份清闲，"爱此多诗兴，归来步步吟"（戎昱《题严氏竹亭》）。

三

纵观桐庐古诗词的发展历程，章利成在《富春江诗歌研究》一文中把它分为初始发轫、繁盛昌盛、持续发展三个阶段。

南北朝为桐庐诗歌的初始发轫期。这一时期社会动荡，政治斗争激烈，朝代更替频繁。诗人往往随着政权的更替被迫远离政治中心。富春江作为重要的交通要道，留下了诗人奔波的身影。包括谢灵运、沈约、任昉在内的诗人，他们游历富春江，以桐庐山水为题材，创作了有关桐庐的诗歌。尽管数量不多，却开启了我国山水诗的先河。

到了唐代，来桐庐游历富春江，拜谒严子陵的诗人更是摩肩接踵。大诗人李白来了，他载酒扬帆，击节高歌，登钓台，进祠堂，发出"永愿坐此石，长垂严陵钓"的感叹。"风流天下闻"的孟浩然"移舟泊烟渚"地来了，他不累，"挥手弄潺湲，从兹洗尘虑"。接着，王维、崔颢、孟郊、张籍、白居易、张祜、李频、陆龟蒙、罗隐、吴融、杜荀鹤、王贞白、皎然、贯休、范仲淹、苏东坡、陆游……都来了。唐宋有520多位诗人荟萃于桐庐，或壮游、隐逸，或宦游、考察，或避乱、神游，触景生情，兴至所致，为桐庐写了1400多首脍炙人口的诗篇。这仅仅是本书在浩瀚的桐庐古诗词中收集的冰山一角。唐宋，桐庐诗歌迎来了繁盛昌盛时期。

应当肯定，元明清是桐庐诗歌的持续发展时期。元清两代，受"夷狄华夏"的儒家观念的影响，许多士大夫选择宁愿做旧朝的遗民，也不愿与新政权合作。在元初和清初，富春江畔浓厚的隐逸氛围和深厚的隐逸文化吸引了一大批具有强烈民族意识的遗民的到来，这给富春江诗歌的发展带来了新的契机。他们把富春江的隐逸文化演绎到了极致。宋末爱国志士福建人谢翱、浦阳人方凤、桐庐人严侣和永康人吴思齐等，个个都绝意仕途，归隐富春江畔，深慕子陵之风，与气节之士交游唱和，结社钓台，成立"汐社"，写下了大量爱国诗篇。被谢学正夸赞"十年太守桐江郡，万首新诗陆放翁"的方回，在严州十二年，深受富春山水与当地隐逸文化的影响，创作了万余首诗歌。同时，李康、李恭、姚夔、孙潼发、魏新之、姚建和、袁昶、罗灿麟、臧槐等一大批本土诗人再一次崛起，续写了桐庐诗词的辉煌。臧槐在设馆课徒之余，一生写下了3400多首古今体诗。

四

现存的桐庐古诗词大致可以分山水田园诗、咏史怀古诗、送别酬赠诗、民风民俗诗等四大类。

其一，桐庐古诗词是一部山水田园诗的总成。从刘勰的"江山之助"到钟嵘的"气之动物，物之感人，故摇荡性情，形诸舞咏"，古人早已认识到环境对于文学的意义。富春江一头连着有"归来不看岳"之称的黄山，一头连着素有"人间天堂"美誉的西湖。它与新安江、千岛湖一起组成的"两江一湖"风景区成为浙江黄金旅游线路。沿途千岩竞秀，万壑争流，茂林修竹，清溪浅滩，竹筏木舟，古寺道观，村野牧歌，目不暇接。但凡到过富春江的文人墨客都会惊讶于这一方山水的清绝。如沈约有"千仞写乔树，百丈见游鳞"之感慨，范仲淹有"潇洒桐庐郡，清潭百丈余"之写照，苏东坡有"三吴行尽千山水，犹道桐庐景情美"之赞誉，刘嗣绾有"无声诗与有声画，须在桐庐江上寻"之赞美，纪晓岚有"斜阳流水推篷坐，翠色随人欲上船"之惊叹。行舟于这样的山水之间，本就是一种享受。

散落在桐庐的乡村，像富春江、分水江两条彩带上的一颗颗珍珠，剔透玲珑，风光旖旎。吴建清、申屠丹荣、李龙主编的《美丽桐庐村景诗集》，从全县84个姓氏的宗谱中收集到古诗词1551首（阙），基本上为描写当地八景或十景的诗作。如清方曰连的《双溪流月》（富春芦茨八景之一）诗云：

> 玉楼桥东处士涯，劈分流水护晴沙。
> 几番清赏开宵景，一片明辉漾月华。
> 波朗未输河引练，藻舒还讶桂分花。
> 坐堤最喜逢良夜，不帐云多影暗遮。

其二，桐庐古诗词是一部咏史怀古的史诗。严子陵作为范蠡之后江浙地区最著名的隐士，他的到来，又为富春山水增添了丰富的文化内涵。严子陵的隐逸精神与富春山水相得益彰。钓台风光秀丽、交通便捷，但凡途经富春江或生于斯长于斯的诗人，都好吟咏子陵的高风亮节以及富春山水的钟灵毓秀。因此，对钓台的歌咏占据了桐庐古诗词的大半，最能反映出富春江诗歌的特质。如洪子舆的《严陵祠》、施肩吾的《题钓台兰若》、张继的《题严子陵钓台》、杨万里的《读严子陵传》、李白的《古风》、李频的《题钓台障子》、方干的《严子陵祠两首》、司马光的《子陵钓台》、王安石的《钓台》、苏轼的《过钓台》、李清照的《夜发严滩》等。严子陵相较于其他隐者，他更是一个狂奴、客星。在宋代，严子陵得到了极大的推崇，"功名分付云台士，愿学先生事隐沦"（王十朋《三游钓台》），"同学书生已冕旒，未将换与一羊裘。子云到老不晓事，不信人间有许由"（杨万里《题钓台》）。

其三，桐庐古诗词是一部送别酬赠人文书。送别诗是古人迎来送往，表达人情世故的重要组成部分。大历年间，越州诗人鲍防、严维等发起的浙东唱；湖州诗人颜真卿、皎然等组织的浙西湖州联唱；宋末元初，浦江吴潜斋设月泉吟社，以《春日田园杂兴》为题组织"诗歌大赛"，桐庐有10多人"获奖"，在诗坛上影响巨大。

随着文化中心逐渐南移，文人之间的交往频繁，酬赠诗的数量自然丰富。这些酬赠诗有同乡之间的酬赠，如方干的《送弟子伍秀才赴举》、严维的《酬刘员外见寄》、徐凝的《回施前辈见寄》等，有同僚之间的酬赠唱和，如白居易的《宿桐庐馆同崔存度醉后作》、杜牧的《夜泊桐庐寄苏台卢郎中》、许浑的《酬邢杜二员外》。范仲淹则有《和章岷推官同登承天寺竹阁》《和葛闳寺丞接花歌》等。也有方外之士与当地士大夫文人间的交游唱和，如僧贯休、齐己、尚颜、虚中、可朋等都曾有诗寄方干，而方干也有诗《与乡人鉴休上人别》等。在所有的酬赠诗当中又数送别诗最为发达。或是送人到富春江一带，如郎士元的《送奚贾归吴》、张籍的《送施肩吾东归》、雍陶的《送徐山人归睦州旧隐》、孟郊的《送无怀道士游富春山水》等，或是在富春江上送人远行，如刘长卿的《严陵钓台送李康成赴江东》、马异的《送皇甫湜赴举》、许浑的《送客归兰溪》等。

其四，桐庐古诗词是一部民风民俗的活字典。十里不同风，百里不同俗。桐庐的许多风俗随着时间的推移、人口的迁徙、生态环境的变化、劳动和生活方式的进化，当地的风土人情有的已经消失。但我们可以从古诗词中找到它的踪影。如范仲淹的《潇洒桐庐郡十绝》，首句皆以"潇洒桐庐郡"开头，写出了桐庐郡清逝静谧的生活环境："全家长道情""家家竹隐泉""春山半是茶"。以及当地人悠闲快乐的生活姿态："不闻歌舞事，绕舍石泉声。""相呼采莲去，笑上木兰舟。"再如陆游的《秋郊有怀四首》，描绘了一幅秋天庄稼生机勃勃之景，"漫漫荞麦花，如雪覆平野。离离豆子荚，数枝忽堪把"。遍地的荞麦和豆荚，让这忧国忧民的老诗人倍感欣慰。而杨万里的《舟过桐庐三首》写的是诗人早晨舟泊桐庐时看到的景象，有"稚子挑窗出，舟人买菜还"的忙碌，也有"近县人人喜，来船岸岸移"的喜悦，人物形象鲜明，真实地反映了当时当地人的生活姿态。贯休的《桐江闲居作十二首》则记录下了他在桐庐时的闲居生活。"等闲眠片石，不觉到斜阳""红黍饭溪苔，清吟茗数杯"，正是他闲适生活的写照。贯休在桐江的岁月是清静的，不受外人的打扰，所以会有"还如山里日，门更绝人敲"的感慨。

一方水土，一方风情。臧槐幽居麂坞，和本村的野老很熟。其《樵父词》《农父词》《牧父词》就是本村人的劳作和生活的真实写照，把最底层的乡民和生活描绘得惟妙惟肖。如：《樵父词》中"晓集伙伴入山去，何处薪多何去行。归来恰值斜阳落，此唱彼和歌声清"；《农父词》中"负来晨耕稻垅烟，披蓑夜卧茅檐月"；《牧父词》中"午时牵系绿阴中，归来又趁夕阳早"，"起视昨日牛栏牛，奋耳掉尾嚼干草"。臧槐在诗中详尽地描绘了当地春节、元宵、寒食、中秋、重阳等节令的民风民俗、婚丧嫁娶风俗习惯。如："高塚累累挂纸钱，子孙来扫墓门烟。一壶浊酒三牲食，春到清明鬼过年。"（《清明踏词歌》）这首诗很好地描写了当时分水一带清明祭祖的情景：墓前要摆三牲三素，要挂纸烧钱敬酒，以祭祀亡灵。

桐庐古诗词不论是山水田园诗、咏史怀古诗，还是送别酬赠诗、民风民俗诗，"整体上诗风雅淡，反映出上层士大夫亲近自然、淡泊名利的精神面貌，是中国高雅文学的重要组成部分"（章利成《富春江诗歌研究》）。

五

浩繁的桐庐古诗词，早已引起古人的关注。章利成先生通过对富春江诗歌的研究认为，早在北宋元祐八年（1093），桐庐县令郑琪就开始收集当地的诗歌，并把它编辑出版，名为《钓台集》。此后，到清末汪光沛编辑《严陵钓台志》，此类地方性总集多达十余种。层出不穷的诗歌选集表明桐庐古诗词一直以来为仁人志士所关注。

南宋绍兴年间，董弅于编有《严陵集》九卷。所收诗文，上自谢灵运，下至南宋之初；继董弅之后的开禧年间，舒城、王霁又编了《钓台新集》；嘉定年间，郡守谢德舆又续编有《钓台续集》。郑琡的《钓台集》、王霁的《钓台新集》、谢德舆的《钓台续集》，这三者，是后者在前者的基础上不断补充完成的。

至明，"严陵钓台集"更为繁多，其编纂始于弘治中严州府推官龚弘。今《四库全书总目提要》录有万历四年（1576）陈文焕编的《钓台集》六卷和万历十四年（1586）杨束编的《钓台集》二卷。另外，还有弘治年间邝才编的《钓台集》十卷，正德年间童琥编的《钓台拾遗》和嘉靖十四年（1535）吴希孟编的《钓台集》八卷。

邝本《钓台集》十卷刊行之后，新安程敏政受提学宪副郑君廷纲、太守李君叔恢之托，在邝本的基础之上，重新刊定，加入新旧记文铭赞诗辞六十余篇。程敏政之后，正德年间童琥编有《钓台拾遗》四卷。随后的嘉靖年间又出现了吴希孟等编的《钓台集》八卷。

清代是地方性诗歌总集编撰的繁荣时期，和前两代相比，清人编的"严陵钓台集"的规模较前代庞大许多。《桐江钓台集》十二卷收录钓台诗848首，词27阙，上自南北朝，下迄清朝，为《钓台集》中收集诗词最多之版本。汪光沛所编《严陵钓台志》八卷，收录六朝至清代诗文词。

章利成先生的《富春江诗歌研究》认为，从北宋到清末，"严陵钓台集"主要有12种：（见下表）

书　　名	出版年代	编集者
《钓台集》	北宋元祐八年（1093）	郑琡
《严陵集》	南宋绍兴九年（1139）	董弅
《钓台新集》	南宋开禧年间	舒城、王蒡
《钓台续集》	南宋嘉定年间	谢德舆
《钓台集》十卷	明弘治年间	邝才
《钓台集》	明弘治年间	程敏政
《钓台拾遗》	明正德年间	童琥
《钓台集》八卷	明嘉靖十四年（1535）	吴希孟、霍韬
《钓台集》六卷	明万历四年（1576）	陈文焕、刘伯潮
《钓台集》二卷	明万历十四年（1586）	杨束
《桐江钓台集》	清光绪年间	严懋功
《严陵钓台志》	清末民初	汪光沛

虽然"钓台集"的版本众多，但它们内在有着连贯性、继承性，大多是在已有集子的基础上进行删补修订而成。从编者的身份来看，他们基本为当地的官员，如：郑琡，北宋元祐年间桐庐知县；董弅，南宋绍兴年间严州知州；谢德舆，南宋嘉定年间严州知州；邝才，明成化二十年（1484）严州同知；吴希孟，明嘉靖年间桐庐县令；刘伯潮，明万历四年（1576）严州教谕；陈文焕，明万历年间严州知府；杨束，明万历八年（1580）桐庐知县。

近年来，政府在富春江诗歌的整理方面持续发力。从20世纪80年代开始，桐庐县委宣传部的申屠丹荣先生等先后编辑出版了《潇洒桐庐》《富春山水诗选》《富春江名胜诗集》《富春严陵钓台集》，王樟松、皇甫汉昌编著的《唐诗桐庐》，李龙的《方干诗集》等诗歌选集。其中《富春江名胜诗集》收集了自南北朝至清代共1003位诗人吟咏富春山水、人物、古迹的诗词2072首。2008年，政协建德市委员会先后编纂出版了《严州诗词》两册，共收集诗人796人，诗词2501首，其中诗2407首，词94阙。2018年，方韦又主编出版了《严州诗统鉴》三卷，收录了自南北朝至清代共1700多位诗人吟咏富春山水、人物、古迹的古诗4800多首，可谓洋洋大观。此外，还有朱睦卿的《严州——七里泷山水旅游诗选》、方韦的《李频诗集编年笺注》、余巨平的《历代诗人咏严子陵》、王顺庆的《汾阳诗稿选赏》、吴建清等的《美丽乡村村景诗集》、王樟松点校的《绿阴山房诗稿》《肖园诗集》等由个人选编的作品集。这些作品集的选编为后人的进一步研究提供了许多便利。

三年前，提出桐庐县"中国诗词县级之冠"，曾一石激起千层浪。桐庐现存到底有多少古诗词？说2000多首的有之，说3000多首的也有之，莫衷一是。那时，我正集中精力编写《唐诗桐庐》，收集了许多有关桐庐唐诗的"副产品"。几经斟酌，我斗胆向县政协领导提出编纂《桐庐古诗词大集》的构想。"文籍日兴，散无统纪，于是总集作焉。"（《四库全书总目提要》总集类序）要创建中国诗歌之乡，打造桐庐文化的诗词品牌，必须"摸清家底"。尽管当时有人以为，桐庐现存的诗词如此良莠不齐，大张旗鼓地编纂《大集》，根本没有必要。而我执拗地赞同《四库全书总目提要》总集类序的概括："网罗放佚，使零章残什，竝有所归。"把原本散落于各种书籍资料的诗词汇总，为今后桐庐，包括富春江流域古诗词文学研究提供基础资料。即便是狗尾续貂，做一个文化工作者，也算为家乡的文学研究尽一份绵薄之力。

凡　例

一、本《桐庐古诗词大集》（以下简称"本《集》"）共收录了自魏晋南北朝至清末1900多位诗（词）人有关桐庐山水、人文的诗词7400余首（阕），其中诗7251首、词149阕，编为上、中、下三册。

二、本《集》分诗和词两部分编纂。每一部分则按朝代划分篇章；诗（词）人生活跨两个朝代的，以其取得功名、仕途、主要作品创作时间和质量，综合考量后，酌情划入不同的朝代。

三、诗词编纂顺序：先介绍诗（词）人小传，再录入其作品。

四、本《集》收录的诗（词），大致以诗（词）人生年先后为序；生年无考的，则大致按同年代的诗（词）人在世先后为序；同年代的诗（词）人也无考的，一般列于该朝代末尾。

五、少量诗（词）由于史上辗转抄摘，作者存有多说，诗句存在差异，辑录时在该诗作后加注以说明。对底本中的缺字或模糊不能辨认的字，本《集》以"□"表示。

六、本《集》使用简体字。在可能产生歧义时，酌用繁体字和异体字。

七、为了便于读者对诗（词）人作品的查询，本《集》附有"诗（词）作者目录"。

目 录（上册）

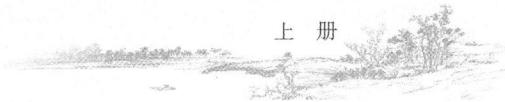

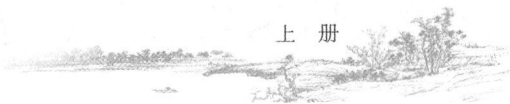

诗部分
魏晋南北朝

○谢灵运 4 首

谢灵运（385—433），小名客儿，南朝陈郡阳夏（今河南太康）人。为晋车骑将军谢玄之孙，晋时袭封康乐公，后被降至康乐侯，故世称"谢康乐"，历官太尉参军、太子左卫率、永嘉太守。被称为"山水诗鼻祖"。有《谢康乐集》。

富春渚

宵济渔浦潭，旦及富春郭。定山缅云雾，赤亭无淹薄。溯流触惊急，临圻阻参错。亮乏伯昏分，险过吕梁壑。洊至宜便习，兼山贵止托。平生协幽期，沦踬困微弱。久露干禄请，始果远游诺。宿心渐申写，万事俱零落。怀抱既昭旷，外物徒龙蠖。

七里濑

羁心积秋晨，晨积展游眺。孤客伤逝湍，徒旅苦奔峭。石浅水潺湲，日落山照曜。荒林纷沃若，哀禽相叫啸。遭物悼迁斥，存期得要妙。既秉上皇心，岂屑末代诮。目睹严子濑，想属任公钓。谁谓古今殊，异代可同调。

初往新安至桐庐口

绤绤虽凄其，授衣尚未至。感节良已深，怀古亦云思。不有千里棹，孰申百代意。远协尚子心，遥得许生计。既及冷风善，又即秋水驶。江山共开旷，云日相照媚。景夕群物清，对玩咸可喜。

夜发石关亭

随山逾千里，浮溪将十夕。鸟归息舟楫，星阑命行役。亭亭晓月映，
泠泠朝露滴。

注: 石关亭，《一统志》载: 浙江"桐庐县东北二十里有石关。入关步许，曲折而东，
忽旷然空明"。

○戴颙 1 首

戴颙（377—441），字仲若，谯郡銍县（今安徽濉溪）人。"永嘉之乱"后，
与兄戴勃（字伯安）随父南迁至会稽剡县（今浙江嵊州）。据《桐江戴氏宗谱》载:
刘宋时，戴颙游历至富春江后，兄弟俩"率家徙居（桐庐，编者注）邑东之九田湾"。
为了纪念戴颙，桐庐将其隐居过的九田湾（今桐君街道脉地坞）村后靠山，命名为戴山。
明万历三十年（1602）知县杨东再度重修桐君祠，并在祠内增加戴颙塑像配享祭祀。
戴颙勤奋博学，多才多艺，名高当时。《宋书·隐逸》载: "颙及兄勃并受琴于父，
父没，所传之声不忍复奏，各造新弄，勃五部，颙十五部。颙又制长弄一部，并传于世。"

九田湾

下马引方竹，缓步穿黄冈。一经入松桧，时闻风送香。洞天深锁处，
清猿山昼长。大地几荒落，野马奔尘光。仙人碧双幢，我坐珊瑚床。
散发吹参差，白云生紫房。便欲谢人世，乘云归帝乡。

○沈约 1 首

沈约（441—513），字休文，吴兴武康（今浙江德清）人，仕宋、齐、梁三朝。
历官记室参军、尚书度支郎、著作郎、尚书左丞、骠骑司马将军、宁朔将军、东阳太守，
封建昌县侯，官至尚书左仆射，后迁尚书令，领太子少傅。撰《晋书》《宋书》等。

严陵濑

眷言访舟客，兹川信可珍。洞彻随清浅，皎镜无冬春。千仞写乔树，
百丈见游鳞。沧浪有时浊，清济涸无津。岂若乘斯去，俯映石磷磷。

纷吾隔嚣滓，宁假濯衣巾。愿以潺湲水，沾君缨上尘。

注：此诗题一作《新安江至清浅深见底贻京邑同游诗》。

○任昉 2 首

任昉（460—508），字彦升，乐安博昌（今山东博兴）人，历官太常博士、征北参军、司徒右长史、新安太守等职。任新安太守间，曾在分水（今桐庐县分水镇天英村）兴建长林堰，为浙江省现存最早的水利工程。著有《任昉集》《杂传》《述异记》等。

严陵濑

群峰此峻极，参差百重嶂。清浅既涟漪，激石复奔壮。神物徒有造，终然莫能状。

赠郭桐庐出溪口见候余既未至郭仍进村维舟久之郭生方至

朝发富春渚，蓄意忍相思。逐令行春返，冠盖溢川坻。望久方来萃，悲欢不自持。沧江路穷此，湍险方自兹。叠嶂易成响，重以夜猿悲。客心幸自弭，中道遇心期。亲好自斯绝，孤游从此辞。

○王筠 1 首

王筠（481—549），字元礼，一字德柔，临沂（今山东省）人。官至太子詹事。

东阳还经严陵濑赠萧大夫

子陵徇高尚，超然独长往。钓石宛如新，故态依可想。

唐　朝

○洪子舆 1 首

洪子舆，常州（今江苏省）人，唐睿宗时官侍御史。

严陵祠

汉主召子陵，归宿洛阳殿。客星今安在，隐迹犹可见。
水石空潺湲，松篁尚葱蒨。岸深翠阴合，川回白云遍。
幽径滋芜没，荒祠幂霜霰。垂钓想遗芳，掇蕨羞野荐。
高风激终古，语理忘荣贱。方验道可尊，山林情不变。

○孟浩然 2 首

孟浩然（689—740），唐诗人。名浩，字浩然，襄州襄阳（今湖北襄樊市襄樊区）人。唐开元二十五年（737），张九龄为荆州长史，将其招致幕府，辟为从事。有《孟浩然集》。

宿桐庐江寄广陵旧游

山暝听猿愁，沧江急夜流。风鸣两岸叶，月照一孤舟。
建德非吾土，维扬忆旧游。还将两行泪，遥寄海西头。

经七里滩

予奉垂堂诫，千金非所轻。为多山水乐，频作泛舟行。五岳追尚子，
三湘吊屈平。湖经洞庭阔，江入新安清。复闻严陵濑，乃在兹湍路。
叠障数百里，沿洄非一趣。彩翠相氛氲，别流乱奔注。钓矶平可坐，

苔磴滑难步。猿饮石下潭，鸟还日边树。观奇恨来晚，倚棹惜将暮。
挥手弄潺湲，从兹洗尘虑。

○崔曙 1 首

崔曙（？—739），一作署，宋州宋城县（今河南商丘）人，唐朝状元、诗人。曾为河南尉。

登水门楼，见亡友张贞期题望黄河诗，因以感兴

吾友东南美，昔闻登此楼。人随川上逝，书向壁中留。
严子好真隐，谢公耽远游。清风初作颂，暇日复销忧。
时与文字古，迹将山水幽。已孤苍生望，空见黄河流。
流落年将晚，悲凉物已秋。天高不可问，掩泣赴行舟。

○孙逖 1 首

孙逖（696—761），博州武水（今山东聊城）人。历官左拾遗、考功员外郎、中书舍人、刑部侍郎、太子詹事等职。

夜宿浙江

扁舟夜入江潭泊，露白风高气萧索。富春渚上潮未还，天姥岑边月初落。
烟水茫茫多苦辛，更闻江上越人吟。洛阳城阙何时见，西北浮云朝暝深。

○王维 2 首

王维（701？—761），字摩诘，先世为太原祁（今山西祁县）人。唐开元九年（721）进士第一，调太乐丞。坐累为济州司仓参军，历右拾遗、监察御史、左补阙、库部郎中、吏部郎中。天宝末，为给事中。责授太子中允，迁中庶子、中书舍人。复拜给事中，转尚书右丞。辛，赠秘书监。有《王右丞集》。

赠吴官

长安客舍热如煮，无过茗糜难御暑。空摇白团其谛苦，欲向缥囊还归旅。

江乡鲭鲊不寄来，秦人汤饼那堪许。不如侬家任挑达，草屩捞虾富春渚。

送李判官赴江东

闻道皇华使，方随皂盖臣。封章通左语，冠冕化文身。
树色分扬子，潮声满富春。遥知辨璧吏，恩到泣珠人。

○李白 8 首

李白（701—762），字太白，号青莲居士。祖籍陇西成纪（今甘肃静宁西南），
先世于隋末流徙西域，李白即生于中亚碎叶（今吉尔吉斯斯坦北部托克马克附近，
唐时属安西都护府管辖）。幼时随父迁居绵州昌隆（今四川江油）青莲乡。唐天宝
元年（742）被召至长安，曾供奉翰林。晚年漂泊东南一带，依当涂县令李阳冰，不
久即病卒。有《李太白集》。

古　风

松柏本孤直，难为桃李颜。昭昭严子陵，垂钓沧波间。身将客星隐，
心与浮云闲。长揖万乘君，还归富春山。清风洒六合，邈然不可攀。
使我长叹息，冥栖岩石间。

酬崔侍御

严陵不从万乘游，归卧空山钓碧流。自是客星辞帝座，元非太白醉扬州。

翰林读书言怀呈集贤诸学士

晨趋紫禁中，夕待金门诏。观书散遗帙，探古穷至妙。片言苟会心，
掩卷忽而笑。青蝇易相点，《白雪》难同调。本是疏散人，屡贻褊促诮。
云天属清朗，林壑忆游眺。或时清风来，闲倚栏下啸。严光桐庐溪，
谢客临海峤。功成谢人间，从此一投钓。

箜篌谣

攀天莫登龙，走山莫骑虎。贵贱结交心不移，唯有严陵及光武。
周公称大圣，管蔡宁相容。汉谣一斗粟，不与淮南春。兄弟尚路人，
吾心安所从。他人方寸间，山海几千重。轻言托朋友，对面九嶷峰。
开花必早落，桃李不如松。管鲍久已死，何人继其踪。

独酌清溪江石上，寄权昭夷

我携一樽酒，独上江祖石。自从天地开，更长几千尺。举杯向天笑，
天回日西照。永赖坐此石，长垂严陵钓。寄谢山中人，可与尔同调。

送岑征君归鸣皋山

岑公相门子，雅望归安石。奕世皆夔龙，中台竟三拆。至人达机兆，
高揖九州伯。奈何天地间，而作隐沦客。贵道能全真，潜辉卧幽邻。
探元入窅默，观化游无垠。光武有天下，严陵为故人。虽登洛阳殿，
不屈巢由身。余亦谢明主，今称偃蹇臣。登高览万古，思与广成邻。
蹈海宁受赏，还山非问津。西来一摇扇，共拂元规尘。

答王十二寒夜独酌有怀

昨夜吴中雪，子猷佳兴发。万里浮云卷碧山，青天中道流孤月。孤月
沧浪河汉清，北斗错落长庚明。怀余对酒夜霜白，玉床金井冰峥嵘。
人生飘忽百年内，且须酣畅万古情。君不能狸膏金距学斗鸡，坐令鼻
息吹虹霓。君不能学哥舒横行青海夜带刀，西屠石堡取紫袍。吟诗作
赋北窗里，万言不直一杯水。世人闻此皆掉头，有如东风射马耳。鱼
目亦笑我，谓与明月同。骅骝拳局不能食，蹇驴得志鸣春风。折杨皇
华合流俗，晋君听琴枉清角。巴人谁肯和阳春。楚地由来贱奇璞。黄
金散尽交不成，白首为儒身被轻。一谈一笑失颜色，苍蝇贝锦喧谤声。
曾参岂是杀人者，谗言三及慈母惊。与君论心握君手，荣辱于余亦何有。

孔圣犹闻伤凤麟，董龙更是何鸡狗。一生傲岸苦不谐，恩疏媒劳志多乖。严陵高揖汉天子，何必长剑挂颐事玉阶。达亦不足贵，穷亦不足悲。韩信羞将绛灌比，祢衡耻逐屠沽儿。君不见李北海，英风豪气今何在。君不见裴尚书，土坟三尺蒿棘居。少年早欲五湖去，见此弥将钟鼎疏。

题宛溪馆

吾怜宛溪好，百尺照心明。何谢新安水，千寻见底清。
白沙留月色，绿竹助秋声。却笑严湍上，于今独擅名。

○吕岩1首

吕岩（713—741），一名岩客，字洞宾，号纯阳子，河中永乐（一云蒲坂）人。咸通进士，两调县令。唐末、五代著名道士，自称回道人，世称吕祖或纯阳祖师，为民间神话故事八仙之一。

钓台一游

独坐仙槎访道翁，双台高矗透玲珑。秋江无限风烟景，都在先生一钓中。

○吴筠1首

吴筠（？—778），字贞节，一作正节。华州华阴（今陕西华阴县）人。因举进士不第，入嵩山修道。

严子陵

汉皇敦故友，物色访严生。三聘迨深泽，一来遇帝庭。
紫宸同御寝，玄象验客星。禄位终不屈，云山乐躬耕。

○奚贾1首

奚贾，生卒年不详，桐庐人。

严陵滩下寄常建

日入溪水静，寻真此亦难。乃知沧洲人，道成仍钓竿。

漾楫乘微月，振衣生早寒。纷吾成独往，自速耽考槃。

已息汉阴诮，且同濠上观。旷然心无涯，谁问容膝安。

○崔颢 1 首

崔颢（？—754），汴州（治今河南开封市）人，唐开元十一年（723）进士。历太仆寺丞、司勋员外郎。

发锦沙村

北上途未半，南行岁已阑。孤舟下建德，江水入新安。

海近山常雨，谿深地早寒。行行泊不可，须及子陵滩。

○郎士元 2 首

郎士元，字君胄，中山（治今河北定州）人。唐天宝十五年（756）进士。宝应元年（762）补渭南尉，历任拾遗、补阙、校书等职，官至郢州刺史。有《郎士元诗集》。

送奚贾归吴

东南富春渚，曾是谢公游。今日奚生去，新安江正秋。

水清迎过客，霜叶落行舟。遥想赤亭下，闻猿应夜愁。

送孙愿

悠然富春客，忆与暮潮归。擢第人多羡，如君独步稀。

乱流江渡浅，远色海山微。若访新安路，严陵有钓矶。

○岑参 5 首

岑参（约715—770），江陵（今湖北荆州市荆州区）人。唐天宝三年（744）中进士，授兵曹参军。天宝八年（749），充安西四镇节度使高仙芝幕府书记；天宝十三年（754），又作安西北庭节度使，封常清幕府判官，再度出塞。"安史之乱"后，任右补阙，转起居舍人等官职，官至嘉州刺史，世称"岑嘉州"。

送严维下第还江东

勿叹今不第，似君殊未迟。且归沧洲去，相送青门时。
望鸟指乡远，问人愁路疑。敝裘沾暮雪，归棹带流澌。
严子滩复在，谢公文可追。江皋如有信，莫不寄新诗。

送李明府赴睦州，便拜觐太夫人

手把铜章望海云，夫人江上泣罗裙。严滩一点舟中月，万里烟波也梦君。

送王大昌龄赴江宁

对酒寂不语，怅然悲送君。明时未得用，白首徒攻文。泽国从一官，
沧波几千里。群公满天阙，独去过淮水。旧家富春渚，尝忆卧江楼。
自闻君欲行，频望南徐州。穷巷独闭门，寒灯静深屋。北风吹微雪，
抱被肯同宿。君行到京口，正是桃花时。舟中饶孤兴，湖上多新诗。
潜虬且深蟠，黄鹄举未晚。惜君青云器，努力加餐饭。

送李翥游江外

相识应十载，见君只一官。家贫禄尚薄，霜降衣仍单。惆怅秋草死，
萧条芳岁阑。且寻沧洲路，遥指吴云端。匹马关塞远，孤舟江海宽。
夜眠楚烟湿，晓饭湖山寒。砧净红鲙落，袖香朱橘团。帆前见禹庙，
枕底闻严滩。便获赏心趣，岂歌行路难。青门须醉别，少为解征鞍。

终南山双峰草堂作

敛迹归山田，息心谢时辈。昼还草堂卧，但与双峰对。兴来恣佳游，
事惬符胜概。著书高窗下，日夕见城内。曩为世人误，遂负平生爱。

久与林壑辞，及来松杉大。偶兹近精庐，屡得名僧会。有时逐樵渔，
尽日不冠带。崖口上新月，石门破苍霭。色向群木深，光摇一潭碎。
缅怀郑生谷，颇忆严子濑。胜事犹可追，斯人邈千载。

○李华 1 首

　　李华（约 715—774），唐散文家。字遐叔，赵郡赞皇（今属河北）人。开元中进士，
擢宏辞科。累官监察御史、右补阙。以受安禄山伪署，贬杭州司户。后起官至检校
吏部员外郎。集三十卷，今编诗一卷。

杂诗六首其一

玄黄与丹青，五气之正色。圣人端其源，上下皆有则。齐侯好紫衣，
魏帝妇人饰。女奴厌金翠，倾海未满臆。何忍严子陵，羊裘死荆棘。

○钱起 2 首

　　钱起（约 720 —约 782），字仲文，吴兴（今浙江湖州）人。唐天宝十年（751）进士，
大书法家怀素和尚之叔。曾任考功郎中，故世称钱考功。代宗大历中为翰林学士。“大
历十才子”之一。

同严逸人东溪泛舟

子陵江海心，高迹此闲放。渔舟在溪水，曾是敦凤尚。
朝霁收云物，垂纶独清旷。寒花古岸傍，喋鹤晴沙上。
纷吾好贞逸，不远来相访。已接方外游，仍陪郢中唱。
欢言尽佳酌，高兴延秋望。日暮浩歌还，红霞乱青嶂。

送杨皞擢第游江南

行人临水去，新咏复新悲。万里高秋月，孤山远别时。
挂帆严子濑，酹酒敬亭祠。岁晏无芳杜，如何寄所思。

○崔峒 1 首

崔峒，博陵（今河北省）人。登进士第，初辟潞府功曹，后历左拾遗、集贤学士，终于州刺史。"大历十才子"之一。

题桐庐李明府官舍

讼堂寂寂对烟霞，五柳门前聚晓鸦。流水声中视公事，寒山影里见人家。观风竞美新为政，计日还知旧触邪。可惜陶潜无限酒，不逢篱菊正开花。

○刘长卿 19 首

刘长卿（？—约789），字文房，河间（今属河北）人，唐天宝进士。历监察御史、长洲县尉、岭南南巴尉、转运使判官、知淮西、鄂岳转运留后、睦州司马。德宗建中二年（781），任随州刺史，世称"刘随州"。有《刘随州诗集》。

送张十八归桐庐

归人乘野艇，带月过江村。正落寒潮水，相随夜到门。

对酒寄严维

陋巷喜阳和，衰颜对酒歌。懒从华发乱，闲任白云多。郡简容垂钓，家贫学弄梭。门前七里濑，早晚子陵过。

碧涧别墅喜皇甫侍御相访

荒村带返照，落叶乱纷纷。古路无行客，寒山独见君。野桥经雨断，涧水向田分。不为怜同病，何人到白云。

月下呈章秀才八元

自古悲摇落，谁人奈此何。夜蛩偏傍枕，寒鸟数移柯。向老三年谪，当秋百感多。家贫惟好月，空愧子猷过。

蛇浦桥下重送严维

秋风飒飒鸣条，风月相和寂寥。黄叶一离一别，青山暮暮朝朝。
寒江渐出高岸，古木犹依断桥。明日行人已远，空余泪滴回潮。

严子濑东送马处直归苏

望君舟已远，落日潮未退。目送沧海帆，人行白云外。
江中远回首，波上生微霭。秋色姑苏台，寒流子陵濑。
相送苦易散，动别知难会。从此日相思，空令减衣带。

青溪口送人归岳州

洞庭何处雁南飞，江荚苍苍客去稀。帆带夕阳千里没，天连秋水一人归。
黄花裹露开沙岸，白鸟衔鱼上钓矶。歧路相逢无可赠，老年空有泪沾衣。

却归睦州至七里滩下作

南归犹谪宦，独上子陵滩。江树临洲晚，沙禽对水寒。
山开斜照在，石浅乱流难。惆怅梅花发，年年此地看。

酬李员外从崔录事载华宿三河戍先见寄

寒江鸣石濑，归客夜初分。人诸空山答，猿声独戍闻。
迟来朝及暮，愁去水连云。岁晚心谁在，青山见此君。

奉使新安自桐庐县经严陵钓台宿七里滩下寄使院诸公

悠然钓台下，怀古时一望。江水自潺湲，行人独惆怅。新安从此始，
桂楫方荡漾。回转百里间，青山千万状。连岸去不断，对岭遥相向。
夹岸黛色愁，沈沈绿波上。夕阳留古木，水鸟拂寒浪。月下扣舷声，
烟中采菱唱。犹怜负羁束，未暇依清旷。牵役徒自劳，近名非所向。
何时故山里，却醉松花酿。回首唯白云，孤舟复谁访。

使还七里濑上逢薛承规赴江西贬官

迁客归人醉晚寒，孤舟暂泊子陵滩。怜君更去三千里，落日青山江上看。

七里滩重送

秋江渺渺水空波，越客孤舟欲榜歌。手折衰杨悲老大，故人零落已无多。

宿严维宅送包佶

江湖同避地，分首自依依。尽室今为客，惊秋空念归。岁储无别墅，
寒服羡邻机。草色村桥晚，蝉声江树稀。夜深宜共醉，时难忍相违。
何事随阳雁，汀洲忽背飞。

严陵钓台送李康成赴江东使

潺湲子陵濑，仿佛如在目。七里人已非，千年水空绿。新安江上孤帆远，
应逐枫林万余转。古台落日共萧条，寒水无波更清浅。台上渔竿不复持，
却令猿鸟向人悲。滩声山翠至今在，迟尔行舟晚泊时。

酬皇甫侍御见寄时相国姑臧公初临郡

离别江南北，汀洲叶再黄。路遥云共水，砧迥月如霜。
岁俭依仁政，年衰忆故乡。伫看宣室召，汉法倚张纲。

送宣尊师醮毕归越

吹箫江上晚，惆怅别茅君。踏火能飞雪，登刀入白云。
晨香长日在，夜磬满山闻。挥手桐溪路，无情水亦分。

酬张履雪夜发桐庐访别途中苦寒之作

扁舟乘兴客，不惮苦寒行。晚莫相依分，江湖欲别情。
水声冰下咽，沙路雪中平。旧剑锋芒尽，应嫌脱赠轻。

京口怀洛阳旧居，兼寄广陵二三知己

川阔悲无梁，蔼然沧波夕。天涯一飞鸟，日暮南徐客。气混京口云，潮吞海门石。孤帆候风进，夜色带江白。一水阻佳期，相望空脉脉。那堪岁芳尽，更使春梦积。故国胡尘飞，远山楚云隔。家人想何在，庭草为谁碧。惆怅空伤情，沧浪有余迹。严陵七里滩，携手同所适。

送严维尉诸暨

爱尔文章远，还家印绶荣。退公兼色养，临下带乡情。
乔木映官舍，春山宜县城。应怜钓台石，闲却为浮名。

○张继 2 首

张继，字懿孙，襄州（今湖北襄樊）人。唐天宝十二年（753）进士。尝为检校祠部员外郎分掌财赋于洪州，后为盐铁判官。

题严陵钓台

旧隐人如在，清风亦似秋。客星沈夜壑，钓石俯春流。
鸟向乔枝聚，鱼依浅濑游。古来芳饵下，谁是不吞钩。

赠章八元

相见谈经史，江楼坐夜阑。风声吹户响，灯影照人寒。
俗薄交游尽，时危出处难。衰年逢二妙，亦得闷怀宽。

○熊孺登 1 首

熊孺登，钟陵（治今江西南昌）人，唐元和年间进士，为四川藩镇从事。

春郊醉中赠章八元

三月踏青能几日，百回添酒莫辞频。看君倒卧杨花里，始觉春光为醉人。

○皇甫冉 2 首

皇甫冉（约717—约770），字茂政。润州丹阳（今属江苏）人，唐天宝十五年（756）进士。曾官无锡尉，大历初入河南节度使王缙幕，终左拾遗、补阙。

送顾苌往新安

由来山水客，复道向新安。半是乘潮便，全非行路难。
晨装林月在，野饭浦沙寒。严子千年后，何人钓旧滩。

田家作

卧见高原烧，闲寻空谷泉。土膏消腊后，麦陇发春前。药验桐君录，
心齐庄子篇。荒村三数处，衰柳百余年。好就山僧去，时过野舍眠。
汲流宁厌远，卜地本求偏。向子谙樵路，陶家置黍田。雪峰明晚景，
风雁急寒天。且复冠名鹖，宁知冕戴蝉。问津夫子倦，荷莜丈人贤。
顾物皆从尔，求心正傥然。稽康懒慢性，只自恋风烟。

○严维 3 首

严维（？—780），字正文，越州山阴（今浙江绍兴）人。唐至德二年（757）进士，擢辞藻宏丽科，调诸暨尉，辟河南幕府，终秘书省校书郎。

发桐庐寄刘员外

处处云山无尽时，桐庐南望转参差。舟人莫道新安近，欲上潺湲行自迟。

注：此诗一说为唐刘长卿婿李穆作。

答刘长卿七里濑重送

新安非欲枉帆过，海内如君有几何。醉里别时秋水色，老人南望一狂歌。

送崔峒使往睦州兼寄薛司户

如今相府用英髦，独往南州肯告劳，冰水近开渔浦出，雪云初卷定山高，

木奴花映桐庐县，青雀舟随白露涛。使者应须访廉吏，府中惟有范功曹。

○韩翃 1 首

韩翃，生卒年不详，字君平，南阳（今属河南）人，"大历十才子"之一。唐天宝十三年（754）进士，因作一首《寒食》被唐德宗所赏识，因而被提拔为中书舍人。约卒于建中、贞元之际。

送王少府归杭州

归舟一路转青蘋，更欲随潮向富春。吴郡陆机称地主，钱塘苏小是乡亲。
葛花满把能消酒，栀子同心好赠人。早晚重过鱼浦宿，遥怜佳句箧中新。

○秦系 1 首

秦系（约725—约805），字公绪，越州会稽（今浙江绍兴）人。唐天宝末试进士不第，后隐居剡中，自号"东海钓客"。

耶溪书怀寄刘长卿员外时在睦州

时人多笑乐幽栖，晚起闲行独杖藜。云色卷舒前后岭，药苗新旧两三畦。
偶逢野果将呼子，屡折荆钗亦为妻。拟共钓竿长往复，严陵滩上胜耶溪。

○皇甫曾 2 首

皇甫曾，字孝常，皇甫冉元弟。唐天宝十二年（753）进士。历侍御史，坐事徙舒州司马、阳翟令。

寄刘员外长卿

南忆新安郡，千山带夕阳。断猿知夜久，秋草助江长。
疏发应成素，青松独耐霜。爱才称汉主，题柱待回乡。

过刘员外长卿别墅（一作碧涧别业）

谢客开山后，郊扉积水通。江湖千里别，衰老一尊同。
返照寒川满，平田暮雪空。沧洲自有趣，不必哭途穷。

○顾况 1 首

顾况（约 730—806 后），字逋翁，苏州海盐（今属浙江）人。唐至德二年（757）进士。曾为韩滉幕府判官。贞元三年（787）为李泌荐引，入朝任著作佐郎。后贬饶州司户参军。有《华阳集》。

严公钓台作

灵芝产遐方，威凤家重霄。严生何耿洁，托志肩夷巢。
汉后虽则贵，子陵不知高。糠秕当世道，长揖夔龙朝。
扫门彼何人，升降不同朝。舍舟遂长往，山谷多清飙。

○释皎然 4 首

释皎然（730—799），唐代诗僧。俗姓谢，字清昼，湖州（今属浙江）人。南朝谢灵运十世孙。

早秋桐庐思归示道谚上人

桐江秋信早，忆在故山时。静夜风鸣磬，无人竹扫墀。
猿来触净水，鸟下啄寒梨。可即关吾事，归心自有期。

夏日题桐庐杨明府纳凉山斋

陶家无炎暑，自有林中峰。席上落山影，桐梢回水容。
放怀凉风至，缓步清阴重。何事亲堆案，犹多高世踪。

送陆判官归杭州

芳草潜州路，乘轺忆再旋。余花故林下，残月旧池边。

峰色云端寺，潮声海上天。明朝富春渚，应见谢公船。

送侯秀才南游

芳草随君自有情，不关山色与猿声。为看严子滩头石，曾忆题诗不著名。

○刘采春 1 首

刘采春，生卒不详，淮甸（今江苏省淮安、淮阴一带）人，是中唐时期很有影响的女艺人。

啰唝曲

那年离别日，只道往桐庐。桐庐人不见，今得广州书。

○耿湋 1 首

耿湋，字洪源，河东（今山西永济西南）人。唐宝应元年（762）进士，官左拾遗、大理司法。约卒于贞元初年。为"大历十才子"之一。有《耿湋诗集》。

赠别刘员外长卿

清如寒玉直如丝，世故多虞事莫期。建德津亭人别夜，新安江水月明时。
为文易老皆知苦，谪宦无名倍足悲。不学朱云能折槛，空羞献纳在丹墀。

○戴叔伦 2 首

戴叔伦（732—789），字幼公，也作次公，润州金坛（今属江苏）人。曾任新城（今浙江富阳区新登）令，官终抚州刺史。原著已散佚，明人辑《戴叔伦集》。

春江独钓

独钓春江上，春江引趣长。断烟栖草碧，流水带花香。
心事同沙鸟，浮生寄野航。荷衣尘不染，何用濯沧浪。

闲 思

伯劳东去鹤西还，云总无心亦度山。何似严陵滩上客，一竿长伴白鸥闲。

○韦应物 1 首

韦应物（约 737—791），字义博，京兆万年（今陕西西安）人。15 岁起以三卫郎为唐玄宗近侍，出入宫闱，扈从游幸。代宗广德至德宗贞元间，先后为洛阳丞、京兆府功曹参军、鄠县令、比部员外郎、滁州和江州刺史、左司郎中、苏州刺史。贞元七年（791）退职。有《韦苏州集》。

送章八元秀才擢第往上都应制

决胜文场战已酣，行应辟命复才堪。旅食不辞游阙下，春衣未换报江南。
天边宿鸟生归思，关外晴山满夕岚。立马欲从何处别，都门杨柳正毿毿。

○章八元 4 首

章八元（743—829），字虞贤，桐庐（今属浙江省）人。唐大历六年（771）进士。贞元中调句容主簿，后升迁协律郎。

归桐庐旧居寄严长史

昨辞夫子棹归舟，家在桐庐忆旧丘。三月暖时花竞发，两溪分处水争流。
近闻江老传乡语，遥见家山减旅愁。或在醉中逢夜雪，怀贤应向剡川游。

新安江行

江源南去永，野渡暂维梢。古戍悬鱼网，空林露鸟巢。
雪晴山脊见，沙浅浪痕交。自笑无媒者，逢人作解嘲。

酬刘员外月下见寄

夜凉河汉白，卷箔出南轩。过月鸿争远，辞枝叶暗翻。
独谣闻丽曲，缓步接清言。宣室思前席，行看拜主恩。

寄都官刘员外

旧宅平津邸，槐阴接汉宫。鸣驺驰道上，寒日直庐中。
白雪歌偏丽，青云宦早通。悠然一缝掖，千里限清风。

○释清江 1 首

释清江，会稽（今浙江绍兴）人，唐代诗僧。

宿严维宅简章八元

佳期曾不远，甲第即南邻。惠爱偏相及，经过岂厌频。
秋寒林叶动，夕霁月华新。莫话羁栖事，平原是主人。

○孟郊 2 首

孟郊（751—814），字东野，湖州武康（今浙江德清）人。进士出身，曾任溧阳县尉、河南水陆转运从事。有《孟东野诗集》。

送无怀道士游富春山水

造化绝高处，富春独多观。山浓翠滴洒，水折珠摧残。
溪镜不隐发，树衣长遇寒。风猿虚空飞，月狖叫啸酸。
信此神仙路，岂为时俗安。煮金阴阳火，凶怪星宿坛。
花发我未识，玉生忽丛攒。蓬莱浮荡漾，非道相从难。

桐庐山中赠李明府

静境无浊氛，清雨零碧云。千山不隐响，一叶动亦闻。
即此佳志士，精微谁相群。欲识楚章句，袖中兰苣薰。

○戎昱 2 首

戎昱，唐代诗人。岐州（治今陕西凤翔）人。曾应进士试，卫伯玉镇荆南，辟为从事。

建中末为辰州刺史，迁虔州刺史，贞元中卒。宋人辑有《戎昱诗集》。

题严氏竹亭

子陵栖遁处，堪系野人心。溪水浸山影，岚烟向竹阴。
忘机看白日，留客醉瑶琴。爱此多诗兴，归来步步吟。

闰春宴花溪严侍御庄

一团青翠色，云是子陵家。山带新晴雨，溪留闰月花。
瓶开巾漉酒，地坼笋抽芽。彩缛承颜面，朝朝赋白华。

○杨巨源 1 首

杨巨源（755—？），字景山，河中治所（今山西永济）人，唐贞元五年（789）
进士。由秘书郎擢为太常博士、礼部员外郎，后出任凤翔少尹，复召授国子司业。

送章孝标校书归杭州因寄白舍人

曾过灵隐江边寺，独宿东楼看海门。潮色银河铺碧落，日光金柱出红盆。
不妨公事资高卧，无限诗情要细论。若访郡人徐孺子，应须骑马到沙村。

注：章孝标，名成缅，今桐庐县分水镇人，贞元八年（792），母亲去世，他"恸
哭毁哀"，在墓旁搭建小屋，种植松柏，守墓十五年之久。孝感天地，墓周围竟长
出"紫芝十余茎"，形成"乌鹊郡巢，麋鹿共处"的景象。县里把这一情况上报朝廷。
唐宪宗大为赞赏，下诏："此孝子之标的也！"并任命他为山南东道从事，后为大
理寺做评事、秘书省正字。

○张谓 2 首

张谓（？—约778），字正言，河内（治今河南沁阳）人。唐天宝二年（743）进士，
曾入安西幕府。代宗时，历任潭州刺史、礼部侍郎，连续三年知贡举。

读后汉逸人传两首

子陵没已久，读史思其贤。谁谓颍阳人，千秋如比肩。尝闻汉皇帝，

曾是旷周旋。名位苟无心，对君犹可眠。东过富春渚，乐此佳山川。

其　二

夜卧松下月，朝看江上烟。钓时如有待，钓罢应忘筌。生事在林壑，
悠悠经暮年。于今七里濑，遗迹尚依然。高台竟寂寞，流水空潺湲。

○吴巩 1 首

吴巩，新安（今浙江淳安）人。以文行知名。唐开元十七年（729）举人，官至
中书舍人。

白云溪（一作白云源）

山径入修篁，深林蔽日光。夏云生嶂远，瀑水引溪长。
秀迹逢皆胜，清芬坐转凉。回看玉樽夕，归路赏前忘。

注：此诗一说为戴叔伦作。

○李嘉佑 2 首

李嘉佑（？—约 779），字从一，赵州（治今河北赵县）人。唐天宝七年（748）
进士，授秘书正字。历鄱阳宰、江阴令、中台郎、台州刺史、袁州刺史。

至七里滩

迁客投于越，临江泪满衣。独随流水远，转觉故人稀。
万木迎秋序，千峰驻晚晖。行舟犹未已，惆怅暮潮归。

入睦州分水路忆刘长卿

北阙忤明主，南方随白云。沿洄滩草色，应接海鸥群。
建德潮已尽，新安江又分。回看严子濑，朗咏谢安文。
雨过暮山碧，猿吟秋日曛。吴洲不可到，刷鬓为思君。

○欧阳詹 1 首

欧阳詹(755—800)，字行周，唐潘湖欧厝（今福建晋江）人，常衮荐之，始举进士。闽人擢第自詹始。官国子监四门助教。

题严光钓台

弭棹历尘迹，悄然关我情。伊无昔时节，岂有今日名。

辞贵不辞贱，是心谁复行。钦哉此溪曲，永独古风清。

○权德舆 4 首

权德舆(759—818)，字载之，天水略阳（今甘肃天水东北）人，家于润州丹阳（今江苏省）。历官秘书省校书郎、试右金吾卫兵曹参军、大理评事摄监察御史、太常博士，左补阙、驾部员外郎、司勋郎中、中书舍人、户部侍郎、兵部侍郎、吏部侍郎。官至礼部尚书、同平章事。元和十三年（818）卒于山南东道节度使任所。赠左仆射，谥文。

早发杭州泛富春江寄陆三十一公佐

候晓起徒驭，春江多好风。白波连青云，荡漾晨光中。

四望浩无际，沉忧将此同。未离奔走途，但恐成悲翁。

俯见触饵鳞，仰目凌霄鸿。缨尘日已厚，心累何时空。

区区此人世，所向皆樊笼。唯应杯中物，醒醉为穷通。

故人悬圃姿，琼树纷青葱。终当此山去，共结兰桂丛。

注：此诗光绪《严州府志》以《早发杭州泛富春江》为题编为张南史（字季直，唐幽州人。好弈棋。其后折节读书，遂入诗境，以试参军。避乱，居扬州。再召，未赴而卒）作。首句异于"候晓起徒驭"，为"候晚起徒驭"。

自桐庐如兰溪有寄

东南江路旧知名，惆怅春深又独行。新妇山头云半敛，女儿滩上月初明。

风前荡飏双飞蝶，花里间关百啭莺。满目归心何处说，欹眠搔首不胜情。

严陵钓台下作

绝顶耸苍翠，清湍石磷磷。先生晦其中，天子不得臣。

心灵栖颢气，缨冕犹缁尘。不乐禁中卧，却归江上春。

潜驱东汉风，日使薄者醇。焉用佐天子，特此报故人。

人知大贤心，不独私其身。弛张有深致，耕钓陶天真。

奈何清风后，扰扰论屈伸。交情同市道，利欲相纷纶。

我行访遗台，仰古怀逸民。矰缴鸿鹄远，雪霜松桂新。

江流去不穷，山色凌秋旻。人世自今古，清辉照无垠。

宿严陵

身羁从事驱征传，江入新安泛暮涛。今夜子陵滩下泊，自惭相去九牛毛。

○裴度1首

裴度（765—839），字中立，河东闻喜（今属山西）人，唐贞元五年（789）进士，授河阴县尉，历监察御史、河南府功曹、起居舍人、司封员外郎、知制诰，寻转本司郎中，使魏州，还拜中书舍人，改御史中丞，寻兼刑部侍郎。拜门下侍郎同中书门下平章事，封晋国公，卒赠太傅。

皇甫判官溪居

门径俯青溪，茅檐古木齐。红尘飞不到，时有水禽啼。

○张籍2首

张籍（约767—约830），字文昌。原籍苏州（今江苏省），迁和州乌江（今安徽和县乌江镇）。唐贞元十五年（799）进士，历太常寺太祝、国子监助教、秘书郎、国子博士、水部员外郎、主客郎中，仕终国子司业。世称"张水部""张司业"。

送施肩吾东归

知君本是烟霞客，被荐因来城阙间。世业偏临七里濑，仙游多在四明山。

早闻诗句传人遍，新得科名到处闲。惆怅灞亭相送去，云中琪树不同攀。

赠施肩吾

世间渐觉无多事，虽有空名未著身。合取药成相待吃，不须先作上天人。

○韩愈 1 首

韩愈（768—824），字退之，河南南阳（今河南孟州南）人。唐贞元八年（792）进士，初为监察御史，上疏极论时事，贬阳山令，元和中，再为国子博士，改比部郎中、史馆修撰，转考功、知制诰，进中书舍人，又改庶子。裴度讨淮西，请为行军司马，以功迁刑部侍郎。谏迎佛骨，谪刺史潮州，移袁州。穆宗即位，召拜国子祭酒、兵部侍郎。使王廷凑，归，转吏部，为时宰所构，罢为兵部侍郎，寻复吏部。卒，赠礼部尚书，谥曰"文"。

寄皇甫湜

敲门惊昼睡，问报睦州吏。手把一封书，上有皇甫字。拆书放床头，
涕与泪垂四。昏昏还就枕，惘惘梦相值。悲哉无奇术，安得生两翅。

○刘禹锡 1 首

刘禹锡（772—842），字梦得，洛阳人。贞元九年（793）进士。历朗州司马、连州刺史、夔州刺史、和州刺史、主客郎中、礼部郎中、苏州刺史等。会昌时，加检校礼部尚书。卒年七十，赠户部尚书。有《陋室铭》《竹枝词》《杨柳枝词》《乌衣巷》等名篇。著有《天论》《刘梦得文集》《刘宾客集》。

西山兰若试茶歌

山僧后檐茶数丛，春来映竹抽新茸。宛然为客振衣起，自傍芳丛摘鹰觜。
斯须炒成满室香，便酌砌下金沙水。骤雨松声入鼎来，白云满碗花徘徊。
悠扬喷鼻宿醒散，清峭彻骨烦襟开。阳崖阴岭各殊气，未若竹下莓苔地。
炎帝虽尝未解煎，桐君有箓那知味。新芽连拳半未舒，自摘至煎俄顷余。
木兰沾露香微似，瑶草临波色不如。僧言灵味宜幽寂，采采翘英为嘉客。

不辞缄封寄郡斋，砖井铜炉损标格。何况蒙山顾渚春，白泥赤印走风尘。
欲知花乳清泠味，须是眠云跂石人。

注："桐君有箓"指《桐君录》，为药祖桐君著。"炎帝虽尝未解煎，桐君有箓那知味。"意思是说，炎帝神农氏虽然咬嚼初尝发现了茶叶，但他还不懂得煎煮。桐君不仅开始煎煮茶叶，而且还在采药箓里记录了茶叶的味性与功效。从咬嚼初尝到煎煮品尝，对茶叶的使用享用显然进了一大步。

○白居易 9 首

白居易（772—846），字乐天，号香山居士，其先太原（今山西太原市西南）人，后迁居下邽（今陕西渭南北）人。唐贞元十六年（800）进士，授秘书省校书郎，后迁左拾遗，后又被贬为江州司马，累迁杭州、苏州刺史，刑部侍郎、河南尹、太子少傅，以刑部尚书致仕。有《白氏长庆集》。

凭李睦州访徐凝山人（凝即睦州之民也）

郡守轻诗客，乡人薄钓翁。解怜徐处士，唯有李郎中。

宿桐庐馆同崔存度醉后作

江海漂漂共旅游，一尊相劝散穷愁。夜深醒后愁还在，雨滴梧桐山馆秋。

寄皇甫七

孟夏爱吾庐，陶潜语不虚。花樽飘落酒，风案展开书。
邻女偷新果，家僮漉小鱼。不知皇甫七，池上兴何如。

访皇甫七

上马行数里，逢花倾一杯。更无停泊处，还是觅君来。

哭皇甫七郎中湜

志业过玄晏，词华似祢衡。多才非福禄，薄命是聪明。
不得人间寿，还留身后名。涉江文一首，便可敌公卿。

酬严十八郎中见示

口厌含香握厌兰，紫微青琐举头看。忽惊鬓后苍浪发，未得心中本分官。
夜酌满容花色暖，秋吟切骨玉声寒。承明长短君应入，莫忆家江七里滩。

新小滩

石浅沙平流水寒，水边斜插一渔竿。江南客见生乡思，道似严陵七里滩。

题施山人野居

得道应无著，谋生亦不妨。春泥秧稻暖，夜火焙茶香。
水巷风尘少，松斋日月长。高闲真是贵，何处觅侯王？

百花亭

朱槛在空虚，凉风八月初。山形如岘首，江色似桐庐。
佛寺乘船入，人家枕水居。高亭仍有月，今夜宿何如。

○李绅 1 首

李绅（772—846），字公垂，无锡（今属江苏）。唐元和初擢进士第，武宗时拜相。历右拾遗、翰林学士、中书舍人、御史中丞、户部侍郎、端州司马、江州长史、滁寿二州刺史、浙东观察使、河南尹、宣武节度使、中书侍郎同平章事，进尚书右仆射，封赵郡公。以检校右仆射平章事节度淮南。卒，赠太尉，谥"文肃"。

答章孝标

假金只用真金镀，若是真金不镀金。十载长安得一第，何须空腹用高心。

○马异 1 首

马异，睦州新安（今浙江淳安）人。少与皇甫湜同学。唐兴元元年（784）进士。后不知所终。

送皇甫湜赴举

马蹄声特特，去入天子国。借问去是谁，秀才皇甫湜。吞吐一腹文，
八音兼五色。主文有崔李，郁郁为朝德。青铜镜必明，朱丝绳必直。
称意太平年，愿子长相忆。

○郑巢 1 首

郑巢，生卒不详，钱塘（今浙江杭州）人。

送僧归富春

忆过僧禅处，遥山抱竹门。古房关藓色，秋径扫潮痕。
石净闻泉落，沙寒见鹤翻。终当从此望，更与道人言。

○施肩吾 11 首

施肩吾，字希圣，自号栖真子，分水（今浙江桐庐）人。唐元和十五年（820）进士。
长庆中，隐于洪州西山（在今江西南昌）。有《西山集》。

过桐庐郑判官

荥阳郑君游说余，偶因榷茗来桐庐。幽奇山水引高步，炜煜风光随使车。
算缗百万口不虚，吏人业里唯簿书。眼前横制断犀剑，心中暗转灵蛇珠。
有时退公兼退食，一尊长在朱轩侧。胡商大鼻左右趋，赵妾细眉前后直。
醉来引客上红楼，面前一道桐溪流。登临山色在掌内，指点霞光随杖头。
东郭野人慵栉沐，使将破履升华屋。数杯酪酊不得归，楼中便盖江云宿。
却被江郎湿我衣，赖君借我貂襜归。

西山即事寄故园徐处士

仆作江西少施氏，君为城北徐老翁。诗篇忆昔相欢接，颜貌如今恨不同。
世界尽忧蔬上露，时人皆怕烛前风。唯余独慕神仙道，芥子虽穷寿不穷。

桐庐厅睹论事叟

扰扰厅前走赢瘵，中有老人扶杖拜。天公霹雳耳不闻，犹为子孙争地界。

题钓台兰若

山僧不钓台下鱼，几年空寄台边坐。有时手把干松枝，沿江乞得沙上火。

归分水留赠王少府

仙吏饮冰多玉声，新诗丽句遗狂生。不愁日暮归山去，故把隋珠入夜行。

同徐凝游东林

火轮烈烈彩云浮，才到东林便是秋。有客可人来未暮，松风几拂碧山头。

春日题罗处士山舍

乱叠千峰掩翠微，高人爱此自忘机。春风若扫阶前地，便是山花带锦飞。

山居乐

鸾鹤每于松下见，笙歌常向坐中闻。手持十节龙头杖，不指虚空即指云。

秋日桐江送裴秀才归淮南

怪来频起咏刀头，桐树枝边一叶秋。又向江南别才子，欲将风景过扬州。

夏日过从叔幽居

且将一叶系垂杨，门对清溪夏日长。林下喜逢青竹卷，局边输却紫罗囊。
碧蹄骏马御刍细，红粉佳人系榼香。伯仲历官年尽少，那知不笑汉冯唐。

赠族叔处士

我家名士已无求，若见翔鸿便举头。紫石岩边吟绣段，青苔纸上落银钩。

高人酒席称无醉，细字经书读未休。定是仙山足灵药，年过八十转风流。

○徐凝 7 首

徐凝，睦州分水（今浙江桐庐）人。与施肩吾同里且为同科进士，日共吟咏。尝于杭州开元寺题牡丹诗，为白居易所赏，元稹亦为奖掖。

伤画松道芬上人因画钓台江山而逝

百法驱驰百年寿，五劳消瘦五株松。昨来闻道严陵死，画到青山第几重。

观钓台画图

一水寂寥青霭合，两崖崔崒白云残。画人心到啼猿破，欲作三声出树难。

再归松溪旧居宿西林

五粒松深溪水清，众山摇落月偏明。西林静夜重来宿，暗记人家犬吠声。

游安禅寺

欲到安禅游圣概，先观涌塔出香城。楼台有日连云汉，壑谷无年断水声。倚竹并肩青玉立，上桥如蹋白虹行。伤嗟置寺碑交碎，不见梁朝施主名。

注：安禅寺旧址在今桐庐县百江镇。

回施先辈见寄新诗两首

九幽仙子西山卷，读了绦绳系又开。此卷玉清宫里少，曾寻真诰读诗来。

其 二

紫河车里丹成也，皂荚枝头早晚飞。料得仙宫列仙籍，如君进士出身稀。

却归旧山望月有寄

年年明月总相似，大抵人情自不同。今夜故山依旧见，班家扇样碧峰东。

○罗万象 1 首

罗万象，唐时人，官御史，有政声。后弃职隐于分水（今浙江桐庐）之紫罗山，筑白云亭以居。

白云亭

一池荷叶衣无尽，数树松花食有余。刚被世人知住处，不如依旧再移居。

○李德裕 4 首

李德裕（787—850），字文饶，赵州（今河北赵县）人。唐长庆后，历任翰林学士、浙西观察使、西川节度使、兵部尚书、左仆射，大和七年（833）和开成五年（840）两度为相。有《会昌一品集》。

二 猿

钓濑水涟漪，富春山合沓。松上夜猿鸣，谷中清响合。
冲网忽见羁，故山从此辞。无由碧潭饮，争接绿萝枝。

钓 石

严光隐富春，山色黯又碧。所钓不在鱼，挥纶以自适。
余怀慕君子，且欲坐潭石。持此返伊川，悠然慰衰疾。

钓 台

我有严湍思，怀人访故台。客星依钓隐，仙石逐槎回。
倒影含清泚，凝阴长碧苔。飞泉信可挹，幽客未归来。

白鹭鹚

余心怜白鹭，潭上日相依。拂石疑星落，凌风似雪飞。
碧沙常独立，清景自忘归。所乐惟烟水，徘徊恋钓矶。

○许浑 9 首

许浑（788—860？），字用晦，一作仲晦，祖籍洛阳（今河南省），寓居润州丹阳（今江苏省），遂为丹阳人。唐大和六年（832）进士，先后任当涂、太平令，因病免。大中年间入为监察御史，因病乞归，后复出仕，任润州司马。历虞部员外郎，转睦、郢二州刺史。有《丁卯集》。

晚泊七里滩

天晚日沈沈，归舟系柳阴。江村平见寺，山郭远闻砧。
树密猿声响，波澄雁影深。荣华暂时事，谁识子陵心。

严陵钓台贻行侣

故人天下定，垂钓碧岩幽。旧迹随台古，高名寄水流。
鸟喧群木晚，蝉急众山秋。更待新安月，凭君暂驻舟。

送客归兰溪

花下送归客，路长应过秋。暮随江鸟宿，寒共岭猿愁。
众水喧严濑，群峰抱沉楼。因君几南望，曾向此中游。

寄桐江隐者

潮去潮来洲渚春，山花如绣草如茵。严陵台下桐江水，解钓鲈鱼能几人。

寄天乡寺仲仪上人富春孙处士

诗僧与钓翁，千里两情通。云带雁门雪，水连渔浦风。

心期荣辱外，名挂是非中。岁晚亦归去，田园清洛东。

酬邢杜二员外

雪带东风洗画屏，客星悬处聚文星。未归嵩岭暮云碧，久别杜陵春草青。
熊轼并驱因雀噪，隼旟齐驻是鸿冥。岂知京洛旧亲友，梦绕潺湲江上亭。

赠桐庐房明府先辈

帝城春榜谪灵仙，四海声华二十年。阙下书功无后辈，卷中文字掩前贤。
官闲每喜江山静，道在宁忧雨露偏。自笑小儒非一鹗，亦趋门屏冀相怜。

村 居

自翦青蘘织雨衣，村南烟火是柴扉。山妻早报蒸藜熟，童子遥迎种豆归。
鱼下碧潭当镜跃，鸟还青嶂拂屏飞。花时未免人来往，欲买严陵旧钓矶。

游钱塘青山李隐居西斋

小隐西亭为客开，翠萝深处遍苍苔。林间扫石安棋局，岩下分泉递酒杯。
兰叶露光秋月上，芦花风起夜潮来。云山绕屋犹嫌浅，欲棹渔舟近钓台。

○李贺3首

李贺（790—816），字长吉。祖籍陇西，生于福昌县昌谷（今河南洛阳宜阳县）。一生愁苦多病，仅做过3年的九品奉礼郎官，因病二十七岁卒。有《李长吉歌诗》。

仁和里杂叙皇甫湜

大人乞马癯乃寒，宗人贷宅荒厥垣。横庭鼠径空土涩，出篱大枣垂朱残。
安定美人截黄绶，脱落缨裾眠朝酒。还家白笔未上头，使我清声落人后。
枉辱称知犯君眼，排引才升强絙断。洛风送马入长关，阍扇未开逢猘犬。
那知坚都相草草，客枕幽单看春老。归来骨薄面无膏，疫气冲头鬓茎少。

欲雕小说干天官，宗孙不调为谁怜。明朝下元复西道，崆峒叙别长如天。

洛阳城外别皇甫湜

洛阳吹别风，龙门起断烟。冬树束生涩，晚紫凝华天。
单身野霜上，疲马飞蓬间。凭轩一双泪，奉坠绿衣前。

官不来题皇甫湜先辈厅

官不来，官庭秋，老桐错干青龙愁。书司曹佐走如牛，叠声问佐官来不。
官不来，门幽幽。

○殷尧藩 1 首

殷尧藩，嘉兴（今浙江省）人。唐元和九年（814）进士，历任永乐县令、福州从事，
后官至侍御史。

寄许浑秀才

万木惊秋叶渐稀，静探造化见玄机。眼前谁悟先天理，去后还知今日非。
树拥秣陵千嶂合，云开萧寺一僧归。汉廷累下征贤诏，未许严陵老钓矶。

○章孝标 2 首

章孝标（791—873），字道正，桐庐（今浙江省）人，章八元之子，章碣之父。
唐元和十四年（819）进士，太和年间曾为山南道从事，试大理寺评事，终秘书省正字。

初及第归酬孟元翊见赠

六年衣破帝城尘，一日天池水脱鳞。未有片言惊后辈，不无惭色见同人。
每登公宴思来日，渐听乡音认本身。何幸致诗相慰贺，东归花发杏桃春。

梦 乡

家住吴王旧苑东，屋头山水胜屏风。寻常梦在秋江上，钓艇游扬藕叶中。

○雍陶 1 首

雍陶，字国钧，成都（今四川省）人。唐太和年间进士。大中八年（854），自国子毛诗博士出刺简州。

送徐山人归睦州旧隐

君在桐庐何处住，草堂应与戴家邻。初归山犬翻惊主，久别江鸥却避人。
终日欲为相逐计，临岐空羡独行身。秋风钓艇遥相忆，七里滩西片月新。

○周朴 1 首

周朴，字太朴，桐庐人。避地福州，寄食乌石山僧寺。黄巢寇闽，欲降之，朴不从，遂见害。

寄处士方干

桐庐江水闲，终日对柴关。因想别离处，不知多少山。
钓舟春岸泊，庭树晓莺还。莫便求栖隐，桂枝堪恨颜。

注：此诗一说为唐曹松作。

○赵嘏 1 首

赵嘏，字承祐，楚州山阳（今江苏淮安）人，唐会昌四年（844）进士，一年后东归。会昌末或大中初复往长安，入仕为渭南尉。

送滕迈郎中赴睦州

郡斋秋尽一江横，频命郎官地更清。星月去随新诏动，旌旗遥映故山明。
诗寻片石依依晚，帆挂孤云杳杳轻。想到钓台逢竹马，只应歌咏伴猿声。

○张祜 2 首

张祜（792—845），字承吉，清河东武城（今山东武城）人。初寓姑苏，后至长安，长庆中令狐楚表荐之，不报。辟诸侯府，为元稹排挤，遂至淮南，爱丹阳曲阿地，隐居以终。

夕次桐庐

百里清溪口，扁舟此去过。晚潮风势急，寒叶雨声多。
戍出山头鼓，樵通竹里歌。不堪无酒夜，回首梦烟波。

七里濑渔家

七里垂钓叟，还傍钓台居。莫恨无名姓，严陵不卖鱼。

○崔橹 1 首

崔橹，生卒不详。大中时举进士，曾任棣州司马。《无机集》四卷，今存诗 16 首。

宿寿安山阴馆闻泉

一支清急万山来，穿竹喧飞破石苔。梦在故乡临欲到，声闻孤枕却惊回。
多愁鬓发余甘老，有限年光尔莫催。缘忆旧游相似处，月明山响子陵台。

○杜牧 7 首

杜牧（803—853），字牧之，京兆万年（今陕西西安）人，唐大和二年（828）进士，授宏文馆校书郎。多年在外地任幕僚，后历任监察御史、史馆修撰，膳部、比部、司勋员外郎，黄州、池州、睦州刺史等职，官终中书舍人。有《樊川文集》。

睦州四韵

州在钓台边，溪山实可怜。有家皆掩映，无处不潺湲。
好树鸣幽鸟，晴楼入野烟。残春杜陵客，中酒落花前。

秋晚早发新定

解印书千轴，重阳酒百缸。凉风满红树，晓月下秋江。
岩壑会归去，尘埃终不降。悬缨未敢濯，严濑碧淙淙。

夜泊桐庐先寄苏台卢郎中

水槛桐庐馆，归舟系石根。笛吹孤戍月，犬吠隔溪村。
十载违清裁，幽怀未一论。苏台菊花节，何处与开樽。

正初奉酬歙州刺史邢群

翠岩千尺倚溪斜，曾得严光作钓家。越嶂远分丁字水，腊梅迟见二年花。
明时刀尺君须用，幽处田园我有涯。一壑风烟阳羡里，解龟休去路非赊。

丹　水

何事苦萦回，离肠不自裁。恨声随梦去，春态逐云来。
沈定蓝光澈，喧盘粉浪开。翠岩三百尺，谁作子陵台。

寄内兄和州崔员外十二韵

历阳崔太守，何日不含情。恩义同钟李，埙篪实弟兄。光尘能混合，
擘画最分明。台阁仁贤誉，闺门孝友声。西方像教毁，南海绣衣行。
金橐宁回顾，珠箄肯一枨。只宜裁密诏，何自取专城。进退无非道，
徊翔必有名。好风初婉软，离思苦萦盈。金马旧游贵，桐庐春水生。
雨侵寒牖梦，梅引冻醪倾。共祝中兴主，高歌唱太平。

昔事文皇帝三十二韵

昔事文皇帝，叨官在谏垣。奏章为得地，齰齿负明恩。金虎知难动，
毛鸷亦耻言。掩头虽欲吐，到口却成吞。照胆常悬镜，窥天自戴盆。
周钟既窈楸，黥阵亦瘢痕。凤阙觚棱影，仙盘晓日暾。雨晴文石滑，
风暖戟衣翻。每虑号无告，长忧骇不存。随行唯踽踽，出语但寒暄。
宫省咽喉任，戈矛羽卫屯。光尘皆影附，车马定西奔。亿万持衡价，
锱铢挟契论。堆时过北斗，积处满西园。接棹隋河溢，连蹄蜀栈刓。

漉空沧海水，搜尽卓王孙。斗巧猴雕刺，夸趫索挂跟。狐威假白额，
枭啸得黄昏。馥馥芝兰圃，森森枳棘藩。吠声唝国猘，公议怯膺门。
窜逐诸丞相，苍茫远帝阍。一名为吉士，谁免吊湘魂。间世英明主，
中兴道德尊。昆冈怜积火，河汉注清源。川口堤防决，阴车鬼怪掀。
重云开朗照，九地雪幽冤。我实刚肠者，形甘短褐髡。曾经触虿尾，
犹得凭熊轩。杜若芳洲翠，严光钓濑喧。溪山侵越角，封壤尽吴根。
客恨萦春细，乡愁压思繁。祝尧千万寿，再拜揖余樽。

○喻凫 1 首

喻凫，毗陵（今江苏常州）人，唐开成五年（840）进士，终乌程尉。后隐居今
桐庐县分水。

龙翔寺寄李频

钟声南北寺，不道往来遥。人事因循过，时光荏苒销。
悬灯洒砌雨，上阁绕云雕。即是洲中柳，嘶蝉急暮条。

○李群玉 3 首

李群玉（808—862），唐代澧州（治今湖南澧县）人。唐宣宗授弘文馆校书郎，
三年后辞官回归故里，死后追赐进士及第。

赠方处士

白衣方外人，高闲溪中鹤。无心恋稻粱，但以林泉乐。
赤霄终得意，天池俟飞跃。岁晏入帝乡，期君在寥廓。

赠方处士兼以写别

天与云鹤情，人间恣诗酒。龙宫奉采觅，颍洞一千首。清如南薰丝，
韵若黄钟吼。喜于风骚地，忽见陶谢手。籍籍九江西，篇篇在人口。
芙蓉为芳菲，未落诸花后。所知心眼大，别自开户牖。才力似风鹏，

谁能算升斗。无营傲云竹，琴帙静为友。鸾凤戢羽仪，骐骥在郊薮。
镜湖春水绿，越客忆归否。白衣四十秋，逍遥一何久。此身无定迹，
又逐浮云走。离思书不穷，残阳落江柳。

广州重别方处士之封川

楚国傲名客，九州遍芳声。白衣谢簪绂，云卧重岩扃。
长波飞素舸，五月下南溟。大笑相逢日，天边作酒星。
七年一云雨，常恨辉容隔。天末又分襟，离忧鬓堪白。
愿回凌潮楫，且著登山屐。共期罗浮秋，与子醉海色。

○方干 37 首

方干（809—888），字雄飞，桐庐芦茨人。唐大中间，举进士不第，隐居鉴湖，与徐凝相师友，与李频友善。殁后，门生私谥曰"玄英先生"。

思江南

昨日草枯今日青，羁人又动望乡情。夜来有梦登归路，不到桐庐已及明。

严子陵祠

物色旁求至汉庭，一宵同寝见交情。先生不入云台像，赢得桐江万古名。

题桐庐谢逸人江居

少小高眠无一事，五侯勋盛欲如何。湖边倚杖寒吟苦，石上横琴夜醉多。
鸟自树梢随果落，人从窗外卸帆过。由来朝市为真隐，可要栖身向薜萝？

与乡人鉴休上人别

此日因师话乡里，故乡风土我偏谙。一枝竹叶如溪北，半树梅花似岭南。
山夜猎徒多信犬，雨天村舍未催蚕。如今休作还家意，两须垂丝已不堪。

寄李频

众木又摇落，望群还不还。轩车在何处，雨雪满前山。
思苦文星动，乡遥钓渚闲。明年见名姓，唯我独何颜。

送喻坦之下第还江东

文战偶未胜，无令移壮心。风尘辞帝里，舟楫到家林。
过楚寒方尽，浮淮月正沈。持杯话来日，不听洞庭砧。

忆故山

旧山长系念，终日卧边亭。道路知已远，梦魂空再经。
秋泉凉好引，乳鹤静宜听。独上高楼望，蓬身且未宁。

暮发七里滩夜泊严光台下

一瞬即七里，箭驰犹是难。樯边走岚翠，枕底失风湍。
但讶猿鸟定，不知霜月寒。前贤竟何益，此地误垂竿。

初归故里献侯郎中

常思旧里欲归难，已作归心即自宽。此日早知无爵位，当时便合把渔竿。
朝昏入闰春将逼，城邑多山夏却寒。不是幽愚望荣忝，君侯异礼小何安。

归睦州中路寄侯郎中

颜巷萧条知命后，膺门感激受恩初。却容鹤发还蜗舍，犹梦渔竿从隼旗。
新定暮云吞故国，会稽春草入贫居。乡中自古为儒者，谁得公侯降尺书。

岁晚言事寄乡中亲友

急景苍茫昼若昏，夜风干峭触前轩。寒威半入龙蛇窟，暖气全归草树根。
蜡烬凝来多碧焰，香醪滴处有冰痕。尺书未达年应老，先被新春入故园。

项洙处士画水墨钓台

画石画松无两般，犹嫌瀑布画声难。虽云智惠生灵府，要且功夫在笔端。
泼处便连阴洞黑，添来先向朽枝干。我家曾寄双台下，往往开图尽日看。

送睦州侯郎中赴阙

昔著政声闻国外，今留儒术化江东。青云旧路归仙掖，白凤新词入圣聪。
弦管未知银烛晓，旌旗已侍锦帆风。郡人难议酬恩德，遍在三年礼遇中。

桐庐江阁

风烟百变无定态，缅想画人虚损心。卷箔槛前沙鸟散，垂钩床下锦鳞沈。
白云野寺凌晨磬，红树孤村遥夜砧。此地四时抛不得，非唯盛暑事开襟。

赠进士章碣

织锦虽云用旧机，抽梭起样更新奇。何如且破望中叶，未可便攀低处枝。
藉地落花春半后，打窗斜雪夜深时。此时才子吟应苦，吟苦鬼神知不知。

与桐庐郑明府

字人心苦达神明，何止重门夜不扃。莫道耕田全种秫，兼闻退食亦逢星。
映林顾兔停琴望，隔水寒猿驻笔听。却恐南山尽无石，南山有石合为铭。

思桐庐旧居便送鉴上人

莫道东南路不赊，思归一步是天涯。林中夜半双台月，洲上春深九里花。
绿树绕村含细雨，寒潮背郭卷平沙。闻师却到乡中去，为我殷勤谢酒家。

别从兄郜

展翅开帆只待风，吹嘘成事古今同。已呼断雁归行里，全胜枯鳞在辙中。
若许死前恩少报，终期言下命潜通。临岐再拜无余事，愿取文章达圣聪。

送乡中故人

少小与君情不疏，听君细话胜家书。如今若到乡中去，道我垂钩不钓鱼。

中路寄喻凫先辈

求名如未遂，白首亦难归。送我尊前酒，典君身上衣。
寒芜随楚尽，落叶渡淮稀。莫叹干时晚，前心岂便非。

别喻凫

知心似古人，岁久分弥亲。离别波涛阔，留连槐柳新。
螟陵寒贳酒，渔浦夜垂纶。自此星居后，音书岂厌频。

送从兄郜（一作韦郜，一作途中别孙璐）

道路本无限，又应何处逢。流年莫虚掷，华发不相容。
野渡波摇月，空城雨霁钟。此心随去马，迢递过千峰。

赠喻凫

所得非众语，众人那得知。才吟五字句，又白几茎髭。
月阁欹眠夜，霜轩正坐时。沈思心更苦，恐作满头丝。

送郭太祝归江东

乡人去欲尽，北雁又南飞。京洛风尘久，江淮音信稀。
旧山知独往，一醉莫相违。未得解羁旅，无劳问是非。

叙雪寄喻凫（一作杜荀鹤）

密片繁声旋不销，萦风杂霰转飘飖。澄江莫蔽长流色，衰柳难黏自动条。
湿气添寒酤酒夜，素花迎曙卷帘朝。此时明径无行迹，唯望徽之问寂寥。

注：此诗一说杜荀鹤作。

叙雪寄喻凫

密片无声急复迟，纷纷犹胜落花时。从容不觉藏苔径，宛转偏宜傍柳丝。
透室虚明非月照，满空回散是风吹。高人坐卧才方逸，援笔应成六出词。

哭喻凫先辈

日夜役神多损寿，先生下世未中年。撰碑纵托登龙伴，营奠应支卖鹤钱。
孤垄阴风吹细草，空窗湿气渍残篇。人间别更无冤事，到此谁能与问天。

题报恩寺上方

来来先上上方看，眼界无穷世界宽。岩溜喷空晴似雨，林萝碍日夏多寒。
众山迢递皆相叠，一路高低不记盘。清峭关心惜归去，他时梦到亦难判。

方著作画竹

叠叶与高节，俱从毫末生。流传千古誉，研炼十年情。
向月本无影，临风疑有声。吾家钓台畔，似此两三茎。

山　中

散拙亦自遂，粗将猿鸟同。飞泉高泻月，独树迥含风。
果落盘盂上，云生箧笥中。未甘明主日，终作钓鱼翁。

示乡叟

莫齿甘衰谢，逢人惜别离。青山前代业，老树此身移。
买药将衣尽，寻方见字迟。如何镊残鬓，览镜变成丝。

山中寄吴璠

莫问终休否，林中事已成。爨餐怜火种，岁计付刀耕。掬水皆花气，
听松似雨声。书窗翘足卧，避险侧身行。果傍闲轩落，蒲连湿岸生。

禅僧知见理，妻子笑无名。更拟教诗苦，何曾侍酒清。石溪鱼不大，月树鹊多惊。砌下通樵路，窗闲见县城。云山任重叠，难隔故乡情。

送王翁登科后归江东

南行无俗侣，秋雁与寒云。野性自心惬，乡名人共闻。
吴山中路断，浙水半江分。此地登临惯，含情一送君。

题县溜岩隐者居

世上如要问生涯，满架堆床是五车。谷鸟莫蝉声四起，修篁灌木势交加。
蒲葵细织团圆扇，虋菜平铺合邃花。却用水荷包绿李，兼将寒井浸田瓜。
惯缘险峭收松粉，常趁芳鲜掇茗芽。池上树阴随浪动，窗前月影被巢遮。
坐云独酌杯盘湿，穿竹微吟路径斜。见说公卿访遗逸，逢迎也是戴乌纱。

山中即事

趁世非身事，山中适性情。野花多异色，幽鸟少凡声。
树影搜凉卧，苔光破碧行。闲寻采药处，仙路渐分明。

怀桐江旧居

长向新郊话故园，四吋清峭似山源。春潮撼动莺花郭，秋雨闲藏砧杵村。
市井多通诸国货，乡音自是一方言。此中别有无归计，唯把归心付酒尊。

赠桐溪主人

岭沉沙鹤似同游，竹汊荷湾可漾舟。更入深溪见溪主，苍苔石上卧垂钩。

○温庭筠 7 首

温庭筠（？—866），原名岐，字飞卿，太原（今山西省太原市西南）人。少负才名，仕途不得志，官止国子助教。原有集，已散佚，后人辑。有《温庭筠诗集》《金荃词》。

送李生归旧居

一从征战后，故社几人归。薄宦离山久，高谈与世稀。
夕阳当板槛，春日入柴扉。莫却严滩意，西溪有钓矶。

敬答李先生

七里滩声舜庙前，杏花初盛草芊芊。绿昏晴气春风岸，红漾轻纶野水天。
不为伤离成极望，更因行乐惜流年。一瓢无事麇裘暖，手弄溪波坐钓船。

西江上送渔父

却逐严光向若耶，钓轮菱棹寄年华。三秋梅雨愁枫叶，一夜篷舟宿苇花。
不见水云应有梦，偶随鸥鹭便成家。白蘋风起楼船暮，江燕双双五两斜。

和友人题壁

冲尚犹来出范围，肯将经世作风徽。三台位缺严陵卧，百战功高范蠡归。
自欲一鸣惊鹤寝，不应孤愤学牛衣。西州未有看棋暇，涧户何由得掩扉。

寒食前有怀

万物鲜华雨乍晴，春寒寂历近清明。残芳荏苒双飞蝶，晓睡朦胧百啭莺。
旧侣不归成独酌，故园虽在有谁耕。悠然更起严滩恨，一宿东风蕙草生。

薛氏池垂钓

池塘经雨更苍苍，万点荷珠晓气凉。朱瑀空偷御沟水，锦鳞红尾属严光。

宿沣曲僧舍

东郊和气新，芳霭远如尘。客舍停疲马，僧墙画故人。
沃田桑景晚，平野菜花春。更想严家濑，微风荡白蘋。

○李频8首

李频（818？—876），字德新，睦州寿昌（今浙江建德）人。唐大中八年（854）进士，调秘书郎，为南陵主簿，判入等，再迁武功令，俄擢侍御史，迁累都官员外郎。表丐建州刺史。卒于官。有《建州刺史集》，又名《梨岳集》。

题钓台障子

君家尽是我家山，严子前台枕古湾。却把钓竿终不可，几时入海得鱼还。

贻友人喻坦之

从容心自切，饮水胜衔杯。共在山中长，相随阙下来。
修身空有道，取事各无媒。不信升平代，终遗草泽才。

送张郎中赴睦州

青山复渌水，想入富春西。夹岸清猿去，中流白日低。
美兼华省出，荣共故乡齐。贱子遥攀送，归心逐马蹄。

送寿昌曹明府

惠人须宰邑，为政贵通经。却用清琴理，犹嫌薄俗听。
涨江晴渐渌，春峤烧还青。若宿严陵濑，谁当是客星。

送友人喻坦之归睦州

归心常共知，归路不相随。彼此无依倚，东西又别离。
山花含雨湿，江树近潮欹。莫恋渔樵兴，生涯各有为。

送侯郎中任新定两首

为郎非白头，作牧授沧洲。江界乘潮入，山川值胜游。
暑气随转扇，凉月傍开楼。便欲归田里，抛官逐隐侯。

其　二

罢郎东出守，半路得浮舟。大旆行当夏，桐江到未秋。
云闲分岛寺，涛静见沙鸥。谁伴临清景，吟诗上郡楼。

送徐处士归江南

行行野雪薄，寒气日通春。故国又芳草，沧江终白身。
游归花落满，睡起鸟啼新。莫惜闲书札，西来问旅人。

〇翁洮 2 首

翁洮，字子平，睦州寿昌（今浙江建德）人。唐光启三年（887）登进士第。官主客员外郎，后退居不仕。

赠方干先生

由来箕踞任天真，别有诗名出世尘。不爱春宫分桂树，欲教天子枉蒲轮。
城头鼙鼓三声晓，岛外湖山一簇春。独向若耶溪上住，谁知不是钓鳌人？

和方干题李频庄

高情度日非无事，自是高情不觉喧。海气暗蒸莲叶沼，山光晴逗苇花村。
吟时胜概题诗板，静处繁华付酒尊。闲伴白云收桂子，每寻流水劚桐孙。
犹凭律吕传心曲，岂虑星霜到鬓根。多少清风归此地，十年虚打五侯门。

〇张玭 1 首

张玭，字象文，清河（今河北省）人，唐乾宁二年（895）进士，为校书郎、栎阳尉、犀浦令。入蜀，拜膳部员外，终金堂令。

钱塘夜宴留别郡守

四方骚动一州安，夜列樽罍伴客欢。觱栗调高山阁迥，虾蟆更促海声寒。

屏间佩响藏歌妓，幕外刀光立从官。沈醉不愁归棹远，晚风吹上子陵滩。

○释贯休 41 首

释贯休（823—912），俗姓张，字德隐，婺州兰溪（今浙江兰溪）人，七岁时便投和安寺圆贞禅师出家为童侍，日诵《法华经》一千言，过目不忘。又雅好吟诗，兼工书画，终于蜀。

拟齐梁体寄冯使君三首

庭鸟多好音，相呼灌木中。竹房更何有，还如鸟巢空。
赖逢富人侯，真东晋谢公。煌煌发令姿，珂珮鸣丁冬。
故山有深霞，未如旌旗红。惭非卫霍松，何以当清风。

其　二

露益蝉声长，蕙兰垂紫带。清吟待明月，孤云忽为盖。
伊余石林人，本是烧畲辈。频接谢公棋，输多未曾赛。

其　三

大道贵无心，圣贤为始慕。秋空共澄洁，美玉同贞素。
伟哉桐江守，雌黄出金口。为文能废兴，谈道弭空有。
雪林槁枯者，坐石听亦久。还疑紫磨身，成居灵运后。

对雪寄新定冯使君两首

仙掌空思归未能，焚香冥目对残灯。岂知瑞雪千山合，空觉春寒半夜增。
翳月素云埋粉堞，堆巢孤鹤下金绳。因思太守忧民切，吟对琼枝喜不胜。

其　二

政化由来通上灵，丰年祥瑞满窗明。气严坐久灯凝焰，片大更深屋作声。
飘掩烟霞何处去，欹斜杉竹向帘倾。雪林中客虽无事，还有新诗半夜成。

赠方干

盛名与高隐，合近谢敷村。弟子已得桂，先生犹灌园。
垂纶侵海介，拾句历云根。白日升天路，如君别有门。

春晚访镜湖方干

幽居湖北滨，相访值残春。路远诸峰雨，时多掇鳌人。
蒸花初酿酒，渔艇劣容身。莫讶频来此，伊余亦隐沦。

怀方干张为

冥搜入仙窟，半夜水堂前。吾道只如此，古人多亦然。
萤沈荒坞雾，月苦绿梧蝉。因忆垂纶者，沧浪何处边。

上冯使君渡水僧障子

跣足拄巴藤，潺湲渡几曾。尽权无著印，不是等闲僧。
熊耳应初到，牛头始去登。画来偏觉好，将寄柳吴兴。

上冯使君五首

撑船碧江上，春日何迟迟。汀花最深处，拾得鸳鸯儿。

其 二

渔父无忧苦，水仙亦何别。眠在绿苇边，不知钓筒发。

其 三

樵叟无忧苦，地仙亦何别。茆屋岸花中，弄孙头似雪。

其 四

扣舷得新诗，茶煮桃花水。礐礐数片帆，去去殊未已。

其 五

仁政无不及，乳獭将子行。谁家苦竹林，中有读书声。

寄桐江冯使君四首

山风与霜气，浩浩满松枝。永日烧杉子，无人共此时。
为文攀讽谏，得道在毫厘。唯有桐江守，常怜志不卑。

其 二

端居碧云暮，好鸟啼红芳。满郭桃李熟，卷帘风雨香。
清吟绣段句，默念芙蓉章。未得归山去，频升谢守堂。

其 三

山东山色胜诸山，谢守清高不可攀。薄俗尽于言下泰，苦心唯到醉中闲。
香凝锦帐抄书后，月转棠阴送客还。野客沾恩归未得，萧萧霜叶满柴关。

其 四

瓦砾文章岂有媒，两三年只在金台。本师头白须归云，太守门清愿再来。
皓皓玉霜孤雁远，萧萧松鸟片帆开。从兹林下终无事，唯有焚香祝上台。

桐江闲居作十二首

木落雨篩篩，桐江古岸头。拟归仙掌去，刚被谢公留。
猛烧侵茶坞，残霞照角楼。坐来还有意，流水面前流。

其 二

香刹通真观，楼台倚郡城。阴森古树气，粗淡老僧情。
壁画连山润，仙钟扣月清。何须结西社，大道本无生。

其 三

静室焚檀印，深炉烧铁瓶。茶和阿魏暖，火种柏根馨。

数只飞来鹤，成堆读了经。何妨似支遁，骑马入青冥。

其 四

不问庚桑子，唯师妙吉祥。等闲眠片石，不觉到斜阳。

独自收槠叶，教童探柏瓤。王孙莫指笑，淡泊味还长。

其 五

诗琢冰成句，多将大道论。人谁知此意，日日只关门。

乳鼠穿荒壁，溪龟上净盆。因知无事贵，言外更无言。

其 六

红黍饭溪苔，清吟茗数杯。只应唯道在，无意俟时来。

树叠藏仙洞，山蒸足爆雷。从他嫌复笑，门更不曾开。

其 七

蝉急野萧萧，山中信屡招。树香烹菌术，诗□□琼瑶。

诸境教人认，荒榛引烧烧。吾皇礼金骨，谁□美南朝。

其 八

露滴滴蘅茅，秋成爽气交。霜樟如蜜裹，□□似盐苞。

浮藓侵蛩穴，微阳落鹤巢。还如山里日，门更绝人敲。

其 九

堑鸟毛衣别，频来似爱吟。萧条秋病后，斑驳绿苔深。

珠翠笼金像，风泉洒玉琴。孰知吾所适，终不是心心。

其 十

芙蓉峰里居，关闭复何如。白玃兼花鹿，多年不见渠。
红泉香滴沥，丹桂冷扶疏。唯有西溪叟，时时到弊庐。

其十一

忆在山中日，为僧鬓欲衰。一灯常到晓，十载不离师。
水汲冰溪滑，钟撞雪阁危。从来多自省，不学拟何为。

其十二

囊非扑满器，门更绝人过。土井连冈冷，风帘迸叶多。
村童顽似铁，山菜硬如莎。唯有前山色，窗中无奈何。

陪冯使君游六首之登干霄亭

拥翠扪萝屐屦轻，飘飖红斾在青冥。仙科朱绂言非贵，溪鸟林泉癖爱听。
古桂林边棋局湿，白云堆里茗烟青。因思庐岳弥天客，手把金书倚石屏。

陪冯使君游六首之游灵泉院

珂珮喧喧满路岐，乱泉声里扣禅扉。对花语合希夷境，坐石苔黏黼黻衣。
鸟啄古杉云冉冉，风吹清磬露霏霏。惠岩亦有孤峰在，只恋缥经未得归。

陪冯使君游六首之过相思岭

誉自馨香道自怡，相思岭上却无机。荒渠叶覆深霞在，片石人吟一鸟飞。
何处风砧传古曲，谁家冢树挂斜晖。因思往事真堪笑，鹤背渔竿未是归。

陪冯使君游六首之钓鼍潭

境静江清无事时，红旌画鹢动渔矶。心期只是行春去，日暮还应待鹤归。
风破绮霞山寺出，人歌白雪岛花飞。自怜亦在仙舟上，玉浪翻翻溅草衣。

春晚桐江上闲望作

江上车声落日催，纷纷扰扰起红埃。更无人望青山立，空有帆冲夜色来。
沙鸟似云钟外去，汀花如火雨中开。可怜潇洒鸱夷子，散发扁舟去不回。

上新定宋使君

禅坐吟行谁与同，杉松共在寂寥中。碧云诗里终难到，白藕花经讲始终。
水叠山层擎草疏，砧清月苦立霜风。十年勤苦今酬了，得句桐江识谢公。

追忆冯少常

盛德方清贵，旋闻逐逝波。令人翻不会，积善合如何。
直道登朝晚，分忧及物多。至今新定郡，犹咏袴襦歌。

寄杭州宋使君公初罢睦州

一自双旌下钓台，望风吟苦冻云开。即归紫闼天非远，犹忆乌龙首独回。
高节似僧僧共坐，暮潮如雪雪中来。应知新定苍生泪，洒向东风祝上台。

游严陵钓台

雪浪皑皑万古情，岸边台占子陵名。一时大器天将与，数尺渔竿谁不擎。
危榭高碑镌籀字，沧州老鹤识先生。游人到此慵归去，庭树孤猿有好声。

秋送夏郢归钱塘

归客指吴国，风帆几日程。新诗陶雪字，玄发有霜茎。

微月生沧海，残涛傍石城。从兹江岛意，应续子陵名。

别卢使君归东阳

家在严陵钓渚旁，细涟嘉树拂窗凉。难医林薮烟霞癖，又出芝兰父母乡。
孤帆好风千里暖，深花黄鸟一声长。终期金鼎调羹日，再近尼丘日月光。

○薛能 1 首

薛能，字太拙，汾州（今山西汾阳）人，唐会昌六年（846）进士。大中末年，书判中选，补盩厔尉。历御史、都官刑部员外郎。咸通中，摄嘉州刺史，迁主客、度支、刑部郎中，权知京兆尹事，授工部尚书，节度徐州，徙忠武。

寄唁张乔喻坦之

何事尽参差，惜哉吾子诗。日令销此道，天亦负明时。
有路当重振，无门即不知。何当见尧日，相与啜浇漓。

○曹邺 1 首

曹邺（859 年前后在世），字邺之，桂州阳朔（今属广西省）人。唐大中四年（850）进士，历官祠部郎中、洋州刺史、史部郎中等。宋人辑有《曹祠部集》。

题山居

扫叶煎茶摘叶书，心闲无梦夜窗虚。只因光武恩波晚，岂是严君恋钓鱼。

○陈珏 1 首

陈珏，桐庐（今浙江省）人，唐大中七年（853）进士，授闽县知县。

钓　台

汉迁吏事贵三公，难遣狂奴为改容。帝座有星曾奏客，云台无笔可图侬。
江河契阔攀龙计，廊庙征求卖药佣。从此清风能运儒，首阳千载自追踪。

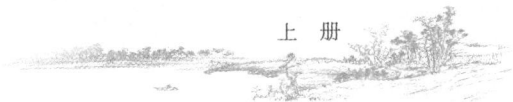

○李郢 2 首

李郢，字楚望，长安（今陕西西安）人。唐大中十年（856）进士，官终侍御史。

友人适越路过桐庐寄题江驿

桐庐县前洲渚平，桐庐江上晚潮生。莫言独有山川秀，过日仍闻官长清。
麦陇虚凉当水店，鲈鱼鲜美称莼羹。王孙客棹残春去，相送河桥羡此行。

秦处士移家富春发樟亭怀寄

潮落空江洲渚生，知君已上富春亭。尝闻郭邑山多秀，更说官僚眼尽青。
离别几宵魂耿耿，相思一座发星星。仙翁白石高歌调，无复松斋半夜听。

○刘驾 1 首

刘驾，字司南，江东（今长江下游江南一带）人。唐大中进士，官国子博士。

钓台怀古

澄流可濯缨，严子但垂纶。孤坐九层石，远笑清渭滨。潜龙飞上天，
四海岂无云。清气不零雨，安使洗尘氛。我来吟高风，仿佛见斯人。
江月尚皎皎，江石亦磷磷。如何台下路，明日又迷津。

○罗邺 1 首

罗邺（825—？），余杭（今浙江省）人。唐咸通中，累举进士不第，曾赴单于
牙帐前任职，郁郁而终。光化中，以韦庄奏，追赐进士及第。有《罗邺诗集》。

吴门再逢方干处士

天上高名世上身，垂纶何不驾蒲轮。一朝卿相俱前席，千古篇章冠后人。
稽岭不归空挂梦，吴宫相值欲沾巾。吾王若致升平化，可独成周只渭滨。

○曹松 5 首

曹松（828—903），字梦征，舒州（今安徽潜山附近）人。唐天复初，与王希羽、刘象、柯崇、郑希颜等及第，年皆七十余，时号"五老榜"。特授校书郎而卒。

秋日送方干游上元

天高淮泗白，料子趋修程。汲水疑山动，扬帆觉岸行。
云离京口树，雁入石头城。后夜分遥念，诸峰霜露生。

送进士喻坦之游太原

北鄙征难尽，诗愁满去程。废巢侵烧色，荒冢入锄声。
逗野河流浊，离云碛日明。并州戎垒地，角动引风生。

九江送方干归镜湖

一樯悬五两，此日动归风。客路抛溢口，家林入镜中。
谭余云出峤，咏苦月欹空。更若看鸂鶒，何人夜坐同。

赠镜湖处士方干两首

包含教化剩搜罗，句出东瓯奈峭何。世路不妨平处少，才人唯是屈声多。
云来岛上便幽石，月到湖心忌白波。后辈难为措机杼，先生织字得龙梭。

其　二

只拟应星眠越绝，唯将丽什当高勋。磨砻清浊人难会，织络虚无帝亦闻。
鸟道未知山足雨，渔家已没镜中云。他时莫为三征起，门外沙鸥解笑君。

○张乔 1 首

张乔，池州（今安徽贵池）人，唐咸通中进士。

吊建州李员外

铭旌归故里，猿鸟亦凄然。已葬桐江月，空回建水船。

客传为郡日，僧说读书年。恐有吟魂在，深山古木边。

○罗隐5首

罗隐（833—910），字昭谏，新登（今浙江富阳）人。本名横，因十次考进士不中，改名为隐。后入镇海军节度使钱镠幕，迁节度判官、给事中等职。有《甲乙集》《谗书》《两同书》。

送章碣赴举

蘋鹿歌中别酒催，粉闱星彩动昭回。久经罹乱心应破，乍睹升平眼渐开。

顾我昔年悲玉石，怜君今日蕴风雷。龙门盛事无因见，费尽黄金老隗台。

题方干诗

中间李建州，夏汭偶同游。顾我论佳句，推君最上流。

九霄无鹤板，双鬓老渔舟。世难方如此，何当浣旅愁。

秋日富春江行

远岸平如剪，澄江静似铺。紫鳞仙客驭，金颗李衡奴。

冷叠群山阔，清涵万象殊。严陵亦高见，归卧是良图。

酬章处士见寄

中原甲马未曾安，今日逢君事万端。乱后几回乡梦隔，别来何处路行难。

霜鳞共落三门浪，雪鬓同归七里滩。何必新诗更相戏，小楼吟罢暮天寒。

严陵滩

中都九鼎勤英髦，渔钓牛蓑且遁逃。世祖升遐夫子死，原陵不及钓台高。

○韦庄2首

韦庄（836—910），字端己，长安杜陵（今陕西西安）人，唐乾宁元年（894）进士。曾任校书郎、左补阙等职。后为前蜀宰相。终于蜀。有《浣花集》。

桐庐县作

钱塘江尽到桐庐，水碧山青画不如。白羽鸟飞严子濑，绿蓑人钓季鹰鱼。潭心倒影时开合，谷口闲云自卷舒。此境只应词客爱，投文空吊木玄虚。

旅中感遇寄呈李秘书昆仲

南望愁云锁翠微，谢家楼阁雨霏霏。刘桢病后新诗少，阮籍贫来好客稀。犹喜故人天外至，许将孤剑日边归。怀乡不怕严陵笑，只待秋风别钓矶。

○司空图1首

司空图（837—908），字表圣，河中虞乡（今山西省）人。唐咸通末年进士，官至中书舍人、知制诰。有《一鸣集》《司空表圣诗集》《二十四诗品》。

狂　题

南华落笔似荒唐，若肯经纶亦不狂。偶作客星侵帝座，却应虚薄是严光。

○皮日休1首

皮日休（？—881），字袭美，襄阳（今湖北省）人。唐咸通八年（867）进士，官至太常博士。

钓　侣

严陵滩势似云崩，钓具归来放石层。烟浪溅篷寒不睡，更将枯蚌点渔灯。

○胡曾1首

胡曾，邵阳（今湖南省）人。唐咸通中举进士，不第，尝为汉南从事。

七里滩

七里青滩映碧层,九天星象感严陵。钓鱼台上无丝竹,不是高人谁解登?

○唐彦谦 4 首

唐彦谦,字茂业,号鹿门先生,并州晋阳(今山西太原)人。唐咸通二年(861)进士。中和中王重荣辟为从事,官至兴元节度副使,阆州、壁州刺史。有《鹿门集》。

吊方干处士两首

不谓高名下,终全玉雪身。交犹及前辈,语不似今人。
别号行鸣雁,遗编感获麟。敛衣应自定,只著古衣巾。

其　二

不比他人死,何诗可挽君? 渊明元懒仕,东野别攻文。
沧海诸公泪,青山处士坟。相看莫浪哭,私谥有前闻。

严子陵

严陵情性是真狂,抵触三公傲帝王。不怕旧交嗔僭越,唤他侯霸作君房。

寄徐山人

一室清赢鹤体孤,气和神莹爽冰壶。吴中高士虽求死,不那稽山有谢敷。

○黄滔 1 首

黄滔,字文江,莆田(今福建省)人。唐乾宁二年(895)进士,光化中,除四门博士,寻迁监察御史里行,充威武军节度推官。

严陵钓台

终向烟霞作野夫,一竿竹不换簪裾。直钩犹逐熊罴起,独是先生真钓鱼。

○韩偓 1 首

韩偓（842—914），字致光（一作尧），京兆万年（今陕西西安）人。唐龙纪元年（889）进士，佐河中幕府，召拜左拾遗，累迁谏议大夫，历翰林学士、中书舍人、兵部侍郎、濮州司马、荣懿尉、邓州司马。有《翰林集》《香奁集》。

招 隐

立意忘机机已生，可能朝市污高情。时人未会严陵志，不钓鲈鱼只钓名。

○杜荀鹤 2 首

杜荀鹤（846—904），字彦之，号九华山人，池州石埭（今安徽石台）人。唐大顺二年（891）进士，历授翰林学士、主客员外郎、知制诰。有《唐风集》。

哭方干

何言寸禄不沾身，身没诗名万古存。况有数篇关教化，得无余庆及儿孙。渔樵共垒坟三尺，猿鹤同栖月一村。天下未宁吾道丧，更谁将酒酹吟魂。

经严陵钓台

苍翠云峰开俗眼，泓澄烟水浸尘心。唯将道业为芳饵，钓得高名直至今。

注：此诗一说方干作。

○汪遵 2 首

汪遵，宣州泾县（今安徽省）人。唐咸通七年（866）进士。

桐 江

光武重兴四海宁，汉臣无不受浮荣。严陵何事轻轩冕，独向桐江钓月明。

严陵台

一钓凄凉在杳冥，故人飞诏入山扃。终将宠辱轻轩冕，高卧五云为客星。

○郑谷 3 首

郑谷（848—909），字守愚。袁州（今江西宜春）人，唐光启三年（887）进士，授京兆鄠县尉。迁右拾遗，官至都官郎中，诗家因称"郑都官"。

寄题方干处士

山雪照湖水，漾舟湖畔归。松篁调远籁，台榭发清辉。
野岫分闲径，渔家并掩扉。暮年诗力在，新句更幽微。

闻进士许彬罢举归睦州怅然怀寄

桐庐归旧庐，垂老复樵渔。吾子虽言命，乡人懒读书。
烟舟撑晚浦，雨屐剪春蔬。异代名方振，哀吟莫废初。

送进士许彬

泗上未休兵，壶关事可惊。流年催我老，远道念君行。
残雪临晴水，寒梅发故城。何当食新稻，岁稔又时平。

○吴融 4 首

吴融，字子华，越州山阴（今浙江绍兴）人。唐龙纪元年（889）进士。历侍御史、左补阙、中书舍人、户部侍郎。

自　讽

世路升沉合自安，故人何必苦相干。涂穷始解东归去，莫过严光七里滩。

赠方干处士歌

把笔尽为诗，何人敌夫子？句满天下口，名聒天下耳。不识朝，不识市，旷逍遥，闲徒倚。一杯酒，无万事；一叶舟，无千里。衣裳白云，坐卧流水。霜落风高忽相忆，惠然见过留一夕。一夕听吟十数篇，水榭林萝为岑寂。拂旦舍我亦不辞，携筇径去随所适。随所适，无处觅。云半片，鹤一只。

富春两首

天下有水亦有山，富春山水非人寰。长川不是春来绿，千峰倒影落其间。

其 二

水送山迎入富春，一川如画晚晴新。云低远渡帆来重，潮落寒沙鸟下频。
未必柳间无谢客，也应花里有秦人。严光万古清风在，不敢停桡更问津。

○崔涂 2 首

崔涂（854—？），字礼山，桐庐人。唐光启四年（888）进士。

读方干诗因怀别业

把君诗一吟，万里见君心。华发新知少，沧洲旧隐深。
潮冲虚阁上，山入暮窗沈。忆宿高斋夜，庭枝识海禽。

言 怀

干时虽苦节，趋世且无机。及觉知音少，翻疑所业非。
青云如不到，白首亦难归。所以沧江上，年年别钓矶。

○林宽 1 首

林宽，侯官（今福建福州）人。余不详。

送李员外频之建州

勾践江头月，客星台畔松。为郎久不见，出守暂相逢。
鸟泊牵滩索，花空押号钟。远人思化切，休上武夷峰。

○陆龟蒙 7 首

陆龟蒙（？—881），字鲁望，别号天随子、江湖散人、甫里先生，吴江（今江苏苏州）人。曾任湖州、苏州刺史幕僚，后隐居松江甫里。召拜拾遗，诏方下，卒。光化中，赠右补阙。

严光钓台

片帆竿外揖清风，石立云孤万古中。不是狂奴为故态，仲华争得黑头公。

闲居杂题五首之饮岩泉

已甘茅洞三君食，欠买桐江一朵山。严子濑高秋浪白，水禽飞尽钓舟还。

引泉诗（睦州龙兴观老君院作）

上嗣位六载，吾宗刺桐川。余来拜旌戟，诏下之明年。是时春三月，
绕郭花蝉联。岚盘百万髻，上插黄金钿。授以道士馆，置榻于东偏。
满院声碧树，空堂形老仙。本性乐凝淡，及来更虚玄。焚香礼真像，
盥手披灵编。新定山角角，乌龙独巉然。除非净晴日，不见苍崖巅。
上有拏云峰，下有喷壑泉。泉分数十汊，落处皆峥潺。寒声入烂醉，
聒破西窗眠。支筇起独寻，只在墙东边。呼童具畚锸，立凿莓苔穿。
瀼淙一派堕，练带横斜牵。乱石抛落落，寒流响溅溅。狂奴七里濑，
缩到疏楹前。跳花泼半散，涌沫飞旋圆。势束三峡挂，泻危孤磴悬。
曾闻瑶池溜，亦灌朱草田。凫伯弄翠蕊，鸾雏舞丹烟。凌风捩桂柁，
隔雾驰犀船。况当玄元家，尝著道德篇。上善可比水，斯文参五千。
精灵若在此，肯恶微波传。不拟争滴沥，还应会沦涟。出门复飞箭，
合势浮青天。必有学真子，鹿冠秋鹤颜。如能辅余志，日使疏其源。

钓车

小轮轻线妙无双，曾伴幽人酒一缸。洛客见诗如有问，辗烟冲雨过桐江。

顷自桐江得一钓车以袭美乐烟波之思因出以为三首

旋屈金钩劈翠筠,手中盘作钓鱼轮。忘情不效孤醒客,有意闲窥百丈鳞。
雨似轻埃时一起,云如高盖强相亲。任他华毂低头笑,此地终无覆败人。

其二

曾招渔侣下清浔,独茧初随一锤深。细辗烟华无辙迹,静含风力有车音。
相呼野饭依芳草,迭和山歌逗远林。得失任渠但取乐,不曾生个是非心。

其三

病来悬著脆绺丝,独喜高情为我持。数幅尚凝烟雨态,三篇能赋蕙兰词。
云深石静闲眠稳,月上江平放溜迟。第一莫教谙此境,倚天功业待君为。

○李山甫 1 首

李山甫,唐咸通中累举不第,依魏博幕府为从事。

方干隐居

咬咬嘎嘎水禽声,露洗松阴满院清。溪畔印沙多鹤迹,槛前题竹有僧名。
问人远岫千重意,对客闲云一片情。早晚尘埃得休去,且将书剑事先生。

○厉翼 1 首

厉翼,晚唐诗人。余不详。

送尹蔓回睦州

怜君授衣月,远作泛舟行。江阔桐庐岸,山深建德城。
千寻乔木影,七里暮滩声。兴尽当停棹,临流更濯缨。

○崔道融 2 首

崔道融，荆州（今湖北省）人，以征辟为永嘉令，累官右补阙。

镜湖雪霁贻方干

天外晓岚和雪望，月中归棹带冰行。相逢半醉吟诗苦，应抵寒猿裛树声。

钓 鱼

闲钓江鱼不钓名，瓦瓯斟酒暮山青。醉头倒向芦花里，却笑无端犯客星。

○王岩 1 首

王岩，蜀人，曾避地荆南。余不详。

题严君观

寒云古木罩星台，凡骨仙踪信可哀。二十年前曾此到，一千年内未归来。

○徐夤 6 首

徐夤，字昭梦，莆田（今福建省）人。唐乾宁元年（894）进士，授秘书省正字。归隐延寿溪。

钓 台

金门谁奉诏，碧岸独垂钩。旧友只樵叟，新交惟野鸥。
嘉名悬日月，深谷化陵丘。便可招巢父，长川好饮牛。

赠严司直

承家居阙下，避世出关东。有酒刘伶醉，无儿伯道穷。
新诗吟阁赏，旧业钓台空。雨雪还相访，心怀与我同。

西寨寓居两首

闲读南华对酒杯，醉携箬竹画苍苔。豪门有利人争去，陋巷无权客不来。
解报可能医病雀，重燃谁肯照寒灰。严陵万古清风在，好棹东溪咏钓台。

其　二

功智争驰淡薄空，犹怀忠信拟何从。鸥鸾啄腐疑雏凤，神鬼欺贫笑伯龙。
烈日不融双鬓雪，病身全仰竹枝筇。崇侯入辅严陵退，堪忆啼猿万仞峰。

赠表弟黄校书辂

产破身穷为学儒，我家诸表爱诗书。严陵虽说临溪隐，晏子还闻近市居。
佳句丽偷红菡萏，吟窗冷落白蟾蜍。闲来共话无生理，今古悠悠事总虚。

钓车

荻湾渔客巧妆成，硾铸银星一点轻。抛过鸂鶒碧江岸，轧残金井辘轳声。
轴磨骍角冰光滑，轮卷春丝水面平。把向严滩寻辙迹，渔台基在辗难倾。

○喻坦之 2 首

喻坦之，桐庐人。唐咸通间累举进士不第。久居长安，素与李频友善。

归江南

归日值江春，看花过楚津。草晴虫网遍，沙晓浪痕新。
莲叶初浮水，鸥雏已狎人。渔心惭未遂，空厌路岐尘。

晚泊富春寄友人

江钟寒夕微，江鸟望巢飞。木落山城出，潮生海棹归。
独吟霜岛月，谁寄雪天衣。此别三千里，关西信更稀。

○释神颖 1 首

释神颖，唐咸通中诗僧。余不详。

宿严陵钓台

寒谷荒台七里洲，贤人永逐水东流。独猿叫断青天月，千古冥冥潭树秋。

○释齐己 3 首

释齐己（863—937），名得生，姓胡氏，益阳（今湖南省）人。出家大沩山同庆寺，复栖衡岳东林。后欲入蜀，经江陵，高从诲留为僧正，居之龙兴寺，自号"衡岳沙门"。有《白莲集》。

寄镜湖方干处士（一作寄方干处士鉴湖旧居）

贺监旧山川，空来近百年。闻君与琴鹤，终日在渔船。
岛露深秋石，湖澄半夜天。云门几回去，题遍好林泉。

严陵钓台

夫子垂竿处，空江照古台。无人更如此，白浪自成堆。
鹤静寻僧去，鱼狂入海回。登临秋值晚，树石尽多苔。

过西山施肩吾旧居

大志终难起，西峰卧翠堆。床前倒秋壑，枕上过春雷。
鹤见丹成去，僧闻栗熟来。荒斋松竹老，鸾鹤自裴回。

○王贞白 2 首

王贞白（875—?），字有道，号灵溪，信州永丰（今江西广丰）人。唐乾宁二年（895）进士，授校书郎。有《灵溪集》。

题严陵钓台

山色四时碧，溪声七里清。严陵爱此景，下视汉公卿。
垂钓月初上，放歌风正轻。应怜渭滨叟，匡国正论兵。

钓　台

异代有巢许，方知严子情。旧交虽建国，高卧不求荣。
溪鸟寒来浴，汀兰暖重生。何颜吟过此，辛苦得浮名。

○释尚颜 1 首

释尚颜，俗姓薛，字茂圣，汾州（今山西汾阳）人。出家荆门。

寄方干处士

格外缀清诗，诗名独得知。闲居公道日，醉卧牡丹时。
海鸟和涛望，山僧带雪期。仍闻称处士，圣主肯相违。

○释虚中 1 首

释虚中，生平不详。

悼方干处士

先生在世日，只向镜湖居。明主未巡狩，白头闲钓鱼。
烟莎一径小，洲岛四邻疏。独有为儒者，时来吊旧庐。

○释可朋 1 首

释可朋（885—963），丹棱（今四川省）人。年二十在净众寺削发为僧，后任住持。晚年披缁于丹棱县九龙山竹林寺。自号醉髡，世称"醉酒诗僧"。有《玉垒集》，今不传。

赠方干

盛名传出自皇州，一举参差便缩头。月里岂无攀桂分，湖中刚爱钓鱼休。
童偷诗藁呈邻叟，客乞书题谒郡侯。独泛短舟何限景，波涛西接洞庭秋。

○孙郃 1 首

孙郃，字希韩，四明（今浙江宁波）人。唐乾宁中进士，任官校书郎、河南府文学。

哭方玄英先生

牛斗文星落，知是先生死。湖上闻哭声，门前见弹指。
官无一寸禄，名传千万里。死著弊衣裳，生谁顾朱紫？
我心痛其语，泪落不能已。犹喜韦补阙，扬名荐天子。

○苏拯 1 首

苏拯，生卒不详，生活年代在唐昭宗光化年前后。存诗一卷。

渔人

垂竿朝与暮，披蓑卧横楫。不问清平时，自乐沧波业。
长畏不得闲，几度避游畋。当笑钓台上，逃名名却传。

○扈蒙 1 首

扈蒙（915—986），字日用，幽州安次（今河北省）人。后晋天福中进士。五
代时官至右拾遗、直史馆、知制诰。入宋，历中书舍人、翰林学士、知制诰、江陵
知府、户部侍郎，以工部尚书致仕。

桐庐员外出勋德之门以儒素为业泊来仪于京阙久飞誉于缙绅今则膺凤诏于朝端奏牛刀于江表会承旨尚书赋琼章于丹地钱兰棹于清流愚虽不才敢继其作

王谢高门江鲍才，东游何用更装回。弦歌好就吴乡拜，簪组初从魏阙来。

清酒一尊携潋滟，旧诗千首贮琼瑰。健帆轻棹须行乐，莫效当时庾信哀。

○李昉 1 首

李昉（925—996），字明远，一作深州饶阳（今河北省）人。五代北汉乾祐进士。仕晋、汉、周三代累官至翰林学士。入宋，历中书舍人、衡州知府、户部侍郎、工部尚书、参知政事，拜同中书门下平章事。淳化五年（994）以特进司空致仕。至道二年（996）卒，谥"文正"。

新桐庐知县员外端修节行富有才名九霄未展于奋飞百里暂劳于绥抚言之美任即动征桡敢赋恶诗用伸攀送

词笔凌云正后生，安贫守道住神京。昔年南国无虚誉，今日终朝有令名。杨柳岸边挥袂去，木兰舟里载书行。琴堂莫作多时计，碧落方开万里程。

○唐颖 1 首

唐颖，生平不详。

钓 台

寥落荒台七里洲，贤人永远水东流。寒狐叫断青天月，千古冥冥潭树秋。

○吴党 1 首

吴党，又名志奇。后周时淳安（今浙江省）人。

始迁青溪望吴兴故里

平生愿嗣叔庠徽，谁识飘零事已非。雪水远从云外隔，澄江独向月中归。烟横野渡行舟隐，露下衡门步屦稀。潮汐不通音问杳，故乡冷落钓鱼矶。

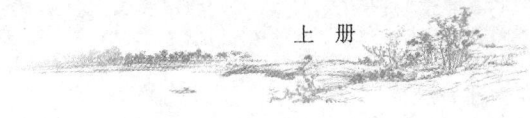

宋　朝

○潘阆 1 首

潘阆（？—1009），字梦空，一说字逍遥，号逍遥子，大名（今河北省）人，一说扬州（今江苏省）人。宋初著名隐士、文人。性格疏狂，曾两次坐事亡命。真宗时释其罪，任滁州参军。有诗名，风格类孟郊、贾岛，亦工词，今存《酒泉子》十首。

岁暮自桐庐归钱塘晚泊渔浦

久客见华发，孤棹桐庐归。新月无朗照，落日有余晖。

渔浦风水急，龙山烟火微。时闻沙上雁，一一背人飞。

○田锡 10 首

田锡（940—1004），字表圣，嘉州洪雅（今四川省）人。宋太平兴国三年（978）进士。释褐除将作监丞，通判宣州。历著作佐郎、左拾遗、河北转运使、相州知府、睦州知府、兵部员外郎、户部郎中、陈州知府、单州知府、泰州知府、右谏议大夫、朝请大夫。咸平六年（1003）十二月卒。有《咸平集》五十卷。

登郡楼望严陵钓台

溪上严陵古钓台，倚楼凝望自徘徊。先生能保孤高节，英主尝师霸王才。

日暮白云迷草莽，岸平春水浸莓苔。登临不尽微吟兴，花落东风首重回。

钓台怀古

闲读铭词扫绿苔，溪边永日自徘徊。白云遗迹今亲到，青史高名不可陪。

千古烟霞为己有，一竿风月避谁来。松巅老鹤应相识，时唳和风下钓台。

桐江即事

沧州深隐未言归，三载桐江解印迟。官职清华非不达，性灵疏拙欲何为。
闲移夫子青山庙，拟立严陵钓渚碑。兼喜溪云每相狎，时来窗户伴吟诗。

和温仲舒残春遣怀

丹阙年来奏贺频，金舆侍从望东巡。越王江上重回首，严子台边再送春。
水国山川怡道性，花时琴酒悦吟神。烟霞肯欲留君住，宰相方谋用故人。

郡中遣意寄友人

溪云淡淡浪悠悠，十二州中最小州。花落喜过流水寺，月明懒下看潮楼。
药栏梅润秋重换，棋局松阴夜不收。吟寄故人如借问，钓鱼矶在海西头。

桐江咏

桐溪湛湛见游鳞，摇落枫林绕水滨。秋色数行沙上雁，残阳一簇渡头人。
蓝鲜斤竹过深涧，雪吼寒潮入富春。俱是谢公吟咏地，伊余何以寄芳尘。

七里滩

清泚寒流走白沙，钓台苍翠远嵯峨。隔溪人语穿芳树，旁岸鱼跳落浅沙。
几处上源堪涉渡，有时野艇并来过。秋声不尽吟诗意，七里潺湲奈尔何。

和温仲舒寄赠

桐江秋水锦鳞肥，闲钓烟波是见机。野步共游芳草径，吟情对启白云扉。
醉来拾笔题红叶，睡觉凭栏望翠微。官满替人如未到，兼葭玉树且相依。

桐溪行

东效驿树连理枝，西庙丛篁十丈围。堪将轻素命人画，赍为方物归京师。

公署石楠圆似盖，画楼北面当厅桧。桐溪怪石胜太湖，贱如泥土无人爱。
天生尔材地且卑，空山老朽人不知。人不知，睦州右史作歌词。

酬桐庐知县刁衎歌

诏守江西新定郡，二年抚俗谁相问。白浪青山绕城郭，卧理烟霞称嘉遁。
帝乡迢迢天一涯，子牟恋阙人不知。慷慨情怀何企慕，宋璟政事杜牧诗。
六县万家人辑睦，鱼盐利人茶货足。公家事简案牍稀，芳草疏篱映空狱。
杨柳湖边观钓鱼，芙蓉池上静看书。优游天爵浩然性，贵如三入承明庐。
靖节先生来访我，欣然延入黄堂坐。敛襟欲坐先发言，捧出尺书双袖间。
七轴好词同跪授，儒雅礼丰情意厚。主人识鉴非延陵，金石何烦荣固陋。
且置琼瑶未暇看，高谈如绮有余欢。黄鹂百啭天欲暮，客去斜阳已半轩。
焚香道院无人到，风花拂几收真诰。却取文编一一看，南朝礼制多渊奥。
两轴七字五字诗，珠贯累累乐府词。古于禅月画罗汉，丽于范蠡进西施。
议论精微穷理窟，赋咏升高能体物。一篇序送周子通，飘飘思若翻冥鸿。
自有沧浪高尚志，因人命笔生词锋。尝闻水国清辉殿，曾事吴王侍文宴。
田园未遂归去来，严子台边知一县。古人穷则善一身，达则惠泽如阳春。
一邑生灵如受赐，何须兼济方为贵。金门吏隐能安身，何必弃官为逸人。
桐庐山水幸堪赏，歌诗酬唱且相亲。

○刘昌言 2 首

刘昌言（942—999），字禹谟，泉州南安（今福建省）人。宋太平兴国八年（983）进士。迁保兴、武信二镇判官，后迁右谏议大夫、同知枢密院事，出知襄州。至道二年（996）徙知荆南府。

钓台两首

汉业中微炎祚衰，四海奸豪窃神器。南阳龙虎方斗争，赤伏真人正天位。
先生高隐来富春，耕耒青山自如意。一竿渔钓乐幽深，七里溪光弄苍翠。

朝中天子思故人，物色寰中引其类。先生独步衣羊裘，咳唾浮云轻富贵。
足加帝腹傍无人，星动天文失躔次。卓哉光武真圣君，终使狂奴毕高志。
云台千尺尽功臣，谁肯回顾钓台地。

其 二

不会持竿意，由来善一身。何如事天子，就削汉功臣。
乱木涵云际，幽禽散水滨。空余台下月，千载属渔人。

○赵湘 2 首

赵湘（959—993），字叔灵，祖籍南阳，居衢州西安（今浙江衢州）。宋淳化三年（992）
进士，授庐江尉。淳化四年（993）卒，年三十三。有《南阳集》六卷。

桐江晚望

叠浪浸天青，离愁望处生。雨余孤岛暝，花落一船横。
岸远红兰湿，鱼狂白鸟惊。无人问行客，山寺莫钟声。

秋晚舟泊桐江

严子台边水自流，夕阳无语倚松舟。乍逢风月羞为客，及到溪山识尽秋。
移树断蝉初过雨，立沙孤雁偶随鸥。乡心旅思何人会，芦苇萧萧一笛幽。

○胡则 1 首

胡则（963—1039），字子正，婺州永康（今浙江省）人。宋端拱二年（989）进士，
为许田尉。大中祥符七年（1014）为京西转运使。历知信州、福州、杭州、永兴军，
累迁工部侍郎、集贤院学士。景祐元年（1034）以兵部侍郎致仕。

题严子陵祠堂

占断烟波七里滩，渔蓑轻拂汉衣冠。高踪磨出云崖碧，清节照开秋水寒。
泽国几家供庙食，客星千载落云墩。我来亦有沙洲兴，愿借先生旧钓竿。

○丁谓 1 首

丁谓（966—1037），字谓之，后更字公言，长洲（今江苏苏州）人。宋真宗大中祥符五年至九年（1012—1016）任参知政事（次相），天禧三年至乾兴元年（1019—1022）再任参知政事、枢密使、同中书门下平章事（正相），前后共在相位七年。

赠方江二君

偶向严堂吊子陵，布衣携手远相迎。乍亲冠盖谈谐少，久住林泉骨白清。
正好辛勤缘齿少，最难遭遇是时平。李频乡党元英裔，皆合工诗取盛名。

○陈尧咨 1 首

陈尧咨（970—？），字嘉谟，阆州阆中（今四川省）人。尧佐弟。宋咸平三年（1000）举进士第一，通判济州。召为秘书省著作郎、直史馆，擢右正言、知制诰。历知光、开封、邓、秦、同、天雄、郓、河阳、澶等州府。卒赠太尉，谥"康肃"。

施肩吾宅

幽居正想沧霞客，夜久月寒珠露滴。千年独鹤两三声，飞下岩前一株柏。

○释智圆 1 首

释智圆（976—1022），字无外，自号中庸子，钱塘（今浙江杭州）人，俗姓徐。年八岁，受具于龙兴寺。二十一岁，传天台三观于源清法师。居杭州孤山玛瑙院，与处士林逋为友。乾兴元年（1022）卒，年四十七，谥号"法慧"。有《闲居编》五十一卷。

严光台

拨乱方争汗马功，贤才谁肯守穷空。严光亦是夷齐类，垂钓碧溪敦让风。

○杨翱 1 首

杨翱（976—1042），字翰之，钱塘（今浙江杭州）人。早年举进士，知婺州东阳县。庆历二年（1042）卒，年六十七。

题方干旧隐

云山旦暮奇，筑隐世希续。脱略浮官心，蝉联先祖躅。门横严子濑，
壁纪桐君篆。应笑泛轻舠，日为官牒束。

○钱惟演 1 首

钱惟演（977—1034），字希圣，临安（今浙江杭州）人，钱俶子。历右神武将军、
太仆少卿、直秘阁、工部尚书、枢密使，官终崇信军节度使。卒谥文僖。有《典懿集》。

与客启明

越溪微霰洒寒梅，家近严陵古钓台。梦欲成鱼通夕去，书曾凭犬隔秋回。
干时不为侏儒米，乐圣犹衔叔夜杯。帝右岂无杨得意，汉宫须荐长卿才。

○庞籍 4 首

庞籍（988—1063），字醇之，单州成武（今山东省）人。宋大中祥符八年（1015）
进士。历任广南东路转运使、福建转运使、三司户判官、陕西体量安抚使，知汝、同、
延州，后入枢密副使，改参知政事，拜同中书门下平章事、昭文馆大学士。后知郓、
并、青、定等州。卒年七十六，谥"庄敏"。

经严子陵钓台作四首

翠岫临寒濑，先生老此中。钓耕轻万乘，要领戒三公。
入宿星躔动，归来世网空。何人知此意，千古激浇风。

其 二

道闭宁濡足，时平亦括囊。故人登世帝，清濑自吾乡。
渭叟非真钓，商奴是诈狂。先生不可问，天外一鸾翔。

其 三

闻个狂奴足，生平在草莱。不荣升帝腹，宁自蹋鱼台。

步武中朝下，胼胝故国回。沧浪重一濯，京雒有尘埃。

其 四

长天杳杳道冥冥，一士孤风达至精。云若有心应有著，鱼缘轻饵是轻生。
何人楚泽三年放，此地家滩七里清。应宿将臣皆列土，未将烟水博功名。

○范仲淹 13 首

范仲淹（989—1052），字希文，吴县（今江苏苏州）人。幼孤，母改嫁长山朱姓，
遂名朱说，入仕后始改姓更名。宋大中祥符八年（1015）进士。仁宗朝官至枢密副使、
参知政事。曾主持"庆历新政"。历知睦、苏、饶、润、越、永兴、延、耀、庆、邠、
邓、杭、青等州。皇祐四年（1052），改知颖州，赴任途中病故。谥"文正"。有《范
文正公集》二十卷。

出守桐庐道中十绝

陇上带经人，金门齿谏臣。雷霆日有犯，始可报君亲。
君恩泰山重，尔命鸿毛轻。一意惧千古，敢怀妻子荣。
妻子屡牵衣，出门投祸机。宁知白日照，犹得虎符归。
分符江外去，人笑似骚人。不道鲈鱼美，还堪养病身。
有病甘长废，无机苦直言。江山藏拙好，何敢望天阍。
天阍变化地，所好必真龙。轲意正迂阔，悠然轻万钟。
万钟谁不慕，意气满堂金。必若枉此道，伤哉非素心。
素心爱云水，此日东南行。笑解尘缨处，沧浪无限清。
沧浪清可爱，白鸟鉴中飞。不信有京洛，风尘化客衣。
风尘日已远，郡枕子陵溪。始见神龟乐，优优尾在泥。

潇洒桐庐郡十绝

潇洒桐庐郡，乌龙山霭中。使君无一事，心共白云空。
潇洒桐庐郡，开轩即解颜。劳生一何幸，日日面青山。

潇洒桐庐郡，全家长道情。不闻歌舞事，绕舍石泉声。
潇洒桐庐郡，公余午睡浓。人生安乐处，谁复问千钟。
潇洒桐庐郡，家家竹隐泉。令人思杜牧，无处不潺湲。
潇洒桐庐郡，春山半是茶。新雷还好事，惊起雨前芽。
潇洒桐庐郡，千家起画楼。相呼采莲去，笑上木兰舟。
潇洒桐庐郡，清潭百丈余。钓翁应有道，所得是嘉鱼。
潇洒桐庐郡，身闲性亦灵。降真香一炷，欲老悟黄庭。
潇洒桐庐郡，严陵旧钓台。江山如不胜，光武肯教来。

依韵酬周骙太博同年

孰敢先怀富贵图，良时须惜几嗟吁。众心可致巍巍主，上意思平两两符。
不称内朝裨耳目，多惭外补救皮肤。子陵滩畔观渔钓，无限残阳媚绿蒲。

桐庐郡斋书事

千峰秀处白云骄，吏隐云边岂待招。数仞堂高谁富贵，一枝巢隐自逍遥。
杯中好物闲宜进，林下幽人静可邀。莫道官清无岁计，满山芝术长灵苗。

留题方干处士旧居（并序）

　　某景祐初典桐庐，郡有七里濑，子陵之钓台在。而乃以从事章岷往构堂而祠之，召会稽僧悦躬图其像于堂。洎移守姑苏，道出其下，登临徘徊。见东岳绝碧，白云徐生，云方干处士之旧隐，逐访焉。其家子孙尚多儒服，有楷者新策名而归。因留二十八言，又图处士像于严堂之东壁。楷请刊诗于其左。

风雅先生旧隐存，子陵台下白云村。唐朝三百年冠盖，谁聚诗书到远孙。

依韵酬章推官见赠（并序）

　　仲淹自桐庐移守姑苏，由江而上登严陵钓台小舟南岸宿方干处士旧居，章从事闻之有诗见寄，依韵和之。

姑苏从古号繁华，却恋岩边与水涯。重入白云寻钓濑，更随明月宿诗家。
山人惊戴乌纱出，溪女笑隈红杏遮。来早又抛泉石去，茫茫荣利一吁嗟。

赠方秀才楷

高尚继先君，岩居与俗分。有泉皆漱石，无地不生云。
邻里多垂钓，儿孙半属文。幽兰在深处，终日自清芬。

钓台诗

汉包六合罔英豪，一个冥鸿惜羽毛。世祖功臣三十六，云台争似钓台高。

注：此诗一说张保雍作。《桐庐县志》云"范公尝歌以祀严先生"。

谪守睦州作

重父必重母，正邦先正家。一心回主意，十口向天涯。
铜虎思犹厚，鲈鱼味复加。圣明何以报，没齿愿无邪。

赴桐庐郡淮上遇风三首

圣宋非强楚，清淮异汨罗。平生仗忠信，尽室任风波。
舟楫颠危甚，蛟鼋出没多。斜阳幸无事，沽酒听渔歌。

其 二

妻子休相咎，劳生险自多。商人岂有罪，同我在风波。

其 三

一棹危于叶，傍观亦损神。他时在平地，无忽险中人。

句

钟响三山塔，潮平七里滩。

◎李若谷 4 首

李若谷，字子渊，徐州丰（今江苏丰县）人。宋真宗时进士，初仕长社县尉，累迁权三司户部判官，出为京东转运使。以太子少傅致仕，卒年八十，谥"康靖"。

题方干旧隐两首

世占桐江籍，君真处士家。风骚传旨趣，林樾是生涯。
垂钓严滩近，求名帝里赊。扁舟我相访，远岸日初斜。

其 二

奇峰重复叠，宅在翠屏间。僧到偏怜静，云留自共闲。
岩前樵径接，门外钓舟还。老约为邻并，须求一亩山。

七里滩

有客径行感逝波，滩声如何扣舷歌。云山依旧苍苍在，极目秋林落叶多。

钓 台

问讯严陵路，江山胜迹留。高风如在目，过客每维舟。
台足千年迥，滩偏七里幽。故人物色后，应悔著羊裘。

◎王逮 1 首

王逮（991—1072），字仲达，濮阳（今河南省）人。宋天禧三年（1019）进士。

钓 台

一句能通万世情，若非高位即嘉声。如何自古留题者，不悟严光解钓名。

◎董循 1 首

董循，宋淳化四年（993）为提点使。大中祥符二年（1009）为度支员外郎。后官庆元府录事参军。

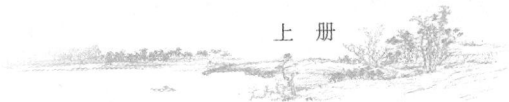

严子陵钓台和友人韵

子陵垂钓逐江流，相与登台作共游。红叶黄花三峡雨，高风亮节一天秋。
四围黛色迷青眼，满幅烟云锁绿洲。谁到严陵同玩赏，往来七里听渔讴。

○刁约 2 首

刁约（994—1077），字景纯，润州丹徒（今江苏省）人。宋天圣八年（1030）进士，
历诸王宫教授。历官集贤校理、海州通判、开封府推官、两浙转运使、扬州知州、
宣州知州。

方氏清芬阁

自别高居二纪余，今朝重到懒踟蹰。山川胜景依然在，屈指交亲一半无。

严陵山

一染浮名十五春，强随时态役天真。何年卜筑兹山下，却笑区区世路人。

○胡宿 4 首

胡宿（995—1067），字武平，常州晋陵（今江苏常州）人。宋天圣二年（1024）
进士。历扬子尉、宣州通判、湖州知州、两浙转运使、修起居注、知制诰、翰林学士、
枢密副使。治平三年（1066）以尚书吏部侍郎、观文殿学士知杭州。治平四年（1067）
致仕，卒。谥文恭。

徐偃王庙

天下慢朝周，君王瑶水流。一朝规问鼎，千里御还骝。故国无归日，
丛祠几换秋。诜诜耳孙庆，惟烈在仁柔。自注：邑人率多姓徐，云其苗裔。

过桐庐

两岸山花中有溪，山花红白遍高低。灵源忽若乘槎到，仙洞还同采药迷。
二月辛夷犹未落，五更鸦臼最先啼。茶烟渔火遥堪画，一片人家在水西。

钓 台

遗魄知何许，孤风不可攀。星辰归碧落，道德寄青山。
尧舜锱铢内，巢由尔汝间。草莱升御榻，韦布揖龙颜。
圭组无由屈，烟萝却自还。几峰云冉冉，数里水潺潺。
孤竹清何隘，磻溪老未闲。独留冰雪操，千古凛人寰。

送柳先辈从事桐庐

甘樱离会酒初醒，还赴东侯拱璧迎。江上桃歌传乐录，坐中鹦鹉占宾荣。
仙车过洛人偏识，绣骑还邛客尽倾。后夜严陵台上望，紫云西北是神京。

○孙沔2首

孙沔（996—1066），字元规，越州会稽（今浙江绍兴）人。宋天禧三年（1019）
进士。历知处、楚、庆、徐、秦、杭、青、并、延诸州，官至枢密副使。卒谥"威敏"。

题子陵钓台两首

旧交为帝不能邀，百尺双台照暮涛。逸迹已将山共永，清名仍与月争高。
鲁连解难终辞禄，龙伯持倾只钓鳌。列传古碑言未尽，一滩风竹自萧骚。

其 二

中兴曾作故人看，抗节唯怜七里滩。枯桦卧沙疑野艇，丛篁生岸忆长竿。
天边旧迹星辰动，江上余基水石寒。应笑渭滨周吕望，白头因猎从和銮。

○宋祁1首

宋祁（998—1061），字子京，小字选郎，开封雍丘（今河南杞县）人。宋天圣
二年（1024）进士，著名文学家、史学家、词人。宋祁初任复州军事推官，历官龙
图阁学士、史馆修撰、知制诰。曾与欧阳修等合修《新唐书》，《新唐书》大部分
为宋祁所作，前后长达十余年。书成，进工部尚书，拜翰林学士承旨，谥"景文"。
因《玉楼春》词中有"红杏枝头春意闹"句，世称"红杏尚书"。

杜少卿知睦州

三年云国别尧云，一箧书空此谤分。贾谊有才偏陨涕，屈原何赋不思君。谏囊久晦沈余草，绥笥重开续旧薰。几日班春向桑野，汉家明诏十行文。

○章岷 1 首

章岷，字伯镇，建州浦城（今福建省）人，徙镇江（今江苏省）。宋天圣五年（1027）进士。历官平江军推官、江州通判、越州知州、福州知州。

钓 台

乘兴访遗基，扁舟宿烟渚。水净写天形，山空答人语。风篁自成韵，霜叶纷如雨。寒亭暮响清，饥猿夜啼苦。疑将洞府接，似与人寰阻。不羡重城中，喧喧听笳鼓。

注：此诗一说为范仲淹作。

○邵炳 1 首

邵炳，号白云先生，睦州青溪（今浙江淳安）人。宋天圣五年（1027）进士，授杭州富阳县尉。秩满归隐，筑白云楼而居。因上时政机要策三篇除秘书省校书郎，知义乌县，不赴。

题钓台

光武休戈诏子陵，高台时暂别烟汀。当时四海皆臣妾，独有先生占客星。

○梅尧臣 6 首

梅尧臣（1002—1060），字圣俞，宣城（今安徽宣州）人。初以从父梅询荫补太庙斋郎。历桐城、河南、河阳三县主簿，以德兴县令知池州建德县、许州襄城县，监湖州盐税，迁忠武、镇安两军节度判官。宋皇祐三年（1051）赐同进士出身，为国子直讲，累迁至尚书都官员外郎。嘉祐五年（1060）卒。有《宛陵先生文集》。

读范桐庐述严先生祠堂碑

二蛇志不同，相得榛莽里。一蛇化为龙，一蛇化为雉。龙飞上高衢，
雉飞入深水。为蜃自得宜，潜游沧海涘。变化虽各殊，有道固终始。
光武与严陵，其义亦云尔。所遇在草昧，既贵不为起。翻然归富春，
曾不相助治。至今存清芬，烜赫耀图史。人传七里滩，昔日来钓此。
滩上水溅溅，滩下石齿齿。其人不可见，其事清且美。有客乘朱轮，
徘徊想前轨。著辞刻之碑，复使存厥祀。欲以廉贪夫，又以立懦士。
千载名不忘，休哉古君子。

过七里滩（一作送崔主簿赴睦州清溪）

舟轻不畏险，逆上子陵滩。七里峡天翠，千里云木寒。
古祠鸣野鸟，乱石激春湍。正与高怀惬，宁歌行路难。

送学士睦州通判

涉淮淮水浅，溯溪溪水迟。君到桐庐口，正值采茶时。
试问严陵迹，今复有谁知。

咏严子陵

不顾力乘主，不屈千户侯，手澄百金鱼，身被一羊裘。借问此何耳，
心远忘九州。青山束寒滩，溅浪惊素鸥。以之为朋亲，安慕乘华辀。
老氏轻璧马，庄生恶牺牛。终为蕴石玉，复古辉岩陬。

送余少卿知睦州

青山峡里桐庐郡，七里滩头太守船。云雾未开藏宿鸟，坡原将近见烧田。
养茶摘蕊新春后，种橘收包小雪前。民事萧条官政简，家书时问雪溪边。

送正仲都官知睦州

每嗟相逢少，常苦离别多。行行复壮壮，往往起悲歌。古米易水上，义士有荆轲。捐躯思报恩，饮恨歌奈何。况彼儿女怀，牵缠如蔓萝。是以世间人，鬓发易番番。喜君得郡章，东归随春波。滩上严子祠，系船聊经过。其人当汉兴，富贵不可罗。足加天子腹，傲去钧於河。冬披破羊裘，夏披破草蓑。心中小宇宙，尤哂献玉和。我惭贱丈夫，岂异带面傩。未免为鬼笑，谁知惧执诃。安得如君行，收迹已蹉砣。空将闲岁月，尘埃浪销磨。正同三峡贾，尽力向盘涡。

○葛闳 2 首

葛闳（1003—1072），字子容，建德（今浙江省）人。宋天圣五年（1027）进士。知信州上饶县，寻知蒙州，罢监在京药蜜库，出知婺州兰溪县，移知化州，转殿中丞，通判常州。历知漳、台二州。熙宁四年（1071）致仕，次年卒，年七十。

寄睦州朱少卿

何幸乡粉托使麾，忆曾淮濙见风仪。泉分龙岫成新酿，庙锁琼蕤换旧枝。二水清涵潭月夜，千峰晴卷雪云时。向来潇洒称名郡，少缓龚黄次补期。

同孝叔游潇洒亭

昔日贤侯多兴咏，为邻潇洒复潺湲。一桥飞处横牛渚（孝叔新建永南浮桥），二水泉来见浙源（沈、杜有"新安江见底"及"远分丁字水"之句，窃以孝叔政事如此）。雨涨瀑泉添岳面，晚晴春草带潮痕。好风新月相留意，只恐张纲拥使轩。

○吴可几 1 首

吴可几，湖州安吉（今浙江省）人。宋景祐元年（1034）进士。仕至太常少卿。

钓　台

君王取天下，有人将甲兵。君王得天下，有人相升平。我欲介其间，区区安取成。莫若归养高，高卧岩之扃。直使万乘意，慕仰非鸿冥。身虽隐渔钓，心岂忘朝廷。常虑天下定，君王志骄盈。群臣习见闻，力谏不尔听。不有不臣者，不足回其清。商山四老人，用是定西京。潜希绝世躅，万一助皇明。年当建武日，上下咸清宁。所怀意不陈，终焉为客星。如何逸民传，乃有狂奴名。

○范师道1首

范师道（1005—1063），字贯之，长洲（今江苏苏州）人。宋天圣九年（1031）进士。知广德县，迁知常州，召为起居舍人、同知谏院，直龙图阁。嘉祐八年（1063）卒。有文集五十卷，已佚。

钓　台

乾坤交泰重弥纶，当日岩陵道最淳。大汉中兴得英主，先生高退作闲人。滩头风月遗千古，台上纶竿寄一身。今日病夫祠下过，独知疲懦长精神。

○张方平5首

张方平（1007—1091），字安道，号乐全居士，应天宋城（今河南商丘）人。宋景祐元年（1034）举茂材异等，为校书郎、知昆山县。又举贤良方正，选迁著作佐郎，通判睦州。上平戎十策，议论确当。神宗时，累官参知政事，御史中丞。后请知陈州，以太子少师致仕。哲宗立，加太子太保。卒年八十五。有《乐全集》。

七里濑

古有桐君住，汉时严子来。山横疑路尽，溪转若天开。尘世不相接，海潮从此回。维舟上层巘，恋恋白云堆。

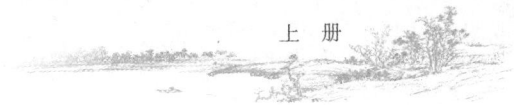

新定道中寄桐庐关太守三首

辟书来北门，召命自宣室。朝廷搜英材，溪山及野质。
当世良有心，一得思造膝。曙霞隐扶桑，已是长安日。

其 二

旦下乌石滩，暮泊严陵濑。潺湲卧溪声，惨淡宿山露。
所历已陈迹，不忘惟嘉话。泪湿青云篇，抚襟惭慷慨。

（关有诗相送云《青云篇》，送行诗也。）

其 三

帆挂桐君山，橹入富春渚。寒风荡江波，烟雨迷汀树。
煮茶论药经，挑灯数棋路。全胜谢惠连，独望新安去。

（同行者蜀僧吉善医，茂材龚君美好弈。谢守赴新安，过富春渚有诗。）

赴新定过七里濑

舟过严陵濑，凉秋水木清。鼓旗知郭近，鱼鸟见人惊。
云乱迷山色，滩长杂雨声。一毫名利事，搔首愧平生。

○苏舜钦 1 首

苏舜钦（1008—1048），字子美，梓州铜山（今四川中江）人。宋景祐元年（1034）进士。历官蒙城县令、长垣县令、大理评事、集贤殿校理、湖州长史等。

钓台（一作送陈生还乌龙山旧居）

百丈清溪见戏鳞，严公祠宇与天邻。此中旧隐君归去，笑指人寰一片尘。

○赵抃 15 首

赵抃（1008—1084），字阅道（一作悦道），号知非子，衢州西安（今浙江衢县）人。宋景祐元年（1034）进士，除武安军节度推官。历知崇安、海陵、江原三县，通判泗州。

至和元年（1054），召为殿中侍御史。嘉祐元年（1056）出知睦州，移梓州路转运使，旋改益州。召为右司谏，知虔州。治平元年（1064），出知成都。神宗立，擢参知政事，后因反对青苗法去位。历知杭州、青州、成都、越州，复徙杭州。元丰二年（1079）以太子少保致仕，退居于衢。卒谥"清献"。有《清献集》。

新定即事

泉高终日听潺湲，花草才佳烂漫看。言念君恩得私请，敢于身计学偷安。
开元刺史名千古，东汉先生钓一竿。贤迹勉寻余自愧，牧民犹带触邪冠。

初到睦州寄毗陵范御史

前日鵷鸿接羽仪，平生风谊见施为。苏台薄暮分襟后，严濑逢佳伫立时。
归棹岂能忘旧里，去筒犹未寄新诗。寒泉绕石山环坐，一弄南风慰所思。

和前人重九日寄

丁字溪流似箭奔，忍看行色夕阳村。三吴望远迷烟棹，九日登高泥酒樽。
诗得琼瑶今有意，感充怀抱更无言。归欤一曲桐江好，西北通宵欲梦魂。

勉郡学诸生

桐江为守愧颛蒙，来喜衣冠好士风。劝学重思唐吏部，教人多谢蜀文翁。
济时事业期深得，落笔词章贵不空。道有未充须自力，吴将荣顿泪于中。

过子陵故祠

帝念先生素所亲，殊恩终不顾丝纶。图勋耻预凌烟像，辞贵甘为掷钓人。
云水孤高教适意，俗风奔竞使还淳。如今丘壑无遗士，天子思贤号圣神。

次韵石温之都官见赠

桐江得请上恩荣，孤士惭无善可旌。望阙天光惊已远，到家春色喜先迎。
云边旧念青山隐，镜里新逢白发生。多谢贤朋遗佳句，重于珍璧价连城。

新定言怀

吾家于衢守于睦,治余何以乐且闲。仙棋一局钓一壑,烂柯山下严陵滩。

和范都官行后九日奉寄

湖平风稳送归航,望隔严滩七里长。更上高峰尽高处,黄花新酒醉重阳。

新定筵上

衣紫金鱼耀服章,桐庐太守捧壶觞。邦人闻道南来贵,观都浑如入射场。

次韵范师道龙图三首

舍车弥盖争寻胜,坐石携泉旋煮茶。可惜湖山天下好,十分风景属僧家。

其 二

八月湖平绝越通,桐江烟水乱山中。客舟安稳尤为幸,百尺蒲帆一信风。

其 三

钓叟高风冠古来,思贤令我意徘徊。当年高隐恬无事,应似春登老氏台。

过严陵呈前人

使棹穿溪弥屈曲,溪鸥随棹更徘徊。地以严隐翻高尚,应转心轻在柏台。

玉泉亭

潺潺朝暮入神清,落涧通池绕郡厅。乱石长松山十里,寻源须上玉泉亭。

注:玉泉亭在富春山下,原亭何时建无考,宋淳熙十一年(1184)郡守陈公亮以钓台东边泉色如玉重建亭于江滨。

清风阁即事

庭有松萝砌有苔，退公聊此远尘埃。潮音隐隐海门至，泉势潺潺石缝来。
夜榻衾裯仙梦觉，晓窗灯火佛书开。休官不久轻舟去，喜过严陵旧钓台。

注：清风阁即清风堂，在严先生祠堂西。淳祐七年（1247）郡守赵沽历重建，为书院之讲堂。富春江水电站建成后沉于水底。1983年在现严先生祠堂西临水重建，名"清风轩"。

○元绛1首

元绛（1009—1084），字厚之，钱塘（今浙江杭州）人。宋天圣八年（1030）进士，历知台、福、郓诸州及开封府，又为广东、两浙、河北转运使，召为翰林学士，官至参知政事。以太子少保致仕。卒谥"章简"。有《玉堂集》二十卷。

桐庐晚景

向晚西风急，扁舟下濑轻。帆樯挂山影，鼓吹压潮声。
白鸟烟中没，斜阳雨外明。油然五湖意，浑欲薄功名。

○危固1首

危固，字坚道，南城（今江西省）人。不慕仕进，赵抃、元绛荐之朝，不就。有《自珍集》，已佚。

隐　居

高士隐居处，迢迢绿水湾。数间玉川屋，七里子陵滩。
出入是非外，醉醒文字间。千钟天子禄，不肯换清闲。

○张伯玉27首

张伯玉，字公达，建安（今福建建瓯）人。早年举进士，又举书判拔萃科。宋庆历初以秘书丞知并州太谷县时，范仲淹推荐应贤方正能直言极谏科。至和中通判睦州，时年三十，后迁知福州，移越州、睦州。有《蓬莱集》二卷，已佚。

寄睦州苏七使君

阔步曾飞到广寒，一麾聊顿野云间。虬蟠涧底未失水，鹤在笼中且看山。
旧日笑谈犹壮否，近来书信亦稀还。严滩桐岭宜秋醉，却恐才高不奈闲。

秋晚舟泊桐江

严子陵边水自流，夕阳无语寄松舟。乍逢风月差为客，又到溪边识尽秋。
移树断蝉初过雨，立沙孤鹤偶随鸥。乡心旅思何人会，芦苇萧萧一笛幽。

桐庐苏七太守通判晏鲁望远寄唱和之什辄伸记美
（余时授此州监郡）

桐君圃外州，树石最清幽。水截三吴秀，山当百粤秋。
岩坰无俗土，宅舍有高楼。画隼真才望，题舆雅唱酬。
滩声环醉枕，鹭影入茶瓯。早晚陪清躅，梯云奉俊游。

寄新定苏七太守

闻道银符渡睦溪，桐山应为长清晖。渔翁几十迎舟拜，沙鸟成双夹旆飞。
检点簿书茶贡蚤，体量风物橘奴肥。题舆自愧来何晚，未得云中瞩使威。

之官新定同年李郎中以诗赋别即事感怀次韵上答

雨后惊涛激箭催，为君停棹把离杯。宦游向老令人笑，别恨伤春触处来。
故国未归江令宅，全家且上子陵台。如今遇酒伸眉醉，休问多才与不才。

之官新定寓兴三首

关山雨雪征人泪，京洛风尘倦客心。谁信子陵溪上去，一川秋净涤烦襟。

其 二

汴水东浮不系舟，到官无事只轻鸥。不才自古侥天幸，请却俸钱溪上游。

其 三

溪山千古绝浮埃，时拂朝衣上钓台。却恐被它渔父笑，糟醨不啜又闲来。

七里滩

漱玉鸣珠七里滩，到今犹照客星寒。卢奴有水徒千顷，未得高贤一瞬看。

舟次子陵钓台

十载从军去又来，强为颜面走尘埃。久惭簪笏未归去，且喜妻孥共此来。
旋撷岸蔬供野饭，欲题岩壁拂苍苔。子陵昔日诚高趣，未必全家上钓台。

睦 州

千家楼阁丽朝晖，人到于今说钓矶。雨后数峰骄欲斗，春来两港活如飞。
高吟多谢沈家令，中酒长怜杜紫微。更爱严城无锁处，白云摇漾去还归。

送交代倅车晏十一鲁望

鲁望江南客，风骚猎将坛。高吟得意处，清韵逼人寒。场屋声华旧，
襟灵渤澥宽。闺门尽鸾雁，庭野列芝兰。黾勉来新定，淹留就小官。
酒论浩劫饮，山欲上天看。待月高峰寺，（高峰寺在郡东绝顶）
听猿七里滩。入云移翠蒉，凿石引鸣湍。（鲁望疏北山泉于后阁，为玉泉轩
又闻余好竹，特徙数百本，尤为清绝）。
一日交符去，芳风善继难。红尘久离阔，白首此相欢。 （原校：缺两句）
留方医鹤膝（池边二鹤久病，遗方医之，鹤即愈），
觊别遗渔竿（鲁望常于严濑自作钓竿，尤得其妙。既去，持以贻余）。
虎杏宁知用，松筠幸未残。路长分骥骤，火烈辨琅玕。
沙际多平仲，鸰原有谢安。卷舒知自得，不用苦弹冠。

监州新定却寄并州旧僚

久从光禄长城戍，却到严陵旧钓滩。休问簿书边报急，且听宅舍水声寒。
舟浮南渡云千里，睡起东窗日数竿。寄语晋溪溪上月，楚天虽远一般看。

同年李郎中以诗见寄仍许见过次韵和答

新定溪山国，病怀忻所依。桐君谈药妙，严濑得鱼肥。
吏退钞书谱，朋来典道衣。轩车如顾我，春酒上苔矶。

登乌龙山寺阁

桐川本无尘，况此幽阁迥。万木含秋声，一轩与天净。前峰翠分滴，
后谷语相应。槛下江云归，檐前古雪凝。岩僧对游客，湛若寒冰莹。
百虑缘心空，独饭随疏磬。嗟余本林壑，谬与世纷竞。一作市朝人，
几伤麋鹿性。旧山别来久，萝蔓锁幽径。长恐客沈深，未得归期定。
息中来此境，时觉襟韵胜。犹愧招隐心，聊为小山咏。

桐庐官满先寄杭州资政侍郎

海角千家郡，天南一水涯。倦游惭梗泛，多滞喜瓜时。
弱羽诚难振，危根只自持。几门尝际遇，百步亦参差。（某早忝进士第，
再以书判拔萃登科，又以贤良方正待诏，而名实无取，时谓滥吹）
万壑喷霆雾，千峰出险巇。牢愁客星见，孤节涧松知。
贺厦宁无托，披云幸有期。鲁堂金石地，商欲再言诗。

答延平王人使君望江亭见怀之什

望江亭上望桐江，烟水茫然隔锁窗。擢第蚤同丹桂树，从军俱在碧油幢。
天遥皓月人千里，书托红鳞锦一双。开府时多家令瘦，酒旗犹恐未相降。

　　注：望江亭在古桐庐县治西北。

钓 台

驱尽鲸鲵扫八区，故交惟我更无余。云台功将任图画，天上客星凭卷舒。
若把杀人来逐鹿，争似全身归钓鱼。先生有意羲皇外，不为林泉傲帝居。

罢新定至钱塘喜见孙观书记

桐江攓袂早三年，把臂重来讲旧篇。陌上风尘成底事，
鬓边霜雪但悠然。虬蟠我亦思沧海，鹗荐初方上碧天。（自注：孙以诸侯
荐将改官）忍把离杯又抛掷，别愁纷泊满春烟。

至和中得倅新定今领福唐再经此郡感旧书怀因呈使君刘孝叔

十年前倅北州来，平日风情尚壮哉。玉水声中寒濯笔，石楠乡里夜衔杯。
（郡城外有玉泉庵，最为绝景。又倅厅前有石楠一本，阴合庭中，凡饮席不须帘幕）
可怜白首成何事，犹得红旌向北回。太守故人应笑我，践言堪愧子陵台。
（余倅郡时年甫三十，早有退休意，于今未得已，故有是句）

宿桐庐县江口

桐庐江水碧，百丈见游鱼。元是新安水，流从下濑初。
清风寒到底，明月静涵虚。尘土谁难濯，人心自不知。

桐庐寺晓钟

扁舟下桐圃，霜月满寒潭。疏钟一声起，清与天地参。
春容逗万壑，窈窕出层岚。羁魂不成寐，洗耳涤尘贪。

桐江口见雪

无诸地无霜（福唐号无诸城），从古因炎熟。晓出桐江口，喜见群峰雪。

酌酒高帆下，归思满寥沉。从今不系舟，泛泛老清澈。

出七里泷口望桐庐县

泷口波自平，沧洲分两溪。辛勤下百粤，乍出天一涯。近入桐庐市，
潮水滥中汜。不闻湍濑声，沙鸟浩然飞。物我两俱适，吾亦浩然归。

龙门岩

未到子陵台，先见龙门石。万物镇群峰，闯然耸双壁。清泉界中道，
亢若高门辟。樵童走深径，鱼户掩沈碧。白道钓鱼郎，不知有行客。

至睦州泊新安江口

前岁过此州，手持七闽节。虽远更惮劳，揽辔迟明发。回瞻七里滩，
何日榜舟歇。幸得满三年，解符下瓯粤。却到新安江，依然旧澄澈。
敛巾照江水，无白可添发。州人多故吏，（自注：余尝倅郡）罗立皆磬折。
问我此去心，复有何施设。兴方顾诸老，谢尔相慰说。此度归来心，
可共严陵说。

送睦州丁郎中

雨后桐江木叶稀，坐棠无事枕闲敧。扁舟几忍严君钓，古壁多逢沈令诗。
夜静好当轮省宿，晓寒堪忆趁朝时。山城寂寞郎官贵，想对秋风动所思。

○倪天隐 1 首

倪天隐，号茅冈，桐庐（今浙江省）人。宋嘉祐中官桐庐县教谕，邑中有声，入乡祀。

方玄英宅

家在严陵钓濑边，玄英处士旧田园。传将诗句遗风月，留得云山到子孙。
坟上桂枝虽有恨，阶前玉树岂无根。不因贤守存真赏，安得光华照一门。

○蔡襄 1 首

蔡襄（1012—1067），字君谟，兴化仙游（今福建省）人。宋天圣八年（1030）进士，为西京留守推官。庆历三年（1043）知谏院，进直史馆，兼修起居注。次年，以母老求知福州，改福建路转运使。皇祐四年（1052）迁起居舍人、知制诰，兼判流内铨。至和元年（1054）迁龙图阁直学士、知开封府。三年（1056），以枢密直学士再知福州，徙泉州。嘉祐五年（1060）召为翰林学士、三司使。英宗即位，以端明殿学士知杭州。治平四年（1067）卒，年五十六，赐谥"忠惠"。有《蔡忠惠集》。

题严先生祠堂

遵世巢由志，谁希公相权。人瞻祠树古，天作钓坛圆。

高节千秋外，遗踪一水边。孤风敦薄俗，岂是爱林泉。

○俞汝尚 1 首

俞汝尚，字仁廓，一字退翁，号溪堂居士，湖州乌程（今浙江湖州）人。宋庆历二年（1042）进士。有《溪堂集》，已佚。

赠张伯玉倅古睦

新定烟霞外，溪山清可依。夜风泉溜响，春雨药苗肥。

野鹤眠花圃，晴岚湿案衣。预知公暇日，垂钓子陵矶。

○李师中 2 首

李师中（1013—1078），字诚之，楚丘（今山东曹县）人。年十五，即上书议论时政，由是知名。后中进士。累官提点广西刑狱，权经略事，知济、兖州及凤翔府。熙宁初，历天章阁待制、河东转运使，知秦、舒、瀛州。后为吕惠卿所排，贬和州团练副使安置。元丰元年（1078）卒。有《珠溪集》。

子陵两首

阿谀顺旨为深戒，远比夷齐气更豪。半夜光芒侵帝座，有谁曾似客星高。

其 二

社稷功名出隐沦，天高听远亦应闻。庞眉一去无人间，七里商山但白云。

○邵亢 1 首

　　邵亢（1014—1075），字兴宗，润州丹阳（今江苏省）人。召试秘阁，授颍州团练推官。熙宁初迁龙图阁直学士，历知开封府，越、郑、郓、亳州，熙宁七年（1075）卒，谥"安简"。有文集一百卷，已佚。

方氏故居

偶分鱼竹到稽山，处士林泉一望间。岁月自随流水远，姓名长与白云闲。
鉴中人去荒遗迹，溪口僧来写旧颜。何日放船访岩薮，吾门高第约跻攀。

○韩维 3 首

　　韩维（1017—1098），字持国，开封雍丘（今河南杞县）人。仁宗时由欧阳修荐知太常礼院，不久出通判泾州。英宗时召为同修起居注，进知制诰、知通进银台司。神宗熙宁二年（1069）迁翰林学士、知开封府。因与王安石议论不合，出知襄州，改许州，历河阳，复知许州。哲宗即位，召为门下侍郎，一年余出知邓州，改汝州，以太子少傅致仕。绍圣二年（1095）定为元祐党人，再次贬谪。有《南阳集》三十卷。

钓台三首

不见狂奴态，秋风古木悲。高名共流水，旧俗尚荒祠。
孤竹死何益，商山来已卑。何劳助为治，风节厚当时。

其 二

使者乃三反，先生仅一来。高眠动星宿，漫语笑公台。
散发思遗像，垂纶识旧台。知君怀古意，风月共徘徊。

其 三

万乘亲临屈，颓然一布衣。高谈方自若，孤节竟谁为。

龙卧空鸣濑，鸥驯只钓矶。精魂如可作，天子与同归。

○周敦颐 1 首

　　周敦颐（1017—1073），字茂叔，道州营道（今湖南道县）人。以舅郑向荫得官，初仕分宁主簿，历知桂阳、南昌县，合州判官，虔州通判。神宗熙宁初，迁广东转运判官、提点刑狱，以疾求知南康军，因家庐山莲花峰下。峰前有溪，以营道故居濂溪名之，学者因称"濂溪先生"，为宋代道学创始人之一。有《周濂溪集》。

题清芬阁

风雅久沦落，哇淫肆自陈。波澜嗟已靡，汗漫□无津。纷葩混仙蕊，
谁可识清真。先生李郑辈，□态非拟伦。后生不识事，愈非句愈珍。
至今桐庐水，相与流清新。蝉联十一世，奕叶扶阳春。十年问御史，
邂逅章江滨。自惭无所有，衰叹徒欣欣。樽酒发狂笑，微言入典坟。
稍稍窥绪余，每每露经纶。因知相有术，源委本清淳。

○叶棐恭 1 首

　　叶棐恭，剑浦（今福建南平）人。宋庆历六年（1046）进士。皇祐中知长兴县，累官检校都官员外郎。元祐中知严州。

过子陵钓台

势利轻捐寄傲中，毅然高节凛秋风。耕闲钓寂千年迹，立懦贪廉万世功。
须信林间无怨鹤，更知天外有冥鸿。扁舟夜泊灵祠下，慨慕先生道不穷。

○司马光 2 首

　　司马光（1019—1086），字君实，陕州夏县（今山西省）人。宋宝元二年（1039）进士，历同知谏院，神宗时为御史中丞，因议王安石新法，不合，去官，居洛阳十五年，不论时事。哲宗初，起为门下侍郎，拜尚书左仆射，悉去新法之为民害者。在相位八月，卒。赠太师温国公，谥"文正"。有《传家集》《资治通鉴》等。

子陵多钓台

吾爱严子陵，结庐隐孤亭。滩头钓明月，光武勃龙兴。

三诏竟不至，万乘枉驾迎。吁嗟今人世，趋走公卿廷。

缔交亦欢悦，意气颇骄矜。其如古贤操，松筠耐雪冰。

独乐园钓鱼庵

吾爱严子陵，羊裘钓石濑。万乘虽故人，访求失所在。

三旌岂非贵，不足易其介。奈何夸毗子，斗禄穷百态。

○王安石 2 首

王安石（1021—1086），字介甫，晚号半山，小字獾郎，封荆国公，临川（今江西省）人。宋庆历二年（1042）进士，历任淮南判官、鄞县知县、舒州通判、常州知州、提点江东刑狱。治平四年（1067）知江宁府，旋召为翰林学士。熙宁二年（1069）提为参知政事，从熙宁三年（1070）起，两度任同中书门下平章事，推行新法。熙宁九年（1076）罢相隐居，病死于江宁（今江苏南京）钟山，谥号"文"，又称"王文公"。著有《临川先生文集》一百卷。

严陵祠堂

汉庭来见一羊裘，默默俄归旧钓舟。迹似磻溪应有待，世无西伯可能留。

崎岖冯衍才终废，索寞桓谭道不谋。勺水果非鳣鲔地，放身沧海亦何求。

题朱郎中白都庄

潇洒桐庐守，沧洲寄一廛。山光隔钓岸，江气杂炊烟。

藜杖听鸣橹，篮舆看种田。明时须共理，此兴在他年。

○冯京 1 首

冯京（1021—1094），字当世，鄂州江夏（今湖北武昌）人，一说咸宁（今湖北省）人。宋皇祐元年（1049）状元。通判荆南军还，同修起居注，试知制诰。岳父富弼当政，避嫌出知扬州，改江宁府，召还，为翰林侍读学士、翰林学士，知开封府、太原府，摧枢密副使，进参知政事。历知亳州、渭州、成都府、河阳府、大名府。以太子少师致仕。绍圣元年（1094）卒，谥"文简"。有《灞山集》，已佚。

题钓台

渭水尘空绀业倾，桐江烟老汉风明。早知贤达穷通意，闲把渔竿只钓名。

○强至1首

强至（1022—1076），字几圣，钱塘（今浙江杭州）人。宋庆历六年（1046）进士。为三司户部判官、尚书祠部郎中。有《韩忠献遗事》《祠部集》。

贾麟自睦来杭复将如苏戏赠短句

春风那解系狂游，朝醉桐江暮柳洲。大手千篇随电扫，孤踪四海学云浮。荣名不落闲宵梦，退筑聊为晚岁谋。老橘残鲈犹有兴，片心还起洞庭舟。

○王存1首

王存（1023—1101），字正仲，丹阳（今江苏省）人。宋庆历六年（1046）进士。历知开封府、蔡州、扬州、杭州，官至枢密直学士、兵部尚书。

子陵钓台

严公英魄去何之，江上空余旧钓矶。古木苍烟鸲鹆噪，清波白石鹭鸶飞。山中秋色香梗熟，垅下朝寒赤鲤肥。何事夷齐耻周粟，一生憔悴首阳薇。

○鲁有开1首

鲁有开，字元翰，一字周翰，谯县（今安徽亳州）人。宋皇祐五年（1053）进士，熙宁中官杭州通判，有政声。

题钓台

昔日狂奴向此来，爱垂芳饵上崔嵬。乡人不识钓台意，空指山头是钓台。

◎关咏 1 首

关咏，字永言，宋时人，官屯田郎中，知湖州、通州。嘉祐八年（1063），以太常少卿知泉州，改光禄卿、秘书监。

高　峰

独爱高峰最上头，夕阳烟树见严州。子陵贪向溪边钓，应未曾来此地游。

◎杨杰 4 首

杨杰，字次公，自号无为子，无为军（今安徽无为）人。宋嘉祐四年（1059）进士。历太常博士、礼部员外郎，知润州，除两浙提点刑狱。

严　光

狂奴肯顾安车聘，只爱东阳七里滩。谁道世间人不识，客星光射紫微寒。

施肩吾书堂

玉京高谢黄金榜，石室来乘白鹿车。山后暗通天宝洞，眼前便是地仙家。
时闻清夜雪中犬，回视红尘井底蛙。五百年前人未死，芭蕉源上锁烟霞。

子陵钓台

高风谁得似先生，七里溪山当画屏。功业不随东汉祖，光芒独应少微星。
兰台有史传名姓，蓬户无人问醉醒。若使当时忘故态，何由千古羡鸿冥。

方干故居

千载富春渚，先生家独存。元英播寰宇，丹桂付儿孙。
文正重高节，子陵同享尊。泊舟明月夜，重为吊吟魂。

◎陆长倩 1 首

陆长倩，字才仲，侯官（今福建福州）人。宋嘉祐二年（1057）进士。元祐三年（1088）

以朝请郎知台州，四年替。

题清芬阁

先生有古风，杳出尘外格。犹如陵空鸿，矫矫奋六翮。锵金中律吕，
咏性甘糠核。苦调非孟酸，□适郿韩窄。逸韵肩曹刘，雄词卑甫白。
空遗茂陵稿，未前宣室席。瑰宝岂终埋，简编缀陈迹。予生诵风雅，
嗜好真成癖。盥手读终篇，喜同藏拱璧。裔孙文昌郎，授受良珍惜。
小巫畏大匠，累句屡承索。续貂愧非尾，成裘由聚腋。皇华间白雪，
杂唱纷缴绎。意欲扬祖美，不问玉与石。长言拙称赞，徒慕郢中客。

　　注：此诗一说为长倩作。

○沈括 1 首

　　沈括(1031—1095)，字存中，号梦溪丈人，钱塘(今浙江杭州)人，宋嘉祐八年(1063)进士。神宗时参与王安石变法。熙宁五年（1072）提举司天监，八年（1075）任翰林学士。元丰三年（1080）知延州，五年（1082）以宋军于永乐城之战中为西夏所败，连累谪为均州团练副使。后徙秀州、润州。有《长兴集》《梦溪笔谈》等。

钓　台

渔钓非良业，相期遁姓名。太平虽不仕，故旧岂无情。
七里林泉好，三公位貌轻。片帆湍石下，谁不仰先生。

○管师常 1 首

　　管师常，龙泉（今浙江省）人。宋神宗朝授太学正，历监江宁府上元县事。

方干宅

喜逢云坞僻，更与钓台邻。涧水下清濑，诗名追古人。
渔樵何限乐，禽鸟不妨驯。余庆流孙子，承承袭缙绅。

○张绶 1 首

张绶，字文结，德兴（今江西省）人，宋嘉祐八年（1063）进士。历两浙转运使，除太府少卿，知洪州。

钓 台

范蠡功成始遁逃，渊明五斗便辞劳。先生二事俱无一，名与青山万古高。

注：此诗一说为清张绶作。

○陈轩 2 首

陈轩，字元兴，建州建阳（今福建省）人，宋嘉祐八年（1063）进士。元丰六年（1083）知汀州。累官礼部郎中、秘阁校理、中书舍人、龙图阁待制。后知庐州、杭州、江宁府。官终龙图阁直学士。

青溪行

山色碧于溪，扁舟泛落晖。水烟帆界破，水鹭桨惊飞。
岛屿随流曲，渔灯隔岸微。月明何处宿，待访子陵矶。

桐江夕下

浪催鸣舻去呕哑，古岸萧萧感岁华。雨脚苍茫惊继雁，烟痕濛密湿栖鸦。
芦花正落汀飞雪，枫叶初丹岸有霞。渐觉望中山色暝，数星灯火认渔家。

○韦骧 6 首

韦骧（1033—1105），原名让，字子骏，钱塘（今浙江杭州）人。宋皇祐五年（1053）进士，历知武义、萍乡、海门诸县，通判滁州、楚州。元祐间召为主客郎中，后知明州。有《钱塘韦先生文集》。

过桐庐县

舟倚桐庐岸，春风草树明。经由今假道，潇洒旧闻名。
山势侵云上，溪流见底清。兹行得佳味，夜枕听滩声。

过七里滩

溪流一道突群峰，耆旧传为七里泷。唯喜幽佳忘俗世，不忧湍险赖篙工。鸟声喧滑春风里，人影稀疏翠色中。却惜扁舟不停泊，全输好趣属山翁。

上睦州刘工部两首

政行荆楚百蛮怀，却拥旌旄向此来。自喜平生无枉道，岂论千里复淹才。恩苏疲瘵精神返，威慑奸憸胆气摧。秋晚子陵溪上好，樽罍风雅许谁陪。

其　二

桐庐古郡压乌龙，潇洒佳名信不空。傲世曾栖隐君子，谪官多属钜贤公。连云城郭残秋外，近水楼台返照中。太守公余登览胜，始知天意养其衷。

睦州千峰榭之二

层基突兀倚晴空，碧嶂回环势复重。秀色有时侵画隼，苍烟尽日卧乌龙。严公滩近增幽概，方叟诗存得旧踪。贤守葺遗殊众好，政闲把酒看千峰。

送刘睦州移京西漕

贤杰恬荣进，朝廷眷旧材。优闲辍为郡，按举复行台。忆昨巡荆北，丁时会岁菑。转输忧国计，假易缓民财。吏议乌能避，邦条不可裁。谪迁知咎戾，忠信即基胎。解印离江浒，分麾溯浙洄。列城遗厚爱，千里沛余才。火玉坚难变，霜松翠弗摧。壮行心所勇，胶禄素尝哈。履道期终固，谋身绝外猜。子文忘愠色，严助乐归来。抚俗专求瘼，提纲独整颓。察幽穷蒂芥，屏恶自渠魁。狴狱春多草，宾阶雨不苔。溪山围几席，风月侑樽罍。毫瘦清吟苦，弦高雅曲哀。黄堂成卧治，青律再飞灰。况味安符竹，胸襟傲面槐。桐庐声绩远，冀陛宠光催。近部劳经画，兼资藉玮瑰。使旌蜿天矫，宸诏凤徘徊。肃肃途将戒，

元元慕若孩。车攀朝栀轴，舟遁夜张桅。被命恭虽益，封章恳以推。
让廉仪组绂，贪冒慢驽骀。京辅非轻寄，天衷未易回。功名当盛获，
蕴蓄岂空培。舆论蕲皆惬，高怀愿更恢。壮猷那久抑，早晚咏良哉。

○钱勰 1 首

钱勰（1034—1097），字穆父，钱塘（今浙江杭州）人。吴越武肃王六世孙。累官至户部尚书、龙图阁直学士。历知开封府、越州、瀛州、池州。

睦州秀亭

秀色四时好，探春来此亭。花初拥槛发，山晚与云青。
得鲙严陵濑，评泉陆羽经。欢余不尽醉，鼓角限重扃。

○徐大正 1 首

徐大正，字德之，建瓯（今福建省）人。宋元祐中赴省试，过钓台题诗。有诗名。

题钓台

光武初从血战回，故人长短尚论才。中宵若起唐虞兴，未必先生恋钓台。

○马存 1 首

马存（？—1096），字子才，乐平（今江西省）人。宋元祐三年（1088）进士。

题钓台

子陵台下山层层，奇峰壮气横云生。处士溪边水泚泚，碧波明月涵天清。
老松偃蹇傲世态，绿竹潇洒吟风声。潮头百仞出海门，飘吴击越如毛轻。
飞来滩下不敢过，变作平浪归沧溟。

○苏轼 4 首

苏轼（1037—1101），字子瞻，自号东坡居士，眉山（今四川省）人。宋嘉祐二年（1057）进士。历知杭州、密州、徐州、湖州、登州、颍州、扬州、定州等，其间因乌台诗案曾贬黄州团练副使，后贬惠州、儋州。官至中书舍人、翰林学士。有《东坡集》四十卷、《东坡后集》二十卷。

送江公著知吉州

三吴行尽千山水，犹道桐庐更清美。岂惟浊世隐狂奴，时平亦出佳公子。
初冠惠文读城旦，晚入奉常陪剑履。方将华省起弹冠，忽忆钓台归洗耳。
未应良木弃大匠，要使名驹试千里。奉亲官舍当有择，得郡江南差可喜。
白粲连檣一万艘，红妆执乐三千指。簿书期会得余闲，亦念人生行乐耳。

次韵江晦叔两首

人老家何在，龙眠雨未惊。酒船回太白，稚子候渊明。
幸与登仙郭，同依坐啸成。小楼看月上，剧饮到参横。

其　二

钟鼓江南岸，归来梦自惊。浮云世事改，孤月此心明。
雨已倾盆落，诗乃翻水成。二江争送客，木杪看桥横。

注：江公著，字晦叔，桐庐人。《东坡诗注》《桐江江氏宗谱》：仕洛阳尉。北宋元祐初，转陈州通判。元祐六年（1091），知吉州，苏轼有《送江公著知吉州》诗赠之。建中靖国元年（1101）知虔州，二月到任。苏轼自海南北归，正月过大庾岭后即到达虔州（今江西赣州）。旧友重逢，故有此《次韵江晦叔两首》。

过钓台

昔人垂钓今何在，此地空余百尺台。山上云岚舒复卷，江中潮汐去还来。
昭昭令誉垂千古，耿耿清风播九垓。回视寿陵何处是，夕阳翁仲卧苍苔。

○李复 1 首

李复，字履中，长安(今陕西西安)人。宋神宗元丰二年(1079)进士。五年(1082)，摄夏阳令。宋哲宗元祐、绍圣年间历知潞、亳、夔等州。元符二年(1099年)，以朝散郎管勾熙河路经略安抚司机宜文字。宋徽宗三年(1104)知郑、陈二州。四年(1105)，改知冀州；秋，除河东转运副使。靖康之难死于金寇。有《潏水集》四十卷，已佚。

和江晦叔喜雨

千里人怀闵旱心，轻将岁事叩天阍。骤倾江海繁声合，尽涤山川沴气昏。
官责时丰聊共喜，归休汪动欲谁论。更思田父相邀乐，步屧春风倒社尊。

○江公望 2 首

江公望，字民表，建德(今浙江省)人。宋熙宁六年(1073)进士，建中靖国元年(1101)拜左司谏。因上疏弹劾奸相蔡京，被贬安南军正。后遇赦返里，不久，卒于家。著有《江司谏奏稿》和《江司谏文集》。

题钓台

汉柄久颠置，神鼎遂移新。志士耻骄饵，入山如避秦。中兴有世祖，
仄席在幽人。玄纁载安车，三反方来宾。枕漱泉石久，不羡北军细。
卧屈万乘尊，呫呫平生亲。箕颍志不夺，槐鼎意从申。叹息上舆去，
天子不得臣。归隐富春渚，钓外无隐沦。高名悬日月，清风播松筠。
至今七里水，不到南海津（南海有贪水）。至今双石台，独与西山邻。
古木下高鸟，清漪行素鳞。溪气绿霭霭，野蔓青缙缙。客星照千古，
邓禹安可伦。手捉玉璜去，出处各有因。玄素久寂寞，猿鹤叫秋旻。

题方氏清芬阁

一室翛然斫翳荒，啸歌曾是傲羲皇。春风自逐桐花老，暖日时闻药草香。
修竹几年埋旧隐，新诗到处发潜光。从今应与严家濑，相对清芬一水长。

○张景修4首

张景修，字敏叔，常州（今江苏省）人。宋治平四年（1067）进士。知饶州浮梁县，后为宪漕、五典郡符，官终祠部郎中。

过桐庐邑两首

隐君无姓字，何代至今存。数里山为宅，两株桐是孙。
人烟半峰碧，溪水带潮浑。多少来游客，茫茫蹋药根。

其　二

三载江南客，还吴东复西。潮吞两溪尽，云截众山齐。
舟楫无空日，楼台半上梯。桐庐隐君子，应笑只留题。

钓　台

羊裘东汉客，归隐钓鱼滩。天子不能屈，先生非苟难。
云藏古石在，风激世人寒。祠下青青竹，何妨把钓竿。

清芬阁

严子钓台畔，犹闻吟啸声。荣华付诸弟，潇洒继先生。
自制茶枪嫩，新开酒面清。红尘不抛摆，那得白云名。

○吕希纯2首

吕希纯，字子进，寿州（今安徽凤台）人。进士及第，为太常博士，累官秘书丞、著作郎、太常少卿、中书舍人，历知亳州、睦州、归州。后贬舒州团练副使、道州安置，还为待制、知瀛州。

灵香阁

昔闻僧道开，清净本求佛。谈经悟教藏，施药蠲众疾。临嶂起重阁，
最上构禅室。灵香邈可继，壮丽固已轶。桐庐潇洒郡，兹阁更奇崛。

峰峦互掩映，松竹富蒙密。我来一伏槛，紫翠竞森出。尘襟与羁帻，
中坐恍已失。清风来甚远，冲气久弥逸。东轩视蟠桃，仙路如彷佛。

定川门

江如丁字凑城隈，长畏蛟龙鼓浪来。门表奠川聊致祷，职当求瘼愧非才。
两滩涨定沙痕白，七里山晴雾雨开。放出庾家楼上月，却留宾从少徘徊。

○刘珰 1 首

刘珰，河中（今山西永济）人。宋神宗、哲宗时累官陕西常平等事、河北缘边
安抚副使等，知恩州。

题清芬阁

自从笔削三千首，复见风骚二百年。佳句独为时辈许，幽光长伴客星悬。
耳孙文采方高蹈，鼻祖声名更盛传。曾到先生栖隐处，桐君山下好林泉。

○贾青 1 首

贾青，字春卿，真定获鹿（今河北省）人。宋神宗、哲宗时累官京西路刑狱、
通判大名府、河北路转运副使，知河中府等。

钓 台

万叠层峰夹两溪，雨余清气却炎晖。何时学得严陵傲，洗尽尘襟卧钓矶。

○叶祖洽 1 首

叶祖洽，字敦礼，邵武（今福建省）人。宋神宗熙宁三年（1070）进士。累官
淮南西路刑狱、中书舍人、给事中、吏部侍郎，曾知海州、济州、洪州。

钓 台

先生遗世者，长谢帝京尘。一钓桐江水，高名万古春。

客星曾犯座，天子不能臣。台下千帆过，风波愁杀人。

◎朱京 1 首

朱京（? —1101），字世昌，南丰（今江西省）人。宋熙宁六年（1073）进士。

题清芬阁

我爱君家似洞庭，却疑身在小蓬瀛。白波潭上鱼龙舞，红叶村中鸡犬声。
大雅篇章无弟子，高门事业有公卿。后来若要知优劣，千古何人继盛名。

◎苏辙 2 首

苏辙（1039—1112），字子由，眉州眉山（今四川省）人。宋嘉祐二年（1057）
与其兄苏轼同登进士科。神宗朝，为制置三司条例司属官。因反对王安石变法，出
为河南推官。哲宗时，召为秘书省校书郎。元祐元年（1086）为右司谏，历官御史中丞、
尚书右丞、门下侍郎，因事忤哲宗及元丰诸臣，出知汝州，贬筠州，再谪雷州安置，
移循州。徽宗立，徙永州、岳州，复太中大夫，又降居许州，致仕。自号颍滨遗老。
卒谥"文定"。著有《栾城集》，包括《后集》《三集》，共八十四卷。

舟过严陵滩将谒祠登台舟人夜解及明已远至桐庐望桐君山寺缥缈可爱遂以小舟游之二绝

扁舟匆草出山来，惭愧严公旧钓台。舟子未应知此恨，梦中飞楫定谁催。

其二

严公钓濑不容看，犹喜桐君有故山。多病未须寻药录，从今学取衲僧闲。

◎彭汝砺 6 首

彭汝砺（1042—1095），字器资，饶州鄱阳（今江西省）人。宋治平二年（1065）
进士第一，授保信军推官，武安军掌书记。元丰初年（1078），出为江西转运判官，
徙提点京西刑狱。元祐二年（1087），为起居舍人，升中书舍人。绍圣二年（1095）
正月，召为枢密都承旨，未及赴任而卒。有《易义》《诗义》及诗文五十卷，已佚。
后人辑其佚诗为《鄱阳集》。

寄桐庐诸友

整顿衰羸尚未苏，信音都向故人疏。须怜犬子常多病，莫笑嵇康懒作书。
庠序旧规还在否，道途新况比何如？鳞鸿若到江南地，愿寄声音一起予。

夜泊睦州桐江

一水连银汉，千山拥古城。客乘清夜息，舟倚碧溪横。皓月危峰影，
清风细浪声。呕哑殊俗语，惨淡异乡情。途旅淹时月，羁穷独弟兄。
刚肠双古剑，荡迹一流萍。道路人皆厌，风波我亦惊。胡为甘险阻，
所得喜豪英。俗眼无相笑，吾非逐利名。

入桐庐道中

学问古人重，英豪世所归。呼奴整轩驾，试泪别庭闱。
久雨路歧涩，荒村草木稀。城阇顿相远，回首一依依。

去桐庐学

中庸方自乐，外虑巧相侵。兴废尽天意，行藏非我心。
泪因莺谷乱，愁为鹡原深。日暮途方远，谁赓马上吟。

去桐江

去去不惶急，栖栖何所归。红尘伤客鬓，白露点征衣。
风雨晴时少，山川平地稀。梦魂留不得，一夜到庭帏。

病题桐江

叹息医工拙，矜嗟旧疾牢。衰容虽冻雀，烈气尚惊涛。
羁旅双尘鬓，尘埃一布袍。远乡滋味恶，空益梦魂劳。

○王岩叟 1 首

王岩叟（1043—1093），字彦霖，大名清平（今山东临清东南）人。宋嘉祐五年（1060）延试第一，历监察御史、左司谏、侍御史、中书舍人、吏部侍郎、天章阁待制、枢密都承旨、枢密直学士，历知齐州、开封府、郑州、河阳。

望钓台

桐江快人眼，江水绿于苔。一棹中流去，千山两岸来。

风摇黄叶落，潮卷白沙开。欲问严陵事，云中望钓台。

○张商英 1 首

张商英（1043—1121），字天觉，新津（今四川省）人。宋徽宗初为吏部、刑部侍郎，后官至尚书右仆射。

方玄英先生

世乱才难偶，诗工气益清。自非称国手，未易得时名。

剑为埋方古，金因炼更精。老孙虽显仕，素有旧家声。

○黄裳 18 首

黄裳（1043—1129），字冕仲，号演山，延平（今福建南平）人。宋元丰五年（1082）举进士第一。官越州签判、校书郎、集贤校理、太常少卿、礼部侍郎，历知颍昌、青州、郓州、福州。有《演山先生文集》。

舟次严子陵濑五首

缥车曾此贲山林，深古为陵古到今。节行清如台下水，何人能洗利名心。

其　二

故人康世自英雄，富贵明知转首空。不似羊裘归去好，素痴犹解笑三公。

其　三

交游分在红尘外，主客缘从紫极中。各有志存休见迫，经邦须访渭川翁。

其 四

风节无人能用舍，尘凡何处问行藏。虹霓已卷胸中气，只作天文一点光。

其 五

已外世情来独立，何劳物色去相寻。太官食好还多累，一线金鳞岂有心。

桐庐县阆仙洞十题（并序）

　　予至此洞十余载，释老之徒游寓甚众，多苦寂寥而去。崇宁已酉，天台惠文来，仆以居。文所赋清苦而能化，桐庐人为感，相诏以质之，洞于是乎兴。

　　大观已丑春，予自洞霄南还，道出密岩之下。文请为洞中游，因与予言："顷有卜者为文占云：'当有显官至，且度两弟子，由此遂为名刹。'今已度弟子，公复来，乃其兆乎！予与文言：'顷有异人道予自紫元洞游人间世。可于桥之西为予作紫元庵，他日于此栖养以度生。'"文喜，不日而庵成，求予文。

　　予尝顾洞中物皆出天造，非人力所能为。若天池以时而盈虚，碧鸡以时而来去，巨蟾以时而鸣默；出洞之龙，坐禅之床，应击之鼓，跨空三桥，与物合真与天同信皆自然而然，非有待乎人而后见乎世者，乃叙卜者、异人之语，作诗十绝，以贻惠文。

石 龙

俗离岩洞欲拏云，造化难窥幻与真。木马嘶风尤会道，况缘天作更通神。
（此龙有腾踏去洞之势，若顾已入洞者）

去卧仙源懒未安，未收鳞鬣半身寒。何如却赴雷云会，休作游人一笑看。
（此龙首已入洞中，惟露半体）

石 桥

跨越虚中亦自然，几千年度地行仙。桃花流水春风好，由此东西是洞天。

巨 蟾

紫玄名在广寒宫，但恐银蟾与此同。探得石龙行雨信，一声先报紫玄翁。

石 鼓

谁知顽物抱真空，自有声音与革同。到此学人还会否，桥西来问紫玄翁。

碧 鸡

翠碧笙簧羽与声，有时离合不留情。清多本是仙家物，长向秋风独自鸣。

（雌者立春始至，会其雄，得子。立夏与之偕去，惟雄独留洞中。春复然）

青 栗

枝叶凌云绿盖寒，乳藤因得到云端。仙家手植无人会，谁信灵根石上盘。

旁 洞

俗寻真去不容身，流水潺潺未见人。云旆莫知来或往，门前谁为扫纤尘。

（僧尝以灰拥洞前小径，明日复洁净如扫）

天 池

千古岩腰一鉴泉，云霄何处问金仙。盈虚更共潮来去，混沌中含地与天。

石 佛

地涌天镌一化身，是何年岁定中人。有无禅语难为问，到了机忘始绝尘。兀若看经不记时，洞天虽近已忘归。谁知心印窥玄海，且看云霞体上衣。

密 岩

想曾潜养望真空，散在人间一念同。须说密岩居第一，解移神用相圆通。

桐庐会景亭两首

物华才思两无穷，来倚栏干万累空。今古坐间山远近，悲欢潮后客西东。樵楼上下夕阳外，渔网高低烟雨中。想见飞升人只在，留题当识紫玄翁。

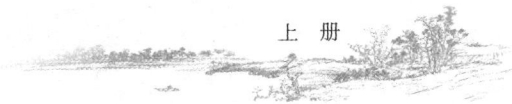

其　二

舟楫会通处，阴阳明晦时。四并归善政，万象入新诗。地胜得仙久，水遥归鹭迟。为看滕阁记，将赋此尤宜。

○释道潜 1 首

释道潜（1043—?），本名昙潜，号参寥子，赐号妙总大师。俗姓何，于潜（今浙江临安）人。幼即出家为僧，能文章，尤喜为诗。与苏轼、秦观友善，常有唱和。有《参寥子诗集》。

送桐江明上人之都下

窈窕孤云下翠岑，帝乡闲去本无心。红尘满眼急回首，莫遣空山鹤怨深。

○杨时 8 首

杨时（1044—1130），字中立，学者称龟山先生，南剑州将乐（今福建省）人。宋熙宁九年（1076）进士，历知浏阳、余杭、萧山县，宣和中召为秘书郎，后除右谏议大夫兼侍讲、国子祭酒，高宗时除工部侍郎兼侍读，以龙图阁直学士致仕。有《龟山集》传世。

严陵钓台

汉纲久陵迟，国柄授权室。中兴得英主，威明戒前失。三公经邦手，吏事固精核。功臣欲图全，犹不任以职。矧兹故人分，义等天伦戚。卓哉子陵心，秉哲因前识。投身羡名爵，岂得枉寻尺。万钟虽云富，樊雉非予匹。石濑清且泚，苍崖耸而直。投竿事幽寻，钓水鲜可食。羊裘御冬温，衮绣未云益。三旌屠羊肆，义在不吾易。用舍各有趣，高风亘今昔。

登桐君祠堂

霜染溪枫叶叶丹，翠鳞浮动汐波闲。盘盘路转千峰表，冉冉云扶两腋间。

掠水轻鸥晴自戏，凌风飞雁暮争还。结庐姓字无人会，静对庭阴一解颜。

过七里濑两首

拂云高雁倚风拎，下视平湖万里宽。搔首扁舟又东去，钱塘江上看波澜。

其　二

扁舟东下几时还，一席飞帆插羽翰。回首严陵台上月，清风千古逼人寒。

登桐君山

翠崖千尺峙云高，楼殿翚飞压巨涛。槛外回峰自连首，只因潭下有灵鳌。

方干宅

雄飞真君子，隐德不隐身。高行耸流俗，诗名轶古人。
堂深云锁槛，树老岁藏春。凛凛严光列，英华日转新。

合江亭上

倚杖钩帘两水间，晴光飞景上雕栏。帆催画鹢拎风去，云吐铦锋作剑攒。
平野烟浮迷远目，晚溪潮涨失前滩。骑鲸一往扶桑近，休问人间行路难。

注：合江亭原在桐江口，旧名合济亭。何时初建无考，宋治平间毁，知县曾黯重建，给事中元绛改称合江亭，后移建于桐君山麓。

题赠吴国华钓台

君不见钓璜溪上白发翁，一竿西去追冥鸿。畋车同载非黑熊，鹰扬烈飞如飘风。又不见羊裘石濑垂纶叟，爽概凌天动星斗。万乘故人亲访求，卧对銮舆忍回首。圣贤遇合自有时，洁身乱伦非所知。高风寥寥古已往，较然得失知者谁。

○黄庭坚 3 首

黄庭坚（1045—1105），字鲁直，号涪翁，洪州分宁（今江西修水）人。宋治平四年（1067）进士，调叶县尉。熙宁初，除北京（今河北大名）国子监教授，知太和县。哲宗立，如为校书郎，迁著作佐郎，加集贤校理。擢起居舍人、秘书丞。后以元祐党人贬涪州别驾、黔州安置。徽宗即位，起而复贬宜州，卒。有《豫章黄先生文集》等。

题伯时画严子陵钓滩

平生久要刘文叔，不肯为渠作三公。能令汉家重九鼎，桐江波上一丝风。

杂　诗

馆甥宫里叹才难，当日同朝听百官。光武早知尧舜事，至今那得子陵滩。

钓　台

古风萧索不言归，贫贱交游富贵稀。世祖若非天下量，严陵安得钓鱼矶。

○吴栻 2 首

吴栻，字顾道，瓯宁（今福建建瓯）人，宋熙宁六年（1073）进士。官金部员外郎、开封府推官，历知开封、单州、苏州、陈州、河中、成都，拜兵部侍郎，除龙图阁直学士。

钓　台

一水自东流，萧萧霜木秋。笑谈轻万乘，身世老扁舟。
薄俗迷方饵，高人误直钩。至今驯不散，沙上晚来鸥。

严陵怀古

龙衮新天子，羊裘古野人。清名在林薮，高行动星辰。
风月空齐国，烟霞自富春。沧浪秋更碧，不敢濯缨尘。

○刘泾 1 首

刘泾，字巨济，号前溪，简州安阳（今四川简阳西北）人。宋熙宁六年（1073）进士，历知咸阳县、常州教授、通判莫州、成都府、处州、虢州、真州、坊州，除职方郎中。

留题钓台

水绿山青人可知，不知生气得之谁。钓竿已属严公手，直到玄英解道诗。

○朱彦 2 首

朱彦，字世英，南丰（今江西省）人，宋熙宁九年（1076）进士。官舒州司法参军、江西转运使、刑部侍郎，历知杭州、颍昌。

题方氏清芬阁

干戈唐季风尘中，一代文章扫地空。先生诗名最晚出，句法未减元和工。
玉壶藏冰不受垢，卜隐宛蹈严陵踪。至今名字照人目，直与山水为无穷。
我舟南泊坐烦促，接岁风波仍转蓬。缅怀先生酌溪水，梅花如霰落晚风。
清芬筑室家有法，亦见裔孙白云翁。叔今策得待三接，仲也昔跨御史骢。
乃翁归来三十载，语笑但觉朱颜红。翁不见东飞伯劳西飞燕，南飞乌
鹊北飞鸿。人生游宦正如此，我欲买田归江东。

题严子陵钓台

泊舟钓台侧，敬谒严子陵。碧山如佩环，水作锵然声。定知千载后，
尚复有遗灵。长啸明月下，缅怀今古情。世利浊于酒，末俗遭尘冥。
毫发不一直，戈矛岂相争。先生得高蹈，万钧独可轻。持钓偶自适，
潜鱼不吞醒。清风在人耳，凛凛见典刑。不如台下水，方可濯尘缨。

○臧询 1 首

臧询（1051—1110），字公献，湖州安吉（今浙江省）人，宋元丰二年（1079）进士，知桐庐县、下邳县，除太仆寺丞、鸿胪丞、管勾元丰库，迁诸王府记室参军。

题清芬阁

旧隐固潇洒，先生偏苦吟。俗情随水落，雅趣与山深。

白日自朝暮，清风无古今。远孙簪祖盛，终有爱闲心。

○华镇 1 首

华镇（1051—?），字安仁，号云溪居士，会稽（今浙江绍兴）人。宋元丰二年（1079）进士，调高邮尉。历温州永嘉盐场监、道州司法参军、海门知县、新安知县、漳州知府，官终朝奉大夫。有《云溪居士集》。

钓 台

仙客乘槎学钓翁，劈波时跃锦鳞红。浮槎不到寒江上，松叶泠然自好风。

○晁补之 1 首

晁补之（1053—1110），字无咎，号归来子，济州巨野（今山东省）人。宋神宗元丰二年（1079）进士。哲宗朝，累迁著作佐郎，后因事屡遭贬谪。徽宗立，复召为著作郎。官至吏部员外郎、礼部郎中兼国史编修、实录检讨官。党论起，出知河中府，徙湖州、密州、果州，主管鸿庆宫。工书画，能诗词，善属文。著有《鸡肋集》《晁氏琴趣外篇》。

富春行赠范振

钱塘江北百里余，涨沙不复生菰蒲。沙田老桑出叶粗，江潮打根根半枯。

八月九月秋风恶，风高驾潮晚不落。鼓声冬冬橹咿喔，争凑富春城下泊。

君家茅屋并城楼，不出山行不记秋。越舶吴帆亦何故，今年明年来复去。

○李廌 4 首

李廌（1059—1109），字方叔，号太华逸民、济南先生，华州（今陕西华县）人。早年以文章受知苏轼，屡试不第，遂绝意仕进，定居长社。

钓台三首

钓国固有术，直钩宁漫劳。吾常鄙龙伯，岂复羡琴高。濯足风波地，游心虎豹韬。谁云无是子，天下自嚣嚣。

其　二

竹冈深贮一溪云，溪湾路尽钓矶新。鱼鸟相忘自相乐，使君元是狎鸥人。

其　三

兴王不患无功业，贼乱常忧在岁寒。能缓阿瞒移鼎手，长鋋此日愧渔竿。

送黄集虚赴任知州

桐庐古郡浙江东，山色溪光藻镜中。后夜相思千里月，高怀为寄一襟风。欲纡龟纽黄金印，且学羊裘老钓翁。忠义传家君勉勉，清名不必问穷通。

○赵寿卿 1 首

赵寿卿，1059 年前后在世，字温叔，封立（今河南省）人。仁宗时累官给事中。有《明月轩集》。

钓　台

从宦区区四十春，倦游每自厌嚣尘。马蹄又踏长安道，有愧桐江把钓人。

○陈瓘 1 首

陈瓘（1062—1126），字莹中，号了翁，沙县（今福建省）人。宋元丰二年（1079）进士。历右司谏，权给事中，后以党籍除名，隶台州，移楚州，卒，追谥忠肃。有《尊尧集》。

和江民表韵

传老东山水上浮，玄沙六月雪重裘。旧来消息今何在，千里桐江月满楼。

○周行己 1 首

周行己，字恭叔，永嘉（今浙江省）人。早年从伊川二程游，宋元祐六年（1091）进士。崇宁中官太学博士、齐州教授，知原武、乐清等县。宣和初，除秘书省正字，后入知东平府王靓幕，卒于郓。有《浮沚集》。

寄题江陵李潜道钓矶

严陵避世士，四海一钓矶。三聘非其心，独采富春薇。蒙城有静者，
白首卧荆扉。筑台俯溪鸟，默玩道心微。箕踞谢官长，把竿忘是非。
少年词赋场，秉笔落珠玑。投老漫假板，长啸却南归。缅怀直钩理，
濯发待日晞。贫贱得肆志，富贵多危机。

○茹东济 1 首

茹东济，合肥（今安徽省）人，宋元祐中监京东排运司。

题清芬阁

舣棹叩朱门，雄飞处士村。诗名千古重，庙貌一方尊。
绿水长溪阔，青山远岫昏。辞花谁善继，御史是曾孙。

○王直方 1 首

王直方（1069—1109），字立之，号归叟，密县（今河南省）人。宋元祐间以假承奉郎监怀州酒税，寻易冀州佥官，仅累月，投劾归侍不复出，居汴京凡十五年。

题清芬阁

人以诗自业，在唐如蜂房。香英众采撷，论功归其王。
恭维少陵老，实提六义纲。人能分一体，犹足生辉光。
元英萧散人，亦以诗道昌。余隽独不吮，嘉肴常自将。
沧江下千寻，便足知流长。元英不可见，看取尚书郎。

◎刘安上 1 首

刘安上（1069—1128），字元礼，永嘉（今浙江温州）人。宋绍圣四年（1097）进士，调钱塘尉，迁缙云令、登州教授，除提举两浙学事，召对，留为监察御史。迁侍御史、谏议大夫。历知寿、婺、邢、寿春、舒等州府。宣和七年（1125）提举南京鸿庆宫。靖康元年（1126）致仕。有《刘给事文集》。

寄叔静

频年京阙暗胡尘，窃发桐庐更骇闻。食尽犬羊还自毙，火炎蝼蚁却须焚。
中原已有汾阳将，二浙谁驱下濑军。州郡虽严防守计，可将知略佐忠勤。

◎曹辅 1 首

曹辅（1069—1127），字载德，沙县（今福建省）人。宋元符进士。授秘书正字。徽宗多微行，辅因上疏切谏，编管郴州六年，怡然不介意。有《籁鸣集》。

钓 台

天地何曾着两雄，蛰龙飞去有冥鸿。北辰夜动双悬象，南浦秋归一钓篷。
自昔何人继高躅，至今兹地仰清风。悲凉古意谁能尽，落日江山醉眼中。

注：此诗一说黄庭坚作。

◎江端友 1 首

江端友（？—1134），字子我，开封（今河南省）人。宋靖康元年（1126）赐同进士出身。建炎元年（1127）官两浙福建路抚谕使。绍兴二年（1132）主管江州崇道观。后弃官隐居桐庐鸬鹚源，著书讲学，人称"七里先生"。

题清芬阁

湑名江上月，幽思岭边云。没世无知己，陪祠未当勤。
丧衮论邪正，诗律较铢分。端似太丘长，公卿见纪群。

○方元昭 1 首

方元昭，宋人，白云源（今浙江桐庐县富春江镇）人。宋建炎二年（1128年）戊申科进士。

修清芬阁

阁起虚空本自然，诗名远度惹云烟。水流山峙兰芬谷，疑是东南一洞天。

○许中 1 首

许中，字与权，乐平（今江西省）人。宋元符三年（1100）进士。历校书郎、兵部郎官、以直秘阁主管广西经略司公事、静江知府、鼎州知府、虔州知府、扬州知府。

钓　台

何代何人把钓缗，至今犹有钓台存。身名俱隐成真隐，吕渭严滩讵足论。

○廖刚 2 首

廖刚（1071—1143），字用中，号高峰，南剑州顺昌（今福建省）人。徽宗崇宁五年（1106）进士。历监察御史、兴化知军、右正言、吏部员外郎、起居舍人、给事中、刑部侍郎、御史中丞，终以徽猷阁直学士提举亳州明道宫致仕。有《高峰文集》。

舟次严子陵钓台当时出舟中所作一篇依韵和之

弥月锁萧寺，百念损心曲。开门春山青，舟备春涨绿。回首戏事空，白黑扫枰局。却怜剔银灯，手纤腰素束。劝我金屈卮，阳春词非俗。归心千里驰，客饮一笑足。况我富朋簪，连樯泛寒玉。夜泊子陵滩，清辉耿相烛。（衢守作席，诸妓分立诸客前，各唱一词，杂然并奏。时当予前者唱《剔银灯》，偶差妙丽，故以戏诸同事）。

用当时韵题钓台呈诸友

钓台兀层巅，钓钩应不曲。岂曰真钓鱼，爱此千顷渌。战争如奕棋，光武偶赢局。先生静观之，未肯带一束。

纷纷揔儿戏，龊龊付鄙俗。万乘等故人，醉卧加以足。
谁能弃天真，俯仰矜执玉。亘古才一人，卓哉理深烛。

○许景衡 7 首

许景衡（1072—1128），字少伊，瑞安（今浙江省）人。宋元祐九年（1094）进士。历大名府通判、福州通判、殿中侍史、太常少卿、中书舍人、御史中丞、尚书右丞、资政殿大学士，卒谥"忠简"。有《横塘集》。

次韵江左司

长空翳翳木落处，流水浑浑沙尽头。安得此身生羽翼，眼中长见钓台秋。

次韵江民表寄王圣时六首

先生脱尘屣，西室八十年。物态日纷纭，此境长湛然。问道满函丈，孰云无世缘。茫茫天地间，所乐乃一廛。燕坐亦何为，柏子炷炉烟。

其 二

前辈不可见，吾犹及此老。洒然忘鄙吝，岂复叹枯槁。微言破聋聩，从之恨不早。况有樗栎年，庶几松柏操。先生为首肯，人人有吾道。

其 三

我亦斯人徒，鸟兽可同群。隐居岂我意，裋褐老海门。物理有悟会，明镜无尘痕。似闻钓台老，劝饱千里莼。岂为饮啜兴，端念父子亲。

其 四

谏省坐何事，南迁临岭峤。天命已在我，谁能赋鹏鸟。第怀平生友，坐隔湖海杳。生还桐水上，尺素寓襟抱。鸡黍傥可期，千载有同调。

其 五

居士不溷俗，已判此生间。钓台经世志，谔谔在朝端。出处固不同，
相对即欢颜。乖违限南北，奋迅无羽翰。此心日相见，未应劳永叹。

其 六

天地吾一气，万物吾一身。纷纷梏形体，末学蔽多闻。二老独超然，
早以德为邻。昭昭此心理，千古无故新。寄声发妙蕴，一视世间人。

○胡安国 1 首

胡安国（1074—1138），字康侯，建州崇安（今福建武夷山市）人。宋绍圣四年（1097）
进士。除江陵府学教授、通判成德军，提举成都府路学事、江南东路学事，除中书舍人，
知通州。有《春秋传》传世。

严陵钓台

归隐桐江知几春，静看浮世一鸥轻。此心有处原无着，误说持竿是钓名。

○谢薖 1 首

谢薖（1074—1116），字幼槃，号竹友，临川（今江西省）人。曾举进士不第，
家居不仕。诗文与从兄谢逸齐名，时称"二谢"。有《竹友集》。

读严子陵祠堂记

羊裘不见钓台倾，水到台边分外清。天上故人新黼黻，身前万事一竽篘。
章侯笔法逼秦相，范子文章原易经。图画名臣久磨灭，此碑千古粲繁星。

○陈渊 3 首

陈渊（？—1145），字知默，沙县（今福建省）人。师从杨时。绍兴五年（1135）
荐充枢密院编修。七年（1137），诏举直言极谏之士，胡安国以渊应，改官赐进士出身；
九年（1139），除监察御史，寻迁右正言。后为秦桧所恶，主管台州崇道观。卒。有《默

堂集》。

钓台歌

人间得安眠，梦断了无欲。那思趋朝士，一马百夫仆。况闻稻苗盛，
昨夜新雨足。一饱如可期，吾事岂多日。严山郁葱茜，流水周其麓。
照我本来面，真白非浴鹄。故应此间位，却扫便违俗。超然寂照中，
无往亦非复。百年只尔耳，行矣无踯躅。区区欲何为，世路羊肠曲。

严陵钓台

溪山有底好？适契贫士欲。取论生不侯，但喜梦非仆。
携筇纵朝步，初日穿林麓。西风扶两腋，一举千里鹄。

用令德韵题严陵祠

价微良易酬，器博无近用。骐骥非良乐，万里谁能控。萧王汉中兴，
四海倚为重。谁为渊驱鱼，一呼百万众。妙算环无端，奇功射必中。
忘机谅未能，岂数汉阴瓮。故人钩尚直，倦作仪韶凤。应无万牛力，
负此丘山栋。羊裘又独往，苦语余嘲弄。至今卖菜言，空记当时梦。

○卢襄 3 首

卢襄，原名天骥，字骏元，衢州（今浙江省）人，宋大观元年（1107）进士。
历两浙路提点刑狱，知江宁府，迁江南东路提点刑狱，拜吏部侍郎。

严子陵歌

无欲戴蝉冠，蝉冠械我首。无欲披衮衣，衮衣囚我身。贫贱自闲暇，
功名多苦辛。君不见大将军功盖天地，一朝饿死垣墙里。又不见穰侯
贵压咸阳都，朝为卿相暮匹夫。争如春风秋月一竿竹，万古溪山看不足。
胜他宫殿锁千门，细草新蒲为谁绿，锦绣万花谷。

严子陵祠两首

从昔徵君屈复伸，羡君终始脱风尘。清时不肯投芳饵，晚节谁能事故人。
千古声名空白水，一台萝荔自青春。翻令指点商山皓，鹤发星星更入秦。

其　二

钓台突兀断崖倾，台下荒祠荫古柽。朋友君臣俱大义，江山日月自高明。
幡然未负汤三聘，逝矣何惭鲁两生。莼菜鲈鱼晚堪荐，驿舟淹宿有余情。

○程俱 2 首

程俱（1078—1144），字致道，衢州开化（今浙江省）人。宋绍圣年间荫补吴江县主簿，后知泗州临淮县，荐为著作佐郎。建炎时知秀州，绍兴时擢中书舍人。有《北山小集》四十卷。

古钓台歌送阮阅休美成沿檄浙东

饿夫一往西山空，攫金肱篋清昼同。东方作矣事何若，玉桚未解裙襦中。排肩炙手日卓午，暮夜掉臂目送西飞鸿。谓言冰壶不受污，正似马耳经东风。我思一人，去我千载，乃在浙水之东富春濑。山嵚岖兮蠹云汉，溪流喧虺白石乱。濑声尽处万寻碧，蟠蜒蜿兮守斯人之故宅。旁人指山名钓台，下视九土氛黄埃。投竿百辖何足道，直拂三珠挂瑶草。彼一人兮皎独立，清风为神冰为骨，佩琼蕤兮结明月。纫蘅兰以荐枕兮，服龙渊之无缺。羊裘蒙茸溪水旁，大胜被衮升明堂。刘秀发兵诛不道，气压昆阳才一扫。登床抚腹坐太息，始信赤符非至宝。君房素痴定不痴，致位鼎足何其危。阿谀顺旨腰领绝，安知直言身见杀。我昔客新定，挂帆七里滩。整冠拜祠下，岩岩千仞层台巅。神游八海极，仿佛聆其语。但觉万古松风寒，滔滔举世无不可。正自丧我非毋我，严滩水清山翠微。贪廉懦立归来兮，奎蹄絮缝不可以久栖。

桐庐道中书事

一星熠熠初尚微，俄顷满天如灼龟。溪流黯黮四山黑，怒芒当空唯太白。
举头仰书天漫漫，飞星纵横绝河汉。新月未高不可见，终夜起坐发三叹。

○汪藻 3 首

汪藻（1079—1154），字彦章，饶州德兴（今江西省）人。宋徽宗崇宁二年（1103）进士。累官著作佐郎、太常少卿、起居舍人。高宗立，召试中书舍人，累拜翰林学士。绍兴元年（1131），除龙图阁直学士，知湖州。八年（1138），升显谟阁学士。连知徽、宣等州。有《浮溪集》等。

詹令人挽词

小隐严陵下，当年得孟光。里师为妇顺，子庆事亲长。
洲橘应还熟，庭萱遂不芳。他年冠盖会，来看伏牛冈。

起居方舍人挽诗两首严陵人

汉殿胪传处，回头四十春。共嗟香案吏，归作钓台人。
意气林泉老，名声日月新。贾生方拟召，鹏鸟在承尘。

其　二

经术群公上，人材二纪间。屡持边使节，竟老近臣班。
赐第叨同擢，趋朝忆共还。白头无力送，能隔几青山。

○王庭珪 1 首

王庭珪（1080—1172），字民瞻，号庐溪真逸，吉州安福（今江西省）人。宋政和八年（1118）进士，调衡州茶陵县丞。宣和末退居乡里。隆兴元年（1163）改左承奉郎，除国子监主簿。乾道七年（1171）除直敷文阁，领祠如故。

严子陵钓台

巨石崔嵬枕碧流，何人曾此坐垂钩。足加帝腹动星象，手把鱼竿还故丘。
固异山灵回俗驾，不因鲈鲙忆吴洲。当时冠剑今何在，独有高台万古留。

○孙觌 4 首

孙觌（1081—1169），字仲益，号鸿庆居士，常州晋陵（今江苏武进）人。宋徽
宗大观三年（1109）进士。历官秘书省校书郎、国子司业、侍御史、和州知府、中书
舍人、给事中、吏部侍郎，权直学士院，历知平江、温州、临安。有《鸿庆居士集》
《内简尺牍》传世。

桐庐连夕大雨溪涨数十丈徙寓白塔山上方阁

苍莽川流会，浑酣海气嘘。蛟龙改窟宅，雷电走空虚。
殷地翻坤轴，粘天浸日车。高僧欲杯度，游客且楼居。
壮观真难值，幽怀亦少摅。翩翩一鸟去，何必羡知鱼。

水　退

荡沃波澜大，凭陵意气粗。射潮鲛鳄怒，鞭石鬼神驱。
云断千崖立，风行万壑趋。樯乌朝共起，水鸟夜仍呼。
滟滟红升晓，霏霏翠扑肤。浮楂卧泥滓，狼藉满街衢。

钓台两首

北塞风尘万鼓鼙，东京社稷一戎衣。绿林群盗驱民去，赤伏真人得帝归。
诸老蝉联苍玉佩，将军坐辔紫金鞿。先生此日青霞志，一笑凌空挂杖飞。

其　二

故山遗像丹青落，盖代荣名日月悬。万马群空冀北野，一蛇独游原上田。
晚浦苍波涵落日，秋崖老树立苍烟。直从厌代骑星去，千岁光芒夜斗边。

○周紫芝 1 首

周紫芝（1082—？），字少隐，号竹坡居士，宣城（今安徽省）人。宋绍兴十二年（1142）进士。历官右司员外郎、知兴国军，为政尚简静。秩满，奉祠归，入居庐山以终。有《太仓梯米集》《竹坡诗话》。

次韵伯尹登严子陵钓台

明光宫中枭夜鸣，汉鼎何人窥重轻。老颅未污属镂血，四海掩鼻愁膻腥。
当时避地岂得已，岩栖水宿俱非情。谁知举世无真隐，此意独高严子陵。
一钩明月满蓑雨，桃花水涨春江平。生涯颇似玄真子，端欲钓鱼非钓名。
故人已作飞龙起，犹着羊裘钓烟水。异时侯霸岂其俦，未可轻将衮衣比。
心知不为世人屈，无故不作三公耳。富贵浮云只眼前，执戟长怜子扬子。
丈夫名节倘未立，安用区区识奇字。

○胡舜陟 1 首

胡舜陟（1083—1143），字汝明，号三山老人，绩溪（今安徽省）人。宋大观进士，历官徽猷阁待制，广西经略使，封绩溪伯。

泛歙溪用老杜诗青惜峰峦过为韵其三

万山回合处，葱郁钓台峰。道义高千古，箪瓢敌万钟。羊裘甘寂寞，
凤阙肯从容。勿为狂奴态，清风激懦庸。

○李纲 8 首

李纲（1083—1140），字伯纪，号梁溪居士，邵武（今福建省）人。宋政和二年（1112）年进士。历官监察御史、太常少卿、兵部待郎、尚书右丞，除知枢密院事。力主抗金。绍兴二年（1132），除观文殿学士、湖广宣抚史，知潭州、洪州。卒赠少师，谥"忠定"。有《梁溪集》。

桐江行赠江致一少府

放浪江湖乃吾乐，羁束轩冕非所荣。谪官去为剑浦吏，鼓柁遂作桐江行。

舣舟浙岸候潮至，百越微茫烟水外。波横天际海倒流，喷雪惊雷声震地。
须臾风软潮已平，片帆去逐飞鸿轻。棹讴四起日西落，暮天杳杳惟参横。
江山苍苍负残雪，江水茫茫浸寒月。谁云逐客苦凄凉，今我斯游最奇绝。

严陵滩

清风弥棹桐君庐，溪光山色世所无。故人见我一笑粲，杀鸡为黍聊相娱。
嗟予仕宦等游戏，断梗飘蓬本无蒂。但令景物共吟哦，出处穷通何足计。
此行幽讨殊未阑，满目叠叠皆云山。鹭飞鱼跃石齿齿，今夜且宿严陵滩。

觉度寺

夕发富春渚，朝次桐君庐。桐君采药地，今作僧家居。石磴上窈窕，
林荟下扶疏。山根二江合，清波见游鱼。霜晴响钟磬，日落归樵渔。
客从何方来，弥棹聊踟蹰。清景难久驻，怅然还问途。

严陵滩下作两首

世祖龙飞万国朝，故人依旧隐蓬蒿。羊裘肯换貂冠贵，钓石终齐凤阙高。
共宿客星亲帝座，贻书直气压时豪。东京臣子多名节，皆自先生铸此曹。

其　二

帝座高悬汉客星，樵渔今亦想英声。钓台直下三千尺，谁谓先生只钓名。

登严子陵钓台三首

昔年曾上钓溪头，梦想沧浪一叶舟。今作太平真隐吏，不须辛苦着羊裘。

其　二

世祖驰驱复汉家，故人高卧老烟霞。至今只说羊裘好，拜衮谁思邓仲华。

其 三

四七功臣符列宿，云台画图柄丹青。何如静夜天文里，帝座旁边见客星。

○李清照1首

李清照（1084—约1151），号易安居士，齐州章丘（今山东章丘西北）人。宋建中靖国元年（1101）适太学生赵明诚。宣和三年（1121）随夫宦居莱州。建炎元年（1127）明诚知江宁府，随夫居。三年（1129），明诚改知湖州，途中病卒，清照流寓浙东各地。绍兴二年（1132）再适张汝舟，未几离异。卒年七十余。近人辑有《李清照集》《漱玉集注》等。

夜发严滩

巨舰只缘因利往，扁舟亦是为名来。往来有愧先生德，特地通宵过钓台。

○吕本中3首

吕本中（1084—1145），字居仁，学者称东莱先生，开封（今河南省）人。宋政和、宣和间，官济阴主簿、泰州士曹掾。宣和六年（1124）除枢密院编修，后迁职方员外郎。绍兴六年（1136）召为起居舍人，赐进士出身。八年（1138），擢中书舍人，权直学士院。同年，因反对议和，罢职，卒谥"文清"。

舟行至桐庐

乘舟待潮发，一日到桐庐。物色寒初甚，溪山画不如。
往来真是梦，亲旧不须书。犹胜鸱夷在，时容托后车。

赠 人

中表多离隔，情亲子独贤。心游众目外，气出万夫前。
米贱犹堪饱，官闲不记年。春风上严濑，为我略回船。

汴上作

不使西风便解维，且留残暑震余威。累累野水循河下，摄摄榆虫扑面飞。
五斗漫随王绩隐，一裘聊晏婴归。平生事业新诗在，送与江南旧钓矶。

○曾幾 1 首

曾幾（1084—1166），字吉甫，号茶山居士，赣州（治今江西赣州）人，徙居河南（今河南洛阳）。初入太学有声，授将仕郎，赐上舍出身。累除校书郎。高宗初历江西、浙西提刑。因兄力斥和议触怒秦桧，同被罢官。居上饶茶山寺七年。桧死，复官，累擢权礼部侍郎。绍兴末，金兵南下，上疏反对乞和。以通奉大夫致仕。卒谥"文清"。有《经说》《茶山集》。

题方氏清芬阁用范文正公韵

胜绝登临地，桐江占十分。省郎才不世，御史气如云。
遂使芝兰秀，俱能锦绣文。诸孙又如许，百代有清芬。

○赵鼎 3 首

赵鼎（1085—1147），字元镇，号得全居士，解州闻喜（今山西省）人。宋崇宁五年（1106）进士，累官司勋员外郎、右司谏、侍御史、御史中丞、端明殿学士、枢密院事。知平江、建康、洪州，拜参知政事，知枢密院事，与张浚并相。绍兴七年（1137）拜尚书左仆射、同中书门下平章事，后知泉州，移吉阳军。卒谥"忠简"。有《忠正德文集》传世。

过子陵滩题僧舍壁

山水莽回互，转盼图画间。念此清绝地，昔人所盘旋。舟子想欢嗟，
示余子陵滩。有台出山半，藤萝蒙薜斑。缅想建武功，用人及茅菅。
蹑取汝颍士，列宿枢极环。中有贫贱交，客星犯帝阙。其能荣辱之，
但及平生欢。志愿乃有在，归钦一渔竿。高风邈千载，独立谁跻攀。
山僧本何知，结屋临清湾。笑谓舟中客，何为争险艰。权门有遗啄，
造请无寒暄。嗫嚅到童仆，俯仰惭衣冠。所得谅几何，靦汗流面颜。
偃鼠不过饱，鹪鹩亦求安。子能了此义，分子一席闲。

泊桐庐县合江亭下昔有得道之士不知姓名结庐山间手植桐数本因谓之桐君县亦以此得名是日雨

桐庐县前江合流，合江亭下多客舟。红楼参差出木末，小市宛转依岩陬。

桐君手植碧桐树，岁岁春风柯叶柔。白云一去凤不至，暮雨丁零生客愁。

泊小金山觉渡寺僧言建德知县桐庐知县婺州教授皆被召

敢叹边氛炽，今闻公道开。中原非世事，南国自人材。
朱履羞弹铗，黄金谩筑台。天涯转蓬恨，何地赋归来。

○李光 1 首

李光（1078—1159），字泰发，宋上虞（今浙江省）人。崇宁五年（1106）进士，历官常熟令、右司谏、吏部侍郎，官至参知政事。有《庄简集》。

寄题余姚徐宰新作严公堂

子陵古真隐，逸气横九州。平生江海志，自比巢与由。鸿飞本冥冥，
肯为稻粱谋。虚屈万乘顾，枉烦物色求。贻书诮君房，予作腰领忧。
舜江公邑里，公去逾千秋。青山无古今，大江日东流。人物浪淘尽，
英名至今留。当年渔钓地，陈迹余荒丘。徐侯有佳政，百里安田畴。
作堂名严公，怀贤慕前修。时来对江山，一樽更献酬。我岂隐沦钦，
三黜今白头。年来剩得闲，忘机狎群鸥。结茅牟湖旁，一竿幸可投。
箬笠青蓑衣，生涯寄扁舟。严子定不死，吾将从之游。

○沈与求 4 首

沈与求（1086—1137），字必先，号龟溪，湖州德清（今浙江省）人。宋徽宗政和五年（1115）进士。历明州通判，为监察御史、殿中侍御史、御史中丞，移吏部尚书兼权翰林学士兼侍读，出为荆湖南路安抚使、知潭州。高宗绍兴四年（1134），知镇江府兼两浙西路安抚使，寻任参知政事。与张浚不和，出知明州。七年（1137），迁知枢密院事。卒谥"忠敏"。有《龟溪集》。

允迪招行简卜居鸬鹚谷仆意羡之作诗送行兼以自见两首

严陵滩下鸬鹚谷，闻道元英旧隐庐。鼻祖名高诗格在，耳孙才杰宦情疏。
漫山松桂雁行立，入坞茅茨星散居。知为刘郎赋招隐，莫教花落到通渠。

其 二

少日长怀社稷忧，怪来饶舌漫多仇。风尘冉冉百年老，霜雪萧萧两鬓秋。
不办痴床供一笑，方营隐谷赋三休。添丁护得金鸦觜，佳处端能着我不。

次桐庐两首

决决溪流不满滩，独怜舟子上风湾。日斜指点西村渡，竹户茅墙趁碧山。

其 二

吏鞅萦人未许闲，当游聊复到春山。倡条冶叶无风味，赖有寒梅醒病颜。

○郑刚中 3 首

郑刚中（1088—1154），字亨仲，号北山，婺州金华（今浙江省）人。宋绍兴二年（1132）
进士，历温州军事判官、枢密院编修、殿中侍御史、礼部侍郎、川陕宣谕使等。有《北山集》。

次桐庐

回舟逆水甚徐徐，尚距桐江百里余。只有梦魂无阻碍，夜来先已到吾庐。

钓 台

一举无心为六鳌，万钟于我亦毫毛。客星不到云台上，莫讶先生索价高。

胡德辉郎中由礼部出守桐庐同舍取令狐楚移石几回敲废印开箱何处送新图之句字分为韵某分赋移字

春风吹杨花，杨花乱江湄。中有使君船，双桡倚涟漪。少驻一杯顷，
容我成此诗。人生天地间，用舍当听随。栋干无衰气，匠石宁肯遗。
姑存万牛力，轻重惟所施。方公在瀛洲，众论称瑰奇。图书浩探讨，
笑阅寒暑移。取作南宫郎，渐欲为羽仪。雍容入青琐，人以旦夕期。
承流急师帅，小试烦一麾。淮阳正不恶，安用薄彼为。第令牧民心，

常如护婴儿。休息戒扰动，饱暖毋冻饥。清净乃要道，中庸亦良规。
桐江古佳郡，幽胜公所知。一水绿浩荡，千峰影参差。鸣鸠桑叶暗，
雨过稻花垂。不妨乘事外，时访严陵祠。囊中得新句，因风寄所思。

○李弥逊 2 首

李弥逊（1089—1153），字似之，号筠溪居士，吴县（今江苏苏州）人。宋大观三年（1109）进士，调单州司户，擢起居郎，历知庐山县、冀州、瑞州、饶州、吉州、漳州。有《筠溪集》。

发桐庐

江尽溪流合，行舟落照催。棹歌来月浦，帆影上风桅。
路转山容改，潮平水色回。兵戈满天下，飘泊壮心摧。

次韵学士兄桐庐道中

溪水抱山曲，轻舟趁落霞。烟尘多战垒，冠盖半浮家。
紫塞空归翼，黄河绝去槎。从谁论此事，心折莫云赊。

○罗汝楫 1 首

罗汝楫（1089—1158），字彦济，歙县（今安徽省）人，秦桧党羽。登政和二年（1112）进士第，历官大理丞、刑部员外郎、监察御史、吏部尚书，充国信使。除龙图阁学士，知严州。秩满，请祠，居丧未终而卒。

严先生祠

屹屹君家旧钓台，台前祠屋半倾颓。掩关故有残僧在，停棹知无俗子来。
怀想清芳垂竹素，忍令高躅就蒿莱。兼工料理由遥裔，我愿乘流酹一杯。

○林季仲 3 首

林季仲，字懿成，号竹轩，晚号芦川老人，永嘉（今浙江温州）人。宋宣和三年（1121）

进士。历官仁和令、秘书郎、太常少卿、泉州知府、婺州知府、处州知府。

钓 台

脱身归去亦何求,刚被声名落钓钩。买得扁舟在祠下,从公觅取旧羊裘。

袁居士来自桐庐索诗赠二绝句

霜髯垂臆杖过眉,得得桐庐江上来。对我休谈钓台好,姓名方挂北山移。

其 二

木落空山霜露寒,却驱羸马傍长安。君看仕路风波恶,孰与严陵七里滩。

○陈最1首

陈最,字季常,长溪(今福建霞浦)人。宋宣和三年(1121)进士。历官新昌丞、左修职郎、左承事郎,终朝奉郎,知兴国军。

题方干旧隐

百里青山数曲溪,茂林修竹此高栖。相寻似访壶中景,他日重来路不迷。

○李谊1首

李谊,字宜言,南昌(今江西省)人。宋宣和六年(1124)进士,历官杭州教授、枢密院计议官、工部尚书、庐州知府。

题钓台

姜居渭水为周相,严隐桐江不汉臣。试把二公较名节,谁知总是一丝纶。

○王之道1首

王之道(1093—1169),字彦猷,自号相山居士,无为(今安徽省)人。宋宣和六年(1124)进士。高宗绍兴八年(1138),通判滁州,知信阳军,累迁湖南转运判官，以朝奉大夫致仕。有《相山集》。

送无为守郑深道移严州

世称儒雅擅青徐，今见君侯信不虚。报政未容更绣水，除书先已易桐庐。
郡邻帝所旋趋召，地切家山勿恋居。千乘来迎催去急，邦人何计挽行车。

○李处权 4 首

李处权（？—1155），字巽伯，号崧庵惰夫，洛（今河南洛阳）人。宋南渡后
定居溧阳，一生未获显仕，辗转各地为幕僚，以诗游士大夫间。有《崧庵集》。

钓　台

先生志丘壑，溪山助幽兴。持竿聊尔尔，至乐在游泳。故人已龙飞，
旌车远来聘。掉头藐不顾，长揖辞万乘。人生各有愿，可不安吾分。
是在易之乾，曰遁世无闷。至今堂前竹，苍翠有余润。我行出祠下，
敬谒仰胜韵。愧负营口腹，驰驱违本性。言归不敢迟，卖剑买鱼艇。

题严公祠

挂席上桐庐，溪山似画图。斯人不复见，吾道一何孤。
谁入非熊梦，真成失马徒。清风端未泯，犹可激贪夫。

桐庐道中九日逢子公

三年客里重阳节，故典征衣共一杯。雁下紫萸能自好，霜前黄菊为谁开。
中原豺虎定何许，故国池台安在哉。山水中逢张学士，慢扶双桨不须催。

简江二十丈

旅泊桐庐郡，溪山过所传。稍宽游子恨，知有丈人贤。
水落鱼虾聚，林疏橘柚悬。淹留拚宿醉，卧扣月中船。

○张浚 3 首

张浚（1097—1164），字德远，号紫岩，汉州绵竹（今四川省）人。宋政和八年（1118）进士，历枢密院编修、侍御史、知枢密院事、川陕宣抚使、尚书右仆射同中书门下平章事、江淮宣抚使，除少傅、少师，为著名抗金将领，封魏国公。

过严子陵钓台两首

古木笼烟半锁空，高台隐隐翠微中。身安不羡三公贵，定与渔樵卒岁同。

其 二

中兴自是还明主，访旧胡为属老臣。从古风云由际会，归欤聊复养吾真。

会谳浪石亭

缙桧相逢在此亭，一战一和两纷争。忠良不遂奸雄志，砥柱中流为此存。

注：浪石亭在桐庐县西北十五公里，绍兴中里人袁升建，浚存此诗后改名砥如亭。

○朱翌 12 首

朱翌（1097—1167），字新仲，自号潜山道人，舒州（今安徽潜山）人，宋政和八年（1118）赐同上舍出身。历溧水县主簿、秘书省正字、秘书少监、起居舍人、中书舍人，知宣州、平江府。《严州府志》载："既而北归，诗益老，文益奇，寓居桐庐，爱鸬鹚山水，遂辟地家焉。"有《潜山集》三卷。

钓台观新刻范文正碑

日角瞳瞳上蔡阳，有星飞去避余光。东西怵迫谢新进，南北逍遥乐故乡。载刻庙碑求琰琬，一新祠宇照沧浪。使君着意敦风俗，更作高堂榜卒章。

竞秀阁两首

辋川遥展右丞图，盘谷中藏李愿居。龙睡潭深飞客棹，凤鸣枝老结吾庐。但令蜡屐去前齿，安用鸱夷托后车。西望子陵三十里，烟云来往问何如。

其 二

客槎飞过小金山，画栋参差杳霭间。稳踏鳌头归月府，侧骑龙背出尘寰。
秋生弱水烟霞冷，春至蓬壶日月闲。遥望严陵钓鱼处，十分全似落星湾。

题清芬阁

山腰系烟帛，石齿漱滩雪。千岁可坐致，清风在岩穴。
五季浪拍天，不覆渔翁船。入山种美材，百世收栋椽。
松厅正一台，莲幕壮两河。少蓬薰班香，建州办韩多。
今代南海君，事事似诸父。何年继昔游，秋山祠乃祖。

次韵胡明仲见寄两首（其一）

双鸟鸣方盛，公今遂著书。浮云供一扫，直笔用三余。
孔孟扬韩道，乾坤日月如。平生击奸手，发踪自桐庐。

寄鸬鹚源方允迪江子我

世间豺虎正争岐，隐去可妨九曲迷。怀人梦到北山北，卜邻意欲西枝西。
麦云已有饱气象，梅雨又烦诗品题。他日篮舆入源去，尚期趺坐对青藜。

分水县舍夜遇大雪

挥扇解衣真早计，果然一夕变春阴。屋头瓦裂风掀户，床上珠跳雪满衾。
我自不妨高枕卧，人今更有惜花心。此行特地非乘兴，明日扁舟兴亦深。

高风堂

一溪之云各为雨，聊与萧王分出处。乱山深处有生涯，三尺渔竿一枝橹。
细读怀仁辅义书，先生於世未尝疏。我已飘然遗物去，斯言却以告司徒。
参政树碑颂遗德，舍人作堂诏无极。高风之高高几何，下视乌龙六千尺。

寄方允迪

山阴兴尽晚船催，猿鹤欢迎入翠微。为信在山名远志，便令满箧寄当归。
一床独设空诸有，三径就荒知昨非。更赖仲容贤莫敌，竹林从此倍光辉。

夜宿方允迪家雨雪大作

肺腑群山襟带江，近人鸥鸟日成行。每来问道维摩室，何幸浓薰班氏香。
雨脚雪花方间作，灯红酒绿正争光。更烦采选消长夜，坐看回旋穴骼忙。

东津送方务德

一年痴雨令人瘦，三日佳晴送子回。何以赠之青玉案，我姑酌彼黄金罍。
寻春出郭非聊尔，下水行舟亦快哉。小试平生钓鱼手，老夫合住子陵台。

与钱端修诸公饮兴福

积阴解尽可信眉，梵宇仍容款扣扉。山净且无尘一点，湖平惟有鹭双飞。
杯行客恶思传令，劫急棋争看解围。招隐不知谁好事，为寻幽处著渔矶。

○胡寅 2 首

胡寅（1098—1156），字明仲，学者称致堂先生，建州崇安（今福建武夷山市）人，宋宣和三年（1121）进士。历官秘书省校书郎、司门员外郎、起居郎、永州知府、中书舍人、礼部侍郎兼侍讲、徽猷阁直学士。后迁居衡阳。有《论语详说》《读史管见》《斐然集》等。

严子陵先生祠

怀仁辅义人心喜，要领保全无顺旨。有来佩此当韦弦，庶免浮尘浣山水。

与范信仲及严陵同官纳凉万松亭

黄堂无徒真面壁，休暇相招出城北。千岩窈窕万松豪，把酒观棋得终日。

此邦前修邈难继，严范千古堂堂色。用之折棰笞犬羊，否则持竿弄泉石。我才濩落何足道，行藏未有资身策。公当长啸起家声，云台高敞风尘息。

○叶义问 1 首

叶义问（1098—1170），字审言，寿昌（今浙江建德）人。宋建炎二年（1128）进士，调临安府司理参军，历中书舍人、御史中丞、参知政事，除知枢密院事。

钓　台

不向朝端坐要津，特来台上拂闲云。江山风月总如此，今古傍人莫强分。

○曹勋 1 首

曹勋（1098？—1174），字公显，阳翟（今河南禹州）人。宋宣和五年（1123）赐同进士出身。数度使金，得请还梓宫及太后。历枢密副都承旨、閤门事兼干办皇城司等。有《松隐集》。

题钓台

遐想先生后世名，常如山水四时青。因知功业成何事，归美惟消犹帝星。

○康与之 1 首

康与之，字伯可，号顺庵，洛阳（今河南省）人，一作嘉兴（今浙江省）人。宋绍兴时与秦桧当国，趋附求进。十五年（1145）擢监尚书六部门，专为歌词谀体应制。十七年（1147），为军器监丞。桧死，贬钦州，移雷州、新州。

严陵怀古

建武中兴宝运开，股肱俱是济时才。汉家鼎祚如磐石，此老方图拂袖来。

○范浚 1 首

范浚（1102—1150），字茂名（一作茂明），婺州兰溪（今浙江省）香溪镇人。宋绍兴中，举贤良方正。以秦桧当政，辞不赴。闭门讲学，笃志研求，学者称"香溪先生"。有《香溪集》传世。

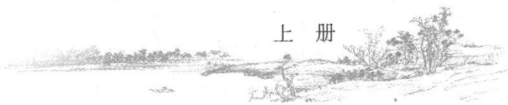

严陵钓台

我笑贺知章，乞得鉴湖水。严陵钓清江，何曾问天子。

○江邈 1 首

江邈，字遐举，南宋初时人，曾官殿中侍御史、吏部侍郎。

钓台歌

有客抱微疴，归期思无那。驾舟子陵滩，心间愁亦破。先生轻势利，
高尚云冈卧。木繁秀可食，绿浮不可唾。爽慨千仞齐，高风万古播。
薄天为之厚，贪者为之堕。悠悠名利人，有觍不忍睹。

○董颖 1 首

董颖，字仲达，德兴（今江西省）人。宋宣和六年（1124）进士。

泊严陵钓台

先生台下水分流，俗客南来亦系舟。遐想羊裘照清影，白云为饵月为钩。

○吴说 1 首

吴说，字傅明，号练塘，钱塘（今浙江杭州）人。宋建炎三年（1129）为两浙路提举，
四年（1130）改福建路转运判官。绍兴后，历知台州、信州、安丰军、盱眙军。

题清芬阁

乃祖飞英标万古，后来奕叶盛三吴。传家孙达吾何慊，配食子陵德不孤。
秀句至今辉简表，故山从昔锁松梧。他年我欲修清供，一盏寒泉一束刍。

○郭世模 1 首

郭世模（？—1160），字从范，宋绍兴二十九年（1159）与张孝祥同时被劾。

题清芬阁

视世轩裳一露萤，平生苦节抱遗经。卧云句好传弟子，钓濑名高齐客星。
尚想臞儒在山泽，空留遗庙落丹青。发挥家传标潜德，奕奕元孙有典刑。

○沈长卿 1 首

沈长卿（？—1160），字文伯，号审斋居士，归安（今浙江湖州）人。宋建炎
二年（1128）进士。历临安府观察推官、婺州教授，通判常州，改严州。

题清芬阁

元英以隐名，名德以仕显。人言不同调，是说一何浅。
丈夫生世间，出处各有意。仕以行其道，隐以求其志。
一以隐为高，伊吕当不起。一以仕为乐，夷齐不饿死。
我观二子心，舒卷如春云。邂逅作霖雨，本是版筑君。
乃祖想子陵，桐江饱风月。乃孙拥麾幢，遗爱浃闽粤。
相望二百年，家学留青编。冥鸿与栖凤，进退两俱贤。
秋冬享烝尝，瞻像不泚颡。独抱元成经，肯作世南匠。
种田刈禾黍，种圃收兰芝。请诵裳华篇，有之以似之。

○施宜生 1 首

施宜生（？—1160），字明望，邵武（今福建省）人。宋政和四年（1114）擢上
舍第，试学官，授颍州教授。绍兴二年（1132）编管婺州。后仕金，官至翰林侍讲学
士。金正隆四年（1159），为正旦使使宋。时金正欲南侵，施以隐语"今日北风甚劲"
暗示宋臣张焘，使回被告发，烹而死。

严子陵钓台

悬崖断壑少人踪，只合先生卧此中。汉业已无一抔中，钓台今是几秋风。
同学刘郎已冕旒，未应换与此羊裘。子云到老不晓事，不信人间有许由。

○葛立方 1 首

葛立方（？—1164），字常之，宋丹阳（今江苏省）人。绍兴八年（1138）进士，授正字、校书郎及考功员外郎等职。后因忤秦桧而得罪，罢吏部侍郎，出知袁州、宣州。有《归愚集》《韵语阳秋》等。

桐庐牛岭

舆曳入崔嵬，连天雾不开。惊波掀过雨，细路滑苍苔。

瞰下忧鱼葬，凌高被鸟猜。垂堂千古戒，底急为名来。

注：牛岭在今桐庐县钟山乡，昔有回龙庙。

○史浩 2 首

史浩（1106—1194），字子直，鄞县（今浙江省宁波）人。宋绍兴十五年（1145）进士，为余姚尉。历温州教授、中书舍人、翰林学士、参知政事、尚书右仆射、同中书门下平章事兼枢密使，知绍兴、福州，召侍读学士，淳熙五年（1178）拜右相。封魏国公，卒谥文惠。

题严陵钓台

功名于道九牛毛，无怪先生抵死逃。漠漠桐江千古后，云台何似钓台高。

汉隐士严先生墓

玉匣蛟龙已草莱，一丘马鬣尚封培。云台若也表名姓，千古谁知有钓台。

○陈贯道 1 首

陈贯道，字致一，闽侯（今福建福州）人，生平不详。

题严子陵钓台

足加帝腹似痴顽，讵肯折腰求好官。明主莫将臣子待，故人只作友朋看。

○蔡楠 1 首

蔡楠（？—1170），字坚老，自号云壑道人，南城（今江西省）人。宋徽宗时通判袁州。有《云壑隐居集》三卷，词有《浩歌集》一卷。

泊钓台

高台百尺凌云碧，维舟夜久霜月白。瘿木窣窣摇枯藤，寒濑潺潺落苍石。
先生退隐知几年，汉家钟鼎徒凌烟。高风千古磨不尽，山水照映长明鲜。
我来俯仰惭羁旅，冲寒愁怕玄冬暮。此身不负白鸥盟，暂此迟留亦何预。
起来搔首江茫茫，孤篷却逐雁随阳。人生游行岂易得，惟有此夕难相忘。

○王十朋 12 首

王十朋（1112—1171），字龟龄，号梅溪，乐清（今浙江省）人。宋绍兴二十七年（1157）举进士第一。历官秘书省校书郎、著作佐郎、国史院编修、国子司业、起居舍人、侍御史。知饶州、夔州、湖州、泉州，除太子詹事，以龙图阁学士致仕。卒谥忠文。有《梅溪前后集》。

钓 台

汉高谩骂四皓隐，周武干戈伯夷饿。南阳故人幸无失，先生胡为亦高卧。
清风却在夷皓上，千古真能激贪懦。客星夜向钓滩明，想像年时临帝座。

重游钓台两首

三年两溯钓滩涛，来往何曾补一毫。圣主雅恢光武量，微臣当遂子陵高。

其 二

弥棹祠堂下，一天星斗明。客星寻不见，影浸钓滩清。

宿富春舟中

苦雨冷朱夏，小舟眠富春。余生今可乐，归作太平人。

泊桐庐分水港

何处系归舟，桐庐旧日游。港从分水出，亭瞰合江流。
叠嶂云披絮，遥天月吐钩。纷纷钓鱼者，无复见羊裘。

小瀑布在钓台之东，前对方湾，有岩花颇幽奇

钓濑云山外，岩花瀑布边。却疑方处士，诗思涌成泉。

钓台三绝

圣主中兴急用人，小臣无术赞经纶。功名分付云台士，愿学先生事隐沦。

其　二

窃食三州愧不才，扁舟又过子陵台。心知敬慕先生节，乞得祠宫归去来。

其　三

山水高长子陵节，桐庐潇洒范公诗。又吟处士清新句，蝉拽残声过别枝。

送曹梦良赴桐庐户掾三首

年少论交老愈坚，交情尽在和韩篇。短檠业共贤关舍，淡墨名同桂籍年。
筮仕暂为三语掾，摛词行践八花砖。许峰佳谶亦聊耳，何止蓬莱山上仙。

（瑞安有许峰坳断秘丞归之谶）

其　二

鸡黍相寻岂偶然，论文尊酒荷留连。秋风初送雁群至，乔木喜闻莺友迁。
劝我鉴湖行甚力，送君钓濑去无缘。愿将清白师韩范，从此高堂有四贤。

其　三

需次家乡五载迟，便便腹笥愈添围。才如子建岂论斗，性类西门能佩韦。

车马戒涂君欲去，田园迷径我初归。男儿所尚惟名节，莫堕人间富贵机。

○陈从古1首

陈从古（1112—1182），字希颜，一作晞颜，号敦复先生，金坛（今江苏镇江）人。宋绍兴二十一年（1151）进士。调富阳尉，改邵州教授，监行在左藏东库。擢司农寺主簿，坐法罢。起知蕲州，为湖南提点刑狱，除本路转运判官，知襄阳。淳熙元年（1174）以贪墨不才罢。

钓　台

客星一点耀光芒，帝榻从容夜未央。知道中兴功业就，脱身归去钓沧浪。

○毛开5首

毛开（1116—？），字平仲，生卒不详，信安（今浙江常山）人。为人傲世自高，与时多忤。尝为宛陵、东阳二州卒。有《樵隐集》。

吊子陵钓台

先生高隐事如何，岂谓功名不足多。知道故人能辨事，一竿赢得钓清波。

泊钓台四首

衮衣但决妖邪谶，茅士先封不义臣。须信俯随鸡鹜食，岂如湖海一闲身。

其　二

白鹤千秋去不归，山川萧瑟阒光辉。孙郎祖墓今无主，不及先生一钓矶。

其　三

汉业中兴彼一时，先生名与日星垂。南阳遗庙今荒草，何似桐江百世祠。

其　四

洲渚寒云薄暮天，肖肖灯火落帆边。严陵滩下孤舟远，一夜归心听雨眠。

○范端臣 3 首

范端臣（1116—1178？），字元卿，号蒙斋，兰溪（今浙江省）人。宋绍兴二十四年（1154）进士，以左奉议郎添差严州府通判。历官秘书省正字、校书郎、礼部员外郎兼国史院编修、起居舍人。娶严陵方丞之女，合葬严陵钓台南岸。有《蒙斋集》。

钓　台

山东太白谪仙人，笔卷山河气拂云。百代公卿嘲哂遍，清溪石上想严君。

钓台怀古两首

此地有天险，双台千仞岗。眼宽知世窄，皇极使神伤。
岂崔诸峰立，萦纡一水长。振衣怀古罢，新句入斜阳。

其　二

古人不肯到云台，坐阅荒山暮景颓。裋褐自将龙衮敌，蒲车休驾鹤书来。
千年实录空文字，高古千风动草莱。惭愧君侯与披拂，愿添野水入金杯。

○洪适 1 首

洪适（1117—1184），字景伯，号盘洲，鄱阳（今江西省）人。以荫补修职郎。宋绍兴十二年（1142）中博学宏词科。历台州通判、徽州知州、司农少卿、翰林学士兼中书舍人、参知政事，官至同中书门平章事，兼枢密使。有《盘洲文集》等。

题清芬阁

先生此地旧眠云，乔木森然数百春。海内多传诗弟子，壁间曾记药君臣。
仙庐隐濑迹皆古，柏寺蓬山代有人。今日耳孙尤烜赫，庆源须信渺无垠。

○韩元吉 1 首

韩元吉（1118—？），字无咎，号南涧翁，雍丘（今河南杞县）人，南渡后居上饶（今江西省）。举进士，为南剑州主簿。历官建安令、江南东路转运判官、婺州知府、建宁知府、中书舍人、龙图阁学士、吏部侍郎，官至吏部尚书、颍川郡公。有《南涧甲乙稿》。

钓　台

璜溪亦有钓鱼人，一笑鹰扬扫战尘。不会先生辞光武，投竿深坐此江滨。

○钱岢 2 首

钱岢，淳安蜀阜（今浙江省）人，宋建炎中，金兵入侵江南，与弟曾率乡兵抗击，封承信郎。

子陵钓台两首

汉室中兴二百春，山河有见几经争。钓台屹立依然在，万古清风属子陵。

其　二

尧容巢父洗清流，汉主何为苦迫求。伸足动星惊太史，归来依旧着羊裘。

○沈清臣 1 首

沈清臣，字正卿，临安（今浙江杭州）人，宋绍兴二十七年（1157）进士。授太学录，贬封州，后历秘书丞、江东提举、秘书阁修撰等。有《晦岩集》。

严滩怀古

桐庐之山屹如址，桐江之水清见底。间关万里却归来，依旧此山如此水。
子陵一节寿汉脉，名与高山俱不死。惜无陋巷为邦学，礼乐不闻古人耳。

○喻良能 2 首

喻良能，字叔奇，号香山，义乌（今浙江省）人。宋绍兴二十七年（1157）进士，补广德尉，历鄱阳丞、星源令、绍兴府通判、国子主簿、工部郎中、太常丞、处州知府等。

过严濑寄陆守务观

翰墨场中老伏波，挥毫快马下晴坡。三年睿主思献纳，千里疲民赖抚摩。

潇洒郡斋方在望，飘摇征棹未能过。拟求墨妙辉衡宇，应有黄庭换白鹅。

桐庐舟中

急桨如飞破浪纹，子陵滩下水沄沄。江风初静扁舟稳，卧看青天行白云。

○潘柽 1 首

潘柽，字德久，号转庵，永嘉（今浙江温州）人。以父荫选武职，历阁门舍人、福建兵马钤辖。有《转庵集》。

题钓台

蝉冠未必似羊裘，出处当时已熟筹。但得诸公依日月，不妨老子卧林丘。英雄陈迹千年在，香火空山万木秋。自笑黄尘吹鬓客，爱来祠下系孤舟。

○陆游 17 首

陆游（1125—1209），字务观，越州山阴（今浙江绍兴）人。以荫补登仕郎，宋孝宗即位，迁枢密院编修，赐进士出身。通判建康府、隆兴府、夔州府。乾道八年(1172)，为四川宣抚使干办公事。其后曾通判蜀州，知嘉州、荣州，迁成都路安抚司参议。淳熙五年（1178），提举福建路常平茶盐，翌年改提举江南西路，十三年（1186）起知严州，后诏除军器少监。嘉泰二年（1202），诏国史修撰兼秘书监；三年（1203），致仕。有《渭南文集》《剑南诗稿》。

桐庐县泛舟东归

桐江艇子去乘月，笠泽老翁归放慵。一尺轮囷霜蟹美，十分激沆社醅浓。宦游何啻路九折，归卧恨无山万重。醉里试吹苍玉笛，为君中夜舞鱼龙。

予欲自严买船下七里滩谒严光祠而归会滩浅陆行至桐庐始能泛江因得绝句两首

客星祠下渺烟波，欠我扁舟舞短蓑。不为穷冬怕滩恶，正愁此老笑人多。

其 二

桐庐县前橹声急，苍烟茫茫白鸟双。乱山日落潮未落，胜绝不减吴松江。

题莹师钓台图

羊裘老子钓鱼处，开卷令人双眼明。未可忽忽便持去，夜窗吾欲听滩声。

官居戏咏

万里飘然似断蓬，桐庐江上又秋风。判余牍尾栖鸦湿，衙退庭中立雁空。
灯火市楼知酒贱，歌呼村路觉年丰。谁言病守无欢意，也与邦人一笑同。

登北榭

绕城山作翠涛倾，底事文书日有程。无濁我为挥吏散，独登楼去看云生。
香浮鼻观煎茶熟，喜动眉间炼句成。莫笑衰翁淡生活，它年犹得配玄英。

过放生池追怀江公民表谏议池盖公所创也

钓台先生谏大夫，建中初元起江湖。是是非非玉座侧，身可死徙志不渝。
烟汀月岛二十载，白发短胕藏菰蒲。晚蒙湔洗得一障，上奏犹自称粗疏。
此公造处直奇特，竺乾先生分半席。九州看如掌中果，天不遣为吁可惜。
径归敛手筑陂池，也活龟鱼论万亿。骨冷桐山唤不闻，停车怅望春波碧。

到严十五晦朔郡酿不佳求于都下既不时至欲借书读之而寓公多秘不肯出无以度日殊惘惘也

桐君故隐两经秋，小院孤灯夜夜愁。名酒过于求赵璧，异书浑似借荆州。
溪山胜处身难到，风月佳时事不休。安得连车载郫酿，金鞭重作浣花游。

读范文正潇洒桐庐郡诗戏书

桐庐朝暮苦匆匆，潇洒宁能与昔同。堆案文书生眼黑，入京车马涨尘红。

逢迎风月麹生事，弹压江山毛颖功。二子年来俱扫迹，颓然堪笑一衰翁。

桐江行

我来桐江今几时，面骨峥嵘鬓如雪。怒嗔不复有端绪，谗谤何曾容辨说。
十年山栖却水食，酿桂餐芝自芳洁。作官一饱仰红腐，坐对盘餐常呕噎。
雪晴宿戒南山游，剩要赋咏临清流。将行复辍却退坐，台符吏牍令人愁。
胸中崔嵬向谁吐，独立凭高时自语。文章当以气为主，无怪今人不如古。

自东津泛舟至桐溪

潮生东西津，雨暗上下塔。萧萧乱菰蒲，拍拍起凫鸭。
吾船虽褊小，尚可著一榻。溪风吹醉颊，高枕堕纱陷。
南山浮湿翠，偃蹇呼不答。安得青莲公，杰句为弹压。

郊　行

小雨东郊气象新，萧萧清吹爽衣巾。并溪密竹巧藏寺，爽道新麻高没人。
老厌簿书愁欲睡，病疏杯酌渴生尘。桐君山路无多远，元自知津莫问津。

钓台见送客罢还舟熟睡至觉度寺

抽身簿书中，兹日睡颇足。缥缈桐君山，可喜忽在目。
纷纷众客散，杳杳一笫独。昔如脱渊鱼，今如走山鹿。
诗情森欲动，茶鼎煎正熟。安眠簟八尺，仰看帆十幅。
逍遥富春饭，放浪渔浦宿。送老水云乡，羹藜勿思肉。

泛富春江

双橹摇江叠鼓催，伯符故国喜重来。秋山断处望渔浦，晓日升时离钓台。
官路已悲捐岁月，客衣仍悔犯风埃。还家正及鸡豚社，剩伴邻翁笑口开。

夜观严光祠碑有感

我昔过钓台，峭石插江渌。登堂拜严子，挹水荐秋菊。

君看此眉宇，何地著荣辱。洛阳逢故人，醉脚加其腹。

书生常事尔，乃复骇世俗。正令为少留，要非昔文叔。

平生陋范晔，琐琐何足录。安得太史公，妙语写高躅。

渔 浦

桐庐处处是新诗，渔浦江山天下稀。安得移家常住此，随潮入县伴潮归。

别严和子

千里风烟行路难，旅舟应过子陵滩。人间富贵如何物，莫负君家旧钓竿。

○姜特立 9 首

姜特立（1125—? ），字邦杰，号南山老人，丽水（今浙江省）人。以父荫累官承信郎、福建路兵马副都监、阁门舍人、阁门知事、浙东马步军都总管。

子陵两首

足加帝腹狂奴态，自是君王礼数宽。四海但知天子贵，先生只作故人看。

其 二

不为故人屈，清名日月高。当时若相汉，不过比元侯。

元侯功易歇，子陵名不灭。所以想孤风，犹如隔前日。

子陵祠堂后两崖对起可高百丈或者指为钓台

壁立双台百丈余，如何竿线掷空虚。时人不会先生意，只钓清名不钓鱼。

子陵濑

不为故人出，出则将如何。交道古难终，岂唯畏虞罗。

萧何丰沛旧，未免投金科。先生诚高哉，无愧紫芝歌。

和虞守钓台四首

七里滩头岁月增，汉家川谷几丘陵。祠堂只许玄英配，此后寥寥见未曾。

其 二

龙衮羊裘孰重轻，当时俱是一书生。相忘道术仍忘势，超出人间万古情。

其 三

天下清名属至公，当时四七谩英雄。祠庭千古增轮奂，不见云台续画工。

其 四

先生蝉蜕出尘埃，万古声名一草莱。尽道高风激贪懦，何人到此挽舟回。

过钓台

两山夹青苍，月照江茫茫。一杯酌老妇，孤兴发沧浪。

贤哉羊裘公，不肯仕汉光。冥鸿已高翔，弋者应相忘。

○薛季宣 1 首

薛季宣（1125—1173），字士龙，号艮斋，永嘉（今浙江温州）人。宋绍兴二十三年（1153），入四川制置使萧振幕。三十年（1160），以荫知鄂州武昌。隆兴元年（1163），赴调武林，得婺州司理参军。乾道四年（1168），改知平江府常熟县。七年（1171），以荐召赴临安，除大理寺主簿，持节使淮西，出知湖州。有《浪语集》。

钓台阻风去得风便

先生非钓名，鱼钓清泠水。太空长廓然，浪迹秋光涘。人忧我何忧，
忘怒亦忘喜。建武非汉元，讵有留侯起。神明旋地轴，姓字更七里。
云台已埋没，严濑殊清沚。峨峨二钓台，高插烟霞里。首阳远相比，
万祀恒不圮。我来经旧庐，敢卜瞻遗几。东风回我舟，江步时须舣。
仰观严象设，敬拜豁烦鄙。曾台畅登临，无复徒仰止。萦迂古道屈，
望望扳萝蘽。崇基介岩石，特立端不倚。削成二山碧，平正章如砥。
众山郁青葱，环合纷碨礧。清尘森万象，触睫同一视。古人不可见，
可见安人美。旅情殆忘返，回棹西风驶。青蒲挂一席，入望俄城市。
瞥如周变秦，物物非古始。乃知主人意，待我非朱紫。送迎因下风，
忙遽均倒屣。烹茶出清泉，盘馔罗双鲤。饫之以珍饎，浣濯予尘滓。
相忘语默间，不假谈名理。去留唯我意，今昔交汝尔。此情固冥契，
何必亲之子。

○范成大 10 首

范成大（1126—1193），字致能，号石湖居士，吴县（今江苏苏州）人。宋绍兴
二十四年（1154）进士，历官徽州司户参军、著作郎、吏部员外郎、处州知府、礼部
员外郎、中书舍人、静江知府、四川安抚使、礼部尚书、参知政事、明州知府、建
康知府，加资政殿大学士知太平州。有《石湖大全集》《吴郡志》《骖鸾录》等。

淳 安

篙师叫怒破涛泷，水石如钟自击撞。欲识人间奇险处，但从歙浦过桐江。

乾道己丑守括被召再过钓台自和十年前小诗刻之柱间后五年自西掖帅桂林癸巳元日雪晴复过之再用旧韵三绝

浮生渺渺但飞埃，问讯星宫又独来。天上人间最高处，为君题作郁萧台。

其　二

拙疏何计补涓埃，惭愧双旌云复来。三过溪门今老矣，病无脚力更登台。

其　三

界天山雪净黄埃，溪上扁舟夜沉来。匝地东风劝椒酒，山头今日是春台。

甲午岁朝寓桂林记去年是日泊桐江谒严子陵祠迤逦度岭感怀赋诗

去年晓缆解江皋，也把屠苏泛浊醪。一席饱风渔浦阔，千山封雪钓台高。
将军老矣鸣孤剑，客子归哉咏大刀。早晚扁舟寻旧路，柁楼吹笛破云涛。

钓台两首

山林朝市两尘埃，邂逅人生有往来。各向此心安处住，钓台无意压云台。

其　二

久矣心空客路埃，兹行端为主恩来。杜陵诗是吾诗句，卧病岂登江上台。

桐　庐

湿云垂野淡疏林，十日山行九日阴。梅子弄黄应要雨，不知客路已泥深。

桐庐江中初打桨

二十年前鬓未斑，下滩归路落潮干。如今衰发三千丈，却趁潮平再上滩。

重游钓台

溪色岚光绝点埃，十年游倦得重来。簿书丛里身犹健，冒雨冲烟上钓台。

○潘畤 2 首

潘畤（1126—1189），字德鄜，婺州金华（今浙江省）人。以荫为登仕郎，历袁州分宜薄、知兴化军，提举两浙西路、江南东路等常平茶盐，知广州、潭州。

重登钓台

不到危台久，重来恰十年。壮怀今扫尽，遗象只依然。

老我从疏拙，微官合弃捐。归来营钓艇，长此卧风烟。

严先生祠

古屋巅岩上，荒祠落叶中。乞灵无俗驾，垂世有高风。

鸟语谷相答，鱼游溪若空。徘徊欲忘去，船背夕阳红。

○杨万里 22 首

杨万里（1127—1206），字廷秀，号诚斋，吉州吉水（今江西省）人。宋绍兴二十四年（1154）进士，历官赣州司户参军、零陵丞、奉新知县、国子博士、太常博士、漳州知府、常州知府、秘书少监、筠州知府、江东转运副使等。有《诚斋集》《易传》等。

白沙买船晚至严州

重雾疑朝雨，斜阳竟晚晴。万山江外尽，一塔岭尖明。

舟小宁嫌窄，途长已倦行。子陵台下水，未酌意先清。

题钓台二绝句

断崖初未有人踪，只今先生著此中。汉室也无一抔土，钓台今是几春风。

其　二

同学书生已冕旒，未将换与一羊裘。子云到老不晓事，不信人间有许由。

桐庐道中

肩舆坐睡茶力短，野埭无文山路长。鸦鹊声欢人不会，枇杷一树十分黄。

甲午出知漳州晚发船龙山暮宿桐庐两首

一席清风万壑云，送将华发得归身。海潮也怯桐江净，不遣涛头过富春。

其　二

道涂奔走不曾安，却羡山家住得闲。记取还山安住日，更忘奔走道涂间。

题严州新堂（并序）

郡圃旧亭面东，了无所见。太守曹仲本撤材易地为堂，买地以广之，正对南山。经始小筑，觉江山辐凑，因得长句。

新堂略有次第否，忙里从公一来觑。是时新晴收旧雨，小风吹花掠巾屦。
江山只道不解语，云何惠然堂上聚。北山故挽南山住，东溪不遣西溪去。
向来天藏在何处，遭公拈出天不拒。旧亭不为山作主，背山起楼何以故。
更烦好手铲东阜，放出钓台寸来许。

读严子陵传

客星何补汉中兴，空有清风冷似冰。早遣阿瞒移汉鼎，人间何处有严陵。

明发窄溪晚次严州

夕照落帆乌石滩，朝来解缆窄溪边。篙师好语君知否，一日风行两日船。

夜泊钓台小酌

牛狸送我止严陵，黄雀随人入帝城。海错未来乡味尽，一杯今夕笑先生。

侧溪解缆

梦里喧声定不凡，顺风解缆破晴岚。起来职事惟洗面，此外功名是挂帆。
莫笑一蔬兼半菽，饱餐万壑与千岩。蓬莱云气君休望，且向严滩濯布衫。

舟过桐庐三首

潇洒桐庐县，寒江缭一湾。朱楼隔绿柳，白塔映青山。

稚子挑窗出，舟人买菜还。峰头好亭子，不得一跻攀。

其 二

近县人人喜，来船岸岸移。偶因小泊处，恰是早餐时。

唤仆答相乱，看山寒不知。横洲犹半在，今岁水生迟。

其 三

后面山无数，南头柳更多。人家逼江岸，屋柱入沧波。

老去频经此，重来更几何。牛山动悲感，曾侍板舆过。

溜港滩

此去严州只半程，一江分作两江横。忽惊洲背青山下，却有帆樯地上行。

注：溜港滩别称漏江滩，在七里滩下，河湾上。水经此处湍急下泻，如水之漏注，故名。

已过胥口将近钓台

睡起衣襟乱，头巾百摺痕。帆端风色紧，船底水声喧。

胥口冤余浪，严滩钓处村。因行还访古，故老莫能言。

钓 台

钓石三千丈，将何作钓丝。肯离山水窟，去作帝王师。

小范真同味，玄英也并祠。老夫归已晚，莫遣客星知。

幽居三咏其一（钓雪舟）

青鞋黄帽绿蓑衣，钓雪舟中雪正飞。归自严州无一物，扁舟载得钓台归。

简陆务观史君编修　其一

闻道云间陆士龙，钓台绝顶啸清风。却将半掬催诗雨，洒入山村作岁丰。

寄题喻叔奇国博郎中园亭二十六咏　其三（钓矶）

乌龙滩下白云堆，上有狂奴旧钓台。一夕被君偷取去，至今犹带汉莓苔。

严陵决曹易允升自官下遣骑归写予老丑因题其额

玉泉半潭冰，钓台万壑雪。汝往访客星，剩挟一磨衲。

柴步滩

江阔水不聚，分为三五滩。遂令客子舟，上滩一一难。小沙已成洲，
大洲已成山。山有树百尺，树围屋数间。水底复生洲，沙湿犹未乾。
从此洲愈多，安得水更宽。忆从严陵归，水落不能湍。拖以数童仆，
折却十竹竿。今兹过吾舟，念昔犹胆寒。

> 注：柴步滩即柴埠滩，距桐庐县城十五里之富春江南岸。

○方有开1首

方有开（1128—1190），字躬明，号溪堂，宋新安歙县（今安徽、浙江一带）人。
隆兴元年（1163）进士，历官建昌军南丰尉、淮南西路转运判官、宣教郎。

钓　台

先生玉立伴玄英，心与冰壶两斗明。已把羊裘甘阒寂，肯随龙衮曜光荣。
名扶汉鼎千钧重，风激严滩七里清。试向渔矶问踪迹，白云深处绿蓑轻。

○李洪9首

李洪（1129—?），字可大，扬州（今江苏省）人。宋绍兴二十五年（1155），
官监盐官县税，后为永嘉监仓、藤州知府。

登潇洒亭

文正风流尚典刑，桐江画戟见诗人。丹青难写真潇洒，圆峤方壶此逼真。

钓台两首

故人泽畔被羊裘，高挹中天会冕旒。不使客星侵帝座，谩夸拜衮与封侯。

其 二

古木阴森蔽钓台，苍崖石壁倚天开。当年童稚曾游处，十八年间复此来。

纪行杂诗六首

鸬鹚源畔数人家，匼匝青罗布障遮。胥口山前沽酒市，钓船相逐买鱼虾。

其 二

水宿荒村夕照间，奔流怪石斗潺潺。白醪似蜜聊供醉，过尽严陵大浪滩。

其 三

蒲帆风驶送行舟，篷底哦诗相棹讴。三老相呼兴不浅，溪回山拥近严州。

其 四

支流二水绕山城，潇洒桐庐旧得名。好在鸟笼山霭里，眼生诗句易诗成。

其 五

高枪一一上滩船，流汗颓肩尽日牵。笑忆太湖波上宿，云涛无际欲粘天。

其 六

石罅飞泉鸣佩玉，滩头怒石响惊雷。故人相见应相笑，爱底微官触暑来。

○释宝昙 3 首

释宝昙（1129—1197），字少云，俗姓许，嘉定龙游（今四川乐山）人。幼习章句业，已而弃家从一时经论老师游。后出蜀，从大慧于径山、育王，又从东林卍庵、蒋山应庵，遂出世，住四明仗锡山。归蜀葬亲，住无为寺。复至四明，为史浩深敬，筑橘洲使居，因自号橘洲老人。有《橘洲文集》。

题子陵钓台图三绝

隐约江天汉客星，夜深曾傍紫微明。山川风物成迁变，犹有洪涛殷啸声。

其　二

著我巢由稷卨中，两眉未暇笑吾侬。断云冻雨严家濑，寂寞何人理钓筒。

其　三

帝已龙飞我故鱼，乾坤等是一蘧庐。夕阳晒却蓑衣了，试问妻孥有酒无。

○项安世 3 首

项安世（1129—1208），字平甫，号平庵，其先括苍（今浙江丽水）人，后家江陵。宋淳熙二年（1175）进士，调绍兴府教授，除秘书省正字，为校书郎。后通判池州、重庆府，知鄂州，官户部员外郎、湖广总领等。有《平庵悔稿》等。

钓台二首

辣闒山头破草亭，只消此地了平生。崎岖狭世才伸脚，已被刘郎卖作名。

其　二

君房足下竟成诿，只是韩歆已破除。岂有江湖钓竿手，为君台阁奉文书。

严州建德道路中

步步青山拥碧溪，村村麦陇入桑畦。路将好景匆匆过，轿避柔柯故故低。风饵雨纨香有思，带罗簪玉净无泥。如今始悟严夫子，不把渔竿换介圭。

○朱熹 1 首

朱熹（1130—1200），字元晦，号晦庵，祖籍婺源（今属江西），生于南剑州尤溪（今属福建），侨寓建阳（今属福建）。绍兴十八年（1148）进士。历官同安主簿、南康知军、江南路茶盐平提举、浙东常平提举、秘阁修撰、焕章阁待制。有《四书章句集注》《楚辞集注》及门人所辑《朱子大全》等。

桐庐舟中见山寺

一山云水拥禅居，万里江流绕屋除。行色匆匆吾正尔，春风处处子何如？江湖此去随鸥鸟，粥饭何时共木鱼。孤塔向人如有意，他年来借一蘧蒢。

○罗泌 1 首

罗泌（1131—1189），字长源，南宁时吉安（今江西省）人。著有《路史》。

说严光

一著羊裘便有心，虚名浪说到如今。当年若著渔蓑去，烟水茫茫何处寻。

○袁枢 3 首

袁枢（1131—1205），字机仲，号叔向，桐庐至德乡（今瑶琳镇后浦村）人。宋乾道四年（1168）王佐榜进士。南宋史学家。官累礼部尚书，赠上柱国银青光禄大夫。有《易传解义》《童子问》《梅岩集》等。

登梅岩百丈

解组归来两鬓华，逸居百丈卧烟霞。故田土沃多栽树，新井泉香谩煮茶。山晓晴空飞瀑布，溪烟夜冷梦梅花。层峦步步凌宵汉，回首崦嵫日已斜。

咏梅竹

种竹栽花处士家，为传清白绝纷华。碧纱香暗琼瑶缀，素幌阴多翡翠遮。展卷月边心独喜，赋诗雪里兴偏赊。几经射策龙墀上，气节凌宵不自夸。

咏此君轩

朝罢归来每读书，此君相对俗尘除。清风透处琳琅振，疑是青鸾下大虚。

○张孝祥 1 首

张孝祥（1132—1169），字安国，号于湖居士，简州（今四川省）人，卜居历阳乌江（今安徽和县）。宋绍兴二十四年（1154）进士第一。曾因触犯秦桧，下狱。孝宗时，任中书舍人，直学士院。隆兴元年（1163），为建康（今南京江苏）留守，因支持张浚北伐而被免职。后任荆南湖北路安抚使，治水有政绩。进显谟阁直学士致仕。有《于湖集》《于湖词》。

题玄英先生庙方干

木老参天直，江清白日闲。先生元不死，遗庙亦空山。
文采云仍似，风流正始间。平生子严子，高处得追攀。

○张栻 12 首

张栻（1133—1180），字敬夫（一作钦夫），号南轩，祖籍绵竹（今四川省），寓居长沙（今湖南省）。张浚子。以荫入仕。宋绍兴三十二年（1162），浚为江淮东西路宣抚使，辟为书写机宜文字。隆兴二年（1164），汤思退用事，主和议，随父罢。乾道初，主讲岳麓书院。五年（1167），起知抚州，改严州。六年（1168），召为吏部员外郎兼权起居郎侍立官，寻兼侍讲，迁左司员外郎。明年，出知袁州，以事退职家居累年。淳熙元年（1174）起知静江府，广南西路安抚经略使。五年（1178），除荆湖北路转运副使，改知江陵府、荆湖北路安抚使。七年（1180）卒。有《论语解》《孟子详说》《南轩先生文集》等。

别离情所钟十二章章四句送定叟弟之官严陵

别离情所钟，会合意无斁。如何仅踰岁，复赋弟行役。

其　二

岁律亦已暮，风烈雪漫漫。去路阻且长，念子衣裳单。

其　三

严之水沦漪，其山复苍苍。子陵钓游地，草木有余光。

其　四

我昔临此州，民容拙使君。子行为多谢，慰彼无毫分。

其　五

别驾亦何事，休戚理则同。但使民受惠，无论别驾功。

其　六

巍巍孤高亭，念我昔所喟。子也时一登，千载起立志。
（某在严陵，尝为宋广平立孤高亭）

其　七

义路本如砥，利径剧羊肠。何以书子绅，世德不可忘。

其　八

自昔谨交际，人情易因循。敬始以念终，君子贵守身。

其　九

邻邦吕正字，质疑时以书。校官有袁子，苦语莫厌渠。

其　十

藐兹遗体重，相对子与予。祝子以自爱，念不忝厥初。

其十一

云满南阳陌，书藏善和宅。行行重回首，无使归思隔。

上 册

其十二

送子目力短，朔风吹我裾。心焉独如结，子也当念予。

○陈谠 1 首

陈谠（1134—1216），字正仲，仙游（今福建省）人。宋隆兴元年（1163）进士。历任瓯宁主簿、泉州教授、右司郎中殿中侍御吏、殿中御吏、常少卿兼侍讲、起居舍人、江西提刑，召为太常卿，又授为兵部侍郎。外调宁国知府。

钓 台

来往何成谩白头，经过台下使人羞。当年去就一时事，赢得声名万古流。

○赵公豫 1 首

赵公豫（1135—1212），字仲谦，常熟（今江苏省）人。宋绍兴中进士，历知仁和、余姚、高邮军、真州、常州，官至宝谟阁待制。

严先生钓台

汉帝中兴握赤符，先生恬淡隐名区。羊裘自是林泉物，龙德原非将相徒。不学淮阴遭戮辱，岂同尚父预匡扶。高踪卓绝横今古，瞻拜桐江感叹俱。

○林亦之 2 首

林亦之（1136—1185），字学可，号月渔，一号网山。宋福清（今福建省）人。林光朝高弟，继光朝讲学于莆之红泉。赵汝愚帅闽，荐于朝，命未下而卒。有《论语考工记》《毛诗庄子解》《网山集》等。

奉陪严陵史君杨校书（兴宗）囊山夜语一别数月欲再见不可得因寄此诗庚子十月作

乡廛一语竟何曾，却向他州逢李膺。白马千山缘曩相（先生之丧，史君来吊，往返数十程，故有此句）。朱幡四海有严陵。鹅湖犹记通宵雨，虎石还同

诗 / 宋朝 ·171·

半夜灯。素发相看才两度，不知再见几时能。（杨校书云：要得一书藏石室，为缘新说自金陵。）

题严子陵钓台

莫向金门傲冕旒，归来却要著羊裘。乾坤不是刘文叔，那得长竿钓白头。

◯章才邵 1 首

章才邵，字希古，崇安（今福建武夷山市）人。少从杨时学。以父荫补官。历知临贺、辰阳二州，改荆湖北路参议官。晚年与朱熹游。

题严子陵钓台

短棹夷犹七里滩，人亡依旧水光寒。汉家名节君知否，尽在君家一钓竿。

◯严康朝 1 首

严康朝，生卒不详，湖州（今浙江省）人。宋绍兴间进士。曾任桐庐知县。

严陵钓台

槎牙古木锁双台，往事浑随岁月颓。独有清风振天下，愧无高躅继云来。故家已许终身复，奉祀虚闻百亩莱。崛起危檐惊世俗，史君不是为衔杯。

◯高文亮 2 首

高文亮，字炳如，宁波（今浙江省）人。宋绍兴间进士，官至华文阁学士。

钓台两首

舣舟台下署清风，奇绝山川快此行。二范传碑垂不朽，敢将芜语污先生。

其 二

不事云台傍钓台，羊裘披拂脱尘埃。先生高尚名千古，人慕蜚声竞往来。

○许及之 2 首

许及之（？—1209），字深甫，永嘉（今浙江省）人。宋隆兴元年（1163）进士，历官分宜县令、宗正簿、拾遗、太常少卿，庐州知府、大理少卿、吏部尚书兼给事中、参知政事、枢密院参政。

钓 台

敢将出处较秋毫，未报君恩感二毛。七里滩头停短棹，细看渔父亦清高。

吴门次韵颐刚严陵留别过新安

功名破甑等虚空，身世随缘邢曼容。行色过于秋潋薄，离情恰似酒醇浓。想君时看水西景，顾我方听夜半钟。莫计升沉须强饭，男儿爱惜鬓星松。

○宋伯仁 1 首

宋伯仁，字器之，号雪岩，湖州（今浙江省）人，宋嘉熙时，为盐运司属官。工诗，善画梅。有《西塍集》《梅花喜神谱》《烟波渔隐词》。

梅花喜神谱其四就实六枝

一竿风雨寒，独占严陵濑。苟非伸脚眠，曷见光武大。

○虞俦 5 首

虞俦，字寿老，宁国（今安徽省）人。宋隆兴元年（1163）进士，历绩溪令，知湖州、婺州，为太学博士，迁监察御史，为国子监丞，知庐州，除中书舍人，适兵部侍郎。有《尊白堂集》。

冬至日泊舟严陵滩下

书云瑞应协黄钟，人事天时讶许同。葭管阴阳消长际，朱幡新旧送迎中。严陵滩昔怀高节，茂苑城今愧下风。醉里不知乡国异，团圝相映酒颜红。

钓台三首

横足论交万乘轻，富春山水足平生。从教太史占星变，自是难忘故旧情。

其 二

故人昔有刘文叔，此地今余严子陵。行客漫怀千古意，相逢林下一何曾。

其 三

四海斯文一范公，云山江水两争雄。旧碑可惜随烟烬，新刻摩挲恐未工。

登钓台拜严子陵

名节于公未易齐，左符又向浙江西。敬瞻遗像烟尘表，只觉平生事业低。
勒回俗驾颜何厚，重上危台望欲迷。出处有时还有义，鹰扬岂必愧磻溪。

○石孝友1首

石孝友，字次仲，宋南昌（今属江西）人。乾道二年（1166）进士。以词名。有《金谷遗音》。

钓 台

桐江波上一羊裘，钓得声名隘九州。天子昜尝遗故旧，先生不肯事王侯。

○吴升之2首

吴升之，字仲明，休宁（今安徽省）人。宋乾道进士，官淮东副总官。

钓台歌

舂陵刘文叔，一旦乘六龙。二十八将催行封，顾我乃无横草功。岂肯
以我为三公，又况古人相逢有吉凶。一官若出侯霸下，何如且在渔樵中。
君不见、董贤先为大司马，人主几于禅天下。俄倾身亡家亦亡，学语

小儿犹唾骂。争似先生贲岩穴，不为世情移晚节。桐庐江上石盘陀，万古高名悬日月。

题清芬阁

先生曾此濯尘缨，七里寒滩分外清。少日决科虽失意，全家肥遁岂无成。蛟龙窟宅身如寄，泉石膏肓诗有声。虽与子陵同一律，不将丝线钓虚名。

○陈埙 3 首

陈埙，字伯和，阳翟（今河南禹州）人。博学工诗，宋室南渡后寓居严州桐庐。绍兴间登进士第，尝为黟县令。

分水道中

午困思茶无处煎，溪桥侧畔认炊烟。松窗竹牖人家静，旋借沙瓶汲涧泉。

钓台第十九泉

十年不泛钓台船，梦想高风日月边。今日偶来无住著，再尝滩下煮茶泉。

次岑韵山居诗

解纽沧螟畔，携家紫翠间。地临双港胜，天与两年闲。
茅屋静闻雨，竹篱疏见山。所惭邻舍老，句险不容攀。

○楼钥 5 首

楼钥（1137—1213），字大防，自号攻媿主人，明州鄞县（今浙江宁波）人。宋隆兴元年（1163）举进士，试教官，调温州教授，知温州。擢起居郎，兼中书舍人，历翰林学士、同知枢密院、参知政事。卒谥"宣献"。

物色访严光

肥遁推严子，招贤仰汉光。营求思旧学，物色访群方。

聘问期终得，形容尚未忘。羊裘方审识，蒲乘遂搜扬。
不羡云台绘，还归钓濑傍。高风今尚在，江水与俱长。

高风阁

不从文叔作三公，归着羊裘大泽中。石濑钓台非故地，云山江水自高风。
烟迷宿草古遗恨，树拥危楼新奏功。仙驭飘摇疑不远，翩然独鹤度寒空。

送朱季公倅严陵

朱家族裔甲龙舒，循吏清名史特书。止为啬夫恩所部，至今庙食盛乡闾。
舍人曾赋严公濑，季子方题仲举舆。但向棠阴增蔽芾，桐乡今却在桐庐。

送钱伯同寺丞守严陵

去年迎君来，今年送君归。君善全去就，我独念别离。君是忠孝家，
袭紫传金龟。门户二百年，所寄在一夔。少年便老苍，况今更险夷。
不独妙言语，理窟深莫窥。健笔照手泽，典刑从可知。向来御祥琴，
欲把江海麾。促召归旧班，退食方委蛇。世事等飘瓦，人情叹燃萁。
向非浑金质，百炼岂不衰。浩然赋归欤，洁身而去之。为僚曾未几，
弃我忽若遗。君既弃我去，谪仙复追随。陡去二良友，掺袪重分岐。
前别易再会，今见当何时。才具素绝伦，涵养日以滋。且为牧严陵，
赤手摩疮痍。归来应不晚，青毡当属谁。愿君厚自爱，岁寒尚相期。

送内弟汪作德赴建德主簿

今日望春下，送春还送行。簿书须著意，家世有余清。
潇洒桐庐郡，文章陆士衡。公余定多暇，无废读书声。

（时陆务观为守）

○滕岑 5 首

滕岑（1137—1224），字元秀，桐庐（今浙江省）人。宋绍熙元年（1190）特奏名，调徽州歙县尉，再调温州平阳县丞，秩满监南岳庙。

题钓台对严氏楼三首

扁舟江上几曾经，山崦层楼似画屏。岂料今为倚楼客，谁能添我入丹青。

其 二

乃祖高怀傲帝王，远孙依旧晦文章。不须苦要为官去，看水看山味最长。

其 三

秋江不许一尘染，只有青山倒影寒。我欲移家来住此，烦君先为斫鱼竿。

绿柿寄开欲游钓台以诗谢

西城好在朱夫子，屈指经年隔笑谈。忽枉尺书相劳苦，更蒙绿柿远分甘。似闻欲访严陵濑，何惜暂辞弥勒龛。已约桐君候舟楫，当令风月往迎参。

和陶渊明饮酒诗

我游桐君山，霁色天地开。秋水净远瞩，秋山入奇怀。兹游有夙约，所愿喜不乖。岩岩彼高阁，上有浮云栖。其下插灊沧，百尺不见泥。同来二三友，斗酒相戏和。笑语飞鸟上，醉眼风烟迷。醒时日已堕，明月照我回。

○汪义荣 1 首

汪义荣，字焕之，黟县（今安徽省）人。宋乾道五年（1169）进士，知崇仁县、桂阳军，除大理寺丞。

子陵祠

四皓逃秦终翼惠，伯夷避纣亦归文。先生岂是忘君者，最有维持汉鼎勋。

○钱闻诗 1 首

钱闻诗，字子言，吴（今江苏苏州）人。宋淳熙八年（1181）知南康军，秩满知严州。

严陵钓台

无复尘劳梦，犹蒙故旧知。宁辞万钟禄，不负一纶丝。

○杨冠卿 1 首

杨冠卿（1139—？），字梦锡，江陵（今湖北省）人。尝举进士，官位不显，以诗文游各地幕府。与范成大、陆游等多有唱和。撰有《客亭类稿》《草堂集》等。

壬寅夏五月将治严陵之装欲用李长吉故事买奚奴负诗囊以归呈谷隐赵使君

少年学书剑，矫首睨八荒。阊阖记昔游，霞佩高颉颃。一跌下青云，意气久不扬。乞取平头奴，提携古锦囊。归钓富春濑，濯缨歌沧浪。

○陈傅良 5 首

陈傅良（1141—1207），字君举，号止斋，瑞安（今浙江省）人。宋乾道八年（1172）进士，任泰州教授，累迁起居舍人、中书舍人兼侍读、直学士院、泉州知府、宝谟阁待制等，终于家，谥"文节"。有《止斋先生文集》。

送郡守汪充之移治严陵 方郡小旱，汪祷雨甚急，祷三日而雨至。郡人大喜，是日有改刺之命

挂梁龙骨经时蛰，井井黄云秋已及。十日不雨民未急，使君日膳长蔬滀。澄空飒飒云雾入，馌妇休眠儿觅笠。村舂化出云子粒，市上明朝升二十。农家语圃商语贾，恒愿使君无疾苦。自今一饭吾腹果，健看

将母从箫鼓。冯翊扶风天尺五，见说严陵在何所。诏书夺去万舌吐，
九重欲扣君门阻。栖鸟护巢驹恋皂，东人自视西人好。那知湛露溥秋草，
春意平铺无剩少。有客解事翻然笑，元祐治平诸故老，身要人扶功未了。
谁知青丝络马横门道，应笑江湖华发早。

泊钓台滩下

今岁仅余今夜月，此舟三泊此江沂。遭逢明主还遗恨，惭愧先生独见几。
泗水列侯多不免，湘山四皓竟安归。汉家故旧尝枚数，孰与东南一钓矶。

除浙西宪舟过钓台有感

一再登临万事非，裹头还已雪垂垂。敢论笔力今无恨，欲附碑阴始不疑。
台阁有人堪共政，江山如此且随宜。论功汉鼎吾何有，自是风流百代师。

送孙謇卿赴寿昌主簿

乌鹊填门雪满除，倩谁骑马谢双鱼。苦吟孙楚三年别，饥卧袁安一病余。
仕宦吾人聊复尔，梦魂今夜定何如。钓台多是西征客，莫道渠能赋子虚。

腊月望泊舟钓台滩下赋诗既而登婺女明远楼诵之乡丈陈德承同集黄奇卿张伯广因书以遗德承之子性甫直甫后春六日奉和德承韵兼简奇卿伯广为别

行藏独倚少陵楼，怨鹤愁猿孰与俦。尝与万人争魏阙，何如一壑老菟裘。
追随士友从吾好，领略江山自此游。急趁梅花理归棹，双溪为我亦西流。

○赵善涟 1 首

赵善涟（1142—1217），字澄之，缙云（今浙江省）人。宋宗室。淳熙十四年（1187）
进士。历翰林院编修，侍读学士，殿中侍御史，直登闻鼓院。宁宗嘉定十年卒于官。

古水驿中

家山迢递白云遮，行役偏愁去路赊。朝涉桐江寒入胫，夜眠孤馆梦归家。
几年城市成春梦，万古江山阅岁华。若问归装何所有，担头只许插梅花。

○曾丰3首

曾丰（1142—1224），字幼度，号樽斋，乐安（今江西省）人。宋乾道五年（1169）进士，授永州教授，历任赣县丞，义宁、浦城令，广东经略司曹，德庆知府，湖南参帅，朝散大夫等职。

书严子陵钓台

周家刑不上大夫，法固不足礼有余。有才毕愿进朝路，非老谁忍回田庐。
秦坑学士置勿道，汉嫚大臣视如奴。逸民不出朝士去，前有两生后二疏。
世祖聪明失之察，待臣少礼多以法。尚书曾不免牵曳，御史或犹遭扑挞。
尚书御史未足论，位至三公危一发。侯霸朱浮仅免归，韩歆戴涉终见杀。
先生识帝贫贱时，富贵共之理所宜。云胡召至留不住，无乃平日窥其微。
龙颜之疏顾岂忍，鸟喙所伏那可知。当初高蹈疑矫世，落后逆观信知机。
退身不勇公孙贺，明泣危机终自堕。先生明甚勇如之，天地万物莫吾挫。
将星群立客星孤，群恐难调孤易祸。帝坐边头睡熟间，梦魂已在桐江卧。
将星炯炯亘今明，不似客星明更大。

上广东运副马少卿寿十口号

寿星瑞世现光明，俄转桐江作客星。千载严陵后身出，风标气概两亭亭。

再题严子陵钓台

四百年间将相谁，丰功伟绩竟何归。生前有望荣招辱，死后无明是反非。
麟阁故基为草鞠，云台遗屋与烟飞。桐江自汉至今日，依旧行人指钓矶。

○胡朝颖 1 首

胡朝颖，字达卿，号静轩，淳安（今浙江省）人。宋乾道八年（1172）进士。历武昌令，通判嘉兴，知岳州兼荆湖北提点刑狱。

小金山

天光岚影碧相涵，百顷玻璃一望间。绿水绕门迷客渡，白云终日伴僧闲。疏钟破晓潜虬动，老木成阴倦鸟还。唤取头陀磨石壁，为渠题作小金山。

　　注：桐君山雅称"小金山"。

○杨潜 1 首

杨潜，义乌（今浙江省）人，宋乾道八年（1172）进士。知华亭县，为太府寺丞。

题钓台

遐想当年隐富春，生涯只寄一丝纶。幸逢白水为真主，肯向青山访故人。试问勒功依日月，何如占象动星辰。回头四七皆尘迹，独有先生迹未尘。

○赵蕃 10 首

赵蕃（1143—1229），字昌父，号章泉，原籍郑州，南渡后迁居玉山（今江西省）。以荫补州文学，为太和主簿，调辰州司理参军。后奉祠居家三十余年，以直秘阁致仕。卒谥"文节"。

严州道间得顺风俗云七里泷篙师云风便才七里无风乃七十里尔

桐江多奔湍，牵挽厌劳正。旧云七里泷，实乃七十里。篙师为予言，风便辄易尔。回思前日惊，留滞固可喜。溪神果何心，怜我倦行李。有风西南来，不徐亦不驶。布帆保无恙，为赐何其侈。眼中峰峦过，天外鸥鸟起。画图欠传貌，诗语费驱使。生平登临心，于此得自己。勿叹囊橐空，收将遗妻子。

钓矶两首

公为浙东行，曾憩桐江碧。汉节世闻风，羊裘人尽识。

其 二

乐是烟波好，宁须竿线劳。功高殊钓渭，意适似游濠。

拜严方范祠

东都重风节，先生实启之。有士盖如此，不拯家国危。乃知大厦倾，
未易一木支。我读党锢传，涕流每交颐。往来桐江船，必拜严子祠。
俯诵宛陵句，仰观文正碑。禹稷与颜回，千载同其师。数公固天人，
可望不可追。但愿如玄英，隐居名能诗。

注：严方范祠即严陵祠，因祠内供有严光、方干、范仲淹的像，故称。

严山两首

严山多嵯峨，婺水争平远。山如古屏张，水似横轴展。
世绝郭熙画，我无摩诘诗。熟视眼中景，偃蹇不得追。

其 二

春风吹桃花，适与流水会。流水固无心，桃花亦何意。
如何武陵人，便至神仙家。神仙不可见，回首空烟霞。

注：严山即富春山。因严光耕钓于此，故亦称严山。

呈陆严州

一代诗盟孰主张，试探源委见深长。家声甫里归严濑，句法茶山出豫章。
千里寸心长炯炯，十年两鬓漫苍苍。扁舟纵欲乘风去，可不一登君子堂。

访韦丈叔能于严州西溪门外

春王正月附人书，踵报祠官赋遂初。到处频成询所寓，忽能为说已谋居。
苏州旧日诗无敌，严濑从来画不如。东馆轻舟虽若驶，可辞蹑履到阶除。

早过桐江与峡江甚近也

雾尽山容出，风微水面平。檥书重此役，诗卷足平生。
船小炊无灶，滩长去有程。尝评峡江似，江水亦桐名。

江天暮雪

超绝柳州句，粗疏郑谷诗。扁舟钓台下，曾见雪初时。

○戴昺 1 首

戴昺，字景明，号东野，天台县（今浙江省）人。宋嘉定十二年（1219）进士，授赣州法曹参军。有《东野农歌集》。

严子陵

赤伏君王访旧游，富春男子只羊裘。一竿本为逃名去，何意虚名上钓钩。

○王阮 2 首

王阮（？—1208），字南卿，德安（今江西省）人。宋隆兴元年（1163）进士，历都昌主簿、永州教授、新昌令、濠州知府、抚州知府，后归隐庐山。

题严陵钓台（并序）

题钓台多矣，大概高之尔，未有明其意者也。光武既定天下，深惩王氏之祸，原于张禹、孔光之流，故昔之所谓从论者，一切吏之，时或叱咤。侯霸等，俯首而已。先生道高千古，岂能堪比？虽以礼聘，不以礼答。项枕卧语，又从而蹒跚之，使知己之不足骄士，卒不少留。古语云："使麒麟可系而羁兮，岂云异夫犬羊。"此则先生之志也，其首阳之流乎？为赋小诗，以发千载一笑。

西都庸庸生祸胎，东都切切绳公台。平生故人苦畏辱，坐定白云那肯来。
沉几深略满帝腹，且憩先生一双足。使知天上麒麟儿，不似犬羊甘豢畜。
渭滨老叟不自持，为人人以鹰名之。岂识桐江一竿竹，依旧秋风鱼正肥。
古来贤者亦避世，往往适逢天地闭。得如建武亦不恶，又值首阳难降志。
山木阴阴江面寒，此天别在壶中宽。几曾流出桃花去，宝气自骇人间观。
当时不愿世知己，称到于今却如此。塞马得失天好还，千驷齐侯不穷理。

丙午寒食题净土寺

方见繁红绣小园，已随流水泛前村。人于醽醁真无分，雨共秋千似有冤。
投老故应诸事懒，问春能得几分存。不须便作匆匆散，更把松梅子细论。

注：净土寺在桐庐县城西北三十五里今横村镇境内，为晋代所建。明正德年间。僧惠升、洪智重建。今圮。

○俞成 1 首

俞成，字元德，东阳（今浙江省）人。有《萤雪丛说》。

题钓台

千古英风想子陵，钓台缘此几人登。谁知避讳更严氏，滩与州名总误称。

（《萤雪丛说》：严子陵本姓庄，避显宗讳，遂称严氏。若钓台，若七里滩，亦皆以严命名，无非循习之讹，而莫知其非也。宣和间，方腊寇江浙，改睦州为严州，盖本于此。至如范晔操东汉之史笔，初不究其姓氏之由，遽曰严光而传之，无乃以田千秋为车千秋乎？余是以寄意绝句于钓台之上云云。）

○徐照 3 首

徐照（？—1211），字道晖，自号山民，永嘉（今浙江温州）人。南宋"永嘉四灵"之一。有《芳兰轩集》。

题钓台

当时廊庙去，此地也成空。草木多年换，儿孙近代穷。无言伤末俗，

久立慕高风。梅福神仙者，新知是妇翁。

送陈郎中知严州

去作严光郡，前为列宿官。水程趋阙近，丰岁得民安。
公暇行随鹤，宵寒卧听滩。千峰临旧榭，曾约野人看。

路逢杨嘉猷赴官严州

诗合诚斋意，难将片石镌。相逢因在道，惜别未移船。
野步僧同话，宵吟吏废眠。思君还有梦，前到钓台边。

○翁卷1首

翁卷，字续古，乐清（今浙江省）人。南宋"永嘉四灵"之一。

送陈郎中柄知严州

频年经虎害，人望使君来。地重分旌节，州清管钓台。
凉天星象动，吉日印符开。帝擢平津策，曾知有用才。

○叶适2首

叶适（1150—1223），字正则，永嘉（今浙江省）人。宋淳熙五年（1178）举进士第二，因荐召为太学正，迁博士，累官宝文阁待制兼江淮制置使。有《水心集》。

薛严州挽词

瘴雨蛮烟尽扫清，钓台方轨净无藤。堪怜独立沧江上，不许朱辀更一登。

钓台歌

旧闻子陵垂钓处，渔父不在余空矶。汉家鲸鲵尽鼎俎，尚有短尾随修丝。
江山酝籍到今日，草树茂好愈去时。柂师不许吾欲往，风水相得终奚为。

○黄由 1 首

黄由（1150—1225），字子由，号盘野居士，平江长洲（今江苏苏州）人。淳熙八年(1181)进士第一。历仕绍兴府通判、嘉王府赞读、礼部尚书兼吏部侍郎、成都知府、绍兴知府、刑部尚书兼直学士院，官至正奉大夫。

严先生钓台

岂是先生爱钓名，先生端有故人情。一时不受三公聘，消弭群雄几战争。

○张镃 2 首

张镃(1153—1221？)，字功甫，号约斋。先世成纪（今甘肃天水）人，寓居临安（今浙江杭州），卜居南湖。宋隆兴二年（1164），为大理司直。淳熙年间直秘阁通判婺州。庆元初为司农寺主簿，迁司农寺丞。开禧三年（1207）与谋诛韩侂胄，又欲去宰相史弥远，事泄，于嘉定四年（1211）十二月被除名象州编管，卒于是年后。

钓　台

绛衣骑日扶桑上，三精九县开灵贶。赵梁雍代迹俱空，冯吴寇邓勋相望。
客星何处潜光芒，双台叠巘摩穹苍。钓丝千丈卷烟雨，俯瞰一碧玻璃江。
羊裘坐稳无心动，蒲轮缣币知何用。故人聊为小周旋，君房谬欲相推送。
寥寥岁月今几秋，山寒松吹多飕飀。春来日暖花气发，极浦浪传鱼龙游。
先生有台人共高，虚庭忍见生蓬蒿。断垣败壁蠹荒藓，灌木野鸟捐枯巢。
一朝钟梵交云际，檐楹改观辉杉桂。非关好事取时名，此中耻但称能吏。
却经祠下罗清樽，试歌此诗当招魂。先生出兮佩兰荪，明玑耀旗驾瑶璠，
黄麟道前翠蚪奔。先生去兮山云屯，玉妃金童从缤纷。吹箫鼓瑟声冥冥，
目断暮霭栖遥林。

送叶景良知严陵

千古风高仰钓台，朱轮新拥得通才。政声易报长安近，家学知从雪水来。
半载依仁方恨别，双鱼传信肯慵开。分携强饭休频祝，锋召需贤定挽回。

○孙应时 5 首

孙应时（1154—1206），字季和，自号烛湖居士，余姚（今浙江省）人，宋淳熙二年（1175）进士，调台州黄岩尉，历秦州海陵丞、严州遂安令、常熟令。有《烛湖集》。

赠分水奚令

分手桥门外，风尘二十年。相逢非偶尔，话旧各依然。
饮啄宁无地，穷通故有天。文书有余力，心事约加鞭。

挽楼严州之二

昨岁桐江去，群公盛祖筵。安舆皆鹤发，彩服正蝉聊。
回首那为此，伤心可问天。萱堂留仲博，犹足墀黄泉。

壬子元日遂安县学讲书齿饮前此四十三年钱建为令尝有此集题名在壁是日詹本仁有诗余和其韵

壁字尘埃四十年，满堂还喜会群贤。是非不用论今昨，礼乐从知有后先。
酒外山川如动色，诗成金石迭相宣。分阳令尹强人意，乡饮彬彬更可传。

赠桐庐孙令 孙字季文疑与余昆弟也

偶然姓字齿乡评，若误旁人问弟兄。五斗还来作邻社，一杯真此定宗盟。
公怀荦荦英雄事，我独区区丘壑情。便看蛟龙擘云起，何由鸿雁作行鸣。

读通鉴杂兴之咏严子陵

簿书流汗走君房，那得狂奴故意降。努力诸公了台阁，不烦鱼雁到桐江。

○刘过 2 首

刘过（1154—1206），字改之，号龙洲道人，吉州太和（今江西泰和）人。多次应举不第，终生未仕。晚年定居昆山。有《龙洲道人集》。

寄桐庐程宰

路入严州去，桐庐得暂过。盘餐汤饼贱，机杼绮罗多。

令尹哦诗治，居民酌酒歌。吏人公事少，门雀可张罗。

钓　台

百尺难量大丈夫，问他出处意何如。乾坤已付刘文叔，从此先生归钓渔。

○陈文蔚 1 首

陈文蔚（1154—1247），字才卿，学者称克斋先生，上饶（今江西省）人。举进士不第，从朱熹游，后授迪功郎。有《克斋集》。

自吴中归过钓台

倦游偶得赋归来，我亦何心世莫猜。水绿山青从所好，一帆风过钓鱼台。

○姜夔 1 首

姜夔（1154—1221），字尧章，鄱阳（今江西省）人。因屡试不第，一生未仕。往来于鄂、赣、皖、苏、闽间，出入仕宦家，与诗人词客交游。死于杭州。工诗词，擅书法，精通音律，能自度曲。其词清虚骚雅，对后世影响较大。有《白石道人歌曲》《白石道人诗集》等。

过桐庐

横看山色仰看云，十幅风帆不藉人。记取合江江畔树，他年此处好垂纶。

○缪瑜 2 首

缪瑜，字文珍，龙南（今江西省）人。宋淳熙十四年（1187）进士，知进贤县。

钓台两首

王阳在位贡公喜，何况故人作天子。掉头不肯从渠游，却把丝竿钓江水。

欲将此意问遗灵，寂寞江山唤不应。至今桐江一拳石，留得人间千古名。

其 二

桐庐江中秋水清，富春山中秋月明。钓竿千尺无恙在，持竿我欲从先生。
先生岂是傲当世，鄙夫患失滔滔是。狂澜既倒挽之回，持报故人惟此尔。
衮衣不博一羊裘，事往台空江自流。遂令千古重名节，於乎先生真汉杰。

○杜旃 1 首

　　杜旃，字叔高，金华（今浙江省）人，宋绍熙末前后在世。尝问道于朱熹，与辛弃疾诸人游。端平初，以布衣召入秘书阁。有诗名。

严先生钓台

斯人真隐处，寂寞使人愁。正着双台在，还从一老游。
凉风动阴壑，斜日下沧洲。滩畔沈沈水，潜鱼亦避钩。

○高似孙 1 首

　　高似孙（1158—1231），字续古，号疏寮，鄞县（今浙江宁波）人，一说余姚（今浙江省）人。宋淳熙十一年（1184）进士，调会稽县主簿，历任校书郎、徽州知府、徽州通判、著作佐郎、处州知府。晚家于越，为嵊令史安之作《剡录》。

钓台题壁

天于功业未全悭，才者常劳知者闲。犹是汉光能大度，独容故旧在江山。

○陈淳 1 首

　　陈淳（1159—1223），字安卿，号北溪，龙溪（今福建漳州）人，少习举子业，后从朱熹学，日求其未至，熹语人以"南来，吾道喜得陈淳"。熹卒，遵训无书不读，无物不格，日积月累，义理贯通，洞见条绪。宋嘉定十六年（1223），授安溪主簿，未任而卒，谥"文安"。有《北溪大全集》等。

寓严陵学和邓学录相留之韵

道为贤侯讲泮宫，渊源程子及周翁。路开正脉同归极，川障狂澜浪驾空。
珍重前廊浑气合，督提后进要心通。圣门相与从容入，矩步规行不用匆。

○韩淲 7 首

韩淲(1159—1224)，字仲止，号涧泉，祖籍开封，南渡后隶籍信州上饶(今江西省)。
从仕后不久即归。有《涧泉集》。

寄胡桐庐

西望子陵濑，东下是渔浦。明明弦歌人，儒心正劳抚。
岂无读书林，松竹护庭宇。蓬莱归路近，此去天尺五。
不妨兴寄深，霞佩整绅组。雪满桐君山，桐仙照千古。

过钓濑望方干故居

今年第一诗，白云咏玄英。应知避人尔，老去何心情。烝哉文皇家，
身世徒自惊。结庐钓台下，偶然留姓名。苍苍云山高，雪后江水清。
崇朝起春寒，遥林舞风声。扁舟转晴午，余思柔橹轻。闲僧奉香火，
客来亦逢迎。笑指严与方，可以观我生。彼此各有时，三吴是神明。

上富春滩

唤得扁舟一叶轻，钓台波上夕阳明。固宜烟鸟知人意，只为云山识我情。
篷日午前虽较热，帆风晚后却尤清。吾庐更在楚溪口，归卧北窗听竹声。

桐君祠用壁间韵两首

雨洗风流万木苍，山容水色艳晴光。清明寒食春将晚，为觅桐君仁野航。

其 二

春阴寂寂万花中，花外声传古寺钟。几度潮生见潮落，尚余情思在云峰。

子陵墓

闲来信脚到乾封，千古清名一梦中。却忆桐江客星阁，可怜田垄对秋风。

送富阳曾丞

富春山下好哦诗，访古怀贤亦自奇。孙祖墓荒犹龙嵸，严陵台在更沦漪。
鲤庭傒次真为乐，凤阙趋朝信有期。一棹潮风解袷暑，石桥秋近足归思。

○徐侨 2 首

徐侨（1160—1237），字崇甫，号毅斋，婺州义乌（今浙江省）人。宋淳熙十四年（1187）进士，授上饶簿，入秘书省正字，提点江东刑狱。召秘书少监，知枢密院事。

得严陵推官

拟乞四明幕下客，忽得严陵阙两年。造物故怜贫已甚，去家不费一篙船。
世事低昂吾有分，人生出处亦关天。钓台高士不可尚，赢得桐江在眼前。

送施持正司理解官

人生会合难，四海皆兄弟。解后若为寮，为情乃其至。严陵虽陋邦，
山水固佳致。宦游于其间，亦未为失计。嗟嗟我辈人，志不在名利。
所趋必踏正，所论必根义。圣门有格言，胡不惕惕尔。险夷融一心，
相与共守此。维君更直谅，多闻且知礼。责善有忠告，规失无因避。
人或苦难合，我匪以为具。始如石落落，终似旗旋旋。入议必追联，
出游必连轨。朝夕恃骊比，同襟能有几。君今先我去，落漠将何委。
政此黯销魂，临分不我鄙。绝无儿女悲，慨慷及治己。窃闻之先儒，
物我均一理。达人宏大观，曲士局偏倚。偏倚狭一隅，爱恶无公是。
大观归众善，宽平有余地。理义固无穷，虚心知所止。感君谦自牧，
使我愁翻喜。还以作赠言，相观要终始。

○张亨辰 1 首

张亨辰,生卒不详,宋嘉泰四年(1204)以通直郎任桐庐知县。

钓 台

尘世功名特傥来,营营逐逐竟何哉。静观不事王侯志,千古高风独此台。

○孙叔豹 4 首

孙叔豹,绍兴(今浙江省)人。宋绍熙二年(1191)以宣教郎任桐庐知县,后以龙图阁直学士出知严州府。嘉泰四年,买民田百亩以奉严祀。

钓台怀古四首

万水千山得得来,先生筹度有心哉。若留汉室公卿位,未必清风识钓台。

其 二

壮岁曾经浩荡来,几番高浪拍春雷。谁知老子头垂白,再展丝纶上钓台。

其 三

当年愤激思明主,不是徒干厚禄心。可惜英雄只空老,语言今已带吴音。

其 四

上有平田足力耕,恃权丰已肆从衡。遂令祠下生秋草,谁谓先生道不行。

○袁聘儒 1 首

袁聘儒,字席之,生卒不详,建瓯(今福建省)人。宋绍熙进士。

题钓台

真使貂蝉尚辱公,隐居岂为激颓风。汉家既已封诸将,海内那能着两雄。
赢得一声游鹿豕,枉令后世骇儿童。英豪心事知谁会,江水云山杳莫穷。

○释居简 2 首

释居简（1164—1246），字敬叟，号北涧，潼川（今四川三台）人。俗姓龙，一说王。依邑之广福院圆澄得度，参别峰涂毒于径山，谒育王佛照德光，走江西访诸祖遗迹。历住台之般若报恩。后居杭之飞来峰北涧十年。起应雪之铁佛、西余，常之显庆、碧云，苏之慧日，湖之道场，诏迁净慈，晚居天台。有《北涧文集》《北涧诗集》。

寄严州陆使君

新棠阴接旧棠阴（放翁曾作严州），独向千峰树上吟。厚俗工夫聊变雅，无弦音响付知心。云开老兔才飞上，尘避灵犀不敢侵。老钓矶前清可镜，星星应未点华簪。

送谢司令通守严陵

访竹凌霜后，寻梅趁腊前。春风方委曲，别乘忽腾骞。处士不入府，客星仍受廛。密斋容膝外，何处着壶天。

○戴复古 4 首

戴复古（1167—？），字式之，号石屏，黄岩（今浙江省）人。以诗游江湖间五十年，宋绍定五年（1232）为邵武教授。有《石屏诗集》《石屏词》。

桐庐舟中（一作严陵访古）

吴山青未了，桐江绿相迎。扁舟问何之，往访严子陵。高风凛千古，卧蹴万乘主。富贵直浮云，羊裘钓烟雨。

钓 台

赤符新领旧乾坤，多谢君王问故人。暂作客星侵帝座，终为渔父老江滨。层台不啻几千仞，直钓何曾挂一鳞。莫道羊裘欠图画，丹青难写子陵真。

题钓台

万事无心一钓竿，三公不换此江山。平生误识刘文叔，惹起虚名满世间。

船过桐江怀郭圣与

只言君在桐江住，及到桐江不见君。日暮空山独惆怅，不知又隔几重云。

○赵师秀 1 首

赵师秀（1170—1219），字紫芝，号灵秀，又号天乐，永嘉（今浙江温州）人。宋绍熙元年（1190）进士。历上元簿、江西安抚司幕、筠州推官。为"永嘉四灵"之一，有《赵师秀集》《清苑斋集》。

严州潇洒亭

高榭出禅关，人家向下看。千峰春隔雾，数里夜闻滩。

偶至因成宿，前游亦值寒。州人多有咏，何不见方干。

○高翥 1 首

高翥（1170—1241），初名公弼，后改名翥，字九万，余姚（今浙江省）人。游荡江湖，是江湖诗派中的重要人物，有"江湖游士"之称。高翥少有奇志，不屑举业，以布衣终身。他游荡江湖，专力于诗，画亦极为出名。晚年贫困潦倒，无一椽半亩，在上林湖畔搭了个简陋的草屋，小仅容身，自署"信天巢"。72岁，游淮染疾，死于杭州西湖。

渡春江

小立晴山上，潮生落照边。晚花低映水，春草暗迷烟。

燕子飞官驿，群鸦引客船。关情南浦别，相对独依然。

○陈宓 1 首

陈宓（1171—1230），字师复，学者称复斋先生，莆田（今福建省）人。以父荫入仕，历知安溪县，入监进奏院，知南康军、南剑州、漳州，卒赠直龙图阁。有《复斋先生龙图陈文公文集》。

钓 台

云台貂冕成堆土，钓濑羊裘照九秋。认得南柯不回音，清名万古尚流溪。

○释法薰 1 首

释法薰（1171—1245），号石田，赐号佛海，俗姓彭，眉山（今四川省）人。年十六出家，年二十二受戒。嘉定七年（1214）入平江府高峰寺出世，八年（1215）住平江府普明寺。十六年（1223），住建康府太平兴国寺。后迁临安府净慈报恩光孝寺、景德灵隐寺。有《石田法薰禅师语录》。

送琮监寺住院

桐江江上一丝风，不钓盲龟只钓龙。浮定有无谁识意，夜凉如水月如弓。

○赵汝燧 1 首

赵汝燧（1172—1246），字明翁，号野谷，宋宗室，居袁州（今江西省）。宋嘉泰二年（1202）进士。主东阳县簿，迁湖南刑司狱干官，改知临川县。监镇江府榷货务，年课羡三十万。迁知郴州、温州。有《野谷诗稿》。

出处辞

太公严子陵，皤然两渔人。文王尚西伯，光皇已中兴。太公所以竟卷饵，子陵所以归垂纶。趋向固异辙，出处同一心。当日遭逢傥易地，两翁亦必随时而屈伸。钓台高兮渭水清，或隐或显俱彰千古名。

○刘镇 1 首

刘镇，字叔安，学者称"随如先生"，南海（今广东广州）人。宋嘉泰二年（1202）进士。

严子陵钓台

汉业重恢百战间，君王侧席叹才难。故人可是擎天手，肯放桐江把钓竿。

○王遂 1 首

王遂，字去非，号实斋，金坛（今江苏省）人，宋嘉泰二年（1202）进士。调富阳簿，知当涂、溧水、山阴县、邵武军、安丰军。迁国子簿，除户部侍郎。后历知成都、庆元、泉州、温州、隆兴、平江、宁国、建宁等。有《实斋文稿》。

登钓台

老倦无心上将坛，桐江千尺一渔竿。共时翻手功名易，自许经心岁月宽。
礼乐三千辉冕辂，风云四七盛衣冠。上虞人物饶娥路，赢得清高照岁寒。

○钱时 1 首

　　钱时（1175—1244），字子是，学者称"融堂先生"，淳安（今浙江省）人。早从杨简学，曾主讲象山书院。宋嘉熙元年（1237）赐进士出身，授秘阁校勘，后辞归，居乡蜀阜，创融堂书院。有《蜀阜集》。

江东报英烈拟封二字侯喜成三绝　其三

长驱席卷蹑遐踪，蓦地桐江一扫空。北走天骄吾事了，归来袖手敢言功。

○洪咨夔 7 首

　　洪咨夔（1176—1236），字舜俞，号平斋，於潜（今浙江临安市）人。宋嘉泰二年（1202）进士，授如皋簿，调饶州教授，通判成都府，知龙州。理宗时为秘书郎、礼部员外郎、监察御史、殿中侍御史，给事中。官至刑部尚书，翰林学士、知制诰。有《平斋文集》。

严陵道上杂咏七首

江上送行潮汛小，舡头回首夕阳多。人生有几柳如此，客思不禁花奈何。

其　二

半江云湿欲成雨，两岸水浑初退潮。短短竹篱花朵压，深深麦坞雉媒娇。

其　三

玄英范老闻风起，俱为羊裘一钓丝。堂扁三贤非本意，何如只号子陵祠。

其　四

石坛千尽薜萝古，沙径百盘苔藓香。不是先生求矫世，懒将日月趁人忙。

其　五

闯巢抟黍待晨饷，投岸春锄寻暮栖。总是心为形所役，搔头独立渡桥西。

其　六

高高下下客行路，整整斜斜人住家。端的今年蚕较晚，石榴花下响缲车。

其　七

细草护沙连不断，疏风略雨散还收。山田麦熟不归去，三百里江都是愁。

○郑清之1首

郑清之（1176—1251），字德源，初名燮，字文叔，鄞县（今浙江宁波）人。宋嘉定十年（1217）进士，调峡州教授，除国子学录、起居郎。历官工部侍郎、进给事中、书枢密院事、参知政事，拜右丞相兼枢密使，进左丞相，提举洞霄宫，复拜右丞相兼枢密使，迁左丞相。卒谥"忠定"。有《安晚堂集》。

睡起戏笔

范蠡功成便五湖，鸱夷未了复陶朱。争如终老严陵钓，千古清名一事无。

○方信孺1首

方信孺（1177—1222），字孚若，号好庵，自号柴帽山人，莆田（今福建省）人。以父荫补番禺尉。历萧山丞兼淮东随军转运属官、肇庆府通判、韶州知府、道州知府、提点广西刑狱、淮东刑狱兼知真州。有《南海百咏》《观我轩集》。

钓　台

钓得神鱼金作鳞，废台百尺漫嶙峋。丝纶不入非熊梦，当日何人老渭滨。

○薛师石 1 首

薛师石（1178—1228），字景石，号瓜庐，永嘉（今浙江温州）人。工诗善书，生平未仕，筑室会昌湖上，与赵师秀、徐玑等多有唱和。有《瓜庐集》。

渔父词

春融水暖百花开，独棹扁舟过钓台。鸥与鹭，莫相猜，不是逃名不肯来。

○谢采伯 1 首

谢采伯（1179—1251），字元若，临海（今浙江省）人，宋嘉泰二年（1202）进士。历严州通判、湖州知府、严州知府、徽州知府、大理丞、大理正。有《密斋笔记》。

题钓台三贤堂

辍帆谒肖像，衣冠非汉侜。翩翩挂佛幡，小椟求香油。
庸衲资诳惑，良为先生羞。后来跻两贤，几与逆祠侔。
扁堂失本旨，贿诮何时休。盍归白而长，是正兹谬悠。

○任逢 1 首

任逢，眉州（今四川眉山）人。宋淳熙间进士，嘉定六年（1213）知合州。十三年官礼部郎中。

钓鱼台

不慕渭水滨，岂借严陵境。巨人留神迹，持竿钓月影。

○柯约斋 2 首

柯约斋，生卒不详。至德乡（今桐庐县瑶琳镇）人。宋宝祐四年（1256）文天祥榜进士，善诗。

瑶琳洞

仙境尘寰咫尺分，壶中别是一乾坤。风雷不识为云雨，星斗何曾见晓昏。

仿佛梦疑蓬岛路，分明人在武陵村。桃花洞口门常掩，暴楚强秦任并吞。

注：瑶琳洞又名瑶琳仙境，在桐庐县瑶琳镇，离县城23公里，是国家级风景名胜区。瑶琳洞纵深1千米，总面积28000平方米，2002年跻入国家AAAA级风景旅游区行列，被誉为"全国诸洞之冠"。

赤石洞

初涉洞之巅，洞山无可观。足蹑磊磊石，手攀高高栏。四顾村市远，身在荆棘间。举炬入洞曲，微扣神仙关。峒地敞且平，峒岩悬其峦。世传仙所居，又曰龙所蟠。愈造愈深妙，卒难穷其端。神仙今何在，深隐于瑶坛。相于同志来，携手共盘桓。志气凌云汉，事业远鹏搏。一诗聊以记，留待后人看。

注：赤石洞又名馆仙洞，在桐庐县瑶琳镇潘联村。

○赵善湘2首

赵善湘，字清臣，明州（今浙江宁波）人。以恩补保义郎，宋庆元二年（1196）进士，转秉义郎，历进龙图阁待制。绍定三年（1230）李全侵犯淮东，进善湘焕文阁学士，江淮制置使往讨，屡建战功，进封侯爵，授兵部尚书。淳祐二年（1242）进观文殿学士，致仕，卒。

钓台两首

有汉严夫子，恭惟帝者师。道光民物大，身混草莱卑。
谏议论交日，丝纶独钓时。穷通本无异，不使俗儒知。

其 二

小泊逢阴雨，登临得晚晴。两山浩然气，一水圣之清。
路险崖边望，台窥阁外行。何当清夜至，到是客星明。

○易嘉猷1首

易嘉猷，字太学，宣城（今安徽省）人。宋嘉泰间官户部主事。

钓台歌

扁舟夜泊七里滩，千思万感集我怀。汉家社稷无寸土，千载犹存子陵台。
又如云台功臣绘，二十八将安在哉。乃知富贵暂热怎可耀一世，不如
林下一节万古常崔嵬。借使子陵肯为文叔仕，也随余子埋没飞尘埃。
江边席地至今侬有，而况名与江流日喧豗。人生富贵戒危溢，急流勇
退真奇才。二疏乞骸而谢事，公卿祖账东门开。渊明在官八十日，于
今仰慕归去来。大书特书照青史，回视若辈应咳咳。贪荣嗜利为己累，
不知止足滋痴呆。负版踬仆已可笑，斥高堕下犹可哀。

○钱拱辰 1 首

钱拱辰，字学仲，太仓（今江苏省）人。宋嘉定进士，授翰林学士。

钓台歌

先生应诏起，一宿动星辰。浮云轻富贵，屈道肯伸身。高风真可仰，
清节孰堪伦。山河经几主，不属汉云仍。先生有钓台，千古今名存。
云山青不改，江水自晨昏。感古兴长叹，招魂写诔文。

○吕声之 1 首

吕声之，字大亨，新昌（今浙江省）人。曾为宿松尉、平阳丞、昭信军节度推官。

过七里濑怀古

七里滩头访子陵，水光山色见平生。欲为臣子定出处，知与君王分重轻。
一介草茅真自负，三公轩冕未为荣。我来想像高风在，钓石岩前烟浪生。

○杜范 3 首

杜范（1182—1245），初字仪甫，改字成己，学者称立斋先生，黄岩（今浙江省）人。
宋嘉定元年（1208）进士，调金坛尉，再调婺州司法参军，授军器监丞。累迁监察御

史，知宁国府，迁权吏部侍郎兼侍讲，改礼部尚书兼中书舍人，擢同签书枢密院事，迁同知枢密院事。有《清献集》。

归自漕司试院到桐庐晚偶成

归棹便风溯古流，一杯独酌兴悠悠。夕阳蘸水金窝沸，暮霭笼山紫幕浮。
牧笛村村分路入，渔帆浦浦带烟收。丹青此处难为手，更有羁情不奈秋。

七月二十七日午到钓滩登其台偶成二绝

高人作计亦迂哉，千尺崔嵬著钓台。握手故人留不住，有鱼那肯上钩来。

其　二

忆昔斯堂醉晚风，壁间岁月已无踪。谁知千古留名字，只在当年把钓中。

○周文璞 1 首

周文璞，字晋仙，号方泉，又号野斋、山楹，阳谷（今山东省）人。宋庆元间为溧阳丞。与姜夔、葛天民、韩淲等多唱和。有《方泉诗集》传世。

送人之官严陵

如君风貌又精神，自合拖绅近紫宸。平地有心开洞穴，十年无俸着闲身。
已看青舫垂垂去，须忆绯桃滟滟春。若向玄英台下过，为言亦是学诗人。

○沈说 1 首

沈说，字惟肖，号庸斋，龙泉（今浙江省）人。宋宁宗时由上庠登科，调贵溪簿、天台教官。

钓　台

山束江流直素湍，羊裘立尽暮云寒。早知钩饵成虚设，多却当时一钓竿。

○袁甫 1 首

袁甫，字广微，鄞县（今浙江宁波）人，宋嘉定七年（1214）进士。历建康军节度判官、秘书省正字、湖州通判、秘书郎、徽州知府、衢州知府、建宁知府、中书舍人、吏部侍郎、兵部尚书等。

钓　台

朔风吹我到严滩，拥被掀篷一破颜。寒色侵凌欺白发，雪花撩乱失青山。
未消据案千尘积，且爱哦诗一饷间。惭愧钓台风韵在，他年归隐许跻攀。

○陈鉴之 3 首

陈鉴之，字刚父，闽县（今福建福州）人。宋淳祐七年（1247）进士。有《东斋小集》。

题严子陵钓台

渭滨一叟发垂素，西伯与之无雅故。幡然为舍钓鱼竿，八极风云生指顾。
先生少与文叔游，眼看日角兴炎刘。胡为掉头不肯住，垂纶依旧披羊裘。
周文虚己师贤哲，光武规模欠宏阔。三公清坐台阁尊，先生回首桐江月。
桐江月色无古今，白波苍嶂幽人心。

送郑严州四首

父老迎使君，舟楫桐江波。那知使君心，一片烟雨蓑。
杖藜对客星，清风双嵯峨。沙鸥公故人，应为小婆娑。

其　二

严山少平田，严俗稀惰民。书生坐黄堂，肯诧硎刃新。
定以清净化，坐啸物自春。绿野人荷锄，使君聊岸巾。

○王迈 1 首

王迈（1185—1248），字实之，号臞轩，仙游（今福建省）人。宋嘉定十年（1217）

进士，调潭州观察推官，改浙西安抚司干官。端平二年(1235)为秘书省正字，轮对直言，忤旨，出通判漳州。淳祐元年（1241）通判吉州，迁知邵武军。有《臞轩集》。

归舟过桐江晚风不顺

长江渺渺雨濛濛，自在扁舟一叶中。欲识此行无可意，往来俱被打头风。

○释智愚 1 首

释智愚（1185—1269），号虚堂，俗姓陈，四明象山（今浙江省）人。十六岁出家。宋绍定二年(1229)，出世嘉兴府兴圣寺。后迁报恩光孝寺、庆元府显孝寺、瑞岩开善寺、万松山延福寺、婺州宝林寺和冷泉寺、庆元府广利寺、柏岩慧照寺、临安府净慈报恩光孝寺、径山兴圣万寿寺。有《虚堂智愚禅师语录》。

送僧之严陵

对蒲方话萝窗底，又握山藤破晓烟。领取桐江到家句，子规啼在月明前。

○陈元晋 3 首

陈元晋（1186—?），字明父，崇仁（今江西省）人，宋嘉定四年（1211）进士。历雩都主簿、增城县丞、奉化知县，知福州、融州、南安军等。

严陵市

暝色低平野，霜风放霁天。买杯逢竹所，索句立梅前。
山曲云归寺，溪寒水带烟。茅檐听残雪，愁绝拥衾眠。

过桐庐县

严陵耕钓处，清淑故依然。楼馆危临水，人烟近倚天。
客行桑下路，晨垦岭头田。迟我风帆便，津头更觅钱。

甲申乙酉丙戌四过钓台有感

三年四过子陵台，老我风霜两鬓催。望见云山心已愧，梦登钓石眼为开。

乾坤清气长如许，钟鼎元勋安在哉。近百年来几帆过，登临多是觅官来。

○刘克庄9首

刘克庄（1187—1269），初名灼，字潜夫，号后村，莆田（今福建省）人。宋嘉定二年（1209）以荫补将仕郎，历知建阳，除枢密院编修。淳祐六年（1246）赐同进士出身，除秘书少监，兼国史院编修。后知漳州，权工部尚书。复知建宁府，除龙图阁学士。有《后村先生大全集》二百卷。

桐 庐

桐庐道上雪花飞，一客骑驴觅雪诗。亦有扁舟蓑笠兴，江行却怕子陵知。

桐庐舟中即事

车前弯帽同声散，关外华簪一揖休。惟有渐江潮好事，肯随逐客到严州。

严 光

幸自沉冥去，无端物色求。蓑衣亦堪钓，何必被羊裘。

客 星

不为刘郎屈，萧然钓远汀。当时无此客，其象见于星。
龙衮思同学，羊裘谒广庭。九行仰黄道，一曜动青冥。
帝座容伸足，云台肯绘形。少微非大隐，光彩谩荧荧。

读严光传两首

一栖岩壑一冲霄，冠履联翩建武朝。招得故人来话旧，也呼文叔作唐尧。

其 二

羊裘素不习朝仪，公遣西曹屈致之。道是君痴君不服，巢由安肯见皋夔。

富　春

便着羊裘也不难，山林未有一枝安。富春耕种桐江钓，却羡先生别墅宽。

钱送高大着出镇严陵

抗疏鸣阳易，翻身出昼难。无家归蜀道，有敕管严滩。
席藁臣言戆，分茅圣度宽。空令同馆士，极目认帆竿。

送方汝楫客授严陵

昔年尚友先君子，晚见贤郎自策名。芹泮佩衿尊郑老，桐江谱牒派玄英。
誉髦孰不观朝彩，耄齿吾难主夏盟。若见监州烦问讯，必分风月照寒檠。

○释元肇 1 首

释元肇（1189—？），字圣徒，号淮海，通州静海（今江苏南通）人，俗姓潘。年十九薙染受具。参浙翁于径山，命为掌记。出世通之光孝，历住吴城双塔、金陵清凉、天台万年、苏之万寿、永嘉江心、杭之净慈、灵隐等寺，圆寂于径山。有《淮海挐音》。

寄题钓台

汉代高人曾钓此，至今山水有清辉。多年祠像真还不，旧日台矶是也非。
尚想扁舟成独往，问他明月几时归。双双鸥鹭应相识，飞落前滩更不飞。

○华岳 2 首

华岳，字子西，号翠微，贵池（今安徽池州）人。宋嘉定武科进士第一，为殿前司官属。有《翠微南征录》《翠微北征录》等。

严陵方市次方子严韵

浮云扫尽天宇清，千花万花开锦屏。好风吹绉一池绿，白鸟点破千山青。
客行五里复五里，两眼丹青间红紫。杖履不知行路难，人在江南图画里。

宿严濑时迓王卿未至

遐想高风殊未涯，舣舟夜访子陵台。衔山西照情何限，逝水东流梦不回。
双桨未闻卿月过，一樽先为客星开。东都人物俱煨烬，独有先生迹未灰。

○刘子寰 1 首

刘子寰，字圻父，建阳（今福建建瓯）人。宋嘉定十年（1217）进士。官至观文殿学士。

严江舟次

烟弄晨光雨弄梅，浦痕微涨认潮来。棹随纤道青芦折，路入渔家碧草开。
指点水程期买酒，追寻古迹漫登台。归舟不共商人载，便觉新诗得细裁。

○吴惟信 7 首

吴惟信，字仲孚，号菊潭，宋嘉定时湖州（今浙江省）人。

严陵道中五首

长安回首远，渐渐近严陵。客梦春江橹，乡心野店灯。
路行三百里，山看万千层。处处皆幽胜，题诗愧不能。

其 二

自信平生命，羁孤竟未通。春烟行路远，夜雨客房空。
道术徒稽古，人心不重穷。好山何日买，清梦鸟声中。

其 三

只见青山不见家，石栏空倚夕阳斜。梅花欲尽东风急，春事看看到杏花。

其 四

抛书闲倚店家门，往事关心孰共论。燕子未归春尚冷，一帘细雨湿黄昏。

其 五

漠漠春云暗钓台，云拖雨脚过山来。客中心事深于海，小立东风看落梅。

寄桐庐戴讲书

人间无好友，思忆到君深。湖上行春酒，山中坐月心。

飘流贫未去，老大病相侵。乍见又轻别，东风恨一襟。

寄桐庐张尉

一廉儒者政，半隐寄其名。心古门庭阔，吟多笔研清。

云晴春嶂薄，潮落暮江平。必是闲无事，琴余鹤数声。

○姚镛1首

姚镛，字希声，号雪蓬，剡溪（今浙江嵊州）人，宋嘉定十年（1217）进士，历吉州判官，知赣州。

桐庐道中

两岸山如簇，中流锁翠微。风帆逆水上，江鹤背人飞。野庙青枫树，

人家白板扉。严陵台下过，不敢浣尘衣。

○赵汝迁1首

赵汝迁，字叔午，乐清（今浙江省）人。宋嘉定进士。

钓台题壁

山中夜夜虹贯月，知有异人泉石居。浪把钓竿元莫钓，先生不为食无鱼。

○徐经孙1首

徐经孙（1192—1273），初名子柔，字仲立，号矩山，丰城（今江西省）人。宋宝庆二年（1226）进士。曾知永兴县、临武县、吉州、福州。

过严子陵钓滩

仰止高风不可攀，且图生出鬼门关。稽首台前无复过，归家斩却钓鱼竿。

○刘植 1 首

刘植，字成道，永嘉（今浙江省）人。宋绍定三年（1230）曹豳官大理寺簿时有唱和。有《渔屋集》，已佚。

送周知丞之官桐庐

潮满桐江上，秋风洗印时。字民知最近，占位莫嫌卑。纸尾书名大，松边得句迟。定怀东阁老，无复寄来诗。

○林希逸 2 首

林希逸（1193—？），字肃翁，号鬳斋，又号竹溪，福清（今福建省）人。宋端平二年（1235）进士。淳祐六年（1246）召为秘书省正字，七年（1247），迁枢密院编修官，寻知饶州。景定中官至中书舍人。有《竹溪十一稿》。

有感戊申三月

少日因贫强觅官，于今悔掷钓鱼竿。宫袍岂似陀尼暖，厩马何如款段安。准易莫教玄尚白，奏篇还要炳于丹。得归须谒严陵去，梦已先经七里滩。

送严陵教方汝楫用后村韵

官是东莱初补处，诸生料得熟香名。县知讲席通三昧，合向明廷听五英。君有奇才宜凤翥，我安穷分乐鸥盟。鸡群有鹤令人喜，伊昔翁曾共短檠。

○卢钺 1 首

卢钺（1193—1275），字威仲，号元庵，南宋永福（今福建福州）人。淳祐四年（1244）进士，官至户部尚书。有《卢威仲文集》。

钓 台

桐江当日一丝风，勾引人归党锢中。自是逢时非建武，先生元不误诸公。

○周弼 2 首

周弼（1194—1255），字伯弜，汝阳（今河南汝南）人。宋嘉定间进士，曾任江夏令。十七年（1224）即解官，后漫游东南各地。有《端平集》。

七里濑

瞬息沿流七里遥，感时回缆木兰桡。高台未变陵兼谷，故国频更市与朝。
风散乱云通去驿，雨消残雪助归潮。渔翁近亦无前辈，一个青铜不肯饶。

严陵钓台

晴江万里绿波来，惆怅君房去不回。秦苑河山归故国，越乡云雨庇荒台。
春风一道江蓠绿，落日千峰杜宇哀。欲访钓船无处所，野花如雪满汀开。

○李龏 1 首

李龏（1194—？），字和父，号雪林，祖籍菏泽（今山东省），家吴兴（今浙江湖州）。以诗游士大夫间，曾短期出仕。

桐江客舍酬客

一片离心白羽轻，桐庐江上晚潮生。客来吴越星霜久，身贱多惭问姓名。

○徐元杰 1 首

徐元杰（？—1245），字仁伯，号梅野，信州上饶（今江西省）人。宋绍定五年（1232）进士。历秘书省正字、著作佐郎、知南剑州、中书舍人、工部尚书等。

题严陵潇洒亭

天遣溪山付客星，翠屏中界玉澄泓。无边潇洒寸心远，有分登临双眼明。

净洗胸中参范老，细于诗里勘元英。千年相望神相入，一脉清风要主盟。

○罗大经 2 首

罗大经，字景纶，庐陵（今江西吉安）人。宋宝庆二年（1226）进士，官容州法曹、抚州军事推官。有《鹤林玉露》。

题钓台两首

平生谨敕刘文叔，却与狂奴意气投。激发潜龙云雨志，了知功跨邓元侯。

其 二

讲磨潜佐汉中兴，岂是空标处士名。堪笑史臣无卓识，却将周党与同称。

○佚名 1 首

钓 台

生涯千顷水云宽，舒卷乾坤一钓竿。梦里忽然伸只脚，渠知天子是何官。

注：清乾隆《桐庐县志·诗话》载："此诗是宋庐陵人罗大经于钓台壁间尘埃漫漶中拾得，句意颇佳，不知何人所作。"故编入罗诗后。

○赵汝普 1 首

赵汝普，号秉义，宋宝庆二年（1226）进士。累官端明殿学士。

探钓台

先生道足师天子，岂为刘郎作谏官。一线不期贪懦法，两台自受水云宽。忘机故把直钩钓，适志何嫌高揭竿。千载尚留真迹在，客星炯炯照相滩。

○王柏 3 首

王柏（1197—1274），字会之，号长啸、鲁斋，金华（今浙江省）人。从何基学，以教授为业，曾受聘主丽泽、上蔡等书院。度宗咸淳十年卒，年七十八，谥"文宪"。有《王文宪公文集》。

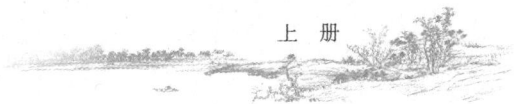

舟中和叶圣予三首

云欲回风势,先埋逼晓山。催程推路险,破冷觉杯悭。
帆腹欣初饱,篙师相对闲。卧闻严子濑,只在片时间。

其 二

桐江波渐滑,雾色午方开。香火严兰若,烟霞老钓台。
崖高微径险,水转万山回。欲访先生裔,相从买一杯。

其 三

江阔风帆急,潮回沙露痕。寒林无剩叶,茅舍各成村。
雁落烟波渺,鸦归野色昏。未知孤客棹,今夜泊谁门。

○方岳 18 首

方岳(1199—1262),字巨山,号秋崖,新安祁门(今安徽省)人。宋绍定五年
(1232)进士,曾为文学掌教,后知袁州,官至吏部侍郎。因忤权要史嵩之、丁大全、
贾似道诸人,终生仕途失意。有《秋崖集》《秋崖词》。

严陵待锁两首

一舸秋风梦亦寒,当人只作贾胡看。断桥袖手暮烟合,等得芦花雪满滩。

其 二

关却疏篷只恁休,莫留霜月孤伴舟。津亭万一商分数,锁到明朝何处求。

舟次严陵两首

人语山相应,舟行岸自移。鱼因寒越隽,鹭到晚犹饥。
岁尽难为客,江晴易得诗。渺予烟水阔,何以此行为。

其　二

与雁分洲宿，连云做梦清。江风人事老，夜雨客心惊。
潮急仍吞濑，更寒不过城。子陵吾所媿，羹外底须名。

次严陵

二月寒如此，杨花不受春。路生寻店早，家近梦归频。
白鸟无尘事，青山自故人。几时茅屋下，卜与尔为邻。

除夜宿桐庐

才有佳山便歇程，岛烟汀雨正关情。世于吾道亦聊尔，我与梅花各瘦生。
无处不曾供夜话，有田谁肯废春耕。年华俱在客中过，只为天公乞一晴。

寄别季桐庐

一湖寒渌记传杯，三见孤山雪底梅。脱我素冠惟骨在，听君清话得眉开。
底须政事喧京辇，例合诗人管钓台。债县近来那可向，江山虽美盍归来。

重题钓台

落帆曾傍芦花宿，借得先生月一滩。鸥鸟未忘吾道在，江山肯作故人看。
树昏断岸潮声急，雪洗孤台石鳞寒。最喜吾宗诗有派，每依苍石插樯竿。

雪作泊七里滩

春声宾雁雁宾年，倚尽沙头欲暮天。苍石生成严子濑，雪篷画出剡溪船。
相望江树隔千里，不与梅花留一钱。此去更寻林处士，南山之后北山前。

简季桐庐

愧面何堪见客星，移舟且莫近前汀。鸥沙草长连江暗，蟹舍潮回带雨腥。

归去尚余初茧栗，生来能费几筝箸。诗肠一夜生芒角，试问故人双玉瓶。

泊钓台

落帆鸬鹚埠，倚策羊裘轩。纷披稚筱闲，森郁古木尊。

幽蹊石齿齿，醉袖风翻翻。缅怀台上人，老薛双骭存。

宁知天九重，不博月一痕。咄哉侯君旁，坐受富贵吞。

先生无乃误，肯与痴人言。吾诗亦赘矣，舐舌不可扪。

元英先生家鸬鹚埠当文正时其裔孙楷登进士，赠之诗云：唐家三百年冠盖，谁聚诗书到远孙。予家自严徙徽，而谱系远矣。因览石刻次韵左方

唐人犹有故家存，山里鸬鹚埠下村。宗派傥容诗嗣续，横枝吾亦是儿孙。

书客星阁两首

平生看破刘文叔，不肯依乘赤伏符。底处只缘曾识面，故应人唤作狂奴。

其　二

小留不过貂蝉耳，亦恐遭人白眼看。已自费辞侯霸辈，归来漱石暮江寒。

次韵话别

一雨桐江滑，佳哉月一篷。归犹惭怨鹤，悔不蚤冥鸿。

涉世书无用，寻山酒有功。诸人如见问，贫耳却非穷。

送留圯父寺簿倅严

才立班行便佐州，九年回首不渠留。千峰榭与柯山对，七里滩从严子游。

未用笑谈惊五马，只销诗句狎双鸥。团纲殿最非吾事，夜半一编归借筹。

钓台两首

羊裘偃蹇钓烟沙，不肯云台定等差。汉室了无尘土在，满江风月自芦花。

其　二

佳处何妨往，江晴倚落晖。野舠穿树过，溪鸟带云飞。
寺有唐碑古，山羞汉鼎非。长安多过客，留墨满台矶。

○李昴英 2 首

李昴英（1201—1257），字俊明，号文溪，番禺（今广东广州）人。宋宝庆二年（1226）进士。历官秘书郎、著作郎、吏部侍郎、龙图阁待制。有《文溪集》。

过严子陵钓台

船重只因将利去，船轻又恐为名来。如今羞见先生面，夜半撑船过钓台。

送高礼部不妄知严州

从来直气劲摩空，又吐忠嘉忏九重。指斥分明人所忌，去留谆复上能容。
清风慨慕桐江钓，异渥新疏竹使筒。熊轼一行聊复尔，羽仪禁路要夔龙。

○朱继芳 1 首

朱继芳，字季实，号静佳，建安（今福建建瓯）人。宋绍定五年（1232）进士。历知龙寻、桃源县。

桐江舟夜

荡桨入虚碧，星河俱动摇。前村渔火近，别浦雁声遥。
对景知明月，回头得暗潮。桐庐在何许，江路夜迢迢。

○高斯得 2 首

高斯得，本名斯信，字不妄，邛州蒲江（今四川省）人。宋绍定二年（1229）进士，授利州路观察推官。后通判绍兴府，添差通判台州。淳祐初召为太常博士，迁秘书郎。以言事出知严州。迁浙东、湖南提点刑狱。召为礼部郎中，出为福建路计度转运副使。擢起居舍人，出知建宁府。累迁签书枢密院事兼参知政事。有《耻堂存稿》等。

次韵刘友鹤端午

桐江五月凉，波上抟层飔。伤屈念已怆，怀严濑逾滋。
维彼不逢世，如斯良遇时。怀沙与钓濑，异节同光辉。
故人去奚伤，宗国逃惧非。精义贵有质，圣远咨从谁。

次韵俞掞县尉见赠钓台赋梅

严风摺繁圃，嘉卉难为香。坐令众芳林，直为萧艾乡。
妖红与嫚紫，乘时斗新妆。梅生处扃外，矞然绹衣裳。
独无摧折忧，一笑春洋洋。犹怀臭味感，苦口嗟难尝。
风人妙托物，予德惭菲凉。坡公讵为役，涪翁可齐芳。
尚此短兵接，当君阵堂堂。

○俞桂 1 首

俞桂，字晞郐，仁和（今浙江杭州）人。宋绍定五年（1232）进士。有《渔溪诗藁》《渔溪乙稿》。

钓 台

不爱三公汉禄荣，一丝风月许多清。只将节义高千古，岂钓人间利共名。

○王同祖 1 首

王同祖，字与之，号花洲，金华（今浙江省）人。宋理宗嘉熙二年（1238）入金陵制幕。淳祐间通判建康府，改添差沿江制置司机宜文字。有《学诗初稿》。

严陵舟中

万水千山雾色新，临风一苇捷于神。羊裘滩下休停棹，闻说狂奴解笑人。

○史弥宁 2 首

史弥宁，字安卿，明州鄞县（今浙江宁波）人。宋嘉定中，以国子舍生莅春坊事，带阁门宣赞舍人，知邵阳。有《友林乙稿》。

送伍启之赴严陵比较务

又作中年别，西征难强留。挂帆冲雪浪，怀牒董糟丘。
严濑未为远，陟云良易收。功名吾拭目，老气尚横秋。

晓发严濑舟中和戴叔振韵

子陵滩下放船开，老我经行知几回。别岸春锄殊解事，冲烟冉冉送诗来。

○释文珦 7 首

释文珦（1210—？），字叔向，自号潜山老叟，於潜（今浙江临安）人。早岁出家，遍游东南各地，后以事下狱，得免，遂隐不出。有《潜山集》。

七里滩别友

断壁青松古，空江翠霭多。行人几回老，渔父只高歌。
纵有重逢约，其如此别何。明朝重回首，惆怅隔烟波。

桐庐县

潇洒桐庐县，名闻汉代余。民风尚耕钓，土物富薪蔬。
江水连衢港，云山带越墟。终期置茅屋，邻近钓台居。

泛富春江

梦寐羊裘客，清游乐此邦。一篷残腊雨，千古富春江。
岸转青螺合，烟明白鸟双。洗除名利迹，滩濑日舂撞。

钓 台

世祖龙飞日，玄纁起故人。荣名既无取，闲足固应伸。
钓石关乾象，江流入富春。高风千古在，来者自迷津。

秋日过子陵钓台

不将华衮换羊裘，冷对青山到白头。说与往来名利客，经过台下莫维舟。

送人归金华

此去金华水作程，扁舟定是过严陵。高山蔽日寒多雾，浅濑通潮夜不冰。
汉代丝风应自咏，故乡三洞与谁登。拟从别后题书寄，又怕征鸿未可冯。

过严滩登子陵钓台

幽人山水心，独向新安去。应为一丝风，元非钓名具。
浪高滩七里，片石还如故。回首问云台，荒烟渺无处。

○胡仲弓5首

胡仲弓，字希圣，号苇航，清源（今福建泉州）人。宋宝祐间进士。

严子陵钓台

聘币凡三到水涯，东都莫是欠人才。当时若使无新室，此地安知有钓台。
鱼水相忘身外乐，羊裘曾卧禁中来。桐江一派清如昨，千古高风挽不回。

桐江舟中

推篷纳山色，愁坐对黄昏。雨过天无翳，舟行水有痕。
钟声来远寺，犬吠隔烟村。柳下渔人屋，收罾早闭门。

过桐江三绝

解缆移舟浙水滨，晚潮初落岸痕新。酒酣卧唱江南曲，月在篷窗冷照人。

其 二

客星何预汉中兴，枉把虚名累子陵。千古钓坛如壁立，先生去后少人登。

其 三

流水高山得趣时，好音政不要人知。绝弦此意谁能会，未必尽因钟子期。

○胡仲参1首

胡仲参，字希道，清源（今福建泉州）人。仲弓弟。早岁曾在临安就学，应礼部试不第，后以诗游士大夫间。有《竹庄小稿》。

陵 上（钓台后）

身为功名役，因思隐者贤。只行山后路，羞过钓台前。

○吕人龙8首

吕人龙，字首之，号凤山，淳安（今浙江省）人。宋景定三年（1262）特奏名。尝受业于钱时。学者称凤山先生，有《凤山集》。

题钓台八首

钓台还是先生物，洛汭今非汉帝家。过客不知兴废事，又驰车马入京华。

其 二

万古寒潭数曲山，红尘不到白鸥闲。先生自是生涯淡，却厌浮云满世间。

其 三

自分清浊倚天开，一字无人誉钓台。底事品题今满壁，先生曾把钓竿来。

其　四

文叔亲呼眼不开，已应魂梦倚高台。好山好水好风月，合放先生归去来。

其　五

两人曾共一灯青，后会如何犯帝星。过客有怀无处问，青山伍伍水泠泠。

其　六

不是逃名去不还，也非沽誉爱高攀。暂来还去无拘束，道在清和二字间。

其　七

旧物还他旧时主，故人堪老故山樵。后人要识间中趣，山上浮云水上瓢。

其　八

一丝安稳不须高，能止颓风息怒涛。莫道后来无好手，文星还与客星高。

○陈著 2 首

陈著（1214—1297），字谦之，一字子微，号本堂，晚年号嵩溪遗耄，鄞县（今浙江宁波）人，寄籍奉化。宋宝祐四年（1256）进士，调监饶州商税。历官安福知县、著作郎、嘉兴知县、嵊县知县、扬州通判、临安府签判转运判，擢太学博士，以监察御史知台州。宋亡，隐居四明山中。有《本堂文集》

题严子陵钓台两首

才得心安便是通，乘龙非贵钓非穷。那知碌碌攀鳞者，尽在先生不钓中。

其　二

方信先生大有功，光皇祇是暂时雄。东都二百年名节，全在桐江一钓风。

○王义山 2 首

王义山（1214—1287），字元高，丰城（今江西省）人。宋景定三年（1262）进士。历知新喻，永州司户，南安军司理，迁国子正，通判瑞安府。有《稼村类稿》。

题严子陵钓台

吹起炎刘已冷灰，先生功不上云台。当初同学还何事，毕竟曾经讲较来。

夜宿严陵舟中

好风特地送帆开，刺破芦花雪几堆。浪里烟波渔唱歇，岸头更点雁声催。船空载取月同去，蓬破偷将天入来。拂早起看鸥睡醒，笑侬抹过子陵台。

○徐集孙 1 首

徐集孙，字义夫，建安（今福建建瓯）人。宋理宗时在临安为官。

夜过富春

夜船摇兀当乘槎，得与僧俱似出家。数幅征帆抛草渡，一团幽梦绕梅花。风传山县残更漏，潮练霜江淡月华。所恨钓台眠里过，矶边不及理渔车。

○林洪 1 首

林洪，字龙发，号可山，泉州（今福建省）人。宋理宗时肆业杭泮，冒杭贯取乡荐。

钓 台

三聘殷勤起富春，如何一宿便辞君。早知闲脚无伸处，只合青山卧白云。

○吴锡畴 2 首

吴锡畴（1215—1276），字元范，号兰皋子，休宁（今安徽省）人。从程若庸学，宋咸淳间知南康府叶阊聘主白鹿洞书院，辞不赴。有《兰皋集》。

严　滩

极目飞鸿外，苍茫一渺然。风清垂钓濑，月淡放梅天。
展卷评诗句，探囊结酒缘。舟中无此乐，但只闭篷眠。

重题钓台

不向云台恋故袍，清风固自钓台高。渭川八十年烟雨，岂是渔竿把不牢。

〇姚勉 6 首

姚勉（1216—1262），字述之，号雪坡，筠州高安（今江西省）人。宋宝祐元年（1253）进士，历官平江节度判官、秘书省正字、校书郎兼太子舍人。有《雪坡集》。

题严子陵钓台四首

倡周节义有夷齐，钓渭鹰扬可太师。西汉颓波无砥柱，先生只合一纶丝。

其　二

扁舟谁不过严滩，唤醒贪夫醉梦寒。名教扶持真百世，岂徒当代愦曹瞒。

其　三

封了全燕不复臣，友朋从此废天伦。子陵不为光皇屈，要识君王有故人。

其　四

怀仁辅义戒阿谀，万古先生两句书。长往不来安有此，始知王佐在樵渔。

题钓台

等闲伸脚动天文，须信乾坤系此身。天上有星犹是客，汉庭何事肯为臣。
只当泉石容真隐，安可文书役故人。岂但云台高不似，钓台草木至今春。

次刘仲山饯归韵

几同湖上饮，俱爱晚山青。雅趣方泉寺，离舟又浙亭。
赠行诗自好，愁别酒休醒。后夜思君处，桐江傍客星。

○刘澜 1 首

刘澜（？—1276），字养原，号江村，天台（今浙江省）人。尝为道士，后还俗。

桐江夜泊

风萧萧，冰瑟瑟，淡烟空蒙冠朝日。滩头枯木如画出，鹳鹆飞来添一笔。

○真山民 1 首

真山民，宋亡遁迹隐沦，自称山民，或云名桂芳，括苍（今浙江丽水）人，宋末进士。
宋亡后浪迹江湖，所至好题咏，有《真山民集》。

泊舟严滩

天色微茫入暝钟，严陵滩上系孤篷。水禽与我共明月，芦叶同谁吟晚风。
隔浦人家渔火外，满江愁思笛声中。云开休望飞鸿影，身即天涯一断鸿。

○耶律铸 1 首

耶律铸（1221—1285），字成仲，号双溪，义州弘政（今辽宁锦州义县）人。元
耶律楚材子。父卒，嗣领中书省事。世祖即位，拜中书左丞相，加光禄大夫，奏定
法令三十七章，吏民便之。后坐事罢免，徙居山后。卒谥"文忠"。有《双溪醉隐集》。

郝侍中钓台

槎枥荆榛薙草莱，欲令无一点尘埃。行歌正则行吟泽，坐啸狂奴坐钓台。
鸟道不冲天宇断，雁行横过海门恢。黄花已为西风瘦，更对凝霜鬓影开。

○方逢辰 1 首

方逢辰（1221—1291），原名梦魁，学者称蛟峰先生，淳安（今浙江省）人。宋淳祐十年（1250）进士第一，理宗为改今名，因字君赐，授平江军节度签判，历官秘书省正字、著作郎、瑞州知府、秘书少监、起居舍人、江东提刑、江西转运副使、兵部侍郎、吏部侍郎。有《蛟峰先生文集》。

被召不赴

万里皇华遣使辂，姓名曾覆御前瓯。燕台礼重金为屋，严濑风高玉作钩。
丹凤喜从天上落，白驹须向谷中求。敲门不醒希夷睡，休怪山云着意留。

○陈允平 4 首

陈允平，字衡仲，号西麓，鄞县（今浙江宁波）人。宋德祐时授沿海制置参议。宋亡，被征不受。

过钓台作

双台屹屹几春秋，千古高风一钓钩。越岭有云山北障，桐江无浪水东流。
雪深黄叶埋寒虎，烟暖青莎卧白鸥。汉业已随宫树老，月明长到客星楼。

严陵郡舍

花飞石上班，水落白云湾。帘卷千重树，窗开四面山。
鼓声鱼市近，旗影讼庭闲。满目皆吟思，残阳缥缈间。

谒乌龙庙

断碑犹纪唐时事，山气阴沉暗绿苔。松木已逾千岁寿，香烟知化几炉灰。
廊深无月鬼神过，殿古有云风雨来。曲曲九溪春水落，子陵滩下复东回。

严先生墓

山高石怪水泠泠，三尺孤坟葬客星。遥想陵原松桧色，晓烟暮雨为谁青。

◎史吉卿 1 首

史吉卿，字景尹，鄞县（今浙江宁波）人。宋景定元年（1260）通判镇江西厅。后知武冈军。

严子陵钓台

功名束缚几英豪，无怪先生抵死逃。坐钓桐江一派水，清风千古与台高。

◎释道璨 1 首

释道璨，字无文，俗姓陶，南昌（今江西省）人。宋理宗嘉熙三年（1239），游东山。淳祐八年（1248），自西湖至四明，复归径山。宝祐二年（1254），住饶州荐福寺，后移住庐山开先华严寺，再住荐福。为退庵空禅师法嗣。有《柳塘外集》。

钓 台

汉室兴亡一聚尘，山河社稷几翻新。独余七里滩头水，只属严家不属人。

◎陈必复 1 首

陈必复，字无咎，号药房，长乐（今福建省）人。宋淳祐十年（1250）进士。十一年（1251）为林尚仁《端隐吟稿》作序。著作已佚，仅《南宋六十家小集》中存《山居存稿》一卷。

奉酬陈介庵明府桐江见寄

寒侵征袖客先知，晓角吹霜下客衣。归兴只缘松菊晚，宦情肯为稻粱肥。
山村日落人收市，海浦风生浪打围。怊怅诗成无便寄，夜深暗遣梦魂归。

◎方回 105 首

方回（1227—1306？），字万里，别号虚谷，歙县（今安徽省）人。宋景定三年（1262）登第，初以《梅花百咏》向权臣贾似道献媚，后见似道势败，又上似道十可斩之疏，得任严州知府。及元兵至，又望风迎降，得任建德路总管。不久罢官，即徜徉于杭州、歙县一带，直至老死。有《桐江集》《桐江续集》《瀛奎律髓》传世。

将至严陵

汀洲渺渺长，野牧纵牛羊。岛寺林间塔，溪船郭外樯。
得诗真是画，闻酒忽能香。新屋谁家者，高楼四面凉。

仲夏书事十首　其一

细酌浮菖酒，闲吟树蕙文。卖符羞米贼，采药按桐君。
壬日近梅溆，午风生草薰。湖航三纪梦，荷盖石榴裙。

梅雨连日五首　其一

雨应犹不止，终夕汗如湍。胡蝶魂才返，蒲牢韵已残。
身今栖歙谷，家尚寄严滩。江涨忽如许，乘流未觉难。

八月初二日

蝉声渐渐怯西风，闲捻青枝玩菊丛。老去一身都是病，寐来万梦总成空。
喜分果饵小儿女，浪费薪蔬顽仆僮。严濑家人报船至，更营樽酒恼衰翁。

次韵汪以南教授美康使君新政因及贱迹四首　其一

吾州今岁得儒臣，坐镇浮浇力万钧。月榭风台寻古迹，烟畦雨陇劳移民。
长庚往往诗无敌，子美云云笔有神。老懒未遑致三请，低回祇欲老垂纶。

次韵康庆之秋雨喜凉书怀五首　其一

补衮据鼎鼐，赐履铭旂常。流汗每浃背，孰知北窗凉。
协力诛楚新，见忌于高光。商山与富春，采药庸何伤。

次韵康庆之题予桐江诗卷两首

每愧诗无古风调，背山楼阁晒花裈。稍知海若吞河伯，敢眩蹄涔一勺浑。

其 二

小儒百窘似贫户，薪及炭屎襦作裈。梓泽珊瑚许窥否，未多玉璞与金浑。

次韵张耕道喜雨见怀兼呈赵宾旸追和

疲氓多菜色，去守乏棠阴。属虑千峰旱，俄闻六月霖。面滩船欲涩，
茗务井还深。香润回瓜圃，声酣起蔗林。炎官初资肆，道暍稍侵寻。
畏日方焦野，油云忽冒岑。此凉苏万病，厥价倍千金。解郡虽逾岁，
留家尚至今。田登欣米贱，屋老惧书淋。遥念儿衣醭，兼虞妇灶沈。
凄清传古调，忧闷豁烦襟。拭汗纰練帨，搔头断玉簪。却思穿石罅，
共坐听泉音。韭脆鲜鳞缕，梅芳煮醢斟。一江同照影，两地隔论心。
疑雪佳公子，轮君日对吟。（睦有近城滩民，以船载磨治面城中，茶场大
井汲者众，故有面滩船茗务井之句。赵宾旸和予雨夜诗，儿童疑有雪频起穴
窗看，故有疑雪佳公子之句。）

哭肯堂赵公拟老杜八哀体与稹

飞鸿离鱼网，玉石有俱焚。冥冥岂无志，鬼物妒玙璠。今代赵广汉，
谁欸哀王孙。粹然东南禀，顽薄推廉敦。悠悠桐江水，父老至今言。
听讼古楠下，审克恭且温。郡将不解事，祸变生军屯。娄米给湿腐，
营垒朝无飧。出甲火府库，僚吏争溃偾。黄堂坐者谁，微服踰缺垣。
公急叩府寺，众涅忽自蹲。大呼好知县，肩舆坐和辕。卒辈匪怙乱，
猾刻专饕惛。各欲赡老幼，等死有本原。公急斥私橐，致米诸乡村。
稍抚以金帛，汝饱可无喧。顷刻事底定，阖城免屠燔。声名由此起，
褒语来天阍。就擢半刺史，遄又典大藩。东西浙河节，祥刑谨平反。
芟乱保乡郡，剿戡奸盗根。我时守马目，邻疆约相援。天地既翻覆，
气数难预论。箕子歌麦秀，邵平灌瓜园。辗转落闽峤，劲翮终弗搴。
燕赵朔风路，饮马滹沱浑。据鞍始识面，鸡群见丹鹖。乍聚忽骤散，
岁月流沄沄。不谓桑梓地，辱公弭朱幡。草堂屈大尹，惊农压篱樊。

屡接月下尘，稍醉花前樽。近之若冰雪，三伏无歆祥。一朝怪事作，
传闻声为吞。奴告主者斩，贞观法令存。况乃肆诬蔑，奸人执仇冤。
众知无是事，避嫌口若鞬。衢州之驵脍，移文恣澜翻。至欲加钳绁，
责以徒步奔。意公即自裁，足快私排掀。扁舟载公去，戈戟围其门。
面对事即白，大明揭覆盆。受辱固已甚，何待加囚圈。析爵地千里，
如古诸侯尊。飞语一点染，视若砧上饨。二子縻讥禁，远睨惊弟昆。
竟尔病疽背，不得旋车轩。彼凶甚枭獍，俗薄徒实繁。非人类则已，
心愧当自扪。呜呼古明哲，岂不忧元元。沮溺隐季叔，唐虞有由拳。
与其青蝇矢，狼藉汙瑶琨。孰与逃阒寂，忍饥撷兰荪。我贱无力气，
淖曾不能掀。贫亦靡赒赗，奠酹无鸡豚。激烈拟八哀，些歌招公魂。
万古万万古，遗恨凄乾坤。

彭泽道中怀严陵

人生千万事，都不似归来。是泽鱼堪钓，何田稻不栽。
客行元亮邑，家寄子陵台。缅想二贤迹，吾颜亦腼哉。

次韵谢喻岩叟

妙年璧水播英辞，半世闻声鬓未丝。赐姓远从梁武日，家风复见喻凫诗。
九霄空阔飞腾势，万卷纵横讲授师。重到庐山亦何喜，喜君知我我君知。

李寅之招饮同登九江城（并序）　　其四

南麓李使君直清相别十六年。初两家子九岁、十岁，今皆娶而见孙。重会湓浦，
恍若再生。置酒将半同登江城，眺览感慨赋是诗八章章五韵以道心素。甲申三月初
四日也。

清湍严子滩，僻坞任公寺。荒凉茅屋居，塞浅石田莳。危踪壁偶完，
暮景驾已税。闲门幸常关，奥帙尚多味。遥遥匡庐山，久客果何谓。

会真吟

俗缘胃区中，幽意傒方外。兹坡一褰裳，万事忽蝉蜕。心与江流远，
眼逐天宇大。小轩纳空明，坐觉众真会。独树表高原，遥峰淡微霭。
倦喜床座稳，渴赏茗味最。道人有神舟，一撮似可丐。愧我屋宅老，
朽壁讵堪绘。思归僮仆嗔，忍饥儿女嘅。云卧殊未可，当且还钓濑。

虚谷志归十首　其一

园林百种花，更著竹交加。迳别君臣药，畦连子母瓜。
老夫元是我，长息最怜他。拟卖严州宅，归来共一家（他字借一韵）。

次韵谢董君敬义读予诗藁

少年客洛走缁尘，自倚诗才敌万人。岳耸河奔争气势，霜严月朗借精神。
镜中颜状惊非昔，笔底工夫苦不新。辜负桐江好山水，花开叶落十秋春。

送罗架阁弘道

六籍讨雅奥，百家穷怪奇。江沱马尘合，毛羶无所施。不自我后先，
逢此泽火时。固已殄来恶，尚乃存微箕。黼晬裸于京，越吟亦凄其。
冠冕垂缨绕，履屦饰纯綦。褒博士服制，揖让公食仪。前辈略已尽，
后进渐不知。老夫愧每生，骨立双鬓丝。十年日夜醉，万里南北驰。
休官此山中，可与语者谁。堂堂朱荆州，遗恨浮鸥夷。有甥何其贤，
酷似刘牢之。贞元旧朝士，顾肯文学为。出蜀赋八阵，游吴歌五噫。
醑月客星阁，吟风桐川湄。湖海有此士，始见诗人诗。惜往节谊鲜，
叹今文献衰。论议吐一二，已觉余子卑。宇宙不一姓，牛山空涟洏。
后周庾子山，北齐颜之推。斯文天未泯，终古清名垂。年可里社老，
行足乡党师。书痴俗所哂，各且教其儿。虎头诧肉食，宁当朵吾颐。
路棘齿发暮，语离不能悲。

送周府尹克敬三首

潇洒名州吏事门，公余应已尽跻攀。钟鱼寺寺藏深树，楼阁家家见好山。
几许烟云藜杖外，无边风月锦囊间。俸钱节缩余多少，只买奇书数种还。

其　二

乐土丰年旧观还，使君心事最相关。只因标致清于水，便有声名重若山。
一室炉香书史畔，万家杯酒管弦间。汉庭选表虚公府，白玉鸣珂未许攀。

其　三

诗家周贺与方干，三载同吟七里滩。晚节我惟甘豹隐，妙年公合快鹏搏。
昔叨旧尹迎新尹，今愧前官送后官。朔野炎陬天地阔，寄书会面两应难。

示长儿存心

我家歙山下，不满五顷田。捐弃已过半，岂不为子钱。兵甲跨江海，
喧豗踰十年。零落殆万卷，荒凉余数椽。借使尽售之，事亦关诸天。
平生鄙货殖，黄金散如烟。孰知两鬓雪，枯肠几不馈。无忧恐难老，
故遣百虑煎。乐者未必寿，死返在我先。属有客语我，法当营塚阡。
儿曹勿过计，葵穴自有缘。只鸡可以祭，故絮亦足缠。但戒效俚俗，
佛事徒喧阗。文公有家礼，夙巳书诸篇。父贫至累子，能不心恻然。
揣量内无愧，视世差独贤。囊中了无物，积薪诗三千。讵敢望放翁，
至有万首传。严陵所寓屋，稍巳割东偏。邻翁觅菜地，更当乞西壖。
今我欲裹粮，一泛涛江船。永谢麟阁梦，宁垂鼋鼎涎。故人傥相济，
匪伊归棹旋。紫阳政自佳，携汝追群仙。（杨华父问子葵穴予曰未也）

同杨明府华父夜宿鸱鹩源 (并序)

桐庐前令杨君德藻访予秀山，同泛小舟下钓台。夜抵鸱鹩源，亦曰白云村，即
吾家玄英诗翁之故居也。其宅乃玄英远孙提干君秘之家，登开禧乙丑毛榜。今仅余

一老，年八十四，卧病不出；一僧，年八十，曰包妙融，钓台寺之旧长老，避地寓焉。小酌留宿，赋古诗二十韵。

桐庐杨明府，高谊有缓急。凌江每见访，烂醉必旬日。知我欲东游，相拉过其宅。城南登小舟，仅阔六七尺。岸人观不退，莫知孰主客。西风篙工喜，布被当帆席。青蔬煮豆乳，滩转灶釜仄。更觉气象古，酌酒瓷盏碧。千山霜叶红，绵绮天组织。郊坰有此奇，阛阓苦未识。明府眼力高，心赏寄绝壁。指似挂篊岩，茅屋拟便葺。老夫今十年，往来钓台侧。汗颜不敢登，人品霄壤隔。夜宿鸬鹚源，荦确陟危石。吾家三拜公，晚唐老诗伯。衣冠世不坠，奕叶绍桂籍。避地馆者谁？一僧年八十。呜呼穷谷中，亦复有马迹。纪事聊此吟，续烛借纸笔。

喜赵宾旸杨华父两儿女互姻

十年役严陵，心服赵宾旸。绝口不言贫，其气常扬扬。一诵贯千古，一醉举百觞。俗士或近之，白眼视昊苍。包山何巍巍，子云孙姓杨。江海一扁舟，倒屣倾侯王。见人有疾病，赐以药饵良。朋友负微过，责善尤谆详。两翁我独识，非狷亦非狂。两家结姻好，古道颜色光。赵男与杨女，年向十五强。一朝驰聘币，互写红笺长。赵有五岁女，杨有五岁郎。是日并纳采，酒雁填高堂。两翁自为媒，两家门户当。匪为门户当，芝兰同一香。不羡积金璧，不受丰缣缃。各喜所衙婿，诵书声琅琅。已能临法帖，已解工诗章。何惭昔羲之，坦腹双东床。

题戚子云五云山图

不浓不淡烟中树，如有如无雨外山。尺素展看空想像，何由身著画图间。

虚谷志归后赋十首（并序） 其一

　　夏五月初一自溢城还家赋虚谷志归十首冬十二月二十一日钱塘还家赵达夫见和前韵予续为志归后赋云

买宅严滩上，幽栖十载余。共怜翁失马，独喜我知鱼。
宾客千钟酒，儿郎万卷书。须移歙州住，缘此是乡居。

钱塘人来

宿收家信醉佣开，早报潮船泊岸隈。钓濑儿将诗箧至，钱塘人索酒钱来。
道途奔走动千里，时节挨排聊一杯。新岁雪晴看吾圃，歙城亦有马城梅。

春晚杂兴十二首

七年守郡罢三年，卖尽山中五顷田。书籍可捐衣可典，犹能醉面仰看天。

其 二

林下萧然一秃翁，吟髭全白醉颜红。米盐薪炭时时绝，自古诗人例合穷。

其 三

卖茶犹说有征讥，蕨菜何为入市稀。往往提篮采山者，怕逢猛虎竟空归。

其 四

午亭春醉耸吟肩，终是风流不愧天。屑麦调酥慢熬火，牡丹花共菊芽煎。

其 五

漫浪桐江一把麾，往来今积十年诗。次山自序舂陵集，岂望夔州杜二知。

其 六

岂有耶溪父老钱，无朝无暮在樽前。樱桃豌豆分儿女，草草春风又一年。

其 七

随分栽蔬复种花，逐时温酒又煎茶。两儿能售严州屋，便可归来共一家。

其 八

尪羸老马尚堪骑，角笏金章已属谁。正使死时无一物，清心壮胆有天知。

其 九

溪鱼山笋佐新篘，大胜长安上酒楼。春老犹寒宿醒困，酴醾花下拥绵裘。

其 十

桐花落尽熟朱樱，无数珍禽绕树鸣。绣羽翠衿正堪玩，伊谁轻着弹丸惊。

其十一

城市尘埃不见诗，西村东坞可寻谁。夏前十日尝新麦，正是江南最好时。

其十二

芳草茸茸没屦深，清和天气润园林。霏微小雨初晴处，暗数青梅立树阴。

送曹鼎臣君铸两首　其一

气骨今年改，除纶定不难。勿言官职小，足庇户门寒。
楚雨禾犹绿，燕霜树已丹。故人如见问，家尚寄严滩。

编续集戏书

朝衣已当酒家钱，更卖山中二顷田。尽听小姬辞别院，单留老马伴残年。
假令理骨终无地，断许知心独有天。一事差强今晚辈，桐江续集又千篇。

读放翁诗作

放翁六十二，起家守严陵。三稔即祗召，礼闱直青绫。虚翁四十九，
外补当兵兴。七稔始受代，万死脱怨憎。放翁□□豪，决起天池鹏。

短章异大篇，往往蛟龙腾。虚翁亦嗜诗，瘦骨枯崚嶒。欲和郡中作，
百冗嗟弗能。曩读剑南集，几夜挑孤灯。今兹一再读，愤气填我膺。
公昔承平日，从容泥轼凭。啸咏遍泉石，醉乐多宾朋。而我值变故，
祸患来相仍。捻须意少暇，晓夕惟战兢。拙藁千取百，秋暮号蝉蝇。
仰望子陆子，决意天阶升。忽梦一老仙，电眸齿如冰。手执玉如意，
坐控琴高鲮。指麾若讲授，揖我谓我应。大道有坛陛，所□□级登。
汝年故未耄，亢健侔霜鹰。乞汝九万笺，但勤攻剡藤。异日大罗天，
后车许汝乘。西风萧萧凉，桐江碧澄澄。秘诀隐舟崖，古刻刓苍稜。
万重云雾间，往问南山僧。

丙戌元日两首　其一

歙山严濑寄荆扉，想见同时雪正飞。柳动梅残惊岁换，儿寒女瘦望予归。
百年偏许诗名在，双鬓能知世事非。社友踏泥肯相顾，酒钱更欲典春长。

早发新城港

月晕竟无风，亦复无社雨。俗谚犹不验，况乃古书语。客子上桐江，
清晓发鸣橹。如何秋令半，犹此苦剧暑。爬肤垢满爪，汗流如炊煮。
今年夏苦寒，悬知当有许。二僧昨同舟，斗酒取无所。竟夕卧复起，
饥渴相尔汝。向背迷星辰，回环莽洲渚。谁家火烛明，浩叹感今古。

过杨华父宅与二僧同舟不及访

每喜佯狂叟，穷途说共财。忽辞酒仙市，径上客星台。
鼓枻携支遁，过门忆老莱。恐劳鸡黍具，或可致新醅。

秋大热上七里滩俗名漏港滩

吾生所未见，自古恐亦无。秋半不肯凉，赫日炎洪炉。沸湍七里滩，
触热乘畏途。坐船汗如浆，况彼牵挽夫。一樯合众力，至数十辈俱。

踏竿气欲绝，沙立僵且枯。西瓜足解渴，割裂青瑶肤。焉得大冰盘，沾丐及此徒。侥幸据势位，极意求所误。愿回君子心，略念小人躯。

八月十五日二十日两至南山饮潇洒亭

悠悠桐江水，寓庐十二年。重来六日内，两日登南山。南山有何好，高阁西北偏。隔江三千家，一抹烟霭间。阁槛一巨松，挺出众木前。野性所酷爱，老藤相纠缠。亦如我与僧，相对谈幽禅。稍遂物外性，屡写酣中篇。故侯复齐民，鬒发成华颠。念当舍此去，焉得长周旋。

题徐子愚道悦堂两首（并序）　其一

师颜继母年七十三分教信州归作是堂予为作记

高门可旌表，潇洒郡城西。沼有王祥鲤，埘无郭泰鸡。
寒衣催妇织，奇字课儿题。堂上慈颜近，家人语亦低。

西斋秋感二十首（并序）　其一

前辈有秋怀有感兴予将归紫阳留秀山寓居之西偏九月欲望合秋与感吟阙

灵运永嘉日，玄晖宣城时。池草既清唱，窗岫亦妍辞。郡胜山水媚，心赏良足怡。庙廊有颜沈，味合深已知。桐濑较二口，川岭信复奇。拙陋方二谢，岂不粗能诗。兵革值迁变，衣冠逢乱离。已矣莫我识，怅焉归棹迟。池塘生春草窗中列远岫二谢两郡绝唱时有颜延年沈休文在庙堂

次韵谢河内张明府德徽来访

此老良高谊，能来问故侯。人清严濑水，家住沁园州。
兀坐元无事，闲谈幸少留。重逢定何日，归梦在瓜畴。

别秀亭五首　其一

作郡说贫人肯信，屋今售矣亦无田。囊中诗藁三千首，案上书灯十二年。

马死尚难求别马，船归不过驾空船。秀亭手种花如锦，回首春风一惘然。

（予往来严陵十二年得诗三千余篇）

同年常簿吴次翁^{雄飞子万之}^{必大万之子直卿}^{端孙}将为分水学馆喜而赋之

一点书灯传不绝，王侯卿相复何加。追惟大父同科弟，喜见闻孙绍世家。
奥赜畴能探理窟，芳妍孰敢竞词华。勿言小邑青衿少，要使人人读五车。

过钓台

真人飞白水，屏迹独蒿莱。汉祀无宗庙，严家有钓台。
高风真可仰，逝水自堪哀。扰扰俱澌尽，千帆日往来。

寓杭久无诗，长至后偶赋怀归五首呈仁近仲实选二

严滩合问紫阳津，误篷西湖寂寞滨。老子通身唯是骨，梅梢作意为谁春。
饱更世故全如梦，惯忍霜寒最益人。莫笑龙钟开七衮，含珠何限已成尘。

其　二

天应知我厌驱驰，故遣尪隤掩敝帷（旧马仅存其一，今秋亦失之）。一纪
穷愁严濑梦，三年长至武林诗。山深无事尚堪隐，岁暮不归何所为。
此世与身总非昔，可能杯酒答深悲。

寄伯宣尚书士常吏侍两首　其一

林下休官已七年，新闻偶到白云边。一时人物归司命，二老儒臣笔吏铨。
严子钓台蹊就隐，山公启事玷群贤（闻二公以回保举）。驱驰力尽心徒在，
聊信归鸿寄短篇。

雨不已

空阶日夜梅霖滴，滴碎人心未肯休。山郡城沉遥可骇，水乡田没更胜忧。
民饥盗起关时事，米尽薪殚滞客楼。燕玉谁家政微醉，倚栏撩鬓插红榴。

（壬子年严陵水冒城，予往来十二年幸无水。近闻梅涨入城深八尺）

泛浙江两首 其一

海门山到富春山，碍石冲沙水几湾。不是此江故盘屈，雪涛何得诧吴蛮。

简赵宾旸

书生豪侠味终酸，诗客颠狂骨本寒。趋就坦夷非不欲，屈蟠老硬亦良难。
故将军已编民伍，冷广文犹齿学官。何处浊醪谋一斗，能来相送上严滩。

舟行青溪道中入歙十二首（并序） 其一

睦州青溪本歙州歙县之东乡吾远祖东溪贤良方公储墓在焉溯流而上湍石奇怪沈
约所谓新安江水至清是也睦改为严州歙州改为徽州青溪县改为淳安县而歙县独存汉
时旧名

青溪元是歙东乡，吾祖于时肯宝黄。避地江南结庐处，同时邻舍有严光。

（为方仙翁之祖曰纮避王莽乱）

送严陵汪学正巽元并寄赵宾旸

子去桐江路，诸生迓水滨。为言前郡守，独忆老诗人。
揖拜衣冠古，歌游栋宇新。故吾谁见念，辛苦战场尘。

次韵伯田见酬四首 其一

半年洄溯越江滨，每愧羊裘老富春。归隐尚能联比长，出游复肯祭行神。
枯肠近饱三爻梦，宿齿宜肩四豆人。能顾寒斋共芳茗，蠹编时为拂蛛尘。

寄还程道益直谅道大直方昆季诗卷（并序）

　　朱文公谓吾州山峭厉水清激，故其人物亦然，而文章亦然。婺源之山尤其峭厉者也，其高为江东之脊，而水之清激者分而为二，东为扬之水由富春濑钱塘江入于海，西历彭蠡大小孤扬子江入于海。予读程君直谅道益直方道大贤昆季诗，殆犹水之出于是山也。其派二其归一其清激本于峭厉，而其浑浩洋极于海则不见其迹矣。因赋吴体寄之曰

山水吾州称绝奇，间生杰出当如之。不行天上五岭路，焉识人间二程诗。
无逸幼槃金华似，才翁子美欧阳知。怒流汹涌各分派，万折到海夫奚疑。

以采菊东篱下悠然见南山为韵赋十首　其一

不谓予坦率，即谓予缪悠。冷官尚难为，热官何可求。寂寂雀罗门，
无复车前驹。但恐严光足，终胜张禹头。客来且一觞，十觞未遽休。

题桐君祠（并序）

　　余守桐江七年，解官留居五年，凡一纪而后去，犹数往来桐君祠下。然未尝一登所谓小金山致瓣香焉，盖缺典也。邑人盘峰居士孙君潼发君，文甲科进士近郡职曹前朝京局不仕近二十年，会稡桐君山题咏冠以攻愧楼，公钥文将刻梓传永久。谓予以桐江名诗文之集，而予桐君忘其所自可乎。予于是亦题诗下焉，然则孙君之志可知矣。其有所感慨也，夫其有所健美也。夫不愿以姓名传于世者，桐君也。姓名晔然在戊辰登科记而卒能自晦其姓名不仕者，孙君也。焉知孙君不尝见桐君于山中，而授其书乎？壬辰岁十二月前郡守，紫阳方回。

问姓云何但指桐，桐孙终古与无穷。遥知学出神农氏，独欠书传太史公。
可用有名留世上，定应不死在山中。休官老守惭高致，政恐犹难立下风。

十九日甲戌晴己卯晚又雨两首

稍复桥痕旧，俄惊础汗非。岂宜真汹涌，止可略霏溦。
河伯毋流毒，云师幸霁威。劣能驱暑气，即愿吐晴晖。

其 二

吴郡传犹庶，严滩报可惊。田中车水出，城上驾船行。
旅屋仍筵漏，穷橱用盎盛。幸而有雷电，此雨不难晴。

寄同年宗兄桐江府判去言五首　选二

子陵滩上一诗翁，七十四年双耳聋。第一老穷吟第一，一樽时与酹江风。
（赵与东字宾旸丙辰进士，改官知县，此邦诗人第一）

其 二

好山多处说严陵，官事闲时定一登。野寺岂无僧十百，爱僧须是爱诗僧。
（谓南山川无竭。）

呈吴门王治中元俞都中参政伯大孙先人同榜

君家两参预，汉代韦平氏。留耕而耕存，帷有是以似。乃祖忠文公，
补天扶国是。乃父敬愍侯，浮海将使指。直谏炳遗藁，大节烨信史。
神游天地间，不亡何谓死。先人前甲戌，忠文牓下士。一升上云端，
一沉堕井底。老夫近乙亥，敬愍守吾里。朱輀过桐江，共饮钓台水。
英英玉树郎，世济元凯美。忠文既有孙，敬愍又有子。邂逅忽相逢，
不意闻正始。贮胸踰万卷，运肘动百纸。华年弱冠近，紧官半刺比。
长风破巨浪，未易测涯涘。契好讵敢论，臭味差足恃。异时吴门游，
小舟或一舣。相门复生相，贻厥有如此。乃知吾家儿，不过豚犬耳。

里为客

丙申上已七日后，一主二宾夫岂偶。遣车却骑钱塘门，主人满船富殽酒。
别唤轻船载仆从，大船品字着三友。旁观指点知为谁，对峙玉人间白叟。
岂无识者讶此老，不愧妙年两贤守。孟侯吕侯将相家，早绾金章纡紫绶。
方干云孙耸吟肩，左右鼎鼐中瓦缶。虽然兰臭尚同心，剧谈锋起各虚受。

是日杭人诧佛事，焚寄冥财听僧诱。公子王孙倾城出，姆携艳女夫挈妇。
放生亭远骛长堤，保俶塔高陟危阜。居然红裙湿芳草，亦有瑜珥落宿莽。
暖热已极天色变，大风滔天怒涛吼。篙师缭绕孤山背，徜徉里湖保无咎。
百舸千舫第二桥，四圣观前依古柳。春色浓时良佳哉，游人聚处可拾否。
一杯一杯入醉乡，诙嘲谑笑无不有。泉币重费忘多少，歌妓频呼杂妍丑。
似狂非狂痴非痴，何啻万众悉回首。我时颓然乎其间，看朱成碧辰至酉。
健啖晚菘兼早韭，快赏调冰仍雪藕。归途恍然了不记，晓窗半醒卧噎呕。
一日之乐三日病，宁负衰躯护馋口。愿从孟侯觞吕侯，更着百千沽十斗。

送汪庭芝高士如严州三首

四海无家只一身，桐江西上访仙真。七年太守吾聊尔，况汝穷山管道人。

其　二

书符咒水空多事，辟谷熬铅苦用心。闲读异书痛饮酒，佳时亦复一弹琴。

其　三

我致仕年死期近，汝出家时生理难。沧海桑田何可料，一杯别酒莫留残。

次韵张师道庆予七十 伯淳翰林直学士予告

斋沐披来卷，焚香道主臣。误蒙玉堂老，垂顾草庐人。帝所闻韶奏，
朝廷掌制纶。属请长孺告，肯逐子云贫。公仁登翘馆，吾惟钓富春。
骨将埋塚墓，心敢望陶钧。百岁倒七指，万形归一尘。庄生真浪语，
岂有八千椿。

七十翁五言十首　选一

诗家自有律，高处在平中。能使生为熟，何愁拙不工。
严祠七里濑，汉鼎一丝风。敢谓方虚叟，还如陆放翁。　（陆务观六十二岁

知严州后八十五卒平生诗万首予四十九领此郡七年今七十）

南山五聊犯三韵　其一

诗体以发冢，非独王莽然。手不离珠玉，世岂一桓玄。
昔在鲁闻人，匪值孔圣旃。焉得两观诛，破彼辨与坚。
子陵湍石上，元亮菊篱边。夷齐不可企，赖有此二贤。

挽分水柳溪何处士两首

太学师名士，初踰志学年。树萱竭甘旨，肯室擅林泉。
盗踵兵戈起，家并里社全。陈蕃旧悬榻，惜未致斯贤。

其　二

历数更端后，英雄崛起间。子真逃谷口，角里老商颜。
德共三槐远，名堪五柳攀。知贤惭拙守，论撰幸藏山。（予铭墓。）

送孙君文还桐庐两首

谈笑丁年取甲科，一官潦倒鬓今皤。飞腾尚觉声名在，枯杭其如骨相何。
舌鼓风雷无与敌，胸吞海岳未为多。向来一纪桐江上，殊欠先生共切磨。

其　二

时违运往岂无才，老气峥嵘隘九垓。漫仕有声徐偃国，赋归不愧子陵台。
相逢苦雨泥双屐，可及晴湖泛一杯。忽又趁潮上桐濑，山中春笋正堪煨。

题一家清雅集送植芸胡直内方

累朝科第总名臣，四世能诗才二人。参透雄深兼雅健，锻成俊逸更清新。
马班翁季羞前躅，王谢云仍踵后尘。颇恨昔叨桐濑守，未能绣梓励儒绅。

生日又两首　其一

岂料生逾七十年，孩提脱死瘴乡烟。未能汤饼觞朋友，祇合炉香拜祖先。
养性有书知道理，夺胎无药学神仙。天都峰下旧茅屋，消得严滩十日船。

闻　过

秋来火伞尚高张，心定还能热处凉。自古及今谁不死，宁人负我亦何伤。
缗钱琐碎争多少，杯酒纷纭说短长。旧管钓台时入梦，人间未有两严光。

登上竺兴福寺新阁五首　其一

乳窦峰前路不穷，穿林踰岭浙江通。紫阳山雨钓台月，消得潮头几信风。

以桐江旧诗十五卷呈范君泽

人品悬知大不同，一丝羞见钓台风。七年假守如虚叟，万首新诗似放翁。
贷死偶余啥鬓白，每生犹想战尘红。范侯胸次秋天碧，好借宽间翼断鸿。

送方复大宣城学录　其一

方氏来南汉闰时，烝尝所在富孙枝。歙溪真应仙翁墓，严濑玄英处士祠。
邂逅弟兄元共祖，殷勤子我总能诗。因风不要花瓜颗，梅老遗篇幸寄之。

送紫阳赵山长治台叟三首　其一

山好邻书塾，溪翁割钓矶。许时为客久，长是送人归。
子去青衿喜，吾衰白发稀。会须桐阴底，酬唱羽觞飞。（予家有大桐。）

复文赵翰直_{孟頫}书传学士序

瑰文宝翰勒坚珉，薤露诸篇序更新。凤阁鸾台三学士，羊裘鱼钓一诗人。
登金兢奋凌云笔，埋玉如□垫雨巾。逢掖的过二千石，九原不死气如神。

复如严陵就省先墓

暮景能几何，行役复行役。薄命不由人，岂不愿休息。江鄂访知旧，
不遇悔浪出。子舍寓严濑，逋负日夜迫。老夫匪亲往，未易纾此急。
买舟更东下，赍粮费捃拾。是时梅雨已，巨浪百谷集。深江水气凉，
古岸树阴密。壮观足忘忧，飞泉落奇石。晚拜先子墓，旧庐化榛砾。
恶邻肆焚燎，用意甚寇贼。大木幸俱全，不至损茔域。其人偶遇赦，
罚不毫毛一。予亦持恕心，讵敢太刻核。村民陆续至，樵茗弛担笠。
杯酒先癃耄，幼稚与果核。一僧独沾醉，座间具纸笔。索诗苦不已，
佳句岂易得。松风杂滩声，睡醒残月白。明发鼓征棹，矫首望青壁。
山川信佳哉，纡余绕嶙峋。何当即归来，于此筑书室。

山中之乐三章送徐明叟胡直内苏德翁归严濑并寄夏自然

山中之乐兮乐可忘饥，饮有菊水兮茹有芝。辟谷孔易兮何涝何旱，漱
咽沆瀣兮曷其耘耔。野粟稔兮酿酒，醉而歌兮樵者和之。分半桃食未
既兮，烂彼斧柯于局棋。悯哄市之遏籴兮，形或鹄而肠龟。谁独有此
山中兮，我将焉追。送子于归兮，聊声我诗。

其 二

山中之乐兮乐可忘忧，草木春青兮黄为秋。云出云还兮人世晴雨，寒
拾槲叶兮以襦以裘。顾独影兮无愧意，行小倦兮荫樾以休。天四壁以
为家兮，户无可闭其奚偷。何两角之有国兮，战尘红而血流。谁独有
此山中兮，我将焉求。送子于行兮，聊赓我讴。

其 三

山中之乐兮乐可忘老，匪盐匪酪兮养梨枣。曾高云仍兮动阅数世，手
树成栋兮鬓犹未槁。一屈肘兮代谢，一寤寐兮谏夷歌皓。耿客星犹在
天兮，鄗坛洛庙余烟草。将相岂不鼎贵兮，曾腰领其未保。子独有此

山中兮，作室已考。去不我顾兮，我将焉讨。

岁尽即事

七里滩西更上滩，十年生事一渔竿。故人共骇霜毛短，俗子犹嫌铁面寒。
雪屋五更天地独，梅诗一句古今难。虚名浪得真何用，空使先生刻肺肝。

送方岩夫四首

河南徙歙徙浮光，逮徙莆田派愈长。六出长官刺史百，端平最数铁庵方。

其　二

同姓同年绾左符，岭南万里送孀孤。先君遗墨今犹在，为问封州有后无。

其　三

巨山蒙仲昔同官，对峙诗家两将坛。昭武即今闻有子，文星高照七闽寒。

其　四

紫阳山下一灯寒，曾守桐庐七里滩。空手去官无一物，诗名聊得继方干。

拟古五首　其一

高台垂钓竿，不过一渔翁。三径连东篱，略与寒士同。何独严与陶，
百代流清风。文叔本侥幸，寄奴非英雄。我评夷与齐，大胜营丘公。

送李伯英孟淳　鹤田幼弟乃叔深斋之子

八十三岁李鹤田，我兄事之后八年。有弟有弟来见我，我亦待之如弟然。
鹤田鹤田真神仙，读万卷书忘蹄筌。钩银画铁笔下字，咳珠唾玉胸中篇。
维伯英甫父深斋，我未识之人称贤。相观骨骼听议论，九皋之鸣绍家传。
□□□□我所敬，论宋勿论唐以前。文名第一欧永叔，诗名第一黄庭坚。

节义第一文丞相，三士鼎峙撑青天。隐逸第一□□人，舍吾鹤田其谁斿。
君不见西汉四皓起商颜，羽□□□刘氏绵。又不见东汉子陵卧严滩，
足加帝腹摇星躔。鹤田为严之处则九鼎重，鹤田为皓之出则九鼎安。
吾将以子伯英之行卜之焉。

题郎川纪胜图（并序）

燕然张皓汝明岱宗王勉起宗十缺三字属大司农尝寮古润汝明还家有颖湾田十五顷母及子孙眷聚六百指读书赋诗自乐久不知起宗官况后乃知其为缺西廉访佥事行台御史俯就建平缺四字相思自大都过江南访之桐川道中鞍马不期而遇相从为十日游起宗善画绘缺郎川纪胜图各为长句紫阳方回亦尾而歌之。

维汝明父起宗父，古润尝僚佐农扈。酾酒金山焦山寺，□马昇州扬州府。
歌诗千百南北传，一别十年散还聚。骎致五帙知天命，双鬓更无丝一缕。
昔贤相思即命驾，车而不笠莫敢侮。汝明家在军都山，田十五顷清颖湾。
母及子孙六百指，仰事俯育身久闲。大江之南雁北向，故人闻缀行台班。
合眼有时得相见，不过梦中空往还。起宗籍籍□□史，□□易退仕如止。
桐川大邑当孔道，弦歌声□□□□。断桥流水来者谁，两鬓相逢各惊喜。
丹青惨澹绘为图，邃□幽穿知几里。右军兰亭未足夸，摩诘辋川焉可拟。
紫阳洞天虚谷春，亦荷老笔为写真。踰七望八盖早往，沧浪日濯冠缨尘。
二公妙龄挟才艺，往往见知今宰臣。省□□□夕有命，再使尧舜风俗醇。
锦囊此轴且卷起，未可□□□鲙莼。

春半久雨走笔五首　其一

乳燕归梁急卷帘，郡符深愧钓滩严。千愁万恨都消处，笑指邻楼一酒帘。

醉题两首　其一

卖花人憩小楼前，买几支看日典钱。诗向梦中频□□，□才醉后便如仙。
贫闲略比陶元亮，老寿将过白乐天。□□定为林下计，严滩西向练西船。

学诗吟十首　其一

我寓侍郎桥，夜枕闻五德。四更即不眠，东望逆曙色。南睨三茅阁，
千灯破暗黑。百八仙林钟，鼍龙吼其北。縶此倚阑人，四海谁我识。
未能朱晦翁，乡邦续道脉。犹当陆放翁，桐江刻诗集。

思家五首　其一

湖海今非昔妙龄，未容许汜识陈登。归心七里滩头棹，客思三茅阁上灯。
雪里梅香寻酒媪，雨前茶好待诗僧。近来衰老嗟何似，怕唉杭州六月冰。

题十六罗汉画像

一释迦佛起天竺，罗汉五百又十六。中华止绘十六僧，贯休十八老笔续。
千无万无无更无，芥子须弥一扫俱。阿宇义门总深入，画图岂止伐颙臾。
咄伏虎降龙两尊，者此卷写一犬如。狮一仙鹤精妙丝，毫无苟且笔墨游。
戏真古今劫火燃，卷起短轴且饮酒。西窗万里开青天，

○何梦桂 39 首

何梦桂（1228—？）字岩叟，自号潜斋，淳安（今浙江淳安）人。宋咸淳元年（1265）
省试第一，廷试一甲三名。授台州军事判官，通判吉州。召为太常博士，累迁大理寺卿。
入元，屡征不就，筑室小酉源。有《潜斋集》。

慰严溪张君贡士

朝日景瞳瞳，湛露溘已晞。日暮风凄凄，啼鸟失其雏。
时迈感物化，抚事成伤悲。严溪子张子，有儿读父书。
年少隽且文，亲颜悦以怡。一朝成鬼录，登台空望归。
望归不归来，泪尽双目眵。嬴博招尔魂，忍抚游子衣。
生子期养亲，安知亲哭儿。古伤邓伯道，天道不可知。
穆伯有收子，暮年良可期。

见田察使

玉节星轺御史冠，邦人多少路旁观。半空寒月千峰树，一酌清泉七里滩。
天地鸢鱼春鼓舞，山林鸡犬夜平安。好须借得长年住，截断车轮挽佩珊。

和夹谷金事题钓台十首

白水龙飞帝运开，先生梦不到云台。当时已笑占星误，岂易虚名落后来。

其 二

当年江上一竿青，老尽羊裘两鬓星。往事成尘遗迹在，石痕齿齿水泠泠。

其 三

龙信蛇屈各升沉，白发朱颜亦故今。出处两难人不识，云山江水是知心。

其 四

误出山来亟已还，绝尘逸驾竟难攀。狂奴不了宫中事，剩得闲身宇宙间。

其 五

咄咄相逢话故交，不嫌万乘友渔樵。当初未有玄纁至，只好收纶学弃瓢。

其 六

汉事如舟要着篙，诸公已共济风涛。勋华终不臣巢许，莫道先生索价高。

其 七

逝水滔滔七里滩，高情聊寄一丝竿。无鱼可钓浑闲事，脚底龙眠尽自安。

其 八

苔藓碑漫字断章，休将汉事费评量。兴亡付与东流水，留得荒祠一瓣香。

其 九

双台绝壁锁林霏，每恨跻攀足力微。今日重来问鸥鹭，绝无人迹上苔矶。

其 十

观风祠下谒先生，隔世相知重感情。归向中州诸老说，且休拈出此山名。

赠桐江于处士

吮墨含丹各炫奇，解衣盘礴有谁知。须臾信笔出天巧，自此人间无画师。

送分水簿令高君两首

山泉洗耳澈琼莹，解听行碑说政声。君到汲泉聊一歃，此泉的的似君清。

又

谁向清溪种柳林，年年送客短长亭。亭前系马人多少，独到君来眼倍青。

安乐窝吟两首

安乐山前安乐窝，问君安乐意如何？黄粱饭饱葵根滑，山北山南听牧歌。

其 二

安乐山前安乐窝，一窝深处白云多。云来云去无从管，闲看虚檐燕茸窠。

赠何觉山

昔有二道士，学道隐此山。一觉径超诣，脱屣遗人寰。
石影未灭没，半出林峦间。空山以名存，高踪那能攀。
下有可人翁，老去双鬓斑。天涯蹇行足，日暮倦鸟还。
神交藐千古，试为问丸丹。

送分阳徐祥叔还家

君不见，当年原上武陵家，有人随水觅桃花。桃花未落君归去，到得重来无觅处。又不见，石室山中一局棋，有谁采樵不知归。斧柯烂尽俗缘起，归到人间长孙子。君今采药入山中，一笑相逢樽酒同。鸟啼花落隔人世，不知世上谁雌雄。令威千年化作鹤，回头犹念旧城郭。城郭虽故人民非，归去归去遍高飞。

饯何君元赴分阳儒谕

雪月堂前冷掾厅，况如此邑甚於冰。行移太白西边次，去占高青最上层。□冷不然官舍烛，俸凉自籴太仓升。诗书莫道同刍狗，尚见宫墙践豆登。

道分阳不及访逢原蒙寄诗次韵

浮槎曾误客星占，屐齿空传遍好山。弱水方壶三万里，武夷玉女九重关。蹇驴有径穿花外，短棹无人出苇间。不是钟山真勒驾，自惭松桂莫能攀。

何逢原寄和章再和前韵

日暮归来弹铗歌，诗筒何处又相过。人生百岁乐时少，春色三分尘土多。愧乏丹砂修浑沌，且拼樽酒醉梦无。莫向延秋门上叫，门楼无数白头鸟。

分阳诸公招徐祥叔归代之答谢两首

富贵男儿昼锦衣，天涯漂泊众心违。人情钩饵惊鱼去，世界罾罗碍雀飞。隐去甘从山鬼唤，狎游宁堕海翁机。草堂犹在终归去，只恐风尘白发微。

其　二

涧陵望断忆玄晖，一片春云渭水涯。洞里桃开成隔世，山中柯烂忘来时。归休韦曲应无赖，隐去玄真那有诗。松菊相逢如见间，此心欲寄已忘辞。

招　隐

回头五十九年非，千里晨风翼倦飞。门外黄尘时事改，樽前白发故人稀。
金河沙暖春鸿去，朱雀桥空海燕归。惟有严陵滩下路，年年潮水上渔矶。

南山八咏

南山住对北山阳，十亩皋田种稻粱。粗饭浊醪随分足，焚香读易日偏长。
　　（观颐堂）

徙倚栏干水竹间，浮云尽处见青山。山前万古行人老，日日云鸦入暮还。
　　（逅观楼）

一泓寒碧侵青天，夜静天虚月在泉。洗耳莫听人世事，自弹流水和潺湲。
　　（涌泉岩）

清泉白石此邱隅，谁解尘缨漱玉壶。歌罢沧浪千古意，只今曾见是人无。
　　（濯缨亭）

一镜天公妒不容，妖蟆食坠此山中。琼楼玉宇知何在，空忆明皇到月宫。
　　（月坡）

宰松千尺四时青，松下丰碑马鬣平。满地松花人不扫，东风吹老杜鹃声。
　　（松峦）

白藕花飞上玉栏，菰飘黑黍浸云寒。鲦鱼自乐鸥忘我，背立西风尽日看。
　　（方池）

住入深山涧水穷，白头梦不到侯封。巴邱橘老人未换，二叟如今再不逢。
　　（栖云坞）

　　注：南山在桐庐县分水镇武盛村荷花坪自然村，又名岩山。旧时称分水县治山。宋中书舍人何逢原故居所在。

安禅寺

一庵许大且休休，世界三千海一鸥。大地山河容不得，住持只在一毛头。

　　注：安禅寺在百江庄（今桐庐县百江镇百江村）。已圮。

和韵问魏石川疾两首

灵山保许问巫凡，狭地知难旋舞衫。枕上病虽忧白传，床前教肯愧陈咸。
君宜借力宽诗课，我亦埋头事药械。种术养凫随分足，岂因富贵堕涎馋。

注：魏石川即魏新之。至德乡（今浙江桐庐县瑶琳镇）人。

又

冰是尘中骨相凡，蓉裳蕙带芰荷衫。勿疑有疾淫成虫，须信无心感是咸。
裹药曾经丹灶火，裁书只欠土区械。病余努力加蔬饭，莫笑笭箵太守馋。

和方大山寄韵

老去庄陵一钓竿，钓鱼犹胜乞粗官。十年事业闲中过，千载功名死后看。
往事危枰休下着，交情枯木独知寒。相逢一笑双蓬鬓，还倩何人斫鼻端。

和何逢原寄韵

世界归大壑，人事如奔淙。浮生萃草木，万变成飘风。触蛮两蜗国，
王侯一蚁对。下观黔首愚，咄嗟书虚空。怒攘亦蠢蠢，群飞何梦梦。
失手弄刀剑，转眼生兵戎。万骑彀弓矢，千夫驾临冲。原野肆尸血，
道路哀离鸿。帅师有丈人，在师得师中。不辜多全活，不与群丑同。
师克未为绩，不杀真肤公。乾坤一胞与，感此重戚容。涿鹿始争战，
千古开武功。春秋书战伐，三复为滋忡。南风鼓虞氏，吾谁与王通。
击磬斯已矣，荷蒉犹可宗。

○何逢原4首

何逢原，字文澜，分水（今浙江桐庐）人。宋咸淳中官中书舍人，陈时政十事，
言甚剀切，已而引疾去。元至元中荐授福建儒学提举，辞不赴，卒于家。有《玉华集》
等。

公余遣兴寄山中友人

燕居公退奈闲何，只把文章自琢磨。笼底旧书翻欲遍，囊中新句赋来多。
恨无丹诏招元鹤，学写黄庭换白鹅。却忆山中旧知己，乌纱何日叩云萝。

月泉吟社田园杂兴两首

东风转属又东皋，久赋将芜力未薅。古木阴森巢燕弱，荒陂水浅怒蛙号。
儿痴方拟半栽秫，身隐尚嫌全种桃。何许蕨薇君欲采，饥眠堪对华山高。

其　二

星明天驷兆兴农，稼圃犁锄处处同。播谷竞趋新禹甸，条桑犹记旧豳风。
草缘疆畎纵横绿，花隔藩篱深浅红。自笑偷生劳种植，西山输与采薇翁。

钓　台

古人出处不为己，所愿四海皆无虞。诸公明已佐明主，一壑正应容老夫。
世人见事苦不惯，此岂有意高寰区。白云深处数间屋，断碑倚壁何纷如。

○方德麟 1 首

方德麟，号藏六，宋咸淳间桐庐人。

春日田园

绕畦晴绿弄潺湲，依仗东风却黯然。往梦更谁怜秀麦，闲愁空自托啼鹃。
犁锄相踵地力尽，花柳无私春色偏。白发老农犹健在，一蓑牛背听鸣泉。

○赵必范 1 首

赵必范，号古一，宋咸淳间桐庐人。

春日田园

一岁农功只在春，夫夫妇妇几艰辛。青门旧有种瓜地，绿野新添躬家人。
早把牛衣教诸子，欲修蚕具问良辰。夜来谷口东风过，只恐逢人问子真。

○姚潼翔 1 首

姚潼翔，宋咸淳间桐庐人。

春日田园

壁写新年百事昌，春盘次第蓼芽香。烧灯过了争挑菜，祭社归来便撒秧。
布谷几声催耜亩，吴蚕三伏正条桑。一春忙过无多日，又听鹏鹧报麦黄。

○方子静 1 首

方子静，宋咸淳间桐庐人。

春日田园

东皋雨后土膏肥，凤驾乌犍出短扉。秧水平畴蛙合合，菜花满棱蝶飞飞。
比邻社酒欢犹在，墙壁农书事已非。独喜桑麻今正长，渊明归去最知几。

○李萼 1 首

李萼，宋咸淳间桐庐人。

春日田园

村居只是旧衣冠，北墅南园熟往还。雨外泥深牛觳觫，花边风暖鸟间关。
躬耕自得莘郊乐，日涉谁知陶径闲。只说桑麻元自好，不须释耒叹时艰。

○张仲深 1 首

张仲深，字子渊，庆元路鄞（今浙江宁波）人，宋末元至初在世。事迹不详。有《子
渊诗集》。

钓 台

嘉林冒晴碧，穹台薄层霄。央央太古云，停阴被山椒。
炎薰驻行鹢，扪萝抚岩峣。激烈增慨伤，顾盼忘曛朝。
赤灵复乾符，云台纪崇劳。至人澹无为，寡处穷盘邀。
未论夷齐清，宁许巢由高。举世糜声利，惊宠趋市朝。
黄尘竞汩汩，铦口纷嚣嚣。有如车下坂，覆折随所遭。
仰企台上云，清风振林皋。我方规出处，遐瞻送长谣。

○俞德邻 4 首

俞德邻（1232—1293），字宗大，自号太玉山人，平阳（今浙江省）人。宋咸淳
九年（1273）浙江转运司解试第一。入元，累受辟不应。有《佩韦斋文集》。

过钓台

行色苦迢递，人烟渺凄凉。泊舟值严濑，濯缨感沧浪。
赤符谶龙斗，白水瞻凤翔。淳风协玄德，客星隐寒芒。
桑溟忽变易，草木犹芬芳。嗟予遭迍塞，垂老悲兴亡。
溪湍兀小艇，岚气昏战场。安得钓台钓，尚友狂奴狂。

舟过桐庐作

三年常作客，几度溯前川。山合疑无路，溪回别有天。
虹分遥电雨，风袅近虚烟。归路知多少，啼鹃云树边。

桐庐县作

荒城秋雨后，寒谷晓晴初。沙路萦纡处，柴扉荡析余。

泊东馆

一望严陵十里余，乱山衔日雁相呼。故人零落今余几，独有黄公旧酒垆。

○周密1首

周密（1232—1298），字公谨，号草窗，又号弁阳老人、四水潜夫等，祖籍济南（今山东省），南渡后居湖州（今浙江省）。以荫监建康府都钱库。历官两浙运司掾属、监丰储仓、义乌令等。有《草窗韵语》《齐东野语》《草窗词》等。

钓台三十韵

沛公三尺剑，欲溺章甫冠。莫致鲁二生，佐命惟彭韩。举世尚功利，
有若蚋慕酸。末造不可支，问玺生雄奸。真人握赤符，猿臂鼎再安。
灼知受病源，极力回狂澜。异时南阳亲，缘附攀龙翰。矫如吾子陵，
久要平生欢。何至变姓名，坐钓七里滩。三聘始一往，矫矫如孤鸾。
惟知贵天爵，不羡人间官。欲为故人留，终愧负素餐。而况故人情，
安保不易阑。君房真痴人，乃欲相控抟。醉后偶伸足，岂料星象干。
始知市朝隘，不及山林宽。归来富春山，山色终耐看。岂无秦山商，
亦有周溪磻。出处虽不同，同在济世难。先生意有在，未易浅近观。
东都贵节义，公实阊其端。流风数百载，犹足愧老瞒。云台不可画，
汉史不可刊。至今桐江鱼，不上俗士竿。纷纷往来舟，含羞登公坛。
口虽强模写，颡泚胆亦寒。世代山云移，功业山花残。惟有东西台，
终古青嶻屼。孤霞冠山椒，明月流清湍。高人不可见，慨古空长叹。

○金履祥3首

金履祥（1232—1303），字吉父，学者称仁山先生，婺州（今浙江金华）人。宋德祐初授史馆编修，不就。宋亡，居金华山中，晚年讲学于桐庐钓台书院、金华丽泽书院。有《仁山集》。

题钓台

西望先生旧钓台，无穷山色锁崔嵬。闲归故国耕春雨，遂起颓风生暮雷。
万事尽随江水去，千年宁几客星来。北山今有何夫子，不入经筵亦草莱。

过钓台（并序）

咸淳乙丑之春，买舟东下，过富阳之东，严先生之祠在焉。因书其壁曰："西望先生旧钓台，无穷山色锁崔嵬。闲归故国耕春雨，遂起颓风生暮雷。万事尽随江水去，千年宁几客星来。北山今有何夫子，不入经筵亦草莱。"是岁之夏，复如京师，舣舟江干，祗谒祠下，登两台之巅。因念往来北山、鲁斋二先生之门，讲明严夫子之心事盖审。鲁斋先生尝曰："子陵怀仁辅义之言，深得圣贤之旨。"而世之知先生者殊浅也，因系以诗。

谁云孟氏死，吾道久无传。我读子陵书，仁义独两言。
仁为本心德，义乃制事权。怀辅存体用，治乱生死关。
乃知严先生，优到圣贤边。归来钓清江，夫岂长往人。
汉道终杂霸，文叔徒几沉。何如对青山，俯仰日油然。
我来一瓣香，敬为先生拈。陟彼崔嵬冈，想此仁义心。
俨若羊裘翁，缥缈暮云深。

客严陵赠星史

七里滩头眼为青，秋风许我快南溟。东京太史知谁氏，不算庄光是客星。

○叶三省 2 首

叶三省，字景曾，建德（今浙江省）人。太学生，官至龙图阁直学士，知宣州，有政声。

严先生钓台

汉主当年曾侧席，先生高卧无人识。一竿孤竹钓清风，七里飞滩寓真迹。
森森古木知几年，凛凛严祠到今日。我来瞻拜兴无涯，留恋烟波归未得。

其 二

台上岚光翠作堆，台前竹径掩苍苔。此时醉梦鸟唤醒，何处梅香风递来。
俗客今年浑不到，松关竟日几曾开。平生自笑微官缚，况我寸心今已灰。

○徐德辉 1 首

徐德辉，宋末永嘉（今浙江省）人。

钓　台

归把滩头旧钓竿，帝王只作故人看。此身合向丘林著，汉祚已如磐石安。
流水无情千古在，客星有影九天寒。到头笑杀鸱夷子，便下扁舟去也难。

○詹恺 1 首

詹恺，字应之，号元善，莆田（今福建省）人。安贫守道，一介不取，晚年任信丰尉，
有《詹元善先生遗集》。

桐江吊严子陵

光武亲征血战回，举朝谁识渭川才。罴熊果有周王卜，未必先生恋钓台。

○吴龙翰 3 首

吴龙翰，字式贤，号古梅，歙县（今安徽省）人。宋景定五年（1264）领乡荐，
以荐授编校国史院实录文字。宋亡，乡校请充教授，寻弃去。

子陵钓台

峭壁千寻屹晓寒，何年人插钓鱼竿。烟霞不受衣冠浣，天地那如蓑笠宽。
幸有同肩黄屋贵，不妨伸脚白云端。能令汉室亦增重，可作巢由一例看。

严滩对月忆壶亡弟

卯君看月此徘徊，今来月明君不来。安得清光刀剪破，为分一半到泉台。

登严子陵钓台

万乘从君脚底眠，客星便入史官占。东都基业随流水，今日斯台尚姓严。

○王雨梅 1 首

王雨梅，生卒年不详，南宋时分水（今浙江桐庐）女诗人。

郎君何必学牵牛

滔滔碧水绕青洲，难洗今朝满面羞。妾本无才非织女，郎君何必学牵牛。

○王咸熙 2 首

王咸熙，生卒年不详，南宋时分水（今浙江桐庐）人，五岁能诗，乡里称神童，
十一岁早殇。

咏　梅

竹外斜枝好，梅花带雪开。东风何太疾，几片落苍苔。

咏　蝶

竹里飞蝴蝶，双双东又西。春风吹不定，花落乱莺啼。

○令狐勤 1 首

令狐勤，宋人，余不详。

题清芬阁

远叩玄英旧隐扉，清风今日尚依依。云山自许老龙卧，霄汉不妨双凤飞。
欲访骚人考槃地，但寻汉叟钓鱼矶。年来踏尽红尘路，赖有溪流濯客衣。

○叶茵 3 首

叶茵，字景文，宋笠泽（今江苏苏州）人。

读钓台集

万仞山头放一丝，争吟好句记当时。能诗若不能垂钓，只恐先生不受诗。

严子陵祠

横足駒駒梦御床，只将故旧视君王。意嫌汉室乾坤小，归占严江日月长。
独茧丝头忘宠辱，生刍庭上阅兴亡。留题多是功名士，也为留题姓字香。

严子陵

怕被刘郎认故人，披裘钓泽隐余生。无端伸足龙床上，多却严陵一姓名。

○李洸 2 首

李洸，宋人，余不详。

题清芬阁两首

诗亡向千载，礼义谁维持。唐人得名者，沈宋称绮词。卓哉先生才，
邈视数子卑。抗怀信高洁，出事皆清奇。不矜险绝句，意远窥无涯。
春归鉴湖绿，水落严子矶。往来寄渔钓，遁世心独知。松月绕云山，
尽入骚人思。白雪雅调高，俗耳听不宜。群儿谩嘲毁，百岁名愈驰。
裔孙有清风，宛若先生诗。搔头试一吟，古意犹能追。

其 二

备员何奉再依仁，仰慕亨衢速若神。万里云龙遭圣世，三年苦块报慈亲。
芦茨山水风骚国，獬豸衣冠法令臣。谁谓趋朝虚几席，长兄歌酒更筵宾。

○陶迁 2 首

陶迁，卞山（今浙江湖州西北）人，宋时在世。

题清芬阁两首

芦茨源上风烟好，结架遥怜云水湄。曾是先生亲卜筑，不妨相国细吟诗。
山开两峡云来暝，滩急一江帆到迟。作意云孙真好事，清芬高继昔人□。

其　二

平生无梦到班行，留得清名与世长。此老风流胜此谢，诸郎佳句似池塘。挂云出屋须临赋，卓笔名题信似狂。小泊便思安石渚，他年容我听鸣鶪。

○朱清 1 首

朱清（1237—1321），字源之，号夷圣，别号东山，富阳（今浙江省）人，宋宝祐二年（1254）充国学生，后因上书劾贾似道，谪漳州。宋亡，元屡诏不出。

严峙钓台

谁著羊裘探故人，客星炯炯照天文。严陵矶下桐江水，流到东山一色清。

○孙嵩 1 首

孙嵩（1238—1292），休宁（今安徽省）人，字元京。以荐入太学。宋亡，隐居海宁山中，誓不复仕，杜门吟咏，自号艮山。有《艮山集》。

钓　台

江上纶竿万虑空，东都旁节许谁同。如今荣利千钧重，但觉人间欠此翁。

○连文凤 1 首

连文凤（1240—？），字百正，号应山，三山（今福建福州）人，宋咸淳间入太学。宋亡，流徙江湖。

钓　台

诸将驱驰尺寸功，先生来此坐清风。汉家天地闲身外，严濑烟波落照中。片石粼粼年岁晚，一丝袅袅利名空。笑余亦是垂纶客，欲借台前系短篷。

○郑思肖 1 首

郑思肖（1241—1318），字忆翁，号所南，连江（今福建省）人，名与字号皆宋亡后所改，原名已不详。宋末太学生。入元，居吴下，自号三外野人。有《所南先生文集》《心史》。

严子陵垂钓图

新莽纷纷未有涯，桐江山水颇为嘉。无心偶向一丝上，钓得清风满汉家。

○方凤 2 首

方凤（1241—1322），字韶卿、韶父，一字景山，自号岩南老人。浦江（今浙江省）人。生于试太学、举礼部均不第，后以特恩授容州文学。宋亡，遁归隐于仙华山，与谢翱友好。尝为吴渭主月泉吟社，所刊《月泉吟社诗》二卷，皆为凤所主选，所著有《野服考》《存雅堂遗稿》五卷传于世。

呈谢皋羽

依依莲社客，丰酒共相酬。臭味语中得，荣名杯上浮。
世情余不变，吾道合千秋。肯信张平子，穷居但四愁。

咏霜叶寄谢翱

秋尽吴江道，丹枫树树奇。叶为诗者色，霜乃画之师。
望似醉乡远，疑犹花事迟。停云俄在念，倚杖未归时。

○释绍嵩 2 首

释绍嵩，字亚愚，宋庐陵（今江西吉安）人。长于诗，自谦"每吟咏信口而成，不工句法，故自作者随得随失"。今存《江浙纪行集句诗》。

桐庐道中集句

钱塘江尽到桐庐，一带溪山画不如。对景由来诗句丽，夕阳无语淡烟初。
（韦庄、颜棫、晓莹、蕴常）。

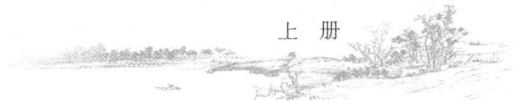

桐庐理舟集句

桐庐江上晚潮生，帆挂秋风一信程。万里归船弄长笛，断肠重看白鸥盟。

（李郢、杜荀鹤、山谷、蕴常）。

○林景熙 5 首

林景熙（1242—1310），字德阳，号霁山，温州平阳（今浙江省）人。宋咸淳七年（1271）太学上舍释褐，授泉州教官。历礼部架阁，转从政郎，宋亡不仕。有《霁山先生文集》。

谒严子陵祠

客星谪下桐江湄，傲睨烟雨何年归。空遗清气满林壑，草木不受春风肥。
我来维舟奠椒醑，薜荔祠荒泣山鬼。乱峰欲雪江气严，老鼍吹云日色死。
白水真人御绛衣，勋臣四七攀鳞飞。冥鸿遐举不可致，天地浩荡容渔矶。
季年熏貂成党狱，阿瞒朵鼎终瑟缩。东都节义何为高，七尺之台一竿竹。

钓台 在严州

曾来天上宿，梦不离寒矶。宇宙双台迥，烟波一客归。
姓增江郡重，墓隔越山微。千古登临意，凄凉带夕晖。

宿七里滩 距桐庐四十余里

寥落空江上，买鱼开酒尊。乱山含雪意，孤艇寄枫根。
滩近不成梦，鸿飞欲断魂。偶呼英帽语，一犬吠前村。

酬谢皋羽见寄

美人渺天西，瑶音寄青羽。自言招客星，寒川钓烟雨。
风雅一手提，学子履满户。行行古台上，仰天哭所思。
余哀散林木，此意认能知？夜梦绕勾越，落日冬青知。

方玄英故居距桐庐三十里在钓台之东地名白云源

舣舟鸬鹚港，白云满高原。借问玄英居，遗构无复存。精灵几百载，
山鬼凭幽昏。独遗文字香，隐隐草树根。转盼东山麓，彷佛见柴门。
啼猿助凄恻，亦复销我魂。渔父捉归桡，牛羊下前村。长揖者谁子，
未识情已温。云十有六叶，咸通之耳孙。缅思幽人后，风雅天所敦。
相携就茅屋，一笑酌瓦尊。

○阳岊 1 首

阳岊，字存瑞，号存斋，宋铜陵（今重庆市）人。通易学。有《存斋易说》。

登西台吊古

朔风卷地气冥冥，山色江南失旧青。吊古登台惟恸哭，寒墟陨绝少微星。
鄢郢丘墟社稷倾，包胥昼夜哭秦庭。当时自籍扶巅力，今日凭虚涕独零。

○何宗斗 1 首

何宗斗，字南一，号小村，宋末元初时处州（今浙江丽水）人。

题钓台

贫赋渔蓑却耐交，故人牵率政徒劳。十分拂袖归来是，何似当时莫去高。

○冯坦 1 首

冯坦，字伯田，号秀石，普州安岳（今四川省）人。宋咸淳七年（1271）榷江
津夹漕务、龙湾酒库。晚年寓桐江。

桐庐暑夜

中流有行舟，似亦得清致。只恐乘舟人，未识月是意。

○陈畴 2 首

陈畴，字师同，宋莆田（今福建省）人。历知潮州、登州，官至光禄卿。

题钓台两首

绿竹丛边系客船，钓台千古薄云天。区区寇邓功如许，何以高风独凛然。

其 二

故人已了中兴事，赢得溪头一钓竿。唤起先生同一笑，青山自在白云闲。

○濮桂发 1 首

濮桂发，桐庐（今浙江桐庐）人。宋景定三年（1262）进士。

仙棋石

环翠山间一丈石，天然局路分横直。晋时道士练丹余，曾作棋枰共仙弈。

注：仙棋石在桐庐县西北三十里环翠山。相传郭文尝与群仙弈于此。

○汪元量 1 首

汪元量，字大有，号水云，钱塘（今浙江杭州）人，原为南宋宫廷琴师。宋德祐二年（1276），元军陷临安，三宫被俘北去，汪随三宫留燕京。常往监中探视被囚禁的文天祥，以诗唱和，成为莫逆之交。后为道南归。有《水云集》《湖山类稿》《水云词》。

钓 台

滩沙叠叠是潮痕，古木苍然叫断猿。此老不干天子贵，故人方讶布衣尊。雨甜春水鱼龙动，风暖寒林鸟雀喧。我恰扁舟台下过，桐花香处月黄昏。

○谢翱 10 首

谢翱（1249—1295），字皋羽，自号晞发子，长溪（今福建霞浦）人。宋咸淳间举进士，不第。德祐二年（1276），文天祥开府延平，署谘事参军。文天祥兵败，避地浙东，往来于永嘉、括苍、鄞、越、婺、睦州等地，与遗民故老方凤、吴思齐、邓牧等多有交往，名其会友之所曰"汐社"，义取"晚而有信"。有《晞发集》等。

拜玄英先生画像

来此得公真，尘埃避隐沦。水生溪榜夕，苔卧野衣春。
雨冢侵吴甸，荒祠侑汉人。微吟值衰世，为尔独伤神。

登钓台

古台临钓渚，遗像在苍烟。有客随槎到，无僧依树禅。
风尘侵祭器，樵猎避兵船。应有前朝迹，看碑数汉年。

西台哭所思

残年哭知己，白日下荒台。泪落吴江水，随潮到海回。
故衣犹染碧，后土不怜才。未老山中客，惟应赋八哀。

鸬鹚步寻方玄英故居

遗像双台下，结庐烟水傍。子孙今几世，风雨半他乡。
山静云眠影，叶干虫食香。高名故相压，吟苦不成章。

注：鸬鹚步即芦茨埠，方干故里，今桐庐县富春江镇芦茨村。

登西台作楚歌招文丞相魂

魂朝往兮何极，莫归来兮关塞黑，化为朱鸟兮有咮焉食。

西台江岸别友

相看仍恸哭，欲学晋诸贤。戍近风鸣柝，空江雨送船。
朔云侵别色，南雪忆归年。拟共锄青术，无为俗事牵。

西台忆故人

山人食木实，竹实以饲凤。闻此来空烟，三载脱尘鞚。不见玉笙音，
惟闻溪鸟弄。西台忆故人，野祭忽如梦。仰视浮云驰，不觉哭之恸。

舣舟江心寺

数声清磬出晴暮，落木人家散烟雾。风送年年江上潮，白云生根吹不去。

注：清乾隆《桐庐县志》载：县南七十步有木瓜舟洲，洲上相传建有江心寺。
寺有沉香木佛像，后寺遭洪水冲塌，迁佛像于新会寺。新会寺今亦圮。

友人自杭回建寄别　其一

湖信到严濑，水色过衢城。寄潮不寄水，潮去有回程。

书文山卷后

魂飞万里程，天地隔幽明。死不从公死，生亦无此生。
丹心浑未化，碧血已先成。无处堪挥泪，吾今变姓名。

注：文山，即宋丞相文天祥。

〇吴思齐1首

吴思齐，字子善，浙江永康人。官嘉兴丞，宋亡不仕。与方凤、谢翱友善，共
登严陵山恸哭西台，遥祭文天祥。年64岁卒。

忆哭西台

平原一遗老，九重未知名。临危观劲节，相视胆为惊。折侈犹举手，
吁天闵无成。九陨期报国，千古尤光晶。亦有布衣人，烈烈死弥贞。
回风借往日，辉映岂独清。滔滔肉食辈，泚颡徒吞声。我闻同志士，
野祭激高情。配享遗斯人，忧心每如醒。

○程钜夫 1 首

程钜夫（1249—1318），名文海，以字行，南城（今江西省）人。历官翰林集贤直学士、侍御史等。有《雪楼集》。

桐江钓台

先生只合桐江老，幸有生涯钓与农。偶被羊裘勾引去，客星早已不相容。

○胡丙文 1 首

胡丙文（1250—1333），字仲虎，靖安（今江西省）人。宋延祐中以荐为信州道一书院山长。有《云峰集》。

严先生祠

鸿飞冥冥不可戈，当时肯入搜罗中。暂往自为故人屈，竟归不与子余同。渺视富春意谁识，大关名教功奚穷。近来士气颇卑懦，舣舟祠下歌清风。

○徐瑞 3 首

徐瑞（1255—1325），字山玉，鄱阳（今江西省）人，宋咸淳间举进士，不第。入元，任本邑书院山长，未几，归隐于家。

登钓台两首

雪手升堂读古碑，先生应笑鬓成丝。满庭黄叶无人扫，唯有清风似旧时。

其　二

欲荐山中十九泉，荒榛塞路上无缘。凄凉不尽怀贤意，黄帽催呼早下船。

王辛甫示朱敬堂钓台诗卷次韵

七里滩光照客裘，双台登览意难休。当时蔑视麒麟楦，季汉反成党锢钩。山水何心供吊古，奸雄有面肯包羞。摩挲苍峭追陈迹，四十四年重泛舟。

○魏新之 13 首

魏新之，字德夫，号石川，至德乡（今浙江桐庐县瑶琳镇）人。青年时受业于方逢辰，宋咸淳七年（1271）进士，除鄞府教授。

访观鱼轩

严子台东老叟居，星翁原是客星余。青云有路无心向，镇日观鱼不钓鱼。

注：观鱼轩在严子陵钓台东，今圮。

春日田园杂兴

一点阳和薰万宇，最饶佳致是山庄。鸡豚祝罢成长席，莺燕听来隔短墙。
嗜酒不嫌多种秫，无襦长恨少栽桑。东郊劝相何烦尔，农圃吾生自合忙。

春日田园杂兴两首

农圃谁言与世违，韶华正恐属柴扉。天机化外闻幽哢，野色牛边睨落晖。
膏雨平分秧水白，光风小聚药苗肥。行歌隐隐前村暖，忽省深山有蕨薇。

之 二

野景入时务，东风劚满锄。笛声牛出后，酒味燕来初。
谷种天心在，桑枝帝泽余。红尘几飞鞚，肯信有农书。

凝紫亭

霏霏拂拂度长空，亭下闲看趣不穷。绿树暗迷浓掩霭，青山斜抹淡朦胧。
郁葱香雾笼秋月，缈缈晴云逐晓风。最是亭边堪画处，晚来遥映夕阳红。

横村缑岭八景诗（并序）

其一 桃源春色

桃源者，宅之西北源也。昔赖公指地云："桃源竖石头，坎水望东流，有人迁此地，世代出公侯。"盖即指族之阳宅也。其诗载于地理书，则桃源之名流传已久矣。其间山明水秀，夹岸桃花繁植，春来则连山簇锦，满涧浮红，环绕于庭牖之前，飘流于江海之远，不啻若元都春色，武陵仙境。

桃源两岸绕云岭，玉树琪花积翠深。浓艳偏开临绝涧，落红轻泛出乔林。
刘郎远入穷幽赏，渔子重游慊隐心。我亦违凡访古迹，洞门花路昼阴阴。

其二　葛岭仙踪

　　葛岭在所居之南，相传葛洪尝憩其地，因塑葛仙翁像立庙祀之。庙前之桥，则曰望仙桥。昔俞平叔尝筑室求仙其处。其峰峦奇峭，幽曲秀异，灵气所钟，发为云彩，尝曰盘旋其上，随风舒卷，散而复集。

尽日朦朦锁碧山，青螺遥失翠云鬟。临风不逐惊鸟散。际晓偏随舞鹤还。
曙色分明岩峤紫，韶光掩映树林斑。诗人对此须题咏，远送吟情到座间。

其三　鱼轩课读

　　鱼轩乃星叟公之书室也。公高节尚志，力行古道。凿池创轩，额曰"观鱼"。自书轩记于其壁。盖欲观其时而潜藏、时而飞跃之机也。每遇清暇之时，招致宾朋，俯云影以观鱼，对月光而披卷。子孙列侍，讲明道学，衣冠奕世，诗礼相承。

早岁躬承师傅箴，读书方见圣贤心。德音秩秩关情远，大道悠悠入趣深。
晓戌更阑壶漏尽，寒窗夜永蜡灯沉。人生若勉当时志，雪案惟应惜寸阴。

其四　金谷闲吟

　　解曰，金谷山在所居之南，尖圆秀颖，卓尔特立，古木修篁，森然翘楚。昔明叟公筑轩其下，匾曰"栖碧"，盖取李白"问余何事栖碧山，笑而不答心自闲"之义。时与宾友乘酒酣诗豪，杖策登高，抚老树而长吟，对八景而高歌，击壤纵怀，山鸣谷应。

闲从金谷独行吟，清思穷幽入远林。知策探元经树杪，芒鞋索趣涉花阴。
韶光明媚含情渺，淑景微茫入望深。尽日乘春赋物色，屡裁佳句出芳心。

其五　圆墩落日

　　圆墩者，族之对山也。周围圆秀，宛若崇台。登览之间，八景在目。至于日暮之时，夕阳在山，木影堕地，奇花异卉，耀碧浮金。

未既明月徘徊于松梢之上，清风披拂于溪涧之中。于斯时也，游人散而不在，宿鸟归而无声，万籁寂然，清幽无限，诚天然之诗景也。

雨余荒埒乱云沉，暮景斜阳挂远林。露叶含晖澄夕照，晴梢留影散春阴。
芳园草暗烟光合，曲径花明霁色深。最爱村墟诗景好，晚携余兴复成吟。

其六　孤塔晴霞

白塔者，在本里之北，山冈平亘，宛若横琴。昔宋嘉定间，有径山高僧妙机建七级浮图其上以镇一方。每当云收雨霁之后，灯光灿烂，岚气氤氲，星斗交辉，烟霞散彩，若天锦之耀苍穹，云梯之悬碧落，为一方之胜，概成千载之奇观。

地拥金沙带曙晖，随风遥逐篆烟飞。轻含舍利神光远，互见真如色相微。
日下流辉荧宝铎，空中散彩上铢衣。群公载笔留贤会，原效天文表德辉。

其七　俞桥流水

俞桥者，乃宅前之桥也。跨桃源之水，通缑岭之衢，可钓可漱，濯缨洗耳，无不咸宜。昔南叟公创亭其上，仍作记以名之。当于暮春时，会集众贤，间修禊事，以仿兰亭之胜轨云。

渐自溪梁落断崖，云边迢递转岩隈。远牵长镜清光迥，倒浸云屏沂影回。
袚禊忽惊尘缕散，濯缨惟觉縠纹开。高人春暮追贤赏，欲制浮觞叙俊才。

其八　松涧清风

居宅之东有小岭，其间夹路多松，偃蹇连蜷，恍暮虬之盘绕，疑翠盖之幢幕，山涧清风时来，虚籁间作。每当清暇之余，或抚琴于石上，或哦诗于径中，听天风之飒然，发铿锵之雅韵，真足适情遗兴。

洞天虚籁发清机，松顶萧萧湿翠微。夜动霜林秋叶下，寒生幽谷暮禽飞。
鸣琴忽觉风生腋，作赋旋知冷逼衣。俗客欲资消鄙虑。早扬短策此相依。

○艾可翁 2 首

艾可翁，字元宪，号蒽山，宋末元初时临川（今江西省）人。

钓台两首

归去江头伸脚低，不烦太史验星躔。一丝千古经纶在，不为东都二百年。

其　二

云台历历纪功臣，底事中间有子陵。未必故人同卧处，了无一语及中兴。

○马世珍 5 首

马世珍，宋元时人，生卒年不详。《宋诗纪事》存其诗。《游圆通寺》五首编入清乾隆《桐庐县志》。

游圆通寺 （十首录五）

十步九憩息，行行不计程。径长人未尽，寺近地差平。
古井知潮候，重云隔磬声。榴花半零落，碎糁石棋枰。

其　二

一筇吾事足，身世付科头。渐长石间笋，半遮林杪楼。
云飞山欲动，木落塔如浮。游客未归去，松阴入茗瓯。

其　三

山空不隐响，一叶落还闻。龙去遗荒井，僧归礼白云。
虫丝昏画壁，岚气湿炉薰。睡思浑无奈，茶瓯易策勋。

其　四

欲坐又还起，白云随我行。一空皆佛往，群动共秋声。
崩石斜分路，支冈半入城。明朝山下去，平地见朱甍。

其 五

老僧头拥云，领客下阶行。尽日坐山影，有时闻市声。
千峰平裹寺，一径背通城。幽访未成返，水中新月生。

○艾性夫 3 首

艾性夫，字天谓，抚州（今江西省）人。宋末曾应科举。宋亡，浪游各地，与遗民耆老多有结交。

钓台两首

不随龙去只鱼汀，绝喜先生世累轻。却把客星侵帝座，岂因忘世未忘名。

其 二

自有诸公作帝师，故人相与竟何辞。可能密密同床话，不及周南第一诗。

郡中逢桐庐方冰鉴相士

七里滩头曾识面，五峰城里又逢君。人间一瞬白驹日，世事几番苍狗云。
奇骨谁当侯万里，匹夫那可帅三军。试凭冰鉴从头问，细雨青灯过夜分。

○钱隐之 1 首

钱隐之，南宋时人，曾任徽州知府。

严陵濑

来往轻舠不暂停，谁人识得子陵心。浮云富贵从兴废，钓石清高自古今。
流尽年光严濑水，唤回尘梦富春禽。客星无复瞻光采，惟有空山月满林。

○黄庚 1 首

黄庚，字星甫，号天台山人，天台（今浙江省）人。出生于宋末，早年习举子业。

元初以游幕和教馆为生。有《月屋漫稿》。

题严子陵

故子虽即位，自不愿为官。天下事已定，山中人可闲。
一丝江月色，千古客星寒。捷径终南士，闻风定报然。

○陈必敬 2 首

陈必敬，号乐所，同安（今福建厦门）人。宋末应举不第，遂不复出。

钓台两首

公为名利隐，我为名利来。羞见先生面，黄昏过钓台。

其 二

已上桐江台，又弄桐江钓。不食桐江鱼，不怕严公笑。

注：此诗一说陈缵作。

○黄泰 2 首

黄泰，宋末元初时人，宋时曾官大理院判。

钓台两首

子陵钓拂桐江畔，尚父竿投渭水滨。出处不知谁底是，拟将此意问渔人。

其 二

过客问名还问利，先生应笑亦应怜。笑他不作买山计，怜我买山无此钱。

○宋暖 1 首

宋暖，字景光，宋末时人，曾知严州军。

钓 台

物是人非春复秋，钓鱼台上碧滩头。云烟砺带无穷意，不负当时隐客游。

○来梓 1 首

来梓，生平不详。宋神宗时，累官殿中侍御使。

泊七里钓滩

随地也要近长安，寓地无嫌泊钓滩。骄气正余秋后热，爽风徐变夜深寒。
逆知自有乾坤寄，尚可相依日月宽。脱或未然聊尔耳，东湖无限碧琅玕。

○方夔 8 首

方夔，宋末元初时人，一名一夔，字时佐，自号知非子，淳安（今浙江省）人。
尝从何梦桂游，屡举不第，以荐领教群庠，后退隐富山。今存《富山遗稿》。

富山泉

先故居此山，两翁各婵嫣。少翁复北徙，宅废余此泉。翁死且求饮，
他水辄弃捐。试以真水往，一杯同蜕蝉。两翁不可见，久矣为飞仙。
泽余有尽世，泉流无竭年。粗岩少翁后，往岁勘丹铅。倚徙感陈迹，
瘦蛟落长笺。迩来绝妙语，此意谁能传。岂知援溺手，铁石新磨镌。
嗟予世味薄，饮水抛荤膻。时时汲修绠，洗眼看残编。

**郡人有朱买臣严子陵按史传买臣吴人尝出为会稽太守名曰乡郡
会稽盖今两浙之地吾郡特以去州二十里曰朱池为买臣昔居之地难以
考见其实子陵晚耕于富春山中则今钓台是也二公出处不同心事亦异
姑以其同为郡人各赋一首使九原省作不怅来者之不我知也两首**

鲁不识仲尼，妄谓东家氏。知音古为难，而况谐俗耳。寒松翳遗貌，
吊古独倚徙。歌声余老樵，昔居竟谁是。当年翁子贫，卖薪沽酒市。

一朝入汉庭，欻作青云士。出领虎符贵，牛酒贺闾里。邸间绶若若，差排庭中吏。旁人自送迎，我亦附长史。片言负茂陵，奇祸竟博死。穷通有定分，何足计戚喜。喜羹辄动色，未可欺妻子。阿妇非弃翁，颇亦窥见此。后车且耻载，谁肯并庙祀。

其 二

舟行征君里，步登征君山。雪濑漱我齿，玉泉洗我肝。遐想台上人，披裘曳渔竿。去齐复适吴，来往浮云间。一钓得文叔，客星照林峦。再钓得小苑，高风凛祠坛。古人邈不及，绝俗为甚难。一时尚奇怪，千载起懦顽。我歌小招词，公来颜不欢。长啸震冥杳，载月下前滩。

予家世富山久矣世有隐德老坡所谓我家韦布三百年惟有阴功不知数盖类是也因作此以记其实且以勉族氏子弟云两首

自有乾坤有此山，嘉名久矣落人间。吐吞云雾景千变，森秀松柟翠四环。肯并贵溪争显达，应同愚谷耐坚顽。山人尽得清吟趣，芳杜香荪不厚颜。

其 二

家住青溪东复东，林霏岚影暗葱茏。山排闼入蹲苍虎，水抱村流卧玉龙。田画井疆前后陇，冈横乾艮两三重。客来若问诛茅地，落口云飞第一峰。

和府尹虚谷先生和徐子英韵并寄徐子英两首

千峰苍翠拥城楼，着我宗英七里洲。昔日松楸相伴往，暮年湖海未归休。咏诗遥认穷司马，骑竹争迎旧细侯。莫为梅花长挽却，好将绳削订由求。

（汉贤良墓在雉山东郊，郭先生尝赋石峡记其事。）

其 二

袖手阑干独倚楼，暂舒倦眼对沧洲。云山劝我闲方住，声利萦人懒即休。

后世岂无青史笔，浮生那欠赤泉侯。岩幽得似铜驼陌，粟饭藜羹却易求。

有怀洪复翁入郡城纳金课

故人东下濯沧浪，见说金沙作斗量。昔想万钱还跨鹤，晚知六博亦亡羊。
诗传剑阁烟霞藁，地入桐庐云水乡。潇洒满怀无着处，归程何况接新凉。

○马偕 1 首

马偕，生平不详。

题清芬阁

煌煌英烈照穹苍，清节高名锦绣肠。千卷共传诗灿烂，万钟能鄙德馨香。
清芬自是流余庆，佳气终当及后昌。逸韵云孙风味好，鹏抟九万看翱翔。

○张保雖 1 首

张保雖，生平不详。

题钓台

汉包六合纲英豪，一个冥鸿惜羽毛。世祖功臣三十二，云台何似钓台高。

注：申屠丹荣《富春江名胜诗集》为范仲淹作，董棻《严陵集》载张保雖作。

○明不亏 1 首

明不亏，姓名不详，金陵（今江苏南京）人。

题画山水扇

淋漓戏墨堕毫端，雨湿溪山作小寒。家在严陵滩上住，风烟不是梦中看。

○释赤骥 1 首

释赤骥，字希良，号北野。余不详。

钓 台

自过羊裘七里滩，寻思欲见故人难。殷勤问取溪边老，近有谁来把钓竿？

注：此诗一说清程玲作。

○柯芝 1 首

柯芝，生卒年不详，字士先，宋瑞阳（今江西瑞昌）人。

横 江

横江一片碧，携鹤上渔船。收纶不成下，却抱钓竿眠。

注：横江即分水江。

○圆通僧 1 首

圆通僧，生平不详。

圆通寺植万树

本不载松待伏苓，只图山色镇长青。老僧他日不将去，留于桐江作画屏。

注：圆通寺，又圆通禅寺，在桐庐县城内。始建唐贞观八年（635），面临富春江，背依舞象山，山谷笼翠，梵宫深藏，素有"浙西普陀"之称。据清乾隆《桐庐县志》载，昔有老僧欲植万树于路，乡人虑其蔽田，讼于县，县以符诘之，老僧作此诗以答。

○姜叔水 2 首

姜叔水，南宋时人。余不详。

客星亭

洁身不把钓，傲世岂图形。云里寻真隐，林间见此亭。

鸥群归水麓，人语在烟屏。尺五天非远，何妨酹客星。

题严先生祠

异世相望百尺台，过舟谁不共徘徊。山川未改旧奇胜，日月于今有往来。
遗像虽存千载祠，高风莫挽万牛回。哦诗得句须还李，乞与幽人病眼开。

○方炳 2 首

方炳，宋人，余不详。

芦茨迎客松

盘桓乔木舞盘空，铁干虬枝十六松。翠掩护林君子竹，高擎拔地大夫封。
龙声郁气千层岭，虎啸苍山万户钟。谁信有灵风作语，后凋秀色倍青葱。

又

轮囷矫矫倚高空，梦断雷惊十八公。掩日护窗居士乐，凌云擎盖大夫雄。
龙鳞郁郁四时秀，马鬣苍苍千载崇。始信怒涛风作主，参差柯轩干西东。

○方拱辰 1 首

方拱辰，宋人，余不详。

云源即景

山谷风光冷，云源月影寒。昼长啼鸟静，花落舞蜂团。
独坐无情兴，寻芳且暂欢。岁华容易过，那得老渔竿。

○方秘 2 首

方秘，宋人，余不详。

读书即景

山色清幽晚更佳，岭头滑石路歆斜。雷惊绿竹方抽笋，日暖青松始放花。墙外啼莺穿巷柳，苑中舞蝶扑窗纱。白云村裹知何乐，振笔临池蔚暮霞。

清芬阁

清芬高阁瞰明漪，烟绕东山书院奇。孤屿停云无墨画，双溪流月有声诗。凤山晚照烘青嶂，龙石川泉溅碧湄。玉接古桥饶逸兴，下湾渔唱乐天时。

○释绍昙 2 首

释绍昙（？—1297），字希叟，宋末元初时僧。

偈颂之一百零二

奴颜婢膝走人间，羞见羊裘七里滩。文叔虽为天子贵，子陵只作故人看。

为行可维那题子陵钓台

七里滩头古木阴，眼空寰海老垂纶。无端钓得刘文叔，却把羊裘污俗尘。

○范兴祖 1 首

范兴祖，宋元时人，余不详。

钓台歌

太公直钩钓尚父，子陵无钩钓高名。周文汉光取贤哲，名书信史炳丹青。我来祠下赏烟景，森森古木摇山影。至今滩下泻溪声，千古高风常不泯。

○黄次德 2 首

黄次德，宋元时人，余不详。

严光钓台两首

二十年前款钓津，两台突兀眼中新。只今云水成苍古，自愧犹为走俗人。

其　二

白头重到钓渔矶，草木烟云总入诗。扫壁高题何用许，大都只要客星知。

○赵不悚1首

赵不悚，宋元时人，余不详。

客星亭

太史当年奏客星，汉皇尊重故人情。竭来独钓存名节，万古山高水自清。

○舒林1首

舒林，宋元时人，余不详。

钓台怀古

党锢诸贤死不回，东京风节此公开。支持三百年天下，不是云台是钓台。

○陈山泉1首

陈山泉，宋元时人，余不详。

桐江钓台

不愿封侯不事刘，桐江独钓一竿秋。早知物色羊裘急，何似和裘莫着休。

○许浩直1首

许浩直，宋元时人，余不详。

子陵滩

扁舟独上子陵滩，一片秋烟万叠山。自笑尘缘何日了，此身同寄水云间。

○谭良佐 1 首

谭良佐，宋元时人，余不详。

登严子陵钓台

挽葛攀藤到上头，西风吹动一天秋。羊裘纶线俱尘迹，只有清名共水流。

○潘中父 1 首

潘中父，宋元时人，余不详。

题钓台

焚坑祸作逃轩绮，明哲保身宁饥死。溺冠嫚骂又一秦，织畚鼓刀恬不耻。子房托疾封留归，齐鲁大臣那可比。此意寥寥二百载，阿谀往往居帝师。中兴天幸有光武，下士谦恭冠千古。布衣本以道义交，不问故人登九五。揭来过我路几程，征衫犹作战血腥。睡余伸足稍加腹，安得细事关天星。归兴宜审苞桑戒，勿念洁身增感慨。君持柔道理乾坤，我把丝纶老湍濑。

○佚名 1 首

桐庐金鸡石

天上金鸡石，何时坠此山。祗因鸣有信，流落在人间。

○佚名 1 首

春日田园

儿结蓑衣妇浣纱，暖风疏雨趱桑麻。金桃接种连花蕊，紫竹移根带笋芽。

椎鼓踏歌朝祭社，卖薪挑菜晚回家。前村犬吠无他事，不是搜盐定榷茶。

○佚名1首

春日田园

白粉墙头红杏花，竹枪篱下种丝瓜。厨烟乍熟抽心菜，篝火新干卷叶茶。草地雨长应易垦，秧田水足不须车。白头翁妪闲无事，对坐花阴到日斜。

○无名氏1首

钓　台

范蠡忘名载西子，介推逃迹累山樊。先生正尔无多事，聊把渔竿坐水村。

○无名氏1首

钓　台

不随龙去爱渔汀，绝喜先生世累轻。却把客星惊帝座，岂应忘世未忘名。

○无名氏2首

钓　台

虹作长竿云作饵，纤月沈钩在江底。巨鳞入手还纵之，汉家鼎小难调理。

（《吴礼部诗话》：先大父尝言，吾乡有杨某者，好为诗，多俚率，独钓台诗可喜，云："虹作长竿云作饵，纤月沈钩在江底。巨鳞入手还纵之，汉家鼎小难调理。"紫岩于介翁，予早岁所师，尝记其作云云。）

句（宋·谢中）

十年太守桐江郡，万首新诗陆放翁。

注：《桐江续集》卷二六《送福州谢学正无疑归南剑州》序引。

元　朝

○侯克中 1 首

侯克中（1225—1315），字正卿，号艮斋，真定（今河北正定）人。元诗人、戏曲家，有《艮斋诗集》《关盼盼春风燕子楼》等。

严子陵

羊裘野老鬓如蓬，阔步长趋入汉宫。伸足岂期骄万乘，掉头殊不顾三公。
治平天下非无术，格正君心尽有功。一片钓台高几许，乾坤无处着清风。

○韩性 1 首

韩性（1266—1341），字明善，绍兴（今浙江省）人。七岁始读书，九岁通《小戴礼》，及长，精通性理之学，为元代之大儒。以讲学为业，授业者甚多。卒谥"庄节"，有《竹斋记》。

题谢皋羽西台碑

零陵断石青如天，七星下贯寒蛟泉。神诃鬼护万万古，中有处士西台篇。
台前月色为君好，断港驰啼蕙花老。酪瓶羊炙试招魂，一片丹心向晴昊。
邯郸枕冷泰山秋，海树不着人家愁。晞发阳阿向天籁，凤凰作使追灵修。
紫雾黄尘窥下土，清都仙人半空语。汶楸十九春鬼长，玉鸡吐绶闹扶桑。

○王恽 12 首

王恽（1227—1304），字仲谋，卫州汲县（今河南卫辉）人。元中统元年（1260）为左丞姚枢征，为详议官。至京师，上书论时政，擢中书省详定官。累迁为中书省左右司都事。至元五年（1268），建御史台，首拜监察御史。后出为河南、河北、山东、福建等地提刑按察副使。至元二十九年（1292）见世祖于柳林宫，上万言书，极陈时政，授翰林学士。成宗即位，加通议大夫，知制诰，参与修国史，奉旨纂修《世祖实录》。有《秋涧先生大全集》。

题钓台

刘郎少年同几席，绣裾朱衣称谨饬。六龙一日飞上天，岂为故人谈往昔。
严陵欲臣意有在，大隐何心学夷隘。当时虽落物色中，肯以三公易其介。
先生岂是烟波徒，弈弈星芒动帝车。一言稍峻得狂鄙，况复好爵縻其躯。
君臣大义既明著，助顺又见怀仁书。君房初不识微意，尚欲求益何其迂。
一竿虽老桐江月，尽着清风厉薄夫。

春江独钓图 前金平阳人孙子安笔，十三科皆工。

渺渺春江碧若空，一丝斜袅钓坛风。富春莫拟幽栖稳，已在君王物色中。

富春道中两首

两浙风烟入富春，眼中形胜斗嶙峋。一樽不吸江山绿，笑煞桐庐把钓人。

其 二

江山画里看清雄，鱼稻乡中乐岁丰。不是钓坛坛上客，未能忘此就三公。

夜过七里滩

都俞无几已还山，自笑蹒跚老一官。为恐石坛松鹤笑，夜深舟过子陵滩。

七里滩两首

桐庐江水绿于蓝，两岸山攒碧玉簪。前去钓台犹数里，两峰奇石见巉巉。

其 二

共惜残年得远迁，岂知天意却相怜。笔头少得江山助，便遣空回亦惬然。

桐江待发

柁师说似小儿童，一觉平明意莫匆。待发桐庐迟是速，舟随潮退疾如风。

严州道中两首

高盘山顶下深渊，马足长驱不易前。幽鸟背人飞去速，一声津鼓突江烟。

其 二

丛丛吴岫暖烟生，峡束江奔彻底清。斜日篙师催进棹，三滩难上要雄撑。

夜发严州

亭亭白塔过严州，漫漫清江不尽流。惭愧钓台台上月，分光也照远回舟。

白峰岭

仪曹若厌为山囚，雾障烟屏看未休。行过白峰三十里，桐庐江上重回头。

　　注：白峰岭，位于桐庐县桐君街道阆苑村，桐庐、富阳界上。

○卢挚1首

　　卢挚（1242？—1314？），字处道，一字莘老，号疏斋，颍川（今河昌许昌）人，元至元五年（1268）进士。累迁少中大夫、河南路总管、集贤学士、江东道廉访使，后复为翰林学士。有《卢疏斋集》。

题子陵钓台

云山苍苍兮烟木稠，石濑潺潺兮江水流。故人兮冕旒，先生兮羊裘。使人皆先生兮，谁其伊周？使人不先生兮，谁其巢由？仕止久速兮，舍圣人将安求。清风一丝兮岂为名钓，蕉黄荔丹兮香火千秋。岸下几篙兮荣辱之舟，先生一笑兮白云收。

○戴表元 2 首

戴表元（1244—1310），字帅初，自号剡源先生等，庆元奉化（今浙江省）人。宋咸淳七年（1271）进士，授建康府教授。元初居乡授徒。大德六年（1302），以荐拜信州教授，迁婺州教授，以疾辞。有《剡源集》。

鲜于伯机家钓台石

人间岩石乱纷纷，严子台名最喜闻。何术缩渠千里脉，有人分得两峰云。
天边路远星还动，江上潮回日以曛。解道泥涂等轩冕，东西更有范希文。

寄阮严州

桐庐皆说似天台，彩障云屏四面开。渔迹惨收山市闹，蚕乡丝熟海商来。
定知白日晞书檄，只许清风到酒杯。君看钱塘江上水，朝昏两拂郡城回。

○尹廷高 1 首

尹廷高，字仲明，号六峰，遂昌（今浙江省）人。元大德间，任处州路儒学教授。又尝掌教永嘉，秩满至京，谢病归。有《玉井樵唱》三卷传世。

桐江舟中

又摇柔橹下严滩，一片离情强自宽。鸦噪暮云天寂寂，雁归极浦水漫漫。
敲篷雪霰和愁碎，拍枕江声入梦寒。今夜客帆何处宿？乱山青外是长安。

○仇远 9 首

仇远（1247—？），字仁近，号近村、山村民，宋元间钱塘（今浙江杭州）人。宋末即以诗名，与白珽齐名，称"仇白"。入元，为溧阳州儒学教授，旋罢归，优游湖山以终。有《金渊集》《山村遗集》。

怀方严州五首

八十一年前，科名已袖然。依刘王粲檄，入洛贺循船。
受禅碑谁上，闲情赋自传。江山英气歇，堪恨亦堪怜。

其 二

八十一年终，堪嗟旅衬穷。胸中元耿耿，身外竟空空。
白首太玄草，紫阳虚谷翁。平生有遗恨，五马未乘骢。

其 三

八十一年亡，哀哉老紫阳。佳儿方戒道，小妾漫专房。
每忆先生被，常怀太守章。桐江诗万首，端可及龟堂。

其 四

八十一年身，栖迟客馆贫。登门曾有我，铭墓竟何人。
醉梦高楼月，悲歌故国春。可能函玉骨，归葬练溪滨。

其 五

八十一年休，云何不首丘。岂无商女恨，肯作贾胡留。
书籍从人卖，田园有子收。乌聊山在望，风雪去悠悠。

送郭君贤使君赴建德任　其一

天边久下紫泥书，日日东津望使车。最爱小儿骑竹马，也随迓吏过桐庐。
良民吐气心方快，宿弊盘根力为锄。祇恐声名满朝著，春坊宾客又新除。

忆桐庐二女

子女生来愿有家，耕桑随分各生涯。谁知我辈钟情处，看过桃花看藕花。

溧诸友共赋寄钱塘亲旧　其十

七十古所稀，我今六十余。干时本无策，谋生术尤疏。就食泮水宫，
学圃乏薪蔬。凛凛座无毡，踽踽出无驴。厌厌尊无酒，呐呐食无鱼。

官居古云冷，已矣当归欤。缅怀二女子，夫家住桐庐。三年千里别，旷久不得书。日者遣一力，还家问何如。江滨桐君山，土肥药堪锄。山根有闲地，或容房客居。

忆寇石章氏女子

湖树江云隔杳冥，千峰万壑梦中青。悬知茅屋孤灯下，逐字教儿读孝经。

注：寇石，今名下石口头，在桐庐县江南镇石阜村。

○刘因 1 首

刘因（1249—1293），字梦吉，号静修，容城（今河北保定）人。学宗程朱，而兼采陆九渊之说。家居教授，随材器教之，皆有成就。元至元十九年（1282），以学行荐于朝，为承德郎、右赞善大夫。不久，以母疾辞归。有《静修文集》。

严　光

文叔虽天子，因陵位愈尊。严陵成高节，此亦天子恩。
两星映千古，精爽如尚存。有此谨厚者，可赠狂奴真。
巢由本不经，怪妄徒拟伦。中庸久芜没，矫激非天民。
惟余仁义语，至今凛若新。想象富春石，崔嵬犹起人。

○于石 3 首

于石（1250—?），字介翁，号紫岩，晚更号两溪，兰溪（今浙江省）人。貌古气刚，自负甚高。宋亡，隐居不出。有《紫岩集》传世。

钓台两首

傲睨群雄百战来，独全高节老蒿莱。三公不任云台将，物色何须及钓台。

其　二

抛却羊裘入汉庭，偶然偃卧两忘形。先生无处可伸足，太史何烦奏客星。

潇洒亭

背依古塔面层峰，曲曲阑干峻倚空。万屋参差江色外，片帆出没树阴中。
五更钟鼓半山月，两岸渔樵一笛风。极目子陵台下路，滔滔惟有水流东。

○赵孟頫 4 首

赵孟頫（1254—1322），字子昂，号松雪道人，吴兴（今浙江湖州）人。年十四
以父荫补官。宋亡，家居力学，后被荐举，授兵部郎中，调集贤直学士，历济南总
管府事、江浙儒学提举，累拜翰林学士。卒谥"文敏"，追封魏国公。有《松雪斋
诗文集》。

桐庐道中

历历山水郡，行行襟袍清。两崖束沧江，扁舟此宵征。卧闻滩声壮，
起见渚烟横。西风林木净，落日沙水明。高旻众星出，东岭素月生。
舟子棹歌发，含词感人情。人情苦不远，东山有遗声。岂不怀燕居，
简书趣期程。优游恐不免，驱驰竟何成！我生悠悠者，何日遂归耕？

过严陵钓台两首

富春山中有客星，辞荣归来意更真。羊裘坐钓沧波上，却笑刘郎非故人。

其 二

桐江水色映青山，安稳行人挂布帆。回首风沙鞍马里，不知此地是尘凡。

严陵濑

悠悠空山云，泱泱长江流。庙廊意不屑，山泽聊淹留。
故人在天位，高步追巢由。岂曰子无衣，辛苦被羊裘。
东京多节义，之子乃其尤。穷居虽独善，辅世岂不优。

○马臻 2 首

马臻（1254—?），字志道，别号虚中，钱塘（今浙江杭州）人。宋亡后学道，受业于褚伯秀之门，曾隐于西湖之滨。

寄题淳安方山长观云斋

书长倚槛书眼开，一片两片山中来。无心不肯作霖雨，转觉清风生钓台。

送仇伯寿之淳安教谕

早年名字动乡间，细数乡间总不如。已肃师模先孝弟，更承家学赡诗书。
桐江水远转帆疾，芹泮春香仕路初。好展长材规后学，伫看他日际公车。

○鲜于枢 2 首

鲜于枢（1257—1302），字伯机，号困学山民、寄直老人，大都（今北京市）人，一说渔阳（今北京蓟县）人，先后寓居扬州、杭州，曾任江浙行省都事。元大德六年（1302）任太常典薄。早岁学书，未能如古人，偶于野中见二人挽车淖泥中，顿有所悟。他与赵孟𫖯齐名，同被誉为元代书坛巨擘，并称"二妙"。

过桐庐漏港滩示舟人

惊流激长滩，百折怒未已。篙师与水争，退尺进才咫。
技穷解衣下，力排过乃止。维时春冬交，冰雪寒堕指。
我时卧舟中，起视颡有沘。迂疏一何补，辛苦愧舟子。

过钓台

霜发孤舟客，风帆七里滩。渔家江树晚，雁影水云寒。
乡近人情好，年丰老虑宽。归舟真误矣，何事着儒冠。

○邓文原 1 首

邓文原（1258—1328），字善之，一字匪石，绵州（今四川绵阳）人。又因绵州古属巴西郡，人称邓文原为"邓巴西"。其父早年避兵迁寓浙江杭州，或称杭州人。历官江浙儒学提举、江南浙西道肃政廉访司事、集贤直学士兼国子监祭酒、翰林侍讲学士，卒谥"文肃"。其文章出众，为元初文坛泰斗，有《巴西文集》《内制集》《素履斋稿》等。

题松雪翁桐阴《高士图》

玉立桐阴十亩苍，托根何必在朝阳。迎风簌簌秋声早，洒雨阴阴月色凉。

○俞师鲁 1 首

俞师鲁（1259—?），字唯道，婺源（今江西省）人。元大德十年（1306）辟署史馆编修，以亲老求外，授隆兴路学教授。至治中，除广德路学教授，授松江府知事。

钓　台

汉宫威仪如旧日，先生羊裘钓泽中。东都名节从此始，云台功烈何能同。
寒流残照见天末，危石脱木惊秋穹。惜哉登临迫行役，负此千载桐江风。

○宫天挺 1 首

宫天挺（约1260—约1330），字大用，大名开州（今河南濮阳）人，曾任严陵钓台书院山长。元杂剧家，有《死生交范张鸡黍》《严子陵垂钓七里滩》存世。

汉子陵

汉家公卿笑子陵，子陵还笑汉公卿。一竿七里滩头竹，钓出千秋万世名。

○袁桷 1 首

袁桷（1266—1327），字伯长，号清容居士，庆元鄞县（今浙江宁波）人。二十岁以茂才异等举为丽泽书院山长。大德元年（1297），荐为翰林国史院检阅官，升应奉翰林文字，同知制诰兼国史院编修官，迁侍制，任集贤直学士、任翰林直学士，知制诰同修国史，迁侍讲学士。卒赠中奉大夫、江浙中书省参政，封陈留郡公，谥"文清"。有《清容居士集》《琴述》《易说》《春秋说》《延祐四明志》等。

赠养源编修回严陵省墓

岩岩白云阡，翳翳青松居。美荫同灵根，地易世愈疏。清秋子胥涛，
萦纡达桐庐。欲济非无航，契阔实歧予。昔闻祖父言，结绶来京都。
束书远乡国，井邑匪异殊。俯仰成云仍，宰木今何如。事远遗谍存，
审象窥眉须。寒暑有代谢，念昔同一初。躬耕乐真隐，漫仕修素儒。
敦叙古所宗，和侃宁有渝。

○洪焱祖 1 首

洪焱祖（1267—1329），字潜夫，号杏庭，元徽州歙县（今安徽省）人。由平江
路儒学录迁绍兴路儒学正，调衢州路儒学教授，擢处州路遂昌县主簿，以休宁县尹
致仕。有《杏庭摘稿》《尔雅翼音释》等。

四月二十八日离杭溯江喜晴得风

抖擞城中万斛埃，天晴眼豁意悠哉。江经马目排云下，潮到桐庐带月回。
价压红陈新麦熟，光生绿暗早榴开。吟情欲缓官船急，夜半风帆过钓台。

○黄公望 5 首

黄公望（1269—1354），本名陆坚，字子久，号一峰，常熟（今江苏省）人，
因过继平阳县（今浙江苍南）黄氏为子，因改姓黄，名公望。中年当过都察院掾吏。
黄公望擅山水，师法董源、巨然，兼修李成之法，得赵孟頫指授。与吴镇、倪瓒、
王蒙合称"元四家"。擅书能诗，有《写山水诀》。存世画作有《富春山居图》《富
春大岭图》《秋山招隐图》《九峰雪霁图》等。

秋山招隐图

结茅离市廛，幽心辛有托。开门尽松桧，到枕皆丘壑。
山色阴晴好，林光早晚各。景固四时佳，于秋更勿略。
坐纶磻石竿，意岂在鱼跃。行忘溪桥远，奚顾穿草履。
兹癖吾侪久，入来当不约。莫似桃源渔，垂寻路即错。

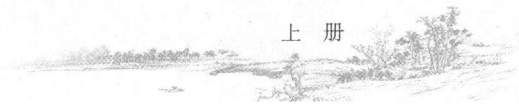

为清容长幅

入山眺奇壑，幽致探何穷。一水清岭外，千岩绮照中。
萧森凌杂树，灿烂映丹枫。有客茅茨里，居然隐者风。

秋山图

阿翁结屋秋山岭，秋色秋光纷后前。万轴图书充石阁，千章杉桧罨茆檐。
棕鞋桐帽易理料，睡起柴门日夕照。搜奇选异忘岁华，服术养芝颜转少。
几年梦想未即通，楚水吴烟两渺漾。安得一跃入层巘，握手仰啸秋山空。
何来白鹤传雪茧，却是阿翁松下遣。素韵幽香裹秀丽，展时先有云舒卷。
挥毫随写秋山图，真境未窥私范模。风前搁笔披对久，满面只觉秋苏苏。

题方方壶画

魭石矶头宿雨晴，蛟峰祠下树冥冥。一江春水浮官绿，千里归舟载客星。

题夏圭归棹图

漠漠江天吴楚分，几重树色几重云。客星已逐归帆去，谁道溪边看隐君。

○柳贯 2 首

柳贯（1270—1342），字道传，婺州浦江（今浙江省）人。曾任江山教谕。元至正二年（1342）起为翰林待制兼国史院编修官，在官七月而卒。有《柳待制文集》。

旦发渔浦夕宿大浪滩上

张帆得顺风，飞鸿与争疾。后浪蹙亦舒，前山过如失。
桐江转数湾，上濑未入日。篙工享安便，坐稳头屡栉。
人生倚造物，理微难究诘。处顺安可常，离忧讵能必。
白鸥知此情，故向波间没。

过钓台

万叠山云百尺台，清风招我首频回。粤从缥凤冲霄去，不见残鳞上钓来。
虹玉固为神所秘，牺尊犹是木之灾。千年未辨生刍束，自汲茶泉试蛰雷。

○许谦 1 首

许谦（1270—1337），字益之，号白云先生，东阳（今浙江省）人。曾受业于金履祥，不出里间将四十年。公卿累荐，终不就。卒谥"文懿"。有《白云集》。

钓台（并序）

子陵先生抱超世绝俗之姿，糠秕世事。视万乘如一介，富贵尚安能淫之乎？侯司徒乃欲日暮自屈语言，诚痴语也，虽与之素旧，岂足窥其际哉？知先生者，光武一人耳。三聘而起论道故旧，言不及政，自拟巢父，心明素心。光武固快快，不能终屈先生，则遂其志矣。世之论者，谓先生以风节自高而历当世，愚未尝不以为过也。若是，则有为而为之耳。夫灭之赋于人者有分，自圣人能全其天下，是则以其得数之多寡而成性，虽问学渐磨去泰甚，犹不能反于金。先生得天之清淳淡泊而成性者也，鳞潜深渊，凤鸣高冈，安其所遇，纷纷游尘，诚不足以浼之。不然，则光武贤君也，少与共学，以光武知先生之明，先生岂不知光武之可与有为乎？以贤人之招而不屈，可与有为而不为，是矫世立名者，岂先生之心哉。在廷俊义，各司其局，可以守成。际时清明，足遂高蹈，羊裘耕钓，乐我天真。奚必以汩汩以易所性，所以纵言不屈，率意放礼，正欲示不臣之意也。至于廉励汉末，兴起节义，固其高风有以动之，此则仁人利益后世自然之效，非先生素期其如此也。某尝七过钓台之下，而不获登。皇庆二年十月六日，归自金陵，始获瞻先生之像于堂，因追论先生之志，而系以诗。

盗莽绝炎运，焰焰虐方炽。英雄各怀忠，韬匿有所迟。真人一呼间，
风云浩无际。浮埃扫妖孽，盘石奠神器。先生淡无欲，耕钓聊避地。
俯首千仞冈，一莞群士戏。故人正九五，乐与共天位。栋染及梓楠，
堂构亦粗备。龙游白云乡，美豢宁受系。事君当尽礼，岂不熟兹义。
胡为夜床足，加腹罔敬忌。羊裘有何乐，若是志乃遂。高节全一时，
善利自百世。桐江眇旧游，山水贮清气。升堂挹余风，尘心等蝉蜕。

○程端礼 1 首

程端礼（1271—1345），字敬叔，号畏斋，庆元（今浙江宁波鄞州区）人。历任

建平县、建德县教谕，衢州路、台州路教授等，生徒甚众。有《读书日程》《春秋本义》《畏斋集》等。

桐庐舟中奉寄宋推官仲翔兼柬余知事伯贞

换舟桐庐驿，寒雨溯清晓。微茫烟树来，眩转沙洲绕。危台倚石壁，钓者迹已杳。念我平生欢，语断意未了。方提文章印，遽隔霄汉表。前日过逋山，穿梅度林箓。壁间见妙墨，势若蛇蛟矫。高词接黄九，幽梦到苏小。迩来定多事，无复亲鱼鸟。空余折狱心，攻苦如食蓼。楼台阛城邑，欲往路深渺。为语幕中贤，相将游凤诏。

○严德辉 1 首

严德辉，元初人，余不详。

赠县令愚庵李侯

李侯自昔称名家，读书无意争纷华。昨来分符宰合浦，心犹在昔无增加。公余昼长有谁伍，静坐闲轩阅今古。要使弦歌化武城，不愧弹琴治单父。文人墨客相追陪，高谈顿觉心眸开。清泉煮茗坐终日，为欢岂在倾樽罍。我闻芳型为色喜，爱作短歌歌厥美。他年化蜀似文翁，不愧高名著青史。

○萨都剌 9 首

萨都剌（1272？—1355？），字天锡，号直斋，回族，自称雁门（今山西代县）人，元泰定四年（1327）进士，授镇江录事司达鲁花赤，历翰林国史院应奉文字、淮西江北道廉访司经历等。有《雁门集》。

过桐庐两首

桐庐山水天下清，洪涛拍岸山围城。桐君已乘丹凤去，世间草木谁知情。落日摇红鱼尾赤，江上潮回沙嘴立。三三两两野人家，半住渔村半樵牧。

其 二

尽抛章甫求仙灵，松间黄鹤唤不应。阻风三日看山色，平生惯识枯枝藤。碧桃海上开多少，几度春风长瑶草。白云满地不归来，石烂海枯天地老。

过桐君山两首

桐山峨峨桐水清，仙人不住芙蓉城。山头笑指梧桐树，至今山水俱得名。丹光照夜层峦赤，踏浪神鱼夜飞出。碧桃花下觅神仙，白日山中遇樵客。

其 二

江深谷响山有灵，东山人唤西山应。渔人误入水帘洞，石雀倒挂丹崖藤。祠荒路断行人少，石上春风长瑶草。月明黄鹤飞渡江，仙人一去梧桐老。

夜泊钓台两首

双岩屹立几千仞，下有一叶之孤舟。繁星乱垂光烨烨，长藤古木风飕飕。荒祠幽黑山鬼集，怪石如人水边立。锦峰绣岭云气深，万壑千岩露华滴。

其 二

山僧对语夜未央，不知风露满衣裳。唤船振锡渡江去，林黑无由归上方。高搴宇宙无人语，乱石滩声溅飞雨。欲从严子借羊裘，坐待船头山月吐。

钓台夜兴

仙茶旋煮桐江水，客火遥分石壁灯。风露满船山月上，夜凉独对钓台僧。

早发钓台

山头钟响不闻鸡，重露翻鸦满树啼。艇子钓台东畔发，月轮却在钓台西。

题马翰林《寒江独钓图》

天寒日暮乌鸦啼，江空野阔黄云低。村南村北人迹断，山前山后玉树迷。
歌楼酒香金帐暖，岂知蓬底鱼羹饭。一丝天地柳花春，万顷烟波莲叶晚。
风流不数王子猷，清兴不减山阴舟。人间富贵草头露，桐江何处觅羊裘。
还君此画三叹息，如此江湖归未得。洗鱼煮酒卷孤蓬，江上云山好晴色。

○范梈 1 首

范梈（1272—1330），字亨父，一字德机，人称文白先生，清江（今江西樟树）
人，与虞集、杨载、揭傒斯被誉为"元诗四大家"。历官翰林院编修、海南海北道
廉访司照磨、福建闽海道知事等职，有政绩，后以疾归。有《范德机诗集》。

钓台歌

吾慕严子陵，隐居富春山。故人乘六龙，身随鱼鸟闲。羊裘大泽雪在须，
忽来导从入皇都。掉头不受谏大夫，高风逸节何代无？慎勿沧浪轻钓徒。

○揭傒斯 1 首

揭傒斯（1274—1344），字曼硕，龙兴富州（今江西丰城）人。元大德间被荐入翰林，
天历元年（1328）开奎章阁，首擢授经郎。累迁翰林侍讲学士，总修辽、金、宋三史。
有《文安集》。

题严陵独钓图

何事元纁入里间，羊裘暂脱就安车。空令太史惊同寝，犹把狂奴视报书。
一出聊为天子重，诸公莫道故人疏。朝廷自足中兴士，且放桐江著老渔。

○黄溍 2 首

黄溍（1277—1357），字晋卿，婺州义乌（今浙江省）人。元延祐二年（1315）进士，
历官宁海县丞、诸暨判官、国史编修、秘书省监、翰林直学士等。有《金华黄先生文集》
等。

晚泊钓台下

四山环一水，遗台故巑岏。那无渔樵居，政复不敢安。舍舟冲微雨，
凭轩俯清湾。念昔乘兴来，无从寄游观。今我有行役，乃尔容跻攀。
山灵岂爱我，为解尘土颜。落日奠蘋藻，清风闻珮环。幽寻不可极，
林暝吾当还。却去望层碧，孤舟生晚寒。

过谢皋羽墓

识子今无日，风浪可复寻。山林余楚制，弟子解闽音。
沧海他年梦，青天后夜心。平生匣中剑，零落遂如今。

○马祖常 2 首

马祖常（1279—1338），字伯庸，光州（今河南潢川）人，元延祐初，乡试、会
试皆第一，延试第二。历官监察御史、开平府尹、翰林待制、御史中丞、枢密副使。
有《石田集》。

桐　江

青山围县郭，碧树生旗亭。千里桐江水，分明是酴醾。

桐庐县

江上船归暮雨疏，山中木落早秋初。天寒沽酒桐庐县，醉拟严光绝汉书。

○周权 3 首

周权（1275—1343），字衡之，号此山，元处州（今浙江丽水）人。磊落负隽才，
然不得志。延祐六年持所作走京师。袁桷大异之，称之为磊落湖海之士，谓其诗意
度简远，议论雄深，可预馆职，力荐弗就。后回归江南，更专心于诗，唱和日多。
有《此山集》。

子陵钓图

东都热官手可炙，吴侬面似秋江色。平生落拓一羊裘，七叶貂蝉不堪易。

功臣尽在云台中，丹青化作灰尘空。先生遗貌乃在此，钓竿尚袅桐江风。
悠悠世事江云白，过眼轻帆自朝夕。人间万古仰孤风，天上有星犹是客。

钓 台

羊裘人已远，犹说汉江山。不为三公贵，轻抛半日闲。
遗台苍树杪，清濑白云湾。千载惟鸥鸟，相看不厚颜。

次韵姜潜夫钓台

误烦聘使下青云，天上归来只故人。自分终身隐丘壑，何心横足动星辰。
高风尚激严滩水，老树相传汉代春。身为东都倡名节，云台事业付功臣。

○成廷珪 1 首

成廷珪，字原常，一字元章，又字礼执，元芜城（今江苏江都）人。好读书，工诗。晚遭乱，避地吴中。卒年七十余。有《居竹轩集》。

送人归桐江

读书不谒万乘君，挟策肯傍诸侯门。啸歌苏台晚山碧，濯足洞庭秋水浑。
千金未易买骏骨，一饭岂足哀王孙。风尘拂衣且归去，高卧桐江烟水村。

○周巽 1 首

周巽，字巽亨，号巽泉，元时庐陵（今江西吉安）人。尝参预平定道、贺二县瑶人起事，授永明簿。有《性情集》。

钓 台

桐江上，一丝风。羊裘坐危石，轻雪落寒空。故人乘龙忽相忆，徵起
终辞谏议职。夜惊星动紫微垣，晓见云归翠萝壁。振衣独立富春山，
鱼鸟亦知心事闲。清风高出云台表，遗迹长留山冰间。

○张雨 2 首

张雨（1283—1350），一名天雨，字伯雨，号句曲外史，又号贞居子，钱塘（今浙江杭州）人。好学，工书画，善诗词。年二十遍游诸名山，弃家为道士。尝从开元宫王真人入京，欲官之，不就。有《句曲外史》。

严 光

难与助为理，聊复共偃卧。文叔迫我甚，谁云犯帝座。

题黄子久画

中峰大面削铁如，岩岫绮错非一途。上连阁道傍屋庐，寻窗数户愁崎岖。米颠所制三尺图，笔力视此微粗疏。阆苑之台迟子久，不归正为松江鲈。

○李孝光 5 首

李孝光（1285—1350），字季和。乐清（今浙江省）人。少年时博学，以文章负名当世，李孝光与杨维桢并称"杨李"。元至正四年（1344）应召为秘书监著作郎，至正七年（1347）擢升秘书监丞。

桐 江

朝取鳣与鲔，暮取鲂与鳡。赋民无令困，革尽毛安处。我欲言之大将军家，将军不见省，奈何减民租。将军出乘大马，入乘高车。

过钓台

赤龙已挟故人飞，却爱清江理钓丝。入觐匆匆谋去就，当时犹悔见机迟。

次达公晚过钓台韵

杳杳青枫江水暗，客星遗庙映江花。空闻使者来持节，犹有祠官裸聚沙。平日故人多礼数，终身高谊厌纷华。汉家九鼎如山重，霜露凄然在菱葭。

夜梦老人身长而峨冠自称住钓台仆意其为严子陵居旁者曰此朱元晦也梦中作诗遗之既觉犹能成诵

赤龙飞起九天开，缘底先生住钓台。昨夜月明烟水阔，白鸥飞去又飞来。

折　梅

短棹扁舟泊钓台，寒梅一树倚云开。折花非为添题品，要看春从何处来。

○昌敏8首

昌敏，滁州（今安徽省）人，元至正年间分水（今浙江桐庐）县尹，工于诗，有政声。

分阳八景

其一　玉华甘泉

一镜青天湛玉壶，山灵有道不曾枯。郎官何啻如椽笔，写入当今瑞雪图。

注：玉华泉在桐庐县分水镇驻地北玉华山下。清光绪《分水县志》载，宋孝宗曾御驾此楼小住。已圮。玉华酒楼前有泉，宋孝宗赵昚曾题"天下第一泉"，此泉现存于分水玉华初级中学。

其二　花桥流水

细草吹香上客袍，渔樵看老白樱桃。麻姑一去无消息，风雨落花春过桥。

注：花桥，即花桥头，为桐庐县分水镇怡华村驻地。清康熙三十八年（1699）其地曾建石桥，石栏刻有花纹，俗称花桥，后圮于水，改为渡。

其三　毕浦渔舟

碧波深浅月婆娑，撑出芦花雪一蓑。切莫鸣榔下滩去，长江风色定如何。

注：毕浦在今桐庐县瑶琳镇。

其四　关山龙池

错莫春泥已久蟠，时逢九五启天关。三更霹雳行云去，明月满山风浪闲。

注：关山即官山，也叫紫龙山，在桐庐县分水、百江镇界上，海拔843米。北麓旧有龙王祠，已圮。传说古时有兄弟三人，以打柴为生。一日入山伐薪，见有二老叟在棋盘石上下棋，遂弃斧观弈。棋至半局，老人赐以蟠桃，兄弟三人食之，觉身体飘然，回首一看斧柄已烂。三人也脱离红尘，兄居设峰岭，老三居鹳坞滨，老二隐居于此。兄弟成为龙神，能兴风雨、润万物，每逢大旱之年，求雨民众不绝。据旧志所载：宋瑞平、元泰定、明天顺、清嘉庆、道光年间，县令率僚属土庶前来躬祷取水龙池，越三日得雨，无不灵验，故屡修建其庙，并立碑龙池侧，字"永禁私垦"。

其五　德辉道观

道人烂却紫金经，白鹤闲骑何处行。半夜月明山石裂，清风吹落步虚声。

注：德辉庵，清光绪《分水县志》载，在县西前山庄观坞（今桐庐县百江镇乐明村）。已圮。

其六　歌舞圣迹

不入梁公旧劫灰，至今遗庙白云堆。有时风雨山灵笑，自是当年箫鼓来。

注：歌舞在今桐庐县钟山乡。

其七　望江风雨

云水微茫势压天，岸花汀草暗风烟。鸳鸯飞上梧桐湿，双桨不知何处船。

注：望江即望江岭，在今桐庐县分水镇东溪村。昔有望江亭，明正统间杭人管真建，清道光六年（1826）知县饶芝重建。已圮。

其八　安禅松竹

山风不动白云低，云在山门水在溪。日静老僧应入定，苍龙睡稳白云栖。

注：安禅寺，在分水西二十五里百江庄（今桐庐县百江镇）永济桥头。已圮。

○张翥1首

张翥（1287—1368），字仲举，号蜕庵，晋宁（今云南省）人。元至正初，荐为国子助教，官至翰林学士承旨。有《蜕庵集》。

谒子陵庙

两台有径可跻攀，老树长藤荟蔚间。渔钓自忘天子贵，风云何似客星闲。
钟催夜月来孤寺，帆挟春潮过乱山。寂寞羊裘轩下路，几人携酒酹潺湲。

○黄镇成 1 首

黄镇成（1288—1362），字元镇，邵武（今福建省）人。致力学问，荐授江南儒学提举，未上而卒。有《秋声集》。

谒钓台

桐江两石台，屹立万仞高。昔日羊裘翁，长缗钓秋涛。雅志不在鱼，
白首蹲江皋。谁知九重尊，乃是旧同袍。故态不可除，林泉终遁逃。
睨彼轩冕荣，乾坤一鸿毛。泊舟沧江侧，捷步追猿猱。下窥流水清，
仰睇风云豪。崇祠庇林麓，千载犹君蒿。怀哉古人风，江流日滔滔。

○钱惟善 1 首

钱惟善（？—1369），字思复，自号心白道人、武夷山樵者，钱塘（今浙江杭州）人。元至正元年（1341），以乡荐官至儒学副提举。张士诚占领江浙后，退隐吴江筒川，后又迁居华亭。明洪武初年卒，与杨维桢、陆居仁合葬于干山，人称三高士墓。工诗文、书法。有《江月松风集》。

送魏好义尹分水赋十六濑

东来众水发新安，历历桐川第二滩。万叠冷云藏乱石，一季春雨落惊湍。
青山隔树连渔浦，白鸟迎潮入钓坛。地占客星高隐处，时飞凫舄上岩端。

○郭奎 1 首

郭奎（？—1364）字子章，巢县（今安徽巢湖）人。早从余阙学，颇称之。太祖为吴国公，来归，从事幕府。朱文正开大都督府于南昌，命奎参军事。文正得罪，奎亦坐诛。有《望云集》。

送李望瑞

星言夙晨驾，千里睦州城。去去山如发，东南第几程。闲观垂钓者，乃见古人情。弃世犹敝屣，浮名安足荣。桐庐一江水，可以濯吾缨。

○吴景奎 2 首

吴景奎（1292—1355），字文可，兰溪（今浙江省）人。元泰定间，刘贞为浙东宪府掾，辟为从事。明年，贞去，景奎亦归。荐署兴化县儒学录，因母老辞去。有《药房樵唱》。

桐滩月夜舟中闻琵琶

湛湛长江上有枫，予怀渺渺水云空。未夸溢浦逢商妇，剩喜桐滩有钓翁。敧枕醉眠秋渚月，乱帆争趁夜潮风。晓寒难结思归梦，一尺秋霜压短篷。

建德同知苍岩公以平寇升总管

公子王孙领倅车，桐江秋月浸冰壶。奋身破贼自草檄，拜命专城分竹符。仁政涵濡真召杜，奇名岌嶪是孙吴。功成早晚登枢要，添入麒麟阁上图。

○吴师道 3 首

吴师道（1293—1344），字正传，兰溪（今浙江省）人。元至治元年（1321）进士，历官高邮县丞、宁国路录事、池州建德县尹。至元六年（1340），为国子助教。至正四年（1344）以礼部郎中致仕，命未下而卒。有《兰阴山房类稿》等。

桐庐夜泊

合江亭前秋水清，归人罢市无余声。灯光隐见隔林薄，温云闪露青荧荧。楼台渐稀灯渐远，何处吹箫犹未断？凄风凉叶下高桐，半夜仙人来绝巘。江霏山气生白烟，忽如飞雨洒我船。倚篷独立久未眠，静看水月摇清园。

桐江道中两首

东风绿水动微波，晚泊滩头理钓蓑。唤起江湖昔年梦，一帆寒雨听吴歌。

其 二

连山红绿照清溪，倚棹行人思欲迷。多少春禽好音语，止嫌杜宇作哀啼。

○郑元祐 1 首

郑元祐（1292—1364），字明德，号尚左生，处州遂昌（今浙江省）人，迁钱塘。元顺帝至正中，除平江儒学教授，升江浙儒学提举，卒于官。有《侨吴集》。

送何景文

郡国推何武，江湖光郑虔。世儒方酝籍，诗律尚清妍。
宰相才难得，文章妙莫传。归耕钓台畔，早寄白云篇。

○嶢嶢 1 首

嶢嶢（1295—1345），字子山，康里部（今哈萨克斯坦一带）人。幼年就读于国学，博通群书。曾为文宗、顺帝讲诵经书。先后任监察御史、集贤直学士、礼部尚书、翰林学士承旨、江浙行省平章政事等职。最早提出编纂辽、宋、金三史。善真行、草书，时人谓为得晋人笔意，所书片纸，争相宝藏。后病逝。

题钓台

子陵才业高千古，当使君王入梦思。汉祖规模只如此，惜哉尧舜不同时。

○杨维桢 8 首

杨维桢（1296—1370），字廉夫，号铁崖、东维子、铁笛，诸暨（今浙江省）人，元泰定四年（1327）进士。历官天台县尹、钱清场盐司令、杭州四务提举、建德路总管府推官。曾避居富春山、松江。入明诏修礼乐书，不久乞归，卒。有《东维子集》。

桐庐太守歌

高昌王孙神仙人，江南一望清无尘。腰围带割犀麒麟，五马如龙五花云。五花蹋海满天春，河阳花开桑雉驯。放囚还家，去虎避邻。吴娘著白苎，蛮客卸红巾。上天纶音焕若雷，皇皇绣衣为尔来。臣门如市，臣心如水。弹琴堂上堂下治，上和南风歌，归来奉天子。

览古（严子陵）

子陵江海客，本非沮溺伦。仁义立奇论，岂果忘吾民。狂奴作故态，飘然归富春。客星犯帝座，太史奏天文。故人信符谶，三公等浮云。

追和鲜于公寄山斋先生钓石诗

星滩分得小双台，不染东华半点埃。爽气时从仙掌出，青天忽见岳莲开。云根远带桐江水，夜雨新生海眼苔。九朵峰前成屡忆，不随霜鹤寄诗来。

钱王担石 在桐庐县赤洲岭下

担石在溪边，千年尚姓钱。徒劳神武力，不及祖龙鞭。

富春夜泊寄张伯雨

春江大汛潮水长，布帆　口上桐庐。客星门巷赤松底，野市江郊净雪初。柱宿鸡笼山顶鹤，斗量舟网坝头鱼。来青小阁在林表，故人张灯修夜书。

冯处士歌（并序）

富春冯正卿氏，四世不分。其曾大父冀为宋德祐死节臣。正卿者才而贤，当元末不屑仕伪，众啧然，以处士称之。丘园科屡起处士，处士绝之，曰：予幸有一庐一区林，下可以避风雨；田一成，在郭外，可以给衣食。学圣人之道者，可以自乐，不愿仕也。且仕荣利禄隐乐贞素苟以相易彼此两乖，吁处士正卿，其可谓逸而真者欤，故吾号之曰贞逸。而为之赋诗曰

星台下，桐庐阴，曰有节士冯氏之家林。后三叶，五丈夫，子玉琳森。

曰正卿者，长身而美髯（叶壬）。风局孤古，体貌疏且沉。家不失箴，里不失任。贫不屈，富不淫。有余推与人，矧肯要爵禄，心阙下，足终南（叶吟）。凤皇引高，神龙深深（音心）。处士贞逸，退如处女古井心。嗟今之士，科隐丘，事王侯。行无补阙，言无裨谋，惟禄食是媒（叶年）。诡贞而佞，诡逸而述，以为吾人忧。放而返也，涧耇岳陇羞。闻处士风，其不泚然在颡，岂吾人俦。

蓝田精舍

石壁精舍高，排云聊直上。佳游悢始原，忘险得前赏。崖倾景方晦，谷转川如掌。绿林含萧条，飞阁起弘敞。道人上方至，深夜还独往。月落群山阴，天秋百泉响。所嗟累已成，安得长偃仰。

注：蓝田精舍，全称蓝田三一精舍，元至正甲午（1354）邑人姚杰创立。在今桐庐县莪山畲族乡蓝田山麓。已圮。此诗另一说为唐韦应物所作，诗题《蓝岭精舍》。

句

一指石可动，万夫莫能移。注：一指动石在桐庐县莪山畲族乡。

○邓雅 1 首

邓雅，字伯言，号玉笥，新淦（今江西新干）人。早年勤苦力学，以能诗知名乡里。元末隐居未仕。有《玉笥集》。

题严氏钓隐

尚父遇西伯，子陵辞汉光。胡为异出处，所贵安其常。
斯人乐渔钓，荣辱两俱忘。桐庐在何许，烟水自微茫。
我性爱樵牧，无心慕轩裳。为君发吟咏，有兴在沧浪。

○魏钧 1 首

魏钧，字伯英，桐庐至德乡（今浙江桐庐瑶琳镇）人。元至正八年（1348）王宗哲榜进士，仕徽州府教授。

垂云歌

白云兮英英，白石兮粼粼，赤成之峰四万八千丈，下有古洞名垂云。
山人小隐洞深处，一生惯与云为邻。琴边鹤外得真态，山中呼我垂云人。
只怜满地不堪寄，拂衣堕几空氤氲。迩来一出竟谁侣，草堂政恐重移文。
君从何处得此宝，幡然卷赠情尤勤。随风伴月入怀袖，半点不着元规尘。
摩挲凉影秋一握，故人此意良足珍。明当采洞中之瑶草，煮山中之白石。
以为报作诗，可问云中君。

○贝琼 2 首

贝琼（1297？—1379），字廷琚，一名阙，字廷臣，崇德（今浙江桐乡）人。
明洪武三年（1370）举明经，除国子监助教。有《清江文集》《清江诗集》。

送王以宁归建德并东鲁道原

睦州城郭风烟外，乱后衣冠喜尚存。山倒半江云气合，滩回七里浪声喧。
读书才子初还舍，买酒邻翁尽到门。相见鲁公劳问信，春秋何日赋重论？

钓台矶送徐大年著作

子陵台卜江千尺，山削芙蓉半江出。子陵已去白云孤，潇洒尚爱如方壶。
山风山月只依旧，何人更钓桐江鲈。先生读书万山里，前年暂入金陵市。
青溪看月忽思乡，逢人苦说桐江美。酌我手中酒，浣君身上衣。桐江
秋来鱼正肥，子陵台前君早归。

○贡师泰 3 首

贡师泰（1298—1362），字泰甫，宣城（今安徽省）人，元泰定间以国子生中江
浙乡试，释褐太和州判官，荐应奉翰林文字。出为绍兴路推官，称治行第一。复入翰林，
迁宣文阁授经郎，历官监察御史、吏部侍郎、兵部侍郎、礼部尚书，调平江路总管。

至正二十年（1360），改户部尚书。二十二年（1362），召为秘书卿。行至海宁卒。有《玩斋集》等。

钓台两首（并序）

严陵钓台诗，古今作者甚多。或高其隐，或议其果，二者皆不为无见，余故并存焉。观者应为一莞也。

百战关河血未干，汉家宗社要重安。当时尽着羊裘去，谁向云台画里看。

其　二

青山如马复如龙，沧海东来第几重。不是狂奴轻万乘，世间谁不受牢笼。

过富春

江流浩荡石巉岏，千里来寻一日闲。惭愧白头奔走客，题诗也到富春山。

○钱宰 1 首

钱宰（1299—1394），字子予，一字伯钧，会稽（今浙江绍兴）人。元至正年间进士。洪武六年（1373）授国子助教。二十七年（1394）又召修《书传会选》。有《临安集》。

钓　台

溅溅桐江濑，白石粲如许。上有子陵台，下瞰富春渚。高岩薄层云，黄草没荒墅。俯怀汉中兴，四海归寰宇。征书诏遗逸，长揖觐当伫。咄咄吾子陵，而竟不下汝。握手道故交，言还谢明主。星文丽中天，风节超下土。悠然钓泽中，高风永终古。

○徐舫 18 首

徐舫（1299—1366），字方舟，桐庐（今浙江省）人。幼尚侠，及长则好文，酷爱吟咏。曾游江、汉、淮、浙间，与各地名士相互切磋，诗艺大进。时江浙行省参政苏天爵欲荐之，舫避匿不出。每日吟哦烟波出没间，自号沧江散人。卒葬霞川之南。有《瑶林集》《沧江散人集》。

桐　君

古昔有仙君，结庐憩桐木。问姓即指桐，采药秘仙箓。黄唐盛礼乐，曷去遁空谷？接迹许由俦，旷志狎麋鹿。槲叶为制衣，松苓聊自服。山中谅不死，时有飞来鹄。余欲访仙晴，云深不可躅。

阆仙洞

天龙古洞几年时，时雨流酥润石衣。流水桃花春不老，乱山云树翠相依。碧鸡叫月神魂杳，白鹤凌空仙驭飞。昨夜大风环佩响，洞宾何处浪吟归？

瑶林洞

洞传缑岭似，仿佛玉笙清。石或藏渔鼓，云犹隔犬声。乍居人颇怪，异听耳初惊。子晋壶天有，莫疑彩凤鸣。

钓　台

子陵何为隐，汉爵不肯受。天子下皆臣，独称天子友。平生一羊裘，甘作烟波叟。迨今双台石，高风清宇宙。夫何钓者徒，千古祠弗朽。烈烈云台功，丹青今在否？

桐君祠

山势联翩青凤凰，梧桐花老旧祠堂。神仙往昔千年事，岩谷犹今百草香。世代无人谈用绮，衣冠有像配羲皇。仍传松顶双双鹤，沧海飞来岁月长。

张小山捐俸重修桐君祠

先生远有烟霞趣，镌玉捐金隐者祠。瑶草久荒云一片，碧桐仍见凤双枝。芙蓉日静文书暇，杖履春来啸咏迟。他日幽期何处好，寒松花发鹤归时。

祠完迎桐君归祀

天乐遥风散碧扉，躬劳幕长迎仙归。闲云敛敛凝盖立，白鹤亭亭向水飞。
上世人传草木食，幽情自寄渔樵衣。春来岩谷百花发，胜日携壶上翠微。

独高峰

屹立乾坤不问年，独高高出万重山。塔簪顶上天梯峻，路出空中石磴艰。
云叶孤飞终莫碍，斗杓斜倚竟难攀。崇高岂是丘陵伍，泰岳分明伯仲间。

吟尖山

春游入古寺，闲步立峰头。霄汉乍惊近，森林回瞰幽。
云中长嶂峙，天际雨横流。野径寻来路，芳汀明月洲。

又吟尖山

鬼削天镵万仞尖，鸿蒙判后只巍然。丹青色澹笼晴日，水墨光浓罩翠烟。
岸比群峰咸拱翠，江南一柱独擎天。天然大笔谁能把，为扫鹅溪万幅笺。

清冷山

万仞寒容尺度量，巍然亘古独苍苍。三秋风露松梢月，九夏林泉石上霜。
野径晴烟笼树白，危峰暮霭接天黄。我游乘兴吟魂爽，浪欲骑鹏谒帝乡。

登高峰独酌诗

今日登高谁作伴，自携畚锸独伴狂。溪猿云鹤皆俦侣，峻岭巉岩任徜徉。
万壑林端霜叶赤，千山峰顶草花黄。行来到处呼杯饮，懒采茱萸贮布囊。

九日登高峰寺

今年逢闰气候早，九日登高踏荒草。山际野竹半凋残，飘泊红桃萎苔蓼。

天空云尽鸣雁飞，日落峰头月色皎。羽山琪树向谁开，桐江飞絮同我老。
每逢佳节独徜徉，年年泪滴他乡道。

登高诗十四韵

破履去登高，山麓走不上。攀援入崖谷，荆棘刺满掌。独行不识路，
频向坑堑闯。旧帽蓬花蒙，敞袍松风荡。忆昔少年时，西山挹朝爽。
今日登天台，明日游雁荡。魷贯陟山椒，飞腾不携杖。良朋酒一樽，
文章共标榜。握手采茱萸，童冠忘少长。蹉跎岁月迁，不能复倜傥。
狂豪今已矣，风流绝梦想。一曲采薇歌，声韵尚清朗。归来卧北窗，
篱菊犹可赏。但存岁寒心，天地同高旷。

云门院

西来宝刹几年深，寂寂禅关掩白云。风里草香山麝过，雨中果熟野猿分。
楼台翠锁幽林静，钟鼓声飞下界闻。头白老僧相对坐，懒将面目看韩文。

挽李君骧龙三首

盘谷吾宗仰，屏山客簿书。三年谈笑缺，一水问音疏。
归拟论辛苦，愁难忆钓锄。儿来言吊送，挥泪落梅初。

其　二

细忆论心日，团圆好弟兄。情歌狂送酒，银烛坐移更。
此乐殊难再，思君不复生。华林花自发，鹧鸪怨清明。

其　三

清明谁不哭，细雨湿梨花。野祭临春墅，悲风集暮鸦。
玉楼才共惜，锦瑟句仍夸。痛子同消歇，天长迥水涯。

○张以宁 6 首

张以宁（1301—1370），字志道，古田（今福建省）人。元泰定四年（1327）进士。官至翰林侍读学士，入明复授侍讲学士。有《翠屏集》。

过桐庐

绝爱桐庐水，潮回绿满溪。海风吹雨去，山日傍云低。
涉世心犹壮，思家梦欲迷。独惭老莱子，白发尚儿啼。

舟　中

叹息舟人妇，哀音此日来。死生谁料得，贫贱益堪哀。
去棹从渠驻，归心未忍催。春江昨夜雨，花落满苍苔。

分水铺道中

长忆闽中路，今朝马首东。山高云易雨，谷响水多风。
蝶抱落花片，鸟啼深竹丛。功名一画饼，身世独飞蓬。

过桐庐

江边三月草凄凄，绿树苍烟望欲迷。细雨孤帆春睡起，青山两岸画眉啼。

富春遇雨

征夫直北厌风埃，南下蒲帆此日开。山远苍龙趋海去，潮喧铁马蹴江来。
云昏白日林如失，风约青天雨却回。短发相欺余渐老，孤舟独宿意难裁。

严子陵钓台

故人已乘赤龙去，君独羊裘钓月明。鲁国高名悬宇宙，汉家小吏待公卿。
天回御榻星辰动，人去空台山水清。我欲长竿数千尺，坐来东海看潮生。

注：此诗一说明宋讷作。

○余阙 1 首

余阙（1303—1358），字廷心，一字天心，生于庐州（今安徽合肥）。先世为唐兀人。元统元年（1333）进士，授同知泗州事。至正十二年（1352），代理淮西宣慰副使、都元帅府佥事，分兵守安庆，率兵与红巾军激战百余次。至正十八年（1358）春，安庆城失守，自刭死，谥"忠宣"。有《青阳集》。

钓　台

不夸长揖出宫闱，不重为渔老钓矶。最爱清宵银汉上，客星时共帝星辉。

注：此诗一说为宋余靖作。

○梁寅 3 首

梁寅（1303—1389），字孟敬，新喻（今江西新余）人。元末，辟集庆路儒学训导，以亲老辞。明年，兵起，遂隐居教授。太祖时，征召修述《礼》《乐》，书成后，以年老有病为由推辞回乡，在石门山中结庐，学者称梁五经、石门先生。有《石门集》《周易参义》等。

钓台三首

台下澄江山影多，台上蟠木悬青萝。高人一去山寂寂，万古明月照江波。

其　二

独把渔竿烟雨中，身婴尘网与人同。只缘竞慕终南捷，愈觉高名太华雄。

其　三

祠庭才拜先生像，舟子乘风发棹忙。欲荐蘋蘩惭草草，回瞻云水白苍苍。

○金涓 3 首

金涓（1306—1382），字德原，义乌（今浙江省）人，尝师于许谦、黄溍。明初，州郡辟召，不就，教授乡里以终。

别徐处士归严州

浙水连天白，轻帆带雨飞。榻悬高士去，钓在故人归。
秋尽雁初过，江空鱼正肥。君如招伴隐，我正欲相依。

泊钓台

钓台耸插大江头，台下悠悠水自流。交友端居尊黼服，先生高尚只羊裘。
空山落日哀猿啸，断岸西风古木稠。极目登楼频怅望，白云飞尽碧天秋。

舟次严滩

八月桐江曲，青蘋未著花。乱云低压树，细水浅流沙。
到郭无多路，依山有几家。故人成远别，相望各天涯。

○杨士弘 4 首

杨士弘，字伯谦，许昌襄城（今河南省）人，寓临江（今江西省）。好学能文，尤工诗，有《唐音》《览池春草集》。

送方瑞钓台山长

富春江上钓台高，傍筑书堂处俊髦。要为乡间施教化，更因山水畅风骚。
齑盐供养宁嫌薄，朱墨研磨肯惮劳。至日菊花蓼满地，淋漓觞酒任君操。

钓台三首

晦迹韬光不计春，怡然养道乐天真。一竿台上清风远，肯为中兴作汉臣。

其 二

不随龙去爱渔灯，绝喜先生世累轻。却把客星惊帝座，岂应忘世未忘名。

其 三

千古高风挽不回，故人踪迹只苍苔。空怜山下悠悠水，长载行人上钓台。

○郯韶 1 首

郯韶，字九成，自号云台散史，又号茗溪渔者，吴兴（今浙江湖州）人。不事奔竞，淡然以诗酒自乐，善画山水，与倪瓒友善。至正中，辟试漕府掾。

送僧归严陵

春船上濑急，归路石溅溅。白石百花静，清江初月圆。
偶逢林下叟，为话竹间禅。明发遥相忆，青山生暮烟。

○李桓 2 首

李桓，字晋仲，上元（今江苏江宁）人，元至顺时进士，累官江浙儒学副提举。

富春舟中两首

天下佳山水，古今推富春。我行三度至，风景数番新。
净碧迎窗入，空青拂面匀。斑斓工点缀，瘦石自嶙峋。

其 二

注目途疑尽，江流弯复弯。涡凹双桨漩，影扑一船山。
渔唱峡中静，鸟声半天闲。前征幽意惬，严濑水潺湲。

○刘濩 1 首

刘濩，字声之，元三山（今福建福州）人。尝以经学教授钱塘。

送吴子敬赴钓台书院山长

我航浙西三四五，每过双台泪如雨。三公不作归钓矶，时人血面争丝缕。

危石栖云禽野语，苍林古瓦瞻祠宇。同舟名利急须臾，我往拜之刚不与。
箨兮箨兮风吹汝，天星易摇足勿举。千载羊裘有敝时，人言黄犬皮当补。
诸公奕奕谁宾主？名教有功联俎俎。惜不相逢建武功，短蓑独速渔樵侣。
喜君沈敏资好古，初分讲席良得所。履声绝少况马嘶，早笋晚菘聊复煮。
伐木丁丁听腰斧，水色山光更媚妩。当年饵下有残鳞，珍珠化作骊龙吐。
百里时归彩衣舞，犹载行书压鸣橹。一勤赠子莫多言，买菜有讥君记取。

○彭炳 2 首

彭炳，字元亮，崇安（今福建省）人。留心经学，诗效陶、柳。喜与海内豪杰游，历齐秦至都下，闻昌平隐者何得之名，遂往谒焉。由是知名，驸马乌谷孙事以师礼。至正中，征为端本堂说书，不就。有《元亮集》。

钓鱼图

酒醒船在子陵台，万壑千岩玉琢开。抛却钓鱼看雪落，一双青雁恰飞来。

愧　浅

汉宣在冲幼，危食剑刃间。壮大履宸极，罔知丙氏恩。
大夫在帝左，侃侃不自言。光武草昧时，严陵相与友。
乾坤洗疮痍，文叔乃天子。子陵披羊裘，逃往钓江水。
两公绝世贤，愧死浅丈夫。何敢拟高风，尚不漂母知。

○何景福 3 首

何景福，字介之，号铁牛翁，淳安（今浙江省）人。以所遇非时，累辟不赴。工诗，颇奇伟，有《铁牛翁遗稿》。

桐江怀古

合江亭下买舟行，击楫中流万古情。严子台高烟树暗，桐君塔映浪花明。
英雄不并青山在，时事还随红日生。我欲远寻方外诀，白云深处石桥横。

题分阳麻姑仙祠壁

玉华秀色青摩空，天目注渌弯如弓。龙骞虎獷老蛟舞，鸾翔凤翥飞南东。
麻姑觉道两仙去，真人飞影留遗踪。湘潭蒲牢就湮没，白鹤一去劳山空。
牧亭侯封有茅土，淳分派别有英公。琅玕楮树率苗裔，石棱埋草存双峰。
我今扫松考宗谱，发飒霜鬓飘秋蓬。阶庭云仍待秀彦，往往学问如撞钟。
阎间更革兵燹后，畎亩桑梓无前功。从容绵匝犹近古，但视志气如长虹。
梅边岁寒得三友，诗人援笔鼌鹓宫。他年有问铁牛子，赤松黄石相追从。

送方道睿赴春闱

汉家天马遍流沙，始见神驹出渥洼。凤阙今年新进士，蛟峰此日大方家。
鞭摇金水桥边柳，帽压琼林宴上花。辛苦平生读书眼，春风得意看京华。

○李道坦 1 首

李道坦，字坦之，元时钱塘（今浙江杭州）人。

送人归严陵并寄吴正传

官车一两马并驰，送君朝出城门西。投觞誓河以为别，东流到海无还期。
云间挂冠归故里，河上停帆谢游子。不愿松江食巨鲈，甘向桐江钓寒水。
子陵昔钓川之侧，百尺高台犹屹立。斜日归舟系石根，稽首清风无愧色。
金华洞天清且幽，神仙牧羊松下游。故人吴君仙者俦，高卧岩屋秋浮浮。
兹山相邻尔睦州，山翠俯压城南楼。吴君之家某水丘，尺书欲烦亲手投。
一见足写平生忧。

○翁葵 1 首

翁葵，字景阳，乐清（今浙江省）人。

桐庐舟中

十数人家门傍水，二三里路地栽桑。前溪渔棹归无数，网挂船头晒夕阳。

○徐道宁 1 首

徐道宁，字安道，号东山，淳安（今浙江省）人。

送洪遂良东归锦沙

三径犹存客路赊，森森乔木锁烟霞。几年西望桐江月，今日东归锦水家。
满榻琴书还旧业，故园桃李又新华。朋来不厌频相过，熟煮窗前石鼎茶。

○李骧 11 首

李骧（约卒于 1345 年），又名李骧龙，字仲骧，号南华老人，桐庐（今浙江省
桐庐县凤川街道翔岗村）人。有《南华百拙稿》。

郊　行

老去无心懒似禅，偶扶藜杖过前川。几年春梦无蝴蝶，何处青山不杜鹃。
乍雨乍晴蚕二伏，轻寒轻暖柳三眠。风光已觉春将暮，节序推移本自然。

和徐方舟见诗

流年如过隙，华发日凋摧。正好醇醪醉，从教急管催。
心闲野狷狎，机动海鸥猜。莫把无穷兴，妨君有限杯。

又和徐方舟见诗

水落鱼梁出，天遥雁字飞。去年今日里，正望故人归。
亲老当颐养，身闲与世违。渊明居栗里，白日掩荆扉。

和我山弟来韵

松竹岁寒同益友，功名老大枉千寻。百年往事成三叹，一点孤忠尽寸心。

宁之侄酒边挂青绿山水

雨后青山出渺茫，一溪寒碧接沧浪。渔翁坐倦不知动，卧对双松百尺长。

和刘伯温来韵

自爱山中隐者家，杖藜随分踏江沙。岁时野老频分席，朝夕山僧共分茶。
旅雁随阳寒有信，轻霜点染菊垂花。青山翠岫半秋色，清簟疏帘落照斜。

桐君山

木尽露嵌嵚，红尘离市音。西来天目远，东望白云深。
塔影中流见，渔灯半夜沉。烟波竞名利，应负指桐心。

山　寺

古寺何年建，云关第几重。僧闲纫破衲，鹤困倚万松。
庭转罗浮磬，斋鸣于阗钟。我生犹障碍，清境未相容。

景玉王公自瑞安弃官归养访予山庄别后却寄

闲身讵肯缚微官，险道风波事万端。华发不教愁里换，好花时向醉中看。
君如彭泽归陶亮，我爱东山老谢安。漫忆西湖春二月，玉钗红泪不须弹。
此公哭爱姬诗，有"玉钗犹带雪姬香"之语，故末句及之。

客　至

寂寂茅檐坐夕阴，花繁柳暗觉春深。青山过雨添新画，黄鸟啼晴有好音。
松业含风鸣彩凤，涧泉落日泻瑶琴。烹葵剪韭邀佳客，酌酒还论十载心。

戊午至日感怀

潇洒幽居远世情，风云林壑不胜清。泉声月色应无价，只恐人来问姓名。

○李文5首

李文，字近山，桐庐（今浙江省桐庐县凤川街道翔岗村）人，江浙行省令为桐庐主簿，辞不就。与刘基友善。有《近山集》等。

桐君山

缘江清彻底，秋草迥相连。霜坠枫林脱，泉流石窦穿。

布帆风自趁，沙鸟雾争先。龙塔桐君祠，传闻昔已仙。

桐君山重植双桐作

仙人结庐山之巅，指桐为姓凡几年。春风采药满筐筐，丹炉贮火生云烟。

年深炉坏桐亦朽，丹经药录知何有。尘世纷纷屡变更，仙踪沦没复谁究。

孤塔凌云草莽间，至今传是古桐山。濛濛朝雾散华雨，霭霭春山浮翠鬟。

往来过客览形胜，神交日寓动清兴。后之好事植双桐，唤起山灵如梦应。

始信辽东丁令威，仙游化鹤千齿归。一朝兴废岂天意，千古运用由仙机。

桐兮桐兮雨露滋，苍翠拳拳生孙枝。朝阳鸣凤洵可至，结巢栖息当其时。

舟中作

风拖江雨急，秋满钓鱼矶。暝色妆成画，新凉透入衣。

江豚吹浪起，沙鸟背船飞。堪羡邻舟便，扬帆夜亦归。

别业偶成

出郭寻山路，穿林渡浅沙。雨深苔积翠，地暖竹生芽。

远树消山雾，新晴出海霞。独骑款段马，天晚却归家。

自题小像

如寄形骸本不真，一时摹写作全身。信知灵爽千年后，留到儿孙说古人。

○俞颐轩 1 首

俞颐轩，元时人，余不详。

桐君山

潇洒桐庐郡，江山景物妍。问君君不语，指木是何年。

○张宪 1 首

张宪，字思廉，号玉笥生，绍兴（今浙江省）人。少负才名，晚为张士诚所招，官枢密院都事。元亡，变姓名寄食院寺以终。有《玉笥集》。

子陵独钓图

天上故人赤伏符，羊裘大泽隐狂奴。绝怜一线桐江月，不换当年谏大夫。

○陈镒 2 首

陈镒，字伯铢，丽水（今浙江省）人。尝官松阳教授，后筑室午溪之上。有《午溪集》。

夜泊桐江

柂牙咿轧涛惊枕，船腹凄凉月射窗。正是客愁无处着，数声寒雁起沧江。

过子陵滩

潮来沙浦深，潦积流波悍。舟行钓台下，老石在天半。江山领吴越，树木记炎汉。当时罗英雄，高见独殊散。所幸无缁磷，千载同一旦。区区往来者，几阅洪涛乱。清风不可攀，搔首复三叹。

○朱希晦 1 首

朱希晦，瑶川（今浙江乐清）人。元至正末隐居瑶州，与吴主一、赵彦铭游咏雁荡山中。有《云松巢集》。

桐君山

仙驭乘鸾去不停，青山依旧抱荒城。风香药草春云暖，露冷桐花夜月明。
县近故庐堪认姓，鹤归华表自呼名。千年往事俱尘土，时听樵林吹笛声。

注：此诗一说为桐庐徐舫作。

○毛璲 1 首

毛璲，字君玉，元末明初时人。

钓　台

羊裘不复客星沉，落日寒山草木深。脚底是龙曾不顾，先生安有羡鱼心。

○方求 1 首

方求，字可竹，元末明初时人。

严光裘

漫衣羊裘钓泽云，无端惹起汉元缥。风标自与高人异，便著蓑衣也褒君。

○叶克斋 1 首

叶克斋，元末明初时人。

钓　台

自古为渔尽逸民，直须韬晦了终身。羊裘一被天香染，鸥鹭惊飞旧主人。

○胡初翁 1 首

胡初翁，字敬存，元末明初时淳安（今浙江省）人。

钓　台

南阳真人有天下，东都大业犹关中。山泽钓耕不啻足，岩廊敷纳将无同。
鸿羽为仪世共叹，龙德而隐天何穷。九鼎乘除可堪数，渔歌未断秋江风。

○胡虚中 1 首

胡虚中，元末明初时人。

钓　台

已幸六龙在天上，能辞谏议归山中。懦夫立志固有自，处士盗名元不同。
云寒山青岩濑古，潮生鹢没吴天穷。回思韩歆死直谏，客心始信真高风。

○成修堂 1 首

成修堂，元末明初时人。

钓　台

节义功名总不轻，南宫图像炳丹青。如何只画风云将，不画桐江一客星。

○钱君瑞 2 首

钱君瑞，元末明初时人。

钓台两首

台下游人猛着篙，一丝稳把任风涛。后来若使投竿起，那得名同钓石高。

其　二

岩滩浪里钓丝垂，莫道先生事业微。汉室瓜分今已久，月明犹自钓渔矶。

○宋无 1 首

宋无，字子虚，平江路（今江苏苏州）人。元至末，举茂才，以奉亲辞。工诗。比对精切，造诣新奇。有《翠寒集》等。

子陵祠堂

一见故人归去来，渔竿不肯博三台。汉陵今日无抔土，惟独先生有钓台。

○释善住 1 首

释善住，元僧，字无住，号云屋。尝居吴郡报恩寺。往来吴淞江上，与仇远、白挺、虞集、宋无诸人相唱和。工诗。为元代诗僧之冠。有《谷响集》。

次韵山村先生

严陵台下水潺湲，漠漠高风去不还。处士隐庐遗路侧，永公书瓮出松间。山田硗瘠民生俭，郡邑萧条吏事闲。几欲清游身未遂，烟霞盘礴鬓毛斑。

○胡植芸 1 首

胡植芸，元末明初时人。

钓 台

老树颠崖浸碧沉，清风凛凛到如今。台前咫尺红尘路，无奈高人不动心。

○舒益庵 1 首

舒益庵，元末明初时人。

钓 台

自从盘古两仪开，便有峨峨两石台。建武以前谁着眼，高名起自子陵来。

○钱天德 1 首

钱天德，元末明初时人。

子陵钓台

双石巍峨瞰碧流，高名不朽古今留。平生亦有烟霞趣，欲学先生把钓钩。

○钱君佐 3 首

钱君佐，元末明初时人。

钓台三首

相逢一宿眼尤青，太史朝来奏客星。不是量同天地大，肯容江水钓泠泠。

其　二

不事王侯去又还，清风高节有谁攀。夷齐甘受西山饿，可与齐名宇宙间。

其　三

芳名耿耿不消沉，自汉流传直到今。台下往来名利客，谁人学得子陵心。

○钱肯堂 1 首

钱肯堂，字大成，元末明初时吴兴（今浙江湖州）人。

钓　台

客星阁下碧流长，两岸清风起绿杨。览古令人成感慨，渭滨奇绩笑鹰扬。

○钱芸聪 1 首

钱芸聪，元末明初时人。

严陵钓台

尚父投竿渭水滨，先生何事独垂纶。应知济世多英杰，濑下高台谒紫宸。

○钱彦隽 1 首

钱彦隽，元末明初时人。

桐　溪

桐君山下望层城，万顷烟波一叶轻。绿树朦胧残照落，不知何处棹歌声。

○何骥子 9 首

何骥子，元末明初时人。

鸡笼山

鸾凤高翔短翅低，孤飞深入此山栖。危机恐堕摸金手，风雨凄凄不复啼。

九里洲

欲寄题封雁未还，洞箫吹彻兴阑残。雪浮远树岚光润，月堕空江水气寒。身在扁舟愁滟滪，梦回孤枕共婵娟。他山风味应堪乐，整屐何妨慕谢安。

注：九里洲，即梅蓉，今桐庐县桐君街道。位于富春江北岸，旧时盛产梅。清乾隆间浙江巡抚阮元，曾与父至九里洲赏梅，其笔记中道："梅州九里，约三万株，家大人云，余足迹半天下，从未见过此香海。春日花开，疏影横江，清芬袭人，九里一色，桐庐之胜景也。"

咏金牛山绝句两首

秦蜀兴亡几古今，千年遗迹重伤心。春风且乐耕耘事，莫向山中日粪金。

又

不必金牛定铸金，山乡名号古犹今。蹄穿粪土千年迹，每向犁锄道苦心。

注：金牛山在今桐庐县城南街道，主峰上马尖海拔857米。

何宅乡村

久托金牛号一乡，群居集处宅东方。童呼叟应农工切，柳绿桃红梅蕊香。
白昼勤来多少壮，黄昏说罢数贾商。熙熙共得村家乐，咸寄庐江万古长。

注：何宅在桐庐县城南街道大脉地自然村。宋景德中，桐庐知县何文远卸任后
择此地居住，故称。

题咏何仙姑

神山入洞列何仙，洵美庐江敦凤缘。雪藕冰桃姑与侄，交梨秋枣后承先。
清风飘出凡间路，明月推开心上天。炼就壶中丹药熟，一炉膏雨一炉烟。

咏仙姑坛胜迹

八龄弱质已超凡，悉破先天书一函。性净复来游紫府，月明早去访灵岩。
室中瑶草萝穿壁，石上苔衣水濯衫。泽及乡民甘雨降，清香满坞夕阳衔。

注：仙姑坛在岩坞（今桐庐县城南街道）中。

漩塘池水

泉府源开庙后山，穿云络石每潺潺。沙涵蚪字苔尤滑，人影须眉水际闲。
混混游花仙契合，娟娟映月夜珠还。白萍红叶清池丽，泽沛良田溪一湾。

又

漩塘池水意深长，味拟三危美更香。疏入天河开石髓，凿通地脉涌琼浆。
因呼小子清斯濯，为乐衡门泌之洋。乳窦流将千顷绿，溉滋禾黍荐烝尝。

○王蒙 2 首

王蒙（1308—1385），字叔明，号黄鹤山樵，吴兴（今浙江湖州）人。元末明初画家，

赵孟𫖯外孙。山水画受赵孟𫖯影响，师法董源、巨然，集诸家之长自创风格。与黄公望、吴镇、倪瓒合称"元四家"。存世作品有《青卞隐居图》《夏山高隐图》《丹山瀛海图》等。

富春山钓台

云台图写中兴功，岂识羊裘遁世翁。天上有星侵帝座，人间无地猎飞熊。一竿钓雪谁堪比，九牺连鳌志不同。寂寞两崖悬日月，徒令千古播高风。

题黄公望《富春大岭图》

千古高风挹富春，倦游何日见嶙峋。先生百世称同调，墨气淋漓貌得真。

○汪广洋 11 首

汪广洋（？—1379），字朝宗，高邮（今江苏省）人。元末，举进士。入明，封忠勤伯，拜右丞相。洪武十二年（1379）坐贬广南，于中途赐死。有《凤池吟稿》。

滩行十首

花底住鸣鞭，晓行滩上船。上流风较稳，百丈不须牵。

其 二

上峡滩水急，下峡滩水平。邻船夜相语，两日到严陵。

其 三

闻道沙溪酒，春来如蜜香。买将千百斛，取醉到东阳。

其 四

滩上水平沙，梭舟荡落花。吴侬不相识，对面浣春纱。

其 五

三百六十滩，相逢相见湾。舟师怜远客，数问几时还？

其 六

滩行逆上船，杨柳画桥边。正恐风湍急，劳将百丈牵。

其 七

云壑生清籁，松萝挂紫烟。沿流待月出，徐放贺家船。

其 八

章贡水流急，舟行不觉寒。棹郎烟雨外，争折小桃看。

其 九

上滩如上天，曾买越溪船。倚棹闲追忆，于今第六年。

其 十

滩水粼粼碧，蒲芽短短青。仆夫忘记念，却道过严陵。

江 上

棹歌齐发浪声喧，池口东边又换船。秫酒发醅偏醉客，鲥鱼出网不论钱。

〇乌斯道 5 首

乌斯道(1314—1390？)，字继善，慈溪(今浙江省)人。乌本良弟，与兄俱有学行。长于诗，意兴高远，飘逸出群。尤精书法。明洪武初得有司荐，为永新县令，有惠政。后坐事谪戍定远。放还，卒。有《秋吟稿》《春草斋集》。

送汪以敬归睦州省觐四首

杨柳池边燕子飞，藜床低小竹边移。云天华岳持高论，秋水芙蓉出赠诗。咫尺动成千里隔，绸缪终有百年期。去年曾下清风榻，话到无怀未出时。

其 二

封豕封狐在眼中，此时端合见英雄。扶持短世非无术，贾勇长才独有公。出看旌旗人似雨，不鸣刁斗月当空。秋风曾洒滂沱泪，血溅中原满地红。

（时领团练）

其 三

官事萧闲故友多，每因持酒发悲歌。石生参幕真无忝，徐庶思亲可奈何。千里归帆如健马，满天急雪似飞蛾。高堂舞得斑衣破，也胜朝衫剪越罗。

其 四

几番相约话骚离，月出花开酒一卮。去郭自穿东郭履，出门空咏北门诗。暝云接地山昏早，急浪冲沙雁落迟。归到严陵烦一问，高台垂钓只今谁。

吊钱融堂先生 先生严州人受学于慈湖杨丈元公之门及归弟子千人

哭罢麒麟几度秋，何人重赋我心忧。词章谩似机中锦，身世空如水上沤。今日修文应帝召，淳风接武独严州。昔人曾挹慈湖水，倾泻桐江浩荡流。

○陶安3首

陶安（1315—1371），字主敬，当涂（今安徽省）人。元至正初，举乡试，授明道书院山长。入明，授左司员外郎，命知制诰，兼修国史。官至江西行省参知政事。有《陶学士集》。

富春山僧隐居

林壑幽闲处，烟霞卜筑缘。寸心空万虑，丈室现诸天。
香掬昙花露，清疏茗树泉。冥飞逃世网，尚友子陵贤。

送天门山长孙伯明归富春

热官何似冷官尊，讲席横径圣道存。春雨蛙鸣闻鼓吹，晚潮鱼上富盘飧。
亭松滴翠笼书榻，池藻吹香度戟门。莫学严陵便归隐，诏黄唤取被新恩。

桐君山

仙驭乘龙去不停，青山依旧抱荒城。风香药草春云暖，露冷桐花夜月明。
县近故庐堪认姓，鹤归华表自呼名。千年往事俱尘土，时听樵林吹笛声。

○郭钰 8 首

郭钰，（1316—？），字彦章，吉安（今江西省）人。明初，以茂才征，辞疾不就。生平转侧兵戈，流离道路，目击时事阽危之状，故诗多愁苦之词。有《静思集》。

十二月望又自新淦泊桐江时弟铨新殁

远营鼓角送悲酸，十口无归泪不干。孤雁哀鸣秋浦远，慈乌待哺夕阳残。
江南战骨遗民尽，天上除书选将难。敢望伊周明至理，愿闻韩信早登坛。

去年中秋与郭怡饮舍弟处酒半以事散去今年余饮桐江上乃以群不逞又走渡东岸德之不建民之无援哀哉

玉箫声断彩云收，扶醉仓皇问去舟。魑魅瞰人成往事，姮娥送客变新愁。
芦花掩映渔灯暗，桂树荒凉茅屋秋。八月使槎何处在，银河天曙淡悠悠。

九月兵至桐江馆人死李支麟以诗相吊故复和之两首

江水滔滔流恨长，交亲十载顿云亡。空村烟雨豺狼满，老圃风霜松菊荒。

漉酒陶巾犹在手，招魂楚些恶成章。论交不使逢知己，敝帚千金祇自伤。

其 二

白发山翁最好文，昨朝杯酒死生分。可怜耆旧多新鬼，未必臣民负圣君。
鹤语谩传辽海树，龙文长想砀山云。扶危实藉英雄士，马上相期早策勋。

宿桐江野人家

松明火尽掩柴扃，月影疏疏透短棂。一枕秋风凉夜好，可怜独向客中听。

早秋陪杨和吉晓登前山望桐江

白鹤导晨从，凉飙起林杪。振衣凌高冈，极目穷幽眇。萧萧草树秋，
历历人烟晓。依微玄潭观，群仙在林表。下有冢累累，世事谁能了。
桐江汇章水，晴涨何渺渺。曾不瞬息间，一带萦沙小。无怪豪杰区，
烟芜怨啼鸟。盛衰两相乘，玄悟良独少。君今脱尘羁，相从得闲眺。
题名剜石苔，借荫憩丛筱。白纻含余清，稍觉心情悄。山市门初开，
飞尘已纷扰。

桐江宴集和周子谅韵

岸巾长啸吾与君，让君笔力飞春云。蒹葭枯折吴江渍，芝兰却许浓香薰。
今夕何夕歌声闻，江山重到吾已老。惭愧诗成瘦如岛，座中少年美词藻。
琪树交花照晴昊，怀抱一时尽倾倒。玉瓶行酒杯如飞，争雄得隽酒满衣。
持觥御史令莫违，斫鱼烹雁颐指挥。荆州吾土还相依，江上云荒月欲烂。
客囊空贮闲愁满，不谓相逢重辗转。交情岂必论深浅，黄鹄一飞天地远。

丙辰上已与新喻龚履芳同郡周公明罗澄源诸孙仲雍登南山绝顶归息于雩坛意骥如也公明赋长句次韵

老怀耻为绕指柔，常恨不得登三邱。春花满眼春日美，江山何往非胜游。

啼莺一声碎幽寂，南山面目如初觌。碧桃红杏相送迎，翠柏苍松分主客。
目送飞云不可攀，巨石人立当前关。飞径萦回不知远，相逢樵牧俱欢颜。
桐江如带才咫尺，仿佛青原云外碧。鸿鹄凌飞天地宽，蛟龙卷水沧溟窄。
第一峰尖知几盘，足力虽乏飞吟魂。兰亭陈迹不复见，有酒自可开洼樽。
龚公气宇划嶒崒，周郎风韵甚超越。俯仰乾坤散百忧，人烟缥缈神仙窟。
题名绝壁惭鲁皋，输君年少笔力高。好诗不作山灵赠，往返笑我成徒劳。
纷纷余子风斯下，只合从今结鸥社。归来高咏舞雩风，一幅画图无买价。
惜哉萧郎阻天涯，回首怅望重咨嗟。人生离合各有数，苦吟能使双鬓华。
我今万事慵不理，空抱长琴寄流水。他年上已欲登高，故事相传自今始。

○戴良 1 首

戴良（1317—1383），字叔能，号九灵山人，又号云林，浦江（今浙江省）人。通经、史百家及医、卜、释、老之说。元顺帝至正十八年（1358），朱元璋取金华，召之讲经史。旋授学正。不久逃去。顺帝授以淮南江北等处儒学提举。元亡，隐四明山。明太祖物色得之，召至京师，试以文，欲官之，以老疾固辞，忤旨。逾年自杀。有《九灵山房集》。

题高节书院

万丈层崖置屋牢，子陵冢墓压灵鳌。绕庭云气皆山雨，满壑风声是海涛。
隐德昔烦天使下，祠光今并客星高。回头却忆当年事，几度春陵鬼夜号。

○鲁渊 1 首

鲁渊（1319—1377），字道源，号本斋，淳安（今浙江省）人。元至正十一年（1351）进士，历官松江府华亭（今上海市）县丞、浙江儒学副提举、浙江儒学提举。后因病辞官回家，居岐山下。明初，征召不出，以教书为生，并亲事农桑。门人称之为岐山先生。著有《春秋节传》《策府枢要》。

云山楼

峦气氤氲曳碧空，小楼春色有无中。苍龙暮卷西山雨，只鹤朝抟北海风。

翠袖拂开云母帐，青莲摇动水晶宫。苍苍烟树微茫里，睡熟羊裘老钓翁。

○王逢 2 首

王逢（1319—1388），字原吉，常州府江阴（今江苏省）人。元至正中，作《河清颂》，台臣荐之，称疾辞。避乱于淞之青龙江，再迁上海乌泥泾。明洪武十五年（1382）以文学录用，有司敦迫上道，坚卧不起。自称席帽山人。有《梧溪诗集》。

奉题先世所藏严子陵小像

千仞台临七里滩，羊裘鹤发老鱼竿。客星帝座分天象，颍水箕山并晓寒。
遂起后尘甘党锢，尚存余烈愧南冠。桂丛苯莼蕨花薄，怅望高风一羽翰。

七里滩夜泊

山径富春来，百里紫翠接。严滩十八曲，曲曲屏数叠。两崖负金鳌，
一水流冰碟。直上石作台，梯磴巉绿巉。云霏变昕夕，天地徐浩劫。
缅怀巢许徒，遁此诚所惬。千秋钓游地，不为汉臣妾。客星在沆瀣，
五纬光相汁。澄潭龙偃卧，影带沙棠楫。风吹涧沚毛，露丽松桂叶。
先民不可见，思从汉皋涉。夜久蜻蜺高，长歌振疲苶。

○傅藻 1 首

傅藻（1321—1392），字伯长，号国章，义乌（今浙江省）人。历任翰林编修、监察御史、东宫文学、武昌知府、河南廉访使。致仕后创杜门书院。

西台恸哭诗

一生忠义薄云霄，恸哭西台赋楚骚。今日凄凉江上路，何人重为荐溪毛。

○王袆 2 首

王袆（1322—1373），字子充，号华川，义乌（今浙江省）人。元至正十八年（1358），应召为中书省掾史。入明后历官江西儒学提举司校理、侍礼郎、南康府同知、漳州

府通判。至正间（1341—1360）曾到分水为县西（今百江镇）柳山庙撰写碑文，有《王忠文集》。

简分水明惟一监县

分水百家邑，民安俗事闲。驱鸡聊作吏，骑马称看山。
剑倚萍花冷，诗题柿叶斑。秋风一杯酒，及此尉朱颜。

桐庐舟中

潇洒溪山梦此邦，轻风细雨过桐江。川回几讶船无路，林缺时看屋有窗。
野果青包垂个个，水禽白羽去双双。到家正是重阳节，新酿村醅正满缸。

○赵奕1首

赵奕，字仲光，元湖州（今浙江省）人。赵孟𫖯第三子。隐居不仕，日以诗酒自娱。亦以书、画知名。

钓　台

君因卿相隐，我为名利来。羞见先生面，黄昏过钓台。

注：此诗一说为赵璧所作。

○涂颖1首

涂颖，字叔良，进贤（今江西省）人，元末明初时在世。早年出游京师，从学于余阙、杨镒、程文等。后侨居金陵，出游吴中，为顾瑛玉山草堂座上客。有《涂子集》。

西台悲歌

炎精昔年沦海底，天下兵戈犹未已。南冠宰相触羁囚，壮士悲歌咸义起。
谢翱皋父古遗直，解种冬青向兰沚。时从严濑俯高台，恸哭无言怀愤耻。
呆卿巡远往来处，涕泪秋风别知己。山川荏苒变星霜，歧路苍茫蝉榛枳。
谁怜宗庙尽禾黍，凤杳龙沉天万里。金钟大镛世所重，乔岳泰山人仰止。

纲常千古在扶持，忠义一诚那可比。燕云回首生愁绝，楚些招魂空徙倚。
乃知亳社屋竟成，三百余年若流水。当时南北莽空阔，大运由来有兴否。
申甫云亡返岳灵，傅岩归去骑箕尾。丁君慷慨思前哲，珍重遗编袭缃绮。
群贤钜笔等长杠，况以文章夸侈靡。嗟予拙朴才力薄，高揖清风酹芳醴。
烟云浩渺江海空，徒使作诗传信史。

○叶可权 1 首

叶可权，字国衡，元末明初时遂昌（今浙江省）人，授国子助教。

钓台清风

老翁扁舟弄明月，洲渚无人鸟飞绝。清风凛凛醒醉魂，华发萧萧吹白雪。
白鱼如玉芦花飞，白浪万里堆琉璃。云台旧业付流水，一声长啸苍苔矶。

○金翼 1 首

金翼，字敬德，元末明初时天台（今浙江省）人，官翰林院修撰。

钓鱼图

磻溪癯叟雪满颠，一竿钓周八百年。桐庐羊裘拂云烟，一丝钓汉轻千官。
尔来钓者非昔贤，坐老石树穷朝昏。九年作饵六鳌奋，天吴怒蹴波涛
翻。鲸鼍陆游啖生肉，浩浩巨浪方滔天。吾将钓西伯于渭，阳渔汉光
于严滩。驱龙蛇而放之潴，宅九土兮奠山川。下拯昏垫归桑田，客星
不用惊太史。罴熊不用招皮冠，拂衣归来支绮园。人间物色从流传，
□□□□□□□。

○唐肃 1 首

唐肃（1328—1371），字处敬，号丹崖，山阴（今浙江绍兴）人。通经史，元末
官嘉兴儒学正。明洪武初，召修《礼》《乐》，擢应奉翰林文学兼国史院编修。有《丹

崖集》。

题张孟宪所注谢翱西台恸哭记后

宫中六更初罢鼓，蓝田洗玉沉涯浦。庐陵忠肝一斗血，去作燕然山下土。
桐江木落秋日颓，有客歌上严光台。石根敲断竹如意，万里北魂招不来。
西风又涸滦河水，故老寥寥知有几。珍重睢阳季叶孙，笺简能裨两朝史。

◯刘巽 1 首

刘巽，元时荆门（今湖北省）人。

子陵井

一抹严山草木青，子陵故址尚亭亭。井中安得光芒现，千载人疑是客星。

（子陵井，在严子陵钓台下）。

◯佚名 8 首

和分阳八景诗

其一　玉华甘泉

一轮秋月入冰壶，冷浸诗肠思不枯。莫讶相如多病渴，琼浆今许出舆图。

其二　花桥流水

暖日香风袭布袍，沿溪几树啸仙桃。春深花谢桃随水，片片韶光渡石桥。

其三　毕浦渔舟

清潭倒影树婆娑，细雨斜风涴绿蓑。撑过溪西傍巘宿，推篷夜色看如何。

其四　关山龙池

时未逢春静且蟠，雷声才振透天关。苍生望岁年年急，岫里云从漫得闲。

其五　德辉道观

门锁清虚阅道经，双凫飞处半空行。千年事迹谁人识，华表月明仙鹤声。

其六　歌舞圣迹

恨我当年意未灰，悲吴怨楚渡云堆。莺声鹤影同遗庙，犹似雄歌沓舞来。

其七　望江风雨

雪浪琼珠碎碧天，浮鸥飞尽满溪烟。孤篷湿处还摇桨，自是收纶一钓船。

其八　安禅松竹

嵯枝疏节拂云低，月白中天影入溪。空寂一身尘世外，一从鹤语凤来栖。

注：元分水县尹昌敏有《分阳八景》诗。《和分阳八景》原载《分阳俞氏宗谱》。

明 朝

○刘基 7 首

刘基（1311—1375），字伯温，青田（今浙江省）人。元末进士，官高安丞，后弃官归。元至正九年（1349）至十一年（1351）隐居在桐庐翔岗，设馆华林寺。明太祖聘至金陵，授太史令，迁御史中丞。封诚意伯，以弘文馆学士致仕。谥"文成"。有《诚意伯文集》。

九日舟行至桐庐

杪秋天气佳，九日更可喜。众人竞登山，而我独泛水。江明野色来，风淡波鳞起。苍翠观远峰，沉寥度清沚。沙禽泛悠飏，岸竹摇萝靡。溯湍怀谢公，临濑思严子。紫萸空俗佩，黄菊漫妖蕊。落帽非我达，虚垒非我耻。扣舷月娟娟，濯足石齿齿。澄心以逍遥，抵流任行止。

钓 台

伯夷清节太公功，出处非邪岂必同？不是云台兴帝业，桐江无用一丝风。

题梅月斋宁之读书处

乾坤清气不可名，琢琼为户瑶为楹。轩窗晓开东井白，帘栊暮掩西山青。玉堂数枝春有信，银汉万顷秋无垠。夜深步月踏花影，梅清月清人更清。

留别李君宁之

群山雪消江水宽，主人情重欲别难。我今自向玉岛去，短日斜倚着风寒。满楼山色几时醉，永夜月明何处看。人生有心无远近，频将书札报平安。

望江亭

柳拂江亭旧画栏，望潮人去地应闲。寝园寂寞秋风里，行殿荒凉野草间。白塔尽销龙虎气，荒城空锁凤凰山。兴亡莫问前朝事，江水东流去不还。

追悼李君近山（并序）

桐庐李君近山，儒士旷达者也。与仆为知心友，契阔十余年，风尘濒洞，音问杳绝。忽其子来京师，始知李君亡矣，悲感成诗，聊以写其情耳！

白头经丧乱，青眼总凋零。解剑情何及，看山兴已暝。
夕岚空蕙帐，朝雨翳松铭。痛哭幽明隔，酸凄孰为聆。

题李近山林泉读书图

茅屋秋风黄叶里，隔溪听得读书声。松萝掩荫无行处，更有晴云满路生。

○吴植 1 首

吴植，明初时人。余不详。

西台恸哭歌

宗社陨绝兮相国死忠，生独何为兮逝将谁从。崴华晏兮山泽空，木石为伍兮参逐蛇龙。激狂浪兮振颓风，力虽靡兮心弗降。怅美人兮日远葛，云展兮予惊。攀高台以恸哭，托余悲于无穷。呜呼，水可测兮山石可移，夫子秉志兮世莫窥。尚友前哲兮邈千龄以为期，呜呼敬吊先生兮悠悠我思。

○僧大同 1 首

僧大同，本姓王，字一云，号一峰，浙江上虞人。持律甚严，主持绍兴宝林寺，传徒甚广。性至孝，明洪武初卒。有《天柱稿》《宝林类编》。

读《谢翱传》

南北奔走家何在？七里滩前许剑来。涯海夜寒惟月上，冬青树老又花开。
侧身天地聊晞发，怅望江山独把怀。一掬当年知己泪，秋风洒尽上西台。

○李恭 14 首

李恭，字子端，别号呼鹤山人，桐庐（今浙江省桐庐县凤川街道）人。通晓经史百家，
隐居不仕。明洪武十三年（1380）授石州知州，承命至，以疾辞。有《呼鹤山人集》。

题合江亭

一丝风下碧云天，亭上窗开霁色鲜。严子钓台青树里，桐君丹灶白云边。
千家画栋前朝屋，百里清江过客船。潇洒桐庐几兴废，野花山鸟自年年。

题李庸画合江亭景

危亭潇洒绝氛埃，曲槛凭虚面面开。风细波纹临户动，雨晴山色过江来。
指桐仙去啼青凤，钓石台荒长绿苔。莫按新图遗古迹，渔舟常带夕阳回。

重九登桐君山

突兀桐山截大江，登临此日是重阳。西来两水分洲渚，北拥群峰舞凤凰。
露落远汀鸥散白，酒传深斝菊浮黄。秋风吹动乌纱帽，莫笑诗人醉后狂。

重题新建合江亭

潇洒名亭傍水边，泉声月色净娟娟。朱帘暮卷千峰雨，绿柳晴拖万户烟。
桐树枝繁丹凤宿，桃花浪暖鳜鱼鲜。古今不尽登临兴，诗酒风流奕世传。

秋日怀友人刘伯温赋两首

倚栏惜别暮江天，一纸音书动问难。两地相思无限意，何时携酒话平安。

其 二

怅思惜别暮江东，自谓金兰气谊同。何日一樽重晤对，黄花香里话西风。

秋郊散步

野旷秋声远，霜晴望眼赊。寒烟生野屋，江树绕田家。
旨酿经时酒，篱存晚节花。归来彭泽令，烂醉是生涯。

山中晚归

村醪不成醉，地僻景偏幽。野色催秋暮，溪花乱客愁。
断云穿树散，病叶带泉流。谢傅东山妓，功名未白头。

春 暮

野草成堆绿，园花无点红。春光何处去，蜀鸟一声中。

雨 景

闲望江村景，冥冥雨熟梅。隔溪人唤渡，撑出小舟来。

万壑秋声

山色层层碧，溪流曲曲清。霜风拂高树，无处不秋声。

竹泉翁

修竹近屋秀，冷泉在山清。林壑不改色，岁月令人惊。

春意两首

东风帘幕雨声残，燕子不来春信寒。空谷佳人消息断，海棠花发好谁看。

其　二

梨花开满雨犹寒，白雪生香湿未干。昨夜彩云随梦觉，何人月黑倚东栏。

○王翰1首

王翰，字时举，禹州（今河南省）人。元末时隐居中条山。明初，出为周王朱橚长史。后为翰林编修，寻谪廉州教授。有《梁园寓稿》。

题子陵钓台图

浪迹江湖隐姓名，征书何事下青冥。狂奴一语如真有，何用区区奏客星。

○胡奎4首

胡奎，字虚白，号斗南老人，海宁（今浙江省）人。元至正年间游贡师泰之门。明初，以儒学征，官宁王府教授。有《斗南老人集》。

寄严州张同知

近闻别驾朝天去，船过长安问野人。声价已知当代重，交情还似向来真。月明江上鱼龙喜，日落山中虎豹驯。肯借严陵滩畔石，持竿来共白鸥邻。

题钓鱼图

万里清波一镜开，白鸥分占石矶苔。客星只在桐江上，若个闲人钓得来。

子陵把钓图

一片汉时月，长江万里开。只应天上去，钓得客星来。

题钓鱼图

三山空翠压金鳌，钓得珊瑚出海涛。定有双鱼传尺素，矶头春水夜来高。江可渔，山可樵，山头白云手可招。出门黄尘浩如海，胡不归归共逍遥。

何人写此渔樵子，咫尺江山千万里。船击松根双石头，山人伐木来相求。相求未已还相问，问之不答心悠悠。子陵何为而辞汉，太公何为而归周。买臣何为而晚遇，屈原何为而远游。持我修月斧，操君济川舟。天子不知名，大臣不见收。渔翁向樵还大笑，今古同生不同调。富贵功名何足论，与君尽醉长倾倒。

◯刘崧 2 首

刘崧（1321—1381），原名楚，字子高，泰和（今江西李恭）人。明洪武三年（1370）举经明行修，授兵部职方司郎中，迁北平按察司副使。坐事谪输作，寻放归。十三年（1380）召拜礼部侍郎，擢吏部尚书。寻致仕归。次年，复征为国子司业，卒于官。谥"恭介"。有《北平八府志》《槎翁诗文集》《职方集》。

戏题钓台石

拳石立崔嵬，何年控凿开。险应非滟滪，奇欲似离堆。
云气缠高蔓，波光漾紫苔。长竿吾欲试，叹息棹歌回。

桐 江

残垒带江沙，荒祠集暮鸦。客行桐水市，人採木棉花。
山掩飞烟直，江浮落日斜。旧游那可问，依约见人家。

◯程本立 2 首

程本立（？—1402），字原道，号巽隐，崇德（今浙江桐乡）人。明洪武二十年（1387），任周王府长史，后贬云南马龙他郎甸长官司吏目。三十一年（1398）入翰林，迁右佥都御史。有《巽隐集》。

题严氏苍苍楼

严陵滩下水潺潺，千载高名宇宙间。风节最称东汉士，子孙犹隐上虞山。
沧江烟雨群鸥没，落日云霄一鸟还。好倚楼居同极目，久淹官署独何颜。

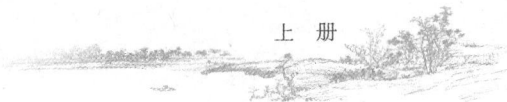

注：严氏，子陵后也，今居上虞山中。楼名盖取范文正公"云山苍苍"之句云。

题　画

山水东南好，持竿我亦曾。只今江海上，何地着严陵。

○刘璟1首

刘璟（？—1402），字仲璟，青田（今浙江省）人。明洪武二十三年（1390）命袭父爵，寻改谷王府长史。燕兵起，命参李景隆军事。兵败归故里。成祖召之不至，下狱自缢死。有《易斋集》。

子陵台

不有飞龙白水乡，先生何处得徜徉。当时政事归台阁，千古丝纶占富阳。士节不随今世屈，客星聊为故人忙。扁舟吊古荒台下，流水闲云正渺茫。

○钱允异1首

钱允异（1332—1412），一名永升，字仲益，明无锡（今江苏省）人。历无锡训导、太常博士，迁翰林修撰。长于文史，为诗擅歌行。有《锦树集》。

钓　台

严陵城郭倚岩峦，使节曾过七里滩。断碣久漫苍藓滑，高台长锁白云寒。一时玄象干宸宸，千古清风属钓竿。登览未穷官棹发，写将幽景到家看。

○康从理1首

康从理（1334—1410），字逢吉，号范轩，常熟（今江苏省）人。明洪武中授开封训导，后罢官。有《易原奥义》《范轩集》等。

钓　台

青山中划大江流，千载严家有故洲。片石遂能高列土，孤云真若见披裘。

春容雨压祠宫树，夜色星随客子舟。沧海只今垂钓去，含情一撷渚蘋羞。

○高启 3 首

高启（1336—1374），字季迪，号青丘子，长州（今江苏苏州）人。明洪武二年（1369），应诏纂修《元史》，史成，授翰林编修，擢户部侍郎，后辞官归里。六年（1373），因替苏州知府魏观修建府衙于张士诚宫殿遗址作《上梁文》，中有"龙蟠虎踞"句而触怒朱元璋，被腰斩。为明一代诗坛巨擘，有《高太史大全集》。

西台恸哭诗（并引）

越人谢翱，尝为宋丞相文山公之客。公死之十二年，登钓台祭公以哭，自为文识其哀曰《西台恸哭记》。东阳张孟兼持示求诗，仆感其谊，遂赋一首。

峨峨子陵台，其下大江奔。何人此登高，恸哭白日昏。哀哉宋遗臣，旧客丞相门。丞相既死节，有身耻空存。北望万里天，再拜奠酒尊。阴云暮飞来，恍如载忠魂。所哭岂穷途，中抱千古冤。上悲宗周陨，下念国士恩。凄凉当世事，感慨平生言。空山谁知哀，惟有猴与猿。岂不畏众惊，声发不忍吞。人言天有耳，此哭宁不闻？愿因长风还，吹此血泪痕。往堕燕山隅，一洒宿草根。田横去已远，兹道不复论。作歌悼往事，庶使薄俗敦。

钓台歌送严陵徐尊生太史

羊裘翁，遗钓台。苍翠两相向，势压千崖嵬。巉岩峭壁耸云表，泱泱桐江流绕其下徒喧豗。清风在翁振千古，唾视轩冕浮轻埃。心怀高洁犹可睹，时吐片月峰头来。先生当代词林载笔有良史才。不展调元手，居鼎台。却思钓台亟归去，胸襟洒落何如哉！胸中之乐何如哉。

和陈左司夜泊桐江

月出钓台树，长滩秋更喧。浑如宿巫峡，唯少一声猿。

○徐谊 1 首

徐谊，字宜叔，寿昌（今浙江建德）人。明太祖取严州，谊归之。历知黄冈、镇江、吉安，卒于官。

芎 潭

潭滨地脉函奇芬，潭底龙吟入异闻。万点落花三月雨，两堤飞絮一溪云。

寻源喜得泉如酒，泽物谁知草亦熏。滚滚芳香东去远，子陵台下有桐君。

○杨彝 1 首

杨彝，字宗彝，自号万松老人，别号银塘生，余姚（今浙江省）人，侨寓普安，明洪武中举为沔阳仓副使，迁都察院司狱，调长泰主簿，擢吏部主事。有《凤台》《贵竹》《东屯》《南游》诸稿。

过青溪渡

天阔衔江雨，冥冥上客衣。潭清鱼可数，沙晚雁争飞。

川谷留云气，鹈鹕傍钓矶。飘零江海客，欹侧一帆归。

○朱同 8 首

朱同（1336—1385），字大同，号朱陈村民，休宁（今安徽省）人。明洪武十年（1377）举明经，任教授，修《新安志》，进之，十三年（1380）举人材，授吏部司填充员外郎，寻升礼部右侍郎，后坐蓝玉案，赐自缢。有《覆瓿集》。

登子陵钓台有感

清晓扁舟维岸阴，百年几度来登临。游人仰扳石磴险，飞台俯瞰沧波深。

客星帝座一时事，江水云山千古心。哲人去矣不可见，击剑空作秋龙吟。

严陵舟还喜晴赠陈大用两首

几日浓阴撼朔风，今朝新霁早推篷。山头积雪连云白，海上明霞照水红。

身世已知归计稳，舟行况与古人同。通家喜有朱陈旧，努力躬耕待岁丰。

其 二

霜寒水落石如林，泻壁直下三千寻。溯流岂辞上滩涩，到家不厌寻源深。
片片浮云或聚散，滚滚长江无古今。此怀只有陈抟解，故喜扁舟论素心。

十月十六夜严陵城下玩月

谁送冰盘上九天，清光不减夜来圆。云连远岫横天外，山拥孤城枕水边。
重镇已空前日梦，棹歌犹认去年船。半生未了沧洲愿，安得垂纶继昔贤。

泛舟严陵四首

江水环山触处开，长歌轻拨浪花回。舟行转尽疑无地，又拥云山一簇来。

其 二

雨声彻晓收不住，船头水高三尺强。只许多买山阴酒，中流击楫歌沧浪。

其 三

千滩水没浪花浮，鼓枻乘涛喜顺流。两岸青山看不尽，扁舟五日到严州。

其 四

来时水没千滩平，归去水落石峥嵘。却看岸痕思前日，舟在垂杨树巅行。

○申屠秘 1 首

申屠秘，桐庐〔今浙江洪武十年（1377）举明经，任桐庐县教授，修《新安志》，
进之，十三年（1380）举人材，授吏部司填充员外郎，寻升礼部右侍郎，后坐蓝玉案，
赐自缢。〕人。明洪武中举人，授博士。

钓 台

七里滩头六月寒，乌龙山色耸云端。古今多少名利者，不及先生一钓竿。

◎潘瑀 2 首

潘瑀，分水（今浙江桐庐）人。博通五经，明洪武四年（1371）应聘入都试入格，授华亭知县，多异政，邑人称"冰壶老子"。

应聘两首

世卜层岩结草庐，山人久与宦情疏。升平不学藏吴市，且效弹冠捧鹤书。

其 二

萧然琴剑卧深山，忽被纶音咫尺颁。非谓河阳能步武，也将桃李植云间。

◎张宣 1 首

张宣（1341—1373），字藻仲，江阴（今江苏省）人，明洪武初与修《元史》，擢翰林院编修，既而谪濠，道卒。有《青旸集》。

桐庐舟行

自在眠沙鸟，参差上濑船。乱峰寒笛外，疏雨暮钟前。
滩转旋无路，林深别有天。羊裘怀隐者，高节已千年。

◎林弼 1 首

林弼，字元凯，龙溪（今福建漳州）人。元至正八年（1348）进士，为漳州路知事。明初以儒士修礼乐书，授吏部主事。官至登州知府。有《林登州集》。

题严州陈氏会庆堂

堂名会庆意何如，四世公孙此共居。松桂苍颜凌雪霰，芝兰玉树秀阶除。
彩衣称寿盈尊酒，缃帙悬签满架书。千载君家遗泽在，一江春水绕桐庐。

◎凌云翰 3 首

凌云翰，字彦翀，钱塘（今浙江杭州）人。元至正十九年（1359）举浙江乡试，除平江路学正，不赴。明洪武十四年（1381）以荐授成都府学教授，卒于官所。有《柘轩集》。

钓台图

夷惠真为百世师，先生高节亦如之。只将立懦兼顽意，九鼎分明重一丝。

送徐文年归严陵

高士声名正蔼如，去年承诏赴公车。玉堂久待欧公学，金匮深藏太史书。
华服归来惊野鸟，竹竿留得钓江鱼。风帆好借春涛便，重访桐君旧隐庐。

次俞子中病起韵

桐江清隐客，头白太平时。每唱紫芝曲，闲临碧落碑。
无愁何用解，示病不须医。恐有登高兴，先期报我知。

注：俞子中为愈和（1307—1382）的字，俞和，今桐庐县富春江镇人。书法师从
赵孟頫。有《自书法卷》（故宫博物院藏），《临王贴轴》《急就章释文》《篆隶
千字文》（台北故宫博物院藏）。

○张昱 1 首

张昱，字光弼，号一笑居士，又号可闲老人，庐陵（今江西吉安）人。明历官
江浙行省左、右司员外郎，行枢密院判官。晚居西湖寿安坊，屋破无力修理。明太
祖征至京，厚赐遣还。卒年八十三。有《庐陵集》。

题醉墨堂为桐江俞子中赋

世称草圣惟张旭，气在神先从所欲。醉来捉笔走风雷，电掣长云夜相逐。
健于大野战蛟龙，媚似轻波浴鸿鹄。由唐至今几百年，笔法竟尔失其传。
芝翁乃若神所授，亦以醉墨题堂前。晴丝胃空王逸少，生蛇绊树黄庭坚。
笔法不必问高闲，笔势不必询怀素。纵横迟疾心自知，曾见公孙大娘舞。

○蓝智 2 首

蓝智，字性之，崇安（今福建武夷山）人，明洪武十年（1377）荐授广西按察司金事，
以廉正著称。有《蓝涧集》。

题子陵图赠严伯新

高台苍苍富春渚，老树凝云苔色古。客星夜入紫微垣，羊裘暮钓沧江雨。
大贤隐德辞万钟，诸孙啸傲江湖东。干戈满地岁时晏，展卷山水来清风。

宿严滩

水宿傍严滩，风灯语夜阑。鼍鸣潮信急，龙过雨声寒。
病喜江山好，贫嗟道路难。故园三四口，书札报平安。

注：《富春严陵钓台集》末句辑为"何当晚尘鞅，来此把渔竿"。

○谢肃 2 首

谢肃，字原功，上虞（今浙江省）人。明洪武中举明经，授福建按察佥事。有《密庵集》。

钓 台

南征屡泊桐江船，想像高风洒九天。二十八将岂吾侣，一千余年无尔贤。
使旆已承尧日照，钓台难觅客星悬。最怜碑碣生苔藓，俯仰云山重慨然。

题严子陵图

帝揽英雄已中兴，我何勋业树朝廷。欲令金士持风节，暂使薇垣有客星。

○李昱 3 首

李昱，字宗表，号草阁，钱塘（今浙江杭州）人，明洪武中，官国子监助教。有《草阁诗集》。

泊鸬鹚湾

朝辞婆女城，暮泊鸬鹚湾。鸬鹚暝不见，但闻水潺潺。
水声日西流，客子何时还。长风吹征衣，惨淡重愁颜。

子陵钓鱼图为胡伯奇题

光武龙飞膺赤伏，台上功臣三十六。先生底事披羊裘，翛然独钓桐江曲。
嘉谟启沃当龙潜，已令汉火回炎炎。三公之弃如敝屣，一丝引得贪夫廉。
但知文叔同衾卧，不知客星侵常座。先生之风千载那能忘，云山苍苍江水长。

题子陵钓台

汉祖龙飞日，先生钓泽中。布衣曾友道，台鼎不赏功。
七里滩头月，一丝亭上风。古今评论者，只作隐沦同。

○王恭2首

王恭（1343—？），字安中，长乐沙堤（今福建省）人。家贫，少游江湖间，中年隐居七岩山，为樵夫20多年，自号"皆山樵者"。善诗文。明永乐初以儒士荐修《永乐大典》，授翰林院典籍。不久，辞官返里。王恭作诗，才思敏捷，下笔千言立就，诗风多凄婉，隐喻颇深。为"闽中十才子"之一，有《白云樵集》四卷，《草泽狂歌》五卷及《凤台清啸》等。

钓台怀古

新室篡炎祚，中兴复舆图。故人即轩冕，先生独樵渔。
一出尽交态，拂袖归桐庐。岂唯黄绮辈，得与巢由俱。
我来访遗迹，高台但荒芜。洒酒酹千古，悲风起天隅。

题赵仲穆山水图

渭水寒流霜叶疏，桐江荒树野台虚。何人更把秋风钓，兴在沧浪不在鱼。

○郑真4首

郑真，字千之，鄞县（今浙江宁波）人，明洪武四年（1317）乡试第一，授临淮县教谕，升广信府教授。有《荥阳外史集》。

题钓鱼图

钓丝袅袅趁鱼腥，坐向沧江白石层。一点客星天外远，毋烦使者问严陵。

题秋江举网图

西风波浪刮鱼腥，何处幽人独下罾。百岁想甘清节守，桐江不必问严陵。

秋江独钓图

桐江东望水滔滔，千古风流梦寐劳。汉室中兴功莫比，云台未似钓台高。

挽徐方舟先生（并序）

方舟睦州诗人有瑶林沧江集号沧江散人天大雪独泛舟钓江中寿六十八以卒宋学士铭其墓曰有才不施一发于诗曰星月露草木走飞人事变迁可悦可比（阙）入我范围唾咳所及皆成珠玑信乎能诗矣

睦州诗派继前修，急雪沧浪一钓舟。剩有才华传锦绣，终无姓字彻珠旒。
神鱼入穴江云暮，仙鹤抟空海月秋。百岁风流那复见，薤歌声断不胜愁。

○卢义1首

卢义，字希正，卢溪（今浙江淳安）人。明洪武二十一年（1388）进士。建昌（今江西南昌）知府，累官刑部郎中。

钓 台

三公不换一羊裘，此日归来尚黑头。台阁丹青知几日，江山清绝已千秋。
逃名不为苍生起，伸足空令太史愁。珍重东都名节在，后来谁复继前修。

○唐之淳2首

唐之淳（1350—1401），字愚士，以字行，山阴（今浙江绍兴）人。明建文朝官侍读预修书事。有《唐愚士诗》。

题桐庐孙盘谷中峰先生兄弟墓铭卷后

盘古先生贤伯叔，棣萼荧荧照岩谷。伯也仕宋不仕元，叔也居家不干禄。
一门恂恂服儒雅，讲道哦诗化乡族。白云源上扫烟霞，桐君山中友麇鹿。
当时帮老歌黍离，前代龙头秉钧轴。先生谢病王公起，方守再来留相辱。
弟兄心事向谁诉，钓台苍苍江水绿。百年寿考摧栋梁，双冢青葱荫松竹。
幽光潜德谁听写，阡表埋名耀珠玉。荣名过眼等流电，节义于人有余馥。
后来孙子亦多贤，带经锄田故山麓。到今过者仰高风，草际碑文再三读。

（王公谓应龙，方公谓回，留相谓梦炎。）

严子陵墓

昊天压新乱，炎刘嘘复然。天子吾故人，不事何其贤。维此一抔土，
体魄之所存。清风激岩谷，劲起高萧兰。中有高空云，日夕相盘旋。
化为千尺虬，下饮清冷渊。为霖既靡试，翻身入长烟。我见重再拜，
毛发凛冲冠。缅怀东京日，惕然思执鞭。

○方孝孺 1 首

方孝孺（1357—1402），字希直，一字希古，号逊志，世称"正学先生"，宁海（今
浙江省）人。师从宋濂，历任陕西汉中府学教授、翰林侍讲、侍讲学士、文学博士。
建文时任帝师，主持京试。靖难之时，拒为燕王朱棣草拟即位诏书，被诛十族。追谥"文
正"。有《逊志斋集》。

题严子陵

去邪当远色，治国须齐家。如何废郭后，宠此阴丽华。糟糠之妻尚如此，
贫贱之交安足倚。羊裘老子早见几，独向桐江钓烟水。

注：明杨束《钓台集》辑录此诗为："敬贤当远色，治国须齐家。如何废郭后，
宠此阴丽华。糟糠之妻尚如此，贫贱之交安足倚。严陵老子早见几，欲向桐江钓烟水。"

○汪改 1 首

汪改，字迁善，桐庐（今浙江省）人。明洪武中，历任丹阳县教谕、临清县丞。

永乐改元，弃官归里，自号桐山归牧，吟咏自适。

题皁耕图

幽居石皁乐躬耕，鼓腹讴歌颂太平。负禾出时朝阳日，荷锄归去晚云横。
扶商德业思伊尹，佐蜀功德忆孔明。圣代求贤正如渴，未容畎亩久潜名。

注：元末兵乱，土地荒芜，明初倡民开垦。桐庐石皁村处士方礼，绘"皁耕图"备诸播种法咏为诗歌以劝耕，周围乡里皆为响应，荒田遂耕。图与诗俱传京师，士林竞为词章以相赠之。

○郑沂 1 首

郑沂，字叔鲁，浦江（今浙江省）人。明洪武间以才征，自白衣擢礼部尚书，年余致仕。永乐初入朝，留为故官，未几复谢去。

题皁耕图

玄英处士旧名儒，独羡云孙嗣读书。数亩山田和德种，一犁春雨带经锄。
传家喜见箕裘盛，力穑宁忧仓廪虚。试问客星台上月，年来高节竟如何。

○郑斡 1 首

郑斡，明初人，官监察御史。

题皁耕图

待漏金门十数年，好怀长梦到林泉。鹓鸾已忝清朝列，松竹犹存旧日缘。
耕凿安量超后辈，衣冠敦俗继前贤。知君轩冕非无志，自是南阳胜有田。

○郑杲 1 首

郑杲，临安（今浙江省）人。明天顺三年（1459）举人。

题皁耕图

屋上青云屋外田，为农岁岁愿丰年。林间鸠唱春阴日，谷底莺啼雨后天。

化诱早闻诗礼训，播耕惟仗子孙贤。知君堂构题存隐，千古文章铁笛仙。

○方礼 5 首

方礼，字思义，号丹泉，桐庐（今浙江省）石阜村人。元末兵乱，田多荒芜。明初，礼即奋身包荒，倡民开垦，手绘《阜耕图》，备诸播种法，咏为歌诗以劝耕，乡人应之。浙江平章事康里巙巙，累荐其官不就，上所绘《阜耕图》明示其志。

阜耕图

乐隐固辞轩冕，谋生且学耕耘。高风千古许谁论，堪与严陵相并。
南亩乘时播种，落英到处缤纷。此间离乱未曾闻，仿佛桃源风景。

和汪教谕改题阜耕图原韵

驱犊乘春阜畔耕，芳塘过雨绿初平。犁从柳色添时举，枕向桃花落处横。
饮啄何尝忘帝力，歌谣仅可颂皇明。皋夔事业昭如此，巢许原来浪得名。

和郑处士杲原韵

躬耕南阜一区田，结庐连云几稔年。芹曝未能酬圣主，耘耔犹得庆尧天。
匹夫自是供常分，佳句何由赐大贤。铁笛标传存隐重，玉堂翰墨实文仙。

和郑宗伯沂原韵

台辅鸾坡国钜儒，草茅何幸沐亲书。片言垂鼎辉蓬荜，只字流金忝来锄。
盛世不才多自弃，象贤无地一生虚。云源高并双台石，今与佳章万古如。

和监察御史郑翰

白云留恋几经年，猿鹤凄其绕玉泉。世事多端游客老，生涯数亩野人缘。
鹿门欲遂庞公愿，苍耳难逢太白贤。圣主臣邻恩泽远，喜沾余润满桑田。

○张宇初 1 首

张宇初（？—1410），字信甫，号无为子，贵溪（今江西省）人。善画。明洪武间袭掌道教。有《砚泉集》。

桐江即事

每爱桐江秀，尘襟洗黛螺。水流浑不尽，山静看偏多。

秋树连云住，渔篷载雨过。何当无一系，钓濑老烟波。

○胡俨 1 首

胡俨（1360—1443），字若思，南昌（今江西省）人。洪武年间举人。明成祖朱棣成帝后，以翰林检讨直文渊阁，迁侍讲。永乐二年（1404）累拜国子监祭酒。重修《明太祖实录》《永乐大典》《天下图志》，皆充总裁官。有《颐庵文选》《胡氏杂说》。

钓　台

两山相望树苍苍，百尺渔竿引兴长。齐客谩夸光武大，汉庭翻笑子陵狂。

潮生潮落心无兢，云去云来觉大忙。莫叹桐江祠屋冷，南阳遗事更荒凉。

○杨士奇 4 首

杨士奇（1365—1444），名寓，号东里，泰和（今江西省）人。明建文元年（1399）荐入翰林。累官左春坊大学士，进少傅。正统中，进少师。卒谥“文贞”。有《东里集》。

题富春柴桑二图

圣人抚昌运，四海洽时雍。间对桐江水，湛然心迹同。

怀仁以辅义，百世仰高风。

其　二

琐琐厌形役，飘遥赋归休。开轩面南山，黄花亦映秋。

酒熟自可漉，白社吾何求。

题富溪山水图两首

曾从萧峡溯桐江，隔岸青山拥客艭。何处水亭沽酒幔，谁家云树读书窗。

其　二

富溪邈在江南曲，水色山光画不如。知有幽人茅舍住，尽抛尘事事樵渔。

○邓林 2 首

邓林，初名彝，字士齐，一字观善，号退庵,.广东新会（今广东江门）人。明洪武二十九年（1396）举人。授贵县教谕，历官吏部主事。宣德四年（1429），以言事忤旨，谪戍保安。有《退庵集》等。

过严子陵钓台两首

红尘紫陌倦驱驰，绿水青山费梦思。无限五湖烟月趣，钓鱼台下一题诗。

其　二

百尺荒台枕碧流，徵书曾此起羊裘。羊裘不是鹓班侣，只合归来伴白鸥。

○王称 3 首

王称（1370—1415），字孟扬，永福（今福建省）人。明洪武中领乡荐，入国子监。永乐初授国史院检讨，与修《永乐大典》，充副总裁。旋参英国公张辅军攻交趾，还守故官。与解缙交好，后坐缙党，下狱死。有《虚舟集》。

严州江上两首

短棹荡江春，春风物候新。岸花飞送酒，沙鸟近窥人。
碧树笼青嶂，芳洲点绿蘋。因悲城市里，日日醉车尘。

其　二

严子投竿处，春来载酒过。潮声通越近，山色入吴多。
沙际舟如月，云边鸟似歌。客程随去住，那许叹风波。

宿钓台

高堂薄层霄，仰视烟霞深。羊裘昔何为，遗身在云林。汉宫久荒凉，
霸业成古今。飘飘钓台丝，尚尔清烦襟。几年倦羁旅，扁舟宿溪滨。
折芳欲有酬，洒酒弦素琴。临流恍中夜，霄汉星光沉。

○杨荣1首

杨荣（1371—1440），原名道应、子荣，字勉仁，建安（今福建省）人。明建
文二年（1400）进士。初授翰林编修，累迁至文渊阁大学士、工部尚书。赠光禄大夫、
左柱国、太师，谥号"文敏"。为"台阁体"文学代表人物之一，有《后北征记》《杨
文敏集》等。

钓　台

炎祚中兴，群贤满朝。怀哉故人，宁不可招。
煌煌客星，有光天府。羊裘钓丝，清风千古。

○金寔1首

金寔（1371—1439），字用诚，明开化（今浙江开化）人。官翰林院典籍、东宫讲官、
王府左长史。参与编修《太祖实录》《永乐大典》。有《金寔文集》。

钓　台

高情厌浮荣，有怀在沧浪。古人乘六龙，赤符正煌煌。冷风荡秽氛，
明离协重光。谏垣岂无人，素心不能忘。龙节照江水，鹤书贲松房。
明庭抗殊礼，中躔动天章。云台多元勋，宗社亦已康。长才既无施，
卷道惟深藏。微波可垂纶，深谷宜开荒。匪伊嗜修鳞，亦岂谋稻粱。
蜕迹埃壒余，寄心水云乡。谁云羔羊裘，不复如轩裳。清风亘寰宇，
荒矶矻崇冈。落日重怀古，山水空苍茫。

○万节 3 首

万节，字资中，号雪坡，安福（今江西省）人。明永乐十九年（1421）进士，历任荣昌知县、御史、广西按察副使。有《雪坡集》。

过桐庐钓台

九重辞已远，重九又相将。客鬓惊垂白，篱花笑吐黄。
功名心渐懒，学问事全荒。慨仰严陵老，山高水复长。

子陵罢钓图

天晓钓鱼台，烟霞拨不开。投竿屡回首，怕有使车来。

秋江独钓图

桐庐溪上即严滩，白发羊裘坐钓寒。千载高风图画里，吾将此处学钓竿。

○雷璲 1 首

雷璲，建安（今福建建瓯）人，明永乐十六年（1418）进士。

送大年先生

徐君浩气凌秋旻，满襟冰雪无织尘。放情林壑四十载，居然自号山中人。
山中之人何所服，蒹带荷依佩芳菊。笑携明月弄潺湲，木石同居友麋鹿。
有时高卧北窗风，梦回爽气生前峰。当轩落笔写佳句，铿然金石鸣黄钟。
平生著述期元绍，黄卷青灯耿相照。麟经已究圣人心，鸟篆能临苍颉妙。
去年诏促来天都，编摩元史先群儒。文字岂在欧宋后，议论直与班扬俱。
书成晓进明光殿，喜动龙颜春满面。辞官不受拂衣回，赏赉从容蒙厚眷。
明时礼乐方制作，况是夷夔集阿阁。长材又复数月淹，曲台旧典新删削。
昨宵闻君得告还，多君喜色浮眉间。持帆南下遂初志，某邱某水穷跻攀。
君家住近严陵濑，清节高风久心会。富春山下田可耕，桐庐江头驻堪鲙。
嗟予史馆相与深，凤台操□悬离心。何时乞身湖海去，扁舟雪夜来相寻。

○李昌祺 1 首

李昌祺（1376—1452），名祯，以字行，庐陵（今江西吉安）人。明永乐二年（1404）进士，选翰林院庶吉士，历官礼部郎中、广西布政使、河南布政使。有《运甓漫稿》等。

题严滩独钓图

桐江连天兮秋水长，富春摩空兮烟树苍。客星兮寒芒，汉宫兮苔荒。彼争攀龙鳞兮铭勋旂常，此宁着羊裘兮垂纶沧浪。以足加腹兮忘故态之犹狂，廉贪立懦兮揭世之防。云台钓台兮其高颉顽，二十八人兮图像已忘，先生万古兮岿祠堂。

○唐文凤 1 首

唐文凤，字子仪，号梦鹤，歙县（今安徽省）人。明永乐中，授兴国县知县，后改赵王府纪善。有《冈梧集》。

题严子陵钓台图

炎刘焰熄几不燃，莽星妖光万丈悬。卯金炉中虹吐烟，赭肩群聚蚁慕膻。天心届愿刮席玄，赤龙飞起白水渊。六合电扫皇风宣，英雄趋朝簇鹭鹓。侯王济济相后先，亿兆臣伏孰敢喧。子陵高卧志益坚，冥鸿避弋能孤骞。平生和好如篪埙，一贵一贱忍弃捐。九重召入玉榻眠，列宿磨荡惊失躔。羊裘归来破露肩，钓竿袅袅晴丝牵。东京清节推独贤，高台屹立石一拳。千秋万古名犹传，空山青青水潺湲。

○姚建和 5 首

姚建和，字惟政，桐庐（今浙江省桐庐县瑶琳镇姚村）人。博学嗜古，尤工吟咏。明宣德、成化间三修郡志，时人谓之"两脚书楼"。有《桐江诗话》。

九里洲

江分燕尾夹中洲，百顷桑麻绿荫稠。碧苇黄芦归寒雁，白蘋红蓼浴沙鸥。北溪船上南溪下，前港潮生后港浮。最是夏来潇潆涨，玉人多倚仲宣楼。

注：九里洲为桐庐县桐君街道梅蓉村旧称。

白水湖

底事名为白水湖，世传文叔困穷途。冕旒未入黄金殿，图谶先占赤伏符。
高获素能推六甲，严光终欲老三吴。飞龙已向河阳去，千载令人仰圣谟。

注：白水湖在桐庐县北二十里，上下四湖，相传汉光武微时，避王莽之乱，访严光，
高获于此。时光武号白水真人，后人因以名之。

钟　山

穹窿覆地肖真形，自是阴阳鼓铸成。汩没或随春雾隐，鉴轰还藉夜雷鸣。
孤猿别鹤云边唳，野草闲花雨后生。莫作块然岑峤视，周颙曾此著芳名。

注：钟山又名青冷山，在桐庐县西北三十里，相传为周禅师道场。

垂云洞

石棱万丈罩岩扉，霭若春云接翠微。茅屋生烟巢鹤去，松檐滴雨困龙归。
壁留篆草仙游远，路砌苔花客过稀。惟有洞前春药碓，代人劳役转如飞。

注：垂云洞在桐庐县西北五十里，旧名石佛洞，唐贞观年间改今名。

宝善堂

万古瑶琳阀阅家，相传惟善是生涯。前人广积诚无敌，后裔遵行更可靠。
尚义固持如宝至，视财不啬若泥沙。信知阴骘天垂祐，瓜瓞绵绵世所夸。

注：宝善堂为至德桐江姚氏宗祠堂名。

○杨述 1 首

杨述，字宗道，桐乡（今浙江省）人。明永乐二十一年（1423）领乡荐第二，
试春官不第，遂绝意进取，授宜兴训导，升监利教谕。

桐溪一曲图

桐溪一曲抱村流，乔木人家溪上头。故老剩传诗记在，昔年曾见凤凰游。
寻常看画心先住，七十悬车愿始酬。寒我平生饶访古，扁舟三日为君留。

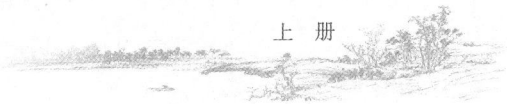

○吴与弼 2 首

吴与弼（1391—1469），字子傅，号康斋，抚州崇仁临川（今江西省）人。明天顺元年（1457）授左春坊左谕德，辞不就。崇仁学派创立者，明著名理学家、教育家。有《康斋集》。

子陵钓台

王孙旧是布衣伦，岁晚如何又屈身。不有先生高致在，滔滔俱羡拂须人。

大浪滩

先君遗墨识名滩，使节曾经此往还。改罢新诗吟未了，舟人又指富春山。

注：洪武间，先君奉命往福建，有大浪涌谣。

○萧彦立 1 首

萧彦立，泰和（今江西省）人。明成化五年（1469）遂安教谕。

东津观鱼艇

渔舟几个泛东津，出没烟波秋复春。尽日风前曾撒网，有时月下惯垂纶。鲈鱼入馔偏宜客，鸥鸟忘机不避人。此去严滩应咫尺，清风高节有谁伦。

○司马垔 1 首

司马垔，字通伯，明山阴（今浙江省）人。成化八年（1472）进士。以御史视学南畿，校文日阅千卷。擢福建副使。寻乞归，辟园亭，以诗酒自娱，工词翰书法，有《兰亭集》。

严子陵钓台

富春钓叟竟容归，越峤樵夫愿伛违。仕路风霜仍客鬓，故园丘壑自春晖。九重共有真龙在，万里谁教倦鸟飞。目断高台重回首，野情幽兴正依依。

○吴哲 2 首

吴哲，明辽东（今辽宁省）人，成化八年（1472）进士。历浙江副使，累保定知府。

钓台两首

潮长平沙春水生，严濑七里晚波明。台边香饵澄沧海，月下烟蓑冷客星。
龙衮羊裘成往事，桐丝汉鼎尚高名。当年若得真鱼水，竿竹何缘羡独清。

其　二

鱼水君臣偶不投，钓台江上几经秋。东京有幸登王佐，北越何甘老披裘。
满目云山留故态，一丝汉鼎系清流。怀仁辅义如相就，要领终期到白头。

○徐朝宗 2 首

徐朝宗，字廷用，分水（今浙江桐庐）人。明宣德二年（1427）进士，官贵州道监察御史，巡按广西，秩满迁河南按察司佥事。后擢福建按察副使，改山东按察副使，进嘉议大夫。致仕后自号归山道人。

横溪晚钓

一泓东逝小桥西，时有高人把钓丝。风景依稀姜望渭，清高仿佛子陵矶。
釜凭六物无贪得，直下一钩有所思。为向源西求活水，此心从不被尘迷。

高坡春云

东风吹冻水盈晴，社起乡村农事稠。眼底纷纷空野马，望中处处出羊牛。
耕残山陇云归岫，来破天边月挂钩。赢得儿童齐热闹，春劳准拟获全秋。

注：高坡，在桐庐县分水镇蠡湖村。

○张瑄 1 首

张瑄，字廷玺，明浦口（今江苏省）人。明正统七年（1442）进士，授刑部主事，后出任吉安知府，广东右布政使。累南京刑部尚书。有《观庵集》《香泉稿六卷》。

钓　台

不把羊裘博锦袍，先生制行一何高。眼中蔑视三公贵，万里云霄一羽毛。

○商辂 6 首

商辂（1414—1486），字弘载，号素庵，淳安（今浙江省）人，明宣德十年（1435）乡试第一，正统十年（1445）会试、殿试皆第一，授修撰，累迁兵部。英宗复辟，被诬下狱，斥为民。成化初以故官入阁，进谨身殿大学士。卒谥"文毅"。有《商文毅公集》《商文毅疏稿》《蔗山笔麈》。

送顾教授之严州

钱塘西去是严陵，士服诗书俗化敦。黉舍倚天尘不到，皋比拥座道还尊。横经久擅春秋学，拜命重沾雨露恩。此后也应非远别，超迁指日会金门。

桐江独钓图

拂袖长歌入富春，沧江深处独垂纶。短蓑不换轩裳贵，千载高风有几人。

山水图·春

楼阁嵯峨远岫明，此中风景似蓬瀛。抱琴未遇知音客，闲倚银鞍信马行。

山水图·夏

十里芳塘景最幽，藕花香里水光浮。望来不识人间暑，羽扇纶巾乐自由。

山水图·秋

青山远近白云重，谁识当年把钓翁。千载严陵滩上路，令人犹自忆高风。

山水图·冬

同云黯黯雪漫山，系却扁舟停水湾。被拥芦花酣睡后，不知身世在人寰。

○姚夔 21 首

姚夔（1414—1473），字大章，号损庵，桐庐（今浙江省）人。明正统三年（1438）乡试第一，七年（1442）会试第一，迁吏科给事中。景泰初，擢南京刑部右侍郎，寻改礼部，后累官礼部尚书，知贡举，加太子少保。卒谥"文敏"。有《姚文敏集》。

送危典史致仕还乡（并序）

吾邑典史危君彦恭，九年秩满，民列状留之甚切。邑令前监察御史南阳李侯，爱其为人，且重民之请也，为达之上吏部，迟其来。久之，代者往而君乃至，遂弗果留。君以亲老乞致仕而归，予喜君之不泥于仕，而能急于新也，作诗送之云：

桐庐之山郁以纡，桐庐之水清且迂。襟江带溪泻澄练，锦峰绣岭列画图。
风淳俗美词讼无，家诗户书颇尚儒。最喜泉甘土更沃，况复鱼鲜米胜珠。
自昔号为易治区，征输不用鞭朴驱。奈何后先事顿异，淳者变浇美者污。
危君在幕负才志，一赞一画道谊符。大夫有善君与俱，大夫有过君与扶。
数年之间化方洽，颂声洋洋载道途。危君考绩来帝都，大夫快若失友于。
抗章乞留辞甚恳，桐民卧辙争攀呼。君曰有亲老可虞，白云望断天之隅。
人生富贵何足计，三公不换庭前娱。乞身再拜辞天衢，拂袖便欲乘双凫。
上林桃李照颜色，都门杨柳牵骊驹。到家正值五月初，葵榴满眼开庭除。
版舆时度潘家苑，彩服朝嬉楚老雏。吁嗟危君行独殊，事君事亲两不孤。
作诗赠尔重缱绻，庸以励世风吾徒。

送徐生克明原一兄弟归淳安

妙尔英姿济世才，携书还过钓鱼台。门迎腊雪从归去，满座春风好复来。

忠义俞元器两首

亲扈銮舆事北征，朔风一夕偃南旌。龙游沙漠分当死，马入穹庐义不生。
勒剑志枭渠贼首，运筹力挽至尊营。满腔忠血如雷吼，化作天戈杀虏声。

其　二

利害毫芒世所争，君于此际更分明。只知信义泰山重，却等艰危片羽轻。
同事同官相友爱，一生一死见交情。坐令千载敦浇俗，太史操觚细与评。

　　注：俞元器，名鉴，浙江桐庐石阜乡（今江南镇）人。明正统七年（1442）进士，授兵部职方主事。十四年（1449）夏，也先犯边，英宗北征，职方郎中胡永清当从，胡以病求鉴代，鉴慷慨许诺。问曰：家远子幼，奈何？鉴曰：为国臣子，敢计身家。尚书邝埜知其贤，数于计事。鉴以力劝班师对，时不能用。师覆，殉难土木堡。

斋所梦元器

高堂夜虚敞，燕寝香轻盈。心斋虑不俗，梦境神自清。故人何处来，
欢笑如平生。衣冠甚间暇，谈吐皆真情。真情两相爱，缱绻岁寒盟。
风雨袭松竹，飒然枕畔惊。据床徒彷徨，惟闻户外声。

梦感（并序）

岁癸酉春正月二十九日夜，舟次李阳驿。梦故兵部职方主事俞君元器生辰，张
宴高堂诸旧友。咸集杯酒交酬，语言谈笑，一如平生。情正洽为桡声惊寤。不胜凄怆，
食为之不下者竟日。久之不觉声恸，乃作诗，以志其哀云。

一从扈驾陷边城，徇国忘生大义明。形化九原魂不死，神游万里貌如生。
俎筵梦里逢初度，谈笑樽前总旧情。忽被桡声惊枕寤，抚膺竟日泪长倾。

送卧雪处士南归三首

行义乡邦素所推，都门相会忍相离。葭莩不弃朱陈好，松柏能坚管鲍知。
桐叶凋霜人去早，稻花含露雁归迟。江南风景还如旧，好折寒梅慰所思。

其　二

千里相将入帝乡，荷衣懒惹御炉香。偶看鸾凤仪天阙，却忆鸳鸯在野塘。
桂子风中歌别酒，芦花浪里促归航。故园亲旧如相问，为说黄门底事忙。

其　三

卧雪先生乐隐沦，山中习静自怡神。酣歌菊径柴桑客，笑傲桐江栗陆民。
放鹤几回过夜半，钓鱼不觉到通津。汉廷礼乐还耆旧，未许欧波老此身。

题红梅寄卧雪翁两首

寒葩分得西湖种，植向桐君药灶傍。一夜东风丹走却，染成点点绛桃香。

其　二

可是东君检点差，无端冰骨着丹砂。北人不识江南意，疑道春前有杏花。

食九弟所寄潮鱼诗以前谢之两首

几年不食家乡味，想煞桐江旧钓矶。一尺潮鱼千里念，弟兄情分世应稀。

其 二

潮鱼虽短味偏长，珍重君能远寄将。嫩韭蒸来香满口，一餐午膳倍寻常。

送吴伯彰归桐庐

芝溪浩渺源流香，乡峰蜿蜒来脉长。山水精□会融结，种成人物殊寻常。
故家旧族称吴氏，合食从来数百指。绵绵相继富且殷，一屋同居已八世。
诗书礼乐何彬彬，仁义孝友尤肫肫。乡童里叟咸衣被，好似大厦庇千人。
固知积善非一日，子姓昆弟皆珠璧。温淳雅饬良可嘉，荀氏门庭真仿佛。
有子有子更白眉，器宇迥非群辈匹。揭来应诏上金台，千斛精粮资上国。
伯父承恩授冠带，子在岈嵘同锡赉。朝罢龙颜出五云，晓月骅骝并言迈。
于是正值十月春，都亭饯别罗宾亲。朔风惊寒马蹄促，雪花飞絮犹缤纷。
红尘紫陌留行色，急管娇弦情未释。玉壶倾倒日西垂，翘首潞河应咫尺。
船头有客歌三叠，更酌燕醑与君别。到家传语松月翁，香社会中诗谁结。

赠兄耕乐先生南归

耕乐先生性夷逸，颜如渥丹瞳如漆。胸中不信沧海宽，眼底自觉尘寰窄。
千钟美禄似毫芒，万两黄金如一粒。桐江颇厌嚣俗喧，僻向小山结幽室。
竹篱茅舍偏独安，长江短篷时自适。生涯不满百亩田，刀耕水耨艰为食。
春晚喧喧布谷鸣，春云霭霭檐溜滴。呼童载犁躬负锄，手牵黄犊头戴笠。
一耕不自已，再耕还自力，三耕且抽苗。看看秀而硕，夏耘勤勤秋复来。
禾黍如云堪刈铚，口箩负囊纷敛归。仓盈困满居无隙，教妻酿酒赛田神。
口羊宰豚宾亲戚，击鼓咚咚乐未央，忽省玉兔东山白。口官素不通姓名，
里胥谁敢呼徭役。弄孙娱子经岁年，口甘饴旨供朝夕。吁嗟先生乐何极，
所乐惟耕人不识。口朝忽念同胞人，买舟千里来京国。尔弟揆匪经纶才，

承乏天官愧修职。几年不见忽相逢，且悲且喜情如织。问兄今年六旬五，
何事勤劬轻远出。矧逢四月初度辰，官居肆筵开寿域。一杯鲁酒祝长生，
子姓夫妻跪前席。弟于兄情那可言，恨不割肉为兄炙。相看相处未经旬，
何忍匆匆问归轼。兄兮兄兮不可留，执手潸然泪交臆。兄几七十弟五旬，
此别相会知何日。愿兄珍重莫轻游，愿兄善养保和德。行当谢事赋归来，
与兄同作耕乐客。

送内弟王仲启

君来问我意如何，我赠君归有甚么。仁义传家终有庆，诗书教子更无他。
梦飞桐水看云卧，酒酌秦淮对月哦。归到吾庐如有问，只今愁比向来多。

送严州方医官

医传三世共推贤，妙得灵枢意外玄。指下膏盲无遁迹，囊中咀哎不论钱。
黄堂誉重封章达，丹陛恩深衣锦旋。归到严陵三月半，杏林春色正鲜妍。

奉寄叔父宁津公三首

六载无由献寿杯，笑颜频向梦中开。焚囊剩喜承家教，代政殊惭相国才。
一职近依青琐畔，寸心遥望白云限。清朝未许投簪绂，何日林间杖履陪。

其　二

脱却朝衣卧草莱，白云深处独俳徊。庭前有菊还栽柳，窗下无花只看梅。
兰砌群孙朝戏舞，香山诸老日追陪。天边陡切承颜念，一望乡关肠九回。

其　三

一自严庭殒落晖，谁怜慈母抱孤儿。不因盛德濡雏翼，那使微才接凤池，
贻训何当安石意，推恩未足五伦私。几回梦断桐江月，一抹疏云雁度迟。

赠侄瑞（并序）

瑞初名杲，予以其于兄弟行不相类，改名曰瑞。瑞者，玉色文貌，夫玉色温润而有文者，以坚刚为之质也，故字之曰质夫，欲其文质相称也。瑞之兄曰瑈，瑈者粟也，玉之美华，有粟粟之意焉，其必以敬将之乎，故字之曰敬夫，欲其戒慎以自持也。噫二子勉乎哉。

吁嗟吾家世居严陵之左，桐江之滨。上继荣禄之祖武，下缵五世之宗盟。积仁累德三百禩，笃生显考兮豁达雄迈承其盈，六息五是丈夫身。天胡弗畁臻遐龄，藐予匍匐未能步，尚赖母氏教育成其名，叨官食禄荷圣明，两锡花诰增光荣。追封二代兮皇皇遗泽信有微，吁嗟吾家兄弟群，玉立子姓骈兰馨，第宅甲邑蔽槐影，田畴接畛连桑阴。官府不听催科声，门闾惟有宾客迎。沐浴前人之膏泽兮，盘桓盛世之太平。盍亦图惟保厥成，庶几大厦无颠倾。吁嗟吾家兄长已矣不可作，三兄四弟并臻六表胥康宁。我亦知命年，白发何嶙峋，伤哉尔父兮，莹然玉树先沉沦。寡妻幼子何茕茕，况尔遗腹尤零丁，母兮鞠抱独辛苦，皇天监祐幸见二孤头角俱峥嵘。吁嗟吾侄莫负天，莫负人，羔羊跪乳慈乌返哺兮，顾兹异类亦有情，人生何可忘其亲。昨而念我骨肉恩，跋涉千里趋神京，留侍左右蒉屡更，抚之教之几回使我涕沾巾。吁嗟吾姪毋违吾言兮，毋怪吾谆谆，勤俭足生涯，孝悌是本根。一或失之兽与禽，黄金万两如浮萍。吁嗟吾侄有书须当读，有田须当耕，毋忧尔迍兮毋虑尔贫，行将乞身向圣主，归来与尔乐天伦，七里滩下鸬鹚村，九里洲上凤凰岭，一壶酒，一张琴，一榻清风一曲吟，籍也醉兮阿咸凭，传语桐江诸父老，枌榆社里留我半席莫使他人侵。

○胡谧 1 首

胡谧，字廷慎，会稽（今浙江省）人。明景泰间乡试第一，旋登进士。任山西金事提学，纂成《山西通志》，以资料丰富、体例完善、详略得体而著称。成化十五年（1479），任河南按察副使，其间兴建大梁书院，同时参与编纂《河南总志》。擢广东参政。

钓 台

七里滩头百尺矶，渭川应自有心期。徒廑物色来三聘，未识经纶在一丝。
海寓正当炎祚复，江湖俄望客星移。凭将后代春秋笔，载续希文旧勒碑。

○李春 1 首

李春，字景阳，明无为（今安徽省）人。正统间进士，历任兵科给事中、福建参议、
江西左参政，有政声。

严 滩

富春江上山无数，两岸夹江如棋布。江流曲折起高滩，怪石巉岩忽当路。
下滩容易上滩难，舟行到此心胆寒。十夫牵挽寸步进，滩声人声入云端。

○何仲康 2 首

何仲康，分水（今浙江桐庐）人。明正统五年（1440）岁贡。

丹霞洞

洞天仙景三十六，中有麻姑最幽独。一朝骑鸾到建昌，翩然拂袖来分阳。
觉山道士亦灵物，白石岩前脱凡骨。洞门不钥丹霞春，至今来往皆仙人。

注：丹霞洞在桐庐县合村乡岭源村邵家畈自然村觉道山南。相传麻姑在此修行
脱凡。

双溪流水

双溪白云不出山，双溪流水声潺潺。东流奔海何日到，白云满山何人扫。
残阳老树明中洲，水光云影空悠悠。何当掬此一勺水，却倚云根洗烦耳。

注：双溪指桐庐县百江镇的前溪和罗溪。

○王恕 1 首

王恕（1416—1508），字宗贯，号介，又号石渠。明三原（今陕西省）人。英宗
正统十三年（1448）进士，选庶吉士。后为大理寺左评事，迁左事副，又历任扬州知府，

江西布政使、河南巡抚，南京刑部左侍郎、左副都御史、南京兵部尚书兼左副都御使、吏部尚书加太子太保，官至少傅兼太子太傅。

玉华山

种玉仙人久不还，玉华千载尚名山。飞泉怪石空青外，瑶草琪花积翠间。
道士著经时许借，邻翁放鹤每同闲。餐琼何必蓝田远，应有幽期一扣关。

> 注：此诗一说为陈恕（莆田人，曾为闽海儒学）作。

○倪谦 1 首

> 倪谦（1415—?），字克让，号静存，上元（今江苏南京）人。明正统四年（1439）进士，成化中为南京礼部尚书，赠太子少保，谥"文僖"。

过严先生钓台

深隐层台把钓钩，独将名节傲王侯。故人大度符高祖，夫子清风迈许由。
已有衣冠盈凤阙，何须轩冕换羊裘。客星自落桐江上，千古犹能姓此州。

○陈升 1 首

> 陈升，余姚（今浙江省）人，明正统四年（1439）进士，授官行人司司正，累工部尚书。

钓 台

寻龙来七里，泊岸有孤舟。水碧缨堪濯，台空钓已收。
风尘悲市道，慷慨拜清流。何日能悬解，溪边借一丘。

○徐球 1 首

> 徐球，字廷美，分水（今浙江桐庐）人。明成化二十三年（1487）举人。任桃源县教谕，升南国子监学正，擢梧州府同知，调韶州府同知，迁太平知府。致仕归。有《云松遗稿》。

七里扬帆

滩高七里泻银河，风饱蒲帆倏忽过。认草□真诗眼乱，去程容易客欢多。晴峦走翠山□马，华鹤倾涛鸟掷梭。独有渔舟吹不去，晚来犹是美烟波。

○邱濬 2 首

邱濬（1418—1495），字仲深，号琼山，琼州（今海南省）人。明景泰五年（1454）进士，累官文渊阁大学士，参预机务。卒谥"文庄"。有《琼台会稿》等。

严子陵图

长笑刘歆头，不及严陵足。厥角稽首势若崩，况敢横足加帝腹。严先生，何壮哉，钓台岂但高云台。清风辽邈一万古，落日颓波挽不回。

寄题钓台

祚终四百已无汉，滩历千年尚姓严。终古祠堂钓台侧，水光山色拥高帘。

○　袁衷 1 首

袁衷，字秉忠，东莞（今广东省）人。明正统六年（1441）举人。授户部主事，历知梧州、平乐、永州诸府，称廉明。有《竹庭稿》。

丙子仲秋过富春山

桐江名胜偶登临，建节东行播德音。高树鸣蝉红日晓，乱山啼鸟白云深。乡关迢递思亲念，客路驰驱报国心。薄暮不堪羁意切，倚篷频作短长吟。

○张和 1 首

张和，字节之，昆山（今江苏省）人。明正统四年（1439）进士，受南京刑部主事，进员外郎，升浙江提学副使。有《篆庵集》。

过桐君山

云断山疑合，川回路忽分。秋声两岸叶，晓色万峰云。

孤雁冲帆度，寒蝉隔水闻。严陵遗迹在，我欲问桐君。

○潘亨 1 首

潘亨，字从礼，淮安（今江苏省）人。明景泰七年（1456）举人，同知武昌府事，有《冰壑先生遗稿》。

七里滩

怒涛催远客，帆落钓台阴。夜雨他乡梦，秋风何处砧。

渚烟笼树杪，涧水入溪深。中有垂纶者，茫茫不可寻。

○唐子昌 4 首

唐子昌，生卒年不详。明景泰丙子年（1456）任桐庐县学教谕，后仕临安知县。

赞学山书院 四首

奋志芸窗淡利名，巍巍书院费经营。山迎户外红麈净，月照几前黄巷明。

学富双楼惊士习，诗传百韵惬豪情。菁莪乐育多才杰，次第攀龙达帝京。

其 二

久羡书楼学业深，尚留遗址表芳名。空山待欲藏经史，精舍聊为寄性情。

陆子鹅湖堪共羡，朱翁鹿洞应偕旌。要知当日腾声处，方伯堂中压众英。

注：此诗一说为清姚春作。

其 三

仰起书香屡世宏，当年院建学山名。藜光夜照耽经史，山色朝迎惬性情。

果尔由堂还入室，自然在野应招旌。遗诗百韵谁能诵，满志踌躇望俊英。

注：此诗一说为清王延瑞作。

其 四

鼓励英才慕远猷，于今同仰学山头。作人遗教垂先志，造士流芳启后筹。

志三修在百咏留，萦情翘企兴弥优。要知道岸诞登处，冬夏诗书礼乐秋。

注：此诗一说为清王延瑞作。学山书院，明景泰六年（1455）邑人姚建和创办。学山为姚建和之号。在至德赤洲（今桐庐县瑶琳镇瑶琳仙境景区内）。已圮。

○姚龙 1 首

姚龙，字讷言，桐庐坊郭（今浙江省桐庐县桐君街道）人。明正统七年（1442）进士，授刑部主事。历署员外郎事，迁福建参议，转河南参政。

桐君山

晓上桐君宿雾收，岚光苍翠恣夷犹。丹炉秘诀归仙子，清景吟怀属士流。
七里滩横孤棹影，三山钟响五更头。古来潇洒称名郡，莫把繁华数汴州。

注：此诗一说为桐庐徐舫作。

○黄镐 1 首

黄镐（1420—1488），字叔高，侯官（今福建省）人。明正统十年（1445）进士，历仕广东左参政、浙江按察使、广西左布政使，累吏部左、右侍郎，官终户部尚书。赠太子少保，谥"襄敏"。

钓 台

雨晴祠下晚维舟，云自飞来水自流。汉主固能招隐逸，子陵安肯事王侯。
猿啼绣岭长惊犬，渔钓桐江已狎鸥。风节至今歌不尽，空山明月使人愁。

○柯潜 1 首

柯潜（1423—1473），字孟时，号竹岩，莆田（今福建省）人。明景泰二年（1451）举进士第一，官至少詹事。有《竹岩诗文集》。

舟次桐江柬士华兄

舣棹严滩下，相看两弟兄。溪风与山月，都是客中情。

○童轩 5 首

童轩（1425—1498），字士昂，号枕肱，鄱阳（今江西省）人，家于南京。明景泰二年（1451）进士，授南京吏科给事中。成化初谪调寿昌（今浙江建德）知县，升云南按察司佥事，提督云贵学政。成化十年（1474）召为太常寺卿，十五年（1479）升寺卿，十九年（1484）致仕。弘治元年（1488）复起为太常寺卿，升右副都御史提督西川松潘军务，兼理巡抚，四年（1491）迁南京吏部右寺郎，七年（1494）升吏部尚书，十年（1497）致仕。有《清风亭稿》《枕肱集》《纪梦要览》等。

九龙滩晚泊

九龙滩下泊，烟景暗苍苔。树影临流出，钟声渡水来。
江空鸥伴少，风急雁群哀。正尔怀人切，愁云满钓台。

渔　者

一叶扁舟里，萧条生计微。犬依茶灶卧，鸥逐钓丝飞。
不识功名路，浑忘宠辱机。溪头新水绿，欸乃日忘归。

题严子陵钓台

遗台临水郁嵯峨，西汉高风耿未磨。岁月忽惊人已远，江山如待客重过。
一书尚想狂奴态，五鼎空张谏议罗。四望寿陵何处是，青山依旧属渔蓑。

去寿昌作

来时此行李，去时此行李。俸外无一金，不愧桐江水。

登白沙亭望民诗

初日照林扉，山深客到稀。柳溪莺独啭，麦陇雉双飞。
少妇提筐出，中男荷畚归。盛时征赋少，生事莫嫌微。

注：白沙亭，在分水县东南三里（今分水镇武盛村）白沙村对面南岸镜架山上。

○张弼 1 首

张弼（1425—1487），字汝弼，家近东海，故号东海，晚称东海翁。松江府华亭县（今上海松江）人。明成化二年（1466）进士，久任兵部郎，议论无所顾忌，出为南安（今江西大余）知府，律己爱物，大得民和。长于诗文，草书甚佳，被评为"颠张复出"。尝自言"吾书不如诗，诗不如文"，有《张东海先生集》。

送王韶州致政归淳安

王郎元是绣衣郎，白简曾飞六月霜。韶郡南归思茂叔，青溪东下忆严光。松花酿酒吟秋月，枫叶题诗醉夕阳。从此唤醒尘土梦，笑将缨绂濯沧浪。

○杨琅 1 首

杨琅（1425—？），字朝重，莆阳黄石（今福建省）人。明天顺八年（1464）杨琅赴京应省试。英宗殿试策问举人，因殿对甚称上意，遂擢彭教榜进士，拜河南道监察御史。他笃学善文，工书法，有《举业经义》。

钓　台

荒台渺何许，崒崒空山隅。缅彼垂钓人，取适岂在鱼。
清风塞六合，名与天地俱。怀哉不可见，伫立空踌躇。

○李蕃 1 首

李蕃，字文盛，桐乡（今浙江省）人。明天顺八年（1464）贡士，官平乐府照磨。

桐　溪

万年禹凿东连海，百折清流曲抱村。风浪不惊鱼鸟静，桐花开到邑侯门。

○王璇 1 首

王璇，字玉汝，长洲（今江苏苏州）人。明成化十四年（1478）进士，授户科给事中，历南京都察院左副都御史。

晓经分水

卧闻水禽声，推窗看分水。低岸杂菱蒲，吴淞宛相似。波澄绿漪漪，流争清驶驶。荇舞翠带长，鸥翻白雪比。垂杨迁妖莺，柔莎露游鲤。

分明一镜开，身在镜光里。停梭缓缓行，神爽情亦喜。我苦思归人，乡间将近矣。

○魏偁 1 首

魏偁，鄞县（今浙江宁波）人。明正统、成化间在世，曾官江西石城县训导，以诗文名于世。有《经书仅悟》《茶余诗话》《闻见类纂小史》《云松诗略》等。

题严子陵像

羊裘那肯换簪缨，一曲桐江老此生。高节终扶炎汉祚，渔竿不是钓虚名。

○汪澄 2 首

汪澄，钱塘（今浙江杭州）人，明正统间按福建、浙江。

富春山严祠两首

客星千古富春山，雪白羊裘旧钓竿。堂下无人来买菜，阿谀瞻拜胆应寒。

其　二

先生不作汉丞相，分断空山几百秋。香火寂寞祠宇陋，却凭回禄与重修。

○陈滋 1 首

陈滋，字长卿，常州（今江苏省）人。明正统间入太学，官工部员外郎。

登富春山

夕涨犹未平，缆舟富春渚。旷瞩性所惬，况复倦行旅。和风波涤襟，朝阳曜晴宇。投迹青葱深，幽修闻鸟语。泉飞激情濑，回瞰直如缕。零露晞重冈，长松远延伫。褰衣石磴滑，闲云忽轻举。昔人在游历，霜柑候春雨。我来阴崖间，茫昧不遑处。钓台络山半，丝纶百尺许。缅忆披裘翁，永作神灵主。彷徨念弥蹙，去路日以纡。亮非烟霞姿，临流叹终窭。

○张宁 2 首

张宁，字靖之，号方洲，海盐（今浙江省）人。明景泰五年（1454）进士，授礼部给事中，后擢都给事中，出为汀州知府。有《方洲杂言》《奉使录》《方洲集》等。

严州道中

云路缘江转，舟行夕照中。水清深见石，山近欲挨蓬。
意与寒林淡，情随野望通。闲呼小儿女，到处一从容。

登子陵祠

南游重上富春山，高节清风竟莫攀。苗裔尚存寒士业，松堂长伴客星闲。
千山秀落双崖里，一水名高四海间。日暮长歌山下去，隔江犹有钓船还。

○乐武 9 首

乐武，字继美，湖广澧陵（今湖南常德）人，明景泰三年（1452）任分水知县，有政声。

县池八景
其一　南山霁雪

旭日重重辉万里，六阳化作长溪水。青天一色无纤尘，银河光摇画图里。
暗岚岸畔吹平沙，山阿石昙理杨花。翠禽点破峰头玉，平湖恍若铺银纱。
灞桥无限诗怀续，鸾鹤惊落玲珑竹。瑶琴鼓罢卷帘看，晚风半露蛾眉绿。

注：南山，在古分水县县治（今浙江桐庐县分水镇驻地）东南，海拔 208 米。

其二　笔岩丛秀

秀色腾空去千里，纤茫上蘸天河水。紫烟龙砚展云笺，文章写出鸿蒙裏。
才人不必书乌沙，分明昨夜梦生花。东君裁就碧玉管，何用红罗并碧纱。

苍林为颖秃还续，中山兔老荒斑竹。张颠去后无人挥，日斜影浸长江绿。

注：笔岩，即岩山主峰，在古分水县县治（今浙江桐庐县分水镇驻地）南，海拔385米。

其三　潦水鸣湍

昨夜迅雷惊百里，昆仑倒泻天河水。奔鲸吼出海门东，鼙鼓声喧半天里。
怒涛直卷洲上沙，骇浪淘淘翻桃花。渔翁相唤引舟去，织女临江难浣纱。
西风不断声相续，隔林隐隐鸣丝竹。余波偏到日边寒，流作一篙鸭头绿。

注：潦水，指桐庐县分水镇的前溪与后溪交汇处，当地人称白沙潭。

其四　灵岩仙洞

叠叠层峦环数里，中有仙都隔流水。玉田日暖紫烟生，丹灶夜烧彩云里。
仙翎翠羽鸣烟沙，飘飘红雨飞桃花。琼楼碧殿耸霄汉，金瓯玉麈笼云纱。
百年胜事谁人续，池边零落长房竹。野花啼鸟春风寒，芳草年年空自绿。

其五　塔山名刹

兰若清幽隔闾里，画栋雕甍枕江水。白云飞尽鹤归来，海山乱点空青里。
苍苔匝地无尘沙，天香错落飘昙花。座间有客聆清梵，壁上无诗笼绛纱。
千年衣钵还相续，只园剩种西天竹。老僧出定阅华严，崖畔藤萝挂春绿。

注：塔山，在县治（今分水镇驻地）五云山东，山上昔有保宁塔院。已圮。

其六　西坞春云

路转山迥深几里，曳曳春云起春水。白衣苍狗渺茫中，恍如重楼有无里。
高笼岩岫低笼沙，浓遮杨柳淡遮花。从龙天上作霖雨，肯随幽梦穿窗纱。
风前缥缈断还续，一夜和烟卧湘竹。侵晨入洞伴闲僧，露出前山螺髻绿。

注：西坞，在县治（今分水镇驻地）西北。

其七　前村夕照

牛羊半下山之里，夕阳倒映前溪水。霞光散锦漾琉璃，雨气成虹青镜里。

余晖斜灿江边沙。残红闪闪摇桃花。枫林欲暗隔烟雾，拂拂晓凉生乌纱。浩歌一曲无人续，鹤巢松树鸾栖竹。渔翁归棹倚西岩，欸乃一声暮烟绿。

注：前村，在县治（今分水镇驻地）南。前溪畔，南山下。

其八　科峰秋月

东望广寒千万里，谁抱银蟾离海水。水轮推出碾太清，宝镜新磨半空里。明光照满溪头沙，天风吹落大香花。玉兔捣残千万杵，素娥寒映厨中纱。升沉圆缺常相续，问之把酒傍亭竹。几时携斧约吴刚，砍取璃楼桂枝绿。

注：科峰，在县治（今分水镇驻地）北，又名科甲峰、双峰山。

双峰山

千仞苍屏倚碧空，东西两岫画图中。玉华仙去无消息，龙隐灵湫虎啸风。

○何乔新 1 首

何乔新（1427—1502），字廷秀，永明（今湖南江永）人。明景泰五年（1454）进士，历官刑部侍郎、南京刑部尚书、刑部尚书，谥"文肃"。有《椒邱文集》。

读西台恸哭记

北风怒憾龙舟覆，十万貔貅葬鱼腹。庐陵魁辅死燕山，劲血化为原草绿。当时门下多俊才，鸟散云消那敢哭。裂冠毁冕彼何人，俯首穷庐食雒粟。辕门从事抱孤愤，芒屩潜行严濑曲。肯随留叶立新朝，甘与方吴卧空谷。朔风直上千仞台，采采溪毛荐寒渌。歌残楚些招不来，萧瑟寒焱振林木。仰天长恸天亦愁，山鬼惊啼猿踯躅。冬青树下频往还，泪眼摩挲望天目。凤逝龙亡王气消，日暮惊乌止谁屋。褰裳几度濯江浔，尚恐尘污浣吾足。帝曰巫阳汝下招，促驾青虬归玉局。铙歌骑吹世空传，月表未成竟谁续。毅魄虽埋神不没，仙游想在文山麓。相逢握手共歔欷，细论兴亡泪如掬。浮云倏忽风中烛，忠义千年有余馥。屼然荒冢钓台东，我欲乘风奠醽醁。

注：留梦炎、叶李俱以宋臣仕元贵显，方凤、吴思齐与谢翱同隐，终身不仕。

○沈周5首

沈周（1427—1509），字启南，号石田、白石翁、玉田生等，苏州相城（今苏州阳澄湖）人，明中叶杰出画家，人称江南"吴门画派"班首。有《石田诗选》。

子陵垂钓

一出聊全故旧私，急归自信海鸥姿。中间亦有君臣谊，买菜侯生岂得知。

子陵独钓图两首

霜落江清木叶空，丹青有像是非中。羊皮不耻见天子，凤德何曾属画工。千古超然此翁迹，一衮聊耳故人风。能来能去形骸外，私莫容窥道自公。

其　二

一宵展足便江湖，能去能容两不孤。天子教人知友道，先生立节为贪夫。钓丝袅袅其风在，物色寥寥此貌无。辅义怀仁言已尽，菜乎使者说何愚。

题严子陵像

闻道先生裹足时，曾无一语答相知。后来亦有同衮者，再四能歌抱蔓诗。

题钓图

谁寄扁舟号隐沦，平沙浅濑入秋蘋。钓竿却是功名具，渭水桐江古有人。

○沈豳1首

沈豳，字翊，明长洲（今江苏省）人。沈周之弟，明著名画家。

钓　台

羊裘一着自身轻，不羡金章紫绶荣。千古钓鱼台下水，至今流出世间清。

○陈献章8首

陈献章（1428—1500），字公甫，新会（今广东江门）白沙里人，世称白沙先生。

明正统十二年（1447）举人，以荐授翰林检讨，乞终养归，屡荐不起。有《白沙集》《白沙诗教解》。

寄题严州严先生祠壁

既上桐江台，复弄桐江钓。不食桐江鱼，不怕严光笑。

衣巾人笑侬，羊裘终未了。堂堂范公碑，千古称独妙。

子陵四首

谁将此笔点行藏，真有乾坤日月光。三尺羊裘几铢两，千秋龙衮共低昂。

客星天上何须急，老脚人间不浪长。留得先生在台辅，不知东汉可陶唐？

注：杨束《钓台集》此诗辑为："聊拈彩笔点行藏，便有乾坤日月光。三尺羊裘几铢两，千秋龙衮共低昂。星缠变动天机速，脚板横加帝腹香。非是先生薄光武，直推东汉作陶唐。"

其　二

羊裘不返道终疑，玉帛虽来事可知。天下君臣光武召，世间脍炙子陵碑。

故人不改狂奴态，一事堪为百世师。九鼎汉家从此重，听歌山谷老人诗。

其　三

桐江秋水来天地，照见千年老凤还。太史直书形迹外，先生犹在是非间。

交情此去投当宁，年事何劳列从班？欲向东吴问遗老，江湖容有此翁闲。

其　四

先生如此亦天民，高坐桐江一水滨。却到陵夷排乱贼，方知名节是忠臣。

白鸥自去江湖远，黄纸何来道路频？往往见人东庑下，伤心一代帝王真。

寄严州林郡博缉熙

万紫千红外，如君故可人。桐江都满树，海驿尚含春。

梦林缉熙两首

酒阑歌不起，老病无奈何。梦满桐江雨，相对不成歌。

其 二

山楼本无梦，我自梦严州。严州谁梦我，白云天际流。

○徐贯 9 首

徐贯（1433—1502），字原一，淳安（今浙江省）人。明天顺元年（1457）进士，授兵部主事，升兵部郎中，调福建右参议，分守延平、邵武等 4 府。后升右副都御史、工部左侍郎、工部尚书，累加太子少保、太子太傅，卒谥"康懿"。有《余力稿》。

钓 台

两石屹立白云里，先生高卧坚不起。故人天上握乾符，币聘殷勤亦徒尔。
纷纷谁不附飞龙，独把渔竿钓烟水。一朝赴召便归来，空使客星占太史。
古来天民不苟出，寻常讵可窥涯涘。江流浩浩山苍苍，千古清风激顽鄙。

题钓台两首

先生所存大，讵肯敬焉出。世人但云高，此意竟谁识。

其二

巍峨两钓台，屹立桐江浒。人世从变迁，清风自今古。

赠桐江孙仲文

纷纷名利邈难羁，又逐冥鸿万里归。此去桐江看吊古，何人重上钓台矶。

题春江送别图赠姚良甫从兄南还

冰泮春江涨碧流，江头挝鼓发行舟。远山渺渺凝乡思，弱柳依依绾客愁。
梦觉尚怀春草句，兴来还忆竹林游。子陵台上重回首，一朵红云是帝州。

赠蒙城令方先生渊还淳安

引年便欲拂尘衣，促驾都门赋式微。故里遥知三径在，清时今见一人归。
频过石硖寻书院，闲到严滩上钓矶。龟鹤山前春正好，满川花柳映柴扉。

送建德宋谧还乡

衣锦新看白昼游，几年辛苦志初酬。谁言投笔惭班氏，自许成名拟酂侯。
月落蓟门惊别雁，帆飞严濑起浮鸥。故国到处堪行乐，莫使功名负黑头。

严陵八景　七里扬帆

两山壁立泻长河，十幅蒲帆瞬息过。上下偶因风力便，东西不觉路程多。
江流烟净澄如练，水鸟云飞疾若梭。堪笑往来名利客，谁为砥柱障颓坡。

两台垂钓

一带山岗列画屏，擎天两石俯清泠。烟光漠漠横向浦，树影茫茫绕故汀。
自分垂纶归泽国，漫劳占象动天心。清风千载常如此，当日云台浪得名。

○彭韶 1 首

　　彭韶，字凤仪，莆田（今福建省）人。明天顺元年（1457）进士。授刑部主事，进员外郎、寻迁郎中。弘治元年（1470）任刑部右侍郎兼都察院左佥都御史，整理两浙盐法。其间为郑廷纲、李德恢《钓台集》作序。卒后赠太子少保。

钓　台

移姓名乡郡，尊贤世所无。臣□□□后，友道不容孤。
物色遗渔钓，风神寄画图。□□今尚在，只可重樵夫。

○胡居仁 1 首

　　胡居仁（1434—1484），字叔心，号敬斋，明余干（今江西梅港）人。一生绝意仕进，曾主白鹿书院，以布衣终。万历中，追谥"文敬"。有《胡文敬集》等。

过子陵钓台

世祖中兴访故人，故人垂钓此江滨。一天明月无瑕翳，万古清风扫俗尘。宜以宾师居保传，何将谋议定君臣。扁舟趋拜高台下，乐对先生笑白云。

○史鉴 1 首

史鉴（1434—1496），字明古，人称西村先生，明吴江（今江苏省）人。书无不读，尤熟于史。隐居不仕，留心经世之务。王恕巡抚江南，闻其名，延见之，访以时政。鉴指陈列病，恕深服其才。有《西村集》。

读钓台集

子陵遁世士，因乱在齐邦。羊裘物色中，三征往帝乡。傲睨帝王尊，唾视名利场。辞荣良足钦，适用非所长。观其卧床对，岂不由衷肠。愿从巢父流，接迹颍水阳。诏许放还山，于焉渔且耕。君臣义交尽，故旧情靡忘。希文守兹郡，披榛吊颓荒。饰词荐蘋藻，伐石铭文章。节礼两言立，日月可争先。如规莫加圆，如矩莫加方。后贤务新奇，论议太低昂。遂令礼贤举，造化聚讼端。唯陵固汉人，清节起东京。况之三代士，斯言殊未当。逝者如有闻，应亦以为平。遥遥望云山，永言多慨慷。

○祁顺 2 首

祁顺（1434—1497），字致和，号巽川，东莞（今广东省）人。明天顺四年（1460）进士，授兵部主事，进郎中。成化中使朝鲜，不受金缯，拒声伎之奉。累官至江西左布政使。有《巽川集》。

子陵台

事去台空世屡更，桐江山水尚含情。丝纶本是无心物，钓得人间万古名。

过钓台

百尺高台傍水浔，东来先拟一登临。行舟已过空回首，不尽平生仰止心。

○林瀚 1 首

林瀚（1434—1519），字亨大，号泉山，闽县（今福建省）林浦乡人。明成化二年（1466）进士，授庶吉士，后擢修撰历仕南京兵部尚书、参赞机务。著有《经筵讲章》《泉山奏议》《泉山集》。

钓 台

富春山下客舟过，长挹清风感慨多。龙衮故人天上梦，羊裘渔父水边歌。一矶烟月还如旧，午夜星辰竟若何。面想流芳千载事，桐江波似渭江波。

○薛敬之 1 首

薛敬之（1435—1508），字显忠，号思庵，渭南（今陕西省）人。明成化二年（1466）贡入太学，二十二年（1486）谒选山西应州知州，后升金华府同知。曾书客星、钓台二碑，今尚存严陵祠内。

客 星

丽空小小点苍霄，会与贤人赙价高。或向紫微垣里出，便从华盖殿头招。狂奴彼夜虽轻足，圣主原天不纵骄。万古群臣犹分在，同游何计二时交。

○黄仲昭 1 首

黄仲昭（1435—1508），名潜，号未轩先生，莆田（今福建省）人。明成化二年（1466）进士，改庶吉士，任翰林院编修。官至江西提学佥事。有《未轩集》《八闽通志》等。

题钓台图

光武中兴网俊才，先生晦迹隐蒿莱。云台寥落成榛莽，万古犹传旧钓台。

○庄昶 2 首

庄昶（1437—1499），字孔旸，号木斋，江浦（今江苏南京）人。明成化二年（1466）进士，改庶吉士，授翰林院检讨。有《定山集》。

子陵钓鱼图

行止丘轲总未裁，江波只个钓鱼台。谁知也有渔舟画，不照严光影子来。

严陵钓台

东汉云台迹已休，万年风节在羊裘。西来定是桐江水，不与漳河一处流。

○戴缙 1 首

戴缙，南海（今广东佛山）人。明成化二年（1466）进士。授御史，九年（1473）秩满不得迁。乃上疏盛赞宦官汪直功。时西厂已罢，由此复开。缙于数年间升至南京工部尚书。直败，斥逐为民。

赋得子陵钓台送宋都宪归富春

严子滩头百尺台，九霄丹凤倦飞回。云消马首诸峰出，雨过桐江一镜开。极目烟波堪笑傲，忘机鸥鹭自徘徊。羊裘慎勿轻披挂，只恐玄纁特地来。

○谈纲 1 首

谈纲（1438—1507），字宪章，号勿轩，明锡山（今浙江省）人。成化五年（1469）进士。授南京刑部主事，出守广信，移莱州知府。

钓　台

九鼎悠悠重一丝，天星犯帝事堪疑。看来此语真谗谤，不在区区弄巧诗。

○何舜宾 1 首

何舜宾（？—1498），字穆之，号醒庵，萧山（今浙江省）人。明成化五年（1469）进士，任南京湖广道监察御史，管理畿甸渠道。因对朝廷不满，被谪戍广西庆远卫，后遇赦回乡。

钓　台

仰止先生此钓台，高名千古共崔嵬。云台岂是非宏壮，能与乾坤并久来。

○林光 27 首

林光（1439—1519），字缉熙，号南川，东莞（今广东省）人。明成化元年（1465）举人。五年（1469），会试下第，拜陈献章为师。二十年（1484），复赴会试，中副榜，任浙江平湖县教谕。弘治八年（1495），升山东兖州府儒学教授，十一年（1498）起补严州府儒学教授，十四年（1501）升国子监博士，十八年（1505）任襄王府左长史。正德八年（1513），恳乞致仕，遂进阶中顺大夫。有《南川冰蘗集》。

严州迎春两首

杂剧争喧阗，泥牛又散春。东风初着物，元酒未沾唇。
马舞山根鼓，花簪鬓脚银。欲将新甲子，再拜问芒神。

其　二

未及王正月，春光逐腊来。儿童纷戏舞，箫鼓闹相催。
山色看人醉，梅花向我开。阳和遍岩谷，更上子陵台。

将之严州写怀留别京师诸友八首

尘缘三月住京师，去傍桐江一钓丝。三沐三熏扬葛袂，半醒半醉咏鸥夷。
备尝世味心灰后，拈弄风花景暮时。凉雨几番思到骨，卖书争恐买舟迟。

其　二

拜望都门别帝畿，南熏拂面鬓丝丝。官如捷举叨祠禄，山到严州似武夷。
世路怯逢秋暑恶，漕渠争趁雨凉时。卑官自笑无多福，闲弄金丹得老迟。

其　三

东风策马出郊畿，莺啭千回柳万丝。送我严陵惟钓濑，何心鲁叟欲居夷。
斯文颇入支离后，至乐深于寂淡时。山水天留奇绝处，更将何事怨衰迟。

其　四

问柳寻花出帝畿，新题留别写乌丝。何愁浙水无薇蕨，真信严光是伯夷。

去棹快经霖雨后，计程刚到暮秋时。乌纱白葛严州路，祇恐山灵讶到迟。

其　五
海内英豪满帝畿，斯文常欲辨毫丝。闲因旧学窥千古，何用虚名慕四夷。
剩水残山皆乐地，乘田委吏乃吾时。阳关几曲都门酒，肯放深杯入手迟。

其　六
叠叠新声写旧畿，别情端似绎吾丝。真源会处忘饥渴，世路经来识险夷。
直把斯文供职业，更将何事答明时。宅南宅北春风动，贪种名花岂厌迟。

其　七
千年麟凤几郊畿，道脉悠悠寄一丝。诗笔未能忘大雅，羲爻端恐忽明夷。
苏湖振起文衰后，濂洛开当宋盛时。无限怀贤今日意，三千里外铎声迟。

其　八
老眼南畿又北畿，几人倾倒不留丝。庙堂何患无韩范，边境今应扫貊夷。
溟海屡瞻鹏化后，朝阳真听凤鸣时。诸君总有匡时策，莫遣封章入奏迟。

入严州境
山亦有缘水有缘，天公供我浩无边。峰峦翠湿深秋雨，瀑布看飞绝涧泉。
霄景忽开孤鸟外，片帆高挂晚风前。虚岩试问羊裘老，不着羊裘有几仙。

经钓台两首
层差积雨怯攀缘，老眼频回钓石边。已裹乌纱来白日，更将尘袂濯飞泉。
人歌人颂岩滩上，花落花开汉老前。千古江山风自动，尚怜文叔不知仙。

其　二
万里心藏一瓣香，布帆飞趁午风狂。好山似汝真难动，流水如人空自忙。

崖树株株新宿雨，岩花在在笑轻航。我来未买严州醉，试把桐江一味尝。

严州闻三子中式

广寒仙桂吐相将，笑触天机发异香。飞报忽传三子捷，老怀还逐少年狂。
风云际会殊非偶，山水钟灵岂易量。莫道无钱堪买醉，深杯直欲挽桐江。

将别严州留别诸友两首

出门信步亦何疑，宜止宜行各有时。尘俗随流皆下策，天君能主即严师。
千年自合留双眼，一敬端堪破万私。但得手中龙剑在，何愁光焰少人知。

其 二

缆解沙鸥且莫疑，溪梅刚遇放花时。诸君试共参天意，释子还能礼祖师。
山色留连皆惜别，风光过取不嫌私。他年归问桐江路，却把严光作故知。

五月六日发严州过钓台留赠饯别诸友

送送桐江日暮时，深杯入手岂容辞。人情却向分携验，山色偏留别后思。
花鸟更催诸子醉，尘氛莫遣此心移。汉庭多少繁华事，争似严光一钓丝。

严州留别郡伯

分符三载离京畿，问治看公后茧丝。千里争夸谁政猛，万民应识此心夷。
官卑礼数承宽假，道在行藏敢背时。杯酒桐江催缆解，不随花鸟怨春迟。

送桐庐县博林秉愚还莆阳

及门诸子雅推崇，众口碑存九载中。世路从来多险阻，斯文那更论穷通。
照人严濑千年碧，过眼春花几树红。归去闽南丹荔熟，深杯满饮对壶公。

严州名宦九首 （其五 范仲淹）

范公昔任司谏时，岁逢蝗旱江淮饥。于时上疏遣巡视，遂命安抚公亲之。

开仓振乏患不给，折役丁口咸蠲施。条陈救弊十数事，用度不节民应疲。
忽闻郭后又遭废，上书伏阙诤非宜。朝廷遂下睦州命，十口迢递向天涯。
子陵公案久未判，天教来竖桐江碑。节高器大雨推极，无乃欲吐胸中奇。
公云重父必重母，正邦先正家为仪。糟糠之妻尚变易，贫贱之交从可知。
子陵双眼光耿耿，夫岂不解知几微。我曾吊祭陈数语，操戈敢傍公藩篱。
乌龙山色尚清绝，仰公遗迹唱诸诗。

子陵四首 次石斋先生韵

羊裘大泽器深藏，云物终难掩瑞光。今古几人空愧畏，乾坤此老尚轩昂。
安刘祚汉心情远，剩水残山姓字香。描出白云舒卷意，谁家诗笔妙追唐。

其 二

同袍礼教未须疑，回首青山是故知。迢递几来尘里眼，摩挲还读庙前碑。
长竿自作江湖主，寸舌谁为帝者师。莫问荣华风烛事，棹歌留咏子陵诗。

其 三

桐江老子持竿手，旋转乾坤一气还。欲识江湖关系处，试看星宿荡摩间。
难同刘汉论心曲，合与夷齐议辈班。仰止高山千载下，身间元亦是心间。

其 四

羊裘坐老葛天民，物色何心到海滨。乡曲心情须长幼，玺书名分是君臣。
千年公案留诗咏，七里滩头舣棹频。无限青山溪一带，水云何处尽天真。

往钓台祭子陵先生阻风示诸生

白云催发钓台舟，何事刚风故打头。崖树飘摇迎客舞，滩声狂吼带烟流。
事当好处魔仍在，心到诚来倦未休。留得俚文祝千载，诸君陪我岂嬉游。

至钓台

瞻望嵯峨欲压舟，钓台高在两峰头。笑持鸠杖临盘石，坐看崖花蘸碧流。
富贵到头谁复在，酒杯入手岂宜休。自怜老脚还无恙，犹逐诸生日一游。

次韵石斋先生赠姜仁夫进士　其三

严子名存旧钓台，宦途看去复看来。乘田委吏风尘里，无分山中久闭斋。

○俞谏 3 首

俞谏（？—1524），字良佐，桐庐（今浙江省桐庐县富春江镇俞赵村）人，明弘治三年（1490）进士，授山东长清知县。吏部考评，誉为"东藩第一令"。寻擢升南京监察御史，奉命整治四川军务，"严明不苛，尽除积弊"。累官河南按察司佥事、江西布政司参议、右佥都御史、右都御史，执掌总都察院事，卒赠太子太保，谥庄襄。有《六诏纪闻》《扬芬录》。

题钓台环峰精舍两首

得请归来始息机，龙中为整钓鱼矶。浮云冉冉群猕渡，碧水茫茫独鹤栖。
投简漫追南国赋，明农闲采北山薇。烟萝石洞还输我，啸傲清风一振衣。

其　二

一自洪州脱珥归，梦魂久与宦情违。行歌绿野渔樵侣，笑人丹丘豕鹿依。
春茗摘芽云窦冷，秋醅酿熟蟹螯肥。衰颜始识栖霞意，十载灯前自觉非。

严子陵钓台

古石悬崖若建瓯，荒亭忽易奉祠生。浮云几见更新主，惟有青山总一情。

○戴冠 2 首

戴冠（1442—1512），字章甫，长洲（今江苏苏州）人。明弘治初以选贡授绍兴府训导。

钓台怀古

赤伏符兴罢战争，钓竿三尺足平生。远携仙女桐江隐，深悔羊裘大泽行。
一夜星辰凌帝座，九重贵贱见交情。请看七里泷中水，未到钱塘彻底清。

严子陵墓次韵

君臣垂令名，千载不偶然。先生固尚志，光武亦下贤。斯人化去久，
惟有丘陇存。髑髅已成泥，清风播椒兰。先生汉之龙，当与造化旋。
胡为抱明珠，终身堕深渊。云台空自高，视之若轻烟。归耕富春山，
高卧无违遭。服我羔羊裘，还君骏蚁冠。脱去金笼头，不受牧者鞭。
滩水清见石，客星长在天。

○江源 4 首

江源，字一原，番禺（今广东广州）人。明成化五年（1469）进士。任上饶知县，
迁户部主事，历郎中。以忤权贵出为江西按察佥事。擢四川副使，乞休归，优游泉石，
以诗自娱。卒年七十二。有《桂轩集》。

次邝时用韵留别两首兼寄黎景升两首

三年云水伤离别，几负诗筒走传邮。桑梓春风怀穗石，甘棠今日颂严州。
低昂世事棋翻局，摇荡乡心浪打舟。抚掌叹谈兼对酒，一宵风雨为君留。

其　二

一别故人经几秋，恨无黄犬作书邮。不知今夕是何夕，却在严州说广州。
宿草雨荒严子宅，布帆风送富春舟。金华半刺清如玉，安得高谈竟日留。

寄桐庐尹何汝玉

别离容易合并难，岂料桐江半夕欢。王事朝昏空鞅掌，宦涂荆棘转辛酸。
潮回七里滩流急，霜落□山石发寒。寄语故人莫怀抱，庙堂今日重郎官。

过严先生祠堂

归去桐江觅钓舟，百年经济亚伊周。故人脱解如汤武，谁谓先生不肯留。

○倪岳 1 首

倪岳（1444—1501），字舜咨，上元（今江苏南京）人，明天顺八年（1464）进士。弘治中官至吏部尚书，赠少保，卒谥"文毅"。有《青溪漫稿》。

送阁老商先生休致归严

圣主恩深太宰还，亲承优诏下天关。重来正作三朝相，早退仍登一品班。
鼎和盐梅元济世，云成霖雨却归山。丈夫出处应如此，不在严陵一钓间。

○程敏政 13 首

程敏政（1445—1500），字克勤，休宁篁墩（今安徽黄山屯溪）人。明成化二年（1466），殿试一甲第二名中进士，授翰林院编修，后升侍讲学士。历官太常卿兼侍讲学士、礼部右侍郎，卒后追赠礼部尚书。有《篁墩文集》《宋遗民录》《新安文献志》等。

严州东下两山高崖瀑布以百十数

东崖瀑布如玉龙，西崖瀑布如白虹。千寻之势不可杀，交飞乱落清泠中。
小声万骑驱元戎，大声五夜鞭雷公。初疑五丁举斧开崆峒，石髓流出
青山空。又疑海若上借愁天工，鬼窟遂与银河通。北舟直下桐川东，
一江春水摇春风。推篷左右忽见此，顿清百岁尘埃胸。迹愧庄生为世笼，
才非李白忧诗穷。一杯酹水一自酌，安得凌虚浩然与尔争豪雄。

钓　台

暂掷纶竿去复还，征书空照水云间。桐江岩壑知心久，肯遣移文过北山。

过姚文敏公墓

三朝勋业重姚崇，最兴家君契谊同。帝里风烟留故宅，仙乡山水见幽宫。

两家莫报君恩厚，百世应存士论公。我忝礼闱门下客，不胜清泪落东风。

登富春山时乡族商人多以索遗钱寓子陵祠问其所从索者皆县官也笑赋一绝

争道先生百世师，富春山麓起崇祠。残碑尚刻希文记，终有廉贪立懦时。

送人之官严州

渺渺桐江水，矗矗桐江山。上有子陵台，孤绝难为攀。
下有七里滩，照影清尘颜。幸哉君宦游，落兹山水间。
朝登野亭望，暝见渔舟还。时时得佳句，忘我身抱关。
我家水上游，道出清溪湾。因君发乡思，极目江云闲。

姚贡士时举及其弟中书吉甫送予与宣溪至钓台下联句为别

一尊相饯上桐江（篁墩），客思撩人未易降。斜日挂帆风欲正（宣溪），断崖停橹浪犹撞。通家义重金兰契（篁墩），逸兴歌惭白雪腔。钟鼎山林须努力（宣溪），可堪分袂隔船窗（篁墩）。

提学宪副东园郑君廷纲置酒富春驿亭叙旧得联句三首

山雨初收暑气清（东园），驿亭开宴叙离情（篁墩）。看乌未出心先醉（宣溪），新敬才倾句已成（宣溪）。坐倚画栏窥净绿（篁墩），笑停乌傍忘严程（宣溪）。人生聚散浑如梦（东园），赢得重温白社盟（篁墩）。

其 二

睦州城下偶逢君（篁墩），把酒相看日未曛（宣溪）。茅屋几间山寺外（东园），兰舟一棹石堤垠（篁墩）。已知学教遵安定（宣溪），久羡才名赛右军（东园）。明日江亭愁遽别（篁墩），几声长笛不堪闻（宣溪）。

其 三

讲筵同及事先皇（宣溪），谪下西湖两鬓霜（东园）。潦倒一尊仍话别（篁墩），
聊翻孤榻此追凉（宣溪）。江声树色催诗急（东园），竹笋溪鱼入馔香（篁
墩）。握手严陵山下路（宣溪），谁知身世在他乡（东园）。

严先生祠（并序）

光武以子陵不受官，仍命有司供谏议禄终身，子陵亦受之，以全其好贤养老之美，
皆近古未有也。

不作中兴谏议臣，归来仍许禄终身。要令公相惭台鼎，正为先生乐钓纶。
黄鹄溯风非谩士，赤龙当极是真人。雨中未得供萍藻，一日乘潮入富春。

严 光

一竿名重子陵滩，风景直宜入画看。却恐禄多归计好，羊裘零落钓矶寒。

送商素庵归淳安

昭代衣冠第一人，三元声价重麒麟。苍生自昔瞻伊傅，圣主方今赖甫申。
环佩恳辞金殿晓，图书缓载玉堂春。到家应是秋凉后，笑倚桐江看白云。

二月六日睦州城东遇雨野泊杂言一首

东风日夕至，倚棹桐江浔。淅淅打篷雨，渺然动羁心。老夫起读易，
小儿坐鸣琴。相随二三子，一笑开烦襟。山家隔溪渚，上有青竹林。
依依出烟火，阁阁飞沙禽。他乡忽值此，颇似南山岑。人生若萍梗，
况彼霜毛侵。临流发孤啸，极目江云深。

○陈良诗 1 首

陈良（1446—1506），字时佐，武陵（今湖南省）人。明成化十六年（1480）举人。
曾历任开化县、武进、京卫三县教谕、训导。著有《西古漫草》。以子满谟为副都御史，
得赠为兵部右侍郎。

月溪院

磴道纡迴几曲登，好山四面列云屏。半空青碧前朝寺，双涧寒流六月冰。
讲座参禅能演梵，法堂迎客且谈经。酒酣吟咏寻归路，黄叶秋蝉处处听。

注：月溪院，在分水县（今浙江桐庐县分水镇驻地）西五里月溪。已圮。

○屠勋 2 首

屠勋（1446—1516），字元勋，号东湖，平湖屠家栅村（今浙江省）人。明成化
五年（1469）进士，授工部主事。弘治十年（1497）迁刑部右侍郎，转左侍郎。正德
三年（1508）进刑部尚书。卒后赠太保，谥"康僖"。著有《东湖遗稿》12 卷、《太
和堂集》等。

钓台两首

高节扶炎鼎，清风满富春。两峰来矗矗，一水去粼粼。
太史占星象，平生有故人。缅怀招不起，独立暮江滨。

其　二

赤伏符龙运，先生老钓裘。故人空物色，吾道秖沧洲。
洗耳巢由辈，无心伊吕俦。狂奴千古事，此意复谁求。

○李东阳 6 首

李东阳（1447—1516），字宾之，号西涯，茶陵（今湖南省）人。明天顺八年（1464）
进士，选庶吉士，授编修，累迁侍讲学士，充东宫讲官，弘治八年（1495）以礼部侍
郎兼文渊阁大学士，直内阁，预机务。有《怀麓堂集》《怀麓堂诗话》《燕对录》等。

严子陵

一代巢由赖此翁，世间元自有三公。偶教识得君王面，白首犹烦到洛中。

严陵山

刘文叔，加我足。侯君房，瞋我目。平生若遣吾丧我，有目如盲足如跛。

安能城市复山林，朝往暮还无不可。君不见严陵山水高复深，谁哉更识先生心？

钓台

严陵祠下扬帆处，不见先生见钓台。巨石倚空红叶下，冥鸿冲雨朔风回。明时合重巢由节，济世非轻管葛才。莫道羊裘非隐物，山川不碍去能来。

闻刘东山司马致仕之命是日得谢方石祭酒到家明

十年两度送君归，听说乡山兴欲飞。岁久儿孙头角变，日长宾客往来稀。平桥着板通樵径，老树盘根作钓矶。强欲相从无旧业，定于何处解朝衣。

题青岩隐居记后

长怀龙卧歌梁父，岂学羊裘老富春。书诏早传行在所，衣冠生及太平辰。

寄庄孔旸

蓬岛谪来仙骨在，钓台高处客星悬。十年未洗江尘耳，谁听清风石上弦。

○陈炜 1 首

陈炜（1449—1527），字文用，号蒙庵，晚号留余，闽县（今福建省）人。明成化十四年（1478）进士，授潮州推官，迁南京御史，巡视两浙。累广西佥事、浙江佥事。

钓 台

赤龙天上驾群才，何独逃名卧钓台。明月一竿应自得，玄纁三聘只虚来。江山寂寂空秋草，云石苍苍积翠苔。夜半客星无复见，高风千古抗浮埃。

○汪敦善 1 首

汪敦善，明正统前后在世，钱塘（今浙江杭州）人。余不详。

谒严子陵祠

一片澄波映太虚，乾坤终古此蘧庐。先生高似陶宏景，不见山中有诏书。

○汪滢 1 首

汪滢，字雅安，绩溪（今安徽省）人。明成化十四年（1478）进士。

严先生钓台

江上清风几溯洄，九重不复故人来。伏波壮烈标铜柱，何似先生有钓台。

○王鏊 1 首

王鏊（1450—1524），字济之，号守溪，晚号拙叟，学者称震泽先生，吴县（今江苏苏州）人。十六岁时国子监诸生即传诵其文，乡试、会试皆第一，明成化十一年（1475）进士。授编修，弘治时历侍讲学士，充讲官，擢吏部右侍郎，正德初进户部尚书、文渊阁大学士。博学有识鉴，有《姑苏志》《震泽集》《震泽长语》。

寄郡守邵文敬

一麾出守还为郡，我欲留君愧未能。空使思南歌召父，定从江上谒严陵。吴山越水多相入，政事文章人并称。若到郡斋逢北雁，为拈秃笔扫溪藤。

（邵善书，曾知思南。）

○张吉 2 首

张吉（1451—1518），字克修，号翼斋，亦号默庵、怡窝，晚号古城，余干（今江西省）人。明成化十七年（1481）进士。累官贵州左布政使、工部主事、广西布政使、肇庆府同知。有《古城集》。

除夕泊舟钓台

悠悠桐江水，赴壑靡归期。荡舟岁云莫，偶泊水之湄。上有古钓台，下有樛木枝。披衣蹑危蹬，瞻礼子陵祠。子陵不可见，子陵道可师。浩然抱江月，皎洁巢父姿。清风濯九有，奚以勋业为。侃侃邹孟氏，沦道示宣尼。圣之清与任，屈指尹及夷。寂寞千载后，遐踪谁克嗣。
先生与孔明，作配端不亏。屣脱浮荣日，鼎分危险时。驱车值夷尹，
倾盖复奚疑。白凤与青鸾，旷世互来仪。孟氏不可作，孤吟聊自知。

经严子陵钓台
炎光翳翳中微日，白水潜龙已形质。直须暗结知名人，豪杰如公固其一。
驱驰戎马数年间，寇邓耿贾皆风翰。冥鸿杳杳知何处，刘氏宁忘宜再安。
惟应风节饶孤峻，耻事计谋并战阵。中兴神器已有归，物色匪勤终不进。
旧知万乘莫相疑，富贵勋名我不知。威凤岂是笼中物，万里烟江一钓丝。

○梁储 1 首

梁储（1451—1527），字叔厚，号厚斋，顺德（今广东省）人，晚号郁洲。明成
化十四年（1478）进士，授编修。累迁吏部尚书、华盖殿大学士、内阁首辅。有《郁
洲遗稿》。

送故人之子郑通判严州故人谓郑介庵元美也
五年南望几思君，此别悠悠意倍真。但使贤劳能报国，不于岐路更伤神。
子陵祠下天如水，别驾车前政似春。早晚行台书殿最，也应君是最中人。

○林俊 1 首

林俊（1451—1526），字待用，号见素，莆田（今福建省）人，明成化十四年（1478）
进士。累官云南按察使、南京右佥都御史、江西巡抚、四川巡抚、工部尚书、刑部尚书、
太子太保。卒谥"贞肃"。有《见素集》。

题钓台
地盘一股出，山擘两崖开。鼓枻随渔父，乾坤此钓台。

○董遵 1 首

董遵（1451—1531），字道卿，号东湖，明兰溪（今浙江省）人。出为南昌府学训导、

溧阳教授，升江浦知县、感恩知县。有《金华渊源录》及文集若干卷。祀乡贤。

钓　台

桐江烟水碧于秋，千古高风水共流。白日我从台下过，且将尘袂洗余羞。

○蔡清 1 首

　　蔡清（1453—1508），字介夫，晋江（今福建泉州）人，明成化二十年（1484）进士。官至江西提举副使、南京国子监祭酒。有《虚斋集》。

题严陵送别卷

我未识江生，而知生之名。生年始十六，文采动群英。乃父严州守，其学见之行。承家今有子，贤路拟相仍。吾友阮君浩，杨钦及其兄。与生同笔砚，临别莫为情。千里驰书来，祈我赠诗声。诗以道情志，不以供人事。矧我非善鸣，何以塞君意。虽然仁者赠，言古有之要。之其言不必，寄尝闻君子。学为已请赠，此语当篇诗。

○周进隆 3 首

　　周进隆（1453—1520），字绍立，莆田（今福建省）人。明成化二十年（1484）进士，历任绍兴府推官、监察御史、太平知府、广西按察使、右布政使、左布政使等职。

钓台三首

山下危滩山上台，乾坤久待此人来。谁知汉鼎千钧重，都在羊裘一着哉。

其　二

钓台识得胜云台，物色空劳使者来。试读希文祠下记，清风千古属谁哉。

其　三

万古嵯峨两石台，客星天上赋归来。顽廉懦立先生启，名教谁云小补哉。

○姜麟 1 首

姜麟（1453—1532），字仁夫，号巢溪，明兰溪（今浙江省）人。天顺二十三年（1487）进士，授刑部山东司主事，转员外郎。升四川按察司佥事。有《姜仁夫集》。

钓　台

世故无人识显藏，羊裘莫恨欠捱光。轩裳尘土谁云隐，玉帛权衡未觉昂。风引钓丝长亦短，蓑纫江草破还香。汉书错著先生传，千载巢由不系唐。

○杨一清 2 首

杨一清（1454—1530），字应宁，号邃庵，别号石淙，明镇江（今江苏省）人，成化八年（1472）进士，历陕西按察副使兼督学、陕西马政、三边总制。累户部尚书、吏部尚书、内阁首辅。谥"文襄"。有《石淙诗稿》。

钓台两首

钓台百尺俯江滩，生不求荣死亦安。人道客星干帝座，谁知汉鼎仗渔竿。烟霞绝壁清风在，香火空山白昼寒。再拜匆匆还仰止，诗成回首一凭栏。

其　二

仗履飘然出帝居，故人心事几踌躇。一官岂必供言责，三聘何须用诏书。祠庙仅存非后裔，山川不朽是芳誉。云台汗马终黄土，始信羊裘许未疏。

○吴琠 4 首

吴琠，字美中，南海（今广东佛山）人。明宪宗成化二十年（1484）进士。授直隶含山知县。政暇，授生徒以《周易》。逾年，以忧去任。起后知进贤县，以守正不合，引疾归。卒年八十余。著有《竹庐诗集》。

严子陵四首

文叔苍颜我鬓华，相看甘分老烟霞。莫言故旧无相助，凤阙渔矶各一家。

其 二

老大难为少贵谋，错将心思问羊裘。谏垣不是延宾地，依旧桐江一钓舟。

其 三

白发桐江老钓徒，清风千古汉狂奴。不知崔烈祠前过，亦向先生一拜无。

其 四

珍重君房列上卿，玄纁何苦远相迎。钓台细雨春山外，竿自横江水自清。

◎顾清 3 首

顾清（？—约1527），字士廉，松江华亭（今上海市）人。明弘治六年（1493）进士，授翰林院编修。历官南京兵部员外郎、礼部员外郎、礼部尚书，卒谥"文僖"。有《东江家藏集》。

送殷通判之严州

三百危滩走急流，万重山色护严州。人家树里开图画，驿吏花间候彩舟。
骏足岂应今日展，高名合向晚年收。子陵祠庙云霞上，为想春风露冕游。

送沈鸣岐教寿昌

七里滩头倚短篷，锦云峰里坐春风。旧来鸳鹭文犹炳，老去骅骝气尚雄。
人世几番云作雨，功名千古鸟飞空。何当共酌桐江水，一洗从前鄙吝胸。

沈士登初入学梦人诵诗有细丝曾钓海鳌来之句是岁集选得富春丞乃子陵隐处因赠此诗

梦里金鳌忆细丝，桐江只在富春西。久知万事皆前定，肯向浮生叹不齐。
坐上溪山明画鹢，人间岁月等醯鸡。两株松外千竿竹，吟得新诗到处题。

◎张镗 2 首

张镗，字孔韶，浙江余姚人。明嘉靖二年（1523）进士，官太原知府。

登严子陵钓台两首

公为乐道隐，我为行义来。仰止清高节，平明上钓台。

其　二

秋暮黄花独盛开，春山惟见钓鳌台。桐江一线垂千古，乐道高人不再来。

注：一说此诗为宋宁乡张镗作。在辑录本书时发现有明张镗诗碑，故正之。

○徐桂 8 首

徐桂，字子芳，号秋亭，潜山（今安徽省）人。明嘉靖十四年（1535）进士。初任东昌府司理，擢升刑部主事，后历官员外郎。因政绩显著，升郧阳知府。有《丹台集》《郧台志略》。

七里滩钓台作

富春江上山如簇，江势随山千万曲。鸟道萦迂人迹稀，但见云英覆茆屋。
高台突兀何为者，而我登之聊踯躅。垂纶人去已千载，烟波茫茫清游目。

桐江道中怀喻处州邦相

桐江曲折任延缘，寥阒身如到葛天。山若断时余复岫，水疑穷处复澄川。
人家屋置千林杪，鸟道舟从百丈牵。不向南朝看二宋，此中幽胜有谁宣。

钓台下作六首

四山回合处，孤绝表双台。世自甘芳饵，君应厌曝腮。
祠荒犹蕴藻，碑剥半莓苔。持谢金门客，方兹大隐哉。

其　二

缅怀古遗佚，高视汉公卿。自任师心达，元非薄世荣。
浑忘天子贵，犹是敌人情。纵使披裘钓，从知不为名。

其 三

投竿知自逸，挂席复孤征。鸟避山争上，鱼潜水至清。
应迴俗士驾，聊浣逐臣缨。谁识维梢意，幽深采杜蘅。

其 四

终古任公钓，于今载见君。人能为郡姓，客已动天文。
谷暖芳开续，山空渔唱闻。清晖被林壑，草木揖余芬。

其 五

堂曲斜悬磴，亭危上冠山。客星辞帝座，钓石在人间。
叠嶂森如树，孤流莹若环。饮君祠下水，为复抗尘颜。

其 六

生事垂纶足，无心为佐炎。孤舟轻七里，一水入千岩
取适如蒙叟，沉冥类蜀严。此中富丘壑，倘许野夫潜。

○郑渭 1 首

郑渭，字应清，闽县（今福建福州）人。明嘉靖二十年（1541）进士，官至河南按察副使。有《望川存稿》。

舟次桐江钓台

乘舟入桐庐，山水得佳憩。伏岸倚滩隈，连峰上云际。傍石试跻攀，
临流喜容曳。日随鱼鸟闲，心与渔樵契。寂寞古钓台，青苍远亏蔽。
天晴灵境幽，日暮长川逝。邈矣羊裘人，高名谁与继。

○陈洪濛 1 首

陈洪濛，临川（今江西省）人，明嘉靖二十年（1541）进士。官浙江巡按。

钓 台

先生之风清且高，千尺垂竿托以逃。龙衮不知天子贵，羊裘自着野人袍。
富春台峻鱼忘饵，扬子江深手弄涛。鼎鼐浮云等巢许，功名飘絮愧萧曹。

○孙纲 1 首

孙纲，生卒不详，丹徒（今江苏省）人。明嘉靖年间任桐庐县典史。

桐 君

以桐为姓以庐名，世世代代是隐君。夺得一江风月处，至今不许别人分。

注：此诗写于明嘉靖元年（1522），刻于桐君山摩崖。

○濮瑀 1 首

濮瑀，字彦璧，桐庐（今浙江省）人。官至淮府长史，朝列大夫。有《云霄集》。

仙棋石

路入云山几万回，棋枰石上长苍苔。烂柯人去无消息，明月清风自往来。

注：仙棋石在桐庐县西北环翠山。

○吴俨 1 首

吴俨（？—1519），字克温，宜兴（今江苏省）人。明成化二十三年（1487）进士。
历官侍讲学士、南京礼部尚书。卒谥"文肃"。有《吴文肃摘稿》。

送严州赵推官

百年琴鹤不须携，两袖清风拂钓矶。昼静讼庭芳草合，春深山馆落花稀。
邻封佩犊人犹在，阖境飞鸟卒未归。安得家家千树漆，不愁无食与无衣。

○苏葵 2 首

苏葵，字伯诚，顺德（今广东省）人。明成化二十三年（1487）进士。弘治中
以翰林编修升江西提学佥事。在任增修白鹿书院。官至福建布政使。有《吹剑集》。

过严子陵钓台两首

不须梦卜旧知名，仍著羊裘拜内廷。亦有人豪甘晦迹，只无英主是忘形。遗竿可属元真子，野水虚涵处士星。试问同时膺辟者，几人勋业在丹青。

其 二

不从草昧助诛新，争肯时平拜谏臣。天上功名非强厌，山中情性本来真。可怜汉业频更主，只有严滩未属人。岁岁钓台烟雨外，白鸥无恙水潾潾。

○朱诚泳 1 首

朱诚泳（1458—1498），明宗室，号宾竹道人。太祖第二子秦王朱樉玄孙。弘治元年（1488）袭封秦王。长安有鲁齐书院，久废，诚泳别易地建正学书院，又于其旁建小学，择军士子弟延儒生教授。工诗。著有《经进小鸣集》。卒谥"简"。

子陵画

汉庭辞却大夫官，七里滩头一钓竿。千古富春岩畔月，清光常映客星寒。

○张萱 10 首

张萱（1459—1527），字德晖，号颐拙，明松江（今上海市）人。弘治十五年（1502）进士。官至湖广布政司参议，主粮储。立法禁处侵尅等积弊，忤巡抚意，遂引疾致仕。

七里滩

万叠芙蓉翠郁盘，牵江百丈溯巑岏。回风忽送孤舟笛，知在严家第几滩。

桐江钓台

高台寒傍万山幽，玉削中天俯碧流。双足已闻加帝腹，一竿何事老江头。翻风绝壁鸣丹叶，蹴浪归帆起白鸥。岁晏正淹台上望，浮云直北不胜愁。

重过桐江钓台留题四首

片帆又过富春山，新水平添旧日滩。再上双台舒一啸，不妨啼鸟报春残。

其　二

莫将急鼓叠回风，且向中流看织莛。石上相逢休问姓，当年我亦一渔翁。

其　三

缁川亦是钓璜余，错把安车拟副车。干象犹堪频入梦，君房空奏一函书。

其　四

欲屈狂奴作汉臣，交情总是白头新。垂竿莫说前贤误，文叔于今非故人。

方处士玄英祠留题两首

芙蓉七里郁苍苍，百尺双台一瓣香。怪底先生诗句好，数橼原傍汉严光。

其　二

桐江东去是通津，共把奚囊贮陌尘。却叹长安车满载，总输千古属闲人。

谢义士皋羽祠留题两首

高台白日哭忠魂，一剑长怀未报恩。请把严滩添旧泪，好随明月到崖门。

其　二

青山独洒秦庭泪，绿水应怜博浪狙。为问桐江春到日，鹃声亦是五坡无。
（文信公于余乡五坡岭为元师所获，义士始遁归桐江。）

○吴廷举 2 首

吴廷举（1459—1528），字献臣，号东湖，梧州（今广西壮族自治区）人。明成化二十三年（1487）进士。除顺德知县。历成都同知、江西右参政、工部右侍郎，累右都御史。有《东湖集》《春秋繁露节解》。

钓台两首

执御平生愿，登临岂惮劳。忽绿山磴险，信得钓台高。

廊庙身难退，江湖分所遭。卑卑千载下，光武亦唐尧。

其 二

钓水先生志，还山圣主恩。姓名光日月，风节薄乾坤。
南郡杨公记，高平范相文。往来祠下客，莫自浪推尊。

○祝允明 1 首

祝允明（1460—1527），字希哲，号枝山，因右手有六指，自号"枝指生"，又署枝山老樵、枝指山人等。明长洲（今江苏苏州）人。家学渊源，能诗文，工书法，与唐寅、文征明、徐祯卿齐名，为"吴中四才子"之一。

富春大岭图

趾山盘盘绕而曲，顶山巉巉危仍复。回蹊折经几茅庐，尽傍羊肠浅中宿。
黄公手比愚公强，富春移未只尺长。子陵之居在何处？千载烟云长渺茫。

○孙燧 1 首

孙燧（1460—1519），字德成，号一川，余姚（今浙江省）人。明弘治六年（1493）进士。历仕刑部主事、郎中、河南右布政使、右副都御史、巡抚江西，卒赠礼部尚书。有《案牍稿》《四圣糟粕》《诗文启扎》《恤刑录》《审录编》《奏议》及《陆恒易学指南》等。

钓 台

洛阳神武靖膻尘，便向桐江乐隐纶。假使当年荣谏议，先生终是汉朝人。

○邵宝 6 首

邵宝（1460—1527），字国贤，无锡（今江苏省）人。明成化二十年（1484）进士。历官许州知州、户部员外郎、户部郎中、南京礼部尚书。谥"文庄"。有《容春堂集》。

拟子陵辞

陵来为臣，陵亦有言。辅义怀仁，吾丧我守。臣于何有？陵去为友。

客星犯兮日月光，故人卧兮江湖长。来时心，去时迹，山有去兮江有石。

过严滩

独上客星亭，群峰雨外青。公心如介石，吾道亦沧溟。
出处轻商楫，来归重汉庭。渔歌朝又暮，云掩北山铭。

读钓台集用陈白沙韵两首

莫将身世较行藏，钓石能增处士光。青眼屡烦真主顾，白头端为帮人昂。
云归故岭龙应懒，蕨委空江水亦香。九鼎一丝形迹外，尽教俗客笑荒唐。

其　二

从来自信任人疑，一寸丹心付所知。白石有情依古庙，青苔无赖上残碑。
芝从商岭犹自主，鱼向磻溪已得师。未到桐江空仰止，数章新和白沙诗。

谒严先生祠

碧石高高草色新，富春山下几回春。漫将卖菜辞求益，本为观鱼得任真。
三代道亡还此有，两生心在更何人。客星亭倚浮云外，未许渔翁来卜邻。

与马天常留别

汪伦送我不如君，君到严州路亦分。莫道桃花潭水浅，回头还薄富春云。

○张琦 2 首

张琦，字君玉，鄞县（今浙江宁波）人。明弘治十二年（1499）进士，官至兴化府知府，加布政使参政，致仕。

桐庐道中

诸山夹水一千重，七月扁舟汗雨浓。楮叶全青秋隐浦，桐江半黯月当峰。
浅流见石高于象，旱气横天白似龙。来濯清风子陵庙，豆无丹荔荐芙蓉。

过子陵祠

渔竿不重手难持，来者何人往者谁。独有西山孤竹庙，与公前殿博毫厘。

○钟晓 1 首

钟晓，字景旸，顺德（今广东省）人。明弘治时举人。为梧州府学训导，主持桂林书院。正德时历南京贵州道御史。嘉靖时，谪沔阳通判，官至思恩知府。卒年八十五。

谒严子陵先生祠

当年应诏即辞回，垂老青山一钓台。自是子陵有高节，因知光武是雄才。君臣义重终难泯，故旧情深两不猜。千古桐江江上水，至今谁不重低徊。

○金镕 1 首

金镕，明弘治十八年（1505）任分水县（今浙江桐庐）训导。

九龙山

叠巘悬峰削九层，盘空石磴齐云平。跻攀忽觉虚无尽，身世真从缥缈行。翠色低浮春嶂小，烟光遥漾夕阳明。劳人尘绪催归梦，不暇临风理凤笙。

注：九龙山，在桐庐县分水镇驻地南。

○王芠 1 首

王芠，潍县（今山东省）人，明弘治九年（1496）进士。

过桐庐江

青山不尽乱溪流，十室犹存古睦州。老树巢边飞野鹤，荒村渡口聚沙鸥。碧空遥望秋天暮，翠坞翻宜返照留。（碧空、翠坞，二亭名。）风景满前浑不厌，数声渔唱出江头。

○张羽8首

张羽，字凤举，泰兴（今江苏省）人。明弘治九年（1496）进士。由淳安知县擢御史，弹劾中贵，疏论时事甚剀切。守保定，以母病归。嘉靖初复起四川参政，升河南布政使。有《东田遗稿》。

严陵晓发次夏严州汝梅韵三首

官舟夜并越溪行，已判青春付客程。出嶂渐分严濑晓，听钟新识建山晴。
东来白雪明江县，北望红云拥帝城。三辅未应愁远适，汉庭须亦试萧生。

其　二

承恩谁赋内前行，远客来频识水程。一鸟波间闲上下，数峰天外忽阴晴。
山林不解南风曲，裘马犹矜北斗城。莫向春明门外别，大梁宾客望班生。

其　三

春阴强作问耕行，出淖犹堪载酒程。每厌蜃楼乘海暗，定知燐火忌天晴。
山阳地湿茅穿径，雪后江高水到城。病怯官忙无暇日，铜章错忆绿纹生。

严陵舟中值雪次林缉熙韵

雪花交白日，又共守庚申。兴助乘舟客，愁添失路人。
陇梅犹迟煖，塞草未知春。村酒温新火，长年语自亲。

严陵晚泊柬同游诸公

客怀何处寄秋城，欲与长沙吊屈平。江上逢人皆社约，舟中见树问山名。
烟波日静鱼龙晚，霜月天高杞菊清。暂共建昌祠下泊，上方钟磬夜分明。

钓台次韵建德舟中作

六十羊裘道路难，九重凤诏几回丹。交游便合君臣定，廊庙何如江海宽。
桐水一丝名节在，云台千尺画图寒。十年尘土严陵梦，明日扁舟过钓滩。

山居图为严陵方氏赋 正德己巳

空谷远朝市，幽人心所婴。偃蹇乌角巾，终谢冠绂萦。出门四山晓，
一水相与明。吾意聊适耳，匪希高尚名。村醪荐园果，山花逞奇英。
良朋远相求，春禽鸣嘤嘤。呼筵剧倾倒，一饮轻十觥。酣来卧崖石，
松风为解醒。一醉遗万虑，百亩称闲氓。竹林岂狂者，桃源非世情。
白日复欲暮，闭门闻濑声。扁舟者谁子，风波劳尔生。

送刘尚䌹赴桐庐幕

送君明发溯江干，越舶吴樯递渺漫。山鸟语更倾白苧，海潮声漫切猗兰。
桐庐附浙元名县，莲幕亲民足好官。独有幽怀怜远道，梦随飞舄落严滩。

○湛若水 2 首

湛若水（1466—1560），字符明，号甘泉，增城（今广东广州）人。少师事陈献章。
明弘治十八年（1505）进士，授编修。历南京国子监祭酒，南京吏、礼、兵三部尚书。
晚年筑西樵讲舍讲学，学者称甘泉先生。卒谥文简。有《心性图说》《格物通》《甘
泉集》等。

赠人出守严州

五马何跄跄，朱轮何喤喤。青天曜白日，送子之大邦。
钓台有清风，世远道弥光。为我一再拜，山高流水长。

钓　台

富春驿前春水明，富春江上柳条生。江篱满目阴帘绿，幽鸟歌声隔岸清。
孙氏雄图逐水逝，子陵高节与云平。舟中感慨怀千古，怅望晴空虚翠屏。

○秦金 1 首

秦金（1467—1534），字国声，号凤山，无锡（今江苏省）人。明弘治六年（1493）
进士。历仕户部福建司主事、山东左布政使、都察院右副御史等，累两京五部尚书。
卒赠少保，谥"端敏"。有《凤山奏稿》《抚湘政要》《凤山诗集》《通惠河志》《安

楚录》等。

钓 台

我初桐江行，还从钓台憩。台下云苍苍，台上石齿齿。悠悠千古心，寒月浸江水。清风不可招，咫尺犹万里。蹇予宦游身，尘缘未由洗。再拜仰遗容，吾颡真有泚。

○费宏 1 首

费宏（1468—1535），字子充，号健斋。明铅山（今江西省）人，16岁中江西乡试"解元"，20岁中殿试"状元"。曾三次入阁。明正德六年（1511）封文渊阁大学士，第二年加封太子太保、武英殿大学士。费宏工诗善文，著有《鹅湖摘稿》二十卷、《湖东集》《宸章集录》《遗德录》《惭愕录》等若干卷。

钓 台

钓台清峻照乾坤，遗泽犹能及远孙。却叹云台诸将帅，有谁传爵至今存。

○郑岳 1 首

郑岳（1468—1539），字汝华，号山斋，莆田（今福建省）人。明弘治六年（1493）进士，历官户部主事、江西左布政使、大理卿、兵部左侍郎。有《山斋集》。

过严陵钓台

汉室中兴日，贤人愿仕时。先生独不屈，此意竟谁窥。文叔差增旧，君房亦素痴。谋谟先已定，仁义此奚施。即欲助为理，尤宜自得师。诏书勤往访，谏议处仍卑。志士宁相逼，高贤不受羁。羊裘终隐去，鱼钓可忘饥。炎祚嘘重焰，桐江系一丝。云台俱泯没，严濑自清漪。遗庙松株古，苍崖壁立危。扁舟归老客，怅望读残碑。

○陈沂 1 首

陈沂（1469—1538），字宗鲁，号石亭，鄞县（今浙江宁波）人，后居金陵。明正德十二年（1517）进士，累官布政使参政。少好苏氏学，自号曰小坡。工诗善画，与顾璘、王韦称"金陵三俊"。

与沈子元材登山偶次前韵

桐君仙去有高台，落日山头一举杯。四望峰峦天外合，两分江水县前来。
浮烟市郭参差出，远火渔舟积渐回。道有故人新作宰，同游题句不凡才。

○唐寅1首

唐寅（1470—1523），字伯虎，一字子畏，号六如，吴县（今江苏苏州）人。明弘治十一年(1498)举乡试第一。因程敏政案株累下狱，谪为吏，耻不就。后筑室桃花坞，自署"江南第一风流才子"。有《六如集》《画谱》等。

严　滩

汉皇故人钓鱼矶，渔矶犹昔世人非。青松满山响樵斧，白舸落日晒客衣。
眠牛立马谁家牧？鸂鶒鸬鹚无数飞。嗟余漂泊随饘粥，渺渺江湖何所归？

○方太古1首

方太古（1471—1547），字元素，兰溪（今浙江省）人。读书学古，不应征召，遍游吴楚名胜。明正德时隐于桐庐白云源，自号一壶生。嘉靖初徙居金华，晚年归故里，自号寒溪子。

寒食思献小酌

已买桐江旧钓船，清江白石趁鸥眠。风前转眼逢寒食，时事惊心岂少年。
故国梨花千树雪，小堂杨柳一枝烟。夜来有梦高阳侣，觅得村沽饮十千。

○王守仁4首

王守仁(1472—1528)，字伯安，号阳明，余姚（今浙江省）人。明弘治十二年(1499)进士。正德初，以论救言官戴铣等忤刘瑾，杖阙下，谪龙场驿丞。瑾诛，移庐陵知县。累擢右佥都御史，巡抚南赣，平大帽山诸贼，定宸濠之乱。世宗时，封新建伯，总督两广，又破断藤峡贼。卒，谥"文成"。有《王文成全书》三十八卷及《阳明

乡约法》等，并行于世。

复过钓台

忆昔过钓台，驱驰正军旅。十年今始来，复以兵戈起。空山烟雾深，
往迹如梦里。微雨林径滑，肺病双足胝。仰瞻台上云，俯濯台下水。
人生何碌碌？高尚当如此。疮痍念同胞，至人匪为己。过门不遑人，
忧劳岂得已。滔滔良自伤，果哉末难矣。（正德己卯献俘行在，过钓台而弗
及登。今兹复来，又以兵革之役，兼肺病足疮，徒顾瞻怅望而已。书此付桐庐尹沉
元材刻置亭壁，聊以纪经行岁月云耳。嘉靖丁亥九月廿二。四人。）

咏钓台石笋

云根奇怪起双峰，惯历风霜几万年。春去已无斑　落，雨余唯见碧苔封。
不随众卉生枝节，却笑繁华惹蝶蜂。借使放梢成翠竹，等闲应得化虬龙。

移居胜果寺

江上但知山色好，峰回始见寺门开。半空虚阁有云住，六月深松无暑来。
病肺正思移枕　，洗心兼得远尘埃。富春咫尺烟涛外，时倚层霞望钓台。

茶寮纪事

万壑风泉秋正哀，四山云雾晚初开。不因王事兼程入，安得闲行向北来？
登陟未妨安石兴，纵擒徒羡孔明才。乞身己拟全师日，归扫溪边旧钓台。

○黄衷 2 首

黄衷（1474—1553），字子和，南海（今广东佛山）人。明弘治九年（1496）进士。
授南京户部主事，历户部员外郎、湖州知府、广西参政。后抚云南，镇湖广，皆有政绩。
官至兵部右侍郎。有《海语》《矩洲集》等。

严陵祠和姚维宁

一丝风力还多少，直与东京系末流。野性岂堪银艾印，故人空自翠云裘。

千年鹤梦丛祠晓，十里江声古濑秋。墓下不知高士去，已传清绪过南州。

严公钓台

圣作乘时运，贤才了世机。非熊初叶兆，白钺遂扬威。
文叔专封拜，严陵自侧微。客星何度次，帝座并光辉。
开物谅成算，遗荣岂尽非。丹书终示训，表羍即知几。
往事聊观感，前修孰与违。流风过海曲，峄岵见层矶。

○张璁 1 首

张璁（1475—1539），字秉用，号罗峰，永嘉（今浙江省）人。明正德十六年（1521）进士，后因与世宗朱厚熜名同音，世宗为其改名孚敬，赐字茂恭，官至内阁首辅，明朝大改革的开启者。

钓 台

先生挺风节，可为百世师。余亦赴主召，感拜先生祠。君能明大义，
抱道复何疑。此心不自昧，独有明主知。光武本中兴，尊视固至宜。
如何不师事，终未明天彝。先生烟水志，此憾然无遗。

○廖道南 1 首

廖道南（？—1547），字鸣吾，蒲圻（今湖北省）人。明正德十六年（1521）进士，改庶吉士，授翰林院编修。嘉靖十四年（1535）游钓台后为霍韬、吴希孟《钓台集》作序。有《楚纪》六十卷、《殿阁词林记》。

钓 台

严子钓石濑，桐君栖树枝。如何富春渚，更有高风祠。
春雨浴山鸟，暮潮鸣海螭。巍巍客星阁，长照钓竿丝。

○裴绅 1 首

裴绅，字子书，生活于明嘉靖年间。山西人。曾官巡按浙江御史。

钓 台

桐江垂钓几经秋，物色曾劳汉主求。但使客星干帝座，肯将轩冕勿羊裘。
冥鸿历历白云远，碧树亭亭芳草稠。欲吊灵修何处是，清风摇荡木兰舟。

○顾璘 4 首

顾璘（1476—1545），字华玉，号东桥，吴县（今江苏苏州）人。明弘治九年（1496）进士。授广平知县，官至南京刑部尚书。有《顾华玉集》。

桐庐江行寄汪金宪一夔

晓发富春渚，暮望桐庐宿。江空寒水净，岸转云峰矗。孤帆缅逶迤，
霁景聊寓目。渺渺沙际村，浮烟霭丛木。垂岩杞菊班，覆垄禾黍熟。
兹方静无虞，生理见耕牧。高贤涖行台，敷政况清肃。眷尔鸿雁居，
幸脱豺虎毒。沉忧正浩荡，且用慰心曲。

严子陵祠

垂纶客去今千载，犹见高台对碧流。几户蓬茆余凤种，万方戈甲一羊裘。
天空大泽星辰动，露下秋山草木愁，岂料平生逃绂冕，却遗名姓在乡州。

桐江夜行

画舫悬灯一水遥，炉烟相伴坐良宵。江云掠幔寒仍重，山月垂波静不遥。
岂有风猷宣列郡，漫输心膂徐清朝。严陵滩上垂钦石，犹见残星动紫霄。

重过严陵钓台

千年钓叟披裘地，客子张帆两度过。朱绂频经风雨后，青山其奈古今何。
松杉落落连祠屋，萍藻馨馨满涧阿。叹息云台诸将相，几人图像独嵯峨。

○陆深 6 首

陆深（1477—1544），初名荣，字子渊，号俨山，华亭（今上海松江）人，明弘

治十八年（1505）进士。嘉靖中，为太常卿，兼侍读。世宗南巡，深掌行在翰林院印。进詹事府詹事。卒，谥"文裕"。有《俨山集》《停骖录》《传疑录》等。

严　陵

严江秋色碧于空，严陵祠堂江水东。山云不断欲作雨，岩树半倚常背风。
行人度岭忽高下，返照入壁时青红。棹歌互逐渔歌起，相送楼船上峡中。

重登子陵客星亭望钓台两首

万古江山复此亭，天边自有少微星。人生俯仰成今昔，客里悲欢付醉醒。
谁为汉家延国祚，欲从严濑问山灵。浮云逝水秋风阔，极目遥空环屏翠。

其　二

烟霞冉冉去还迷，紫翠重重高复低。双柱插天擎日月，一溪流水隔东西。
骚人道路频回首，客子光阴觅旧题。怅望高风千仞外，敢将容易事攀跻。

桐　江

北风瑟瑟滩悠悠，行尽桐江兴转幽。水西半天堕红日，溪南诸峰偶白头。
严陵自是高隐地，钱塘从古帝王州。海云不断三山近，时有青红起蜃楼。

桐江舟行沿月

锦帆明月舵楼风，逝水澄鲜复映空。万里鹤归迷近远，一溪人语隔西东。
广寒金粟秋香动，碧落银槎海气勇。漫向桐江论往事，客星元是钓鱼翁。

钓　台

双台切高云，碧溪下长风。本怀恋比邻，长啸辞王公。把钓已忘鱼，
入梦犹非熊。人境有旧庐，客星动高穹。江山自朝夕，禽鱼或西东。
朝市各取适，出处俱自躬。岂曰万户侯，非此一亩宫。咄嗟保厥始，
优游慎所终。

○徐祯卿 1 首

徐祯卿（1479—1511），字昌谷，又字昌国，常熟（今江苏省）人，后迁居吴县（今江苏苏州）。明弘治十八年（1505）进士，后授大理寺左寺副。正德五年（1510）被贬为国子监博士。有《迪功集》《剪胜野闻》《异林》等。

谒严子陵祠

言访羊裘隐，荒台迹宛然。岩崖祠屋缀，天汉客星悬。伊昔风云感，
丘园束帛戋。神龙不可系，造化独深全。去矣孤踪邈，怀哉大泽偏。
钓竿何袅袅，石濑故溅溅。郡以高名著，山依汗简传。余风犹激懦，
圣代更招贤。圭组谁怜辱，襟期本尚玄。终焉赴空谷，寤寐白驹篇。

○韩邦奇 5 首

韩邦奇（1479—1555），字汝节，号苑洛，朝邑（今陕西大荔）人。明正德三年（1508）进士，历吏部员外郎、平阳通判、浙江按察金事、山西参议、南京兵部尚书。有《苑洛集》。

七里滩

行路难，春风七里滩。阴崖暗白日，危石渚惊湍。挽夫力竭舵师瘵，
尽日才能进咫尺。狭塘水隘忽迸流，满船相顾无魂魄。君不见，南来
箫鼓轻帆舟，一日一夜到杭州。

钓台两首

江上双台俯白云，子陵风节古今闻。皋夔熙绩唐虞世，精一相传在典坟。

其　二

华山长卧堕驴翁，功成海外虬须老。天下已属赤符人，惟有桐江一丝好。

桐庐道中开北屏宪副下分水校士

海天时候乍阴晴，孤棹危风送浪惊。两岸苍山寒雾合，一江溟雨夜潮生。
乡心杳杳悲秦客，宦况萧萧听越声。已报美人分水去，凭谁杯酒破愁城。

富春谣

富春江之鱼,富春江之茶。鱼肥卖我子,茶香破我家。采茶妇,捕鱼夫,官府拷掠无完肤。昊天何不仁,此地亦何辜。鱼何不生别县,茶何不长别都。富春山,何时摧;富春江,何日枯。山摧茶亦死,江枯鱼乃无。呜呼,山难摧,水难枯,我民不可苏。

○章拯1首

章拯(1479—1548),字以道,号朴庵,更号元朴,兰溪(今浙江省)人。明弘治壬戌年(1502)进士,授工部尚书,赠太子少保,谥"恭惠"。有《定性书克复解》《朴庵文集》八卷。

钓 台

先生祠下水,常作镜面寒。明月澄苍台,清风漾琅玕。台可坐兮竿可钓,百千年后谁同调。野人照水羞尘容,对此悠悠发长啸。

○严嵩1首

严嵩(1480—1567),字惟中,号介溪,分宜(今江西省)人。明弘治十八年(1505)进士,累官礼部尚书、武英殿大学士、华盖殿大学士、太子太师。嵩一意媚上,窃权罔利,与子世蕃父子济恶,横行公卿间。构杀夏言、曾铣、张经等,治劾己者杨继盛等至死,引党羽赵文华、鄢懋卿等居要地,专政二十年之久。后帝渐厌其横。嘉靖四十一年(1562)罢官,革职为民,寄食墓舍而死。有《钤山堂集》。

严陵祠

严陵七里滩,叠嶂俯澄湾。云物澹堪赏,风标邈未攀。
龙飞初白水,鱼钓但春山。千岁见孤庙,苍苍烟雾间。

○殷云霄4首

殷云霄(1480—1516),字近夫,号石川,寿张(今山东省)人。明弘治十八年(1505)进士,官至南京工科给事中。殷云霄有志诗文,才情富赡,为"十才子"之一。有《石川集》四卷。

钓台四首

我愧不如严子陵，钓台深处乱山青。云台当日多王业，天汉千年自客星。
遗迹可怜开翠壁，乘浮终去入沧溟。满江风雨愁兰枻，吾道无劳问洞庭。

其　二

子陵钓台江之滨，冥冥云霞双峒嶙。高名寥廓我何意，束帛荒凉今几春。
一官未谢风尘路，万事空余愁病身。扁舟不知其所往，风雨桐庐欲问津。

其　三

富春山上云苍苍，子陵坟前江水长。百战韩彭无葬地，千年樵牧有椒浆。
绝巘寒风催短鬓，长波落日动孤航。多怀欲采芳州荇，枫叶萧萧天雨霜。

其　四

子陵祠屋碧崔嵬，细雨扁舟此夕来。山色不随炎汉去，潮声犹带伍员哀。
一时圭组怜英俊，万古风云阒草莱。何限幽怀无可问，海天逸鹤几时回。

○卢襄 1 首

卢襄（1481—1531），字师陈，自号五坞山人，吴县（今江苏苏州）人。明嘉靖二年（1523）进士，授刑部主事，改兵部，历官兵部郎中、陕西布政司左参议。有《五坞草堂集》《石湖文略》。

七月十二日与沈明府晚眺桐君山次韵

江干辍棹晚登台，长揖桐君酹一杯。漫道山名曾我订，似陪地主却重来。
（宋卢赞元与予同姓名，尝名此山为小金山，事具《西征记》。或者误以赞元为予，故云。）
松间零露衣俱润，洞口吹笙鹤未回。此景此宵难好负，只愁题咏乏仙才。

○夏言 2 首

夏言（1483—1548），字公谨，明贵溪（今江西省）人。正德十二年（1517）进士，历兵科给事中、礼部尚书兼武英殿大学士。嘉靖二十七年议收复河套事，被至弃市死。其诗文宏整，又以词曲擅名。有《桂洲集》。

泊桐江偕沈明府游桐君山

春风一见沈休文，玉树临江自不群。画舸乘流迟未发，杖藜携酒访桐君。

春日与沈子元材登桐君山

山形如怒鲵，奋鬣浮水上。两江走其下，立壁几千丈。潭光弄海日，石隐云霞状。逗帆严陵濑，兹山已入望。津馆一停桡，兴发不可当。幸逢神仙宰，投我屐一緉。因之访桐君，扪萝蹑青嶂。古塔尚依然，桐枝偃相向。千峰雨初霁，春渚起新涨。弦歌隔水西，秀野列画幨。探奇卧松根，跻险却藜杖。行殽难久淹，幽怀颇申畅。芳辰合佳侣，异境谐夙尚。何以报山林，临崖振清唱。

○顾可久 3 首

顾可久（1482—1561），字舆新，号前山，别号洞阳，无锡（今江苏省）人。明正德九年（1514）进士，历官户部员外郎、广东按察司副使。为官耿直敢谏，曾两遭廷杖，是明代有名的刚直之臣。隆庆四年（1570），他的学生海瑞任应天巡抚时，为其奏檄建祠。有《洞阳诗集》。

谒严子陵祠下作

祗役出祠下，采蘋荐馨香。清高肃庙貌，世代恒辉煌。汉祀当九叶，中兴事已昌。时哉风云会，济济皆南阳。故人有凤契，谁不希令光。同卧但加足，不肯继圭璋。垢筒岂复云，遁箕欲再扬。寰区既以谧，风节亦宜张。虽鲜当年烈，实茂垂世芳。斯道在宇内，岂曰丘互妨。余少秉微尚，耿介慕贞良。兹诵周任言，惭恧结中肠。摄衣一展觐，景附意弥长。蜷局不能去，慨言箸斯章。

过七里滩两首

昨过雪冰积，今来草木晖。流阴有转盼，清思故因依。
渌波明似濯，碧嶂沓如围。岂真严祠感，自今嗟不归。

其 二

严陵七里滩，雪后更多晖。自是隐沦地，而能无钓矶。
高风宁缅邈，清景若因依。我意固如此，风尘兴不违。

○周廷用 2 首

周廷用（1482—1534），字子贤，号八崖，华容（今湖南省）人。明正德六年（1511）
进士。授宣城知县，擢监察御史，巡按贵州，历迁福建参政、江西按察使。有《八崖集》。

严 陵

日暮桐江几度来，客星台畔得徘徊。萧萧栋宇严陵像，衮衮丝纶汉世才。
鹰隼高秋嗟远逝，龙鱼深夜忆重回。空山寂寞烟霞丽，怅望遥天紫翠开。

十七夜桐庐舟中作

十五对月钱塘江，此夜桐庐听晚凉。东下浪声如有激，南来山势若为降。
一天星淡摇波影，五两风轻快客艭。回首严陵高北斗，欲将书剑谢名邦。

○徐缙 1 首

徐缙（1482—1548），字子容，号崦西，吴县（今江苏省）人。明弘治十八年（1505）
进士，官至吏部左侍郎。有《徐文敏公文集》五卷、《经筵讲义》六卷。

钓 台

晓驻三湘节，言过七里滩。客星天汉上，祠宇桧林端。
碧树风烟迥，苍江暮色寒。平生仰止意，一为荐芳兰。

○何景明5首

何景明（1483—1521），字仲默，号大复山人，信阳（今河南省）人。明弘治十五年（1502）进士，授中书舍人。官至陕西提学副使。有《大复集》。

登钓台五首

野阔穷秋出，云寒望未开。万峰遥驻马，残日更登台。
水落龙蛇蛰，沙空雁惊来。孤怀对摇落，吟罢有余哀。

其 二

岁暮荒台上，孤高望不穷。乱山浮落日，远水抱寒空。
野鹭时亲客，江鸿晚避风。终期谢城市，来此伴渔翁。

其 三

出郭冬初暮，登台日已曛。碧潭寒吐月，孤嶂晚生云。
名姓嫌人识，悲歌欲自闻。沙鸥莫飞去，应共尔为群。

其 四

古人栖隐地，今日我重来。寂寞千山里，烟波万古台。
岩寒苍桂落，沙晚白鸥回。慷慨无人测，长歌不放杯。

其 五

薄暮登台罢，云山兴不忘。门人携酒至，日落更传觞。
一水星河渺，孤烟岛屿长。不愁归路晚，明月在沧浪。

○费寀1首

费寀（1483—1549），字子和，号钟石，铅山（今江西省）人。明正德六年（1511）进士，授编修。历礼部侍郎兼学士，掌翰林院。嘉靖二十三年（1544）进礼部尚书。卒于任，谥"文通"。有《费文通集》。

钓 台

话旧忘形帝者难，羊裘风雪自江干。清时宜出何当隐，君子全交不尽欢。
钓石一区犹璧立，客星千古正芒寒。可怜云雨翻然处，白日长门草自残。

○曹珪 1 首

　　曹珪，字廷献，黄岗（今湖北省）人，明正德六年（1511）进士。正德七年（1512）
授桐庐县令。《桐庐县志》载：曹珪"长于笔翰，优于吏治。时频年旱暵，又江西盗起，
边军南下，仓卒经画，事济而民不扰。当道以贤能荐，改知海宁。寻擢监察御史"。
后巡按广西，复按陕西。有《南坡奏议》。

钓 台

事歇因稀忆钓泉，清风凛凛逼尘烟。羔裘怎似羊裘贵，金屋何如石屋坚。
双脚踏沉波底月，一钩挽起水中天。桐江江上多来往，试问谁为两汉贤。

○孙一元 3 首

　　孙一元（1484—1520），字太初，自称关中（今陕西省）人。好老氏书，辞家入
太白山，因号太白山人。工诗书，印多自制。有《太白山人漫稿》。

严子陵

子陵太公流，垂钓迹相似。一朝载后车，尚父任国事。
陵也帝王师，谏议非所志。桐江一丝轻，烟水从此逝。
文叔惟故人，侯霸乃奴隶。高踪邈难攀，清风满天地。

江上别吴廷高约明年同游严陵钓台

一曲离歌日欲晡，寒去漠漠乱蘼芜。晚风江上人初别，黄篾楼中酒漫沽。
冻树裹花春有迹，暮林无叶月平铺。明年准拟桐江去，共访严陵旧钓徒。

毛应奎副使隐居严陵钓台赴召小诗赠之

长风吹去棹，万里客星孤。何物为君赠，桐江画作图。

○郑善夫 5 首

郑善夫（1485—1523），字继之，号少谷，闽县（今福建福州）人。明弘治十八年（1505）进士，历官户部主事、礼部主事、礼部员外郎、南京吏部郎中。有《郑少谷集》《经世要谈》。

严陵滩

咄咄严子陵，竟不能下尔。迢迢富春山，澜澜桐江水。

渺渺穷居士，皇皇汉天子。当年布衣交，一旦君臣礼。

渭川罢钓纶，莘野释未耜。上贤尊天瑞，所愿赞天纪。

但非鱼水会，往往委泥滓。明王久不作，吾道长已矣。

严　陵

小艇清江并，孤城碧嶂防。土宜多竹柏，民业但耕桑。

稻熟还官早，山深伐木长。经过数州郡，淳朴见兹乡。

钓台用孟浩然韵

钓台东接峡江流，台上平临欧治州。豪客乘风时有赋，海翁无事自忘忧。

中原目断冥鸿路，落日愁生芳野洲。岁晚烟波浩无极，鸬鹚鹨鹕傍人游。

秋　兴

钓台南畔万家墩，昔日豪华天下闻。石首槎头争水陆，绮衣朱袖照乾坤。

年荒礼乐今何有，日短粗豪空复存。破帽萧萧江海客，侧身玩世欲忘言。

钓　台

富春山下严陵濑，九日风光兴不违。白石沧波元自好，鸣惊飞鹜早知归。

南阳文叔求贤远，相府侯生识面稀。王业帝谟俱莫问，百年江海有渔矶。

○孙承恩 4 首

孙承恩（1485—1565），字贞甫，号毅斋，松江（今上海市）人。明正德六年（1511）进士，官至礼部尚书。有《文简集》。

严子陵

名节丘山，轩冕尘壒。怀仁负义，蕴畜亦大。
汉室九鼎，桐江一丝。凛然清风，悠悠我思。

钓　台

发轫富春驿，舣棹严陵滩。缅怀隐士踪，访古登巉岩。峨峨钓台高，
寂寂空江寒。目旷尘襟开，天远浮云间。惟子秉高节，卓立超人寰。
纷纷仕进者，视子莫敢班。出处各有道，要在义所安。矫激非中庸，
汩没斯贪顽。王事有程期，寸心剧飞翰。登舟渺回首，烟水空漫漫。

桐　江

桐江水清驶，送我仙槎还。好山过无数，再见严陵滩。
山中羊裘翁，笑我历险艰。试汲中流清，一洗瘴疠颜。
春风晓来急，苔矶寸斑斑。舟行为滞留，天意故少悭。
故园喜渐迩，春事将阑珊。且作看山行，滞留非所叹。

钓台诗次韵

脱屣功名把一竿，羊裘曾动客星寒。云台寂寞今何在，万古嵯峨只钓滩。

○方献夫 2 首

　　方献夫（1486？—1541？），初名献科，字叔贤，号西樵，南海（今广东佛山）人。明弘治十八年（1505）进士。正德中授礼部主事，调吏部员外郎。嘉靖初进少詹事。累官吏部尚书武英殿大学士，入阁辅政。有《西樵遗稿》。

严子陵钓台两首

诸将勋名占上台，桐江烟水独徘徊。谁知千载风尘后，不见云台见钓台。

其　二

故人不仕意如何，岂爱清风一钓蓑。伐木不违千古义，首阳西望共嵯峨。

○霍韬 3 首

霍韬（1487—1540），字渭先，号兀崖、渭崖，南海（今广东佛山）人。明正德九年（1514）进士第一。授兵部主事，拜礼部尚书，掌詹事府事。丁忧后，起历吏部左侍郎、吏部右侍郎、南京礼部尚书、礼部尚书，卒谥"文敏"。有《渭崖集》等。

谒客星亭

老鹤凌寒风，闪破长空碧。敛翮傲松云，江鱼足朝食。何物南阳龙，滚云塞天黑。搅翻云松影，羽毛劳物色。大泽非性心，后儒徒论迹。

重过钓台两首

古人穷达岂身谋，大舜也陪鹿豕游。突见夷齐对汤武，错描箕颍高巢由。若知饥溺共天下，肯控崔嵬兀敝裘。后世只看名利重，却安渠渎逊清流。

其 二

中行孔老叹当年，算到先生合是贤。云锁钓矶擎老鹤，水煎腐鼠窥饥鸢。未须申脚动星象，只借清风助化弦。宇宙着身谁立极，古祠松下共忘言。

○钟云瑞 1 首

钟云瑞，字天庆，东莞（今广东省）人。明正德十二年（1517）进士。授南京大理寺评事，断狱平恕。调京师，历官寺正。嘉靖初，出为江西按察佥事。官至湖广按察副使。

钓 台

江风吹老几羊裘，江月辉辉江水流。学馆星辰虚岁月，钓台烟雨自春秋。狂奴故态情犹在，圣主劳谦道与谋。何处独留文正记，君臣千古思悠悠。

○林公庆 1 首

林公庆，字孟善，丽水（今浙江省）人。元至正四年（1344）举人。至正十六年明州学正。明初官翰林，洪武三年（1340）出为松江知府。

西台恸哭歌

登高台兮有所思，思夫人兮若或见之。精诚内充兮神不外离，将为云而来归兮为凤而南飞。云不可招兮凤不再仪，击竹长歌兮予将畴依。有声彻天兮白日为迟，江流无声兮百灵巉跜。泉洌而交咽兮树翁而来，兹子陵有鬼兮为予斋咨噫。为臣死忠兮士死所知，死者不可作兮生独何为。上为天下恸兮下哭吾私，吁差先生兮其使予悲。

○袁翼 1 首

袁翼，字飞卿，苏州（今江苏省）人。明正德间举人。喜购书，有异书辄奔走求之。以读书艺菊自娱，终身不仕。

客星见

西京多雄才，东京尚名节。开其先者羊裘翁，咄咄不为万乘屈。欢然晤对两故人，脱略形迹忘君臣。伸足何知天子腹，诇顾异象垂星辰。上干星象不介意，百年于此励士气。客星见后德星紧，党人犹堪济国事。

○蒋承恩 1 首

蒋承恩，字三锡，仪征（今江苏省）人，明正德九年（1514）进士，官严州府学教授，改荣州长史。

晓发桐庐

暝色遥遮叠巘青，回溪落月橹声停。花边石兽朝封贵，山上桐庐仙子灵。风静波心鸥鸟定，雨来潭底水云腥。江山胜画愁如缕，应逐春潮一夜生。

○李循义 1 首

李循义，字时行，别号六峰，鄞县（今浙江宁波）人，年十四为名诸生。明嘉靖二年（1523）进士。历官科道御史、衡州府知府，为宋忠襄公李显忠之后。有《六峰侍御先生文集》《鄞溪存稿》。

过钓台有怀严先生

怀古平生说钓台，片帆过此暂徘徊。山青七里公犹在，云白千年我复来。
友道直须轻万乘，客星应不让三台。可怜文叔英雄网，触手先遗天下才。

○高鹏 1 首

高鹏，澧州（今湖南澧县）人，明正德六年（1511）进士，十四年（1519）任淳安令。

登小金山

性癖耽山水，兰桡过小金。层岚天尺五，好鸟送春音。

○叶良佩 1 首

叶良佩，字敬之，太平（今浙江温岭）人。明嘉靖二年（1523）进士，官至刑部郎中。

题严子陵钓台

桐江山水冠南州，江上曾经凤鸟游。万壑遥连桐柏岭，双台高压富春流。
岂缘世故轻文叔，要使人间识许由。留取一丝援汉鼎，中兴风气属沧州。

○黄珠 1 首

黄珠，莆田（今福建省）人，明嘉靖四年（1525）任分水知县。

保宁塔院留春诗

春光将尽却寻春，赢得回峰草色茵。山下深泉石壁润，空中楼阁庆云新。
忘机道士留风月，观物豪人喜凤麟。野马天花供逸兴，不妨春暮更收春。

注：保宁塔院，在桐庐县分水镇五云山东侧塔山，明洪武六年（1373）分水知
县金师古建。已圮。

○陆之裘 1 首

陆之裘，字象孙，号南门，太仓（今江苏省）人，约明武宗正德初在世。工诗词歌曲。
贡生。官景宁县教谕。有《南门仲子集》《南门续集》。

人日送陆鸣谟南省

严陵渺何处，之子发津亭。梅柳逢人日，江山望客星。
出乡音渐别，居旅事须经。惠政贤侯在，怀文拜郡厅。

○汪鼐 1 首

汪鼐，桐庐（今浙江省）人。肇庆府推官汪九龄之父，明嘉靖二十年（1541）
赠文林郎。善诗。有《和轩集》。

桐君山

昔贤曾此结鸥盟，赢得桐山今有声。古树笼烟连塔碧，浮桥分水合江情。
天空潮落消尘鞅，夜静风闲响石鲸。朱紫满前呼不起，一帘春雨熟黄精。

○汪九龄 11 首

汪九龄，字良永，号西泉，桐庐坊郭（今浙江省桐庐县桐君街道）人。明正德
十一年（1516）领乡荐，授广东肇郡司寇，平反冤狱有声，擢南京山西道御史。有《中
庸集》《管窥集》。

桐君山和韵

登巅吊桐君，奚待策筇上。气自志中盈，穷崖不几丈。晴光势欲流，
飞潜千万状。兰桨邀逶波，珠林入近望。灏气弥两间，衿怀自疏放。
佳宾尽东南，临波湿芒纳。火候久飞灰，灵根尚芽嶂。元鹤不复来，
孤塔时相向。空亭月自明，沙渚潮频涨。诗兴落泉清，厄光映屏幛。
虚步摘庐茗，老僧倚鸠杖。鹈鹕尚随人，幽情分宣畅。久之适性天，
利名非所尚。正起长夜吟，棹郎已三唱。

子陵祠两首

新领观风命，漫泛桐江舟。江上山莪莪，江中水悠悠。言念台上人，
饱此山水幽。伊昔草泽时，曾伴真龙游。龙已飞天去，云还栖故丘。
独把丝纶手，安然理钓钩。群鱼皆有着，不饵自无求。真龙时相忆，

物色招其俦。云间任舒卷，天上不可留。出山动象纬，还山披羊裘。
力将一丝微，扶彼九鼎忧。白云去不归，千载风飕飕。我来荐蘋藻，
眺望云山秋。素秉高人志，宁复倩沙鸥。山灵倘见许，分我钓矶头。

其　二

富春山下江水清，富春江上客星明。故人龙衮当天汉，严子羊裘还钓耕。
七里遗祠孤像在，千钧扶鼎一丝轻。停舟欲荐无蘋藻，目断烟波感慨生。

钓　台

竟日垂纶江上头，先生原不为名钩。南阳帝子误相识，北阙征书费访求。
星象动摇因物色，汉家衣被属羊裘。归来再拜清祠下，山自苍苍水自流。

桐　溪

云流曲曲抱山斜，两岸菰蒲挽钓槎。一曲沧江歌落日，白鸥飞散点晴沙。

安乐山

青山半绕梵王宫，仿佛龙蟠势若雄。开胜独留千载地，时观云雾喷晴空。

阆仙洞

仙家构屋最高峰，策马登临兴更浓。洞口流泉鸣佩玉，空中神语弄天风。
危桥影落三山外，石鼓声闻六合中。坐久顿忘天地老，此身浑在广寒宫。

合江夜月

桐江二水合流东，江上游亭似雪宫。秋冷月明清澈底，夜阑风静碧涵空。
惊寒凫雁鸣幽渚，倒影楼台近短篷。忽听谯楼更鼓动，数声如在白云中。

凤凰山

山形如凤势如飞，影落沧江日正迟。昨夜秦楼招不去，紫箫空向月中吹。

圆通寺

闲游随地可安居，为爱圆通风景殊。万象俱空山欲舞，千花不坠梦常虚。心泉月印当窗晓，禅刹云封半榻余。香静夜深人回处，时闻鞬鞑数声鱼。

圆通寺晚钟

西风月落寺门开，晓破山云出梵台。尘梦忽惊声欲断，已知日出事还来。

○朱朴 1 首

朱朴，字元素，浙江海盐人。明正德、嘉靖间在世。体瘦而声琅，务农为生。工诗，有《西村诗集》。

次戴双湖子陵高长句

子陵高，高于山，深于水，竿头一丝缕，力能回挽两汉之清风。羊裘蒙茸不为贱，麟阁嵯峨安足崇。君臣义分本鱼水，朋友意气犹云龙。富春之田可以饱我腹，桐江之水可以洁我衷。客星入座犯天子，物色想像由良工。古人有至论，仕者乃为通。唐尧世远荣禄驰，剩见此老巢由同。吾闻七里滩前利名路，纷纷冠盖时相逢。低头顿足不敢蹑崖岸，上有子陵先生一亩烟霞宫。光华高出日月上，气节直与乾坤终。君不见汉家宫阙芜已尽，寒云蔓草迷秋宫。子陵钓台至今在，伟哉万古真英雄，呜呼伟哉万古真英雄。

○章衮 1 首

章衮（1489—1550），字汝明，号介庵，临川（今江西省）人。明嘉靖二年（1523）进士，授御史，迁陕西副使。明中期诗文家、学者、思想家。有《章介庵集》《童子琐言》。

钓 台

昔过子陵祠，云烟迷咫尺。今兹复来游，轩楹净如拭。扁舟苦不宽，如马重羁靮。碣来此登临，昭曠真无极。群峰壮欲飞，幽濑鸣相激。

林深日苍凉，风清毛洒淅。云霞自晓昏，题味杂今昔。已跻杳杳台，更距高高石。暂抛比闲心，快展南溟翼。世俗日衰颓，互端忽肥瘠。嬛媚相争妍，软美竞投隙。所以严子陵，羊裘甘远适。孤峰信绝伦，无乃太拘窄。吾观圣贤心，扶颠还拯溺。用行舍则藏，孔门有成式。岂必务洁身，而不同休戚。中庸不可能，此语非谐噱。王公当代豪，刘子驾已逸。折衷契我心，千载夸双璧。

○吴廷翰 3 首

吴廷翰（1490？—1559），字崧伯，号苏原，无为（今安徽省）人，明正德十六年（1521）进士。历官兵部主事、户部主事、吏部文选司郎中。出为广东佥事、浙江参议、山西参议。有《吉斋漫录》。

夜过桐江两首

波光月色满船窗，七里滩头鸟一双。欲问钓台飞不见，短蓑吹笛下桐江。

其　二

万里云山酒一杯，汉家宫阙子陵台。空江明月白如雪，照见祠堂深夜开。

送林此斋十绝　选一

明朝舟过子陵滩，滩上依然见钓竿。莫向此中看世事，桐江烟雨夜来寒。

○黄佐 4 首

黄佐（1490—1566），字才伯，号泰泉，香山（今广东中山）人。明正德十五年（1520）进士，选庶吉士，授翰林院编修，历官江西佥事、广西学政、南京国子祭酒、礼部右侍郎。卒谥"文裕"。有《泰泉集》。

严州孟太守去思亭

鱼龙召风雨，仁义徕烝民。有感岂不孚，所贵惟道真。显允孟夫子，为邦善经纶。阳和一以播，弦歌日莘莘。至今舆人诵，恻恻怀二亲。

税履表遗爱，危亭瞰通津。严山石齿齿，严水波粼粼。水石会销歇，
景耀垂千春。

子陵钓台次马宪副韵

文叔资为理，狂奴岂不胜。高风鲁国钓，斜日汉家陵。
鼎足归侯霸，糟糠愧宋弘。羊裘见几去，龙德至今称。

南归途中杂诗

严陵祠上白日光，严陵祠下沧波长。清风满山似相慰，去路飘飘花草香。

梦中与人评严陵因赋

谁把云台较钓台，帝星犹让客星回。桐江今夜芦花月，曾与羊裘照影来。

○邹守益 1 首

邹守益（1491—1562），字谦之，号东廓，安福（今江西省）人。明正德六年（1511）
进士，授编修，逾年告归，谒王守仁，讲学于东廓山。世宗即位，始复官，因直谏
谪南京国子监祭酒，又因谏事落职。著有《东廓集》十二卷行于世。

赋钓台赠俞讷轩

羊裘狂奴蹴天子，白头独钓寒江水。寒江水光沃我饥，放筋岂必盘中鲤。
青山不费杖头钱，是处岩户皆可倚。兀坐磐石发孤啸，极目浮云迅如驶。
三王日远弓旌微，玄𬌓何来差可喜。谁教偃卧连日夕，不及怀仁辅义语。
真主吏事自有余，痴相宽厚能顺旨。咄咄抚腹天逼人，藉口巢由聊洗耳。
吾身洁兮晚节全，故人厚兮帝德美。何如中道相仳离，贵贱顿令交情毁。
千古心事映寒江，至今冠盖纷椒糈。原陵风物已萧萧，云台丹青竟何许。
讷轩老翁神骨壮，挂冠早卧桐庐上。南来凤林听金徽，矍铄犹倚看山杖。
翔风飕飕催归兴，问讯钓台尚无恙。来年七里会相寻，先期为办梅花酿。

○钟芳 2 首

钟芳（？—1544），字仲实，崖州（今海南三亚）人，改籍琼山。明正德三年（1508）进士，嘉靖中累官至户部右侍郎。有《皇极经世图赞》《续古今纪要》《崖志略》《钟筠溪家藏集》。

重过钓台

采薇歌歇后，严濑激清波。帝子自知己，客星将谓何。
道轻周衮黼，节系汉山河。回首商岩老，应惭定策讹。

重过钓台（在富春七里滩，唐人张谓诗云："于今七里濑，遗迹尚依然。高台竟寂寞，流水空潺湲。"）

声华不堪玩，过目成臭腐。桐庐江上丝，清风振千古。

○张程 1 首

张程，安福（今江西省）人，明正德十六年（1521）进士。官吏部主事。

钓 台

四七功臣定九州，先生高节慕巢由。故人天上龙为衮，男子泽中羊作裘。
半夜客星惊太史，千年庙食走诸侯。扁舟祠下苍崖石，暗日雄风对碧流。

○张鳌 1 首

张鳌，字济甫，南昌（今江西省）人，明嘉靖五年（1526）进士，历任浙江提学副使、南京兵部尚书。有《迁莺馆集》。

登钓台

庙下江潭映碧峰，翠微双石俨遗踪。当阶木叶寒生雨，出谷滩声迥跃龙。
物色应同岩野访，垂纶未学渭滨逢。只今半亩栖霞地，休比云台万户封。

○王德溢 1 首

王德溢，字懋中，连江（今福建省）人。明嘉靖五年（1526）进士。初授慈溪知县，擢监察御史，累广西佥事。

钓　台

古堂萝桂野云深，双石崚崚起翠岑。未挽唐虞酬叔世，错教巢许认初心。
丹山碧水先生像，白日青天御史箴。舒卷于人成算在，不须昏晚过江浔。

○杨金 1 首

杨金，当涂（今安徽省）人。明嘉靖二十九年（1500）任严州知府。

过谢皋羽墓

荒台依草树，埋没到如今。泪滴参军骨，江流报国心。
遗谋无长物，投老有知音。读罢先生传，悲风响暮林。

○谢榛 1 首

谢榛（1495—1575），字茂秦，自号四溟山人，又号脱屣山人，临清（今山东省）人。一目失明。明嘉靖间至京师，与李攀龙、王世贞等结诗社，榛以布衣为之长。有《四溟集》。

送库部杨郎中守严州

共说新都胜，今推良牧才。扬帆征雁尽，领郡早梅开。
江到桐庐合，山从天目来。云寒伍胥庙，月白子陵台。
吊古乘骢过，行春露冕回。长安怀旧好，尺素几时裁。

○区元晋 2 首

区元晋，字惟康，新会（今广东江门）人。明嘉靖四年（1525）举人。官云南镇南知州，晋福建兴化府同知。有《见泉集》。

秫坡黎先贤钓台两首

圣世夔龙接旧踪，一竿渔父得相容。可应野鹤孤云态，还向严陵拜后风。

其　二

飘然无畔亦无傍，寂寂寒花滟夕阳。台下几回思往迹，月钩曾挂钓丝光。

○王渐逵 1 首

王渐逵（1498—1559），字用仪，号青萝子、大隐山人，番禺（（今广东广州））人。明正德十二年（1517）进士，官刑部主事。以养母请告，家居十余年。后复被荐入京，言事不报，复乞归。有《青萝文集》。

访子陵钓台

子陵当炎汉，志节存箕山。朝饮富春水，暮宿清风滩。时主不能致，后世称其贤。凌虚屹孤台，台空有余闲。我欲见其人，缥缈烟萝间。

○黄廷用 8 首

黄廷用（1500—1566），字汝行，号少村、四素居士，莆田（今福建省）人。明嘉靖十四年（1535）进士。选庶吉士，授翰林检讨，历司经局洗马兼翰林侍讲，出为衡州府通判，累官至工部右侍郎，又被论罢归。倭寇陷莆田，被俘，历五月乃得归。有《少村漫稿》。

钓台八首

君房鼎足中兴日，一变姓名入富春。齐国上言垂钓者，疑是皇家物色人。

其　二

汉使安车几度来，同心特诏济川才。肯因日暮聊相屈，投札侯生亦壮哉。

其　三

谏议大夫坚不拜，何于建武复来招。请看唐帝容巢父，鸿鹄冥冥亘紫霄。

其　四

同学故人能下贱，榻中加足动星辰。若逢圣祖知相迫，肯许严光不汉臣。

其　五

滩头七里露渔矶，夜夜春山有少微。也信侯封□有命，凌烟不易勒名归。

其　六

知君故是狂奴态，不厌羊裘钓泽心。八十泉灵犹受宠，汉恩还比此滩深。

其　七

若得桐江江上过，汨罗安有楚魂悲。汉家晚祚多奇节，尽系清风一钓丝。

其　八

独上高台卷幔看，俨然遗像肃江干。瓣香一献溪前水，习习清风两袖寒。

○龚用卿 2 首

龚用卿（1500—1563），字明治，号凤岗，怀安（今福建省）人（一作福清人）。明嘉靖五年（1526）中进士第一，授翰林院修撰，历左春坊、左谕德、翰林院侍读。有《使朝鲜录》《凤岗文集》等。

钓　台

苍山拔地起，两岸云屏开。峭奇□□□，云是子陵台。子陵台高百千仞，烈风飔飔万山震。丹崖铁障插青冥，屹立颓波作雄镇。我曾三谒先生祠，披莱舣棹江之湄。舟车未至即物色，童稚皆称百世师。荒烟隐雾蔽溪谷，此台巍然山之麓。壮气直凌霄汉间，金城朝暮排云关。悬岩葏峄烟霞表，再拜如对先生颜。汉家九鼎未足贵，羊裘岂羡三公位。纲常自古用人扶，东京节义公之气。桐江一丝不得臣，光皇自是非常人。立兹休光耿宇宙，迄今千载归尧仁。吁嗟乎，严山高，严水清。上连牛斗不盈尺，下有泓洞蛟龙吟。高风可仰不可攀，清名万古谁与京。先生之风正如此，至今千载垂芳声。

题　画

独向江头坐钓矶，浮岚空翠点春衣。临流回首看归鸟，高树无风山叶飞。

○陈束 1 首

陈束（1501？—1543？），字约之，号后冈，鄞县（今浙江宁波）人。明嘉靖八年（1529）进士，官礼部主事、湖广佥事，擢河南提学副使。有《陈后冈诗集》。

钓　台

不受三公归富春，羊裘烟雨老江滨。纷纷精舍从游者，曾有持竿把钓人。

注：此诗一说为宋陈求作。

○寇阳 1 首

寇阳，榆次（今山西省）人。明嘉靖八年（1529）进士。授广平知县，历礼部主事、陕西布政司参议、江西按察使，累浙江右布政使。有《兰坡遗墨》。

钓　台

帝子当年意甚劳，故人同卧客星高。先生何事浑忘世，谏议区区等一毛。

○屠应埈 1 首

屠应埈（1502—1546），字文升，号渐山，平湖（今浙江省）人。明嘉靖五年（1526）进士，由郎中改翰林，官至左春坊左谕德。工诗文，有《兰晖堂集》。

晚眺桐君山

清秋乘兴一登台，江上欢逢陶令杯。二水渺茫天际合，万山苍翠席前来。阴阴宿露冲泉落，片片晴云共鹤回。欲伴桐君长住此，尘埃真恐异仙才。

○沈椿 1 首

沈椿，字元材，吴县（今江苏苏州）人，明嘉靖五年（1526）进士，嘉靖六年（1527）任桐庐知县。

晚眺桐君山

楼船六月下金台，晚泊同开江上杯。返照暂随轻雾敛，白云遥向近峰来。
空林秋笛临风听，隔岁昏鸦拂水回。粗粝愧淹青琐客，新诗喜见谪仙才。

○罗洪先 2 首

罗洪先（1504—1564），字达夫，吉水（今江西省）人。明嘉靖八年（1529）进士，廷试第一，授修撰。进左春坊赞善，隆庆初赠光禄寺少卿。谥"文恭"。有《念庵文集》。

桐　江

桐江二月春初动，春水自上鹅洲来。一双白鸟掠水去，无数好山当面开。
渔樵老去生事薄，笳鼓时闻驿使催。何日升平弃樗散，扁舟应傍钓鱼台。

子陵祠

汉廷怀旧德，独爱水云身。白发一竿暮，青山七里春。
江流闲岁月，夜景湛星辰。千载荒祠下，停舟人几人。

○袁炜 1 首

袁炜（1507—1565），字懋中，号元峰，慈溪（今浙江省）人。明嘉靖十七年（1538）进士第三，授翰林院编修。历官侍读学士、礼部侍郎、礼部尚书、户部尚书兼武英殿大学士。有《袁文荣公集》。

玉华山居

玉华山下美人居，花竹春深乐自如。笑步小亭修菊谱，坐临流水检丹书。
云根扫叶仍催酒，石上鸣琴或唤鱼。去去萧然无一事，溪风山月月庭除。

注：玉华山，在桐庐县分水镇。

○吴世良 2 首

吴世良，字叔举，遂安（今浙江淳安）人。明嘉靖十七年（1538）进士。知长洲县，改国子监博士，著述一时传诵。历广德州判官，广信府通判。

咏钓台兼吊方干两首

寻幽竟老富春山，簸弄烟波七里滩。误著羊裘来物色，那随龙衮掷鱼竿。
阴扶九鼎高风远，长映中霄客宿寒。岩石松亭双郁峙，清风千载配方干。

其　二

白水故人靳手书，青山重见贲安车。只传帝座客星犯，终使天象物色虚。
两岸雨花春拂遍，层台云鹤兴常舒。经过多少浮名客，谁学方干并结庐。

○谭大初 1 首

谭大初，字宗元，号次川。始兴（今广东省）人。明嘉靖十七年（1538）进士。初授工部主事，历官至南京户部尚书。尝力荐海瑞。卒年七十五。著有《次州存稿》。

会试过钓台同年陈于乔冯少登彭子豫夜月联舟步韵

功名奕叶羡云台，且向桐江一钓来。雷雨已成天子业，丝纶何必故人才。
弓旌物色春长富，蓑笠衡门午未开。枉教客星占太史，云山端不负初怀。

○王立道 7 首

王立道（1510—1547），字懋中，无锡（今江苏省）人。明嘉靖十四年（1535）进士，官翰林院编修。有《具茨集》。

严陵独钓

汉持太阿授新室，炎光黯然光欲灭。风尘顸洞天地昏，獩貐竞食苍氓血。
猗与光武超春陵，司隶威仪耆老泣。昆阳一鼓虎豹奔，罔魖解首槜枪匣。
虹霓扫除日月开，赤精复吐山川色。君臣会遇良有机，乾坤整顿无倒倾。
先生兀然独坐钓，羊裘蒙茸对空泽。亦知天子即故人，不与四海俱臣妾。

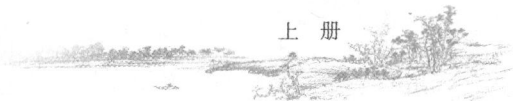

翩翩长揖还富春，狂奴不住公卿列。江流夜转鼋鼍寒，山气暝连风雨白。
吁嗟贤士各有志，相助岂必能相屈。古来节义何代无，西京诸子今犹烈。
九鼎宁论汉家重，一丝何止千钧力。画图仿佛清风生，尽濯贪颜洗顽骨。

钓台行送姚掌教归桐庐

汉家中更百六厄，炎精无光群盗剧。猗嗟光武起春陵，司隶威仪重辉赫。
昆阳旗鼓虎豹奔，獩貐陨首欃枪藏。桓桓诸将二十八，驰乘风云厉高翻。
先生尔时独何为，羊裘蒙茸钓空泽。神龙一奋海宇清，冥鸿孤飞江雾白。
亦知天子即故人，偃蹇自拟长为客。轩裳韦布各有徒，狂奴岂任三公责。
遂令意气动星辰，翻见功名胜竹帛。钓奇何如龙伯人，渔国不似磻溪石。
千秋物色在山川，仰睇嵯峨俯空碧。

钓台吟送人之桐庐三首

洛阳争睹汉官仪，独着羊裘理钓丝。莫道狂奴犹故态，富春山水是相知。

其 二

高台巉嵲俯江湍，古木苍崖清昼寒。千载山川犹物色，当时诸将枉登坛。

其 三

赤符久已定长安，只合归来把钓竿。后人不读樊英传，肯信人间行路难。

送周颙分教严州

斯文周茂叔，清节汉严陵。风月还谁共，云山思独凝。
道依家学重，教并郡贤兴。庭草多幽意，高台时复登。

送寿昌吴尹

出宰动星文，孤城百里分。山犹富春古，道以子陵闻。
凫舄双看别，牛刀独树勋。重寻治县谱，美政接番君。

◯王国光 1 首

王国光（1512—1594），字汝观，号疏庵，泽州阳城（今山西晋城市阳城县）人。明嘉靖二十三年（1544）进士。历官吴江、仪封知县、兵户二部主事、吏部员外部、郎中、右通政、顺天尹、户部右侍郎总督仓场、刑部左侍郎、南京刑部尚书、户部尚书总督仓场、吏部尚书等，以考绩加太子太保，升光禄大夫。有《万历会计录》《王疏庵率意稿》。

题严子陵祠

奕奕双台俯碧流，先生龙卧几千秋。欲将晚节酬明主，遂有狂言斥故侯。遗庙不随朝市改，新诗还为水云留。桐江百里清如旧，莫遣阳鱲入钓钩。

◯胡宗宪 1 首

胡宗宪（1512—1565），字汝贞，号梅林，徽州绩溪（今安徽省）人。明嘉靖十七年（1538）进士。历任益都、余姚知县，后为湖广道御史，三十三年（1554）出任浙江巡按御史。三十四年（1555）擢都察院左佥都御史巡抚浙江。三十五年（1556）擢兵部右侍郎兼佥都御史，浙、闽总督，为明代抗倭名将。三十九年（1560）以平海盗汪直功加太子太保，晋兵部尚书。四十一年（1562）十一月被逮捕入狱，次年春被革职还乡。四十四年（1565）三月，再次对在家已两年的胡宗宪以所谓"妄撰圣旨"问罪，押赴至京，死于狱中。著有《筹海图编》。

平贼过钓台

严濑矶头水欲冰，凯歌声彻白云层。功成只合思冯异，才退还应学子陵。

◯茅坤 17 首

茅坤（1512—1601），字顺甫，号鹿门，归安（今浙江湖州）人。明嘉靖十七年（1538）进士，历知青阳、丹徒，迁礼部主事，移吏部稽勋司。谪广平通判，迁广西兵备佥事、大名兵备副使。有《白华楼藏稿》《续稿》《吟稿》《玉芝山房稿》《耄年录》等。

过桐君山

仙人已飞去，姓独挂空山。芳草几迷路，白云谁共攀？
岭猿相叫啸，江水复潺湲。落日松风起，疑邀笙吹还。

晚泊桐庐江上

夕阳山最好，况复瞰江流。远岫萦如带，孤洲亘若浮。
饮猿窥壑挂，宿鸟向烟投。明月东林转，呼童傍贾舟。

寄赠桐庐俞处士两首

伊人渺何处，家住白云深。流水窗中泻，烟波掌上临。
几回抱犊浴，一曲沧浪吟。只许披裘叟，闲来挂杖寻。

其 二

犹闻可怜处，心与病相安。闭户闲爬虱，逢人懒着冠。
采花调露饮，煮石和霞餐。即此长生诀，何须羽化丹？

桐江道中雪霁

客心与春兴，总待日华开。绿吐雪残草，红抽雨后梅。
江随客星转，山向越州来。千里青葱色，相将掌上杯。

予少同俞泉亭博士小峰县令受书万松阁
今且余四十年矣道经桐庐简寄一首

伏氏尚书学，推君伯仲间。却怜少时别，今已发垂斑。
夕啸湖边月，朝搴江上山。当年受经处，安得再携攀。

吊严陵祠

山川几易姓，祠宇独经时。不见披裘叟，谁怜吊古词。
凄风喧暮雀，落日啸寒鸥。言采江蘋荐，空林寄所思。

过严州再赋

客星今不见，姓却挂南州。一日狂奴态，千年江水流。
林花开更落，社燕夏还秋。汉帝旌旄色，犹疑访钓裘。

过七里泷两首

江流回绝壁，千里夕阳开。忽有飞帆出，言从深树来。
山灵解招隐，波色可携杯。赋草投何处，乘风揖钓台。

其　二

鸢站中天挂，乌樯隔岫飞。鱼龙知避客，薜荔独寒衣。
江贾投青霭，樵歌流翠微。何当匿姓字，从此卜渔矶。

江上阻风

临流乘嶂出，向夕犯涛风。云压鼋鼍窟，波摇日月宫。
已看退飞鹢，何处倚归鸿。此夕羁心切，应怜河上公。

再过桐君祠

几度桐江上，桐君去不归。祠犹青嶂卧，人已白云飞。
蓬岛楼台没，缑山望幸稀。空留题姓处，千载借光辉。

答李桐庐简寄

借问桐江水，何如县令清？一封传尺素，千里照孤城。
剑忆黄金错，琴遗白雪声。恨无七襄报，应愧古人情。

过钓台再读往年镌壁之作辄赋

几过钓台下，频将吊草投。兹行无一字，犹尔怅千秋。
绿水洲前泻，白云岩上流。残碑藓已遍，一度一翻愁。

桐江舟中风雨感怀

不堪宋玉悲秋色，况复天涯风雨舟。江燕俄惊舞石下，山花并带濯枝愁。
鲛人织室寒无语，水使云幢湿欲流。此日客星看不见，烟波深处卧羊裘。

桐庐俞山人秋夜过山斋

中林抱膝吟，忽尔客星临。带绾钓台色，桐携江水音。
九秋回雁候，千里故人心。不觉坐来久，霜流花木深。

题寄严州太守郑云石

骢马南来又隔年，颂声千里下江天。萧生勋业由冯翊，黄霸威名起颍川。
露冕莺花新日月，使车山水旧风烟。钓台高揭仙人掌，愿碣君侯德政传。

○龚大器 6 首

龚大器(1513—1596)，字容卿，号春所，公安(今湖北省)人。明嘉靖三十五年(1556)进士。授官刑部主事，历佐广西、江西、浙江、直隶藩臬，累河南布政使。

钓台六首

高台落日系扁舟，独坐江皋看水流。烟雾茫茫渔笛杳，一声吹落万峰秋。

其　二

鸥鹭群飞过野塘，桐江烟水正茫茫。得鱼沽酒邀明月，披着羊裘胜鹔鹴。

其　三

百尺丝竿坐水隈，故人物色等闲来。羊裘谩道非缨冕，千古昆阳一钓台。

其　四

醉里跏趺坐石床，投竿一濯向沧浪。从来野性无拘管，不是狂奴傲帝王。

其　五

一丝独钓桐庐水，千古犹余江上台。风静鲸鲲常远避，月明鸥鹭不相猜。
暂辞林壑归朝市，便有星文动上台。我亦楚江渔隐客，兼霞风雨又重来。

其　六

一曲阳春调，孤帆雪夜舟。江深渔笛杳，村暝酒旗收。

路远严陵濑，溪凝剡水流。梅花频入梦，归思满沧洲。

○李攀龙 1 首

李攀龙（1514—1570），字于鳞，号沧溟，历城（今山东济南）人。明嘉靖二十三年（1544）进士。初授刑部主事。历任郎中、陕西提学副使，官至河南按察使。有《沧溟集》。

过严陵

严陵物色动新年，解缆春回七里船。绣岭更宜残雪映，钓台高并客星悬。

滩声乍合三江壮，山势遥临百越偏。此日青阳瞻帝座，羊裘深愧昔人贤。

○黎民表 11 首

黎民表（1515—1581），字惟敬，号瑶石，从化（今广东省）人。明嘉靖十三年（1534）举人，累官河南布政参议。好读书，善诗词，喜作画，与欧大任、梁有誉、李时行、吴旦称"南园后五子"。有《瑶石山人诗稿》《北游稿》《养生杂录》等。

桐庐道中杂咏四首

宿雨朝来歇，山云尚接连。芙蓉乱越渚，粳稻满吴田。

有景拚为客，无机任以禅。乡心虽强制，犹废夜中眠。

其　二

结宇荷为盖，偏篱槿作扉。野晴干鹊噪，沙暝水禽飞。

牵路缘青壁，樵歌出翠微。滞淫非客意，山水自忘归。

其　三

谷口条风改，江中暮霭沉。云山招隐兴，京洛倦游心。

缉芰香盈袂，听猿泪在襟。客愁容易老，星鬓莫相侵。

其　四

失路人争厌，羁游兴独缄。已捐湘水玦，还进赤亭帆。
水急流纹聚，峰高落日衔。青山如可买，来此卧松杉。

钓　台

垂纶人去后，楼阁缅纵横。龙卧沧江晚，鸿冥芳草生。
水犹喧野碓，风自落柴荆。物色真虚事，知君不重名。

又

持竿将拟钓沧溟，犹向荒台问客星。江入新安千丈碧，雨来渔浦一帆青。
药名尽入桐君传，泉品何烦陆羽经。拟是拂衣还有恨，末芳能得几回停。

桐庐道中寄谢侍御

有美吴山水，星轺宠命新。涛声驱海曲，风采肃朝绅。
入社推高足，追班忝近臣。未酬虚左席，长愧报恩身。

伏暑经桐庐道中四首

清浅无如七里湾，层崖飞瀑下潺潺。子陵不为南阳起，赖是清源有此山。

其　二

丹霄回首梦魂惊，避暑还催奏赋成。沧池何处堪停跸，笑指荷花放舸行。

其　三

草烂松枯太剧晴，转多烦热是舟行。惊湍夜入还家梦，疑是青林风雨生。

其　四

玉盘盛水贮甘瓜，蝉鬓迎风翠袖斜。冰水如山供坐客，骄阳不入五侯家。

○欧大任 1 首

欧大任（1516—1596），字祯伯，顺德（今广东省）人。明嘉靖间岁贡生，隆庆四年（1570），授官江都训导，转荐光州学正，升邵武教授。万历三年（1575），升国子监助教，改任大理寺左评事，九年（1581）任南京工部屯田司主事，转虞衡郎中，督修孝陵。十二年（1584）致仕。有《欧虞部诗文全集》《百粤先贤志》《广陵十先生传》《平阳家乘》等。

过钓台谒严先生祠

七里滩头江路长，汉家使者访行藏。冲波丝曳高台月，倚石裘披大泽霜。但有客星随帝座，可能宾馆就君房。至今千载萍蘩在，扶策低徊荐一觞。

○魏良静 2 首

魏良静，字玉川。宁都（今江西省）人。明隆庆四年（1570）选贡，中南都甲午经魁。历严州府推官、台州府同知。有《谈资》。

钓台两首

荒祠堪驻马，更上钓鱼台。古树滨江起，清风拂面来。
汉廷劳物色，天上动星台。节义辉青史，千年士气培。

其　二

北岭风尘翳满头，浪闻何处有羊裘。宦游今日桐庐地，眼见当年汉水秋。百尺钓台苍藓合，数椽祠宇白云浮。客星依旧辉长夜，为照先生永不收。

○詹理 1 首

詹理（1516—1592），字燮卿，号松屏，遂安（今浙江淳安）人。明嘉靖二十九年（1550）进士，初授中书舍人，寻擢御史，巡按甘肃。有《松堂诗文集》。

钓　台

韦布论交在远期，狂奴非故负相知。要将出处同伊尹，肯把清高让伯夷。汉业只今成往迹，严陵依旧荐荒祠。堪嗟诸将空图画，不及先生一钓丝。

○王叔果 2 首

王叔果（1516—1588），字育德，号西华，永嘉（今浙江省）人。明嘉靖二十九年（1550）进士，历兵部职方清吏司主事、员外郎、协司署郎中、湖广布政使司右参议，累广东按察副使。有《丰门藏稿》。

钓台两首

桐江风落客星寒，又过严陵七里滩。一自羊裘侵帝座，青山千古尚渔竿。

其　二

太守尊中绿未拈，清秋归棹醉还沾。君房可怪狂奴态，山郡于今尚姓严。

○徐中行 1 首

徐中行（1517—1573），字子与，自称天目山人，长兴（今浙江省）人。明嘉靖二十九年(1550)进士，授刑部主事，累官江西左布政使。有《青萝馆诗》《天目山堂集》。

入桐江

奔流千折下，峭壁两崖分。樵径冲江雨，渔舟宿岭云。

布帆林杪见，水碓月中闻。独有披裘客，千秋不可群。

注：此诗一说朱永福。

○顾起纶 2 首

顾起纶（1517—1587），字更生，号元名，一作玄言，无锡（今江苏省）人。从父可学挈至京师代为就厘应制之文，多称帝意。以国子生累官郁林州同知，以罪罢归。豪于诗酒，善书法，著有《句漏集》《赤城集》《国雅》等。

暮过富春山

寒月上江岭，孤舟渡涧西。山高天影小，风寂水声低。

行去若无路，到来还有溪。倘逢渔者问，应使汉人迷。

七里滩

严公栖隐地，烟水杳难寻。万壑滩声转，千岩夕照沉。
石横行棹缓，云起隔溪深。清濑空垂钓，羡鱼非素心。

○沈明臣 3 首

沈明臣（1518—1596），字嘉则，号句章山人，晚号栎社长，鄞县（今浙江宁波）人。平生作诗七千余首，与王叔承、王稚登同称为明万历年间三大"布衣诗人"。有《丰对楼诗选》《越草》《荆溪唱和诗》《吴越游稿》《通州志》等。

陪胡公上钓台

南阳冠盖化秋烟，桐水祠堂尚俨然。九鼎不留秦伏腊，一丝分得汉山川。
客星太史侵晨奏，帝榻何人昨夜眠。弭节清江时一眺，白云何意傍楼船。

送张丞赴睦下邑

君向严陵去，云移画舫低。驿程疏雨外，山色大江西。
讼简知花落，官闲听鸟啼。却忘身是吏，随意坐青溪。

从大司马胡公过睦州道中即事呈徐文长记室

孤城全在翠微间，九叠屏风绕郡环。红树作花欹粉堞，白云如画写青山。
戴村人共秋空远，严濑潮随暮雨还。自笑无才趋幕府，也从车骑得乘闲。

○梁辰鱼 4 首

梁辰鱼（1519—1591），字伯龙，号少白，别署仇池外史，明昆山（今江苏省）人。有《鹿城诗集》《江东白苎》《浣纱记》等。

过桐庐

江路郁茏葱，孤行类转蓬。山魈昼吹雾，舟子夜呼风。
两岸千峰夹，中流一水通。松烟有人语，应在翠微中。

过严陵濑祠堂

越地川岩秀，应忘客路长。山形像巫峡，江色类潇湘。
碑石千秋肃，林花十月香。清风见遗范，瞻礼愧行藏。

经钓台谒严先生祠

严陵台下江水清，严陵濑上江云平。丹枫横流谷口暗，白鹭落日山腰明。
鱼竿一缕非傲世，羊裘千年空复情。箕颍高风独心赏，区区云台安足惊。

过大浪滩

钓台南下叹飘零，大浪滩头鬓欲星。夹树画眉声不住，夕阳深处乱峰青。

○吴扩 1 首

吴扩，字子充，昆山（今江苏省）人。以布衣游缙绅间，工诗，明嘉靖中避倭
乱居金陵。尝遍游南北各省，至老不衰。

桐江夜泊

系舟人语静，纤月映江波。木叶秋交下，山烟晚更多。
隔云孤磬杳，照水一萤过。渔子闲相狎，中宵发浩歌。

○王舜卿 1 首

王舜卿，分水（今浙江桐庐）人。明嘉靖二十八年（1549）例贡，任亳州州同，
有政声。

望江风雨

百尺亭栏江水幽，登临凭眺豁双眸。密云龙过千山泾，败叶鸦翻两岸秋。
石燕山头飞款款，溪翁滩下战飓飓。黄昏月霁澄如练，闲看渔舟傍野鸥。

注：望江，指望江岭，昔有望江亭。在分水县东（今分水镇东溪村）十里。

◯潘仲春 1 首

潘仲春，分水（今浙江桐庐）人。明嘉靖二十八年（1549）岁贡，以明经官抚州教授，累摄县事，治绩优良，著循声。汤显祖未遇时，仲春拔识之。

九日对菊思亲

身经七十几重阳，白发黄花晚正芳。陶老归来荒径日，谪仙醉赋白云乡。
茱萸泛酒酒偏好，把菊吟诗诗亦香。纵目西风秋色惨，椿萱蚤落倍情伤。

◯王鑛 1 首

王鑛，闽县（今福建福州）人，明嘉靖三十二年（1553）任分水知县。

月溪寺

炎蒸偶尔扣珠林，石磴参差一径深。月色山光窥法象，松涛溪濑听潮音。
谈空已识浮生梦，学道能忘出世心。入夜将归还徙倚，漏声城阙正沉沉。

◯徐渭 6 首

徐渭（1521—1593），字文长，一字文清，号青藤山人，山阴（今浙江绍兴）人。诗、文、书、画、戏曲皆工。客总督胡宗宪幕，宗宪下狱，渭惧祸发狂，后杀妻系狱。好友张元忭力救得免，乃游四方。有《徐文长集》。

日暮进帆富春山

日暮帆重征，江阔眇无度。峰翠逐岸来，树干参天去。千里始此行，
一日即羁旅。石濑驶清磷，雪壑耸残素。回睇吴山岑，苍苍眇烟雾。

七里滩

进舟激重滩，修岑夹江沮。壁峭易孤凌，麓折难直泝。
乍入讶前遮，俄回惊后阻。林疏荒构缘，岭缺层峰护。
遵水无停桡，通山必奇路。冀访垂纶踪，聊以慰心素。

严先生祠

碧水映何深，高踪那可寻？不知天子贵，自是故人心。

山霭销春雪，江风洒暮林。如闻流水引，谁识伯牙琴？

七里滩两首

百番狮象一溪洄，一顷银光万个头。水石何缘能有此？星辰尽夜殒寒流。

其 二

浅水矶头蘸几堆，清涎齿缝破生梅。竹舟欲过从何处，无数游鱼磕额回。

严滩懊（并序）

暮至严滩，客有及子陵先生者，辄嘲之曰：老汉捏怪，终年著羊裘，老脾寒病耶？呼笔札来翻旧案，不两句而石尤起舟，几碎，拟牲往祷，恐遗群吏笑，偷取两句灰之，誓于江曰：亟归，当望祷。

既向东洋骂蛟母，又从严濑谴羊裘。天教风伯尔休往，胆落温郎他自收。

细草兔冠羞下马，大江投札许沉牛。客星久矣眠天上，谁管惊沙打石尤。

○梁有誉1首

梁有誉（1521—1556），字公实，号兰汀，顺德（今广东佛山）人。明嘉靖二十九年（1550）进士，授刑部主事，故世称"梁比部"。因其为诸生时于欧大任、黎民表、吴旦、李时行同师事香山黄佐，结社南园，故被列为"南园后五先生"；学者称为兰汀先生。为后七子之一。后得寒病而卒，年仅36岁。有《兰汀存稿》。

桐庐道中

日暮烟岚路欲迷，山樱落尽见鹧啼。林藏宿雨诸溪涨，峡束长江万木低。

野老移家依碧嶂，松门无路访丹梯。飘零却忆当年事，一曲劳歌越水西。

○萧廪3首

萧廪（1523—1587），字可发，号兑蜗，万安（今江西省）人。明嘉靖四十四年（1565）

进士。历浙江巡抚，累兵部侍郎。

钓台三首

不倚当时宠，宁论身后名。奈何千载下，尚尔说严陵。

其 二

君隐非无意，予行亦有心。此心如不愧，山水共高深。

其 三

美人与我期，共卧严滩月。薄暮人不来，长风度清樾。

○陆万钟 2 首

陆万钟，华亭（今上海市）人。明嘉靖四十四年（1565）进士，历广东副使，累广西布政使参政。

钓台两首

双台突兀倚山隅，今古烟波一钓徒。鸥鹭不惊江月晓，风云长伴客星孤。丝纶自是齐男子，谏议宁为汉大夫。谩道咄嗟能下汝，故人原未识狂奴。

其 二

沦波寂寞自垂纶，翻为羊裘物色新。文叔差强非旧侣，君房故是一痴人。磻溪笑尔承归聘，异绮终能不汉臣。钓石只今江上老，空疑太史动星辰。

○郭谏臣 1 首

郭谏臣（1524—1580），字子忠，号方泉，更号鲲溪，长洲（今江苏苏州）人。明嘉靖四十一年（1562）进士，授袁州司理，迁吏部主事。隆庆初屡陈时政，多所持正。官终江西参政。有《郭鲲溪集》。

桐庐道中

扬舲江上喜初晴，两岸山光夹镜明。到处水流寒涧出，插天峰吐白云生。

远洲浴鹭冲潮起，深树新蝉吸露鸣。前向严陵台下过，高风千古不胜情。

○吴国伦 1 首

吴国伦（1524—1593），字明卿，号川楼子，湖广兴国州（今湖北阳新）人。明嘉靖二十九年（1550）进士，除中书舍人，历兵科给事中、南康府推官，知建宁、邵武、高州，迁贵州提学副使，移河南参政。有《甔甀洞稿》等。

雨夜挽舟上七里滩

岸束滩声咽，沙兼石齿横。岂缘贪利涉，亦复滞王程。
山雨夜逾急，野灯时一明。客星云雾里，怀古不胜情。

○汪道昆 6 首

汪道昆（1525—1593），字伯玉，号南溟、太函，歙县（今安徽省）人。明嘉靖二十六年（1547）进士。历义乌令、福建兵备道、佥都御史、兵部侍郎。有《太函集》。

钓　台

片石碧摩天，高台秋可怜。山河人代异，宇宙客星悬。
何处容横足，吾生拟息肩。敝裘犹雪色，归钓渐江边。

登方氏江亭

新亭看种树，岁久树过亭。江路催头白，家山入眼青。
地迥中散驾，天隐少微星。明到丰干曲，扪萝坐翠屏。

严先生祠

久拚生事老沧浪，忽漫征车出建章。横足那知天子贵，掉头不改故人狂。
九霄星象留悬石，千载风声薄钓璜。归客只应怀独茧，披裘好在渐江旁。

钓　台

云台尽可翊中兴，严濑何妨隐客星。急峡七盘江漠漠，渔矶双出树青青。

肯甘呴沫归东汉，瞥见扶摇起北溟。闻道铜驼春草没，争如天畔有孤亭。

奉寿郑太夫人八秩予雅习长君光禄次君直指兹逢次君于严陵两首

漫道蟠桃未可餐，瑶池近接使君滩。六伽象服增垂白，九鼎鸾刀注渥丹。
哺母台乌来睥睨，将雏巢凤就琅玕。寿杯但引新安水，彩袖依依舞七盘。

其　二

云门东望日高春，窗出凌阳第几峰。堂背一枝凌薜荔，峰头双掌擘芙蓉。
星精吏隐天应借，婺女邻光地可封。任道飞琼工献曲，争如严濑石淙淙。

○王世贞4首

王世贞（1526—1590），字符美，自号凤洲，又号弇州山人，苏州府太仓（今江苏昆山）人。明嘉靖二十六年（1547）进士，官刑部主事。累官刑部尚书，移疾归。好为古诗文，始与李攀龙主文盟。攀龙死，独主文坛二十年。有《弇山堂别集》《弇州山人四部稿》等。

送龚大理出教授严州两首

小史轻儿掾，诸生爱郑虔。掷他廷尉牍，还我广文毡。
月冷铜官阁，云分石佛泉。好将孤剑气，高并客星悬。

其二

千峰建德合，一水桐庐流。白简翻相为，青袍可自由。
门因问字启，客爱解颐留。倘逐羊裘钓，知君有直钩。

严州有感

虚劳物色到羊裘，咄咄老翁何所求。一夜天能动星象，千秋人不改严州。

自富春至桐庐道中

扬帆溯流江，秋色竞纷纷。翠荇波仍绣，丹枫壁自文。路疑千里远，山为一江分。夕阳高低出，滩声远近闻。薛衣过木客，椒酒奠桐君。

○戚继光 1 首

戚继光（1528—1588），字元敬，号南塘，登州（今山东蓬莱）人。世袭登州卫指挥佥事。明嘉靖中官浙江参将，以破浙倭，升福建总督。后以都督同知总理蓟州、昌平、保定兵事。卒谥"武毅"。有《止止堂集》等。

过严子陵祠

当时虎符臣，千载羊裘友。试看元勋台，何似山祠久。

○庞尚鹏 1 首

庞尚鹏（？—1582？），字少南，南海（今广东番禺）人。明嘉靖三十二年（1553）进士。授乐平知县，擢御史。嘉靖四十四年（1565），在浙江推行一条鞭法，为一条鞭法之始。累迁大理右寺丞、右佥都御史、福建巡抚、左副都御史。卒谥"惠敏"。有《百可亭摘稿》。

有所慕

吾爱严子陵，高风悬绝代。天子布衣交，不改狂奴态。此身能几何，似觉乾坤隘。谏议安足荣，坚辞终不拜。千古共销沉，万事浮云外。桐江望钓台，汉室今何在。弹冠竞奴颜，吁嗟狐鼠辈。

○黄文豪 1 首

黄文豪，海澄（今福建省）人。明嘉靖三十五年（1556）进士，官廪州知府。

钓　台

云台绘尽丹青好，争似桐江山水奇。绝壁猿栖台石峭，寒潭月映钓竿垂。三公不入山中梦，九鼎终扶矶上丝。几度扁舟祠下过，清风犹觉棹边吹。

○沈一贯 3 首

沈一贯（1531—1615），字肩吾，又字不疑、子唯，号龙江，又号蛟门，鄞县（今浙江宁波）栎社沈家人。明万历年间首辅，隆庆二年（1568）进士，改庶吉士，授检讨，历充纂修官，南京礼部尚书，东阁大学士，晋太子少保，户部尚书，武英殿大学士，吏部尚书。身后赠太傅，谥"文恭"。有《敬事草》《喙鸣诗集》等。

送龙冈郑先生之任淳安

邑有英贤迹，君传忠孝家。遥知宣圣泽，定自讨官邪。

树密千峰合，滩高七里赊。政成春暮矣，一县野棠花。

（淳安，今主政海公始仕之地，不畏上官，甚有政声。乃今果以直谏震人主，天下归其忠，而先生尊人黄门公亦以直谏显当世，人章章能道之。先生仰先人之承，理海公之后，吾知可观矣。）

严子陵

汉帝思故人，迢遥梦明月。清晨题十行，五道使车发。卧邸呼不起，揽车嗟咄咄。偃蹇中宵足，留连旧时舌。客星犹在天，肯为曹官屈？至今七里滩，潺湲足怡悦。所以马伏波，一见真主决。投彼交让冠，乐来就简脱。古道信阔达，难为后人说。

钓 台

落日扁舟访钓台，青溪红树独徘徊。樵夫语我江天暗，无可久留归去来。

○佘翔 16 首

佘翔，字宗汉，号凤台，莆田（今福建省）人。明嘉靖三十七年（1558）进士。任全椒知县。与御史议事意见相左，即拂衣罢去，放游山水以终。工诗，有《薛荔园诗稿》《文草》。

严州怀古

飞鸾叠叠斗芙蓉，雨里看山色更浓。高卧羊裘人不见，钓台惟有白云封。

严濑舟中诵姚巽卿赠别诗有世路危于七里滩作此寄意

读罢新诗恼客魂，人情反覆未须论。清泠依旧严陵水，日夜东流望海门。

七里滩别余鞠夫两首

山自盘龙七里来，客星高傍白云隈。滩头无恙东流水，谁著羊裘上钓台。

其　二

武林春色日初迟，花满垆头酒满卮。无奈双龙愁里别，绿杨几度啭黄鹂。

过七里滩呈友人两首

物色空劳下汉庭，羊裘归隐万山青。君看千载销沉后，帝座何如一客星。

其　二

绣岭参差五月寒，桐江积雨水漫漫。临流欲借东风便，一片帆飞七里滩。

严滩上怀王仲房

论交二十载，湖海邈高风。名自青云薄，诗多白发工。
灵岩探玉笥，流水调丝桐。七里扁舟客，怀人数断鸿。

赋得桐江水寄许才甫

碧绿桐江水，羊裘隐在兹。滩声流日月，山色拥玻璃。
林莽供樵爨，烟波理钓丝。君家欲洗耳，舍此更何之。

桐江舟中怀金中丞

鼓棹今何适，桐庐际晓行。山多藏玉笈，水不染尘缨。
别洞龙眠稳，长空鹤唳清。仙人云树里，犹似隔蓬瀛。

谒子陵祠

若有人兮山之曲，抚长松兮倚修竹。乐衡门兮栖迟，临清流兮卜筑。谢轩冕于当途兮，结隐沦于空谷。岂无九五之恋穷交兮，一举吾慕乎黄鹄。唯桐江之潺潺兮，逝昼夜其相续托。渔钓以终身兮安，所取天下之桎梏。瞻飞鸿之冥冥兮，听松风之谡谡。彼神龙之蟠九州兮，岂其与虾鳅而相徵逐。使凤凰可得而罗兮，又奚异鸡鹜之争饮啄。邈哉高风留此芳躅，上有许由之耳兮，下有严陵之足。酌雨露以为浆兮，燃日月以为烛。汉家宫殿草离离，七里依然烟水绿。

舟中望桐庐县有怀

青山历历隐人家，挂席中流海日斜。依旧桐庐江上县，经过不见木奴花。

秋日登钓台四首

天涯秋乍转，重眺子陵台。潭古鱼龙伏，山空鹳鹤来。
自耽丘壑老，那问伯王才。所愧扁舟客，忘机鸟转猜。

其　二

七里终垂钓，高风薄九霄。萧曹偏佐汉，巢许岂臣尧。
地僻连桑野，台孤控斗杓。羊裘何处问，秋树正鸣蜩。

其　三

犯坐星为客，狂奴重此邦。功虽希渭水，计自老湘江。
古洞无眠鹿，荒祠有吠庞。临风听短笛，调入水云腔。

其　四

凭高一长啸，眼底尽飞潜。齐国今非汉，渔人旧是严。
风号流水转，云散乱峰尖。兴尽乘槎去，松梢吐玉蟾。

过钓台

羊裘曾卧白云间，烟水苍苍去不还。回首云台俱寂寞，至今人说富春山。

○沈奎 1 首

沈奎，字文叔，江阴（今江苏省）人。明嘉靖三十八年（1559）进士，历官户部主事、浙江按察佥事、江西布政司参议。有《归兴集》。

富 春

雨后众山青，汀边双鸟白。挂帆趁西风，遥看富春驿。

○张子仁 1 首

张子仁，字安甫，号澄斋，明嘉靖三十八年（1559）进士。曾官浙江副使、贵州参政。

钓 台

树密苍山合，风高溪水寒。凭虚一以眺，千古钓台端。

○程正谊 1 首

程正谊（1534—1612），字叔明，号居左，又称布政公，永康（今浙江省）人。明隆庆五年（1571）进士。初授武昌司理，后升刑部主事。再升云南副宪，补蜀臬、参广西，又任四川左辖，后升顺天府尹等职。

过钓台

布衣有知己，但识汉王孙。吾道在云山，何知万乘尊。
客星干天象，四海咸惊奔。终古激清风，显晦何足论。
赤符久销歇，钓石此犹存。清庙松揪古，高台题咏繁。
山灵护林谷，野鸟不呼喧。千载忆高士，过兹久停轩。
徘徊云海暮，感慨寂无言。

陈经邦 2 首

陈经邦(1536—1616),字公望,号肃庵,莆田(今福建省)人。明嘉靖四十四年(1565)进士,选庶吉士,后授编修,累官至礼部尚书兼学士。赠太子少保。

钓台两首

桐江有清沚,富泽多白云。渔钓堪逃世,羊裘可傲君。
山河汉鼎改,宇宙客星存。溪流吾欲掬,千载挹余芬。

又

轩冕无心恋汉廷,先生高节薄青冥。百年天地容狂态,万里江湖隐客星。
不使巢由偏洗耳,肯随贾邓共图形。嗟余碌碌成何事,仰止双台愧屡经。

○王世懋 1 首

王世懋(1536—1588),字敬美,别号麟州,时称少美,太仓(今江苏省)人。明嘉靖三十八年(1559)进士,始授南京礼部仪制司主事、南京礼部员外郎、尚宝县丞、江西参议、陕西学政、福建提学,累南京太常寺少卿。有《王仪部集》《二酉委谭摘录》《名山游记》《奉常集词》《窥天外乘》《艺圃撷余》等。

钓 台

颖阳先生一瓢后,卓荦独数桐江庐。蚕丛高士有严郑,亦赖子云能著书。
泽中不作羊裘坐,世上那有蒲轮车。富春滩头两峰秀,客星不隐将安知。
君王自美建武政,处士边际玄纁初。名成万古祠宇在,汉社洛阳久已墟。
清辉似染水长碧,高韵欲与风俱疏。千尺休疑下纶处,此翁钓奇非钓鱼。
徘徊宇下三叹息,独立高台意有余。

○王叔承 4 首

王叔承(1537—1601),初名光允,以字行,明吴江(今江苏苏州)人。有《吴越游》《壮游编》等。

自桐庐入七里泷出严州舟中怀古

入泷还出泷，宛转千盘经。既登桐君庐，复憩严子亭。水光鸭头绿，
山色蛾眉青。云中鸡犬隔，天际鸾鹤停。往往至人宅，选胜开岩垌。
旧坛秘光彩，遗庙虚精灵。朱鸟不可见，哀歌许谁听。

自钱塘由富春桐江抵七里滩同范仲昭

鸣榔晓发钱塘江，波开绿酒浮春缸。江风吹帆三百里，青山片片随船窗。
山头挂天根插水，两岸阴森那可已。游郎如坐彩云来，人家尽住瑶屏里。
三江烟树嗟空阔，谁道泷中更奇绝。陡岩岚翠寒扑肌，拂手藤花洒香雪。
荆扉女儿扬茜裙，映柳窥人半明灭。山村酒价不用钱，笑减青粳沽竹叶。
风波相遇皆行迈，死生肯付乾坤外。采芝昨上桐君庐，占星又宿严陵濑。

月夜下桐江闻孤雁

烟月满江渔火寒，一声孤雁下芦滩。隔天纵有家书到，水碧山青不耐看。

赋得武夷君送陆无从游闽中

武夷之君家青山，采芝长啸烟霞间。当时共赴幔亭宴，琪花惹袖秋斑斑。
三月东风又送汝，青青杨柳西湖雨。人生此别不易逢，千里寻仙作孤旅。
一尊洒碧钱塘江，片帆扫白严陵渚。三十六峰如见君，应问王生醉何许。
洞天石扇多异书，字法定与人间殊。明年迟余九曲水，谈玄酌酒焚枯鱼。

○费尧年 1 首

费尧年(1537—1607)，字熙之，号唐衢，铅山(今江西省)人。明嘉靖四十一年(1562)
进士，任营缮司主事，升都水司郎中。历经兵部郎中、刑部郎中、工部郎中、苏州兵宪、
浙江杭严道，转福建漳南道，升按察使和右布政使、广东左布政使，政绩显赫。

钓　台

卧榻狂奴动客星，石亭犹峙挹渊渟。我知傲帝缘同学，彼忍忘君梦独醒。

受禄终身全礼数，报书双语凛仪型。高风真节谁能并，留得春山万古灵。

○林偕春2首

林偕春（1537—1604），字孚元，号警庸，晚年自号云山居士，漳浦（今福建省）人。明嘉靖四十四年（1565）进士。授翰林院庶吉士，历翰林学士、史职编修、湖广布政司右参政、浙江提学，累湖广参政，太子太师。有《武宗世宗实录》《承天大志》《三国志摘》《晋书北史钞略》《云山居士集》等。

钓台两首

世情多险巇，落井翻下石。丈夫各有志，安能受驱迫。所以严子陵，
翛然为汉客。虽欲谏议之，坚卧不可得。九鼎赖垂丝，七里标遗迹。
我来拜祠下，蹑级登危石。环视苍山高，俯见溪水碧。浮云变古今，
斯名永无极。慷慨一以歌，壮怀长矜式。谁谓千载遥，相遇犹旦夕。

其　二

客星何为者，熠熠夜来明。岂识狂奴态，应征圣主情。
故人同卧起，加足若平生。太史无劳奏，曾虚咄咄声。

○莫是龙1首

莫是龙（1537—1587），字云卿，号秋水，华亭（今上海市）人。贡生。明代文学家、书画家、藏书家。有《话说》《石秀斋集》《廷韩遗稿》等。

钓　台

滩声七里咽江渍，吊古台荒路不分。物色频年虚帝席，客星中夜动天文。
汉家龙衮方求理，齐国羊裘肯事君。千载遗宦那可见，暮云犹似束玄缥。

○刘元士1首

刘元士，字肖友，号海东，福安（今福建省）人。明嘉靖间岁贡。有《海东漫稿》。

望谢处士墓

许剑白云晞发地，西台东社照人明。至今竹石前山碎，锋带当年善哭声。

○蔡一槐 1 首

蔡一槐，字景明，晋江（今福建省）人。明嘉靖三十八年（1559）进士，官广东参议。

钓 台

风爱丘中琴，今怀祠下心。白云自不远，流水有余音。
汉使图空得，客星座已临。故人管胜事，书此在碑阴。

○邵贲 1 首

邵贲，字原实，桐庐（今浙江省桐庐县钟山乡）人。明嘉靖乙郊乡科授江宁泾县令，旋改河南夏邑县。三年归居深山中，谢绝人事，唯课耕读以自乐。善吟咏，工书法，有《朱峰集》。

钓 台

水绿山苍映白榆，丝纶自在卷还舒。原知故旧情无尽，都付江云兴自如。
帝业到今非汉有，严滩从古自吾庐。营营名利何时已，不见竿头受钓鱼。

○王禹传 1 首

王禹传，分水（今浙江桐庐）人。明嘉靖四十年（1561）副贡，又两中副榜。

龙池圣水

排列奇峰数百寻，湛然清涧漾平林。一声霹雳作霖雨，不负苍生望岁心。

注：龙池，在桐庐县分水镇驻地西南八公里处的洪坑元宝山中。

○袁表 1 首

袁表，字景从，闽县（今福建省）人。明嘉靖间举人。授中书舍人，迁户部郎，累黎平知府。有《詹氏小辨》《列朝诗集》。

钓 台

江树晓氤氲，参差望不穷。台残□□腊，山出富春云。
牧竖团沙见，渔歌隔水闻。应惭江上钓，万里谒明君。

○汪坦 1 首

　　汪坦，字仲安，号识环，鄞县（今浙江宁波）人，明万历前后在世。初为诸生，以太学生至京师，入藩幕十余年，非其所乐，遂解组归。有《石盂集》。

夜上严州滩

上滩似牵羊，下滩如走马。滩高月未出，石立滩流泻。
参商欲低掷，风雨声在下。夜半入天津，应识支机者。

○范惟一 1 首

　　范惟一，松江华亭（今上海市）人。文正公十六世孙。明嘉靖二十年（1541）进士，历官湖广按察司佥事、江西布政使、浙江提学副使、南京太仆寺卿。

谒祭先文正祠

司谏封章为国谋，逆鳞翻拂凤池头。左迁暂守桐庐郡，卧治长吟潇洒楼。
奎壁灵光终古映，冠裳遗迹至今留。幸持蘋藻陈祠下，俯仰乾坤五百秋。

○钱贡 1 首

　　钱贡，桐乡（今浙江省）人，一说无锡（今江苏省）人，明嘉靖四十一年（1562）进士，万历二年（1574）任淳安教谕。

小金山

中流一撮土，兀峙几千年。莫谓金山小，鸢鱼一样天。

○李珊 1 首

李珊,莆田(今福建省)人,明万历二年(1574)任桐庐县丞。

钓 台

建武当年幸御骅,故人卧榻共徘徊。羊裘不逐浮云去,鱼钓长随流水来。
大节一生轻万乘,清风千古重孤台。停舟瞻拜危矶下,终夜星辰照被隈。

○郑学醇 2 首

郑学醇,字承孟,顺德(今广东省)人。明隆庆元年(1567)举人。任武缘知县。
有《句漏集》。

答潘幼则用韵

秋风雁度浙河西,远访严陵旧钓溪。三尺素琴挥别调,数行纨扇寄新题。
同游久自思陶谢,狂态惟应托阮嵇。安得重携问春信,绿杨阴下络偏提。

七里滩

富春之滩名七里,锦峰绣岭重重峙。祠耸长林古木中,舟行两岸猿声里。
汉家九鼎赤符新,滩上一丝人独理。千载高风清客心,半滩明月一篙水。

○张克家 1 首

张克家,宣城(今安徽省)人。明嘉靖四十四年(1565)进士。

严陵钓台

把钓寻常事,斯台未可湮。谁令天子贵,终下故交贫。
麟阁良多彦,渔矶剩此人。寒潭秋月在,千载仰先民。

○徐应簧 1 首

徐应簧,字轩卿,号凤谷,蜀阜(今浙江淳安)人。明万历十七年(1589)进士。

历任工部郎中、武昌太守，执法不阿，升布政司参政。后辞官归家，年九十而日吟不辍。有《凤谷公集》。

小金山

十里澄江夕照前，琳宫高插泬寥天。听经龙去云移浦，乞食僧归月满船。
问酒忽迷京口渡，烹茶如汲惠山泉。何时投杖岩扉里，重访支公落魄禅。

○皇甫汸 4 首

皇甫汸，字子循，号百泉，长洲（今江苏苏州）人。明嘉靖八年（1529）进士，历官工部主事、黄州推官、南京稽勋郎中、开州同知、处州同知、云南佥事。有《皇甫司勋集》。

桐君山题赠卢职方江右典试

朝登桐君山，下有澄江四绕流潺湲。著谒桐君祠，上有古木一望悬参差。
昔人采秀山之巅，桐荫未徙凌云仙。琼浆石髓世不识，丹崖翠壑空年年。
越乡自古穷嘉丽，弥节停轺几留滞。严陵濑静秋涨沉，香炉峰寒暝烟翳。
卢君挥斤宇内游，昨来奉使浔阳舟。直蹑庐峰探奠服，又从瀑布挹飞流。
江山能使才华盛，况接朱绳与青镜。登览何如司马雄，文章自是欧阳正。
君鸣玉珮上金銮，桐叶声销日已残。钟鼎山林缘底事，不须回首忆江干。

钓 台

自学尧年隐，羞称帝者师。虚闻前席待，不遣后车随。
滩是垂纶处，星非犯座时。只应鸥与鹭，犹此伴荒祠。

子陵祠

问水下桐津，看山入富春。花源别是路，鱼鸟自为邻。
独作垂竿客，多惭荐藻人。沧波流不尽，何以溯芳尘。

富春道中范宪副舟宴

已谢尘中鞅，犹同使者舟。清尊聊卜夜，白发几悲秋。
山色分苍霭，滩深递急流。独怜垂钓处，阅水自悠悠。

○王弘诲1首

王弘诲（1542—？），琼州（今海南琼山）人，字少传，号忠铭。明嘉靖
四十四年（1565）进士。选庶吉士，官至南京礼部尚书。初释褐，值海瑞廷杖下诏狱，
力调护之。有《天池草》《尚友堂稿》。

桐江谒客星祠

由来龙性固难驯，出处当年或有因。不信客星侵御座，岂缘狂态忤痴人。
山川冒姓风流远，祠宇标题岁月新。我亦投竿沧海客，登台何处挹芳尘。

○饶与龄6首

饶与龄（1543—1595），字道延，号宾印，大埔（今广东省）人。明万历十七年（1589）
进士。曾试政都察院，以父母归侍二年而父卒，免服调选，补中书舍人，才两月而病卒。
有《新矶题咏》《松林漫谈》《宝印诗草》等。

过严陵滩四首

扁舟四望临安路，舟人指点富春江。汉家九鼎久已矣，清风犹袅钓丝长。

其　二

老脚浪长岂倨主，羊裘坚卧富春江。达人漫道先生果，郡里谁传姓字香。

其　三

钓迹茫茫何处觅，吉州亦有富春江。祇缘风韵云霄上，故遣芳名记异乡。

其　四

滔滔逝水东流去，千年景仰富春江。我欲瓣香礼像肃，祠堂缥缈白云藏。

过严滩步友竹韵古风十四句

鼓棹桐江水，纵眺富春山。古祠郁岧峣，抠衣几欲攀。炎刘鼎祚复，
故旧帝心关。羊裘大泽钓，徵书寰宇间。玄豹沐冥雾，神蛟潜深湾。
客星不可留，山高水长湲。清风激千载，永伴白云间。

过桐庐县次友竹韵

留滞春宵屡索途，萧然蔬草治行厨。一杯仰洒江天雪，数阕遥吟古钓徒。
连席不妨中夜语，分携预叹一灯孤（友竹预期扬州登陆赴选故云）。天曹
幸授苏湖帐，莫惜弹冠折简呼。

○俞一中 2 首

俞一中，字舜授，孝泉（今浙江桐庐）人。颖拔不群，少失怙，潜心经史，由
邑庠入太学。明嘉靖二十二年（1543）中举，官历巨野、将乐知县。嘉靖四十一年（1562）
赠文林郎。

钓台两首

台倚青山栋欲浮，绿阴几树集沙鸥。矶头不问丝纶在，伫有清风逐水流。

其 二

贫买渔舟泊钓台，闲模古刻破荒苔。江湖廊庙还同意，谩对先生一所栽。

○邱云霄 2 首

邱云霄，字凌汉，号止山，宗安（今福建武夷山市）人。由贡生官至柳城县知县。
有《止山集》。

发桐庐

残月依林堕，寒蛩近晓鸣。远潮传海曙，鸣柝护楼更。
画鹢缘江白，樯乌掠雾轻。桐江垂钓者，应笑重浮名。

富春驿

寒浦樯乌集，烟汀宿鹭投。富春江上驿，落日客边愁。
吴越双流外，乾坤一叶浮。孤征频望斗，明月满严州。

○尹台 1 首

尹台，字崇基，号旧山，永新县（今江西省）石桥人。明嘉靖十四年（1535）进士，授翰林院编修。后为南京国子祭酒，至南京礼部尚书。有《洞麓堂集》。

严先生祠堂

江阁斜阳倒碧流，钓台崛立水云幽。图中物色今谁肖，帝侧星文不可求。
往矣功名成邓冠，时哉心迹合巢由。南阳旧识狂奴态，底事犹持谏议留。

○邵万 1 首

邵万，字原一，桐庐（今浙江桐庐钟山乡）人。明嘉靖间举于乡，任龙泉知县，有政声。

桐君山

桐君之山何许高，山不在高仙则名。忆昔桐封仙灶深，仙人一去山冥冥。
两江回合秀可挹，千家万家龙作城。岂无嵯峨插云际，岂无刻削临沧溟。
即使游人挟心赏，不关风气终顽形。我昔谈经山上亭，亭空百虑殊惺惺。
苔青草绿自春色，钟声鸟语如叮咛。前贤汇征得无自，西来天目钟声灵。
因知此山非浪存，可令环胜无藩屏。卓哉李侯百度贞，崇祠翼翼高齐肩。
虽不辉煌耀仙录，实多瞻仰垂仪型。幸际台垣启昌运，朝阳不拟流芳馨。

○李沂 1 首

李沂（？—1606），字景鲁，嘉鱼（今湖北省）人。明万历十四年（1586）进士，改庶吉士。十六年（1588），授吏科给事中。拜官甫一月，以劾东厂太监张鲸廷杖削籍。家居十八年卒。有《中秘草》。

客星高

天子来，我张目，士固有志何相迫。天子卧，加我足，客星犯座天变速。
天子不见见人臣，君房痴绝何足论。君不见，吴山高，山高水复清。
谏议何能下子陵，狂奴故态谁能驯。桐江钓竿有旧纶，高节清风百世兴。
先生持此报故人，磻溪渭水徒纷纭。

桐庐文史资料第十九辑

桐庐古诗词大集

中册（全三册）

王樟松　编

浙江工商大学出版社 | 杭州

ZHEJIANG GONGSHANG UNIVERSITY PRESS

目 录（中册）

明 朝

○陈履 1 首

陈履，字德基，原名天泽，东莞（今广东省）人。明隆庆五年（1571）进士，历知蒲圻、休宁、崇德知县，官至广西按察副使，兵备苍梧。致仕后，日以吟咏为事。有《悬榻斋稿》。

过严陵钓台

客子有游兴，乘春恣行迈。扁舟下湘江，凌晨访严濑。抚景怀往踪，
临风动长慨。为想羊裘翁，蜕迹人境外。泉石中膏肓，轩冕等尘界。
故人御六龙，弓旌远相逮。飞潜各有适，出处自殊态。助理望徒勤，
蜚遁志逾介。横足动星象，挥手谢冠盖。清风寄一丝，高名互千载。
日夕波涛狂，踟蹰慕英概。

○梁鹤鸣 1 首

梁鹤鸣，字体诚。三水（今广东佛山）人。明万历元年（1573）举人，累官广西浔州知府。有《后乐园集》。

钓 台

老去逃名何所为，渔蓑常向水云披。竿头高挂一轮月，泽畔轻移百丈丝。
烟雾直寻巢父乐，江湖无复子牟思。不知严濑谁能似，十里龙湾九曲池。

○徐裕善 2 首

徐裕善，高安（今江西省）人，岁贡。明万历五年（1577）任桐庐县教谕，后升常德府教授。

钓 台

天造陵台石倚空，白云常锁半江中。经纶手作丝纶手，不朽高风古石同。

桐君山凤鸣高阁诗

吴山名绝境，此更境之奇。覆釜环江左，连珠带凤仪。岚光浮翡翠，
黛色蔼芳苏。攒簇邻星斗，依稀等翠微。松苓涵夜彩，石髓散琼飞。
丹灶来仙古，文峰借塔移。祠开崇哲祀，堂构集贤居。亭居江天胜，
鲸传作息时。一方诚倚重，百里赖纲维。望道川流近，观风钓石巍。
两间呈万象，四顾喜咸熙。伟矣桐江令，渊哉灵社思。经纶非近迹，
规画实鸿基。遗爱君山上，流风越水湄。山高流不息，世仰亦如之。

○杨束 1 首

杨束，建安（今福建省）人。举人，明万历八年（1580）官桐庐知县。编有《钓
台集》。

钓 台

不随龙跃去，甘为一鱼来。投饵垂明月，披裘坐草莱。
汉室无分土，严滩有二台。高节荒村静，清风野雾开。
万山回古渡，一水护孤蓑。往来名利客，不敢向徘徊。

○张正学 1 首

张正学，潼川（今四川省）人。明万历十四年（1586）进士，以中书舍人选吏
科给事中，累贵州宣谕慰司。

钓 台

先生非是爱逃名，龙德深潜行已成。不把一丝坠桐水，其能九鼎奠东京。
修修鸿羽悬孤表，落落云台失众英。汉室中兴今已矣，高风惟见钓台清。

○郑锐 2 首

郑锐,字乡甫,宛陵(今安徽省)人。赐进士出身,明万历年间官严州知事,其间为杨束重刻《钓台集》作序。累朝散大夫兵部侍郎。

钓台两首

世人但说先生隐,岂识先生不仕心。辅义怀仁言不合,汉家九鼎一丝轻。

其 二

桐江之水势悠悠,千古清风钓不休。谁谓云台轩冕贵,讵能博换此羊裘。

○陈鑨 1 首

陈鑨(1500—?),字世嘉,号桂峰居士,分水(今浙江桐庐百江镇)人。明嘉庆二十年(1541)进士。

南屏丛桂

幽绝南屏胜,清辉澹欲无。香飘到何处,不减小西湖。

注:南屏,在今桐庐县百江镇百江村朱门岗自然村。"南屏丛桂"为"百扛(百江)八景"之一。

○汤显祖 1 首

汤显祖(1550—1617),字若士,一字义仍,号若士,临川(今江西省)人,明万历十一年(1583)进士,除南京太常博士,迁祠部郎。谪广东徐闻县典史,知遂昌县。擅词曲。有《玉茗堂集》及《还魂记》(《牡丹亭》)等数种戏曲传世。

分水县访桃溪潘公仲春出桐庐秉烛游仙洞香袭人衣十余里不绝

分水县帆就索居,沾巾信宿下桐庐。青山晚棹桃溪远,红树秋灯草阁虚。仙洞半空行炬蜡,生香何处满簪裾。开舟更下神灵雨,烟雾霏霏总袭予。

○胡应麟 26 首

胡应麟（1551—1602），字元瑞，号少室山人，浙江兰溪人。明万历四年（1576）举人。有《少室山房类稿》《诗薮》等。

钓 台

严公昔未遇，耕钓日沉冥。一朝动人主，始识少微星。余亦任公子，垂竿三十龄。被发上高台，浮云空翠屏。双矶拳石那可坐，却望三山游四溟。袖里虹霓一千尺，手掣鳌鱼归帝庭。

暮行桐庐道中

纳纳驱行斾，遥遥泛客槎。万山藏鸟道，一水护渔家。束峡天形小，奔崖地脉斜。严陵矶畔月，蚤已著芦花。

赠唐山人

暂辍严陵钓，悬壶向紫宸。仙茎携沆瀣，帝座问星辰。白苎新燕客，青囊旧越人。昆明泉万斛，花里试垂纶。

江右来相如过访同唐惟良夜集分冬字韵

严陵长日候孤筇，底事芒鞋雪后逢。结夏西湖眠菡萏，高秋南浦落芙蓉。人如司马名堪借，客比梁鸿姓易重。把臂旧游肝胆在，接䍡那不醉双龙。

汪司马偕龙博士登严陵赋雪寄讯

萧森寒色照菰芦，缥缈青山入画图。不为文星移海甸，能令春色遍江湖。千花桐濑飞瑶瑟，万树兰陵照玉壶。况是郢中才子集，赋成题寄茂园无。

黄生九斗携所业千里过访于其别也赠以绝句六章　其一

万仞潮头溅客衣，布帆无恙雪中飞。推篷面面青山色，已到严陵白石矶。

兰江竹枝词　其六

严陵东头七里滩，家家门户钓鱼竿。良人乍夜趁潮去，将船卖酒入临安。

自严滩至新安途中纪兴十首呈司马汪公

四百滩头路，峰峦面面青。路疑行绝栈，滩似泊空舻。
平地飞千瀑，高天突万星。不因司马在，吾岂别玄亭。

其　二

一滩高一丈（谚语：一滩一丈，新安天上），滩尽到天都。叠嶂云飞动，
阴崖日有无。辛夷残紫落，踯躅乱红敷。独少行云庙，分明入峡途。

其　三

明发寒逾甚，羊裘当锦袍。争风帆力猛，破雪橹声豪。
暗谷迷红树，悬崖露碧桃。居然丘壑底，不用武陵逃。

其　四

悬水三千仞，奔流落大川。片帆危欲堕，群缆急争先。
石险时栖鹘，峰高欲跕鸢。兹游信奇绝，点笔漫成篇。

其　五

树色逶迤合，山光次第来。岸疑夸父圻，崖似巨灵开。
蜀客迷三峡，闽人话七台。移舟傍鸥鹭，此夕漫惊猜。

其　六

嵯峨探虎穴，岹𥈭入龙宫。百丈飞湍下，双篙巨石中。
地危真破冢，天近欲乘风。恰称诗怀壮，长歌万虑空。

其 七

密缆纷如织，高樯望若攒。怒涛翻绝壑，飞浪叠层峦。
不雨青天润，无风白日寒。苍松植何代，百尺架巀嶭。

其 八

片石俱飞动，千山竞送迎。地真游黯淡，天似入蓬瀛。
缆束高崖度，樯穿绝壁行。谁呼谪仙至，白日跨长鲸。

其 九

白岳新游快，青溪旧迹存。乱山冲虎过，奇石象狮蹲。
贾舶环枫社，渔梁护荜门。飞鸿渺天末，消息信乾坤。

其 十

十年怀命驾，千里棹孤航。大壑行严濑，飞流涉吕梁。
猿猱晨作伴，豺虎夜成行。咫尺龙门在，无劳叹望洋。

送人还桐庐

不远桐江路，归帆候月牵。赤霞晨际海，青壁午连天。
鸟道从人问，猿声傍客悬。钓台千尺倚，谁伴子陵眠。

钓台谒严祠作

高台倚空双突兀，钓丝下坠桐江石。客星惨淡呼不应，片片飞云向人立。
忆昔真龙起新野，百万昆阳碎如瓦。朝端但访赤伏符，泽中那问羊裘者。
逍遥建武垂裳初，乃有物色来菰芦。新衔乍可授谏议，故态宁肯回狂奴。
长啸还归富春濑，采药桐君坐相待。石上明霞照秋水，峰头雪瀑飞寒籁。
箕山颍阳杳莫睹，太息斯人遂千古。方干谢翱两小子，废宅荒坟强为伍。
胡生抗志五岳前，中岁偶落风尘缘。钓竿倘拂紫微坐，归来与尔共拄东
南天。

夜发钱塘以风涛迅甚次日遂抵桐庐

暮云飞尽海门开，越客扁舟万里回。一片青山涛浪里，不知帆过子陵台。

泊舟登钓台作

峡口抱云汀，中流坐放舲。亭高双逼汉，台迥一窥星。

海气吞江白，山光压濑青。纶竿千尺在，吾计渐沈冥。

送安茂卿赋得富春山钓台同诸子分题作

百尺危梯上翠微，空台长日乱云飞。山寒麋鹿归樵径，水落鱼龙傍钓矶。

越渚帆过兰杜远，汉庭书到薜萝稀。披裘莫道垂纶客，夜夜双星动帝畿。

登钓台四绝

重叠岚光倚翠屏，天风吹客上危亭。持竿试著羊裘坐，何处长安有客星。

其　二

挟策初从帝座回，系舟重上子陵台。峰头日暮狂歌发，万里浮云海色来。

其　三

欲向桐君话隐沦，千峰寒色对嶙峋。青袍可是游燕客，不染玄都半树尘。

其　四

百尺纶竿俯碧流，危栏天半夕阳愁。山灵似识携寒意，十里鱼龙送客舟。

○邹元标 2 首

邹元标（1551—1624），字尔瞻，号南皋，吉水（今江西省）人。明万历五年（1577）进士。同年，以疏论张居正夺情，得罪，廷杖戍贵州都匀卫。居正死，召拜吏科给事中。历官南京吏部员外郎、刑部右侍郎、左都御史。后忤魏党，辞归。卒谥"忠介"。有《愿学集》。

桐江晤徐献和廉访使

三十余年老弟兄，相思几度梦魂惊。忽闻青雀云间至，不觉幽怀座上倾。
世味尝来偏磊魄，人情阅处太纵横。匡庐乞得闲身地，岁晚相期共耦耕。

桐江夜月

桐江江上水悠悠，一派青山天际浮。最是无情深夜月，相看不尽古今愁。

○张文熙 1 首

张文熙，字念华，桂林（今广西壮族自治区）人。明万历五年（1577）进士。
历巡按陕西、浙江兼浙江乡试考官，以应天府丞、太仆卿致仕。有《壬癸草》《云岩集》
《按浙集》等。

钓 台

天下岂腥物，巢父独洗耳。至人秉奇尚，万钟如敝屣。此道千载希，
汉有羊裘子。雅志在寥廓，泂然无所喜。天子曾及门，偃仰卧弗起。
以足加帝腹，客星奏太史。匪作傲世态，故人谊乃尔。黄屋且不知，
万物孰能滓。高风薄苍旻，芳名耀未祀。

○朱廷益 1 首

朱廷益，字汝虞，嘉兴（今浙江省）人。明万历五年（1577）进士，十一年（1583）
由漳浦知县调任嘉定知县，累通政司参议。朱廷益居官清廉自守，死后贫不能葬，
江南士大夫敬仰其清廉节操，凑钱葬之。嘉定人感念其恩德，专门建造了一座祠宇——
朱侯祠。

钓 台

千古江流系钓悬，九天御座见星缠。何如展却丝纶手，扫尽湖山万里烟。

○何其伟 1 首

何其伟（1554？—1625？），字丽充，号玄洲，番禺（今广东省广州）人。曾

在广西陆川县任官。有《觳音集》。

富春钓台

纵苇如川击汰玲，富春真迹几千龄。一丝常蘸濑桐水，九鼎凭将系汉庭。
日射台端生气凛，风摧沙响透窗棂。长竿倘借矶边弄，勿讶江南有客星。

○董其昌2首

董其昌（1555—1636），字玄宰，号香光，松江华亭（今上海）人。明万历十七年（1589）
进士，授编修，历官湖广副使、太常少卿、礼部侍郎、南京礼部尚书，以太子太保致仕。
工书画，有《画禅室随笔》《容台文集》。

送赵孟清归桐庐

燕市悲歌地，周南留滞年。交期论世外，标格在诗前。
不灭遗书字，高吟宝剑篇。严村犹汉腊，归棹雪江边。

酬桐庐潘令

岂有乘轩宠，深惭负弩情。茱萸催令节，兰芷忆南征。
雊乳寻常事，鸥波浩荡轻。使君多重客，能著钓徒名。

○卢龙云1首

卢龙云，字少从，南海（今广东省佛山）人。明万历十一年（1583）进士。授
马平知县，补邯郸，治行为诸县之最。复补长乐，以忤权要，左迁江西藩幕。累官
至贵州布政司参议。有《四留堂稿》《谈诗类要》。

过严子陵钓台

鼓棹出桐江，孤舟类钓艭。烟霞迹自混，湖海意难降。
千古尊严濑，一丝重汉邦。客星今寂寂，明月照船窗。

○陈继儒 1 首

陈继儒（1558—1639），字仲醇，号眉公、麋公，松江华亭（今上海市松江区）人。明朝文学家、书画家。有《陈眉公全集》《小窗幽记》《吴葛将军墓碑》《妮古录》。

钓 台

岩祠秋欲暮，濑水澹晴晖。拜罢解维去，清风振客衣。

○朱国祚 1 首

朱国祚（1559—1624），字兆隆，秀水（今浙江省嘉兴）人。明万历十一年（1583）进士第一，授修撰，进司经局洗马、谕德。历官礼部右侍郎、礼部尚书兼东阁大学士、太子太保、文渊阁大学士、户部尚书、武英殿大学士，赠太傅，卒谥"文恪"。有《介石斋集》。

由桐庐经钓台下作

药草仙人录，星文钓客槎。祠开高下屋，江溜浅深沙。
绿树绵蛮鸟，丹岩踯躅花。谁歌竹如意，怀古一长嗟。

注：《桐庐县志》朱国祚作宋国祚。

○叶向高 1 首

叶向高（1559—1627），字进卿，号台山，福清（今福建省））人。明万历十一年（1583）进士。累官吏部尚书，兼东阁大学士。有《玉堂纲鉴》《苍霞余草》等。

钓 台

白石清江剧可怜，昔贤曾此动星躔。几家茅屋多严姓，半亩荒祠自宋年。
钓艇轻移桐渚月，客帆常挂富山烟。微名自叹归来晚，重上高台思悄然。

○陶望龄 2 首

陶望龄（1562—1609），字周望，号石篑，会稽（今浙江省绍兴）人。明万历十七年（1589）会试第一、廷试第三，授翰林编修，历中允谕德，迁国子祭酒。卒谥"文简"。有《水天阁集》《歇庵集》等。

过钓台用严子陵滩韵同袁中郎赋四首得二

富春一竿竹，成都一张帘。少微西南星，两应先生严。
炉天铸戈鋋，区区佐余炎。桐江铁钓钩，敲出针锋铦。
朝钓细鳞鲈，暮钓阔口鲇。鲇鲈自有侪，岂与蛟龙兼。
狂奴一何狂，故人亦何嫌。莫以龙之飞，而笑鱼之潜。

其 二

新安三日雨，昨夜生新水。欲上严公台，贪此舟行驶。
两度负公拜，拟去还复止。恐人问钓台，上作何形似。
三过不能言，羞惭面当沘。维舟陟其巅，为我非为子。

○高攀龙 2 首

高攀龙（1562—1626），字云从，改字存之，号景逸，常州无锡（今江苏省）人。明万历十七年(1589)进士，授行人。以疏诋杨应宿，谪揭阳典史。遭亲丧，家居三十年。天启元年（1621），进光禄少卿，改大理少卿。四年拜左都御史，揭崔呈秀贪赃秽行，为阉党痛恨，削籍归。与顾宪成在无锡东林书院讲学，海内士大夫称高顾。时阉党专政，东林党人遭迫害。不久，崔呈秀复矫旨遣人往逮，攀龙投水死。有《高子遗书》。

登子陵钓台

西京乱有象，弱士郁不扬。鄙哉通津子，奄奄孔与张。谦谦聊自已，
贞刚乃销亡。士气日交丧，国势逐不强。为彼孟贼资，其心实先伤。
卓卓严子陵，抗志轻侯王。辞荣去上国，垂钓来崇冈。高风一以振，
芳躅斯亦昌。龙门既构患，骥尾皆流殃。不惜一身死，思为后世芳。
曹瞒正经营，没世空彷徨。宁为力不足，直以名义妨。乃知娇修士，
于世为提防。

戊午春月朔登子陵钓台

桐江一片石，千古白云横。世乱无宁宇，岩栖得此生。
渔樵亦偶尔，富贵岂吾情。寂莫空山士，安知后世名。

○何白6首

何白（1562—1642），字无咎，号丹邱生，乐清（今浙江省）人。明万历十七年（1589）之南京，与时贤赋诗以酬，遂有盛名。明万历三十二年（1604）入榆林郑昆岩幕，翌年归，一生未仕。有《汲古堂集》。

西台反招辞登严滩白云源吊谢皋羽

粤人谢翱，宋丞相文文山公客也。宋亡，翱避地桐江，时登子陵钓台，以竹如意击石，歌曰："魂来兮何极，魂去兮水黑。化为朱鸟兮，其味焉食。"歌毕，竹石俱碎。已又撰《西台恸哭记》。后人悲其意，类有和章。予登桐江，寻翱葬处，赋此以吊之。

紫濛赤狐吞汉日，天若穹庐黯无色。泪迸燕云魂未归，蘋绿枫青江水黑。
劳劳谁是田横客，筑划寒波裂云石。六龙不返虞渊夕，鲁阳声吞无气力。
鸥张鸮怒朱鸟馁，镂心洒血凝为碧。西台遗响令人悲，土花烟莽埋残碑。
呜呼狐烹日还出，西台之泪今应灭。

登桐庐驿楼

水宿疲舟楫，晴天喜驿楼。风波殊浩荡，身世共沉浮。
海树迷春望，江花倚暮愁。故山有遗逸，宛宛弄群鸥。

严濑夜泊

万峰回合古祠幽，烟外蘼芜入暝愁。山月清秋悬古树，客星残夜带渔舟。
郡名犹借严家姓，江色空余汉水流。明发王程南北路，几人能解问羊裘。

严滩逢龙君御

万里同风异羽翰，差池远道问加餐。花深严濑啼莺合，潮上钱塘过雨寒。
莫以陆沉疲执戟，且辞云卧起弹冠。功成倘乞桃源去，共著东南钓一竿。

桐江阻风取酒山家

天半鸡鸣草阁悬，树垂秋稟乱云边。岩扉漏日松如绣，溪石含风水似烟。

呼酒忽闻黄鸟至，解衣欲扫赤霞眠。山翁日住神仙窟，翻羡南来北去船。

桐庐阻风逢林孝廉方舟至金昌别去时林谒选北上

烟涛入暝撼鱼龙，一叶凫舟此地逢。碧海珊瑚探腹笥，青天河汉落淡锋。
坐残严濑疏灯雨，愁听枫桥独夜钟。金屋蛾眉春未晚，可难相忆采芙蓉。

○毛一瓒 4 首

毛一瓒，字献卿，遂安（今浙江省淳安）人。明万历二十年（1592）进士。官
吏部文选司主事，历郎中司、大计、掌选。疏陈选法十余条，切中时弊。权贵嗾言
者中之，遂托疾归。卒后，为立仁贤祠。

钓台四首

霸业初成礼法疏，蒲轮犹忆故人图。夜分一榻移天象，可比当年差胜无。

其 二

生怕三公吏事疏，殁从征士乞良图。若非仁义真堪辅，了得君房买菜无。

其 三

同气相交体遇疏，羊裘不与握中图。纵教老去烟波月，改得狂奴故气无。

其 四

桐江老子任潇疏，白水真人画伟图。九鼎一丝相倚重，芳名定得轻轩无。

○林尧俞 1 首

林尧俞，字咨伯，莆田（今福建省）人。明万历十七年（1589）进士，除检讨，
累官太子太保、礼部尚书。卒谥"文简"。有《溪堂集》。

七里滩作

双笳引彩舟，鸣榔下建德。既经渔浦口，还望定山色。

沿流苦奔峭，入峡惊逼仄。寓目恣游观，举趾罢登陟。

一酹严陵祠，清风邈难即。如何谢人徒，于焉解徽墨。

○孙仪 1 首

孙仪，字象可，鄞县（今浙江省宁波）人。明万历年间诸生。有《清海吟》。

严　滩

江山丛建德，几许不通名。一日曾垂钓，千秋属子陵。

亭台长肃穆，比附亦峥嵘。借问买山隐，儿孙几代更。（隔岸有方干墓。）

○邓秉贞 1 首

邓秉贞，字予坦，明万历时宜兴（今江苏省）人。有《禹笑斋诗》《安隐集》。

严子陵钓坛

经过百世见清风，怎羡羊裘一老翁。不有云台诸将力，钓坛亦在战争中。

○吴守淮 1 首

吴守淮，字虎臣，新都（今四川省成都）人。明正德间官刑部主事。

七里濑吊严子陵

惆怅千年事，斯人百代才。苍松凋雪后，古庙向江开。

赤帝何时鼎，青天此日台。采蘋余五度，鸥鸟不相猜。

○区大相 6 首

区大相，字用儒，号海目，高明（今广东省）人。明万历十七年（1589）进士。初选庶吉士，累迁赞善、中允。掌制诰。居翰院十五年。后调南太仆寺丞，以疾归，卒。工诗词，为明代岭南大家。有《太史集》《图南集》《濠上集》。

严州陈太守招饮别署

松竹萧森数里行，到门不省是专城。郡缘高士风犹古，官似新安水更清。
山翠入帘吹不散，石泉添雨晚争鸣。逢君坐久多幽思，欲就严陵隐姓名。

咏　史

伐木久不歌，谷风竟谁陈。文叔为天子，严陵乃故人。贵贱既殊绝，
物色何殷勤。三召始能至，再顾不得臣。迹远交始全，道诎身乃伸。
清风激颓俗，余晖映千春。至人在师世，大贤贵亨屯。所以风云遇，
渭水投竿纶。而我濩落士，偶然挂簪绅。功成拂衣去，垂钓沧浪滨。

七里滩作

结发事远游，所愿栖名岳。遇有会心处，便欲终焉托。挂帆严子濑，
鸣舫富春郭。凤怀高尚踪，始果还山诺。潭影湛虚明，林光递回薄。
落蕊送归潮，惊湍赴遥壑。道在想冥鸿，志修岂屈蠖。濯缨暮流清，
巢云归鸟乐。考槃在南涧，还耕趁东作。灭迹期天民，遗荣谢人爵。

泊严滩寄桐庐刘宰

泠泠此滩水，尚有古人名。闻道桐江宰，鸣琴相与清。
树笼芳霭淡，鸥泛晚波轻。俯仰情何限，临流一寄声。

登钓台作

黄鹄游太清，燕雀守丘樊。伟哉严子陵，不屈万乘尊。为士固有志，
何心恋华轩。还钓坐磐石，返耕入松门。洗耳颍川水，抗迹首阳原。
身隐名愈高，人去台空存。茂林息归鸟，峭壁奔断猿。石激水流响，
山晚林木芬。垂竿千丈碧，使我清心魂。

子陵祠下再赋一首

吾观严子陵，岂缺经世务。玄纁三往反，始识洛阳路。亲劳万乘问，

不肯回头顾。偃仰帝座上，卧起道情愫。耕钓还越山，永绝弋人慕。
客星耿乾坤，钓台出烟雾。溪碧澄人心，磴险难予步。触物赏既多，
怀人情亦屡。寄言台下客，此非问津渡。

○何荆玉 1 首

何荆玉，字体孚，一字扶阳，东莞（今广东省）人。明万历二十二年（1594）举人。
有《学吟稿》。

钓　台

附凤攀龙俱壮哉，羊裘甘着隐尘埃。烟霞不放声名出，雨露谁将物色来。
九鼎欲教高士重，一丝须系客星回。茫茫今古乾坤里，弗见云台见钓台。

○李日华 3 首

李日华（1565—1635），字君实，号竹懒，又号九疑，嘉兴（今浙江省）人。明
万历二十年（1592）进士，除九江推官，授西华知县。崇祯元年升太仆少卿。和易安雅，
恬于仕进。能书画，善鉴赏，世称博物君子。著作甚多，有《恬致堂集》《味水轩日记》
等。

得严滩卵石砚以注五千文

昔有捉月人，酒肠吐块垒。千载荡素沙，落落万琼玼。
独此掌片玉，紫虹亘秋水。文匠斫削之，畁我笺琅蕊。

送桐庐戴二尹

昔经潇洒处，山色照官衙。壁有松留影，庭多石吐花。
驱人惊白鸟，养印积丹砂。江上儿童喜，新迎赞府车。

赠严州邢府公

郡堂如洞府，呼啸出烟峦。白鹤领晨队，丹芝充昼餐。
严翁编钓户，梅子任衙官。何独雄侯甸，行趋百辟端。

○程嘉燧 1 首

程嘉燧（1565—1644），字孟阳，号松圆，明休宁（今安徽省）人。侨居嘉定，应试无所得，折节读书。工诗善画，又通晓音律。钱谦益罢归，筑耦耕堂，邀嘉燧读书其中。有《浪淘集》。

富阳桐庐道中早春即目柬吴中朋旧

暮倚城楼江日曛，晓过山县市烟分。回峰冻雨皆成雪，出雾危峦半是云。
沙际年光催鸟啭，冰间寒溜动鸥群。吴江越峤千余里，春赏何由早寄闻。

○谢肇淛 4 首

谢肇淛（1567—1624），字在杭，号武林、小草斋主人，生于钱塘（今浙江杭州），后迁长乐（今福建省）。明万历二十年（1592）进士，历任湖州、东昌司理、工部屯田司员外郎、工部水司郎中、云南布政使司左参政兼佥事、广西按察使、广西右布政使晋左布政使。有《小草斋集》《五杂俎》等。

过钓台

咄咄严子陵，未必真避世。安车入汉廷，谏议非其志。
怀仁辅义言，玄理竟未试。垂钓岂在鱼，此意谁能契？
我欲往从之，敝屣安足弃？眷兹一片石，忽堕千古泪。
荣名亦黄土，何用复轩轾？不闻至人言，知希则我贵。

严陵阻水

严陵一夜风雨恶，百道寒滩天上落。林莽翻从水府回，孤舟暂向江村泊。
雷霆喷薄龙斗争，妻孥枵腹客心惊。钓台片石应相笑，如此风波不可行。

舟过七里滩

两岸几重山，孤舟七里滩。滩声千万道，并作钓台寒。

七里滩

七里滩头云不开，富春山下半苍苔。汉家事业成秋草，江月年年上钓台。

○崔世召 1 首

崔世召（1567—1642），字征仲，号霍霞，宁德（今福建省）人。明万历三十七年（1609）举人。天启五年（1625），授江西崇仁知县，因得罪"阉党"入狱。后由同僚举荐，补湖广桂东知县。崇祯四年（1631），转浙江盐运副使。有《秋谷集》。

读谢翱集

侠骨奇踪世所稀，遗编读罢泪沾衣。魂随宋寝冬青树，墓停严陵古钓矶。
天地只余身可漆，江湖何处了堪晞。寄言精卫休填海，一哭西台事已非。

○袁宏道 8 首

袁宏道（1568—1610），字中郎，一作无学，号石公，又号六休，公安（今湖北省）人。明万历二十年（1592）进士，知吴县，官终稽勋郎中。有《袁中郎全集》。

严陵四首

溪深六七寻，山高四五里。纵有百尺钩，岂能到潭底？

其 二

文叔真有为，先生真无用。试问宛洛都，谁似严滩重？

其 三

举世轻寒酸，穷骨谁相敬？如何严州城，亦似严为姓？

其 四

或言严本庄，蒙庄之后者。或言汉梅福，君之妻父也。

严子陵滩限韵同陶石篑方子公赋四首

一州数百里，山水半呼严。先生高洁人，取名胡不廉？
宏也负奇气，气高心廉纤。空有如绵腰，了无似戟髯。
稽首先生祠，自羞自弃嫌。高迹如可履，乞我上上签。

其 二

不是刘文叔，讵说严老子。羊裘钓滩下，一渔户而已。

无用合退藏，非是退藏是。谁知误得名，来者趋如市。

末世竞声称，藏丑翻成美。与其作假龙，孰若真虫蚁。

其 三

不肯助为理，咄咄严子陵。皋夔与管商，问君能不能？众狗逐羶羊，

疾者业先登。我才不如狗，安用强奔腾。明月虽有照，终不笑孤灯。

不见东阳殷，强出如冻蝇。积弱以自监，效鸠勿效鹏。

其 四

因山以为台，因水以为滩。因草以为丝，因木以为竿。因拙而辞世，

因傲而弃官。严翁诚自知，刘叔亦难瞒。宁有同肝膈，而不可羽翰。

○韩上桂 1 首

韩上桂，字孟郁，号月峰，番禺（今广东省广州）人。明万历二十二年（1594）举人，授国子监丞，转永平府通判。巡抚方一藻以其才荐。崇祯末闻帝死讯，愤恨死。

钓台诗

严陵一片石，磊落碧云端。寒烟积不散，玉露拂琅玕。

大泽既旷莽，羊裘讵耐寒。幸有如钩月，千年耐尔看。

○袁文寰 1 首

袁文寰（1573—1663），字开甫，明建平（今安徽省郎溪）人。自甘隐逸，不求仕进，毕生以教书为业，主持乡里教学六十余年。一生著述甚富，有《易略》《太极说理》《学宗源几》《夕惕斋杂记》等。

仙解石

解石仙翁去不还，惟留仙迹在云烟。谁知顽石分开后，笑煞凡人不几年。

注：仙解石在浙江省桐庐县横村镇龙角山，山巅有巨石，其缝方直如解，号解石，亦称仙解石。

○李流芳 3 首

李流芳（1575—1629），字长蘅，一字茂宰，歙县（今安徽省）人。明万历三十四年（1606）举孝廉，擅画山水，工书法。有《檀园集》等。

自新安江至钱塘舟行绝句三首

晓发严州七里泷，万山云雾一溪风。钓台直上三千尺，何处江潭有钓翁。

其　二

桐庐山下吕公亭，古井犹传仙酒名。若得逡巡沽一盏，不愁帆底冻云生。

其　三

薄云寒日淡山晖，连夜东风作雪飞。腊意匆匆归棹懒，富春江上客帆稀。

○王思任 4 首

王思任（1575—1646），字季重，号谑庵，山阴（今浙江省绍兴）人。明万历二十三年（1595）成进士，历兴平、当涂、青浦知县，迁袁州推官，擢刑部主事，转工部，出为江西佥事。有《王季重十种》。

严　滩

谁何一男子？举州冒其姓。一丝钓少微，列宿俱不竞。
要领发觉言，足腹浑卧兴。汉月至今明，江风于此劲。

发富春渚

云山洒脱鬓丝愁，庐岳赊偿四十秋。春雨囊珍黄蜡屐，斜阳橹寄白衣舟。
功名岂敢援同学，姓字犹堪示旧游。文叔子陵仍各在，何须夜半过严州。

七里泷

云夹鼋鼍窟，天穿豹虎关。春帆人几换，秋月客才还。
道拙应留滞，时清幸罢闲。旧缗整顿起，归亦有山湾。

桐 庐

碧江千百顷，况复万山青。仙县无城郭，人家尽画屏。
酒帘烟里店，渔火月凉汀。蝉意常关切，临风细细听。

○黄士俊 1 首

　　黄士俊（1575—1661），字亮坦，一字象甫，号玉崙，顺德（今广东省）人。明
万历三十五年（1607）状元及第。曾任修撰、礼部侍郎、礼部尚书兼东阁大学士。

五云山

五云山上五云开，昔日肩吾今又来。姓系虽殊名则一，世人莫作两人猜。

○冯梦熊 1 首

　　冯梦熊，冯梦龙之弟，字非熊，自号杜陵居士，明万历间长洲（今江苏省吴江）
人。有《冯杜陵集》。

严陵滩

光武中兴有数公，故人物色钓台空。三辞怕共糟糠弃，一出甘输园绮公。
掷授若无青史志，披裘先换绿蓑风。节高谏议官羞拜，犹在阳城醇酒中。

○汪时和 1 首

　　汪时和，字介如，明万历间遂安（今浙江省淳安）人。乔年父，为诸生，每试
尝冠其俦。天性孝友，好行其德。

桐城览古

缥缈层城带水云，山川民物蔼余芬。泽中垂钓星为客，江上逢人桐是君。

七里影悬潮有信，两高天地月平分。寒更不断久来往，咿哑声随钟磬闻。

○李之世 1 首

李之世，字长度，号鹤汀，新会（今广东省）人。以麟子。明万历三十四年（1606）举人。晚年始就琼山教谕，迁池州府推官。未几移疾罢归。著作极多，传世者有《鹤汀集》十卷。

严子陵钓台

汉祚山河运已移，桐江犹系一纶丝。空传帝座占星日，不见羊裘把钓时。
蔓藓半封前代碣，芳芹徒结后人思。可怜流水滔滔逝，来往年华泣路岐。

○杨德周 1 首

杨德周（1579—1648），字南仲，一字孚先，鄞县（今浙江省宁波）人，学者称次庄先生。明万历四十年（1612）举人，官金华教谕，迁知古田县，再知高唐州，致仕。顺治二年（1645），以尚宝卿召，顺治五年卒。

雨夜过钓台

昏黑过高台，带月荡小艓。怀人梦不成，寒风听落叶。

○徐𤍤 5 首

徐𤍤（1580—1637），字惟和，闽县（今福建省）人。明万历四十六年（1618）举人。有《慢亭诗集》。

晚泊七里滩

寒云生近浦，落日满前汀。旅梦惊潮破，渔歌过濑停。
一竿秋水碧，孤棹晚山青。向夕推篷望，中天见客星。

七里滩夜泛

严滩行未尽，雨气逼黄昏。峡束天疑小，溪深水不浑。
榜歌何处客，灯影几家村。最是堪愁绝，三声半夜猿。

桐庐晓发

挂帆山县晓，云气满溪阴。虽有风尘役，能无丘壑心。

人烟依水近，塔影坠江深。所叹垂纶者，高踪不可寻。

雪中登富春山

群山万壑白嶙峋，雪里移舟问富春。诸将汉家依日月，故人天上动星辰。

千年宿草埋钟鼎，七里寒烟护钓纶。最羡羊裘堪傲世，青袍愁染洛阳尘。

七里滩怀惟秦

桐江风冷露华溥，舟过严陵七里滩。秋晚雁声枫外老，夜深渔火蓼边残。

月明古渡波千顷，云暗高峰路几盘。遥忆故人沧海上，白头犹自守纶竿。

○钱谦益 9 首

钱谦益（1582—1664），字受之，号牧斋，又名蒙叟，常熟（今江苏省）人。明万历三十八年(1610)进士，官至吏部侍郎，福王时召授礼部尚书。降清，授礼部右侍郎。后归里，与柳如是唱和为乐，亦与反清势力保持联系。有《初学集》《有学集》《投笔集》等。

三月廿四日过钓台有感

严濑曈曈旭日余，桐江泷尽挂帆初。老夫自有渔湾在，不用先生买菜书。

早发七里滩

曈曈初旭丽江干，淰淰浮烟羃濑滩。此地无风才七里，吾庐有日正三竿。

钓坛不为沉灰改，丁水犹余折戟寒。欲哭西台还未忍，喉空朱喝响云端。

五日钓台舟中

纬划江山气未开，扁舟天地独沿洄。空哀故鬼投湘水，谁伴新魂哭钓台？

五日缠丝仍汉缕，三年灼艾有秦灰。吴昌此际痴儿女，竞渡喧呶尽室回。

归舟过严先生祠下留别

双台离立钓台坛，香火空江五月寒。林木犹传唐恸哭，溪云常护汉衣冠。
苍崖辣阓春山老，白鸟襕裳夏雨残。有约重来荐萍藻，谨将心迹诉鱼竿。

桐庐道中

空山云雾渺天涯，信宿回舟兴已赊。作客有诗频削草，涉江无事但寻花。
兰舟是处皆湘水，钓渚于今属汉家。寄语桐君莫相笑，因君转自爱蒹葭。

挽余母毛太恭人节孝四首

载阅女史箴，千古希备锡。岂直皇造微，殆自王风逸。
至道既浇讹，阴教日沦息。遐哉泯露诗，邈矣清乔德。
惟皇阐淳烈，旌门表矜式。天章焕若金，乌头黑如漆。
绰楔耀里闾，圬白角加赤。庸俾观感人，回心向皇极。

其　二

皇极荡无疆，余母敦厥轨。肃穆师氏规，珩璜熟文史。
结发嫁高门，裙布脱簪珥。春华忽雕伤，秋霜嗟委被。
青鸾何其哀，黄鹄逝安止。上顾华颠亲，下育褓襁子。
睦州山高高，浙江水弥弥。宁化高山石，不随逝江水。

其　三

江水日夜流，一柱终不移。德门发长祥，天咫不吾欺。
峨峨黄堂守，乃是黄口儿。惠政颁六条，清风肃四知。
埋羹播令誉，却鲊守慈规。丹穴有二雏，和鸣翙参差。
堂堂天心日，照临信有时。父老争叹息，泪洒桐江湄。

其　四

桐江流千里，下有严陵滩。江风激羊裘，懍懍白日寒。

西台高百尺，恸哭摧肺肝。贞士谅不易，节妇良独难。
高名列琬琰，陵谷终不刊。桐江一丝风，至今垂钓竿。
野史昭管彤，再拜整衣冠。山高水亦长，终古发永叹。

○黄圣期 1 首

黄圣期，初名希睿，字逢一，号济石，顺德（今广东省）人。明万历三十八年（1610）进士，授户部主事。寻移疾归，卒年甫三十六。有《春晖堂稿》。

严陵钓台

日暮江寒隐富春，客星曾此濯清尘。一竿把钓仍堪老，五月披裘未压贫。
素业自应留水石，高名终拟傲麒麟。桐江系鼎丝千尺，岂为狂奴浼隐沦。

○董斯张 1 首

董斯张（1587—1628），字遐周，乌程（今浙江省湖州）人。明国子监生。有《静啸斋集》。

过桐江

薄暮棹歌声，看山不计程。江晴船作市，地僻县无城。
蜃气连虹暗，龙腥杂雾生。钓台犹可望，缓楫未须行。

○郑士奇 1 首

郑士奇，字平子，嘉兴（今浙江省）人。明万历四十六年（1618）举人，署临安儒学教谕，迁知赣州兴国县。有《松窗老人集》。

钓台怀古

择地逃新室，披裘对故人。星原占是客，帝岂得而臣。
濑急回潮信，坛高费钓缗。不知梅福女，偕隐几冬春。

○徐吉 4 首

徐吉，内江（今四川省）人。明万历四十四年（1616）进士，官浙江巡按。

钓 台

渔火千年照，经纶隐钓丝。泠然一湾水，烟雨动吾思。

其 二

细柳蝉声咽，高台树影凉。斜看纤月上，疑是钓钩光。

其 三

登山石未急，终当还自竞。何似客星高，倘然心迹得。

其 四

叶叠荒山百道泉，一帘烟雨老仙天。年年销尽英雄气，那脱咿吾事简篇。

○秦延炌 3 首

秦延炌，字允孝，无锡（今江苏省）人，明万历四十一年（1613）进士。

过严子陵先生祠两首

先生风节自清冷，祠下沿回棹欲停。半废荒台存旧迹，尚余庙貌俨真形。
只今谁钓桐江水，此夕疑瞻帝座星。槛外乱帆飞不尽，孤亭树色已冥冥。

其 二

风波满眼古台端，犹似当年把钓看。愿取贞心扶汉鼎，却将高韵托渔竿。
征轮不转鸿冥志，共榻聊酬鱼水欢。回首桐庐江畔路，不堪凭栏暮潮寒。

由浙之闽览桐溪之胜

叠嶂重峦两岸开，轻帆片片镜中来。溪从转处还疑绝，境到天成不费裁。
一缕微纶严子濑，千年蔓草汉时台。桐君未许吾曹赏，题咏凭君逸世才。

○李师沆 1 首

李师沆，潜江（今湖北省）人。明天启二年（1622）年进士。

题严陵河

谁见客星犯，严陵濑独清。源头通汉水，波浪洗秦兵。
垂钓非无意，披裘果有情。真能持世者，原不在功名。

○李孙宸 3 首

李孙宸，字伯襄，香山（今广东省中山）人。明万历四十一年（1613）进士，
教习庶吉士，崇祯间官至南京礼部尚书。有《建霞楼集》。

赠唐寅仲先生

君不见，严陵披裘大泽中，蒲轮三反至帝宫。汉家天子不能屈，自言
远慕巢由踪。富春山中把钓去，高风千载何轩举。凤凰自是凌霄姿，
肯与鸣鸮争腐鼠。先生一代之人伦，高致严陵可共论。早制荷衣返初服，
翛然挥手谢时人。平生侠气更无伍，睥傲不趋丞相府。将军折柬不能招，
俗吏一挥何足数。年来嘉遁在青门，身隐名藏道逾尊。经翻柱下五千字，
草拟玄亭几万言。吾生自叹时已后，风流先辈多雕朽。橐鞬今得奉先生，
犹向前修识领袖。流水钟期调未遐，及门文举是通家。石床读罢西游草，
松林如起赤城霞。十载登龙恨不早，宁得交欢还草草。眼前世事未堪论，
杯底清言且绝倒。吁嗟：人生万事总浮尘，蜥蜴为龙恐未真。呼马呼
牛何足问，先生定是千秋人。

谒严祠因登钓台两首

陟彼富春山，紫翠何重重。荒祠奠幽趾，高台倚晴空。缅昔白水兴，
群策起从龙。夫子秉逸尚，垂纶抗高踪。人远云山新，世异江水同。
我来一振衣，万里披清风。斯人不可作，三叹将何从。

其　二

凤凰起高冈，千仞翔漻沉。陋彼鸥与鹓，乃为腐鼠吓。卓哉尘外踪，
中区何窘窄。唐虞总刍狗，箕颍亦戏剧。所贵达人心，不留空中迹。
一笑桐江丝，中怀自脉脉。千载仰辉光，江湖星是客。

○罗宾王 1 首

罗宾王，字季作，番禺（今广东省广州）人。明万历四十三年（1615）举人，
官南昌同知，告休归。有《散木堂集》《狱中草》。

冬日送卢山人入桐庐访孙明府

河梁此为别，风雪入年残。况问彭郎渡，还归严子滩。
青山空向老，江水至今寒。寄语桐庐宰，穷交自古难。

○瞿式耜 1 首

瞿式耜（1590—1650），字伯略，一字起田，号稼轩，常熟（今江苏省）人。明
万历四十四年（1616）进士，授永丰县知县，擢户科给事中，后被诬入狱，释而归。
南明时任广西巡抚、吏部尚书、兵部尚书、文渊阁大学士。清军入桂林，被俘不降，
死。有《瞿忠宣公集》。

乙酉清和十四日侨寓西湖积雨浃旬廿五日始渡钱塘过富阳桐庐以迄兰溪无日不在烟云磈磊中舟行景移目不停瞬无暇捉笔夏五西安道中追纪其概得二十六韵

十日住西湖，烟雨饱餐目。舟发钱塘江，雨势弥翻覆。富春桐庐秀，
白云昼夜宿。峦容隐现间，奇幻遥相逐。篷窗左右顾，前后又环簇。
一顾一叫绝，尝恐舟行速。悬瀑落层巅，珠玑千万斛。玉龙各斗胜，
百道横山腹。平生说匡庐，何必匡庐独。奇松恣偃仰，老虬纷聚族。
怪石突嵯峨，虎豹蹲山麓。奔涛如怒猊，遇险还成洑。急溜费支撑，
篙师力屡蹙。山坳开平衍，村居团草屋。美樾杂新篁，秀色真堪掬。
清濑烛须眉，水碓转轳辘。墟里湿炊烟，溪云互腾伏。阅境总幽异，

无一是重复。反嫌应接疲，指数难更仆。林居厌宦游，蜗守甘空谷。
自别桐江来，溯年廿又六。今游非昔游，世宙几沉陆。溪山故不改，
献态百千倏。领略情较殷，描写惭笔秃。朝来听水声，诗兴偶或彧。
聊以纪时序，敢恃山灵熟？

○邢昉 1 首

邢昉（1590—1653），字孟贞，一字石湖，江苏高淳（今江苏省南京）人。明诸生，为复社名士。明亡后弃举子业，居石臼湖滨，家贫，取石臼水酿酒沽之。诗最工五言，为王士禛所称赏。有《石臼前后集》。

上严陵钓台

已蹑千秋迹，因登百尺亭。潮生两岸碧，天入众峰青。
独戍啼江鸟，孤槎访客星。长思人代里，几得此鸿冥。

注：此诗一说为高淳邢昉作。

○彭德先 2 首

彭德先（1590—1665），字敬舆，晚号游湖渔史、玉遮山樵，长洲（今江苏省苏州）人。明末清初学者。

严子陵钓台两首

钓台千尺俯滩声，物色当年使者迎。好在狂奴仍故态，聊于天子试交情。
羊裘风雨山长碧，客舫烟波梦亦清。我已桐江三度过，一回过濯一回缨。

其 二

东京名节迥难论，齐与先生作后尘。一代竟无官可屈，千秋惟尔足能伸。
星于天上还称客，人出寰中讵得臣。莫怪西台寻丈地，瓣香犹有宋遗民。

○担当 4 首

担当（1593—1673），俗姓唐，名泰，字大来，法名普荷，晚年又名通荷，号担当。其先严州淳安（今浙江省）人，生于晋宁（今云南省）。明天启五年（1625）应试不第，南游吴楚，受戒于显圣寺，归滇后无意仕途，曾参加反清复明活动。有《翛园集》《橛庵草》等。

子陵钓台四首

至今存姓字，只为翠华来。何如无故人，不知有此台。

其 二

九锡亦如草，羊裘未足多。应差尚论者，不见此烟波。

其 三

寄语利名客，停舟可扣门。及时堪小隐，谁教尔黄昏。

其 四

小鼎已无汉，荒台犹姓严。至今鱼也傲，见客喜深潜。

○高斗枢 1 首

高斗枢（1594—1670），字象先，鄞县（今浙江省宁波）人。明崇祯元年（1628）进士。初任刑部主事，升员外郎。崇祯五年（1632），斗枢出任荆州知府，升长沙兵备副使。崇祯十四年（1641），斗枢晋升为按察使，移驻郧阳，与李自成战，守城不破。明亡后卒。有《蚕瓮集》等。

读晞发集

落魄闽南一布衣，早受文山丞相知。海飓昏天宋孤绝，犹集残师煽火旗。营头（妖气也）尽损南军壁，文山血委燕市碧。丈夫姓氏妒人寰，俯仰顿觉乾坤窄。羯鼓胡笳处处喧，盈眶愤泪何时滴。南岳诸刘渺莫逢，咄咄子陵魂可即。山顶呼天天岂知，声声赤血黯相逼。竹根如意击坚珉，并与忠肝寸寸坼。南眺武夷岫色青，孤生难稳故山亭。磊块填胸消不得，一筇吴越作飘萍。偶然兴到题诗句，历落嵁崎半羽声。总从驱□勤王气，勃窣喉间倩墨卿。许剑亭前溪水溅，孤坟长伴钓台在。天公醉来大地倾，魂今再诧尘扬海。我亦逋臣忧愤深，瞪视中原遍陆沉。空留七尺何所事，早傍严滩瘗玉簪。

○吴应箕 2 首

吴应箕（1594—1645），始字风之，后更字次尾，号楼山，贵池（今安徽省）人。明亡后，举兵抗清，兵败被俘，于清顺治二年（1645）十月不屈而死。死后私谥"文烈先生"。有《楼山堂集》。

过严子陵钓台两首

歙州行尽又严州，烟雨空蒙载远游。为问富春山下路，千年二石俯江流。

其　二

深山何处说生平，为有沧浪钓月明。故人无意求天子，滩水难忘是姓名。

○何吾驺 3 首

何吾驺，字龙友，号象冈，香山（今广东省中山）人。明万历四十七年（1619）进士。官少詹事，擢礼部尚书，旋入阁，与首辅温体仁不协，罢去。南明隆武帝召为内阁首辅。闽疆既失，赴广州，永历帝以原官召之，引疾辞去。有《宝纶阁集》。

送陈愈章

三年洗尽离愁字，却到君行更断肠。梅福转逃名姓隐，严陵归钓水云乡。烛花未落登楼梦，夜月偏怜载酒航。解缆垂杨春并往，浓烟深树怅苍茫。

读　史

西汉文章尽剧秦，世风到此又安论。中兴满绘功臣像，谁为严陵写钓纶。

履端二日赋十章际霞和之更作一章感来旨亦复倚和

曾告严陵老钓纶，汉家砥柱有伊人。群公尽逐声华会，岂识维风在富春。

○方大宾 1 首

方大宾，字知见，淳安（今浙江省杭州）人。明天启四年（1624）举人，授肇庆府推官。

子陵台

七里春山列翠屏，子陵台下草青青。扁舟一叶聊乘兴，笑卧烟波看客星。

○汪若浚 1 首

汪若浚，字深仲，明淳安（今浙江省杭州）人。老诸生，抱才不遇，有《晚翠园集》。

浮桥晚眺

叠嶂列云屏，长虹卧晚汀。川光摇鸭绿，山影没鸦青。
游女喧桥路，骚人醉野亭。暝还津树黑，岸火乱秋星。

注：浮桥旧址在浙江省桐庐县桐君街道分水江上。宋景定五年，知县吴太古建浮桥。德祐末，文天祥带兵至东溪，知县李文仁撤浮桥拒之，遂废。

○范兆芝 1 首

范兆芝（？—1657），字香谷，明末清初时定海（今浙江省）人。有《复旦堂集》。

奉答春明诗牍之寄兼呈佩公

敢曰君惟尺素传，明明肝胆在斯笺。古来管鲍能多否，吾党诗文岂偶然。
深濑沙明看似浅，两台石峭望疑悬。把将新句酬山水，不负严滩一系船。

○钱士璋 1 首

钱士璋，字章玉，山阴（今浙江省绍兴）人。仁和（今浙江省杭州）诸生。明崇祯十七年（1644）后隐西湖赤霞山。

登桐庐近斗楼

不尽登临兴，梯楼豁大空。飞檐应近斗，虚牖直凌风。

树杪停云白，山隈落叶红。旅怀增慨切，俯首看归鸿。

○宋贤 1 首

宋贤，字又希，建德（今浙江省杭州）人。明天启二年（1622）进士，授常熟令，擢山西巡抚。

钓　台

双台高出白云端，千古风流此钓竿。偶向客星亭下过，一江烟水逼人寒。

○汪万顷 1 首

汪万顷，字季雅，明末淳安（今浙江省杭州）人。弱冠，饩于庠，以贡授抚州训。

小金山

青溪一柱石，今古砥中流。僧驾鸥寂上，寺开鳌背头。

禅灯明隔浦，清磬逐行舟。谁说金山小，名公选胜游。

○钱振先 1 首

钱振先，无锡（今江苏省）人。明崇祯四年（1631）进士。

寄姜素臣老师

十载为郎尚远途，风云今始动青蒲。丝纶诏下新天子，谏议官高古大夫。

一片冰壶悬北极，诸司弹压重南都。当年星卧严陵客，曾有清时疏草无。

○张完度 3 首

张完度，字杏冈，新会（今广东省）人。明崇祯七年（1634）任分水知县。

胥　岭

十里松风落步虚，钟声磬韵下徐徐。洞中自有钧天乐，箫鼓人间总不如。

注：胥岭位于今浙江省桐庐、建德县界上。

赠庵僧性能诗

古庵辞市闹，野卉弄幽姿。半径湖边折，数楹云外支。世尘飞不入，
山雾淡相宜。问以梅何在，云于壁有之。轻描腊蕊韵，宛匦早花枝。
个里有禅衲，翛然无俗思。一关长自掩，三载远为期。沆瀣迎风吹，
烟霞展袖披。经超文字解，偈馨道心持。破榻睡魔却，疏棂倒瀑窥。
余方瞰隙处，彼适爇香时。兔影鹅群剩，细雨雪岭遗。华严书欲就，
石壁面相縻。远谢问奇客，孤澄浴月池。交趺数细息，返视控潜驰。
落日寒村树，轻烟染菜篱。归禽催客反，暮柳卷旌迟。所愿婆心热，
而宣航海慈。宗风遍大地，慧炬彻昏歧。历劫劳频渡，传灯赖续仔。
毋徒耽寂障，以自癖空痴。净土原非远，乐邦不外兹。藏身虽火宅，
见性即莲漪。好伏林间虎，须骑座上狮。俄焉登彼岸，妙矣得吾师。
广设超凡筏，微寻作圣基。举拳空贝叶，顿足倒须弥。拄杖当胸接，
布毛信口吹。昙云方朵现，顽石尽头垂。梅子一朝熟，坡名万古推。

注：庵指东皋庵。据清《光绪分水县志·营建》载，庵在分水梅坡山（今分水
镇武盛村），已圮。

安禅寺

偶来村落一停骖，望望桥西有古庵。藜火夜明翻蠹架，钟声晓发散松岚。
闲传鸟语音疑梵，乱坠天花种是昙。且喜门前功德水，龙来听法半成潭。

○张国维 3 首

张国维（1595—1646），字九一，号玉笥，东阳（今浙江省金华）人。明天启
二年（1622）进士。历番禺知县、刑科给事中、右佥都御史、安庆巡抚、兵部尚书。
崇祯间南都陷，请鲁王监国，任兵部尚书，督师江上，兵败投水死。有《张忠敏公遗集》。

七里滩

神工手擘尚留痕，中导江流势欲吞。蜿蜒山腰人数点，缤纷露脚瀑干喷。
石潭鱼戏鬐堪鉴，木末莺潜调自翻。处处桃花浮涧出，不知谁是避秦源。

望钓台两首

羊裘异迹焕丹青，卧榻嘉谋史未聆。累日坐论非道故，当年同学鄙穷经。
君除谏议彰金砺，臣退躬耕庆荚蓂。严濑磻溪均致主，客星直傍紫微星。

其　二

十过矶边九到尖，今朝风雨阻登瞻。深烟端为移文布，小草多乖遁卦占。
清洛初潜成白水，秣陵再卜巨刘天。时康碌碌应投劾，漫托金门吏隐廉。

○杨文骢 1 首

　　杨文骢（1596—1646），字龙友，贵州人，流寓金陵（今江苏省南京）。明万历
四十七年（1619）举人，六次会试不中，崇祯七年（1634）选为华亭县教谕，后迁青田、
江宁、永嘉等知县。为御史詹兆恒参劾被夺官。杨文骢博学好古，善画山水，为"画
中九友"之一。

题桐江归棹图

轻舟缘溪行，溪风喜披拂。远树淡模糊，诸嶙见婑婳。人家□□梁，
依岸建高宅。墅旷境亦幽，不闻车马适。生憎尘中缘，倥偬无少息。
展卷具静气，风雅有清格。卓哉井西翁，千古谁与匹。瓜畴青门裔，
落笔得高识。挥翰如云烟，苍茫淡无迹。偶兴写长卷，鉴者当珍袭。

○项圣谟 1 首

　　项圣谟（1597—1658），字逸，后字孔彰，号易庵，浙江省嘉兴人。明末著名书
画收藏家和画家。代表作《九十九变相图》《长江万里图》《剪越江秋图》等。有《朗
云堂集》《清河草堂集》《历代画家姓氏考》《墨君题语》等。

题剪越江秋图

岭秀峰回忆昔游，富春无日不清秋。风来六月祠前冷，水合千溪影上流。
台放云开双锦绣，亭容雪暖一羊裘。惭予未见先生面，三过桐江费短讴。

○释正岩 2 首

释正岩（1597—1670），字豁堂，仁和（今浙江省杭州）人，金陵郭氏子。明末清初时高僧，历主灵隐、净慈，退居普宁。有《豁堂老人诗余》等。

出　泷

江水出泷口，水阔江天空。入海三百里，洪涛鼓其东。
凌晨访桐君，一气参鸿蒙。须臾泄大冶，万象出化工。
隐跃山海秘，欲献羞雷同。古称高隐地，所贵无兵戎。
胡为名利涂，杂沓渔樵中。吾将向往代，曷以置钓翁。

西　台

文山既死宋，逝水不可复。谢翱感知己，地远无托足。严陵有遗台，
绝代旷无属。上临千仞冈，散发晞晚沐。手执铁如意，击石响林谷。
酒酣狂歌呼，歌阕继以哭。异哉严谢心，寒热本非族。奈以不死灰，
欲秀已槁木。请君观大云，辘辘如转毂。衰盛等一瞬，何自伤局促。
还将一寸心，澹此万古渌。

○万泰 1 首

万泰（1598—1657），字履安，晚号悔庵，鄞县（今浙江省宁波）人。明崇祯九年（1636）中乡试。师事刘宗周，入复社，以激扬名节自任。后任户部主事。明亡避至榆林，后归里。有《寒松斋集》《续骚堂集》《万履安行卷》等。

钓台有感谢皋羽遗事

当年君哭文丞相，今日我来当哭谁。暮雨寒潮枫落后，朔风极浦雁飞时。
兵戈未得书生力，草泽遍怀故主思。如意一声天地裂，泪痕千载湿江蓠。

○尹体震 1 首

尹体震（1598？—？），字恒复，东莞（今广东省）人。诸生。明桂王时官中书舍人。国亡，遁迹罗浮。

夏涨即事（其一）

长天遥见晚虹开，烟雨桐江上钓台。莫向迷津争问渡，钱塘应有怒潮来。

○丁耀亢 4 首

丁耀亢（1599—1669），字西生，号野鹤、紫阳道人等，诸城（今山东省）人。明万历四十七年（1619）师事董其昌，后屡试不中。清顺治五年（1648），由顺天籍拔贡充任镶白旗教习，累官容城教谕、惠安知县。康熙四年（1665）因《续金瓶梅》案入狱，后经友人援救，归乡不出。有《丁野鹤诗钞》《天史》《续金瓶梅》等。

桐庐道中

桐庐三百里，江转却成溪。夹岸峰峰曲，清湍处处迷。

溯流潭上下，回眺峡高低。但作寻山去，吾行已不羁。

登严陵钓台见张坦公碑记两首

两岸夹如束，中亭字客星。世情惊绝俗，至德本遗形。

渭水丝空老，淮阴饵未醒。古来三钓者，寥廓在鸿冥。

其　二

仕客应难止，吾行自泊舟。如何题碣在，不为钓台留。

水浅鱼惊饵，台空鸥避流。仍嫌名未隐，五月尚披裘。

七里滩

不揖羊裘客，何知七里滩。江清石子碧，峰夹柏林丹。

曲折帆樯乱，涡漩鸥鹭盘。无鱼收钓去，一笑过危澜。

○陶汝鼐 1 首

陶汝鼐（1601—1683），字仲调，一字燮友，号密庵，又号石溪农，长沙（今湖南省）人。明崇祯六年（1633）举人，曾官广东教谕。有《荣木堂集》。

严州道中

曲江流不尽，寒气凛初严。野泊分渔艇，遥帆类酒帘。

枯河冬雨活，湿壁冻云粘。不分多归思，萧萧与梦添。

○查继佐 1 首

查继佐（1601—1676），字伊璜，号与斋，又号左尹，海宁（今浙江省）人。明崇祯六年（1633）举人。明亡后，随鲁王监国绍兴，授兵部职方。清顺治三年（1646），清军攻占绍兴，隐居海宁硖石东山万石窝，改名左尹非人。顺治九年（1652）于西湖觉觉堂讲学，旋至杭州铁冶岭之敬修堂讲学，从学者众，人称敬修先生。康熙元年（1661），雁南浔庄廷鑨私刻《明史》案，列名参校，下狱论死，后获救。著有《罪惟录》《国寿录》《鲁春秋》《东山国语》《班汉史沦》《续西厢》等。

夜泊七里滩

小棹凝寒落日边，碧空削出水云偏。烟将帆影疑前浦，雨共滩声度短眠。

客去无星临此夕，我来何处认当年。只应郑重高深意，未是桐江莫与传。

○马世奇 11 首

马世奇（？—1644），字君常，号素修，无锡（今江苏省）人。明崇祯四年（1631）进士，选庶吉士，授翰林院编修。官至左庶子，清廉耿介，好扶掖后进。崇祯十七年（1644），李自成破北京，世奇自缢死。清顺治九年（1652），追赠礼部右侍郎，谥文忠。有《淡宁居文集》《淡宁居诗集》。

七里泷行

千盘修竹隐层城，两岸天开一线行。逆浪帆高争水力，初晴雨涨斗溪声。

路逢转去疑留画，山至深时亦避名。性癖耽奇频吊古，停棹又恐误王程。

谒严子陵先生祠十首

突兀双台峙翠屏，一纶千古见清泠。少微何限推高士，未许人称是客星。

其　二

偶借羊裘愧曳裾，矶头石片亦蘧庐。知心聊托山灵在，终日临渊不羡鱼。

其　三

龙准重兴汉始东，高山开辟领清风。云台图画今犹昨，终让先生第一功。

其　四

一自星躔动玉京，主恩士节总峥嵘。谁知白水真人座，更藉桐江钓叟名。

其　五

主圣难将傲骨除，何须更卜屈平居。闲从庄叟知鱼乐，凤翼龙鳞总不如。

其　六

石隐无心问汉仪，青山黄屋自埙篪。故人交意同流水，冷眼尝思风浪时。

其　七

偶然凤隐在鸥群，呼吸仍从帝座分。何俟卧深加腹后，方知草泽动天文。

其　八

烟深一水岭千重，人外风期物外踪。岂为避新兼避汉，应知不见是神龙。

其　九

幽涧垂竿意倍长，炎精王处一丝凉。东京大义逾周武，高节应非慕首阳。

其　十

清时何意见孤芳，浪说狂奴态故狂。风尽千秋仍独醒，人今痴总似君房。

○徐殿臣 2 首

徐殿臣，原名之墀，至省试始更名，字玉清，一字心水，鄞县（今浙江省宁波）

人。明崇祯七年（1634）进士，以行人擢试御史，提督南京学政，左迁山东按察佥事，如为右佥都御史，不赴。有《香眉阁集》。

富春怀古两首（并序）

余过钓渚数矣，非白云傲封，即苍藓妒滑，未遑肃拜先生祠下。祠结崖俯江，曲折而上，二石互峙，烟岚霭映，呼之或出。独怪胥涛泣怒，能盛气历桐君之墟，一把清风，则不复逾尺寸，赫赫鸱夷，顿被冷眼觑绝，想热中人不足辱先生饵也。拈韵二，咏歌山高水长之间。

高阁自临流，不记云台路。树带汉官仪，风生范老句。

介石可知几，一丝安钓誉。试问弋冥鸿，梦想桐江住。

其二

白水竟何如，先生犹朝夕。云归崻石尊，星犯疑天窄。

百尺抗尘容，一泓洗冰魄。子名我成之，两俱千古只。

○李云龙 1 首

李云龙，字烟客，番禺（今广东省广州）人。少补诸生，负奇气，一时名士多严事之。绌于遇，以赀游国学，卒无成。走塞上，客东莞袁崇焕所。时崇焕总制三边，威名大震，云龙在幕参其谋。既而崇焕死，遂为僧，称二严和尚。明亡，不知所终。有《雁水堂集》《啸楼前后集》等。

严子陵祠

咄咄徒相讶，冥鸿已早知。欲臣老子耳，安用故人为。

处士千秋气，桐江一钓丝。翻嫌渭滨叟，偏与后车期。

○谢宗鍹 1 首

谢宗鍹（？—1650），字儒美，号莱屿，澄海（今广东省汕头）人。明崇祯十二年（1639）解元。官建昌府通判。明亡，无意仕进，闭户读书，终于家，友人私谥"贞穆先生"。有《观古堂集》《遁斋集》《禦冷斋诗集》。

严 滩

身非佐命材，轩冕自应辞。虽不事王侯，未足傲当时。所遗遭明盛，
遂性得栖迟。故人作天子，屈伸从所宜。至尊下白屋，款曲语心期。
借以风斯世，毋俾躁竞滋。竟成高尚名，一代递相师。能移东汉俗，
各负骯脏姿。山林互题榜，炎精值沦夷。反令节义士，网罗横见羁。
乃知开国初，风气或先之。隐亦有时命，幸矣桐江丝。

○黎遂球 1 首

黎遂球（? —1646），字美周，番禺（今广东省广州）人。明天启七年（1627）举人。明亡，应陈子壮荐，为南明隆武朝兵部职方司主事，提督广东兵援赣州，城破殉难，谥"忠愍"。有《莲须阁诗文集》。

七里滩

长滩激波白，夏日移阴迟。叠巘□生云，鸣鸟飞动枝。石床苔藓古，
舟溯环湍歧。科头一钓竿，仰眺留余思。方台有古人，子陵乃吾师。

○郭之奇 3 首

郭之奇（1607—1662），字仲常，号菽子，又号正夫、玉溪，揭阳（今广东省）人。明崇祯元年（1628）进士，选授翰林院庶吉士，历官礼部主客司主事、礼部员外郎、礼部郎中，迁福建提督学政、布政使司左参议，后摄按察司事。南明时历任文渊阁大学士加太子太保兼吏部尚书、兵部尚书。清顺治十八年（1661）为清将韦永福所俘，翌年殉国。追谥"忠节"。

严州过滩

万壑东来转一涡，千峰叠起竞群嵯。水流挟石生雄势，风力扶人杀怒波。
俯视汹腾如过颡，遥瞻蹙缩得盈科。溯洄莫叹洵长阻，人世滩头较此多。

桐庐舟中夜坐

定性偏于夜，见闻喜独真。峰低山献月，舟小水亲人。

久与江湖熟，微知昼夜因。聊从逝者意，此际证闲身。

过钓台

我闻富春叟，名悬霄汉端。身避云台选，心依水石寒。玄纁尔何物，
纷纷动泽兰。物色徒相访，结念本如磐。浮云山外出，客星座上看。
加腹寻常事，那使天象干。人生各有志，助理亦非难。举目视周党，
犹能薄一官。以兹长叹息，振衣还故峦。试看马革裹，何似羊裘安。
潺沱意未报，回溪翼几残。祇今千余载，惟传七星滩。晓日临苍碧，
秋烟拂钓竿。清风不可见，玉露洒朝澜。

○陈子龙 2 首

陈子龙(1608—1647)，字人中，一字卧子，号大樽，松江华亭(今上海市松江区)人。
明崇祯十年（1637）进士，选绍兴推官，后擢兵科给事中。京师陷，乃事福王于南京。
南都失，遁为僧，寻以受鲁王部院职衔，结太湖兵欲起义，事露被擒，乘间投水死。
有《白云草庐居稿》《湘真阁稿》《江篱槛词》等。

舟次七里濑

连嶂夹澄江，江流自回转。遥瞻前渚封，已顾后溪顷。挂帆入空翠，
扬舻荡清浅。伏濑石参差，悬崖云婉恋。崩奔激洄湍，顺逆渺难辨。
徒旅行屏障，各歌隔陉岘。衰林哀响多，寒鱼跳波鲜。滞迹心已违，
守湛道当勉。念彼岩中人，资身合舒卷。我劳复如何，晨夕事仰偭。

咏严先生钓台

真人亲破昆阳垒，二十八宿平天纪。濯龙冠盖盛如云，一星自落沧江水。
青齐大泽春茫茫，东都使者何辉煌，入君之宫登君床。但可相从故人饮，
安能刺足天子旁。羊裘不肯脱，长歌出汉关。手携梅家女，筑室桐君山。
轻缗欲抽王色茧，长竿拟琢青琅玕。富春崔嵬连碧落，绣壁苍崖倚山阁。
松阴寂寂寒女萝，乳窦涓涓芳杜若。石潭时出金鲤鱼，祠下横飞双白鹤。

行人往往奠椒醑，越巫如花舞帘幕。君不见洛阳云台高插天，邓冯耿寇俱寒烟。

○吴伟业 8 首

吴伟业（1609—1672），字骏公，号梅村，太仓（今江苏省）人。明崇祯四年（1631）进士，授翰林院编修，历官东宫侍读、南京国子监司业。福王时拜少詹事，为秘书院侍讲，迁国子祭酒，旋丁母忧归，直至谢世。有《梅村集》。

钓 台

少有高名隐富春，南阳游学为亡新。高皇旧识屠沽辈，何似原陵有故人。

岁暮送穆大苑先往桐庐四首

客中贪过岁，又上富春船。烛影倚寒枕，江声听夜眠。
石高孤岸迥，雪重半帆偏。明日停桡处，山城落木天。

其 二

卧病才回棹，征轺此再游。乱山穿鸟道，匹马向严州。
远水浮沙屿，高枫入郡楼。知君风雨夜，落叶起乡愁。

其 三

到日欣逢节，招寻有故人。官厨消绛蜡，客舍暖乌薪。
锁印槐厅静，颁春柏酒新。翩翩杜书记，潇洒得闲身。

其 四

知尔贪乘兴，冲寒蜡屐忙。鹤翻松磴雪，猿守栗林霜。
官酝移山榼，仙棋响石房。严光如可作，故态客星狂。

晓 发

晓发桐庐县，苍山插雾中。江村荒店月，野戍冻旗风。
衣为装绵暖，颜因被酒红。日高骑马滑，愁杀白头翁。

毛子晋斋中读吴匏庵手钞宋谢翱西台恸哭记

扁舟访奇书，夜月南湖宿。主人开东轩，磊落三万轴。别度加收藏，
前贤矜手录。北堂学士钞，南宋遗民牍。言过富春渚，登望文山哭。
子陵留高台，西面沧江绿。妇翁为神仙，天子共游学。携家就赤城，
高举凌黄鹄。尚笑君房痴，宁甘子云辱。七里溪光清，千仞松风谡。
庐陵赴急难，幕府从羁仆。运去须武侯，君存即文叔。臣心誓勿谖，
汉祚忧难复。昆阳大雨风，虎豹如獝缩。诡谲滹沱冰，仓卒芜亭粥。
所以恢黄图，无乃资赤伏。即今钱塘潮，莫救崖山麓。空坑战士尽，
柴市孤臣戮。一死之靡它，百身其奚赎。龚生夭天年，翟公湛家族。
会稽处士星，求死得亦足。安能期故人，共卧容加腹。巢许而萧曹，
遭遇全高躅。文山竟以殉，赵社终为屋。海上悲田横，国中痛王蠋。
门人《蒿里》歌，故吏《平陵》曲。彼存君臣义，此制朋友服。
相国诚知人，举事何颠蹶。丈夫失时命，无以辞碌碌。看君书一编，
俾我愁千斛。禹绩荒烟霞，越台走麋鹿。不图叠山传，再向严滩续。
配食从方干，丰碑继梅福。主人更命酒，哀吟同击筑。四坐皆涕零，
霜风激群木。嗟乎诚义士，已矣不忍读。

上钓台

天半削双峰，攀跻上上重。长松力排挈，化作苍精龙。
星象堪援手，江光直荡胸。遥遥二千载，谁复继高踪。

○巫三祝 1 首

巫三祝，广东龙川人。明崇祯四年（1630）官福安知县。

读《晞发集》志感

绵历徒教卜，精忠可及愚。狙沙同义击，登赖岂潜逋。
泪落空山得，名高处士无。千秋凭吊者，抚卷茝踟蹰。

○黄宗羲 1 首

黄宗羲（1610—1695），字太冲，号梨洲，余姚（今浙江省）人。早肆力于学，受业于刘宗周。清兵入关后，积极反清，鲁王以为左金都御史。失败后返乡著述，清廷屡征不就。有《南雷文定》《明儒学案》《明史案》等。

钓台怀谢皋羽

曾注西台恸哭记，摩娑老眼见崔嵬。当时朱鸟魂间返，今日谁人雪后来。江上愁心丝百尺，平生奇险浪千堆。欲修故事如皋羽，同志方吴安在哉。

○释函可 1 首

释函可（1611—1659），字祖心，博罗（今广东省）人。俗姓韩，名宗騋，字犹龙。明礼部尚书韩日缵长子。明崇祯十二年（1636）落发为僧，曾充罗浮山华首台都寺。甲申之变，悲恸形于辞色，纪为私史，后以"私携逆书"被拘，部审免死，流放辽阳。有《千山诗集》。

咏　古

富春不避世，渭水不匡时。事会乃适然，隐见无预期。鹰扬若有意，何异熊与罴。羊裘若无心，客星光亦微。营丘与钓台，千载高嵬嵬。

○方以智 1 首

方以智（1611—1671），字密之，号鹿起。入清为僧，名大智，字无可，别号药枕、弘智、愚者大师等，桐城（今安徽省）人。少为复社名士。明崇祯十三年（1640）进士，官检讨，永历时任左中允，遭诬劾。清兵入粤后，在梧州出家。学问广博，于礼乐律数书画药卜，无不析其旨趣，尤精于科学和哲学，重视"质测"，意即实验。与利玛窦交往甚密，通晓当时西方科学知识，对神学多所批评。有《通雅》《物理小识》《药地炮庄》《东西均》《浮山集》等。

钓台作

钓台何嶙峋，当时必有百尺钓竿千丈纶，乃可垂钓桐江滨。祠堂草木发时新，子孙上食皆不贫。先生行无事，先生不著书，但能不肯为人臣。今人不能弃富贵，乃以藏拙讥古人。我亦停舟暂钓桐江水，桐江千年少泥滓。嗟呼：不得故人为天子，一棺之土聊葬此。

○陆世仪 3 首

陆世仪（1611—1672），字道咸，号刚斋，晚号桴亭，太仓（今江苏省昆山）人。明诸生。刘宗周弟子。入清，不应科举。学问广博，天文地理、礼乐农桑、河渠贡赋、战阵刑法，无所不通。又精技击，从石敬岩受枪法。有《思辨录》《三吴水利志》《桴亭先生诗文集》等。

经严滩

清溪七百里，日日镜中行。有水皆铺石，无山不入城。
千村红树色，一路画眉声。安得严滩老，相携足此生。

过钓台有感两首

汉时风俗犹淳朴，帝腹无难让草茅。一命便须忘旧友，何能天子惜穷交。

其　二

羊裘泽畔老偏氓，天子亲迎不肯行。汉室山河今在否，钓台终古属先生。

○李渔 10 首

李渔（1611—1680），原名仙侣，字谪凡，号笠翁，明兰溪（今浙江省）人。年十八补博士弟子员，中秀才。入清后无意仕进。有著作数十种。

严陵钓台

渔矶到处有，人死迹随淹。独怪此山石，千秋只姓严。

七里溪

景到严陵自不凡，幽清如画始开函。好山我欲迟迟过，卸却云中半幅帆。

严陵纪事八首（并序）

乙卯夏，送两儿至严陵应童子试。寓何昼公使君园亭，湖光山色，明月清风，迭为地主。又得观察万肃庵先生暨郡守、治中、邑宰诸侯，适馆授餐，交相拂试，非但忘暑，不知此身之在客矣。羽书络绎，戎马生郊，期何时也，犹叨庇于群公若此！因赋八绝以志幸。

严陵风景旷难收，今日何期寓此楼。万壑千岩相对语，无心更下钓鱼钩。

其 二

暑月温和俨似春，只因寄迹在湖滨。江山风月皆留客，不独居停是主人。

其 三

十载虚名酒一壶，杖藜随地赚青蚨。江干车马惊猿鹤，愈使文章一字无。

其 四

礼贤盛事忽重修，惭愧缁衣上鹿裘。不是其人游列国，授餐适馆误诸侯。

其 五

时方用武独修文，境有弦歌理乱分。始识桃源无定在，只须镇俗有神君。

其 六

学使巡行择地留，峰峦奇处系扁舟。呼儿传与行文诀，笔似悬崖始见收。

其 七

未能免俗辍耕锄，身隐重教子读书。山水有灵应笑我，老来颜面厚于初。

其 八

猿鹤相逢虑见猜，却因鄙事挂帆来。子陵不为儿孙计，归去何颜过钓台。

○杜濬 2 首

杜濬（1611—1687），字于皇，号茶村，黄冈（今湖北省）人。少倜傥，为副贡生，不得志，乃刻意为诗。明亡，避地金陵，寓鸡鸣山之右。晚岁，穷饥自甘，后贫益甚，往来维扬间。卒后葬于蒋山北之梅花村。有《变雅堂集》。

汉子陵

汉亡复汉兴，眼看泡起灭。子陵默有悟，懒傲两非屑。

咏史得士谢翱

文山殉宋社，得士亦不苟。炎午祭生前，皋羽哭死后。不知西台上，泪血今干否。少陵赋八哀，此意若先有。所以晞发翁，遗编灿星斗。

○方文 1 首

方文（1612—1669），字尔止，号嵞山，明末清初桐城（今安徽省）人。少负时誉，好结四方名士。值世乱，不就博士弟子试，专心著作以终。有《嵞山集》。

谢皋羽恸哭西台

严子滩头风雪飘，生刍一束蓟门遥。伤心岂独悲柴市，万古崖山恨不销。

○周亮工 3 首

周亮工（1612—1672），字元亮，号栎园，祥符（今河南省开封）人。明崇祯十三年（1640）进士，官御史，京陷从福王。入清后历两淮监运使、福建左布政使、户部右侍郎。康熙初补青州海防道，调江南江安粮道。有《赖古堂集》。

桐江阻涨

瓯衢水涨长年苦，永日舟胶客里纷。江上翻书寻越绝，山城贳酒问桐君。笭箵暮集喧如市，蚱蜢朝吹乱若云。幸有轻船能载画，开函与尔醉斜曛。

将至严濑用元润韵寄舍弟靖公

窸然白雨蔽蓬窗，敌住潮声不到江。山过钱塘形更异，客来严濑气无双。

轻帆重理经年梦，冷泪同垂两地缸。便欲闲携鹤笠去，云中独建法华幢。

布　帆

江干舴艋认浮萍，借得轻帆破小溟。雨过遥牵君鹭白，月明迥益众山青。
双鱼慰远初无恙，万马闲飞尽未经。误我虚名书画舫，子陵濑下更扬舲。

○曹溶 1 首

曹溶（1613—1685），字洁躬，号秋岳，一号倦圃，嘉兴（今浙江省）人。明崇祯间进士，官御史。清顺治初，授原官，累迁户部侍郎、广东右布政使、山西按察副使。有《静惕堂诗集》。

桐庐道中

细路循溪转，苍然易夕阴。城荒衔素壁，潭静带孤琴。
野刹烟中见，危滩雨后深。桐君如可遇，便许掷华簪。

○揭重熙 1 首

揭重熙，字祝万，临川（今江西省）人。明崇祯中以五经中乡会试，授福宁知州。有《嵩庵集》。

有感谢参军遗事漫兴

天星俄落晋阳军，路出西台恨欲吞。留得竹根如意在，化为朱鸟也招魂。

○黄宗炎 2 首

黄宗炎，字晦木，一字立溪，余姚（今浙江省）人，明崇祯中以明经贡入太学，与兄宗羲、弟宗会俱从刘宗周游。其学术大略与宗羲等。著有《周易象辞》《寻门余论》《图书辨惑》等。

登钓台两首

江上飘零顽懦身，汗颜瞻拜往来频。一时东郭羞妻妾，万古西台怄鬼神。

渔笠弹冠安薮泽，羊裘补衮厌风尘。客星不照溪山旧，犹笑从龙杖策人。

其 二

前人笑傲后沾襟，两事山川日月临。开辟帝王存友道，纵横魑魅表臣心。
围峰重叠难寻路，穿壑纡徐又出林。吊古登高同感叹，何人相对痛加深。

○纪坤 1 首

纪坤，字厚齐，河间府献县（今河北省沧州）人。明崇祯间诸生。诗学苏轼。
遭逢乱世，多感时伤俗之语。有《花王阁剩稿》。

十刹海访无相上人适游方归以所画名胜巨册索题分拈得庐山扬子江黄河东海黄山云海严濑六幅 其六

师画严子滩，不著严子庙。神在山水间，土偶但其貌。

○王居敬 10 首

王居敬（？—1674？），又名瑞彬，字勋臣，号畏斋、采薇，黄岩（今浙江省）
人。曾随张煌言抗清，兵败，流寓桐庐。有《桐庐集》《桐江随笔》。

夜泛桐江

放棹桐江暮，秋山万里清。峰峦随岸改，星月停舟行。
隔浦渔歌远，前村灯火明。孤帆一片影，能使客心惊。

住山行

云游经过桐江道，江水连天共缥缈。春风两岸桃花深，崎岖细路行人少。
临江曲径山开门，古寺凄凉傍衰草。风波不惯草履穿，暂借一椽栖野老。
四避朝暮白云遮，满径败箨轻风扫。蓬户不设山月窥，荒荒一室清光好。
猛兽白日向人啼，夜半床前飞怪鸟。老病不知筋力衰，强学采薪畏崔嵬。
日汲清泉烹苦茗，缘溪策杖踏青苔。须叟狂风卷地来，天昏地暗云徘徊。

骤雨斜飞侵床席，喤喤屋漏声如雷。竟夜到晓不肯住，惊听冷猿叫古树。
水蛙欺人跳入釜，床头破被无干处。欲向寒炉觅残火，遣灰一夕如泥土。
灶前不复有积薪，且往山头刈翘楚。山高路滑走不上，石角破足刺满掌。
空手归来亦行歌，一曲悲壮声高朗。画粥啜水味自甘，谁学东坡叹无盐。
结社白莲慕远公，可恨今日无陶潜。独立长松看麋鹿，赋罢新诗倚修竹。

桐水六歌（并序）

　　昔杜子美有"七歌"，文文山有"六歌"。予才愧子美，位非文山，而悼时悯俗之心，流离患难之苦，则旷百代，而若合符节也。初居桐江，以生平不能无遗恨者，赋诗六章，曰《桐江六歌》。

有亲有亲不能葬，乌鸟私情何时降。二丧频年在浅土，
清霜飒飒萎翘楚。言念劬劳罔极思，我心烈烈如焰火。

其　二

有妻有妻埋穷岛，飘风发发吹衰草。生前菽水奉二亲，鞠育诸子斯恩勤。
廿载鸡鸣御琴瑟，解绂寂寞涕频频。先生妻盖殇于南田，因葬焉。

其　三

有子有子各天涯，伯仲何日埙篪谐。阿璐付托颇得人，
阿璇飘泊历艰辛。阿瓒崎岖傍老身，西风一夕越与秦。

其　四

幼子幼子弃路旁，朽骨不知在何方。流离饥饿罹夭折，
人父肝肠能如铁。汝兄会集或有时，悼汝心衰欲呕血。

其　五

先垄先垄久蓬蒿，翘翘荆楚狐兔骄。墓旁一室亦衰草，
吾家旧燕傍谁好。春秋溪涧蘋藻青，临风饮血哭吞声。

其 六

老身老身如弃匏，野萍春水风飘飘。吁嗟龙髯不可攀，
满目禾黍泪痕斑。六歌歌兮愧文山，白帽辽东何时还。

山居即事

春风到处见天机，高卷疏帘对夕晖。荡漾碧波鱼子出，芳菲青野草芽肥。
白云高逐红霞去，紫燕低从黄雀飞。细看物情恒似此，且携藜杖闭柴扉。

秋 望

九月风飕飕，扶杖到山麓。千里无劲草，岩头看寒竹。白月笑昂藏，
青镫怜髀月。精金百炼坚，长河万松矗。西山新月明，一枕卧空谷。
辗转不成梦，悲歌易水筑。壮士抱遗恨，夜夜山鬼哭。

○姚社 1 首

姚社，桐庐（今浙江省桐庐县瑶琳镇）人。由武举授千总，能诗。

赤石洞

停张宝炬望天真，四畔无家石作邻。蝉鬓不梳千载晓，蛾眉懒画四时春。
霜为铅粉敷梅脸，霞作胭脂点杏唇。莫道岩前无宝镜，月明依旧照佳人。

注：赤石洞亦名赤洲洞、馆仙洞，在桐庐县瑶琳镇。

○李际期 1 首

李际期（？—1655），字符献，孟津（今河南省）人。明末清初官员。明崇祯
十三年（1640）庚辰科进士，后仕清，任户部主事。历升浙江提学道、浙江按察司佥事、
浙江分巡金衢道等职。清顺治十一年（1654）升刑部右侍郎，改左侍郎，次年升工部
尚书，转兵部。同年卒于任内，谥"僖平"。

钓 台

远役陟灵冈，潜怀寄幽眺。兹台未凭栖，江峰自孤峭。越羁寻吴亡，

渔歌留远调。天地未经见，惟有子陵钓。故人火为主，横江发笑傲。
鼋鼍沉深渊，吞钩由饵召。气狎帝王尊，机通云水妙。鱼龙百变间，
波月当流照。烟迷万丈篾，松桂千年莺。怒气震海门，孤台何日漂。
瀰瀰朝暮愁，未许时雄吊。

○李梗 10 首

李梗，字其础，嘉应程乡（今广东省梅县）人。明崇祯十二年（1639）举人，
入清不仕。

谒严先生祠十首

雨雪归舟泛碧天，布帆轻稳客称仙。滩头人寂瞻遗像，祠下潭空忆往年。
盖代经纶传渭壑，一江烟水绘诗笺。先生不钓千秋誉，悔着羊裘几未先。

其 二

寒冬雪积白云窝，高士祠前诵短歌。止水潜鳞嬉浪远，层崖逸翮宿烟多。
真人位定通辰极，客宿光然亘曲阿。出处无心君自悟，南山有鸟北张罗。

其 三

恁大乾坤恋一丘，归来长啸富山秋。台悬此地凭伸足，浪蹴何人稳着裘。
过客浮踪颠鹿梦，逝川变态避渔舟。起君千载垂纶手，钓取鲸鲵战血休。

其 四

龙蟠蠖伏总英雄，当日严刘意见同。应自茅庐曾定策，其如坚卧不言功。
徵来素友惊天象，归去扁舟驾晓风。戴笠乘车平等事，古人丘壑傲王公。

其 五

话旧清宵两不猜，遐心空谷自徘徊。汉宫花草经灰劫，严氏江山只钓台。
映雪晴岚邀客至，浴波水鸟瞰人来。一竿揭揭烽烟净，定策群公未易才。

其 六

故人天子午成欢，刘季当年忆拜韩。司榻漫猜星犯座，披裘早觉暑生寒。
自来良猎怜烹犬，是处清沧快伐檀。月满空山酣睡足，神仙富贵不相干。

其 七

高踪追诵躁心安，千仞层层一笑看。白露求人咨榻好，红尘拍面上车难。
王风雉兔悲投网，孺子沧浪许濯冠。历历桐君都看到，临渊肯作羡鱼观。

其 八

归计蹉跎渡浙东，苍苍葭浦溯初衷。中原旗帜真人见，空谷烟霞乐事终。
欲洗流泉成小隐，懒从劫火数英雄。一竿愿向先生乞，斗酒鲈鱼访醉翁。

其 九

老卧高台自夙缘，无疆风月不须钱。峰峦对出临无地，云水相依乐有天。
隔浦渔歌喧晓日，窥关鹤影戏朝烟。几先一着惟君早，采石江头憾谪仙。

其 十

龙斗中原争一先，鸿冥天际静求全。临流不羡鲈鱼脍，避世还寻海岛缘。
云壑勒铭惭后辈，磻溪猎梦自前贤。我来台上君千古，泛泛澄潭月满川。

○邵士斗1首

邵士斗，字仲温，明桐庐（今浙江省桐庐县钟山乡）人。领乡荐，授山东德州知州。
州地滨河，民苦水患，乃督役运甓成堤。州旧无城郭，公始议兴建。事竣而民不劳，
人皆德之。后迁应州守。致仕归，奉母尤以孝闻。祀乡贤。

钓 台

天水秋光白练如，汉时垂钓石犹初。一言九鼎丝为系，独踞双台态自疏。
欸乃歌声钓乐听，高深景物客星储。多少宦游滩上下，仰瞻祠宇俯窥鱼。

○魏耕 3 首

魏耕（1614—1662），原名璧，字楚白，归安（今浙江省湖州）人。明亡后居别鲜山，更名耕，字白衣，号雪窦居士。顺治二年（1645）弃家投军，邀湖州所属各县诸生数百人起义，败后继续进行抗清活动。后因人告密被捕，死于杭州官巷口。有《雪窦诗集》。

宿桐庐江寄顾二处士有孝

连潮江愈寒，知宿天边驿。月出桐庐尖，照见未归客。
风传城漏疏，岩挂栖猿白。俄然愁沧波，伫想飞鸿翼。

七里濑作

澄江碧若凝，寒山与之一。四瞩来时岭，已见彩虹灭。晶晶望何归，
淡淡坐起忽。缅怀披裘翁，乘槎钓明月。中流指双台，高风邈未歇。
雨洗枫林清，猿啸岛藤绝。日暝回我舻，钟落遥天末。

钓　台

四月富春江水清，两山抱江江不行。波流锦石红霞动，日过寒岚彩翠生。
自采石华迷渡口，忽攀玄峤去曾城。何人为扫台前碧，好待回舟弄月明。

○陈子升 2 首

陈子升（1614—1673），字乔生，南海（今广东省佛山）人。明诸生。南明永历时任兵科右给事中，广东陷落后，流亡山泽间。工诗善琴。有《中洲草堂遗集》。

严陵钓台寄关西故人

我来钓台上，怀古复沾巾。不有中兴主，那为高尚人。
春波翻白鸟，落日转青蘋。漫似狂奴态，遥遥寄渭滨。

桐江方君名之涛及妻祝氏孝节诗其弟求诗

七里严陵濑，三声旧断猿。成仁身后事，之死梦中魂。白日空军幕，
青编美相门。南来一鸣雁，犹感鹡鸰原（方君，相国之子，生于申年，其死也，
妻先有断猿之梦）。

○徐夜 4 首

徐夜（1614—1685），初名元善，字长公，小字小峦；入清后更名夜，字东痴，号嵇庵，新城（今山东省桓台）人。年二十九弃诸生，居东皋，绝迹城市，后游吴越，一生未仕。有《隐君诗集》。

经严陵钓台

突兀高台入望平，下临百尺大江清。足消文叔真人气，直得狂奴故态名。帝座几移仍旧迹，客星千载属先生。不从七里滩头过，谁信巢由无世情。

富春山中吊谢皋羽

晞发吟成未了身，可怜无地著斯人。生为信国流离客，死结严陵寂寞邻。疑向西台犹恸哭，思当南宋合酸辛。我来凭吊荒山曲，朱鸟魂归若有神。

江行二绝句

层层屏幛画图间，此是钱塘南去山。见说湖光西子好，也应输此黛眉弯。

其　二

黄鹄矶头七里滩，离崖一尺转头难。千牛力尽才移寸，已是瞿塘滟滪看。

○张家玉 1 首

张家玉（1615—1647），字元子，东莞（今广东省）人。明崇祯十六年（1643）进士。李自成破京师时被执，自成败，南归。历南明翰林侍讲、兵部尚书，集兵数千，转战归善、博罗等地，旋为清重兵所围，力尽投水死。谥文烈。

过子陵钓台

严子滩头钓鱼处，一蓑白云一竿雨。当初羡尔高蹈时，手卷丝纶入烟渚。何期文叔来南阳，吐出子陵姓字香。只今汉室已如此，奚嫌蚤出相为理。

○龚鼎孳 5 首

龚鼎孳（1615—1673），字孝升，号芝麓，合肥（今安徽省）人。明崇祯七年（1634）

进士，授兵科给事中。入清授吏科给事中，累迁太常寺少卿，官至礼部尚书。卒谥"端毅"。有《定山堂集》。

富春渚两首

沙屿扬烟舲，晨霞媚修远。凫轻逝枉渚，雁恓警层巘。霜树郁若荠，
丹翠被长坂。旷属区中豁，素赏云外缱。谷纡猿狖间，练净鱼龙偃。
碧石漾寒藻，孤峰侧苍菌。中林天籁鸣，窈窕协笙阮。吾衰接舆凤，
志饱饮河鼹。百忧改登临，一往懔屯蹇。息驾忻耦耕，长歌延肥遯。

其 二

樯乌正轻飙，渐指桐君郭。夕晖淡杉崖，归烟散兰薄。触石鲜幽阻，
挂席快交错。岂期途百折，坦然云一壑。当时栖隐人，采山谐雅托。
缅邈景乔柯，中奋茑萝弱。理钓惭迟暮，脱屣践夙诺。风尘有磷缁，
寸心讵摇落。将偕海上鸥，永固泥中蠖。

七里濑 和康乐韵

崇台虽谢登，纤岭正延眺。揽裳恣缘沿，参复改岑峭。
岸曲失前渚，阴多翳晨曜。巨石峙回雪，铠鞳互吞啸。
层房或山椒，倚侧吐清妙。运开蟪稚先，智寓要领诮。
加腹酬英游，炎鼎系纶钓。逝矣璜溪载，讵谐客星调。

枕上过钓台

孤客愁中夜，空江人语长。前驱防虎穴，急鼓过鱼梁。
鸟味西台恸，羊裘故态狂。梦回惊掉臂，一卧负沧浪。

晓过钓鱼台

乱石如残堞，临流峙此台。雾笼群树小，帆对万山开。
回合追严濑，青苍到酒怀。信知垂钓隐，风雨坐莓苔。

○彭孙贻 1 首

彭孙贻（1615—1673），字仲谋，一字羿仁，号茗斋，海盐（今浙江省）人。明崇祯末年贡生，明亡后绝意仕途。有《茗斋集》。

桐江夜泊

一路春山江影空，雨添新翠落孤篷。微茫小径入云去，寺在半天疏树中。

○王鸿烈 1 首

王鸿烈，字子鸿，萧山（今浙江省）人。明崇祯十五年（1642）乡荐。

严江有怀和友人韵

秋行明镜上，光远渺余情。石咽溪声急，江吞草色平。
云山高士意，烟水故人情。我梦思严子，离愁未肯生。

○许正蒙 1 首

许正蒙，字圣初，歙县（今安徽省）人。明崇祯前后在世，官中书。有《酉阳近稿》。

忆桐江旧游

轻舟何摇摇，来自青溪曲。层崖落叶翠，新波甚空绿。我家浙水东，
一川接天目。对此颇相似，殊令幽思足。将携素心人，共著桐君录。

○江国茂 1 首

江国茂，字二如，歙县（今安徽省）人，明崇祯前后在世。善文，甲申后即弃冠归隐。

登富春江上南楼

南楼跨城郭，奇峰青四面。下澄富春江，江光暮景绚。
我来一登临，佳气难恒见。只此立须臾，气象觉千变。
秋风催晚潮，寒雨迟早雁。云路接天都，莫使乡书间。

○赵琳 1 首

赵琳，字子美，孝泉（今浙江省桐庐县）人，官肇庆（今广东省）府推官。

严子陵钓台

钓鱼人去钓台空，石径崎岖仗履通。登眺恍然霄汉外，行吟浑在画图中。
一杯白引山间月，两袖清生岩底风。往事悠悠成感慨，独依秋水看芙蓉。

○谢丰 4 首

谢丰，明建安（今福建省）人。曾官广东信宜知县。

钓台四首

钓台高倚半天云，岳色光芒射斗文。诸将风云空画阁，千秋萝薜自玄缥。
潮轰桐水孤狂气，壁立清风百代勋。谁把见潜论事业，巢由稷契本平分。

其 二

古祠一奠椒浆罢，病叟低回竟日淹。绣岭碧流千古色，钓台高入九层瞻。
星悬天汉甘为客，龙纵沧溟岂厌潜。不睹河山今异代，州人指点尚称严。

其 三

一代云台事已沉，羊裘踪迹尚遗今。原将万古祠边水，散与人间浣独襟。

其 四

有莘出沛商家雨，钓泽高垂汉代风。请看匡辟廉顽力，谁歉乾坤不毁功。

○朱湮 1 首

朱湮，明海昌（今浙江省）人。官太仆寺丞。

严子陵钓台

山前敛朝霏，山后重阴黑。地势自尔殊，天道元不隔。茫茫七里濑，洪涛声荡激。烟开别墅青，风卷寒浪白。狂疑天柱折，怒讶神舆侧。安知九渊下，不有蛟龙宅。登高薄层崖，吊古追往昔。缅怀建武初，严陵钓斯泽。遐哉乐肥遯，傲睨天地窄。依依动宸眷，四海同物色。祥麟与神骏，宁将受羁靮。客心久潜翳，江上空陈迹。羊裘渺何许，溪运寻已讫。惟余范公祠，千载留真石。

○姚橡 1 首

姚橡，明至德乡（今浙江桐庐县瑶琳镇）人。曾任宁远县主簿。

登祠山

万顷烟波入望中，片帆高挂任西东。海门推出扶桑日，天末遗流七里风。钟响五更明月晓，人眠一榻白云空。坐来不觉忘归思，为有吾侪兴未穷。

注：祠山，在县治西一里，在桐庐县桐君街道，宋时曾建张昭烈真君祠，故名。民国中建中山公园，改名公园山。

○屠极 1 首

屠极，明定安乡（今浙江省桐庐县江南镇）人。万历恩贡。

应家溪

幽居结就小溪东，门径森森护荻松。酒醉卷帘凝望处，白云流水四时同。

注：应家溪别名深溪、荻溪，发源于步叠岭、牛峰岭，经桐庐县江南镇环溪、深澳、荻浦等村。流长十三公里。

○骆子厚 1 首

骆子厚，明钟山乡（今浙江省桐庐县）人，例贡，曾任晋府典史。

寄芦茨方次公

旧蜡郊行日暮天，长亭分袂各言旋。故家乔木思千里，客路梅花老一年。瓮下尘埋伧父赋，座间春透广文毡。我来几日度相见，雨雪潇潇马不前。

○吴伯兴 1 首

吴伯兴，明时人，余不详。

钓 台

石怒如鲵立，奋鬣当波水。盘回忽中开，剑戟森对垒。有翼会冲风，
两两冥鸿起。潭深近千丈，山高亦数里。不知钓几许，可得到潭底。
缘树作长竿，缘石为台址。将无视云台，奇构或只此。出师酬三顾，
颍水扬清泚。非彼固无我，非我亦无彼。大道原不羁，孰是孰非是。
皓月正当悬，一灯明自理。大海固汪洋，清涧漱其齿。圣贤类藏关，
天地亦偭傀。千古无何有，茫茫徒转徙。足亦偶然伸，何必蹴天子。
客星亦强名，谁题汉征士。垂钓固非钓，其斯而已耳。

○蔡仲光 2 首

蔡仲光（1609—1685），原名士京，字大敬，又字子伯，浙江萧山人。明末秀才，
以博学著称。明亡后，与友人遁迹山林，悉心从事灾异、星象等自然现象的研究。
他用朴素唯物主义观点对地震加以解释，形成一套较为系统的地震理论。清康熙七
年（1668）著有《地震说》一卷，有较高的科学价值。平时喜吟诗自乐，布衣终老。
有《谦斋诗文集》。

夜泊富春山两首

布帆一落严陵路，富春山下几回顾。白月孤横江上城，西风徐动云中树。

其 二

露冷秋萤傍水游，长因多病泛轻舟。夜月桐江两如练，萦烟拂浪不胜愁。

○龚贤 1 首

龚贤（1618—1689），又名岂贤，字半千、半亩，号野遗，金陵（今江苏南京）人。
明末清初著名画家，与清初著名诗书画家吕潜（号半隐）并称"天下二半"。工诗文，
善行草，源自米芾，又不拘古法，自成一体。有《香草堂集》。

越江渔隐

十载孤臣逐泛萍，扁舟何处问中兴。寒潮夜雨过严濑，明月苍烟失汉陵。
歌罢忽惊身去国，酒醒却笑气填膺。垂竿谢尽人间事，只有干将弃未能。

○周容 3 首

周容（1619—1679），字鄘山，号跋堂，鄞县（今浙江省宁波）人。明诸生，周容于诗文书画用工皆勤，时人谓之"画胜于文，诗胜于画，书胜于诗"。有《春涵堂诗文集》。明完后出家为僧。

钓台作

江潮去自杭，江流来自婺。两山相萦抱，谁辨江来去。
挂帆过顷刻，抽帆守晨暮。清风不下山，长拂亭前树。

严子陵钓台上作两首

江去向钱塘，江来自瓯婺。两山相萦抱，不见江来去。挂帆过顷刻，
收帆守朝暮。江水年年低，台高及此处。清风不下山，自拂亭前树。

其 二

矫首攀松根，回首拂松杪。一径转盘纡，江流渐觉小。我有百尺竿，
垂纶自袅袅。弃掷东海涯，抱膝空忧悄。苍天照明月，其下有龙湫。

○周希商 4 首

周希商，字男书，桐庐定安（今浙江省桐庐县江南镇）人。明贡生。有《听鹂集》。

钓台两首

每爱胜地憩，偏经风雨看。两山分滴翠，一水尽鸣湍。
流急舟行驶，风驰棹歇难。安能半日暇，携兴遍词翰。

其 二

犹是往来客，至性感孤蓬。高山钦仰止，素阁挹清风。
渺渺千古士，悠悠一掬中。江水流不已，叹赏何时穷。

过钓台两首

列嶂层峦偃郁葱，绿沉寒色起秋篷。波痕影涩双台石，岸促阴森七里风。
万里孤惊凉月夜，一裘愁绪暮云冬。华裾黄土归寥落，唯见清歌江上同。

其 二

云台功业皆乌有，传得春江独钓翁。璜佐不占熊虎梦，客星先适紫微宫。
千寻片石分王土，几处残碑尽古风。顽懦只今留展齿，侨贤应自爱吾桐。

○黄家舒 3 首

黄家舒，字汉臣，无锡（今江苏省）人。明诸生，明亡后坐卧斗室，谢绝交游。
有《焉文堂集》。

过钓台口占三首

曲曲回波远树青，乱山无故一江清。不应文叔为天子，谁向羊裘记客星。

其 二

药隐吴门钓隐桐，云山相望接高风。遥知举案齐眉妇，标格依稀婿与翁。

其 三

江友孙郎说伯符，风云偏傍钓台孤。英雄草泽多无赖，还向荒祠下拜无。

○潘彦登 1 首

潘彦登，字诞先，一字去然，明歙县（今安徽省）人。博学多才，著有《三审斋文集》
三十卷。

题忠臣诗

放声大哭谢皋羽，百折不回文天祥。正气长伸持宇宙，清风作诵肃纲常。

○楼钥1首

楼钥，四明（今浙江省宁波）人。余不祥。

玉华山

玉华真是玉芙蓉，云壑烟岚翠万重。瀑布春分岩上井，茯苓秋老石间松。
隐君琴曲时调鹤，仙子旌旄每唤龙。我亦平生爱幽讨，杖藜尝蹑最高峰。

○范学诗2首

范学诗，明欧宁（今福建省）人，曾官先禄寺丞。

钓台两首

石台突兀上干云，曾犯宸枢动纬文。盖世英豪徒绛紫，出尘幽德独玄纁。
辞归深意从谁识，节义遗风纷阿勋。若把云台诸将较，子陵尚未肯平分。

其 二

百尺危台频眺望，先生祠下使人淹。完名□□桐江重，喜遁清风绣岭瞻。
万乘忘尊非自傲，一丝扶鼎可云潜。汉家将相俱寥寂，惟到严滩共羡严。

○谢重晖1首

谢重晖，字千仞，号方山，明末清初德州（今山东省）人。官刑部郎中，工诗。
有《杏村诗集》。

钓台怀古

翠兀名山碣，潆洄流水津。从龙多世态，隐钓任吾真。
新莽无芳饵，炎刘有巨鳞。占星知客子，望气识真人。

宝鼎浮矶石，云图系钓纶。羽仪高士志，鸿冥逸民身。
节义蒲轮重，清狂黼宸亲。流风日代尽，山水自长青。

○杨道辅 1 首

杨道辅，明建安（今福建省）人，举人。

钓　台

炎代中兴宇宙宽，羊裘只爱此江山。朝竿不为随渔父，夜足何妨占汉官。
七里滩声流岁月，几家遗姓住溪湾。扁舟今夕停祠下，聊对先生破俗颜。

赵经成 1 首

赵经成，分水（今浙江省桐庐）人，明贡生。

西施墓

虎战龙争事渺茫，剩留青冢蠡湖旁。三春花柳悲寒食，一曲笙歌怨夕阳。
下国长杨全似黛，空山浅草半垂裳。可怜小沼荒台外，莲叶无人依旧芳。

注：墓在分水县西十里（今分水镇蠡湖村）圭峰山下。

○赵经世 1 首

赵经世，明分水（今浙江省桐庐）人。余不祥。

西施墓

沼吴霸越有谁同，一女能降百万雄。博得君王怜弱质，忍抽肝胆泣孤忠。
羞将褒妲同倾国，敢与种蠡论伟功。寂寞山阿香骨在，月明林下水晶宫。

○何廷献 1 首

何廷献，字靖子，明分水（今浙江省桐庐）人。余不祥。

闲 吟

七尺昂藏万古身，虚灵不昧四时新。也因避世能忘世，今便居尘等出尘。
渐入老来无俗虑，只随缘去作闲人。花开花谢寻常见，一曲丝桐道不贫。

○王仁甫 1 首

王仁甫，明黄岩（今浙江省）人。余不详。

钓 台

江上好山青欲老，江头流水不西还。万年风节云霄上，一代君臣朋友间。
虞舜以来皆此道，巢由之外更谁班。云台不是三公地，且作乾坤自在闲。

○杨当时 1 首

杨当时，明四明（今浙江省）人。余不详。

钓 台

先生不拜故人官，物色桐江老钓竿。日月并依龙衮重，烟霞偏染布袍宽。
台荒鸟宿千山草，潮落鱼游七里滩。万古乾坤竟谁是，我来长啸客星寒。

○徐憚 2 首

徐憚，明人。官刑部侍郎。余不详。

钓台两首

凤去台空不记年，访寻遗迹尚依然。锦峰绣岭遨游处，松柏苍苍锁暮烟。

又

对峙双台百尺高，长竿远举岂胜劳。先生自是人中杰，不钓纤鳞钓巨鳌。

○沈埏 1 首

沈埏（？—1705），字公厚，号稼亭，明宣城（今安徽省）人。明亡后随父流寓十余年，清顺治十五年（1658）始自滇归里，筑见耕山房，沉酣诗文，尚气节。工诗，有《稼亭诗钞》。

过钓台

谢公收骨处，不但子陵台。余泪凝江石，留歌继楚哀。
古亭斜月起，虚棹落潮来。静思垂纶客，明时亦易哉。

○骆志道 1 首

骆志道，明桐庐（今浙江省桐庐县钟山乡）人。由吏员任江西吉水县典史。

钓　台

先生垂钓地，千古尚知名。白石双台峙，寒江一道横。
山同高士介，水似圣人清。来往祠前路，滔滔空复情。

○杨宏 1 首

杨宏，明人，余不详。

垂云洞

夏月炎忘暑，冬游却似春。源流虽一派，清白只垂云。

注：垂云洞在桐庐县西北（今瑶琳镇杨家村）五十里。

○张鹤㑞 1 首

张鹤㑞，明人，余不详。

钓　台

羊裘一去不复还，秋水微茫烟雾间。西望云台青草合，只今人上富春山。

○李本 1 首

李本，明人，余不详。

春日杂兴

富贵等浮云，俯仰无愧怍。峨峨富春山，清风洒寥廓。

○谢应麟 1 首

谢应麟，字长舆，明末鄞县（今浙江省宁波）人。

七里滩归自豫章

石上孤云暗不飞，丹枫隔岸冷秋衣。归人千里休相问，载得滩头明月归。

○林奕隆 1 首

林奕隆，字万叶，明末清初鄞县（今浙江省宁波）人。有《放言集》。

钓　台

富春春色片帆开，千古江山两钓台。帝座星文依白水，客祠云气护苍苔。
无劳去就空题跋，有兴登临任往来。日暮渔翁回首处，汉宫烟树总荒堆。

○释道衡 1 首

释道衡，常熟（今江苏省）人，明末清初时僧。

登钓台

丈夫于世各有营，岂为公卿以身辱。先生汉之一布衣，千古谁堪继芳躅。
我来停舟一登眺，双台杳渺林端矗。江水沉沉彻骨清，山光霭霭有余绿。
只此江山彼江山，严刘到今定谁属。先生早知钓得名，拗折当年钓竿竹。
有足但可踏青山，何必将加帝王腹。

○沈士颖 1 首

沈士颖，字喆先，一字心石，明末清初鄞县（今浙江省宁波）诸生。有《溉鬻集》。

悲　遇

再上严陵哭钓矶，秋声破碎日光稀。难从世外投黄石，忍向人间耀少微。
舞象昔无惭汉鸟，采芝今始续商薇。堂前溉釜枯鱼泣，为问西归何日归。

○包燮 1 首

包燮，字惕三，号夕斋，明末清初鄞县（今浙江宁波）诸生。

桐君山

便识高人姓，谁知隐士名。漫将垂钓叟，共拟指桐生。
山寺藏云古，江帆走月明。客中闲唤渡，何处鹧鸪鸣。

○杨由 1 首

杨由，明末清初时建德（今浙江省）人。

钓　台

天开胜地因人胜，胜地因人胜若何。不谓隐沦高尚事，乃言仁义激颓波。
和风隔岸繁桃李，清露乔林附茑萝。巢许洁流闻亦罕，往来人说钓台多。

○高宇泰 2 首

高宇泰，字元发，一字隐学，号蘗庵，明末清初鄞县（今浙江宁波）人。都御史斗枢长子。有《雪交亭集》。

钓　台

望亟龙兴今日难，当时落落故人看。茂陵晓露回仙掌，桐濑秋烟自钓竿。
符谶数归星纬近，风尘色净水云宽。从来亡国无真主，日落西台哭正酸。

重过钓台

回忆桐江野望频，重来今日鬓华新。漫论星宿天边客，独念芦茨地下人。
悲响千年留古木，愁来百尺比长绡。只因此地关情极，一醉矇眬古渡滨。

○张怙 3 首

张怙，明江浦（今江苏省）人。余不详。

钓台三首

勋烈云台为汉收，先生风节冷飕飕。桐江江下清清水，千尺丝纶把钓钩。

其　二

自着羊裘不惹尘，富春山下足容身。汉廷天子忘尊贵，海宇咸归让一人。

其　三

七里滩头去复来，千年高节子陵才。我非名利场中客，羞见先生夜过台。

○李宾 1 首

李宾，字烟客，明梁山（今山东省）人。有《八代文钞》。

钓　台

桐江水碧鉴秋毫，不蘸东都燕雀高。只有一丝扶九鼎，策勋元不在施劳。

○杨应诏 2 首

杨应诏，字邦彦，号天游，明建安（今福建省）人。举人。

钓台两首

倚楫严陵濑，登登富春山。白云去不远，千载有余闲。
汉使彤台上，羊裘石室间。幽怀渺天地，独鹤几时还。

其　二

片月桂寒砧，秋烟澄碧林。我来汉鼎歆，独眺古台浔。
诸将宁龙跃，先生岂陆沉。扁舟方远去，出处未论心。

○周槩 1 首

周槩，字仲方，明庐陵（今江西省吉安）人。余不详。

章璟安占城诗

大明驭寰宇，万国俱来庭。占城贡方物，风舶来东溟。圣人天地恩，
怀远留深情。玺书重抚谕，特遣中使行。近臣为之佐，乘传奔风霆。
羊城一瞻觊，白璧光莹莹。眷兹四海外，衣食同此生。尊王知有礼，
遐迩归圣明。皇皇中朝使，持节事匪轻。读书志远大，报国怀忠贞。
梅华万里外，早望归神京。

注：占城：也叫占婆，古国名，故地在今越南中南部。
注：章璟安，生卒不详，分水人。明洪武三年（1370）以布衣使交趾，永乐初
由选贡授兵科给事中，奉使占城。有专对才，复随英国公张辅征安南拨之。郡县其
地以璟安为留守，宣德朝弃其地，乃归复旧职。

○萧原得 1 首

萧原得，明临江（今江西樟树）人。余不详。

章璟安占城诗

奉使曾闻八月槎，喜君今复赋呈华。天连南粤山河固，地接占城道路赊。
德意广宣明主诏，欢声交动远人家。此行定见还京蚤，看尽春风上苑花。

○何梦阳 1 首

何梦阳，明人，余不详。

送徐司空致政归淳安

引年疏奏达彤闱，书锦争看太傅归。圭璧完名知故在，鲈鱼高兴可能违。

匣藏魏关新颁诏，梦绕严陵旧钓矶。为报桐江江上鸟，海翁今日已忘机。

○袁翟 1 首

袁翟，字淞逸，明宝山（今上海市）人。善诗，有《淞逸诗存》。

西台怀古

一掬沧桑泪，流离幕府才。湖山冷南渡，竹石哭西台。
遗老甲乙丙，孤舟归去来。讵知留块肉，绝漠霸图开。

○潘阙 1 首

潘阙，字愚谷，浙江金华人。工诗，有《愚公诗钞》。

谢公哀

谢公昔为苍生起，从事曾蒙相国知。杖策辕门资尽诺，运筹幕府异能为。
漳江此日初云别，大厦当年已不支。只道开边同所誓，可怜铸错悔应迟。
血辞怀古悲歌处，白练如霜赐死时。太史直书无以贬，先生恸哭有余思。
同学肯学哥舒翰，抗节能侪介子推。吴越伤心非旧主，金汤触目尽遗基。
百年惊见文章在，一代仍嗟气运衰。南土衣冠主寂寂，中原禾黍重离离。
正人端士余无几，孝子忠臣更有谁。遥睇西台堪堕泪，清风穆穆子陵祠。

○揭概 1 首

揭概，明豫章（今江西省）人。余不详。

忠义夙所尚

忠义夙所尚，杀身良已悲。溜滴可穿石，此志宁有移。
死者既与国，哭者将为谁。俯焉念畴昔，五内斯如摧。
高台旷茫茫，浮云莽西驰。掩冉蔽寒日，於以增所思。
畴言百年后，识者犹泪滋。尚其作青鉴，播以为声诗。

○耿宗哲 1 首

耿宗哲，明人，余不详。

章璟安占城诗

侍臣奉命使边廷，发棹羊城蜃气清。画鼓频挝冬日晓，锦帆高挂北风轻。
圣恩浩浩施无济，番庶熙熙乐太平。此去宣扬到须早，归来复此叙交情。

○蒋仲行 1 首

蒋仲行，明人。余不详。

春江烟浪

杨柳依依古渡头，万家烟火满江楼。平沙积翠朝岚落，曲港微波暮霭浮。
山色有无连水白，风声上下逐云流。遥知石上羊裘客，独把鱼竿卧钓舟。

○喻良 1 首

喻良，明江夏（今湖北省武汉）人。余不详。

章安占城诗（并序）

吾闻占城乃在海南之西南，海波四面相混涵。四时气候常似夏，五月谷熟，海
内传种名为占。

土风虽殊民俗丽，职贡源源方内地。绣衣使者日边来，为奉纶音宣德意。
国人旧识汉官仪，此行更觉增光辉。青年穷经能致用，使节煌煌班侍从。
橐装直付鸿毛轻，天语却同山岳重。明年二月莺花繁，矫首云慢从东还。
题诗彩笔有余暇，写入占城画图看。

○朱昶 1 首

朱昶，明桂林（今广西壮族自治区）人。余不详。

章璟安占城诗

圣人南面拱无为，奎壁星晨下远峡。大雅始遵周礼乐，小邦今识汉官仪。
好将天语重宣谕，要使皇仁广播施。待看明年三二月，归来复命拜丹墀。

○李原瑞 1 首

李元瑞，明金川（今陕西省安康）人。余不详。

章璟安占城诗

章侯同年友，几载联鹓班。久别忽相遇，豁然慰愁颜。临饯未尽又言别，
皇皇远使占城国。知承君命重，欲留不可得。题诗满卷酒满杯，语笑
未断箫鼓催。丈夫离别不足忧，勗哉早发毋淹留。画船稳载北风顺，
扬帆不日到逴陁。大宣圣德同天地，殊方被化歌雍熙。归来江上迎且饯，
承恩早拜凤凰池。

○郑姓 1 首

郑姓，名字不详，明建德人。

钓 台

好个严子陵，不仕汉光武。先生有双台，汉家无寸土。

○缪一凤

缪一凤，字朝雍，明嘉靖四十三年（1564）举人，福建福安人。曾刻《晞发集》。

句

可怜当日西台泪，并作桐江昼夜流。

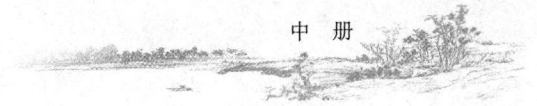

清　朝

○何尔彬 1 首

何尔彬（1612—1681），字霜崖，清於潜长前乡（今浙江省桐庐县分水镇）人。清顺治三年（1646）举拔贡，授江阴知县。顺治五年（1648）任分水县训导。

印　渚

选胜穷登临，适意足泉石。平野望葱芊，人情自开涤。丛林翠欲浮，
远山霭如积。曲渚环通川，夹岸凝沈碧。岚含雨气清，石溅滩声激。
临流列市廛，平畴盈阡陌。行鱼戏相望，归鸟鸣相索。日落暮霭平，
月迸寒烟白。好风常徘徊，时雨每淅沥。寒暑逐春秋，景物殊晨夕。
中林可相羊，岭云堪怡怿。甘素甜荣华，拙宦惮行役。寄志适林邱，
守兹五亩宅。

○陆圻 1 首

陆圻（1614—？），字丽京，一字景宣，号讲山，钱塘（今浙江省杭州）人。清顺治时贡生，负诗名。后为道士，不知所终。有《从同集》《威凤堂集》等。

舟泊富春

舟泊富春渚，晴江接太清。严光前路去，孙策此乡生。
山势趋吴会，涛声撼越城。衔杯殊浩荡，天地未收兵。

○郎起南 1 首

郎起南，分水（今浙江省桐庐）人。清顺治岁贡，邑中有声。

担 石

县治之东担石列，传是将军亲手挈。崔嵬磊落砌成台，耸壑昂霄双立碣。
清泉曲涧自潆洄，翠竹虬松增屼嵲。勇冠三军力拔山，芳名千载称英杰。

注：担石，在桐庐县分水东十八里。相传宋郎升以勇力肩石至此层叠成台，上有偃松数十株。

○方孝标 5 首

方孝标（1617—？），本名玄成，避康熙讳，以字行，号楼冈，清桐城（今安徽省）人。清顺治六年（1649）进士，累官至内弘文院侍读学士，坐事流放宁古塔。得释后居扬州、杭州、福建，入滇，为翰林承旨，著《滇黔纪闻》。戴名世案起，并及孝标。时孝标已死，掘墓锉骨，亲族坐死及流徙者甚多。

严州途中

樵路依峰白，厨烟出树青。乾坤娱土著，山水愧邮亭。
泛梗终何事，垂纶只独醒。浮云满钓浦，谁见少微星。

拜子陵祠

故人业已就，高隐许水偏。遂使云台鼎，尝轮钓濑船。
登临阴雨后，祠庙古今年。怅望清风远，江声为飒然。

过桐庐县

雨增梨叶赤，云拥驿梅青。经岁客重过，斜阳砧已听。
花邀寻野屐，月傍钓鱼星。千古怀幽赏，何嗟迹似萍。

钓 台

钓台高峙碧流深，山水名从处士寻。几曲帆穷云影破，千峰雨敛树痕侵。
新朝偏觉公卿苦，天子能容故旧心。却笑高皇轻四皓，漫将家事动讴吟。

过 滩

饥驱何惮险难经，况比重边路径庭。域外误宽名胜眼，过来旋失旧途形。
浪声白咀遥帆石，山色青催远缆汀。榜麓谁家留破屋，居然垂钓傲浮萍。

○侯方域 1 首

侯方域（1618—1655），字朝宗，（今河南商丘）人。明末随父居京师，福王时为阮大铖所拘。清顺治八年（1651）中式副榜。有《壮悔堂文集》及《四忆堂诗集》。

早 发

遄发孤城晓，客星低玉绳。舆图浑禹凿，风俗澹严陵。
远岫山呈日，寒波水浸藤。早经七里过，屐齿不辞登。

注：此诗一说明钱宰作。

○张养重 2 首

张养重（1617—1682），字斗瞻，号虞山，别号椰冠道人，山阳（今江苏省淮安）人。明崇祯十六年（1643）诸生，入清不仕，与乡人阎修龄、靳应升共同发起并主持具有复明意蕴的诗社——"望社"，先后长达二十余年。晚年家境日窘，遂云游客居。有《古调堂集》。

登严陵钓台

不肯微官屈故人，羊裘千载尚垂纶。此间阅世沧桑久，几度看人作美新。

雨中重过钓台

再访先生欲见难，空江风雨逼人寒。白云中断千峰树，碧涨新添七里滩。
只有阴晴随箬笠，从无兴废到渔竿。回头前日登临地，烟满双台何处看。

○施闰章 5 首

施闰章(1618—1683)，字尚白，号愚山，清宣城(今属安徽省)人。清顺治六年(1649)

进士，授刑部主事，充山东学政，迁江西参议。康熙十八年（1679）召博学鸿儒，授翰林侍讲，充河南乡试正考官，转侍读，卒。有《学余堂文集》《学余堂诗集》等。

过子陵钓台

千回青嶂里，台迥出松阴。片石此天地，荒祠自古今。
濑寒沙鹭远，山暝窟龙吟。欲问垂纶意，桐江秋水深。

富春江

树色苍还绿，波光曲更清。一江渔艇绝，何处客星明？
飞瀑林中雨，斜阳山半晴。不知人住处，遥见暮烟生。

溯江滩

长江知不住，声急更争流。故醒归人梦，偏迟去客舟。
腾波逾鸟疾，喧峡共猿愁。矶上持竿叟，忘情已白头。

重题钓台两首

天削双峰作钓台，山盘绣岭白云开。鸱夷千古余惭恨，日送江潮到此回。

（自注：钱塘江潮至此即止。）

其　二

翠壁丹亭夕照前，晴江落水带寒烟。扁舟定向矶头泊，七里滩声十九泉。

（自注：陆羽品泉，以钓台下为十九。）

○尤侗 5 首

尤侗（1618—1704），字同人，一字展成，号悔庵，晚号艮斋，长洲（今江苏苏州）人。明季已有才名。入清，以贡生为永平推官，因打旗丁罢归。清康熙十八年（1679）举博学鸿辞科，授检讨，与修《明史》，三年后辞归。诗词古文均有声于时。有《西堂杂俎》《艮斋杂记》《鹤栖堂文集》及传奇《钓天乐》、杂剧《读离骚》《吊琵琶》等。

过钓台

惜无一樽酒，徒手访严陵。千古高台在，谁人理钓缯。
山回石溜急，风利布帆升。远愧垂纶意，尘容未敢登。

夜泊七里滩

他乡风雨似人情，偏打孤蓬逐远行。石濑磷磷潮不上，江天漠漠夜难明。
家违千里丹鳞断，梦到三更白发生。为忆灯残人睡醒，搴帏无语听鸡鸣。

登钓台谒严先生祠

先生至今坐百尺，使我长揖生远风。钓处自然秋水白，卧时岂若夜山空。
苍藤气傲将军树，古庙年深帝子宫。却笑磻溪一片石，公侯捷径出渔翁。

雨中过严州

七里滩头九曲湾，石根凿凿水潺潺。长年三老愁泥滑，估客笑看雨后山。

西台哭

磻溪老匹夫，淮阴恶少年。垂饵钓齐楚，志不在临渊。
岂若羊裘子，清节千秋传。帝腹虽可加，不如空山眠。
高风竟寥绝，客星长孤悬。异哉谢皋羽，恸哭西台颠。
楚歌竹石碎，浡郁来云烟。此意人不识，先生知其贤。
行迹虽不同，易地则皆然。

○魏际瑞 1 首

魏际瑞（1620—1677），字善伯，宁都（今江西省）人。明末诸生，性敏强记，
谙熟兵刑礼制律法。入清，为岁贡生，客浙抚范承谟幕。不久，死韩大任之难。有《魏
伯子集》《五杂俎》等。

过桐江同范公登钓台

中丞豪杰士，敢上子陵台。山色秋相入，江声晓渐开。
旌旗无鸟过，天地有人来。文正祠堂记，丰碑立断崖。

○孙枝蔚 3 首

孙枝蔚（1620—1687），字豹人，号溉堂，三原（今陕西省）人。早年因聚众抵御李自成军，败走江都。后投诗王士禛，为莫逆交。清康熙十八年(1679)举博学鸿儒科，年老不能应试，受内阁中书。有《溉堂集》及续、后集传世。

七里濑

栖栖到处但忧伤，景物今朝助老狂。一水奔腾如野马，四山包裹似行装。
工吟那易追灵运，涉险还应让吕梁。（谢灵运有《七里濑》诗，又《富春渚》
诗：险过吕梁壑）。可惜赏心曾未足，风帆难落钓台旁。

过钓台有感两首

十丈高台一水滨，羊裘何物应星辰。世情谁重垂竿者，只重君王是故人。

其 二

七里滩头百感生，闲将往事语同行。千秋岂少文丞相，无复西台恸哭声。

○顾景星 3 首

顾景星（1621—1687），字黄公，号赤方，蕲州（今湖北省）人。明贡生。清康熙十八年（1679）荐举博学鸿词科，以病辞。记诵淹博，著述甚富。有《白茅堂集》等。

钓台谒子陵祠

巉岩高百尺，云是子陵台。六月披羊裘，千秋遗像开。
辞荣因远害，遁世果雄才。吾念谢皋羽，临风恸可哀。

读严光传

南阳传邓马，夫子独清风。矫志独孤往，逃名尚未工。
披裘何皎皎，加足太匆匆。千古能埋照，牛牢高敬公。

桐庐道中

障峦回互水泷淙，四月黄梅雨乍通。对岭茶畦斑胜锦，中流渔蒲走如虹。
阁阑似塔村村异，舴艋名梭岸岸同。钱氏霸图渐已尽，严陵钓濑碣犹崇。
逢滩拽纤千枝断，过峡扬帆八尺风。隐士山钱何处办，人家水碓不劳春。
乱啼杜宇波心绿，吹落岩花港面红。生事千山万山里，扁舟羡煞钓鱼翁。

○戴易 3 首

戴易（1621—？），字南枝，山阴（今浙江省绍兴）人。少从刘宗周学，游吴门，善吟咏，能作径寸八分书。独与徐枋友善。尝浮七里濑，登严子陵钓台，赋诗，且歌且泣。或竟日不得食，采野蕨充膳。操瓢量水，坐长松古石间饮之。《苏州府志·流寓》载："戴易慕严子陵之风，赋钓台诗数百篇。"今存三首。

钓台三首

驿路秋风晓角鸣，荒祠七里对滩声。谁家江阔复垂钓，何处深山早课耕。
赤伏旧传天上至，白云闲向陇头生。当时赖有从龙彦，却使幽人享太平。

其 二

滩响潺潺七里流，双峰高并白云浮。人生东汉身堪隐，客到西台泪未休。
战伐几同潢水日，流离已甚汴京秋。霜风落尽衰林叶，日暮长歌卧小舟。

其 三

潮声直达严滩夜，山色横连汉苑秋。千歌故人终作客，一时诸将尽封侯。
鄌南九世传佳气，江畔双台控上游。把钓耕田真乐事，太平时节我何求。

○李式玉 1 首

李式玉（1622—1683），字鱼川，钱塘（今浙江省杭州）人。诸生，数次应举不中，遂专力著述。有《南肃堂申酉集》《春城乐府》《三都乐府》《鱼川集》《巴余集》等。

富春江行

地接桐庐近，山连越峤长。江清常见底，叶赤不关霜。

○高咏 1 首

高咏（1622—1685），字阮怀，号遗山，宣城（今安徽省）人。清康熙十八年（1679）召试博学鸿词，授检讨。有《遗山堂诗》。

过谢皋羽墓

许剑曾传此地游，丰碑遗墓尚荒丘。龙髯堕海三宫泪，马鬣封山万古愁。处士宅边寒雨夜，严陵滩下暮江流。当年恸哭声犹在，散作西台桧柏秋。

○朱之锡 1 首

朱之锡（1622—1666），字梅麓，义乌（今浙江省）人。清顺治三年（1646）进士，历官侍读学士、吏部侍郎、河道总督。

过七里滩

谢公诗境好，到此意超然。水外疑无地，山中小有天。棹舟时罄折，出峡又规圆。七里容消遣，石尤风与便。

○严绳孙 1 首

严绳孙（1623—1702），字荪友，无锡（今江苏省）人。清康熙十八年（1679）以布衣举博学鸿儒，试日仅赋一诗而出。授检讨，修《明史》，充日讲起居注官。迁右中允，乞归。工书画，有《秋水集》。

雨中过钓台

炎灵中断真人起，诏访故人思共理。一笑空闻奏客星，君今乃欲臣老子。
故山归去有羊裘，花里桐江碧玉流。钓台双峙一千尺，气贯阊阖排清秋。
上有危亭屹相向，中分细路回青嶂。断井残碑计日深，云迷雨送何由上。
回瞻突兀酬芳尊，身是先生几叶孙。今日风尘浑丧我，漫将身世问乾坤。

○毛奇龄 8 首

毛奇龄(1623—1716)，字大可，号西河，萧山(今浙江省)人。清康熙十八年(1679)
荐博学鸿儒，授翰林院检讨，充国史馆修纂，后充会试同考官。有《西河全集》。

舟泛金华瀫溪界至桐江道中

三年思故国，二月下新都。歌咏曹颜远，山川孙伯符。锦沙回细浪，
绣岭接平芜。地辟仙关险，天标女宿孤。沿洄纤短棹，涕泪迸修涂。
七里悲迁客，双台访钓徒。赤亭淹处少，玄畅咏来无。漂似萦溪榖，
伤如负土乌。青春随境变，白日兴波徂。那得留江郭，终当蹈海隅。

登富春山

放溜下江关，春风辍棹还。晴云开绝壁，一眺富春山。
江鸟寒波静，山花锦石斑。高栖吾所向，聊此遂幽攀。

赴新安至七里滩作

东归苦行迈，南涉上新安。水木干云乱，沙禽拂浪寒。
孤吟随荡桨，多难负垂竿。何日风波静，还来住此滩。

泊严滩有感

晚泊傍斜晖，临江泪滴衣。年华新岁改，京国故人稀。
云散岗峦彩，天垂薜荔围。严陵台下水，但见暮潮归。

携田甥登严陵钓台

缥缈临高台，凌虚亦壮哉。浮云分嶝出，落日大江回。
客卧千秋在，滩鸣七里来。羊裘如可待，吾亦负竿才。

溯大江泊桐君山下作

大江直上溯新安，为爱桐君系缆看。几树绿萝悬露湿，半林黄叶带霜寒。
三时水屿迷烟市，万叠秋山漱锦湍。婺宿影含书阁晓，浙潮声傍钓台宽。
帆樯估客歌黄淡，橘柚人家蓊绿团。花种上城怀杜牧，草环故宅问方干。
紫岩洞口云犹闭，乌柏门前雨未干。丘壑俨然羞豹隐，江山如此笑龙蟠。
望中未睹双峰涧，去后应过七里滩。绣石障村真足羡，仙棋布地有谁观。
滔滔水国凭双桨，漭漭天涯负一竿。那信戴颙还到此，双柑斗酒暂盘桓。

重登严陵钓台怀大敬两首

东望家何在，西陵潮欲来。只因念渔父，重上钓鱼台。

其 二

谁是披裘客，登台一望回。天边垂钓处，应念故人还。

○吴廷铨 1 首

吴廷铨，字简瀛，清桐庐（今浙江省）人。清康熙二十六年（1687）举人。工于诗，有《上清集》。

过矮母岭饮王子荣家

山中春忽早，处处着新花。大石俨然屋，深林何处家。
到门倾竹叶，入座问桑麻。一幅桃源画，炊烟乱晚霞。

◯魏禧 1 首

魏禧（1624—1680），字冰叔，一字叔子，号裕斋、勺庭，宁都（今江西省）人。明诸生。明亡，隐居翠微峰，筑易堂。工古文，文章主识议，叙忠烈之事，摹画淋漓，尤足动人。四十岁后出游四方，所至以文会友。清康熙十七年（1678），坚拒博学鸿儒之征。后在真州病卒。有《魏叔子集》。

淮阴严陵两钓台

韩侯能贵子陵隐，两汉争传两钓台。云梦既因甘斧质，富春终去卧蒿莱。功成不处嫌疑地，长傲须知死祸阶。何事舞阳迎道拜，狂言大笑出门来。

◯董煟 1 首

董煟（1680—1747），字谓瑄，号南江，乌程（今浙江省湖州）人。清雍正间郡、邑两荐鸿博，不就。家富藏书。工诗文。曾为松陵书院山长，学者私谥"瑞文先生"。有《南江诗文集》。

富春江行

浙江劈修箭，至此大而折。海潮逆腾上，定山石中啮。初买江山船，一叶恐倾侧。居之始宽稳，锐头自影撒。两桨安首尾，洪洋柂斯搣。放乎中流时，一篙或轻截。舷短便滩浅，樯高得风烈。险处急下椿，箬篷溅寒雪。暮气乍沉山，渔火乱明灭。微茫识富春，横山一峰凸。

◯魏允枚 1 首

魏允枚，字卜臣，号功父，嘉善（今浙江省）人。魏允楠从弟。清顺治五年（1648）举人。有《楚游集》。

淮上送人归睦州

野渡青青杨柳新，自怜为客久风尘。送君远向严陵去，七里涛声落富春。

○陈元赏 1 首

陈元赏，字申锡，分水（今浙江省桐庐县百江镇）人。清顺治八年（1651）举人。

鹳坞月印

空山不见月，方潭波自静。夜深出松间，水底悬孤影。蟾依宝镜空，
兔落冰壶冷。悟此虚明理，俗累悉扫屏。欲去不能去，钟声度隔岭。

注：鹳坞，又白鹳坞、大坞，在今桐庐县百江镇双坞村。"鹳坞月印"为"百扛（百
江）八景"之一。

○周希虞 2 首

周希虞，桐庐定安（今浙江省桐庐县江南镇）人。明末诸生，善诗。清康熙
二十一年（1682），为方便里人，建造环溪桥，民甚感之。

桐君山

烟合仙灶杳何寻，只见空山古木森。风送晓钟随鹤鹤，清江明月映丹岑。

白鹤峰

遥望吐云霓，嵯峨碧汉齐。鹤墟烟草没，空有夜乌啼。

注：白鹤峰在桐庐县江南镇。

○徐颖 1 首

徐颖，字渭友，清初海盐（今浙江省）人。有诗名。

严　陵

石矶朝鲜立鹭鸶，苔檐露折野棠枝。双台占得高千丈，不许他人下钓丝。

○王六鳌 1 首

王六鳌，字子鱼，分水（今浙江省桐庐）人。清顺治中以选贡入太学，撰石鼓
赋鸿都怀古诗，益都冯相国见而击节，名噪一时。康熙五年（1666）举顺天乡试第六，

晚年司铎嘉禾。

西 山

云流石断影珊珊，高下苍茫秋水寒。花落花开啼鸟树，人多人少钓鱼竿。
世间不觉须眉小，物外应知天地宽。我亦有心思卜筑，夜来风雨送长安。

　　注：西山，在分水县治（今桐庐县分水镇驻地）西一里。

○汪志道 1 首

汪志道，字觉先，号冷松，钱塘（今浙江省杭州）人。清顺治诸生。有《漻园集》。

题严子陵钓台

名高震主定危身，决计披裘老富春。纵使狂奴无故态，云台不画钓鱼人。

○顾开雍 1 首

顾开雍，字伟南，华亭（今上海市）人。早年为明几社重要成员。清顺治八年（1651）
贡生，后入太学。有《滇南纪事》等。

泊钓台

青衫无梦绕江干，沙叠新痕第几盘。绣岭千层收暮雨，钓台三月杂秋寒。
故人帝座松云气，狂客星亭烟水漫。我访伊人如宛在，红尘满眼羡渔竿。

○陶澂 2 首

陶澂，字季深，号昭万，清初宝应（今江苏省）人。善诗，有《湖边草堂集》《舟
车集》。

溯严陵濑两首

水折严陵濑，舟人欲溯难。此中真异境，尽日可忘餐。
独鹤盘空小，千峰扑翠寒。西风今夜发，愁绝相风竿。

其 二

旅泊谁能寐，相逢且进杯。清流澄七里，明月到双台。
木叶迎秋乱，风帆拂曙开。富春山嵯峨，随处送青来。

○洪若皋 1 首

洪若皋，字叔叙，一字虞邻，临海（今浙江省）人。清顺治十二年（1655）进士，授户部主事，官至福建按察司金事。丁艰后，遂杜门不出。性嗜学，林居三十年，手不停披。有《南沙文集》。

登严陵钓台

高台跨深江，六月风日寒。苍藤迷古径，磴道空中盘。山根无处所，
清影擎孤峦。白云翳暮景，龙蛇互郁蟠。水天但一气，焉辨七里滩。
俯视如欲睡，勃窣足蹒跚。旷士冥搜志，登危愧尸餐。岂曰仍故态，
须观百尺竿。跻攀意忽远，悄然行路难。

○唐梦赉 3 首

唐梦赉（1627—1698），字济武，别字豹岩，淄川（今山东省淄博）人。清顺治六年（1649）进士，改翰林院庶吉士。散馆，授检讨，因言事切直，罢归。有《志壑堂集》等。

严陵钓台两首

群山叠叠水层层，词客探奇每一登。试向咸阳秋草望，樵歌声遍汉诸陵。

其 二

文叔悠然寻旧欢，总如共卧钓鱼滩。子陵陛戟徒尊大，直得将军一笑看。

题钓台壁

振衣危磴酒初醒，水落桐江露乍零。须信好山秋不到，经霜乌桕树犹青。

○黎延祖 2 首

黎延祖（1627—？），字方回，番禺（今广东省广州）人，明崇祯间贡生，以父荫锦衣卫指挥金事。明亡，隐居不仕。有《瓜圃小草》。

过七里泷谒严子陵先生祠两首

严滩西渡绕晴空，古迹苍茫入望中。汉代山河今已矣，钓台犹自挹高风。

其　二

高风千载已如斯，初渡游人拜古祠。滩水滔滔云杳杳，夜沉谁识客星移。

○岑徵 1 首

岑徵（1627—1699），字金纪，晚号霍山，清初南海（今广东佛山）人。有《选选楼遗诗》。

严子陵钓台

四七之交龙斗野，九围版籍归真主。迢迢天上客星孤，长据桐江一勺水。
玄黄屡劫几经春，汉鼎如何及钓纶。东京旧业今何在，百尺云台久化尘。

○冯甦 1 首

冯甦（1628—1692），字再来，号蒿庵，临海（今浙江省）人。清顺治十五年（1658）进士，授永昌推官。历徽江、楚雄知府。

题烟江独钓图

一棹垂纶任拍浮，芙蓉芦荻满江秋。非熊猎罢羊裘起，四海何人有钓钩。

○释元玉 1 首

释元玉（1628—1695），号祖珍，晚号古翁，别号石堂老人，通州（今江苏南通）人。传俗姓马氏，少年出家，清顺治年间主青州法庆禅寺。康熙年间，住持泰山普照寺。息影禅庐，聚经典数千卷，与当时文人名士江山民，孔贞瑄、张方平、赵临若、范靖翁及普照寺僧人象乾、岳止结社，潜心研讨，透悟真宗，时称"石堂八散人"。有《石堂集》《菊圃百咏》《华严颂》等。

坐严光钓台

树悬岩叠叠，云覆水层层。偶来台上坐，私忆严先生。先生昔隐此，宁知光武征。江上披羊裘，天上即客星。非关不愿仕，臣愿为故人。此意欲云何，箕颍乃外臣。长辞万乘主，扬歌归富春。富春今犹在，山水为知音。清风震千古，使余思独深。

○李寄 1 首

　　李寄（1628—1700），字介立，江阴（今江苏省）人，徐霞客第三子。其母为徐霞客妾，因不容于正妻而带孕适李氏，故随李姓。幼应童子试，擢为第一。不久即悔功名之念，隐居乡里，终身未娶。著有《天香阁随笔》等数种。

严陵滩

偶然寄迹此江泷，万乘难将一钓降。但得先生高隐意，乾坤何处不桐江。

○赵吉士 12 首

　　赵吉士（1628—1706），字天羽，号恒天，休宁（今安徽省）人。清顺治八年（1651）举人，康熙七年（1668）知山西交城县，以功擢户部主事、户部给事中，因事被黜，旋补国子监学正，卒于官。工诗文，有《万青阁全集》《林卧遥集》《寄园寄所寄》等。

钓　台

盘旋上山椒，立壁揽空翠。扫苔得清阴，众鸟静不避。

磊砢千丈松，狂奴俨相值。朗朗客星悬，岂复撄世累。

物色备安车，三反乃一至。公孤且不荣，菜佣笑益字。

千秋一钓竿，烟波惬所寄。笑彼往来舟，纷纷况名利。

怀桐洲石濑四首（并序）

予家海阳，每就试武林道严濑，必绾台下，掇萍野荇，朗吟"山高水长"，觉羊裘钓丝长留苔磴藓石间。先生清风万古，真足廉顽立懦。光武少与先生游，及即位，白头故人以谏议屈之，其曰："咄咄子陵"，又曰："吾竟不能下汝"，亦是知先生不为之用矣。怀仁辅义，自不阿谀顺。时先生乐隐之心已决，于变姓名之日，非其君不事，非其友不交，宜其一来遽返也。予宦游卅载，竟至放归异日，绿蓑烟浪，肃拜祠前，得无汗背泚颡乎？儿景行邮呈《登钓坛》诗，心有所触，赋此寄正先生，以代一奠。

三公岂换遂高楼，商雒依然绮夏游。缬币盈轮空物色，钓丝千尺独临流。
菜佣嫌少仍求益，老子遗荣不肯留。欸乃一声江水绿，溅溅石濑月涵秋。

其　二

七里滩声浣俗尘，瓣香长揖景高真。披裘傲睨朝天子，抚腹温存旧故人。
箕踞空床犹熟视，胼胝老足已双伸。眼宽世窄层台上，簸弄烟波稳把纶。

其　三

四壁苍云陟眺余，山光丛簇富春居。狂奴北舍方瞠目，痴汉西台尚奉书。
九鼎旌干招隐逸，一矶烟月惬高疏。清风吹冷凌烟阁，卧石横竿岂在鱼。

其　四

寇贾冯吴未足论，云台湮灭钓台存。一来早已劳三反，
遗像今犹拜万孙。马浦龙岩迷藓径，锦峰绣岭醑椒樽。　（皆严陵地名）
高踪只有先生独，羞过严陵百仞墩。

过分水

才觉溯流好，风高舣驿亭。遥空飞鹭白，近市爨烟青。
水自分南北，舟无别径庭。商音来草树，萧飒不堪听。

晚泊桐庐

两程一日到，帆落正黄昏。渔火成灯市，山云拥县门。
江宽千壑汇，流急万星奔。全藉风潮力，长年勿夜喧。

严陵回棹

柔橹轻波去，秋声入梦寒。风收千树绿，日薄一林丹。
砉秌开云碓，移罍过雪滩。推篷吹宿火，残蔼暗江干。

桐江舟望

当年台榭长蓬蒿，不尽秋风万木飘。只觉山川随地好，那知岁月一舟消。
倚云塔影横空浦，过雨蝉声出画桥。莫叹江行波浪阔，凭高欲吸海门潮。

桐江歌两首

乱峰无数指青空，雨店烟村处处同。几曲溪流云四面，不知身在一舟中。

其　二

远山烟树隔阴晴，细听云行若有声。海外潮来江步阔，钱塘一怒几时平。

过钓台诗

窄窄羊裘老钓竿，双岩翠滴月江寒。故人只剩先生在，客宿还从帝座观。
空弄双丸轮赤白，长磨一砚耗支干。眠鸥笑我无停棹，来往匆匆过石滩。

○魏礼 1 首

魏礼（1628—1693），字和公，晚自号吾庐，宁都（今江西省）人。明诸生。与兄魏祥、魏禧称三魏。人称魏季子，性慷慨好义，寡言语，喜游，足迹遍天下。年五十后归居翠微峰顶。有《魏季子文集》。

钓　台

漫论先生隐是真，斯时谁肯作遗民。双台下钓难临水，六月披裘易动人。

○钱曾 6 首

钱曾（1629—1701），字遵王，号也是翁、贯花道人、述古堂主人，虞山（今江苏省常熟）人，钱谦益族孙。清初著名藏书家、诗人。著有《述古堂书目》《也是园书目》《读书敏求记》及《今吾集》等。

桐庐道中

桐君何处访遗踪？秋水兼葭逸思同。客路总行屏幢外，人家都在画图中。盘涡浴鹭窥游子，旷野饥乌狎老翁。回首定山云雾渺，成旗高飐驿楼风。

钓　台

高风千开说鱼竿，竞指双台是钓坛。七里濑催征棹发，一溪云护客星寒。峻嶒石面空亭露，辣阘山头古木残。转笑虚名劳物色，不求闻达满长安。

严先生祠下留题四绝句

水却山迎过富春，桐江泷尽问知津。君看天下滔滔者，皆是当年买菜人。

其　二

丁水遥分十九泉，荒台留得汉山川。白云管领沧洲趣，渔父篇中学刺船。

其　三

客子光阴信短蓬，严陵初旭正瞳瞳。扁舟夜半才伸足，惭愧先生高卧中。

其　四

恸哭谁传双匣经，四山风雨种冬青。一抔天地无穷恨，姓氏长留许剑亭。

○朱彝尊 3 首

朱彝尊（1629—1709），字锡鬯，号竹垞，秀水（今浙江省嘉兴）人。清康熙十八年（1679）应试博学鸿儒科，除翰林院检讨、直南书房，因私抄禁中书被劾降一级。后补原官，引疾乞归。有《曝书亭集》等多种著作传世。

七里濑经严子陵钓台作

七里严陵濑，平生眺览初。江山谁痛哭，天地此扶舆。
竹暗翻朱鸟，滩清数白鱼。扁舟如可就，吾亦钓台居。

桐庐雨泊

桐江生薄寒，急雨晚淋漓。炊烟起山家，化作云覆屋。
居人寂无喧，一气沉岭腹。白鹭忽飞翻，让我沙际宿。

七里濑

七里濑急鸣哀湍，严陵于此留钓坛。两崖怪石青攒攒。
雨来欲上不得上，竹篙撑过鸬鹚滩。

○屈大均 15 首

屈大均（1630—1696），字翁山，号泠君、华夫，番禺（今广东省广州）人。幼师事陈邦彦，清兵陷广州，随陈邦彦起兵，事败削发为僧。后还儒，与顾炎武、李因笃等交游甚密，共谋匡复故国。后因谋事无望，归乡著书。有《翁山文外》《翁山诗外》《翁山易外》《皇明四朝成仁录》《广东新语》（合称《屈沱五书》）传世。

桐君山

清溪流潋潋，白石如樗蒲。桐君去我久，谁与同欢娱。利器乱天下，
濠梁日如愚。白发渐纷纷，于世复何须。远游可长生，逝将登蓬壶。
青霞为绣袷，明月为耳珠。金火相盘旋，神丹生太无。天孙嫣然笑，
结我合欢襦。誓言何旦旦，岁晏终不渝。

子陵祠下夜坐

万里秋云尽，天空只客星。光含明月冷，影入绛河冥。
双瀑为长带，千峰是翠屏。临风一舒啸，冉冉下仙灵。

严子陵两首

梅市仙人是妇翁，垂竿不愧逸民风。富春江上台千尺，长为君王峙碧空。

其　二

妻子冰清实姓梅，夫妻垂钓有双台。桐江一道真汤沐，东汉风流赖尔开。

子陵两首

卧见君王在北军，客星光射紫微云。狂奴但肯为巢许，已是中兴一大勋。

其　二

前有商颜后富春，汉家高逸两天民。钓台双向青天出，香饵何曾到锦鳞。

钓　台

富春山万叠，雪映钓台青。予若桐江月，长随汉客星。
寒猿吟石壁，白鹭落沙汀。渔父频招手，回舟入杳冥。

与五弟登子陵钓台作两首

兄弟东西二钓台，挥杯遥劝客星来。故人多已为朱鸟，日暮招魂歌莫哀。

其　二

滩中浩渺三江水，台下萦回十九泉。君作方干我皋羽，富春春枕落花眠。

严滩作

谁佐中兴业，桐江百尺丝。潜龙虽勿用，威风亦来仪。月上千峰夕，云生万壑时。那知天子贵，适与故人期。洗耳秋潭冷，披裘晓露滋。石华闲自拾，琼草可谁贻。山鬼骖玄豹，桐君把翠旗。客星光灼烁，仙洞路逶迤。下视云台将，高为帝者师。论兵嫌吕尚，象物得庖羲。鱼食惟香草，猿飞必上枝。空教望鸿羽，不使嫉蛾眉。舒啸天风起，回舟珠斗移。茫茫烟树外，何以慰相思。

谒谢皋羽墓三首 墓在严子陵钓台南岸

君事文丞相，曾蒙国士知。漆身追豫让，埋骨傍要离。
露夕鹤巢冷，风秋猿啸悲。墓门谁拜手，泪滴白杨枝。

其 二

孤臣余犬马，后死亦徒然。血泪长江泻，愁心朔漠悬。
千秋兰麝土，万里虎狼天。留得冬青树，凌霜自宋年。

其 三

六帝攒宫没，孤臣抔土留。可怜秦望月，不及富春洲。
旧恨啼黄鸟，新悲值素秋。精灵依钓濑，长与客星游。

题许剑亭 在谢皋羽墓前

一剑君谁许，燕中就义人。剖心悬日月，披发上星辰。
故国浮云暝，荒亭古木春。嗟予犹隐忍，何以报三仁。

咏 古

梅公有贤女，堪配客星来。夫妇桐江曲，东西两钓台。

○王权 8 首

王权（1630—1694），字端祖，号倬云，分水（今浙江省桐庐县瑶琳镇琴溪村）人。清顺治十四年（1657）乡试丁酉武举第二名，顺治十八年（1661）登马世俊榜武进士。

招贤八景诗

其一　龙门峻岭

峻岭出三台，龙门及第开。罗鬟围历乱，鸟道上崔嵬。
辟户青天近，当头白马来。英雄从此眺，雷雨定相催。

其二　狮岩风吼

岩高形似兽，莫错认貔貅。弄爪花团绣，张牙月滚球。
松摇青尾动，草长绿毛柔。护法龙门下，风来吼不休。

其三　仙人石室

此处可修身，寻源问洞宾。山空原有迹，地净竟无尘。
石室非凡室，仙人即世人。白云门未锁，常待客来频。

其四　奇岩开口

怪石兀山巅，空灵别一天。古今含日月，朝夕吐云烟。
启齿非嘲世，传经不记年。萧然真极乐，笑语寄流泉。

其五　曲涧凉风

地窍曲玲珑，离奇出化工。浮尘风扫尽，坚石水流通。
洞有云封口，源无日照中。刘郎如到此，才胜广寒宫。

其六　石柱擎天

卓石立何年，高标欲顶天。四时沾雨露，千古伴云烟。

作栋琼楼会，为楹玉宇连。人皆称砥柱，雄锁大山前。

其七 屏山春色

翠嶂列屏开，春风扫绿苔。题诗添水墨，写景补楼台。
飞鸟衔花度，游人射雀来。天然一图画，何日可移回。

其八 磐石天开

雷霆何震怒，一石劈分开。半壁遮神座，余矶作钓台。
直从文运起，绝胜巨灵摧。物已经天化，形当砥柱猜。

> 注：招贤，今浙江省桐庐县瑶琳镇琴溪村一带，本《集》所辑《招贤八景诗》原载《分阳珠村王氏宗谱》。

○陈恭尹 3 首

陈恭尹（1631—1700），字元孝，号独漉山人，清顺德（今广东省）人。性聪敏端重，幼承父训。父邦彦殉国难时，年仅十余岁，无家可归，流浪数年。后归，筑室羊城之南，以诗文自娱，与屈大均、梁佩兰并称"岭南三大家"。有《独漉堂集》行于世。

题严滩垂钓图

饮水严滩亦汉臣，偶然伸脚动星辰。寻常裘钓家家有，只少人间共卧人。

题烟波渔父图

卷却丝纶付一竿，世间无处问严滩。客星自落江湖上，只有孤山处士看。

钓 台

本为逃名避钓台，台高名反满尘埃。寄言世上钓名者，何不持竿日日来。

> 注：此诗一说为柴才（字次山，钱塘人）作。

○孙蕙 1 首

孙蕙(1632—?)，字树百，号笠山，淄川（今山东省淄博）人。清顺治十八年（1661）进士，例选刑部司务厅。康熙八年（1669）裁刑厅，改任江苏宝应知县，一度兼署高邮州事，官至户科掌印给事中。有《笠阳诗草》。

过严陵钓台

耿耿客星明，翻翻孤鸿羽。富贵等浮云，羊裘属渔夫。衰至物渐骄，
名矜道不固。长此寄沈冥，余清散江树。绝巘敛暮烟，奔崖薄宿雾。
风际叫林鸿，岸侧纷渚鹭。古人谅有怀，悠悠矢其素。

○梁佩兰 1 首

梁佩兰（1632—1708），字芝五，号药亭，南海（今广东省佛山）人。清康熙二十七年（1688）进士，授翰林院庶吉士。诗名播海内，与陈恭尹、屈大均并称"岭南三大家"。有《六莹堂前后集》行于世。

桐庐县

树色重重隐，桐庐入望劳。远山帆影曲，争石水声高。
沙屿排鱼箹，田沟转桔槔。一群鸥鹭立，潇洒刷霜毛。

○马天选 1 首

马天选，字闲上，浙江建德人。清康熙十二年（1673）进士，授内阁中书舍人，出楚雄府同知，迁武昌府知府，未任卒。曾协修《建德县志》。

胥村山庄

黄雀喧遗穗，吹香满野扉。篱菊静可爱，踟蹰夕阳微。
彼此互命酌，紫蟹鲜而肥。秋来果亦好，梨栗罗四围。
酒行不苦苛，宴笑无是非。坐深风色紧，言归纳紫衣。

○祁班孙 1 首

祁班孙（1632—1673），字奕喜，小字季郎，山阴（今浙江省绍兴）人，曾参与抗清活动，明亡后主毗陵马鞍山寺。家有澹生堂藏书，富甲江东。有《东行风俗记》《紫芝轩集》。

经七里濑

三湘久疏阔，五湖复何处。未见七里濑，逸兴无由举。
鸡鸣晓路青，所逢桃花女。指我石上行，沿流不肯住。
忽闻滩声寒，新过幽涧雨。欲追康乐游，况识严陵趣。
桐庐渺难寻，孤云杳然去。回棹夕阳中，郁望苍苍树。

○毛际可 1 首

毛际可（1633—1708），字会侯，号鹤舫，遂安（今浙江淳安）人。顺治十五年（1658）进士，官彰德府推官，改知城固，调祥符令。后以事罢归，不出。有《安序堂文钞》《松皋诗选》《浣雪词钞》。

过钓台

昔人不可见，遗迹往来瞻。故国今非汉，方州尚字严。
台因增石傲，水亦较人廉。加腹浑闲事，虚惭太史占。

○李绳远 1 首

李绳远（1633—1708），字斯年，号寻壑，秀水（今浙江省嘉兴）人。清康熙中入国子监，考授州同知。有《寻壑外言》。

晚泊七里泷

暄凉霁雨严滩道，过此平生已四回。昨日江风富春渚，今宵山月子陵台。
溪峦似画随明灭，花鸟何心任去来。却有村翁如往识，晚酤添与旧家醅。

○杜臻 1 首

杜臻（1633—1703），字肇余，字遇徐，秀水（今浙江嘉兴）人。清顺治十五年（1658）进士，庶吉士，累官工部尚书、刑部尚书、兵部尚书、礼部尚书，致仕。有《经纬堂集》《烟霞集》。

七里滩

放艇严陵濑，溪回见石根。千崖当午寂，万壑下江喧。

水绕蛟龙窟，云封竹树村。踌躇游子意，卜筑愿柴门。

○王士禛 5 首

王士禛（1634—1711），字贻上，号阮亭，自号渔洋山人，新城（今山东省淄博）人。清顺治十五年（1658）进士，授扬州推官，升礼部主事，累官至刑部尚书。有《渔洋诗话》《渔洋文略》《池北偶谈》《分甘余话》等多种著作。

题会侯严江戴笠垂钓图

家住富春山，山水何清妙。朝与桐君游，夕狎狂奴钓。

咏桐江渔父

孤舟冒雨归，箬笠斜覆首。深树有人家，得鱼将换酒。

送刘君宰建德

送者自崖返，君真建德游。桐庐最潇洒，水木况清秋。

橘柚纷千树，渔商聚一州。新安江见底，应忆古羊裘。

赠徐东痴夜

浩荡江湖兴，扁舟过富春。两台云漠漠，千尺水粼粼。

偃蹇狂奴态，飘零汐社人。垂竿与晞发，万一共悲辛。

追和东痴钓台怀古

帝业真归赤伏符，故人不作执金吾。犹嫌齐国知男子，终隐桐江学钓徒。
鼎足三公慎要领，师中十载白头须。清风万古严陵濑，知有云台博士无。

○李良年8首

李良年（1635—1694），字武曾，初名法远，又名兆潢，号秋锦，秀水（今浙江省嘉兴）人。清诸生，有诗名，一生无仕，曾游幕三十年。有《秋锦山房集》等。

桐　庐

粉堞红亭相对闲，数峰西插俯潺湲。前坡隐隐谷樵响，隔水明明溪女鬟。
古来不见日堕地，江涨有时民徙山。欲问桐君往来处，暮禽无语掠波还。

重泊七里滩

两桨南浮记隔年，赋归还趁橘香天。数灯红簇渔为市，一屿青低月到船。
衰鬓未堪泷水照，古情空逐钓台悬。家山已近风休起，最怕江声搅客眠。

两钓台歌

王孙掷竿走云雷，扫嬴蹴项何雄哉。至今有碑识钓处，时见少年相狎来。
客星被裘隐大泽，一犯帝座辞氛埃。富春祠宇插天起，行人齐肃瞻崔嵬。
欲知出处谁高下，淮水桐江两钓台。

桐江四首

初日欲出好鸟鸣，野烟中有晓光生。山窗女儿梳绾洁，正照桐江秋水清。

其　二

高下疏林断复连，橘香清绝散吴天。秋山九月寒犹未，树树蝉吟到客船。

其　三

指点新潮拍岸痕，富阳风景似山村。半红柏叶将黄柳，不许斜晖到县门。

其　四

舻眠帆挂远鸥随，付与南风自在吹。翠岫渌波三百里，扣舷歌罢月如眉。

重题钓台

淼淼烟江岁再经，荷衣笋笠拜孤亭。人间何处有渔父，天上至今无客星。
五岳未如双石迥，三公只似众山青。劳劳舟楫谁同舣，一掬蘋香荐晚汀。

○王摅 6 首

王摅（1636—1699），字虹友，号汲园，清康熙太仓（今江苏省昆山）人。善属文，尤工于诗。有《芦中集》。

七里濑用谢康乐韵

有客新安回，扬帆恣游眺。见底爱渚清，摩空怪岩峭。
林峰递蔽亏，云水照相曜。珍木坐禽鸣，空山隐猿啸。
迹晦道自亲，心闲领逾妙。人廑禹稷忧，我畏沮溺诮。
浮世慨沉灰，英风缅垂钓。旷哉谢公游，千载希同调。

钓台谒严先生祠

飘零书剑一身归，酹酒荒祠正落晖。不使衣冠沦劫火，长留天地在渔矶。
苍苍山木猿吟合，漠漠江云鸟去微。我岂道旁名利者，投竿舍此欲何依。

桐庐道中

钓矶才下子陵台，又到桐君药灶来。夹岸花明乌榜过，当窗鸟语翠屏开。
顿令身世忘漂梗，只合江山对举杯。归向人夸无别事，舟行看尽锦峰回。

富春渚用谢康乐韵

舟行千岩中，豁然见城郭。斜日明女墙，轻烟散林薄。一江练以净，
群峰绣相错。平生契烟霞，雅尚在丘壑。薄游畅所怀，此意欣有托。
怅望故林遥，栖息倦羽弱。难酬卜宅心，终负买山诺。扁舟快沿洄，
浮生随漻落。屈伸安足论，笑彼龙与蠖。

过七里濑

为爱严滩胜，思归未忍归。山容春婀娜，林气晓霏微。
湍激马争疾，樯危乌乱飞。客星何处是，于此愿相依。

夜过钓台

钓渚青山下，潮平夜放舠。江声流月碎，岩势宿云高。
游是严滩旧，吟非谢客豪。荒祠弔寂寞，怀古首频搔。

○张英 1 首

张英（1637—1708），字敦复，桐城（今安徽省）人。清康熙六年（1667）进士，
以编修充日讲起居注官，入直南书房，官至文华殿大学士兼礼部尚书。有《笃素堂
文集》。

严陵山

千嶂桐庐道，清风几溯回。不知天子贵，犹是故人来。
垂钓本无意，披裘亦浪猜。翻嫌人好事，高筑子陵台。

○崔华 4 首

崔华（1637—?），字蕴玉，一字不雕，太仓（今江苏省昆山）人。清顺治
十七年（1660）举人。工诗画，诗清秀不俗，以"黄叶声多酒不辞"句，时号崔黄叶。
善画翎毛花卉。贫困不得志。有《余不轩集》，另有《樱桃轩集》。

题严陵钓台四首

功名莫后人，云台已便娟。生不能封侯，何当故人怜。

其　二

昔年吴市门，辛苦南昌尉。应为妇翁留，七里光炯翠。

其　三

水习荆南公，步习大司马。此时烟濛濛，羊裘卧月下。

其　四

影落台千尺，光连水一隅。我来亦爱此，不独是狂奴。

○释成鹫 1 首

释成鹫（1637—1719），俗姓方，名颛恺，字趾麟，出家后法名光鹫，字即山；后易名成鹫，字迹删，广东番禺（今广东省广州）人。年十三补诸生。以时世苦乱，自行落发。曾住会同县灵泉寺、香山县东林庵、澳门普济禅院、广州大通寺、肇庆庆云寺。有《咸陟堂诗文集》等。

雪夜过严滩谒严子陵先生祠

兴来借得剡溪棹，怀古长歌过富春。一夕星辰加腹客，半天风雪羡鱼人。
钓台自觉云台小，滩水宁知白水真。不用羊裘换蓑笠，狂奴游戏偶垂纶。

○张莺 1 首

张莺，字章友，学者称补堂先生，鄞县（今浙江宁波）人；明亡，更名潜，字又陶。清顺治十四年（1657）举人，再中南宫副车，知神木县。

严　陵

忍使炎鼎移，投竿大泽里。若无云台辈，谁佐王孙起？

先生箕颍俦，轩冕诚所耻。仗策图中兴，力或未胜此。
物色及故人，光武真天子。遂成隐士名，山川传姓氏。
象纬垂公至，客星奏太史。客者外之词，炳炳春秋旨。

○章诒燕 1 首

章诒燕，江阴（今江苏省）人。清顺治间拔贡。工诗文，有《莱山堂集》。

严子陵

昔仰先生名，今过客星阁。千古一羊裘，照耀波江绿。先生少游学，
本非石隐族。故人已龙飞，胡为翻里足。贤者固难测，辞荣意有属。
绛衣起新野，未闻效推毂。铜马帝关东，何曾与帷幄。元缥一旦来，
崇以公卿禄。勿与共艰危，乃与同安乐。先生岂其人，肯以位高辱。
介节宠不惊，佯狂足加腹。飘然返吾素，持竿钓江曲。用励汉廷臣，
一正东京俗。答言偶出此，日星宁待暴。

○曾王孙 1 首

曾王孙，字道扶，秀水（今浙江省嘉兴）人。清顺治十五年（1658）进士，由
汉中推官历官四川学道。有《清风堂集》。

富春道中

驿路名山应万重，临江落日照青枫。丹青莫讶黄公望，生长层峦叠嶂中。

注：此诗一说史大成作。

○释鹭 1 首

释鹭，清顺康时武林（今浙江省杭州）山僧。

富春道中

隔浦林凝雨，沿江路入云。人烟深柏栗，田水半耕耘。

冷市岩阴合，荒亭村界分。牛羊知宿处，落日自归群。

○桂兴宗 1 首

桂兴宗，字燕诒，一字秋崖，慈溪（今浙江省）人。清初监生。有《冷香堂集》。

泊桐庐县

将泊桐庐落照残，翩翩倦鸟亦飞还。舟来细雨秋江上，县在群峰翠霭间。
背谷楼台灯影乱，临流村店酒旗闲。须知胜地难常到，痛饮垆头博醉颜。

○鲁国维 1 首

鲁国维，字公纪，会稽（今浙江省绍兴）人，清康熙监生。有《粤游草》。

桐 江

水涨大江深，孤舟伤客心。潮声转天地，山色变晴阴。
滩急寒沙卷，帆悬暮雨侵。桐君闻采药，何处可追寻。

○张芸 2 首

张芸，清康熙时汉阳（今湖北省武汉）人。

九里洲

凌风却月是梅花，冷蕊疏枝态自嘉。九里沙洲梅不断，残香犹在野人家。

九头松

九头松似螭龙蟠，磴复梯回在碧端。指点翠涛山色里，清风竽籁到河干。

注：九头松在桐庐县桐君街道梓芳坞。不存。

○周茂源 4 首

周茂源（1613—1672），字宿来，号釜山，华亭（今上海市）人。清顺治六年（1649）进士，知处州府。有《鹤静堂集》。

桐江晚眺

击汰扬舲起棹歌，楼船功业愧蹉跎。春缸贳酒临江近，水市张灯入夜多。
客渡风湍黄石岸，人家烟雨碧山阿。虎头若在堪乘兴，应写沧洲满越罗。

雨中溯富春江

烟雨片帆开，凌空望钓台。龙湫穿石下，鸟道拂云回。
终古沧江色，千山落木哀。同行惊旅鬓，吟眺独徘徊。

钓 台

钓台高百尺，缥缈客星寒。天子平生意，幽人物外看。
千秋违汉腊，七里尚严滩。解识沧洲趣，羊裘入梦难。

春日过桐庐晤张无近

离情犹忆蓟门花，邂逅津楼感鬓华。绣岭春深红乐润，晴江涨后白鸠斜。
迟迟挂笏看朝爽，历历挥弦对晚霞。为问桐君仙宇近，玉潭几处满丹砂。

○詹惟圣 1 首

詹惟圣，字乃庸，建德（今浙江省）人。清顺治九年（1652）进士，官山东德平令，擢刑部主事，迁员外郎。

舟过钓台

子规啼遍叶初齐，复岭连岗映碧溪。却送孤舟归更便，潮声直过钓台西。

○吴南杓 1 首

吴南杓，字融司，吴江（今江苏省苏州）人。清初惊隐诗社成员。有《知希草》《在涧草》等，已佚。

富　春

牵江百丈缆，滩浅上流难。春碓喧云际，遥钟出树端。
船迎双鹭白，面扑万山寒。缅想披裘客，名高一钓竿。

○袁日近 1 首

袁日近，清初桐庐（今浙江省）人，一说高淳（今江苏省南京）人。

次钓台韵

独羡披裘客，风高宇宙闻。九重辞谏议，七里卧星云。
把钓怀清圣，垂纶傲汉君。台边流玉树，千载尚余芬。

○方士颖 1 首

方士颖，字伯阳，淳安（今浙江省）人。清顺治末诸生，工诗，尤善楷法。有《恕斋偶存》。

舟上七里滩

落日凭风驶，轻舟逐浪回。岸移村互出，帆转岫争开。
乱草参军墓，寒松隐客台。名泉须品试，记此碧滩隈（十九泉在此）。

○马象麟 1 首

马象麟，字青黎，三水（今广东省佛山）人。清顺治十八年（1661）进士，康熙九年（1670）任桐庐知县，曾修《桐庐县志》。康熙十三年因兵兴调用，解任去。

游桐君山

绝巘丛祠紫翠中，褰帷指晓入𡺄嵸。千山海气蒸初日，万壑松涛响半空。
朝夕风云随世变，古今登眺几人同。若知度水寻花意，始信桃源有路通。

○周在鱼 1 首

周在鱼，字瑞符，鄞县（今浙江宁波）人。清康熙三年（1664）进士，官江南
徐州卫掌印守备，迁江西都司。有《燕徐拙草》。

严　滩

独有严陵一钓钩，清风高节傲千秋。富春山色依然在，长吐烟霞送客舟。

○徐懋昭 1 首

徐懋昭，字晋公，鄞县（今浙江省宁波）人。清康熙三年（1664）进士，知沛县。
康熙十八年举博学鸿词，报罢。同知开封府。有《澹园集》。

富春旅舍

去年雨雪傍貂裘，此日重来感旧游。亲舍望云迷泽国，乡心随雁渡蘋洲。
寒催蟋蟀秋将老，月浸梧桐影倒流。独酌星前河汉近，山亭飞翠一尊收。

○孙琮 1 首

孙琮，字执升，号寒巢，清康熙时嘉善（今浙江省）人，与同里魏坤为友。读
书处名山晓阁。有《山晓阁诗》。

送牧大师之严州

一雁下平皋，群山秋欲暮。渺渺大江寒，独挂片帆去。
云浮峰际塔，日落烟中树。羡尔月明时，严滩深夜住。

○吾士炜 1 首

吾士炜，开化（今浙江省）人。岁贡。清康熙四年（1665）分水训导，后任知县。

安禅寺

春光是处可停骖，矧复幽楼接胜庵。两岸水声鸣玉佩，半窗山色入晴岚。
云飞百尺雄雕管，雨散千花润钵昙。最是元龙湖海气，一泓户外已成潭。

○卢宜 1 首

卢宜，字公弼，一字函赤，鄞县（今浙江省宁波）人。清康熙五年（1666）荐入公车，
不第者再，授萧山教谕，再任嘉善，升知镇远县。有《鸿逮堂全集》。

严滩子陵祠

子陵行一意，高卧空江渍。空江峙双峰，石骨何嶙峋。投竿不在鱼，
临渊适吾真。鸿鹄翔千仞，缥缈凌层云。伸足摇河汉，一卷傲至尊。
光武今何在，客星翻主人。缅彼披裘者，千秋孰与伦。

○吴宏 1 首

吴宏，字芬月，号竹城，淳安（今浙江省杭州）人。清康熙二年（1663）举人，
授四川盐亭知县，有政声，升河南汝州知州，清操益励。援病乞归。有《文稿》及《鹅
溪吟诗集》。

赋得为政心闲物自闲赠赵明府

高风何似古循良，昼日垂帘绩更长。雅操只宜琴鹤伴，冰心不觉簿书忙。
花城秀色含疏雨，雁野春声憩夕阳。闲寂堂阶人不到，使君静夜自焚香。

○于栋如 13 首

于栋如，字隆九，金坛（今江苏省常州）人。清康熙九年（1670）进士，十九年（1680）
知淳安县，才名卓绝，下笔有神，为诗咳唾立就。甫下车，葺黉宫，勤月课，催科不扰，
折狱如神。斯年丁外艰去。后补湖广监利令，擢御史台以终。

宿皆山楼

桐江之水数百里，一行作吏偶至此。千岩直接黄岳山，中有名流难屈指。
我今解组赋归来，访胜空林涉烟水。取次层层入翠微，参差楼阁空中起。
锁户玲珑面面开，群山拱揖环相峙。不羡金钗十二行，翠屏螺黛烟鬟昵。
澄澄涧水碧于蓝，昔有幽人曾洗耳。老树扶疏压画楹，风声谡谡书声里。
满架牙签三万余，名山旧业饶经史。俯瞰千村烟霭中，慨想前贤深仰止。
平泉无恙始者谁，箓阿先生之旧址。

皆山楼诗十二首和方箓阿先生

漫说桐江百尺矶，何如此地扃双扉。重重岚色迷歧路，拥住军持不放归。
　　（千峦匝翠）

群从经过笑语频，轻风蹙浪细于鳞。使君尘坌聊湔洗，领略春光一倍新。
　　（一鉴涵青）

深谷何年一径通，拂云曾驻橘中翁。山灵不许樵夫问，问渡还须倩牧童。
　　（古木干云）

不辨松声与涧声，扶藜闲看石稜明。花香鸟语都忘却，岂识人间有宦情。
　　（幽泉咽石）

黄庭半卷即蓬山，岂必彭聃觅大还。野老不知何甲子，樵歌常和鸟绵蛮。
　　（林隈樵语）

烟雨迷离白似湖，青青遍地润蘼芜。一溪蓝玉披簑看，不问夷门旧日屠。
　　（溪畔农簑）

长风猎猎动高坰，静夜犹闻过雨腥。为爱岁寒知己在，凌霜欺雪倍青青。
　　（后坞松涛）

满岫枫林尚未丹，清齐冰簟已生寒。飘零碧玉堪题字，不付长沟付急湍。
　　（孤亭梧雨）

地炉暖拥乱书堆，斫鲙还宜鲈四腮。片片白云飞不起，山中压折数枝梅。
　　（四山晴雪）

枳篱疏竹自成围，春雨才过新笋肥。绕屋菜花黄间绿，野棠枝上蝶双飞。

(三径野芳)

登山到处是游踪，早稻新收水碓舂。一缕渐连岚气白，却成薄雾隐高峰。

(村舍午烟)

壮游何必凤凰台，兴到登临倦即回。点点暮鸦山外落，隔峰已有月飞来。

(塔峰残照)

○马翀 1 首

马翀，字云翎，号蝶园，无锡 (今江苏省) 人。清康熙十一年 (1672) 举人。有《蝶园诗集》。

春江烟浪

江光淡荡绕春沙，一望烟波万里赊。浪涌归帆冲岸树，风迎舞燕落墙花。
争思极目寻蓬岛，且就凭虚泛月槎。几度高歌清兴发，往来雪水学浮家。

○毛升芳 1 首

毛升芳，字允大，号乳雪，一号质庵，遂安 (今浙江省淳安) 人。拔贡，清康熙十八年 (1679) 召试博学鸿词，授检讨。

桐庐晓发

烟雨桐江放棹迟，万家云树晓参差。荒城早市喧归梦，梵阁残钟动远思。
两岸青山伍相庙，一帆白水子陵祠。啼鹃似惜行人去，凄切深林不自知。

○诸朗 1 首

诸朗，字良月，号墨樵，山阴 (今浙江省绍兴) 人。清康熙间诸生。工诗善文，有《赵骚》《梅吟集》等。

淮水严滩两钓台歌

淮水严滩若冰炭，此西彼东俱大汉。三齐可夺狗可烹，刘季一饵连黔彭。
相背书生知钓法，此术宁让良与平。天子腹，匹夫足，汉史两书总碌碌。
且登高台听啼猿，东帝西帝安足论？

○陈至言 1 首

陈至言，字青崖，号山堂，萧山（今浙江省）人。清康熙三十六年（1697）进士，
历官翰林院编修、河南学政，有《青菀堂集》。

舟过严陵望睦州因忆毛会侯明府

东风一叶上严陵，昏树重沙转百层。山月白悬孤塔影，夕阳红见野祠灯。
愁看雁字情无赖，欲钓羊裘苦未曾。忽忆毛公十年别，梁园胜事已如冰。

○姜垚 1 首

姜垚，字汝臬，号尧章，明余姚（今浙江省）人。贡生，官昌化教谕、国子监学正、
国子监博士。有《四书别解》《易原》《樗里山樵稿》《得一参伍》等。

严先生

史云子陵与世祖同学，及建武中兴时，久已避迹高蹈。帝博求之，乃强起一来，
终则辞去，盖《易》所谓不事王侯者，予以为非也。当同学时，子陵逆知文叔之能
兴复故业，其再造之谋，已早与之矣。故终光武之世，不闻有子房帷幄之流。特其
托志甚高，不欲居佐命之迹。光武雅成其高，亦相为隐匿，不使得彰。访羊裘、拜
谏议，皆假之以炫耳目，非当日计定事成，而能然耶？予于史乘之外窃窥其微，乃
为诗以辨之。

炎精昔中折，贼臣盗神器。大吕变蛙声，鸾龙化狐媚。卓哉严子陵，
复怀报韩志。邂逅白水人，早识春陵气。何须赤伏符，重探枕中记。
岂曰布衣交，实兼师友寄。三五帝王略，高谈在嬉戏。驱策新市兵，
荡涤昆阳骑。谁为借箸筹，凤昔定至计。遂回赤帝辕，南阳再丰沛。
外辞伊吕名，内托巢由致。三公尚不易，况乃云谏议。上德贵忘形，

至人能避世。君臣一德间，不以名迹滞。奕奕云台图，萧萧桐江氾。
想象即中台，客星何足异？

○林兆斗 1 首

林兆斗，字天杓，永嘉（今浙江省温州）人。清康熙时拔贡生。有《南笋初集》
《续集》。

桐江舟中

路入桐江水，扁舟犯浪行。片帆轻百里，一日度三城。
岸挟群山走，滩兼乱石鸣。榜人浑不觉，犹作唤风声。

○缪朝品 1 首

缪朝品，分水（今浙江省桐庐）人。清康熙九年（1670）武进士，兴安营游击。

颂张邑侯冲廉迹

分邑谁能寄，高都品绝伦。庭悬三尺法，治布一腔春。
士曰斯文主，民歌彼美人。南山多璨石，争勒使君仁。

注：张冲，高平（今山西晋城）人。举人。清康熙二十七年（1688）知分水。

○何希范 1 首

何希范，分水（今浙江省桐庐）人。清康熙十二年（1673）武进士，能诗文，
尝赋梅花诗三百韵。

真人庙登眺

鹤向三天古迹留，琳宫高踞碧山头。西来雪练千山瀑，东去银涛万里流。
入槛苍黄村野树，随波上下利名舟。登临漫有从游意，所怅封藩志未酬。

注：真人庙，在分水县东五里（今分水镇新龙村）龙潭，现已圮。

○潘士藻 8 首

潘士藻，字五庵，分水（今浙江省桐庐）人。康熙十五年（1676）恩贡，平阳县教谕。

蒿源翰板八景诗

其一　蒿峰书舍

青山围绕草堂幽，万轴牙籖胜邺侯。风飐茶烟诗榻外，目移花影砚池头。
练囊萤火虚窗夜，竹简芸香辟蠹秋。见说明时招隐逸，未容华发老林丘。

其二　东辉禅院

白云深处梵王家，望入东林路转赊。下界松杉饶雨露，上方台殿领烟霞。
讲经猊座龙归钵，说法蒲团鹿献花。出定老禅无一事，南檐自补旧袈裟。

其三　仙洞云深

云迷洞府昼阴阴，变化无心出远岑。瞑结苍崖秋雨歇，影连丹壑夕阳沉。
闲随孤鹤天边下，低护清猿树里吟。为问仙家何处是，欲携诗伴共登临。

其四　鸡山雪积

危峰耸耸雪成堆，万树琼花一夜开。猿带曙光啼石洞，鸟拖寒色下瑶台。
何人坞上寻梅去，有客溪边棹放回。幽谷借吹邹子律，阳春从此发枯荄。

其五　双溪夜钓

月照双溪夜悄然，自持秋竹钓寒烟。玻璃影浸东西渡，星斗光摇上下天。
香饵每惊潜鲤跃，浩欧长起蛰龙眠。收纶惯识山村路，几度归来不系船。

其六　五坞朝耕

布谷啼残曙色分，一犁春水课农耕。绿蓑转带溪头雨，黄犊深耕坞上云。
莘野隐居惟乐道，南阳高卧不求闻。会看禾黍西成日，鼓腹讴歌答圣君。

其七 雁塔秋声

高塔凌空日又西，秋声绕塔鸟惊啼。壮如赴敌三军去，怒若冲寒万马嘶。
远逐笙竽来缥缈，近听金石转低迷。欧阳有赋谁凭读，只恐今人易惨凄。

其八 龙潭春涨

千尺寒潭卧毒龙，雪消春水涨潭中。暖随芳草迢迢绿，晴漾残花片片红。
激石奔腾犹纵壑，平桥潋滟欲浮空。要知混混朝宗意，一派还归大海东。

注：蒿源、翰板，在桐庐县百江镇。本《集》所辑蒿源、翰板村景诗原载《分阳潘氏家谱》。

○刘谦 8 首

刘谦，清人，余不详。

次蒿源八景诗
其一 蒿峰书舍

林壑藏春斗室幽，牙籖满架拟公侯。频思乡母和熊胆，漫向班君认虎头。
生意不除庭草色，发身常待桂花秋。潜修多少成功士，万里青云忆故丘。

其二 东辉禅院

名山胜处古僧家，步入东辉境最赊。听法野宾瞻惠日，缔盟仙客酌流霞。
口罗实结千年果，优钵香生四季花。一自老禅西去后，石龛云护旧时裟。

其三 仙洞云深

碧峰古洞老光阴，仙迹云迷失故岑。聚散无心天变化，卷舒有象日升沉。
不奔飞骑风前骤，常护归龙雨后吟。拂袖我来寻胜迹，蓬壶深处漫经临。

其四 鸡山雪积

苍山雪积粉成堆，俯仰乾坤眼界开。寒簇琼花生古木，暖调玉烛盎春台。

丰年预兆三阳转，泰运潜胎一气回。从此青皇敷德泽，等闲枯朽发根荄。

其五　双溪夜钓

夜步双溪景寂然，绿蓑披露湿寒烟。寸钩轻挂云间月，丈竹高擎水底天。
轮掔波摇鱼骇跃，笛喧风动鸟惊眠。君应托迹为渔隐，不向江湖泛钓船。

其六　五垅耕耘

五垅畲畬计亩分，春深午夜鸟催耕。披蓑南陌时芳雨，秉耒东皋晓破烟。
志傲魏吴行为待，心潜尧舜誉终闻。秋来了却公家税，白酒黄鸡孰侣君。

其七　雁塔秋声

塔耸层霄镇浙西，秋风声括树鸟啼。初疑鸾鹤空中唳，渐若骐骝陌上嘶。
响籁怒号心错愕，清商低按耳昏迷。世多得意人闻此，欹杭安恬笑怆凄。

其八　龙潭春涨

潭深百尺起神龙，春水弥漫溢望中。积雪暖消波涌白，斜阳晴浴浪摇红。
出源混混雄奔壑，赴海滔滔远泛空。不侣怀山当世险，谁难砥柱障江东。

○孙致弥 1 首

　　孙致弥，字恺似，一字松坪，嘉定（今上海市）人。清康熙十七年（1678）游都门，遂以国学监生假二品服，为朝鲜副使。是年，中顺天乡试。二十七年（1688）成进士，选庶吉士。以蜚谮议，几狱。阅十年复职，四十一年（1702）典试山西，授编修。寻充《佩文韵府》总裁，官至翰林院侍读学士。有《杕左堂集》。

富春江行

鹭鸶村下路，停策吊沉沦。大义存晞发，高风缅补唇。
明时甘浪迹，乱世得全身。搔首严陵濑，南阳有故人。

○李光地 1 首

李光地(1642—1718),字晋卿,号厚庵,福建安溪人。清康熙九年(1670)进士,授编修。省亲回闽,适耿精忠叛,密疏言军事形势。还京,授内阁学士,历吏、兵、工三部侍郎,直隶巡抚,至文渊阁大学士。以崇信程朱理学为康熙帝所信任,号为名臣。谥文贞。有《榕村全集》《榕村语录》及说经之书多种。

过钓台作

少微列天象,嘉遁圣所珍。高尚诚如此,犹然议屈伸。绿竹初就养,
紫芝晚来宾。功成余石祀,霸定委金人。超焉终不染,夫子独标真。
旧交排禁闼,有客乱星辰。匿名青海岸,沉迹桐江滨。幽谷遂相慕,
东京日以淳。后来躬耕者,义与钓鱼均。三顾浑未起,依稀高卧身。
大贤通出处,千载两君臣。停舟频凤岁,蹑级及兹晨。总笋乏筠节,
投老愧丝纶。霜色孤峰厉,寒光浅濑新。暂喜疏冠盖,徘徊倚明神。

○裘琏 1 首

裘琏(1644—1729),字殷玉,慈溪(今浙江省)人。清康熙五十四年(1715)进士,改庶吉士。曾参与修《大清一统志》,有《横山集》。

富 春

绿水逐舟行,青山夹岸生。布帆斜日乱,枫树远烟平。
大汉严光宅,东安刺史城。有怀频览眺,作赋拟西征。

○王吉武 1 首

王吉武(1645—1725),字宪尹,号冰庵,太仓(今江苏省昆山)人。清康熙十五年(1676)进士,除中书舍人,分校北闱,左迁国学博士,迁工部主事,升员外。寻以户部郎中出守绍兴。有《冰庵诗钞》。

钓台谒严先生祠

钓台突兀千山里,钓竿独拂桐江水。藏名遁迹山水间,为有故人作天子。

眼底不知赤伏符，意中安有侯司徒。京华笔札非所惯，自笑故态犹狂奴。
銮舆朝临只高卧，伸脚无端惊帝座。中兴将帅列宿明，不若江湖客星大。
千秋片石何嶙峋，遗庙江边槺桷新。左方右谢同缝掖，且喜不染簪缨尘。
行人系棹孤亭下，瞻拜高风心独写。纷纷名利独何为，堪叹征帆往来者。

○洪昇 16 首

洪昇（1645—1704），字昉思，号稗畦，钱塘（今浙江省杭州）人，国子监生。
游京师时，受业于王士禛，得诗法于施闰章。年五十余，道经吴兴浔溪，醉后失足
坠水死。有《稗畦集》《长生殿》《回文锦》等。

送方雪岷司理罢官归严州

宦况君谙尽，真宜返旧林。十年何所事，五斗亦伤心。尽说买山隐，
谁闻空谷音。钓台溪七里（又作"严陵江上水"），一碧到如今。

经鸬鹚谷寄毛会侯明府

鸬鹚谷口一溪斜，仿佛桃源与若耶。日出开门散鸡犬，春深草木长桑麻。
渔樵出入犹迷路，山水周遭不断花。君在睦州城里住，何如避欲此移家。

富　春

高吟把酒倚船窗，惊起沙头鹭一双。夹道丹黄乌柏树，随人直过富春江。

钓台四首

烟峦万叠水千回，涌出严陵双钓台。十五年前旧游客，青衫白发此重来。

其　二

不事王侯只挫廉，双台高踞碧峰尖。布衣一日闲垂钓，千古州城便属严。

其　三

逃却高名远俗尘，披裘泽畔独垂纶。千秋一个刘文叔，记得微时有故人。

其　四

道旁行客知多少，每望高台不敢登。嫌杀先生清到骨，树头残雪渡头冰。

鸡笼山

朝来拄颊望鸡笼，休笑孙郎霸业空。娶得大乔真国色，风浪原合让英雄。

江行杂诗四首

一夜寒潮急，扁舟过富春。烟波晴浩淼，海月晓鲜新。
泽畔吟孤客，沙头跃素鳞。钱塘回首望，百里隔吾亲。

其　二

山县无城郭，苍苍树色中。秋烟生碧嶂，夜火照丹枫。
野碓村村急，樵歌处处同。桐君栖隐地，淳朴问遗风。

其　三

木筏随潮落，蒲帆逐月飞。江花低欲湿，岸树密相依。
晚秫山家酒，春罗野客衣。维舟已深夜，还上钓鱼矶。

其　四

方腊揭竿者，胡然留将台。石羊冲水立，山鬼啸风来。
美箭仍青竹，遗枪但绿苔。潢池伏兵气，防寇赖雄才。

后江行杂诗四首

去当明月里，归又月明中。江上秋如昨，天尘路转穷。

依人空老大，乞食愧英雄。一片寒霜气，长哀叫断鸿。

其 二

地与山无尽，天从水倒开。滩声兼雨至，岚气逐云回。
锦石纷难数，芳兰暖易载。溪林自幽胜，小泊且徘徊。

其 三

舣艇独攀藤，空祠拜子陵。至今星是客，当日帝为朋。
沙雁冲寒雪，江鱼上薄冰。云台何处是，漫说汉中兴。

其 四

忽尔推篷起，舟行七里滩。狭江生浪急，回嶂出风难。
聚鸟生从木，跳鱼逆迅湍。布帆归渐近，谁为报平安。

○潘耒8首

潘耒(1646—1708)，字次耕，又字稼堂，晚自号止止居士，吴江(今江苏省苏州)人。顾炎武弟子。清康熙间以布衣举博学鸿词，授检讨，纂修《明史》。以博学敢言遭忌，因"浮躁"降调归里。长于声音反切之学，指陈历代修史利病亦极明晰。生平喜游，所撰诗文记游之作颇多。有《遂初堂集》《类音》等。

题毛会侯戴笠垂竿图三首

桐江清浅睦江虚，千尺松岩系钓车。谁道直钩难试手，一竿三十六鲈鱼。

其 二

金台美酒倒春缸，网得飞凫并一双。不浅四明狂客兴，可能乞与富春江。

其 三

草服何当换短衣，松江无限鳜鱼肥。烟波若放钓徒去，添个樵青荡桨归。

桐庐道中

最爱桐江道，沿洄兴不穷。明窗摊画卷，柔橹趁樵风。
树变轻霜后，山开薄雾中。秋容无限好，写入水清空。

严滩中秋同周纶勘初坐月

苏台一片月，流影到严滩。远共桐君对，清于鹤涧看。
光生层嶂晚，轮涌暮潮寒。令节同为客，衔杯莫放干。

严陵祠两首

西京轻处士，东汉重高人。为有羊裘老，岩栖不可臣。
贞风开一代，素节系千钧。不愿眠青琐，家山有富春。

其 二

清绝此溪山，荒祠积翠间。未曾停俗驾，应畏汤尘颜。
片石仍千古，青鞋共往还。云台与原庙，索寞土花斑。

钓 台

云罗张百鸟，不挂九霄鹤。神龙倘就羁，何如蚓与蠖。严陵巢许伦，
意度何寥廓。帝王一秕糠，将相一萤爝。故人自天子，吾目无京洛。
招来共被眠，谢谢长伸脚。客之尚不可，矧敢縻以爵。还归抱修竿，
独钓万仞壑。清风激顽懦，千秋俨犹昨。荒祠缠珠丝，像古玉骨削。
君看此风标，云台那得着。碧山耸亭亭，清江流漠漠。静对两无言，
岩花自开落。

○梁允植 1 首

梁允植，字承笃，正定（今河北省）人。以贡生官钱塘知县。清康熙间福建用兵，
允植调兵食有方。官至福建延平知府。有《柳村词》。

桐庐道中泊舟候张东太不至

维舟芳草岸，帆影乱澄江。山市斜通渡，岩花艳到窗。
狎入鸥泛泛，掠水燕双双。信宿期良友，孤怀对酒缸。

○章锡祉 1 首

章锡祉，分水（今浙江省桐庐县）人。清康熙三十年（1691）岁贡。

咏陈御史

萧蔷变起撼神京，将相庸庸误圣明。一剑酬思君万里，忠魂乘月欣华清。

注：陈御史，即陈应斗，字仲奎，明代分水朱冈（今浙江省桐庐县百江镇百江村朱门自然村）人。洪武选贤良方正，除山西道御史。建文初调山东道，靖难兵起，应斗闻帝命李景隆督师，知事必危，辄痛哭流涕，后居临清，北兵逼城，遂自缢示忠。

○高尔俊 1 首

高尔俊，分水（今浙江生桐庐县）人。清康熙三十八年（1699）武举人。

咏陈御史

靖难师南下，齐黄秉国钧。山河无砥柱，沟壑有孤臣。
劲节坚金石，潜光动鬼神。丰城埋古剑，紫气照青尊。

○王宫桎 1 首

王宫桎，分水（今浙江省桐庐县）人。清康熙三十八年（1699）武举人，官守备。

咏陈御史

北望烽烟日未休，忠臣义士气凌秋。挥戈气少三千锐，运帷全无十万筹。
一片丹心天地动，两行血泪鬼神愁。遗文恍似周家事，纳册金滕雷雨搜。

○高玉芬 1 首

高玉芬，字溯清，分水（今浙江省桐庐县）人。性慧敏，弱冠领乡荐考授内阁中书。清康熙五十四年（1715）登徐陶璋榜进士，除江南建德令。邑中屯田军民互侵，百弊丛出。玉芬履亩亲丈按田清课，使粮有定额，军为军屯，民为民屯，积弊顿除。玉芬夙有令誉，韵语楷法皆为世所重。

咏陈御史

幽燕一夕飐风尘，戎马骚然齐鲁津。帷幄无谋空误国，封疆有志竟歼身。
忠魂缥缈三千界，逸事沉埋数百春。何辛芳馨留断简，汗青长照旧如新。

○詹泰 1 首

詹泰，分水（今浙江省桐庐县）人。清康熙五十六年（1717）举人。

咏陈御史

浩气凌河岳，孤忠丽日星。百身如何赎，千古有谁争。
窟室方多难，阳樊欲顿兵。剧怜袁粲外，大半褚渊生。

○王吉人 1 首

王吉人，字迳之，清康熙时分水（今浙江省桐庐县）人。庠生，父姜早卒，遗腹生吉人，每以不逮事父为憾，母皇甫氏至孝，及殁庐墓哀号。为人公正，乡里咸推崇之。

咏陈御史

冲主真明圣，庸庸误国多。生前无报效，死后壮山河。
燕雀响晌日，扶倾一木难。忠魂化杜宇，啼血反严滩。

○张兆鹏 1 首

张兆鹏，康熙时分水（今浙江省桐庐县百江镇乐明村）人。廪贡生，任四川纳溪县知县，升山东青州府同知，例授奉政大夫。

咏陈御史

是何阀阅冠乌头，高并严陵属太邱。杏苑风华蜚薄梅，柏台霜气凛清秋。
上床自卧谁为偶，入座咸惊世罕俦。约略毫端吟不尽，敢因谢敷说西州。

○何本 1 首

何本，分水（今浙江省桐庐县）人。附贡，清雍正二年（1724）除张谒知县，
肃州知州（刺史）。

咏陈御史

登台剔历仅皇衷，才毕西行又复东。肃伏简书酬北阙，忽惊戎马起秋风。
强藩逼壤三军扰，烈士巡方一命终。大节棱棱埋敝篚，旌扬何日慰孤忠。

○何文燮 1 首

何文燮，分水（今浙江省桐庐县）人。清雍正二年（1724）岁贡，永嘉县训导。

咏陈御史

见危受命古今难，取义成仁适所安。誓以此身殉社稷，敢萌异志玷金銮。
高山流水传姓氏，白日青天盟肺肝。祖武孙绳尤足羡，丹心耿耿夜光寒。

○章瑛 1 首

章瑛，分水（今浙江省桐庐县）人。清雍正四年（1726）岁贡。

咏陈御史

跋扈兵骚板荡天，孤臣无力挽坤乾。扪心只有忠肝在，望阙行歌绝命篇。
东岳纲常留獬豸，南京脂臍愧貂蝉。从来正气难泯灭，练得遗文续史编。

○刘金组 1 首

刘金组，分水（今浙江省桐庐县）人。清雍正十年（1732）府学岁贡，举孝廉方正。

咏陈御史

先生品行素所钦，大节谁知昭于人。汉室铜瓶终出井，丰城宝剑不埋沉。
九原化碧龙泉血，千古流丹马革心。捧读传文毛发竖，赞扬愧不若刘歆。

○王宏道 1 首

王宏道，分水（今浙江省桐庐县）人。清乾隆元年（1736）举人，桐乡县教谕。

咏陈御史

致身谁不识，时至便茫然。臣命轻于叶，君恩大是天。
箕山愁寂寂，濮水泪溅溅。千载临清署，忠魂日月边。

○濮人楷 1 首

濮人楷，分水（今浙江省桐庐县）人。清乾隆元年（1736）岁贡。

咏陈御史

天心眷忠孝，韬藏光愈炽。表暴当其时，鬼神翊之出。
朱冈御史公，品行自纯粹。两擢御史官，上下称循吏。
夫何遭阳九，块轧山东地。靖难薄临清，痛声进血泪。
举朝纨绔儿，唯有嚼羹菹。一木讵能支，矢死心不二。
文皇御大统，谁复张其事。历明二百余，子孙未敢议。
后贤辑志谱，仅载惟名字。始末事无传，当年宁竟坠。
忠贞不可泯，暗护胡公记。朽蠹莫能侵，完然存敝笥。
会修先世行，脱颖而付畀。龙飞又百年，忽尔标赤帜。
楷也读数过，生气如公至。益信古人言，彼苍原有寄。

○宋元煌 1 首

宋元煌，分水（今浙江省桐庐县）人。清乾隆六年（1741）副榜，为文不屑寄人篱下，诗饶古艳。

咏陈御史

忠义巍祠县治东，俎豆先芬日卿公。公为元将足武功，捐躯殉国气成虹。
呜乎陈氏何多忠，先生殉难有祖风。明初征儒礼币丰，青田浦江亮天工。
先生文行淑气蜎，方正贤良招以弓。豸冠绣衣帝命崇，山右山左避青骢。
无端燕藩忽兴戎，宁馨病虎渭水熊。子澄当国惑主聪，膏梁监子说英雄。
先生独惜误师中，丧师果是李景隆。山河破碎怨气冲，蹇蹇无济叹匪躬。
一死报君鬼门通，方练碧血先后同。年湮往事已朦胧，幸有遗传与诗筒。
靖难事业转眼空，忠义芳名诵无穷。纷纷记事相帙充，宁独胡公抱丹衷。
皇祖遗弓嗣主孱，强藩不复畏天颜。诏拘官属谋谁误，师饯膏粢涕自潜。
荣戟曾无持北钥，行枚孰为讨东山。只堪一死报明圣，暗逐缁衣共往还。

○刘嘉宾 1 首

刘嘉宾，字耕雅，分水（今浙江省桐庐县）人。清乾隆七年（1742）登金甡榜进士，除屏山知县。邑苦夫徭，宾为革除，邑人赖焉。嘉宾天才颖异，贯串群书，制艺沈博绝丽，卓然成家，时称浙西作手。有《思补堂类致集》二十卷。

咏陈御史

拔剑酣歌浩气横，当年胜国奔骇鲸。幽燕金鼓摧唐宋，屹然天府壮北平。
虎踞龙盘思委辂，虫拼蜂螫属扬旌。绝伦精锐无捍匹，伏枥何当骥一鸣。
高帝发鼎湖冲人，谁负扆衅开家令。谋轲复持首尾须，奭袚星光突兀猎。
□焚乾坤愁日月，儿戏棘门灞上军。带砺功臣底衰竭，铁骑悲筛动地来。
翻令乳鸦饱健鹘，白沟河边血刺舟。六十万兵同时没，哲士知己烈士死。
临清峭节希龙比，英灵或与鬼神争。魂魄知随山斗峙，郁郁丹青四百年。
痛惜时无董狐史，侧闻古君子身名。付雪鸿纲常扶道，□义丹心薄太空。

况若金川入冥漠，雨呼风苍蝥胥反。□覆怒攫殄群忠，如何陈夫子不为。
亡是是公慷慨胡，先哲耘耕吐白虹。俄今洗箧精璀璨，长夜漫漫歌复旦。
肃雍圣代轶成周，殷鉴无人毖靖难。力阐幽潜沐豆边，振刷顽懦排霄汉。
神物显晦会有时，呜呼松柏长陵畔。

〇章文载 1 首

章文载，分水（今浙江省桐庐县）人。清乾隆九年（1744）岁贡。

咏陈御史

天柱凌霄汉，声名衡岳齐。绩垂山左右，秀毓浙东西。
劲节生前厉，孤标没后题。濡毫写忠赤，风雨亦凄凄。

〇徐朝迎 1 首

徐朝迎，分水（今浙江省桐庐县）人。清乾隆十年（1745）岁贡。

咏陈御史

智似著神与龟鉴，心同皎日丽中天。祚移壬午四年后，节砥庚辰二载前。
血渍青怜寒夜雨，尸横白骨冷秋烟。褒忠自是兴朝事，伫看恩纶赉九泉。

〇沈锡爵 1 首

沈锡爵，分水（今浙江省桐庐县）人。清乾隆十九年（1754）岁贡，训导。

咏陈御史

师称靖难岂无名，义重君臣血泪横。寇逼临清谁与捍，誓为厉鬼卫神京。

〇章价人 1 首

章价人，分水（今浙江省桐庐县）人。清乾隆二十七年（1762）举人，任武康县教谕。

咏陈御史

先代忠贞庙祀存，象贤奚复惜孤魂。豺狼当路臣无主，箕尾归天祖有孙。
眷眷本朝奕世武，煌煌遗传旧家门。昭兹嗣服诏来许，七叶珥貂未足论。

○詹华 1 首

詹华，分水（今浙江省桐庐县）人。清乾隆五十二年（1787）举孝廉方正。父病尝粪，及致哀毁骨立，少敦品励学岁科试五冠，其军教授生徒贫者不取修脯，造就盛多。生平尚义，赒饥寒掩暴露，族中无祀者为捐田立祭。

咏陈御史

一纸书藏数百秋，凭谁写出古人愁。才华岂亚千寻麓，意气原高百尺楼。
独向冰霜扶汉节，肯随风雨泣吴钩。平生浪说从前事，惭愧胡公已状头。

○詹衡 2 首

詹衡，乾隆时分水（今浙江省桐庐县）人。廪生，能文，试辄高等屡举优，行书工，各体老尤妩媚，出入赵董间，藏遗墨者宝如珙璧。

咏陈御史

堪恨当年庙算违，景隆误荐咎谁归。金川未入身先死，忠并常山更识微。
早将国是付先生，靖难何由犯帝京。忠血一腔空洒泪，捐躯犹愧对承明。

其　二

芳名岂欲生前著，奇节何心死后传。但使忠魂长不没，令人凭吊意泫然。
取义舍生惟祖也，见危受命是孙乎。一门节烈谁堪拟，颜氏当年得似无。

○孔毓孜 1 首

孔毓孜，乾隆时山东曲阜人，曾授安徽凤阳县知县。

咏前明陈御史忠绩

历世忠贞笃自天，枫宸亲简重班联。黑貂霜气同官肃，骢马风棱行路传。
取义舍生孙接武，委身报主祖开先。只今俎豆褒臣节，享祀千秋有象贤。

○王玺1首

王玺，分水（今浙江省桐庐县）人。邑庠生。

咏陈御史

真君子，嗜书史，籍籍声名洛阳纸。诏飞丹陛宠栖轩，戴星沐雨西东使。
靖难兵起洵不详，烽烟匝地沸如汤。当日分明臣叛主，乃曰周公辅成王。
王师叱咤风云变，五十万人共毙战。奈何不斩景隆头，全才徒信子澄荐。
山东布政尽不平，起与参军酌酒盟。下板拔桥云妙算，单骑胡逸济南城。
再四踌躇心独苦，毅然一死诉皇祖。九鼎可移身不移，长将劲节留千古。
吁嗟乎，谁道公年三十五。

○高锡柞1首

高锡柞，分水（今浙江省桐庐县）人。明经。

咏陈御史

逐鹿年来溃血干，燕旌陡起战云寒。运筹决胜都无济，一剑酬恩冥漠安。
鼙鼓临淄动地来，鸿沟不割势难回。绣衣速赴泉台路，莫待金川铁锁开。

○盛世言1首

盛世言，分水（今浙江省桐庐县）人。郡庠生。

咏陈御史

全躯远害固非宜，九族遭殃惨莫支。慷慨致身时未去，气凌霄汉识还奇。

○何咏泰 1 首

何咏泰，分水（今浙江省桐庐县）人。邑庠生。

咏陈御史

长陵一望起尘埃，谁见临清砥节来。只为孤忠天不没，金滕毕竟有时开。

○王培文 1 首

王培文，分水（今浙江省桐庐县）人。邑庠生。

咏陈御史

丹心耿耿彻乌台，恩重身轻志不回。死作山河壮帝里，肯教燕子得飞来。

○王炜 1 首

王炜，分水（今浙江省桐庐县）人。郡庠生。

咏陈御史

节劲名俱谢，情遥操更寒。风雷盟管叔，日月赞萧鸾。
王气夸天堑，先几恸纮干。盱衡占良史，凄绝子陵滩。

○刘泰连 1 首

刘泰连，分水（今浙江省桐庐县）人。贡生。

咏陈御史

皇华未复命，离黍故宫残。已矣臣心竭，悲哉天步难。
入齐占敬仲，度陇忆陈安。此夕闻猿狖，凄凄风雨寒。

○何永照 1 首

何永照，分水（今浙江省桐庐县）人。郡庠生。

咏陈御史

族望颍川陈，渊源家学真。泰平能祚国，板荡可忘身。

节孝光青史，忠勤动紫宸。焚香读传略，古道照颜新。

○顾士宏 1 首

顾士宏，分水（今浙江省桐庐县）人。明经。

咏陈御史（并序）

读颍川御史公传，因思当年靖难事，建文君臣宁得无咎慨然赋此。伤公遭时不幸，奇公忠而且智也，自识。

汉平七国谈何易，陵土未干乱旧章。挑动干戈谁职咎，奠安社稷孰为良。

荐贤黄子无真见，秉钺景隆不自量。慧眼早知成与败，甘将一死报君王。

○王大璧 1 首

王大璧，分水（今浙江省桐庐县）人。邑廪生。

咏陈御史

百战青徐使节多，昭垂汗简事难磨。忠贞往日留芳躅，梗概长年付逝波。

天地何曾辜美善，风雷应亦助搜罗。西台珥笔传遗事，流播尘寰起浩歌。

○赵九皋 2 首

赵九皋，分水（今浙江省桐庐县）人。邑庠生。

咏陈御史

正气从来最浩长，贞臣那惜一身亡。迥殊景铁分符镇，不让方黄垂史香。

骢马萧萧头已断，白虹隐隐日无光。当年跋扈今何在，唯有忠魂绕帝乡。

其 二

山西鞅掌又山东，昔日循良孰与同。不待压城胆已赤，何须詈贼血流红。
四旬未满身先殒，百载有余灵更通。惭愧疏才无以表，聊将焚鼎对孤忠。

○王宾河 2 首

王宾河，分水（今浙江省桐庐县）人。副举人。

咏陈御史

寒云北望气萧森，万里黄沙覆日阴。水皱秋风燕客泪，月寒野树楚歌音。
抚膺欲壮山河色，嚼齿同存天地心。身后可胜兴废恨，鸟啼唧唧满衰林。

其 二

迄今遗事与谁传，黯淡溪云杨柳烟。秖许落霞依故国，可能杯酒浇重泉。
骨埋孤愤魂应郁，潮冷空城血欲溅。俄捧残编瞻劲节，萧疏风雨倍怆然。

○高树槐 1 首

高树槐，分水（今浙江省桐庐县）人。贡生。

咏陈御史

建牙拥节驻山东，燕骑长驱一命终。忠靖表扬凭李翰，欧阳纂定阙韩通。
遗文宣布箱缄外，大节昭回日月中。无限词人剡溪纸，一时题尽志流风。

○何玉鉴 1 首

何玉鉴，分水（今浙江省桐庐县）人。邑庠生。

咏陈御史

峭誓河山拥帝邦，姓名埋没不成双。智先缟素秦三帅，几兆元黄李九江。

长恸临清丹帛旐，可怜建业碧油幢。胜朝公案凭收拾，吟写孤魂剔暮釭。

○何泰 1 首

何泰，分水（今浙江省桐庐县）人。邑庠生。

咏陈御史

北兵肆焰渐南骚，大将仓皇罪莫逃。万古纲常昭日月，一腔心事委蓬蒿。
君恩未报情何极，祖训常存誓不挠。忠孝满门光史乘，紫泥丹诏伫钦褒。

○章继祖 1 首

章继祖，分水（今浙江省桐庐县）人。清贡生。

咏陈御史

蜂拥貔貅鼓角寒，披靡队里揭铜肝。未能寇血污金斧，自署忠衔整豸冠。
一柱堪同青岳峙，众流任彼浊河澜。九原谁与称知己，正学芳名两不刊。

○宋元煜 1 首

宋元煜，分水（今浙江省桐庐县）人。贡生。

咏陈御史

一官晋鲁矢殷勤，殉节捐躯触寇氛。史册未传缘忌讳，缥缃有据核遗文。
魂归白刃忠酬国，血染黄沙志报君。愧杀盈朝诸膴仕，卖降犹说际风云。

○何元衡 1 首

何元衡，分水（今浙江省桐庐县）人。清乾隆十三年（1748）岁贡。

咏陈日卿（并序）

公祖讳日卿，元将，御敌阵亡，马负尸归，马遂触石死，百扛岁时有祀马之例。

衡受业于母舅履安先生之门一十余载，闻之最悉。今读公传，益见世德相承，后先辉映，敬裁俚句以志传末。

疆场效命马驮尸，人固丹心物亦奇。三尺报君孙继祖，一门忠义炳当时。

注：陈日卿（1300—1358），字信夫，分水（今浙江省桐庐县百江镇百江村）人。陈应斗远祖。元时为千夫长，守御本邑。值明骠骑邓同、王元取兰溪、婺源等路，率兵犯境至淳、分界，日卿力战死之。马负尸归，其马触石死。清雍正四年（1726），当时朝廷要求各府、县，凡国史野史没有记载的对国家有功之臣都要收集其事迹上报，当时的分水县令胡果将陈日卿事上报朝廷，奉昭敕命崇祀忠义祠。

○赵廷璟 1 首

赵廷璟，字仲章，常熟（今江苏省）人。清康熙时在世。余不详。

钓 台

悔著羊裘物色来，才容伸足便相猜。君王自识狂奴态，不上云台上钓台。

○张兆凤 2 首

张兆凤，字仪云，分水（今浙江省桐庐县百江镇乐明村）人。清康熙二十四年（1685）拔贡。任闽县知县，有惠政，移知闽清，擢延平知府，调高州知府。

且园晚眺

好景夕阳西，离披草树迷。月来临水净，花好放帘低。
久宦忘余拙，多情爱鸟啼。晓来清兴足，闲觅旧留题。

注：且园，诗人的私家花园，在罗溪（今桐庐县百江镇乐明村）。已圮。

归 去

荏苒韶光速，南交坐八年。老方知自退，贫不受人怜。
五斗陶潜米，一文刘宠钱。行藏那复问，归计正萧然。

注：归去，分水本地方言，回家的意思。

◯戴玉纶 1 首

戴玉纶，清初时人，生平不详。

罗浮仙橘

睦陵古称高隐地，东望双台插天翠。又有南山峰最奇，嵯峨突兀人罕至。
相传昔日仙人居，一声长笛云满庐。随风飘堕柑子落，洞庭霜后红不如。
于今世隔几千载，何处桑田不沧海。仙人已去橘亦亡，城头明月终无改。
我闻罗浮斗大梅，寒霄化作美人来。金丹石髓能换骨，料应此橘非凡胎。
星槎榷使采风至，欲辨罗浮伪与真。譬如熟读桃源记，野水迷漫莫问津。

◯徐道璋 1 首

徐道璋，字端揆，太仓（今江苏省昆山）人。清康熙时在世，官翰林院修撰。

桐　江

轻帆漾微风，到郭及亭午。暑影落清波，衔云映吞吐。沙渚集渔舠，
鹭鸶晒毛羽。参错缀人家，临水开牖户。楼阁见层叠，罅隙松篁补。
愧无荆关笔，好景妙难谱。微体幸萧散，得来羁簪组。心胸湛虚明，
俯仰忆往古。近欲访元英，顿首拜抔土。远攀汉客星，高风邈天宇。
拟将谢浮名，烟波狎柔橹。何时携双柑，春莺听花坞。

◯戚延裔 2 首

戚延裔，登州（今山东省）人。清康熙二十年（1681）知建德，二十二年（1683）
主修《建德县志》。

七里濑

潺潺七里濑，泛泛一经过。白鸟飞无尽，青山此更多。
危崖争系缆，小艇但随波。独羡垂纶客，优游卧绿蓑。

富春归棹

爽气宜秋序，帆轻拂晓开。滩连胥口尽，潮到富春回。
入郭生尘事，临流愧赋才。忘机聊永日，鸥鹭莫相猜。

○赵嗣贤 2 首

赵嗣贤，字人选，一字鹤樵，鄞县（今浙江省宁波）人。清康熙二十三年（1684）
贡生。有《居邹草》。

桐庐县

诸溪灌大江，诘曲七百里。接尾尚浩荡，豁岸崇崖底。泓潭不扬波，
坦濑石齿齿。篙师撑确荦，百丈相扶倚。人篙两如弓，不敌奔溇驶。
山邑无城郭，津亭瞰山起。野鸟时一鸣，空苍杳然止。篷窗安可阖，
乍恐失众美。耳目自忘疲，左右给吾喜。胡然汗漫游，初心正为此。

宿滩下

暄凉山有权，昏晓天若易。历兹气候异，始觉尘境隔。雨余云不归，
往来此中宅。寥寥巢居子，短短树篱栅。稍见红白花，薄种大小麦。
远近溪声喧，人与牛羊夕。官舫宿岩下，老稚转踟蹰。彻夜钲柝鸣，
勉供辛苦役。小人自知分，皇天布大泽。余烬获保聚，丧乱感畴昔。

○沈炳 1 首

沈炳，字明远，鄞县（今浙江省宁波）人。清康熙三十八年（1699）举人。

严滩晚泊

一帆东下泊城隈，薄暮烟光接钓台。不畏江寒因有月，每留涧曲为寻梅。
水喧如市渔舟戏，林静闻声山鸟来。幽兴浑忘作客倦，倚篷夜半看云回。

○任凤厚 2 首

任凤厚，临潼（今陕西省）人。拔贡，曾官贵州按察使、湖广布政使。清康熙二十二年（1683）知严州。

署斋题富春图

疏峰密树影空濛，万顷烟云看不穷。遥想褰帷行部日，也应身在画图中。

重修严先生祠

岂为矜名胜，前贤迹不磨。钓丝垂汉鼎，星象照渔蓑。
栋宇子来亟，蘋蘩客荐多。自惭羁薄宦，夙夜屡经过。

○高向台 1 首

高向台，翼城（今山西省）人。清康熙六年（1667）进士，十九年（1680）任严州同知。

严陵归棹

东风吹雨湿兰桡，绣岭云深入望遥。怪道严滩刚七里，饱帆还趁晚来潮。

○毛士仪 1 首

毛士仪，字幼范，际可子，遂安（今浙江省淳安）人。清康熙间岁贡，除新城（今浙江富阳）教谕，升直隶宝坻知县、贵州思南府知府。有《映竹轩集》。

游桐庐云门院

著屐扶筇路转长，云门精舍笋蒲香。禅心清彻知何似，午夜钟声一树霜。

注：云门院，清乾隆《桐庐县志》载：在县西北二十里庙下（今浙江省桐庐县横村镇）庄。周显德（954—960）年间建，明洪武二年（1369）僧克勤重建，已圮。

○陈之群 1 首

陈之群，字兴公，一字后溪，武康（今浙江省德清）人。清康熙间举人。有《后溪楼诗集》。

静林寺

宝殿初开地，珠宫出化城。溪回青嶂远，山静白云轻。
花雨飞僧席，松风落梵声。迷津如何渡，长愿学无生。

注：静林寺在今浙江桐庐县钟山乡。

○董尔弘 1 首

董尔弘，字道能，号毅庭，慈溪（今浙江省）人。清康熙十五年（1676）进士，官江苏金坛知县。有《春雨楼集》。

凤凰山晚眺

振衣成远眺，秋色俯长空。二水分还合，千山翠复红。
云归岩树隐，日落浪花丛。不尽山阴兴，高歌暮霭中。

注：凤凰山，在桐庐县东两里。

○张鹏翮 1 首

张鹏翮（1649—1725），号宽宇，遂宁（今四川省遂宁市蓬溪县）人。清代第一清官。康熙九年（1670）进士及第，历任礼部郎中、兖州知府、苏州知府、江南学政、浙江巡抚、河道总督、两江总督、刑部尚书、户部尚书、吏部尚书兼文华殿大学士等职。

元英先生图像（并序）

康熙壬辰秋，余奉使七闽，旋都。舟泊钓台谒子陵祠，访方干故居白云源。干二十六世孙方遇光，捧先生图像、诗稿呈谒舟次，爱慕之下，爰赋七言绝句一章，书于像巅。

一壑烟霞作画屏，尚留遗像炳丹青。白云红树严滩月，长映桐江伴客星。

○陆楣 1 首

陆楣（1649—？），字紫宸，号铁庄，梁溪（今江苏省无锡）人。清康熙时布衣，工诗古文辞，与秦松龄、严绳孙友善，入秦府三十年。

七里滩

此来刚不负清游，七里烟岚一叶舟。路转忽疑山四塞，湍回微见石中流。应怜歧路匆匆别，为遣轻帆故故留。领略幽禽相劝意，久将行径托盟鸥。

○陈梦雷 1 首

陈梦雷（1650—1741），字则震，号省斋，晚号松鹤老人，侯官（今福建省福州）人。清康熙九年（1670）进士。有《松鹤山房集》《天一道人集》《闲止书堂集钞》，并编有《古今图书集成》一万卷。

雨夜泊桐庐

烟雨合冥濛，轻舟入画中。星光连水白，渔火映江红。
古寺疏林绕，前村小渡通。投竿堪寄兴，何事叹飘蓬。

○查慎行 12 首

查慎行（1651—1728），字悔余，号初白（一作字初白），海宁（今浙江省）人。清康熙三十二年（1693）举顺天乡试，名闻禁中。四十二年（1703）赐进士出身，授翰林院编修，后充武英殿校勘官，事竣入直。旋遭弟案就逮，后放归。有《敬业堂集》。

富春道中

乌桕林中霜撒华，千树万树围村家。门前红叶扫还落，白子著枝如白花。
寒鸦成群啄不尽，几处飞出声哑哑。荒湾败苇江忽转，雁阵欲落整复斜。
青山正缺天一面，澹入无迹云拖沙。十年梦想富春渚，指点图画空嗟讶。
岂知去家才百里，足所未到如天涯。人情贵远每忽近，往往耳目遗烟霞。
他年卜居恐未稳，此际觅句差堪夸。江山秀绝客怀俗，毋使扰扰同鱼虾。

雨过桐庐

江势西来湾复湾，乍惊风物异乡关。百家小聚还成县，三面无城却倚山。
帆影依依枫叶外，滩声汩汩碓床间。雨蓑烟笠严陵近，惭愧清流照客颜。

刘南村署斋同鹿砦夜饮两首

浙西山水县，最好是桐庐。地僻本无事，君才长有余。
秋林闻割漆，晚岸见罾鱼。许我来相就，严陵好卜居。

其 二

故人多薄宦，邂逅见交情。烛院三更话，风江半日程。
山肴蒸栗熟，法酝带泉清。醉里骑官马，星光照出城。

严滩早发

纵如鼓打岩头戍，催起栖鸦天未曙。飞星过水如有声，苦雾迷津忽无路。
长年眼昏心手熟，已报前滩暗中渡。远气胧胧日射穿，秋光红上严陵树。

和竹坨雨泊桐庐限腹字

滩声远初喧，山色晚逾绿。宿宿城上钟，濛濛雨中屋。
平生湖海梦，又近严陵宿。濯足有烟波，胡马加帝腹。

和竹坨七里濑脚韵

老鼋没水风旋作，合江亭西石势恶，两蛇对走赴一壑。云端百丈挽山腰，
井底孤蓬转山脚。

泷中吟（并序）

俗作"龙"，亦作"笼"，叶梦得《避暑录》辨其伪，云当作"泷"，间江反。
今从之。

泷中乱峰高插天，泷中急水折复旋，泷中竹树青如烟。白龙倒垂尾蜿蜒，泄云喷雾为飞泉。晴光一线忽射穿，两点白昼打客船。船行无风七十里，一日看山柁楼底。（"有风七里，无风七十里"，泷中口号。）

严陵二绝句

巢由等是未称臣，自占箕山颍水滨。谁遣州名属流寓，却疑此地竟无人。

其　二

信公门下实多才，柴市余生太可哀。不是英雄谁有泪，更无一个哭西台。

桐　庐

山逼不可城，千家聚成邑。民居半商贾，仰取俯有拾。
斩栎起炭烟，割林收漆汁。托身覆载内，生理随分给。
壮年不早计，暮齿行已及。莫怪杜陵翁，茫茫百忧集。

桢儿作钓台诗未识严先生不受官之故徒以高隐目之作一首以广其意

武宣驭下如束湿，课职东京亦孔棘（语见《后汉书》二十八将传论）。一官直欲臣故人，此意先生应早识。逃名事偶同高尚，避辱心孤转深匿。羊裘一领却累渠，苦被旁求相物色。伏波谤生薏苡珠，侯霸得罪由司徒。客星非将亦非相，吏议可得加狂奴。君不见，璜溪老叟不自重，出应于畋后车梦。万古江湖两钓竿，潜龙勿用鹰扬用。

○赵开雍 1 首

赵开雍，字五弦，号韦斋，宝应（今江苏省）人，清顺治、康熙时在世。

桐庐道中

邑小同村落，千峰列悬前。滩高潮力减，风顺橹声便。
樵子云中路，人家画里天。此间思卜宅，先办买山钱。

○邓汉仪 1 首

邓汉仪，字孝威，泰州（今江苏省）人。清康熙十八年（1679）举博学鸿词，
授中书舍人，归寓董子祠。

桐庐舟进

古塔空亭村影宽，鳞鳞夕照落寒滩。却将鸟道桐君宅，都作蚕丛画里看。
石势巉岩森洞壑，江声欸乃出檀栾。月明风缓舟仍进，便访鸬鹚未是难。

○赵世铎 1 首

赵世铎，字圣传，号茹庵，常熟（今江苏省）人。清康熙二十七年（1688）进士，
年未四十而卒。有《茹庵诗文集》。

冬日归舟过严先生祠下

江深水落石鳞生，晓日祠门草树明。百里好山招隐地，千家小郡擅高名。
卧干星象人多怪，生答函书众尽惊。此意先生应自会，老狂原视一官轻。

○贾其音 1 首

贾其音，字叶六，号澹庵，高邮（今江苏省）人。清康熙六年（1667）成进士。

桐庐晓发

鸡鸣夜将曙，径迷光未显。榜人理棹喧，疏星四五点。汀洲烟已微，
蔓草露犹泫。活活岩下泉，嗷嗷云中犬。山势断若续，岚光舒复卷。
溜急疾如驶，沙颓石濑险。曲折劳避趋，迤逦玩回转。峭壁倚天开，

一望盈苍藓。树古互拿攫，蛟龙恣仰偃。山花错杂开，红碧深且浅。
水宿淹晨昏，耳目任游衍。田园岂不乐，灵异如此鲜。形胜足留连，
旅愁得所遣。

○王金吉 3 首

王金吉，字师锡，桐庐坊郭（今浙江省桐庐县桐君街道）人。清康熙二十四年
（1685）岁贡。任广东高州府茂名县，补任山东济宁新城县。

君山晴望两首

隔江山色郁嵯峨，锦石澄潭入画图。仙叟菌芝留迹在，樵人鸡犬入云无。
撑空塔似凌浮玉，远濑台如隐郁孤。兼有数州风物美，望中表里接天都。

其　二

溯流何处问桐津，指点苍苔话昔人。丹铸九田谁买药，钓悬双榭不绝纶。
千年尘事劳虚梦，两岸春花邀客饔。杳杳合江亭已谢，好将柑酒赋同心。

桐君山

桐君山色郁嵯峨，碧石清江一画图。仙子指明知何处，钟声夜夜送行舻。

○吴文纬 2 首

吴文纬，字倩云，桐庐（今浙江省桐庐县钟山乡）人。清康熙中岁贡生。《桐庐县志》
云："其五七言和平婉，得三百篇"。

古　崖

古崖何石坐桐君，笙鹤时来静夜闻。双塔西翔山势合，两潮东凑海门分。
白云自向樽前度，瑶草常于砌下薰。俨受众山朝络绎，江天凝望气烟煴。

桐君山

青山何处访桐君，鸾鹤声遥若可闻。西指双台云气合，东回二水海潮分。
钟声送客非凡响，药草逢春放异芬。绝好登临纵怀抱，江天如画已斜曛。

○王修玉 1 首

王修玉，字清修，仁和（今浙江省杭州）人，清康熙间贡生。有《松蟊堂集》。

泊富春山下

孤城一片水云间，黄叶丹枫满目庭。今日已无黄子久，谁人能画富春山。
沙江渺渺渔舟聚，烟雨霏霏宿鸟还。自笑此行无一事，虚随估舶度江关。

○汪若懿 1 首

汪若懿，桐庐（今浙江省）人。清康熙中增生。

桐君山

挂席千沤只俯看，危崖缥缈倚朱栏。东峰当午烟常冷，西桧捎云盖半残。
丹灶寂寥空有录，青霞俶诡亦殊观。楚辞疑有山精诵，远挟泉声出树端。

○柴文灝 1 首

柴文灝，桐庐（今浙江省）人。清康熙中副贡。

桐君山

突兀起江皋，何年五丁凿？下有冯夷宫，上有仙伯墺。云开塔光明，
波定松影倒。万竹苍山腰，搣搣风中蠹。屈蟠修蛇径，森霏练丹灶。
采药僧未归，落叶猿自扫。俯瞰丹崖浮，聊寄苏门傲。

○范廷谔 1 首

范廷谔，字质夫，号讷斋，鄞县（今浙江省宁波）人。清康熙时官泰宁知县。

望钓台

不到西台上，经今三十年。先生毋见责，我醉欲高眠。

○董正国 4 首

董正国（1658—1729），字次欧，号南墩，鄞县（今浙江省宁波）人。清康熙间岁贡，著名诗文学家。有《南墩诗稿》。

舟行杂咏四首

下水舟行速，上水舟行迟。行迟亦不厌，得尽山川奇。山川有异性，曲折任所宜。一曲水崩迫，一折山嵚崎。乃知天地文，直者无以为。

其 二

发自钱塘江，行近乌石堆。青山过无数，著意看钓台。
商贾贪利涉，帆势不可回。安得打头风，泊此登崔嵬。

其 三

日落收帆樯，扁舟系古木。人家隔小桥，野花间修竹。
众客竞登跻，我自倚舟轴。俯爱江水清，仰爱山光绿。

其 四

侵晓雷声发，万山一时晦。烟雨迷近远，天似在溪内。
水涨平人居，游鱼戏阛阓。孤云入扁舟，揽之不可佩。

◎成达可 1 首

成达可,字而可,会稽(今浙江省绍兴)人。清康熙诸生。有《彭麓诗钞》。

严子陵钓台

幸际中兴日,安居七里滩。帝容高士卧,天作客星看。
纵拜三公爵,何如一钓竿。富春江上水,长映少微寒。

◎张云翼 1 首

张云翼,字鹏扶,一字又南,咸宁籍洋(今陕西省)人。清康熙时荫生,袭一等侯,
官至福建提督。有《式古堂集》。

严 滩

漫整荷衣拜逸民,滩声犹自动星辰。富春近日谁渔父,天子当年有故人。
名到先生才是隐,贤如光武不称臣。只因曾作梅家婿,外氏家风爱隐沦。

注:此诗一说潘问奇作。

◎毕海珖 1 首

毕海珖,字昆朗,号涧堂,淄川(今山东省)人。清康熙时诸生。

严 州

天涯游子去匆匆,一夜轻舟趁晓风。江入桐庐山四束,橘花深处雨濛濛。

◎吴应莲 1 首

吴应莲,字藻湘,号映川,休宁(今安徽省)人。清康熙时诸生。

过严子陵钓台

桐江一线出天都,两汉高风旷代无。帝座暂来居士迹,云台终少客星图。
只缘秉性娱山水,不为逃名隐钓屠。试问垂竿何处所,凌空峭壁望模糊。

○满保 1 首

满保，爱新觉罗氏，字九如，号凫山，满洲正黄旗人。清康熙三十三年（1694）进士，官至闽浙督部院、兵部尚书。

七里泷

约束三衢水，生成两岸山。潮声泷口住，风物钓台间。

峡陡人多瘦，江清月自闲。茏葱七十里，泽国一雄关。

○王六吉 3 首

王六吉，字地山，分水（今浙江省桐庐县）人。清顺治五年（1648）拔贡，官分水知县。

吉祥庵放生池

古陌通双涧，飞泉激石牙。老鱼知礼佛，活水任为家。

清磬维摩座，疏钟赵老茶。西来有何意，坞里尽桃花。

注：吉祥庵在县西（今桐庐县分水镇驻地），僧无我建，已圮。

谢真人庙

南山拱北极，津口好峰回。二水檐前合，千帆壁上来。

鲤浮占雾雨，龙隐蓄风雷。夜半人呼渡，芦花潜水隈。

注：谢真人庙在龙潭山（今桐庐县分水镇新龙村），明嘉靖年间知县俞庆云建。已圮。

雁字吟

逆风凛凛透霜衣，偏到天涯远处飞。四海无家能作客，浑身有字不愁饥。

云横素影毫尖淡，雨润修翎墨迹肥。莫欢衡南游未遍，年年写得楚词归。

○陈泰今 1 首

陈泰今，分水（今浙江省桐庐县百江镇百江村）人。清顺治十三年（1656）岁贡。

柳山远眺

柳庵高踞柳山腰，突兀撑空逼绛霄。坐挹垆峰香雾霭，俯临白水俗情消。
松槛漏月窥金笈，竹圃敲风和法馨。昼静无尘禅自定，凭栏惟觉趣超超。

注：柳山，在桐庐县百江镇百江村广王岭南，海拔210米。"柳山远眺"为"百扛（百江）八景"之一。

○胡必誉 3 首

胡必誉，号淡若，全州（今广西壮族自治区）人。清康熙十年（1671）至十八年（1679）任分水知县，有惠政。

王节妇伍氏

飱冰食蘗度遐龄，堂上金萱即女贞。菱镜四旬鸾独舞，柏舟三复雁空鸣。
松筠短径清霜操，刀尺虚窗夜雨声。伫盼旌闾哀令德，还看子贵表陈情。

忧 旱

三夏兴东菑，田功务岁时。久绝云霓望，屯膏胡弗施。
焦土成石田，荷锄亦奚为。禾秧日以槁，桔槔日以疲。
虔祷莫回天，徒令长吏悲。兆咎桑弘羊，太白昼见西。
孽蝗更肆虐，毕星水气离。三复云汉章，恫此靡孑遗。
闾里多眚灾，相渐见荐饥。巨室空储积，老弱皆臝羸。
贫者就沟壑，富者亦倾危。蕨薇甘枵腹，涕泗仰天欷。

望 瀹

嗟彼庶仳俪，咎征奚事卜。人事多错违，天道何愆伏。
可怜胼胝勤，无以充饘粥。未赐半年租，犹枵兆民腹。
望赈来九天，欢将万井传。尧舜能博施，奚如文帝贤。
固知王居涣，不若田租瀹。瀹之国计乏，不瀹民命悬。

请问大司农，两难孰当先。余本折腰吏，谋国奚知计。
万姓已嗷嗷，束手惭国治。支枕愁不眠，濡毫聊尔志。

○费俊 1 首

费俊（1656—1723），字慧先、鹊峰，归安（今浙江省湖州）人，清朝福建建宁镇总兵、左都督。

谒严先生祠

汉莽乱天纪，四海昏朦中。南阳气一新，群瞽开鸿蒙。炎德虽中兴，
声教犹未崇。光武鉴其源，礼贤乃加隆。物色我故人，梦赍将无同。
羊裘非矫情，志与巢许通。观其经世语，岂是遁世翁。时清政已平，
奚事助理功。钓竿有余清，何必登三公。天子不知贵，安知耿邓雄。
春陵亦变迁，云台亦飘蓬。只今富春山，清节凌苍穹。我来祠下拜，
低回祖遗风。高山郁崔嵬，江水流无穷。客星夜煌煌，天地相始终。

○李崧 2 首

李崧（1656—1736），字静山，号芥轩，清无锡（今江苏省）人。布衣，隐居不仕，居鹅湖之洗香园。工诗，善画芦雁。年七十余，两目尽盲，犹口占诗，令幼孙书之。有《芥轩诗集》《浣香词》。

严先生钓台

客星犯座应苍穹，略迹论心见古风。高隐首开东汉节，中兴默佐赤符功。
云台事业归名将，泽国烟霞让钓翁。七尺丝纶任舒卷，桐江却与渭川同。

幽　居

生逢汉光武，不愿上云台。想寄桐江雨，披裘入梦来。

○戴有祺 8 首

戴有祺（1657—1711），号珑严，江南金山卫（今上海市金山）人。清康熙三十年（1691）状元，授职翰林院修撰，掌修国史。不久告假回乡服丧。四十一年（1702）降职为候补知县，未赴，归乡隐居。有《慵斋文集》《寻乐斋诗集》等。

严陵道中四首

几日清阳里，溅溅溯碧湍。忽惊逢峭壁，知是到严滩。
松柏森然俯，溪山分外寒。应怜空谷溷，时有虎相看。

其　二

插天双岭峙，乱翠一台孤。千载思狂态，斯人竟钓徒。
山空林薄响，祠冷水云俱。寂寞清江侧，何如赐镜湖。

其　三

直教天上坐，涧底俯山峰。千仞惊攒石，分流会急冲。
险夷何倏忽，枕漱且从容。破浪非吾意，君看鸥睡浓。

其　四

山到垂纶处，苍苍翠万重。泷声兼水石，云气冷杉松。
劲草无人迹，悬崖有虎踪。当年瞻庙貌，曾此对双峰。

梦过严陵钓台四首

把钓人何处，荒台自古今。高风不可挹，只许梦中寻。

其　二

故人作天子，狂奴不肯仕。昨夜梦中人，其狂不可似。

其 三

双峰立万仞，千古占烟霞。把臂吾何敢，难忘清梦赊。

其 四

先生今罢钓，石畔水犹寒。料得清风里，萧萧鹭满滩。

○胡德迈1首

胡德迈（1660—1715），字卓人，号鹿亭，鄞县（今浙江省宁波）人。清康熙十六年（1677）举人，官顺天府丞，由中书擢御史。能诗，工书法，富收藏。得康熙赏识，获赐御书。遂在宁波筑"宝墨阁"以谢天恩。有《适可轩近草》。

严州道中

客行当险道，辛苦念篙工。溪浅难容桨，帆穿不受风。
鸟啼残照里，人语万山中。故国江天外，心孤类转蓬。

○赵执信5首

赵执信（1662—1744），字伸符，号秋谷，益都（今山东省青州）人。清康熙十八年（1679）进士，改翰林院庶吉士，授编修。历擢右春坊右赞善，以国恤中与友人宴饮观剧，被劾削籍，归而纵情诗酒，终极天趣。有《饴山诗集》《饴山文集》。

桐君山

仙人偶休息，名与此山分。何不随黄帝，而来卧白云。
荒亭留鹤怨，远浪蹙龙文。好去空岩畔，载桐长对君。

桐 庐

烟袅寒山似在空，三江合处碧濛濛。回舟忽入楼台影，无数人家秋雨中。

富春山下口号

浮家水爱挼蓝色，垂钓山依叠翠屏。到此偏宜弃官职，前身恨不妙丹青。

严先生祠墓

先生高卧耽江山，下见汉火燔复燃。直钩而钓心悠闲，一朝蒲轮贲空谷。
直上九重企两足，麻鞋戏搁天子腹。帝座巍峨不少顷，千秋此帝容客星。
潜光归去天冥冥，遗祠正对高冢开。云林烟水清无埃，原陵荒草谁低回。

重经钓台

严陵气高洁，本自宜清秋。鼓栧江山晓，茫茫感昨游。
楝风纷岭绣，梅雨涨滩流。谁把一竿竹，来披五月裘。

○孙宝仁 1 首

孙宝仁，字伯纯，一字学淳，一作学浦，益都（今山东省青州）人。清康熙时贡生。诗、书、画皆臻妙境，与同里赵执信、般阳李尧臣相唱和。有《禹石楼集》。

严陵钓台

山高水碧竹纷纷，五月羊裘独上闻。我爱狂奴容故态，谁知野客动星文。
归来樵径眠芳草，老去渔蓑付白云。谁谓中兴须助理，绛衣天子自能君。

○张奕光 3 首

张奕光，字兰佩，号东亭，仁和（今浙江省杭州）人。有《张东亭回文集》（又称《东亭别集》）。

恭题赐书图为扶风令毛待旆作

毛公清白吏之子孙，世世为吏沐君恩。旌闾建坊表奇节，事业彪炳传
纪存。我师（鹤舫先生）昭代名进士，作宰祥符称大治。化民礼乐课农桑，

兼善催科与抚字。大臣内外交相荐，天子临轩亲召见。宫袍颁赐天语温，小心捧出文华殿。今幸嗣君能接武，扶风之民比召父。三载正当考绩时，翠华龙旗适西顾。华岳山头行殿高，千官拜舞祝唐尧。贤能之员脱颖出，帝乃嘉赉酬勤劳。关东人参大如指，冰鲜鳇鱼肥且美。奉亲祀祖恩优渥，圣藻辉煌押玉玺。砻石抚榻为珍藏，增写图画工装潢。桐江闻子（汝藩）真妙笔，惨淡经营不失一。觚棱金爵玉墀前，顺看活现威仪似。从来大节重君亲，知君图此非无因。一以承先一启后，肯使簪缨夸向人。我惭廿年南北走，其如巧遭苦不遇。垂老犹怀一卷书，天家之物复何有。负君负亲兼负师，对此不觉生嗟咨。题罢还君复有请，宸翰再塌须寄贻。

送王震舒归严陵

风帆一挂轻舟去，永夏长江照日曛。红灼灼霞朝映树，白层层浪暮疑云。空台钓客无船泊，小县桐溪有水分。通梦两心愁别话，促装归里故思君。

题严陵黄次万坐朴巢园遗卷

深深树里云藏屋，石几横开一卷诗。吟咏半愁缘旅客，画图留迹寄迁痴。禽鸣昼院春归梦，月照梨花雪满枝。琴碎久悲人蚤逝，小窗闲玩把君思。

○吕履恒 1 首

吕履恒，字元素，号坦庵，新安（今河南省）人。清康熙三十三年（1694）进士，官至户部侍郎。工诗。有《梦月岩集》《冶古堂集》。

严子陵祠

霜落秋城木叶丹，客星祠畔肃衣冠。故人无意骄同卧，天子何能屈一官。严濑江山空浩渺，原陵松柏自高寒。东都多少知名士，不及冥鸿一羽翰。

○程瑞祊 6 首

程瑞祊（1666—1719），字姬田，休宁（今安徽省）人。清康熙三十年（1691）岁贡生，候选中行评博，内阁中书。不求仕进，以访胜读书为乐，有《麟经集义》《飘风过耳集》《京华搜玉集》《槐江诗钞》等。

雨后江行过钓台

夜雨滴征篷，晨兴还未止。满目悉乡愁，淅沥况入耳。昼长似小年，销磨惟子史。所喜亲串偕，时复谈井里。煮茗汲山泉，下酒烹脍鲤。偶迂林壑佳，欢然长色喜。雨霁露微阳，山光新浴始。栋宇渐倾欹，钓台东汉起。一竿老羊裘，古之隐君子。行行还入舟，苍翠落江水。

过钓台次施愚山韵

半岭松杉色，空江结夕阳。钓丝垂千古，清节重于今。
碣任苍苔蚀，诗归故老吟。冥鸿天外杳，烟水一何深。

严　滩

青山烟雨一江寒，遁迹惟期老钓竿。处士风高辞聘易，故人情重不臣难。牺牛入庙原如幻，野鹤乘云尽自宽。贵不易交惟白水，客星终得照严滩。

过钓台

钓丝长伴水云闲，今古勋名一瞬间。带砺已残余片石，沧桑无恙只青山。离魂尽被秋烟卷，归棹全同倦鸟还。台上空留东汉月，夜深犹白照松关。

桐　庐

郭外环如带，高斋对大江。烟云迷断岭，苍翠落空窗。
古朴疑村野，淳庞让此邦。桐君山在望，可许泊轻艭。

舟泊桐江

几年寻旧路，暑退复拿舟。潮落惊新涨，山空觉早秋。
鱼虾生计贱，烟树画图幽。爱尔桐江水，清清月一钩。

○方苞 1 首

方苞（1668—1749），字凤九、灵皋，号望溪，安徽桐城人。清康熙四十五年（1706）进士。乾隆元年（1736），帝知其文学优长，命入南书房，累擢礼部侍郎，后辞归。有《望溪文集》《方苞集》。

严子陵

君臣本朋友，随世分污隆。先生三季后，独慕巢由踪。真主出儒素，
千秋难再逢。故人同卧榻，匪直风云从。孤高一身远，大猷千古空。
岂伊交尚浅，将毋道未充。卧龙如际此，焉敢伏隆中。

○顾忠 1 首

顾忠（1669—1747），字友京，号秋圃，金匮（今江苏省无锡）人。清康熙时顺天庠生。有《往深斋集》《秋圃诗草》。

忆严滩

归来忽忆过严滩，曾肃衣冠拜石坛。画壁龙蛇仍漫灭，刺天松柏亦凋残。
桐君故里云山近，朱噣歌声涕泪干。此日临风重惆怅，几人能不负渔竿。

○汪绎 2 首

汪绎（1671—1706），字玉轮，号东山，常熟（今江苏省）人。清康熙三十六年（1697）举进士第一，授修撰。有《秋影楼诗集》。

早过钓台两首

水涸霜清酿晓寒，独工无味叶声干。不多一枕蓬窗日，睡过严陵七里滩。

其 二

清才犹自混风尘，众里空惊鹤立身。莫叹地偏官未显，羊裘老子是州民。

○董玘 1 首

董玘(1672—1729)，字玉崖，号文山，通海(今云南省)人。清康熙三十九年(1700)进士，改庶吉士，授检讨。有《赐书堂诗集》。

题严先生钓台次韵

高隐留仙躅，鸣桡此暂停。水当冬夜白，山自汉时青。
一片寒江石，千秋太史星。孤标犹可接，底事怅飘零。

○沈德潜 4 首

沈德潜(1673—1769)，字确士，号归愚，长洲(今江苏省苏州)人。清乾隆元年(1736)，以廪生试博学鸿词，四年(1739)进士。授编修，累迁侍读、左庶子、侍讲学士、日讲起居注官、内阁学士，官至礼部侍郎。乾隆十四年(1749)，以原品休致。高宗赐诗极多。卒谥"文悫"。有《竹啸轩诗钞》《归愚诗文钞》《说诗晬语》等。

经七里濑谒严先生祠

乱峰束清流，千折景明丽。先生栖其间，游钓适我意。故人为天子，
何与狂奴事。三公亦浮云，恶有一谏议。范史空矜张，所重禄与位。
我来谒古祠，清风披薜荔。仰视箕颍心，冥鸿想天际。钓台留遗踪，
峻嶒俯无地。下视舟行客，茫茫总名利。

自七里濑至乌石滩作

玄英宅已遥，钓台尚堪揽。轻帆入清湍，漾漾风微飐。江狭千曲纡，
山隔两涯敛。沙明砾可拾，翠映波疑染。鸥鹭各为群，眠立雪分点。
成桥传喧喧，津鼓闻纭纭。峰合路欲穷，境转仍潋滟。篙师与滩争，
利便忘夷险。一折复一滩，撇捩服其敢。怪禽啼丛木，炊烟上崖广。

无营景俱恬，有得意弥慊。建德昔名邦，云外指黮默。长吟怀谢公，
今古同所感。

谢皋羽墓

丞相已成仁，遗民剩一身。西台曾恸哭，古墓不逢春。
朱鸟魂应返，严祠地许邻。高吟晞发咏，山鬼亦伤神。

赋得严陵钓台送友之兰溪

新安江清清见底，富春山高枕江水。严陵曾此把钓竿，荒台寂寞云烟里。
猿惊鹤怨已千秋，濑水潺湲日夜流。征帆晚过桐庐下，应有清风送客舟。

○陈苌 21 首

陈苌，字玉文，号雪川，吴江（今江苏省苏州）人。清康熙三十六年（1697）进士，
康熙四十年（1701）知桐庐县，在任六年，有政声。善诗文有《雪川诗稿》。

阆仙洞

石白泉清梦想余，春风间引暂停车。山花娇姹如迎芬，谷鸟间关似起居。
曲折瀑声经雨后，浅深山色展屏初。渔樵此亦他年可，何必狂歌忆孟诸。

桐江竹枝词二十首

村庄竞出看鞭春，马道今年簇簇新。远路不愁无歇处，女儿新结在坊亲。

其 二

子母牛眠大树阴，老农护惜倍劳心。耕田但替丁男力，未用金牛日粪金。

其 三

柴样樵来不值钱，老山朝去暮方还。两头换得三升米，只卖肩头不卖山。

其 四

谷雨村村摘嫩芽，纷纷香气出篱笆。山家客到无供给，泉水新烹自焙茶。

其 五

少妇缫丝堪织缣，小姑剥茧亦成绵。忽听打门催夏税，一齐掩泪向堂前。

其 六

砍将盐筴换盐灰，日暮山头未得回。打鼓画船何处客，题诗闲上钓台来。

其 七

梅雨连朝暑气催，麦田叶烂变枯荄。天公别有良方救，医用东风药用雷。

其 八

早稻收成两月强，无多只好凑屯粮。不知要与何人吃，不得农夫一口尝。

其 九

半月柴船盼不回，条鞭昨日到乡催。卯期好与行方便，再等江头一汛来。

其 十

六月山头势似焚，两潭遍祷竟无闻。天公要救农夫命，只费乌龙一缕云。

其十一

观音粉细白如银，儿女磨砻费苦辛。都向杭州城里卖，不知傅粉是何人。

其十二

家家儿女闹村庄，烧得东平一炷香。要识神前祈祷意，布幡边上细书长。

其十三

结亲那复论高低，生女由来性命微。七岁离家作新妇，一生不著嫁时衣。

其十四

柏子今年客价轻，村村采摘迓冬晴。华堂夜燕须烧烛，那怕山家少月明。

其十五

税重屯田莫怨嗟，半栽小米半胡麻。民屯犹比军屯好，儿女团圆尚一家。

其十六

幸甚今年虎患稀，家家豚犬满柴扉。昨朝枪手闲无事，打得山头雉兔归。

其十七

飞泉绕碓响如车，力少功多实可夸。水乐奏来凡几阕，新粳出白似桃花。

其十八

山高作炭路难通，一点山头火夜红。风雪家家煨榾柮，茆檐村里暖烘烘。

其十九

萧鼓田头祭赛忙，钟山米白酒如浆。一年辛苦今宵醉，齐到祠中看戏场。

其二十

山村乐事苦无多，只好官清与吏和。从此笛声牛背上，儿童争和竹枝歌。

○钱元昌 1 首

钱元昌（1676—？），字朝采，号野堂，又号一翁，海盐（今浙江省）人。清康熙四十一年（1702）举人，官贵州粮道。善诗、书、画。

钓 台

扪星捧日事难猜，偶爱高峰筑二台。若使求鱼真有意，不将万丈钓竿来。

○史凤辉 2 首

史凤辉（1679—1758），字南如，宜兴（今江苏省）人。清雍正七年（1729）举人。官内阁中书，乾隆初举荐博学鸿词。曾任严州府、武昌府同知。

钓台怀古两首

千载高风仰子陵，崇台突兀俯峻嶒。羊裘六月浑忘暑，缥币三加不受征。
浩渺江流侵素壁，凄清祠宇挂寒藤。我来展读希文记，肃拜先生唤莫膺。

其二

云台衮衮勒旗常，谁及先生姓字芳。高与巢由为伴侣，下凌邓耿若毫芒。
讵知帝腹尊严甚，只有桐江烟水长。宋室西台留恸哭，忠魂逸节两相望。

○陈珉 1 首

陈珉，字石民，海宁（今浙江省）人。清乾隆岁贡。

桐江舟次

此行殊不恶，一路饱看山。螺髻烟痕活，蛾眉翠影环。
花枝争妩媚，莺语任间关。望望严陵濑，高风不可攀。

○祝秉贞 1 首

祝秉贞，字德园，海宁（今浙江省）人。清康熙间贡生，官宣平教谕。有《今是堂诗草》。

发桐江

披星晓起出乡关，蜗角微石未许闲。山远云屯才露顶，江宽舟转不知湾。

風微茅店帘初定，霜冷枫林叶始斑。忽忆十年前过此，富春把酒看春山。

○王之敬 1 首

王之敬，清乾隆时兴化（今江苏泰州）人。

过钓台

铜雀高飞汉业沉，云台荒址杳难寻。争如片石横烟水，尚见清风亘古今。
鱼钓乍收新月落，羊裘未解白云深。低徊想象春山暮，漠漠松花满袖襟。

○成廷楫 1 首

成廷楫，字桂舟，号匏亭，钱塘（今浙江省杭州）人。清康熙五十年（1711）乡荐，授淳安教谕。

发新安江

新安建瓴水，齐汇入桐江。岸矗双台影，潮回七里泷。
林灯述远浦，渔笛送孤艭。鸥鹭情应喜，鱼龙气欲降。
角声飘古戍，月色冷篷窗。客意方牢落，僧钟何处撞。

○汪洪度 1 首

汪洪度，字子鼎，号息庐，歙县（今安徽省）人。清康熙间诸生，工诗古文及书画，晚年归卧黄山。有《息庐诗》《黄山领要录》等。

七里濑

日照丹霞西，雨来青嶂东。船头气澄碧，船尾阴溟蒙。峰交路疑尽，
溪回趣无穷。渚滑水禽悦，径碧岩花秾。束发志沉冥，思蹑客星踪。
曩游已十载，老夫仍飘蓬。山顶石乳滴，服食使颜红。丹梯不可上，
神仙杳难逢。何日谢尘缘，烟没从钓翁。

○吴履泰 1 首

吴履泰，侯官（今福建省福州）人，清雍正八年（1730）进士。

钓 台

千古高风一水隈，登临石上足徘徊。召来不改巢由志，隐去难窥管乐才。
七里涛声惊俗耳，半天云影入奇怀。汉家陵寝谁相问，此地先生尚有台。

○顾周 1 首

顾周，字又思，海宁（今浙江省）人。清雍正举人，官至通政司副使。

过严陵钓台

东汉崇气节，清风先生独。狂奴不可羁，并非异熊卜。
双台插九霄，天为客星筑。空烦束帛戈，终不糜鼎铼。
夜卧仍故人，岂知天子腹。云台今安在，钓竿犹悬目。
我来乏蘋藻，江水手盈掬。引领意徘徊，白云瀚祠屋。

○傅赓说 1 首

傅赓说，萧山（今浙江省）人。清雍正廪贡，十二年（1734）任分水（今浙江省桐庐）教谕。

咏陈应斗御史忠迹

遥望金川雪涕痕，捐躯轶史著清明。遗弓难挽龙髯坠，若斧空余马鬣存。
万古青枫啼怨魄，九原碧血裹忠魂。至今柏府风骚屑，长见乌朝恋旧恩。

○李勋 7 首

李勋，镇远（今贵州省）人。出生行伍，清乾隆间，累官云南提督，按抚边民，有政声。卒加太子太保，谥"庄毅"。

钓台十五首选七

浙西二百里，奇绝是双台。有山谁作主，端侯客星来。

其 二

独持百尺竿，高垂千丈缕。欲钓潭底鱼，山月沉江浦。

其 三

悬崖三十仞，清泷六七里。长啸谒先生，闲云四面起。

其 四

扳萝上钓台，东临复西眺。搔首问垂纶，山水何缥缈。

其 五

白云对山出，今古常依依。恸哭谢皋羽，啸傲方雄飞。

其 六

光武龙潜交，应是英雄类。如何帏幄中，不预征谋议。

其 七

东汉尚节气，丝竿作瓣香。今日渔樵客，何事仰高冈。

○陈祖望 1 首

陈祖望，字冀子，号释乡，清会稽（今浙江省绍兴）人。诸生。工诗善书，有《思退堂诗钞》。

七里泷怀古

天子故人生不臣，丞相故人死不负。两朝气节系两公，或开其先或居后。

袁韶作宰范公记，和以悲歌竹如意。各有千秋并不磨，文章自写胸中事。
桐江钓客方补唇，青山占得长垂纶。君王亦自重隐逸，恩宠虽加非及身。
贱子飘零艰一弟，差幸生当太平世。纵使贫无五月裘，青笠绿蓑须早制。

○宋楠 1 首

宋楠，字丹林，建德（今浙江省）人。清雍正八年（1730）进士，授检讨，分校礼闱，升左春坊左赞善，参修《明史》。

七里泷

桐江折而西，滩急港名溜。长滩分上下，步步强弩彀。滩尽始入泷，
沉沉井底甃。古藤络巉岩，阴崖失晴昼。山如劈斧皴，水作青罗绉。
巨灵伸两拳，拔地矗奇秀。东台势谽谺，心角互钩斗。破中出石笋，
寻丈不可究。西台势轮囷，俯入坤轴厚。石理横界断，重叠两棋覆。
两台峙江心，积铁古苔绣。其旁出孤松，附石并坚瘦。千年饱风霜，
岁久益伛偻。高高历星汉，趑趄落猿狖。阴阴云木合，瑟瑟风簧奏。
团团网罟集，隐隐帆樯辏。泼泼鱼自跳，嘤嘤鸟初彀。鳞鳞庵下屋，
只只路旁堠。依依烟雾横，晶晶砂石糅。丁丁响樵斧，溅溅鸣乳窦。
朝昏各变态，光景难刻镂。我生山水窟，还往此中旧。翻以屡经过，
妙境眼前漏。竭来向风尘，仆仆牛马走。燕南赵北际，所见多朴陋。
归来眼忽明，乃有此佳觏。近复客吴闽，好山日邂近。丹青粉本摹，
仅可称苑囿。宁知奥区固，造物穷结构。举手谢山灵，形骸愧尘垢。
微吟向清流，吾齿或可漱。

○陈常 1 首

陈常，字时夏，仁和（今浙江省杭州）人。清康熙时官鄞县、兰溪司训。

谒严子陵

莫笑鱼虾老此身，钓竿头上有经纶。天开奇局成高士，地辟双台著散人。

岂为功名矜气节，不将朋友易君臣。偶然寤寐浑闲事，留与渔樵说富春。

○何熊 1 首

何熊，榜名维熊，字叔熊，又字太占，号一斋，钱塘（今浙江省杭州）人。清雍正十三年（1735）举人，历官祁阳知县。有《世经堂集》《滇南纪游》《选竹山房吟稿》。

富春江晚泊

青山如画绕孤城，十幅蒲帆第一程。落日未沉风力健，满江寒色待潮生。

○周丙曾 1 首

周丙曾，字子固，号一山，山阴（今浙江省绍兴）人。清乾隆时诸生。有《南嬉集》。

歌舞岗怀古

越秀之峰万山主，老佗定中启疆宇。越王高台天半柱，平绿冈头妙歌舞。
人代变迁如过雨，叹息美人化黄土。只今数闻父老语，五层巍楼即基础。
楼中六月无寒暑，下视行人眇豆黍。近岁羊城禁歌女，此风流传自往古。
化行俗改非东鲁，强令遏之无乃腐。时清不闻里巷鼓，暮山空见彩虹吐。

注：歌舞岗，即歌舞岭，在桐庐、建德界。相传伍子胥避难至此，既免，喜而歌舞，故名。

○唐英 4 首

唐英（1682—1756），字俊公，一字叔子，号蜗寄老人，清沈阳（今辽宁省）人。隶清汉军正白旗。历淮关、九江关、粤海关监督，曾主官窑事，制器甚精，世称"唐窑"。有《古柏堂传奇》十三种及诗集《陶人心语》等。

过分水龙王庙口占

疏瀹通南北，功垂利涉深。惠源开济汶，遗泽祀周金。
志快中流楫，人归逝水心。蒙庄余兴在，游泳足豪吟。

注:《分水县志》载分水龙王庙有多处,一是谢真人庙,在县东龙潭山;二是龙神庙,在县东马家坞山;三是白水龙王庙,在县南十五里;四是紫龙王庙,在县西南紫龙山。据编者考察,诗题"过分水龙王庙"应是龙潭山谢真人庙。

前题再成三截句

舟缓人心快,水分兴不分。扶摇从此上,指日访匡君。

其　二

连朝行濡滞,此日入通津。天地恩波沐,回看逆水人。

其　三

二水分流处,千帆自去来。龙门今已到,湖海兴悠哉。

○郑江 1 首

郑江(1682—1745),字玑尺,号筠谷,钱塘(今浙江省杭州)人。清康熙五十七年(1718)进士,充《明史》馆纂修官。历任考官,督学安徽,迁侍讲,进侍读,充《明史纲目》纂修官。以足疾告归。有《筠谷诗钞》《书带草堂诗文集》《春秋集义》《诗经集诂》《礼记集注》等。

钓　台

高台俯映暮江清,叶叶风帆尽日行。碧水几时停过客,青山终古属先生。可知遁世原持世,始信逃名是爱名。惭愧萍逢无定迹,沧洲暂借濯尘缨。

○黄任 1 首

黄任(1683—1768),字莘田,号十砚老人,永福(今福建省永泰)人。清康熙四十一年(1702)举人,官广东四会知县。罢官归。年八十余而卒。有《秋江集》《香草斋集》。

七里泷

终日岚光湿画幢,有时松露滴窗篷。一声橹板千岩响,知在诸峰未出泷。

○李莹 1 首

李莹，字景性，直隶元城（今河北省大名）人。清康熙四十五年（1706）进士。

严　滩

故友谈心朕足眠，客星犯座怪无端。云台图像寻常事，争及羊裘一钓竿。

○梁启心 1 首

梁启心，初名诗南，字首存，号蔎林，仁和籍，钱塘（今浙江省杭州）人。文濂子。清乾隆四年（1739）进士，改庶吉士，授编修。有《南香草堂诗集》。

朴山方先生至自睦州即席赋呈

子陵台畔水粼粼，一夕扁舟下富春。犹记后堂容我到，不逢前席竟谁陈。闲征剩事添诗料，笑傍寒花迟酒人。白发尊前风义在，年年小别不须论。

○吴瞻淇 1 首

吴瞻淇，字漪堂，歙县（今安徽省）人。清康熙四十二年（1703）进士，官翰林院庶吉士。

夜次严陵

忽见桐江树，回头失富春。中天一片月，千古两高人。
世乱宜晞发，时平亦洁身。清风迎客棹，欲为涤征尘。

○卓尔堪 1 首

卓尔堪，字子任，号鹿墟，一号宝香山人，江都（今江苏扬州）人，一作仁和（今浙江杭州）人。清康熙时在世。幼习武艺，曾从李之芳军征讨耿精忠，官右军先锋，屡立战功。

雨中富春江上

云吐乱山青隐隐，汀沙浦树各参差。富春江上不逢雨，谁识南宫画有师。

○金淳 2 首

金淳，字曲农，清乾隆时仁和（今浙江省杭州）人。

过严陵钓台

直将轩冕等泥涂，占断溪山入画图。天子不能官钓叟，仙人只合壻狂奴。
藓埋残碣门常掩，鸦乱空林日又晡。侧想高风荐芳芷，不知何处酒堪沽。

其　二

笑隐南阳隐富春，富春山色郁嶙峋。云台勋业归诸将，大泽烟波老故人。
岂必披裘能祚汉，即看斩木竟亡新。我来一事堪疑甚，千尺冈头下钓缗。

○沈庆曾 1 首

沈庆曾，字骏文，号学圃，清乾隆仁和（今浙江省杭州）人岁贡生。官绍兴府学训导。
有《觳音集》。

舟次富春

离家才百里，旅况已凄然。孤雁冲寒月，扁舟宿暮烟。
心随秋叶乱，身傍水鸥眠。欲问如何夜，荒鸡促晓天。

○蒋在楠 2 首

蒋在楠，字倚江，清乾嘉时寿昌（今浙江省建德）人。有《林南诗文稿》。

桐君庙

十里楣溪翠潋平，仙人祠宇傍高城。山中采药空留姓，江上停舟莫问名。
细草春香禅院静，疏桐秋老石坛明。只今庙并双台立，应与先生一样清。

和聂京圃太守雨夕抵寿以兴复书院勖邑绅士原韵

为殷考绩历关河，五马行旌向晚过。艾水千畦添渥泽，桐江一棹起微波。

官箴共勖勤兼慎，士气群扬轴与迈。书塾久荒今再茸，作人伫见汦生栽。

○符曾 3 首

符曾（1688—1760），字幼鲁，一字药林，晚号贯翁，钱塘（今浙江省杭州）人。清乾隆十二年（1747）举博学鸿词，累官至户部郎中。有《赏雨茅屋小稿》《春凫小稿》等。

过建德

桐君山下晚潮生，短棹轻舟狎浪行。我欲披蓑问烟水，桃花三日雪初晴。

舟入严滩

七里严陵濑，高风忆客星。祠边谁酹酒，台上只空亭。
烟筱洒寒碧，藤花落晚青。尚余好岩壑，饱看入苍冥。

严滩即事柬玉几生

暂借春光送客船，樱桃风紧媚晴川。不逢笠泽安茶灶，可惜空过十九泉。

○李清植 1 首

李清植（1690—1745），字立侯，号穆亭，安溪（今福建省）人。清雍正二年（1724）进士，授翰林院庶吉士。五年授编修。历官右春坊中允、翰林院侍讲、浙江学政、詹事府詹事、内阁学士兼礼部侍郎、礼部左侍郎。

过钓台作

洄溯桐江浒，高崖夹寒湍。荒台临泱漭，峭壁立巉岏。清风出祠宇，
我来一整冠。确然思龙德，迹与箕颍班。访筑形惟肖，后车载不还。
华采旧羊鞟，丝纶一钓竿。遂令天爵重，不假故人权。风俗日淳古，
成功及百年。自从此人去，客星久离躔。徒余富春水，寂寞伴枫烟。

○王经邦 5 首

王经邦，号燮斋，分水（今浙江省桐庐）人。清雍正二年（1724）举人，官内阁中书。

仙人石室

缑岭笙歌旧有仙，吹台高踞万峰巅。空留石室无人扫，深锁云霄第一天。

石柱擎天

烟锁云封谷转奇，摩天石柱望迷离。斜阳影里苔痕绿，百丈高崖接九嶷。

龙门峻岭

龙门鼓浪几千层，峻岭高横拾级登。小寺山僧来绝顶，晓钟常待日初升。

五洞流泉

玲珑怪石锁当前，山下潺潺五道泉。应有蛟龙蟠石窟，当将膏雨润山田。

奇崖开口

山崖壁立洞生风，石穴清流一线通。共说天翁开笑口，吞云吐雾走虚空。

注："仙人石室""石柱擎天""龙门峻岭""五洞流泉""奇崖开口"为招贤（今桐庐县瑶琳镇琴溪村）村景诗。原载《分阳珠村王氏宗谱》。

○鲍珍 1 首

鲍珍（1690—1748），字冠亭，一字西冈，号辛圃，晚号待翁，应州（今山西省应县）人，隶汉军正红旗。清康熙间贡生。历官长兴知县、嘉兴府海防同知。有《道腴堂全集》。

登钓台

松色荫奇壁，树黄犹带秋。昔人不可见，归路得闲游。

风景自千古，登临消百忧。持竿问渔父，钓罢复何求。

○黄子云 3 首

黄子云（1691—1754），字士龙，号野鸿，清昆山（今江苏省）人。有《野鸿诗稿》《长吟阁诗》。

自桐庐次富春江口

连山塞东南，两岸夹日月。冥冥含元精，木石皆奇倔。标摧栖鹘巢，
湍迸潜虬窟。弯澴七里泷，艰险逾溟渤。卓哉羊裘翁，千春炳高节。
江声暮不死，岸容春更活。悠悠六合中，吾道照岩穴。

谒严先生祠

一自中兴后，青山有故人。何心薄轩冕，励俗亦经纶。
遗庙辉千祀，高风荡八垠。由来岩穴士，屑屑耻为臣。

严子陵

子陵天子之故人，风节到今开斯民。千里江山标姓字，一州志乘忍湮沦。

○厉鹗 3 首

厉鹗（1692—1752），字太鸿，又字雄飞，号樊榭、南湖花隐等，钱塘（今浙江杭州）人，清代著名诗人、学者，浙西词派中坚人物。有《樊榭山房集》《宋诗纪事》《辽史拾遗》《东城杂记》《南宋杂事诗》等。

夜泊桐庐

弥楫桐君山，欲谒桐君祠。桐君不可见，月黑山参差。
是时秋江明，远近生寒漪。村深犬吠客，夜静鹊绕枝。
卧听戍角声，悲杂松风吹。作客山水乡，尘土何由缁。

七里濑钓台下作

山入严滩合沓遮，滩声尽日走云沙。禽鱼不解留行客，乡里唯闻垂钓家。

袅袅凉风帆影转，层层僧舍竹光斜。补唇晞发诗魂在，搜遍枯肠自煮茶。

雪中答子珍睦州见寄

萦盈复纷糅，新雪暖炉前。忽枉瑶华赠，能令幽思传。
寒声严濑水，晓色定山烟。何日偕桑苎，来寻十九泉。

○郑燮 1 首

郑燮（1693—1765），字克柔，号理庵，又号板桥，人称板桥先生，祖籍苏州。兴化（今江苏省）人，清乾隆元年（1736）进士。官河南范县、山东潍县县令，有政声，"以岁饥为民请赈，忤大吏，遂乞病归"。诗书画俱工，有《板桥全集》。

赠周景柱

曾约严江去钓鱼，春风江上草为庐。如何万里无消耗，君屈衔官我簿书。

○严遂成 3 首

严遂成（1694—？），字崧瞻，号海珊，乌程（今浙江省湖州）人。清雍正二年（1724）进士，授知县。乾隆丙辰举博学鸿词，历官嵩明知州。有《明史杂咏》《海珊诗》。

钓　台

四七之际火德新，彗云雷野灵觋甄。绛衣大冠变帝服，犹是性勤稼穑骑牛人。先生掉头不肯住，眼中突兀见天子。天子安得与客俱，犯座星应占太史。君不见、千秋亭九成陌，赤伏符今不赤。又不见、南宫壁上图功臣，功臣子孙行负薪。独有钓台一片石，东西对峙三千春。呜呼，建武苦兵锐求治，往来屑屑征车至。旋登黄霸录遗文，首举伏湛典旧制。买菜求益懒复书，老矣何堪责吏事。鸿飞影灭大江东，钓竿不以换三公。砺俗磨钝导先路，名贤蔚起部党中。继续遗民独行传，山高水长先生风。

七里泷

东台西台相对看，咿咿轧轧船上滩。水漪不生那容唾，山翠欲落如可餐。
修鲤跃波雨点大，怪禽呼树风声寒。此间真个无六月，篷背露坐星阑干。

鸬鹚滩

钓台倒影镜空明，犹记弯环七里程。一夜鸬鹚滩上泊，晓烟啼彻画眉声。

○杭世骏 5 首

杭世骏(1695—1773)，字大宗，号堇浦，仁和(今浙江省杭州)人。清雍正二年(1724)举人，乾隆元年（1736）召试博学鸿词，授翰林院编修。有《道古堂集》。

题严光传后两首

坚卧难教姓氏埋，至今严濑有高台。若为不著羊裘钓，更有何人物色来。

其　二

一卷尚书受业新，买驴给费剧艰辛。庐江尚有韩同舍，只说先生是故人。

七里濑用康乐韵

读书面前修，夙昔蕴嘉眺。帆迟路转纡，景入山逾峭。
绝代揖孤潜，荒涂隐客曜。鱼衔堕叶沉，鸥倚丛竹啸。
披裘既沉冥，晞发亦宏妙。共葆遗世情，庶远攒峰诮。
高台蔓荒烟，千古仰垂钓。手无竹如意，叩舷未殊调。

子陵台两首

滩回峰转引帆来，江草连沙划浪开。迫暮拣枝鸦背重，乱风斜雨子陵台。

其　二

浙河东去一条江，才过桐庐便作双。七里泷边山势束，乱飞潮沫打蓬窗。

○董邦达 1 首

董邦达（1696—1769），字孚存、争存，号东山、非闻，浙江富阳人，清代官员、书画家。雍正十一年进士，乾隆二年授编修，官终礼部尚书，谥文恪。好书、画、篆、隶得古法，山水取法元人，善用枯笔。其风格在娄东、虞山派之间。与董源、董其昌并称"三董"。

题青林红叶图

青林红叶照秋潭，挂席微风镜画涵。一段清光描不得，桐君山北富江南。

○胡天游 2 首

胡天游（1696—1758），一名骏，字稚威，号云持，初姓方，名游，山阴（今浙江省绍兴）人。清雍正间副贡，乾隆元年（1736）举鸿博，因病未终场而出。后客死山西。有《石笥山房文集》《石笥山房诗集》。

严子陵两首

四海为家更不知，故人犹忆十年期。相从稳卧兼摩腹，正是长安共学时。

其　二

大泽高风万古清，云霄飞翰杳冥冥。不应偶为刘文叔，天上才宜有客星。

○刘大櫆 2 首

刘大櫆（1697—1780），字才甫，号海峰，桐城（今安徽省）人。清雍正间两举副贡生，乾隆时举荐鸿博、经学，皆报罢。出为黟县教谕。工古文。有《海峰诗文集》。

钓　台

万古桐江水，东流不住声。可怜江上月，犹似汉时明。

我适乘舟过，因怀出世情。殷勤一杯酒，满酌为先生。

过钓台

落笔云烟入妙来，富春山水画图开。征帆曾挂凉秋月，夜泊严陵古钓台。

○方遇光 3 首

方遇光，字觉堂，桐庐金牛乡（今浙江省桐庐县城南街道）人，方干二十六世孙。
清雍正元年（1723）举人。选守备。

咏始祖元英先生余癸卯北上从京市中购得始祖元英先生诗集爰作长歌一章以志之

我祖我祖灵在天，韬光养晦几经年。忆昔乘凫写蒲编，群推手笔大如椽。
涂歌巷咏犹有传，公独胡为尽弃捐。岂谓广陵散久湮，故且浮沉白云巅。
我今仰止无因缘，终夜思之忘寝眠。搜罗不惮路万千，芒鞋踏破眼几穿。
何幸典型犹未颠，遗稿忽遇在幽燕。初盼犹疑珠在渊，细玩方知是真诠。
霏霏玉屑口流涎，何用蹲踌豹未全。愧我绳武未及肩，聊学巴人续数联。

和陈明府题赠始祖元英公原韵两首

百世推崇两钓台，谁知西岛亦旋开。若非当代尊贤者，几负云源逸士才。

其 二

自昔风清伴钓台，百年云树一时开。今朝又获玑珠赠，更显先人八斗才。

○戴亨 2 首

戴亨，字通乾，号遂堂，汉军旗人。清康熙六十年（1721）进士，官齐河知县。
有《庆芝堂诗集》。

子陵钓台两首

人生各有志，乃在去就间。一钓成千古，高风不可攀。

其 二

世代更千载，高人去不回。富春江上月，独照子陵台。

○沈颖芳 1 首

沈颖芳（1702—1772），钱塘（今浙江省杭州）人。清乾隆间官河南按察使。

过钓台寄京都友人

子陵率真素，寂寞情所向。今古重轩裳，高风遂无尚。日夕行旅过，
谁复爱闲旷。濡首逐世营，纷纭走欲状。层滩溯轻舟，客星摇积浪。
白鸟闲不飞，孤云忌何傍。烟浓山渐暮，波细月初上。故人兰台居，
謇謇神情王。谁念征途悲，空城下里唱。旧港拥黄落，小槽熟新酿。
牵挛归计迟，开帆复惆怅。

○吴颖芳 1 首

吴颖芳（1702—1781），字西林，号临江乡人，清仁和（今浙江省杭州）人。信佛教，
号树虚。少时赴试场，为差役所诃，自此弃科举。与厉鹗为友，致力于诗，又精律
吕之学。有《吹豳录》《说文理董》《音韵讨论》《临江乡人集》。

入桐庐港怀张山人

由水渺何极，扁舟相因依。偶随意所惬，遂与清风期。昭豁岚光晚，
夷犹兰楫迟。崖阻若无路，鸟去随所之。孤客拭尘目，遐心摅幽思。
沙洲拾芳草，静谷搴紫芝。为耽沃州隐，愿与泥涂辞。夜櫺松下月，
朝洒矶上丝。流泉寄输委，浮云惜分离。阳光西望昃，叹息方自兹。

○王堡 1 首

王堡，字连城，号素亭，吴江（今江苏省苏州）人。清康熙间举人，乾隆间官
兵部主事、福建巡按。

舟过钓台怀古

蜿蜒万山连，纡回一溪络。遥瞻两台耸，并时石壁削。舟师指语予，
严陵此寄托。忆昔东汉时，求贤遍岩壑。先生本故人，与帝少同学。
物色逮高踪，累辟赴京洛。尊之以宾师，或肯展其略。如何除谏议，
乃欲縻以爵。士固有本志，进退自绰绰。威风千仞翔，樊笼那得着。
终老深山中，一生葆完璞。高节缅巢许，旷代同卓荦。得圣人之清，
超然殊众浊。遗踪剩钓矶，双亭孰营度。荒祠积翠间，遗像玉骨琢。
绕屋松几株，古干互参错。我来泛轻舫，仰止心虔恪。台下水潺潺，
台上云漠漠。君看云台将，勋名空炳烁。谁似富春叟，千古辉川岳。

○金志章 1 首

金志章，字绘酉，号江声，钱塘（今浙江省杭州）人。清雍正元年（1723）举人，由内阁中书迁侍读，出为直隶口北道。有《江声草堂诗集》。

游桐君山用萨天锡原韵

桐庐江水见底清，桐君山色青绕城。仙人指桐去千载，至今草木犹知名。
我来六月火云赤，为访名山侵晓出。芒鞋竹笠紫蕉衣，潇洒行踪杂樵牧。
松风迎客如有灵，笙竽响答洪涛鹰。丹岩转处洞门豁，石壁袅袅垂苍藤。
危楼一凭尘怀少，欲把仙书拾瑶草。西飞海鹤不归来，岭上荒祠白云老。

○周宣猷 2 首

周宣猷（1708—1768），字辰远，号雪舫，长沙（今湖南省）人。清雍正十一年（1733）进士，乾隆四年（1739）任桐庐知县。（1708—1768）调海盐，迁盐运使分司，累盐运判官。有《史短》《史记难家》《南北史撷》《雪舫诗钞》等。

游严陵山玩锦峰绣岭

系舟富春岸，策杖寻孤踪。岩洞何窈窕，林薄亦玲珑。
云霞开天绘，岞崿镂神工。灿然成五色，涧碧抱山红。

磴幽屡屡误，壁绝径复通。悠悠会静妙，寂寞乐虚冲。
缅怀羊裘客，万壑来清风。伊人不可见，翘首望崇隆。

春暮过九里洲梅畦麦径别有洞天

九里洲平一水湾，三春选胜破愁颜。绿云掩盖独眠稳，红雨翻飞鸟梦闲。
风俗千梅争太古，桑麻在野不尘寰。从今得知渔人路，竹杖藤舆信往还。

○华玉淳 1 首

华玉淳（1703—1758），字师道，号南林、澹园，金匮（今江苏省无锡）人。清雍正诸生，究经义，长算历。有《禹贡约义》《孝经通义》等。

泊舟严濑

夹岸林峦势往还，清流千折碧潺湲。此行一事堪相慰，看尽富春江上山。

○全祖望 3 首

全祖望(1705—1755)，字绍衣，号谢山，鄞县(今浙江省宁波)人。清雍正七年(1729)以诸生充选贡，入京师。十年（1732）举顺天乡试。乾隆元年（1736）成进士，选庶吉士。散馆，以知县用，遂归，不复出。有《鲒埼亭集》《经史问答》等。

严滩吊谢生两首

在昔紫微翁，说诗白云源。紫微已先去，白云满江村。

其二

荒江抚木末，尚有鲁公魂。我亦酹卮酒，一吊谢生坟。

姚江以诗招严子陵魂

先生降生处，岩壑良峥嵘。一朝桐庐去，老死应客星。化安瀑泉好，
神荥和仙菁（自注：荥湖之荥，菁江之菁，昔人以为神仙所食）。纵或不思蜀，

福地宁忘情。我思筑双台，东西招精英。魂盍归乎来，一曲江峰青。

○钱载 14 首

钱载（1708—1793），字坤一，号箨石，又号匏尊、壶尊，晚号万松居士，秀水（今浙江省嘉兴）人。清乾隆十七年（1752）进士，授编修，后授内阁学士兼礼部侍郎，上书房行走，《四库全书》总纂，山东学政。官至二品，而家道清贫，晚年卖画为生。工诗文精画，善水墨，尤工兰竹，有《箨石斋诗文集》。

入七里泷三首

雪滩雾初豁，风利已临泷。连山夹岸去，中有碧玉江。
山根互开阖，江势随之撞。纤纤被岸草，安知非蓠茳。
人行出鸟道，我饭依鱼矼。弱烟炊不起，响绝前村庞。

其 二

岭松苍且深，滩石净以黑。喔喔一鸡高，人家负崖仄。地力尽岂余，
活身随钓弋。终宵听江声，终岁见江色。门前等箸收，舍后尉罗即。
晴雨出何之，东西翠成塞。客如掬水尝，劳生此应息。

其 三

舵行逐峰转，屡转为逆风。峰峰当面起，隐隐疑水穷。
来帆掠峰出，风力云气中。我船送柔橹，缓与江流东。
浪花风斗激，绿散何迷濛。上瞻峰影仄，澹落阳光红。

严滩晚泊两首

众峰拥青林，未觉凋霜阴。回飙适相阻，意使留孤襟。江永此澄夕，
惜无人与琴。祠堂邻榜指，寥落犹传今。星月动寒影，山高心肃钦。
渔商自投侣，灯火方罢斟。我思渭滨叟，夫岂非同音。辉辉匡主德，
不在遗冠簪。复立空所际，列翠何其深。

其　二

荒台已千古，乃有一士节。泠泠竹如意，猿鸟为悲彻。此时灵傥偕，
风露睇清绝。波流逝安极，丛灌久成列。穷达秉寸心，孰非忠孝杰。
每尝幽旷遭，与世未能诀。悠悠篷底篇，皎皎沙上月。

桐庐感旧为龙岩李先生讳其昌字念常载壬子房师

泷中风水声，就枕不能寐。榜人误晓月，挂席已争利。微微远火生，
切切繁霜坠。桐君祠下江，十载故人至。别馆柳榆阴，回崖弦诵地。
生兮喑私艰，经带见清吏。南闽两暑归，西浙一行寄。复膺蜀川补，
远叱云栈骑。开心歃贪泉，映睫终下位。凄凄素旐飞，寂寂元堂闭。
长赊哭诸寝，再得经所治。人民聚秋烟，树木郁冬翠。森岭迎独客，
暗潮滴双泪。已矣平生言，能无感憔悴。

桐　江

富春山下梦，钱塘江上潮。竹枝将曲怨，枫叶似花飘。
片帆轻又重，初寒暮复朝。桐君旧相见，鬓丝殊未凋。

江　行

九里洲何渺，蘅芜送夕晖。青松时独立，白鸟必群飞。
短笛凉初起，新潮弱又归。相逢无谢客，不觉后芳菲。

桐庐两首

范公曾宦迹，越俗此烟浔。翠借峦为郭，喧忘市在林。
竹楼携客迥，研石读书深。若问神仙宅，桐花午正阴。

其　二

雨晴江淡荡，鸡犬夜清佳。月出下航渡，灯明丁字街。

春才足私焙，暑不到官斋。一舍鲈鱼美，狂奴故可怀。

滩 阻

青嶂白云媚，碧江红树妍。不因滩势阻，自著客情牵。
风雨抛双屐，图书伴一船。相留莫归去，望望近乡天。

一 湾

一湾复一湾，面面好青山。天每多情厚，人应寡务闲。
炊烟起枫坞，渔唱返柴关。曩哲思不得，遂归图画间。

富春江

山嫩江逾碧，江碧山尽春。一带萦纡转，两行窈窕陈。青松顶有鹭，
红树林无尘。潮上水平镜，潮来波绉鳞。远岸低曳烟，深坞静隔邻。
滩声且捣楮，峰影独垂纶。若种富春田，只作富春人。

语 船

篷窗寒日争一线，谚曰归心急如箭。病缘柔橹数让能，谬坐高滩独虞变。
虽然当急复可缓，我既分明尔方便。左盼若已严州城，东驰且谩桐庐县。
江山锦绣世多有，吴越中间孰此先。昔者夜过七里滩，譬之未识庐山面。
富春何必大岭画，兰亭所难真本见。入泷略为相徘徊，认水须知亦洄漩。
汉时严先生颇住，宋代谢参军且盼。百年那得佳处托，二台不吝幽人擅。
崖高只叫画眉鸟，日冷不飞青叶片。潮声折来是家江，忍性从而安笔砚。

○钱琦 1 首

钱琦（1709—1790），字相人，一字湘纯，号屿沙、述堂，晚号耕石老人，仁和（今
浙江省杭州）人。清乾隆二年（1737）进士，改庶吉士，授翰林院编修，历官河南道
御史、江苏按察使、福建布政使。有《澄碧斋诗钞》。

钓 台

图画功名安在哉，高风千古一渔台。此情惟有江潮解，流到滩前便急回。

○胡定 2 首

胡定（1709—1789），字登贤，清保昌（今广东省）人。清雍正十一年（1733）进士，授检讨，充《大清一统志》纂修官。乾隆五年，考选陕西道监察御史。有《双柏庐文集》《御纂通鉴纲目测议》。

钓台两首

严生卖卜伦，抗意钓璜外。亦有画像求，徒劳后车载。闭目谢文叔，
谏议不肯拜。偃仰御榻间，聊作故人会。长揖归富春，欲见不得再。
高卧佐中兴，流风开百代。所以徐孺辈，冥冥不可呈。至今山中人，
生涯甘钓耒。岩岩桐江台，浮云何芥蒂。登台清冷然，下台有遗嘅。
吾将濯吾缨，恐汗严陵濑。

其 二

王气春陵尽，严陵台独存。河山盟只重，箕颖道谁尊。
尚忆君房语，长占帝府昏。故人俱一代，感激更堪论。

○陈新燕 1 首

陈新燕，字商铭，分水（今浙江省桐庐县百江镇）人。清乾隆四年（1739）进士，任唐县知县，复调东光知县。后以祷雨积劳卒。

学士层峦

数合登瀛万象罗，暂来蜡屐此经过。他年缓步花砖入，毕竟风光更若何。

注：桐庐县百江镇朱毛坞北有十八峰称学士峰。

○陈祖蕃 1 首

陈祖蕃，名景运，又名尧，字黼世，号鸿轩，晚号古欢老人，仁和（今浙江省杭州）人。清乾隆间诸生。工书画，通印法。

题许榆村桐江垂钓图

知者心自妙，寄情流水间。沧浪歌未歇，濠濮意何闲。
野荻远侵岸，夕阳犹在山。孤舟原不系，直欲钓鳌还。

○六十七 2 首

六十七，号居鲁，满洲镶红旗人。清乾隆九年（1744）以户科给事中奉命巡视台湾。在任三年期间，曾与同官范咸纂辑《重修台湾府志》。同时留心殊风绝俗，并珍视海东文献，编有《台海采风图考》《番社采风图考》及《海东选蒐图》各一种，另编有《使署闲情》四卷。

晓发桐庐望严先生祠堂

塘汛闻鸡促晓行，一江风雨片帆轻。先生莫笑匆匆色，不是区区为显荣。

桐江纪事 自正月初五日红花埠遇雨至二十八日江浙一路晴时仅一二日余皆阴雨

入春终日雨随风，一路江南抵浙东。两岸乍添三丈水，田畴多半浪花中。

○熊学鹏 3 首

熊学鹏（1715—1779），字云亭，号廉村，南昌（今江西省）人。清雍正八年（1730）进士，历官兵部主事、山西道监察御史、巡台御史兼提督学政、太常寺少卿、太常寺卿、内阁学士兼礼部侍郎、广西巡抚、浙江巡抚、广东巡抚等职。

钓台两首

迎流喜得风来顺，挽牵还凭帆力强。晓发桐庐行未午，钓台遥见出山阳。

其　二

唐虞盛世有巢由，高士名从圣主留。不遇中兴光武出，问谁今尚拜羊裘。

过严陵钓台偶成

先生何处仰遗芳，但见山高水又长。幸际太平能遇主，此身出处总无妨。

○袁枚 13 首

　　袁枚（1716—1798），字才子，号简斋、随园，钱塘（今浙江省杭州）人。清乾隆四年（1739）进士。授翰林院庶吉士。乾隆七年（1742）外调江苏，先后于溧水、江宁、江浦、沭阳任县令七年，为官政治勤政颇有名声，奈仕途不顺，乾隆十四年（1749）辞官隐居于南京小仓山随园，吟咏其中。工词，与赵翼、蒋士铨并称"乾隆三大家"。世称随园先生，有《小仓山房集》《随园诗话》等。

钓　台

夜泊钓台旁，客星如月大。想见严子陵，投竿在此坐。朝随渔翁嬉，暮陪至尊卧。为念故人重，转觉天子轻。偶展榻上足，乃惊天上星。

书子陵祠堂

士各有志在，投赠须良时。乃欲臣老子，张眼发狂痴。巢由效孤忠，唐尧何能知？当时西汉衰，士气一何卑！四十二万人，尊莽称巍巍。先生隐芦中，恻然心肠悲。故人作天子，臣请为伯夷。甘与子同梦，伸脚踏紫微。赠子以不拜，王丹吐微词。将军有揖客，卫青贤可思。何况赤伏符，可无王者师？云台麟凤旁，渔者张一旗。果然东汉风，名节争扶持。相助为理处，于后乃见之。我留壁间墨，当赠先生诗。

题严子陵像

一领羊裘水气寒，自来自去白云滩。教陪天子同眠易，要改狂奴旧态难。星宿张皇乾象动，君臣彼此故人看。千秋欲解还山意，只问江头老钓竿。

桐江作四首

桐江春水绿如油，两岸青山送客舟。明秀渐多奇险少，分明山色近杭州。

其 二

兰溪西下水萦回，分付船窗面面开。紧记心头须早起，明朝无数好山来。

其 三

七里泷边水竹虚，烟村约略有人居。鹭鸶到此都清绝，不去衔鱼看钓台。

其 四

久别天台路已迷，眼前尚觉白云低。诗人用笔求逋峭，何不看山到浙西。

重登钓台

琼台登罢钓台登，白发重登倍有情。照水貌怜非昔日，游山事可告先生。
荒江小泊难忘旧，圣世辞官易得名。半夜推篷向空望，台星终让客星明。

再题子陵庙三首

记得当初过富春，翩翩弱冠拜音尘。而今花甲还相访，也算先生一故人。

其 二

幽幽江水半菰芦，寂寂羊裘一钓徒。未必无心助文叔，巢由两个误狂奴。

其 三

牛牢高获俱同隐，只有斯人事独彰。惹得邺侯还艳羡，也思一枕共君王。

七里泷

七里泷深草树疏，青山匼匝水环纡。老翁白发手双桨，同着女儿唤卖鱼。

钓　台

春波二月平，垂钓足幽静。古石连天瘦，疏花映竹青。
萍开鳞有影，丝细水无声。久坐不归去，溪头月正明。

○吴宪青 2 首

吴宪青，字紫林，清侯官（今福建省福州）人。进士出身。乾隆十四年（1749）任桐庐知县。他在任时，曾重修桐江书院，又每月到学校亲自为学生上课。乾隆十六年（1751），桐庐遭受大旱，大小麦颗粒无收，有生民以食草根度日。吴宪青为赈济灾荒做了诸多努力，又发动士民捐献白银八千余两给受灾百姓。民国《桐庐县志》收有他写的《清厘严祠山田碑记》和七绝《题桐君祠》两首。

题桐君祠

何年栖影此高山，寂寂孤桐兴自闲。漫说狂奴垂钓隐，尚留姓氏落人间。

其　二

丹成何必姓名传，千古遗风在眼前。此景不教尘外赏，孤山梅隐有逋仙。

○陶元藻 1 首

陶元藻（1716—1801），字龙溪，号篁村，又号凫亭，会稽（今浙江省绍兴）人。清乾隆贡生，九试棘闱，屡荐不得上。诗文均负盛誉。有《全浙诗话》《凫亭诗话》《越谚遗编考》《泊鸥庄文集》《越画见闻》等。

过七里泷

远近鱼簪影，离离导我前。山空人语悄，江静橹声圆。
樯燕斜窥客，岩花倒入船。严陵滩下水，笑结半生缘。

○魏之琇 1 首

魏之琇（1722—1772），字玉璜，号柳州，钱塘（今浙江省杭州）人。清乾隆时布衣。少孤贫，佣于当铺，夜自苦读医书，历二十年，无师而通，遂以行医为生。工诗词，

能画。有《续名医类案》《柳州医话》《柳州遗集》。

七里滩次谢康乐韵

众壑喧夕闻，连山竦晨眺。苍波既渺弥，赤岸亦陀峭。
激瀑时飞凌，微阳数隐曜。渚暖水禽戏，崖阴木客啸。
客星此沉冥，陈迹缅幽妙。肥遁犹雅怀，虚声讵遗诮。
落日响樵苏，前川答渔钓。仿佛沧浪歌，泠泠多古调。

○纪昀 16 首

　　纪昀（1724—1805），字晓岚，自号石云，直隶献县（今河北省）人。清乾隆十二年（1747）乡试第一，十九年（1754）举进士，累迁侍读学士。坐事戍乌鲁木齐，寻释还，官至协办大学士。曾受命编《四库全书》，任总纂官。卒谥"文达"。著有《四库全书总目》《阅微草堂笔记》等。

富春至严陵山水甚佳四首

沿江无数好山迎，才出杭州眼便明。两岸濛濛空翠合，琉璃镜里一帆行。

其　二

浓似春云淡似烟，参差绿到大江边。斜阳流水推篷坐，翠色随人欲上船。

其　三

烟水萧疏总画图，若非米老定倪迂。何须更说江山好，破屋荒林亦自殊。

其　四

金碧湖山作队看，沙鸥却占子陵滩。武林旧事依稀记，待诏街头卖牡丹。

钓台有感

岿然指点钓台高，隐士留名亦偶遭。一样清风辞汉主，更无词客问牛牢。

（牛牢亦光武故人，屡征不出，与子陵无异，然不甚传。）

又咏钓台示诸友

严陵逝已久，遗址犹嶙峋。古今游宦子，到此怀隐沦。
我来泊官舫，高咏临江滨。诸葛起南阳，庞公栖鹿门。
丈夫各有意，优劣谁能分。况乃清与浊，出处非所论。
萧然莱芜甑，何愧山中人。但令心不滓，似此波粼粼。
他时过钓台，长揖谢此君。

滩河谣八首

滩下多风浪，滩河从此上。听我滩河谣，努力齐声唱。

其　二

粼粼滩河水，水清见水底。宁可食无鱼，不食黄河鲤。

其　三

滩河水潋潋，石角露如剑。莫遣水太深，舟人恐误犯。

其　四

正好饱使帆，懊恼乱石碍。人畏乱石多，我畏舟行快。

其　五

水转舟不转，咫尺千里远。大舾太峨轲，不缘滩水浅。

其　六

小滩犹自可，大滩愁杀我。语汝汝莫愁，逢滩牢把舵。

其 七

有风七里滩，无风七十里。风好尔莫夸，在风不在尔。

其 八

滩浅尔莫怨，滩深尔未见。阿弥陀佛滩，吾今往福建。

阻风野泊两首

一霎南风作意颠，斜阳点破半江烟。舟人莫问投何处，处处青山好住船。

其 二

夜深灯火上樯竿，占得渔家水半滩。惊起沙鸥眠不稳，可怜风味似粗官。

○王昶6首

王昶（1724—1806）字德甫，号述庵，学者称兰泉先生，青浦（今上海市）人。清乾隆十九年（1754）进士，授内阁中书，官至刑部右侍郎。辞官后主讲娄东、敷文两书院。有《春融堂集》《金石萃编》《青浦诗传》《明词综》等。

大雨过七里泷两首

久雨夜溟溟，何由见客星。风霜滩势壮，松竹庙门扃。
渔钓传严濑，羊裘重汉廷。桐君相望处，何自荐芳馨。

其 二

宋有西台客，沧桑感逝波。采薇义士怨，晞发硕人蓬。
朱鸟悲歌在，红羊浩劫过。惟闻呜咽水，风雨激盘涡。

桐庐道中口号四首

溪回山折响淙淙，短棹长篙斗急泷。谁识云山韶濩曲，滩声永夜入篷窗。

其　二

鹈鹕叫罢雨如麻，已少莺啼燕语哗。不奈秫归声断后，一湾芳草乱鸣蛙。

其　三

已无春网荐琴高，石首江鲥亦足豪。谁下西泠香雪酒，枇杷卢橘共樱桃。

其　四

劚笋烘茶割蜡忙，春蚕收茧麦登场。田家乐事多幽绝，更爱山矾十里香。

○蒋士铨5首

蒋士铨（1725—1785），字心余，一字苕生，号清容，铅山（今江西省）人。清乾隆十九年（1754）由举人官内阁中书，二十二年成进士，改翰林院庶吉士，授编修。辞官后曾主持蕺山、崇文、安定书院讲席。著有《忠雅堂集》。

七里泷两首

七里严滩绕富春，压篷青重乱山横。桐江水似离心曲，一片风帆万舻声。

其　二

寒山转尽出泷徐，滑笋波明练影虚。好是渔船收网处，半江斜日到桐庐。

过严子陵钓台两首

老木寒云幂古祠，江山如昔足相思。故人有榻君能卧，新国无功爵可辞。
九里滩回柔舻下，孤亭水落钓丝垂。题诗不敢论高节，欲扫苍苔读断碑。

其　二

布帆风紧促行舟，片石台空不少留。可有星辰随客棹，只今霜雪共羊裘。
壮心未老中犹热，古迹无端吊且休。烟水苍茫渔艇在，富春山色使人愁。

严先生祠

世降布衣尊，荒祠万仞存。渔翁古巢许，天子汉儿孙。
赐爵宁知己，占星或感恩。纷纷建武事，故旧那须论。

○赵翼 3 首

赵翼（1727—1814），字云菘，一字耘松，号瓯北，阳湖（今江苏省常州）人。
清乾隆二十六年（1761）一甲三名进士，授翰林院编修，累擢贵西道，晚岁主讲安定
书院。有《瓯北集》。

富春道中

孤舟入苍山，日与滩上下。前望似无路，篙橹何处驾。却顾所来和，
亦已失水汊。乃知回复中，自有途一罅。柁转后峰送，棹拨前岭迓。
片帆借顺风，一日几张卸。篷窗聊意行，跌坐团蕉藉。幽崖落空梁，
濛濛湿衣帕。画眉时一声，远响答山鹧。即事多可欣，逸兴发清暇。
沿堤遇酒家，呼童买新醉。

钓 台

故人已起作天子，出仕不过供役使。艰难未曾与佐命，升平宁复资助理。
不同其忧同其乐，立人之朝颡有泚。与其局促卿月班，何似跌宕客星里。
此翁明眼早见及，乃以狂奴傲青紫。世人不知辄言高，佳话至今破青史。
平生交游骤显贵，攀附旧恩冀染指。此特陈涉客有夥颐夸，苏秦嫂甘
匍匐耻。乡党自好便不为，区区何足矜脱屣。朝非新室帝非莽，大义
亦岂贵不仕。正惟共视一官重，遂觉遗荣成绝轨。然则子陵本非高，
世人所见自卑耳。

严 滩

去年过严滩，子陵向我笑。久作林下人，胡出逐旌纛。

得非白头妪，涂粉思再醮。今来过严滩，我向子陵诮。
披裘迹近衔，加腹气非傲。特特故人恩，巧立高士操。
縶余慕武夷，随人入闽峤。适当有军事，借箸聊一效。
非特酬知交，兼藉国恩报。事定仍拂衣，一路快登眺。
出不为求名，归不失高蹈。比君吊诡处，稍觉襟怀浩。
湖天有一曲，去披绿蓑钓。

○方山 5 首

方山，字继白，桐庐金牛乡（今浙江省桐庐县城南街道）人，方干二十六世孙。清雍正、乾隆时在世。

题始祖唐处士遗像

非坐非行画像开，精神千古尚雄恢。溪山依旧云还白，猿鹤空啼剑久埋。
五字直排钱起室，一竿独伴子陵台。由来月桂天香远，尽是唐时亲手栽。

谨绎始祖元英诗四首

直为篇章非动众，一琴一鹤到桐庐。不冠不履狂奴态，流水高山作画图。

其　二

诗文愈老愈招非，七里滩头坐钓矶。剑鹤已随豪债去，独还渔岛也几希。

其　三

为离新定白云来，处处梅花处处开。贪听新禽酒杯驻，山间江上好徘徊。

其　四

岁岁追维思惘然，朝昏感慨白云源。于今五字垂天壤，犹有清风伴钓船。

○严正身 2 首

严正身，字高峰，楚雄（今云南省）人。举人，清乾隆十八年（1753）任桐庐知县，主修《桐庐县志》。

钓 台

双台宛在水中央，七里晴光映草堂。江上漫劳征故旧，高人只爱白云乡。

游圆通寺

驾言出南郭，迤逦江上行。层峦舞狮象，竹木蔼萧森。不知烟里寺，但闻钟磬声。幽径足清欢，凭陵最上层。日暮忘归思，仰看山月明。

○王洽 1 首

王洽，字壬林，分水（今浙江省桐庐）人。清乾隆间恩贡，官昌化教谕。有《壬林书稿》。

施公肩吾洗砚池

一泓浅碧落松坡，濯濯随缘孺子歌。偶尔诗仙濡翰墨，长教骚客忆槃阿。祥云玉尺量文锦，细雨兰膏漾素螺。我亦艺林从事者，却思拾浗浣新荷。

○王泗 4 首

王泗，分水（今浙江省桐庐）人。清乾隆十八年（1753）拔贡，二十七年（1762）中副榜。

钓台怀古

七里开双岫，清光滴翠微。江流春淡荡，岚影晓崔嵬。曲径苔痕瘦，空亭木叶稀。故人勤物色，老子早忘机。水落群鱼伏，天高独鸟飞。登临饶胜趣，古屋带烟霏。

桐江舟中

一棹严陵路，舟行宛宛通。不知青嶂断，时有白云逢。
微雨轻阴阁，残霞薄霭烘。仙人曾采药，旧事访疏桐。

桐江棹歌

娇小吴娃拢髻年，轻衫窄袖舵楼边。抢风打桨生来惯，侬是严州九姓船。

月溪寺修禊

名蓝依水曲，细路夹烟丛。修禊春才半，传杯酒却中。
娇云迟晛日，舞柳半搓风。自幸趋承暇，闻诗远踪崇。

注：月溪寺，在分水县（今浙江省桐庐县分水镇驻地）西五里。已圮。

○戴雪访 6 首

戴雪访，亡其名，以字行，桐庐（今浙江省）人。约清乾隆时在世。

合江亭

天目新安派合流，危亭分占两江秋。千峰环抱青成闼，二水交萦碧绕楼。
烟际鸟还帆影转，海门潮上曙光浮。奔涛溅沫趋秦望，灵境居然控上游。

邀陈石村游大奇山一名寨基山大约孙吴时山越之井灶存焉

村南十里大奇山，地僻林深景物闲。石壁倚天猿叫绝，风藤挂月鹤飞还。
苔封阴磴蘗无路，云散阳崖衲闭关。最是晚秋红叶好，一樽可许共开颜。

阆仙洞

洞口千年蝙蝠飞，洞中拥炬尚寒威。石床仙灶深深见，何代遗民此息机。

池 上

池馆通幽处，焚香栖散人。泉清濯白足，藻密出红鳞。
坐卧得天趣，往来无世尘。好将活泼地，收拾等闲身。

闲 乐

屋边种竹引幽禽，篱下栽花供醉吟。试叩几年尘梦迹，何如一片野云心。
避弓鸟入寥天适，怯饵鱼知大壑深。但得浮生间复乐，闭门隐几即山林。

郊 行

人家深竹里，古寺野塘西。车马声方寂，耰锄出未齐。

○吴祖谦 1 首

吴祖谦，号韦斋。清乾隆年间任桐庐县训导。有《韦斋诗稿》。

九里洲

浅水横沙九里长，梅花如雪覆沧浪。未移艇子神先往，转过村头看更忙。
疏处似云停翠竹，密时疑露撒清香。家山一别西溪路，对酒花前忆故乡。

○严正品 1 首

严正品，清雍乾时人，余不详。

子陵钓台

富春山上汉真儒，高节清风百世无。隐士一星齐北斗，钓台千仞傲东都。
翁之意在山林也，客亦知夫水月乎？万里桐江宗派远，彩云犹有数行书。

注：此诗一说严正身作。

○李蕴芳 1 首

李蕴芳，字湘洲，武威（今甘肃省）人。清乾隆十七年（1752）进士，官石城知县。有《醉雪庵遗草》。

放漏舟滩入七里濑

岩溜蓄清响，樵风振林樾。挽棹沿洄溪，冈峦瓦错硊。白石激幽濑，
苍崖露峭骨。天宇回生光，日华翻勃窣。漩洑曲埼通，周鉴穷检括。
硖高秋气鲜，交疏锦绮缀。蔓藻澹芳流，粼粼漱玉活。澄渊理不违，
得趣兴超忽。侧闻羊裘翁，高卧擎江月。

○施朝干 1 首

施朝干，字培叔，号铁如，仪征（今江苏省）人。清乾隆二十八年（1763）进士，官至太仆寺卿。

七里泷

川途易迷复，急泷回吐吞。风止谚所忌，箭驰兹莫论。初秋媚远色，
久立缅清源。嘉村凝夕岚，幽禽恋朝暾。抚化情偶属，怀贤义靡谖。
赤伏验符瑞，客星明邱园。平生欢未移，高尚志弥敦。石濑遗芳踪，
文藻竟空言。孰毁中兴烈，而云布衣尊。弥棹仰栋宇，尊桨羞兰荪。
庶将濯尘虑，坦步栖衡门。

○陈锷 4 首

陈锷，字养愚，号白崖，钱塘（今浙江省杭州）人。清乾隆四年（1739）进士。

送同年方芑亭归睦州四首

富春江水碧如蓝，绣岭千峰掩翠岚。应是此中饶俊物，芳名曾记榜头三。

其　二

胸有玑璇骨是仙，十年声价冠时贤。头衔合署文章伯，舌底能生五色莲。

其　三

异地逢君逸兴赊，我来三月未思家。对床添得松明炬，雨雨风风十鼓挝。

其　四

一年乡思短长亭，遮莫无端终夜醒。此日轻帆忆君去，四山黄叶暮云青。

○胡德琳 1 首

胡德琳，字书巢，临桂（今广西省）人。清乾隆十七年（1752）进士，知简州。有《碧腴斋诗存》。

过严子陵钓台

七里滩声急，高台俯乱山。斯人真放达，江水自潺湲。
星伴孤舟冷，云浮万古闲。名泉传十九，何处洗尘颜。

○刘世宁 1 首

刘世宁，号翰斋，新淦（今江西省新干）人。乾隆十年（1745）进士，十八年（1753）任淳安知县。修《淳安县志》。

六先生咏之皇甫侍御

有唐三百年，文章成一代。萧李及张苏，渐次开芜秽。三变得昌黎，
卓荦迈流辈。侍御生同时，拔戟成一队。永和策贤良，声名冠廷对。
裴相福先碑，酬字以缣赍。其论进奉书，委婉含慷慨。因缘为赃私，
灼见讦臣肺。吉州刺史厅，庐陵刻石记（公有吉州刺史厅记，又有庐陵县令厅壁记，自云埋厄，斥置于此）。余素所服膺，宝贵等珠琲。何止序顾集，

为足传海内。乃知经世篇，强半犹韬晦。论世知其人，恍若聆声欬。
岂以不羁评，谓足定梗概。

○孙元灏 1 首

孙元灏，字镇西，号澄斋，清乾隆钱塘（今浙江省杭州）人。贡生，官江山训导。
有《虚白斋诗稿》。

桐　庐

江云江树搅离情，独倚篷窗望古城。鹭立石矶沙岸转，牛眠芳草夕阳明。
从来百计惟闲好，自昔多愁作客生。夜半欲眠眠不得，晓来听遍画眉声。

○褚廷璋 1 首

褚廷璋，字左莪，号筠心，长洲（今江苏省苏州）人。清乾隆二十八年（1763）
进士，官侍读学士。有《筠心书屋诗钞》。

登子陵钓台

几人高倚石栏看，绝顶荒台数百盘。山色剩分残照紫，江波留映客星寒。
苍凉雪月贤王馆，寂寞弓刀大将坛。只有磻溪殊出处，千秋两地一渔竿。

○吴楷 1 首

吴楷，字景儒，江阴（今江苏省）人。清乾隆二十五年（1760）进士，官腾越知州。
有《退圃集》。

严子陵钓台

把钓严陵濑，名山孰与争。台曾传后世，地竟属先生。
鱼国栽芦荻，羊裘变姓名。另成仙眷属，俯视汉公卿。
诏速三征起，星占一客明。狂奴高士节，天子故人情。
祠事千秋肃，滩荒七里清。富春江下路，不住画眉声。

○俞珮 2 首

俞珮，字季琛，号潜庄，清乾隆时钱塘（今浙江省杭州）人。官崇仁县丞。有《潜庄诗钞》。

舟过乌石滩

潺湲严滩下，乌石如覆釜。不知何年生，突兀自今古。雨后有微苔，水急无纤土。商船不得上，男妇竭篙橹。我来日已暝，月黑疑伏虎。乘醉弯弓射，力尽不没弩。李广尚难封，嗟予更何取。

桐江渔人歌

渔人往来桐江口，双足弄桨捷如手。日暮缆舟钓台下，持鱼上岸去沽酒。小儿拈针挑青螺，大儿提刀截黄韭。老翁老媪已忘机，阿妇蓬头不嫌丑。酒来相对传青瓢，笑声哑哑出篷牗。醉眼不见山月高，醉耳不闻江声走。但知山树年年青，不信风波日日有。我来浪游过桐江，睹此不觉心自咎。呜呼富贵亦何为，愁杀妻儿与父母。

○李鸣埙 2 首

李鸣埙，河南人。清乾隆中官宁夏平罗知县。

严高士钓台诗两首

何山一代竟成灰，千古严陵有钓台。鱼乐濑清吹浪细，鸟飞云白渡滩来。忘机客动离尘想，招隐堂因避俗开。何幸胜游缘未尽，三年两度到蓬莱。

其　二

磻溪风景近何如，不及斯台好钓鱼。帝座安知天子贵，客星怕惹故人疏。迷茫宇宙羊裘老，物色江湖鸥梦余。今昔词流矜藻翰，自怜结习亦难除。

◯储秘书 1 首

储秘书，字玉函，宜兴（今江苏省）人。清乾隆二十六年（1761）进士。选庶常散馆，改户部主事，转刑部谳决。升任本部员外郎，迁吏部稽勋司郎中，兼考功司事，记名以御史用。出任郧阳府知府。有《缄石斋集》《华屿词》。

严陵道中

山绕桐江碧四围，轻舟日日弄清晖。人家一带缘乌桕，帆影相连入翠微。
到处滩声经雨骤，等闲鱼脂及秋肥。高踪输与羊裘叟，一片吟情属钓矶。

◯金学诗 1 首

金学诗，字韵言，号二雅，吴江（今江苏省苏州）人。清乾隆举人，补国子监学正，充《四库全书》复校官。有《攘麚录》等。

桐 庐

此地真潇洒，枫林竹树边。依山无雉碟，近水有人烟。
樵径夜鸣柝，渔家晓扣舷。前途指严濑，望石但悠然。

◯邹清 1 首

邹清，字醒泉，无锡（今江苏省）人，清乾嘉时在世。余不详。

月夜登钓台

钓台临绝壁，夜坐峭寒侵。水落山容瘦，峰凹月色深。足曾加帝腹，
水自鉴臣心。圣世宁高蹈，低徊听濑音。

◯王文治 12 首

王文治（1730—1802），字禹卿，号梦楼，丹徒（今江苏省）人。曾随翰林侍读全魁至琉球。清乾隆二十五年（1760）进士，授编修，擢侍读，官至云南临安知府。罢归，自此无意仕进。工书法，以风韵胜。年未五十，即究心佛学。有《梦楼诗集》《快雨堂题跋》。

严子陵钓台

无处问高躅，空江一钓竿。须知天子意，也作故人看。
岚气秋连水，潮声夜上滩。云台群宿外，落落客星寒。

七里濑闻子规

七里严陵濑，千山列画屏。急湍安水碓，乱石著茅亭。
岸坏鼯鼪窜，岩深草木馨。杜鹃声最苦，谁遣客中听。

桐　庐

青山富阳驿，白郭桐庐县。云归树林暗，路转人家见。
退潮波澄明，落日峰峭茜。俯仰念曾游，韶光惜飞电。

桐江待月

待月桐江路，苍苍起暮思。岚光浮水出，山气借云滋。
树鸟浑相识，烟波只旧时。谁怜来往者，新鬓已添丝。

自富阳抵衢州舟中口号（十二首选八）

清涨争敲碧玉环，连朝烦暑暂教删。篷窗开处不盈尺，刚贮桐庐一角山。

其　二

百丈争牵上滩急，丝丝直入晓云轻。分明上巳风筝线，只欠卖饧箫几声。

其　三

今日片云头上黑，骤雨未到风先凉。疑是天公作墨戏，淋漓元气秋茫茫。

其　四

钓台高高试一凭，台前老树垂枯藤。莫道此行真俗吏，摄衣犹许谒严陵。

其　五

远水平粘芳草碧，密林深透夕阳红。舟行九曲八盘里，人在千岩万壑中。

其　六

上濑正苦人力竭，忽然帆腹轻风便。天公有意谁识得，世间智巧徒纷然。

其　七

滩到浅时流倍清，小舟如在玻璃屏。儿童伸手入水底，拾取怪石供盆瓶。

其　八

凌晨坐看山光浓，直至夕阳情未慵。山灵似爱爱山客，更遣晚云增一峰。

○袁树 2 首

袁树（1730—？），字豆村，号香亭，钱塘（今浙江省杭州）人。清乾隆二十八年（1763）进士，为广东肇庆知府。精鉴别，工诗，善山水。有《红豆村人诗稿》。

桐江舟行杂咏

沙回舵转水湾环，满目秋容点翠斑。石出画家皴法外，波匀闺阁绣纹间。
人居异境宜无俗，耳触方音却似蛮。一自庄光千载后，更谁管领此溪山。

赘　言

滨滨钓璜日，海上牧豕时。亦自甘沦寂，风云会有期。乘时出经济，
薄海钦羽仪。悠悠严子陵，披裘富春渚。帝座一伸足，飘然事霞举。
惟士各有志，出处安足论。迹同趋各异，千古名两存。

○顾光旭 1 首

顾光旭（1731—1797），字华阳，号晴沙，又号响泉，无锡（今江苏省）人。清

乾隆十七年（1752）进士，官至甘凉道，署四川按察司使。工书法。有《响泉集》《梁溪诗钞》。

咏　史

帝王自有真，推人置人腹。将相本无种，抱薪供豆粥。

社稷亦既安，天下蒙其福。故人严子陵，万复加其足。

陶铸尧舜君，高蹑箕颍躅。东京崇气节，吁嗟乎文叔。

○朱圭 2 首

朱圭（1731—1806），字石君，号南崖，晚号盘陀老人，大兴（今北京市）人。清乾隆十三年（1748）进士，官至体仁阁大学士，晋太子太傅。赠太傅，谥"文正"。有《知足斋集》。

钓　台

昨来拿棹钱塘东，鉴湖鄞江风景同。钓台七里最幽绝，一重一掩深无穷。

髭霜齿机渐学道，山鬼有灵顾我笑。御风贯月更何人，如此江山竟空到。

连宵月出华满江，金波荡漾流珠降。眼酣心醉玩不得，清蓬不隔蓬莱窗。

同游初平真妙器，餐霞已识筌蹄弃。燃犀照水漫相矜，静镜浮烟我何意。

上滩邪许篙力柔，下滩风劲箭射眸。从流顺逆各自努，一叠江水长油油。

谒严先生祠

高矶俯三江，迴峡锁九曲。先生考槃处，古木森寒绿。云卧干象纬，

龙隐净无欲。沉冥似君平，东京振国俗。竭来遗祠下，清旷恣眺瞩。

西台皋羽恸，芦茨元英剧。苦节陵夷齐，孤魂招均玉。南岩面双坟，

遥揖松荫缛。蠖信各随时，知耻期远辱。再拜谢前贤，斯义敢不勖。

○郑华 1 首

郑华，字南庄，号旷园，金牛乡（今浙江省桐庐县城南街道）人。《桐庐县志》

载：所作制艺湛深，经术高古绝伦。为学使窦东皋尚书所激赏，乾隆乙酉岁（1765），窦主浙试得一卷，击节称叹曰："此必桐庐郑某作也。"取中第二名，揭封果然。赴春官不第，拣选知县，任江山教谕。

赋圆通寺铁树开花次孙六皆韵

岂是青莲涌，金茎灿异葩。化柔经百炼，挺秀冠群花。
宝聚庄严界，光熔日月华。刚中标正气，凡艳漫相夸。

○孙鸿吉 1 首

孙鸿吉，字六皆，清桐庐人。余不详。

赋圆通寺铁树花（有序）

圆通寺旧栽铁树二本，甲子夏六月忽放一花，形如宝塔，高尺许，从地涌出，作黄金色，而碧叶四围如环，观者云集，咸称瑞应，因赋一诗志喜。

灵山栽异卉，瑞兆发奇葩。是树偏称铁，非春亦放花。
点金成色相，聚塔现光华。艺苑传佳事，芳名到处夸。

○孙永清 3 首

孙永清（1732—1790），字宏图，别字春台，无锡（今江苏省）人。清乾隆三十三年（1768）举人，考授内阁中书，累迁广西巡抚。尝征广西兵镇压台湾林爽文起事。旋出驻南宁，弹压边关，筹办粮饷，以疾卒。工诗文。有《宝严斋诗集》。

夜过七里滩

峰开复峰合，千山束一濑。延缘路若穷，绝壁忽相对。寒月生溟蒙，
隐隐见鳌背。抗策入空翠，不觉双足废。绝顶留孤亭，清风袭巾带。
仿佛逢高人，浩歌山石碎。当年辞帝乡，此间结茅盖。一竿非钓名，
蒲轮那用再。道义久相尚，显晦迹安在。云台劫灰沉，荒祠独千载。
山高而水长，椒醑同释菜。

西台两首

昨我登东台，峭险绝梯级。今来涉西岭，月冷霜花湿。攀崖多悲风，
恍惚精灵集。山魈夜半号，犹疑鬼神泣。缅怀谢参军，忠义何惨急。
击节作楚歌，顽懦为君立。白雁已南飞，杜宇悲何及。大志不可遂，
晞发此韬戢。遗恨蚀岸阿，江水皆悁悒。峨峨子陵台，相尚不相袭。
千载人莫知，双崖峙芳隔。君魂如可招，长歌惊冻蛰。

其　二

松楸历历草萋萋，杜宇荒江不住啼。太息参军歌哭处，瓦山落日钓台西。

○翁方纲 1 首

　　翁方纲（1733—1818），字正三，一字忠叙，号覃溪，晚号苏斋，顺天大兴（今
北京市大兴区）人。乾隆十七年（1752）进士，授编修。历督广东、江西、山东三省学政，
官至内阁学士。清代书法家、文学家、金石学家。有《粤东金石略》《苏米斋兰亭考》
《复初斋诗文集》《小石帆亭著录》等。

题富春大岭图

世有同时九十翁，岩下电光双眼碧。秋空神出一峰阴，凭栏贞溪千里心。

　　注：贞溪，邵亨贞号。邵亨贞（1309—1401），严陵（今浙江桐庐）人。元代文学家，
松江导训。《富春大岭图》是黄公望为邵亨贞而作。

○吴骞 1 首

　　吴骞（1733—1813），字槎客，号兔床，清海宁（今浙江省）人。诸生。藏书五万卷，
工诗。有《拜经楼诗集》。

严先生祠堂题壁

暂脱羊裘寄钓台，先生归后丽华来。云峰纵使高千尺，不及长门泪一堆。

◎李调元 1 首

李调元（1734—1802），字羹堂，号雨村、童山等，罗江（今四川省）人。清乾隆二十八年（1763）进士，改翰林院庶吉士，历官吏部主事、考功司员外郎、广东学政、直隶通永兵备道。有《童山诗集》《童山文集》。

七里濑

烟江渔互唱，小艇人相语。峰回不见峰，
路转疑无路。遥见山下人，渐入山中去。

◎徐行岱 1 首

徐行岱，分水（今浙江省桐庐县）人。清乾隆三十九年（1774）岁贡，景宁（今浙江省）训导。

后柏洞

仙洞环苍壁，茆庵瞰碧澜。风高松子落，清露点经坛。
云拥岩扉锁，云销石屋开。三更溪月白，独鹤自归来。

注：后柏洞，在桐庐县合村乡后溪村后柏自然村。相传为汉元虚真人修炼处。

◎沈叔埏 2 首

沈叔埏（1736—1803），字剑舟，一字埴为，秀水（今浙江省嘉兴）人。清乾隆五十二年（1787）进士，官吏部主事，旋乞归。筑室锦带、室带两湖间，学者称双湖先生。主魏塘讲席尤久。有《颐采堂集》。

寄题子陵钓台两首

闻道祠堂高木末，钓竿直欲拂青冥。齐人尚解称男子，太史徒劳奏客星。
皋羽台空朱鸟化，雄飞墓畔两崖青。后来纵有貂裘客，弹铗歌鱼不忍听。

其 二

姓氏青云占富春，钓坛终古此嶙峋。狂奴久矣无巢父，天子居然有故人。

城下可归留片石，海滨无梦扰闲身。滩流旷劫犹清泚，何日乘潮一洗尘。

○谢启昆 16 首

谢启昆（1737—1802），字蕴山，号苏潭，南康（今江西省赣州）人。清乾隆二十六年(1761)殿试第一，授编修。嘉庆时官至广西巡抚，卒于官。谢启不仅为官清廉，政绩卓著，且著作等身，有《树经堂集》《树经堂咏史诗》《西魏书》《小学考》《史籍考》《广西金石录》《北楼记法帖》等。

钓台两首

赤伏方中兴，曷不助为理。共卧足加帝，贫交狂若此。
东汉重名节，风自先生始。蚩蚩渔隐流，妄意羊裘子。

其 二

我昔计偕行，同舟王与李。汉月照客星，高咏渺烟水。
故人不可作，江山复如此。恒河照鬓丝，桐水清无滓。

谒严先生祠堂

画像云台寂，清祠未就荒。桐溪一勺水，曾此荐蒸尝。
万古龙蛇蛰，双亭日月光。几家严姓在，耕凿倚山庄。

七里泷两首

有风行七里，谚语不其然。危坐雨飞艇，乱峰云接天。
山花舵楼上，水鹤箬逢边。蟠屈白龙尾，珠光抱我眠。

其 二

吾宗吊皋羽，慷慨哭西台。晞发蛟门壮，狂歌鸟咮哀。
垂纶片石在，许剑旧亭颓。南宋寻遗迹，萧萧风雨来。

和雏君七里泷之作

万里轻鸥往复回,白云指顾忽成堆。一竿一笠人何在,听水听风客又来。
胥浦惊涛辞我去,桐山真面为君开。戍楼鼓静帆齐泊,汉月依然照石开。

过桐庐

午潮稳送过江橹,百里桐川画不如。红树日斜渔唱起,舟人指点子陵庐。

桐庐舟次口占四绝是日为余六十开一生辰兼柬沈磐谷

桂花风起夜来多,潇洒桐庐足咏歌。宾客稀临鸥鸟集,无人知是使君过。

其 二

舒滩过尽又洋滩,似我鲇鱼上竹竿。舟小路纡行自得,饱看岚色当朝霞。

其 三

晚年哀绪不堪论,怕触丝桐忆彩云。贻我延龄丹五色,定须访道问桐君。

其 四

一周花甲从头数,此后光阴立脚难。晚节吟诗同沈约,西风人瘦菊丛寒。

桐庐晚泊

薄晚犹秋仲,清江纳晚晴。林端红叶少,竹外粉墙明。
过客减厨传,好山兼送迎。一钩新月上,恰傍钓台行。

桐庐道中和雏君韵

饮露清如翳叶蜩,朱颜未逐晚枫凋。载书似饱江船腹,插笏宁烦县令腰。
五管云深秋渺渺,百滩波溯路迢迢。桐庐翠色当窗见,时听歌声出暮樵。

题蒋蒋山严滩濯足图两首

同床加汉帝，子濯亦何为。三尺桐江水，双胈万里思。
沧浪歌楚父，小海唱吴儿。独立离尘垢，无烦理钓丝。

其 二

我昨舣舟过，滩高雪浪多。颇怀风浴意，趺坐石盘陀。
对此云山幅，听君欸乃歌。长鲸骑赤脚，凌步出清波。

严 光

披裘日钓泽中鱼，买菜求多笑授书。但唤狂奴知礼薄，不因弃后恐交疏。
汉庭卿月虚公座，天帝垣星有客居。江山一丝悬九鼎，涓涓清濑照桐庐。

○陈腾芳 1 首

陈腾芳，字圣和，福安（今福建省）人。清乾隆二十六年（1761）贡士。

吊宋参军谢皋羽

孤臣碧血溅江沙，恸哭西台日影斜。扰攘田横应有客，流离杜甫已无家。
招魂人去留残石，许剑亭荒见落花。海峤未归华表鹤，春风惘怅富溪赊。

○徐志坚 1 首

徐志坚，字谦山，吴兴（今浙江省湖州）人。清乾隆二十四年（1759）举人。工诗。

舟过桐江钓台

片石自千古，高人安在哉。扁舟此经过，竟日与徘徊。
光武亦真主，汉廷多隽才。如何双屩迹，终古压云台。

◎陈襄 1 首

陈襄，字敬夫，号红樵，秀水（今浙江嘉兴）人。

自睦州至富春舟行口号

急滩过后深潭静，尽日开篷独倚窗。溪水自清山自碧，一声柔橹下春江。

◎姜典三 1 首

姜典三，字瀛会，号清亭，江山（今浙江省）人。清乾隆岁贡。

钓 台

人杰悲功狗，客星成冥鸿。两贤千载迹，一发乱流中。
论旧足加腹，封侯罪掩功。淮阴今夜月，不共此山同。

◎李馨 1 首

李馨，字汝契，嘉鱼（今湖北省）人。有《馨汝集》。

题谢皋羽西台恸哭记后

一从章贡别，洒血向燕京。白首无知己，青山有哭声。
国亡忠孝尽，恩重死生轻。千载西台路，令人感慨生。
申胥一副泪，无计洒秦庭。独上荒台哭，徒招滞魄听。
云来关水黑，日落岸枫青。竹石轰雷碎，空山走百灵。

◎陈凌云 1 首

陈凌云，清代福安（今福建省）人。有《效颦集》。

吊谢皋羽参军

军门长揖展雄才，国步斯频不可回。家散千金酬气节，兵残五岭落尘埃。
平生大义存晞发，振古英风停钓台。许剑亭边啼蜀魄，声声犹似楚辞哀。

○周心传 1 首

周心传，字曾望，号筠圃，钱塘（今浙江省杭州）人。清乾隆二十五年（1760）进士，官西林知县。有《筠圃诗钞》。

舟中晴眺

形胜逶迤望不穷，晴光豁眼柁楼中。山连建德青围郡，江过桐庐绿映空。
襥被远回长铗客，片帆春挂白蘋风。飞行百里双台路，又见冰轮出海东。

○孙志祖 1 首

孙志祖，字诒穀，一字颐谷，号约斋，仁和（今浙江省杭州）人。清乾隆三十一年（1766）进士，历官江南道御史。有《颐谷吟稿》。

过分水怀恂士兄

归路强弓寸寸弯，篙师从此弄潺湲。惟余别后思君意，流水无情去复还。

○杨奏瑟 1 首

杨奏瑟，字肇羲，江山（今浙江省）人。清乾隆间岁贡生。有《响泉诗钞》。

宿七里滩

船头呼明月，月出尚隐山。风吹一片影，飞下钓台间。
浮云视富贵，抗节立羼颜。斯人千载上，邈然不可攀。

○孙襄 4 首

孙襄，字牧堂，诸暨（今浙江省）人。清乾隆贡生。有《映雪堂诗钞》。

七里滩观打鱼示儿元音

水清数鲦鱼，密网沿溪络。纷触白于银，动机受束缚。
吾徒谋晚顿，百钱解囊橐。放生虽佛戒，老饕亦作恶。

而况纤鳞中，种化倘腾跃。反之富春江，放之使向若。
顺彼活泼机，快予胸中壑。戒杀苏端明，晚年如有约。

富春竹枝词用从弟克基韵三首

万个青堆一坞钱，大年春尽户升仙。苏松纸价昂于玉，肯种湖墺不易田。

其　二

采药林深客到迟，白毛尖煮乳倾瓷。居山于鳖难为礼，未饷春江四月鲥。

其　三

朝辞场口暮团头，生计频从青箬谋。万叠春山江一直，毛船风送到杭州。
（富春榜人携妇女者曰毛船。）

○俞葆寅 1 首

俞葆寅，字苍石。清乾隆仁和（今浙江省杭州）诸生。有《可仪堂诗偶存》。

过严滩

滩前属玉去来影，滩外画眉高下声。船顶白云飞不住，一峰才送一峰迎。

○吴寿昌 1 首

吴寿昌，字泰交，号蓉塘，山阴（今浙江省绍兴）人。清乾隆三十四年（1769）
进士，改庶吉士，授编修，官侍讲，累贵州提学。工山水咏物诗，一生著作甚丰，
有《虚白斋存稿》。

严陵钓台

严滩片石旧渔矶，隐士曾经入帝畿。应悔羊裘招物色，钓师只合著襄衣。

○沈珏 2 首

沈珏，字昆生，号景崔，秀水（今浙江省嘉兴）人，少受兄叔埏之学。清乾隆五十九年(1794)献赋南巡行在，名列二等。珏诗为钱陈群所激赏，附刊于《香树斋续集》中。著有《圣禾乡农诗》。

严陵道中

宿雾潜收霁景开，桐庐过尽睦溪来。镜磨水泻琉璃滑，屏列峰连锦绣堆。
茶试鸠坑须火活，树看乌桕怕霜摧。溯流莫问滩多少，胜处皆堪筑钓台。

七里泷和富春山韵

胥涛逆溯遏江流，捩柂争牵上濑舟。积霭峰迷云叶拥，回湍石激浪花浮。
扣舷肯羡临渊网，钓雪宜披大泽裘。赢得持鳌兼拍白，客星阁下独勾留。

○胡承谟 1 首

胡承谟，字岐峰，一字金峰。清乾隆寿昌（今浙江省建德）诸生。

钓　台

一竿垂钓万缘轻，碧水丹山老客星。富贵著人如中酒，子陵千载眼常醒。

○吴有榆 1 首

吴有榆，字苍培，清乾隆时海盐（今浙江省）人。有《居易居诗文集》。

读谢皋羽西台恸哭记

社稷存韦布，悲歌入越来。更无唐宰相，空上子陵台。
蹈海鲁连志，从军王粲才。山阳并离黍，泪眼总难开。

○姚颐 1 首

姚颐，字雪门，一字震初，号雨春轩、息斋，泰和（今江西省）人。清乾隆三十一年（1766）一甲二名进士，授编修，侍读学士，历官甘肃按察使、陕西督粮道，提督湖南学政。有《雨春轩诗草》。

严陵钓台

先生隐矣更何求，老去仍披泽畔裘。万里鲸鳌归耿邓，一竿风雨附巢由。
紫微御座宁贪饵，白水真人自下钩。处士名高天子大，千年意钓两悠悠。

○陶庆怡 1 首

陶庆怡，字子和，号雅轩，会稽（今浙江省绍兴）人。清乾隆间诸生，曾官广东双恩场盐课大使。

送族子荆山经桐庐至严州

琴书安稳压扁舟，一路桐江尽胜游。白满芦花红满树，不应客里更悲愁。

○劳涵 1 首

劳涵，字德纯，号粟海。清乾隆龙游（今浙江省）拔贡生。官布政司经历。

七里滩晚泊

尽日舟行处，溪回断岸分。滩声挟秋雨，树色拥寒云。
鸥鸟晚同宿，渔歌远更闻。今宵石壁下，客思正纷纷。

○王友亮 1 首

王友亮（1742—1797），字景南，号葑亭，婺源（今江西省）人。清乾隆五十六年（1791）进士，初由举人官内阁中书、军机章京，官至通政司副使。有《葑亭文集》《双佩斋集》《金陵杂咏》。

严先生钓台

不饵帝王钩，东归狎水鸥。早知渠物色，一并脱羊裘。

◯吴槐炳 1 首

吴槐炳（1742—1817），字耀垣，别字植亭，晚号石琴道人，鹤山（今广东省）人。清乾隆三十五年（1770）举人，署福建宁洋知县，英德县儒学训导，新会县儒学教谕。著有《晚香堂诗稿》《冈州近稿》《花峰樵唱》。

过严滩

夕阳篷背好风吹，滑笏春流下桨迟。绕郭千山青似染，严公滩下照须眉。

◯王祺 1 首

王祺，清末分水（今浙江省桐庐县）人。乾隆三十五年（1770）举人，官新城（今浙江杭州富阳）训导。

石壁山

神仙一去剩空山，丹室犹存古石斑。寂寂洞门深不锁，秋来惟有白云关。

注：石壁山在桐庐县分水镇桥东村中塘坞自然村，海拔 388 米，西濒分水江，陡立石壁，山有洞如室。

◯秦瀛 11 首

秦瀛（1743—1821），字凌沧，一字小岘，晚号遂庵，无锡（今江苏省）人。清乾隆四十一年（1776）举人，授内阁中书。嘉庆间官至刑部右侍郎，为官勇于任事。有《小岘山人诗文集》等。

钓 台

独钓桐江上，江流如此深。春陵天子气，寒濑故人心。
祠宇清风在，松杉落日阴。云台空自贵，不及此云岑。

送友之桐庐

送尔桐庐去，寒江落晚枫。滩声孤枕上，帆影乱山中。
许剑荒亭在，披裘钓渚空。此邦重名义，犹有古人风。

桐　江

一碧桐江水，寒光浸睦州。峰高多碍日，滩暗总疑秋。
东汉祠堂古，西台恸哭休。深林啼不住，人与夜猿愁。

七里泷

古驿危滩接杳冥，惊泷七里响清泠。未从越市寻梅尉，先向桐江拜客星。
云外鸟冲寒濑白，雨余帆入断崖青。人生只合垂纶老，万仞高台倚画屏。

桐　庐

早发富阳县，日夕礼桐君。桐君不可见，惟见桐庐云。
樵客锄松响，仙禽捣药闻。严光钓渚在，高卧看星文。

西台歌吊谢皋羽

吁嗟乎参军！生不能随丞相死燕市，乃作天水行遁之遗民。白雁来兮
朱鸟泣，凤凰宫殿何萧瑟。六陵金碗出人间，乾坤一剑空呜咽。当年
醉击竹如意，晞发狂吟山石裂。落日再拜冬青魂，夜雨还啼子规血。
吁嗟乎！不见参军兮，但见高台百尺沧江隈。魂兮归来兮，青山蠡蠡
万古松风哀。瑶琴漆坏玉带缺，仿佛歌声在林樾。林霁山，汪水云，
一时义士谁其邻。登台凭吊一长叹，作诗酹君君应闻。吁嗟乎参军！

谢皋羽墓

心许文丞相，江山恸哭年。横流沧海水，晞发钓台烟。
再拜歌朱鸟，孤坟叫杜鹃。翻怜一抔土，不葬六陵边。

桐君山

桐江之水涵清泠，山木窅篠风冥冥。梧桐已死数千载，桐君虽去山犹青。

劳生自笑乏仙骨，六年江上重扬舲。踪迹不到水帘洞，碧桃瑶草扉徒扃。
江深谷峻白云里，丁丁樵斧敲珑玲。荒祠日落幽箐黑，山鬼独立愁伶俜。
空滩夜响鹳鹤叫，不知何处招仙灵。

九里洲

昨日扬帆富春路，山下寒梅无数树。今日停桡九里洲，洲上梅花更无数。
似雪非雪云非云，一片濛濛乱香雾。花源深处渔船通，夹镜澄泓到琼圃。
此间合置梅花亭（旧时有梅花亭，今废），岁岁春风踏芒屦。我爱看花兴未阑，
忽有洲民向前诉：今年六月逢大水，秋田无收食无补。梅花万本幸未死，
明年聊可充公赋（洲民以种梅为业）。

过桐庐用康乐富春渚韵

乘潮涉春渚，杳霭近山郭。曙色互阴晴，日景穿林薄。迅湍急奔崩，
苍翠隐回错。遥闻捣药禽，桐君有丹壑。遁世乐无闷，栖岩得所托。
平生劳仕宦，任重苦力弱。已遂归田请，未果入山诺。复与亲爱辞，
齿发早衰落。雄飞匪云羡，吾道甘屈蠖。

七里濑用康乐韵

遑余渡岩濑，登涉爱清眺。溯流方在兹，岩壑益函峭。
水石互荡潏，云日相晃耀。灌木哀禽啼，荒蹊暝猿啸。
声喧悟真静，境寂得要妙。胡违知止义，反蹈用罔诮。
怀山跂堕樵，眷溪羡垂钓。终当归敝庐，古人庶同调。

○龚世俊 1 首

龚世俊，字轶群，一字朴园，金华（今浙江省）人。清乾隆恩贡生。

泊舟七里滩

峡劈沧江两岸秋，耐寻思是上滩舟。柁倾不断云千里，篷转惊抛月一钩。
村口犬嗥黄叶路，竿头鸥狎白蘋洲。钓台剩有星如客，但恨无缘觅酒楼。

○王增 1 首

王增，字西霞，号已亭，会稽（今浙江省绍兴）人。清乾隆三十六年（1771）进士，官由编修改河南祥符知县。

晓发桐庐

小县万山前，离人此醉眠。孤灯秋雨夜，残梦晓霜天。
药访桐君宅，星浮钓客船。苍茫问前路，烟水正无边。

○方志宏 1 首

方志宏，字克大，一字扩斋，清乾隆金华（今浙江省）人。

富春江早发

大江涌我前，秋意渡头草。我行有期程，棹拨篙工早。
推篷舻举丑，把盏饮未卯。岸夹烟岚蒸，窗启风枝拗。
云凝树不孤，雨重帆难饱。回首望严陵，茫茫浪花搅。

○许申璟 1 首

许申璟，字淇园，号竹涛，海宁（今浙江省）人。清乾隆五十三年（1788）举人。

桐江道中

一入桐庐境，琳琅石有声。水清真见底，山好不知名。
暖日晴江丽，春风客棹轻。弗愁滩阻浅，挂席每兼程。

○吴文溥 2 首

吴文溥，字博如，号澹川，清乾隆嘉兴（今浙江省）恩贡生。有《南野堂集》。

怀富春山人单焻

望望富春渚，斯人不可攀。潮回海门树，天远越州山。
独鹤自饮啄，白云相往还。中年忘世味，花药闭禅关。

桐江回棹过钓台怀古

又见高台月色新，水流花发汉时春。先生无意轻当世，天子有情重故人。
磻上暮年还旧迹，淮阴末路未全身。输他便著羊裘老，万古江山一钓纶。

○陈述炯 1 首

陈述炯，字蓉初，清乾隆时嘉善（今浙江省）人。

富春道中

愁水愁风屡换衣，数声渔唱听依稀。千峰回处炊烟绕，知有人家在翠微。

○戴松 1 首

戴松，字楚香。清乾隆时平湖（今浙江省）监生。

过严子陵钓台

绝壁凌霄汉，澄江一线通。高台山色里，孤棹夕阳中。
草莽干星象，功名老钓翁。寥寥千载上，箕颍接清风。

○徐名荑 1 首

徐名荑，字醾有，清乾隆时兰溪（今浙江省）诸生。有《澹吟轩诗草》。

泷中吟

乱峰围抱断还连，急水潆洄折复旋。最是子陵滩下路，画眉叫彻夕阳边。

○王孙旦 1 首

王孙旦，字善孳，一字菊溪，清乾隆时鄞县（今浙江省宁波）人。有《菊溪集》。

钓 台

云屏高枕放鼾声，足腹都忘尔我形。太史当年饶舌后，客星帝座两分明。

○周宝生 1 首

周宝生，字晋斋，吴县（今江苏省苏州）人，清乾嘉时在世。官龙湾司巡检。有《养云轩诗稿》《长青阁诗钞》《半帆亭稿》《晚香堂余稿》《希白斋近稿》《无倦书屋吟稿》《扫箨山房存稿》。

过子陵钓台

故人不是为天子，同学如何有钓台。七里青山千尺水，画眉声里碧桃开。

○郑挺 1 首

郑挺，字不群，秀水（今浙江省嘉兴）人，清乾嘉时在世。有《秦涛居士诗集》。

夜过钓台

新主已忘天子贵，先生犹道布衣尊。中兴将相功成后，何不被裘共此村。

○朱琰 3 首

朱琰，字桐川，号笠亭，海盐（今浙江省）人。清乾隆三十一年（1766）进士，官阜平知县。有《笠亭诗集》。

严陵钓台歌

山高水长先生风，闻之耳熟欣相从。挂帆夜半梦中过，今我起望嗟征忪。

既而思此形迹耳，先生之真不在是。古来多少钓名人，虚声每落丝竿里。
谷皮绡头短布衣，周党决意终黾池。范升且请云台试，处士何以销人疑。
怀仁辅义天下悦，阿谀顺旨要领绝。先生不独告君房，相助为理两言毕。
朝廷当日多元勋，人成守此成经纶。钟鼎山林各天性，何妨剩有披裘人。
乃知先生故有志，泽中一钓亦游戏。严陵江濑富春山，高深总见先生意。

七里濑

行行至严陵，岸峭水奔濑。四山立如门，七里扼成隘。聚流起重叠，
连山响砾磕。双峙倏波中，一折渺云外。弥漫只烟霞，帆席恐芥蒂。
哀禽前后啼，条条参差挂。幸得驾风行，走更比马快。豁然天为开，
森尔江又大。来踪何处寻，巇嵷隔苍蔼。

富春江口

富春前望水漫漫，林树萧疏见晓峦。采药庐荒秋色老，钓鱼台迥暮江寒。
抗怀古昔风流远，放眼江山画本看。如许烟云堪供养，且教渲墨上轻纨。

○王承宠 1 首

王承宠，字玉如，号蕴斋，清乾隆时鄞县（今浙江省宁波）人。有《啸余草》。

严子陵

觑破浮名泡影间，不将华衮换青山。富春饶有南阳趣，明月清风任往还。

○陈涵时 1 首

陈涵时，字圣昭，清乾隆时鄞县（今浙江省宁波）人。

过钓台

叠叠层层春水寒，风飘小艇过严滩。自怜未睹先生面，云影羊裘仔细看。

○吴锡麒 36 首

吴锡麒（1746—1818），字圣征，号谷人。浙江钱塘（今杭州）人。乾隆四十年（1775）进士。官至国子监祭酒。有《自怡集》《岭南诗钞》《有正味斋全集》。

赠王拟园明府名廷勋

离家三百里，来与山水期。建德非吾土，孟公语何悲。我感故人意，
不惜行李羁。东轩为下榻，西舍为治炊。令子未弱冠，佩玉有容仪。
一甥如舅长，早能读舅诗。树木已长成，不用相扶持。君于听讼下，
时一来衔卮。君官亦自贫，我贫特甚之。相与话踪迹，滔滔无毕词。
君才有根柢，我学徒毛皮。读书我已晚，读律我岂知。然知有赤子，
所当慎鞭笞。严陵好山水，不能疗寒饥。以我饥寒故，弥为当境思。
山田岁苦瘠，公家赋易亏。桑柘见尚稀，无蚕安得丝？牛刀付庖丁，
宰之视所宜。闻君到县日，人颂慈惠师。其名不易副，其实亦易为。
但甘催科拙，要以文学治。清风吹广袖，宁有丞尉疑。白日照公庭，
宁有胥吏欺。此心能慎重，民已无疮痍。知君自仁爱，我语徒献规。
春雨昨朝过，炊烟动茅茨。盈庭草新长，杂树花更滋。堂前罢公事，
长此鸣琴时。堂后读书声，美哉骐骥儿。为吏尽如此，此乐不可支。

雨中过七里泷

苍苍茫茫江一面，雨入江光吹不见，前滩后滩白如练。有风顷刻七里过，
无风奈此七里何。忽然雨势挟风至，但听来船争唱顺风歌。我船甘让
来船走，画本留看黄子久。望穷寒水竹回环，洗出青山舻前后。牧童
自驱黄犊回，渔郎正放鸬鹚来。笠檐蓑袂尽邻舍，对江几扇柴门开。
丹青未见今见此，水外是山山外水。客到先愁无路通，鸥飞但见和云起。
云中雨歇山出泉，蜿蜒千丈树杪悬。雷车行空合众籁，雪瀑过眼飘虚烟。
此时忆煞严先生，羊裘孤拥寒不轻。我欲松门一杯酙，苔荒路滑无人行。
传闻名利人，不泊钓台下。扁舟独纵横，问我胡为者。玉壶买春雨堪赏，

尺半白鱼新出网。饮酣抱瓮卧船头，听得舟人齐拍掌。数枝柔舻划玻璃，百幅蒲帆眼底齐。夕阳乍明风亦转，行行一路画眉啼。

登临江亭

风响悬崖万树清，林间亭子接空明。三人坐处暮云合，一叶飞时秋水生。
塔影东西招渡客，帆光高下赴江城。归心只在苍茫里，满眼烟波是去程。

注：临江亭，在桐江口。宋治平间渚亭毁，曾知县黯重建，名曰"临江"。后元绛以给事中知福州过此，因桐睦二水会合于此，改合江亭。已圮。

子陵鱼

更比银鱼小，来逢五月时。上滩争一雨，出网胃千丝。
匕箸情何忍，烟波味可知。高名肯相借，钓竹莫轻垂。

九日登临江亭

登高故事畏人夸，九日天涯又水涯。江影明边初落雁，夕阳黄处独看花。
相思兄弟难成梦，如此亭台不是家。输与沙鸥心迹好，一汀秋色住蒹葭。

钓台谒严子陵祠

肥遁先生志，祠堂重此州。一星终古客，落日大江流。
帝业推铜马，闲身羡野鸥。谁传男子在，徒枉故人求。
币乃同汤聘，竿终笑吕投。功名轻骥足，风雨老羊裘。
痴甚贻书霸，狂哉洗耳由。耦耕仙侣共，立传逸民收。
我亦闻风起，因来系榜游。苍苍迷万壑，咄咄感千秋。
大树凋名将，云台失列侯。讖谁陈赤伏，亭已圮芜蒌。
白发看遗像，青山有故丘。几家绵子姓，七里聚渔讴。
顽懦犹能激，孤高不可侔。惟应竹如意，遗响答峰头。

雪中经子陵钓台

潜姿非众希，清气快独得。千山皓无际，留此太古色。川回睇屡延，
崖转寒逾逼。洞户呀然开，孤蓬落其侧。客星中夜耀，羊裘几人识。
烟波耦神仙，岩壑寓寝食。恍见白凤骑，因之游八极。

严　州

不断云春树顶鸣，眼前催卸片帆明。寒生侧侧羊裘薄，风动萧萧钓竹轻。
塔影迎人趋晚渡，滩光送雨入春城。荒台草满千年后，谁与江山作主盟。

寓斋感怀

潇洒楼开见画图，接天烟水晚模糊。家从前日梦中到，客有一星江上孤。
幽鸟不来春已歇，青山无恙骨先癯。补唇晞发精灵在，我欲云中拍掌呼。

江亭晚眺

一片江烟外，荒荒落日寒。暝光投隔岸，诗思起凭栏。
花歇风生树，人喧月上滩。归途就灯火，前渡正渔餐。

晚泊汤家埠

落纤烟林夕，萧疏画不如。水明双鹭外，秋冷一星初。
船板村家屋，鱼干野客菹。梦闻鸾鹤奏，仙路近桐庐。

江山船四首

江山船泊江上头，江山不隶隶严州。上滩滩恶不愁汝，官来捉船愁复愁。

其　二

船头辛苦百丈牵，船梢小妇唤同年（坐客呼舟子曰同年，妻曰同年嫂，女曰

同年妹）。一生嫁娶渔儿女，只有侬家九姓船。

其 三

女儿生小貌如花，泷里青山比髻丫。唱到鸳鸯可怜曲，争教游子不思家。

其四

上滩下滩往复来，独有江流去不回。妾愿郎如潮信准，回头只在子陵台。

江岸晚行

雨霁江无烟，满岸秋瑟瑟。老翁打鱼归，一蓑挂残日。

庚寅春再赴严江同舍弟锡麟舟中作两首

听风兼听水，三度上江船。远树霁寒雪，一帆明夕烟。
人耽高隐地，山媚早春天。正拥羊裘卧，岚光坠我前。

其 二

好句忽飞到，与吟惟子由。江山如昨梦，兄弟此扁舟。
野水争滩上，闲云为竹留。他年剪灯语，毋忘富春游。

同景笠人暨舍弟登临江亭作

渺然葭葰助秋清，尽洗云烟放眼明。远岭只如空翠合，凉潮多向夕阳生。
几家渔舍同依树，一路樵歌唱入城。后约江湖情不浅，扁舟重待白鸥迎。

桐庐晚泊

不觉风帆远，吹来就此林。乱山余夕照，野水有秋心。
闻道桐君去，于今苔径深。无由相问讯，独对白云吟。

秋闱报罢仍至严江诸同好赋诗送别舟中感怀寄答四首

寂寞舟中上濑时，一灯重读故人诗。邮程细雨和愁织，水枕新寒只梦知。
潮到回头随岸曲，帆当转脚怕风欹。伤心同作悲秋客，可奈天涯更别离。

其 二

霜信寒催一雁鸣，稻粱辛苦感吾生。且抛席帽看山色，已悟霓裳是水声。
可惜此来红叶落，所思不见大江横。平生出岫心原懒，但乞闲云作伴行。

其 三

洗濯尘缨向水涯，鸬鹚港口数峰斜。樵人斧烂收残弈，渔子船归剩落花。
莫倚竹弓能射鸭，且思草屩学捞虾。阻风中酒何曾惯，强自题诗答晚霞。

其 四

一样斜阳下学天，堆盘梨栗忆从前。与鸥同白依然我，此鬓能青更几年。
杨柳萧疏临水驿，琵琶憔悴渡江船。鲤鱼今日将书去，流到樽边定黯然。

舟行阻风信宿江上三首

天际樯帆若荇浮，艰难始信上滩舟。素波袅袅秋如此，不是芦花也白头。

其 二

江上村村远水明，西风两日滞行程。肯留人在严滩住，不信青山不世情。

其 三

可是江空月落时，客愁多在枕边知。听风听水难禁得，更听舟人唱竹枝。

江上杂诗五首

湾头小艇竹篙撑，两岸行人唤渡声。著个鸟犍浮水去，牧儿横坐看潮生。

其　二

湍急滩鸣过钓台，临江几户竹扉开。枫人老作垂纶长，一树红衣入画来。

其　三

东台西台上下古，渔家笛家左右邻。鸟下如闻树头雨，风吹忽见芦中人。

其　四

山重水复去帆迟，人道泷中胜武夷。一日九回重又曲，拼教摇到断肠时。

其　五

暮烟孤驿树濛濛，滴碎愁心雨一篷。昨夜停舟看明月，回头只在乱山中。

晚　渡

一鸟入寒色，数峰斜照余。江船来橘柚，人影杂樵渔。
落木悲产业，浮云念故居。茫茫当渡立，薄暮最愁予。

桐庐道中寒雪初晴月色皎洁

扁舟屡沿转，不厌风水听。况兹雪霁佳，片月林外醒。寒姿结窈窕，
幽壑穿珑玲。云归微素合，波往虚光停。明明帆弄叶，晶晶晶开屏。
身在众山中，不知山色青。岩端发清磬，潭底摇疏星。桐君尔何人，
寂寞仙扉扃。携锄采药去，归来已千龄。幽梦永今夕，鸡唱天冥冥。

题《富春大岭图》次韵祝允明

绝胜武夷溪九曲，浮岚顾飞焕翠复。茅堂可惜人未归，石榻空留白云宿。
高台兀峙千尺强，清滩此去七里长。一路绿萝悬影倒，鲥鱼不上水茫茫。

严子陵钓台

画眉声不断，来泊滩上舟。垂钓先生隐，登台落日幽。
泉光穿鸟道，山气逼羊裘。列宿群公应，孤星一客留。
神仙中妇艳，天地大江流。故径堆红叶，高风数白鸥。
几传存子姓，七里接鱼讴。回首滹沱水，萧萧战马秋。

○樊廷简 1 首

樊廷简，山阴（今浙江绍兴）人。举人。清嘉庆十四年（1809）分水县（今浙江桐庐）教谕。

洗砚池

卿云曾此腾岩阿，古池一泓静不波。元和才子读书处，径匝乔松缠女萝。
忆昔先生未释褐，锄药焚香胸豁达。随身砚匣抱膝吟，兴来浓墨淋漓泼。
瞥逢仙石骋奇思，柳枝幼女多妍词。直到江神世情口，春风得意席帽离。
一隐洪州身不出，廿年辛苦自叙述。胃肠无滓形神清，龟息微通蝉脱质。
或传尸解未足凭，薪火不绝然元灯。吉光片羽倍珍惜，同邀唱和惟徐凝。
墨花飘忽倏千载，风流已备轺轩采。格陶韵谢拾蠹余，洗砚清池今尚在。
池水鉴人毛发寒，如见黑蛟水面蟠。堪笑刘安徒拔宅，惟余鸡犬渺云端。

○王廷瑞 17 首

王廷瑞，分水（今浙江省桐庐）人。清乾隆四十六年（1781）恩贡。善诗文，邑内有声。

咏至德十一景

其一　瑶泉韵雅

曾向空山悟妙诠，淙淙不断响瑶泉。凝眸讵见天风下，侧耳方知地籁宣。
仿佛遏云桓子笛，依稀流水伯牙弦。余音嘹亮林间绕，静与神游境似仙。

其二　担石峰奇

三石重重镇伏狮，钱王担负古称奇。数寻直矗浮屠塔，方丈平铺仙子棋。
卸下半肩抛不去，抵来一指立无危。要知端的峰何异，搔首溪边事可疑。

其三　五马腾云

山形奔放迥超群，逐队还如骥蹴云。日照恍呈连辔影，月明宛现五花文。
苔沾春雨毛新长，木落秋风嘶远闻。鞍勒不施神欲活，名齐八骏策功勋。

其四　双狮传绣

气撼山林定罕俦，双狮对峙戏珠球。抛来彩影耽耽逐，蹴出花纹滚滚流。
几度兢吞云罩石，数番争吼霹惊秋。何年鸟戈来兹地，全力转时未肯休。

其五　虎台高峙

神威出没绝尘埃，绝顶平铺号虎台。仙子曾闻携药去，将军尚讶啸风来。
千岩拱伏灵遥摄，万壑奔驰势远开。几度登临穷目处，钱塘郭外暮潮回。

其六　象水潆洄

山形似象赴江隈，峭壁临溪长翠台。洞口雪飞寒沁齿，渡头柳拂绿穿腮。
时惊浴鹭圆如转，常吸浮鸥去复回。安得乘船频载酒，衔怀起舞共徘徊。

其七　浮堰遗泽

一水盈盈隔岸逢，每当入夏筑村农。利滋禾黍何悉旱，障藉泥沙未觉松。
宛转长流穿地脉，澄泓翻涌隐蟠龙。年年绿野丰亨谷，遗泽于今颂栉墉。

其八　焦岩点翠

怪石奇形众仰瞻，天然图画列焦岩。旧盘古木枯痕共，新映春江翠影兼。

薜荔无心因雨绿，花枝有意伴云纤。谁能跻立凭虚啸，惊起林间虎豹潜。

其九　洪石流霞

千寻绝壁立溪崖，空洞泉流披彩霞。绛阙能通梯自近，赤城可接路非遐。
朝迎红日光盈岫，暮近清秋色映沙。未有子安才子笔，齐飞漫拟落天花。

其十　石柱凌云

柱石昂昂势上升，一峰直插气冲凌。堪撑碧落天胡陷，如砥中流浪不腾。
飞鸟每从岩下过，祥云常向顶头兴。楼成白玉非低小，此亦高擎最上层。

其十一　金潭映碧

谁为澄澈豁胸襟，潭水空明掩映深。大舜捐时留藻底，元冥铸处出萍心。
和风澹荡波翻碧，皎月频临浪洒金。多少高怀恣极目，敢将巴咏质知音。

> 注: 至德旧属至德乡，包括元川、姚村、皇甫、洞前等村，今桐庐县瑶琳镇。本《集》所辑至德村景诗原载《桐江姚氏宗谱》。

狮岩高踞

何须乌戈去图形，石齿嵯峨虎气猩。不信空中雷碾出，惊人夜夜有雄声。

虎塘晚秋

高秋宋玉莫悲伤，树色连山问晚妆。更有山君塘外过，因风还讶啸声长。

屏山春色

一纸青天作画图，山容尽处见平芜。扫苔我欲题诗句，为问春来酒有无。

曲涧凉风

吹来绝地与天通，探取清凉碧涧中。路近招提堪作拂，此风差胜大王风。

注："狮岩高踞""虎塘晚秋""屏山春色""曲涧凉风"为招贤（今桐庐县瑶琳镇琴溪村）村景诗，原载《分阳珠村王氏宗谱》。

天井山泉（并序）

天井山与良梅山连，山势奇特，山巅有泉，一孔如井，大旱不竭。

高峰一孔自天成，中有甘泉碧一泓。晴月云收阑幕影，雨时雷击辘轳声。
甃分练石形原古，泉借明河色均清。自笑半生同坐井，犹饶口舌作蛙鸣。

注：天井山在桐庐县瑶琳镇文源村，海拔505米。良梅山，又名杨梅山，在桐庐县瑶琳镇文源村、分水镇与富阳市界上，主峰海拔672米。

屏风山

平山侧列绣屏开，隔住村烟地轴回。天借云容添水墨，春饶树色映楼台。
观图莫误弹蝇去，见猎还矜射雀回。溪畔相招多蕴藉，踏歌应有美人来。

注：屏风山在桐庐县瑶琳镇琴溪村。

○王秉恭1首

王秉恭，清人。余不详。

北山积雪

无山可与此山齐，猎猎罡风色最凄。一夜繁花飞不尽，看来都是玉东西。

注："北山积雪"为招贤（今桐庐县琴溪村）村景诗。原载《分阳珠村王氏宗谱》。

○王景源10首

王景源，分水（今浙江省桐庐县）人。清光绪十八年（1892）岁贡。

又招贤十景诗
其一　仙人石室

深深石室白云迷，福地娜嬛好共栖。为问仙人何处去，幽踪缥缈绝攀跻。

其二　狮岩高踞

巍峨片石势何雄，雅与狮王恍惚同。更有晓钟鸣远寺，令人错讶吼河东。

其三　虎塘晚秋

数行鸿雁嘹长空，两岸枫林叶染红。入耳松涛声不绝，浑如猛兽啸从风。

其四　石柱擎天

苍然一石带烟青，高耸山阿色窈冥。鬼斧神工谁斫出，擎天移去峙王廷。

其五　龙门峻岭

登到龙门兴最豪，攀跻直上不辞劳。崎岖觅得山中径，哪怕程途九万高。

其六　屏山春色

一山郎列俨如屏，明媚春光映画棂。翡翠不须添点缀，何时移去障门庭。

其七　五洞流泉

离奇五洞出山隈，分注清泉合派来。偶坐溪边抡指数，尘襟涤尽快衔杯。

其八　曲涧凉风

山回路曲步难通，一味清凉挹涧中。热客到时消暑好，日斜归咏舞雩风。

其九　奇岩开口

奇岩似口水涓涓，石齿巉巉溯昔年。喉下一泉流作沫，元章若见喜应颠。

其十　北山积雪

朔风栗烈雪花肥，满眼溟濛柳絮飞。山径都缘滕六阻，樵夫归路认依稀。

○姚春 11 首

姚春，清人。余不详。

和汉昭族祖咏至德十二景诗次韵

其一　瑶泉韵雅

谁劈鸿蒙得秘诠，清音时递洞中泉。恍浮泗磬声遍彻，似鼓湘琴韵更宣。
冷冷带花流紫府，淙淙和律谱朱弦。参差不杂人间响，耳暂明时喜听仙。

其二　担石峰奇

压地擎天复镇狮，担来何处自惊奇。弛肩溪浒如标柱，撒手山前似累棋。
突兀已知三级异，孤高还讶一峰危。荒唐漫说钱王事，叱石鞭山总可疑。

其三　五马腾云

山名五马信超群，势欲腾空似蹑云。雪拥银鞍舒骏足，花盘绣勒耀龙文。
如追天驷奔腾见，俨逐雷车蹴踏闻。千古何人能控驭，联翩绝影凑奇勋。

其四　双狮传绣

乌弋从来此匹俦，石墩中峙作绒球。抟时有爪东西露，滚处如星上下流。
斑驳渐遮云赴壑，鬐须欲断草惊秋。相争未得还双踞，气藉风雷吼不休。

其五　虎台高峙

突兀撑空迥绝埃，仙人留下虎嬉台。树摇尚拟张牙出，云护还疑博翼来。
岩穴幽藏因甚戏，石笼深锁为谁开。闲时我欲凭高望，可使山君首再回。

其六　象水潆洄

悬崖俯下大江隈，白石粼粼象鼻来。不虑梦时埋二齿，讵尤溺处暴双腮。
冲开舟楫形难触，喷出波涛势欲回。吩咐佣奴休弄邋，暂留此际一低徊。

其七　浮堰遗泽

天行何处不相逢，浮堰修成利在农。穿去板桥疑影隔，引来衣带觉围松。
横拖匹练奔如马，长掩苍苔卧似龙。响接瑶泉浑不断，田家藉此庆崇墉。

其八　焦岩点翠

峭壁巍巍从共胆，披霞浴日耸灵岩。松梢古色藤萝袅，竹外新容翡翠兼。
环绕朝烟山共紫，浑连夕照石俱纤。应饶天地钟奇气，凭眺归来月落潜。

其九　洪石流霞

巉岩一带望无涯，石隙时笼朝暮霞。飞彩每疑丹穴近，建标何羡赤城遐。
杯传酒泻长河水，雁落书排曲渚沙。可令洞中舟子去，临流应赋碧桃花。

其十　石柱凌云

云霄万仞岂能升，石柱巍巍势欲凌。涌自地中如架砌，来从天外若飞腾。
琼楼作栋功堪就，玉宇为楹业可兴。试向空中翘首望，冲开碧汉几千层。

其十一　金潭映碧

碧潭闲步豁尘襟，曲绕村前引趣深。近挹佛光铺水面，倒涵月影落江心。
草堤远映千层浪，众口同名一字金。泽畔聊为长句和，未知高下可同音。

○洪亮吉 11 首

洪亮吉（1746—1809），字稚存，号北江，阳湖（今江苏省常州）人。清乾隆五十五年（1790）高中榜眼，授翰林院编修。督学贵州，为清代史学家。有《卷施阁诗文集》《附鲒轩诗集》《更生斋诗文集》《汉魏音》《北江诗话》及《春秋左传诂》等。

江山船

江山船，船九姓，世作婚姻无别订。江山船，左右蠡作窗，持篙之妹

皆一双。江山船，两边柱，人数不论论铺数，一铺一人随意住。兰溪西郭桐庐东，水绿总照山花红。沉沉夜漏时开燕，蠡壳窗中蟾魄见。萧郎老去不伤春，窥鬓不须仍觊面。邻船箫鼓何盈盈，我心转比严陵清。娘持篙，妹持花，行客篷窗自高卧。君不见，镜云一朵忽飞来，只认散花天女过。

舟行将抵建德四韵

严江雨气何濛濛，十里五里滩重重。顺流亦复尽人力，却值五日东南风。

其 二

严陵江水清如洗，飞隼影看沉到底。三层云气护峰棱，五色采文分石理。

其 三

严陵江水无一寻，水心清澈同我心。惜无一客似皋羽，幸有五斗携山阴。

其 四

萧晨已觉流光短，如梦红林百千转。万端我正感茫茫，双桨尚歌归缓缓。

过严陵滩

古时月照今时滩，古人总比今人闲。古时鱼鸟竟何在，只有化鹤人飞还。西台垂钓东台哭，来往茫茫时代速。除却狂奴七字书，一篇生祭文堪读。古人今人亦相接，眉近岂知难见睫。欲悟劳劳世上人，青林一日飞红叶。三十年前旧友汪（癸巳年九月，与汪大端光自新安同舟过此，时汪官广西司马），近从阳朔看山忙。徐君墓亦无寻处（徐太守曰纪，桐庐人，没已及十年），明日扁舟下富阳。

七里泷

我寻九曲溪，复渡七里泷。红云仙人舟，绿浪吴娃舽。寰中看水亦已足，一曲水环山数曲，水色冥冥作青绿。兹逢九秋杪，值此千林红。白云黄叶兼丹枫，五色宕漾空江中。何因霜降无来雁，仍有秋分未归燕。三尺梅梁记共栖，万株枫树重相见。天青月淡云不流，景好可惜无人收。明霞海上来无际，盖得万家秋梦腻。桐君揖客上岭行，却值山县鸡初鸣。午潮初平子潮起，鱼尾压波红十里。

小泊桐庐山村

山云平屋头，水云平砌下。沿坡三四家，居然住云罅。
迟迟月方出，挂席此间卸。人家闭门早，飞瀑向窗泻。
疏篱一灯背，清梦想闲暇。已有荒鸡声，嘹嘹起残夜。

发新安江

帆走百里风，收帆日初午。樯随山翠转，清绝数声橹。江蘋虽可拾，清鲫已厌数。自行新安江，罢思潇湘浦。瞻峰百回仰，看水终日频。舵楼起清箫，深村出渔鼓。林红匪枫柏，草香过兰杜。即景情已欣，思家念稍阻。崖穷树犹复，川尽烟复补。寄语新安人，江行未为苦。

七里泷阻风

我行发新安，三日挂帆幅。南风吹急雨，萧条傍东麓。东麓只百家，舟樯共栖宿。鱼虾成小市，禽羽来栖竹。朝饮颜不欢，莫歌声复促。远思严陵隐，近忆皋羽哭。斯人既徂谢，遗者唯石屋。遥遥东西台，樵夫自争逐。江山感幽显，风物互凄肃。解缆候转风，还看去舟速。

题汉严子陵画像

东国奇男子，重睡是故人。偶然攲一足，天上动星辰。

○冯敏昌 1 首

冯敏昌(1747—1806)，字伯求，号鱼山，钦州(今广西省)人。清乾隆四十三年(1778)进士，官翰林院编修。

西台寻谢皋羽墓

西台长恸后，抔土亦荒榛。竹石碎当日，乾坤空此人。
台前云漠漠，台下水潾潾。朱鸟归何处，萧条一怆神。

○汪学金 1 首

汪学金(1748—1804)，字敬箴，号杏江，晚号静崖，太仓(今江苏省昆山)人。清乾隆四十六年(1781)进士，授编修。嘉庆中，官至左庶子。有《井福堂文稿》《静崖诗集》。

过严陵钓台作

丹枫为幛石为屏，百尺高台照客星。两岸猿声落秋水，至今山色为谁青。

○黄景仁 3 首

黄景仁(1749—1783)，字汉镛，一字仲则，号鹿菲子，武进(今江苏省常州)人。十七岁补博士弟子员，累试不第，后入安徽学使朱筠幕。清乾隆四十年(1775)游京师，翌年赴津门应东巡召试献赋，钦取二等，得校录四库馆。居京师，穷困潦倒，后为债家所逼，抱病出京，病殁于解州。有《两当轩诗文集》《竹眠词》等。

钓 台

上者为青云，下者为朽壤。立足一不坚，千古徒怅慷。
先生际中兴，空山寄偃仰。乾坤自清宁，道不与消长。
钓台高峨峨，江水如平掌。其下多估帆，骛利日来往。
未知此中人，见亦作何想。而我适过之，轻风吹五两。
弥望烟云深，高吟众山响。

过钓台

桐君入我梦,趣我推篷起。一鸟啼岩间,双台峙云里。
十载道旁情,惟有狂奴耳。更酌十九泉,饱看桐江水。

七里泷

海潮连日大,直过子陵滩。助以乘风便,都忘上濑难。
山围青步障,水皱碧琅玕。长忆披裘客,空江六月寒。

○李斗1首

李斗(1749—1817),字北有,号艾塘(一作艾堂),仪征(今江苏省)人。清乾隆时诸生,博通文史兼通戏曲、诗歌、音律、数学。有《岁星记》《奇酸记》《永抱堂诗集》《扬州画舫录》《防风馆诗》等。

严 陵

九里山连七里滩,炎刘传此两渔竿。朝廷岂待功臣薄,天子由来礼教宽。
前后汉书归正史,东西京赋出郎官。如何天下精兵处,不及高篷钓艇安。

○黄钺1首

黄钺(1750—1841),字左田,号左君、井西居士,当涂(今安徽省)人。历官礼部尚书、太子少保、户部尚书、军机大臣。有《壹斋集》等。

七里濑

篷窗围锦屏,我身入图画。心豁辟新局,目瞬眛旧界。江盘玉循环,
山互黛画卦。行愁溪路穷,坐觉天宇隘。富阳晓缆维,钓台午帆挂。
节企严陵高,隐吊方干介。朱鸟歌者谁,苍山哭几坏。尘颜愧胜游,
肃望早心拜。践苔足恐污,劓石壁虞疥。舒舒波鳞皴,齿齿石麟龂。
藏禽韵深苍,潜鲦镜清快。宿桑尚有恋,啖炙科无喝。结茨想岩幽,
科头忘日晒。

◯左辅 2 首

左辅（1751—1833），字仲甫，阳湖（今江苏省常州）人。清乾隆五十八年（1793）进士，官湖南巡抚，有政声。

严先生钓台

洛阳何处寻宫殿，严濑于今有钓矶。锦绣全归高士座，江山长映客星辉。
安眠竟不知天子，一出犹嫌屈布衣。台畔何人敢投足，玄英晞发幸相依。

富春道中偶成示诸子

世载曾游今再来，江干画艇燕帆开。涛泷安稳恬吟梦，云日清娱上钓台。
渌水素娥俱澹泊，青山白首两低徊。一时宾从风流甚，日日凌波约举杯。

◯孙星衍 2 首

孙星衍（1753—1818），字伯渊，号渊如，阳湖（今江苏省常州）人。清乾隆五十二年（1787）进士，授翰林院编修，改刑部主事，历官山东督粮道、权布政使。著作宏富，有诗文集等十余种。

题严子陵却聘图两首

时平容汝去岩廊，一棹烟波指故乡。多事客星干帝座，狂奴不及介推狂。

其 二

芦花浅水任浮沉，莫笑还山入未深。却聘归来仍罢钓，高人并少羡鱼心。

◯杨芳灿 5 首

杨芳灿（1754—1816），字才叔，号蓉裳，金匮（今江苏省无锡）人。清乾隆四十二年（1777）拔贡生。历官甘肃伏羌知县、灵州知州，有能名。入为户部员外郎。工骈文诗词。有《直率斋稿》《芙蓉山馆诗词稿》《芙蓉山馆骈体文》等。

晓发严滩

晓雾荡空水，双崖碧岑岑。钩辀丛筱间，幽鸟皆越吟。
明漪清见底，倒影孤云深。眺听抒古怀，盥濯除烦襟。
汐社迹久荒，钓台尚嵌崟。高风渺空翠，可爱不可寻。

富春道中两首

唤得津亭小画艭，风漪摇梦过春江。林光澹白水深碧，飞下芙蓉鸥一双。

其　二

杳霭烟林叫画胡，沿堤新绿长蘼芜。篷窗尽日拥书坐，饱看春山过雨图。

桐　庐

阴霞媚春晓，沙屿扬烟舲。始知清旷境，可以莹心灵。鸟语韵幽管，
鱼沫漂寒星。空濛飞雨来，演漾流云停。碧侵薜荔衣，翠湿莓苔屏。
桐君恍招手，揖我鳌背庭。尘虑苦未忘，安得凌青冥。

富春江夜泊

纤纤月出春江曲，滟滟明波泻寒玉。夜山堆碧不留云，蒲叶裁帆入烟宿。
系缆津亭客思孤，且携短烛照残书。罟师吹火隔江语，网得随潮红鲤鱼。

○王鸣玉1首

王鸣玉，分水（今浙江省桐庐县）人。清乾隆四十五年（1780）恩贡。

天劈石

未知何日是天开，劈破还教世上猜。岂是女娲曾取石，仍留一半在溪隈。

注：天劈石，在浙江省桐庐县瑶琳镇高翔村。

○陈从潮 1 首

陈从潮，字瀛士，号韩川，福建福安人。清乾隆四十五年（1780）举人。

吊谢参军

文山昔勤王，义举为倡始。参军本同志，大义志所矢。五坡战血平，
大厦悲倾圮。先生计无复，孤忠抱宜宜。感激上西台，匪徒哭知己。
嗟彼雪楼徒，与君宁足比？结股连睢尼，一荐如趋市。悠哉汐社人，
千秋炳青史。忠既哭同调，词亦骚堪拟。文章感流别，斯人应维起。
桑梓钦前徽，徘徊吊故里。何处歌朱鸟？残日下江水。

○李赓芸 1 首

李赓芸(1754—1817)，字生甫，号许斋，嘉定(今江苏省)人。清乾隆五十五年(1790)
成进士，历孝丰、德清、平湖知县，嘉庆二十年（1815）擢福建按察使，署布政使，
旋坐事被诬，遂自尽。有《稻香吟馆诗稿》。

严先生祠堂

百世闻风起，山高复水长。先生自不仕，天子目为狂。
独鸟烟中去，冥鸿天际翔。溪毛谁与荐，渔父正鸣榔。

○周镐 2 首

周镐（1754—1823），字怀西，号犊山，无锡·(今江苏省) 人。清乾隆四十四年
（1779）举人，五十九年（1794）诰授中宪大夫，历官漳州知府、福建护理汀漳龙兵
备道、浙江衢州府知府。有《犊山诗稿》存世。

严子陵

赤符绕日九门开，驰驿安车报聘来。星象岂关干帝座，功名原合让云台。
一竿秋水清无底，半亩春山老为回。旷世君臣全友道，高风何必叹遗才。

江上咏严子陵

七里清泷接富春，高台终古郁嶙峋。隐居自合皆仙女，天子居然重故人。
江上科头卧云月，夜中伸足动星辰。扁舟剩有羊裘在，依旧烟波理钓纶。

注：此诗一说为仁和（今浙江杭州）陈文述作。

○陶廷珹 1 首

陶廷珹，字韫川，会稽（今浙江省绍兴）人，清乾隆四十六年（1781）进士，官黔西州知州。

七里泷

江势忽如带，双鼍一涧通。峦光射篷碧，柏叶隔樯红。
把钓怀严叟，听鹂忆戴公。好山无数至，浑似剡溪中。

○周昶 1 首

周昶，字天朗，钱塘（今浙江省杭州）人。清乾隆间举人，官余姚县学训导。

暮春买舟至龙游过严滩

七里泷中路，舟行此乍经。帆连千片白，山拥万重青。
轩冕归诸将，江湖老客星。钓台高峙处，矫绝想鸿冥。

○蒋攸钦 2 首

蒋攸钦，号约园，辽阳（今辽宁省）人。约清乾隆、道光间在世。有《约园诗存》。

钓台两首

拂袖东归物外情，那知隐后转成名。当年若问归来意，甘向鱼矶寄此生。

其 二

天子何妨是故人，桐江烟月乐我真。胥潮亦重先生节，不遣冲波过富春。

○俞国桢 2 首

俞国桢，字培庵，水滨乡（今浙江省桐庐县江南镇）人。清道光七年（1827）岁贡。有《周易精义》。

游梅洲放歌两首

去日何其多，春回惊五秩。涉江梅正开，倩尔贺生日。洲上梅开九里赊，新枝老干交横斜。香风拂拂裹襟袖，指点积玉夸风华。自叹浮生尘俗绕，庄不如人每自诮。衣食奔走竟何成，面目徒被梅花笑。

其 二

自念得暇窥，陈编拨弃俗。学追儒先诗，易庄骚从所。好心情还受梅花，怜陶公壶刘伶斗。与梅对酌且沉酣，世上浮名亦何有。唯余奢愿乞花神，欲展余龄三十春。历遍书城去花国，芙蓉城畔永为邻。

○周凯 1 首

周凯（？ — 1837），字芸止，富阳（今浙江省）人。清道光间任台湾兵备道，其间总纂《厦门志》。

咏施状元肩吾

屈指何人先琢句，算来唯有施肩吾。黑皮少年红毛种，那见燃犀照采珠。

○陈祚 1 首

陈祚，分水（今浙江省桐庐县百江镇百江村）人。清道光十六年（1836）岁贡。

烈马行（并序）

我祖致命时，马负尸归，而马亦触石死。故余族岁有祀马之例，高其节也。余独爱其才，又重其养。当世之际，天怜公之死，特留马以护其尸。马或乞怜于敌，则马为敌有，而尸亦不得归。鉴乎此马竟得自全，以全公尸，其胆略已足动人。及公既归，马即须臾死。死，人不特当谅之。尤将怜马之以为公死即死，非当死之时，公死不死，无可死之日。遂触石死。马真得死所哉！嗟乎！慷慨捐躯，从容赴义，此自古忠臣烈士委身以事主者。全副本领不图，于马得之。彼借一死以塞责，以不死为图存，闻马之风亦可以少愧矣。读吾师《烈马行》，苍凉悲壮，几如崔司勋题黄鹤楼，令人搁笔。然则余又何辞？惟是马当日，故主情深，实具一番真血性，大愿力有当相赏于骊黄外者，特为洗出，不欲作一支相语。庶几马不负公，余亦不负马云尔。

伊普骓随江东王，躯高八尺如龙翔。楚歌夜起声悲凉，骓将奈何泣数行。
又闻天马来西羌，不及温侯赤兔良。侯之白门侯翟殃，留与庄穆巡荆襄。
伊与我祖顾而长，孙吴韬略胸中藏。天生神物超骊黄，公实乘之筹预防。
马头瞥见尘飞扬，骠骑帅师侵我疆。公驱力战被数枪，结缨端坐尸不僵。
尔时白驹竟絷场，哀哉公尸委路傍。或类神郏惊鲁庄，公尸安得归故乡。
顾瞻周道殊彷徨，霹雳一声过当阳。负归忠骨埋山冈，臣力已竭臣分当。
拟列天闲价倍偿，主人知我逾九方。千金难买铁石肠，终因不周山下亡。
吁嗟马能扶纲常，男儿如何不自强。玉镫金埒遥相望，骏骨不如朽骨香。
岁除济济登公堂，世守弗替明礼将。微马之故胡刍粮，真如告朔供饩羊。
一旦精诚动玉皇，春秋俎豆弥芬芳。公之艰苦马共尝，安知马不分余光。
愿作庙如中丞张，公居中座马列廊。驽骀无由再腾骧，后来骏足胡可量。
只今无人话骕骦，聊歌一曲奠一觞。敢曰附尾名姓彰，执鞭欣慕志不忘。

○李銮宣 5 首

李銮宣（1758—1817），字伯宜，号石农，静乐（今山西省）人。清乾隆五十五年（1790）进士，历官刑部主事、浙江温处兵备道、云南按察使、天津兵备道、直隶按察使、广东按察使署布政使、四川布政权四川总督事。有《坚白石斋诗集》。

桐庐舟望

桐江之水清泠泠，桐君之山青冥冥。桐君已往不可见，客来何处招仙灵？
木兰楫兮沙棠舟，越女捩舵长年讴。竹篙七尺秋水驶，欲行不行君夷犹。
君夷犹兮在何许？杜若之洲芙蓉浦。一路溪山浅黛描，满林霜叶秋烟妩。
秋烟霏霏惝忘归，水光潋滟山光微。一声横笛叙阳晚，惊起前汀白鹭飞。

七里濑用谢康乐韵

扁舟溯桐江，清浅恣幽眺。径转石发新，湍飞山骨峭。
闲云不成雨，返景更舒曜。崇台蔓荒榛，猿鹤共清啸。
披裘自高尚，晞发亦宏妙。各抱独往怀，宁贻达者诮。
愿息抱瓮机，甘把直钩钓。人代渺茫茫，千秋孰同调？

芦鸟船

黄篾作篷青竹篙，桐江水浅长年操。前滩后滩石垠堮，弯背侧过行弓弰。
一滩才过一滩近，滩声沸耳春波涛。此时大船泊江浒，桅樯拉杂簇如弩。
日望桃花春涨来，春涨不来客愁苦。身轻只有芦鸟船，船头打桨尾摇橹。
朝发金华郡，暮抵七里泷。东台西台壁如削，系缆刚值疏钟撞。行人莫
嫌船太小，船小不愁江路杳。但教片席可容身，何必高窗坐窈窱。君不见，
江山船多美人，美人劝酒客不嗔，黄金挥尽愁青春。又不见，乌鸦船半
为贼，篙工如鬼复如蜮，罗刹江中行不得。

睦 州

群峰青无聊，清溜泻寒碧。千丈窣堵波，飞来挂山隙。埤堄出林杪，
戍楼倚萝石。水划两派流，割据江半壁。还杂估客舟，分风扬远席。
此地古睦州，西台在咫尺。咄咄严先生，羊裘钓大泽。万古一客星，
天地此为宅。大江去不停，水禽飞拍拍。

严 滩

秋序倏已尽，桐江生暮寒。两台千仞削，一水万山盘。
落日青枫树，啼猿白石滩。客星今不见，烟没钓鱼竿。

○严如煜 1 首

严如煜（1759—1826），字炳文，一字苏亭，号乐园，溆浦（今湖南省）人。清

嘉庆五年（1800）应试孝廉方正科，拔为第一，授陕西洵阳知县，参与镇压白莲教，因军功迁定远厅、潼关厅同知，升汉中知府，陕安兵备道。有《洋务辑要》《苗防备览》《三省边防备览》等。

严先生

万古桐江一钓台，依然山月照崔嵬。皇图已启风云会，帝友何须将相才。
不共骐骥归驾驭，却容鸾凤独徘徊。东京二百年高节，都自狂奴咄咄来。

○舒梦兰 1 首

舒梦兰（1759—1835），字白香，清靖安（今江西省）人。有《白香集》。

桐江夜泊酬双公

夜泊桐庐县，渔灯绕驿青。急流暄野碓，落木点疏星。
舟子眠时醉，鸬鹚过后腥。钓台何处是，休负草堂灵。

○钱泳 2 首

钱泳（1759—1844），原名钱鹤滩，字立群，号台仙，一号梅溪，清金匮（今江苏省无锡）人。长期做幕客，足迹遍及大江南北。工诗词、八法、书画，精镌碑版。有《履园丛话》《履园谭诗》《兰林集》《梅溪诗钞》等。

严子陵钓台两首

直钩钓国曲钓名，富贵原无足重轻。我亦久忘名利者，合来祠下拜先生。

其　二

祠堂倾侧草萧萧，奉祀云祁亦寂寥。犹有仙人家法在，多因避客混渔樵。

○杨揆 1 首

杨揆（1760—1804），字同叔，无锡（今江苏省）人。清乾隆赐举人，累官四川布政使。

七里滩

连滩数十里，水石清可数。每逢一波折，帆轻疾如弩。篷窗静无事，
睡起日亭午。舟行自低昂，山势随仰俯。平生爱超旷，到此兴遐举。
心闲无远近，意惬忘夷阻。但记水生初，我行此中去。今来新涨阔，
不辨昔行处。沉沉碧云乱，淡淡空烟聚。欲访严子陵，高风渺何许。

○孙源湘 1 首

孙源湘（1760—1829），字子潇，昭文（今江苏省常熟）人。清嘉庆十年（1805）
进士，官武英殿协修。有《天真阁集》。

严子陵

二十八星环紫宸，一星影自落江滨。掉头不肯臣天子，伸脚何妨犯故人。
翟服尚看终解绶，羊裘只合老垂纶。双栖恰有梅家女，生就高风似子真。

○计楠 2 首

计楠(1760—1834)，字寿乔，清秀水(今浙江省嘉兴)人。家于闻溪，筑小圃曰"一
隅草堂"，因自号隅老。官严州教授。精绘事，尤善画红梅，时称"计红梅"。有《一
隅草堂集》。

严州行

昔年藩王封此邑，梅花为雉石为堞。青溪如驶绕城来，万峰峭立土硗瘠。
一分田地一分水，八九分山如剑脊。畈心畦畔高复低，节节层层作梯级。
生涯种植兼牧樵，牛犁水碓遍山隰。地产只供三月粮，米盐布帛他方入。
只有江山一大观，滩声百折云千叠。东湖西湖隔一城，南峰北峰耸双塔。
近郭乌龙山最雄，群山环峙若拱揖。中流一线接海门，下连于越上婺歙。
唐宋以来名宦多，杜刘范陆踪相接。复有神仙与高士，桐君子陵传简牒。
方干谢翱隐者流，里居墟墓志乘辑。此地由来名胜区，就我见闻记游箧。
梅花残雪早春天，客馆灯残人孤寂。伴我长歌复短歌，风声雨声相应答。

胥　岭

岭上一洞明，岭下一洞暗。明者广而浅，石门若高闲。暗者深不测，
欲入须鱼贯。点炬为导引，蛇行细细看。可坐亦可眠，天生石几案。
阴风从中来，腥气送鼻观。不觉心胆寒，浑身多骇汗。士人为予言，
洞中多怪幻。木魅与狐妖，逢人每戏玩。亦或藏猛兽，行客为其啖。
我闻此语惊，气馁脚反软。急急循途归，夕阳人影散。

○王昙 1 首

王昙（1760—1817），后改名良士，字仲瞿，号瓶山，又号秋泾生，秀水（今浙江省嘉兴）人。清乾隆五十九年（1794）举人。有《烟霞万古楼文集》《烟霞万古楼诗选》等。

寒山访方干旧墅

鉴湖逸客栖迟处，芦笋藤花老白峰。三拜自娴名士礼，十官那受宰臣封。
东溪野鸟迷陈迹，西岛寒猨识旧踪。只为江东容隐遁，石矶沙井野情浓。

○鲍台 1 首

鲍台（1761—1854），字石芝，平阳（今浙江省）人。清嘉庆十九年（1814）岁贡。善诗。有《一粟轩诗文集》。

舟过七里滩

凿破云根一线通，群峰环合翠濛濛。风回帆转山腰里，水落舟堆石齿中。
荒径无人疑有虎，帛书欲寄少来鸿。平明陡觉天光豁，望见朝暾海上红。

○刘嗣绾 2 首

刘嗣绾（1762—1821），字简之，又字芙初，号醇甫，阳湖（今江苏省常州）人。少颖异，识量过人。早游京师，知名于时。清嘉庆十三年（1808）会试第一，改翰林院庶吉士，散馆，授编修。年五十九，丁母忧，以毁卒。有《尚絅堂集》。

中 册

子陵台

眼底清流沏底清，羊裘泽畔见高情。一江倒入桐庐色，四壁飞来竹石声。
梅市尚思移眷属，云台何意傲公卿。此身已谢凌烟画，多事天边挂姓名。

自钱塘至桐庐舟中杂诗

一折青山一扇屏，一湾碧水一条琴。无声诗与有声画，须在桐庐江上寻。

○徐熊飞 1 首

徐熊飞(1762—1835)，字渭扬，号雪庐，武康(今浙江省德清)人。清嘉庆九年(1804)
举人。少孤贫，励志于学，工诗及骈文。晚岁为阮元所知，得授翰林院典籍衔。有《白
鹄山房诗文集》《六花词》等。

谢翱墓

白杨萧瑟锁荒丘，谢客长埋万古愁。南渡六陵销王气，西台一叟哭江流。
红羊运尽沧桑改，朱鸟魂归竹石秋。许剑亭边芳草色，满山风雨此停舟。

十九泉

纷吾山水怀，严滩屐白石。鸟声答空响，松花满蓬席。
灵源漱齿寒，水雪洗魂魄。沙边渔火明，江影入虚碧。
忘求万缘屏，倾耳忽有得。川上溯潺湲，天星浸遥夕。

○严可均 4 首

严可均(1762—1843)，字景文，号铁桥，乌程(今浙江省湖州)人。清嘉庆五年(1800)
举人，官建德县教谕。不久引疾归，专心著述。于校勘辑佚，用力最勤。辑有《全
上古三代秦汉三国六朝文》及诸经佚注与子书多种。有《铁桥漫稿》《四录堂类集》
《说文声类》等。

严先生钓台

双峦拄太虚，旷世展幽眺。江波洗俗心，山石貌孤峭。

诗/清朝 ·731·

野云相与闲，汉日常悬曜。潭清见鳞潜，谷深无虎啸。
遏哉老宗人，投札语言妙。狂奴终不臣，天子亦善诮。
挥手临高台，长竿独下钓。任公傥寓言，巢父堪同调。

严先生钓台

两汉一高士，千秋几钓竿。谁言天子贵，只作故人看。
裘敝是初服，台高非旧坛。碑文梁肃在，久泐孰重刊。

钓台两首

天子床中天象成，羊裘脱却又归耕。客星不是蜚熊兆，渭水桐江一样清。

其　二

慧苣嫌疑夔铄翁，旧恩难恃或凶终。钓徒无改狂奴态，高出云台第一功。

○秦汝霖 1 首

秦汝霖（1763—1807），字雨苍，清无锡（今江苏省）人。有《古处堂诗集》。

钓台怀古

世人羡轩冕，古贤抗云程。一竿富春渚，江水心同清。烟波傍岩穴，
垂钓辞尘缨。不臣亦不友，披裘遗今名。笑彼黄金台，争致赤绂荣。
虎观群贤集，麟阁奇才盈。曷若披褐子，道义超群英。蓑笠挂山月，
枕席余江声。网罗脱无累，岩云相逐行。千载七里滩，登临企高情。

○焦循 2 首

焦循（1763—1820），字理堂，一字里堂，扬州甘泉（今江苏省）人。年
二十二，补廪膳生。清乾隆五十二年（1787）在扬州设馆授徒，六十年（1795）入阮
元幕。嘉庆六年（1801）中举，八年（1803）始居家著书。有著述九十余种。

七里濑登子陵钓台

夹岸晓烟开，清晨泛棹来。嶂随舟尾合，波让石根回。
缆影争飞鸟，滩声觉远雷。雪泥谁有迹？惆怅子陵台。

出七里濑行建德道中

十里出严濑，高宽见地天。水奔当石立，山远入窗全。
回望但烟雾，遥询得市廛。黄昏大羊铺，灯火百家连。

○张晋 1 首

张晋（1764—1819），字隽三，阳城（今山西省）人。清诸生。工诗，长于七古。足迹半天下，后落拓以死。有《艳雪堂诗集》。

经严陵钓台

白水开真主，半裘老钓徒。风云方会合，鸥鸟自江湖。物色情何极，
烟波志不渝。故人天子贵，草野客星孤。世外容高蹈，竿头岂畏途。
驾辕悲局促，曳尾任泥涂。自爱桐江月，宁知赤伏符。高风钦大隐，
故态忆狂奴。流水清心迹，春山俨画图。云台今寂寞，凭眺独踟蹰。

○鲍桂星 1 首

鲍桂星（1764—1824），字双五，一字觉生，歙县（今安徽省）人。清嘉庆四年（1799）进士。历官工部侍郎、翰林学士，因事革职，官终詹事。师从姚鼐。

严　光

桐庐岂必胜云台，此足曾加帝腹来。遂使世间无处着，只因江上有舟回。
君房买菜真痴绝，客座占星莫漫猜。不是羊裘太矜傲，一朝风节要人开。

○舒位 4 首

舒位（1765—1816），字立人，小字犀禅，直隶大兴（今北京市）人。清乾隆

五十三年（1788）举人，会试落第，居京师。曾为馆幕，久历山川。嘉庆二十年（1815）十月，母殁，悲痛过度成疾，同年除夕卒。有《瓶水斋诗集》及多种戏曲著作传世。

严先生钓台

铜马功成玉马走，崇山幽都何可偶。璜溪钓在出山前，严陵钓在归山后。
高风绵邈有如此，同学少年偶然耳。加腹无端见故人，捋须乃欲臣老子。
仕宦当至执金吾，娶妻当得阴丽华。人生贵贱各有志，客星仙女成一家。
怀仁辅义天下悦，阿谀顺旨要领绝。将军马革卷黄沙，南子羊裘飞白雪。
君不见衡山李，御榻白衣同卧起。又不见淮阴韩，背水而阵抛渔竿。

江山船棹歌

六柱船窗四面开，布帆安稳下滩来。个侬七里泷中住，背指东西两钓台。

桐庐道中书所见

衣带水一条，屏风山四匝。我行江自流，我唱山能答。上水得风迟，
中峰与云合。半篙不肯停，两履何时蜡。不见严州城，惟见严州塔。

江山船妇称同年嫂者向不解其名义篙师为言凡业此半皆严郡人盖同严耳故他郡之船则仍无此称也年严南音无别戏为是诗

只知苏小是乡亲，谁知严陵亦故人。宋嫂羹汤调自好，吴娘歌曲听难真。
纱窗掩雨眠双桨，罗袜裁云印一尘。惆怅芳年有华月，几钱能买此青春。

○乐钧 1 首

乐钧（1766—1816），字效堂，一字元淑，号莲裳，别号梦花楼主，临川（今江西省抚州）人。清乾隆五十四年（1789）由学使翁方纲拔贡荐入国子监，聘为怡亲王府教席。嘉庆六年（1801）乡试中举，怡亲王欲留，乐钧以母老辞归。后屡试不第，未入仕途。有《青芝山馆诗集》《断水词》《耳食录》。

钓　台

天不容人竟隐沦，买山何处绝红尘。巢由未许逃名姓，况复君王是故人。

○何玉鈖 1 首

何玉鈖，分水（今浙江省桐庐县）人。清乾隆五十四年（1789）举人。

梅坡春晓

东阁客虽去，南山花不迟。户环深秀色，日照最高枝。

细仿晴时帖，清吟梦草诗。欲寻香暗处，惟有鹤先知。

注：梅坡，即梅坡山，在桐庐县分水镇武盛村。梅坡春晓旧为分邑胜景。

○何元锡 1 首

何元锡（1766—1829），字梦华，又字敬祉，号蜨隐，钱塘（今浙江省杭州）人。清乾隆监生，官至主簿。嗜古成癖，精于目录学，富收藏，家多善本。

钓　台

刘项兴亡代几更，钓台三尺尚峥嵘。早知推解翻成饵，自愿纶竿老此生。

渭水后车王者梦，桐江高卧故人情。可怜一样投缗处，只有淮流怒未平。

○吴嵩梁 20 首

吴嵩梁（1766—1834），字子山，号兰雪，东乡（今江西省）人。清嘉庆五年（1800）举人，由内阁中书官贵州黔西州知州。有《香苏山馆诗钞》。

桐江五首

兰溪至桐庐，水清如益妍。好风复相送，舟行殊渺然。

榜妾喜闲暇，新茗能自煎。炉声沸秋雨，瓯香生午烟。

我持一卷书，就读西窗偏。白鸟不避人，青山自随船。

其　二

晴峦秀插天，文涟漾成绮。江抱万山流，山卧空江里。
浓翠蒸作云，山断云复起。漠漠化林烟，英英照江水。
身在云水中，坐爱风日美。胸次无纤尘，空明亦如此。

其　三

山中多白云，江上半红树。望之如锦屏，烂然照津路。
缅怀香苏馆，主人赏秋处。枫柏得新霜，丹黄落无数。
闲云今出山，空庭易成暮。一径叶声干，寒鸦自徐步。

其　四

斜日照溪水，摇绿上衣襟。揽之不可得，缥缈如花阴。
晏坐展幽抱，重以横素琴。已入富春渚，弹作流水音。
昔贤慎出处，所计非升沉。高蹈惭未能，垂纶爱清深。

其　五

江上吐华月，镜天清若空。万朵青莲花，舞入银涛中。
布帆三百尺，拂拂吹长风。浩荡出泷口，灭没逾前峰。
床头有铁笛，其声摩苍穹。惆怅不敢吹，下乃蛟螭宫。

桐　庐

高梧隐华月，秋阴散庭除。月斜影微敛，凉叶犹萧疏。
吾家石溪馆，树根一卷书。孤凤念俦侣，怆恻当何如。

雪中过桐庐四首

晓寒一棹趋严州，桐江得雨成奔流。回风忽卷捲万花舞，烟水欲穷天尽头。七里泷前橹声急，夹岸千峰皆玉立。上天下地无纤尘，逆风顺水相低徊。峭帆叶叶兰溪去，咫尺回看不知处。

其 二

江光黯淡天四垂，孤篷就泊方晚炊。欲觅红鳞断渔艇，杯酒遥奠征君祠。祠边钓石俯千尺，积雪入云同一白。长松偃蹇缠枯藤，冻枝往往摧悬冰。西台万古感萧瑟，江上一星犹作客。

其 三

积素连峰天愈旷，风力涛声写清壮。峭寒入骨诗梦醒，一叶中流已轻漾。泷口渐出江面宽，晨光一镜生回澜。数峰窈窕出寒翠，残雪初消态增丽。白鸥亦爱朝日晴，烟波浩荡来寻盟。

其 四

桐江佳处寻诗遍，云水空明月凄艳。秋菊冬花吾故人（马太常履泰、奚布衣冈），曾画清游入横卷。扁舟来往三十年，橘枝旧曲人争传。青山笑人今白首，偕隐初心太孤负。笛声呜咽当奈何，平生哀乐中年多。

七里泷

钱塘潮满连桐江，一日已到七里泷。双桨无声片帆饱，万山飞舞来船窗。峰峰压云吹不起，积翠空濛化江水。一天秋影泻冰壶，破月如瓜堕江底。榜妾意态闲鸥闲，临流自约双鸦鬟。教就竹枝能缓歌，洒鳞摇绿生微波。前身我亦羊裘客，渔弟渔兄共酣适。蘋花风过酒初醒，一枕江天听吹笛。

九里洲梅花歌（并序）

九里洲距桐庐县二十里，背山临江，居人以梅为业，计亩种花，可得数十万树。余欲移家于此，自署为香田农家，足矣。

众香之国不可求，九里洲近吾能游。洲头洲尾千万树，除种梅花无隙处。
洲民生长梅花中，子孙世世为花农。但乞种花田二顷，不换人间禄万钟。
春意欲回苞怒拆，雪地花天同一白。寻常茅舍竹篱边，寝食惟闻花气息。
花梢遥见富春山，积翠浮岚夕照间。其根下透桐江水，一棹穿花往复还。
花开花谢梅结子，家家笑语花阴里。此间便是桃花源，饭熟胡麻吾老矣。
老夫性僻耽梅花，平生愿以花为家。曾寻邓尉携吟屐，曾入西溪弄钓槎。
罗浮前岁清游失，仙梦低徊难再觅。石溪归卧春风颠，索笑巡檐能几日。
一窗雪意夜三更，薄宦天涯百感并。移家终践香田约，饱看梅花过一生。

舟中自订癸丑甲寅诗卷感怀八首兼寄吴越诸公　其七

富春江色钓台边，朵朵芙蓉浸碧涟。素鲤上竿鳞未损，红妆照水影都妍。
经过云树俱无恙，我与溪山最有缘。二十四鸥相识久，往来不避载书船。

梦泛桐江作

富春山下愿携家，缚个茅庵近水涯。沽酒偶然移棹去，一江明月动梅花。

桐　江

微雨才收薄霁初，歌声袅袅过桐庐。半帆明月行吹笛，一枕青山卧读书。
泛宅重来携妇孺，比邻何日结樵渔。海东为我传图画，只恐清深画不如。

七里泷

云瀑泻淙淙，浮岚翠湿窗。鳖鱼明乍掷，沙鸟卧仍双。
路仄疑穿峡，山多爱入泷。平生选诗梦，一半在桐江。

严　濑

红叶不可画，萧萧枫树林。回风一以拂，吹满钓台阴。
石濑寒逾响，烟岚晚更深。水扉吟坐久，空翠欲沾襟。

钓台夜泊

不见羊裘客，千山空月明。荒台俯云壑，中有浩歌声。
诗骨本来瘦，旅怀今更清。桐江如此碧，未敢濯尘缨。

严先生祠

高卧小天下，汉廷无此才。肃然垂钓客，肯为故人来。
祠庙千山对，桐庐一水回。功名让诸将，辛苦画云台。

西台怀谢皋羽

赵家块肉沉沧海，痛哭西台事已非。下食似闻朱鸟语，游魂谁化黑龙归。
江山凭吊留荒石，天地萧条一布衣。如意只今重击碎，霜风吹裂钓鱼矶。

○戴敦元 4 首

戴敦元(1767—1834)，字吉旋，号金溪，开化(今浙江省)人。清乾隆五十五年(1790)
进士，历官刑部主事、刑部尚书，卒谥"简恪"。有《戴简恪公遗集》。

钓台两首

统易绍先帝，交难留故人。名州亦多事，垂钓竟终身。
天象许为客，云台无此臣。逸民存旧传，东汉俗还淳。

其 二

扪萝凌绝径，台石本天成。到此一回首，悠然心迹清。
千重青嶂合，一片碧流平。归路茫茫远，仙风送我行。

富春江行两首

石尤风起雪花纷，上水船轻去若云。我是急流无意者，淹迟何事讯桐君。

其 二

百尺滩高浪扑窗，长年拥楫意全降。书生不解风波险，一枕清酣渡浙江。

○蔡大澍 1 首

蔡大澍，字瑞云，华容（今湖北省）人。清乾隆年间在世。

钓 台

吕尚钓磻溪，志在洁其身。一受姬周聘，老死为之臣。
子陵更超然，匿迹于富春。岂意刘文叔，物色来风尘。
天子有故人，故人无天子。位卑道自高，客星犹妄语。
光武今安在，云台迹尽陈。惟有钓台月，曾照羊裘人。

○钱曜 1 首

钱曜，字震旸，无锡（今江苏省）人。清乾隆年间在世。

严子陵钓台

非复淮阴非渭滨，钓台千尺波嶙峋。后无来者前无古，一领羊裘一钓纶。
客星自照桐江渌，莫更还同故人宿。狂奴故态帝所知，横足偶然加帝腹。
加帝腹，天何惊，遂令士气开东京。岂独士气开东京，山高水长秋月清。

○孙瑞禾 1 首

孙瑞禾，字逢源，桐庐水滨乡（今浙江省桐庐县江南镇）人。清嘉庆六年（1801）拔贡。有《舒啸轩文集》。

续咏忆梅诗

春江一幅小罗浮，幽赏清于水国秋。九里沙明香雪海，四围人系木兰舟。
寄篱每误寻芳约，锄月何须秉烛游。洲近莫愁花事了，结邻到此几生修。

○孙瑞泉 12 首

孙瑞泉，字芝台，桐庐水滨乡（今浙江省桐庐县江南镇）人。清乾隆、嘉庆时在世，由拔贡授湖州武康县教谕。与兄瑞禾、瑞人，弟瑞毅，皆名文坛。

九里洲梅花吟三首

漫夸邓尉与罗浮，无那消魂是此游。鸭绿四围笼麦脚，螺青一角露矶头。横斜树影渡旁渡，笑傲花封九里洲。如许风光真不厌，鸾昏拼为买扁舟。

其 二

瞥眼韶光色色新，沙平如砥草如茵。一声爆竹徐熙笔，（游人多以爆竹震落花瓣为戏大有徐熙拂草紫坡奇趣。）满渡归人陆凯春。辍棹不辞行九里，移家浑欲住三旬。紫门醉我新笋熟，胜似师雄梦里身。

其 三

香国居然别有天，一回首处一流连。神融盎盎淡于水，春远蓬蓬轻着烟。照眼恍披高士传，现身都是藐姑仙。占魁亭子今如在（占魁亭为钱家轩先生建，亭已圮），消受名花合画眠。

老女词八首

红粉飘零老自嫌，鸰行妒杀有鹡鸰。十年不字贞何益，青鬓难禁白发添。

其 二

频年揽镜入时无，涂泽于今半额污。自分蛾眉知淡扫，明珠谁系绣罗襦。

其 三

正思打叠嫁时衣，黄娟重寻问称宜。龙也吠声兼吠影，无端归妹又愆期。

其 四

独处青溪近卅年，耶娘心事费周旋。慈萱萎去灵椿老，生死难酬望眼穿。

其 五

力田已自逢年去，侬未逢郎可奈何。刺尽绣纹羞献笑，市门争忍便婆娑。

其 六

君袂无如娣袂良，年来舞袖也郎当。故知缩屋称贞好，身未分明总断肠。

其 七

笨粉粗钗貌不飏，乘龙偏是婿腾骧。未经鼓吹簪花乐，羞对邻家新嫁娘。

其 八

生小虚夸玉炼颜，黄鸡白日去难还。尽教嫁得金龟婿，幸负青春泪自潸。

题归钓提壶图

钓罢归来日未晡，卖鱼沽酒入菰芦。羁人尚阻严陵棹，触拨乡心旧钓徒。

○孙瑞谷 25 首

孙瑞谷，原名瑞琰，字湘帆，桐庐水滨乡（今浙江省桐庐县江南镇）人。清乾隆五十七年（1792）举人。官山东莱州昌邑知县。

九里洲梅花吟四首

扁州一叶共寻芳，此地居然玉照堂。树密不知林尽处，影疏浑隔水中央。渡头艇子花为壁，沙咀人家梦亦香。都道孤山景清绝，到来也合费平章。

其　二

掎裳联襼趁芳辰，真个韶光是处新。消却三分待伴雪，果然一夜渡江春（日前得雪未赏游，时已作春，波送画桡矣）。每思旧雨怜同调，（二三知好友约花时过，我不与此游为怅），修到今生得比邻。最易销魂花落处，笛声怕听倚楼人。

其　三

烟波四面护琼林，诗梦香薰半不禁。屋压冷云清影重，帆迷晴雪大江深。恰逢沙软铺茵坐，耐得春寒拍手吟。合以嘉名号梅里，婿乡近在钓台阴。

其　四

客路缁尘扑面来，乡书未问故园梅。五年辜负寻春钓，九里依然夹岸开。（余留京五载，今始重游，花虽无恙，颇有元都桃树前度刘郎之感云。）诗劣不辞金谷罚，酒浓何惜玉山颓（居人邀余小饮，登舟已酩酊矣）。榜人底事催归急，带得寒香两袖回。

赋圆通寺铁树花五首

奇花一柱对空王，放出千层舍利光。怪似海棠开铁梗，风来几度不闻香。

其　二

直上羞为叶底花（花高于树），也应踊跃出披沙。若教解语盘空硬，多半应求作莫邪。

其　三

姹紫嫣红斗艳妆，尽如风絮笑轻狂。现身独得西来意，锡以嘉名是硬黄。

其　四

蕉叶何当凤尾夸，（此树一名凤尾蕉，能避火患。产于铁山。如少萎，以铁烧红穿之，即活，出《群芳谱》。）不闻分绿上窗纱。可曾热铁频经劫，（黄庭坚《发愿文》设后食肉，当吞热铁丸，经无量劫。）陡放人间宝相花。

其　五

那能不坏比金刚，却称瞿昙面色黄。证到非花同棒喝，一时结习已全忘。

次学博李养斋九里洲探梅元韵两首

归渡匆匆兴尚饶，胜游迟我又招邀。自嗤步履争先到，却笑春愁一例消。短棹烟波曾几日，片帆风雨话前朝。何当煮茗来林下，借取山僧木瘿瓢。

其　二

无限风光是水乡，阿谁挈伴共灵芳。地称潇洒来名士，花到清癯不俗香。斜日西沉闻欸乃，大江东去接苍茫。诗人底事钟情甚，旧韵新翻奏雅章。

钓台两首

云龙凤虎让群才，觑破浮名百念灰。莫以终南嘲捷径，几人能老钓鱼台。

其　二

淮阴亦是济世才，盖世勋名一旦灰。独有先生垂钓处，江光无恙峙双台。

窄溪竹枝词十首

大江东去碧潺潺，一水西流去复还。隔岸峰峦屏样列，红墙指点将台山。

其　二

中滩一望暮烟平，几个渔船浦口横。滩上牧童归去晚，倒骑牛背看潮生。

其　三

青青翠竹隐招提，晚步前村月渐低。一杵钟声惊客梦，随风直度石桥西。

其　四

秧歌才过又喧豗，小队红灯竹马来。忙煞儿童眠不得，临街槅子一齐开。

其　五

梅洲九里镜开函，一路寒香送客帆。何处游人轰爆竹，落花如雪扑春衫。

其　六

春雷惊起雨前芽，清晓街头初卖茶。买得看潮新叶子，一瓯绿乳试松花。

其　七

黄梅时节雨声狂，江涨墙头骇望洋。一叶扁舟谁放溜，随流顷刻到钱塘。

其　八

收到香粳倩水舂，晚凉野碓一灯红。尝新炊出桃花饭，斗酒黄鸡报社公。

其　九

人言鸭蛋出高邮，几度曾经到此洲。争似金家山下蛋，红于琥珀腻于油。

其　十

前溪汩汩各流津，日听槽头洗草声。茅屋一间人一个，夜深灯火隔村明。

水车两首

车声轧轧水淙淙，挹注应嗤抱瓮蠢。慰却云霓多少望，凭他一口吸西江。

其 二

才闻伐木赋丁丁, 此日能纾望岁情。说道是龙人不信, 果然霖雨遍苍生。

○郎之楷 8 首

郎之楷, 分水 (今浙江省桐庐县) 人。清乾隆五十七年 (1792) 岁贡。有《四书集解》《易经注疏》。

分邑八景诗 (并序)

懿夫, 地以应灵, 天每昭其符瑞; 人因地杰, 物亦焕其休祥。此郡邑志体有八景诗, 而谱体亦如之。故历观夫沈氏名区, 揽其形胜而为之赋八景。

其一 九龙献瑞

山势蜿蜒俨若龙, 乾元用九庆相同。一朝雷电鸣春豫, 万里风云著化工。
级浪将从平地涌, 精英早与上天通。蠕蠕鳞甲真堪奋, 应候甘霖惬意衷。

其二 八曲呈祥

层峦叠嶂自西来, 曲折盘旋向北回。脉络遥分三径外, 云林深闭一庵开。
五更钟鼓惊同梦, 万载行藏任独裁。仰止文峰呈彩笔, 融融秀色耀三台。

其三 乌龙美境

秉公卜筑始兹村, 燕翼诒谋裕后昆。翠石巍巍如处踞, 锦峦奕奕似龙蹲。
迎眸缛色堪图画, 娱耳清声足侑樽。自古分阳多胜境, 祥开福地壮乾坤。

其四 天英奇形

山石岩岩卓峥奇, 如龙如虎更如狮。溪中翠浪常迢递, 岭上祥云每护持。
庙宇森森千载显, 神形赫赫一方仪。康庄前列怎平荡, 驷马高车足骋驰。

其五 龙潭灿耀

沛然莫御水东流，璀璨银沙万古留。烈女祠前贞并著，真人庙下赤偕浮。
龙藏渊奋连三级，雁宿汀飞报九秋。岚绕四围还作镇，千年带砺永垂休。

其六 望江胜景

巍然峻岭峙溪前，矗矗奇峰插碧天。静镇俨于仁并体，峥嵘讵与世齐肩。
闲观草色摇霞际，远听松声泛月边。爱悟山灵钟秀异，出人头地必争先。

其七 马鞍萃秀

龙蟠虎峙势徜徉，择地安茔必炽昌。霭霭云霞生翠岫，莹莹星月映华堂。
金桥直驾银河上，绣壤横连玉涧旁。天马应呈千载瑞，云礽万代绍书香。

其八 沈畈扬休

伟哉巨畈豁奇观，坦坦平平气象宽。前绕层波蟠地轴，后围叠献插云端。
沈家在昔居还盛，俞氏于今齿日蕃。四顾休风宜奋志，鹏程万里及时传。

○孙瑞人 1 首

孙瑞人，字云五，桐庐水滨乡（今浙江省桐庐县江南镇）人。清邑庠生。输粟
授布政司理问衔，不乐仕进。筑庐祠旁，曰"雪香居"。外凿池，遍植荷花，酌酒赋诗，
觞咏自得。

九里洲梅花吟

山意冲寒逊水乡，未春先已泄春光。清泠古寺横疏影，约略前溪度暗香。
早欲停桡伫明月，故教联艺趁斜阳。雪消拟检南华读，细嚼余花沁俗肠。

○谢兰生 1 首

谢兰生（1769—1831），字佩士，号澧浦、里甫、理道人，南海（今广东省佛山）

人。清嘉庆七年（1802）进士。工诗善画，有《常惺惺斋诗文集》《书画题跋》等。

夜过钓台

遥指山腰是钓台，野烟和雾黯难开。推窗洒面清风过，照眼一星浮水来。
终古巢由谢簪组，当时冯邓辟蒿莱。龙潜事异鹰扬事，莫向熊罴梦里猜。

○孙尔准 5 首

孙尔准（1770—1832），字叔平，又字莱甫，号戒庵，金匮（今江苏省无锡）人。
清嘉庆十年（1805）进士，历官江西按察使、福建布政使、广东布政使、安徽巡抚、
福建巡抚等职。

七里泷

泷名才七里，乃有千万曲。群峰蓄深黛，倒影涵众绿。
俯鉴色可染，试汲清如玉。一瓢资盥漱，尽洗肠胃俗。

桐江舟行杂诗四首

闲身曾记上吟船，倚棹重来过廿年。依旧桐江清似镜，只将青鬓换华颠。

其 二

浅抹浓皴晴雨宜，富春山好橹声迟。船窗挂起劣三尺，一幅横嵌黄大痴。

其 三

岌嶪东西峙两台，竹如意折钓竿回。山前日月千舟过，椒醑何人酹一杯。

其 四

一径微茫苦竹缄，玲珑穿破夕阳衔。垂崖老荇眠春草，知有人家住翠岩。

○洪震煊 2 首

洪震煊（1771—1815），字百里，临海（今浙江省）人。清嘉庆十八年（1813）拔贡生。既廷试，贫不能归，入直隶督学幕。嘉庆二十年，以微疾卒于深州。有《石鼓文考异》《夏小正疏义》等。

七里泷两首

碧流淼淼漾晴沙，两岸青山夹去槎。仙境不知谁领略，炊烟白处有人家。

其　二

一枕清风过睦州，钓台高处眠羊裘。尽罗山色归台下，天予先生作卧游。

注：《七里泷两首》一说清冯增作。

○朱士彦 1 首

朱士彦（1771—1838），字休承，号咏斋，宝应（今江苏省）人。清嘉庆七年（1802）进士。历官至左都御史，工、吏、兵诸部尚书。多次主持会试及督湖北、浙江、安徽学政。参与编纂《国史·河渠志》。卒，赠太子太保，谥"文定"。

严子陵钓台

江上纶竿早息机，西山双石是耶非。岂知误尽求渔者，百丈楼头竞钓矶。

○陈文述 3 首

陈文述（1771—1843），初名文杰，字谱香，又字隽甫、云伯、英白，后改名文述，别号元龙、退庵、云伯，钱塘（今浙江省杭州）人。清嘉庆时举人，官昭文、全椒等知县。诗宗吴梅村、钱牧斋。有《颐道堂集》等。

画屏怀古

吾爱严子陵，烟波富春渚。垂钓谢故人，
偕隐携仙女。山高而水长，清风自千古。

桐江渔隐

翠明林外烟，红堕峰前霞。倒影入江水，江上多渔娃。照水理双鬓，
江镜开清华。幽芳弥自珍，簪鬟青兰斜。渔父忘风波，蓑笠浮轻槎。
白鱼初出网，径欲寻酒家。客星与仙女，高风渺蒹葭。竹间小儿女，
浣衣如浣纱。一路画眉声，啼人山桃花。秋雪话西溪，老树迟归鸦。

江上咏严李佗（并序）

《云笈七笺》载道教相承录，左元放授严光女李佗。

严家少妇梅家女，家世神仙女亦仙。仙又传仙真慧业，女还生女小婵娟。
一肩荷锸樵云路，双鬟簪花采药年。七里桐江春水碧，画眉啼断竹林烟。

注：此诗一说仪征（今江苏省）阮元作。

○项国楠 1 首

项国楠（1771—1849），字先植，又字仙植，号慎江，永嘉（今浙江省）人。清
乾隆五十九年（1794）举人，历官布政司库大使、奉直大夫、福州府海防同知、知府，
广西归顺知州。为政多善举，民誉为项菩萨。著有《项孝廉遗诗》。

严濑舟中作

故乡翻作客，异域若为邻。流水忙于我，高山仰此人。
客星千古独，江月一钓新。莫漫嗟穷旅，行行到富春。

○周际华 1 首

周际华（1772—1846），原名际岐，字石藩，贵筑（今贵州省贵阳）人。清嘉庆
六年（1801）进士。授内阁中书，改遵义府教授。历任辉县知县、陕州知州、高淳知县、
兴化知县、泰州知州。有《家荫堂诗稿》等。

严 滩

江水云山拂面开，夕阳深树客星回。夜来七里滩头梦，已到麟溪筑钓台。

○童槐 1 首

童槐（1773—1857），字晋三，一字树眉，号萼君、眉叟，鄞县（今浙江省宁波）人。清嘉庆十年（1805）进士，官至通政司副使。有《今白华堂集》等。

子陵钓台

垂钓忆严陵，滩声七里听。江湖新箬笠，烟雨旧茅亭。
鹅鹳军容杳，鱼龙夜起腥。生涯双打桨，天地一浮萍。
老我头先白，逢人眼不青。羊裘身世寄，鸥国梦魂醒。
春水还渔浦，秋风犯客星。中原回首处，大树已飘零。

○聂铣敏 1 首

聂铣敏（1775—1828），字晋光，号蓉峰，衡山（今湖南省）人。清嘉庆十年（1805）进士，选庶吉士，改兵部主事，授编修，督四川学政。有《寄岳云斋诗》《玉堂存稿》等。

过七里滩

数家茅屋隐前滩，曲曲湘流锁碧澜。渡口渔人归去晚，鸬鹚低晒夕阳寒。

○包世臣 1 首

包世臣（1775—1855），字慎伯，号倦翁，又号小倦游阁外史，人称安吴先生。泾县（今安徽省）人。清嘉庆十三年（1808）举人。官江西新喻知县，因劾去官。有《小倦游阁文稿》《安吴四种》等。

七里滩钓台下作

论世际汉新，人才荡无耻。缘饰经䜌文，以巧求禄利。实由开基初，
悉用顽钝类。不以礼为国，终贻子孙累。项田并武人，既亡有为死。
刘氏龟鼎迁，稗贩顾至此。敝俗成若性，拨反惟天吏。矫枉必过正，
先务作士气。狂奴态自昔，非可驭以贵。物色得故人，乐善修恩义。
阳格不旋日，星文一足异。遂令天下士，闻风乃兴起。凌夷乃桓灵，

维持赖清议。救时诚有要，得要万事理。四维果稍张，损益皆余事。
韩侯一投竿，贪饵卒自毙。致用在当无，遐矣披裘子。

○周仪炜 9 首

周仪炜（1777—1846），字伯恬。阳湖（今江苏常州）人，清嘉庆九年（1804）举人，官凤翔知县，与同里陆继辂、李兆洛齐名。有《芙椒山馆诗集》。

富春渚望钓台

古道不复作，缅想羊裘人。高谷雾光翳，大泽云气新。
蒙蒙集纯翠，亘亘开青珉。翠色飞回波，珉华辉古春。
结忱重宏义，宁阂达与贫。颓风苟克振，何必隳其真。
空山有灵境，修志贞大淳。苍莽蓄遐念，穹宇宽无垠。

严濑五首

富春江头秋水深，群峰落翠愁萧森。扁舟三度此来往，幽兴每与云无心。

其 二

先生古观自容与，遄向烟波觅俦侣。故人尚有刘文叔，死友新交谢皋羽。

其 三

人生贵贱安足论，但得意起皆相亲。联床慷慨语平昔，帝亦何意招为臣。

其 四

天子论交乃如此，属车宠及清江水。耿昊容止尽飞扬，感激俱为泣忘死。

其 五

西台相望高崔嵬，丞相不归心已灰。盛衰一一见交态，诚至自古金为开。

桐江口号

丹梯岌岌俯苍埃，那得长绳钓鲤来。闻说空江名利客，往来不上子陵台。

忆谢皋羽

谢公三尺竹如意，老伴端溪玉带生。一片浮峦一拳石，怎教风雨不凄清。

秋日读史

周党逢萌尽逸民，贫交容得岁寒身。富春江水空于镜，天辟青山为故人。

○黄培芳 1 首

黄培芳(1778—1859)，字子实，又字香石，自号粤岳山人，香山(今广东省中山)人。清嘉庆九年（1804）中式副榜（副贡生）进入太学肄业。道光二年（1822）充补武英殿校录官；十年授乳源、陵水县教谕，升肇庆府训导，封内阁中书衔。有《浮山小志》《缥缃杂录》《岭海楼诗文钞》等。

严濑钓台歌

富春之山看不足，万嶂千岩汉时绿。钓台百尺掷长竿，仰视云根有芳躅。
儒冠十万颂莽新，谁识斯人在林谷。清风振起六合间，展足何难加帝腹。
沉冥妄测薮泽鸿，翱翔自举云霄鹄。江上星辰尚带寒，祠前樵牧皆口玉。
羊裘六月本无心，滩光七里依然曲。我来停棹挹余芬，天风清冷送疏竹。
君不见，大江滔滔去不还，一洗人间利名辱。

○唐鉴 1 首

唐鉴（1778—1861），字镜海，善化（今湖南省）人。清嘉庆十四年（1809）进士。道光间为广西平乐知府、太常寺卿。后致仕南归，主讲金陵书院。咸丰初，还湖南。学宗程朱，倭仁、曾国藩等皆从问业。有《朱子年谱考异》《学案小识》《畿辅水利备览》等。

富春江道中作

烟丝雨丝送客来，微风半面布帆开。远山欲见不欲见，隐跃露出青苍台。
忆我年当十八九，此间籹籹拿舟走。春水滟沱犹桃花，世事蹉跎已白首。
放怀一啸白云生，举足欲步前贤后。子陵先我二千年，一生垂钓酬至尊。
漫言帝座有宾客，确是草野存君臣。钓台逦迤七十里，峨峨千仞连冈起。
未到云间最上巅，徒思世外故君子。吁嗟乎，从来高贤不一般，夷叔饿
死首阳山。至仁至义谁敢攀，二疏解继避新莽。东门供帐争先往，一时
高风人咸仰。靖节中年归田里，眼中心中耻青紫。赋诗饮酒慕商绮，此
皆圣贤各自求。不同烟霞遁隐流，子陵合与夷齐侔。欲往从之山太高，
白鹿放去莫可招。快橹频篙向前行，去结伴青山绿水之渔樵。

○张维屏 1 首

张维屏（1780—1859），字子树，号南山，又号松心子、珠海老渔，番禺（今广
东省广州）人。清道光二年（1822）进士。历官黄梅知县、广济知县、南康知府。于经义、
古文、骈体、词曲、书法、医学无不究心，尤工于诗。有《听松庐诗钞》《松心诗录》
《松心文钞》《国朝诗人征略》等。

严陵钓台

桐江江水流滔滔，钓台壁立江天高。洒然清气被六合，后人卖菜徒哓哓。
文叔从来讲大度，娶妻早有姬姜慕。当时物色君念臣，他日椒房新闻故。
先生萧然垂一竿，身世俯仰云水宽。钓璜岂慕周尚父，遁野足配商甘盘。
画眉声急江风起，坐拥羊裘山色里。不从吴市学神仙，肯向云台博青紫。
故人狂态左右嗔，太史入奏非无因。若云一卧犯帝座，后宫玉体多横陈。
纷纷鄙夫恋荣禄，失手权门颈先缩。多少男儿七尺身，不及先生一双足。
千秋帝友非偶然，一代气节能开先。君不见，将星熊熊或随地，客星
终古寒芒悬。

○俞鸿渐 1 首

俞鸿渐（1781—1846），字仪伯，一字剑华，号芦圩耕叟，德清（今浙江省）人。清嘉庆二十一年（1816）举人。有《印雪轩诗文钞》《印雪轩随笔》等。

西 台

如意敲残石有痕，高台直上倚云根。钓鱼幸傍严陵渚，化鸟曾招信国魂。大地茫茫王气尽，空山隐隐哭声存。于今晞发人何在，听彻樵歌日又昏。

○王楚堂 2 首

王楚堂，字云榭，仁和（今浙江省杭州）人。清嘉庆七年（1802）进士，官至仓场总督、邵武知府。有《书屋诗稿》。

桐江留别两首

一角江城图画看，风花聚散岁将阑。雒桑雅化称三善，冰玉清辉并二难。感我声名因骥尾，累人口腹是猪肝。归心已逐寒流去，日落潮回第几滩。

其 二

早赋缁衣适馆诗，竹窗梧井早秋时。月移清影随琴轸，风送凉声到酒栀。若个莺花寻旧梦，者番云树怅归期。烟波百尺桐江好，应有双鱼慰我思。

○高辛仲 1 首

高辛仲，字德醇，号澹人，吴兴（今浙江省湖州）人。清嘉庆间举人。工诗，有《慕陶吟稿》。

题戴海槎春江垂钓图

桐庐江上秋水生，钓台千仞俯江清。西塞山前春水涨，鳜鱼正肥桃花放。严子陵兮张志和，一羊裘兮一绿蓑。天子当时空物色，一笑相逢臣不得。三公不换好江山，万事无心一钓竿。君家画图无乃同，谱曲春江一钓筒。

偶临流水如明镜，遥望长桥挂彩虹。持竿日坐东风里，鸥鸟忘机随浪起。
鱼乐人乐两未知，妙词深得濠梁旨。翻身直欲狎波涛，乘槎海上气自豪。
何年破浪乘风去，更向沧桑一钓鳌。

○丁传煜 1 首

丁传煜，字笠田，华容（今湖南省）人。清嘉庆岁贡。有《春柳堂诗集》。

钓 台

开国一钓台，淮阴传不朽。中兴一钓台，光武故人有。生为王侯死弓狗，
淮阴钓鱼徒空手。未央宫里一抔土，钓台独归羊裘叟。

○徐一麟 1 首

徐一麟，号牧庵，平湖（今浙江省）人。清嘉庆七年（1802）进士，官广东大埔知县。

桐江道中

一鸟窥山翠，冲岩带落花。春江绿于酒，锦鲤赤如霞。
闻有烟波叟，言乘星月槎。一椽容卜筑，来傍老渔家。

○宋鸣轫 1 首

宋鸣轫，字肇域，萧山（今浙江省杭州）人。清乾隆末诸生。有《逸亭诗草》。

方干岛

湖山八百望中收，一片闲情付白鸥。卧听波涛翻石壁，醉携琴鹤上渔舟。
缺唇有憾生难补，烧尾无缘死忽酬。闻有知音不延荐，潜夫岂是傲王侯。

注：方干岛，即桐庐县富春江镇白云源芦茨湾。

○曹宗熙 1 首

曹宗熙，字敬侯，号止园，清乾隆末兰溪（今浙江省）人。善诗。有《景行轩诗钞》。

舟行七里滩

破晓移舟七里程，江澄如向镜中行。数声幽鸟不知处，两岸好山难问名。
云脚树遮村屋小，船唇风散浪花轻。何人得似羊裘者，一片灵岩万古情。

○苏绎1首

苏绎，字鲁山，号止斋，钱塘（今浙江省杭州）人。清嘉庆十年（1805）进士，官山东青州知府。

谒严子陵祠

十月桐江剧清泚，钓台霜叶分红紫。抠衣祠下拜先生，酹酒一言难自已。
当年仙尉去九江，视弃妻子如脱屣。妇翁冰清洵可风，隐形藏光真妙旨。
胡为垂钓独羊裘，致令物色来天子。入朝谈道礼数崇，共卧殷求相助理。
其时大难尽削平，衮衮云台勋莫比。纵令拜爵已无功，不若烟霞归故里。
先生是否意如斯，高隐千秋难媲美。博得官家作故人，复占人间好山水。

○吴丹萼1首

吴丹萼，字秋岩，号小山，淳安（今浙江省）人。清嘉庆廪膳生。祀乡贤。

七里滩

双塔明秋浦，孤帆度夕滩。碧苔黏石湿，黄叶打窗寒。
客子情何极，先生去不还。画眉深里过，还古泪阑干。

○潘咨1首

潘咨（？—1853），字诲叔，号少白，清会稽（今浙江省绍兴）人。有《少白诗文集》。

独游

每过桐江语客星，此中歧路慎伶仃。鲁连才亦纵横术，颜阖言如长短经。

未识乾坤真荡荡，徒耽泉石总冥冥。后来岩谷栖神辈，半类枯禅木石龄。

○金朝觐 1 首

金朝觐，字平亭，号銮坡，锦州义县（今辽宁省）人。清嘉庆十六年（1811）进士，历官荣经知县，忠州、邛州、崇庆知州。有《三槐书屋诗钞》。

和沈秀岚咏严子陵钓台元韵

南阳贵士起纵横，江上羊裘尚待清。忆昔真人台下拜，临流咄咄叹先生。

○厉志 1 首

厉志（1783—1840），字心甫，号骇谷，又名白华山人，清嘉庆、道光时定海（今浙江省舟山）人。幼补县学弟子员，后屡试不第。有《白华山人诗集》。

钓　台

荒祠兀山足，崇台踞山巅。江流日东下，江风欲上难。
寂寞羊裘翁，于此一投竿。君王思旧侣，宇内方晏安。
沙鸟没春渚，澹荡浮寒烟。欲即无近赏，空峰错其间。
抚舷一惆怅，七里倏洄沿。使我怀古意，无由著其端。

○顾悼樨 1 首

顾悼樨（1785—1844），字信因，号果斋，武义（今浙江省）人。清道光六年（1826）进士。文林郎，任江西浮梁知县。

桐江引留别

桐江之水清且妍，桐君山翠如蝉娟。昔我来此春风天，夹岸桃李纷洄沿。
楼阁遥指层崖巅，主人为我铺青毡。南金东箭相婵嫣，执经问字迎我前。
愧我腹笥非便便，一月三开文字筵。列坐高会蓬莱仙，枚速马迟各殊力。
王前庐后争相肩，桐花初发香乳圆。朝阳凤羽何翩跹，书声夜半流云烟。

○袁翼 2 首

袁翼（1787—1863），字谷廉，宝山（今上海市）人。清道光二年（1822）举人，官玉山知县。有《邃怀堂诗钞》。

泊七里泷

我爱无风七十里，纡回常傍钓台前（七里泷谚云：有风七里，无风七十里）。江山此地真千古，姊妹同年聚一船。樵路入云岩腹明暝，滩声奔瀑石鳞圆。天寒欲雪羊裘敝，起酌葡萄独扣舷。

桐江忆旧

绿杨高兴钓台齐，系棹桐江水拍堤。日照纱窗犹半掩，画眉人起画眉啼。

○沈士煃 1 首

沈士煃，字阶三，号秋瀛，天津人。清嘉庆四年（1799）进士，官上杭知县。有《闽海诗存》。

过七里滩

上有高山下深谷，中起一滩浪如屋。欲问此滩是何名，舟人摇手颜觳觫。举头仰视天无光，舟底石声如转毂。一线长绳天外牵，榜人力尽巉岩麓。腾空作势似飞揉，走险狂奔俨惊鹿。岩上舟中两叫号，半似人声半鬼哭。力争骇浪过滩来，共庆重生免鱼腹。吁嗟我生命在天，胡为日与忧患逐。一棹莼鲈未必非，老守乡园那知福。

○程同文 2 首

程同文，字春庐，桐乡（今浙江省）人。清嘉庆四年（1799）进士，历官户部主事、顺天府丞。有《密斋诗集》。

桐庐道中杂诗两首

春风吹客又天涯，帆转青山一叶斜。日暮愁生江水急，荒亭细雨湿梅花。

其 二

江边艇子小于梭，雪洒乌篷白渐多。水浅更无鱼可网，老渔昼卧抱寒蓑。

○舒庆云 2 首

舒庆云，字爱亭，靖安（今江西省）人。清嘉庆间曾官衢州知府、严州知府。

七郎祠探花　其一

层层琳宇滴空翠，叶叶锦帆骄使风。蝴蝶亦随歌扇舞，桃花都为酒人红。

其二

欲将筇屐追名宦，好把桑麻属画工。可信严陵春不老，万山罗拜一渔翁。

○聂镐敏 8 首

聂镐敏，字丰阳，号京圃，铣敏兄，衡山（今湖南省）人。清嘉庆六年（1801）进士，选庶吉士，授编修，累官太子洗马、安徽学政、兵部郎中、严州知府。有《松心居士诗文集》。

谒严陵祠旧址感其倾废敬为修复之谋赋此

幼读希文记，祠堂想像间。今来典斯郡，遗庙问荒菅。
德自安潜隐，风犹起懦顽。吾将筹结构，香瓣寄贤关。

劝修书院

圣贤策保庶，富教以递施。庶而不富教，此咎在当谁？富非侈多藏，
教岂仅文辞。恒产与恒心，士与民同之。炱髦自古咏，诲迪必有师。
敬业亦乐群，朋簪占勿疑。求贤在科第，此乃登进基。遴选末由邀，
建树安可期。呈身在文艺，心声揭于斯。根柢弗研经，空掇叶与枝。
所以教多术，胶庠典攸垂。课读重书院，分设成鸿规。之江本文薮，

严郡当东陲。人才旧辈出，士气胡少衰。当年书院名，此日废址遗。无人议修举，岁月徒迁移。我来典斯郡，兴复责忍辞。整理斯郡城，余邑次第推。分阳固蕞尔，山川殊清奇。玉华碧巉岩，天目绿逶迤。施王诸前哲，志乘纷可披。肯令兴贤地，茂草终伤悲。户口日繁庶，田畴日修治。年丰税敛薄，饔飧拥余资。从来勇往志，见义在必为。果能众力擎，奚患全功亏。栋宇得所庇，诵经因乎时。守尔高曾矩，娴乐弟子仪。斐然文艺成，器识可征窥。蔚然科第兴，英才相攀追。光荣满闾里，世泽夸门楣。致此究何从，教育焉可迟。

过钓台作

上濑刚闻响怒涛，登祠应为酹香醪。地留两汉云烟护，天纵双台日月高。旧学有情萦帝座，虚名无计系渔舠。须知大业关渊略，踪迹巢由事禹皋。

七里泷水新涨网得鲋鱼两首

山城一夜雨濛濛，七里滩前水拍空。五月鲋鱼真入网，使君孚信及鳞虫。

其　二

一尾分来杞菊厨，开樽聊为醉云腴。此间况味谁人识，再拜严陵学钓徒。

舟行七里泷即景

两岸多红树，千山恒翠微。日光生杲杲，岚气映霏霏。
鹳鹤冲霄起，鸬鹚拍浪飞。高风谁可继，笑问钓鱼矶。

晓行七里泷道中

一宵寒意重，两岸曙光分。山顶露微雪，林坳留冻云。
鸣榔更举网，渔艇何纷纷。却望钓台近，高风如可闻。

展重阳日过钓台作

去年重九泛严濑，恰好登高临钓台。今岁残秋入冬律，展重阳日棹舟来。
鹭鸥翔鬺淡烟破，枫柏红黄斜照开。却喜村民识丰乐，歌声应答溪山隈。

○张宗祯 2 首

张宗祯，字安谷，华亭（今上海市）人。清嘉道间在世。工书画。

钓　台

蜿蜒百里山有情，两崖壁陡势豪横。徽歙金衢水奔泻，澄潭浩渺静无声。
中条忽现双峰突，峭壁悬崖两对生。俯瞰流泉结茅屋，天开地辟为公成。
荒祠冷落香火绝，野鹤哀猿自怨惊。俗子往还趋名利，毋劳走谒溳太清。
翠岫丹枫留浩气，蒹葭白露濯冠缨。此来不及瞻神采，仿佛眉宇寒峥嵘。
千载上下岂无匹，同心越世亦可盟。他年停舟矶渚边，直上高峰策策鸣。
那得桐江变醇酒，佯狂箕踞对公倾。对公倾山有情深，河流险巇如砥平。
其中幽趣已得之，为问何年持钓衡。

重过钓台

又到荒台下，秋波如镜平。丹青已泯灭，苔藓自分明。
磊落思终隐，凄凉悲壮行。锦峰绣岭上，一片暮蝉鸣。

○赵函 3 首

赵函，字艮甫，无锡（今江苏省）人。清嘉道间在世。工诗。有《乐潜堂集》。

写严滩访钓图

往者访道金华还，芦鸟疾下泷中山。泷中之山青玉环，一水诘曲流其间。
樵风骇绿路不辨，黄鹂千百鸣呱呱。眼中嶙峋钓台石，拔地苍巉一千尺。
严先生是山主人，故人作帝翻成客。钓台之下先生祠，冰雪莹净瞻须麋。

藤枝入牖墙并竹，四山幽雨潜来吹。拿舟夜向泷中宿，梦与层波荡空绿。
船头铁笛逼龙吟，岩下苇镫散渔屋。淮南节使今稷契，却慕高风巢许贤。
潜园此图识公意，空明澹荡游其天。丈夫舒卷如云烟，出为舟楫归纶竿。
君不见，韩侯钓台压淮水，今古茫茫成对峙。请公先觅淮阴士，大泽
羊裘姑舍此。

七里泷

泷中之水凄且清，危弦激楚潺湲鸣。泷中之山纵而横，愁心万叠寒峥嵘。
东山樵子伐枯木，逸风丁丁骇高绿。西汀渔人蹋断楂，楂尾鲤鱼喷水花。
空滩散牧白日斜，此外烟树无人家。樵者入云渔入水，独我困辱埋尘沙。
尘沙莽莽何时歇，泷中之水流不绝。我有一斗清泪泉，洒入泷江助鸣咽。

西 台

咄咄竹如意，嗟嗟朱鸟魂。招魂不归江水吞，竹石一击风云昏。西台
嵯峨复嵯峨，秋色压地无阳和。猿哀鹤怨自千古，幽修鬼雨吹青萝。
青萝连蜷不盈尺，石上啼鹃夜凝碧。欲携世外剺头山，来哭山中晞发客。

○王上槐 1 首

王上槐，号梅舫，分水（今浙江省桐庐）人。清嘉庆十一年（1806）岁贡。笃信好学，
文体洁净，善小诗。有《肽箧余戊寅集》。

爱日亭

松阪多松拥青盖，水环农带合而流。树巅日夕慈鸟噪，溪即凝冰鲤可求。
岸东岸南皆村落，梸山来往路所由。章公筑庵憩行李，化日群从化宇游。
迩岁改为规模隘，劳筋欲息曷能留。芳草芊芊生道左，春晖未报似含愁。
象贤偶侍鱼轩过，缅怀旧德景前修。慈命数橼于此构，途人少免雨风忧。
不日亭成燕雀贺，适逢海屋庆添筹。肇锡嘉名根孝思，葵悰为祝萱华稠。

吾闻醉翁迹已古，岘山兰渚几春秋。其他冷泉沧浪类，胜地徒夸清且幽。
岂如捧日心乎爱，推其所爱爱弥周。有乃祖风风未坠，能遵矩复可歌讴。
仰瞻喜见黄人字，旦复旦兮沐鸿庥。繁祉应符松茂矣，川之方至日悠悠。

注：爱日亭，在分水县西松阪（今桐庐县百江镇罗山村）。

○李福1首

李福，字修五，号子仙，吴县（今江苏省吴江）人。清嘉庆间举人。有《古今体诗存》《拜玉词》。

严子陵钓台

自有高人迹，桐江水独清。一竿常在手，三聘竟忘情。
天子何能屈，先生岂好名。至今钓台上，夜夜客星明。

○朱钟1首

朱钟，字毓臣，号红桥，泾县（今安徽省）人。清嘉庆十四年（1809）进士，官山东新泰知县，改池州府教授。有《红桥集》。

春过严滩

一派桐江水，梅花十里开。人间春信至，天上客星来。
片石悬清节，荒祠长绿苔。不知铜马帝，何去有云台。

○邵渊耀1首

邵渊耀，字盅友，昭文（今江苏省常熟）人。清嘉庆十八年（1813）举人，官国子监学录。有《金粟山楼诗集》《旧山楼记》等。

七里泷

连山不可穷，春江与之曲。雨歇水气凉，轻舟荡空绿。
千峰互回映，秀色纷可掬。行行路忽无，邈然见岩谷。

容与窈窕间，幽奇幸重复。清风散篁筱，惊流泻湍瀑。
溯洄晨及午，揽撷殊未足。允彼严先生，永年寄高躅。

○沈鑅 1 首

沈鑅，字听篁，仁和（今浙江省杭州）人。清嘉庆二十四年（1819）进士，官给事中。有《自悦斋吟草》。

九月初旬有西江之行晚泊富春

离家才百里，时有好山看。城树延秋色，江波荡暮寒。
鸟栖孤塔定，帆卸夕阳残。如此芳洲路，行行未觉难。

○陈景潮 3 首

陈景潮，字小韩，号鳌峰，分水（今浙江省桐庐县百江镇）人。清嘉庆二十五年（1820）岁贡，笃学嗜古，善诗词，制义秾郁。晚习岐黄，多活人。道光初任分水训导，议修县志，殚心搜讨。有《循陔堂诗》《医学汇纂》。

烈马行（并引）

道光六年春，余奉商山公之命修辑县志。公盛推先将军忠节，为作传后序，复命余作《烈马行》以纪其事。此即古人推恩及物之仁心也，虽不文其敢辞。

于赫我祖信夫公，虬须燕颔双青瞳。一剑光芒射牛斗，一声霹雳挽强弓。
常骑骏马狮子骢，马原来自大宛东。昂然七尺如曳练，峻削双耳如插筒。
虎帐健儿控不得，特与将军寄赤衷。何期厄运遭阳九，濠州兵起婺州空。
进取建路及淳遂，复枭守将余与洪。非降即走鸟兽散，敌忾谁与称罴熊。
我公义胆出天性，屯营亲授虎符铜。守兹分阳斗大邑，厉兵欲恃偏师攻。
驽马跃出突前阵，腾骧不藉皋比蒙。玉华山前金鼓震，彼众我寡难为功。
草木含愁白日暗，惟识为臣当死忠。饮泣九泉既已矣，凛然生气潜感通。
悬峰薄日不暂歇，归元犹睹昔英雄。义分同生亦同死，堆前倏忽乌呼风。
至今奇迹挂人口，道旁片石嵌玲珑。数百年余苔藓剥，敲火砺角垂无穷。

昭代覃恩发潜德，享祀秩礼春秋崇。牵牲副辜和郁鬯，炳然大义开鸿濛。
有庙翼翼南屏下，丹青兼貌玉花骢。摧秣刍荛垂故事，扬枹拊鼓酬灵宫。
烈乎壮哉有如此，岂非诚赤能孚中。呜呼！天下非无马，此马之烈竟
谁同。

爱日亭

搴芳河畔草，颜色三春好。系马章门柳，人情一杯酒。

古来离别皆如此，长亭短亭送千里。是何松阪郁苍苍，地势爽垲迎朝阳。
山穷水复江村路，雪来柳往知无数。亭中有翁信可人，羽扇棕鞋折角巾。
北堂萱草荣七十，劚石诛茅重补缉。溪南溪北溪西东，铜钲遥挂树头红。
不愿行人在远道，但愿春晖长不老。

鹿山夕照

晚景偏宜画阁中，疏棂几眼透玲珑。烟凝远岫千林紫，霞落平沙万点红。
悄声争巢喧鸟道，贪看晒网伴渔翁。前村灯火鳞鳞起，指点人家两岸通。

注：鹿山即角鹿山，在今桐庐县百江镇联盟村俞家自然村。

○章浦 9 首

章浦，字远帆，别号海门，分水（今浙江省桐庐）人。清道光二年（1822）岁贡，
生而颖异，博览群书，未冠游庠，旋食廪饩。选章浦诗词若干首梓入《西湖柳枝词》，
又提学文公远皋视学睦郡，亦采章浦试帙入《浙江校士录》，前任分水名进士王荔
村同寅刊《公余课士录》，章浦文入选尤多。有《易经注疏校勘记》《书经注疏校
勘记》《论语孟子注疏校勘记》等若干卷藏于家。

苦旱吟

武盛环山如卓笔，山居什九田居一。三日阴霖雨涨田，十日不雨泉源窒。
岁在庚辰苦蕴隆，夏月不雨秋从同。土燔石烁溪流竭，农夫朝暮忧忡忡。
乾田待灌刻难缓，晨鸦衔尾嫌车短。掘井汲泉人力疲，典衣买水水不满。

旧传南宋嘉定年，斗水三十青铜钱。初闻此语疑者半，经今目击信其然。
早禾尽偃晚禾槁，那得既坚还无好。欲讼风伯鞭雷公，田祖无灵空祈祷。
拟望金风报有秋，先输国课余自谋。底知旱魃为灾酷，一亩计无半石收。
上农佃田不过十，腰镰初放有菜色。下农佃田仅二三，数口嗷嗷齐仰食。
贷钱乞籴复空囊，无奈搜掘仙遗粮。采薇采薇复采葛，榆皮芋叶苦尽尝。
吁嗟山邑多瘠土，五风十雨民犹苦。况复饥馑蹙其生，村头十家逃者五。
作诗谨告蜚鸿哀，救荒无策空徘徊。且喜荆州重作牧，羽书驰报踏灾来。

四门村八景诗（并序）

其一　双溪烟柳

> 罗坎双水会合，夹岸筑长堤，遍种垂杨，烟光明媚。

阳春烟景丽双溪，翠黛匀成柳色齐。缕拂黄金涵曲沼，花飞白雪缀长堤。
风和袅娜枝偏嫩，雨霁依稀影欲低。九烈君从何处去，休将绿酒洒春泥。

其二　五里云松

> 罗溪上下绵延五里，多古松，常有庆云笼其杪。

比里松声隔岸闻，惊看簇簇挹晴氛。枝栖梯岭千年鹤，也覆旗山五色云。
翠幄妆成凝宿雾，青烟缀遍映斜曛。龙鳞已就须神化，影动风飞曳锦纹。

其三　碛石风涛

> 环秀亭下有大石当中流，可坐百人，风生作浪声闻数里。

波撼怀山古道边，横当碛石更溅溅。凭飞绝涧三千丈，待吸长鲸一百川。
逐雨涛惊浮鹤渚，乘风浪骇鼓雷鞭。中流砥柱狂澜挽，约到龙门别有天。

其四　横波春涨

> 潭在茂山西南，深数丈，石山迥抱，水波纵横，作亭于其上。

闻道今春水满坡，横波亭畔见横波。忙裁紫燕风前剪，乱掷金鳞浪里梭。

曲岸浮沉千叠涨，垂杨隐见一泓河。沙鸥浴倦江村暮，独钓鱼矶月半蓑。

其五　北涧晴虹

　　周舍小石塘涧水出焉，抵罗湖有石桥架其流，指推晴虹。

小桥流水雨初晴，横架春虹混太清。石髓潺湲千树晓，霞文灿烂万山明。
双峰下照斜阳影，五彩中传瀑布声。色霁云衢书列雁，连岚滉漾绘难成。

其六　石壁停云

　　茂山之东有石壁，名陈家塔，高可数百丈，停云即雨。

嵯峨石壁壮士屏，一莳氛氲着意停。绝巘频拖千缕疹，残霞雅衬数峰青。
云关雨锁应难度，岫幌烟笼半未扃。信是相从原有主，传岩霖澍沐春庭。

其七　榕林积翠

　　罗湖东北有榕木数千，葱茏茂密，朝晖夕阴映带一方。

郭外谁教翠积林，春榕掩映雨斜侵。遥连柳幕风声细，峻列云屏月影深。
数里苍烟添黛色，一湾碧水衬浓阴。森森拟并三槐茂，更向枝头听好音。

其八　南山诗社

　　南山之麓有古庵曰长寿，极高爽，文人每载酒题诗。

秀挹南穹竞赋诗，群英社结暮春时。频倾美句题唐句，近向幽岩读楚辞。
会仿兰亭风景异，宴同金谷月枝移。地灵人杰文章焕，杏苑濡毫会有期。

　　注：四门村为罗坎、茂山、前山、罗湖四自然村的总称，今分属桐庐县百江镇罗山、乐明两村。本《集》所辑四门村景诗原载《分阳章氏家谱》。

○刘侃1首

　　刘侃，字谏史，号香雪，江山（今浙江省）人，余不详。

桐江舟中

滩到桐庐尽，江流自此平。远烟团小屋，斜照起秋声。
浪细千鳞见，风和一棹轻。计程余两驿，遥盼虎林城。

○王芬 1 首

王芬，字春圃，建德（今浙江省）人。清道光间岁贡。

钓台图

突兀崇台对峙奇，先生曾此钓竿垂。千秋介节贞双石，七里清风系一丝。
江水轰虺喧雨后，星亭崒嵂迥云陲。高峰依旧人如在，想像披裘六月时。

○胡圣铨 1 首

胡圣铨，字石衡，号澹园，桐庐坊郭（今浙江省桐庐县桐君街道）人。清嘉庆
间以廪贡授教职，历任昌化、诸暨教谕。在任时，修学馆，士林皆服。致仕归，创
办平崇募，建书院，乐于好施，邑人敬之。有《上清集》。

登桐君山

层峦千仞上仙寰，帆影岚光远近间。非敢自居仁者乐，只知此处静中闲。
忽闻鸟语传消息，瞥见云飞任往还。无数元机浑入目，天教看尽富春山。

○孙岩 4 首

孙岩，字云本，上元（今江苏省南京）人。清嘉庆十三年（1808）进士，
二十四年（1819）任桐庐知县，勤于课士，捐廉俸以立书院，有惠与民。道光初，调
任兰溪。

桐江留别四首

我爱桐江好，桐江风俗醇。波光还似昔，山气总如春。殷实骄矜泯，
周亲任恤匀。饥年仍饱食，即此葛羲民。（去秋值艰岁，小民乏食，邑之士

民捐输平粜者，计粟二万七千有几，澹园为之倡率。）

其 二

钓台留自昔，土俗到今清。雨借园茶色，潮添水碓声。花时偕讲肆，
春及课耕深。驺从山城少，儿童笑语迎。

其 三

地僻民多寿，泉清石亦香。吏因无事拙，官只劝农忙。分祭衣冠旧，
同居世泽长。敦宗存古谊，慎勿到公堂。（桐俗稀诉，惟宗党间多有微嫌雀
角者，故及之。）

其 四

不及三年久，乌能报政成。字人无惠泽，课士有余情（桐无书院，屡欲为
之创议，上岁值饥馑，今又匆匆调任兰江，颇为歉然）。禾黍去年少，长官此后清。
扁舟重过去，相与话平生。

○鲍作雨 2 首

鲍作雨，字云楼，瑞安（今浙江省）人。清道光元年（1821）举人。有《六吉斋诗钞》。

严 濑

故人极富贵，先生恒守贞。坐钓淡众虑，非沽高尚名。
我今返旧庐，澄波濯尘缨。山花莫相笑，泷水知予情。

桐江舟中

水向西汉人向东，今年光景昔年同。红镫画舫游天上，翠嶂云岚落镜中。
峡转骇翻三尺浪，月明稳挂一帆风。劳劳尘鞅谁能脱，羞见羊裘垂钓翁。

○查文经 1 首

查文经，字耕麓，京山（今湖北省）人。清道光六年（1826）进士，官至漕运总督。有《木樨香馆诗》。

钓　台

大度刘文叔，羊裘有故人。风云付诸将，山水得闲身。

夷惠无偏拙，巢由亦外臣。先生非避世，无梦学庐生。

○王椿煜 1 首

王椿煜，号筒崖，分水（今浙江省桐庐）人。清道光五年（1825）拔贡。

战鼓冬冬动地来

战鼓冬冬动地来，剑头腥血淬尘埃。百年心事何人识，天下青山骨可埋。

注：王椿煜任宜平县教谕时集库中武生会营五百人，伏兵于小金村迎剿粤匪。诗人写完此诗后，掷笔布阵战于茶坑。

○饶芝 4 首

饶芝，号商山，大埔（今广东省）人。清嘉庆二十四年（1819）进士，道光二年（1822）至五年（1825）任分水知县，道光七年（1827）复任。治尚猛，事多整饬。工书今存分水五云山"洗砚池"碑为其书丹。

息讼歌

嗟我分阳民，风气本敦睦。迩来十余年，积案颇尘阁。

岂其吏不廉，岂其政不肃。胡为雀与鼠，纷纷穿墉屋。

或恃笔与符，或唆亲与族。令之蚌鹬争，饱我囊橐欲。

投应畀豺虎，毒甚等虺蝮。不于为政入，严刑为驱逐。

何以安善良，何以厚风俗。作诗以告汝，终凶爻须卜。

狱货府幸功，鞶带讼褫服。恢恢网不漏，毋谓任诋诼。

祈 雪

愿将一腔血，化作满天雪。招要嘱庭梅，溟蒙生眼缬。亚岁滴数珠，
睨之一指蔑。行行麦中田，气象仍萎苶。为时亦尚早，祈年胡迫切。
只望来岁丰，以补今岁缺。霏霏我心怡，杲杲我心结。左将青女提，
右把滕六挈。上天其同云，朔风其栗烈。银龙舞金池，盐花飞玉屑。
庶望分阳麦，双歧歌声澈。

谒府城北乌龙王庙为分邑祷雨

不愿成佛不愿仙，只愿为龙潜入渊。斗然忽趁风云势，泽我农民喜欢颠。
农兮得雨如得玉，龙兮喷雨如喷粟。大快苍生望岁心，不是为龙不足欲。
相传颍上张路斯，翻身东海作蛟螭。泰山之云肤寸合，奔雷掣电凭驱驰。
玉局掀髯纪奇事，大笔淋漓真诡异。迄今祠宇遍齐梁，人而为龙实快意。
公本贞观之异人，建言干令为斯民。上帝知公爱民切，敕公为龙即为神。
神其念我分阳土，地瘠民贫粒食苦。桔槔声碎稻粱枯，祈展灵旗赐灵雨。

读濮烈愍传 （并序）

　　分阳濮公讳有宏，崇祯时令湖北安陆，遭流寇贺一龙之乱，阖门十九人同日殉节，
县志书之。而诸生缪应元骂贼不屈，百姓结寨效死，皆公德教之所孚也。国朝赐谥
千秋旷典，志皆缺如。奉使至楚，宿吴方伯署，翻阅通志，见公传，感而赋此。

乘槎汉水把书披，才识我公大节奇。不愿朱三作天子，辄呼南八尽男儿。
夫妻无愧余宣慰，忠孝遥同卞望之。骂贼诸生环甲胄，撄城百姓怒须眉。
此中即是田横岛，何处更寻羊祜碑。泪坠当年孚众志，颜骍今日草单词。
买丝绣缪君应喜，铸铁锁龙我岂痴。

○陈福熙 1 首

　　陈福熙，字尔诒，榝仙，定海（今浙江省）人。清道光元年（1821）恩贡，充
八旗官学教习，历佐学幕。有《借树山房诗钞附刻》。

钓台和王石农明府作

富春山下水滔滔,垂钓当年姓氏逃。天子故人甘草泽,先生眷属本仙曹。
偶干星象曾称客,不上云台亦自豪。渭水后车夸尚父,也应让此一竿高。

○沈淇 1 首

沈淇,秀水(今浙江省嘉兴)人。清道光五年(1825)至六年(1826)任分水县教谕。

学士峰

分阳山色横晴空,朱坞西上罗群峰。高峰十八号学士,一一削出金芙蓉。
嘉名肇锡谁所自,吴中万笏相峥嵘。七星岩石互亏蔽,罗浮五老殊严恭。
九华之峰各异状,三茅巀业留奇踪。良游未遂意已骋,奚必泰华衡恒嵩。
此山疑经巨灵劈,或由五丁开鸿蒙。丹崖翠壁窈万状,卓立天骨摩苍穹。
绿萝萧萧冒巾角,石濑飒飒传音容。峰头遥望众仙集,谁欤下拜如南宫。
独来抱经依圣域,萧萧偃卧成疲癃。天公一夕送雷雨,四山云气生帘栊。
客来道我林壑美,消除烦虑舒欢惊。何当蜡屐扶疏筇,直上绝顶招青童。
峰峰披豁开心胸,胜地未到神先通。作歌一啸倾碧筒。

> 注:学士峰在桐庐县百江镇百江村朱门岗自然村,连绵十八山峰,统称"十八学士峰"。其中,白石尖海拔712米。

○高湄 1 首

高湄,清分水(今浙江省桐庐)人,余不详。

紫罗山白云真人

茆屋人安在,弓旌枉贲庐。远离黄阁召,高卧白云居。
岂效嵇康懒,非同阮籍疏。为霖生未得,身后雨随车。

> 注:紫罗山,在桐庐县分水、瑶琳镇界上。海拔140米。志载:唐御史罗万象弃官隐此,并筑有紫草山房,故名。

○杨兆奎 1 首

杨光奎，宁海州（今山东省牟平）人，清道光九年（1829）任浙江分水知县。

舞雩行

安得泰山云，挥以霹雳手。凌晨祷桑林，耿耿璨星斗。夜露无滋息，
砌草枯欲朽。慨念大田禾，农夫应疾首。武盛万山丛，田一山十九。
玉烛均且和，民已艰糊口。水旱昔荐臻，我来岁已丑。泽鸿鸣渐息，
西成赛驿牡。哿矣富其苏，贫犹咨星罶。樵牧与负担，菜色无残糗。
贻我来牟丰，欣欣响杵臼。催科羽檄驰，迫呼扰鸡狗。黾勉竭输将，
引领望大有。胡为亢阳骄，蕴隆兼旬久。山陬绌地利，天时亦多咎。
三日霖涨溢，十雨时已后。始既资灌溉，翻水比耕耦。耗旱池塘涸，
引渠事掣肘。买泉妇典衣，盗泉圉折柳。县门讼未终，禾已假长亩。
恻甚舞雩祈，哀吁及童叟。雨师何梦梦，不念孚盈缶。长吏瞿然思，
六事切自纠。折狱未平与，赋敛其苛否。补助无善策，愧兹山城守。
初心如稍渝，雷霆甘身受。蚩蚩耕凿氓，无辜天应剖。怜彼瘠土贫，
畀以大泽厚。披衣招水部，掣电伏旱母。滂沱在崇朝，勃然遍郊薮。

○吴振棫 3 首

吴振棫（1790—1871），字仲云，号毅甫，晚年自号再翁，钱塘（今浙江省杭州）
人。清嘉庆十九年（1814）进士，官至云贵总督。有《花宜馆诗钞》等。

西 台

正气文山后，艰难托隐沦。乾坤无净土，恸哭剩遗民。
晞发残篇在，招魂战鬼新。谁歌竹如意，朱鸟下江滨。

桐 庐

潇洒桐庐县，征程第几程。潮痕没春草，山势俯孤城。

树暝云无缚，江空雨有声。牵筶就渔浦，船尾乍鸣钲。

大风进泷口

水势东趋海，颠风卷却回。斜滩飞阵石，孤棹撼晴雷。
树远高帆出，沙平小市来。尘劳愧真隐，不上钓鱼台。

○翁心存 7 首

翁心存（1791—1862），字二铭，号邃庵，常熟（今江苏省）人。清道光二年（1822）进士，改庶吉士，授编修，督广东学政。咸丰元年（1851）擢工部尚书。咸丰四年，起授吏部侍郎，调户部，擢兵部尚书，迁协办大学士。咸丰八年，充上书房总师傅，官至体仁阁大学士。赠太子太保，谥文端。有《知止斋诗集》。

登钓台

绣岭环如屏，桐溪净如障。沿泷积阴森，揽胜得高敞。周旋理芒屩，
跻陟策藜杖。探身踏鲜危，拾级扪萝上。嵯峨峙双台，逋峭落千丈。
凌空蹑高标，心目一以广。振衣坐磐石，天地任俯仰。俯听长松涛，
仰挹层霄爽。江流正孤骛，云气倏万象。聊扩寰中观，永怀物外赏。
昔贤虽不作，遗迹尚可访。每期出世踪，得遂餐霞想。逝将携妻孥，
泛宅荡兰桨。此愿傥可酬，何时脱尘鞅。坐久契天真，澄观自扰攘。
暖暖露村墟，沉沉视林莽。前峰人语微，绝径樵斧响。时见鸥一双，
冲波自来往。

七里泷拜严先生祠

西京盛文物，士气久颓靡。纷纷献符瑞，名节扫地矣。新莽乘其隙，
炎运遂潜徙。真人起宛洛，恢复兴汉祀。咄咄严子陵，相助乃为理。
列宿依日光，碌碌因人耳。客星独孤明，坚卧不肯起。采药桐君山，
濯足富春山。一丝重千钧，藉兹振纪纲。斯人识廉耻，端自先生始。
东汉独亡后，实赖国多士。峨峨双钓台，高并九鼎峙。不然光旧物，

岂与易代比。故人虽高尚，敢不臣天子。徒思仰清风，乌足达微旨。

严陵道中三首

新词唱罢柳耆卿，漠漠桐江画未成。叠峰似从天际落，扁舟疑入镜中行。
裘衣空翠深于染，如梦烟鬟数不清。最爱一泓澄澈好，尘心洗尽眼俱明。

其　二

苕苕万朵碧芙蓉，一朵芙蓉影一重。百道飞泉新雨沁，千盘危礴古苔封。
云光映水天然媚，山色深春分外浓。欲访桐君丹灶室，依稀犹在最高峰。

其　三

绣岭丹崖烂若霞，满山红遍杜鹃花。似闻樵唱成三叠，不辨云坳住几家。
图佛定须由慧业，学仙未必驻韶华。何如领略江天景，长荷烟蓑拨桨牙。

富　春

海门潮上吼晴雷，打过桐庐浪便回。千载云深孙策垒，三春花满子陵台。
中台星宿遗孤客，绝代江山感霸才。我向邯郸游已倦，一双醒眼越中来。

西台吊谢皋羽

阴飙倒卷桐江水，落日沉沉呼不起。狂挥如意发哀歌，竹石一齐敲碎矣。
古来亡国亦何限，不信天心忍如此。谢后佥名降表中，赵家块肉鲸波里。
叠山死上都，文山死燕市。义旗吹散沙虫飞，一缕孤臣心未死。酒酣
独上严陵台，峰合溪深草木哀。汉朝炎运尚重续，宋室南迁竟不回。
会稽崒嵂阴房闭，攒宫曾是中兴地。玉匣珠襦化劫灰，六陵惨澹销王气。
几树冬青向晚凋，斑斑洒尽遗民泪。我来吊古群山横，耿耿心头气未平。
子规啼血清猿和，犹似忠魂恸哭声。

○龚自珍 1 首

龚自珍（1792—1841），字璱人，号定庵，仁和（今浙江省杭州）人。清道光九年（1829）进士，授内阁中书，升宗人府主事，道光十七年（1837）改礼部。后因避仇告归，卒于南下途中。著作有《定庵文集》等二十余种。

桐君先人招隐歌（并序）

吴舍人（嵩梁）尝与妇蒋及两姬人约，偕隐桐江之九里梅花村，不能果也。颜京邸所居曰"九里梅花村舍"，以自慰藉。尝以春日期，辴车枉存道观。因献此诗，盖代山灵招此三人也。

春人昼梦梅花眠，醒闻杂佩声瘳然。初疑三神山，影落窗户何娟娟。又疑三明星，灼灼飞下太乙船。三人皆隶桐君仙，山灵一谪今千年。胡不相逢桐江之滨理钓舷？又胡不采药桐山巅？乃买黄尘万丈之一廛，殳书大署庭之橚。梅花九里移幽燕，毋乃望梅止渴梅所怜。过从谁欤客盈千，一客对之中悁悁。亦有幻境胸缠绵，心灵构造难具宣。乃在具区之西、莫厘之北，大小龙渚相毗连。自名春人坞，楼台窈窕春无边。俯临太湖春水阔，仰见缥缈晴空悬。中间红梅七八九，轮囷古铁花如钱。两家息壤殊不远，江东浙东一棹堪洄沿。相嘲相慰亦有年，今朝笔底东风颠。请为莫厘龙女破颜曲，换我桐君仙人招隐篇，相祈相祷春阳天。开帘送客一惝恍，帘外三日生春烟。

○彭蕴章 1 首

彭蕴章（1792—1862），字琮达，一字咏莪，长洲（今江苏省苏州）人。清道光十五年（1835）进士，授工部主事，累官工部尚书、武英殿大学士。有《松风阁集》等。

子陵钓台

岩岩磐石枕江边，想见披裘坐钓年。高节能忘天子贵，盛名还赖故人传。三篙碧涨浓春酿，两岸青山送客船。到此红尘消欲尽，淮阴回首渺云烟。

○雷以诚 1 首

雷以诚（1793—1871），字鹤皋，咸宁（今湖北省）人。清道光三年（1823）进士，官奉天府丞，迁左都御史，官至光禄寺卿。有《雨香书屋诗古文》。

过七里泷

火云初淡暮烟青，画舸泷中橹未停。白石依松巢鹳鹤，绿波映日款蜻蜓。
沿溪钓艇鱼争卖，临岸人家户不扃。清兴却随秋水远，山坳新月到前汀。

○牛焘 1 首

牛焘（1794—1861），字涵万，清丽江（今云南省）人。拔贡生，历任镇沅、安宁、邓川、罗平教官。咸同之乱，焘避之山洞中，抱琴而死。有《寄秋轩稿》。

过七里滩

故人已作赤符帝，公坐钓台羊裘敝。三公不见此渔舟，华衮讵足当埤垸。
星辰一夜犯帝座，九重旧交深相契。谁与天子共榻眠，惊天动魄事非细。
人言桐江钓虚名，名岂寻常称遁世。天子不臣成高尚，此事由来关遭际。
又言公非佐命才，许由岂屑谈经济。郎官将相列云台，功名再世不堪夸，
气节千秋永不替。君不见，七里滩至今清澈底，清风不愧梅家婿。

○许正绶 11 首

许正绶（1795—1861），字斋生，一字少白，上虞（今浙江省）人。清道光九年（1829）进士，官湖州府教授、严州府教授。有《重桂堂集》《全浙校官诗录》。

严子陵钓台六首

故人作天子，谏议拜大夫。以此称佐命，卓哉宏远谟。
轩冕何足贵，耕钓聊自娱。钓不为临渊，耕亦非食图。
士也各有志，钟鼎山林殊。上有尧舜主，下有巢许徒。

其 二

中兴四七将，云台垂不朽。马上立功名，斗大印悬肘。
孰若高尚心，能占蛊上九。激厉有微权，立廉资坚守。
天子不得臣，诸侯不得友。以此谢故人，庶可报我后。

其 三

恒星无算数，公独应客星。想见贤太史，一字可为经。
彼苍见纬象，而况河岳灵。天子分宾主，而况黼黻廷。
历朝推节义，东汉实垂型。先生倡其始，鸿飞在冥冥。

其 四

昔钓齐泽中，羊裘劳物色。今辞帝座归，龙潜崇隐德。
巍然富春山，高高无终极。浩乎七里泷，渺渺无终息。
群彦正攀龙，名士多如鲫。先生老此焉，以为天下式。

其 五

谁练补天石，绝壁造双台。江流奔日夜，奔不受风隤。
真宰难上诉，人杰地灵开。想其栖隐日，森然万象该。
桔叟弈棋去，桐君采药来。下有胥种潮，到此便急回。

其 六

屡过不一登，此心每怏怏。俗状与尘容，山斗徒瞻仰。
乔木蔚奇姿，流泉洒清响。未作壁上观，聊寄风中想。
四顾人踌躇，一笑天爽朗。忽见邻舟渔，尽鲈跃入网。

严子陵祠两首

山林城市里，结构一堂新。风教维贤守，星光指故人。

所交原白水，何处著红尘。梅尉桐君语，师门比拟真。

其　二

全局东湖胜，亭中一览收。斯人无魏晋，佳日有春秋。
鱼鸟闲俱适，云山淡自幽。持竿乡弟子，不必问羊裘。

子陵钓台

争赴云台独钓台，仙家奚必羡蓬莱。客星隐隐光如许，江水滔滔去不回。
风雨鱼龙交变化，烟波鸥鹭共徘徊。历朝名节推东汉，皆自严陵的派来。

钓台对江谢翱墓在焉感赋两首

秦庭无哭所，汐社空诗情。石碎竹如意，璧完玉带人。
八哀哀未剧，五噫噫难名。屹尔晞发子，九原俪屈平。

其　二

几个遗民在，空山猿鹤群。招魂六陵树，埋骨一溪云。
流水恨难寄，幽兰香自闻。为言柳下墓，樵采莫纷纷。

○孙秉元 1 首

孙秉元，字性甫，号芋香，富阳（今浙江省）人。清道光间拔贡，授直隶州州制。死洪杨之乱。有《龙门山房集》。

七里泷吊谢皋羽

西台亦千里，歌罢付谁听。不负延平遇，能持屈子醒。
孤心酬汐社，恸哭拟秦庭。知己留方凤，应同伴客星。

○吴敬纶 1 首

吴敬纶，字菊裳。清道光优贡，曾任临桂知县、辽阳知州、昌图通判。

桐庐道中

扁舟向晚发桐庐，天气新凉雨过初。七里严滩秋瑟瑟，一枝柔橹夜徐徐。
美人临水自吹笛，明月隔江闻打鱼。最好富春山翠滴，晚窗吟望落襟裾。

○释慧霖 1 首

释慧霖，字梅盦，新建（今江西省）人，本姓李，清道光前后在世。有《松云精舍诗录》。

严滩过子陵钓台

自著羊裘老富春，画工辛苦绘功臣。先生到处堪高隐，天上宵来卧故人。
七里江声终不断，四围水鸟亦相亲。利名淘尽尘中事，留得乾坤一钓纶。

○张际亮 21 首

张际亮（1799—1843），字亨甫，号华香大夫，建宁（今福建省）人。清道光十六年（1836）举于乡，性孝友，挚友姚莹因事被逮，际亮偕至京师周旋患难。及莹事平反，际亮狂喜日饮而醉死。有《松寥山人诗集》《娄光堂稿》《南浦秋波录》等。

过钓台

昔年一狂客，高隐此持竿。片石风云古，荒江日月寒。
我来吊皋羽，人去总空滩。惟见长松树，龙髯几郁盘。

严州守风口号

万古严陵濑，沧波日夜流。长云暗高浪，远树向孤舟。
骨肉余多病，身名误倦游。萧萧荡风色，目断有沙鸥。

过七里濑遂登钓台慨然永怀固而成咏

春流日东逝，客怀难具论。挂席又晨发，逐晨遂昼暄。心悲岁时往，
目想英畸存。嵚岑忽怅望，眺览岂谓烦。高台上对峙，曲磴中孤援。
松悬宛无地，崖并如有门。阴风贯幽罅，绝壁蟠空根。纡透叠嶂会，
黯黝回潭昏。江声远自答，天影低谁扪。赤服谢佐命，朱鸟哀忠魂。
兴亡异潜见，今古同邱樊。荒荒云峭静，袅袅烟芳繁。方欣得徒侣，
永忆酬愿言。

晓发桐庐江

萋萋春芜绿，漠漠朝烟生。沧波去千里，天尽寒江明。
山云即阻积，渚树何纵横。乱帆亦东逝，怆此孤舟情。
伯鸾嗟去国，王子赋远征。登楼夙多感，恋阙令徒萦。
沙禽厉晨翼，嘹唳西南鸣。浩然望故乡，回首风涛惊。

桐　庐

岁岁桐江道，心惭万物闲。风光晴转叶，水气昼摇山。
放牧鸣乌牸，追飞过白鹇。一篷羡渔父，沙岸自知还。

桐庐江行口占六绝句

江雨濛濛江雾垂，山如眉妩睡慵时。空江两岸人家冷，开遍梅花知未知。

其　二

千嶂空寒一去舟，酒痕诗梦话沙鸥。春风吹过都无迹，暮雪梅花谁倚楼？

其　三

九里洲边花自开，归云冉冉过江来。白头刺史黔西道，诗料如今别费才。

其　四

历历亭台白粉墙，江头小县枕波光。风帆过处明人眼，一阵鸦来天势长。

其　五

磊砢高崖蔽乱峰，半垂云气挂长松。飞来千尺青天瀑，散落溪南野寺钟。

其　六

最无情绪是春芜，新绿芹芹何处无？七里滩中半烟雨，青山上下鹧鸪呼。

桃花鳜（并序）

偶市一鱼，巨口细鳞，色淡红如荔子内衣。舟人曰：此桃花鳜也。口号二十八字。

绝好风斜雨细天，桐江鱼脍在樽前。春来长遍桃花水，那得樵青理钓船？

初五日夜泊七里濑次日过严州偶作三首

舟行日霖雨，旅兴成萧条。况兹千峰夕，陡拥一水漂。立壁上夹天，
奔泷下通潮。炊烟午已绝，瘴云寒更骄。漠漠石气清，万籁起嶕峣。
夜中孤篷闭，壑谷酣笙箫。烛昏神鬼出，风骤鱼龙摇。梦骑巨鳌背，
客星高可招。尝闻大隐迹，或在市与朝。如何羊裘翁，荒江狎渔樵。

其　二

古人竟不作，今人那得知？耿耿千载心，永夕笑且悲。鸟啼青竹林，
犬吠黄茅祠。雨歇东方曙，春山霭华滋。远望见飞瀑，飒沓长风吹。
倒垂溅天光，曲涌翻云漪。十里九烟雪，空清屡然疑。散为水佩声，
宛与瑶妃期。吾缨未可濯，转叹投竿迟。借问道旁子，饮泉应自知。

其　三

严光隐姓字，今乃名此州。避之有不得，贪者安所求？营营一世士，

高下自沉浮。岂如楚渔父，鼓枻沧浪讴。东风散飞雨，湿翠明汀洲。
倾涧注石濑，阴霭藏山楼。野人朝食罢，松下还饭牛。牵驱出门去，
下饮前溪流。牛鸣望鸦飞，父唤子回头。荷尔锄与蓑，愧我行悠悠。

严州歌

严州之下千峰青，桐庐水到钱塘平。江光百里破飞鸟，落日天碧风帆明。
严州之上沙滩曲，水清石瘦见丛竹。山远娟娟塔映空，黄鹂唤雨村烟绿。
我行到衢州，乃为严州歌。严州画船无此多，红颜如花骄绮罗。春来日夜
生新水，花落随流奈汝何？

守风三首

七里泷上秋风生，七里泷下烟雨横。行人欲渡泷中水，红树萧萧山鹧鸣。

其 二

下水连樯那得前，溯流帆影没遥天。不知风色缘何事，划断横江作两边。

其 三

我行昔溯此江流，朝发杭州夕睦州。曾是好风吹过客，吹残双鬓又孤舟。

钓 台

秋水无人迹，新凉见鹭飞。高台竟终古，怅望极烟霏。
世异兴衰运，道同狂狷归。苍山更谁待？欲往复沾衣。

自钱塘江舟行二日过七里濑作

江山气色满，旦晚非一情。空舟坐超忽，时见烟雨成。历历村郭旷，
邈邈云沙清。挥觞对好风，水鸟群飞鸣。伊昔安为旅，于兹苦厌兵。
万族入岁暮，孤根怀春荣。缅想汐社人，哀歌亦何营。吾志在垂钓，

浩然濯尘缨。

◯何绍基 1 首

何绍基（1799—1873），字子贞，号东洲、猿叟，道州（今湖南省道县）人。清道光十六年（1836）进士，官四川学政，先后主山东、湖南及浙江孝廉堂讲席。工诗书，有《东洲草堂诗钞》。

钓 台

潜身为把姓名逃，想见渔竿在此操。无奈江河日趋下，几曾真个钓台高。

◯符兆纶 6 首

符兆纶，字雪樵，号卓峰居士，宜黄（今江西省抚州）人。清道光十二年（1832）举人，历官福清、屏南、建阳知县。有《卓峰草堂诗钞》。

题富春山水画册六首

诗情画意有无间，如此烟波数往还。记得画眉声里过，一船青载富春山。

其 二

白鹭低飞九里洲，梅花万树压溪流。晚妆忽讶胭脂湿，一笛斜阳水上楼。

其 三

吹软垂杨两岸风，中流箫管酒灯红。也知团扇谁描得，憔悴江湖一放翁。

其 四

潮声见说上泷回，泷水无风绿似苔。闲向桐江弄明月，钓竿高挂子陵台。

其 五

旧游回首意苍凉，负尔花间陌上香。好著片帆重送我，风流苏小访钱塘。

其 六

荷花桂子入新图，柳七才名莫浪呼。且擘荔支消夏去，风光占住小西湖。

○瑞常 1 首

瑞常（？—1872），姓石尔德物氏，字芝生，号西樵，蒙古镶蓝旗人。清道光十二年（1832）进士，授编修，同治间官至文华殿大学士。有《如舟吟馆诗钞》。

七夕泊子陵钓台

桐庐江水碧生烟，岸阔沙平望渺然。千古钓台名士节，一尊绿酒美人缘。
苍苍云树群峰绕，耿耿银河七夕悬。无数乡心共怅触，西湖东岱两情牵。

○朱锦琮 1 首

朱锦琮，字瑞芳，号尚斋，海盐（今浙江省）人。工书画。清嘉庆帝五旬寿，献诗画，赐誊录。后官山东东昌知府。卒年八十余。有《治经堂集》。

晓发七里泷望钓台

月落晓难催，扁舟镜里开。红扶江日上，青涌海烟来。
石撼滩声急，山排水势回。画眉鸣远岫，知是钓鱼台。

○殷兆镛 10 首

殷光镛（1806—1883），字谱经，一字序伯，吴江（今江苏省苏州）人。清道光二十年（1840）进士，授编修，光绪初官至礼部侍郎。有《斋庄中正堂集》。

七里濑

有风七里驶，无风七十里。长年为余言，古时谚如此。凌晨一瞬过，
布帆张利市。箭驰犹是难，谢客工比拟。入泷既出泷，狂飙忽然起。
欲吹船上山，篙撑力与抵。磊碻邪许声，动门石齿齿。又疑万峰峦，
伏水刺船底。夕阳下西岩，萍号怒少止。泛泛共鸂鶒，拍拍杂惊春。

回顾严陵台，青苍尚舵尾。钓石仰弥高，祠堂乱已毁。希文守是邦，
作记今安在。更怜晞发人，恸哭江山改。我亦劫火遗，身世阅桑海。
幸逢赤符兴，不陨朱鸟涕。宇宙浮云空，岁月奔湍似。昔贤去兹遥，
陈迹感徒晞。岂如烹溪鱼，随意侑村醴。仰天酹客星，和月照滩水。

题严子陵钓台四首

偏为逃名名益彰，海桑不改古祠堂。当时若作云台佐，未必流风尔许长。

其 二

最好江山占富春，天教位置重斯人。不然尽有巢由辈，谁访遗踪荐藻蘋。

其 三

天子犹愁物色谁，一坛高瞰水云湾。除他几个渔樵侣，或者神仙尉往还。

其 四

扁舟前月渡长淮，叹息韩侯亦钓台。相隔大江千里峙，两都宫阙久飞灰。

再题严子陵祠四首

又泊扁舟傍钓滩，先生应作故人看。茫茫四海无归处，稽首荒坛借一竿。

其 二

辅义怀仁旧有诗，官居谏议友兼师。千秋几个刘文叔，底事犹难好爵縻。

其 三

一样磻溪钓叟居，鹰扬事业此何如。想还不值狂奴笑，交浅言深载后车。

其 四

振古高风一破裘，难从独行传中求。问谁解识还山意，除是唐朝李邺侯。

桐庐道中

滩石清可数，水波绿似油。人疑太古少，鸟狎大江秋。

荦确撑篙响，咿哑答棹讴。四山寒翠里，吾亦欲羊裘。

○李佐贤 2 首

李佐贤（1807—1876），字仲敏，号竹朋，利津（今山东省）人。清道光十五年（1835）进士，官汀州知府。有《石泉书屋诗钞》。

登严子陵钓台两首

千里江山一钓竿，高台终古拥巉岏。经过热客知多少，都被先生冷眼看。

其 二

山光水色共澄清，怀古停桡无限情。拌使一官终潦倒，登台也要拜先生。

○冯桂芬 1 首

冯桂芬（1809—1874），字林一，号景亭，吴县（今江苏省吴江）人。清道光二十年（1840）进士，官至詹事府右春坊右中允。有《显志堂诗文集》。

桐江泛舟图

两峰怒蹲不相下，飞波激箭走其罅。一台云表何高高，寸土弥助江山豪。

子陵当年隐大泽，烟波深处闲泛宅。三聘早谢故人书，一竿来伴渔父席。

软红十丈飞嶂天，北望长安日边隔。忍孤此景趋尘埃，几令山灵不笑剧。

寒江五月称羊裘，浃汗堪嗤褆襫客。建武功成多令终，东京士气冠史策。

上感圣明下顽懦，一卧奇勋超竹帛。我昔挂帆经越城，歌骊送客江干行。

溯流天际一夐望，欲游中阻心怦怦。比年行役困轮铁，北征每值暮寒节。
尘驱渴走齐燕郊，三千里外餐风雪。亦有荒冈莽万重，荦确不受芒鞋踪。
亦有平潭积潦雨，深黑半搅沙与土。羡君高致云鹤俦，清风良夜穷探幽。
披图添我万斛愁，来因名利昔人羞。我不能来复何由，我家迩在东海头。
咫尺安用嗟阻修，何当重作汗漫游。一笑便上三闾舟，长风万里驾飞流。
径折石壁攀龙虬，划然长啸江天秋。

○华学烹 1 首

华学烹（1811—1845），字得中，号次谷，无锡（今江苏省）人。清贡生，候选州同。有《赏雨茅屋遗稿》。

钓鱼台

鹤发羊裘自在身，卑栖别是有经纶。一竿烟雨留长策，十里溪山占富春。
交友岂知天子贵，姓名肯辱汉家臣。妇翁已作神仙尉，客宿何妨与隐沦。

○秦湘业 3 首

秦湘业（1813—1883），字澹如，无锡（今江苏省）人。清道光副贡，官浙江候补道。有《虹桥老屋集》。

七里濑用谢韵

滩急疑倒行，峰高碍遐眺。喜遇樵风便，不觉布帆峭。
先生隐遁栖，千古岩谷耀。潜鳞脱世网，暝禽答坐啸。
潭影鉴须眉，岚容露娟妙。缅怀东汉风，恐贻北山诮。
未买阳羡田，盍从严陵钓。谢客诗可赓，勿作巴人调。

游严陵

敢言慕遗直，欲杀叹雄才。四海两畸士，千秋一钓台。
无非济川志，只为看山来。柳记桑经外，居然生面开。

过钓台

彻底清流今古同，双台无恙上凌空。桐君可许通仙籍，梅尉差堪作妇翁。箬笠未沾宫禁露，蒲帆犹趁钓丝风。又当五月披裘侯，物色谁来大泽中。

○王庭绍 1 首

王庭绍，字楷堂，清嘉道间大兴（今北京市）人。有《七家诗选注》等。

严　光

廿八云台剑佩都，清风吹冷壁间图。星辰已动身犹卧，日月能光手不扶。笑尔高官名谏议，还吾故态是狂奴。富春山色长如此，白水何曾有钓徒。

○何栻 3 首

何栻（1816—1872），字廉昉，号悔余，江阴（今江苏省）人。清道光二十五年（1845）进士，官至吉安知府。工诗古文。有《悔余庵全集》。

狂奴态严光

客星犯帝座，岂知帝与故人卧，狂奴故态不可挫。野处难违猿鹤情，昌时别有夔龙佐。小草不出山，自适山之性。细流不入海，何损海之盛。羊裘垂钓歌沧浪，此何地也七里泷。卧此梦皆惊，葬此骨犹香。后人来此拜祠堂，但见山苍苍、水茫茫。先生之风，山高而水长。

过严子陵钓台两首

真龙同学服公狂，狂态犹龙未易忘。能使客星惊帝座，不将卿月羡君房。高踪运脱崇山铖，暮齿虚夸渭水璜。绝迹汉廷名更重，钓名翻惜钓丝长。

其　二

大好溪山割富春，居然天子不能臣。久知经济贪相助，未肯阿谀屈此身。小隐便为千古计，虚名自误六朝人。钓台历劫巍峨在，终胜云台化劫尘。

○江湜 6 首

江湜（1818—1866），字弢叔，长洲（今江苏省苏州）人。清咸丰间诸生，同治元年（1862）官乐清长林盐大使。有《伏敔堂诗集》。

钓台感旧（并序）

道光乙酉夏五月，与同郡彭君孚甲由闽归里，道经子陵台下。会夜月出，命舟人入村沽酒，相与剧饮为乐。今闻其在镇江军前值乱兵溃走时，被伤物故。

昔共归舟客，新传作国殇。书生将上马，歧路忽亡羊。
本自拘儒服，何缘傍战场？钓台同饮处，独酌为心伤。

桐 庐

严陵台下秋水生，桐庐道上风吹晴。日投孤嶂敛晚照，天入寒江仍夜明。
有生苦遭造物弄，随境一发诗人情。三年今日成归去，还似扁舟梦里行。

将至严州十里余题舟旁石壁

苍崖一百丈，出水忽成奇。天不爱其石，我方酬以诗。
江宽消涨快，岭峻脱云迟。能学严光钓，端来坐在斯。

夜行七里泷既而月出因登钓台纪以长句

正月望后严州行，因事一入严州城。出城已见西日倾，下船不敢盲追程。
前有七里泷，山峻水益清。夜行若无月，恐负出水情。不知舟人是何意，
拔桩拨棹为宵征。是时月在东岭背，水色稍借天光明。两边山影落篷脊，
压船若重行还轻。顺流屈曲三十里，水风激激吹波声。忽看岭上一轮吐，
低昂若与船相迎。一轮复从水底见，水底岭上争光晶。奇哉富春夜山色，
皎如雪后天初晴。心知好月不恒有，清光犹为严先生。先生钓出汉时月，
一台高与浮云平。登台看月发奇想，安得诗客相酬赓？南宋谢皋羽，
晚唐方元英，若呼二子共良夜，岂无佳思通心精？人间粪壤尚倾奋，
余此清境无人争。举头得月俯得句，造物着意还相成。何当泷水变酒

醉我倒，更忘身后千秋名。

追送前院宪至桐庐晚泊桐君山下

泊舟枫叶落纷纷，西去严滩路乍分。绕郭晴波余落日，隔江远岫有归云。
迎新送旧方多事，范水模山恐不文。为谢闲鸥休笑我，此来只算访桐君。

桐　庐

桐君昔采药，无药医世乱。所以桐君庐，亦为贼所窜。桐君固邈矣，
其地乃涂炭。向时万家邑，潇洒在西岸。村静响机舂，林疏翳舟爨。
地接严陵滩，山水清可玩。方愿小隐居，岂谓民离散？兵火又饥荒，
如今死者半。我昨严州来，两岸人烟断。青山隐孤舟，落日愁猿唤。
望望山之颠，尚有破垒冠。官军战贼处，白骨弃无算。寄语黄子久，
须将画本换。此日富春山，伤心谁忍看？

○丁寿昌 3 首

丁寿昌（1818—1865），字颐伯，号菊泉，山阳（今江苏省淮安）人。清道光
二十七年（1847）进士。由户部员外郎官至严州知府。有《睦州存稿》《读易会通》
《诗经解》等。

舟行赠陈子中太守三首

葓白扁舟一叶轻，暗冲风雪过江城。寄言官吏休相问，自有青山管送迎。

其　二

饯别江干席未终，拥衾不耐五更风。遥知今夜羊裘客，独钓桐江乱雪中。

其　三

同行湖海有元龙，百尺楼头气自雄。如此江山须纵赏，眼前莫放酒杯空。

○严锡康 1 首

严锡康（1819 —？），一名鍨，字伯雅，桐乡（今浙江省）人。以县丞在滇试用，后以军功荐擢县令。清道光二十八年（1848）为林则徐参军，旋擢宝宁知县。咸丰七年（1857）官苏州同知。有《餐花室诗稿》《餐花室词集》等。

钓　台

不愧神仙婿，桐江把钓来。从龙让诸将，图画到云台。

○李联琇 8 首

李联琇（1820—1878），字季莹（一作秀莹），号小湖，临川（今江西省）人。清道光二十五年（1845）进士，改庶吉士，散馆授编修。擢侍读学士，署国子监祭酒，调福建学政。咸丰三年（1853），擢大理寺正卿。五年（1855）调江苏学政，致仕后主讲钟山、惜阴二书院。有《好云楼初集》《二集》。

七里濑

幽绝如画山，娱我孤吟客。以彼无穷赏，迫兹有限役。
湍激惜无渟，风利转思逆。迥峦能束流，滩声薄乌石。
漩涡伏莽峭，舟渡快一掷。鹭羽如摇扇，瞥过半天白。
转转入严濑，层台冠松壁。子陵非钓徒，意钓适其适。
不然青竹竿，岂及潭千尺。气节开东京，隐沦化无迹。
余庆既云殂，周党亦永隔。燕雀纷啁啾，安识青冥翮。
且今灵运诗，游眺屡晨积。

夜泊钓台两首

持竿不近水，鱼肯上钩来。峻绝诚何用，先生似此台。

其　二

御榻非钓矶，倦卧竟伸足。梦里濯沧浪，醒来加帝腹。

钓 台

随意披裘不幸传，逃名未较殉名贤。钓台称并淮阴迹，客曜彰于汉将躔。
四姓奉祠渔户祖，一厘偕隐婿乡仙。湖山清福曾谁议，多事故人同榻眠。

钓台谒严先生祠两首

不是君王访富春，谁知高节不能臣。史官自奏星辰事，天语偏征故旧人。
只合龙丘交肺腑，偶因侯霸吐经纶。千秋许占桐江胜，总为恩隆坐钓身。

其 二

愿假任公十巨犗，去钓沧海六灵鳌。名缘易了恩难断，蜚遁何之义莫逃。
独有病竖可人意，不许尘缨生雪毛。四十休官亦刘涣，凭谁赠我庐山高。

西 台

许剑孤亭蔓草基，舟人概认子陵祠。碧筠无限竹如意，朱鸟得非山画眉。
记读西台千古恸，火搜南宋一篇遗。鸿泥枨触劳生梦，卖卜桥头吊古时。

渡七里濑

来水后山包，前山去水朝。湾迷帆转转，谷应橹摇摇。
陡壁行人小，腥风渔户饶。出幽顿开朗，天阔酒杯消。

○李杭 1 首

李杭（1821—1848），字孟龙，号梅生，湘阴（今湖南省）人。清道光二十三年（1843）乡试第三名，中举人。次年会试中进士，授翰林院庶吉士，散馆授职编修加一级，敕授儒林郎。道光二十八年病卒。著有《小芋香馆诗赋》。

春江秋泛寄长安故人

风城秋色近何如，东浙浮槎叹索居。归思已过衡岳雁，效怀先钓富春鱼。

荒江野戍枫初落，暮雨寒山菊渐疏。朋辈天边漫相问，杖藜吾欲隐桐庐。

○王必达1首

王必达（1821—1881），字质夫，号霞轩，临桂（今广西桂林）人。清道光二十三年（1843）举人，以军功保举授江西建昌知县，历官至督粮道，改授甘肃安肃道。改广东惠潮嘉道，道卒。有《养拙斋诗》等。

富春江上作

潇湘水碧秋生烟，群山缥缈青插天。姑射真人一笑粲，尘世无与争清妍。维时陈侯并倚棹，谓我富春山色尤便娟。吟魂飞堕天目外，秀语欲作洪潮边。何意扁舟入吾手，林峦杳霭浮樽前。但见诸峰苍苍出，复没芙蓉欲断青。忽连北山岚翠扑眉宇，寒云遮却南山颠。孤帆袅袅风冷然，绿波新涨琉璃穿。小鬟停筝泛美酒，高歌真坐天上船。回首洞庭在何处，芷兰哀怨空盈篇。浮沤人海阅几年，名区多结云霞缘。陈侯远去笔力好，安得淋漓图画如仙游。羊裘咫尺招我隐，会看渔竿在手同蹁跹。

○俞樾7首

俞樾（1821—1907），字荫甫，号曲园，德清（今浙江省）人。清道光三十年（1850）进士。授编修，任河南学政，未几罢归。主讲紫阳书院、求志书院、诂经精舍，寓苏州春在园。有《群经平议》《诸子平议》《古书疑义举例》《春在堂随笔》《春在堂诗编》《茶香室丛钞》《诂经精舍自课文》《宾萌集》等。

七里泷

一滩两滩滩滩高，撑折千张万张篙。游子惊起坐篷底，无乃走入山之尻。或绚烂如齐女绣，或奇怪如楚匠刨。或势嶙峋山骨凸，或状磊落石面幽。旁列剑锋山万朵，中流衣带水一条。不必移以秦皇铎，颇能容得夏后桥。峰迎人起若无路，帆随峰转仍通桡。书生例有看山僻，那怕水面风刁刁。山中亦复有人迹，崎岖一径横山腰。颇疑有人出采药，又见有屋新诛茅。

所惜风利不得泊，粗履未蹑南阳苞。俯视此水亦清绝，波澜如索加以绚。
戢戢鱼或露白鬐，磷磷石欲生紫蔄。世人畏见严先生，此下过者皆如逃。
那知世界佳山水，良亦不愿俗眼遭。谁与欲买此山隐，吾兄不愧人中豪。
人生束发事名利，何异牛马居栏牢。即使百龄守簪笏，未若半席分渔樵。
题诗并与山灵约，它年筑室名云巢。

子陵鱼

我思严夫子，变化如神龙。见首不见尾，归卧青山中。至今山色青如皴，
山中无复羊裘人。上有千尺百尺之高台，下有一寸两寸之游鳞。老饕
一见笑不止，咄咄子陵竟在此。素书不报侯司徒，白水未忘汉天子。
桃花浪扑渔人蓑，其中戢戢千头多。秋来已作干鱼羹，不知风味还如何。
我爱此鱼名字好，客星化作鱼星小。幸无攙入五侯鲭，尊前尚恐狂奴恼。

杂　诗

指点西台又钓台，客星楼上暂徘徊。祠前一十七回过，来见先生第一回。

钓台两首

大泽茫茫一钓纶，空劳天子降蒲轮。如何赤伏陈符者，也是当年同学人。

其　二

子陵台在暮云端，两岸青山已饱看。安得於潜同遗老，重寻石室古严滩。

谢皋羽西台歌

燕京昼晦风雨雷，黄土坛中神物回。文山道人大事毕，先生痛哭登西台。
台边黯黯愁云绕，楚歌一声出云表。埋骨还须问绿荷，招魂已见来朱鸟。
朱鸟朱鸟来何方，尔忽悲鸣思故乡。此间山高水又长，绝胜漂泊零丁洋。

滩行曲

天风蓬蓬吹上头，江水汩汩走下流。十里五里作一束，三老失色长年愁。
长年衩衣立蓬底，持篙终月身伛偻。既怜重如挽牛弩，更讶轻若盘蛇矛。
一滩才过一滩又，滩声化作风飕飕。织成一幅光明锦，抛出千点琉璃球。
水中之石何磊磊，飞湍日夜恣簸跺。直如山径走荦确，岂复江面行夷犹。
长绳曳舟舟不动，短篙撑舟舟仍留。竟须大力负之走，入水学作吴儿泅。
南人乘船如骑马，日月跳掷乾坤浮。天公有意弄奇局，乃于水底生赘瘤。
移山那有夸娥子，贷水更无监河侯。即使舟轻似赤马，何堪滩险如黄牛。
我以丁丑发桐庐，始于庚辰至龙游。自庚迄癸又四日，计程犹未过衢州。
黄头郎既绝有力，青唇妇亦工操舟。而乃入险复出险，迂回不复能预谋。
殷勤酌酒劳僮仆，勿言麂兀今番尤。平生忠信颇自负，风波虽险何足忧。
再拼滩行四五日，山中稳坐青竹兜。

○许彭寿 1 首

许彭寿，字仁山，钱塘（今浙江省杭州）人。清道光二十七年（1847）进士，改庶吉士，授编修，历官内阁学士，兼礼部侍郎衔。

寄表弟项少莲时司训建德

尽多名士画牢丸，薇省犹供苜蓿盘。清瘦自怜同鹤熊，羞珍何苦脍龙肝。
性成姜桂终嫌辣，骨傲风霜尽耐寒。我寄浮生随处好，几时同隐钓台滩。

○王有钧 1 首

王有钧，字守贻，号祖香，钱塘（今浙江省杭州）人。清道光间举人，曾任桐庐县训导。有《吟孙书屋诗钞》。

钓 台

故人尚高节，大将擅奇才。回首东西汉，千秋两钓台。
功名终已矣，山水自悠哉。此后垂纶客，临流孰溯洄。

○夏鸾翔 1 首

夏鸾翔（? —1864），字紫笙，清钱塘（今浙江省杭州）人。通数学，擅长绘画、诗文，曾任詹事府主簿、光禄寺署正等职，晚年应聘为同文馆教习。有《洞方术图解》《致曲术》《致曲线》《春晖山房诗集》等。

富春江夜渡

独抱天涯感，肠随路九回。橹声摇月去，山色渡江来。
灯簇孤城远，潮吞大地哀。严滩明日到，待谒子陵台。

○颜培瑚 1 首

颜培瑚，字铁山，号厦廷，连平（今广东省）人。清道光二十一年（1841）进士，历任山西道监察御史、陕西道监察御史、都察院吏科、刑科给事中、工科掌印给事中、扬州知府、淮安知府、江苏候补道、淮徐扬海兵备道。有《自怡斋诗稿》。

严子陵钓台

百尺高台迥，先生此钓游。烟波双鬓老，风雨一竿秋。
山色斜阳里，潮声古渡头。客星孤屿照，明月大江流。
附骥争随凤，盟心自狎鸥。功名悲马革，姓氏隐羊裘。
断碣桐庐古，荒祠剡木幽。我来寻旧节，七里遍渔讴。

○朱棆 5 首

朱棆，字条生，吴县（今江苏省苏州）人。清道光五年（1825）拔贡，官工部主事。有《万卷书屋诗存》。

泊严子陵钓台

落日孤帆傍钓台，此间曾照客星来。故人大度真天子，志士高风自草莱。
犹有渔歌唱寒月，尚留祠宇枕江隈。翻愁宛洛经兵燹，难觅云台土一堆。

上乌石滩

急湍泻危滩，滩声若鼎沸。浪花生盘涡，水浅石齿利。
牵绳纷如麻，挽舟上平地。黄头齐努力，变色欲无气。
桐庐佳山水，放棹颇不易。回看下滩舟，从容方鼓枻。

七里泷

青山互回抱，前望疑途穷。忽然见帆影，路乃逶迤通。悬岩露樵径，
负担来村翁。山花结寒绿，涧树垂新红。远岚渐明灭，初月升秋空。
渔歌互酬唱，小艇飞烟中。独夜客心警，苦吟依短篷。

严滩阻雪

雪虐风饕逼岁寒，征帆无那滞江干。荒云黯淡迷深树，残粉飘零画远峦。
客里晨昏惭定省，梦中闺阁喜团圞。归期已定犹漂泊，始信人间行路难。

桐庐道中

偶然发奇兴，来看富春山。淼淼桐江水，扁舟自往还。
青苍云木秀，合沓翠屏环。大泽人何处，高风不可攀。

○蔡诰 1 首

蔡诰，字凤章，建德（今浙江省）人。清道光间岁贡。

严子陵钓台

谏议官中姓氏删，清风高寄富春山。双台耸出烟霄外，七里长留天地间。
钓艇自随云影去，渔歌频趁月明还。羊裘六月沧江冷，赢得芳名万古娴。

○黄倬 1 首

黄倬，字恕阶，善化（今湖南省长沙）人。清道光二十年（1840）进士，官至

吏部侍郎。有《介园遗集》。

严先生钓台

水势漾洄分外青，舟行严濑认孤亭。故人若使侪台谏，御榻谁知有客星。
尚爱渔歌随荇浦，欲从石室荐椒馨。危滩七里清泉酌，前路梅花指画屏。

○宋晋 1 首

宋晋（？—1874），字锡蕃，号雪帆，溧阳（今江苏省）人。清道光二十四年（1844）
进士，官至户部侍郎。有《水流云在馆诗钞》。

过七里泷望钓台作

万筱拱危石，孤台瞰远江。星犹临帝座，天为筑鱼矼。
祠庙论终古，功名骇急泷。清风如未远，瞻眺拓篷窗。

○詹瑞芝 1 首

詹瑞芝，字兰芬，建德（今浙江省）人。清道光间衢镇曾大观继室，家于衢。著有《莒
香阁诗钞》。

七里滩舟行

细柳新添翠带长，画船今日又还乡。风和紫甸花齐放，日暖青郊草亦香。
宝瑟无声山寂寂，玉衾留影月苍苍。无风七里帆偏稳，静倚篷窗忆北堂。

○冯誉骢 1 首

冯誉骢，字叔良，号铁华，高要（今广东省）人。清道光二十四年（1844）举人，
官金华知府。有《钝斋诗钞》。

严子陵祠下有怀慰农

桐江江涨接西泠，相望遥遥两客星。烟水似随高士去，湖山还为使君青。

天涯驿路怜芳草，画舫鸥波隔远汀。孤负平生钓游约，移文应愧北山灵。

○文晟 1 首

文晟，字叔来，萍乡（今江西省）人。清道光间举人，历东安、连平、清远、番禺、海阳等知县。咸丰九年（1859）委署嘉应州事。太平军攻嘉州，战死。有《宜亭诗章》。

严子陵钓台

东汉矜奇节，先生风独开。潜身归水国，醒眼看云台。
龙助真人起，鱼随隐士来。羊裘吾亦著，傥未绝尘埃。

○汪国瑞 1 首

汪国瑞，字芝山，建德（今浙江省）人。清道光十四年（1834）岁贡。

钓台图

桐江万古流，飘然绝尘垢。登彼富春山，天地疑别有。人去钓台留，
台高空见斗。白云台上来，岚翠台下走。山高夹一滩，水来吞浦口。
开门便见山，耕山云在手。苍茫烟水铺，中有一钓叟。明月照一竿，
钓得清风久。试问当年间，云台仍在否。何如客星明，照见千载后。

○邱国培 1 首

邱国培，字云栽，分水（今浙江省桐庐）人。清道光十七年（1837）拔贡，博览群书，才名冠六睦。

游九龙山谒睢阳祠

生平厌城市，每忆山阴道。今日逢良朋，况值风日好。徒步涉溪湾，
松声吹万岛。俯首拜忠魂，须髯犹不老。可惜大腹儿，朽骨已腐草。
人伦千古存，俎豆欣祈祷。肝胆寄长虹，莫叹事未了。

○翁文源 9 首

翁文源，字寄塘，江西人。清道光间举人，官四川南溪知县。

严子陵祠

落日泊钓台，褰衣拜堂庑。画眉忽一声，松花落如雨。
我欲荐寒馨，凌波掇芳杜。多事此高台，先生自千古。

过钓台

曙色满平野，扁舟过钓台。帆随山月落，桨拨乱云开。
鸥梦抱残苇，天心生古梅。长年争结束，碓响大滩来。

过桐庐七首

晞发阳阿眼界高，击残如意影雕骚。西台痛哭何人在，碧水青山吊谢翱。

其　二

弹丸句法妙无双，七里先生健笔扛。不信休官方总管，竟将诗集占桐江。

其　三

名士青山苦系怀，新词旧恨渺无涯。樱桃芍药浑如故，谁读彭郎赋锦鞋。

其　四

绝代青田济兴才，保身终古费疑猜。方舟不愧桐江水，白鹿黄冠归去来。

其　五

鸬鹚港口钓人居，不断榔声听夜渔。十九泉边看撒网，银花飞满子陵鱼。

其 六

泷水浮船屈曲通，船家姹女数钱工。愿郎只在泷中住，莫管有风与无风。

其 七

长山泷外山色齐，冷水铺前秋水肥。妾意似山常在眼，郎情如水只流低。

○鲍靓 1 首

鲍靓，字玉士，仁和（今浙江省杭州）人。为仁和诸生许光鉴室。有《见青阁诗词稿》。

桐江道中作

维舟几日桐江宿，潮落波平江势伏。乡心恋恋数回头，旅况寥寥都在目。
水急滩鸣深叵测，泷名七里今初识。青空峭壁迥入云，怪石丹崖旋转侧。
崎嵚窈窕相向背，今我几欲忘南北。峰多飞瀑奔不停，轰然昼夜翻晴雪。
钓台千古留遗迹，星象徒劳分主客。滩势维高利泽行，进少退多从恻恻。
晴沙夹岸远雁鸣，枫叶芦花望无极。孟冬节浅寒已深，为报平安慰天末。

○周思鉴 21 首

周思鉴，桐庐（今浙江省）人。清道光、咸丰间邑内名士，善诗。有《守拙斋稿》
《稻香馆诗集》。

谒严先生祠

画像云台寂，荒祠万古传。双台寒白石，七里荐清泉。
落月渔歌起，高风子孙绵。桐君与梅尉，邻里尽神仙。

钓台两首

天为钓台生钓客，渔竿一掷便千秋。当年不遇奇国子，此地谁瞻顽石头。
江水有情滩月照，云山无恙客星留。何人帝子曾同榻，依旧归披一领裘。

其二

掰却南阳隐富春，一竿风月养天真。渔家夫妇皆仙侣，龙种子孙有故人。
渭水已开淮水派，云台不画钓台身。我来芦茨萧萧候，敢向滩头更问津。

过七里滩

画眉声里雨如丝，七里风轻放棹迟。百叠好山宜把酒，一篷落日似催诗。
名心到此仍难了，大梦醒时却问谁。烟水茫茫云渺渺，几回差谒子陵祠。

庚申暮春过严滩作

不见双台已六年，春风又泛木兰船。一篙水涨三更雨，两岸花飞上巳天。
画笔摩残黄子久，烟酒梦断李青莲。茶烟渔火苍茫里，一片歌声古渡边。

月夜过钓台

渔歌唱彻夕阳残，水色空濛月色寒。双石低蟠玉女髻，危峰高戴丈人冠。
几曾伸脚干星象，兀自回头望钓竿。天籁空空人籁寂，一声长啸过严滩。

咏钓台石笋

两枝玉笋爱班联，百尺成龙脱骨坚。借问清贫垂钓客，可曾煮法学焦先。

谢皋羽墓

晞发先生何处寻，子陵台畔暮云深。一官名望传梁楚，八卷诗歌空古今。
信国幸留真莫逆，灵君原是旧知音。可怜一个竹如意，平白击伤天地心。

桐庐南门新建石桥告成诗以纪　道光辛卯夏

百尺虹梁驾水滨，城南风景一番新。高车驷马匆匆过，会待桐江题柱人。

漫 兴

一番风过夕阳斜，寒翠空濛罩碧纱。却笑诗魂捉不住，随风吹上石榴花。

早渡上航埠

晓色冷江城，霜华雨屐轻。波心月渐小，村店火犹明。
人向沧浪立，船从沙碛横。篙工呼不应，水鸟一声鸣。

看 竹

仰首对琅玕，轻烟冷作团。虚心终自抱，苦节为谁完。
清不趋时样，交还耐岁寒。小窗风月夜，愿与共盘桓。

自 遣

剩有清狂过少年，科头箕距晚风前。十分秋色归诗版，一点幽情证画禅。
我与云山迭宾主，谁将烟水傲神仙。人生莫被尘劳误，多少闲鸥溪上眠。

寒 食

百五光阴瞬息周，白云如水北山流。浮生个个花三月，荒冢年年土一丘。
蝴蝶梦回芳草地，鹧鸪啼破绿杨楼。莫嫌兴味多萧索，春色催人陌上游。

柳 花

一片飞花离树开，软于玉屑瘦于梅。轻盈绰约虞兮舞，俊逸清新白也才。
牛背横吹风一笛，马啼空踏雪千堆。无端化作青萍子，又伴鸳鸯逐水隈。

秋日述怀两首

青鞋布袜踏苍茫，拥鼻酸吟感慨长。风静树梢鸦睡稳，云横沙嘴雁声忙。
宋家文字传骚体，彭泽襟怀在酒觞。差喜催租无客到，茱萸相约会重阳。

其　二

博得青衿一领轻，年年拘作鲁诸生。闭门略似韩康伯，挝鼓休为祢正平。
肯作猪肝累知己，早拼鸡肋了前程。吟风弄月平生事，渐愧天生一种情。

春日述怀两首

桑柘阴中鸡犬声，午风轻暖扇新晴。华年孤负青霄志，旧雨难忘白社盟。
花影移窗参禅味，茶烟袅日补诗情。一犁绿水一黄犊，饱看溪头野老耕。

其　二

听莺时节落花深，小坐虚斋思不禁。酒到荒年常减饮，诗乘暇日每多吟。
烟霞跌宕桑麻志，风日沉酣山水心。一笑壮怀消未得，床头书剑复搜寻。

初夏偶兴

野花香飘扑衣裳，细听流泉坐石梁。风过秧畴翻鸭绿，云深麦垅孕鹅黄。
溪鱼数尾钓疏雨，山雉一声鸣夕阳。恰喜邻家馈时物，剥将蚕豆劝新尝。

秋闱报罢

山南山北对斜阳，几度酸吟几度伤。竹叶满杯空自醉，桂花沿路不闻香。
（严郡六邑俱无售者）。客愁旧感涛千尺（回忆风阻归舟险何如之），秋梦重
寻水一方。从此情怀淡如菊，懒随红紫斗芬芳。

○凌洁贞 1 首

凌洁贞，江苏人，清番禺（今广东广州）诸生，江拔仔妻。

严子陵

先生一片心，千载无人识。咄咄呼狂奴，君志非好德。
徒念故人情，未必能容直。果欲相助理，谏议非吾职。

与君结交初，早已窥胸臆。不用乃引去，何如早休息。

君子贵谋始，后惧难为力。富春山水长，高风千古式。

○严国士 2 首

严国士（？—1861），字雪舫，建德（今浙江省）人。廪贡，候选教职，工书。清咸丰十一年（1861）在太平天国运动中殉难。

钓台怀古

桐江西南山水清，桐江之上双台平。两山夹出无限绿，一水东流曲复曲。

先生披裘来此中，不钓鱼兮钓清风。烟水苍茫聚七里，终南佳处何足比。

功名富贵非其心，长啸一声悲淮阴。宿星亭下客星宿，环山为屏树为屋。

开门未出云满衣，白云常与风帆飞。空山无人耕且钓，钓罢归来明月照。

人去长江空自流，台上惟有清风留。清风忽来快如马，扫尽尘埃千载下。

游钓台题句

一袭羊裘一钓竿，埋藏姓氏到严滩。客星炯炯层台上，不管人间行路难。

○程鸿诏 1 首

程鸿诏（？—1874），字伯敷，顺天大兴（今北京市）人。清道光二十九年（1849）举人。咸丰间入曾国藩幕，官至山东补用道。后入李鸿章幕，查办四川教案。有《有恒心斋诗文集》等。

子陵台

鼓枻沿缘波未定，横塘风晚野花开。一钩新月钓江水，正向严陵滩上来。

○蔡兆辂 2 首

蔡兆辂（？—1860），建德（今浙江省）人。清咸丰三年（1853）进士，九年（1859）选授嘉兴府教授，十年（1860）在太平天国运动中殉难于曝书亭。

双台垂钓

水色澄鲜镜面开，空山云气逐帆来。汉家故土今何在，留得先生两钓台。

许剑亭

试上茅亭访旧踪，仙人已去不重逢。野台秋冷朝眠鹿，宝剑光寒夜化龙。
未必风胡在人世，遥间香积报疏钟。琴囊药笼今何在，空对丁江望二峰。

○胡惟勋 1 首

胡惟勋，字常铭，乐清（今浙江省）人。清咸丰间诸生。有《石帆诗草》。

严子陵先生祠

迢递青山接钓台，片帆新自富春来。淡烟千树鸟相语，流水一溪花正开。
青史竟容渔父占，汉庭曾放客星回。把竿借问沧波叟，何许中兴国士才。

○王家坊 3 首

王家坊，字左春，分水（今浙江省桐庐）人。清道光二十九年（1849）拔贡。
选山西知县，光绪初权知潞城，有政声。有《吾馨斋文集》《学士录》《退思录》《左
氏兵略》等。

吊故严州太守李文瀛

自古孰无死，或等鸿毛轻。卓者李太守，虽死有余荣。
粤氛遘患剧，南下无坚城。梅城蕞尔地，俗愿慑战争。
才吏夸达节，锋镝何苦樱。太守意不然，发指目怒睁。
慷慨伸大义，誓不与贼生。挥戈气益壮，援助无阴兵。
愿得干净土，血泪迸纵横。东望子陵台，西望皋羽茔。
阵云厌惨淡，石破天为惊。九京如可作，忠节二难并。
名与钓台寿，心同江水清。会看光史册，凡百励忠贞。

登玉华山

夕阳散步玉华峰，迤逦回环叠几重。老树著花霜逗冷，遥峦积翠雨添浓。
灰飞劫尽增新感，山阅人多忆旧容。他日闲云看出岫，层峦谁许步芳踪。

千佛岩

仿佛慈云护，纵知佛有灵。画容山晕碧，照眼雨群青。
人定工摹像，皈依胜讽经。春晖何以报，顶礼溯前型。

注：千佛岩在分水县东十一里。

○邵锦堂 1 首

邵锦堂，字苪斋，淳安（今浙江省）人。清咸丰年间在世。

钓台歌

趋炎攀援悲世态，势利纷纷交道溃。乘车他日苦要盟，弹冠当日狂释来。
故人富贵谁肯忘，况教天子求之再。吁嗟钓台高不高，于今东西犹相对。
列宿烂烂萃南阳，客星一出都无光。钟鼎已埋竹帛朽，汉物惟留山色苍。
鱼鸟幽闲饶韵趣，烟霞掩映成文章。富春名胜问谁属，争颂先生隐德长。
径苔堆翠云堆絮，吩咐王侯无入去。羞煞磻溪托钓璜，不及严陵风节著。
一裘荣于五彩裳，一竿闲于六马驭。拾级高登两钓台，尤笑云台在何处。
江山如画喜犹是，屈曲回环三十里。花柳深藏两岸村，溯游胜入桃源里。
况有高踪在此中，凭吊教人难已已。时见风帆上下来，可怜辛苦桐江水。
举国丧心甘附莽，士风一落过千丈。厉世磨钝具深衷，去卧云山高自赏。
东都名节丝纶开，钓台挽得狂浪上。堪嗟光武犹不知，咄咄升东空怅惘。
缰名锁利自如罟，渔矶自娱人自苦。或疑糟糠且下堂，琐琐朋情何足数。
又疑旧物复神京，恋恋京章何所补。要知高士亦一家，光耀汉编等巢父。

○许其光1首

许其光，字漱文，番禺（今广东省广州）人。清道光三十年（1850）进士，同治间任翰林院编修。

桐　江

绿箬青蓑烟雨中，高楼一笛渡江风。画眉催我桐溪去，不羡神仙作妇翁。

○褚萦槐1首

褚萦槐，字邃仲，秀洲（今浙江省嘉兴）人。清咸丰间举人，官龙游县教谕。

七里泷

五年重过钓台傍，山色仍青客鬓苍。自笑不因名利至，秋风容易整归装。

○盛庆蕃2首

盛庆蕃（1826？—1918？），字剑南，余杭（今浙江省）人，居杭州。清末禀贡生，曾官严州学博，善书。

桐城纪胜两首

叠嶂层峦气象雄，我来犹得仰高风。富春伟迹传严谢，千古江山两寓公。

其　二

予家生小住杭州，抛别西湖几度秋。为爱严陵人质朴，早思归去尚勾留。

○秦敏树2首

秦敏树（1828—1910），原名嘉树，字散之，一字林屋，号稚梅，吴县（今江苏省苏州）人。曾任浙江天目山巡检，候补知县。能诗。工山水画、篆刻。有《小睡足寮诗存》（又名《散之诗钞》）。

子陵钓台

助理相期讵等闲，烟波底事恋渔竿。图功已较云台晚，纳谏知回故剑难。
一代风开高节壮，千秋光满客星寒。钓矶百尺临江水，怀古苍茫一倚栏。

己亥三月七日雨渡钱江至富春

江上暮潮平，轻帆带雨行。人烟随树转，渔火隔沙明。
一水分严濑，群山抱县城。我怀大痴叟，林壑有余情。

○周篆 1 首

周篆，字籀书，号草亭，吴县（今江苏省苏州）人。诸生。有《草亭文集》。

淮阴严陵两钓台

淮水严陵濑，乾坤两钓台。鸿飞不可接，鸟尽有余哀。

○俞善庆 17 首

俞善庆，字吉堂，号百祥，桐庐（今浙江省桐庐县横村镇后岭村）人。清道光
八年（1828）举人，官於潜县训导。建有依绿园，藏书两万余卷。

登君山禅院

仙驭排云不可招，扪萝攀石上岧峣。忽逢木客贻松子，自有春风暖药苗。
礼塔异僧方出定，浮家仙尉此停桡。凭虚呼吸天光净，系表真令万虑消。

依绿园四时读书四首

是处曾吹子晋笙，名山小筑惬幽情。花间日暖披书坐，陌上风和曳履行。
旧友似来相识燕，新诗聊学乱啼莺。年年春色惊心过，不觉蹉跎已半生。

其 二

北窗睡起快凉生，抛却残书榻上横。问字樽携来草阁，论文客到话松棚。
荷池洗砚波翻墨，蕉叶临书笔有声。更爱扶疏饶古树，斜阳屋角听蝉鸣。

其 三

寂寞书帷夜气清，一编枯坐伴虫鸣。渐亲灯火知凉早，漫下帘衣待月明。
得得寻诗枫叶路，萧萧听雨豆花棚。闲中偶读欧阳赋，顿使回肠百感生。

其 四

纸帐高眠梦不惊，山妻饭熟唤先生。僮知砚冷和冰炙，客爱茶香扫雪烹。
寒夜青灯怀旧雨，朝窗红日喜新晴。小园一树梅花放，呵笔裁诗取次成。

杭州返棹

才见春光好，归心尽日忙。无风船自稳，有恨路添长。
作伴书千卷，怀人水一方。倚门应望久，昨夜梦还乡。

春日与喻君书林游山作

瞥见青山秀，寻来路有无。残碑摹剩字，古墓问樵夫。
腊屐人双健，巉岩手共扶。前村残照里，烟树认模糊。

春 游

踏青游不倦，缓步过桥东。远水一篙绿，斜阳半壁红。
草才醅夜雨，花欲笑春风。听得莺声老，归来暮霭中。

咏 梅

罗浮一觉梦初阑，寻到孤山雪未残。独汝风姿如我瘦，有谁气骨似君寒。

同心解共高人笑，避迹羞为凡目看。每欲吟诗频搁笔，传神淡处十分难。

遣 怀

不得其平物亦鸣，吟诗多作恼公声。愁多命不如奴隶，友好情差当弟兄。
会读书怀今古恨，不留名觉死生轻。茫茫尘世谁青眼，一卷黄庭伴短檠。

寻 春

著得芒鞋去，寻春不问途。山花忽自放，木鸟宛相呼。
草碧烧痕断，泉深石径芜。归来斜月上，瘦影倩谁扶。

七夕感怀

银河倒影月初斜，倦倚栏干暗自嗟。织女有情曾化石，牵牛无赖尚开花。
可怜旧制同心结，又值新陈乞巧瓜。我忆泉台人永决，较他离情更多些。

夏 夜

闲倚栏干待月明，小庭清寂夜凉生。草头萤火零星散，墙角蚊雷杂沓鸣。
桐叶吟风秋有信，稻花含露湿无声。吟成不觉更阑后，遥指银河一线横。

雨 足

雨足年丰喜有秋，呼儿随我到西畴。半黄稻已堆田脚，重绿桑还老树头。
松架豆多长似带，槿篱瓜熟小如瘤。农家乐事君知否，红饭青蔬百不忧。

秋暮即景

凉风飒飒耸吟肩，正是鸦啼雁落天。牛奶柿经霜后熟，鸡冠花向雨中妍。
翩翩瘦影怜黄蝶，渺渺秋心寄白莲。夕照初沉斜月上，笛声吹到画楼前。

即　景

漠漠轻烟剪剪风，梅花遣我过桥东。眼前好景皆诗料，著意吟来总未工。

迎　春

春去不知何处去，春来不见有谁来。无端小院花心发，又遣前村柳眼开。
驿路先教风报信，行期故待鸟相催。年年消息谁先觉，应到孤山问早梅。

○张怀辙 14 首

张怀辙，一名豫翘，字桐舳，桐庐（今浙江省桐庐县旧县街道鸿儒村）人。敦品绩学，长于经术，训迪后学，严而有度，与弟怀轼、怀轩并驰名文坛，时论比之"王氏三珠树"。清咸丰间诸生，半出其门。咸丰十一年（1861）遇难，不屈投水死。有《寿补山馆诗草》。

翊岗莹素园十咏
其一　花圃

花时一径香，雨后半园绿。为问嬉春人，何如万花谷。

其二　渡香径

晴翠袭衣袂，韵流花气中。醉游人不觉，随蝶过墙东。

其三　菊畦

酒不醉流霞，丹不服句漏。多栽甘谷花，饮水亦能寿。

其四　垂云洞

云根秋欲飞，石隙垂云重。呼来不放行，伴我眠深洞。

其五　修篁风榭

危石倚寒玉，长风引曲廊。软红飞不到，满地绿阴凉。

其六　醉白山房

数树亦名海，身来香雪间。西湖忘不得，约略拟孤山。

其七　味闲精舍

读书复评诗，领略闲中味。窗外好云山，峰峰含静气。

其八　贯虹楼

古人录金石，物以好而聚。中宵虹彩腾，莫是龙飞去。

其九　涵碧池

倒影一池碧，中涵万象奇。微风吹亦皱，带水绿差差。

其十　留春舫

唤起晓钟声，莫遣春归去。棼尾一樽开，为我留春住。

注：翙岗旧属水滨乡，今桐庐县凤川街道。莹素园建于清道光年间，与旧县肖园、横村后岭依绿园为桐庐三大名园。已圮。

中秋月四咏

一碧澄清玉宇秋，水光连处绛河收。痕铺江面千寻练，光涌波心七宝球。启镜喜逢端正面，乘槎拟入广寒游。羡他千古怜才地，牛渚西江好唱酬。

（江上月）

玉盘水鉴一轮悬，分得芳辉照绮筵。今夜应知千里共，昨宵犹欠一分圆。酒醑绿蚁金莲灿，脍斫红鳞玉笋聊。如水玉华浮竹柏，绝胜风景画帘前。

（庭际月）

高斋恍听紫云回，凭眺须登百尺台。窗外图书明缟素，天边风露静尘埃。只宜冰雪聪明侣，许入琉璃世界来。豁眼绝无纤翳障，不须弦管为吹开。

（书斋月）

炷香颒首拜深深，碧海琼闺夜半心。入户者番宜灭烛，凭栏前度忆穿针。斜移玉兔光频仄，静听铜龙漏已沈。明夜清辉应未减，邀渠同伫且停琴。

（闺里月）

○袁世经 3 首

袁世经，字蕨圃，号雪蕉，清咸丰间桐庐坊郭（今浙江省桐庐县桐君街道）人。贡生。善诗工画。有《石屋山人集》。

戴仲若

一门栖遁负高名，山下犹留屐齿行。终为衡阳琴一曲，顿输乃父迹双清。

注：戴仲若，南朝宋名士戴颙，与弟勃曾栖隐桐庐九田湾。

桐君崖下大历唐人题名诗

平生龟手打石本，荒崖断碣搜屈奇。鬓丝重老不自惜，奇纵目睫几失之。
环洲群山障合沓，二水交带流城陴。一峰崖断忽东出，惊翻炼落山灵批。
悬岩下瞰老蛟窟，投以礫犬牙争靡。炎空往往雨雷作，草木疑有腥风吹。
不知何年划绝壁，试絙铁索梯登危。舣舟岸枯水返壑，扪葛剡薛粗沙治。
呼工洗剔奇迹出，虫蛇棼缊芒稻垂。又如山川鼎彝列，鸟躅凌厉缘朱丝。
纵横行列辨星斗，篆势圆圆正肩随。银鱼朱衣首崔缜，独孤程薛题名辞。
溯年大历岁癸丑，泛舟张燕穷谐婴。是时阳冰括苍令，传与笔法其徒疑。
李监体势最惊绝，变化流峙方圆宜。兹迹方之虽邾莒，亦足振起草隶衰。
前人游屐所不到，从古著录遗崔嵬。嗟予东皋被酒误，乃幸披榛胈瑰姿。
才翁翩翩亦风致，坐想篾舫孤村维。世界奇物多不遇，风雨驳蚀生箈薋。
断崖荒松披研立，石墨在手猿猱催。诒之后来好事者，继登毡蜡千年谁。

杂 兴

云出溪源宭窕山，云归宿我茅檐间。朝携酒榼随云渡，暮扣船舷戴月还。

○袁世纬 9 首

袁世纬（？—1861），字武峰，号筠村，清咸丰间桐庐坊郭（今浙江省桐庐县桐君街道）人。贡生。有《睦州山水古迹人物考》。

和友人山居杂兴八首

莫笑曾栖芳郭客，山居乐事未躬亲。白云源口浮槎去，欲叩元英与卜邻。

其　二

材全耻作饭牛歌，知住深山意气和。亦有奇书通漼国，野心未肯逐云罗。

其　三

布谷催人不住鸣，山多田少肯深耕。西成有日应秋赛，为备迎神筐入成。

其　四

烧畬无税僻奇荒，休怕官租不易偿。山泽虽称为国宝，未闻加派议宏羊。

其　五

试携弟侄采名山，但乞樵风便往还。倘遇神仙无别愿，心平自觉远尘寰。

其　六

树上鸡鸣屋在岭，春奴汲婢亦翛然。白云就我檐间宿，始觉身居第二天。

其　七

莫道山人喜入城，麏麚偶傍陌头行。西岩欲逐渔翁宿，不使移文惹鹤惊。

其　八

深巷人归犬夜嗥，千年枸杞酿春醪。何须拔宅俱仙去，枕上浮杯亦自豪。

江　枕

晚卧何曾稳，江楼秋意生。灯青饥鼠出，月落乱虫鸣。

万事浊流去，孤舟颓岸横。枕函藏古剑，应悉此时情。

○方骥才 19 首

方骥才，字躞云，号壶山，别号不伦翁，桐庐定安（今浙江桐庐县江南镇石阜村）人。清咸丰四年（1854）岁贡。有《柏堂文稿》《读左管见》《秋芙蓉集》《觉昨轩诗草》等。

歌舞山村

竹杖芒鞋石径斜，盘盘磴道踏云霞。山深似少樵人迹，忽见炊烟四五家。

偕孙云卿申屠筱石游阆仙洞五首

秋高相伴访仙踪，解得衣裳脚力松。仿佛有光从口入，回头已被白云封。

其　二

石壁留题削不成，药炉茶灶有逢迎。仙人今日莫回避，与尔围棋赌一枰。

其　三

看君元似地行仙，乘兴来游小洞天。历过几重行不得，恐惊虎豹石林眠。

其　四

出洞闲闲日色斜，相看双足绕烟霞。樵风送我登归路，直到桥边野老空。

其　五

重访东家夜色迷，行踪不日隔山溪。邻人报道登仙去，顷刻云中有犬鸡。

披裘公

五月热不触，披裘非为贫。寄言皮相士，当世有畸人。

白云源吊远祖元英处士

惊帆片片逐飞湍，峡束沙回石壁寒。鹤屿有情奇句出，鸾台无分一官难。
晚居鉴曲追狂监，我眺元亭似馆坛。汐社西连谢君墓，英灵文字未摧残。

桐君采药

樵人拾箭迓山翁，问姓无言但指桐。山势盘盘鸢隼集，炉烟寂寂菌芝空。
方书应授赤松子，余技漫传黄石公。药录倘存笺注待，飒然祠宇傍青枫。

吊邑侯罗大令两首

寇退公来县肃清，猝然闻讣满城惊。疮痍未复身先死，抱恨重泉风夜鸣。

其 二

单车远远赴愁城，残喘余涎泣众生。得假天年临莅久，桐庐江上水加清。

寿吴一峰七十

吴生白眼向青天，傲骨嶙嶒似更坚。老去坐忘无一事，尚能醉漉酒如泉。

重九卧病

佳节新晴景气和，文园底事困微疴。闭门菊市黄今过，入手橙香绿自搓。
椒叶缝帏非正则，松花落尘伴维摩。病窗闲却登山屐，一卷黄庭且自哦。

菜 根

傲士微言至理该，味无爽口老君咍。寒家一瓮余冬旨，待蹴蔬羊清梦回。

松

拔地凌宵千丈松，何人手种诘无踪。不逢风雨动君子，一夕崩崖定化龙。

梅

老树根依短短墙，不花孤负此寒香。出头又被风霜妒，迟早梅心自主张。

枣

秋风秋雨实离离，芒刺生来易忤时。不避入山刀锯利，赤心可剖与人知。

贺江养泉移居

吹笛骑牛炯有神，俗疑嵩少炼丹人。忽移家具溪南住，书卷牛腰压担频。

赠何牧云大令

辍耕骑竹走童儿，迎候紫芝眉宇奇。吏识戴星贤令出，人歌喜雨后车随。
野蔬入馔供常薄，纸帐清眠梦亦奇。仁政由来经界始，生祠父老已镌碑。

○袁世纪 7 首

袁世纪，字用畴，号矿岩，清咸丰间桐庐坊郭（今浙江省桐庐县桐君街道）人。
太常寺卿袁昶之父，光绪五年赠通议大夫，晋荣禄大夫。有《诗词集》《晦村集》。

晦村即事

源深路绝碍浮槎，策杖幽寻讵有涯。槲叶封山迷故术，杨花覆涧涨新沙。
偶偕村友听泥鹊，闲任痴儿捉草蛙。最爱丛篁白茅岭，题名竹上帽檐斜。

溪上泛舟

渐去市尘远，稍登渔者矶。青猿啸藤落，白鹭背舟飞。
垂钓吾何迫，躬耕欲岂违。徘徊此潭上，酌水自忘机。

答江退谷

早梅折赠有奇春，摆落人间爪与鳞。九里洲前垫巾客，千峰榭里苦吟身。
寒于岛佛诗孤耸，闷遣辛迁酒几巡。奇字凡将钞一卷，支离江式未全贫。

和嶷圃桐君崖下大历唐人题名诗

吾兄灭景栖东麓，僻近药录桐君祠。镏灵浮杯有狂气，醉倒自署翁支离。
扁舟载酒纵所往，异境光气云霞披。忽见神清之洞口，苔藓合舟中绝叫。
灵厓窥悬岩千仞，下有不测之巨壑。枯松倒植惊猱攀，翻疑深竿牵缆著。
石树梯上青壁扣差差。沙霾雨冻石发溲，掬泉磨洗呼工治。大历八年
题字出，厓谷怪发前朝奇。樵夫渔夫和者少，篆隶十六行离纚。谁其
作者崔处士，非瞿令问非袁滋。美原神泉浯顷刻，方此笔势茶肩随。
跂跂脉脉虫络网，离离属属梧緷丝。真书亦复具风格，未失敧正庄厓规。
才翁何时舣沙岸，僻远乃赴青鞋期。郭生任昉高咏歇，山川闃寂无光辉。
数君翛然泛秋艇，枕簟石濑苍山移。登临酒罢览未倦，滂魄解衣山僧哈。
胜游韵事留篆刻，逸笔余兴酣淋漓。当时塔宇恣丛墨，陵谷朽坏惟存斯。
千年闭蛰一朝显，假手石屋山人为。金石幽怪有时发，跻险独往谁能规。
兄诗劲轶不可鞿，醉草凌厉留山坡。裹粮遍访坛冢刻，以补新定图经宜。

儿子上学口占为戒三首

未问儿材与不材，寒花晚翠莫轻开。读书养志家常事，勤朴能甘福汝胎。

其 二

先公分器一床书，经世安人政要渠。须戒歧涂臧与谷，骼成易辨埶龙猪。

其 三

莫厌频闻长者言，细从枝叶讨根源。不材于尔无多责，却检过庭旧录存。

○方毓瑞 9 首

方毓瑞，一名辛，字效庄，号云岩，桐庐定安乡（今浙江省桐庐县江南镇）人。清道光二十六年（1846）举人。有《月香斋文稿》《云岩诗草》《萝花馆赋抄》。

访元英先生故居

山色沉溪倒影明，传芭何处访先生。破扉经雨苔花湿，故径留烟石气清。
残墨昔曾余砚沼，名流今未冷诗盟。书香一脉传孙子，墙角时时认短檠。

合江亭

滚滚江流碧映天，风亭闲望水容鲜。湍明素练萦窗外，山送清辉到槛边。
折柳时时闻短笛，凭栏一一数归船。穿云欲采桐君药，瑶草芝英可驻年。

马氏林亭

近水林园趣最幽，千岩万壑一窗收。路缘石角穿云上，亭压花梢映竹浮。
仰见云光团翠岫，远看帆影入芦洲。不须更觅丹邱侣，此乐真须物外求。

秀歧堂

逸书先代记嘉禾，又穗曾欣瑞麦多。野老早传三白谚，斯民犹唱两歧歌。
定知福地呈灵贶，想见康衢仰太和。为问虚堂谁署榜，漫同绿野映烟莎。

大雅宅

乡名至孝里求忠，谁似斯人德仪丰。千载苕溪传盛事，一州名族仰遗风。
能驯群鸟真纯士，可感祥乌见苦衷。拟向水南寻故宅，苔扉应在绿阴中。

清芬阁

偶挟诗瓢住镜湖，千秋涉想笑颜腴。龙梭织字凭谁和，鹤屿留题只自娱。
逸迹不妨僧寺寄，清名犹与钓台俱。至今高阁留遗址，文藻传家有画图。

谢皋羽竹如意歌

松风谡谡吹村坞,落日低徊当涧户。竹石声中变征悲,千载西台泣皋羽。
偏安残局已陵谷,勤王师孰搉索虏。油幕晚余丞相客,寒鸦汐社增凄楚。
燕台何处更招魂,朱鸟一声关塞苦。手持如意浩然叹,泪滴空山湿芳杜。
此竹柯亭笛不知,非复从容谢家麈。吁嗟魂兮不归来,许剑亭荒苔藓古。
侯刚木斗段公笏,力士铁锥正平鼓。寒泉一勺酹云旗,起折山花为公舞。

集归去来辞题画两首

云壑观流趣自存,盘桓菊径倚松门。携琴命酒消忧戚,矫首临风乐寄樽。

其 二

岫倚窗南看鸟归,门临松径有云飞。欢来策杖观园菊,泉壑风清时入衣。

○江肇墫 47 首

江肇墫,字数峰,号退谷,桐庐金牛乡(今浙江省桐庐县城南街道)人。清道
光十七年(1837)丁酉科副榜第一。性韵简淡,好游名山,卒年七十余。有《听松草
堂诗文集》《瀛碧楼杂录》。

西方庵养疴

松桧阴阴覆上方,碧岩云过静闻香。樗材无用偏宜懒,病骨惊秋较易凉。
鸟亦忘机来佛殿,草皆随意长禅房。更深万籁俱空寂,学坐蒲团礼法王。

注:西方庵在猴岭庄(今横村镇后岭村),俞、喻两姓共建。已圮。

独山即事 山在县北二十里

细雨湿如雾,白云低在溪。山高绝飞鸟,村远尚闻鸡。
荒砌古苔蚀,野田春草齐。老僧行未返,钟发觉归蹊。

二月十六夜

饮啄无非是夙因，劳劳亦自觅风尘。客游梦觉家乡稳，人世缘唯骨肉真。
晚悔词人多结习，静涵道气爱清贫。短檠闲坐齐真妄，细究身名竟孰亲。

夜归朝阳书院

负郭藏幽境，萧然度曲蹊。枫丹经雨暗，野黑入云低。
列岫俯凌屋，疏钟寒过溪。归来深院静，梧叶乱鸦栖。

> 注：朝阳书院，原名桐江书院，清康熙三十一年（1692）在桐庐县城城隍庙东重建后，更名为朝阳书院。已圮。

山房即事

云近楼添障，山高树易风。古藤畦欲绝，野竹路成丛。
意倦邀僧话，心闲与释通。春深犹未觉，此地少花红。

春日桐君禅院

一夜风狂吼，山房未稳眠。白云犹在岫，春水欲漫田。
清籁空尘境，晨光净野烟。不缘来绝顶，高趣少人传。

君山怀古

路出林梢迥，门含海色秋。瘿槐高覆殿，颓塔近支楼。
世外无丹灶，人间有白头。道旁寻石刻，仙迹几行留。

述怀两首

须是男儿有性情，脂韦何事苦逢迎。千年读史心犹热，一日论交胆肯倾。
毕竟负人非上策，岂能随俗盗虚声。至今抛却居山寺，怕听人间有不平。

其 二

家世深惭节义门，敝庐常在绿杨村。艰难乞米分兄弟，珍重留书待子孙。
时见浇漓空有恨，况兼骨肉岂无恩。频年潦倒成何事，孤馆他乡烟树昏。

八月十四夜阆中作

秋风清回棘门扃，更鼓频吹一一听。起看中天云少处，一轮明月一丸星。

松风 时寓师谷庵

爱听松风号草堂，满山清飒到禅房。来从远壑秋涛暮，响入遥空野宇凉。
叶细自然饶韵致，翠深何处著飞扬。陶公诗味庄生梦，未许粗人一领尝。

> 注：师谷庵，在桐庐县署后安乐山下，明季圮，康熙七年僧普华募资重建。已圮。

春日即景

淡云初散午晴天，潮落江平岸泊船。最是乡村春好处，梅花数点竹篱边。

四月二十四日宿北乡田家

芳树为邻屋倚山，清和时节薄寒天。老农夜半呼儿起，趁雨今朝种旱田。

借云书屋即事

作客年年似徙官，到来传舍便能安。山头松翠摇窗湿，谷口泉声入暮寒。
回首旧游惊岁月，偶谈陈迹半阑珊。只今差喜新桃李，雨露初匀著意看。

玉华书院二桂今秋不花，戏为解嘲

梧桐有叶看将老，桂树无花亦觉香。名士不妨存意思，通材大抵略文章。
也知时务非宜冷，或敛才华且善藏。自立但须根本固，秋风来岁定芬芳。

其 二

缭枝新叶翠森森，已占秋来第一林。不藉时光增气色，仍如平日见胸襟。
敝衣垢面原欺世，流水柴门足赏音。云外天香应不俗，此间风露自幽深。

注：玉华书院，明嘉靖时建，先后名为兴贤书院、志学书院。清道光四年（1824）时任分水知县饶芝筹资扩建，改名为玉华书院。在前街（今桐庐县分水镇）东侧。清光绪二十七年（1901）改为县学堂。

和邱琼仙灵庵题壁韵

曾慕元龙百尺楼，颓唐空掷几春秋。东阿鱼梵时闲听，靖节山经当卧游。
世路难行坚立脚，老天低压敢抬头。今悟得□真如意，云自无心水自流。

（似李习之参药山语）

注：仙灵庵在桐庐侯蒲（今瑶琳镇后浦村）庄，康熙五年（1825）袁汝间建，已圮。

题画四绝

春入桃花源，刺船相与语。莫更怨秦人，因秦得佳处。

其 二

幽篁绕石生，新翠著衣湿。有客据枯梧，微吟似寒拾。

其 三

秋山倚空净，秋树刳心健。林卧把卷看，沉寥养生论。

其 四

天地入蘧庐，意境极清放。胜事常独怡，岩扉自来往。

听松草堂歌（并序）

余爱听松风，其实无堂也。即敝庐左右亦无一松也。余心尝有此声，故以名吾堂。

我幼入山学樵牧，尔日霜寒正落木。翠蔼阴浓云不开，流泉久涸鸟瑟缩。
忽听声从远壑来，旋向半空沸幽谷。静坐石上细领之，缓而不迫清不浊。
仙乐逊此人籁无，天然洗我胸中俗。仰视苍髯微动摇，高者将歇低已续。
尔时心蒙不识字，欲写不能言不足。自此每闻松风来，得意若忘神与属。
家贫苦乏买山钱，名以草堂志所欲。时借僧寮作流寓，喜对此公助清淑。
自笑学诗卅余载，草经删易三四录。得以松风一字无，移情愧负成连曲。
（达哉神茂，真观复心明，众尘消矣。）

移居云门寺

雪后风犹割面寒，春深花事已阑珊。燕无定主年年换，蜗有随庐处处安。
一坞白云僧舍静，四围清荫客楼宽。自知福命书生大，不向璜溪把钓竿。

家居四首

雅爱吾庐好，由来乐意存。老饕疏食健，寒卧布衾温。
公事未尝至，野夫相与论。秧针方刺水，风景喜迎门。

其　二

已苦尘劳久，于今竟亦归。故人惊忽老，旧径访都非。
菜味土膏足，麦胎春雨肥。太平多乐岁，不羡首阳薇。

其　三

小园附老屋，环处两三家。留树皆成帜，编篱半是花。
好音多燕雀，生计足桑麻。隙地年来少，墙阴尽种瓜。

其　四

良友动深契，有时频往还。材疏何所用，心在未能闲。
文格争相究，诗钞各就删。英流尽年少，吾老喜追攀。

冬 日

繁华景色厌陈陈，黄落乾坤转写真。远岫疑松犹耸黛，荒溪踏叶忽逢人。细看草已含生气，旋觉梅都作小春。往复阳和原不远，惟将诗兴待时新。

赠 友

多事娲皇土一抟，升沉推究竟无端。名成竖子千秋易，天困穷人一饭难。羊角友朋常契阔，首阳薇蕨久摧残。英雄有志身须惜，吴市萧声兴未阑。

转 瞬

转瞬茫茫数十春，可怜东海已扬尘。嗣宗痛哭东方谑，尽是销沈一世人。

感 事

人谓申生愚，惟愚孝乃真。古今说权变，岂可施天亲。晋国始构祸，阴险殊逡逡。骊姬虽悍虐，犹是君夫人。施优尔丑秽，设念胡不仁。却令父与子，变作楚与秦。太子纵不为，蒯聩盍磔施优儆逆臣。我知太子心，不敢当日情。事关天伦施，优深知太子。意益肆横毒鼓谗，唇吁嗟乎晋太子。太子不敢优人敢，老乌夜哭铜驼瞋。

枕上口占

秋气无多已逼人，旧衾故絮爱相亲。半生结习闲中悟，一梦荒唐醒后真。窗外云山凭放眼，楼头图史许藏身。莫从九辨悲摇落，玉露金风满眼新。

悼女芸儿

天涯非远海非深，纵隔形骸不隔心。咫尺孤坟凄绝处，西风衰草日初沉。

怨妇行

生小贫家女，粗朴心所甘。对镜颇自爱，貌恶心不惭。所天慕荣势，许字富家子。蹇修难重违，命薄从此始。入门嫌妾丑，开奁憎妾贫。
三年不一愿，同室如路人。有泪不敢弹，有言向谁诉。自省实无尤，
此生竟自误。寂寂春日中，春花为谁红。秋风满庭院，凄冷悲梧桐。
梧桐信可悲，妾心知者谁。将妾比梧桐，深愧黄金枝。梧桐经风霜，
黄落不留影。明年春复生，与花竞韶景。如妾愁复愁，青春易白头。
头白不复黑，对花空自羞。

正月十七日重哭芸儿

女儿亡日是今朝，念到伤心骨也消。欲祭不能忘不得，狠声和泪读离骚。

有 见

西子贱时随浣女，卧龙贵后识天人。野花娇好无名字，谁解风流本色真。
（余有楹帖云：一身以外无非物，今而知身亦一物也，猛省有悟，赋以见意。对句
千载之中适有今。）此身亦一物，于世复何求。白眼狂多事，青春去不留。
独行听鸟语，闲坐看泉流。妙理南华悟，无分蝶与周。

禅意四首

能空成佛也非难，坐上蒲团地便宽。天使西方开一派，都教烦恼变欣欢。

其 二

辟佛曾经数大儒，世人崇奉总如初。须知日暮途穷客，惟有禅林可寄居。

其 三

宣圣言仁四海周，慈悲只解一身修。若知清净全生法，忧惧何来沈隐侯。

其 四

持斋嫌俗参禅诞，疏旷何妨惬性天。白社能容陶靖节，正如琴韵不关弦。

杂　感

敞庐高卧拟蓬莱，身世盈虚试细推。人到难容惟度外，天如可必待将来。
有时且养和平福，莫漫轻施跅驰才。老子善柔庄善达，自然妙理此中该。

自检诗草

闻却昂藏七尺身，消磨岁月耗精神。不删为有伤心泪，欲语应难索解人。
鸟处樊笼音亦恶，龙无云雨性都驯。善鸣只愧非东野，孤负穷愁五十春。

感　事

春日暄妍草亦荣，秋风憔悴菊多情。不能谐俗知非福，大抵生才总忌清。
千古文章骚变格，一生遭际酒成名。老天开此崎岖路，畸士都教偃蹇行。

高月航明府　斗南　赠余诗序有知己之感奉呈一首

行年巴五十，机械犹未知。见人与我善，辄自肝胆披。岂知觌面笑，
中有利刃随。当前一尺地，渺若天之涯。语言变黑白，荡平成险巇。
须臾大海阔，汹涌相奔驰。贱性故坦率，安识世路岐。困横已交迫，
废然乃自疑。反复思不得，聊复任所为。生性不逆亿，往往受世欺。
有如病膏肓，庐扁不能医。人方笑我拙，欲求知者谁。今春江水漫，
放棹清溪湄。幸得景度荐，杨赓堂明府。（鹿洞滥皋比）。庭谒挹谦光，
置腹将心推。高悬人伦鉴，照我衷寸私。谓我无城府，信我非倾欹。
逢人即说项，人师胜经师。君企晦翁贤，我惭象山规。乃于二月朔，
诸生集阶墀。躬执主人礼，率循弟子仪。悚若坐芒刺，斯道惧有亏。
公余浃尘谈，索我平日诗。林宗善奖励，谬承嘉许辞。冲质宛陵调，
清妍姑溪思。胸有真性情，不用强作之。譬彼玉质莹，绝不掩瑕疵。
我生固如是，我诗颇效兹。噫嘻君一言，大足沁心脾。世事善雕饰，
鸿章惊陆离。真意杳难得，枯干繁其枝。闲语忠孝事，语态殊淋漓。
特恐肖以貌，造作多支离。试观三百篇，劳者歌其辞。类出胸臆语，

艰深无所施。愧我功力浅，公评未允宜。公学期复古，作吏蒲鞭慈。抚兹分阳民，俾各衍以嬉。惟以至诚道，权威安足治。如君洵粹白，于我真师资。

雷 甲寅二月二日

阴阳相激忽成声，天纵无言示以鸣。郁极必舒机已早，静终有动理常平。疾驱风雨楼台暮，狂震山河草木惊。会得振聋深意在，中宵屋漏尽神明。

早起偶成

敢道诗书竟负余，砚田虽浅未曾芜。头衔甘署村夫子，怪物羞为老腐儒。劲节九秋须不变，好花三月岂能无。附炎嫉俗皆多事，贫士当防意气粗。

秋夜杂感

便从骚雅盗虚声，五十年来学未成。慧业不多根气薄，穷愁今尚负虞卿。

○申屠斌 1 首

申屠斌，字全也，桐庐（今浙江省桐庐县江南镇）人。清光绪年间由廪生援例贡，善诗。

乌石山纪游

乾坤相喷薄，结撰地舆中。水势倾河北，山形壮浙东。黄云堆烂漫，乌石影朦胧。中有仙灵窟，居然阆阖宫。文峦凌碧汉，武卫接长虹。阴积龙堆雪，阳回虎穴风。束身旋地轴，昂首啸天空。万壑争归极，千峰尽鞠躬。屏藩环突屹，锁钥守艨艟。帆拥旌旗丽，潮鸣鼓角嶐。菁华凭岳降，呵护在神通。何物孙家子，曾来葬乃翁。匹夫成鼎峙，徒步起兵戎。霸业终归汉，首丘尚在桐。游人时蹑屐，骚客每停骢。我践登高约，君夸作赋工。攀萝寻峭壁，扪石上危峰。瀑布浮天白，篱花映日红。夕阳横翠竹，秋色染丹枫。下界钟声寂，山头笑语雄。
茱萸留醉客，箫管送归鸿。胜地长无恙，良朋岂易逢。政如登泰岱，
何必探崆峒。逸兴几忘倦，题诗和曲终。

注：乌石山，一名白鹤峰，亦称天子岗。在今桐庐县江南镇。

○魏丙庆 1 首

魏丙庆，字蓉傲，仁和（今浙江省杭州）人。清咸丰间贡生，官江西弋阳知县。

寄松生桐庐郡

富春江水接桐庐，缩项鳊鱼味最腴。红树秋江如画里，新诗添拾锦囊无。

○张翊儁 1 首

张翊儁，字阆卿，号麟州，慈溪（今浙江省）人。清咸丰拔贡，官湖北知县。有《麟
州诗稿》。

钓台怀古

万古清流此滩水，先生祠宇尚江村。飘零眷属神仙贵，终始交情帝子尊。
山水有心成独往，江湖无梦到重阍。钓台自是刘家土，大泽披裘亦主恩。

○施山 1 首

施山，字子山，会稽（今浙江省绍兴）人。清咸丰、同治时在世。有《通雅堂诗钞》
《蔷露庵诗集》等。

钓台怀古

神仙佳婿帝皇孙，盛事当年快并论。同学座中王者贵，故交天上客星尊。
湖山如此容归隐，巢许何人肯受恩。总在汉家疆宇内，历朝藏得钓台存。

○李文瀛 1 首

李文瀛，号甫厚，南丰（今江西省）人。清咸丰六年（1856）进士，由部郎出守严州。时太平军攻占严州，李战败，遂于钓台投江而死。

严先生祠题壁

不学先生节，身败名亦裂。先生之风高千长，安得与之相颉颃。

○蒲华 1 首

蒲华（1832—1911），字作英，亦作竹英、竹云，浙江省嘉兴人。晚清著名书画家，与虚谷、吴昌硕、任伯年合称"海派四杰"。传世作品有《倚篷人影出菰芦图》《荷花图》《竹菊石图》《桐荫高士图》等。

题富春山水图

夜深飞梦越嶙峋，才过严江又富春。晓起西窗忙捉笔，写来不是梦中真。

○谭献 3 首

谭献（1832—1901），原名廷献，字涤生，改字复堂，号仲修，仁和（今浙江省杭州）人。清同治六年（1867）举人，历知安徽歙县、全椒、合肥、宿松等县。有《复堂类集》《复堂词》，又辑有《箧中词》。

过钓台

微暖作霜晨，泠江乐榜人。问涂仍磨蚁，悦性此渊鳞。
林密迎孤啸，风多暗去津。钓台高自昔，不厌往来尘。

钓　台

云自飞飞江自流，双台清迥越千秋。分无兰叶骚人怨，复有苍梧帝子愁。
曼衍鱼龙迷故国，销沉剑佩自荒丘。后来倦把长竿钓，风雨重披大泽裘。

吊江肇堸

老友桐庐江退谷，听松读易道心生。谁知名士流离死，我尚来为访戴行。

〇王闿运 3 首

王闿运（1832—1916），字壬秋，号绹绮，湘潭（今湖南省）人。清咸丰二年（1852）举人，历长成都尊经书院、长沙思贤讲舍、衡州船山书院。光绪二十八年（1902）主办南昌高等学堂。三十二年（1906），受翰林院检讨，加侍讲衔。民国二年（1913）任国史馆长、参议院参政。后归湘绮楼以终。有《湘绮楼诗集》《湘绮楼文集》等。

七里濑雪中瞻眺两首

峭壁扫纤烟，微雪拂更碧。夹江波势汹，沓嶂天容隘。
奔湍随岁晚，重云自古积。身依孤棹去，心愧垂钓客。
遥遥竟千载，泛泛谁再历？隐见岂予心，贵从性所适。
欲攀山阿竹，且拂涧边石。孤游非久要，意惬转成戚。

其 二

江涛积冬春，寒雪更昏昼。饥禽久无声，郢曲犹一奏。荒林似如昔，
竦嶂遥相走。落石丽云锦，峰峦攒华秀。乘流逐岸转，溯飙苦寒骤。
苦辛为谁故，迍邅未云负。谢公逐已夭，严子终颐寿。山泽愿虽同，
名道讵两副。观此将凄其，虚舟庶能宥。

出严陵滩至桐庐

客心贪名境，桐庐接幽观。空波稍渺茫，渔艇得疏散。
平洲方右迤，曾山渐左羡。日暮阴云升，风过潜波涣。
龙蛰固存身，鹄飞宁假翰。古来贤达人，羁游不可算。
但恨所志乖，贻阻焉足叹。及此岁无几，长歌且伸旦。

○周向辰 1 首

周向辰，号肖岩，仁和（今浙江杭州）人。清咸丰时举人，官分水县训导。

桐庐道中

归来海上路迢迢，又逐东风上画桡。眼底别开诗世界，富春山水浙江潮。

○赵用砺 6 首

赵用砺，字敬斋，清咸丰时人，余不详。

咏龙门施宅竹枝辞六首

十里西流绕短山，村居何事不清闲。桑麻课罢耕耘起，甲子何须更用颁。

其 二

苍松百尺正当门，秀色无时不可餐。有客到来新酿熟，持杯相与共晨昏。

其 三

环居细响有潺湲，色味多从雨后添。晨起呼童除败竹，夜来甘雨换新泉。

其 四

方看刺水有秧针，瞥见平畴满地金。刈获不愁当午日，乘凉约其到墙阴。

其 五

捄豚捣楂到骑龙，稽首群呼老相公。更佑一方无疾厉，愿酹又到看年终。

其 六

枣栗两行栽满畦，举头又见柿离离。土产更添榴实好，秋来美味正交颐。

○方明安 9 首

方明安，金牛乡（今浙江省桐庐县城南街道）人。清咸丰六年（1856）岁贡。

续咏龙门施宅竹枝辞（并序）

竹枝辞，系严郡赵敬斋老先生手笔。敬斋先生，余先君子所受业者也。风土人情宛然如画，仿佛幽雅遗歌俯读之下，敬续六首，用补余外家安土敦仁之美俗，亦以觇先辈风流于今未坠云。

门前罗列浅山峰，山外松林古寺钟。梅岭远拖云一幅，随风断续到骑龙。

其 二

坑流如带绕阶鸣，窗外松涛月正横。咿喔寒鸡啼不住，梦回犹听读书声。

其 三

昨夜芳塍小雨收，零星巨迹印田沟。呼童傍晚牵羊去，缚虎生擒送邑侯。

其 四

平铺绣陌绕村庄，秋稼如云满目黄。怪底亢旸全不怕，小徐塘后大徐塘。

其 五

沃土锄开好种茶，一犁春雨长新芽。杏花天暖园中去，采采归来日未斜。

其 六

青葱古木大成围，哈豹山前雏雉飞，好是年年寒食节，儿童分饼各牵衣。

注：龙门，在金牛乡（今浙江省桐庐县城南街道）湾里。本《集》辑录村龙门景诗原载《桐建施氏宗谱》。

钓 台

东汉垂竿石，悠悠岁月深。云山无俗态，江水空人心。残碣留天地，

荒祠自今古。南邻皋羽墓，掉舫更追寻。

白云源两首

深山重重合，到此石径分。薄暮微雨止，空山留片云。

其　二

片云时聚散，竹雷滴清响。独坐谁与言，疏钟催月上。

○章棻 3 首

章棻，分水（今浙江省桐庐县百江镇）人。清咸丰十年（1860）岁贡。

横波亭晚眺两首

亭前风景甚清奇，日落山头花影移。喜得牧童归去晚，倒骑牛背笛横吹。

其　二

旧林樵子负薪归，缥缈枝头挂夕晖。五色霞随孤鹜去，秋风横送暮烟飞。

注：横波亭，在分水县西茂山庄（今桐庐县百江镇罗山村茂山自然村）。

横波风光

行尽村庄山隈隩，一带清溪绕花竹。风光自古长如斯，无际烟波劳送目。

孤亭小结水云边，隐隐峰峦接远天。此中莫道无佳境，试共登临气万千。

注：诗自章棻《横波景赋》，诗题为编者添加。

○沈景修 1 首

沈景修，字汲民，号蒙叔，秀水（今浙江省嘉兴）人。清咸丰十一年（1861）拔贡，官寿昌教谕。有《蒙庐诗存》。

雨中过七里泷

苍崖云卧碧漪寒，千古江山托钓竿。十里画眉声寂寂，一帆春雨过严滩。

○黄标 1 首

黄标，清光绪三十（1904）分水（今浙江省桐庐）教谕兼署训导。

环翠轩

环翠轩中不染尘，解衣磅礴见天真。瓣香合向忠魂拜，宝翰曾将壮气伸。
赖有英灵居胜地，愿无灾害到居民。辽天烽火何时靖，欲访桃园去避秦。

> 注：环翠轩，在今桐庐分水镇九龙山，清道光间典史亢澄建，已圮。

○严文波 1 首

严文波（？—1904），字星渚，无锡（今江苏省）人。清国子生，清道光至光
绪年间在世。少遭离乱，壮从名师汪清纯游，学业大进。为文力规先正，不肯趋迎时尚。
晚年授徒讲学于故里。

子陵钓鱼

兴亡成败总成空，濠濮悠然寄此躬。摇曳丝纶名利外，欹斜蓑笠雨烟中。
一钩不钓三公位，七里长高万古风。莫漫云台推列宿，客星毕竟让渔翁。

○叶庆熙 1 首

叶庆熙，号蓉史，清桐庐坊郭（今浙江省桐庐县桐君街道）人。

九里洲题壁

偶因避乱宿山家，结伴梅花水一涯。卧醒陡惊窗纸白，不知是月是梅花。

○陈景元 1 首

陈景元，字石闾，清沈阳（今辽宁省）人，工诗。有《居白诗集》。

严陵钓台

钓台临绝壁，峦壑抱幽深。一片桐江月，千秋出世心。
独寻高士迹，忘却客星沉。予亦怀微尚，徘徊听濑音。

○骆国器 1 首

骆国器，清桐庐人。余不详。

山村冬暮

衡茅林麓下，春色已微茫。雪竹低寒翠，风梅落晚香。
樵期多独往，茶事不全忙。双鹭有时起，横飞过野塘。

○方金琢 1 首

方金琢，字古香，清桐庐人。诸生，清同治初以办团功授教谕。余不详。

八十自寿

百折千磨万念平，闭门眠食了余生。尝来世味知咸淡，说到文章尚性情。
热闹不如闲有味，清高还藉福能成。行年八十寻常事，赢得衰龄两眼明。
家居曾记席为门，今日沧桑不可论。大丈夫原观志节，小经济亦善乡村。
寒天煨芋能无妇，长夜煎茶幸有孙。松柏天寒霜雪压，暂时低首又春暄。

○张之洞 5 首

张之洞（1837—1909），字香涛，号壶公、无竞居士，直隶南皮（今河北省）人。
清同治二年（1863）进士，授编修，外任督抚垂三十年。光绪末为军机大臣，官至体
仁阁大学士，卒谥"文襄"。有《广雅堂集》《书目答问》等。

过芜湖赠袁兵备昶

为政有道道有根，佳人读书袁使君。九流擩哜仍摆落，收拾并入不二门。

罗城于公三间屋，民隐不隔当关闉。东头图书西笺库，中有湛寂心君尊。
我镇金陵强一载，蒋山萝薜何曾扪。老牛困鞭思脱纼，经义就子同寻温。
春云压江雨意远，泥淖洗袜胥徒奔。南望赭山隔烟雾，北瞰于湖新波浑。
燕语亦足抵游览，刍饭滂沛倾深樽。谈诗看画䌷篆刻，十不尽一晡侵昏。
过江名士均在坐，此会此乐悦心魂。胡为欲理严濑钓，儒效未竭安酬恩。
黄山幸在君管内，来游何日常思存。宾从豪盛自诧王元美，东道殷勤
还望汪道昆。

过芜湖吊袁沤簃四首

七国连兵径叩关，知君却敌补青天。千秋人痛晁家令，能为君王策万全。

其　二

民言吴守治无双，士道文翁教此邦。白叟青衿各私祭，年年万泪咽中江。

其　三

凫雁江湖老不材，百年世事不胜哀。盖公堂下青青树，曾见传杯读画来。

其　四

江西魔派不堪吟，北宋清奇是雅音。双井半山君一手，伤哉斜日广陵琴。

注：1904年4月19日，张之洞返湖广总督任，过芜湖，吊唁袁昶（号沤簃）时作。

○汪宗沂 1 首

汪宗沂（1837—1906），字仲伊，一字咏村，号韬庐，安徽歙县西溪人。清光绪
六年（1880）进士。授山西知县，后被曾国藩聘为忠义局编纂。光绪二十一年（1895）
赐五品卿衔。一生著述不辍，有《礼乐一贯录》《周易学统》《五声音韵论》《三
家兵法》《三湘兵法》《尚书合订》《诗说》《诗经读本》《黄庭经注》等。

和袁太常

垂老多惭下榻徐，闲踪原未阅徵车。会游渤澥频惊雁，拟傍桐江学钓鱼。
贞疾长延耽上药，观书索解悟清渠。久谙野服更章服，应关弢庐不草庐。

注：袁太常即袁昶。

○宝廷 2 首

宝廷（1840—1890），字少溪，号竹坡，晚号偶斋，满洲镶蓝旗人，清宗室。同
治七年(1868)进士，累官国子监司业、少詹事、内阁学士。因纳江山船妓为妾一事自劾。
廷能诗，誉为满洲第一诗人，有《偶斋诗草》。

严子陵祠题壁

故人足，天子腹。贵何荣，贱何辱。东台放歌西台哭，
战血红漂江水绿。天生奇人不许独，行载遥遥远相续。

五台咏（子陵钓台）

高台百尺压江浔，渔客名高冠古今。一卧意忘天子腹，九重难夺故人心。
水边把钓月为烛，山下放歌云满襟。偶著羊裘原怯冷，并非有意待搜寻。

○顾森书 1 首

顾森书（1840—1904），字纶卿，金匮（今江苏省无锡）人。清同治十二年（1873）
拔贡，分省补用知州。有《篁韵盦诗钞》。

严子陵钓台

列宿二十八，降精为国英。庸知帝座旁，孤曜悬客星。客星夜犯太史惊，
掉头东去烟冥冥。仍著羊裘理渔具，一竿风月辞浮荣。浮荣未足浼高隐，
桐江上盘千石仞，钓台合比云台峻。

○章楷1首

章楷（1842—1918），字式典，号质敷，浙江青田人。博通经史，谙悉哲艺律法，通晓天算地舆、文章书法，名噪浙省，人称"章楷先生"，为浙东名师宿儒、一代名士，是爱国民主人士章乃器的祖父。

春游肖园（并序）春日主人招游肖园戏拈一绝

十二花神斗丽妆，春风妒煞百花王。何如园里藏娇住，四序平分姊妹行。

（相传每岁三月，饰闺秀佳丽为花神婆娑乐神，昉自君家，故以为比。）

○秦宝玑3首

秦宝玑（1843—1882），字瑶光，一字姚臣，号肩叔，金匮（今江苏省无锡）人。清同治六年（1867）副贡生，历参山西学史、两广总督之幕。有《霜杰斋诗》。

富春江三首

宵来清露濯芙蓉，晓气阴阳湿太空。一抹炊烟飞不起，随风横幂水西东。

其　二

峨峨晴嶂润无埃，宛转轻帆拂翠开。箕踞船头不知暑，画眉啼过子陵台。

其　三

山下鲥鱼不值钱，小舫唤卖夕阳边。不曾载得鹅儿酒，孤负霜鳞出网鲜。

○刘继增1首

刘继增（1843—1905），字梁渔、长高，号石香，又称寄沤，清末无锡（今江苏省）人。有《寄沤文钞》《寄沤诗钞》《寄沤词钞》《忍草庵志》等。

过严子陵钓台有感

江头坐船如骑鲤，跃入千山万山里。舟人歌唱急流中，山雨濛濛倾绿髓。
山下人家静掩门，钓台一角岿然存。崇祠日暮阳乔木，应有严陵旧子孙。

四壁青山都缭绕，江曲流处城池沼。山连水色水连山，此间毕竟红尘少。
古人一去钓纶收，空留江水傲王侯。阿谁轻诋奇男子，不爱衮衣爱羊裘。
达士缘情贵自适，岂为衣冠生局蹐。山间明月江上风，世上何尝异今昔。
所苦常赊廿亩田，治生无计慰亲颜。向平况未毕婚嫁，撒手如绳牢后牵。
浮生半付江湖老，欲觅荣名真似宝。去叟还家自鹿门，今年两走金华道。
往来几度钓台经，每自匆匆过客星。只恐山灵来笑我，滩头一棹不曾停。

○许珏 1 首

许珏（1843—1916），字静山，无锡（今江苏省）人。清末举人，少负才名，山东巡抚丁葆桢延其为幕宾。曾随薛福成、张荫桓出使美、日、秘鲁等国，光绪二十八年（1902）任驻意大利公使。回国后任广东省禁烟局总办，坚决主张禁烟，为官清廉，颇得时人赞誉。有《复庵文集》传世。

读 史

东汉重士节，开之者子陵。自不爱爵禄，非为薄其君。
宫廷一夕卧，天象动星辰。轩冕竟何物，未足当缁尘。
持此旷淡怀，留涤万世醒。至今桐江水，彻底皆嶙峋。

○吴昌硕 1 首

吴昌硕（1844—1927），原名俊、俊卿，字昌硕，又字仓石，别号缶庐、苦铁、大聋等，孝丰县鄣吴村（今浙江安吉）人。晚清著名画家、书法家、篆刻家，为"后海派"代表。有《缶庐集》《缶庐诗存》《缶庐印存》等。

怀人诗

黄山白岳几回看，经过严陵七里滩。听水听风随处见，香禅居士著蒲团。

○叶大庄 1 首

叶大庄（1844—1898），字临恭，号损轩，闽县（今福建省福州）人。清同治十二年（1873）举人，官邳州知州。

严滩舟中

桐君留客三日雨，我爱晚晴更韶妩。红霞翠霭光有无，一峰缺处一峰补。
林回路转两崖高，下有白石细可数。有时峰峰竦对峙，白者是云碧是树。
下滩舟语上滩舟，今夜鸬鹚源里住。兰溪女儿船为家，越州美酒杭州花。
行行且止泷七里，一月渠侬在泷里，兰溪女儿惯如此。

○窦士镛 1 首

窦士镛（1844—1909），字晓湘，号警凡，无锡（今江苏省）人。清同治十二年（1873）举人，光绪六年（1880）大挑二等，十四年劝赈救灾，内保加同知县，声誉甚好。后归乡在东林书院任教，著《历朝文学史》，嘉惠学林。有《皇朝掌故》《澹远轩文集》《绮云楼诗集》存世。

严陵垂钓

绝爱沧浪水色清，披裘长订鹭鸥盟。未调鼎鼐先调饵，但钓鱼虾不钓名。
斯世纷争怜蛤蚌，几时长揖到公卿。江头一样持竿者，惆怅淮阴走狗烹。

○许传霈 7 首

许传霈（1844—？），字子醴，上虞（今浙江省）人。清同治、光绪间诗人。有《一诚斋诗存》。

偕海宁倪又田登秀亭（甲戌作）

严陵山水蓄不平，气撼大江奔鲲鲸。此峰又如赴渴马，勒鞍突入梅花城。
城头历乱姑缭曲，三百六十朵数清。何年妙手著山顶，拓地庇材筑此亭。
山已钟灵名毓秀，合似秀名为亭名。南北峰头齐插脚，东西湖面净洗晴。
我来秋高气愈爽，倪迂倪迂得共登。云路原非别有天，我欲与子御风行。
山下有泉分清浊（谓仇池坞清浊二泉），探原此地最上乘。此心本原证无异，
濯缨濯足徒取憎。目极江涛东流去，日落林峦猿鹤惊。山前遥指荒祠在，
还当一访严子陵。

过严濑大雪

二十九年前，老母到严濑。此日重来游，随行皆儿辈。儿长苕雪间，
未审江流派。自入富春江，风景先睹快。昨宵息狂飙，吹雪如掌大。
倏忽遍山头，重重压篷背。上天散飞琼，大河明玉带。某水某山林，
母为道梗概。一角隐城楼，洼然处险隘。想见当日情，长与冰霜耐。
欸乃舟橹遥，回首万山内。惟有南北峰，高插云之外。

七里泷看云（戊辰作）

桐庐江之上，山势诡莫状。万笏列朝班，千鬟俟远望。我舟发侵晨，
白云压青嶂。活泼走蛟龙，喷薄助波涨。想见空洞天，才撤云母帐。
一座玉屏风，历乱总无恙。绝顶形变更，当头或排宕。忽忽过山头，
前山又相向。络绎不断云，心神为之王。衣袖如铁寒，久伫讶健忘。
风劲鸟不鸣，峭壁高无傍。有此山水奇，看云奇穷相。深恐入富阳，
胜景更莫让。急为笔诸书，好见云山样。

偕叔兄襄校严郡试卷居双峰书院先人课士地也感赋

（甲戌作）

桐庐江清浅，潇洒属兹邦。官师推人杰，赵范与吕张。清献琴鹤去，
希文俎豆香。遗徽留教养，东莱实提纲。况有南轩辅，吾儒道大光。
道光岁乙未，先人除上庠。寻原历五载，珊网期相当（题书院额曰严江珊网）。
远迩人负笈，利钝锥处囊（谓张翰香洪子泉诸君）。谓士无气节，先筑子
陵堂。谓士无勇敢，大书商氏坊（题城西严祠额曰愿为持竿又署商文毅三元坊
石额）。时逾兵火劫，人心犹未忘。幸哉贤太守，不令斯道伤。劝农归
根本，兴学资息藏。十月旁死魄，闱棘锁峰双。罗致我兄弟，文字饮
壶觞。明月成三影，夜雨话连床。有时窗风发，灵椿傻乎望。当日丹
铅席，今朝角逐场。境虽异今昔，神来不殊方。叹我吹埙篪，学殖将

芜荒。聊慰联棠棣，不为参与商。入梦言当务，勿以文艺狂。用力有
未逮，漫自擅雌黄。课功有未邃，毋自快否臧。恍见趋庭对，心神两
彷徨。醒来披卷帙，高烛何辉煌。理达辞能举，斐然亦成章。后生非
不秀，先达在洋洋。

九月二日病赴睦州两首（甲戌作）

挂帆镇日忘舟行，时讶床头金铁鸣。过尽严滩七十里，隔篷惟听画眉声。

其　二

相逢萍水话扁舟（有武康司谕蔡君同舟），舟到严陵竟卧游。瞥见双峰云
外插，此心添得是离愁。

十月十九日去严州（甲戌作）

果见严滩彻底清，孤舟来去怎忘情。江如学派迂能达，山似诗怀看不平。
出水送君鱼知味，穿林识我鸟呼名。双峰回首慈云近，亲舍今朝有阿兄。

○陈诗 1 首

陈诗，字采轩，武康（今浙江德清）人，拔贡。清光绪五年（1879）寿昌县训导。

留别诸同人　其二

记得严陵春日迟，怅怅游子暮何之。策烦指画叨乡谊（春初到郡，栖息无所，
商之马蔚青同乡），厦庇颜欢感故知。几度浮觞行政候（侨居吴子余同年家，
屡承邀饮），一番听鼓应官时（适学宪按临、严属）。云泥到处留鸿爪，括
岭霞城叠系思（回忆前在台、处两郡送考，又是一番光景）。

○袁绥 2 首

袁绥，字紫卿，清道光钱塘（今浙江杭州）人，袁枚孙女，南平知县吴国俊妻。

有《瑶华阁诗集》。

桐江舟次忆仓山同人

故园何处是，云树思依依。岁晚鸥盟冷，潮寒鲤信稀。
滩声喧水碓，帆影掠鱼矶。系缆荒村近，含情倚夕晖。

钓　台

北风忽卷山雨来，系缆不果登高台。先生高尚隐不出，垂竿独钓空江碧。
诏书物色聘书征，五月披裘人易识。故人转忘天子尊，足加腹上惊星辰。
先生高卧帝不悦，子竟不肯为我屈。当时求贤如此诚，先生钓鱼兼钓名。
先生不出台不圮，万古千秋名著矣。

○陈建常 5 首

陈建常，字礼斋，号焕文，建德（今浙江省杭州）人。清同治十三年（1874）进士，
官芷江县宰、湖州府教授。

七里扬帆

雅爱严陵濑，名区万古扬。一帆横桨破，七里望江长。
放已随风去，收还带月忙。势偏争曲岸，影却到中央。
棹转波翻急，篷开雨送凉。渔翁来渡口，欸乃逼斜阳。

严　光

本是同心侣，今番不改常。漫尊天子贵，犹许故人狂。
云水偏逃迹，烟霞别有乡。品非分上下，谊莫判明良。
鹤氅乘风便，羊裘钓月忙。名曾传后代，志气仰轩昂。

钓台怀古

独鹤摩空破紫烟，冲开孽障去无边。一官鸿爪姑留雪，五月羊裘别有天。

非圣非狂非傲隘，半师半友半神仙。功名福泽嗤尘梦，麋鹿鱼虾订宿缘。
事业何须矜马武，男儿几见伴龙眠。匹夫肮脏青山古，只影浮沉碧浪圆。
隐者那知王者贵，云台应让钓台传。至今江水无波险，宦海谁撑载恨船。

钓　台

万顷烟波接渺茫，行吟泽畔意徜徉。是谁物色光泉石，有客蓑衣傲雪霜。
终古云封台不劫，一经钓处水犹香。江山依旧先生去，细雨斜风七里长。

桐江怀古

云山隐隐水泱泱，风送帆飞七里忙。星阁钓台狂士迹，药炉桐树古仙乡。
龙山派溯之江远，雀水流分於越长。千尺清波天地外，青峰数点映斜阳。

○胡景曾 1 首

胡景曾，字心香，桐庐（今浙江省）人。清同治十二年（1873）拔贡。设塾讲学于桐庐、分水，有《培荆山房诗钞》。

题钓台

芳草满沧洲，江山付碧流。功名千古冷，心事一竿秋。
前渡寒涛涌，空台落日幽。茫茫云水里，何处觅羊裘。

○童际昌 1 首

童际昌，字谷仙，建德（今浙江省杭州）人。清同治五年（1866）恩贡，蓝翎候选教谕。

咏钓台

勋业垂东汉，竿长影落溪。登台一长啸，俯瞰众山低。
千古星留客，残碑字字迷。危矶谁共钓，时听画眉啼。

○蔡汝榕 4 首

蔡汝榕，字松皋，建德（今浙江省杭州）人。清光绪二十四年（1898）恩贡，充文庙奉祀官。

严陵濑

扶持名教几千秋，洲渚犹传胜迹留。天子意曾深凤契，故人心可鉴清流。
遥看砥柱双台耸，直把烟云一笠收。我欲扁舟乘兴往，闲来此处听渔讴。

白云源

远望重重峭壁连，人家都在白云边。曾闻名士传唐代，何上奇峰叠夏天。
几日晴烟临晓起，一条瀑布自空悬。补屋风韵今谁继，佳句吟成曳响蝉。

白云村

村居远眺恰如莲，烟绕云环别一天。滩顶青山当户映，源头绿水趁溪旋。
幽花长伴诗书静，细草频沾雨露鲜。闻说地灵人自杰，将来岂乏宋时贤。

白云源怀古

芳踪千载仰清芬，三拜先生卧白云。此日溪山虽属我，当年风雅独推君。
雨余蝉唱凭谁咏，日暮渔歌隔岸闻。老屋数椽何处是，空留古址驻斜曛。

○丁乃昌 2 首

丁乃昌，字筱云，湖州（今浙江省湖州）人。清光绪十三年（1887）严州府学训导。

元日严陵祠范公祠行香两首

拈香首处谒严陵，景仰高风感不胜。更上一层名宦在，湖光山色眺临凭。

其　二

更向严陵到范公，名臣高士两称雄。计从汉宋分年代，俎豆于今报不穷。

○袁昶 161 首

袁昶（1846—1900），原名振蟾，字爽秋，号重黎，又号沤簃，桐庐（今浙江省桐庐县桐君街道）人。清光绪二年（1876）进士，累擢徽宁池太广道，江宁布政使，官至太常寺卿。光绪二十六年（1900）因反对用义和排外与许景澄等"庚子五大臣"一同被诛。谥"忠节"。有《渐西村人集》《安般簃诗续钞》《于湖小集》等。

溪 上

绿沙白石时见底，水荇带映溪毛肥。十村九濑水激激，以水沃碓无停机。
郭文石室在何许，自文之去虎亦饥。征君钓坛去濑近，下有盘石不可矶。
紫溪赤濑郦元说，今之两台荒是非。（据《水经注》，严陵钓坛当在桐庐至于潜十六濑中之第二濑，顾野王《舆地记》始以为在东阳江下，二说不同。）
天目苍苍垂两乳，望之天半开森霏。岩排峡束巧回沓，中有一水流涓涓。
崖光一线天宇仄，忽旷沙际回清晖。湫龙戏就石上抱，山鸟怯向潭心飞。
崖东有屋谁所营，爇然非人沐方晞。人生胡不早作计，从之厮药疗百痱。

七里濑

泊舟青枫林，访道丹嶂碣。峡束一水怒，云绽两崖缺。崩坼屡纡回，
穿谷异凉热。花开太上春，石戴尧年雪。松霏仙坛花，泉窍乳穴咽。
道逢元真子，授我真观诀。岂无干禄心，恐妨卫生拙。山木有枯荣，
溪云亦生灭。还当泛宅去，径与人寰别。

东 坞 （并序）咸丰八年秋侍家君来游题名

东坞以曲胜，山容静而妩。石淙擘分流，松子落涧户。纤折稍成邱，
萧寥谁葺宇。（独秀峰下赵氏有别业一区。）　溪多两寸鱼，瘦不供脍缕。
严情怿佳辰，游屐今始果。挈携二三子，散朗樵牧伍。虚深状非一，
喧寂情各取。探奇若有适，扪壁聊可俯。一酌溪泉甘，再酌沉疴愈。
倘卜此穷年，即是开山祖。

注：东坞，在今桐庐县富春江镇俞赵村。

茅　坪

夜宿白云源，朝登白云岭。山下芋田已足豪，山中樵客多生瘿。元英
居士不归来，谷汲林衣疏造请。机舂水际亦忘机，涧户无人风自打。

注：茅坪，在今桐庐县富春江镇。

留题胡氏乐志园

危亭支碧庵，仙灶隔红尘。檐竹春喧鹊，溪花晚照人。
果园谁氏好，酒户此中真。不识仲长子，何论入帝门。

新会寺（寺有泉甚甘，宋礼部侍郎方公恢刻记石上）

避寇不十里，山椒寺已昏。秋生赤华舍，日落长松根。
别派非新学，穷源待细论。却愁烽火迫，寄食亦无村。

注：民国《桐庐县志》载：新会寺，在县东十五里乌泥庄（今桐庐县桐君街道）
万山间。旧名新会院，其地旧无水，宋绍兴间有群蜂屯聚佛殿之侧，僧凿之得甘泉。
方恢作诗，立碑以述其异。元末毁于兵，洪武中僧妙云重建。已圮。

山　寺（在晦村西崦）

何处访招提，林表见颓塔。疏磬烟乍沉，荒桥竹方合。
尽日不逢人，行歌山响答。坛松暝无风，帘栖驯有鸽。
僧支折足铛，西涧净可汲。山中蛇虎多，居此今几腊。
亦复有宾主，煮茶声飒飒。

注：晦村，即晦岩村。诗人曾随父在晦岩村（今桐庐县横村镇）读书。

感旧绝句十四首

塔圮庵荒僧已非，儿时侍立剩苔矶。近山已赭全无树，犹梦穿塍负笈归。

（师谷庵。住持老僧名高箕。）

其 二

漫漫溪流云一谷，先公读《易》拓松窗。夜归犹记长干寺，月上惊冲野鹘双。（晦村）

其 三

严情最爱濯清溪，秋禊临流听竹鸡。却忆天寒采松子，忽看苍鼠堕荒蹊。

（清溪）

其 四

曾随杖屦傍溪行，坞墅清幽只一楹。石栏虎迹寻常见，厓上丹枫时倒生。

（东坞）

其 五

先公闭户耆清修，洲近梅花不一游。闻说唐梅今尚在，卧开斑藓缀青虬。

（九里洲）

其 六

每逢九日几回登，诸父提携授简能。城郭人民俱浩劫，岿然惟有塔层层。

（桐君崖）

其 七

擘浪分风得此山，苾刍散住碧崖间。避风到此风转定，始信白业难跻攀。

（焦山）注：焦山，亦称焦山岩，又称狮子岩。在今浙江省桐庐县瑶琳镇。

其 八

江行曲折千滩转，直到门前势少徐。北受紫溪春水阔，钓师新网得鲥鱼。

（浙江水）

其 九

溪潭二月雪消尽，夹岸山花红欲然。天目于潜裁百里，未探幽胜惜回船。

（紫溪）

其 十

滩声忽高崖溅雨，江行尽日稀村坞。清泉一道两山间，石上松花覆钟乳。

（十九泉）

其十一

昨逢溪叟斸名山，八十疑年似壮颜。雪里黄精华转盛，药苗分得一丛还。

（白云溪）

其十二

溪烟袅袅出深篱，为忆山中茶熟时。且喜山深无市榷，风鸥泉味试春旗。

（新茶）

其十三

北人未见竹成围，谁识笋生车轴肥。乡味春盘少颜色，渴思解取箨龙衣。

（苦笋）

其十四

虚阁无风松自鸣，吾师田水妙听声。元家故物惟存谱，不省区中亏与成。

（家旧蓄一琴款，云寒泉漱石，今久失之。）

定兴道中怀桐庐

四百滩头旧钓矶，三千甲子一来归。山灵寄语念行客，少日栽松今十围。

重至晦村

绿篆依荒冈，白云媚幽石。先公此游钓，寂寂经行迹。
山阿怅复来，溪风撼林夕。

寄题晦村田居

门对寒山石窦淙，南窗晴见香炉峰。山茨采药人三两，源口花时许一逢。

上羲庭兄

白茆冈上登高处，独秀峰头唤渡时。树大号风伤邈矣，床敷听雨尚凄而。
君从释菜诸生后，我悔劳薪薄宦迟。门巷已荒三径在，莫辞老圃共锄治。

寄羲庭先生五首 时居茅坪即白云源地

源头云逐方干去，源里樵归更卜邻。一白春鉏将傲客，千红踯躅待归人。

其 二

劚藓输君办一邱，无田试与相春谋。嗤子欲世仓兼庾，翻误瓶空雀晚愁。

其 三

睦亲巷锁一方苔，且乞君山棤木栽。邻叟已非鸡犬换，欲营新宅亦何哉。

其 四

盖头茅瓦对开门，蔬甲田毛后圃存。少日真成一鸟过，只愁难索笑言温。

其 五

莫辞细字写残灯，二石家书近所称（兄每云近世钱衎石给练磐石校官之笃，行间然虽索居二千里，而遗书说学往复不厌，当于古人中求之）。留著残编为世守，

胜于世网触崩磳。

得家书

家书来自严陵濑，是日微阴未放晴。竹树炊烟正寥落，
幽禽隔屋时一鸣。只疑尺素回环里，中挟江乡无限情。

寄题白云源中村舍

涧户竹差差，炊烟乍起时。山猿拾秋果，翠鸟飐晴枝。
沙浅浮槎阁，林深牧篴吹。应教小儿辈，能读楚骚词。

再泊杨村

日暮依稀子规鸟，绿杨阴里尽情啼。定然梦到桐君麓，密竹疏篱浙水西。

对 雪

奔腾楼下黄山水，飒沓沙枯赭岸蒹。雪里枝江罨丁字，烟中颓塔隐双尖。
劲风乍见飞花舞，恩泽徐看宿麦霑。为祷遗蝗潜入地，年丰三白试频占。

桐君孤屿

危峰崒起削青成，似有群山抗手迎。日出常疑塔光现，云来时挟溪声竹。
窗中一水浮衣带，洞里三生访石枰。我欲山中听斋鼓，安心未肯学屠鲸。

忆富春山中梅花开

水如碧玉山如黛，为问梅花发几枝。想见雪肌仙尉女，云孙看到旧风姿。

大徐篆榜诗（有序）

　　始，予欲广辑《严州图经》，多年觅旧图经及《景定续志》，不可得。以乾隆
志内缺"金石"一门，颇为漱乡山水祠冢减色之憾。欲先辑此门，予去乡久兀兀，

诗 / 清朝　·855·

人事迟之，不遂。昨偶披《舆地碑记》，则所载徐鼎臣篆榜"桐庐县"三大字，应为石刻中最佳者。而君山崖峭壁下有《大历题名》篆数十字，代先于铉。然六书之学，殆勿如耳。字半为江水漫蚀，欲缚架洗治施毡椎，则工索百金，猝不可办。咸丰丁巳，伯父明经尝梯登手拓数纸，以示群从。予丁丑秋续之，视《题名》，盖有数处。然仰攀鹊巢，俯怵深渊，不能遍迫视也。坐是，知前人湛冥好奇而又勇决，心力固十倍今人，此其所以有成也，岂独石刻细事？然与桐中多古伽蓝窣堵，乱后砖石或有幸存者。至于卧钟鼒鼎刀布剑镜杂器之属，则荡然无遗矣。惜哉！《题名》以东西钓台及桐君崖、阆仙洞为最多，方志不之及。大徐篆尤可惜也。始作诗记县榜事，它从缺焉。

桐江山色天下无，山围明镜如画图。何年佳吏似仙尉，走币辇金求榜书。
江南臣好有二徐，邕冰而后镌虫鱼。贲军大夫为宋得，钱氏亦籍吾州
俱。此题应在雍熙后，校定篆籀方揭橥。崇文馆开骑省暇，拨墨一斗
浇松腴。想其磅礴嬴衣笔不下，山鬼夜泣苍藤枯。俗书压倒枞阳门，
目笑龙爪王家凫。悬之山国媚泉雾，虎挐凤攫冰夷趋。虽非铁石陷崖
壁，定胜草隶夸磐纡。坐令四方观者不胫辏，卧毡响榻无停跌。苔剜
藓剥光烛夜，紫气郁郁轩黄姑。（吾邑分野在牵牛若干度）溪山苍然陵谷变，
廱屋几朽神明扶。雄强缜密不可见，洞府藓合难钩摹。蛟蛇蛰闭石亦泐，
山木惨淡云相逾。况我客游违旧都，还丹空熟桐君垆。摩崖大历题字漶，
冥搜曾倒鸥夷壶。何时重起此手笔，焕然旧物观还初。偏旁屈强破新垆，
体势诘诎剞山肤。嗟哉邓（石如）钱（坫）近古骨亦朽，独令缙云庙刻
照耀苍山隅，人事错迕令长吁。

华林寺

华林寺前有古木，叶是柏髯身是松。空谷猿狙献山果，晴栏风雨战梅龙。
半身佛蚀巢饥雀，万石溪鸣夹卧钟。爱郑流连曾几日，道人却扫阁尘封。

注：华林寺在桐庐县东南二十里（今凤川街道）。

归桐庐六首

归棹上汀洲，劳人江畔愁。数鸥相对浴，红蓼覆溪流。

其 二

桂叶缀琼蕾，山阿无数新。含萼望所迟，谁是镏王孙。

其 三

赤弹空惊鸭，青门学种瓜。旧时曾钓石，涨出一弓沙。

其 四

绝壑瓜牛屋，檐间时宿云。寥寥短木榻，汉腊歜知君。（江明经退谷）

其 五

二亲既徂谢，不复赋郊居。山下蹲鸱熟，煮蒿徒荐蔬。

其 六

春霜夏秋露，不及夏畦翁。英灵松柏长，折臂出三公。

江丈肇爽墓下作三首（并序）

江君后人各已长大，竟不能继父志，可叹！仆八岁见翁，翁已六十一。言之知星移火变，今遂相违异。仆见弃乡里，偶过墓下，但掇藻荇再拜而已，藉草久坐，天云已莫泫，然思夫涕之无从也。且大人曾与君交，互相尊敬，回思往事諑諑无知，绵历如昨益用。凄怆未几，谭君中义高世士也，亦吊墓。旁存问诸孤，予已去邦不及相见，不善为诗人非太上辄便倾吐。谚曰："谁为为之，孰令听之。"君墓在县治东十五里杨家山阳。

芳兰出委灰，繁音生绝弦。邈焉路已极，薄俗谁称贤。

江南亦有芰，江北亦有芰。逾时而不采，之子徒蕉萃。

贤达湛下流，薰莸夙同器。君如秋风尘，仆若严霜穗。

穗凋无已时，尘散勿复蕱。崔嵬侍中貂，陨获分所弃。

其　二

娵娃有珍髢，婉娈河之湄。可怜薄禄命，惨惨镜中丝。

少日自惊众，垂暮悟知希。知希长太息，掩抑复委蛇。

驱车秋风发，望远不能归。墓门何谖谖，宿草何离离。

与君同乡县，顾此两因依。脉脉西州路，已矣何所思。

其　三

黄河千万曲，中有一赤鲤。增冰畏曝腮，五岳纵鳞起。

胡为卧泥沙，宛转石根死。栗栗会稽簎，粲粲双南金。

昔蒙略辈行，感兹一言谌。今为东西飞，劳燕不可寻。

浮云多在垅，莫色何其阴。逝矣河上歌，遗孤孰能任。

桐庐竹枝词八首

阆仙洞里蝙蝠飞，钱王檐石衣锦衣。独有纥干山上爵，远行蒙雪不能归。

其　二

重潮朝自西陵来，夕汐应从渔浦回。欢处潮生妾潮落，侬家门户逐江开。

其　三

大妇弹筝倚稳囊，中妇前嫁府中郎。少妇登山望夫婿，朝朝射猎南山傍。

其　四

背人擘茧织轻罗，白地回肠损翠蛾。的的采茶人已去，春山犹唱采茶歌。

其　五

凤凰山下青遍杨，中有渌水双鸳鸯。惊风惊水栖不稳，飞上平头奴子箱。

其 六

郎在东台初日暾，妾住西台晚照昏。郎家日出猿啼树，妾家日暮憎王孙。

其 七

螺头打鼓航船开，水生瓜蔓鲥鱼来。妾书已逐黄耳去，郎书不随鱼腹回。

其 八

无人解唱浪淘沙，偶补谰言风土夸。（桐庐方言，如称家为姑，马为母，下为户之类，时多古音）。桑苎村头人不识，闲随众女浣溪纱。

三兄饷子陵鱼寄二绝

鸡因刘子成仙去，鱼以严翁浪得名。想逐琴高荐春纲，江楼归对食鳞横。

其 二

微于白小细于毛，未足樽前佐浊醪。惆怅吾兄招隐意，枉抛南食就腥臊。

题陆放翁先生小像六绝句 其一

我家潇洒桐庐郡，管领于今倘得公。便作州民挂冠去，不辞黄独饷干丛。

寄乡信

山园久别翳荒榛，犹幸几家荆树春。竹屿潮来村酒熟，舣船楼下待归人。

大雨后六首 其一

新校桐溪旧德吟，多应先友列碑阴。（四兄羲庭手编）。诗中半写溪山胜，当作图经一卷寻。

夜听十一从弟谈乡事

月出庭树静，云寒夕光清。养目喜暗坐，撤彼松膏荧。劳筋息倦役，
暂寂幽忧生。乡谈听予季，疗饥当莼羹。市井迷旧响，堰步开新坪。
十月滩舟滞，水石轧霄峥。县南圆通寺，相去裁牛鸣。荒年夜有虎，
樵牧乃戒行。前年山水发，龙移层湫腥。溪流瓦屋脊，田坼碎沙井。
隳突数村坏，崩岸声雷砰。客民山棚列，萑蒲出纵横。令长不敢诃，
白昼赤丸瞠。岭头炊烟少，萧萧竹抽萌。山魈窟木石，未晡关柴荆。
山中不可留，兰桂独扬英。予欲反招隐，暂扫乡愁撄。

梦还富春山中作觉而足成之

栖迟薄宦寸心违，松菊田庐久已非。忽买扁舟动高兴，便治药圃著萝衣。
剡藤万里孤云健，华表千年一鹤归。亲旧累累几新冢，且持社酝叩邻扉。

早春乡思

淑气将催柳，光风欲汎兰。犹余腊尾雪，併作岁初寒。村酒携柑子，
园租课橘官。乡心南望切，草草强杯盘。（戴仲若携双柑斗酒听鹂处在桐庐
县治西五里，今名戴公山）。

思为退谷之游

世乐终须破瓮同，蜀严那解辨穷通。禽婴野老疑年大，鸡卜村姑諗岁丰。
三万日当游秉烛，一丝风约钓收筒。逃虚只合香山住，退谷亭前竹几丛。

览郡志

空余钓坛迹，讲帙不可寻（景定续志云：宋淳祐中知州事王伨、赵汝历修葺台
钓台书院，以课士）。贤守谁当继，劝学垂良箴。传闻羊裘翁，霁宇怀冲
襟。直钓蹲水阳，绿蓑耕山阴。至今风飒飒，孤松作龙吟。崖花被红紫，
嶂竹杳森沈。溅溅白石濑，摵摵青枫林。招隐久不归，佳期梦登临。

增波引舟阻，旅兴入秋深。徒酌荆卿酒，难忘贺监音。里闾几迁变，石阙长峉嵚。惟假图经阅，一寓东归心。

忆旧山

山雨山风落翠微，溪晡溪晓破森霏。梦中肠绕吴闾阙，陌上花薰锦树衣。溪挟百霆回箭激，山垂两乳勒骖騑。枉帆若遣过山下，莫笑横江一鹤归。

陪仲修同年游赭山塔院即送其将赴鄂州

名蓝出郭见，步屧两衰翁。秋色横相迓，村醪试一中。綮纡度林表，呼吸薄霄空。丹橘垂庭实，青莲霁梵宫。寒山从怪咄，盘特岂宗风。（阁内有风魔衲子，亦知敬客）疲癃如灵运，谈谐到阿戎。（连日予微病谭世兄及儿子橚梁从）。层轩聚远景，列岫轧高穹。络圛成奔辌，回环饮壑渎。柱维形胜壮，龛拯道情充。云擘荒山峡，天摩碧海铜。涛围赭岸坼，径转赤华通。人语鱼虾市，岚光紫翠丛。巴□飞鞬往，酒姥玩鞭恩。虎距前朝成，潴洿大冢窿。（县东北周村有王处仲大冢）。书丹宋幢在，滴翠古轩笼。耕出戈铤锈，雕余笔仗工。（寺外有两石经幢，一大中十二年，一乾符六年，滴翠轩踞寺之巅，黄涪翁读书处，意文节自戎州召还为太平州日，常栖息于此耶）。江流界吴楚，积气动昭融。丛荻摇疏绀，攒枫出小红。行厨深竹里，嵌碣绿落封。（王大令送酒肴至）。危塔影斜矗，环州浸不穷。萧闲冠野簪，心迹送孤鸿。白雪楼思郢，客星台忆桐。剑心离合乍，诗境凿开雄。净业栖初祖，玄言问小童。浊醒无此客，流别写深衷。畏垒忧民疹，庚桑愿岁丰。惭非鹖冠子，去逐鹿皮公。旗鼓宁堪敌，孤虚笑待攻。楚游荀况老，嵩少尹洙逢。还似龙门雪，山行发兴同。

（凌云，队仗森严此亦劲敌。）

榆园兄暂来于湖杯盘草草流连话旧未十日即返里门离绪惘然作此追寄两首

争禁十七年离索，握手今朝始款然。宅纵营新少鸡犬，事难思旧半云烟。松门丙舍翠应合，溪路山花红欲燃。差喜枫龄兄健在，为裁大布制裘便。

又

此生真合侣樵渔，鼎鼎百年时易除。吴舸蜀船此津会，青枫白沤孤赏摅。中散不喜章服裹，右军惟传种果书。阆仙洞口梅花发，相与拾橡呼溪狙。

宗湘文分巡六十初度寄诗为寿用柏梁体

公昔符竹临濑乡，岁星煜耀清风堂。畏垒户祝来庚桑，疵疠不作占金穰。桴鼓辍响山越藏，蚕耕安辑民熙攘。浚东西湖疏碧坊，藻荇空明鱼相忘。（公浚郡城两湖为放生池，春秋佳日，挈文士游宴其中）。扁舟拍浮芰为裳，众宾皆醉山低昂。老守危坐诗一囊，时出龙蛇两三行。哦韵响答风中篁，严祠架构青豆房。壁记语妙扫理障，精庐横舍卜上梁。带经之士月馈粮，广蒐七录储缥缃迎师噬宾校丹黄，上规鹿洞学制详。石室礼殿释菜将，多士有恪工趋锵。（双峰书院，乱定久废，公重建振兴。架度经史，课士月有程督）。采诗手录皇哉唐，时出光怪崖谷傍。不使荃菊埋蒿粮，云山四面杰阁苍。（辑录国朝严州人诗至两巨册）。九十九穴仇池瀼，杖导泉乳甘且芳。长生瘿瓢酌天浆，天辟异境尩回徨。都人士得游观庆，吾州贤将杜范王。（公于郡廨筑四面云山楼，又修复仇池坞）。渭南陆老尤慈祥，公之治行相颉颃。州民浮游幽荆杨，无田不归松菊荒。放翁来作州将良，愿献紫芝辛夷房。青精作饭石髓粮，巨胜可服黄精香。奉持松苓酒盈铛，祝公长生寿未央。将随后车和气翔，带经荷锄下濮庄。有时何武乐职襄，尚能于蔿歌升堂。此愿蓄之久未偿，公旋朱辐引前喤。历典大郡泽渗滂，秀胡明瓯衢山苍。治视吾州尤觥觥，精忱水旱回雨旸。不待土龙泥佛穰，凿渠兴堰卷葑蒋。具区之役苏耕氓（公守湖州，兴疏浚娄港碧浪湖之役，农民资以溉田），隐君孝子工表章。（守明州日复除全谢山先生墓道会稽王孝子自湛于贺监祠旁。公牒大府，奏请旌门）。所至得士不可量，洗涤埋狱龙泉铓。搜岩竹箭出剿刚，列州之治野乘详。吾濑人也言其乡，书国朝吏罗循良。森严史笔钱与彭，从游岁周两星强。（彭先生绍升撰国朝良吏述，钱先生仪吉续之）。辀迹离合不可常，赍予匄赁西笑装。石墨拓寄樗寮张，范的明驼步轩昂。（往年惠寄佚老堂记，及阿育王寺常住田碑打本）。六菁妙迹喜欲狂，使我箧笥生光芒。我初试吏秦故郡，乞我肘后刀圭方。（昨邮示守湖吏牍十四卷、方略甚具。公于吏事，天得之也）。今公年开七帙刚，榷盐驻节亭沧浪。如元紫芝眉宇长，听聪视瞭瞳欲方。夜分细字钞凡将，解衣磅礴倒困筐。文成屈奇声雷硠，有时走上支硎冈。名山济胜笠屐远，不须灵寿筇扶将。放翁九十筑龟堂，子遹踵守双台阳。胸臆广博公抗行，箧诗万首垂琳琅。祝公老学庵吉祥，夫子继植州甘棠。老修民敬解蕙纕，云山韶濩江水泱。函封金母桃满筐，侑公欣然晋一觞。

忆君山寺

闻道君山衲，春治种药栏。塔云尖半隐，幢雨字全漫。
涧水侵樵路，松根络馆坛。有书招倦客，晚几道经摊。

螺 矶

麦碧花黄绕古祠，翠旛云气护金支。春深斑竹疑湘泪，事去英风尚满旗。
荒垒何方寻战鸟，洞冥至竟接然犀。涛声似挟灵胥怒，一勺椒桨故国思。
（黄左田尚书据方舆记胜，以其地当桓温屯兵之战鸟山赤乌以前，桐庐为富春县之桐溪乡地，后分立县治，孙吴先世宅墓皆在桐庐境内。）

友人新为买三泖宅寄赠前主人

定林自有主，平泉非我石。奇章石千株，今为阿谁宅。荆公舍为寺，
瓦砾俄金碧。焦先亦露卧，寒岩甘帖席。古来贤圣宅，遗书且糟魄。
何况一椽寄，岂其真履迹。刻舍刻舟求，各为上皇客。吾家简斋翁，
颇接瓯北席。衰白怅半百。藉兹鱼菽祭，稍以塞罪责。晓发渔浦潭，

夕次富春驿。三十由旬间，乡里亦非隔。山花粲深红，山鸟仍格磔。延缘剡舟去，将家就蚕麦。翛然两相忘，我与君各适。两家子孙长，绵秝诗礼泽。一言须记取，放心收茶役。各毋落吾事，勤殖寸阴惜。仁为大宅安，德喜佳邻获。（末句谓讷生仪庭伯齐仲英香远思齐渊甫诸君子皆云间一时之隽。）

江阁即事五截句　其一

咫尺家山尚梦中，当年松与我俱童。深藏爪嘴冬岩里，还我朝南算北风。

西园老少会者，十三人以序敷坐，合照一相，予为题曰一合相

春浴沂阳六七人，坐忘仕隐点知津。不须得失双台较，写入天机涉趣新。（置之钓台捺不住，写入云台坐不定。陈同父语也）

赠徐次洲

三十年前同海舶，老俱面皱付河观。铜驼阅世索长史，青兕前身辛幼安。君佐戎旃草露布，我思钓濑把渔竿。相看才力犹强健，浊酒弹筝兴未阑。

种鲜石斛

我无薏苡珠，立功跕鸢塞。耻遗君父忧，未锄非种秽。鄣南晚宿留，镵柄荒园对。友贻玉一丛，葱茜根叶碎。叶叶圆如玑，寄生苍石背。蓄之丹砂盆，待发金钗蕾。七月始花十月实。沃以黄山泉，浸宜纯酎醑。云能清热痱，又治脚气瘖。长忆白云源，罗生云晻暧。节任山魈扪，絙悬野人采。（吾乡富春山茅坪村，处处有之。有人絙绝壁下采之，山鬼来解絙，一若呵护此草本者。此儿时所闻于长老）。山灵招来归，揽结谁遗佩。吾衰服食须，愿言树之背。种移灊霍间，秀出茅篁内。药雠桐君录，仙蹑松子队。（方书云服之轻身延年）。不辨涉时危，且耽清净退。惟有延年资，

慰予勤一溉。

颂竹鸡

善鸣不鸣，妙用在瘖。智哉此鹃，古之陆沈。免充庄生之雕俎，又无
竺国频伽音。春山高高，瑶林深深。放汝钓濑苍烟浔，始得篁竹为室庐，
萝薛为衣襟。栗籹芋赋自有余，虞人挟弹不见寻。悠然一舒鸾凤啸，
聋俗始闻天籁窍。（富春山有瑶林村，故徐处士舫以瑶林名其集。）

濑上双台八松歌（并序）

崇祯十一年戊寅七日，漳浦黄先生以少詹谪官，冬初至大涤。长至后十日，与
门生何义兆、曹木上泛舟严滩，将还石养，遂登钓台，手写八松。支离蟠结之状，
画为六图，各系以赞语。今此图不知流传何许也，久不归山，思此八公。如病痟首
爱志以诗。

钓坛苍官八髯叟，鳞作之而穿户牖。东西日月挂两丸，风扫九州赤县垢。
溯从晞发谢参军，大招楚些噢玄酒。化为朱鸟不归来，千山怒涛射胥母。
漳浦黄公出大涤，延缘濑乡舣舟久。解衣磅礴图其状，尺幅万里烟雾守。
一松各系一赞词，周党严光相人偶。又如淮南八髯翁，议堂谏院相匡纠。
悬崖飞瀑下撞酒，绝磴金绳上锁纽。白昼往往山精号，云碧潭潭雕虎吼。
松乎曾识两忠蹇，焉肯樵苏落人手。绢本零落何人得，天敕六丁负之走。
鸣呼黄公不返大涤游阆仙，谢生溪南空墓田。（阆仙洞，距县东二十六里，
忠端公履迹所到）。予亦江海漂摇不归山，浪餐鸡骛腥臊二十年。纵然陵
阳窦明琴高隶我堂庑下，未若严子招我归来篇。为问松乎松乎今几在，
上枝拂云接黄海。下枝倒浸紫溪汇，柯叶不随陵谷改。谁能令东扶之
桑西若之木，侵邻阃窃掩光采。吾将铲刮顽石崖，吁天九叩问真宰。
行归抚汝八髯公，石骨霜肤青魂垒。

次韵答子衡

雅喜梅子真严子陵相颉颃，新诗衰白有晕光。难龛已溺援明垫，且注桑

经抗郦长。归馔江鱼供白白，谁穷海枣问苍苍。百年各抱分阴志，深坐潜斋老讲堂。（应先生执谦证人，社中巨儒最可宗法，惜著书多散秩，传者甚少）。

探池北早梅

池南冻折小琅玕，十日严风特地寒。探取空枝衣黛藓，分无锦伞护雕阑。藐姑何许冰肌骨，胥母生来铁肺肝。九里洲前乡梦绕，苕苕谁赠一枝看。

客游忆山中三首

君在东台朝日暾，妾住西台时已昏。君家开门蝯献果，妾家插棘憎王孙。

其　二

安乐塔前青遍杨，西溪中有双鸳鸯。惊风弱蔓栖不定，飞上平头奴子箱。

其　三

瓜蔓水生鲋鱼来，紫姜绿笋佐新醅。武林乡味不易致，唤取江船几日回。

上冢作诗呈诸从兄并示弟妹五首

恻恻叶辞树，湛湛水回波。乱离不忍溯，芜没故园阿。负土成宰垄，乌口亦以瘃。戴山松栝长，岁月一何多。吞声无家别，遑问涧中蔼。

其　二

我祖复初公，凿楹书万轴。庭诰如官衙，恤邻共年谷。（俞培庵先生赠王父诗云：君独守世范，庭内如官衙）。待人春风温，诫子秋实肃。生晚未逮事，家故诸父熟。书随劫火然，诸父亦陵谷。相与宝遗箧，庆余勤抱朴。清德慎勿忘，俶予偭初服。

其 三

辛壬邑被兵，癸甲家毁难。阴阳寇莫大，水火蹈几烂。
痛绝不欲言，寒泉助凄惋。

其 四

先公有遗训，学礼乃质干。结交宜老苍，经心肉弗贯。
釜入而卮出，敛约要勿畔。深戒挟策婴，面背宵彻汗。
修学功在勤，积愚冀一逭。洒泪崇山阿，涧毛今复爨。

其 五

木有名交让，乔柯晚逾馨。行飞与跪乳，动物亦精灵。绵绵守庭诰，
乱定俱零丁。饥驱各有务，劳生感漂荓。相与敦墓祭，菲薄捧土铏。
诗人怀明发，急难喻脊令。继别虽有殊，风规期相侀。

王大令_{锡桐}招同溪上泛舟

山水方滋酒舫同，劝耕环立有村童。洞寒服翼千年雨，溪散春锄一棹风。
垂钓坐忘青箬里，意行遥指翠微通。受书我欲金门去，挂席相要茂宰同。

注：王锡桐，字煦甫，福建人。举人出身。清同治五年（1866）十月任桐庐知县。

酒后书桐君祠西壁四首

百丈危崖寺枕流，如凫出没瞰千舟。路人未作苏门啸，犹有碧鸾栖上头。

其 二

巧避松根添曲径，环依塔影作禅房。颓垣俄化成金碧，劫火今重见道场。

其 三

采药仙翁去不还，犹留药录在人间。夜分一道澄江月，瞥见洞门迟上关。

其 四

寺后万竹净晖晖，城郭人民嗟已非。惟有韎红娇阿醋，一株斜出石栏围。

（乱后存安石榴一株，犹承平时物）。

寄怀莫丈友芝

畸人下西徽，于时老学林。昨岁饭东城，饴我无穷心。去之禹穴游，再宿茅山阴。手摹石窆古，足蹑玉笥深。粮尽疑楚研，火迫效会吟。（丁卯秋先生至杭州，寓东城讲舍，九月渡江谒禹陵。）往来吴越间，客星不可寻。进则耻苟禄，退殊甘陆沈。相候辟书局，残藉资君寻。（湘乡公属丈采访三阁遗书）。秘阁有劫火，羽陵无留蟫。门摊与市集，得不异碎金。君如波斯胡，老眼拨翳黔。佳本往往致，古刻朝朝临。（新得梁石拓数事。）朱钤影山堂，豪夺者颇歆。籝读终难秘，传钞方自今。奢好良非俗，风期夙所钦。一卷邵亭诗，万古浯溪音。泠泠写佳趣，落落涮尘襟。何以慰相思，海山望萧椠。

新城港口吊袁篱谷秀才（并序）

君诗有云"颓塔卧斜阳"时，人称为佳句。

颓塔斜阳句，天机妙更新。吾宗传早秀，中岁厄饥贫。未结夔蚿契，空凭谭仲修明经蔡子鼎秀才论。烟涛倚漂泊，岩壑写风神。一发鸟争路，十围松绝尘。罗横才不俭，章碣宅将堙。卧柳妨船腹，垂萝陟岛漘。权奇知使气，洲渚尚生鳞。酾酒尔投越，乘泭余辟秦。荒年珠籴米，陷虏鬼输薪。禄相无三甲，春梾荐五辛。蘼芜山下遍，行迹未应陈。

苦热行上义庭兄

窑烘六合火炪浊，赤龙峥嵘谁拔角。又闻炎洲之草木，化作千亿光明烛。吾兄昨示苦热行，比年忧愤何当平。象郡削天火井聚，虺毒潜吹起旁午。奔逃将吏莫敢诃，燎原之灾由一缕。愁冲沙虱堕长空，安得将军大黄弩。

射鸟赤嘴落汤池，冷风来苏子遗户。南村北村废耕作，荒田草宅泪如雨。
元蜂若壶螯饥痱，相呼成群东南飞。铄流金石血原野，至今故里邻人稀。
昨者雨师倾天瓢，一洗炎歊涤千里。头风复愈眼无花，赤阪移民偶不死。
凶年兵后复酸心，相保何时免毒霭。兄独翛然耕谷日，白云源里饭牛深。
只期伏日茅柴酒，沮溺同耕劝复斟。

题同县王丈永锡桐江旧隐图五首

留滞云间得遇君，因依索句在临分。前生食肉头陀拙，休觅羊家素练群。

其　二

少时曾作楼中客，插架牙签万卷齐。惨绿衣香非往日，读书尚未识扶犁。

其　三

为记清谈胜集时，江南张北夹清池。（谓江退谷张桐麟两丈。）
楼前少画红薇榭，已漫诸公壁上诗。

其　四

沪城那有三山塔，沙岸难如九里洲。洲上春来花似海，客中辛苦忆前游。

其　五

老屋前荣束笋书，被兵无复一编余。犹应手买频雠校，莫但支床饱白鱼。

吴中别胡州倅丈两首

江海频年赋远游，吴移岁晚滞羊裘。喜从季伟分春饼，未向陶奴索米舟。
里闬会同村酒熟，支离无赖箧书羞。何时画诺如滂后，一洗人间肮脏愁。

其 二

紫溪严濑接丛祠，秋社春祈入梦思。但使土风深且厚，何妨梧几静忘饥。
于今石室无仙侣，且复皋桥作吏师。浩荡无端异乡别，夜窗谈似结邻时。

午 睡

我家山水县，水槛纳环翠。石幢影频移，磨崖剔奇字。客游迹遂疏，
云昏翠微寺。奔泉入竹流，欹松动遥吹。灵茅白三脊，赤箭秀六穗。
时闻有仙迹，俗士未尝至。山人不归山，峰峰自相媚。今朝欹昼暝，
感梦有奇致。如闻严濑发，濯我灵府异。萧萧雨入霉，空濛荡日气。

晦岩村 先父君读书处

寥落穷岩注易时，只今惟有野风吹。欹松斸药尝经岁，旅麦烧荒又一时。
正直犹应动山鬼，间关何以属孤儿。惟余礼法筋骸束，骩骳由来戒四肢。

敝庐遣兴

净名居士裁方丈，草玄扬生无十金。风雨横斜看人户，茅篁掩映亦成林。
松肪戊夜燃虚白，葭吹清秋倚醉吟。坐失山花山鸟意，桐江归思一何深。

为人题画竹

富春山中竹引泉，枯雅衔尾蜕蛇联。沈竿下有珊瑚树，无数游鱼吹碧涎。

题藏书目后

益人神智仗何物，心不离书神不索。伴我扁舟吴越行，漠漠江云信寥廓。
倦客长怀十九泉，煮茶烧笋自年年。洞天花发盍归去，却扫焚香便得仙。

题家书后

只今赁屋南梁住，玟瑠书笺薜荔堂。何日携家西浙去，楼桐拂子芰荷囊。

闲翻朱子参同注，互校黄门急就章。好学无过君静默，谈元须索我评量。
代浇闷绪新篘酒，替解穷愁猝办粮。视晷已趁程日力，居心早净爱天光。
剡藤为缚黄觚架，楚簟看移紫竹床。平世全身如苦李，清时献赋入长杨。
住应合住支离德，归便同归智慧航。

五君忆其一

七岁拜公床下立，屡枉精庐赐新什。富春诗老无复人，剩有山灵贻石笈。

（副贡生同里江丈肇埙。）

寄家兄

遥知溪上路，苔翳经行迹。倚栏听风湍，开樽澹将夕。
归樵出云杪，细径穿竹柏。凉月升东嵰，照我蔬笋席。
稍闻渔者歌，洒然荡营魄。野火灭还明，潮生没孤石。
谁同一瓢酒，形检忘主客。京洛夕相望，羁心郁如积。

追和江退谷丈两首

拔地一千尺，增崖秋气高。老松长鳞甲，崩石动波涛。云入苍江腹，
苔衣野硙尻。退翁此栖息，灭景逐庐敖。（独山。元诗云：细雨湿如雾，白
云低在溪。山高绝飞鸟，村远尚闻鸡。不登是山者，不知其语之妙也）。

　　注：江肇埙，字数峰，号退谷，金牛乡（今浙江省桐庐县城南街道）人。诗人老师。
有《听松草堂诗文集》五卷，《瀛碧楼杂录》若干卷。

其　二

一屋如方罫，炊烟三两家。检书搜竹簏，穿雷落松花。
妇汲新修筒，儿煎早焙茶。秋来村酿熟，乞蟹钓师车。（村居）

曾公岭（并序）

　　石屋坞，一名曾公岭，去吾县一牛鸣地耳，颇有稻畦竹埭之胜。先伯父雪焦先

生卜居于此，竹上时有小诗及题名，乱后湮灭矣。追忆成咏。

山人耽糟邱，寝瘵谢人事。时携樵客游，或简缁流至。溪南结茅社，
春日笋迸地。偶来磐石上，钓竿聊一试。山寒鱼亦瘦，不复近香饵。
闲将金错刀，竹肤题绿字。日暮筌箸空，归来饭乌牸。客来造床下，
剖析多古义。末代少真风，孤踪犹凤吹。至今竹书痕，犹贻后人思。
茗柯有真理，飞沈恣游戏。

> 注：曾公岭，今名凤凰山，在浙江省桐庐县城北。下临横江，如凤翅然。山侧有小坞。
> 宋丞相曾怀雅好此山，筑遐瞻、桂崖二亭为游息之所，后人号为曾公岭；现为桐庐
> 革命烈士陵园所在。

寄和王子颖丈

相逢东海曲，曾见几红桑。辛苦迟归屐，输君卧石床。
桐荫连十亩，竹阁注三苍。（寰宇记引耆旧传云，桐溪侧有大椅桐树，垂条盖
荫数亩，远望如庐，遂谓为桐庐县也）。窈眇移情处，山中未肯忘。

怀昔游戏作

均父发更白，仲修臂时风。元同眼已花，西泉耳仍聋。向来同局人，
流光去匆匆。予亦非少年，浊酒时复中。偶与越缦老，衔杯向苍穹。
朝为击坏叟，暮作荣期翁。邻家霜柿叶，照予颜亦红。

卜居　时假归桐庐

长安市中战枯碁，知北游篇赋复疑。欲投坊郭耕绿野，又苦求羊无和者。
形容略变性灵存，白石苍松常对门。渐损佳游山水癖，时亲老圃笑言温。
无田空羡蹲鸥沃，无竹难营待鹤轩。旅庭葵谷不论直，荒井鹿庐无复存。
俭岁驱人逐黄鹄，名山留我佩乌犍。求仕非嫌去岂高，古今真士共贤陶。
何妨避世金门去，不用鸳鸠巢短蒿。

观江涛作

画则众窍皆号，夜则众窍皆寂。惟尔万顷云涛，终古雷轰箭激。

答周桐庐一首

桐以木氏县，葱茏溪壑美。赋瘠户皆贫，俗疲纷待理。
觌兹元鲁山，政成稘月始。何以酬令德，山精献芝紫。
绣峰为枕屏，白云当户起。松作幽人笔，笋成君子履。
华轩既见临，来暮歌咸喜。窃慕澹台仁，非公未尝至。

独秀峰下村居 俞赵两姓世为婚姻

牧童晚唱隔溪闻，一片溪流入野云。恰似朱陈通嫁娶，不知人世有纷纭。

注：独秀峰，又名秀峰山，海拔456米，在今桐庐县富春江镇俞赵村。

次韵胡明经泛舟置酒为予饯行兼别赵聂两秀才四首

买艇溪头将欲行，合江亭畔话离情。笛中高唱云先住，帘外微凉月渐生。
崖石夜看飞欲落，渔灯遥指灭还明。徐方舟恰芒鞋至，集理新诗送客成。

其 二

渡头一树柳微黄，浩渺长天远水光。服食便当寻药录，筑堂真欲待聱郎。
紫葵红蓼园今废，白石清泉兴未忘。不为故乡生事俭，访奇山泽待携粮。

其 三

欲逐野云栖绝岛，起看江月挂疏林。投盐著水喻诗味，枯木弹丝含别心。
濠上游鲦轮子乐，洼中桂酒为予斟。远游一赋真无奈，浩荡羁怀此夕深。

其 四

多谢高情出里闾，五浆欲馈大瓢储。未妨乞食叩茅屋，时复开尊引翠裾。

阅世何堪系马止，忘机真与触舟虚。暂游决弃冠缨返，无数青山环旧庐。

怀桐君山中歌

江上巉岩之深，山欲狂往从之绝。扳援崖倾谷暗，猿鸟怨青枫赤叶。攒其闲林衣，纷挈见玉宇。上有落日浮云殷，但闻寒泉琴筑冻复坼。潜出石罅冲潺潺，闻君赍粮海上何时还。木食涧饮空闭关，阳巇嵝岏元熊白鹿走。其广阴壑凛冽，黄精赤箭覆其橧。胡为燕赵浪驰骋，夕雪没髁朝忘餐。薄田二顷岂难觅，楷木三年行可斵。坐令樵牧思君嗽，疑作老鹃霜拳。巢石坛寒栖，隐士著萝薜，致君招隐归来篇。不然投竿西入濑，珊瑚树长垂阑干。洞天福地有如此，胡逐尘隘凋朱颜。铜川仙人王无功，犹忆弟侄思故园。池台井蛙底闲处，孤此竹树青檀栾。轩辕外臣桐作姓，移文京洛厚相诤。江上梅花迟冻轮，矶头虾菜望归榜，笑谢山灵展息壤。买山且须后期请，试坐东轩一卧游。霏红拂黛图凌映，西山一勺当泷泉，异地何会失泉性。

濑上舟杂兴八首（并序）

濑上舟，何以名？因所居学舍，诘屈如舟而名之也。泛兮若无止，漻兮若不系。虚己以游，容身而居。走少家富春之渚，紫岩绿岫，潭涧淙流，繁花覆溪，数里一曲，春松垂萝，云壑万态。久矣，不与吾目相接。吾淡然无为，而神游焉。斯不赍粮而至矣。何处不可作濑上观乎？目暝意适，随疏所得，记之。

儒无宫一亩，胸有山千叠。回牵岸上舟，藏壑轻如叶。

其 二

勿出风波言，甘作风波民。据梧眠较稳，永日静垂纶。

其 三

松暗三山塔，花明九里洲。梦中春水熟，放棹一夷犹。

其　四

石鼎窍自鸣，松风落檐际。坐闻春夜泉，稍出丛篁翳。

其　五

刺亦无所前，泊亦无所止。延缘回溪间，岁晏期游此。

其　六

寒夜拨炉火，萧萧雪打篷。不知绝岛阔，人语春烟空。

其　七

稍稍檐鹊鸣，微微风竹语。何似狎群沤，菰中不知处。

其　八

上学如上滩，放参如下滩。君看金石住，何曾逐惊湍。

赠嵚十九五首　其一

九钻南梁槐，三缲北地葛。（家口寄居全椒者九年，萧梁时南梁太守侨治于此。）
旧巢水石痕，时梦鱼梁阔。桑下游余恋，亲知况天末。
晦明东西台，怀乡尤咄咄。一被羊裘去，何殊钓竿脱。

送汪仲伊作令山西即题其所箸书卷尾

空堂读书三十年，不如一诣跛主簿。古人已抱不传死，今见汪君如更睹。
知名忆在巳年秋，辛未残冬欣接武。走时贞疾蚁斗牛，君为察脉候兼部。
千年枸杞不可得，九节昌羊通藏府。后遇至人传卫生，液液解冰参纳吐。
犹蒙传语问无恙，高台多风太室雨。蟊蜇一别十年间，春榜名登硕人俣。
喜来手脚轻欲旋，重欲颜行叩金鼓。稍闻余技贩丹经，未遣追风籋元圃。

倘得云中万家县，犹胜日下丈二组。我逢佳客始开门，握手大鞞百痱愈。
初从别绪说蒲流，复述学涂辨堂庑。齐贤沈郎丙戌科，臭腐云烟何足数。
明阴洞阳玉精英，出律入礼黄间弩。百金洴僻千金方，学海君能徒手取。
文家蝉噪儒家督，纷纷出入相奴主。亭林雅有廓清力，君由其数知其理，
尚书四七易三五。删除蹈袭存心得，山阴黄精阳石乳。刀圭沕世古甇言，
一叶一病今可谱。自言肚悔少犹粗，述者渐希能信古。之燕之粤途非僻，
歠饮寒衣意良苦。区田一卷犹时宜，桐君六丁来摸肚。（君少著区田法二
卷，辛酉流徒桐庐而失之，或为山中道流所得未可知也）。洒然示我发庐图，
黄山百灵抗天柱。花药熠熠室虚明，妇稚熙熙治酒脯。风吹木瓢岂尸舜，
花落青牛不适楚。浙江来从三天都，我酌其甘醑神禹。清莹彻骨无由邪，
上有白云如白羽。自敳吾友戴与庄，太息儒名行多贾（戴君语）。赖有
夫君起衰坻，正言一敌群哇咻。先生所居卜岁穰，晋祠流水神弦抚。
何如陈力遗补间，宣室药言穷脉缕。况今帷幄求良筹，四译方开敌人户。
胡为论道阻江湖，簨虡明堂虚搏拊。忆昔阁朱诤伪书，并马卧茵同起舞。
刘宋日精与月鬼，作为歌诗相戏侮。世事方殷嗟力薄，求子赠言为积矩。
翩然小别一千春，龙泉捉尔延平浦。（湘乡赠刘公蓉诗云：千山捉卧龙）。

偶作盆池欣然会心成绝句二十首　其一

严陵绿沙渚，去此几千里。一勺颇黎江，缩地尺有咫。

忆洲上

洲上梅花稀，山中茯苓长。新篁复应辟，荷插时独往。（说文篁竹田也。）
日落枉渚阴，樵歌出林响。胡为久滞淫，虚此屐几两。

寓庐遣兴　其一

满院种修竹，笋抽时出阑。错疑严濑宅，江槛落风湍。

效遗山集作休道不蒙稽古力三首　其一

岸蓼溪花濑上思，清秋羁宦不胜悲。回看十九年前劫，
枯木寒泉霜裂肌。休道不蒙稽古力，待看余荫长孙枝。

秋日思江上村居两首

返照穿林青黯黯，野风吹水碧潾潾。鹅湾师谷知何许，濑叟桐君孰主
人。（桐庐地名。）醉里暂忘为泊宅，定中始悟是劳薪。童年旧事将谁说，
强对熊儿杂笑瞋。

其　二

园荒屋老无人过，枉费东皋问讯频。昔薄求田成底事，就令慧业亦刳神。
危炊䉤汲厨僮瘦，鉏色焚和戒律新。（予旧刻一小印文云，刳皮鉏色畏焚和，
故云。）办作竹田姜棱计，未能斥卖汗枯筠。

夜　起

欲知兀兀腾腾趣，只在萧萧黯黯间。寒角鸣郫鸡唱卯，梦回一枕富春山。

再怀晦村

苍苔时有芒鞋迹，溪水如闻挂杖声。百日于今谁语此，夜寒羁榻梦难成。

答

浙水东西两钓徒，谁令索米逐侏儒。何时仍著渔蓑去，九里梅花十里湖。

（十里湖塘，吾乡语也）

潘叟孺初将归海南叟于朝士中可谓不肯录录自安抱关者矣于其去国也殆犹深愧不能忘情而系以诗

儒宫虽无地，求田计非惷。索米苟余赀，卜邻觅耆庞。叟耕峤南岛，

子营渐西泷。未办姜稜百，且赁竹田双。课儿种树法，招友谷音跫。细君纺车暇，治饁笑语哤。肥炙胜龙鲊，陶尊敌鸡缸。唐人侈南食，藏酒琥珀窟，流涎玻璃江。任公钓初降。蚝山杂珧柱，璅细诧乡邦。室有椎髻贤，座多疏眉庞。一鲙天下餍，一醉民风咙。此岂逃世哉，力犹洪钟撞。吹幽缚豆架，箋易拓松窗。予家渐西美，为翁述其囗。登山欹竹轿，泛水刺兰舽。炊秔美馔玉，然柏贱明缸。风篁韵碧涧，霜叶履红矼。他日翁来游，延登石床淙。考古越纽秘，征讴会吟腔。一饱尚未必，幽怀且芳茳。试歌侑翁醉，破闷资鼗椌。

石屏风

山翠滴空濛，下藏云一谷。苍茫樵路暝，何处幽人屋。急雨过喧豗，奔泉下山腹。诸峰稍开霁，不见山之麓。山高云为衣，云散山更秃。悠然两无尽，变态互萦伏。何年化工巧，剖此乖龙肉。黯黯复青青，米家山一幅。滇中好事者，持慰人海独。割彼袖中云，伴我西斋宿。卧游九里松，高枕听琴筑。（子乡有山名九里松）

送张仲模侍讲出守金华三首

久于秘阁金庭住，何似春江画舸行。屡伏青蒲会抗疏，一麾白羽已专城。笑谈坐欲回肠雨，抚字应知如父兄。山色经过吾君好，碧油幢引列仙迎。

其 二

渐水浮岚出梦中，烦君寄语报村童。我歌乐职如何武，君耐清贫似长公。溪鹿长驯行盖转，山花争照板舆红。（君以亲老乞郡。）清游几日南池饮，早晚新诗寄钓筒。

其 三

我羡金华紫烟客，石床瑶草故依然。剖符新制名山屐，采药还扪古洞砖。

俗朴黄童来献酒，吏稀白鹭去巡田。土风何似黄州郭，笋美鱼肥不计钱。
（君黄州人。）

蘁　丁

蘁丁二十年前劫，生死田头走几遭。何日茅庵戴山住，一方采药一方樵。

晦岩村

谷花藏古寺，溪柳覆渔矶。鼠食松子香，鸡衔稻孙肥。
人家西崦里，烟火隔云微。会作源中客，春归人未归。

秋日书感　其一

朝传海外割龙编，飞挽愁侵绝塞烟。市舶未闻填漏壑，度支何事算缗钱。
珠崖凭阻谁诃敌，铜柱荒凉更议边。无限故乡鱼笋好，归心欲买富春船。

冯侍御西山探梅图

城市念林壑，不能肖其真。厌喧课寂一消豁，扪腹已挂千嶙峋。看君
妙寄用幽意，点缀不待生绡春。羊裘偶著即长往，醉中自署由东邻。
西山招邀如故人，十松九秃龙无鳞。人间此境宁易得，芒鞋冲雪无纤尘。
梅花何处动清兴，定中枯衲了不闻。梦游磅礴笔不下，冻泉琴筑鸣溪溵。
觉来翠羽声亦寂，远香漠漠三家村。前峰荒寒去安极，独立缥缈遗其身。
林回谷转无主客，胜有怯月窥金尊。藐姑危立山骨瘦，万木偃卧苍苔皴。
不知人外篱半掩，坐觉翠微烟已昏。光福崦前白鹤飞，邻庐穿筑净晖晖。
朝随丞相车茵后，胡不角巾东路归。水流念念朱颜改，花发垂垂尘世非。
借问百函边璩趣，批答何似短策攀。翻寻钓矶应胜披，图强搜索山灵笑，
笑客换萝衣。

岁除独谣

人海只宜容芥子，春城更许醉风光。旋标脚气新名集，戏署头衔漫作郎。
最喜饭香邀日密，犹嫌杓祝扰庚桑。新烟新火桐溪路，为问梅花合过墙。

哭表兄王芹父三首

危根羁京国，浩荡难倚赖。亲知久去眼，伏腊鲜权会。况失同门友，
秋蝉嗟忽蜕。梦想一茅茨，飞泉鸣石濑。方谋就□耕，乃遽决疣癞。
超然脱世罗，噫气付地籁。只搅存者悲，凄其望烟霭。

其　二

君母我之姑，我侄又君妇。先公馆晦村，从游君最久。长我二十余，
游钓辱我友。秧黄溪上田，笋碧瓮头酒。暝吟山寺钟，霜剪坊郭韭。
笑言我父兄，携登白茅阜。诗成讥朔瘦。棋半嘲墨守。自从丧乱来，
此乐宁复有。田园芜不治，皮骨浪躯走。痛思少日欢，卜邻期白首。
吾兄昨书来，朱陈重议媾。我喜轻欲旋，先公雅所厚。焉知旬月灾，
侄未拜威舅。门户复谁持，甥能成立否。

其　三

灯诵桃园记，雨摹归来词。笑谓晦村幽，潭洞颇似之（昶七岁随侍，先公
读书晦村仿作归去来词一首，自是始学为文。）冉冉竹缘崖，珑珑花覆溪。
平田钓蛙黾，忆我七岁时。君怀澹遗世，略近刘驎之。一冠十年易，
一饭三旬饥。君虽不作诗，颇游陶藩篱。怪我艰文句，何苦槎牙支。
丁丑访君家，信宿池南簃。顺谓欲手写，摘我诗瘢疵。此语竟未践，
予衰句无奇。君应达观生，偶占自挽诗。子无与为质，漂泊将安之。

答莼老见赠诗有一台二妙之句

敢云二妙湛冥共，浮世鸡栖亦可怜。一发青山鉴湖榜，千村红叶富春篚。
解龟贺老名俱逸，投屿方干句浪传。倘许聊翮招隐去，不辞相逐水云天。

忆山居吟

戴公山下云满川，严子台边竹引泉。泷风西来忽吹散，冻泉琴筑常溅溅。
红亭白塔不可到，令我长望心悠然。澄江抱郭绿沙漩，群岚压阁骖飞仙。
春风踯躅被绣岭，夕阳鸬鹚浮画船。家家萧鼓乐丰年，秌收酿酒不论钱。
香粳炊玉饭红莲，鱼肥作鲊雀披棉。竹萌虎爪大如拳，梦到腊尾江南
天。（冬生者，名虎爪笋）。弟謿兄唱自可乐，绝胜豪家供击鲜。洲上唐
梅老更袤，万株香雪海沦涟。缟衣仙子岂无匹，虬枝玉骨皆姻连。山
中何人养□田，金庭石室餐霞便。结茅采药东峰巅，时见缥缈浮炊烟。
长松惊涛聒醉眠，我欲从之长周旋。

○樊增祥 4 首

樊增祥（1846—1931），字嘉父，号云门，别字樊山，恩施（今湖北省）人。清光绪三年（1877）进士，出补陕西渭南知县，累官陕西江宁布政使，入民国寓北京。有《樊山全集》。

题爽翁富春溪山卧游图

富阳至桐庐，中间百许里。山如青玉高切云，水皆缥碧清见底。扶舆
磅礴生异人，入为麒麟出为豸。五年驻节于湖阴，政事文章见根底。
幕中惔杲倚红莲，门下秦晁作桃李。江声日夜郡楼前，山色蜿蜒酒杯底。
江山信美非故乡，梦中九老相颉颃。谢公寝处爱山泽，坐想笠钓青茫茫。
公家严州富春渚，千百画眉啅衡宇。自道前身是客星，至今羊裘渍烟雨。
富春人物足风流，青绿溪山绕画楼。梅尉女郎随钓艇，放翁父子占名州。
拂衣欲归归未得，尽写烟岚入缣帛。大宗图缋小宗香，卧阁经旬谢簪帻。

春晓八松针蕊黄，冬晴七里梅花白。草绿桐君采药山，泉香许迈栖真宅。
睡起风泉入虚幌，看画吃茶恣偃仰。宁知九卿待汲直，不愿三公起荀爽。
帝曰江表有异人，出为獬豸入为麟。教参大政紫薇省，旋陟清班金马门。
火城待漏朝参肃，回头苦忆松间屋。闲邀朝客饭青粘，梦逐仙家骑白鹿。
与公邂逅金明池，两萍合并亦大奇。千里来为门下客，九年重补画中诗。
桐江白鱼堪下酒，名卉异书公所有。我亦当时陆渭南，晚年愿作严州守。

再题爽翁卧游图两首

开卷北窗下，仙云落槁梧。从兹消夏录，补入富春图。

其　二

桐江三百里，七里是严泷。可但梅花后，溪山亦少双。

严　光

四七星辰若贯珠，富春山畔一星孤。醉眠御榻惊天子，画象云台欠钓徒。
汤沐桐江方七里，唱随梅尉第三姝。清风写入祠堂记，别有人间范大夫。

○窦镇 5 首

窦镇（1847—1928），字叔英，号拙翁，自署九峰淡士，无锡（今江苏省）人。
性耽书画。著有《锡金续识小录》《国朝书画家笔录》。

再谒严子陵先生祠

归岁从此过，虔拜先生像。今我又北回，肃肃再瞻仰。拾级登其堂，
顿首出尘想。谁为天子友，弱冠游学党。龙飞忽中兴，逸气独豪荡。
飘然变姓名，穷饿道不枉。物色备安车，孰念帝运广。同卧足加腹，
交情缅畴曩。太官日进膳，故人增慨慷。盛德如唐尧，巢父匿芜掩。
浮云视簪缨，赐爵转怅惘。光武咄咄嗟，斯人自惝恍。远遁富春山，

坚不肯受赏。江湖任逍遥，朝廷莫褒奖。韬迹溷农氓，终年避官长。
喜听渔歌声，恶闻马蹄响。但觉隐钓甘，何知世扰攘。出入烟浪间，
来去草榛莽。坦白志超超，守素意盘盘。比之热中人，奚翅判霄壤。
笑彼利萦怀，嗤他谈抵掌。状貌厉而温，品格疏以敞。箬笠绿蓑衣，
芒鞋青竹杖。有时曳布帆，有时划短桨。有时雨垂纶，有时晴晒网。
有时看云起，有时待月上。最爱着羊裘，亦合披鹤氅。高风推第一，
清标真无两。钓台影凌波，客星光盈丈。尚志王侯轻，躬耕子孙享。
岭后一片田，豁然境开朗。厥裔聚族居，熙熙更攘攘。回溯千载前，
犹见胸襟爽。允矣百代师，令我心向往。吁嗟呼汉家，带砺久尘埃。
亮节万祀常，磨荡非此山。山高水长风，吾将安仰放。

富春道中

富春江渺渺，无浪复无烟。山藉羊裘著，台因高士传。
篙撑水底石，人上波中天。一路浅滩接，谷溪清更妍。

过严陵濑

桐庐才过尽危滩，滩下行舟怕逆艰。水洁石从波底见，山环天入井中看。
钓台百尺苔痕碧，霜气连霄枫叶丹。四面螺鬟绿无缝，几疑前路万峰拦。

严子陵钓台两首

水云深处绝尘埃，千古清风一钓台。自是羊裘垂不朽，肯因轩冕出山来。

其　二

七里滩头落木秋，行踪曾记客星游。汉家带砺今何在，百尺依然俯碧流。

○张佩纶 1 首

张佩纶（1848—1903），字幼樵，直隶丰润（今河北省唐山）人。清同治十年（1871）

进士，擢侍讲。光绪间官侍讲学士，署左都副御史。中法战争期间，以戒备不严，褫职戍边。后释还，入李鸿章幕。有《涧于集》。

过子陵钓台

沛公故人吏掾，暮年徒跣谢前殿。当时祇有张子房，能致商芝来侍宴。
英雄使君帝室宗，师卢从郑臣卧龙。龙卧强为三顾起，钓竿茫茫独烟水。
沔南丑女不归山，却羡梅家婿乡美。皇汉三君乃一流，儒风道骨邈无俦。
帝坐辉光客星去，俯视列宿犹通侯。怀仁辅义天下悦，阿谀顺旨要领绝。
两言咄咄即谏书，进退确然此高节。君不见翰林礼拜谪仙人，亦慕先
生事隐沦。一误楼船成放逐，太息香炉非富春。

○黄遵宪 1 首

黄遵宪（1848—1905），字公度，嘉应（今广东省梅州）人。清同治十二年（1873）举人，曾充驻日使馆参赞，新加波、旧金山总领事等外交官。官至湖南按察使，参与戊戌湖南新政，几获罪。有《人境庐诗草》。

九姓渔船曲

白石清溪波作镜，翩翩自照惊鸿影。本来此事不干卿，偏扰波澜生古井。
使君五马从天来，八闽张罗网贤才。何图满载珊瑚后，还有西施网载回。
西施一舸轻波软，原是官船当娃馆。玉女青瞳隔牖窥，径就郎怀歌婉转。
婉转偎郎倚郎坐，不道鲁男真不可。此时忍俊未能禁，此夕消魂便真个。
门前乌柏天将曙，搴帷重对双星诉。君看银潢一道斜，小星竟向鹊桥渡。
鹊渡一渡太匆匆，割臂盟寒忍负侬。不愿邮亭才一夕，宁将歌曲换三公。
纷纷礼法言如雨，风语华言相诖误。欲乞春阴巧护花，绿章宁向东皇诉。
略言臣到庚宗宿，大堤花艳惊人目。为求籧室梦泉丘，敢挈阿娇贮金屋。
弹章自劾满朝惊，竟以风流微罪行。如何铁石心肠者，偏对梨涡忽有情？
雅娘传语鸨媒妒，侬家世世横塘住。相当应嫁弄潮儿，不然便逐浮梁贾。
张罗得鸟虽有缘，将珠抵鹊宁非误？祸水真成薄命人，微瑕究惜《闲

情赋》。刚说高飞变凤凰，无端打散惊鸳鸯。金钗敲断都由我，团扇遮羞怕见郎。永丰坊柳丝丝绿，抛却一官剩双宿。莫将破甑屡回头，且唱同舟定情曲。

○瞿鸿禨 2 首

瞿鸿禨（1850—1918），字子久，号止庵，晚号西岩老人，善化（今湖南省长沙）人。清同治十年（1871）进士，授编修，擢为侍讲学士。光绪二十三年（1897）升为内阁学士。先后出任福建、广西乡试考官及河南、浙江、四川、江苏四省学政，晚清曾任军机大臣。

子陵钓台

危岭插江流，霜气荡林莽。寒松森石骨，清风激孤响。云依富春濑，钓者已长往。群豪起攀鳞，纷受成功赏。羊裘隐身去，高揖谢世网。何物候君房，万欲语合狂。酣眠忘帝腹，宁意干天象。心知狂奴态，咄咄不能强。云台久湮灭，独此耸千丈。道经名利客，影愧折萝上。沄沄江水长，闲鸥送轻桨。

再过七里滩

日气淡澄波，行舟送来往。游空濑鳞跃，负高人语响。
心无名爵事，乐在盘石上。幽鸟时一鸣，清风寄遐想。

○陈漳 1 首

陈漳（1850—1920），字经畲，别号辛湄，绵阳（今四川省）人。清光绪十四年（1888）中四川乡试经魁，历掌左绵、乐丰、益昌、匡山各书院。张之洞督粤，延其入幕校订经籍。光绪二十四年（1898）成进士，以知县分发浙江。历任孝丰、黄安、谷城县令，辛亥后辞官归里，卒于家。

廿日泊舟严濑次晨平明往谒严先生祠污秽不治满目凄然作此以谂守土者

荒祠寂寞剩江滨，狼籍尘埃最怆神。尺土已无铜马帝，一台犹属钓鱼人。

谁将蓬块除荒蔓，我欲桐江步后尘。却喜梓乡留雅韵，巍然季宋有贞珉。

庑下有张魏公隆兴元年奉诏诣阙谒祠诗碑竟体完好朗朗可诵。

○释敬安（八指头陀）4 首

释敬安（八指头陀，1851—1912），俗姓黄，名读山，法号敬安，字寄禅，清湘潭（今湖南省）人。因"曾于阿育王寺烧残二指，并剜臂肉燃灯供佛"（《自笑》诗自注），故号"八指头陀"。为清末高僧和爱国诗人。

题严小舫观察春江意钓图四首

艳说严陵有远孙，云台已邈客星存。披图如见羊裘叟，犹觉桐江钓石温。

其　二

江上春潮没钓矶，溪花相对淡忘机。不须更入桃源去，恐引秦人欲忆归。

其　三

家住慈湖湖上山，青松碧柳映苍颜。矶头宴坐谁能会？不犯清波意自闲。

其　四

掌握丝纶任不轻，一波才动万波生。何如早濯沧浪足，放下鱼竿卧月明。

○陈三立 3 首

陈三立（1853—1937），字伯严，号散原，义宁（今江西省修水）人。清光绪十五年（1889）进士，授吏部主事，"同光体"赣派代表人物。有《散原精舍诗文集》。

同石钦仁先絜先恪士寻富春山水宿桐庐逆旅明日易小舸上溯七里泷登钓台复还抵桐庐宿焉赋纪三首

初闲湖上踪，竞媚江干景。薄江千万峰，灵奇出人境。掩晕翔烟笼，染黛纤茸整。历历开画图，霏霏散绮锦。红树衔青波，缥缈蓬莱影。

手揽狎篷背，摩荡天机永。百里造仙都，馆夜吟魂警。恍立渐西翁，（袁忠节昶，桐庐人），揖客相与钦。嬗代为鬼雄，忍对怒生瘿。照窗桐君山，微冷压衾枕。

其 二

移舠翼长风，晓翠浮衔杯。买鳊具一饭，隽味翘鲙材。坐接秀岭重，澄江萦且回。耸霄螺旋门，（山名）眩转沿曲隈。山腹映微点，屡瞥烦惊猜。钓台列东西，造化故安排。穷磴跻遗基，但咽天风来。传鼍啼画眉，晴漪鸥鸟开。严公写所乐，谢生声其哀。变灭区中事，悠悠负我怀。趺石平如案，题字残莓苔。悬影万象旁，冥会以徘徊。

其 三

投筇下绝壁，酸胫憩祠屋。残阳有归舟，延颈恋幽躅。暝霭破星芒，岩峦逾簇簇。中流遮神飙，肌肤寒起粟。釜漏不可炊，战齿肯瞑目。二子橐驼坐（谓石钦、仁先），哦句出饥腹。吾曹天所遗，泪许波涛续。依稀恸哭记，骑鱼水仙读。就托灯火楼，呼觞问糜粥。卧数汗漫游，江白梦犹绿。

○夏震武4首

夏震武（1854—1930），原名震川，字伯定，号涤庵，世称灵峰先生，富阳（今浙江省）人。清光绪三年（1877）进士，授工部主事。宣统元年被选为浙江省教育总会会长，入民国后不仕。有《灵峰先生集》。

重游严子陵钓台

为仰高风泛棹来，胜游杖履许追陪。名山绝业千秋在，万仞灵峰继钓台。

游钓台偶题二绝

先我烟波老富春，钓台千古峙江滨。客星一去终无继，天子几闻有故人。

其 二

如此溪峦堪避秦，一竿已足老闲身。富春自有名山在，不向桃源更问津。

暮发富春渚往游钓台

暮发富春渚，轻舟破浪纹。渡头喧客语，谷口下羊群。
鱼跃江中月，鸟冲岭外云。游山存夙愿，垂老意弥勤。

○蒋萼 3 首

蒋萼，字跗棠，宜兴（今江苏省）人。清光绪元年（1875）举人，官丹徒教谕。
有《醉园诗存》。

钓台怀古

磻溪志行道，桐江义不臣。熊飞渭水得尚父，龙兴洛阳思故人。帝命
物色之，乃在大泽滨。三征赴阙下，一见天颜春。御榻之尊与共卧，
后车之载无其亲。卓哉羊裘守初服，不愿论交如邓晨。愿如妇翁梅子真，
长为盛世巢由民。一举腹上足，还卧江滨身。咄咄唤不起，天子徒逡巡。
客星一隙粹千载，钓台犹慕曾垂纶。呜呼，钓台尚有韩王孙，钓竿一
掷走狗烹。

严陵钓台两首

画眉声里堕斜曛，怅望高台隔暮云。疑是羊裘人尚在，客星如月照江滨。

其 二

河山久裂汉乾坤，图画南宫莫复论。只有嵯峨一铜柱，千秋还共钓台存。

○陈衍 4 首

陈衍（1856—1937），字叔伊，号石遗，侯官（今福建省福州）人。清光绪八年

（1882）举人。曾入台湾巡抚刘铭传幕。十六年（1890）应礼部试未酬，入江南制造局幕。宣统元年（1909），任学部主事。民国时任教厦门大学、无锡国学专修学校。有《石遗室丛书》18种。

登钓台四首

太华四方而削成，峨峨司寇古冠形。谁知百丈高台在，如见金天有典型。

其 二

此亦先生有托逃，磻溪不及置身高。钓竿在手应千尺，东海还堪钓六鳌。

其 三

帝座模糊几客星，天边只爱少微明。大枪铜马今何世，可许羊裘过此生。

其 四

最好孤舟蓑笠来，千山万径雪皑皑。得鱼买菜还沽酒，径上东西白玉台。

○易顺鼎 1 首

易顺鼎（1858—1920），字实甫，自号眉伽，晚号哭庵，龙阳（今湖南省汉寿）人。清光绪元年（1875）举人，官至广西右江道。诗与樊增祥齐名，有《琴志楼诗集》。

严 光

御榻星辰抵足晨，严滩烟雨画眉春。神仙隐后留佳婿，天子微时有故人。山色画宜黄子久，祠堂记要范希文。云台四七今安在，终古荒台想钓缗。

○康有为 1 首

康有为（1858—1927），原名祖诒，字广厦，号长素，南海（今广东省佛山）人。清光绪十五年（1889）以诸生伏阙上书，请变法，被格。光绪二十四年（1898），被召言变革事，为慈禧太后所阻，谭嗣同等六人被杀，康亡命海外。民国后志复清室，谋张勋复辟，败走死于青岛。有《南海诗集》《新学伪经考》《孟子微》等。

登钓台谒子陵先生祠

富春山水泻青绿，七里滩前石簌簌。钓竿江畔丝纶垂，钓台天半东西矗。
奇石巉岩路荦确，异卉窒径草芬馥。高人岂知天子贵，鼾睡足可加帝腹。
怀仁抱义天下悦，片言为政固已足。大泽羊裘去不还，千年游客庶高躅。
老夫三征亦不起，叹吾故人莽操属。庶有面目见先生，拜翱墓前且痛哭。
划然大声震大地，西台铁笛裂山竹。

○俞明震 4 首

俞明震（1860—1918），字恪士，号觚庵，山阴（今浙江省绍兴）人。官至甘肃
提学使，入民国，为肃政史，谢病归。有《觚庵诗存》。

七里泷登西钓台吊谢皋羽先生

山川以人重，风日信清美。子陵有钓台，遂专桐庐水。盘曲七里泷，
舟行如瓮底。当年蹈海人，晞发曾经此。天在万山中，阳乌匿葭苇。
一恸上西台，残年哭知己。人间果何世？来日殊未已。空存汐社名，
留作沧桑纪。我来九月暮，拍拍凫雁起。孤笻与夕照，萧瑟同千里。
伤高莫回首，临流先洗耳。难酬烈士心，悠悠阅众死。西风飒然来，
归去吾衰矣。

和散原游桐庐至七里泷钓台作次原韵三首

独昵近湖山，几失烟江景。孤篷与鹭争，渐入桐庐境。衔江接红树，
斜斜复整整。云光淡相染，天无成古锦。山水无定形，奇变出心影。
未成浮海愿，弥觉天机永。暮傍桐君山，旅夜抱虚警。相逢莫问名，
（夜有警兵诘姓名）出世先止饮。烟波有戒心，身世成悬瘿。不见披裘人，
渔火明孤枕。（时桐庐戒严）

其 二

晴江啼画眉，烟屿如浮杯。有山不真隐，游钓皆凡材。郁郁旋螺门，
一水争潆回。风日不到处，古祠傍山隈。钓台东西峙，不受群峰排。
前年旧鸥鹭，相见如惊猜。乱世无隐地，焉知我重来。竿边落日尽，
淡淡烟光开。依稀痛哭记，留与今人哀。苟乏超世见，江山无好坏。
卧石灭残字，斑驳千年苔。丝风重九鼎，天意宁徘徊。

其 三

却病始登山，三度憩祠屋。风日老兼葭，欲往迷前躅。从容理归棹，
水流山簌簌。暮色苍然来，人天渺一粟。漏釜燃湿薪，烟篷坐瞑目。
散翁酒肠空，三子但扪腹（谓石钦、仁先、絜先）。浪游有饥饱，一笑境
难续。袖中亭林诗（絜先携《亭林集》），应向西台读。杖策追光武（亭林句），
群雄亦粥粥。莫道客星孤，终古桐江绿。

○李经羲 1 首

李经羲（1860—1925），字仲山，号悔庵，合肥（今安徽省）人。清光绪五年（1879）
以优贡捐奖道员，历任福建布政使、云南布政使、广西巡抚、云南巡抚、贵州巡抚、
云贵总督等；辛亥革命，后任国务总理兼财政总长。

重游钓台留题诗壁

劫后山川倦眼看，江深五月葛衣单。鱼龙蔓衍随潮起，谁把丝纶下钓竿。

○严修 1 首

严修（1860—1929），字范孙，号梦扶，别号偍屟生，慈溪（今浙江省）人。清
光绪九年（1883）进士，历官翰林院编修、国史馆协修、会典馆详校官、贵州学政、
学部侍郎。为近代著名教育家，创办南开大学。

登富春山

乱峰围绕水平铺，坡老诗中有画图。今日富春江上望，天然又是一西湖。

○张瑞治 1 首

张瑞治，字铭吾，善化（今湖南长沙）人。清同治间举人，官广西宜山、北流知县。

严子陵钓台

云山苍苍水泱泱，群鸟集兮雁南翔。屹然钓台荒草渍，思狂奴兮不能忘。
我思先生名赫赫，时有光武视莫逆。浮云富贵听彼苍，偶坐林泉适其适。
无何光武御龙飞，诏为谏议何巍巍。先生何乃弃不受，筒收酒美更鱼肥。
迄今台上乱堆石，月满波心通湖白。吁嗟乎，大布羊裘风淅沥，落落
芳踪何处觅，廊庙非喧兮山林非寂。

○徐凤木 1 首

徐凤木，字竹巢，别号莲塘渔隐，桐庐水滨乡（今浙江省桐庐县江南镇莲塘村）
人。清同治间恩贡，铨选训导，以字学名于时，尤善画牡丹、蔷薇诸品，书法钟王，
画多写意，称双绝焉。有《塔射园随笔》。

钓　台

攀鳞附翼尽岩廊，独激清风一钓狂。高卧浑忘天子贵，披裘终古客星凉。
云台自有图增重，渭水何堪网密张。七里江声真入画，寻碑剔藓兴偏长。

○俞陛云 1 首

俞陛云（1868—1950），字阶青，别号斐盦、乐静、乐静居士，晚号乐静老人、
存影老人、娱堪老人，浙江德清人。近代知名学者、诗人，精通书法。

题钓台

羊裘先生笑不止，文叔居然作天子。芜亭麦饭溥沱冰，何似严江一杯水。

梅家仙尉能逃名，果然佳婿同冰清。上继黄石留侯之遽躅，下为南阳高卧开先声，几辈攀龙复附凤，旌旄冯邓夸飞动。梦里功名蝼蚁封，刀头富贵麒麟冢。汉苑金徒卧寂寥，钓台输与客星高。一竿吾欲随烟雾，铁笛扁舟送怒涛。

○陈本忠 3 首

陈本忠（1871—1907），字静庵清末分水百江（今浙江桐庐）人。书法家。有《持身辑要》四卷、《篆庐笔谈》二卷、《心经释注》一卷、《梦吟仙馆诗草》一卷。

环翠轩

约伴登高乐不胜，昂头天外觉忘形。川因远眺光凝白，山为遥看色倍青。锁岫烟霞俱澹澹，扶疏竹木自亭亭。纵横宇宙饶天趣，一片清机助性灵。

自题绿仙馆

晴窗无事且抄书，雠校摩挲似蠹鱼。九十春光抛却去，满园花柳也悉余。

注：绿仙馆，诗人家中小筑。

东　溪

东溪之水清且涟，东溪之山宛而延。小筑数椽山之麓，面水倚山围松竹。绿阴铺地尘不到，涛声满山白云绕。闲来扫石枕流眠，笑看东溪月印川。

注：东溪即前溪百江段别称，在桐庐县百江镇。

○俞绍澄 23 首

俞绍澄，字月楼，清末桐庐（今浙江省桐庐县横村镇后岭村）人。戊子（1888）岁贡。《桐江缑岭俞氏宗谱》载：诗赋尤臻超绝，特甚文笔，试辄冠军。主盟桐庐骚坛垂四十年。

读缑岭八景暨四时读书诸诗感而有作十首

我到人间仅卅年，此中沧海已桑田。生愁三万六千日，华表归时更惘然。

其 二

衰草寒烟倍惨神，年来非复旧时春。一般也有红羊劫，枉说桃源好避秦。

其 三

日落圆墩步晚原，垂杨阴里暮鸦喧。试登金谷山头望，何处侬家依绿园。

其 四

一丘一壑重徘徊，月榭云亭半草莱。惆怅前溪碧桃树，春风无主为谁开。

其 五

最惜琳琅万卷余，也随浩劫付焚如。传家空说青毡好，几见儿孙读旧书。

其 六

想到趋庭泪雨倾，十年风木倍心惊。他生定向滔罗乞，乞把劬劳补此生。

其 七

南山一虎最称雄，谁遣咆哮十载中。从古覆巢完卵少，孤儿有曲唱难终。

其 八

怨非图报聊抒憾，恩岂忘酬转愧心。记得当年逢漂母，也曾一诺许千金。

其 九

欲折蟾宫旧桂枝，秋风三度病难支。不知万里青云路，何日摇鞭有到时。

其 十

感慨无端触绪多，少年心事太蹉跎。茂先励志文通恨，把笔难禁发浩歌。

雨后晚步

日落一峰青，淋漓雨乍停。林间喧宿鸟，草际湿流萤。
云意自舒卷，诗心入杳冥。归来灯未上，新月挂窗棂。

清明日陇上作

斜阳荒草不胜情，岁岁携儿拜墓门。地下愿甘同穴梦，江边犹有未招魂。
（先慈殉难桐洲，遗骸不获，因虚附于先君墓内）。十年风木沧桑劫，一树荆
花血泪痕。倘把晋侯诸子算，今朝还得几人存（余兄弟九人，今惟耕云暨
余两人存矣）。

闲居有感寄示邢君逢蓉

也曾百尺卧元龙，岂料床分上下中。高阁久拼束殷浩，牙筹无奈学王戎。
甘为牛马谋原拙，苦抱诗书路易穷。好向皋比深下拜，莫教此席老英雄。

肖园雅集四章

肖园风景绝尘氛，潇洒何人得似君。自有林泉耽六逸，从无旗鼓斗三军。
花前劈锦诗争艳，月下飞觞客易醺。不是江东罗处士，凭谁妙手绾烟云。

其 二

良辰排日启郇厨，雅集真宜胜友俱。不有杯盘余狼藉，那能咳吐尽玑珠。
风花一一供陶写，山水重重入范模。笑我俗尘三斗在，难从末座唤提壶。

其 三

黄绢新辞各各裁，都将香色韵亭台。当年犹记御杯乐，此日偏劳折柬催。
佳士尽如芝可采，清芬刚值桂初开。就中谁作骚坛主，合让风流邢子才。

其　四

可笑家丞两鬂苍，阿婆偏溷少年行。苔岑早结三生契，烟水还思一苇杭。四面云山饶供奉，满庭风月待平章。他时付与麻沙本，纸价真应贵洛阳。

重过肖园赋赠主人六首

雾阁云窗迤逦开，居然人世有蓬莱。一花一石寻常物，都是精心结撰来。

其　二

不比温公独乐园，春花秋月任人看。振衣亭上凭栏处，浑似披图纵大观。

其　三

无计消除怕寂寥，消寒消暑客频招。一生清福消难尽，那有闲愁藉酒消。

其　四

先人风味爱林泉，依绿园开傍水湾。（园为先君手筑，颇有花木亭台之胜）。
敢道元稹夸白傅，为君重唱念家山。

其　五

纵学平原十日留，也难穷胜与探幽。何如写入丹青里，遍赠同人好卧游。

其　六

记从花里接清尘，今日重来又几春。不识痴心宋季雅，何时万贯买芳邻。

○臧槐 429 首

臧槐（1867—1930），字晋三，百江麂坞（今浙江省桐庐县百江镇联盟村）人。清光绪恩贡，候选直隶州州判。一生啸傲林泉，设馆课徒。一生写下了 3400 多首古今体诗歌。他选取其中 1590 余首分为四卷，定名为《绿阴山房诗稿》。民国时期又

有《瘦草吟》《留影诗》各一卷。

小 住

小住山村度岁华，不谙世故不当家。闹中习静惟观水，闲里寻忙为种花。

题东溪陈氏村居图

一溪回抱辋川居，风景天然画不如。春水绿波人撒网，秋山黄叶客停车。
云封西寺钟声澹，桂老南屏月影虚。倘得此为吟咏地，不妨踪迹寄樵渔。

> 注：东溪为今桐庐县前溪百江镇段的别称。

凤 坡

雅爱乡贤里，佳名号凤坡。屋连高阜起，山夹暮云拖。
古树烟痕重，闲花香气多。春来人自韵，吟兴又如何。

> 注：凤坡，即凤坡庄，在今桐庐县百江镇乐明村。

松 村

一径分开上下村，卧龙寺枕白云根。山松隐隐青于黛，溪水盈盈绿到门。

> 注：松村，在今桐庐县百江镇。

归棹即事

来自山行去自船，富春归咏落花天。渡头几个娉婷女，抱着琵琶看少年。

七里泷两首

半江杨柳半山花，岸上零星住几家。我亦此生修有福，春风春水放归槎。

其 二

烟水苍茫夕照开，一峰未了一峰来。子陵似有骄人意，未许侬船泊钓台。

桐江晚泊

小有诗情在，船头坐晚晴。水因春雨涨，帆借顺风行。
寺近钟声大，天低树影平。吟余潮又上，摇荡月华明。

注：桐江，富春江桐庐段别称。

分水舟中

一滩才了一滩流，弄得篙工难自由。费尽推移犹未上，坐船人亦替他愁。

送春两首

前日迎东郊，今日归何处。把酒问落花，出门怕飞絮。
夜雨催别离，晓钟记来去。送春春亦愁，相对各无语。

其 二

无计留春住，临风苦相思。行踪萍梗共，愁绪荼蘼知。
吟诗添惆怅，酹酒成别离。明年来何处，独对梅花枝。

初 夏

四月南风到，山中尚薄寒。笋留三径仄，花落一园宽。
绿树阴初月，黄梅味不酸。昼长人似醉，午梦入邯郸。

玩物两首

读书容易理难明，不昧人情昧物情。天上本无皮鼓匠，如何惊蛰有雷声。

其 二

水生烟雾石生苔，瓦有苍松壁有灰。莫道此中人未悟，事由无故本难猜。

睡 觉

一觉寂如此，铜壶漏乍停。炉烟摇短榻，山月入空庭。
斗鼠因灯避，鸣蛙带水听。幸亏书在枕，夜半伴人醒。

屏山积雨

雨余村似辋川图，小坐山窗酒一壶。松径模糊烟影重，稻田回合水声粗。
榴因日上花如火，荷为风吹叶散珠。更爱黄鹂三两个，不知名目自相左。

注：屏山，在桐庐县百江镇联盟村麂坞。

寄怀东溪陈静庵

雨后爱眠不爱坐，新诗都向枕旁做。有时得句将成功，大笑一声床欲堕。
北窗如水熏风凉，浊酒一尊人一个。颓然就醉夕阳天，一梦栩栩到君座。
不知君住东溪东，会否眼前得见我。

注：陈本忠，字静庵。书法家，清末分水百江人。

蒲 村

路转峰回处，幽居夏日长。白云眠野岫，绿树隐书堂。
竹坞月留客，荷池风送香。蒲葵俱不足，何事问秋凉。

注：蒲村，在今桐庐县钟山乡。

骤 雨

霹雳半空起，斜阳转眼收。山前风送浪，阶下水盈沟。
树影乱二径，烟痕湿半楼。凭窗天欲黑，热恼冷于秋。

不 见

不见幽人至，不见素书寄。灯前酒一杯，中有相思意。

自题屏山楼

莫以门庭小，而忘景物长。竹阴三径护，山色一楼藏。
有月夜逾静，无风昼亦凉。俗人如许到，疑是白云乡。

夜　景

一天明月坐窗纱，家有樵青代煮茶。数点萤光星样小，随风吹上北瓜花。

答静庵邀游凤坡访张玉轩

凤坡之游一心想，偕行况有与君两。惟是世情重往来，之子不来吾不往。
前日接君书一通，道渠有意求光降。于是相约桂花天，张华定向娜嬛访。
不堪连日屏山中，一天秋雨潺潺响。

注：张曰城（1867—1894），字玉轩，清末分水柳柏前山（今百江镇乐明村）人。
邑廪生，著名茶商。

野望两首

薄寒天气暮秋初，乘兴游观胜读书。半坞白云松树密，一溪流水蓼花疏。

其　二

秋霜渐染晚林红，寒意频催剪剪风。犁破稻田将种麦，犊声鞭影夕阳中。

秋　览

牧童未归去，横卧石桥东。菊径花全白，枫堤叶半红。
诗情秋雨后，画意夕阳中。于此独游览，飘然天地空。

五云山怀古

青山不与人同去，时见白云卷红树。老儒携酒强登高，犹说施公读书处。
山有小池池有泉，当年洗砚污白莲。莲花开落无人管，付与清风明月天。

山前排列玉华峰，山后浮图镇九龙。左延梅坡右云寺，仰观俯察心俱空。
山中庭榭秋复春，唐朝景物依旧新。抚时感事不忍去，我欲因之吊古人。
古人一去不复返，夕阳秋水云山晚。安得重逢洗砚人，后先辉映蓬莱苑。

村　麓

村有好山山有麓，数十人家结瓦屋。缭而曲兮窈而深，胜比太行李盘谷。

新婚两首

铜漏迢迢夜似年，房中端整合欢筵。新郎依旧书生样，低诵关雎诗一章。

其　二

小春天气早梅香，烛影摇红闹洞房。郎为新人羞不得，大家争看秀才娘。

老　松

光阴如过客，此树自春秋。马齿难抡指，龙鳞又倒头。
风雷原可憾，梅竹本同幽。若问何人种，盘桓抚不休。

挑　灯

会向更深看弈棋，曾从夜半苦吟诗。今宵别有开心事，笑问灯花知不知。

新正偶书三首

半雨半晴正月天，客来都为拜新年。笑余不与人同样，一个知交寄一笺。

其　二

东西邻舍酒筵开，一日招侬醉一回。更爱酒余人未散，夜深忘却到家来。

其 三

一尊闲坐小窗纱，看到园中兴尚赊。兰为旧栽初见蕊，梅因新种未开化。

春兴寄张玉轩

毕竟闲居事事宜，聊将佳趣报君知。竹间常醉刘伶酒，松下频敲谢傅棋。
三径无花春插柳，一窗如水夜吟诗。山中合似琅环地，愿与张华共赏之。

题天尊岭张氏山居图诗六首

林密山深别有天，子孙相住百余年。知他人是神仙裔，来结红尘以外缘。

注：天尊岭，今名天井岭，在桐庐县钟山乡歌舞村，以产南宋贡茶"天尊贡芽"名。

其 二

山青水绿野花红，三月春光入望中。更有采茶人几个，白雪岭上啸清风。

其 三

万竹扶疏护四旁，绿阴如水午风凉。问谁修有徽之福，消遣炎炎夏日长。

其 四

霜夜阑珊映石苔，红于二月野花开。几家犬卧柴门外，不见停车客到来。

其 五

北风料峭雪沙沙，夜半围炉聚一家。更爱山高春信早，岭头十月放梅花。

其 六

耕云樵月路参差，中有幽人少见之。笑我与山缘分好，村居图上独题诗。

茆山小憩

路转峰回处，闲游二月天。水深红杏雨，衣泾绿杨烟。
野叟剧篱笋，行人唤渡船。幽兰花不见，香到屋旁边。

注：茆山在桐庐县分水镇儒桥村。

桐江夜咏

一灯如豆夜吟诗，吟到家园得句迟。最是不堪回首处，双亲嘱我出门时。

春闺怨两首

春风飘荡绿阴窗，蕙怨兰思聚一腔。知否对花人振触，飞来蝴蝶也双双。

其 二

一灯夜夜守罗敷，心迹浑如月影孤。倘使来生缘未满，愿君为妾妾为夫。

思 睡

读书夏日长，六经不得醉。一到午炊余，欠伸便思睡。

桐君山怀古

桐庐县前桐江侧，上有桐山高百尺。竹木阴浓四面环，千载山名称藉藉。
两间石屋白云里，闻君桐君曾隐此。桐君不知何许人，炼丹采药逃尘市。
吁嗟富贵谁消爱，一梦黄粱复何有。十二万年一局棋，百千万劫一杯酒。
我今吊古不胜愁，昔人羽化作仙游。仙踪剩有山名在，塔影摇空映碧流。

夏夜即兴

清风明月夜迢迢，一曲幽琴人寂寥。独向菱荷池上立，想花心事要花消。

闲 愁

破砚成何事，家园人别离。梦随秋雨乱，心有夜灯知。
客馆虫鸣早，亲门雁到迟。闲愁消不得，况是稻花时。

忆内两首

乍闻秋笛送高楼，又听鸡声报晓筹。烟雨一窗灯一点，可知安汝在心头。

其 二

薄被孤衾梦未成，怀人忘却夜三更。枕前愁绪窗前雨，一样纷纷数不清。

月夜舟行浪石

作夕桐江游，清旷如天阙。今夕浪石来，高低如营窟。
苦彼操舟人，夜静无休息。一篙复一篙，急水打明月。

注：浪石，即浪石埠，天目溪水陆交通古埠，在桐庐县横村镇。天目溪境内，金滩，昔时钱塘江潮上涨至此，又名"潮逆滩"，现已发展为"浪石金滩"风情休闲旅游区。

题西坞归樵图

朝从西坞出，从暮西坞归。得得下高岭，行行住翠微。歌声杂流水，
人影浓斜晖。已离樵夫路，旋过钓者矶。偶逢叟扶杖，又见童牵衣。
坐磴情欵欵，班荆语依依。林恋明月上，茅屋暮烟飞。小憩竹篱外，
携幼人柴扉。

注：西坞，今名西村，在桐庐县百江镇。

闻邻叟谈粤冠事赋诗纪之

家居无事过西邻，邻叟婆娑寿七旬。入世曾见四朝人，沧桑变幻知其因。
道是咸丰岁庚申，日月顺轨雨露匀。东家谷堆廪与囷，西家籯满金与银。
香花爆竹祀明禋，礼毕群贺新年新。新亲旧眷宴嘉宾，惠肴椒酒诗歌豳。

不图时闰三月春，厄运忽觏嗟不辰。粤西发逆寇城堙，妖氛四起如黄巾。
邑小苦无巡兵巡，官奔吏窜民优优。连年搜刮穷崖垠，骈肩累迹争避秦。
昼伏荒沟夜空宅，鸟惊兽骇车辚辚。襁负其儿防儿呻，引衣亟自塞其唇。
饥来不敢锅烧薪，肠鸣辘辘如转轮。眼不夜合同枯鳞，妻妾对坐无笑颦。
丧家之狗声猤猤，狡狯翻东羡郭巍。大憝初平烽火泯，小丑忽又跳棚民。
假号义勇境连淳，性如猥貐势难驯。揭竿啸聚山之津，络绎如梭往来频。
劫夺不分富与贫，不满其欲怒目瞋。如彼虎视如鹰瞵，吞声饮恨气不振。
斯时地方无官绅，有仇谁复冤难伸。同治纪元乡里均，天不悔祸疫疠臻。
满坑满谷尸横陈，伤心惨目平生亲。间有一二心不仁，出妻屏子亡人伦。
孤燕归来难栖身，旧巢大半化为尘。山川未改城阙湮，钟簴空列庙无神。
鸡犬断绝失宵晨，天昏地暗鬼聚燐。戚友相见话酸辛，面目黧黑皮肤皴。
一生九死万事屯，贫病交困愁谘询。腰系犊鼻衣悬鹑，鳏寡无媒缔婚姻。
从此土人稀如珍，五方杂处言侁侁。呜呼岁月一转眴，约略前事指堪抡。
余听叟语何循循，耳闻目见或者真。不然但看村墟滨，连云楼阁生荆榛。

注：粤冦即粤寇，是当时对太平天国起义者的称谓。

河湾舟夜

落日一舟黑，孤灯澹十分。江深烟搅月，山远火烧云。
吠犬因风度，寒鸟带水闻。开蓬望无际，何处访桐君。

山　叟

俯仰悠悠世虑删，草庐歌啸一生闲。有时策杖自来往，红树青山碧水间。

桐江雪霁即景

落日满江雪，寒风吹暮烟。鹭鸶能耐冷，立在网渔船。

题冬日读书图

东来爱惜岁之余，岸柳山梅不问渠。一纸烟云双管笔，四檐风雪一窗书。

赠明经张枳廷先生

静里阅人事，闲中洞物情。烟云来有影，岁月去无声。
陶亮能知命，韩康解避名。风尘几达者，可与结同盟。

注：明经为贡生的别称。张承咏，字枳廷，岁贡生。清光绪《分水县志》云：
张承咏好读书，为文典雅，晚益穷困，不受人怜。藜藿充饥，悠然自得。

冬 晓

山里雪初晴，幽禽几个鸣。谁家汲寒水，溪有打冰声。

睡 味

布作衾裯木作床，一窗寒月夜来长。帐檐画有梅花树，睡味悠悠梦亦香。

闻 鸟

雪后月华明，山人睡味清。梦醒闻有鸟，啄木转春声。

谒家司马桂庭公遗像

天地悠悠一转轮，今于纸上谒遗真。衣冠不改前朝样，文物原为后辈珍。
得见须眉频拭目，若论血脉太伤神。碧纱笼就焚香拜，惜我迟生二百春。

春 晓

晓日瞳瞳上，书斋兴味长。昨宵多少雨，春水涨池塘。

离 家

容易韶华付逝川，离家已有廿余天。落花飞向重檐里，辜负春光又一年。

题 画

一个行吟客，飘然天地空。葛巾秋树下，葵扇夕阳中。
逸兴王摩诘，闲情陆放翁。笛声何处起，嘹亮度西风。

追挽郑蘧仙先生诗四首

先生讳错，字蘧仙。生平以教读自给，吾师蒲蓉镜及从昆秋涛两先生俱出其门，咸丰庚申死粤寇难，奉旨赐恤，祔祀忠义祠。

水有源头树有根，先生学派世称尊。不才漫说身无用，心法相传共一门。

其 二

屏山几度讲堂开，桃李春风妙化裁。真是季长宏乐育，得其门者尽英才。

其 三

世味酸咸已倍尝，烽烟忽又遇红羊。九泉莫怨临终苦，名到能传死亦香。

其 四

郑虔品度冠群英，学问深沉意气平。今有几人修得到，门生门下作门生。

赠刘熙庵

读书不得志，友誓似云翻。之子交情淡，与人古道敦。
有时成会晤，无语叙寒暄。即此见高谊，寻常未足论。

注：刘丙勋，字熙庵，生卒不详，清分水武盛（今分水镇）人。廪生。

秋闺怨三首

一盏孤灯罗帐前，秋光如水夜如年。不堪细数郎轻薄，教妾床头抱影眠。

其 二

银河耿耿路迢迢，闻说双星渡鹊桥。妾有闲愁天不管，故将明月照深宵。

其 三

自植园中月季花，花开花落感年华。君如将妾当花看，千万明年人在家。

思 归

闲倚窗前暑气微，暗将私语问斜晖。玉屏山下芙蓉树，可有秋花待客归。

秋 晴

溪上水初平，山中雨乍晴。田家自由乐，打稻送秋声。

月 饼

既以月为饼，还需玉作盘。嚼开香细腻，捧出影团圞。
食可酬佳节，形原仿广寒。送来先九日，甜极忘三餐。
白酒陪逾美，红绫比亦难。自堪盈手赠，却莫举头看。
花样真奇巧，云衣衬夹单。笑余留齿颊，犹未免儒酸。

家居即兴

漫说家居好，家居事更忙。诗篇删旧稿，场圃晒秋粮。
村女求花样，邻姬乞药方。余闲能有几，全赖夜灯长。

迟友人不至

呼僮为我拂窗纱，好与良朋望月华。空有相思一宵梦，不知走到阿谁家。

题西坞主人壁上两首

山影深沉林影密，羲皇上人此容膝。虽无丝竹管弦声，也有松涛吼虚室。

其　二

屋外两山都蕴藉，门前百花自开谢。烟霞供养日月长，俯仰天地一茅舍。

哭从昆秋涛先生三十六韵

梁木山中坏，荆花园里愁。一棺今日盖，万事此生休。竟作先人伴，
谁分后辈忧。宗支原共派，家乘要重修。小牖灯侵壁，疏帘月在钩。
旧容难觌面，前轨怕回头。风度陶元亮，天怀王子猷。守身有龟鉴，
摘句比狐裘。宽和留余步，谦冲集众谋。文章摹陆贽，史传学班彪。
劫后门间大，堂中绰偄优。安危关井邑，闻望满城陬。忆我垂髫日，
为兄落魄秋。事虽诸侣误，罪岂达人羞。鞶带终朝褫，华严小劫周。
柳公谪潇水，韩傅贬潮州。共喜皇恩渥，何虞众口咻。长沙归贾谊，
即墨隐黔娄。忽羡凌烟阁，将乘破浪舟。夺标期拜将，投笔觅封侯。
怎奈才堪用，偏教命不犹。雄心凉似水，佳日速于邮。从此云间凤，
浑如江上鸥。曾寻三竺胜，又选五湖幽。越郡印鸿迹，吴门访虎丘。
展禽悲伏枥，范蠡爱持筹。族命为师长，人争奉束脩。愧余类樗栎，
随友侍巾帻。旧业烦商榷，新裁费校雠。琴容钟子赏，笛许李謩偷。
空负家驹誉，惭非海鹄俦。吹篪音未和，立雪德难酬。讵料书千卷，
都成土一抔。程门凉夜雨，姜被冷高栖。多女怜淳意，无儿哭邓攸。
庭中虚设位，蟋蟀咽啾啾。

折洋菊花一枝以谢俞雪亭

陶潜窗下话重阳，恰好归来菊正黄。近日秋容虽着雨，此生傲骨不愁霜。
种传异域奇还瘦，花似交情淡始长。把酒临风增别意，殷勤寄与故人香。

寄怀陈静庵四首

梦影荒唐说亦嘉，记乘车访故人家。南屏峰与东溪水，恣意闲游衬晚霞。

其　二

游罢同归分绿居，劳君暖酒配鲈鱼。一灯如豆西窗下，又看蚕眠细字书。

其　三

开眼茫茫夜四更，满山风雨作寒声。虽然梦是虚空境，难得糊涂一面情。

其　四

别后光阴两月来，梅花又向岭头开。不知草枕绳床里，曾亦同时梦一回。

醉　兴

何以消夜长，开心惟有饮。一饮两三杯，骨腾醉不醒。睡足四更天，
向妻索佳茗。既以清酒怀，因之发时兴。秉烛启柴扉，扫叶坐萝径。
四顾寂无声，天光如水净。月上碧苔阶，澹然摇竹影。

杨村古银杏诗

杨村昔住三两姓，维桑与梓俱恭敬。类聚族处百余家，家有田园园有井。
自遭劫火不胜愁，沧桑变幻人烟冷。草摧木卒天地秋，阅人成世惟银杏。
银杏年年夹道旁，一株两干廿丈长。春夏葱茏沾雨露，秋冬剥落傲风霜。
人烟境改不转瞬，此树岿然鲁灵光。昔日曾逢盛世盛，今日又见荒村荒。
山下忽遇樵叟至，自言寿有八十四。芒鞋竹杖坐苍苔，依稀能述前朝事。
道言国朝鼎革初，此树传闻已如此。其村先居杨氏人，地以姓纪传其真。
杨氏一去不复返，乃有张氏及王陈。屋舍鳞次树左右，祀树有时秋与春。
雷火不劈风不拔，或者树老能成神。呜呼叟言棋一局，耳不忍闻心振触。
树犹如此人何堪，落叶满地村无屋。斯时九月西风寒，萧萧吹出凄凉曲。
羊牛下来叟别离，夕阳散乱鸦归宿。

　　注：杨村，在今桐庐县百江镇。

雨 夕

虫声唧唧雨濛濛，起坐无聊睡又空。窗下孤灯窗上纸，一齐都怕夜来风。

大风夜坐有怀张玉轩

北风随处鸣，陡觉夜寒生。时与水争响，全凭树作声。
荡摇灯一点，昏晕月三更。安得同心者，围炉坐到明。

雪夜访村樵不值

踏雪访山樵，沙沙路一条。夜深人睡着，月上老松梢。

雪后夜咏

门外雪盈尺，诗情夜更孤。窗明灯焰澹，溪涨水声粗。
冷伴月三径，寒消火一炉。想来尘世上，热客近应无。

梅

谁是画梅手，传神到十分。夕阳三径雪，流水一溪云。
有月影相见，无风香自闻。花间没知己，澹泊独离群。

山斋春兴

花渐嫣红草渐繁，好将师账设家园。安排笔砚工居肆，料理琴棋客到门。
诗岂能工还待学，书因未熟要重温。诸生偏有从又乐，春雨春风坐满轩。

游桐山即兴

为访幽人去，行行兴若何。山深云影重，溪仄水声多。
小径松根露，平堤柳线拖。况当天气暖，随处有吟窝。

注：桐山在桐庐县百江镇联盟村。

柬蒲雪林三首

会记年当十五余，绿杨坳里近何如。与君夜夜灯窗下，共学吟诗共读书。

其 二

两载从师到杏坛，花晨月夕倚栏杆。谢君多少周旋意，不作常人一样看。

其 三

此后山河两处分，愧无笔墨寄同群。要知旧雨相思地，日日窗前看暮云。

蠡湖村

花明柳岸日迟迟，如此村庄少见之。数里林峦摩诘画，一溪烟雨放翁诗。
龙山塔耸云收后，凤寺钟敲月上时。若问当家无别事，男儿耕嫁女儿丝。

注：蠡湖村在今桐庐县分水镇，传说为范蠡、西施晚年隐居之地。

春日杂咏七首

自爱园中景物华，三分菉竹二分花。遥看恰是天然画，何用亭台面面遮。

其 二

玉屏山下一灯开，煮酒煎茶夜几回。窗外风声如试剪，也应裁出柳条来。

其 三

山里闲居心太平，好将琐事入诗情。旧留茶叶添香气，新着浆衣有响声。

其 四

泥墙围住水之涯，半作书堂半作家。漫羡园中春色闹，今年添种几枝花。

其 五

随意闲吟心自舒，夜来春兴又何如。海棠花下烧高烛，不看红妆只看书。

其 六

门要常关诗要吟，近来安稳自家心。莫教化作翩翩蝶，飞入花丛恐不禁。

其 七

知交落落两三人，云树相思梦亦亲。安得右军修禊事，兰亭同醉永和春。

园中漫兴

雨余游小园，三径泥黏屐。深树乱幽禽，群芳醉飞蝶。
露垂碧桃花，烟锁绿杨叶。风物一番新，自知清赏惬。

题鹳坞邵氏山居

安得将身住此间，四时佳兴赋闲闲。牧童春放露三径，樵子东归雪半山。
秋日读书黄叶磴，夏天垂钓绿杨湾。辋川别墅柴桑里，一样村居脱俗寰。

注：鹳坞在桐庐县百江镇联盟村，现为双坞水库库址。清陈元赏有《鹳坞月印》
诗，为百扛（百江）古八景之一。

书 味

醮墨研朱笔数支，一窗晴日影迟迟。咬文嚼字甘于肉，不读书人味不知。

题蒲蓉镜先生修竹居

左右皆修竹，山扉昼亦扃。烟沉三径黑，风送四时青。
禽鸟自来去，渔樵共醉醒。世人不相识，天护草堂灵。

注：蒲礼元，字蓉镜，生卒不详，清分水歌舞（今浙江省桐庐钟山）人。郡增生，
诗人的老师。光绪《分水县志》载：蒲礼元少负才气，辛酉粤匪扰境，击贼于歌舞岭上，
以军功保举县丞。贼平后襄理地方善后事宜。

春日过京塘庄

青山碧树四围遮，路转峰回住几家。麦垅如云春伏雉，秧田有水夜鸣蛙。
旧藏咸芥堪烧笋，新摘香栀好窨茶。剩笑儿童不知事，绿杨堤畔捉飞花。

注：京塘庄，即金塘坞，在今桐庐县百江镇，今为畲民族村。

春雨夜坐

寒意入帘栊，吟诗坐牖东。雨声如泻瀑，灯影不禁风。
淅淅春将暮，迢迢夜正中。明朝小桃树，愁见落花红。

劝　花

蝶怨风愁花事稀，山人携酒送春归。劝花莫道风吹落，风到停时花亦飞。

挽雁塔方蓉台先生四首

风正癫狂花正飞，忽传哀讣到柴扉。半为乾父半师长，回首难禁泪自挥。

其　二

文章得宠本难当，偏向人前誉不忘。转眼春风何处去，程门一过一思量。

其　三

心如铁石口如弦，同辈何人可比肩。幸有前言犹在耳，好将直道当薪传。

其　四

膝下零丁晋邓攸，旧时门第冷于秋。令威倘有归来日，老泪潸潸定不收。

注：雁塔，在桐庐县百江镇与淳安县的交界岭上。塔岭村后坐山名雁岩，当地人叫石坨。因坨与塔在方言中发音相近，故雅称雁塔，村名塔岭。

自 笑

自笑桑弧志，平生只独居。丹铅双管笔，风雨半窗书。
家有幽人榻，门无显者车。世间没名姓，踪迹溷樵渔。

茆山村

路转峰回二三里，豁然开朗见榆枌。会心不远溪中水，乐意相关岭上云。
天以雨晴分冷暖，人于春夏聚耕耘。此间自有寻诗趣，散步林皋趁夕曛。

榴 花

榴花不向艳阳开，桃李春风莫漫猜。但笑荧荧红似火，蝶蜂也怕进园来。

长 住

稚雨雏晴径掩苔，园门虽设没人来。好蔬密密多于竹，嘉果累累熟到梅。
随意读书原有福，将身应世本无才。何妨长住山林里，对酒高歌心自开。

秧 马

岂有分秧马，田家制亦工。蹄翻黄麦浪，影趁绿杨风。
骑去随农父，鞭来误牧童。忽闻牛背笛，同返夕阳中。

注：秧马，种植水稻时，用于插秧和拔秧的工具。外形似小船，头尾翘起，背面象瓦。操作者坐于船背。如插秧，则用右手将船头上放置的秧苗插入田中，然后以双脚使秧马向后逐渐挪动；如拔秧，则用双手将秧苗拔起，捆缚成匝，置于船后仓中，可提高功效及减轻劳动强度。

艾 虎

艾虎谁装出，端阳韵事同。结须劳缚彩，插鬓怕飞蓬。
叶小雕镌细，风从顾盼雄。倘教蜂蝶见，不敢出花丛。

注：艾虎，端午节驱邪辟祟之物，以艾编剪而成，或剪彩为虎，粘以艾叶，佩戴于发际身畔，也作装饰品。

初 晴

笔砚生涯得自如，凭他晴雨只闲居。但因连日径霉泾，嘱咐儿童要晒书。

苦热两首

荷花天气坐吟坛，矮屋无风度日难。心本不惭颜有汗，诗人近亦怕人看。

其 二

天自有风炎在户，榻原无火热如炉。此心又复愁人苦，不画刘褒云汗图。

题陈应斗先生传后（并序）

先生系明洪武时选贡，举贤良方正，除山西道御史。建文初调山东道，靖难兵起，先生闻帝命李景隆督师，知事必危，辄痛哭流涕，后居临清北兵逼城，乃自缢，胡彦彬有传。

四野干戈战未休，天将奇祸厄名流。纵教儒吏存忠悃，怎奈将军少善谋。事到难图惟一死，史虽无考亦千秋。先生合是睢阳守，心与张巡一样愁。

夏日偶书九首

晓色重重到牖前，儿童替我拨垆烟。近来学得嵇康懒，不问阴晴还要眠。

其 二

灌花时把小园开，身倦还浇酒一杯。傍午热肠消不得，自摇修竹等风来。

其 三

洛神闲写两三行，何事能消夏日长。田有荷花园有竹，不须觅地去寻凉。

其 四

鸡冠花有几支开，一日园中看一回。为底熏风吹不定，蜻蜓飞入讲堂来。

其　五

荷花天气纳凉时，不看他书只看诗。八尺匡床一尊酒，个中趣味几人知。

其　六

小倚窗前暑气消，凉风习习竹萧萧。轻狂惟有绵蛮鸟，故立枝头自荡摇。

其　七

学生傍晚放归家，澹澹斜阳照碧纱。如此闲情消不得，墙边细数凤仙花。

其　八

茶烟琴韵两徘徊，如水歌声何处来。正欲卷帘问明月，好风一阵替吹开。

其　九

放浪形骸宇宙宽，玉屏山下作吟坛。诗成自笑清于水，惹得他人和亦难。

夜　遣

凉夜坐空庭，灯光剪更青。屋深藏斗鼠，檐静入流萤。
读罢琴开匣，吟余酒倒瓶。当窗望明月，白露暗前汀。

秋夜闻客吹笛即赠

茶香酒热客登楼，铜笛摩挲相对幽。知否心无烦恼念，月明如水一声秋。

柬张玉轩

山中鸿雁几回过，别梦连宵奈若何。意以层澜吹更阔，语凭尺牍写无多。
羡君风月陶情性，愧我文章落臼窠。倘有相思消不得，也应时寄绕梁歌。

雨 后

一幅糊涂画，诗从雨后题。有山皆雾掩，无树不烟迷。
门外溪声大，村边云影低。忽看双燕出，飞不辨东西。

登东溪安禅寺旧址有感两首

颓墙破瓦碧苔封，谁向庵前问旧踪。千古东溪溪上月，梦醒无复五更钟。

其 二

曾坐桥上印秋霜，曾坐碑前认夕阳。今日僧亡菩萨去，教人何以说沧桑。

注：安禅寺，在分水西二十五里百江庄（今浙江省桐庐县百江镇）永济桥头。元昌敏有《安禅松竹》诗，为百扛（百江）古八景之一。已圮。

柳山庵

如在云梯上，浑忘石级长。远涵秋水静，低拾野花香。
修竹能医俗，疏松自引凉。晚钟催客去，余韵咽斜阳。

注：柳山庵，在分水西二十六里百江庄（今浙江省桐庐县百江镇）柳山下。清陈泰今有《柳山远眺》诗，为百扛（百江）古八景之一。已圮。

过乡贤里赠张玉轩

古柏乔松护一庭，参天拔地四时青。所思不远东流水，且住为佳西爽亭。
韦陟厨修供客馔，张华案叠度人经。山辉川媚君知否，为有前贤地始灵。

登伊山普济庵故址

此寺会经春复秋，因遭劫火不胜愁。数椽梵室埋荆棘，百尺钟楼变壑丘。
蔓草沿溪猿独笑，苔花满地鹤空游。荒郊寂寞僧何在，但见斜阳映碧流。

注：伊山，在浙江省桐庐县百江镇联盟村，山下邵舍埠旁旧有普济庵，已圮。

重游紫龙山两首

天气阴晴大麦黄，记曾前度上云乡。者番又见秋光好，树正阑珊菊正香。

其 二

山势迢遥曲径通，仰观俯察万怀空。此来似补登高会，一路茱萸花半红。

注：紫龙山又名官山，在浙江省桐庐县分水镇与百江镇界上，海拔 843 米，北麓旧有紫龙王庙，已圮。

瓦窑坪

岭自回环水自流，昔年闻有半仙游。路于松竹从中出，庙向峰恋缺处留。
红叶翻鸦千树晚，白云卧犬几家秋。此身笑乏摩天翅，飞到龙山最上头。

注：瓦窑坪在浙江省桐庐县分水镇塘源村洪坑。

茅 屋

茅屋两三间，天宽人又闲。知心对流水，开眼看青山。
秋老诗情瘦，才疏世虑删。莫嫌生计少，松菊满柴关。

柬陈静庵两首

秋风寒半楼，秋月白三径。园孕芙蓉花，地摇梧桐影。
何以遣良宵，开尊聊独饮。一杯复一杯，中有怀人兴。

其 二

东溪水两条，屏山峰几点。路仅五里遥，往来殊不便。
数月通一书，半年晤一面。何如梅花城，朝夕时相见。

霜天有感

秋霜凛冽十分加，物理人情较不差。枫纵参天还落叶，菊虽卧地尚开花。

秋晚登屏山绝顶

四顾茫茫集，秋怀酒一尊。横藤常碍路，落叶又归根。
晚籁送群壑，夕阳明远村。登高一长啸，天地澹无痕。

山中送俞雪亭

晨光暗淡上柴扉，红树萧条响四围。为底愁怀消不得，满天风雨送人归。

夜　兴

灯火一窗酒一壶，山中安稳白云夫。身虽有病心终健，腹本无才胆自粗。
诗写性灵风调野，琴弹哀曲月轮孤。此生不是陶元亮，也种门前柳五株。

书斋冬晓

重裘夹帽小窗东，日影凝寒澹不红。几个学生书要背，砚池冰用火炉烘。

晨　兴

昨夜添寒绪，非风亦非雨。晓起三径中，雪深一尺许。

挽桐江业师胡心香先生五首

雪花飘荡月嘉平，哀讣传来泪欲倾。怎奈岁残人又病，不能亲自奠先生。

其　二

会向春风坐两年，读书论古集群贤。笑余不喜芦茨剧，灯火教陪五月天。

其　三

记得前年食饩时，斗宵报捷夜迟迟。喜而不寐灯花灿，半为门生半为儿。

其　四

吟风弄月夜敲诗，曾见掀髯得意时。今向彭宣问衣钵，瓣香愁上第三枝。

其　五

家有传人道自尊，世无知己学谁论。不才此后桐江去，愁对程家雪一门。

注：胡景曾，生卒不详，字心香，桐庐芦茨人。清同治癸酉拔贡。民国《桐庐县志》
载：胡景曾湛深经术，风度端凝。九膺乡试，三登荐牍。晚年设塾讲学桐庐、分水，
两邑士子。

见少年扶杖者赋此戏之

少年忽扶筇，令我猜难定。双眼非膏肓，两脚且端正。
不是授高堂，岂因陟峻岭。若遇尼山师，夺杖叩其胫。

题何荪庵先生寒灯课子图

窗外沙沙雪有声，剪灯课子眼常明。妻帑睡着浑无事，人与梅花一样清。

一　望

一望白无际，诗情雪后增。寒凝千嶂月，冻结四檐冰。
山缺云封树，窗疏风碍灯。夜长人不寐，独坐静于僧。

倦　来

寂寂山窗夜听鸟，吟霜思月此心孤。倦来独自和衣睡，梦影荒唐醒却无。

闻　鸟

半夜鸟栖树，月明星渐稀。啾啾尔何事，或恐诗啼饥。

吟诗自忏

未植灵根强学诗，一经按拍便支离。不如焚郤从前稿，再向名山访尊师。

立春日登静庵此寄楼作

东溪访古人，一见尘容少。上上此寄楼，开窗舒怀抱。暮云低远山，
残雪压芳草。石上松树幽，园里梅花好。主人且酒尊，未劝先相笑。
道言古今来，万事难逆料。今是迎春时，蓬门为春埽。不图春未来，
忽见君先到。春风如有知，应说君来早。

注：此寄楼，陈本忠（字静庵）住所斋号。

春　昼

莫漫愁无事，闲过三月初。笋留新种竹，字补旧钞书。
柳絮因风埽，桐花带雨锄。更怜春昼永，歌咏伴樵渔。

偶　咏

漫厌红尘堕，此身颇安妥。杨坳年年居，芸窗时时坐。夏日引熏风，
竹叶千万个。秋日傲寒霜，菊花三两朵。独谈一家言，不习六壬课。
爱惜阴如金，欢笑眉无锁。勿谓无良朋，渔樵时相过。勿谓无同侪，
童冠常满座。眼见读书人，竟有不如我。

雨后家居即兴

一雨潺潺水涨溪，春风人坐小窗西。花间紫燕参差舞，树立黄鹂睍睆啼。
獭祭每嫌书卷少，鸠居不厌户庭低。胜他潦倒红尘客，岁月奔波送马蹄。

暮春杂兴两首

春雨绿杨坳，飞花卷树梢。殷勤双燕子，归认去年巢。

其　二

童冠偕风浴，闲游三月天。依依杨柳树，吐出一溪烟。

夏晓两首

自拔铜垆爇寸香，埽除热恼此身凉。因风吹出窗棂外，一缕清烟篆更长。

其 二

写就新诗十数行，瞳瞳红日下平冈。腹饥手倦身将起，恰好晨炊饭已香。

长 昼

有福住林泉，逍遥五月天。睡将书作枕，吟以板为笺。

待燕开蓬户，驱蝇烧艾烟。日长人自在，或恐是神仙。

题桐江家益香漱石居壁上

西楼叩饮碧筒杯，小倚窗前逆兴催。三径黄花秋雨暮，半江红树夕阳开。

山光远近浮吟榻，帆影高低过钓台。如此天然风景在，有谁写入画图来。

夜 窗

小窗际秋夜，独坐自徘徊。明月一帘卷，清风雨扇开。

灯花摇影上，邻笛送声来。闲味难消遣，醺醺酒满杯。

秋 园

日涉东篱径未荒，者番景物费平章。秋山明净十分好，空水澄鲜一味凉。

桑叶径霜都改色，菊花带雨不闻香。闲云也解闲人意，低挟轻风度过墙。

溪 上

几枝修竹晚风吹，袅袅秋阴映水湄。一阵游鱼都避去，似疑上有吊杆垂。

过黄山

绿竹开幽径，郊居俗气无。交情通牧竖，乐趣问樵夫。

山水清诗梦，烟云入画图。门前秋叶落，客到屐声粗。

> 注：黄山，村以坐山得名，在今桐庐县合村乡三源村。

登儒桥文昌阁晚眺

闲上层楼破寂寥，凭栏四望俗尘消。白云远护龙山塔，流水低回凤市桥。
僧磬数声随月起，村烟几缕任风飘。此间景物今犹昔，前度游人何处招。

> 注：儒桥，古称凤市，在浙江省桐庐县分水镇。

罗伽山脚晚步

四山低夕曛，兰若访僧群。万籁一时寂，钟声度白云。

> 注：罗伽山在浙江省桐庐县分水镇城北。旧有云护庵，已圮。

夜过何氏书塾谒业师蒲蓉镜先生

官鼓冬冬夜漏长，二分明月十分凉。偶随伴侣游三径，难得师生聚一堂。
过眼悲欢怜往事，满腔磊块感名场。何时稍遂凌云志，惹得程门雪亦香。

消寒八咏

窗里夜寒增，轻纱糊一层。刷来明似纸，望去薄如冰。
雪映忽疑月，风摇肯护灯。梅花香不到，瘦影照嶙嶒。糊窗。

其 二

大有回春力，分吟句更工。雪忘三径白，烛剪一窗红。
座启团圞月，门观料峭风。先生多絮语，头脑笑冬烘。围炉。

其 三

砚田耕不动，愁对晓窗中。一夜冰凝白，三竿日晒红。
气和池水活，香暖墨花融。尚有膏肓疾，还须用火攻。炙砚。

其 四

笔亦如人样，惟柔乃济刚。寒窗挥直干，冻管笑强梁。
到口津犹冷，含毫墨自香。江淹花渐放，相对倍芬芳。<small>呵笔。</small>

其 五

不向寒檐下，梅花折一枝。旁观原解事，闲步且吟诗。
壁画留心读，窗尘用口吹。看书翻几页，味有舌尖知。<small>袖手。</small>

其 六

天赐黄棉袄，披来味更亲。东窗忘是腊，北陆暖于春。
风动松摇影，梅开花印身。不须私献出，受福恐无人。<small>曝背。</small>

其 七

踪迹鸿泥在，何妨雪满堆。心闲诗兴剧，脚健屐声开。
茅屋冲寒出，梅园冒冷来。忽逢沽酒店，小饮两三杯。<small>踏雪。</small>

其 八

应有梅花放，逢人访问难。骑来驴背稳，听到鹤声寒。
笛是谁家弄，琴从何处弹。回头香忽在，且折一枝看。<small>寻梅。</small>

冬 昼

雪正盈山水正烟，梅花香到竹篱边。南檐静坐人无事，冬日长于六月天。

喜张玉轩过访

一曲幽琴坐绿阴，何缘倾盖聚苔岑。梅花枝上春才到，樽酒窗前夜已深。
我似懒云难出岫，君如新竹易成林。今宵倘有联吟兴，郤胜离时寄好音。

雨后春望

三月春光雨后催，好将诗句侑新醅。溪因水涨沙痕没，山为云消树影开。
窗下煎茶烟出屋，花间埽径屐黏苔。幽人浑似王摩诘，绘幅辋川图画来。

山人见赠白玉簪花开而紫赋此以感

笑受山家白玉簪，栽培功费十分深。何图花亦如人样，论到交游鲜素心。

赠益香蟠桃树词三首

群山会上一枝春，方朔偷来邰费神。赠与君家要珍重，怕风怕雨怕红尘。

其　二

蟠桃合衬小蓬莱，带叶莲枝今送来。一事太难君懊恼，三千年始见花开。

其　三

水阔山长相见难，姜家大被不胜寒。将花分与桐江去，好当园中棠棣看。

晓　醉

昨夜春风冷，晓起醉酩酊。一入酺腾乡，傍午睡初醒。开眼乞甘泉，
屋舍摇如艇。山妻心匆匆，供我一瓯茗。床头取酒瓶，摇手曰不肯。

蛟水行己丑七月将登谷，黄云蔽野场圃筑

风旱不臻蝗不飞，家家准备豚蹄祝。忽于廿七黄昏时，洪水横流何太促。
地裂山崩田变溪，犬吠豕嗥鸡升屋。山村惊悸人登高，诘朝相见心蹙蹙。
路上乱鱼裹淤泥，仓中饥鼠餐腐粟。高原下隰不分明，今日重见沧桑局。
吁嗟春夏胼胝功，一朝废弃空劳碌。兼之堰墈淹没多，新谷无收愁坍塌。
父老诉与邑侯知，踏勘田庐车辗辘。农家男妇一齐来，呼天呼爷身匍匐。

千回百转苦哀求，天道茫茫侯亦哭。且言造物机我深，臣也无罪民何讟。
作善降祥恶降殃，天不糊涂天竟毒。于是泣血绘舆情，屡乞上台驰奏牍。
复请颁下内府钱，寒者得衣饥得粥。挑沙搬石开沟塍，东阡西陌重修复。
若非守吏费经营，炎黎谁庆更生福。安得生花笔一枝，岘山碑上书司牧。

雨　夜

风急灯危雨乱催，小窗关住又吹开。满山吼出松涛响，疑是前溪水涨来。

别　燕

杏花开日访茅衡，吹到秋风渐欲抛。归路定从黄叶渡，来时应认绿杨坳。
惭余无力营新屋，累汝多情恋故巢。欲去重回飞不定，想难离是旧知交。

劝学诗

日月如水流，一去不回顾。身世如云浮，一别留不住。既作学中人，
须识学中趣。学如鸟数飞，韶华无虚度。粤稽夏先王，寸阴常爱护。
又稽商大夫，古籍深企慕。博学如文宣，项橐为师傅。好学如大贤，
孔门习趋步。至至诸名儒，更仆难细数。昌黎精于勤，明道坐如塑。
画粥范公贫，负来倪宽苦。车生囊照萤，董子书不蠹。元標杵磨针，
刘峻麻作炷。谁不懔鸡鸣，谁不戒驰骛。为劝诸徒游，一一知其故。
肯炼九转丹，自入九经库。理贵溯渊源，功非嚼章句。立志为先基，
正心为本务。境淡味斯长，道修德乃裕。勿谓质太愚，潜心自颖悟。
勿谓时尚宽，转瞬即迟暮。勿谓回也贫，君子安其素。勿谓牛也忧，
达人随其遇。安富何足荣，饥寒何足惧。惟此名不成，斯为人所侮。
倘失东隅光，徒醒南柯寤。亡羊空补牢，刻鹄不类鹜。悲哉如蜉蝣，
忽焉入邱墓。萧条风雨声，摇落松楸树。没世人不知，其鬼亦惊怖。
逝者已如斯，吾曹毋自娱。勉旃复勉旃，共入青云路。

久 雨

久雨兴阑珊，开窗当画看。黄花三径湿，红树一村寒。
漠漠云迷岫，潺潺水没滩。晨晖来又去，天气老晴难。

冬日作七首

山斋晓起静于僧，红日东窗尚未升。唤取儿童炉里火，替余烘破砚池水。

其 二

自界乌丝写碧纱，寒风扑面眼生花。更怜冻墨无浓色，比到涂鸦恐不差。

其 三

莫道乡居闻见无，读书最怕是心粗。近来解得潜修味，学有从人德不孤。

其 四

偶到寒郊兴自豪，白云红叶望周遭。一天似压山头顶，直上山头天亦高。

其 五

向晚归来人寂寥，天然图画倩谁描。远枫红在斜阳外，疑是春山野火烧。

其 六

屏山楼上自婆娑，好把闲情入醉哦。傍晚风声吹不定，明朝知道晓霜多。

其 七

寒夜如年乐有余，眼明心静赋闲居。鸟啼月落鸡催晓，一盏孤灯尚看书。

种牡丹

兰贫菊瘦海棠痴，种与花园笑不支。剩有牡丹能富贵，栽培须在未开时。

寄儒桥赵菊舲

一堂知己数晨星，况复浮于水上萍。曾点归时谁鼓瑟，承宫去后熟闻经。
径因待客草俱绿，灯为怀人花倍青。安得春风倒吹起，送君身入枕流亭。

春　晓

春风二月山村里，屋前屋后鸟声喜。晓来无事烟火迟，红日三竿人睡起。

书陈鳌峰先生禁种苞芦论后四首

皖江前有老农夫，问到谋生此地无。杉黍溅青都不种，满山满垅种苞芦。

其　二

半养蚕桑半种田，何须设计害山川。可知分水琼林宴，都在乾隆前几年。

其　三

一年栽种一年贫，燕子衔泥费苦辛。为底土农不知事，近来也有效尤人。

其　四

去秋蛟水降天灾，尽在苞芦地上来。往者不追来可谏，荒山从此莫轻开。

雨后吟

夜雨何时歇，朝曦随处开。山窗清似水，村路滑于苔。
瓦厚湿烟起，楼低空翠来。吟诗谁作伴，独坐酒盈杯。

看牡丹有感

生成国色伴楼台，不向篱边独自开。怎奈此花名太重，游蜂醉蝶惯飞来。

闲 情

村居无事味清凉，相对铜炉一炷香。天静云原难出岫，风多花亦肯升堂。
从为师后心逾敛，自阅人来兴不狂。大半闲情流水外，看鱼懒用网罗张。

村居两首

毕竟村居好，村居景自殊。一溪流水静，四面乱峰无。
松老涛声大，山高月影孤。画师如到此，合写卧游图。

其 二

毕竟村居好，村居数十家。楼台连阜起，园圃枕溪斜。
八月农登谷，三春女采茶。不同城市上，日用竞繁华。

寄家益香两首

昨宵忽到故人边，风景依稀似昔年。润业堂中书共读，论诗窗下句同联。
芙蓉出水三更雨，歌管临风五月天。开眼才知身入梦，不禁惆怅旧姻缘。

其 二

前事回头五六年，欲寻陈迹化为烟。怜君尚抱下和玉，愧我空追祖逖鞭。
半榻残书消白日，一窗苦雨误青毡。可能共遇鸿毛顺，乘着狂风飞上天。

柬陈静庵两首

近将佳趣报陈抟，小小书斋事事安。长日如年诗一卷，绿阴似水竹千竿。
从知足后地逾乐，自耐心来天更宽。如此布衣闲富贵，教人修到几生难。

其 二

自朝至暮兴何如，俯仰悠悠俗虑疏。焚柏子香晨起后，斟蕉叶盏晚炊余。
学徒散早因观稼，知己来迟且寄书。礼法不拘人放浪，形骸曾否类樵渔。

秋　光

夜雨落梧叶，晚风吹稻花。秋光吾羡汝，先到野人家。

秋日杂咏八首

云影天光一色青，绿杨坳里雨初停。爱凉惯卧秋檐下，好看牵牛织女星。

其　二

径防客到晨先埽，门恐人来昼不关。一阵西风吹不定，蜻蜓飞去又飞还。

其　三

因医俗气频栽竹，为爱幽香又种兰。尚有闲情消不得，卧龙桥上试鱼竿。

其　四

一点秋灯四壁蛩，醺醺小坐绿窗东。忘他旧雨相思久，写就诗笺尚未封。

其　五

桂花香出屋檐东，对月闲游夜正中。但笑树低枝压帽，教侬也要折儒躬。

其　六

门无车骑心常静，室有琴书意自闲。为底白云遮不住，一声天籁到人间。

其　七

山里逍遥度岁华，闲随野老插篱笆。近来似觉霜风紧，孕出满园黄菊花。

其　八

金风玉露两相催，园里芙蓉花半开。偶坐窗前心不料，故人书札一齐来。

雨 夜

好景匆匆去，吟情觉寂寥。菊花三径老，风雨一灯挑。
窗外雾低压，山中树乱摇。幸亏家酝熟，将此冷愁消。

田家苦词九首

正月春风吹满庭，家人挈榼拜神灵。老翁无事南檐下，细看流郎地母经。

其 二

杏花时节种田家，作耜装犁修水车。谷雨下齐秧谷子，耕夫从此事如麻。

其 三

赤日行天五月中，夫耕妇馌亩南东。不愁热汗流如水，只愿西成较旧丰。

其 四

山高地瘠小田场，十日天晴岁便荒。无可奈何生计少，家家求雨接龙王。

其 五

山中一夜雨滂沱，田里禾苗荡作波。易涨易消溪涧水，县官莫道水灾多。

其 六

处暑时过田有秋，官通私债一齐收。仓箱依旧空虚样，八口嗷嗷相见愁。

其 七

一亩皇粮五百钱，熟年容易怕荒年。不论水旱恩难赦，直使田家不要田。

其 八

下忙更比上忙难，缧绁敲门夜不安。开锁要钱逋要捕，一时官吏猛于官。

其 九

风雪萧萧腊月寒，一身犹着葛衣单。岁除多做新年饭，只恐邻家借米难。

喜益香归屏山两首

两地离愁划不开，何图今到故乡来。教妻料理家常宴，棠棣花前叙一回。

其 二

商量旧学坐窗纱，天气初晴兴更加。每到枕流亭外去，看山看水看梅花。

示伊山赵翼轩

高山流水访知音，惟汝年来惬素心。倘学董舒通古事，莫忘陶侃惜分阴。
玉须经琢才成器，沙若能淘自得金。此后芸窗毋暴弃，功修终要十分深。

近 来

近来诗境不糊涂，自笑吟成和者无。恐是天公欠公道，诗中着我做鳏夫。

正月偶书

正月月未半，春雪当门盈。山村昼如夜，寂寞无人行。今乃天转意，
红日东窗生。闪闪春气暖，无雨檐有声。幽鸟亦知时，交交相对鸣。

谒县南官山龙王祠

今岁岁辛卯，二月届初旬。登山谒龙词，古迹穷咨询。土人工附会，
向余言津津。道昔三昆仲，入山采樵薪。时代不可考，姓氏亦沉沦。
自是有仙骨，得与仙人亲。弃斧观对弈，不知昏与晨。石上棋半局，
世上岁千春。腹肌赐蟠桃，忽忽轻此身。回首斧柯烂，因之弃红尘。
兄居设峰麓，弟居鹳坞滨。其一隐于此，相继成龙神。雷电供驱使，

风雨作臣邻。邑逢岁大旱，祈祷来官绅。龙山云密密，龙池水粼粼。
杨枝洒甘露，能活我黎民。以故乡里间，塑像酬深仁。岁时过佳节，
家家荐蘋萍。余闻土人语，此事毋乃真。座上旃檀香，随风吹衣巾。
或者祠门外，飘飘来仙人。

注：官山，即紫龙山，在桐庐县分水、百江镇界上，海拔843米。北麓旧有龙王祠，
已圮。传说古时有兄弟三人，以打柴为生。一日入山伐薪，见有二老叟在棋盘石上下棋，
遂弃斧观弈。棋至半局，老人赐以蟠桃，兄弟三人食之，觉身体飘然，回首一看斧
柄已烂。三人也脱离红尘，兄居设峰岭，弟居鹳坞滨，老二隐居于此。兄弟成为龙神，
能兴风雨、润万物，每逢大旱之年，求雨民众不绝。据旧志所载：宋瑞平、元泰定、
明天顺、清嘉庆、道光年间，县令率僚属土庶前来躬祷取水龙池，越三日得雨，无
不灵验，故屡修建其庙，并立碑龙池侧，字"永禁私垦"。

赠龙山叟

山深林密路横斜，禅榻仙枰聚一家。恰好我来天正暖，春风开到瓦盆花。

注：龙山，即官山，名紫龙山。仙枰，指神仙的棋盘，即山上的棋盘石。

山　家

四五人家住，耕樵年复年。诛茅修土室，剖竹引山泉。
晓起踏云去，宵归报月眠。红尘飞不到，鸡犬亦神仙。

分水坞中

澹烟浓雾四围遮，转路峰回石径斜。十里行过人不见，茅庐觉有两三家。

注：分水坞，在桐庐县分水镇百岁坊村。南越师姑岭通虹桥坞。

游玉瑞寺

约伴访丛林，黄鹂送好音。塘低春水涨，径曲暮云深。
清磬因风度，残钟带雨沉。禅房僧两个，相对澹尘心。

注：玉瑞寺，旧名"国荣禅院"，在桐庐县分水镇高联村竹源坞。始建于南朝
陈后主时期，相传陈后主赐以"南朝古刹"匾。景定《严州续志》也有记载："去（分

水）县四十里，古迹石佛在玉瑞寺，长不盈尺，刻石为之。旧传，陈时所造。"五代后周显得元年（954），由福严将花（也作范）应重建。元末毁于兵。明洪武（1368—1398）初，僧慧俊重建。明正统间（1436—1449），僧妙祥重修。1998 年重建。

蟠龙山下闲游

闲游难得一春晴，垂柳如丝夕照明。更爱飘飘风直上，半空中有纸鸢声。

注：蟠龙山，今名盘龙山，在桐庐县分水镇怡华村。

春日即景

清明时节昼初长，天气晴和独举觞。暖日半窗花照影，熏风一路草生香。翩翩黑蝶穿红芍，睍睆黄鹂鸣绿杨。更爱潺潺春水活，观鱼长自立陂塘。

竹　源

芊绵春草绿于苔，溪上桃花映水开。住此山深林又密，并无一个俗人来。

注：竹源，在桐庐县分水镇高联村，内有石塘坞、凉亭坞、阴坞、中央坞等支坞，以盛产毛竹得名。

夜　坐

独坐自岑寂，孤灯笑不禁。春风三月暮，夜雨一楼深。
既得闲中趣，兼生物外心。有谁惊睡起，来听四弦琴。

杜鹃四首

树影空濛月影开，思乡有泪滴苍苔。也知生就双飞翼，尽可乘风归去来。

其　二

万木扶疏四月天，绿阴深处雨如烟。哀哀啼到山村暮，与我无干心亦怜。

其 三

风雨飘摇夜四更，山前山后尽情鸣。一声声送春光去，独对残灯梦亦惊。

其 四

断续风吹万里秋，凄凉月照望乡楼。闺中少妇天涯客，一样闻来两样愁。

郊 行

一路经行处，吟情分外长。雨余春草软，风送乱花香。
雉伏田中麦，鸠鸣陌上桑。渐知天气暖，爱坐水云乡。

闻 鸟

鹊噪多福兆，鸦啼有祸音。一样飞鸣鸟，两般好恶心。山人坐窗石，
开尊独自吟。既无福可庆，亦无祸相寻。不好亦不恶，醉看归巢禽。

山村即兴

山村草木绿相连，四月南风人种田。雨霁牛羊桑陌外，日晴鸡犬竹篱边。
新蝉断续鸣三径，旧燕参差飞半天。难得心闲无个事，蟠龙山下听流泉。

田家初夏两首

绿树空濛四月天，寻诗闲倚小窗前。乌鸦踏在黄牛背，细雨斜风人种田。

其 二

村有桑榆园有麻，小姑挈榼饷归家。背人私向桥边立，两鬓蓬蓬插野花。

赠东溪百桐斋居士两首

潇洒住山林，读书通古今。云烟醒酒眼，风雨炼诗心。

无事对黄卷，有时卧绿阴。梧桐亲手种，窗外影沉沉。

其　二

此地独容膝，愔愔夏日长。游鱼乐濠濮，飞雉悟山梁。
门掩芭蕉雨，炉烧柏树香。笑听尘世上，车马往来忙。

挽刺史王少崖先生（并序）

先生讳家坊，字左春，少崖其别号也。由拔贡任山西天镇县知县，即补直隶州。己丑岁，因修宗谱，携其子述庭归越。一年余，乃使省其母。再越一年，宗谱成而先生逝矣。余与述庭为同谱友，因挽以诗。

迢迢西晋返行旌，常把典型说老成。靖节才欣归栗里，忧卿忽又主蓉城。
许为名器言犹在，未奠生刍梦也萦。拟问缑山问明月，乔仙曾否夜吹笙。

注：王家坊，字左春，清末分水人。道光二十九年（1849），他由拔贡选任山西知县，之后署理了十个县。在天镇知县任内，他革除陋规，淘汰冗员，发展农桑，勤政为民。父亲终老，王家坊回分水奔丧，他"行囊萧然，身无余资，只得典衣治丧"。著有《吾馨斋文集》《学士录》《退思录》《左氏兵略》等十余种，因无资付印，终未刊行。

寄怀桐江家益香四首

半为兄弟半知交，一片欢情胜漆胶。记否当初初见日，看山楼上看诗钞。

其　二

论文何恨隔山河，怎奈才庸愧大哥。恐是天公欠公道，聪明分与阿连多。

其　三

意昔元亭问字年，与君同墨又同眠。而今回首桐江上，难禁风清月白天。

其　四

树云渺渺路迢迢，妻被连床在那宵。一盏孤灯一轮月，怀人心事怎能消。

新　晴

一雨山中众绿生，画眉相对语新晴。门栽绿竹阴逾静，瓶插蔷薇香独清。
饭后缓行双脚健，酒余小睡四肢轻。昼长自喜心无事，聊抚幽琴弹数声。

枕　边

破砚来糊口，家园久别离。诗庸惭和友，书少愧为师。
宿酒初醒候，宵灯未减时。枕边思往事，得失此心知。

七夕有感两首

一钩新月上窗棂，闲踏空庭酒乍醒。容易韶华似流水，今宵又会女牛星。

其　二

银河耿耿月娟娟，卧看青天思悄然。料得农家娇小女，也应随母拜堂前。

分水坞归途口占

莫漫愁多路，归家兴自饶。村稀茅作屋，溪小树为桥。
流水分西北，空山破寂寥。笋舆行已远，吠犬尚哓哓。

楼　居

酒后琴余兴味幽，将诗写景韵频搜。屋朝东处窗先晓，风自西来天又秋。
人到清闲书要读，境当安乐福宜修。何须爱及登高会，树影峦光护半楼。

夜读偶兴

读罢秋声赋，开窗对玉屏。月明三径白，风静一灯青。
诗草钞成帙，桂花香到庭。夜长人寂寞，床里女儿醒。

耕云桥晚坐

小桥流水夕阳明，聊为寻诗坐晚晴。爱听前山深树里，丁丁时有伐柯声。

注：耕云桥，在桐庐县百江镇联盟村麂坞口，已圮。

秋 村

西风八月响如潮，小住山村人寂寥。燕恋旧巢归缓缓，犬欺生客吠哓哓。

送妹于归东溪

今是于归日，难禁泪共垂。可怜愁汝地，都在奉姑时。
琴瑟和为贵，羹汤尝自知。须循新妇职，莫负阿兄词。
嘱咐无穷尽，殷勤总别离。高堂生白发，去后要深思。

题南屏山居

路转峰回草木稠，芒鞋藤杖足消忧。秋山霜后看黄落，春水雨余闻碧流。
茅屋朝南冬日暖，竹窗开北夏天幽。四时佳景宜于画，惜少吟诗人到游。

谒灵佑柏柳公墓

古木郁苍穹，英灵奠此中。累朝崇祀典，合社荷神功。
大姓山千古，忠魂地数弓。有人谈轶事，野语笑齐东。

注：柳公墓，在今桐庐县百江镇广王自然村柳山。柳山海拔210米，旧有柳山庙，祀晋内史柳某，后唐靖泰四年，加封为"宏仁广信王"，遂改称广王庙，山为广王岭，并以岭名村。

赠东溪寿翁陈焕章两首

矍铄精神古太邱，老成硕望满城陬。历来事故慵开口，看到人情只点头。
明月清风三径静，秋菘春韭一园幽。半生经济归农圃，富贵浮云念早休。

其 二

荏苒韶华六十春，从前甘苦味曾亲。事都谨慎冰三尺，心不糊涂月一轮。
天与高年称老辈，人将懿行举耆宾。而今了却向平愿，赢得东溪自在身。

印渚晓发

烟影混天光，秋深夜更凉。枌榆三径黑，槲楸一溪黄。
村犬吠残月，山鸡啼晓霜。故园明月到，应有菊花香。

注：印渚，旧址在分水江弯曲部洲地上，俯视似印台，故名。印渚，以前为船埠，又名印渚埠，1969年毁于洪灾。现在分水江水利枢纽工程库区内。

傅韵卿斋中夜叙

酒满清尊月满庭，两家欢乐胜添丁。柝声断续宵逾永，诗境糊涂梦未醒。
菊为秋深三径白，灯因夜静一窗青。此间合是崔儦室，重叠奇书当画屏。

注：傅德选，生卒不详，字韵卿，浙江省桐庐人。民国《续修分水县志》载：傅德选入赘分水王氏，与张曰城、臧承宣为连襟，并与臧承宣同膺丁酉拔贡。庚子（1900）秋，袁太常（袁昶）招他北上，到了省城时太常殉国。于是在省城招浙东名士创办金、衢、严、处四府团练习，未果，懊丧而归。第二年便去世了。

兀 坐

兀坐孤如鹜，秋深夜更长。那堪窗下雨，相对一灯凉。

诸睦村雨夜两首

帘外雨未停，床中人未醒。有怀向谁语，独坐一灯青。

其 二

夜坐寒斋里，雨声听不止。料得白蘋溪，应涨一篙水。

注：百岁坊村，昔名诸睦村，在今桐庐县分水镇。明万历元年（1573）为寿妇何俞氏立"百岁坊"，遂称今名。

前问韵卿借《仓山集》，久不见寄，赋此代柬

一部仓山集，缘何久韫藏。并无风雨阻，岂为路途长。
他日仍归璧，今朝望发棠。逢人须便寄，不必费商量。

注：韵卿，即傅德选（字韵卿）。

雨中过定源

冒雨访知己，入门尘事稀。急烧蒿棘火，替熨薜萝衣。
灯影摇蓬壁，棋声响竹扉。山中一夜住，思抱白云归。

注：定源，即定源坞，在今桐庐县分水镇百岁坊村，内分大、小二坞，北通临安市。

冬日田家两首

朔风十月寒，诛茅补旧宇。山妻针黹劳，负暄理棉絮。红叶满村晴，
邻人自来去。相见一瓯茶，欢笑呼尔汝。日夕掩柴扉，夫妇抱儿女。
罗列灶门前，拨火煨山芋。鼓腹三冬天，田家自由趣。

其 二

一村三五家，一家七八口。万宝时告成，家家酿新酒。酒熟梅花开，
各醉当家叟。叟乃笑且言，年华六十九。辛苦卅年前，山妻亦无有。
今子已生孙，孙交得佳偶。俯仰忆平生，欢然酌大斗。

晚过新村

客去一村静，炊烟冒林影。四面朔风寒，古渡斜阳冷。

注：新村，为桐庐县分水镇怡华村的一个自然村。旧时，花桥头部分村民迁建于此，
故名。

花桥夜行

远望河之涘，烟云接混茫。鸡鸣三径月，雁叫一天霜。

漠漠林窥黑，萧萧叶落黄。闲愁消不得，最好付诗囊。

注：花桥，即花桥头，为桐庐县分水镇怡华村驻地。清康熙三十八年（1699）其地曾建石桥，石栏刻有花纹，俗称花桥，后圮于水，改为渡。

新制棉被两首

为裁布被觅缝人，更喜棉花旧换新。寒夜覆来轻且厚，温温四体暖于春。

其　二

满床暖气达于晨，如纳南檐日一轮。底事隔墙茅屋里，夜深犹有叫寒人。

寒　夕

闭塞天成冬，何以消寒夕。窗里灯花青，窗外雪花白。独对酒一杯，摊开书一册。古人时时亲，今人朝朝隔。岂有睚眦雠，亦无龃龉隙。平生不负人，思量心自适。何图壁缝中，风来如刺客。

元旦词三首

蜡烛开花香结云，一门团聚闹纷纷。昨宵压岁钱多少，一个人分一百文。

其　二

爆竹如雷响一声，开门大吉未天明。纱灯笼里燃红烛，遇喜神方先出行。

其　三

春风和畅腊梅开，喜饮屠苏酒一杯。今日大门关不得，村人先后拜年来。

小园春兴

园小春常在，闲门时一开。竹声风送去，花影日移来。掬水鱼相避，弹琴鸟亦猜。山深人不到，独酌坐苍苔。

晓　卧

艳阳时节雨余天，园里东风正放颠。花笑鸟歌人自在，一床布被日高眠。

春社吟

桑径雨初晴，时闻仓庚鸟。村社杏花开，于焉集农老。斗酒双豚蹄，
社长焚香祷。所祷高低田，一样秋收好。祭毕序齿坐，歌声杂欢笑。
夜深人归来，鹃啼春树杪。举头月影斜，昏昏天欲晓。

> 注：春社，中国最为古老的传统民俗节日之一，在商、西周时期，是男女幽会的狂欢节日。后来则主要用于祭祀土地神。春社的时间一般为立春之后的第五个戊日，约在春分前后。

花桥头过渡作

峰回路转夕阳开，春水盈盈涨石苔。正欲停车唤舟子，渡船忽又掉头来。

和邑侯杨举旃明府春日书怀原韵两首

公余吟赏快如何，一卷新词逸气多。意到笔能随手写，兴来墨亦倒头磨。
已酬潘令栽花愿，岂学王郎研地歌。诗草纷纷难省记，小窗传诵有鹦哥。

其　二

韶华未许等闲过，招得溪山入醉哦。作吏不惭经济少，赋诗自觉性灵多。
花间倚榻情常爽，酒后弹琴调更和。镇日讼庭无个事，茶烟一缕篆吟窝。

> 注：杨家贤，生卒不详，字举旃，贵州人。举人。清光绪十七年（1891）任分水知县。

赠　友

落拓风尘笔一枝，得佳山水辄题诗。漫愁郁郁长居此，自有芙蓉出匣时。

溪　上

春风杨柳绿阴多，春水无声绉碧波。有鸟不鸣溪上立，昂头侧耳听莺歌。

诗/清朝　·943·

晓　眠

昨夜雨潺潺，东窗日又还。好眠不觉晓，春梦重于山。

清明踏词歌三首

天气清明景物华，踏青爱着碧罗纱。务农人亦知佳节，桑柘门前插柳花。

其　二

高塚累累挂纸钱，子孙来扫墓门烟。一壶浊酒三牲食，春到清明鬼过年。

其　三

鸟歌花笑雨余天，杨柳因风也放颠。更有东西原上草，多情绿到洞桥边。

竹　源

幽鸟时相见，飞鸣不避人。落花红到地，春草碧无尘。
山水自今古，渔樵谁主宾。何当牵妻子，买屋结为邻。

和杨明府感怀原韵

随身琴鹤脱尘缘，儒吏风流近自然。映雪功曾精午夜，攀花愿已慰丁年。
别来故国愁工部，吟到新诗拟谪仙。愧我生成蒲柳质，不堪雕琢负青天。

登鹿山文昌阁叠前韵

亭台孤耸出凡缘，携酒登临思悄然。如此溪山谁作主，欲谈风月待何年。
小庵鸡犬疑非俗，隔岸人家恐是仙。柳绿桃红春景好，不须辜负夕阳天。

注：鹿山，即角鹿山，在今桐庐县百江镇联盟村俞家自然村，海拔 166 米。旧时山麓有文昌阁，清咸丰十一年（1861）毁燹，光绪三年（1887）重建。已圮。

寄怀家益香三叠前韵

今生结得弟兄缘，两地埙篪吹蔼然。绛帐传经钦此日，元亭问字忆当年。
论文不肯输前辈，咏曲还期压众仙。笑我无才偏有兴，寄诗又到麦秋天。

寄怀傅韵卿四叠前韵

忆自西窗话旧缘，一帘花雨乐陶然。元龙豪气双同调，司马清才两少年。
此夕不殊金谷会，前生合是玉堂仙。而今回首增离绪，隔着娜嬛似隔天。

书斋偶兴

读易不知春去久，钞书转喜饭来迟。漫言独学成孤陋，问字儿童亦我师。

岩山即景

爱山踏空翠，时见鸟飞旋。雨霁竹摇露，风来松扫烟。
岩腰衔落日，谷口响流泉。樵子归何暮，横担月一肩。

> 注：岩山，在今桐庐县分水镇新龙村，海拔 385 米，与八曲山相连，旧时亦称
> 分水县案山。

郊 游

万木扶疏绿四围，幽禽来往自忘机。爱看落日孤亭外，白石如羊卧翠微。

夜 兴

壶中火暖三杯酒，席上烟留一碗茶。字为钞诗常带草，灯非报喜亦开花。

寄怀桐江家益香

阅历应从别后多，不知近事又如何。心思曾把金针度，功课还须铁砚磨。
考古自无闲岁月，论文何恨隔山河。情长纸短言难尽，总要修途到切磋。

接到和章再叠前韵

一卷新词逸气多，此才端不让阴何。未须寸铁山能撼，定向吟坛墨倒磨。
愧我诗篇真覆瓮，羡君文思若悬河。灵钟秀毓须珍重，美玉于斯莫再磋。

答问诸睦形胜三叠前韵

此乡风景算来多，栗里桃源较若何。仙塚崔嵬松有韵，砚塘活泼镜新磨。
三乘露寺空依嶂，一点云峰倒映河。更喜读书诸弟子，功程渐渐咏如磋。

病起代柬四叠前韵

自笑无才病又多，韶华虚度奈如何。镜中惊见容颜瘦，身上愁看骨力磨。
榻有微尘封笔砚，友无寸札递关河。近添一事君知否，白术黄参日日磋。

五叠前韵

寄庐已往一年多，糊口生涯愧若何。高谊虽逢贤主待，微瑕还要故人磨。
数缄折读才如海，两地相思月印河。有约重阳堪聚首，菊花诗好费摩磋。

六叠前韵

聪明谁比阿连多，屡接云笺喜若何。大木不须良匠断，美瑜岂待玉人磨。
右军书法鸿飞海，工部诗才象渡河。听说讲堂宏乐育，诸生个个得精磋。

七叠前韵

平生吟兴亦云多，今日逢君唤奈何。笔到秃时犹强和，墨当尽处却难磨。
敢夸强弩能穿札，漫诩狂澜倒卷河。犹幸阿侬髭未长，不然还要数茎磋。

八叠前韵

下里巴人调太多，后先唱和笑如何。明知韵窄终难押，怎奈心雄未肯磨。

笔异蜻蜓轻点水，词同鸟鹊乱填河。而今已有狂吟忏，用把前诗着意磋。

山 里

山里早凉生，山人味更清。读余双眼倦，睡足四肢轻。
燕影和烟出，蝉声带雨鸣。此心澹无事，秋草掩柴荆。

野 游

野游难得雨出晴，四顾林峦夕照明。空谷樵声随水度，远山人影夹云行。

卮言四首

邑居万山中，龙山为首领。秀毓而灵钟，往往出大姓。
因之古邑侯，镌石岩封禁。何图山下农，垦作苞芦境。
龙池水无声，龙碑字无影。不如荒山荒，时有冷云冷。

其 二

百年纂志书，为其有文献。过此年代遥，时局又一变。邑自嘉道来，
百年疾如电。其间遭红羊，烽火及坟典。古人不再生，塚上篆青藓。
后起虽多才，不能见所见。系影而捕风，此后无真传。

其 三

学校久不兴，邑无世家子。崔烈铜臭徒，乃冒读书士。赫赫居乡间，
自谓识时事。庆吊入官场，纡青而拖紫。拜跪忿常仪，或者人无耻。
礼毕坐首筵，皂隶供驱使。旁有老明经，噤口无一字。呜呼今之时，
风俗竟如此。无怪荒草中，萧艾杂兰芷。

其 四

南山塔未修，东湖水不流。仙亭付灰烬，名坊成墟丘。

古人日以少，今人日以愁。倘过百余岁，胜迹谁稽求。
山人不解事，凭吊心悠悠。修废而举坠，焉有贤邑侯。

注：厄言，亦作"卮言"，自然随意之言。一说为支离破碎之言。

夜 兴

秋灯一点读书堂，蟋蟀声中夜又长。月为天空明到地，露因风重结为霜。

贺家雍臣吉席诗四首

烛花灿烂桂花香，听奏关雎乐一章。琴瑟友之钟鼓乐，胜他织女会牛郎。

其 二

洞房花烛闹如何，况值中秋节正过。莫笑先生太唐突，月宫深处看嫦娥。

其 三

韶华转眼又春风，郎看蓝衫入泮宫。知否当年乐羊子，断机劝学待闺中。

其 四

凤枕鸳衾乐有余，少年未免误居诸。新娘莫恼重阳后，带汝郎君去读书。

喜桐江家晓三暨松斋归赴童子试

桐庐江上泛归航，大被连床夜正长。小别三年荆树冷，相逢八月桂花香。
奇文共赏如秋水，喜帖同传趁夕阳。从此青云欣得路，姓名何止泮宫杨。

花桥晚坐

八月河水清，闲人自在行。暮烟芦苇冷，斜日板桥明。
波动禽双浴，风来蝉一鸣。临流心独静，不用濯尘缨，

秋　宵

袅袅秋烟一望青，满天凉影坐空庭。自鸣自已桑中鸟，时有时无草上萤。

西溪晚步

无事独携酒，沿溪访钓翁。冷花秋水畔，疏柳夕阳中。

坐石一身静，看天两眼空。忽逢人负来，种麦小桥东。

  注：西溪，即白鹤溪（俗称双坞溪），在麂坞口（今桐庐县百江镇联盟村）。

闻　笛

地旷天清月一轮，秋容如拭净无尘。是谁吹出梅花弄，流水高山不见人。

游延鸿寺

古刹空山里，清游爱夜长。星光寒似水，月影澹于霜。

佛朽龛犹在，僧贫寺就荒。惟余门外树，零露湿衣裳。

  注：延鸿寺，清光绪《分水县志》载：延鸿寺在县（今桐庐县分水镇驻地）西。已圮。

过龙潭谢真人庙下

潭深滩急石嶙峋，舟子推移费苦辛。我愿神仙施妙法，顺风船送往来人。

  注：龙潭，在桐庐县分水镇新龙村。龙潭山昔有谢真人庙，明嘉靖年间知县俞庆云建。相传明洪武初年，有一位姓谢的杭州人，以贩盐为业，与分水城中何氏兄弟友善。有一天，他乘船离分水城东约六里地的龙潭时，与同伴们说："我将长居此地。"接着他将船上的盐货都赠给船家，上岸端坐在一块较平坦的大石上憩歇，过了一会，见其化为二履（两只鞋子）跃入潭中，忽又从潭中出，只见他目光炯炯，恍惚间见其乘白云冉冉而上，直升天际而去。过了数日，他到南京求见明太祖朱元璋，诵"斋醮密疏"，即臣子的秘密奏本，不失一字。朱元璋听后大惊，问："这些东西你是从哪儿弄来的？"谢答道："我于三天前，在门下见有这些密疏。"明太祖知其已成仙人，于是封他为得道真人，准其在分水龙潭山立庙祀之。

毕浦夜泊

风摇水动人声寂，独坐船头心更空。明月一轮星几点，夜深散入浪花中。

注：毕浦，在今桐庐县瑶琳镇毕浦村，为分水江古埠之一。

过益香家两首

记曾前度上严州，风雨重阳叙一缕。笑我与君如有约，今来又是菊花秋。

其 二

花满东篱酒满卮，风光犹似旧来时。只添小女哑哑笑，便觉侬心喜不支。

注：侬，分水本地话（方言）中"你"的意思。

富春舟中于益香聊句

枫叶芦花两岸秋，斜阳澹处客登舟（槐）。烟痕迷眼知风顺，
帆影翻身入水流（承宣）。棹转浑疑山亦动，林深应有鸟相投（槐）。
夜来偷过钓台去（承宣），怕见渔翁问许由（槐）。

晓过酒家

昨夜秋灯寒，相对不成睡。晓起过酒家，临风拼一醉。

独 眠

夜半人声寂，独眠笑孤洁。床头睡眼开，枕上秋心结。
灯冷榻如冰，月明窗似雪。生憎乱梦多，新书聊一阅。

宿山家

夕阳明远墩，下马宿君村。屋破夜逾冷，林深昼亦昏。
水无鱼跳月，山有虎窥门。待晓便归去，何劳具酒尊。

和杨举旃明府留别原韵三首

宦途随处是家乡，此别知公心亦凉。船过兰溪何日下，花开梅阁为谁香。
纵教鸿爪留双影，怕听骊歌唱一章。红树青山愁绪起，送行不忍劝离觞。

其 二

曾记来时菊正芳，花厅下拜趁斜阳。许为佳士心逾愧，读到新诗口亦香。
健笔欲追韩太尉，清才浑似蔡中郎。一年依倚三生幸，胆气稍粗觉不妨。

其 三

品度清华顾长康，簪缨世胄出黔阳。爱才转忘云泥隔，劝稼咸惊莨稗荒。
讼到能听犹谨慎，岁虽经歉少流亡。此行莫唱河梁曲，黄菊花开一路香。

注：杨家贤，字举旃。清光绪十七年（1891）任分水知县，第二年即调署永康。

从伯父占鳌公挽诗四首

霜满空阶月满庭，中霄忽陨老人星。严陵前遇分阳客，谈到临终不忍听。

其 二

说起生前合有情，闲谈惯坐夜三更。古人多少遗亡事，毕竟能传仗老成。

其 三

曾将歌管醉春风，曾把楼台付祝融。世上酸咸甘苦味，深尝七十五年中。

其 四

黄鹤翩翩去不回，白云渺渺望难开。悔为栗碌名场客，未及棺前奠一杯。

注：占鳌，即俞占鳌，今桐庐县分水镇天英村人。清光绪二十四年岁贡。

到诸睦馆中作两首

细雨斜风又出门，即无愁绪也销魂。枫因叶落惟留干，菊为花残只露根。

其 二

重与诸生证夙因，欢情复无旧时真。便看风雨书窗下，少一般勤问字人。

（谓雍臣）

野 庙

青山隐隐水溅溅，社鼓迎神十月天。两个乞儿相对坐，曝阳扪虱庙门前。

病中喜一堡吕瑞臣先生到

潇潇暮雨长莓苔，为课儿童户懒开。难耐天寒因久病，不遭人忌是庸才。
频年正苦良朋少，今日何期大雅来。但愧前生根柢薄，苦谈佛理费疑猜。

述严陵往返事寄益香八首之二

秋水盈盈九月初，桐君山下乐何如。拢舟寻到君家去，恰值午时饭熟余。

其 二

回思严濑棹如飞，把酒聊诗送晚晖。自笑无才还有趣，袖中携得富春归。

张玉轩自营口售茶归赋此寄怀

天地如蜉蝣，往事空回首。知己二三人，君或名不朽。肯将读书才，
变作持筹手。忽焉泛蠡湖，忽焉登虎阜。今复别姑苏，远向辽东走。
去自仲夏初，归自小春候。眠食可平安，囊橐可富有。慷慨大丈夫，
吾也傥乎后。敢学陶渊明，门种五株柳。敢学孔文举，座盈一尊酒。
诗草等虫吟，株根同兔守。与君一别离，俗尘起三斗。前日上严陵，
重阳九月九。登高归去来，明月入窗牖。一梦到君边，西窗同话旧。

灯火夜深时，君亦梦见否。

注：张日珹（1867—1894），字玉轩，分水柳柏乡（今桐庐百江镇）人。清末邑廪生，广有文名，且富胆识。父殁后，经商。分水盛产茶叶，由本邑商人运往苏、杭一带销售，因受牙行中间盘剥，常致亏本。日珹愤怒不平，乃倡议于江苏吴江开设同德和茶行，直接设立经销点，从而挽回地方利益，茶商皆大欢喜。为使产品适销对路，还联络本地茶农，改进制茶工艺，提高茶叶质量。产品经海道远销至辽东，生意十分兴隆。营口地处辽东半岛中枢，渤海东岸，大辽河入海口处，是中国东北近代史上第一个对外开埠的口岸。

答傅韵卿见寄两首

凤泊鸾飘度岁华，知君应笑念头差。况当两度来山里，偏值山人不在家。

（韵卿于三月到屏山九月十六又到）

其 二

一纸传来十月天，灯火如水水如烟。何时得剪西窗烛，重话相思未了缘。

诸睦文昌阁怀古

一枝健笔大如椽，曾记先人唱和年。（家在岩先生有登阁诗）自古风流传老辈，更谁畅叙集群贤。凌霄杰阁埋荒草，卧地残碑吐暮烟。后者视今今视昔，从来往事总堪怜。

不 寐

窗外影如波，遥知明月过。夜长人不寐，辗转得诗多。

登云峰顶

修有登高福，天晴到仲冬。认蓝锄野术，踏叶抚孤松。
古树衔斜日，寒山见远峰。晚来游兴剧，身被白云封。

注：云峰，即云峰山，在桐庐县分水镇与合村乡界上，海拔220米。

闻杨明府行期又改赋此以呈

曾定行期又改期，上台嘉谕我能知。鸡因初割留宜人，雉为将驯去始迟。
梅影仍摇何逊阁，棠阴已诵召公诗。但愁天不如人愿，终有离亭下拜时。

寒　山

为赏寒山过板桥，地名约略问村樵。谁家负涧依岩住，前有横排路一条。

野　叟

野老率真意，相逢无俗言。渔樵聊伯仲，耕读课儿孙。
茅补三间屋，蔬栽半亩园。冬晴常早起，曝日坐闲门。

窗下吟两首

读书贵励志，不以贫贱挠。空山坐风雨，心比劳人劳。食惟饱藜藿，
居惟安蓬蒿。不知而不愠，君子乐陶陶。是以潜修士，所患在名高。

其　二

无源水不活，无根花不姝。以此悟学问，贵乎端步趋。或宪章孔孟，
或羽翼程朱。读书得其要，不为书所愚。硁硁守章句，无乃非通儒。

留别诸睦书舍并诸子两首

行装检点赋归哉，临别难禁愁绪催。窗里书声窗外雨，恰曾听过两年来。

其　二

金针总要潜心度，铁砚还须用力磨。勉尔诸生毋暴弃，山川灵秀北乡多。

榔树行

徐氏宅边有榔树，不知何代何人栽。村以树名历岁久，传闻每被行人猜。

天之生物因材笃，倾者覆之栽者培。此树不与群木伍，毋乃称为非凡材。
不然时殊势屡易，讵无兵燹罹其灾。而乃生长村之麓，蟠根曲节封莓苔。
抑且钟毓多灵秀，此地往往生英才。自遭粤寇四十载，村人零落民风颓。
前有楼阁付榛莽，后有园池委蒿莱。树犹矗矗自今古，长见村中人去来。

注：椰树，方言衍音冷水。椰树村即冷水下自然村，昔有巨椰，故名。今属桐庐县百江镇联盟行政村。

冬　来

冬来蚤起胜于眠，况值晴和腊月天。残雪满山风不动，抱儿坐向太阳前。

柬儒桥赵菊舲三首时馆起凤寺内

静掩禅扉作砚佣，黄鸡白酒不如农。山人要问三餐里，曾否闻敲饭后钟。

其　二

寒光料峭坐空庭，灯为怀人焰更青。寄汝诗笺须着意，莫教夹入妙连经。

其　三

静里功夫一盏灯，萧萧夜雨冷于冰。想来佛亦拈花笑，笑有青年带发僧。

注：起凤寺，在今桐庐县分水镇儒桥下，已圮。

寒　夕

一天雪月夜光凝，为爱寒光窗独凭。料得前山山涧里，也应有水冻成冰。

家　居

吾自行吾素，何烦分外求。将闲为富贵，以乐度春秋。
梦向睡余记，歌从醉里讴。家居贫亦好，尘事白云浮。

题赠伊山赵占廷诗

公讳起鳌，字占廷，为余门生翼轩之权祖也。今伊山将届修谱，因述其梗概，丐余立传，余乃易以诗以应其请。

秀毓灵钟淑气催，老成风范觉难陪。即无诗礼承先绪，尚有典型传后来。
朋辈知心歌伐木，亲门养志忆循陔。尼山农圃樊迟学，栗里桑麻陶亮栽。
雁序曾行兄弟乐，鹏程且待子孙开。径边松竹殊凡卉，岭上梅花殿众魁。
谈笑功臻真酝酿，清奇品异俗胚胎。荣华久已看如水，富贵何妨比作灰。
十亩田园消岁月，一家鸡犬远尘埃。得闲常植西坡树，乘醉还浇北海杯。
荷制碧筒原似郑，堂开绿野却如裴。笑余叨附葭莨末，阐发幽光愧不才。

枕上吟

骑驴吟向灞桥过，风雪萧萧冷若何。一样作诗侬独懒，每于枕上得来多。

腊月十八日作

驹隙流光等逝波，惊心又是一年过。岁残自觉闲人少，春近偏教睡味多。
笑我独斟蕉叶盏，有谁同唱竹枝歌。山林居住闲如鹤，野性生来尚未磨。

前诗钞成自题二绝句

笔墨轻狂八九秋，自知才薄学非优。幸亏别有吟情在，未必无人看到头。

其 二

吟坛支派乱如麻，抱杜尊韩念太差。自古文章无种子，元轻白俗夜成家。

山村春咏

山村二月嫩晴天，约伴闲行古渡边。粉蝶翩跹花一笑，黄鹂睍睆柳三眠。
潺潺夜雨添溪水，袅袅春风团野烟。知否韶光容易老，冶游须趁未华巅。

偶然作四首

时雨春灌花，明月夜劝酒。酒酣月未归，花开雨又走。
此乐虽偶然，当吟诗一首。

其　二

牧童不揖客，村女不避人。虽然贫与贱，一味率其真。
拗颈而折项，毋乃费精神。

其　三

饮量宽如海，樽空愁相对。忽来肩挑人，道有酒可买。
笑解囊中人，西邻招弟辈。

其　四

夜夜灯开花，年年诗有草。自付钞胥钞，传名嫌太早。
不图吟坛人，读之皆曰好。

行　乐

近来无俗累，山水傍吾庐。携榼春闻鸟，投竿晚钓鱼。
消闲一支笔，引睡半床书。行乐如斯耳，其余愧不如。

幽　居

村僻山房小，悠悠傍水乡。雨多花气薄，风急树声狂。
静里文章富，闲中日月长。幽居谁作伴，相对一炉香。

愁　花

一灯隐隐伴窗纱，听雨听风睡味差。愁到园中红杏树，不知摇落几多花。

题县南范氏山居

胜地隔红尘，中居葛氏民。溪山醒耳目，草木长精神。
家有婆娑叟，门无离别人。牧童与樵子，谈笑四时春。

囊　有

蘸墨研朱学尚勤，索居闲处独离群。读书漫说甘贫贱，囊有余钱不卖文。

溪　上

韶华三月中，散步过溪东。杨柳春风绿，桃花流水红。
棕衣眠牧竖，竹屋住渔翁。暖极天将雨，沿堤飞草虫。

晓过听松居即景

春风袅袅度檐端，春日迟迟破晓寒。偶向池边看花立，碧波倒影上栏杆。

春郊吟

郊外雨初晴，蓬蓬草怒生。自惭农未学，携酒看春耕。

喜张玉轩到两首

两度辽东作客来，暮云春树望难开。何图廿四番风过，始与游人叙一回。

其　二

文采风流贺季真，杯盘草草叙西邻。不须同说经过事，曾有云笺寄故人。

园　里

天气当三月，春风吹绿杨。池中鱼藻长，梁上燕泥香。
旧竹雷惊笋，新茶水试枪。诗成闲不得，园里步斜阳。

山游即兴

雨霁秋山晴，日落暮山紫。三径幽且深，忽逢采樵子。
野果不知名，酸味溅牙齿。归禽啼一声，树有白云起。

陪杨明府游宴九龙山诗

惠风和畅小筵开，纪事诗如击钵催。流水韶华虽易逝，名山胜会却难来。
定留佳话传千古，不负清尊醉一回。他日黄花秋思健，我公曾否许重陪。

注：九龙山，在桐庐县分水镇驻地南，主峰海拔 503 米。因峰峦绵绵，形似九龙抢珠得名。古有睢阳庙、环翠轩。已圮。

次日叠韵再呈

树正阴浓花正开，宴游忘却夕阳催。酒因有量杯嫌窄，诗到无心句转来。
握管不妨随壁写，入城差似看灯回。问公昨夜衙斋里，可有宾朋笑语陪。

接到和章三叠前韵奉谢

春山潋滟画图开，归路知公兴更催。张盖方随明月下，退衙又送好诗来。
虫吟自愧成三叠，络诵混忘到百回。想以美化东阁宴，骚人逸士一齐陪。

呈杨明府两首

前年九月福星临，整顿儒风德更深。愧我生成愚钝质，费尽多少化裁心。
文期飞将横磨剑，诗作导师暗度针。安得上林当独步，大鳣堂下报泥金。

其 二

琴书收拾作行装，水复山重入永康。执简儒生将设醴，攀辕父老待焚香。
但怜仙鹤迁乔木，犹有新蝉恋绿杨。此后不知公意思，吟诗曾否忆分阳。

送杨明府启程四首

去年曾赋送行诗，香火缘深又改期。今日别离天气好，南风四月麦黄时。

其 二

旭华门外饯行旌，各有依依难舍情。唱出阳关三叠曲，使君衣上泪痕倾。

其 三

曾从马帐看诗笺，又向龙山醉酒筵。虚领春风一年半，有无衣钵到彭宣。

其 四

望断旌旗人未归，云山黯澹烟暮飞。不知公坐划船上，可把篷窗卷落晖。

桐庐文史资料第十九辑

桐庐古诗词大集

下 册（全三册）

王樟松　编

浙江工商大学出版社 | 杭州
ZHEJIANG GONGSHANG UNIVERSITY PRESS

目 录（下册）

清 朝

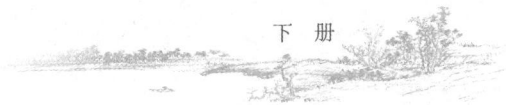

附　录

后　记

○臧槐 911 首

题陈静庵鸿印图记后九首

逝者如斯惜少年，人能行乐即神仙。羡君修有神仙福，文采风流到处传。

其　二

随意闲游西复东，不论何处有春风。即今住在雷峰下，映日荷花别样红。

其　三

一船书画作生涯，探胜寻幽处处嘉。疑是随园袁太史，山游不偏不归家。

其　四

四月南风过剡溪，定携相酒听黄鹂。笑余不及绵蛮鸟，飞向君前看咏题。

其　五

约得诗人汗漫游，每逢佳处便勾留。想君惯爱虚心竹，应向山阴访子猷。

其　六

随风吹上小蓬莱，峻岭崇山望不开。愿有夸娥真本力，将他移到故乡来。

其　七

到处能容自在身，品茶频入一壶春。阿侬要问湖州地，如此闲游有几人。

其　八

昨夜山斋月影孤，梦携尊酒看西湖。不知君住藕香室，曾向窗前见我无。

其 九

昔年西坞爱吟哦，频寄阳春白雪歌。今日知君才更好，山川灵秀得来多。

刘贻械明府劝赴秋试赋此以呈

韶华容易又秋风，读到公笺脸欲红。日试万言愁倚马，名邀一榜愧雕虫。
蒲芦只合依沙渚，樗栎终难附月宫。就使桂花香满路，可能香到乱山中。

注：刘壐，字贻械，武进（今江苏省）人。清光绪十三年（1887）任分水知县。

送韵卿秋试四首

圣泽如春感不休，又闻科诏下杭州。十年风雨三更梦，今是才人得意秋。

其 二

桂正开花水正潮，送君诗好写芭蕉。他时走马将看榜，与我无干心亦摇。

其 三

酣畅淋漓笔一枝，指挥如意我能知。解衣磅礴心花怒，应在三条烛烬时。

其 四

月宫丹桂十分馨，中有嫦娥隔画屏。此去若逢真面目，要归说与故人听。

寄怀诸睦何云栽

月光如水照天涯，倚槛频教别绪加。雁影横斜排远岫，虫声断续抱秋花。
瑟当希后怀曾点，琴到弹时感伯牙。记否满山风雨夜，一尊浊酒话窗纱。

中秋喜咏五首

天光如水水如云，明月团圞到十分。长笛一声琴一曲，随风吹与别家闻。

其　二

为赏中秋唱竹枝，苦吟又被阿爷知。道儿病后形神瘦，近日窗前莫作诗。

其　三

小人有母爱持斋，手弄元珠跪小阶。默诵太阴经一卷，自修清福自开怀。

其　四

秋风萧瑟逼柴扉，不怕宵寒怕月归。家有山妻还解事，替郎送出木棉衣。

其　五

庭前茶饼两相陈，供奉当头月一轮。阿弟焚香儿学拜，最欢喜是局中人。

秋　月

一样窗前月一轮，每当秋夜倍精神。白云低护凉如水，黄叶高飘淡似银。
三十六湾同皎洁，百千万里共清新。此间闻有嫦娥住，不到蟾宫不许亲。

秋农歌两首

皇帝龙飞十九年，大家欢喜过秋天。雨风应候蝗虫走，郁郁黄云满大千。

其　二

记曾己丑蛟龙起，洪水奔流山亦波。今日幸逢天子福，农夫齐唱太平歌。

寄怀桐江宋霞轩四十二韵

自与春同别，偏教梦不忘。江边秋水阔，山里梦云凉。南浦波才约，
西风叶又黄。关心时苒苒，回首事茫茫。曾记逢君日，偕行校士场。
两家连号坐，一笑问名香。人羡臧荣绪，侬钦宋叔庠。论年同马齿，

立语辟羊肠。交战三条烛，功深百炼钢。讲书交易看，食物应酬忙。雅度林和靖，雄才顾野王。采芹齐入泮，醉月共飞觞。从此芝兰订，欣赓枌杜章。有奇皆赏识，无学不商量。宛转胶投漆，英豪剑露芒。琴弦弹古调，礼貌薄时妆。妙语探朱陆，高谈极汉唐。讴吟更漏永，游戏夜灯张。更爱今春好，重看旧友狂。驹阴虽易去，雁影复成行。寓扫陈蕃塌，诗寻李贺囊。螺樽倾北海，蜡炬剪东厢。眼界浑如镜，筵开屏斗芳。席间推郑谷，座上说严光。塔想双峰上，帆催七里扬。谢君赠杨柳，为我唱河梁。别意怀潭菊，离愁遣海棠。鹡原应翕协，燕寝定康强。昔已调琴瑟，前经弄瓦璋。儿称温峤秀，女比蔡姬良。嘉福凭谁媲，声华到处彰。丹铅排砚席，子弟满门墙。俊逸鲍明远，淹通马季长。可知鱼羡鸟，恍似凤求凰。仁里依柴埠，仙邻结翔冈。田园颜氏宅，鸡犬郑公乡。道路疑千里，蒹葭溯一方。徽之虽放棹，由也未升堂。敢把鸾笺写，还须雁使将。琼琚如肯报，觅便寄分阳。

寄怀桐江家益香六首

圣朝秋试重科名，想必文章一样清。我愿阿连从此去，鹿鸣宴上听吹笙。

其　二

梦里相思是客秋，富春江上放行舟。一觞一咏寻常事，难在君家两度游。

其　三

一笑相逢九月中，西风吹老蓼花丛。山人今要殷勤问，分出新枝红未红。

其　四

记曾风雨酒筵旁，娇女呱呱索乳忙。今日算来已周晬，不知身有几多长。

其 五

旧赠三枝洋牡丹，风飘雨泊半摧残。而今犹是初栽样，想亦贪看富贵难。

其 六

月满秋檐霜满篱，怀人惯在夜深时。幸亏近日闲如水，好寄鱼书附小诗。

渔父词

俯仰天地无尘埃，一溪风月常自在。有时垂钓苇叶中，有时系缆芦花外。
盟鸥结鹭水为家，高风竞说严光濑。一船眷属如神仙，和月眠云看世界。
青山红树夕阳时，有客持钱将鱼买。欸乃掀髯笑且言，钓未必得得不卖。

樵父词

山村九月雨初晴，溪边樵有磨斧声。晓集伙伴入山去，何处薪多何处行。
归来恰值斜阳落，此唱彼和歌声清。一到里门各星散，南邻北舍路纵横。
灯下饱饭心无事，闲呼伙伴斗棋兵。棋兵斗罢人归睡，仰天一笑明月明。

农父词

彼何人斯农者流，黄发台背忘春秋。自言世住山村里，女课蚕桑男牧牛。
五亩之宅有林樾，山前山后生薇蕨。负耒农耕稻垅烟，披蓑夜卧茅檐月。
樵兄渔弟东西邻，有无相通情相亲。年年八月秋收后，斗酒豚蹄醉社人。

牧父词

黄发台背田家老，牧牛自识牛饥饱。午时牵系绿荫中，归来又趁斜阳早。
短笛在手吹无腔，妻儿门前迎且笑。黄昏就醉竹方床，酣眠无梦梦亦好。
醒来已是四更天，月落星稀天欲晓。起视昨日牛栏牛，奋耳掉尾嚼干草。

慰家益香秋试不举两首

自古功名侥幸多，怀才不遇奈如何。文章合是卞和玉，三献仍经受折磨。

其　二

铁砚磨来到处夸，功修还要几分加。晋朝有个桑维翰，毕竟能成进士家。

重建县西东辉庵诗

邑西东辉庵，庵名四方播。溪水环其前，村烟缭其左。旁为罗汉堂，
上为牟尼座。佛法无是非，禅僧十余个。各诵般若经，证菩提正果。
每逢佛诞辰，香火往来颇。求最胜福田，忏无量罪过。咸丰岁庚申，
佛亦罹奇祸。兰若与莲台，一一毁诸火。从此年复年，吊古闲愁大。
莓苔石碣生，荆棘铜炉卧。门前荒草荒，阶下破钟破。今年吴茂才，
创议重新做。乡人结善缘，唯唯皆曰可。更愿护法人，一倡而百和。
量力输钱财，幸毋袖手坐。行见宝殿成，远近膜拜贺。紫竹半山阴，
白云三径锁。佛自西天来，笑拈花一朵。

注：东辉庵，在桐庐县百江镇东辉村，清咸丰十一年（1861）毁于燹，光绪
二十六年（1900）重建，已圮。

东溪陈玉润五十寿诗两首

春云秋月净无暇，五十年来鬓未华。彭泽菊松栽满径，尼山农圃学当家。
炎凉世态看如水，冷暖人情比作花。笑问风尘能有几，一生安乐话桑麻。

其　二

儒者天怀长者风，典型如在古人中。事防有误常缄口，富本无求岂折躬。
谨慎直追诸葛亮，威仪曾谢权孙通。华堂今启蟠桃宴，草草呈诗愧不工。

雾 行

山因雨霁唯留顶，树为云遮不露身。前后糊涂如人梦，有谁为我指迷津。

检家雍臣文稿凄然有作

人天两隔路迢迢，检点青箱心更摇。记汝当年依几席，视余只字亦琼瑶。一编蓝本线还在，几卷乌丝墨未消。知否先生无赖甚，将书当作纸钱烧。

冬至日看菊

菊是隐君子，看花人亦幽。如何春意动，犹有数枝秋。

晚 步

寒风冽冽度衡茅，为访梅花过水坳。遥见前村残雪里，夕阳衔树鸟争巢。

元旦试笔

天下岁华新，山中风俗古。爆竹响柴门，桃符开蓬户。经自守庚申，年又逢甲午。虫吟付半生，鸿文读几部。缘木妄求鱼，守株空待兔。况复樗栎材，又兼杨柳舞。看剑独引杯，对札愁张弩。剩爱一家春，俱受九天祐。椿萱树北堂，棠棣开西圃。园里竹生孙，窗前书读父。酒樽夜夜开，诗草年年补。笔墨纵粗疏，乾坤少依附。不知儒林人，笑否参也鲁。

寄刘熙庵

群贤毕集桂花天，曾向蓬莱会谪仙。（去秋五云山同祭文昌宫）。俯仰之间成往事，别离而后又新年。芝兰有室香终远，鸿雁无情书未传。何日高山流水外，钟期重听伯牙弦。

答桐江家晓三见寄四首

春树春云望不开，别离心似落花催。闻君近到严陵去，惹我相思梦亦来。

其 二

曾记桐江二月天，春风得意放归船。不图韶序如流水，弹指而今又一年。

其 三

山人已忘功名事，偏惹文场问及之。倘使不遭春水涨，将何诳语对宗师。

（来札云：学宪临场问臧槐，因何不来？弟答以半途水阻）。

其 四

闻说文章如璞玉，只因微玷少磨磋。不须便作穷通想，食饩何妨迟一科。

柬益香两首

吾宗有君子，矫矫海鹤姿。生长桐江上，山人长相思。何图今正月，
故乡看灯时。忽来贺新岁，一笑慰别离。西窗夜剪烛，东阁日谈诗。
族人具尊酒，邀余共饮之。天气复晴爽，朝朝步竹篱。奈有神仙意，
又乞蟠桃枝。春风似刀剪，曾否好护持。

其 二

二月考严陵，君亦入文薮。远寄书一函，读之愧株守。道若登龙门，
声价左右手。犹幸有傅昭，为君聊镳友。（谓韵卿）。余心喜欲狂，
人言信非谬。谓汝亚仲昆，才华具八斗。（益香韵卿俱系王爽斋先生之婿）。
转眼桂花开，共向蟾宫走。余虽淡功名，还来饮喜酒。

贺蒲雪林举秀才三首

天气清和二月中，东风吹到杏花红。忽逢路斗来山里，报道君今入泮宫。

其 二

十年芹藻费栽培，今着襕衫做秀才。想见鲤庭春雨夜，灯花应有几枝开。

其 三

春风得意酒杯深，差慰师门厚望心。更愿故人从此去，鹿鸣而后又琼林。

贺傅韵卿补廪

春树回冈岭，暮云罩山顶。路隔千万重，故人空引领。前闻上严陵，几人坐小艇。春水天上来，摇荡如萍梗。 余虽卧山林，人言亦怕听（误闻桐分考船有被没者）。搔首独踟蹰，者番关性命。后闻说平安，耳根才清净。未知校士场，君去可高兴。勿接家阿连，密密一封信。（谓益香）。中写傅钦之，今科已补廪。余时笑且言，考官眼如镜。岂徒诗文佳，品行亦端正。君不食天禄，试场无一等。仰且功名中，终竟自天定。不早亦不迟，中有大权柄。预兆贡树花，香到白云径。 （韵卿系桐江七里泷白云源人）。勿谓余无情，笔墨当酬应。屈指清明时，造庐来贺庆。相逢无别欢，劝君行酒令。若问量如何，一斗一石饮。

答张玉轩见寄

正月一回别，春风到杏花。何图游客意，肯忆故人家。
酒量狂难减，诗功浅未加。寄来如小草，不敢冀笼纱。

屏山杂兴三首

别有一天地，幽居三十年。林峦排屋外，风雨读窗前。

人以闲为福，诗因醉入仙。山深溪又小，谁放捕鱼船。

其　二

晓起心无事，书斋兴味加。砚池留宿墨，炉火煮新茶。
夜雨添春水，晨晖上碧纱。清香焚一炷，小坐诵南华。

其　三

一村山水好，吟赏俗尘疏。园有梳翎鸟，溪无掉尾鱼。
菜畦经雨划，花经带烟锄。知否平生志，终焉此读书。

春　暮

弹指春光又一年，得闲小坐绿窗前。梨花含雨湿三径，柳絮因风飞半天。

宿紫龙山弹琴山人陈芷卿赋诗见赏即依原韵答和

天气清和坐小庭，绿窗纱外雨初停。高歌似水琴犹熟，烂醉如泥酒未醒。
明月半山千树黑，熏风一曲数峰青。今宵幸惹钟期赏，北调南腔记画屏。

与芷卿别后却寄五首

雨霁云收四月天，紫龙山上会神仙。一枝健笔如椽大，曾写唐风秋杜
篇（月见一书）。

其　二

绛帐新开祷雨坛，不期而遇想来难。但怜抱着湘灵瑟，空向齐王殿上弹。

其　三

闻说弹棋等弈秋，虽然小数也风流。不才此事惭无分，看到输赢只点头。

其　四

萍水交情快若何，夜谈陪坐二更过。举杯自笑无吟绪，同唱阳春白雪歌。

其　五

不唱河梁缓缓归，别情愁见落花飞。西窗已扫陈蕃榻，尊酒论文愿莫违。

折洋牡丹花寄谢益香

去年五月风雨多，牡丹摧败不成窠。今年五月风雨少，一枝两枝开未了。
花虽逢夏亦称王，朱衣赤旗生红光。不信但看群芳国，葵花榴花都减色。
山人携酒笑呀呀，富贵居然到我家。风前月下相对久，花似有言羞开口。
我乃设身为花思，桐江故人未见之。况复爱花如爱宝，去年亦被风吹倒。
花意不肯负平生，山中宰相难为情。无可奈何送之往，仅留小蕊供心赏。
花如解语笑相亲，沉香亭里谢主人。但愁一别两年有，桃花夫人认见否。

寄傅韵卿

夏山苍翠护庭前，兴味萧然六月天。身似春莺难出谷，心如秋雁要传笺。
碧筒杯满应长醉，绿竹窗深定小眠。笑我相思曾有梦，不知梦到几时圆。

挽凤坡张玉轩六首

茶客归来署未消，道君归待菊花朝。何图一病吴江上，分出阴阳路两条。

其　二

阿连扶榇返家庭，老母嚎啕唤不醒。伯道无儿妻守志，凄风苦雨一灯青。

其　三

年来几度访云扉，玩月吟风谈晚晖。此后凤坡游不得，门庭无恙故人非。

其　四

辽东曾羡两经过，天下名山阅历多。二十八年春梦醒，有无恨事问森罗。

其　五

杨柳依依二月初，云笺遥递问山居。如何一幅相思札，即是千秋诀别书。

其　六

白云乡住白云端，欲见真容万万难。君若有灵除入梦，梦时权作醒时看。

秋雨两首

才说秋阳到处皆，稻粱枯槁半如柴。山中一夜滂沱雨，溪水新添好放漳。

其　二

听到三更又五更，梧桐摇落草虫鸣。晚禾头上愁生耳，愿乞天公数日晴。

重游紫龙山赠陈芷卿

秋山明净画图开，为访吟朋今又来。枫叶丛中泉夹路，菊花径外屐黏苔。
东坡逸兴诗盈箧，北海豪情酒满杯。莫笑凡人仙骨少，一年两度上蓬莱。

闻益香到邑中赋诗迎之三首

别后园中又菊花，那堪弹指问年华。不图近日离愁紧，恰好君归外氏家。

其　二

云树迢遥酒一杯，小儿捧盏笑颜开。知爷近有连床会，乱扫蓬门待叔来。

其 三

蜡烛荧荧买两枝，满窗风雨坐相思。此来知道还家速，且为荆花住少时。

挽刘贻械明府两首

寿母堂前酒乍醒，如何忽陨老莱星。官经两任恩难报，兆说三秋梦不灵。
白发凄凉亲在寝，春风惆怅客盈庭。幸亏留有甘棠树，剪伐无人色更青。

其 二

记曾去岁麦花秋，竹马儿童拜渡头。一路福星欣再见，万家生佛喜重留。
县栽桃树追潘岳，琴补弦歌仰子游。今日羊公归去速，观碑随泪岘山愁。

屏山与益香夜叙两首

梅花开放小春时，重奏埙箎慰所思。半世交情棠棣在，两家离绪夜灯知。
连床幸有姜肱被，握管惭无谢运诗。天亦怜人相聚乐，纤纤新月下山迟。

其 二

风正吹波天正霜，桐庐江上泛归航。径因迎客尘先扫，灯为怀人焰更长。
披褐各寻荣绪乐，攀花还待惠连香。可能觅得青云路，双凤聊飞到玉堂。

送益香归桐江两首

灯火连床三两宵，忽闻走马赋来朝。阿连原有还家兴，知否侬心怕寂寥。

其 二

见时不及别时多，怕听阳关结尾歌。从有送行一樽酒，愁人心事奈情何。

除夕作

今夕何夕人不眠,家家赛神祀祖先。道言守岁岁又走,门外空余爆竹烟。
日月直如流水去,姓名难与古人传。半生事愧从头数,一卷诗惭随手编。
犹幸天公多雨露,好将家福入诗篇。灯前弟剪宜春帖,堂上爷分压岁钱。
妻于房中乳娇女,我于琴上调老弦。弟妇随母冶晚膳,稚子学人拜新年。
上和下睦全家乐,一家三代庆团圆。凡人有生必有愿,余心所愿何在焉。
不愿富有金银窟,不愿贵有宰官权。并不愿白日升青天,但愿年年除
夕常如此,俾人呼为平地活神仙。

元旦偶书

茅屋迎新吉,开门春满天。梅花三径雪,爆竹一村烟。
榤下鸡催晓,山中鹊贺年。举杯动诗兴,小坐劈红笺。

春　雪

如虎风声卷地来,满山又见雪皑皑。倘能兆得丰年瑞,也作冬天一样猜。

寄怀何松坡兼乞画兰两首

别后又新年,相思寄一笺。不知花月夜,曾忆树云篇。
诗兴消双管,琴心托五弦。待当春雪霁,重话草堂缘。

其　二

之子得春气,读书能画兰。赠人辉乎易,问世赏心难。
清似孤梅干,幽于修竹竿。笑余住空谷,欲乞两丛看。

注:何松坡(1868—1945),名一鸾,清分水县(今桐庐县分水镇)人。少好读
书,嗜画兰,随笔挥洒皆有神韵。光绪二十二年(1896),为迎接朝廷丁酉科考,严
州府在梅城组织六睦(县)士子考试,以推荐参加乡试的士子生员。这次考试的结果,
以臧承宣(字益芗)之文、陈本忠之字、何松坡之兰(画)、臧晋三之诗赢得称赞。
这四大才子均为当时分水县人,于是有"益芗文章本忠字,松坡兰花晋三诗"的溢

美之词一直流传至今。何松坡署连县知事时，听政之暇辄画兰，或分赠诸绅，或奖给勤敏下属，或作礼品致贺。

雪 晴

杨柳堤边春水涨，梅花岭上暮云平。一窗斜阳四檐雨，中有山人咏雪晴。

春 雨

二月中和节，天无一日晴。山云随岫起，溪水断人行。

石上苔痕长，村边树影平。幽居谁作伴，邻叟斗棋兵。

雨 遣

东风料峭度窗纱，恰好人沽酒到家。小饮一杯三径去，自锄春雨种兰花。

春日题县东徐氏溪居三首

瓦屋鳞鳞数十家，五云山下种桑麻。莫嫌近市风犹古，牧笛渔歌度岁华。

其 二

白云流水绕东菑，犊影鹂声正及时。烟雨一溪花一陌，此间合有辋川诗。

其 三

柳正垂条花正齐，打鱼人住石桥西。网声收拾归来晚，烟水苍茫月满溪。

夜 酌

梨花酒满缸，独酌影成双。为爱床前月，通宵不掩窗。

春 晓

雨霁晨光出，诗情人望中。烟痕半村白，日影一竿红。

新蝶饮朝露，幽禽啼晓风。桃花何处落，流满小溪东。

自赠两首

几曲泥墙枕水涯，半为吟室半为家。不分唐宋诗无派，得近林泉品亦嘉。
遇宾友时先扫径，当春秋日便看花。人生毕竟山居乐，世上尘埃点不加。

其 二

更爱山家欢乐图，绘来也觉费工夫。客无车骑将花钱，亲有孙儿当杖扶。
鸿案各循夫妇礼，鲤庭最喜弟兄趋。一堂二代平为福，陆地神仙到处呼。

书所好

心各有所好，古今人同然。李恺好田宅，和峤好铜钱。坡公好说鬼，
方朔好谈仙。下至无赖子，亦各有好焉。或好雉庐赌，或好罂粟烟。
所好事虽异，而好心都坚。余好在何处，安稳屏山前。陶潜瓮中酒，
嵇康琴上弦。醒时饮一盏，醉时弹半天。不醒亦不醉，乃吟诗几篇。
风花雪月外，他事俱无缘。入世年三十，已好十多年。

修 来

不放春秋佳日过，玉屏山下兴如何。故人久别嫌书少，生客相逢怕礼多。
舒畅四肢彭泽酒，安排两眼乐天歌。修来陆地神仙福，富贵繁华薄似罗。

柳

细叶长条夹水浔，每当三月绿成荫。如何作尽癫狂态，不识东风抬举心。

寄呈业师蒲蓉境先生四首

春雨春风绛帐前，渺然旧事化为烟。梅花学赋三冬日，荷菱教吟六月天。
朽木不妨称宰我，古琴终想绪成连。但怜远隔师门里，容易光阴十二年。

其 二

雪满寒山月正明，读书陪坐夜三更。屡谈轶事传前哲，曾集新诗选正声。
品度端凝杨伯起，性情蕴藉谢宣城。不知今日鳝堂下，记否当年旧学生。

其 三

程门三载坐春风，回首浑如一梦中。问讯久思传尺鲤，迢遥怎奈滞秋鸿。
山居可比从前健，家学应教此后通。但是桃花栽满径，而今开有几枝红。

其 四

分阳乔木尽凋零，剩有蒲村一树青。恐是彼苍能爱道，独留老辈好传经。
桃依修竹花逾艳，桂傍高山子更馨。还愿伯鱼承父志，学诗学礼要趋庭。

暮 春

春事如流水，匆匆过眼前。苔痕三径雨，柳絮一溪烟。
花落愁晨扫，诗成爱昼眠。东风狂不得，又到麦秋天。

答白云卿见赠

一见荆州气自豪，忘年交道本难遭。历来老境胸逾阔，阅尽名山眼更高。
博学能详殊豹管，大材小用等牛刀。九龙闻说先生到，壁上题诗愧我曹。

（九龙山游宴诗前曾见和）

柬刘熙庵六首

南风四月麦黄天，偷得余闲傍午眠。为底化为蝴蝶梦，霎时飞到故人边。

其 二

梦君身坐读书楼，滴露研朱费校雠。今有一言相问汝，旁边曾见客来不。

其 三

桐江往日芦茨戏，急管繁弦趁晚潮。各有游心禁不住，看花同上太平桥。

其 四

黄花九月共登高，秋正清凉兴正豪。却笑刘郎今胆大，桐君山上敢题糕。

其 五

此后龙山胜会开，二三知己一齐来。酒余各自烧高烛，壁上吟诗扫绿苔。

其 六

暮云春树杜陵诗，写向花笺寄故知。知否山人今日意，江东渭北共相思。

咏 怀

瘦骨嶙峋兴自饶，听鹂放鹤养鱼苗。肯开师帐因糊口，不结官场为折腰。
半臂有风精力短，三餐无味齿牙摇。春行秋令天时变，尚喜潘生鬓未凋。

赠陈静庵两首

阅历风尘鬓未霜，太邱硕望满胶庠。欲培元气开新塾，为振先声竖旧坊。
谱有可疑重笔削，事虽无误尚评章。而今桑梓周旋地，说到嘉名口亦香。

其 二

登山临水看云烟，同学谁能及子贤。壶有乾坤忘岁月，心无挂碍即神仙。
家如米芾藏书画，人似陶潜避管弦。余亦自知缘分好，不然何以近林泉。

秋夜杂咏五首

满山秋雨夜潇潇，独对青灯人寂寥。如此闲愁何处遣，一枝秃管一枝箫。

其 二

一雨书斋秋兴增，虫声四壁澹孤灯。开窗忽见梧桐月，移到砖墙最上层。

其 三

树影飘摇月满天，读书有味爱迟眠。坐深似觉衣裳冷，明日教妻换薄绵。

其 四

袅袅秋风吹碧纱，闻歌偶到野人家。不知近日冷知许，道是园中冻桂花。

其 五

一尊寂寞小窗开，月落乌啼冷意催。村犬哓哓声不定，夜深防有窃儿来。

九日登五云山

萧条古木绕东冈，风到秋深分外凉。一邑原无多胜境，百年能有几重阳。题来红叶诗逾健，醉到黄花酒更香。俯仰漫生今昔感，化为陈迹事茫茫。

重游九龙山有感用旧园韵

青山红树夕阳开，秋兴诗教杜甫催。一个故人悲已逝，廿年知己愧重来（谓张玉轩）。 驹光似箭经三载，鸿迹如萍聚两回。（是日与俞雪亭傅韵卿家益香辈同游）。况复鳣堂今远隔，关河迢递觉难陪。（杨明府现属永康）。

西 坞

地以茅为屋，村教树作邻。秋深黄叶落，时有采樵人。

注：西坞，在桐庐县分水镇驻地西，西坞水库建此。

病夜作

兴味萧然力不支，药炉茶鼎两相随。那堪蟋蟀秋深夜，况是芙蓉花放时。

灯下懒斟新漉酒，枕边空叠未钞诗。起来定惹山妻笑，理发难于理乱丝。

东　望

云收雨霁日初红，十月阳春景最工。溪上白梅花映水，山中黄叶树摇风。

除夕喜生一子

料理宜春帖，房中吉语传。累余增琐事，添汝过新年。
邻舍闻俱笑，亲门喜不眠。若开元旦笔，先写弄璋篇。

凤坡馆中作

二月春风上碧纱，故园应放海棠花。妻儿倘倚书窗下，定笑游人不在家。

前　山

一幅天然画，幽人诗更工。野花三月闹，溪水四门通。
夏雨池塘绿，秋风槲树红。赏心唯古柏，孤傲岁寒中。

> 注：前山，昔称凤坡，在桐庐县百江镇，今属乐明村。

凤坡清明两首

无雨无风日日晴，又逢佳节值清明。登楼自喜吟情剧，偏有杜鹃啼一声。

其　二

一庐寂寞学生归，灯火深宵澹小帏。安得自家家酿酒，妻儿团聚报春晖。

登牡丹台旧址有感两首（并序）

> 台为张观察吾坡先生所建，因台前多牡丹故名。今台虽圮而花犹存，抚今追昔，爰赋以诗。

台榭凌虚号牡丹，姚黄魏紫斗栏杆。而今一样春风里，说到当年富贵难。

其　二

花谢花开不计春，韶华容易转车轮。地犹如此台何在，空有佳名传后人。

静昼漫兴

扫地焚香静掩扉，读书有味解人稀。壶中藏酒消长昼，窗外看山送落晖。
旧例重遵唯午睡，故园小别待秋归。闲情写入闲诗里，留与吟坛说是非。

赠　月

一轮明月忒相亲，照到山滨又水滨。我欲停杯私问汝，与侬曾否是前身。

赠罗湖章紫宸先生

揽镜囕然笑，居然老秃翁。渔樵联戚友，耕稼课儿童。
盥手蔷薇露，倾心薜荔风。残书堆满架，四壁未全空。

注：罗湖，昔称罗湖口，在乐明村（桐庐县百江镇）。

六月初馆移楼下作

既避楼中暑，翻怜夏日长。不殊莺出谷，何碍燕栖梁。堂以栏为障，
阶都石作旁。琴樽排北牖，子弟坐西厢。砌静苔花碎，门宽柏子香。
瓦松经雨润，庭树为风凉。塘影开明镜，书声送夕阳。檐头晨听雀，
屋角夜鸣螀。帘有蜻蜓戏，筵无蛟蚋狂。画图遮旧壁，团扇叠空箱。
昼静云三径，宵深月半床。绿茶醒睡眼，碧水沁吟肠。事少清心地，
功疏笑面墙。山禽知我乐，车马看人忙。怪索聊斋志，铭钞陋室章。
此间今借住，何必问秋光。

望德辉庵故址

山自长荒草自芜，凤坡村外问樵夫。昔年菩萨知何在，不独庵无路亦无。

注：德辉庵，清光绪《分水县志》载，在县西前山庄观坞（今桐庐县百江镇乐明村）。已圮。

长 昼

长昼静无事，窗前书自钞。雨余蛛补网，日落鹊归巢。
竹扫烟三径，松明月半梢。山村聊一望，暮色四围包。

八角塘

袅袅松阴下，闲游暑气澄。地偏塘有角，风绉水生棱。
山脚明如镜，尘心冷自冰。自知人不俗，相对见嶙嶒。

村外晚步三首

昼长人静小窗西，书卷埋头眼欲迷。傍晚凤坡村外去，登山临水访诗题。

其 二

四面斜阳列画屏，近山苍翠远山青。当年人物斯为盛，秀毓灵钟花萼亭。

其 三

沟水盈盈径有苔，草田初见稻花开。暮烟黯澹人归去，忽听蝉声曳树来。

注：花萼亭，清光绪《分水县志》载，在县西前山村（今桐庐县百江镇乐明村）麓。已圮。

示章德成

一堂风雨两年深，道味还须取次寻。书以为田耕在舌，花虽有样织于心。
三更灯火杵磨针，万卷缥缃沙拣金。君亦屏山佳弟子，却防辜负好光阴。

示张玉川

日日登楼抱一经，谈何容易姓名馨。鸡窗须领处宗味，鹿洞无忘朱子铭。

摹帖未工缘性急，读书能悟为心灵。山川钟毓韶华短，莫作糊涂梦不醒。

秋　病

为底秋风病，年年例不差。体虚资白术，身瘦比黄花。
草榻谁薰被，砖炉自热茶。纵教为客近，夜梦也归家。

古离别

夜夜床头梦，梦君君不知。天涯一轮月，照见妾相思。

书楼晚坐

红树青山夕照催，者番图画自天开。书声隔岸清于水，竹影当窗绿似苔。
（时前村罗湖有读书声）秋病缠绵唯煮药，闲愁消遣独看杯。晚来每向楼前坐，
有景无诗愧不才。

秋　怀

夜长无事兴萧疏，天气愁人九月初。寂寞梧桐三径雨，凄凉灯火半床书。
酒非戒饮因身病，诗不工吟为腹虚。家有黄花谁管领，自开自谢笑侨居。

秋圃吟

九月东篱采菊过，黄花比我瘦谁多。庸才原不遭人忘，铁汉何妨受世磨。
一曲篱笆枕水隈，水光摇荡豆花开。但怜近日梧桐老，无复秋阴护石苔。

晚　眺

秋山明净脱尘嚣，中有人家住半腰。一片白云红树外，夕阳分出路条条。

题陈静庵小隐八咏

其一　寄楼读书

身世原如寄，悠悠且读书。古人双眼对，往事一胸储。
佳味过于酒，闲情在此庐。何须求甚解，聊以送居诸。

其二　篆楼临帖

吾以庐为篆，山川皆有文。人能集金石，座亦起风云。
蕉室僧怀素，兰亭王右军。会心不在远，即此如同群。

其三　小园种花

莫以园为小，而忘花亦香。只须亲手种，便觉赏心长。
春雨梨初白，秋风菊又黄。韶华付流水，闲里且寻忙。

其四　方井印月

潇洒住山林，泉清井更深。小栏围四角，明月印中心。
风动光疑碎，云遮影欲沉。是谁留古镜，相对豁尘襟。

其五　绿窗琢句

四面钟芭蕉，诗人心更遥。研朱晨露滴，琢句夜灯挑。
此地一身静，有时两膝摇。奇文谁共赏，去访白云樵。

其六　静室焚香

一入芝兰室，心清尘不粘。地常因帚扫，香又满炉添。
烟篆亦成字，风停且卷帘。昼长人少事，诗可和陶潜。

其七　松岭朝

晓起事从容，东窗烟一重。爱他半竿日，明出几株松。
径小云犹护，山深露正浓。贪吟慵盥漱，诗兴敌千钟。

其八　竹岩夕照

相见何须问，隐居人自清。半岩秋雨霁，万竹夕阳平。
新月此时上，炊烟到处明。窗前一凭眺，最好是诗情。

寄示义三弟

吾家荆树花，昔年栽有五。风雨所飘摇，仅留吾与汝。吾年长十三，
读书炼事故。阅历三十年，郊游半同谱。时而赏莺花，时而具鸡黍。
倘遇毫发嫌，视之若歧路。或者诗人言，不与我同父。故谚有之曰，
同胞可打虎。汝年已长成，余心时愁怖。愁怖心如何，汝不谙时务。
家自兵燹余，祖产变灰土。苦彼双慈亲，竭力持门户。曾受土寇欺，
亦被里豪侮。积产等中人，毋乃得天祐。唯是乡党中，风俗不如古。
饥寒人轻薄，饱暖人嫉妒。兼之机械心，更仆难悉数。面目工逢迎，
心思窥好恶。岂无龃龉者，引入误途误。或诱罂粟膏，或教雉庐赌。
况复年少人，此道喜驰骛。舟多顺水行，谁肯拨云雾。阿兄做砚游，
不能时照顾。劝汝慎结交，此心贵清楚。钱财来处难，勤俭斯保护。
为人如下棋，一差满盘错。回首望高堂，白发草头露。不能承其欢，
慎毋触其怒。寄汝诗一章，披吟须觉悟。勿为人所讥，而为余所苦。

过松溪陈氏田居

有约过田庄，寻幽兴更长。晚枫红似火，秋草白如霜。
溪跃鱼三寸，天排雁一行。故人菊花酒，邀我醉斜阳。

注：松村，旧名松溪，在桐庐县百江镇。

感遇六首

山梁有雌雉，飞鸣何呦呦。海上有孤鸿，翱翔亦矫矫。
胡为世上人，见几不如鸟。

其 二

飞蛾不畏死，直到灯火前。肥蟹不知事，横行沙石边。
本是细微物，人心可贱焉。

其 三

螂蛆心何毒，能食当道蛇。蛇自不能报，报之有其蛙。
循环互相食，此理毫无差。

其 四

蚊蝇当暑盛，薨薨不避扇。蜂蝶当花开，翩翩常扑面。
如何岁寒时，一一都不见。

其 五

杨柳不知霜，梧桐不知雪。独在春夏时，摇曳令人悦。
曷如秋竹竿，苍苍自成节。

其 六

琴幽无俗韵，药良无甘味。寒松花不娇，古井水不沸。
大凡物理中，都以清为贵。

空 倚

读书容易感光阴，春去秋来无古今。自笑蹉跎三十外，知音空倚一张琴。

祝张土舍润川寿两首

小住罗溪事事幽，如君品格亦千秋。烟云供养心无碍，风雨勤劳谱共修。
眼界空于天在水，胸襟朗似月当楼。近来聊学维摩法，富贵繁华念早休。

其　二

五十星霜鬓未丝，任天而动几人知。宾朋喜入芝兰室，兄弟新赓棠棣诗。
安乐法曾师白傅，膻腥味已减王维。大尘清净心如水，祝嘏何须酒一卮。

注：罗溪，在桐庐县百江镇。昔时罗坎头、茂山、前山、罗湖口四村并称四门村，雅称罗溪。《汾阳章氏宗谱》载有《罗溪八景》诗。

静庵以墨钩"神仙品格，诗酒风流"八字联对见赠书此鸣谢三首

银钩铁画墨丝阑，我亦知君下笔难。黑白分明尘世少，教人当作古碑看。

其　二

能诗能酒小神仙，堕落红尘三十年。说与凡人浑不解，与君合是有前缘。

其　三

自扫书斋壁上尘，悬君笔墨重于珍。回头尚有千秋想，锦里香薰传后人。

卧　听

布被生寒夜四更，灯光摇荡不分明。卧听细雨斜风里，犹有邻家杵臼声。

题罗湖章氏村居

劫后聚遗民，同宗百世亲。周旋邻有德，来往里称仁。
岁少催租吏，宵无击柝人。子孙生计活，耕读一家春。

重建册山亭诗

吾村册山亭，离村一里许。前枕杨柳溪，后傍松竹屿。蝉鸣断续声，燕拂参差羽。幽于盘谷居，爽于辋川墅。可以纳阴凉，可以避风雨。红尘奔走人，到此容小住。一自兵燹来，三十余寒暑。亭外莓苔封，亭中蜂蚁聚。宋桷烂如泥，榱栌败如絮。从此生荆榛，亭没不知处。今年岁有秋，余向村人语。斯地无斯亭，山水亦无趣。独力或难支，众擎诚易举。盍劝桑梓间，善男与信女。慷慨输黄金，譬如作施主。集腋成狐裘，如物探囊取。他日告成功，绰楔姓名注。村人闻余言，唯唯识头绪。乃携诗人诗，当作序事序。行将鸠工师，动土伐嘉树。转瞬看新亭，欢喜人来去。

静　观

静观物理酒杯宽，天意安排咏亦难。萍为无根方泊水，竹因有节始成竿。梧桐蔽日防秋早，松柏凌霄耐岁寒。雨露何曾分厚薄，诗人偏要两般看。

寓斋雨夜

夜雨潇潇愁不胜，竹床布被没油灯。寓齐况味清于水，除却荤腥便是僧。

齿　痛

口齿如城墙，密密四围拱。一门临于危，其余吾甚恐。余齿三十二，大半不中用。上颏都参差，下颏又摇动。兼之牙根旁，一一有空洞。每当蘸啮时，难于凿铁孔。安得甘露浆，朝朝作清供。

何老诗

何老何老发苍苍，一身冻馁无衣粮。回头见说少年场，田园鳞比雄一乡。春耕夏种秋收藏，仓廪未易升斗量。腹犹未饥饫膏粱，身犹未寒加衣裳。

客来谈笑罗酒浆，四时令节烹羔羊。天炎无事乘阴凉，呼人抱瑟弹宫商。
颐指气使奴成行，偶不中用怒目张。乡戚往来附末光，望君如望齐孟尝。
一朝天地生沧桑，水火盗贼灾难当。兄弟离散妻孥亡，孤形只影悲斜阳。
地无立锥身怅怅，今乃为人守祠堂。

冬斋作四首

病骨支离近半天，最清健是小春天。一编诗草一壶酒，灯火荧荧夜夜眠。

其 二

皋比坐拥凤坡楼，朱墨安排费校雠。断卷残篇千百页，就中我为蠹鱼愁。

其 三

自把粗诗写性情，山容水态一般清。登楼怕有霜风到，断送繁华是此声。

其 四

青霜明月满阶铺，沦茗挑灯俗事无。寒犬村墟吠如豹，一声声道此心孤。

祝业师蒲蓉镜先生寿

冬至一阳生，梅花开寿域。人寿七十稀，先生修有福。况我儒林中，
老成俱就木。唯有松柏姿，孤高天使独。无乃佳山川，天或私钟毓。
忆闻先生名，龆齿犹如玉。桑梓读书余，人言耳会熟。道在弱冠时，
师友心相属。一笑入郡庠，芹藻逾芬馥。咸丰庚申春，发逆乱山谷。
乃鸠乡之人，倡首驱荼毒。孤掌事难谐，小隐山之麓。同治既改元，
武盛有司牧。不图刘瑾来，黔黎起怨讟。先生性觥觥，直言相抵触。
心如秋月明，貌似秋霜肃。帝室白云深，微罪议当轴。贾谊谪长沙，
毛诗歌采菖。幸逢圣泽宽，乐天归渭曲。从此世事疏，仍种书田粟，
绛帐设屏山，余年十五六。执帚壁扫蜗，传经洞名鹿。东壁藏图书，

西床排被襆。昼篆一炉香，夜烧三更烛。朱墨费支持，丹铅勤课督。
来往两三秋，人老嫌苜蓿。书本整归装，欢乐开家塾。春栽东阁梅，
夏赏北窗竹。秋圃幽菊黄，冬岭孤松绿。陶令酒一杯，谢傅棋一局。
朝剪三径蔬，暮歠半瓯粥。夕阳步桑榆，夜雨听琴筑。飞鸿钟谣书，
拂龟詹尹卜。邑宰肆宾筵，典型求正鹄。先生古之人，乃有皇恩沐。
杖入明伦堂，乡领许食肉。绰楔竖门楣，焜耀光宗族。今届悬弧辰，
寿星降华屋。鲤庭披襕衫，拜手献醽醁。想见坐饮时，欢容上眉目。
槐也愧不才，薪传恐难续。功名镜看花，光阴车转毂。年年为他人，
去作嫁衣服。腼愿无束修，虫吟诗一幅。唯冀丹海芝，鳣堂好培育。
他年百岁坊，私心三祷祝。

暮　望

古木衔斜日，寒山一望遥。人家白云里，路有两三条。

咏凤坡古柏

凤坡有古柏，扶疏绕屋前。孤根常拔地，老干独参天。春深听幽鸟，
夏杪闻鸣蝉。岁寒傲霜雪，日暮低云烟。群花有开谢，此树自贞坚。
笑问何代种，老成言便便。道是南宋后，我族才始迁。既有谱可证，
且复口相传。乔木开世家，簪缨盛雍乾。至今少培沃，还望子孙贤。
语罢复倚树，闻之心怃然。邑自遭兵燹，风俗俱可怜。墓木毁诸斧，
村树易为钱。树无村亦没，楼阁变桑田。安得如张氏，子姓常绵延。
余亦修有福，为结宾主缘。开窗赏秋雨，濯缨临清泉。玩月登古径，
临风弹古弦。故人不可作，古柏自年年。

遇蒲村旧友两首

一自询来道姓蒲，怪君生出许多须。可怜十六年来友，邂逅相逢未敢呼。

其　二

旧事纷纷问不清，问山问水问先生。谢君一幅缠绵意，犹叙当年琐碎情。

注：蒲村，今名蒲家，为桐庐县钟山乡歌舞村的一个自然村。

城中观灯词两首

月正团圞风正飘，满城灯火闹元宵。为龙为马为狮子，一样生平贺圣朝。

其　二

锣鼓喧天逐队过，春宵如昼月如波。就中最好江西会，百节龙灯一里多。

喜傅韵卿家益香拔贡

故人如凤凰，共脱樊笼苦。联袂上青云，青云自有路。
山山本樵渔，私心窃歆慕。如此亚仲昆，世间应有数。

买兰花

春风摇曳卖兰花，花岂因风斗岁华。小瓣似梅圆有样，素心如玉净无瑕。
骥逢伯乐名逾重，鹅见羲之品更嘉。问值不多多亦买，免教流落别人家。

凤坡馆中与张玉阶夜叙四首

蘸墨研朱岁月深，凤坡又见鸟投林。茶甘饭软寻常事，难在君家一片心。

其　二

砚游生计等飘萍，不遇嵇康眼不青。为底苔岑重契合，华堂依旧劝传经。

其　三

读书窗下月华明，吹竹弹丝夜更清。莫笑形骸时放浪，今年同住为交情。

其　四

母氏劬劳两鬓丝，待余如子寸心知。此生合少功名分，报答春晖笔一枝。

独　酌

独酌书窗下，幽琴空自弹。纵教春雨霁，犹觉夜灯寒。
树夹烟三径，花摇月一栏。韶华如此好，莫作等闲看。

题　画

中有烟村在，通幽径一条。水痕随涧曲，山色带云遥。
暮雨僧归寺，春风人过桥。几家混不辨，绿树护周遭。

章氏花亭在司谏里

绿树荫浓古寺旁，翼然遥对凤坡庄。当年人物今何在，亭以花名说亦香。

注：环秀亭，俗称花亭。清光绪《分水县志》载，环秀亭在罗坎头（今桐庐县
百江镇罗山村）长寿庵。已圮。

陈静庵索赠书此以寄

东溪有静庵，其人温如玉。四壁堆图书，三径栽松菊。心通道德经，
手摹金石录。书工草隶篆，画写梅兰竹。逸如王辋川，隐如假干木。
富贵等局棋，沧海比粒粟。懒散弃管弦，潇洒忘荣辱。白眼傲公侯，
素心通樵牧。风清月又明，俗尘三斗扑。忆余平生交，往来少心属。
或笑愚公愚，或避俗人俗。乃与君如何，相见听松屋。车笠初订盟，
年可十五六。时携黄相游，时共青灯读。时焚旃檀香，时煮菖蒲粥。
师门坐春风，弹指两年足。从此多别离，诗筒常往复。西坞笺递红，
北窗阴分绿。越交情越深，味如芝兰馥。虽然俯仰间，如空花过目。
结有今生缘，或者前生福。

贺韵卿拔贡兼送北上四首

春风得意写泥金，差慰读书甘苦心。天亦多情成好事，选元榜上有连襟。
（谓家益香）。

其　二

大笔如椽胆气粗，果然身入帝王都。贡花香到白云径，诗谶而今信不诬。
（甲午贺韵卿补廪诗有他年贡树花香到白云径之句）。

其　三

一船书本上长安，诗兴遄飞酒兴宽。与我无干还待听，斗宵报捷小京官。

其　四

品度清华顾野王，交情曾有六年长。一鞭摇上青云路，富贵还须归故乡。

西　村

此地远尘市，人家住水西。草荒村径没，花覆屋檐低。昼静犬闲卧，
春深鸟乱啼。柳阴见渔叟，浊酒一樽携。

注：西村，在桐庐县百江镇，为联盟村的一个自然村。

春　游

一雨初晴绿满天，离离原上草生烟。牧童不识春光好，横在黄牛背上眠。

清明日登张玉轩墓两首

树影峦光护白云，不堪相对故人坟。一堆黄土天难晓，卅载红尘路已分。
往日功名悲逝水，奔波经济泣斜曛。纸灰飘荡春风暖，近事从头诉与君。

其 二

落拓生涯笔一支，凤坡未免忆相知。闲情似水消于酒，世事如云付作诗。
每日登堂愁拜母，连年设帐愧为师。一声杜宇人归去，曾否今宵梦见之。

挽明经章炳如先生三首

天意何为者，先伤古道人。高山空入望，流水不成春。
骨格陶元亮，胸襟戴叔伦。临风一回首，何以说前因。

其 二

忆在严陵郡，同登校士场。五经劳假借，一字费商量。
和气风摇箑，虚怀月照廊。姓名天府重，馥郁贡花香。

其 三

愁听山阳笛，凄凉曲未终。文章千古上，弟子四门中。
夜雨悲羊祐，春风泣马融。幸亏诗礼在，家学鲤庭通。

得家书知蚕塾戏作

桑叶何青青，出门人懊恼。不知今年蚕，可比去年早。客自屏山来，
遗我书一道。上言茶事完，下言蚕事好。前月蚕花开，今月蚕茧老。
洁净白如银，大小圆如枣。焚香读未终，喜心忽翻倒。想见缫车前，
阿奶开颜笑。山妻忙如何，手舞而足蹈。预知岁寒时，家寄丝棉袄。

问刘云樵乞画三首

品度清华正少年，能书能画笔如椽。惭余马齿徒增长，说到刘褒愿执鞭。

其 二

严陵分手返家乡，许赠龙眠画一章。为底迟迟三个月，不会见寄到山庄。

其 三

山里闲人笔墨轻，将诗催画觉非情。半途倘被洪乔误，定有飞鸿寄一声。

示陈子梅

师友渊源共一堂，从前学问要商量。（前同受业于蒲蓉镜先生处）。
美人色亦需膏泽，才子诗还用锦囊。石不能开谁见玉，铁须经炼始成钢。
羡君生就聪明格，莫问桑榆怨夕阳。

馆中胡寿民到别后却寄四首

水阔山长望不开，何图今日到书斋。两家乍见心难定，疑是相思梦里来。

其 二

寄庐相见倍关情，灯火西窗证旧盟。夜雨也知留客意，四檐涓滴到天明。

其 三

年来家计一身担，我亦知君心不堪。弟学齐髡儿学蠡，味如尝蔗到头甘。

其 四

风雨联床有两宵，最无奈是第三朝。出门听到临歧语，愁向桥边折柳条。

夏日楼中

暑气蒸腾傍午催，那堪清对碧筒杯。木能生火楼难住，竹可引风径未开。
窗置盘餐饥鸟下，砚留墨水渴蜂来。闲人近亦心肠热，安得门前雪一堆。

家中喜益香到四首

得意还乡谒祖先，两家相聚藕花天。山村少见衣冠客，问是何人来拜年。

其　二

兄弟相逢礼法疏，最关心是午炊余。日常天热闲无事，共向西溪看捉鱼。

其　三

月影灯光夜未深，同看宗谱费多心。商量重竖祠堂额，仕进编中访翰林。

（因修检讨公匾查其年月）。

其　四

出山泉浊在山清，濯足归来别绪生。酒味不佳鱼又小，杯盘草草送君行。

百桐斋居士见寄

昨日日当午，竹竿风澌澌。思君得君诗，每每举空卮。
枚皋才何速，笔墨任驱驰。唯是君诗中，一语费人思。
不寄酒瓶酒，先索诗筒诗。废书喟然叹，毋乃非相知。

雨　到

天竟如人愿，凉从午后加。风声狂似虎，雨脚大于鸦。
书讶青幡动，山疑白练遮。炎威何处去，把酒坐窗纱。

久雨三首

五月霾天未肯晴，泥砖石磉暗潮生。夜来两耳都烦恼，半听蛙声半水声。

其　二

一灯隐隐伴楼台，溪水潺潺听不开。疑是大江船上坐，布帆张出顺风来。

其　三

苔痕草色小窗东，天气难禁五月中。墨恐霉生将匣放，笔防雨久用炉烘。

感　桐（并序）

凤坡书楼外有桐一株，大如钵，高与檐齐，今年被人伐去，爰赋此感之。

桐叶扶疏护栏东，桐花烂漫笑春风。半窗似水阴铺绿，一树如云日蔽红。
凉意恰宜耕砚客，奇灾忽遇采樵翁。明知秋后终凋落，怎奈炎炎六月中。

闻静庵由平昌归赋此寄怀四首

鸢飘凤泊不羁才，见说归家心便开。回首河梁分手日，韶华流水两年来。

其　二

水远山长不寄诗，暮云春树费相思。寄庐应有陈蕃到，夜夜灯花开几枝。

其　三

近事纷纷觉太难，乐山楼下独扶鸾。凡人要向神仙说，不泄天机莫降坛。

其　四

冰雪聪明到处夸，文章摹仿大方家。今秋稳步蟾宫里，拦住吴刚乞桂花。

秋　感

瘦骨伶俜坐碧纱，看书酌酒感年华。滔滔直似东流水，依旧园中开菊花。

登环秀亭故址

路转峰回花木幽，行人于此每勾留。自从风雨飘摇后，不尽山川今古愁。
几尺颓墙埋蔓草，一堆残甓卧荒丘。多情唯有前溪水，犹带斜阳鸣咽流。

九月十五日女素定生

弄瓦才四年，今又弄一瓦。　天生姊妹花，相对灯窗下。酒不肆宾筵，信不传亲舍。聊以佐咏吟，聊以资闲暇。唯是门楣低，不能缔姻娅。
家无龙可乘，屏无雀可射。他年双长成，何以说婚嫁。

与王云川夜坐

落叶满山响，秋风叙此宵。离怀消酒盏，闲兴寄诗瓢。
玩月窗双扇，谈天烛一条。如何王子晋，今尚爱吹箫。

山行赠樵者

四顾无人夕照开，岭坳喜有野樵来。代烧榾柮煨山芋，替拗松枝扫石苔。

又　病

八月病初痊，九月病又到。一月病一回，回首悔不早。肺肝为酒伤，
心血因书耗。前日医者来，再四向余道。道余病源深，草木恐无效。
余闻医者言，或者病难疗。棺觅公输成，圹拟司空造。从此处士坟，
风雨眠青草。诗书儿可遗，妻女弟可靠。著述藏屏山，更愿传人好。
唯是双慈亲，不能娱具老。忍使高堂中，白头哭年少。

病起赠内

结发非为养，思量情太宽。伶俜怜我瘦，服侍教卿难。
煮粥供宵食，熏衣辟晓寒。留心防再病，适口问三餐。
药苦糖先备，茶凉火屡看。幸亏霜径里，秋竹报平安。

到凤坡馆中作两首

学生重聚读书楼，蘸墨研朱功未休。自笑无才身又病，一窗风雨两年秋。

其　二

屋有灰尘壁有丝，别离两月事难知。刷墙扫地窗糊纸，笔砚安排且作诗。

夜游环溪楼旧址

秋月白如雪，秋心愁如结。传说百年前，此地聚人杰。弹琴而咏风，讲楼傍开益。（堂名）。 世事都变更，人物俱磨灭。蔓草篆荒烟，何以寻碑碣。俯仰天地秋，怅然溪边立。不闻读书声，水声自幽咽。

祝诸睦何云栽母张太君寿

冰清玉洁寿而康，写入诗中句亦香。春雨桑麻三月暮，秋风砧杵一灯凉。看花久已心如水，揽镜何妨鬓有霜。此去再逢王母宴，蟠桃亲要献东方。

柬呈业师蒲蓉镜先生四首

绛帐春风坐满楼，轻尘短梦十余秋。不堪回首先生语，文学班中说子游。

其 二

软饭甘茶竹火炉，北堂师母费工夫。笑余枯坐空山里，未报春晖草渐无。

其 三

自读书来二十年，功名两字化为烟。一支秃笔三升墨，腹笥惭非边孝先。

其 四

文章如水鬓如霜，论到耆英口亦香。但隔云山千万叠，不能常侍伯鱼旁。

贺桐江家益香拔贡兼送北上四首

得意严陵二月春，灯花灿烂榜花新。六罗报捷君恭喜，十二年来第一人。

其 二

灵钟秀毓玉无瑕，学问渊源古大家。每战文场称国士，而今又看上林花。

其　三

自笑蹉跎愿未偿，虚声愧听读书场。幸亏修有连枝福，就使无花树亦香。

其　四

顺风一路送仙桡，看水看山兴自饶。更愿阿连从此去，鹏抟凤翥上云霄。

见凤坡张氏嫁女作

昨日送嫁奁，翠被红罗帐。女儿心喜欢，他人心夸奖。唯有阿奶心，乱如尘在网。用尽办治钱，买得别离想。向晚舆夫来，鼓乐喧堂上。花烛枝枝红，爆竹声声响。行郎催于归，母女泪如涨。一曲骊驹歌，闻之余心怅。勿谓事无于，家有女儿两。

寄刘熙庵代柬两首

骨格嶙峋应对迟，却无几个旧相知。交情剩有刘晨好，犹似天台访道时。

其　二

胡琴一曲酒千觞，曾向严陵夜夜狂。歌咏也知他日有，别离怎奈此情长。

闻选儿上学喜作

自向罗溪作砚耕，闻儿上学喜盈盈。读书虽幼关心重，认字无多出口清。冠准七龄为弟子，曾参两代公先生。（选儿亦于从昆绍周处上学）。阿翁送向师门里，想见掀髯笑一声。

村　晚

四顾天将暮，秋情入画图。人归三径冷，客去一亭孤。夜月光初见，夕阳影乍无。前山深树里，断续听鸣鸟。

霜

几日严霜度板桥，漫怜草木尽萧条。世间无此催摇落，松柏何人识后凋。

答刘云樵代束

二月上严陵，君言亦何巧。道有四幅图，其中绘花鸟。他日归去来，
下赠屏山老。窃拟碧纱笼，永远作珍宝。以故四月天，乃寄诗笺讨。
何图前相逢，所说又颠倒。仅存扇一张，聊以遣怀抱。且言不轻投，
意欲易诗稿。无怪乞画人，回首临风笑。君情似磨墨，越磨越减少。
且读尼山书，大义须通晓。朋友重先施，君子交有道。而况诗千篇，
仅易扇一套。辛苦咏吟人，未免价嫌小。爰寄孟浪词，请君毋懊恼。
古今香火缘，唯践前言好。

馆事将解评诸生优劣各系以诗十首

骨格嶙峋书一堆，八年相对我心开。闰生文字欧阳帖，都是屏山学过来。
赵翼轩。

其 二

松风水月一窗虚，如此聪明要读书。若问用功如把钓，一经手颤便无鱼。
陈子梅。

其 三

学问功求进一程，莫矜淹博误平生。楚臣通尽古今事，尚有祈招诗未明。
家竺书。

其 四

昔年诸睦未传薪，又向罗溪来问聿。一卷文章三寸管，近来才像读书人。
陈镜庵。

其 五

自笑教书如放棹，顺行容易逆行难。橹声摇到深潭下，又听邻舟说上滩。

张子琪。

其 六

浑金璞玉性觥觥，低首屏山作学生。谁说读书无我分，不妨学问补聪明。

章宪卿。

其 七

目秀眉清原有才，习成老病药难开。先生自愧无成见，依样葫芦画不来。

张玉川。

其 八

凤坡村里拜为师，应对能修弟子仪。不与百花争世界，荼蘼开在暮春时。

章德成。

其 九

读书有道在收心，一寸光阴一寸金。劝汝用功功要用，不应闭眼乱穿针。

家芹轩。

其 十

儒林衣钵本难传，雾里看花花不鲜。莫负先生今赠汝，当年祖逖一枝鞭。

章松斋。

除夕吟两首

爆竹如雷闹比邻，年光于此又交春。侬家也与人同样，白酒黄鸡赛社神。

其　二

蜡烛堂前照酒筵，一家三代坐团圆。小儿今有骄人态，邻舍分来压岁钱。

张氏且园

半亩亭台枕水滨，墙颓瓦破剩荆榛。多情唯有蜂和蝶，犹向荒园去醉春。

春宵即景

春宵如水静，雨后开红杏。月明卧犬来，墙上吠花影。

雨后杂兴四首

一雨初收际，山歌听采茶。砚田闲度日，诗本小当家。
邻叟劚新笋，村童拾晚花。侨居人不俗，佳趣问烟霞。

其　二

莫漫愁无景，窗前一望收。村晴渔卖鳜，泥滑牧骑牛。
雾向山腰截，水从屋角流。何人溪畔立，放炭等行舟。

其　三

天亦知春好，今教月闰三。柳堤环湿翠，草径染柔蓝。
檐静鸣新燕，闺忙课老蚕。听鹂一樽酒，不用买黄柑。

其　四

何处添吟兴，栖迟楼半间。竹竿高过屋，烟影重于山。
人懒性逾慢，友疏心更闲。漫言身不出，门有白云关。

暮雨即景

烟影迷离画不明，山村风雨落花声。凭窗忽见溪桥上，一个人归扶伞行。

答赵菊舲代柬

流水光阴等转蓬，那堪回首问天公。羡君清品如熊皎，拜我当初作马融。
剪烛曾经谈夜雨，及门敢说坐春风。自怜十二年前事，付与黄粱一梦中。

偶　兴

一入风尘里，韶华三十余。无才疏世事，多病熟医书。
醒以酒为伴，醉邀月到庐。自知生性野，只合在山居。

赠悟空上人

山人坐白云，尘心无挂碍。聊读金刚经，佛法颇通秦。忽见上人来，
叉手作膜拜。平生无布施，此礼毋乃太。既而前致辞，语如流水对。
道言小京山，创有莲花界。惜已缭垣墙，尚无封瓦盖。菩萨虽金身，
草茅防朽坏。拟乞诸檀越，醵钱各慷慨。集腋成狐裘，灵山才光彩。
一篇募化文，敢请先生代。余喜结善缘，听之心逾快。乃磨墨一池，
偿此清净债。日夕送出门，风前还忏悔。屏山著述多，未知禅林内。
不知文人文，可供观自在。

　　注：悟空上人，普光寺主持，南海人。清光绪十六年（1890）在太阳山（今桐
庐县百江镇小京村）募资重建普光寺。已圮。

送王莲叔售茶之姑苏

琅琊右军儒林长，广寒不肯开天榜。掉头忽慕桑农丞，一声一声算盘响。
今年谷雨三月中，山家茶叶摇春风。龙团雀舌向人买，懋迁有无陶朱公。
乘风运往姑苏市，市人口渴望梅子。一本万利奇货居，沁人脾骨香人齿。
山人株守念头差，破砚依人度岁华。安得与君同载宝，顺风顺水笑归家。

山　厨

山厨四月珍馐少，每到饔飧兴倍长。食笋自能忘肉味，烹葵且又爱葱香。

晨烟暗澹瓜三径，夜雨连绵豆一筐。更有两坛家酿酒，不教醒眼看人忙。

答陈静庵诸诗七首（并序）

今年夏初，静庵自武林归，布置一室颜曰小隐，时寄书或诗不下二十余，俱以诗答之。但草率而成，不甚经意。姑存之，以志两家之交谊云尔。

窗前草正青，山前树正黑。中有砚游人，安稳凤坡侧。夜味一盏灯，
日饮三升墨。蛙沸而虫鸣，放浪横塘北。不知风尘中，尚有旧相识。
接君一纸书，欢喜生颜色。道是武林归，弹指六七日。前游西湖西，
小集藕香室。读书贤宰官，求安暂谢职。（谓李必原杨牵旂诸明府）
慷慨谈世风，举杯各太息。太息西夷人，洋溢乎中国。椎髻而细腰，
形情如鬼蜮。时势夫如何，一笑听不得。其余两三行，读之加餐食。
上言久别离，下言长相忆。

其 二

昔年听松庐，伯兄开师帐。（谓秋涛先生执）。经坐春风，唯我与君两。
逝者十九年，一去不复返。从此陶渊明，诗有停云唱。君性喜奔波，
余生习放浪。鬓毛渐渐催，别来岂无恙。感君今年佳，不作出门想。
余亦耕砚田，小住罗溪畔。虽然东溪水，不能倒流上。幸有双鲤鱼，
可以寄肝胆。回首补交情，一笑吾其倘。

其 三

天生我辈材，不如凡草木。既春花不开，未秋叶又秃。岂无时雨沾，
亦有朝露沃。其奈本性中，洒脱忘荣辱。或者寒梅花，故意傲尘俗。
君居东溪旁，余寓前山麓。路止十里遥，山水多重复。幸亏笔一支，
往来传尺牍。四月清和天，书已三往复。萧条风雨楼，又接君一幅。
道言近日来，家中得幽筑。六尺竹方床，半间桐阴屋。诗多信口吟，
书亦随意读。俯仰天地宽，谈笑通樵牧。几净窗又明，扑去尘三斛。

相约他日归，过门聊一宿。可以弹素琴，可以叙衷曲。不知小隐居，曾否藏醽醁。须防无意时，有客来不速。

其 四

昨闻驴子声，驰驱凤坡道。楼外四山青，夕阳明幽草。忽逢王右军，未揖先一笑（谓莲权明经）。道言某与君，婆娑兴不了。君有诗相催，某有酒可讨。肯作寄书邮，替君涌怀抱。贤哉明经明，人比洪乔好。其奈酒渴徒，翻笑东溪老。不教驴子驮酒来，以蚓投鱼心太巧，鱼兮鱼兮毋贪小。

其 五

平生论交情，无过吾与汝。况自今年来，越交越有趣。三日不得书，心有相思处。前拟端阳时，砚游人归去。乘兴访故人，东溪且小住。剪烛西窗西，飞殇谈夜雨。悠悠一寸心，抱之两月许。何图今日来，怎见各无语。

其 六

隐者小隐居，门楣悬有榜。邵雍安乐窝，米芾书画舫。屋小膝可容，市隔气逾爽。熏风盆花香，夏雨瓦松长。窗有绿荫遮，墙有碧纱障。云深鹤归巢，地静蛛无网。余来前山前，坐此颇心赏。好景不尽题，留待别时想。

其 七

初三归去来，十一身又转。重过小隐居，婆娑兴不浅。范谢云霞交，嵇阮竹林宴。瓦钵剪葱花，泥炉煮麦面。席上无膻腥，蚊蝇俱不见。跣足而科头，清谈面对面。夕阳催舆夫，乐趣两家变。分手上前山，故人渐渐远。才过龙子冈，又到凤翔殿。回首东溪东，白云低一片。

附各绝句七首

笺红字绿一灯青，读到君诗口亦馨。半水半山半花草，般般夸与故人听。

其 二

能诗能酒学神仙，我比张超心更坚。只恐陈抟发长啸，一声惊破华山巅。

其 三

天许名山入画图，朝朝布置费工夫。张谌正有终南想，恰好王维折简呼。

其 四

暮云春树两家诗，他日相逢喜可知。但是刘伶多酒渴，却防开眼对空卮。

其 五

一个闲人昼掩关，松风瑟瑟水潺潺。想应修有林泉福，身世何妨不出山。

其 六

别离忆自暮春天，山里传笺近半年。笑汝索诗如索债，北窗惊醒醉中仙。

其 七

世事糊涂眼倦开，白云山劝白云杯。寄声将诩开三径，五十羊裘定要来。

寄伊山赵翼轩三首

到处从游手未分，一朝相别愧同群。每当三八论文日，陡觉心头想着君。

其 二

青山匼匝水潆洄，云树相思酒一杯。窗下不知人别去，讲书犹误唤君来。

其 三

读书无事且为师，笔墨经营正及时。笑我年才三十四，学生班里见孙儿。

答静庵四首

自笑无才又寄诗，一言说与故人知。苦吟独坐书窗下，静似孤僧入定时。

其 二

共住山林德不孤，幽情常遣笔头奴。不知亲手双钩字，除我曾贻别个无。

其 三

云树相思酒一杯，寄庐门肯为君开。如何前日瑶函里，说过将来又不来。

其 四

世上光阴水上风，别来又是藕花红。相逢不及相思好，日日传笺寄便鸿。

谢王莲叔馈珠兰茶

君自姑苏来，渴怀相如止。一盒雨前茶，远惠从隗始。山里白云深，呼童汲新水。竹炉火煽红，苔阶花映紫。卢仝睡眼开，陆羽吟心起。相对一瓯烟，清香沁人齿。如饮甘露泉，长生得不死。滋味美于回，何以谢君子。聊寄诗一章，当作书一纸。山高水又长，临风拜送使。搔首独踟蹰，忽惹闲心事。一诗两尖团，交易诚利市。不知珠兰花，其价可如此。

立秋日静庵过访寄庐别后却寄八首

梧桐叶落稻花开，兴味萧然酒一杯。难得君如云际雁，肯随秋色一齐来。

其　二

读书楼上夜凉生，著述纷纷数不清。天亦防君归去速，潇潇夜雨到天明。

其　三

一部辎轩接古欢，张华今肯借来看。书名书地书诗派，我亦于斯得大观。

（玉阶家同观两浙辎轩录）。

其　四

大笔如椽王子猷，写屏书箑斗龙虬。学生磨就三升墨，手腕劳君挥不休。

其　五

三十多年百事抛，学仙学佛住衡茅。炼丹闻有髯苏论，分付门生照样钞。

（君录去苏长公龙虎铅贡论一篇）。

其　六

万绿参天笔似杠，小楼前听水淙淙。罗溪喜见东溪客，话雨吟风坐一窗。

其　七

自笑清和四月时，鱼鳞雁足往来痴。一般夜咏晨吟手，何事相逢不作诗。

其　八

雨细云低聚一堂，第三朝又唱河梁。此来翻笑君多事，添得别离诗几章。

胥岭夜行

月地霜天夜四更，舆夫辛苦趁宵行。几家犬立柴门外，为见客来吠数声。

注：胥岭，在桐庐县钟山乡与建德市乾潭镇界上。海拔539米。因传说伍子胥避难经过此地得名。

雨中过设峰岭

久有登高意，今朝冒雨来。农人家傍竹，樵子路生苔。
桐叶因风落，茶花如雪开。半山亭一角，小憩胜蓬莱。

注：设峰岭，又名雪峰岭，在桐庐县分水镇塘源村。因传说伍子胥避难骑马过岭，正遇风雪交加得名。

柬何松坡

邑自兵燹余，儒风日以坏。此身一读书，便装道学态。即如东西庠，
人亦有通泰。而书画琴棋，有会有不会。贤哉何仲言，品度殊潇洒。
手有兰花香，心兼丝竹爱。空谷春一枝，流水声千载。其余诗与文，
亦各超群辈。较诸交游中，聪明毋乃太。

其 二

前寓蟹儿巷，夜夜将君访。秋风三径凉，秋月一轮朗。上上读书楼，
少叙幽情畅。何物相见欢，丝竹堆床上。吹箫弹琵琶，中有神仙想。
从此一别离，心如葵花向。屡拟小阳春，重向君家往。不向屏山中，
细雨沙沙响。西窗蜡烛光，何时再心赏。明年正月天，来游或者倘。

益香自都中归赋此寄怀四首

闻说君从天上来，妻儿团聚话蓬莱。莫嫌到手功名小，从此簪缨路已开。

（益香考取八旗汉教习）。

其 二

曾记春宵话别时，闻君一语费相思。道言一上长安去，佳水佳山定作诗。

其 三

铜匣青青四角方，寄怀诗刻两三行。坚于铁砚珍于璧，安放屏山墨更香。

（赠有墨匣一方，上刻有寄怀诗）。

其　四

北风萧瑟暮云寒，路从无多相见难。倘使纪游诗有草，可能递与故人看。

留别凤坡诸子

寄顿书装愧舌耕，忽闻骊唱我将行。前缘虽了情仍在，后望无多学要精。
缘木求鱼心亦颤，观灯走马眼难明。欲知此去关怀事，寂寞屏山雷一声。

将　雪

薄暮天将雪，风号气更阴。寒云昏竹屿，落日冷松岑。
炉为煎茶备，诗还搁笔吟。举头望空际，四面影沉沉。

过静庵小隐居有赠

琴在吟床诗在奁，一尘不染静于庵。窗因看竹门开两，园为观梅径扫三。
将雪烹茶香更敛，以书下酒味尤甘。笑余修有张华福，许向琅嬛取次探。

寒夕吟

北风猎猎雪皑皑，瞥见寒梅今又开。更爱小窗明月下，许多花影上墙来。

春园晓兴

有事园中去，幽禽傍晓闻。采桑衣带露，锄笋屐穿云。
新插柳俱活，旧栽花可分。东山生紫气，知是送朝曛。

西溪种柏诗

吾枕枕流亭，村人为水口。两岸桧与枫，一溪榆与柳。唯无苍苍柏，
其间补疏漏。己亥二月春，春祭邀村叟。乃取柏山苗，参错种八九。

叠石不厌高，掘泥不厌厚。践踏驱牛羊，蹂躏防鸡狗。他年得长成，
自见山川秀。叶凭霜雪侵，根凭泉石溜。一年复一年，英气冲星斗。
歌咏四时春，诸木镗乎后。呜呼种树人，转眼旧人旧。中有长相思，
问柏柏知否。不愿为栋梁，荣入工师手。但愿护村间，千秋万古有。
俾彼曾元孙，闲话西溪右。日久荷锄归，一步一回首。

不出山两首

读书不出山，天赐山人福。昼坐一炉香，晨兴一瓯粥。阅世三十年，
一笑俗人俗。车马何喧阗，辕驹何局促。毋乃求利名，此心俱不足。

其　二

古今豪杰士，喜从名山游。因之抒怀抱，笔墨传千秋。我则异于是，
坐守屏山楼。独寻山雉乐，不避井蛙羞。微虫抱本性，相对鸣啾啾。

荒冢两首

满地荆榛不计年，墓门翁仲卧荒烟。可怜寒食清明节，没个人来挂纸钱。

其　二

破碣摩挲字尚明，刊年镌月纪功名。生前多少雄豪事，付与春风杜宇声。

雨　坐

风雨催寒食，梨花如雪飞。山村留客住，溪水阻人归。
愁听鹃啼树，惊看燕掠扉。凭窗天欲暮，来往屐声稀。

落　花

东风袅袅酒樽开，红日迟迟映绿苔。又是一年春事了，落花如雨扑帘来。

初夏霁景

四月清和景物饶，山村最喜雨余朝。大夫松讶龙鳞活，罗汉竹疑凤尾摇。
新日迟迟农负耒，熏风习习牧吹箫。听鹂独自携樽酒，杨柳荫中过板桥。

田家雨霁四首

一雨闲人少，乡村尽种田。云拖山影重，风急树声颠。
箬笠拥红日，蓑衣生翠烟。儿童双赤脚，趺坐绿荫前。

其 二

负耒聚耕耘，南风四月熏。飞鸦三径落，吠犬几家闻。
瀼瀼秧田水，溶溶麦垅云。林间吾最爱，布谷自呼群。

其 三

此地无车马，闲闲桑者来。露滋葵堇长，雨过豆花开。
岭上梅酸齿，篱边笋脱胎。田家风味好，吟赏坐苍苔。

其 四

西岭落斜晖，何人带犊归。牧童吹竹笛，稚子候柴扉。
蛙沸烟三径，鹃啼月四围。瓮中春酒熟，泥饮独忘机。

阅世十绝句

何必读书苦，登朝假斧柯。宦途皆卜式，输粟出身多。

其 二

道统传千古，天生宣圣来。如何同俯仰，又有一桓魋。

其 三

富门少年子，日用竞奢华。转眼亲遗产，无钱卖别家。

其 四

目不识丁字，须安本分良。何图田舍子，礼貌学官场。

其 五

慷慨施僧道，心为结善缘。同胞有昆弟，晨夕灶无烟。

其 六

伦外唯师弟，恩同天地高。逢蒙不解事，霍霍手磨刀。

其 七

贵贱交情见，名言感翟公。但看凡草木，多半倚春风。

其 八

漫笑吹毛者，逢人便索疵。千方与万药，唯有妒难医。

其 九

莫以能言口，信为有用才。但看前后事，判若两人来。

其 十

底事不如意，逢人诉不平。彼苍一双眼，得失最分明。

家居喜闲

岁月一转轮，天地一逆旅。万事皆空花，一生闲有趣。

余自砚游归，不图闲如许。酒有家童沽，茶有山妻煮。
向晚坐柴门，谈笑对儿女。何以消我闲，催捉蜻蜓去。

书感三首

蔬餐茅屋木棉衣，贫贱翛然无是非。世上几多车马客，出门步步踏危机。

其　二

不读天书不炼丹，倦时便睡饿时餐。红尘漫羡神仙乐，从古凡人蜕骨难。

其　三

傍午醺醺酒一杯，看书便觉此心开。如何关住纱窗坐，犹有苍蝇鼓翅来。

暑园夜坐

山水寂如此，闲情分外添。凉身风习习，照影月纤纤。
荷叶大于扇，竹竿高过檐。园中消夏好，吟啸傲羲炎。

雨余野适

日长地静雨初晴，天气清幽随意行。几曲山衔青有色，一泓水护碧无情。
树留残滴半身湿，风送新凉四体轻。傍午归来人欲睡，绿荫如画潭纹平。

柬凤坡张玉阶

青山回几重，白云低一片。秋风从西来，不用蒲葵扇。闲倚碧纱窗，
旧事思一遍。记曾寓凤坡，与君时觌面。宾主两三年，论交情不浅。
夕阳衔远山，每约闲游便。有时登柳堤，有时过竹院。月来笛一声，
灯来书一卷。烟霞榻共眠，风雨樽同宴。偶当兴酣时，歌啸惊村犬。
君笑荣绪狂，余畏张仪辩。此乐几何时，流光疾如电。一自归去来，
家居甘贫贱。山有禽可听，水有鱼可荐。夜吟灯花开，昼坐炉烟篆。

心摹白傅诗，手钞陶令传。无如伯牙琴，曲高和者鲜。回首念故人，一日三秋变。从教书往还，未免情缱绻。何况半年来，两家未相见。

东溪陈静庵过访别后却寄七首

云正迷离天正阴，相逢一笑午时深。教妻料理伊蒲馔，两个神仙谈素心。

其　二

赤日如焚汗不消，天行方便雨连朝。破除热恼心无碍，酌酒吟诗吹洞箫。

其　三

一樽浊酒小楼西，诗稿搬来待品题。人静更深秋气重，灯光如豆雨凄凄。

其　四

雨后风光迥不群，窗前清味两家分。一张竹榻双藤枕，卧看山头收湿云。

其　五

世事糊涂心亦摇，幸亏山里作渔樵。不然倘到红尘去，应有忧愁一担挑。

其　六

曾踞胡床手拍弦，熏风一榻雨余天。陶潜不解琴中曲，得趣比人多几年。

其　七

北窗安一绿藤床，竹引熏风夜更凉。知否屏山高卧者，告天无事也焚香。

柬刘熙庵

秋宵最多梦，昨又梦何如。梦过蟹儿巷，蓦入耕墨居。见君正独坐，咿唔钞旧书。仓猝不及问，搁笔曳衣裾。同登烟霞榻，相对言徐徐。

所言亦不俗，花木与禽鱼。忽闻村犬声，一梦醒华胥。恍惚若在侧，
开眼乃空虚。灯光澹东壁，月影斜南除。天明向西望，白云自卷舒。

秋夕不寐即兴

月华如练水如烟，花影满庭秋满天。坐到夜深人不寐，一琴横放酒樽边。

六言诗寄怀刘云樵两首

回首河梁一别，山中辜负韶华。才咏春风桃李，有吟秋水蒹葭。
徐福漫思采药，张骞何用乘槎。不若半生快乐，读书饮酒看花。

其　二

自笑十年磨剑，世间未报恩仇。富贵原如梦幻，琴书聊度春秋。知己
一堂星散，高人千古风流。何日西窗夜雨，两家剪烛登楼。

村　暮

西岭斜阳落，东山返照明。牛羊三径暮，鸡犬一村晴。
竹外炊烟影，松间流水声。吟余天渐暝，无事爱闲行。

儒桥重建石桥将告竣矣忽圮于水成败之速感而赋诗兼寄赵菊舲

去秋议建儒溪桥，工师鸠集如猬毛。按日给钱心恐淆，金云不如包工包。
白石凿凿山之坳，砌者磋者声相敲。事何容易一年交，忽然溪上系虹腰。
过客往来如平皋，有车可行马可跑。谈风水者眼力高，谓于阳宅关键牢。
父老相聚私相叫，山川或者生英豪。落成有日竖旌旄，回龙二字金镌雕。
醵钱姓氏照簿钞，勒碑刻铭纪功劳。何图天意太无聊，风伯雨师齐相招。
山水横冲如有蛟，桥头桥脚俱动摇。顷刻之间付波涛，司其事者心忉忉。

一之已甚胡再遭，谁任其咎天难逃。（旧桥亦圮于水）。山人恨无孝侯刀，乘风破浪斩毒妖。又无黄标与紫标，依旧重新造一条。寄语里人心勿焦，从来万事浮云飘。不如对酒歌且谣，桥名千古留诗瓢。

注：儒桥，古名雏桥，系石砌拱桥，在桐庐县分水镇儒桥村。长 10 米，宽 5 米。始建于明万历二十八年（1600），清光绪二十五年（1899）重建。

静 住

无事在山住，居然静一年。韭花冷如雪，梧叶澹于烟。
径补虚心竹，溪流漱齿泉。有时欣自读，秋水白云篇。

严子陵钓台怀古

高风严子陵，垂钓桐江渚。钓鱼不钓名，无鱼心亦趣。踪迹七里烟，
身世一竿雨。惜哉奔波者，俗尘三斗许。富贵一局棋，英雄一抔土。
何如披羊裘，萧然澹出处。先生今已往，钓台名犹著。千载空悠悠，
白云自来去。

桐江晚钟

山寺隐深树，秋江涨晚潮。忽闻钟度水，正值客亭桡。
澹宕风难定，呿呺月亦摇。平生无限意，半为此声消。

舟中不寐作

远山如壁水如油，四顾茫茫天地秋。月落乌啼鸡报晓，有怀不尽古今愁。

分水港

水复山重处，吟情又若何。天低云影乱，河狭浪花多。
帆纵因风顺，船还用纤拖。渐知乡树近，坐看晚峰过。

归家偶书三首

一到柴门兴若何，家人团坐二更过。双亲齐说归来好，天正秋寒雨正多。

其 二

满山风雨度窗前，蜡烛荧荧照酒筵。两个女儿依膝下，问爷曾否买花钿。

其 三

灯花结得两三枝，九岁儿童前致辞。买果买花俱不管，教爷席上讲唐诗。

登雪山作

偶登雪山顶，顿起百回思。天地有空处，春秋无尽时。
古人不再往，逝者又如斯。说到浮生梦，茫茫一笑之。

贺张锡侯举秀才

吾邑有君子，生长沪江渚。前年归故乡，年可二十许。家世开荣戟，
文章织机杼。（尊甫由军功留两江候补都阃家上海县）。品度殊清华，言行
亦规矩。三战校士场，姓氏题黄序。莫嫌泮宫低，云路从此去。或玩
桂花月，或赏杏花雨。有志事竟成，登科在一举。勉旃复勉旃，读书
自有趣。戚里姻娅外，尚有吾望汝。

祝凤坡张芷洲寿两首

青鞋布袜住林泉，半世长斋学辋川。人似春风三径暖，家如秋月一般圆。
菜根有味田为圃，花萼多情屋共椽。五蕴皆空无挂碍，此心安放白云边。

其 二

六十琼筵开满堂，老成硕望入诗章。蛾灯照影身如玉，鸿案齐眉鬓未霜。

教子读书芹藻秀，为翁养寿菊花香。留侯传有长生术，待看门开百岁坊。

赠画隐山人诗

如此清才近有无，笔花灿烂墨花粗。闲来独坐山窗下，收揽云烟入画图。

与文村沈眉山陈静庵汪莲舫同游九龙山

为爱龙山车又停，命俦啸侣坐窗棂。秋风酬唱轩环翠，古碣摩挲藓剔清。此地幽于唐辋水，群贤集似晋兰亭。夕阳散乱僧归寺，薄暮钟声隔树听。

县堂观额歌

行行上县堂，悬额何辉煌。一额颂一官，官官称贤良。夫岂民俗微，颠倒无是非。只图宰者悦，不顾识者讥。某官猛于虎，声比雷霆怒。一讼累无辜，十家九家苦。缧绁到童耆，鞭挞及盲瞽。南乡乡之民，额上颂召杜。某官精管算，丈田雇量弓。蔬畦与麦荡，尽入尺寸中。浮粮不易豁，浮产便充公。北乡乡之民，额上颂黄龚。间有好官来，心知民疾痛。利兴弊亦除，治事珠穿孔。他时解印归，路上无人送。鸟呼好官恶，官官所为是。好是恶知者，谁观额出来。街又遇东西，乡送德政碑。

寄怀桐江家益香六首

忆自严陵归去来，马家山麓夕阳开。渡头不见分阳棹，天使埂篪吹一回。

其　二

江上潮多夜泊船，到华堂已二更天。玻璃窗下双藤枕，灯火荧荧相对眠。

其　三

天正斜阳水正澜，衣香扇影闹神坛。太平桥上芦茨戏，十五年来今又看。

其 四

访旧同登润业堂，摩挲陈迹感沧桑。门庭零落先生逝，空热南丰一瓣香。

其 五

兄弟怡怡聚两宵，第三朝又泛归桡。不辞而别情无奈，惹出离愁万万条。

（黎明上船君未睡起）。

其 六

世上欢场水上云，遣怀诗又寄同群。请从夜静楼头望，明月来时我忆君。

前问张锡侯借藤香诗钞未还而锡侯又转借复堂词今当寄去书此代柬

昨借琅嬛诗一册，披吟如揖新交客。夜窗蜡烛花样红，开口琅琅诵盈百。
自笑师丹性善忘，读余掩卷心茫茫。拟将佳句葫芦画，秘作李贺诗锦囊。
近来乡里编丁口，沿门逐户劳奔走。又逢儿女种天花，毛颖一枝乱如帚。
忙里偷闲一半看，欲还不还割爱难。却如祖龙得赵璧，摩挲无意归邯郸。
此后驹阴风雪里，乌丝愁界砑光纸。即教草字学张颠，冻墨槎丫黏不起。
回头悔蹈食言愆，忘寄复堂诗一编。今日补来君莫恼，两家交易到明年。

晚登卧龙桥即兴

桥上立斜晖，寒光护四围。山明露樵径，水急啮渔矶。
雪与梅争色，风因荻作威。牧童还解事，邀我咏而归。

注：卧龙桥，在麂坞口（今桐庐县百江镇联盟村）。清道光七年建。已圮。

寄怀陈静庵

严陵一别两月余，两家都无尺素书。寒月满天霜满地，爱而不见心踟蹰。
山中昨遇东溪叟，道君也想屏山友。无如岁尽人事忙，未能来饮消寒酒。

忽忽相逢魂梦中，共商诗草夜窗东。醒来张眼无分晓，一点灯疑小隐红。
披衣起坐东方白，向南长望离愁迫。虽然两地共青天，青天又被青山隔。

春　咏

一樽浊酒一瓯茶，闲向山村度岁华。春日舒适莺出谷，惠风和畅燕归家。
悦亲喜种儿孙竹，课女欣栽姊妹花。自信生无经世略，不如啸傲寄烟霞。

涧　上

春山澹冶画图开，石径崎岖生有苔。未识中通何处路，野桃花外牧童来。

昼　坐

且喜心无事，将诗写性灵。消闲翻酒谱，解渴校茶经。
细雨草三径，春风花一庭。昼长人独坐，燕语隔帘听。

山居偶成

道士何须学季真，神仙不必问刘晨。已经躲出红尘外，算个桃花源里人。

邑侯张笠渔明府寿席上作

一曲黎园聚缙绅，蟠桃共献宰官身。杂花生树春三月，歌板临风寿六旬。
万口民呼慈父母，四肢天与健精神。祝公眠食常珍重，做个熙朝百岁人。

注：张笠渔，名彬，松江（今上海）人。清光绪二十五年（1899）任分水知县。

春　晓

淅淅雨初霁，迟迟日又明。睡怜春梦重，起觉晓寒轻。
花里蝶争舞，林间禽乱鸣。韶光三月半，万物喜新晴。

闲　情

万种闲情在，还须写入诗。莫嫌行乐少，新竹渐成枝。

独　居

不管风尘事，年年只独居。淡交唯有水，老伴不如书。
市远愁沽酒，园深好种蔬。莫言身似隐，踪迹近樵渔。

登玉华酒楼旧址两首

山自清奇水自幽，宋朝佳话亦千秋。孝宗皇帝南巡日，銮辂曾经御此楼。

其　二

野草闲花三月天，寻幽访古到山前。当年沽酒楼何在，此地空余酿酒泉。

注：玉华酒楼，在桐庐县分水镇驻地北玉华山下。清光绪《分水县志》载，宋孝宗曾御驾此楼小住。已圮。玉华酒楼前有泉，宋孝宗赵昚曾题"天下第一泉"，此泉现存于分水玉华初级中学。

七里泷阻风

一轮明月照吟筵，有约桐江夜泊船。天竟不能如客愿，恶风拦阻钓台边。

白云源

白云源护白云泉，谢绝红尘别有天。四五人家长此住，耕山钓水送流年。

注：白云源，位于桐庐县富春江镇，是富春江—新安江—千岛湖（两江一湖）国家级风景名胜区高山风光的代表。白云源是龙门山脉的的核心区，也是杭州、金华、绍兴三地的地理分界，随着地势从海拔 30 米到 1246.5 米垂直上升，地貌、气候、植物垂直分布，溪流众多、瀑布成群、树大林密、人烟罕至，山颠有数百亩高山草甸，是观光度假避暑胜地。

晚泊桐君山下即景

到此天逾阔，维舟趁晚风。笛声春水碧，帆影夕阳红。
樵客喧归渡，鱼人理钓筒。远村烟数点，一览画图工。

家 在

春来秋去岁华更，难得清闲过一生。事为观空忧虑少，心因作达是非轻。
山中有友通樵牧，世上无人识姓名。家在白云溪畔住，朝朝卧听水流声。

册山雨望

细雨近黄昏，采茶未归去。独行山之隅，四顾寂如许。
远闻流水声，呜咽作人语。

一 庐

一庐岑寂住村涯，村老相逢礼貌加。家贮空坛妻酿秫，园留隙地女栽花。
王维心已澹尘俗，陶亮诗都纪岁华。绿树荫浓三径里，客来强半话桑麻。

雨后吟

午后爱登临，溪峦罨碧荫。雨余虹饮涧，风定鸟投林。
竹径露声大，松堤云气深。更怜归路晚，树有一蝉吟。

此 生

一幅山林画不如，此生难得此间居。因除烦恼日中酒，为养聪明时读书。

自遣两首

俯仰空怀抱，悠悠过一生。山林随分乐，诗草等闲成。
对酒有欢意，弹琴无怨声。功名非我愿，何物与人争。

其　二

于世吾无济，闲居梦亦清。养身田十亩，托足屋三楹。
凡事看云影，韶华听水声。何如耕钓乐，安稳过平生。

寄怀家益香二十韵时馆缑岑

严濑一分手，埙篪久不吹。天怀思落落，风貌想偲偲。
北上难为客，南旋又作师。黄金苏子尽，绛帐季长施。
既已书藏富，何妨字问奇。龙门开后浦，蜡炬照前帷。　（缑浦俗名）
对面烟双塔，挥毫墨半池。从游云共集，陶淑雨无私。　（浦上有二古塔）
得卷喜批尾，衔怀欲捋髭。耽独宾主乐，那惜弟兄离。
屡结联床梦，安逢剪烛时。别情消在酒，近况寄于诗。
古调琴三尺，新愁笛一枝。居常伴松鹤，事不揲蓍龟。
心以闲求友，身因病学医。入山采芝术，带月刈茅茨。
竹榻贪欹枕，芸窗懒弈棋。遥知江上树，应忆日中葵。
世纵虚青眼，家犹推白眉。韶华须努力，又是桂花期。

晚　眺

雨余山忽青，日落林渐黑。倦鸟寻故巢，来往北皋北。
四望无纤尘，白云澹秋色。

题　画

路转峰回树几丛，小桥流水一髯翁。棕鞋笠帽红藤杖，独立斜风细雨中。

夜　卧

山窗月渐明，孤坐夜三更。吹灭一灯睡，床头闻鼠声。

睡余即兴

睡余心不定，起坐绿窗纱。清瘦身如竹，馨腾眼尚花。
送凉四檐雨，解闷一瓯茶。幽兴难消遣，将诗度岁华。

夏日吟四首

五月山村日正长，读书清爽爱晨光。摘露蔷薇磨为墨，写向吟笺诗亦香。

其　二

绿树扶疏护一斋，酒炉茶鼎各安排。嵇康天与疏慵福，家有山妻日听差。

其　三

一雨凉生六月天，铺开长簟枕书眠。醒来独喜心无事，起弄胡琴唱采莲。

其　四

绿竹漪漪傍户栽，小窗每为纳凉开。座中佳士谁相伴，夜夜清风明月来。

雨后夜酌

独抱幽琴坐，熏风吹五弦。月明三径水，雨霁半山烟。
竹影散于地，松身参到天。夜凉人欲醉，小卧酒樽边。

俞雪亭代其弟绩丞训蒙于东溪养桐馆中赋此寄怀两首

梧桐渐渐养成林，近喜青毡坐绿荫。行乐自忘宾主礼，分劳尤见弟兄心。
（馆主系陈静庵）　何当明月清风室，得听高山流水琴。翻笑不如前夜梦，
梦君来访白云深。

其　二

记从严濑泛归桡，共向桐庐住两宵。一曲笙歌曾踏日，半江风雨又观

潮（时值演剧）。酒逢知己心先醉，诗遇高朋韵更调。此别不图相见少，
聊将离绪写芭蕉。

题邵家山居

茅屋四五家，同住林泉里。农夫为故人，樵叟作知己。
瓜果香一园，松杉荫半里。于世无往来，猿欢鹤亦喜。

待　月

赤日如烧昼又长，有何佳处去寻凉。关心唯爱柴门晚，待月横铺榻一张。

偶　感

我前本无我，忽为天所生。我后亦无我，忽为鬼所迎。
此身如过客，何况姓与名。人胡不解事，欺世盗虚声。

病后赠内

一病食无味，饔飧合口难。唯君亲手做，每饭必加餐。

夏斋病起

荷正田田竹正齐，那堪对酒醉如泥。花阶灌溉亏留仆，药锉经营仗有妻。
昼坐尚嫌梁燕语，宵眠更厌野鸟啼。病夫四体癯于鹤，饮啄无聊爱独栖。

村　居

山水远尘嚣，村居心寂寥。体羸资药补，口渴借茶消。
旧梦留诗箧，新愁付酒瓢。醉余窗下坐，笑读白云谣。

寄怀陈静庵

小隐东溪乐有余，枕流漱石还何如。半年不见常通梦，两地相思且寄书。

路近转嫌离别阔，家居翻恨往来疏。何当明月清风夜，得伴闲云野鹤庐。

山居乐

独住谁为伴，青山深复深。月明鱼数石，日落鸟归林。
无事得闲趣，有时生道心。只怜亲手种，修竹绿成荫。

雪山松树行

雪山有孤松，不与群木伍。树高欲参天，根深能拔土。山中无四时，
时见白云舞。传闻手种人，为我高高祖。想其培沃功，俯仰俱辛苦。
至今数百年，尚未毁诸斧。余家松树旁，摩挲日三五。胜于宏景楼，
幽于渊明圃。扫叶坐斜阳，涛声乱山鼓。秋风从西来，毛发一齐古。

秋　宵

容易韶华又到秋，秋宵更比夏宵幽。月光如水澹三径，灯影经风摇半楼。

哀母篇

庚子秋母氏见背屡欲编次其行实丐人志铭而握管辄不成一字今已禫期矣惧夫积
岁既久幽光渐民乃敬掇其生平大略呻吟成篇以附于家乘志哀焉

呜呼日与月，往来急于弦。此身侍母侧，三十有六年。母寿逾花甲，
四体犹轻便。手不倚几杖，口不服贡铅。戚里咸称说，巾帼中神仙。
儿亦窃自喜，徽言俟以宣。何图去年春，一病竟沉绵。吉人天不相，
医药俱无缘。调护乏奇术，请命空吁天。每当擗踊时，又伤病未痊（时
槐病亦初起）。爱母兼自爱，不敢性命捐。今焚一炷香，松墨和泪研。
诔母学张凭，状母学伊川。冀彼黄炉下，闻而心慰焉。母氏系赖姓，
祖由闽中迁。十三归家君，慈和亦静专。问视意必恪，宾祭礼必虔。
烹饪与浣濯，事事罔或愆。上为尊章喜，下为妯娌怜。泊遭兵燹余，
辛苦胜胝胼。儿生多疾病，服药医时延。病愈如未愈，心与牵病缠。

九岁入家塾，亲为制青毡。衣必使华美，食必使甘鲜。果瓻与饼饵，
时堆书案边。夜窗理针黹，膏油手代煎。既长就外傅，路远心悬悬。
偶逢伻来时，时时寄铜钱。及至采芹归，娶妇肆宾筵。母乃语家君，
筮日告祖先。明年称饩廪，母心尤拳拳。谓儿身羸弱，读书志太坚。
科名自有命，儿须稍息肩。以故防母忧，家居耕砚田。七月槐花黄，
懒登孝廉船。母之待不肖，如是慈且贤。至其佐家政，名以勤俭传。
饮食甘粗粝，服饰无华妍。童仆效微劳，厚犒心无偏。乡邻遇贱妪，
礼貌时周全。所以裙钗中，如鱼跃与渊。儿辈不受教，从无施一鞭。
有过必婉讽，使之痛自悛。其教诸儿妇，痛痒身相连。有时买簪珥，
有时馈花钿。膝下弄孙子，含饴欣欣然。晚年喜奉佛，持斋断腥膻。
拈花珠一串，焚香经一编。或者仗佛法，人如月常圆。何竟遭不测，
忽忽登鸾軿。白云望天上，伤心陟屺篇。犹忆疾笃时，筋骨稍拘挛。
为之亲摩抚，相对泪溅溅。辄曰汝手劳，夜深且往眠。明日弥留际，
礼犹重周旋。族党诸子姓，胪列寝床前。临危而不乱，诀别言戋戋。
呜呼情与景，回首化为烟。瞻望不可及，怅怅神魂颠。时谁知我心，
空山啼杜鹃。泪尽继以血，悲音咽流泉。况复此一别，人天路万千。
我身乏仙骨，乘槎学张骞。除教母入梦，梦见母归还。

秋　冷

西风八月桂花天，收拾新衣换木棉。自笑病多身又瘦，年年秋冷比人先。

闲中咏三首

一悟即为乐，身闲乐更催。关门凡客去，开卷古人来。
茶以磁瓯饮，花于瓦钵栽。久无颠倒梦，午睡亦徘徊。

其　二

富贵非吾愿，穷居心快然。常将书下酒，聊以砚为田。

作达何妨病，消闲唯有眠。早知尘世事，俯仰澹如烟。

其 三

山住非为隐，咏吟聊自欢。心慵交友少，眼醒看人难。
闲爱书窗静，瘦嫌衣带宽。抱琴常背月，古调不堪弹。

枕流亭坐月有怀旧友

亭外月如霜，西风夜送凉。怀人兼感旧，心与水流长。

注：枕流亭，在麂坞口（今桐庐县百江镇联盟村）灵祐庙前。已圮。

分 居

弟兄胜此两同胞，说到分居暗自嘲。鸡犬况犹思共栈，鹡鸰何以爱离巢。
惭无实行追公艺，耻有虚名比薛包。但愿两家天锡福，子孙世住绿杨坳。

山居偶咏

园中菘韭逐时栽，架上诗书尽日开。屋小喜容儿女住，樽空愁见友朋来。

登太阳山

一自缘崖上，登临亦快哉。峭岩如壁立，古刹傍峰开。
老树参疏密，闲云自去来。山高人罕至，佳境拟蓬莱。

注：太阳山，在桐庐县百江镇与淳安界上。海拔861米。昔名船形山、船坞。清光绪甲午年（1894），僧悟空由南海来此，募款建寺。一夕，宿树下，梦见红日冉冉升起，遂名寺为普光寺，山称太阳山。寺已圮。

秋兴两首

一天岑寂万怀虚，领略秋光兴有余。酒向黄花篱畔醉，云从红叶岭边舒。
登高楼似迁乔木，看好山如读异书。岁月悠悠人易老，不能行乐负居诸。

其　二

山自回环水自流，砚花墨雨意窗幽。尽教日月奔如马，难得身躯闲似鸥。
儿慧不生鞭挞怒，妻贤能替米盐忧。朝朝静坐楼檐下，小看浮云过陇头。

梅雪山下小园作

草树荒三径，篱笆护四围。养花时划秽，种菜日浇肥。
秋雨螳螂急，春风蝴蝶飞。得闲频涉此，吟赏独忘机。

村　暝

日落渐生暝，村边烟一条。秋山不明净，四顾白辽辽。

夜　坐

四壁咽虫声，凄凄无限情。读书灯一点，照牖月三更。
赋向欧阳咏，悲从宋玉生。卷帘望幽径，小草露华明。

柬刘云樵

秋之为气风露清，一声一声虫乱鸣。故人一别两年有，不如前寓梅花城。
联床共适烟霞性，买钵同深花草情。侵晓春堤骑健马，风驰电掣一身轻。
向晚春街看孔雀，云收雨霁随人行。品画时悬花四幅，论诗惯坐月三更。
此事纵教变陈迹，此情未免欢平生。近来独卧山窗下，空对一天明月明。

农　家

莼香菰熟菊花开，为我殷勤酒一杯。笑说农家佳客少，自渔樵外没人来。

和学师黄组云先生九日与陈静庵何松坡诸君游宴九龙山原韵四首

矗矗龙山百尺高，喜逢佳节聚贤豪。天如有意传公辈，诗更多情递我曹。可向菊篱吟夜月，应从松径听秋涛。举杯自笑身无翅，飞上蓬莱献海鳌。

其　二

曾记当年九月时，名山聚宴喜难支。登临竟日心俱爽，觞咏连宵力不疲。往事重提如述古，盛筵难再胜传奇。今闻长住僧犹在，料把前言说与知。

其　三

溪山俯仰净无尘，共劈云笺写性真。况复良缘千古少，何妨豪气一朝伸。登龙友已成佳士，守兔侬犹类野民。漫笑不才甘自弃，逢迎未肯学仪秦。

其　四

约半归来兴尚赊，酒颜红趁暮天霞。共惊屐齿黏黄叶，独爱诗心付绛纱。品度清华官恰衬，精神矍铄福堪夸。预知十月阳春到，花甲筵开语不哗。

叠韵再呈四首

传闻九日共登高，人与参军一样豪。天假有缘逢胜侣，地当绝顶念诸曹。定看塔影摇秋月，应听风声卷暮涛。翘首白云三十里，诵公诗似味霜鳌。

其　二

群向蓬莱聚一时，老僧应接笑难支。开樽酌酒心殊醉，扫石题诗腕欲疲。泻地泉如春水活，插天峰比夏云奇。名山自是先生乐，不得其门未许知。

其　三

到此胸无半点尘，胜于福地会群真。幽情似水诗中见，豪气如云酒后伸。径曲恍逢修禊友，山深合有采樵民。先生笔阵堪横扫，旗鼓何人敌楚秦。

其 四

官贫漫说酒难赊，囊有余钱醉晚霞。修竹萧疏凉翠槛，秋风谈笑薄乌纱。
群贤浑与香山合，佳节还同曲水夸。（时同游者九人）。恰好归来天欲暮，
夕阳衔树鸟声哗。

与友人书楼小坐

相对读书楼，萧然大地秋。书无尘眯目，夜有月当头。
旧事同谈笑，新诗共校雠。虚心尔何似，门外竹修修。

睡 味

浓睡味于酒，鼾鼾夜四更。醒来灯未灭，相对客无声。

山 游

有鸟不知处，绵蛮送好音。四山秋雨霁，万树暮云深。
题叶拾黄落，横琴坐碧荫。更从流水外，净洗俗尘心。

颂学师黄组云先生德教兼六十寿诗

一样师门里，如公有几人。声名推月旦，品度出风尘。
杖履消闲福，溪山证夙因。观书夸眼力，把酒见精神。
北海徵前世，东坡认后身。管弦千古韵，芹藻四时春。
帜树词坛健，筵开寿域新。诸生诗献草，夫子道传薪。
味胜胶投漆，功深筏渡津。群蒙资振铎，大雅藉扶轮。
价自登龙重，才由附骥伸。三年曾立雪，五律当歌豳。
无分承衣钵，空思学祖训。涂鸦应共笑，执雉独相亲。
小住陶元亮，清谈贺季真。心香燃一瓣，翘首祝灵椿。

登村后山有感

红叶阑珊坐夕阳，抚今思昔此心凉。山中树有几围大，村里人无百岁长。

洞桥暮立

斜日乱西流，烟郊一望收。霜岩榆叶落，雨霁麦苗抽。

扪石渔探蟹，吹箫人牧牛。洞桥当暮立，吟兴爽于秋。

注：洞桥，在刘家（今桐庐县分水镇大路村），为石拱桥。已圮。

当　家

不成一事住衡茅，读过诗书尽数抛。出纳每多家计想，往来悉是世途交。

因添儿女身逾累，为课田园心独劳。岁晚务闲闲不得，雪中门户有人敲。

岁暮吟

岁月如流转眼更，除年人尽爱天晴。不图卧听纱窗外，一夜萧萧雪作声。

晨　兴

晓起焚香坐，烟痕一缕飘。天晴春气暖，人懒睡魔骄。

日已移蓬壁，风应吹柳条。客来名不问，多半是渔樵。

遣　怀

酒赋琴歌不计秋，破除烦恼此身幽。门无俗客花当路，座有清音竹满楼。

读如意书忘午倦，作开心事胜春游。单衣短布韶光暖，静坐窗前听水流。

挽傅韵卿六首

道山归去已三年，冢上春风吹暮烟。往日功名空撒手，也应有泪洒重泉。

其 二

吟风啸月结同群，几度诗笺寄暮云。博得山人低首拜，一支健笔总输君。

其 三

子规声里雨如丝，回首前缘一梦之。十载交情今只有，挽章焚与九泉知。

其 四

富贵于君本热衷，忽从病里悟真空。寄言倘得身痊后，做个头陀住九龙。（山名）。

其 五

平生吐属擅风流，婚事迟迟等阮修。儿未成人妻又寡，萧条门巷冷于秋。

其 六

琴堂旗鼓一时开，健羡文章有霸才。此后争雄人不见，除教走入梦中来。

雨后吟

一雨初收际，园中竞物华。来携新酿酒，去看旧栽花。
晓日莺啼树，春风燕到家。午时人独醉，小卧碧窗纱。

雨 坐

澹烟微雨近黄昏，寂寂山村昼掩门。有客不来人独坐，落花阶下养苔痕。

雨后登儒桥上作

此地一村尽，钟声隔岸闻。衣沾清露湿，草受惠风熏。
桥影忽摇水，峦光欲化云。雨余春又暮，花片落纷纷。

村妇词

为养蚕花力不支，车声轧轧又缫丝。读书儿忘娘辛苦，未午时归嫌饭迟。

山居初夏

此处春犹在，青青草未删。小眠床八尺，长住屋三间。
林密禽知隐，花残蝶解闲。只嫌燕多事，飞去又飞还。

日　长

夏木扶疏绿满村，日长人静酒盈樽。独余一件开心事，诗到成时客到门。

雨霁偶兴

连日炎如火，凭教一雨收。客来苔径滑，人坐竹窗幽。
树影绿铺地，山光青到楼。昼长无个事，天气爽于秋。

夏斋遣兴五首

夏木荫浓绿满楼，熏风解愠气如秋。一心静似山中鹤，四体闲于水上鸥。
窗为涂鸦开两扇，帘因待燕卷双钩。昼长傍午人微倦，聊取琴书当枕头。

其　二

伯夷漫说圣之清，也在红尘过此生。入世未能逃物累，读书终要炼人情。
是非门有模棱术，忠信场多假借名。万事艰难如蜀道，只宜退一步来行。

其　三

生性由来慕懒残，起居顺适此心安。不工弹铗愁为客，未惯穿靴怕见官。
旧结庐原容膝易，新吟诗尚遣怀难。欲除烦恼无过酒，一醉醺醺天地宽。

其 四

泥墙回护水之湾，村有农樵时往还。不失晨昏鸡喔喔，每逢春夏鸟关关。
门无车骑何妨小，案有琴书未敢闲。静住山林年四十，喜无名姓到人间。

其 五

此生谁与结同群，空谷幽兰脱俗氛。到耳是非心不管，等身著述手亲分。
何妨于世用无日，且喜在山卧有云。自卷自舒还自赠，岂如烟雾乱纷纷。

锦溪舟行

云树望无际，吟怀向晚生。一帆残照影，十里大河声。
孤塔远山耸，炊烟古渡横。有人堤上立，袖手看船行。

> 注：锦溪，在桐庐县分水镇。别名大张溪。源出高脚山北坡，北流迤东至臧家
> 边入江。流长5千米。

毕浦三层楼夜眺

秋光如水夜迢迢，偶上层楼一望遥。于此不吟兼不饮，照人明月夜无聊。

富春舟行

又泛春江棹，摇摇趁夜行。苍凉灯影澹，欸乃橹声轻。
霜重栖鸟冷，风寒宿雁惊。推篷尘籁寂，举首月三更。

浪石遇渔者

溪村雨初霁，四望浮烟浮。寻诗踏沙际，因之缘溪游。
溪景何萧瑟，两岸芦花秋。中有失群雁，只影鸣啾啾。
忽逢钓鱼叟，静如海上鸥。与语寂不应，落日明乱流。

题桐山农家壁上

独有山禽到，而无车马喧。夕阳摇竹径，落叶掩柴门。
篱菊澹秋色，村烟卷暮痕。幽人何处去，相对月黄昏。

注：桐山，在桐庐县百江镇联盟村。

秋夜吟

西风瑟瑟雨沙沙，一片秋声吹碧纱。涤荡闲愁红曲酒，消除烦恼紫茸茶。
为防夜冷炉添火，每到更深烛放花。久矣无心尘世事，不知何喜报吾家。

四十生辰志感

忆余三十时，其岁逢甲午。寒露菊花开，欢喜庆初度。阿母烹牲鲜，
阿爷买香楮。谓儿今生辰，礼宜告宗祖。余时拜堂前，心有婴儿慕。
乐事叙天伦，家受天之祜。今年届四旬，门庭犹如故。胡为堂上人，
先后化为古。空山吹白云，蔓草生丘墓。从前恨未酬，生我鞠我苦。
回首念劬劳，擢发本难数。时焚一炷香，眼泪飘巾组。安得双亲归，
依旧持门户。今朝酒筵旁，儿著莱衣舞。

闲咏三首

闲来小步板桥西，随意登临费品题。水本直流因石曲，山原高峙为云低。

其 二

话雨吟风心自开，樵云钓月意徘徊。漫言身被林泉误，于世原非有用才。

其 三

眼不分明耳又聋，齿牙摇动臂生风。年才四十衰如此，合向人间号半翁。

寄赠凤坡张玉阶

春风大雅正当时，龙马精神海鹤姿。案叠图书供獭祭，家藏著蔡释狐疑。
曾窥江总修心赋，又读张华励志诗。知否白云红树外，有人落日写相思。

岁余吟

春耕夏种秋收后，自觉闲中日日深。家产不多衣食足，喜无一事累于心。

春　阴

天气寒如此，窗前且咏诗。风摇花没影，雨过柳垂丝。
仆妇嗟薪湿，儿童嫌饭迟。闲中人独坐，不辨是何时。

春日吟

莺啼燕语闹东风，无限繁华三月中。芳草和烟随意绿，好花经雨尽情红。

一　笑

一笑先生起，茶烟篆榻旁。春风三月暖，晓日两竿长。
虫影乱青草，莺啭声绿杨。饭余入园去，屐齿落花香。

寄示某生诗

君年十一二，抱书屏山中。从此年复年，年年受陶镕。凤坡与楮木，
余惭作砚佣。君亦负笈去，依坐东窗东。雨霁春闻鸟，露凉秋听虫。
登山曳笻竹，流水操丝桐。诗学陶元亮，礼习孙叔通。有目使之明，
有耳使之聪。劳如禽哺雏，羽毛渐渐丰。旋称博士员，采芹游泮宫。
良苗秀且实，秋农告成功。年来病夫病，家居甘贫穷。君乃设绛帐，
乡里称马融。执经五六冠，抠衣六七童。余年未五十，居然师太翁。
奈与先生别，不与先生逢。即逢亦无语，语亦非由衷。今日志何异，

昔日心何同。思君为君思，毋乃学逢蒙。草何故而绿，花何故而红。
请爇一瓣香，低首拜春风。

惜　花

日向园林步一回，每逢花落忆花开。可怜春去身无主，时见风欺雨侮来。

山　游

四月雨初晴，山中载酒行。日斜峰抱影，涧仄水流声。
幽鸟自双舞，野蛙时一鸣。醉来独归去，村有暮烟横。

选儿读书赋此以警

韶华如水流，汝年十有五。为学须及时，过此岁云暮。
汝父家政劳，心乱难兼顾。设帐延西宾，年年奉修脯。
学如鸟数飞，无被流光误。忆汝襁褓余，一身多疾苦。
时或受惊魔，时或遭风蛊。汝母躬抱持，哭泣泪如雨。
大父心悬旌，倡首葺宗谱。大母眼流泉，皈心祷佛土。
升屋夜呼魂，高低声无数。洎乎病全廖，欢笑满庭户。
夜来灯火旁，牵裾学行路。呼名口辄应，认字心颇悟。
乃祖笑且言，头角亲摩抚。安得若长成，青毡守吾故。
斯言犹目前，逝者归丘墓。伤哉二老人，不及目亲睹。
吾年四十余，弃书学农圃。病多筋力衰，操作藉佣雇。
膝下生两儿，一样恃与怙。愿汝学先成，庶几乌反哺。
勉旃芸窗前，读书名万古。

秋溪独钓

白云和水流，独坐小桥幽。日落溪山春，风高天地秋。
牧声常叱犊，人影不惊鸥。近亦知鱼乐，持竿未肯投。

村晚即兴

村外西风起，萧萧欲暮天。鸡声催落日，鸦影乱炊烟。
溪涨水三尺，山明月半边。年来身觉瘦，秋冷比人先。

秋闻词

月落庭前乌夜号，织机人坐独焦劳。为防惊醒娇儿睡，劝汝啾啾声莫高。

蚤　行

忽见东方白，秋寒到十分。荒村鸡叫月，旷野雁排云。
落叶和烟下，鸣钟带水闻。舆夫嫌早起，亭上待朝曛。

雨　坐

水生烟雾石生苔，消遣秋寒酒一杯。只是连宵风雨恶，柴门虽好没人来。

送家竺如入学堂读书

天子重文教，州县开学堂。有司网英俊，录送于门墙。吾邑士习坏，
读书如望洋。佻佻在城阙，颠倒其衣裳。博弈好饮酒，言动玷胶庠。
问有一二士，羞趋时样装。众醉我独醒，群嗤为聋盲。从此岁复岁，
势必无书香。陈侯莅斯土，思挽狂澜狂。前集缙绅议，教员聘端方。
今更刊程式，谆谆谕四乡。大材罗杞梓，为国储栋梁。闻君列上考，
欢喜酬诗章。前程高且远，尺寸难限量。业由勤而获，功由嬉而荒。
书中有至味，甘旨无浅尝。况君凤聪颖，年富力又强。岁月不我与，
及时爱景光。家有兄与母，朝夕私心望。望君顺风去，青云翔鸾凰。

杨　村

闲与樵同出，行行过别村。棕鞋双脚健，絮袄一身轻。

黄叶澹无色，白云凉有痕。山翁尔何事，检历坐柴门。

雨 霁

雨霁烟消夕照明，一村乔木老秋声。酒因独酌杯常满，诗为闲吟句更清。茅屋外无车马响，土墙边有草虫鸣。此生领取山居乐，富贵浮云两眼轻。

有 感

漫说年来意气宽，胸中犹有是非端。明知与俗浮沉好，争奈随声附和。

秋 晓

晓起瓦雀来，双双窥吟席。日照山顶红，霜凝草头白。梧桐空半林，芙蓉长十尺。阿谁西溪旁，水桶撞捣石。

示罗生斐斋诗 时馆屏山

君自云村来，屏山为师傅。绛帐二月开，祁祁奉修脯。吾村逮目前，风气不如古。有人白日游，有人黑夜赌。兼之罂粟烟，吸者如中蛊。君称博士员，高于农工贾。读书贵识时，否则腐儒腐。课学在于勤，无寒暑朝暮。勿以礼貌中，而分私爱恶。余前作砚游，年逾三十五。风雨一灯孤，曾识出门苦。自操家政来，无福窥书圃。乃将两男儿，寄向春风庑。彼岸何以登，全仗篙工渡。青天何以窥，又赖拨云雾。饮水自知源，君子讵忘故。幸为宾主交，语敢倾心吐。教养虽同恩，师道尊于父。尼山孔铸颜，不过习趋步。愿君善提撕，引入青云路。

山中晚归

山外夕阳斜，游山人到家。一条秋树径，黄叶响沙沙。

冬 宵

灯前儿女笑相呼，饭后登楼酒一壶。暖帐温炉妻对语，不知窗外又寒无。

夜过雪山下探梅

闻说雪山下，冲寒欲放梅。不辞深夜去，应送暗想来。
地面霜皴破，天心日照开。一枝春忽见，树下独徘徊。

春 园

园林渐渐送春来，亚字阑干凭一回。似剪风能裁叶出，如丝雨欲绣花开。

无 题

一生踪迹混樵渔，惹得旁观说隐居。家住深山闲似鹤，门临流水乐于鱼。
因闻客话知新事，为课儿功温旧书。自笑此心无挂碍，倘来富贵悟空如。

　　注：原诗无题，校注时编者加。

雪 霁

正月东风雪乍晴，山村岑寂没人行。晓来独坐窗檐下，时有幽禽闻数声。

挽儒桥赵菊舲诗十首

红尘堕落卅年多，回首韶光水逝波。生寄死归须作达，莫将修短恼阎罗。

其 二

华堂每为病经过，一到垂危怆若何。四体如冰人抱坐，相看无语气荷荷。

其 三

习习东风正月寒，何图勾牒到冥官。母年八十妻三十，如此分离心怎安。

其 四

一病恹恹五六年,访医有路药无缘。那堪风雨灵床下,遇故人来烧纸钱。

（曾就前医徽州）

其 五

忆昔屏山立雪时,当仁未肯让于师。自从世事经营后,便尔抛荒笔一支。

其 六

一株琼树手亲栽,恰费多年辛苦来。惆怅春时风雨恶,好花开似未曾开。

其 七

浮生容易等抟沙,万事虚空看落花。花是一年人一世,春风无力转韶华。

其 八

去年腊月雪花飘,为定医方折束招。此会早知成永诀,也应多住两三宵。

其 九

流水高山曲已终,壁间犹挂旧丝桐。可怜张翰交情在,抱着琴来哭顾雍。

其 十

偃蹇空山愧友生,不堪同首忆前盟。伤心二十多年事,付与邻家笛一声。

登五云山下镇东楼感咏

春风吹上镇东楼,扫壁题诗纪胜游。乡邑废兴非一姓,山林灵淑自千秋。
光阴速似车中毂,身世空于水上沤。近觉此心无挂碍,闲来袖手看人愁。

园中有感

松竹青青不见凋，无冬无夏耸山坳。惹嫌唯有花兼柳，一到春来便作骄。

寒食吟

暮雨催寒食，梨花如雪飞。那堪芳草路，携酒上坟归。

雨后过县南龙子桥

到此雨初晴，斑鸠闻数声。云移山欲动，风急水争鸣。

花径残红隧，林峦空翠生。何人小桥畔，荷笠耦而耕。

注：龙子桥，在塘源村（今桐庐县分水镇）西南龙子山脚。浆砌石拱桥。已圮。1982年重建为公路桥。

储氏山居

山水回环里，豁然见一村。屋将蓬作壁，园以槿为门。

驱使无童仆，耕耘有弟昆。更怜桑拓下，来往聚鸡豚。

范　家

幽居不计年，修有此生缘。家在青山里，门开绿树边。

溪翁同钓月，野叟共锄烟。若问风尘事，无言笑向天。

注：范家，为桐庐县瑶琳镇百岁村一自然村。昔名安乐，清初分水范姓迁此定居，发族后改称范家。

访大胜寺

一寺不知处，行来路半阴。山幽春树密，径曲暮云深。

峰影有明晦，溪声无古今。松根容小坐，苔石碧岑岑。

注：清光绪《分水县志》载，大胜寺在县南范家（今桐庐县瑶琳镇百岁村）里首，咸丰时毁于燹。

春 晚

村外斜阳半角明，落花飞絮晚风轻。牧童骑在黄牛背，竹笛无腔吹数声。

望江亭

峭壁起孤亭，遥山列画屏。野横春树绿，村锁暮烟青。

樵唱因风度，渔歌隔水听。有人谢尘世，筑屋住岩扃。

注：望江亭，清光绪《分水县志》载，在县东望江岭。明正统间杭人管真建，清道光六年知县饶芝重建。已圮。

过全坑赠杨叟

四顾远嚣尘，当年曾避秦。岩深樵采术，涧仄妇寻莼。

尽路无过客，沿山有住民。羡君筑茅屋，长此做闲人。

注：全坑，又名全坞，在百岁村（今桐庐县瑶琳镇）。

暮春作

暮春天气访樵渔，看水看山胜读书。事为难图思转淡，人因常见礼多疏。

夏日咏四首

数间茅屋护云烟，门外昂头只有天。住此直疑尘世外，超凡脱俗做神仙。

其 二

绿荫三径午风凉，睡起闲烧寿字香。长日如年人静坐，一双燕子语空梁。

其 三

富贵浮云何有哉，自甘寂寞十年来。关心诗与琴书外，交好无过曲秀才。

其　四

小窗如水夜三更，一览频教诗兴生。竹径清风摇有影，花阶明月去无声。

天英凸

薄暮上幽亭，斜阳澹夕汀。孤村明似画，远岫列如屏。

水为烟浮白，山因树送青。者番清淑气，终古护神灵。

　　　　注：天英凸，在桐庐县分水镇东溪村。

秋夕独坐

独喜睡迟迟，开窗好咏诗。酒香杯在手，雨霁月如眉。

夜静灯光澹，秋凉露气滋。阶虫尔何事，唧唧语多时。

晓　钟

残月朦胧又五更，晓钟搅枕梦难成。莫嫌两耳生烦恼，唤醒人心是此声。

大　溪

溪上雨初晴，秋烟一抹横。蓬飘斜日乱，叶落远村明。

野渡无人住，孤亭有客行。此间清兴在，坐听水流声。

九日与学师黄组云先生暨俞绩丞家益香竺如弟同登九龙山六首

鞠有黄华九月天，一樽同醉白云巅。不才修到今生福，又向龙山续旧缘。

其　二

古木萧条网夕阳，旧游回首岁华长。浪吟自悔难藏拙，犹有题诗在粉墙。

其 三

庙貌崔嵬镇此山，英灵千古著尘寰。数声爆竹如雷响，门外烧香人往还。

其 四

崇山峻岭画图开，小集禅房乐意催。石扫苔痕佳士坐，风吹花气美人来。

其 五

西风芦荻战秋声，雁序双双隔浦鸣。听到酒阑吟兴动，埙篪吹出弟兄情。

其 六

石级如梯挈伴登，扪萝更上最高层。飘飘心有神仙想，许否青天白日升。

岳山祠外晚眺

村烟缭绕路纵横，一片秋风吹晚晴。溪为萍浮鱼网重，山因木落鸟巢明。
樵归乱踏斜阳影，僧汲闲闻流水声。秃笔自惭难写出，者番画意与诗情。

注：岳山祠，清光绪《分水县志》载，在县西十里岳山，嘉庆间移建儒桥（桐庐县分水镇）下。已圮。

卧 听

秋气飕飕百感生，一灯如豆夜三更。满山霜叶风吹落，卧听萧萧作雨声。

晚 行

西风飘落日，凉意满行途。流水涤尘俗，秋山入画图。
樵归村径寂，渔散渡船孤。近觉霜威重，河堤草尽无。

松 溪

又向松溪去，萧萧闻暮鸦。小桥秋雨霁，古庙夕阳斜。

榆柳百千树，楼台四五家。西风吹不定，凉到水荭花。

注：松溪，为松村（今桐庐县百江镇松村村）旧名。昔山上多巨松，徐姓在此建村后改称今名。

横波亭

落日乱西冈，行途草木荒。岫云排似雁，溪石卧如羊。

烟影断秋水，风声孕晓霜。慕寒小亭外，独立思苍茫。

注：横波亭，在茂山（今桐庐县百江镇罗山村）村头。"横波春涨"为罗溪八景之一。

罗　坞

村有清溪屋有楼，子孙世住板桥头。门前卧犬欺生客，相对哓哓吠不休。

注：罗坞，俗称罗坞头，在今桐庐县百江镇罗山村。明万历年间里人章高建有观桥（俗称板桥），今改为水泥桥。

过庄力坞童氏故居

雅爱村墟九月中，秋光写入画图中。菊因露重花含白，枫为霜凝叶染红。

一坞人家高下住，四山樵路往来通。夕阳乔木停车感，此地相传旧姓童。

注：庄力坞，为中塘坞一支坞，在乐明村（今桐庐县百江镇）。

村居秋暮

天气秋将暮，村居心倍清。夕阳三径冷，夜月半山明。

露滴花摇影，风吹树送声。又闻窗户下，唧唧乱虫鸣。

山斋即兴两首

自把山斋署绿荫，有何经济最关心。咏吟原不分唐宋，谈笑何妨傲古今。

红树斜阳开眼界，白云流水豁胸襟。年来愈解消闲事，半榻残书一曲琴。

其　二

西风瑟瑟暮秋天，为遣吟怀坐牖前。三径黄花蛩泣雨，四山红叶鸟巢烟。半生家住心常泰，两种书成手自编。只笑长卿身善病，灵枢经叠药炉边。

偶题四首

世事如棋梦亦抛，一生安稳住衡茅。书留儿读随时补，诗待人删尽数钞。

其　二

山里秋光点缀工，吟情常在小楼东。竹因雨霁枝枝绿，树为霜凝叶叶红。

其　三

村居无事暮秋时，为爱看山步独迟。古木萧条衔落日，老鸦蹲在最高枝。

其　四

夜漏迢迢兴有余，安排笔砚坐窗虚。乌啼月落天将晓，一点秋灯犹著书。

呈学师黄组云先生十首

皋比坐拥百城中，陶铸群材天样公。愧我生成樗散质，也随桃李享春风。

其　二

山川灵秀毓耆英，不仅文章传正声。即此寻常谈笑处，也如天马破空行。

其　三

宫墙瞻谒重衣冠，不以谀词媚宰官。漫说位尊权未属，一支椽笔挽狂澜。
（事见与寿昌汤大令书中。）

其 四

西斋苜蓿四时新，齿颊生香不厌贫。拜倒兰陵诗一卷，春风大雅藉扶轮。

其 五

一生家计早安排，世上浮荣不挂怀。老子婆娑年六十，心犹强记说齐谐。

其 六

惠风和畅日舒长，喜向程门醉一觞。请益至今应见笑，未曾馈上束修羊。

其 七

夜长人静一灯移，肯借奇书手独披。一事思量翻自笑，还书无酒太便宜。

其 八

劫余邑乘届重编，难得师生聚一年。落叶满山人渐别，小窗愁见月团圆。

其 九

住无生计去离群，去住艰难梦想殷。安得移家邻左右，朝朝丝竹后堂闻。

其 十

昔年会种寿昌花，又向分阳设绛纱。一样门墙称弟子，彼都人得傍公家。
（先生前署寿昌训道今流寓焉）。

冬 晴

十月阳春天未寒，喜晴雀噪屋檐端。坛因有酒樽常满，琴为无弦曲不弹。
每夕青灯吟一榻，连朝红日卧三竿。事闲逾觉心如洗，俯仰悠悠天地宽。

寒晓即兴

昨夜朔风寒，吹落满天雪。晓起雪未停，料理火炉一。披衣不纳履，
匆匆煨酒甓。一饮两三杯，四体生春色。山妻供朝餐，恰好饥来吃。
既醉既饱余，何事开胸臆。幸有小儿女，年可五六七。陶犬与瓦鸡，
爱则俱罗列。土饭与尘羹，厌则便弃绝。时或走檐前，牵衣各下揖。
仰天捧雪花，两手冷如铁。童子本无知，当思余在昔。在昔童子时，
赤足跳冰窟。

雪中晚眺

风送雪凄凄，登楼漫咏题。渔归双笠重，樵散四山低。
黯澹烟迷屋，潺湲水涨溪。暮寒一樽酒，人坐小窗西。

夜　咏

四顾无人夜寂寥，一钩新月挂吟瓢。不知何处梅花放，香气因风度板桥。

除　夕

蜡烛辉煌照酒卮，今宵人共爱眠迟。未能免俗迎新岁，聊以偷闲删旧诗。
爆竹似雷声震屋，梅花如雪影侵帏。一年荏苒流光速，又是悬牛画虎时。

春　老

荏苒春光老，山村图画中。落花三径雪，飞絮一溪烟。
呖呖啼林鸟，喓喓鸣草虫。喜邀童冠去，散步水之东。

翠流亭

路有幽亭亭有窗，窗前流水度长杠。桃花满树无人管，蝴蝶翩翩飞一双。

注：翠流亭，清光绪《分水县志》载，在县西伊山畈，光绪三十一年建。已圮。

寄怀俞雪亭

南风四月草木长，夜来田水潺潺响。争奈虾蟆两耳烦，又兼虮虱一身养。
屋梁日落人未眠，吕安心有嵇康想。数年不逢诗和陶，两家几见径开蒋。
高山流水系人思，风尘未遇知音赏。虽然古瑟生宫商，不堪抱向齐廷上。
读书得志会有期，萤窗莫学旷夫旷。古来大器皆晚成，郁而必发理无爽。
君不见，姜太公朱丞相。

初夏口占

难得清和四月时，一窗晴影日迟迟。饭余偶撷渊明集，爱读田家杂兴诗。

偶　感

日月何无情，往来疾如箭。沧海成桑田，世界亦多变。明知世上事，
如露亦如电。奈自操家来，生计忧贫贱。弃书学农夫，借以畜家眷。
其如胼胝劳，手足俱未便。兼之羸瘦身，不比少年健。堂前明镜悬，
朝暮愁相见。相见亦何愁，老颜日上面。

雨　霁

雨余天气半晴阴，袅袅烟痕卷暮林。幽鸟一双相对坐，关关如有欢喜心。

寄怀东溪陈静庵

知交落落天一方，近莫近于东溪旁。别来又是荷花香，两家都无书一行。
空山岑寂坐斜阳，旧事回头车转肠。记曾砚游凤坡庄，鱼来雁往寄诗忙。
墨钩字赠两三张，纱笼锦裹犹珍藏。流光荏苒几星霜，面目渐渐生沧桑。
君如维摩病匡床，余亦因病学青囊。有时采药白云乡，有时携酒红藕塘。
樵兄渔弟共徜徉，或者泉石成膏肓。唯与故人离别长，云停月落心难忘。
安得身如双燕翔，衔泥日巢君家梁。

竹园凉卧

不可居无竹，何缘伴此君。影留三径月，身卧一床云。
水为煎茶汲，香因醒酒薰。夜深虫咽露，唧唧静中闻。

村居写兴两首

迥不犹人别有天，青山叠叠水涓涓。鸡鸣犬吠村三径，螺转蜗旋屋数椽。
夏日荷花含露笑，春堤杨柳抱烟眠。此间小住贫无碍，风月勾当不用钱。

其 二

村幽径僻古柴桑，歌啸于斯岁月长。狂态至今消阮藉，懒怀目共学嵇康。
门无杂客花常在，家有贤妻菜亦香。世事糊涂吾不管，朝朝唯以醉为乡。

对 酒

生性宜于酒，醺醺醉绿荫。一杯常在手，万事不关心。
入世分穷达，阅人成古今。知音能有几，空拍伯牙琴。

喜村叟每夕过话

荷菱田田花正开，有谁共饮碧筒杯。羡君交好如明月，夜夜门前不速来。

秋初楼夕

向晚一楼静，开窗兀坐长。山深秋更早，溪近夜逾凉。
四顾天如水，三更月似霜。瘦人应自笑，先着夹衣裳。

紫龙坛下祷雨行

民以食为天，社以神为主。神既称紫龙，雨可探囊取。今也大不然，
秋阳酷于暑。吾社数百家，家家相与语。安得雨知时，膏泽活禾黍。

何图旱魃虐，屈指二旬许。阴雨岂不闻，忽然来又去。密云岂不行，忽然散难聚。低田苗已枯，高田杆可炬。既无谷可登，又无菜可茹。甚至山畦中，赤日烁薯蓣。转眼看群黎，饿死填荒墅。夫岂天降灾，理非神作御。意欲鸣县官，不能与之庾。意欲开社仓，近又无积贮。群议迎仙姑，窃疑非善举。（时议向淳安仙姑洞求雨）。无论灵不灵，远远鲜依据。就使雨随车，尊神亦无趣。余故沐浴来，虔告焚香楮。尊神如父母，社人如儿女。既为神所生，忍使食无与。虽然美恶心，人有不齐处。父母于儿女，事后情可恕。伏祈显神通，及早施甘澍。俾彼辛苦农，欢笑上眉宇。行将塑神身，酬恩歌喜雨。

注：紫龙坛，在紫龙山紫龙王庙内。

寄怀凤坡张玉阶五首

世上光阴水上烟，自春徂夏又秋天。山窗惭对一轮月，夜夜多情照两边。

其 二

记曾前住牡丹台，话语吟风酒一杯。今日不堪回首想，旧欢如梦十年来。

其 三

一樽浊酒一支箫，一月曾经聚几宵。别后自知欢乐少，怀人心有一条条。

其 四

年来磨蝎命宫临，憔悴相如病屡侵。两耳半聋双膝软，未能来听四弦琴。

其 五

说起萱堂心不安，昔曾劳苦日三餐。淮阴富贵吾无分，撒手千金报德难。

不寐有感

触耳不成寐，虫闻三两声。风摇灯渐灭，月上牖微明。
胍胍思前事，悠悠忆此生。年华急于水，倚枕若为情。

晚遇采药者

山前山后独锄烟，薄暮归来香满肩。最爱一双黄草履，朝朝踏遍白云巅。

醉余书事

天地生荆榛，路荒行不得。抗怀世界中，风俗不如昔。天主与耶稣，
传教遍中国。君子道将消，小人时出没。倚为护命符，往往作奸慝。
横行朝野间，是非无曲直。兼以我中华，时事丛如棘。路务有分司，
矿政有专职。大臣善调停，小臣工掊克。且自庚子来，深宫求冶亟。
警局与学堂，州县诏新设。虽然仿外洋，务名不务实。有时生风潮，
汹汹不易遏。苛派到闾阎，自有可怜色。实延数十年，民贫作盗贼。
揭竿聚蒲崔，其祸乌可测。余无济世才，又乏匡时术。寂寞坐空山，
俯仰长太息。

一 掷

四十韶华一掷过，容颜惨淡力消磨。地逢闹处登临少，诗到中年感慨多。

挽东溪陈静庵十首

四十年华鬓未丝，一朝千古去何之。哭君不叙当年事，曾向生前寄有诗。

其 二

弹指交情二十年，两家旧事化为烟。未能忘记初相见，风雨屏山正月天。

其 三

山深路曲径难通，问讯朝朝觅便鸿。悔到东溪迟一日，不能握手送君终。

其 四

一年几次宿君家，话雨吟风坐碧纱。此后相逢知己少，翻嫌老树看孤花。

其 五

春余贱子卧山村，问视曾劳亲到门。我乍痊时君又病，死生颠倒总难论。

其 六

一支健笔拓兰亭，挥洒云烟见性灵。再到寄庐窗下坐，不堪壁上读围屏。
（幅中写余屏山形胜过蒙称许）。

其 七

去年邑乘届重修，鱼豕纷纭共校雠。书未告成君又逝，曲终不见数峰秋。

其 八

邓攸憔悴没儿曹，家计艰难手自操。一病恹恹三两月，扶持仗有季方劳。

其 九

世事糊涂梦一场，回头不忍说家常。此行直上蓬莱顶，莫向泉台去望乡。

其 十

门庭依旧对松峦，再见君颜万万难。幸有陈遵书牍在，每相思处便开看。

秋夜吟两首

缓步寻秋景，秋宵景倍长。残荷经雨碎，丛桂为风香。
月上树梢白，云低稻垅黄。自知凉意重，归换夹衣裳。

其 二

万境生岑寂，吟诗独倚楼。举头天似水，容膝屋如丹。
露滴芙蓉湿，风吹络纬愁。坐深灯欲睡，凉影上帘钩。

闲 卧

山里秋风凉，山前秋月大。弄月而吟风，对酒排诗课。
万事本乎天，不由人所做。希宠图荣名，毋乃参不破。
余居深山深，功名犹啼唾。开眼防俗尘，朝朝作闲卧。

听琴有感

秦筝楚瑟羌夷笛，指下宫商多变更。唯有七弦琴不改，泠泠犹是古时声。

思 菊

月白屏山顶，当窗摇竹影。袅袅西风寒，独坐一瓯茗。
秋士秋气多，味与陶潜等。准拟九月初，东篱赏秋景。
不知黄菊花，曾否开满径。余有斗酒藏，与君相对饮。

阅世五绝句

世间若个穷君子，囊橐空空心独宽。毕竟床头金尽者，跋前疐后做人难。

其 二

服饰而今多变更，少年未免用钱轻。市中出有新花样，依旧葫芦画未成。

其　三

自来文字制仓师，个个争夸笔一支。从此读书人好事，不如太古结绳时。

其　四

漫诩便便腹有余，心无二用语非虚。笑余一自当家后，强半遗忘读过书。

其　五

肯炼风尘阅历功，功深渐渐学痴聋。古今多少英豪辈，到老翻为种菜翁。

幽　趣

于此得幽趣，翛然俗虑疏。爱花如有癖，种树已成书。
茅屋春巢燕，菱塘秋网鱼。四时风景好，合似辋川居。

酒后吟

年来事纵近人情，敢说心无与世争。每到酒酣双耳热，胸中犹有不平鸣。

雏　村

胜地出尘寰，年来数往还。四围峰叠叠，一曲水潺潺。
桑柘秋风里，楼台夕照间。寻幽今又到，自觉此身闲。

注：雏村今名大路（桐庐县分水镇大路村），为该村的一个自然村。

赵氏凤市庄

瓦屋参差傍石桥，夕阳如画水如潮。松髡柏秃梅花老，传说开基有几朝。

注：凤市庄，儒桥村（桐庐县分水镇）旧称。明代跨雏溪建有石拱桥，名雏桥，谐音雅化为儒桥，村以桥名。

儒桥文昌阁夜望

更上层楼望，山光接水光。月明松子落，风定桂花香。
门掩一身静，窗开四面凉。举杯还自笑，今夜醉禅房。

蠡湖外村

所谓伊人者，幽居水一方。茅檐冬负曝，竹榻夏生凉。
春雨桃花笑，秋风莼菜香。四时有佳景，收拾付诗囊。

夜　卧

淅淅晚风熏，村庞静不闻。檐前安一榻，仰卧看浮云。

自遣七首

窗前明镜一奁开，照见容颜暗自猜。当顶数茎头发白，漫言未老老将来。

其　二

半耕半读住山林，四十多年岁月深。处世喜无随俗意，治家幸有耐烦心。

其　三

窗外漪漪竹数竿，绿荫满榻一书摊。两间屋纵如舟狭，心道闲时住亦宽。

其　四

近来日用戒奢华，聊学东坡数画叉。座有亲朋儿酌酒，家无奴婢妇煎茶。

其　五

领取而今自在身，何须碌碌走风尘。此生已听天分付，作笛人间何等人。

其 六

渔樵而外没人交，世上繁华梦亦抛。啸傲林泉天不管，有何愁思上眉梢。

其 七

少小年华一梦之，老容颜有镜中知。不堪坐听茅檐下，邻媪殷勤说幼时。

醉吟四首

上古无乾坤，黑黑人在鼓。一十二万年，乃有一盘古。两手持两仪，
照见一柄斧。辟地又开天，天破娲皇补。从此人生人，造无事无数。
构木以为巢，敲石而取火。见鸢做舟车，观蛛制网罟。神农开药方，
皇帝用弓弩。燧人绳代书，忽又易其故。有巢叶成衣，忽又变为布。
宓羲造瑟琴，伶乃为乐部。炎帝造耒耜，稷乃为田祖。踵事而增华，
毋乃太辛苦。不如混沌前，依旧一团土。

其 二

今之读书者，动曰法先民。先民千载上，茫茫陈迹陈。
耳闻非目见，有真有不真。何如返诸己，而求日日新。
振刷其志气，抖擞其精神。有过勿惮改，见贤必相亲。
达则善天下，穷则善其身。千秋万岁后，我亦古之人。

其 三

人生血一身，人死汗一面。生前我不知，死后我不见。既生未死间，
此时可自便。心开酒一壶，眼明书一卷。或咏百花诗，或读五柳传。
弦调绿绮琴，墨磨红丝砚。不农亦不商，非狂亦非狷。学佛荤不除，
学仙丹不炼。奔走笑马牛，飞鸣爱莺燕。勿谓命不犹，山林甘贫贱。
行乐须及时，流光疾如电。

其 四

一年不再春，一日不再晨。春去鲜佳景，晨去无清神。
勿谓一岁中，三百有六旬。勿谓一日中，一十二时辰。
一去不复返，容易如转轮。须存潇洒志，毋作傀儡身。
傀儡有烦恼，潇洒无苦辛。不见北山下，春风吹古人。

山居遣兴

小住林泉逸兴添，渔樵耕牧一身兼。门无杂客停车骑，家有贤妻管米盐。
青白眼能开阮籍，是非心不累陶潜。人间富贵倘来物，于我如云梦亦嫌。

九峰道中

薄暮寒光重，昏昏欲雪天。悲风惊落日，乱石咽流泉。
云影长亭外，烟痕古庙前。有人驴背上，一路缓行鞭。

注：九峰，即九峰山，主峰在桐庐县分水、百江两镇界上，海拔 382 米。因九峰连绵得名。

村 暮

向晚一村静，山风送夕曛。烟痕千万缕，雪意两三分。
吠犬杂流水，飞鸦曳暮云。几家樵与牧，归路结同群。

酒 兴

酒中岁月卌年深，居士何妨号醉吟。五蕴至今空一切，绝无尘世系于心。

岭上啸坐

坐此一长啸，遥遥有应声。空山人不见，俯仰若为情。

梅花诗二十首

不倚东风不染埃，公然桃李作舆台。不然寂寞空山里，谁占百花头上开。

其 二

松为知己竹为邻，共证山中清净因。莫道冷天花减色，此花越冷越精神。

其 三

竹篱茅舍谢尘缘，独耐风霜雪月天。倘与百花斗春色，暗香疏影有谁怜。

其 四

艳羡诗家宋广平，将梅作赋比梅清。漫言吟咏寻常事，学士而今擅盛名。

其 五

昔年何逊领扬州，东阁游观吟兴幽。今日人往花亦没，两行诗句独千秋。

其 六

月中丹桂散秋风，一个吴刚砍不通。我为梅花祝清福，此身未到广寒宫。

其 七

冰肌玉骨气如秋，月满庭前色更幽。我亦心头清似水，比花还要几生修。

其 八

才说山中淑气催，满天又见雪飞来。倘有一假清香到，不辨花枝开未开。

其 九

一钩新月带花铺，乍见翻教眼力无。疑是梅花疑是月，不分明处总糊涂。

其 十

山南山北影横斜，不向春风竞物华。素性生来甘淡泊，即无人赏也开花。

其十一

玉洁冰清节本堪，满山风雪一身担。传言嫁作林家妇，附会纷纷恐不甘。

其十二

雪压霜侵薜荔封，独撑老干伴孤松。笑他为友也奇绝，能向成都号卧龙。

其十三

入林必密入山深，那有尘埃半点侵。真是岁寒松柏侣，春光漏泄本无心。

其十四

冷于孤客静于僧，夜漏沉沉隐佛灯。看不分明缘底事，白云遮上两三层。

其十五

万物终须气运扶，梅花何必算西湖。天生一个林和靖，侥幸孤山入画图。

其十六

雨雪霏霏卷地吹，前村正值放梅时。不知谁耐深宵冷，看见花开第一枝。

其十七

雾锁云封脱俗尘，水边篱落两相邻。阿谁修有神仙福，长替梅花做主人。

其十八

菊因霜重枝难傲，兰为春寒瓣未开。只有梅花三百树，当无香日送香来。

其十九

谢绝红尘三十霜，摩挲惯坐二更长。回头寒月忽铺树，照见横斜影在墙。

其二十

牡丹何以僭称王，富贵从来没下场。还是梅花能解事，自甘淡泊自然香。

春　吟

春风一年别，今又到山林。草木有生意，禽鱼无竞心。
身闲朝独睡，兴剧夜孤吟。于世是非少，抱琴弹古音。

种双松作

掘得青青松两枝，移栽宅畔及春时。他年未免心私望，一样成龙亲见之。

暮郊闲眺

薄暮雪初消，亭亭落日遥。远山明秃树，春水断危桥。
村巷烟千缕，郊墟路几条。莫嫌人寂寞，一笑见归樵。

登楼遣兴

到处春光一望收，惠风和畅且登楼。漫怜身瘦如黄鹤，恰喜心闲等白鸥。
对酒绝无名利想，看山略有古今愁。怎能禽向偿初愿，五岳从今取次游。

静　昼

韶光三月中，一例坐春风。日暖草争绿，雨余花竞红。
梁鸣修垒燕，纸触上窗虫。长昼静无事，酣眠小牖东。

劝牡丹

报道园中开牡丹，一年只许一回看。劝花却莫夸颜色，富贵从来结局难。

浮 生

山川无恙岁华驰，眼有昏花鬓有丝。排闷日斟彭泽酒，养疴时读乐天诗。
钱因手软凭人用，家为心慵听妇持。久矣浮生看似梦，百年终有醒来时。

小 住

小住屋三楹，将何度雨晴。酒诗书画兴，丝竹管弦声。
简略操家政，糊涂历世情。东风催布谷，吾亦事春耕。

题春日渔乐园

一生修到水为家，三月春风泛若耶。钓不得鱼心亦乐，孤舟日日傍桃花。

闲 居

不管春来去，闲居独掩扉。山中安我拙，世上识人稀。
对酒无烦恼，看书有是非。漫嫌村僻住，樵牧日相依。

东湖小步

廿四番风过，春如客欲归。欢情流水逝，别意乱云飞。
柳絮黏盈屐，桃花落满衣。黄鹂声睍睆，相伴钓鱼矶。

注：东湖，清光绪《分水县志》载，该湖在五云山下。唐元和间五色云现光映水中，就是指东湖，后来东湖湮没。明万历四十一年（1613）知县游之光建东楼。崇祯间，邑人捐田建湖，湖面约三十余亩。清嘉庆间湖上建有八角亭。现楼亭已圮，湖也复湮。

一 枕

一枕屏山数亩田，有花有竹有林泉。及时行乐身逾健，排日吟诗手自编。

荤酒未除嫌作佛，汞铅不炼怕成仙。遥遥千载心私淑，一个香山白乐天。

一　雨

一雨春归去，闲游人黯然。愁登飞絮地，忍对落花天。
犬吠竹摇露，鹃啼树夹烟。西畴有耕叟，笑语立秧田。

此　生

风雨萧条春又阑，园中花事梦中看。此生最好糊涂过，一认真来事事难。

田家书事

乡村四月农人忙，天晴刈麦雨插秧。绿树荫浓熏风凉，牧童系犊卧田旁。
手持竹笛三尺长，一声一声吹斜阳。社公社母粉榆乡，年年际此生荣光。
有叟来爇旃檀香，豚蹄斗酒祝丰穰。山人自笑砚田荒，闻叟所语开心肠。
道妪今夜罗酒浆，请君泥饮过草堂。

晓　晴

连朝细雨长莓苔，苦雾愁云扫不开。今晓喜逢新日上，一窗树影送晴来。

夏宵偶兴

松月凉胸襟，荷风香鼻孔。夜来坐小窗，呼妻开酒瓮。
北榻六尺长，醉卧稳无梦。即梦亦不离，竹坪与花垅。
睡醒日三竿，谈笑渔樵共。何图世上人，谓是神仙种。
他时许敬之，成道得铅汞。鸡犬同升天，高高吾甚恐。

僻居两首

遮风避雨屋三椽，于此闲居四十年。漫说山深林又密，犹难谢绝是非缘。

其 二

结庐住村僻，山水送清音。世上功名烂，杯中岁月深。
自无颠倒梦，时有喜欢心。长夏闲如许，摊书坐绿荫。

邑乘告成赋此以纪

古今有用书，经外志与史。史操衮钺权，志备郡邑事。下以验民风，
上以考政治。舍此而不修，岂非儒者耻。粤稽我分阳，存有道光志。
中遭兵燹灾，浩劫历文字。鬼神呵护灵，卷有完全纸。过此不重镌，
何以论其世。吾家明经明，集议为倡始。（明经者益香）。陈侯韪其言，
晓谕都人士。（陈侯常铧，闽人）。各生欢喜心，踊跃输降至。爰于丙午
春，设局在城市。余亦虱其间，笔墨供驱使。疑误共校雠，卷页同编次。
事距六十年，老成如水逝。吾曹生也迟，岂无传闻异。采访务详明，
不敢辞劳勚。多闻而阙疑，实事以求是。每当弃取间，折衷黄夫子。（黄
夫子，名标，字组云，时署训导）。惜哉时势艰，谷米如珠贵。继又值兵荒，
骚动遍乡里。（时有新城红绑匪之乱，波及东北乡）。局外袖手观，心不谅
人只。捉影而捕风，街谈而巷议。此时当局心，辛苦备尝试。调停日用钱，
排解风谣肆。丁未缮写清，乃付剞劂氏。戊申印刷成，新书告完备。
匆促限于时，美善难尽致。斠谬以绳愆，或者俟后起。

老 态

自笑容颜旧换新，吻凹颊皱面纹皱。偶从明镜台前过，前后居然两个人。

近 来

叠嶂层峦四面铺，此中安稳白云夫。园留陶亮花三径，安有刘伶酒一壶。
水竹可归诗作料，山林能替画为图。近来不见红尘客，渔弟樵兄自笑呼。

夜坐即兴

纳凉小坐屋檐东，更漏迟迟夜未中。喜听门前儿女闹，大家争唱月公公。

闲 兴

天气炎炎六月初，将何乐事过居诸。滴荷花露晨临帖，乘竹林风晚读书。
夜梦乱寻孤枕上，昼眠惯在午炊余。渔童解有清闲兴，来约西溪看钓鱼。

观 物

螳螂捕秋蝉，往来桑叶底。将捕未捕时，奋臂两三起。
闲人动闲愁，愁蝉无生理。忽逢黄雀来，螳螂汝莫喜。

呈邑侯冯漱桐明府即以送别八首

高山流水续成连，依倚琴堂今半年。一曲未终分手去，借公再住却无缘。

其 二

学舍无所布置难，东西新构讲堂宽。窗中嵌有玻璃镜，心地光明坐卧安。

其 三

龌龊浮名未肯沽，心如秋月一轮孤。绿荫满地摊书坐，儒雅风流官泒无。

其 四

一尘不染万怀空，料理行装七月中。归路漫愁秋气热，飘飘两袖有清风。

其 五

得傍龙门感不禁，气通沆瀣半年深。只惭零落秋怀抱，辜负东风抬举心。

其 六

莽荡乾坤百事非，自甘贫贱解人稀。此生生有孤高癖，未肯随鸡逐鸭飞。

其 七

生就江淹笔一支，山川过眼便吟诗。近来读到于湘草，常有焚香下拜时。

其 八

一舟如叶载轻装，听唱骊歌别绪长。安得云泥重聚首，与公樽酒说分阳。

注：冯漱桐，名圻，金坛（今江苏金坛市）人。举人。清光绪三十三年（1907）六月任分水知县。

屋后桂

此是神仙种，如何绕屋旁。露摇三径湿，风送半窗凉。
东晓雪难侮，秋宵月亦香。有缘相伴汝，四十四年长。

九日家益香邀同王海东时任县校教员，湖北人何松坡俞绩丞游宴九龙山诗九首

九月重阳喜出城，登高不厌路纵横。幸亏天亦如人愿，乍听纷纷雨又晴。

其 二

葭苍露白蓼花红，溪上浮梁跨碧空。行过涌泉岩下去，名山路有一条通。

其 三

如水心怀放浪行，寻幽且上翠微亭。松杉漫笑无时样，咽露餐霜未改青。

其 四

锄茶种竹补衡茅，谢绝红尘世俗交。三两邻家分左右，山深门户没人敲。

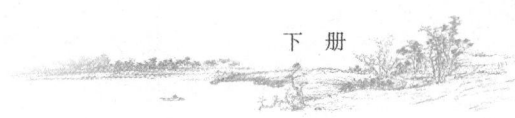

其 五

登山四望爽于秋，扫壁题诗纪旧游。只是年来常到此，愧无佳句续墙头。

其 六

王子规摹字两行，俞君铁笔篆图章。其余生有翻澜口，谈吐如虹坐一堂。

其 七

双鸡斗酒一豚蹄，排列筵前整整齐。阿弟为东兄作客，饱如扪鼓醉如泥。

其 八

诗未敲成席又开，朵颐有福愧无才。从今不负便便腹，为向盘餐大嚼来。

其 九

树木荫翳水云蒸，如此秋光得未曾。愿祝群贤同健在，他年还要再来登。

秋 晚

秋风飒飒四山晴，秋树萧萧落日横。爱听牧吹樵唱外，一声声有乱蝉鸣。

晚过茅山

四野人归去，山村生暮烟。鸡声秋树里，人影夕阳边。
地僻入图画，溪声谱管弦。樵歌不知处，凉月照东偏。

注：茅山，为儒桥村（桐庐县分水镇）一自然村。

山村秋兴

小住山村事事嘉，樵歌牧唱静中哗。秋风白露农登谷，夜雨青灯女绩麻。
家政久操胸有竹，世情深阅眼无花。年来漫笑闲如鹤，排吟日诗纪岁华。

年 来

漫笑今吾非故吾，两腮忽忽长髭须。年来弹指亲朋里，逝者如斯一半无。

月夜步枕流亭作

西风萧瑟雨初停，古陌无人月满亭。秋雾远连山影白，暮烟低压野痕青。
小桥两板随云渡，孤碓双轮带水听。于此坐深观自在，溪流摇荡一天星。

耕云桥晚眺

向晚寻诗出，村桥自往还。鸦翻松径外，鸡聚竹篱间。
日落烟沉水，天寒云恋山。与谁共吟眺，桑者自闲闲。

邵舍夜行

西风猎猎卷河干，北斗星高夜未阑。明月似霜霜似雪，一天秋色不胜寒。

注：邵舍，又名邵舍埠，为联盟村（桐庐县百江镇）一自然村。

龙潭夜泛

四顾白云幽，澄鲜水正秋。何人吹短笛，有客泛轻舟。
树影澹如画，波光静不流。闲情谁共证，孤月照山头。

即 景

读余玩秋景，开轩面西岭。远树夕阳中，独立如人影。

月夜游五云山

明月照山林，登临忘夜深。孤城鸣急柝，古巷捣寒砧。
旧事凭长啸，新情付短吟。不堪风瑟瑟，秋气逼衣襟。

偶　占

谋生近悔读书差，风雨埋头不作家。家口渐多身渐老，将何活计度年华。

暮秋山居

九月西风紧，秋光到处晴。草荒三径阔，叶落一村明。
瀑向岩腰泄，烟从屋角横。更怜深树里，听幽竹鸡鸣。

阅世两首

少年不识一丁字，肥马轻裘意气豪。何物筚门圭窦老，忍饥翻说读书高。

其　二

天以春秋分冷暖，人于贫富判沉浮。虽然君子行乎素，毕竟囊空不自由。

冬夜即事

山深林密路纵横，宵小冬来最易生。心恐亡羊牢费补，年头岁尾夜敲更。

病中元旦

蜡炬摇红春又回，回头四十五年来。半生有几怜多病，一事无成愧不才。
但得此身健如竹，何妨全体瘦于梅。山妻劝饮屠苏酒，勉强登堂举一杯。

病　兴

一病身无事，惺惺小牖前。笑谈嫌客闹，眠食仗妻贤。
药识君臣性，经翻甲乙篇。春风吾负汝，吹到杏花天。

春　怀

村烟如画四围遮，日影迟迟上碧纱。病去犹看妻拣药，春来每倩仆栽花。

瓮开旧酿和筋血，案叠新诗度岁华。更喜农人三两个，得闲与我话桑麻。

春　居

春风袅袅雨丝丝，开出碧桃花几枝。静坐心无尘俗累，窗前叠纸自钞诗。

病余吟

地僻山深日月长，病余道渐悟空王。厨中久断腥膻味，窗外初熏草木香。
耳静翻嫌流水闹，心闲转笑野云忙。近来似有渊明趣，壁挂无弦琴一张。

观　钓

一竿危坐水之隈，三月桃花落更开。为底游鱼不知避，贪他有味上钩来。

初夏即兴

清和天气日初长，村里人原事事忙。云碓潺潺春旧谷，水田漠漠插新秧。
乍看雉垅农收麦，又见蚕家女采桑。笑我此身无长物，终朝坐卧读书堂。

夏　晓

昨夜雨如注，盈盈水满池。烟痕三径湿，日影一窗迟。
陌上鸠呼妇，梁间燕哺儿。村居当午夏，佳景易成诗。

长住两首

一庐长住白云隈，前听流泉泄石苔。于世自无尘客到，在山时有野人来。
眼因窗下看书拭，口为樽中饮酒开。生就嵇康疏懒性，此身只合隐蒿莱。

其　二

俯仰翛然一草堂，往来四十五年长。芝兰绕砌春风暖，松竹当门夏日凉。
且喜有书儿可读，漫愁无酒妇能藏。也应消受清闲福，临水登山步夕阳。

赠山叟

山径回环里，翛然寄此身。熏风清角枕，流水涤头巾。
竹种数竿直，花开四季春。前生修有福，长此做闲人。

午　兴

一枕闲无事，鼾齁午睡长。烟能醒醉眼，茶客涤吟肠。
竹径风逾爽，荷池水亦香。在山人自乐，消受夏天凉。

述怀四首

不炼丹砂不坐禅，读书行乐自陶然。功能灭却心中火，事岂瞒于头上天。
宠辱在胸明似镜，是非到眼化为烟。只嫌一榼刘伶酒，强派凡人做醉仙。

其　二

矮矮围墙小小窗，屋前屋后竹如杠。妻孥喜染儒家色，宾客嫌逢道学腔。
桃李春风花满径，菱荷夏日藕盈缸。更怜秋水芙蓉树，倒映溪流影亦双。

其　三

槿篱茅舍白云居，山有鸣禽水有鱼。子侄怕询奇僻字，友朋懒寄应酬书。
交情冷落心逾澹，睡味清闲梦亦疏。四十余年成底事，不仙不佛混樵渔。

其　四

信手钞书信口歌，此生安乐邵雍窝。树多翻觉山无色，溪静何妨水有波。
做客避嫌烦恼少，逢人说好喜欢多。年来领略酸咸味，月旦评中论不苛。

山村雨昼

炊烟缭绕竹参差，喔喔鸡声催午时。天为雨昏窗似暮，山因云动树如移。

竹径晚步

竹满山窗外，漪漪一望深。有谁同劲节，独自解虚心。
落日半寸静，薰风三径阴。更怜新雨后，相对涤尘襟。

郊 望

满山松竹澹斜阳，小步田原引兴长。秋水漾开莲叶动，晚风吹出稻花香。

秋原暮景

落日一天暝，耕归人自闲。风声秋撼树，烟影夕沉山。
草径虫如语，林巢鸟独还。偶然值樵牧，乐意两相关。

重登蒲氏读书楼作

重上元龙百尺楼，开窗四望思悠悠。某山某水犹相识，三十年前几钓游。

赠琴溪王蓉台先生

状貌魁梧学问优，昔曾投笔觅封侯。雄才卓荦三都赋，豪气纵横百尺楼。
事业虽然归后起，典型毕竟仗前修。先生合是灵光殿，仰止高山不计秋。

注：琴溪，在桐庐县瑶琳镇。

溪 屋

傍岩屋一间，门外水潺潺。不见人归去，白云时往还。

西溪夜坐

秋夕澹如许，西溪偶一临。月明磨斧石，霜落捣衣砧。
此地独醒耳，何人共洗心。漫将流水曲，谱入没弦琴。

山　游

尽日青山里，潺潺闻碧流。闲花开凤耳，嘉果熟鸡头。
岭以高逾峻，溪因曲更幽。题诗聊坐石，吟兴爽于秋。

卧钟在伊山普济寺故址

一钟长卧山门边，苔花蔓草生寒烟。樵牧往来牛羊眠，夕阳流水年复年。
空山无人悲杜鹃，此地未必来神仙。我今摩挲心惝惝，分明上有姓名镌。
篆文隶字如蝉联，与寺俱出前朝前。古人一去叹逝川，物犹如此相见怜。
安得时逢乡人贤，慷慨乐输青铜钱。一时重建屋数椽，佛台依旧开白莲。
蒲团朝夕膜拜虔，引人同登大愿船。此钟抬上高楼悬，鼓声磬声声相连。
乌啼月落晓霜天，唤醒梦梦尘世缘。

秋园晚步

秋径菊花黄，秋垅韭花白。更有篱笆前，芙蓉长十尺。
携酒兴何如，小坐生苔石。晚风摇梧桐，夕阳挂松柏。
泠泠闻碧流，飞来禽一只。饮啄啼数声，不避忘机客。

赠　内

谋生无计守山林，独费踌躇病更深。除却卿卿人一个，有谁肥瘠替关心。

夜　咏

九月秋将暮，寒风吹碧纱。篝灯妻补褐，炉火女煎茶。
分卷编诗草，钞书试墨花。夜长人不寐，瓶菊赏清华。

村　暮

夕阳四照明，红树一村晴。忽听邻家妇，呼鸡祝祝声。

秋兴寄何松坡

近来清兴有谁知，独向山林消遣之。黄叶秋风三径画，青灯夜雨半窗诗。
浮生聚散原如梦，好友暌违最系思。安得一樽相对饮，醺醺同醉菊花期。

邵舍暝望

木落草萧萧，凭栏一望遥。夕阳催过客，新月送归樵。
村暝烟三径，溪寒云半桥。何人芦荻外，渔火夜吹箫。

古 树

村烟缭绕影婆娑，下有居民日数过。匠氏不求樵不采，树虽无用阅人多。

偶 吟

俯仰绝嚣尘，天容住此身。菊教松作友，梅与竹为邻。
诗酒消清福，渔樵证夙因。世间不相识，说是古之人。

夜 兴

夜半断人语，村孤月倍明。独吟诗思冷，小坐道心生。
隔屋见山影，当门闻水声。床头一壶酒，聊以度深更。

贺郡校柴茂才吉席八首

自入书堂耐独眠，关雎诗爱第三篇。而今寤寐求之得，添个新人同过年。

其 二

三星在户月华明，之子于归百两盈。从此春风人得意，菱花镜畔唤卿卿。

其 三

鸾笙凤管闹华堂，红烛如花照两行。相见新郎当此际，最欢喜是夜来长。

其 四

去年花下问仙津，今日窗前对美人。漫说腊残天气冷，芙蓉帐里暖于春。

其 五

绿锦池边冰未泮，碧纱窗外雪初消。郎君快做乘龙婿，不羡双星渡鹊桥。

其 六

艳羡张郎笔一支，晚妆楼上画双眉。浅深不待看杨柳，新月纤纤便入时。

其 七

梅正含香柳正舒，闺中伉俪水中鱼。愿君莫学乐羊子，待断机来再读书。

其 八

水生花幕幕生波，凤枕鸳衾味若何。梦见栽成桃李种，东风结子想来多。

破 庙

破庙住山隅，灵光较昔殊。蜘蛛撩面目，鼹鼠剪髭须。
楣朽额将瘰，墙颓角渐无。忍听神座外，呜咽水声孤。

寒日示儿作两首

长短棉衣恰称身，围炉谈笑一家春。读书知否名贤传，有个芦花忍冻人。

其 二

漫厌儒门饮食粗，三餐白饭间青蔬。一天风雪荒村里，尚有穷人借米无。

雪余吟

俗尘难为伴，柴门午后开。读书虽有福，应世却无才。
幻迹留诗卷，闲情付酒杯。雪余窗下坐，三径没人来。

除 夜

两行红烛照中堂，儿女喧哗蜡凤凰。余独细看黄历本，出行拣过喜神方。

春 夕

偶遭良宵举一觞，不妨乘醉玩山冈。竹因风动响三径，树为月明影半墙。
春暖喜看梅似雪，夜深惊见草凝霜。归来尚有清闲兴，自拨铜炉烧柏香。

春日凤坡即景

一雨四山晴，春游乐意生。莺花三月景，鸡黍几家情。
径护烟云气，溪添波浪声。更看村舍外，绿野有人耕。

与张玉阶小叙两首

韶光容易水流沙，红杏碧桃又见花。笑我身如春燕子，一年一度到君家。

其 二

夜夜同斟酒一卮，楝花风里说相思。前山云与屏山月，一样床头梦见之。

奇源赠章汉秋

俯仰隔尘世，幽居屋数楹。天晴花有影，风定树无声。

竹径燕争语，杨堤莺独鸣。读书人自乐，携酒饷春耕。

注：奇源，在桐庐县百江镇。

闲 步

寻芳闲步板桥东，茬苒春光三月中。园里笋抽苔破绿，溪边花落水流红。
蝉声娇小鸣斜日，燕影参差掠晚风。天色渐低归亦乐，好将景物付诗筒。

田家词

一溪春水两堤烟，日落人归郭外田。阿弟负犁兄荷筱，黄牛背上牧儿眠。

雨后闲望

茅屋傍溪渍，清游趁夕曛。蝉声和水响，燕影带烟分。
雨霁花含露，风狂竹扫云。有人桑柘外，负耒独耕耘。

山 里

山里歌声唱采茶，惠风和畅度窗纱。因除俗气园栽竹，为系春光瓶养花。

对 酒

岁月自来去，神仙亦死生。沧桑一回首，天地两无情。
沉醉刘伶酒，轻狂阮籍名。漫言不知事，山有鹧鸪声。

闲 居

矮屋三间近玉屏，围墙半亩护空庭。门无杂骑心常静，山有鸣禽梦易醒。
诗草吟教知己和，洞箫吹与别人听。犹难消受闲居福，折取芭蕉学写经。

村 居

荫浓绿树边，流水响溅溅。李愿依山宅，颜生负郭田。

栖迟消世虑，耕稼谢尘缘。似有修来福，清闲年复年。

对　镜

窗前明镜拂尘看，似觉心头不自安。老小年华妍丑态，一经相对便难瞒。

夏居两首

如火艳晖门外过，关门家有邵雍窝。筒堪插笔欣镌竹，盆以为池好养荷。
作达心原忧患少，得闲身自喜欢多。昼长人倦陶然寐，一枕羲皇味若何。

其　二

啸傲林泉吾道存，王侯不敌布衣尊。销磨岁月诗盈箧，涵养精神酒满樽。
燕不避人穿竹槛，犬能应客卧柴门。山深漫说无知己，渔弟樵兄共一村。

乐　贫

屋外皆桑梓，荫浓绿四围。在山安我拙，于世识人稀。
露润秋餐菊，烟深朝采薇。虽然贫亦乐，妇子免啼饥。

一　梦

韶光荏苒卌年余，与俗无缘笑独居。村以山称孤似骛，屋于水近乐如鱼。
消闲偶谱传奇曲，引睡聊看志怪书。一梦糊涂携酒去，溪边林下访樵渔。

独　饮

月明夜正长，天气又重阳。独饮黄花侧，亭亭影亦香。

山　卧

夕阳明灭鸟飞影，暮烟缭绕山村暝。牧童吹笛归郭门，樵子收棋下冈岭。
我犹醉卧松树根，一枕白云秋梦冷。

书 怀

五岳曾思次第游，自操家政愿无由。即论女嫁难婚事，一一从今初起头。

秋楼暮望

坐久一窗冷，夕阳网暮松。樵归村吠犬，客去砌鸣蛩。
远树低如帐，孤云幻作峰。登楼独凭眺，吟兴觉从容。

重过诸暨何氏书塾有感三首

轻尘短梦卅年前，于此曾经住两年。今日重来人不识，摩挲陈迹我心怜。

其 二

渠渠夏屋枕村滨，绰楔高悬依旧新。闻说主人当病剧，一齐售与别乡人。

其 三

八口相依影不孤，何图先后没黄垆。如斯人有如斯厄，或恐天公公道无。

书斋志兴

何物书窗下，消磨晨与昏。随园三十种，老氏五千言。
岁月看诗册，功名付酒樽。不关尘世事，野老叙寒暄。

农 家

两间茅屋住山林，秋景还堪付咏吟。稻草堆空高似塔，麦苗出孔细如针。

夜过儒桥

村巷鸡声闹，看看欲晓天。月光凉似水，树影澹于烟。
露重枌榆湿，星稀河汉悬。夜行人意倦，聊向笋舆眠。

小京村

瓦屋东西八九家，炊烟摇接水之涯。村腰隔断桑榆树，山脚开齐荞麦花。

注：小京村，在桐庐县百江镇。

伊山访友人不值

到此一尘无，将身入画图。溪边归牧叟，山外见樵夫。

风劲斜阳冷，云深流水孤。幽人不知处，落叶绕庭隅。

东溪夜归

霜花如雪月如丸，满野西风吹面寒。听得前村茅屋里，鸡声喔喔夜将阑。

闻　禽

不辨是何禽，唯闻断续音。枕边妨睡味，窗下搅吟心。

月黑时逾静，灯青夜已深。悠哉不成寐，有酒且孤斟。

咏十二老诗

往日偏裨将，今闻尽做官。据鞍霜鬓白，开国一心丹。

自顾髀无肉，谁怜身有瘢。家传是何物，阵上血衣冠。　老将。

岁月一官老，回头百感生。排衙威势减，断狱是非明。

书熟律三尺，堂留琴数声。寅僚惭独对，须鬓雪千茎。　老吏。

挟长居前辈，传经曳杖过。文章花样少，笔墨草书多。

两代过时物，一篇概世歌。后生争避面，古礼厌婆婆。　老儒。

三尺犁耙柄，田间共一生。自知筋力短，亲教子孙耕。

占历知丰歉，开门识雨晴。年年春社日，鸡黍话前盟。　老农。

解说入禅木，逍遥历岁深。照来明月影，悟出白云心。

兰若有兴废，蒲团无古今。是非俱不管，对佛卧愔愔。　老僧。

一自辞金屋，红尘万念轻。色如花已谢，心与水同清。

舍宅忘年月，磨碑识姓名。客来堪对语，未有小嫌生。老尼。

白首惭相对，青衣有破痕。身犹为仆隶，主已见儿孙。

抱病嫌投刺，贪闲懒应门。若当分产日，愧受薛包恩。老仆。

张口老无齿，呀呀能解诗。厨中劳执爨，塞上苦吹箎。

憔悴一身布，飘萧两鬓丝。主家多少事，独有此须知。老婢。

少小夸颜色，胭脂喜抹涂。烟花随处闹，风月下场孤。

此后新声变，从前旧部无。金张门外过，愁将老髭须。老优。

自入公门后，年年着皂衣。关防寻意径，喜怒解心机。

幕客供驱使，衙官惑是非。漫言生老态，犹假虎皮威。老隶。

老大做商妇，琵琶久不弹。歌声流水逝，舞影落花寒。

有客对愁坐，何人带笑看。五陵年少子，车马再来难。老娼。

自唱同袍后，家山明月知。捋须惊鼓角，揩眼认旌旗。

扪虱向阳坐，闻鸡带露驰。将军吾未见，说是少年资。老卒。

晓　起

傍晚花园日已红，披衣小坐面朝东。就中佳景谁观妙，一缕青烟漾碧空。

山村雪兴

山村雪满天，清兴入吟笺。家有儿担事，门无客贺年。
昼闲盘膝坐，宵冷曲腰眠。更喜妻为伴，清谈炉火边。

清明日闻邻客夜话

南北山中几墓门，纸钱飘荡雨黄昏。可怜头白单身客，每到清明想子孙。

园中雨霁

一雨四山活，诗心到处催。绿痕摇上竹，碧色润于苔。
树为烟笼住，花因露滴开。几家春燕子，飞入菜畦来。

半 生

一领青山一角巾，黄齑白饭半生贫。读书也解干时策，防有闲云冷笑人。

夜饮即兴

青山匼匝白云铺，花满园林酒满壶。月到天心人影直，风来水面笛声孤。
蔷薇露滴惊宵犬，杨柳烟深啼晓乌。我醉欲眠行不得，登床还要小儿扶。

晓 兴

萧萧一夜雨初晴，薄纸糊窗分外明。好梦未圆人睡觉，屋檐闻有斗禽声。

浪安山

屈曲径通幽，溪沿一水流。深山防有虎，怪石卧如牛。
地僻茅为屋，家贫竹作楼。客来不相见，门外看斑鸠。

> 注：浪安山，俗称烂泥山，在桐庐县百江镇联盟村。

闲 兴

竹篱茅舍白云遮，惭愧人称隐士家。对弈心嫌争胜败，吟诗韵不斗尖叉。
漫夸揽镜头无雪，略厌看书眼有花。此后自知身渐老，亟宜行乐送韶华。

题姜坞林氏山居图诗

杨村之前姜坞口，林密山深土胍厚。源头活水向东流，烟火几家闻鸡狗。
年年三月谷雨天，安排农事当家叟。女采柔桑儿焙茶，栉风沐雨蓬飞首。
赤日行天昼正长，有人胼胝东南亩。豆棚瓜架带露扶，麦垅菱塘乘云耨。
韶华容易又秋风，稻花香送碧纱幪。元鸟归时黄云铺，梁鸿庑下修碓臼。
雨雪霏霏腊月寒，何以御冬峙乃糗。劳人暖坐火炉旁，绕膝儿童看八九。
有时溪上来渔夫，有时山里聚樵友。有时松窗谈素心，有时竹几搁双肘。
欲眠家有八尺床，欲饮座有一樽酒。秋晨儿采霜后菘，春宵妻剪雨中韭。

此地山川佳景佳，年来曾踏闲云走。今乃披图笑颜开，一丘一壑胸中有。若非李愿盘谷居，定是王维辋川薮。注：姜坞，今名江坞，在桐庐县百江镇联盟村。

书遣两首

矗矗林峦四望皆，先生中有读书斋。风来竹影青摇幌，雨过苔痕绿上阶。细字钞诗夸眼力，宽杯酌酒畅胸怀。漫言老至身犹健，不放春秋佳日佳。

其　二

滔滔岁月水流滩，涉世曾知阅历难。已去是非如梦觉，倘来富贵等闲看。笑谈身且逢场戏，甘苦心唯随遇安。天许林泉为住宅，风尘事业我无干。

夏日书事八首

南风如箕雨如丝，天气清和四月时。傍午一眠金不换，个中滋味怕人知。

其　二

不学填词不学文，传名未必到吾群。一生闲散唯宜酒，万事虚空只看云。

其　三

自摇葵扇自来风，两脚高跷小牖东。缄口不谈尘世事，洞如观火寸心中。

其　四

暑气腾云六月中，送凉无奈雨难通。不图天使风传信，万竹一齐吹向东。

其　五

北窗高卧傲羲皇，莫笑渊明语太狂。我亦于斯安一榻，熏风吹得满身凉。

其 六

科头跣足兴婆娑，一曲琵琶明月过。有客笑侬侬不管，知他未读下山歌。

其 七

为爱方塘载酒来，水光潋滟镜奁开。晚风入树青虫蹴，鱼影匆匆聚一堆。

其 八

读书有福住林泉，笔墨翛然四十年。世上红尘飞不到，朝朝只抱白云眠。

呈邑侯唐次眆明府即以钱行十二首

曾记前年六月时，荷花生日下车迟。今年花放公将去，借冠无缘且作诗。

其 二

簪缨世胄出三湘，官迹东西岁月长。读到浙江新政略，知公经济本文章。

（公著有浙江政略一书）。

其 三

一支椽笔幻烟云，鹤舞鸿飞王右军。我亦有缘曾见惠，纱笼锦裹瓣香薰。

其 四

两年治绩等文翁，多士喁喁争向风。笑我生成樗栎质，不堪收入狄公笼。

其 五

万山丛杂税难清，乡里频年起混争。今日得公除弊法，荒山从此有人耕（公倡议清山时已开办）。

其　六

图绘鱼鳞界不讹,松杉渐渐种山坡。待看树大成荫日,也作甘棠一样歌。

其　七

菊有黄花九月初,九龙山上一停车。老僧今亦留遗爱,缘字双钩亲手书。

其　八

近事如弦不易调,有时平地起风潮。亏公做个中流柱,多少狂澜暗自消。

其　九

米价频增糊口难,客来不敢劝加餐。闻公设局行平粜,纵有饥民心亦安。

其　十

山村二月高轩过,仆从无多鸟不猜。竹马儿童还纪念,说公分过俸钱来(前赠通儿银圆一尊)。

其十一

使君住有两三年,谢绝苞苴不爱钱。书史半挑船一只,此心清似玉华泉。

其十二

日坐青毡守一经,非公不至宰官庭。可知蔀屋茅檐下,有个穷儒颂福星。

注:唐次昉,名继勋,澧县(今湖南省)人。清光绪三十四年(1908)任分水知县。

琴　兴

一自中年后,风尘阅历深。镜留清瘦影,酒涤是非心。无事生闲兴,有时付短吟。月明弹不得,二十五弦琴。

村暮偶兴

山村岑寂落斜晖，径黑林昏人迹稀。隐隐蛟雷喧竹屿，荧荧萤火照柴扉。
儿因月上迟烧烛，妻为风凉早送衣。行乐莫教虚一刻，身如过客有时归。

自　述

自是葛天民，胸怀绝点尘。村居无俗客，家食做闲人。
富贵澹心计，琴书养性真。不须愁寂寞，山鸟日相亲。

独　宿

独宿不成寐，秋寒生夜衾。幸留灯一点，照见此时心。

和唐明府留别原韵四首

借寇何妨又一年，上台徵调暂休肩。可知儒吏留诗去，胜比将军奏凯旋。
梅阁屡登原有福，花厅再拜恐无缘。自惭下里巴人曲，也向吟坛和锦笺。

其　二

曾记前年摄篆来，忽闻解组意徘徊。芝兰品度香为骨，冰雪文章玉作胎。
堂有悬琴徵雅化，案无积牍觇真才。他时定见甘棠树，一路荫浓夕照开。

其　三

民贫何以补时艰，蔓草荒榛四野环。为划毒根曾设局，因兴实业便清
山（设戒烟局，禁种烟苗，倡办清山）。每谈公事容鹅傲，偶遣幽情伴鹅闲。
此后可能重对酒，春风座上笑开颜。

其　四

使君来自楚江程，抚字心劳保赤诚。鸿影三年留宦迹，骊歌一曲见民情。

浮萍聚散缘难定，行李萧疏累自轻。何处苍生待霖雨，一厘肯借愿为民。

书斋秋夕

俯仰成陈迹，韶华未可追。世能容我懒，事总让人为。酒为医风酌，
灯因玩月吹。夜长眠不得，凉影浸书帷。

柳山余紫璋见访即赠

难得同门旧雨来，登楼夜醉碧筒杯。灯如解事花频放，天亦多情月肯开。
廛笛恍闻师旷调，赌棋似有弈秋才。不须屡作西风叹，吹聚萍踪亦快哉。

  注：柳山，在百江村（桐庐县百江镇）广王岭南。海拔210米。

闲 悟

入世原如梦，年来悟更深。送眠常饮酒，习懒不修琴。
独有清闲兴，而忘挂碍心。南窗容抱膝，长坐听幽禽。

薄 暮

好山当户净如妆，薄暮闲游引兴长。乍见斜阳明远树，又逢凉月下回廊。
笛声断续牛归圈，花影娉婷犬吠墙。爱玩不知秋气重，瀼瀼零露湿衣裳。

过桐山

雨后一游赏，吟怀迥出尘。云开山露面，水急石翻身。
暮催色黄叶，秋痕到白蘋。欣然吾正乐，此地访幽人。

  注：桐山，在桐庐县百江镇联盟村。

秋 晚

秋山明净恰如妆，为遣吟怀坐草堂。宿雨晴来乾鹊喜，夕阳归去老鸦忙。

虹桥夜行

群籁此时寂，行人路正长。夜深星代月，秋冷露为霜。
野外见林影，村边闻菊香。自知归兴好，明日是重阳。

注：虹桥，即虹桥坞，在桐庐县分水镇蠡湖村。

红　叶

细雨三秋里，斜阳一抹中。莫夸颜色好，多事怨西风。

卧龙桥晚坐

每爱卧桥去，寻幽坐片时。风光秋暮好，天气晚晴宜。
山色教题画，溪声学咏诗。归来凉习习，明月上茅茨。

书　感

滔滔岁月如逝川，人歌人哭无百年。风生两臂霜盈颠，悲欢往事风吹烟。
世人苦被情欲牵，名场利薮蚁慕膻。有人争利海国边，黄金万贯腰中缠。
东游日本连朝鲜，西走英俄美利坚。一朝风浪颠倒颠，沉没飘洋泛海船。
有人争名赴幽燕，长安不易居无钱。说书十上遇没缘，金尽裘敝妻见怜。
就令博得尺寸权，声势不如捐班捐。又有富贵福泽全，长生不死求神仙。
烧丹饵石炼汞铅，形骸桎梏心熬煎。时时揣摩道德篇，几见白日升青天。
何如安稳住林泉，及时行乐毋迟延。春听黄鸟秋闻蝉，冬访梅花夏赏莲。
有时对茗看诗笺，有时焚香弹琴弦。温凉寒暑天变迁，生老病死何讳焉。
君不见北山荒冢千百千，年年寒食悲杜鹃。

过蒲村读书登大坪山顶作

为向儒林访马融，崇山峻岭路盘空。此身如在云梯上，张初蓬莱四面风。

春 游

春风三月半，人爱水边游。鱼沫吹波面，莺声啭树头。
杂花红似锦，野草碧于油。日暮忘归去，吟情尚未休。

落花即兴

东风二十四番收，三月春光付水流。自笑不如花有福，飘飘吹上美人楼。

登紫龙山顶作

山路无平处，蛇行心亦愁。奈为名胜境，虽险未肯休。上上数叠嶂，
四顾风飕飕。群山百千万，到此俱低头。余欲在山顶，造一千层楼。
四时登楼上，俯仰天地秋。问山山无语，白云空悠悠。

春园与友人同玩

携酒西园去，春光雨后催。喜无凡客到，爱有野人来。
竹笋雷惊出，桃花露滴开。奚童何太懒，白昼卧苍苔。

村 夕

山村日落暮寒生，种麦人归负未行。风过忽闻溪水响，烟消又见野云横。

闰六月戏作

祝融底事爱勾留，知否天河有女牛。今岁相逢迟一月，迢迢我亦替他愁。

今 宵

漫说读书好，离家又半年。今宵风雨夜，好梦落谁边。

与傅韵卿夜叙

流水高山说到今，今宵喜听伯牙琴。灯花灿烂三更暖，诗草丛残一寸深。

路近何妨通素简，谊高直欲贱黄金。先生自是云源客，不受尘埃半点侵。

（韵卿系桐江七里泷白云源人）。

落　花

东风料峭送斜晖，红杏碧桃花渐稀。傍晚看来浑不辨，错疑蝴蝶满园飞。

听　春

路转峰回处，山春隐白云。韵从流水续，声带暮钟闻。
浪急花应碎，烟迷桥不分。田家风味好，荷担趁斜曛。

春　去

为恐蹉跎误岁华，读书日日坐窗纱。不知春是何时去，燕子归来衔落花。

述　怀

月夕风晨不废吟，闲居聊写座前箴。事原易误防开口，诗不能工且用心。
驹隙不多阴要惜，蟾宫虽好路难寻。幸亏园有平安竹，天地无私雨露深。

咏　菊

风正萧疏露正寒，一丛秋色傲阑杆。世人不洗糊涂眼，错把名花当婢看。

晓　兴

睡觉心无着，东窗气倍清。晨晖一轮上，晓色半山明。
水动惊鱼影，风和闻鸟声。湿云吹不散，昨夜雨初晴。

秋　凉

连日畏秋阳，天教一雨凉。庭前梧叶落，园里桂花香。
淡淡风吹水，溥溥露结霜。自怜身太瘦，检点木棉裳。

诸睦村清明有感两首

日影瞳瞳上碧纱，春风漂泊笑梨花。迩来自觉离愁紧，夜夜床头梦到家。

其　二

破砚依人意不如，凄凉灯火夜窗虚。闺中若解别离恨，应悔当年劝读书。

又　雨

扫地焚香午梦迟，醒来又见雨丝丝。箧中愁对蒲葵扇，再不天晴要过时。

七夕有感

天正清凉月正华，银河今又渡仙槎。笑侬自做新郎后，七夕年年不在家。

闻　虫

切切复凄凄，凉宵声自齐。风鸣深院北，露咽小窗西。
一点灯光澹，三更月影低。苦吟人独坐，秋兴不堪题。

暮春作

莺啼燕语影西东，容易韶华去太匆。垂柳似云三径碧，落花如雨半村红。

病中吟

四体衰于老秃翁，一春坐卧小窗东。惊闻樵语山前后，草木抽青花落红。

答陈静庵

贫贱多欢乐，富贵生悲哀。古之达观者，乃饮三百杯。余昨当亭午，
雨霁凉风催。独酌北窗下，身醉玉山颓。忽忽梦中路，颠踬卧苍苔。
腷膊鸡一声，开眼得鸿裁。何处喷酒气，香如旃檀材。问人人不应，

疑我卖痴呆。回首邯郸道，十事九不该。及读西愚诗，知从东溪回。一言向君说，君毋空金罍。除教不做梦，做梦还要来。

近　日

东风习习坐窗纱，自写新诗纪岁华。近日园中春欲暮，一天微雨湿桃花。

秋　兴

阅历年来宇宙宽，且将觞咏送秋寒。胸无芥蒂人情厚，眼有荆榛客路难。檐雨似筛声断续，布衾如水梦阑珊。读书况味尝俱遍，输与渔翁一钓竿。

晚　兴

西风料峭夕阳开，牧笛樵歌闹一回。恰好咏怀诗脱手，昏昏暝色上窗来。

别　来

别来岁月问如何，花甲而今已半过。鸿迹东西空印雪，驹光容易付流波。邯郸梦里悲欢幻，傀儡场中阅历多。近亦此心长作达，每逢佳景便吟哦。

菊　花

生来雅澹见精神，总傍篱边也出尘。只是天公欠公道，名花如此不逢春。

病中秋尽

月正如波天正霜，那堪灯火卧匡床。孤衾自觉秋逾薄，病榻频憎夜太长。买药不辞参术贵，闭门已负菊花香。明朝拟步东篱畔，补饮陶潜酒一觞。

学堂自笑

九岁进学堂，读书年可按。十二四书终，十六五经半。十三习文章，十五晓词翰。十九秋观场，二十春游泮。廿一称饩生，廿三开师馆。

始焉坐家园，继乃出里闬。从此暑复寒，不辨昏与旦。夏憎蛟影飞，春厌鹃声唤。秋凉雨打帘，冬冷雪映案。惟法陶侃勤，敢效嵇康懒。鹤静槛常关，鸳单衾不暖。心防瓜李贤，身笑藤萝绊。体态避轻狂，性情习迂缓。理书三更灯，熨衣半炉炭。消愁酒一杯，破睡茶两碗。鸡窗仲春开，马帐季冬散。病来头有风，炎来面流汗。那堪对月歌，未免临风叹。淮南子有言，鸟卵变为鷃。今年三十三，尚被学生管。

书斋夜眺

村烟暗澹月浮空，秋气萧条夜正中。独坐窗前难睡着，一声孤雁思无穷。

春尽日作

读余无事坐山楼，楼上寒光却似秋。两扇小窗关暮雨，一支秃笔写春愁。颠狂柳絮因风落，狼藉桃花逐水流。想是东君归不得，教钞诗句当缠头。

秋望两首

四山明净夕阳时，北麓西溪去访诗。草木无情秋便老，傲霜唯有菊花枝。

其　二

读书晚坐小窗东，闲对屏山霜后枫。红叶如花天亦笑，随风吹上半空中。

醉后作

传闻酒国无寒日，天气温和四季春。人若有缘长住此，胸中磈磊化为尘。

宿凤坡张氏蘧庐作

为向仙庄续旧醅，肯随风雨一齐来。陈蕃西榻烦君扫，陶亮南窗为我开。数点梅花春信度，两家诗草夜灯催。自知云树相思久，往事重新叙一回。

半月池吊古池在屏山三近轩内

于此独欣赏，吟情一望中。登临人倒影，环匝样如弓。
风动月疑碎，水清天更空。可怜读书处，不与旧时同。

落　叶

四顾白云铺，秋光入画图。雨余林影薄，日落屐声粗。
流水诗题否，游山酒暖无。回头看树隙，添出数峰孤。

村　晚

天气又黄昏，游怀付酒樽。雅翻枫树杪，虫语蓼花根。
人坐烟三径，樵归月一门。山村图画里，风味与谁论。

赠罗湖章叟

十亩之间一窟营，呼妻挈子耦而耕。较人有护眼前乐，与世无争身后名。

山游即景

萧萧落叶满山红，樵路行来到处通。兽迹纵横荒草里，鸦声断续夕阳中。
前溪有叟归秋渡，空谷何人唱晚风。到此自知游兴澹，野花开出两三丛。

赠珠村亲翁王春元

九十筵将启，婆娑古道存。立身三党重，序齿一乡尊。
憔悴成家室，欢娱长子孙。余曾修有福，垂老过珠村。

注：珠村，为琴溪村（桐庐县瑶琳镇）一自然村。宋时，朱姓居此，名朱村。元初皂坞口王姓迁此，累世繁衍在大族。遂于朱字旁加"王"，改称今名。

赠袁承坤

一生缘福类齐髡，修道罗溪长子孙。秋水潆洄曾访戴，春风大雅共推袁。

诗书自昔潜心读，时势而今抵掌论。只笑渭南身善病，不能常聚四门村。

（俗呼罗坎、茂山、罗湖、前山四庄为四门村。）

赠琴溪王亚青

青年吾未见，整饬励修名。之子有经变，与人无竞争。
国才培杞梓，乡校做干城。今又萍踪聚，重联旧日情。

赠外甥陈竹三

时局一更变，英雄万古传。同胞重黄种，励志尚青年。
礼乐薄先进，功名畏后贤。老夫今赠汝，祖逖一支鞭。

○邢镜祥 36 首

邢镜祥，字逢蓉，桐庐（今浙江省桐庐县城南街道）人。清光绪十年（1884）岁贡，候选训导。

夏游钓台

春秋多佳日，正可及时游。当此赫曦令，何必弄扁舟。欲与先生晤，
羽扇改羊裘。裘既披不脱，扇亦挥不休。附热与耐冷，冰炭岂能投。
始知炎凉态，任人各自求。先生不附热，不欲事炎刘。我心不耐冷，
不及待凉秋。同舟八九子，皆与我相侔。酷暑都不惮，闹场尽日留。
人山复人海，身炎汗如油。乘兴一登览，先生许我不？讵知先生冷，
不与热客俦。忽然风雨至，游兴一齐收。阻我玩山兴，使我难自由。
钓台仍千古，岂与世沉浮。特此告侪辈，趋炎良可羞。催打回帆鼓，
去去且掉头。欲游游不得，徒多此绸缪。不如啸谷子，梦游胜一筹。

登桐君山

桐江之水本澄清，桐庐之山更嶙峥。昔有异人来采药，指桐为姓传其名。

桐君占住桐君山，桐庐桐君不等闲。此山得君重千古，此君得山超尘寰。我辈来此一登临，豁其眼界爽其心。

踏春三首

新妆眉样入时工，约伴闲游绣陌东。一带软尘芳草路，莲钩痕窄印弓弓。

其　二

日暖风和景物新，出行不待捡良辰。剧怜娇女含羞处，不避生人避熟人。

其　三

短堤经过又长堤，小小桥通曲曲溪。随着携篮挑菜女，归途共话夕阳西。

扑　萤

荒郊雨过草生香，团扇轻衫纳晚凉。远树蝉声催暝色，寥天萤火闪寒芒。迎风散作星千点，唾手储成珠一囊。愿借末光供夜读，不须韵事话隋杨。

赠肖园主人两首

当年一片爨余山，我与居停日往还。何处宜楼何处阁，空中想结有无间。

其　二

园成我为赐佳名，金谷平泉孰比衡。惟妙皆因惟肖得，肖园妙处任人评。

消寒即事三首

居然眼底即蓬莱，顿使心花怒放开。酒国逍遥春不老，几生修得始能来。

其　二

香山九老愧无图，醉后狂歌击唾壶。一派天然真趣在，知鱼之乐即知吾。

其　三

果然人巧即天工，一幅梅花万树同。始信回春凭妙手，不须更为借东风。

映雪两首

书帷方卷处，雪照一庭明。色向空中借，光从暗里生。
侵肌寒欲逼，迎面影偏清。为有银蟾照，何须对短檠。

其　二

不扫阶前雪，聊为课读资。昏黄更定后，虚白夜生时。
近衬光堪挹，低临影自随。宵深偏耐冷，未忍下书帷。

忆　梅

记从索笑步檐前，自别逋仙又一年。腊信催来劳梦想，春先动处惹情牵。
空教佳句吟霜夜，徒抱离怀寄雪天。料得山中林处士，香盈纸帐正高眠。

花妒两首

匀面输桃艳，舒眉让柳娇。争妍知不及，含怒终难消。

其　二

屡向人间说，名花不可栽。此情终莫解，究竟为谁来。

肖园花晨

破晓鸟声喧，寻芳到肖园。谁云花解语，坐久竟无言。

会泉月夕

寻向源头去，泉从石罅生。一轮明月照，更觉在山清。

注：会泉在今桐庐县旧县街道旧县村西南白凤岩。溶岩石隙中有泉出，大旱不涸。

金洲问渡

两岸隔东西，盈盈水一堤。迷津何处问，渔艇泊前溪。

　　注：金洲，在今桐庐县旧县街道旧县村北，有金村畈。昔有人渡。已圮。

文阁迎霞

文阁一凭栏，悠然眼界宽。满天霞绮散，烘得万山丹。

　　注：文阁，即文昌阁，在今桐庐县旧县街道旧县村庙山岭，清同治十一年（1872）罗际云修。已圮。

苋上春耕

苋上田千亩，南东纵复横。声喧争叱犊，恰值雨初晴。

　　注：苋上，指官路畈，在今桐庐县旧县街道旧县村北，唐设桐庐县治于畈北，有官路通县衙，故名。田畈面积约 1000 亩。

双桥秋钓

未钓寒江雪，秋高兴有余。双桥多少景，投饵不关鱼。

　　注：双桥在今桐庐县旧县街道旧县村北处，桥名夏姜桥和凤凰桥。已圮。

凤庵梵韵

谁筑梵王宫，清修色是空。粥鱼终日振，其奈世人聋。

　　注：凤庵，即白凤庵，在今桐庐县旧县街道旧县村西南白凤岩。因山有会泉，也称会泉庵。已圮。

宁寺钟声

百八寺钟撞，声摇夜半缸。万家名利梦，惊破一齐降。

　　注：宁寺，即宁国寺。清乾隆《桐庐县志》载："宁国寺在县西北十五里，梁（南北朝）天监二年（503），中书舍人（皇亲）刘元琇舍宅为寺。"已圮。

村市夜话

酒家村市住，夜静挈壶沽。红透疏灯影，敲门问有无。

尖山夕照

眉黛尖山蹙，青舒几点螺。如何颜变赭，为有夕阳多。

　　注：尖山，在桐庐县桐君街道、横村镇界上，与旧县街道旧县村隔分水江相望。海拔184米。

卸岭樵唱

红叶一肩挑，来从卸岭腰。樵夫高唱处，莫误白云谣。

　　注：卸岭，由箬岭谐音而来，在桐庐县旧县街道与富春江镇界上，因长箬叶得名。箬岭也称娘岭。

桐溪渔歌

收得钓鱼筒，移篷卧晚风。醉酣歌一曲，声彻月明中。

　　注：桐溪为分水江旧县街道段别称。

雪（并序）

　　消寒二集拟作雪诗，而一冬晴暖无雪，已成虚望。二月廿四日晨起，忽见雪积半尺许，尚纷纷不已，时九九第二日也。此番宴集，适迟二日不期而遇，虽春雪不为瑞，殆与作诗者天假之缘欤。抑诗谶感召，有以致之耶。当筵即以此命题。

二九思雪雪未至，三九四九雪还避。不特辜负作诗情，尽道丰年今少瑞。
新春忽然遇上元，灯光月色聚芳园。谁知冬去寒亦去，日日放晴气转暄。
火盆无烦煨榾柮，百花渐放遍朱轩。今岁消寒天不寒，欲睹玉戏难上难。
九九已过八十一，此后光阴可例看。宴排正逢桂宫客，锄月无暇设筵席。
念四数符花信风，改期共说趁今夕。不料一夜朔风来，开窗惊见千山白。
千树万树琼花开，光射庭前积半尺。肖园主人喜欲狂，走告伴樵言之长。
挥毫咏雪不见雪，今朝六出花飞扬。觞不先兮雪不后，暗中主使由彼苍。

期至不来不期至，天心人意两茫茫。我闻此言长太息，世间万事非人力。君不见，岳武穆日日思迎二帝回，身死徽钦未返国。又不见，周吕尚日日垂钓坐磻溪，表海功名唾手得。遭逢遇合定于天，时未至兮难预测。大事如此小亦然，何不一宵眠三餐食。放开怀抱逐去烦愁，一任通兮一任塞。

消夏即事三首（并序）

乙未年夏至日，消夏初集。忽家中信到促归，不能与会，兴致索然。同人拟消夏即事题分咏已就。予来迟五日，酒既未饮，诗不能已。因用陆龟蒙消夏复消忧句，补作五律三章，以当金谷之罚。

消夏复消忧，忧除暑尽收。寒原归我辈，热岂近名流。
鱼戏兰池净，蝉鸣竹院幽。此间烦可涤，何必羡瀛洲。

其　二

消夏复消忧，聊将大白浮。心因贫境累，闲是达人偷。
幽静陶潜宅，高明瘦亮楼。肖园兼擅美，雅集萃朋俦。

其　三

消夏复消忧，同侪迭唱酬。欢场今日聚，清福几生修。
雷送千山雨，风迎四座秋。不期天助兴，新霁月如钩。

消夏宜藕花中泊妓船

白传当年兴欲狂，温柔乡在水云乡。花为四壁船为宅，手顾幺弦目顾郎。
绿叶梳风摇鬓影，红莲带露袭衣香。杨枝歌罢柘枝舞，如此风情暑定忘。

○罗灿麟 19 首

罗灿麟，字正甫，桐庐（今浙江省）人。清光绪岁贡，历任桐庐、淳安知县。

桐溪渔歌

一叶轻舟一短篷，烟波摇荡任西东。忽闻水面渔歌起，错认重过七里泷。

肖园即景

花开花落本无情，争奈临风百感生。谁合飘茵谁堕溷，因缘究竟欠分明。

和潘君葆延原韵两首

河梁话别重低徊，几度相思意若呆。人向富春江上去，诗从摩诘画中来。
并无歌席藤阴设，唯有荷花水面开。预约他时重聚首，与君共醉碧筒杯。

其　二

良辰花月共徘徊，烂醉狂吟莫笑呆。况复如君三绝擅，能无寄我一缄来。
春风迓客山亭憩，夏景宜人水阁开。自问胜君唯一著，可能枚战一千杯。

和何明府士循原韵两首

艺菊江村避俗缘，偶逢嘉客一陶然。亭台风雨重阳节，书画烟云大令船。
瘦骨傲霜征节概，彩毫垂露润山川。尽教三径开彭泽，底事柴桑忆故廛。

其　二

水部才名震帝都，一麾出守握冰壶。梅花诗兴催官阁，笠屐游踪揽圣湖。
莲社高风谁嗣白，桐乡遗爱我怀朱。黄华从此年年健，好共飞觞到日晡。

消寒即事三首

挥毫欲写醉翁图，倒酒何妨尽百壶。月下羽觞飞似雪，玉山颓倒忘真吾。

其　二

朔风连日暗惊人，酌酒消寒兴绝伦。十幅梅花开次第，图中别有一番春。

其 三

未能位置十分工，生就溪山景不同。愧我才疏无好句，只将谈笑伴诗翁。

喜 雪

大罗筛粉遍天涯，预庆丰年笑语哗。幸得有田皆种玉，欣看无树不开花。诗鏖白战情何畅，酒熟红垆兴培賒。更喜冲寒梅欲放，香风先送到山家。

花语两首

朝朝含意似难伸，莫谓无言恰有情。欲向风前诉衷曲，生将学舌恼流莺。

其 二

也知开落任东君，底事临风说不清。谁是飘茵谁堕混，荣枯还要叩分明。

肖园花晨

惜花早起耐春寒，啼鸟声中独倚栏。尽放高枝出墙去，不妨分与外人看。

金洲问渡

人家三五傍金洲，隔岸炊烟暮霭浮。欲问渡头何处是，绿杨堤畔有横舟。

双桥秋钓

上下双桥景最幽，爽人天气是新秋。投竿不管鱼来去，且向溪前数白鸥。

凤庵梵韵

古刹深山佛一龛，清修好向静中参。终朝梵韵来何处，遥指林间白凤庵。

村市夜话

秉烛来游小市廛，山村野店未成眠。百钱买得三升酒，同醉春宵一刻天。

雪

似嫌春景太繁华，锦绣丛中粉素加。花信渐催三月近，诗情不负一冬赊。
绿杨忽断听莺路，红杏难寻卖酒家。久拟肖园来赏雪，者番始得醉流霞。

消夏即事

独坐幽篁兴易穷，故人邀我过园中。活烧石鼎烹茶乳，满酌金杯倒酒筒。
近水楼台无暑气，依山亭阁有凉风。夜阑万籁声俱寂，尚有清琴听未终。

○黄增莹 4 首

黄增莹，字雨帆，四川德阳人。清举人。官浙江遂昌知县。工书画，书法在颜柳之间，画写浙中实景，极其生动。为张之洞所器重。

肖园看菊四首（并序）

丁未秋，因公抵桐江，邑宰何君息庐挽赴旧县肖园赏菊，赋诗四章。

相邀偕至考槃间，聊趁公余一日闲。径曲宅幽堪引步，花明地雅足开颜。
灿如锦绣香成海，巧构楼台半就山。羡煞主翁清福好，夕晨饱挹翠千般。

其 二

亭榭轩窗位置宜，四围环护好峰奇。尘消栗里堪肥遁，花放平泉快咏诗。
隙地数畦余菜圃，岑楼半角绕莲池。壶天偶值须当醉，况是秋英恰好时。

其 三

合令云山属雅人，爪留雪上亦前因。罗含宛法严光隐，何武奚惭汉吏循。
（严陵钓台去兹未远，闻风兴起宜，此郡多隐逸之流。何君以名进士一麾出宰，历典大郡，皆有政声。）暇日欣参良宴会，秋容雅胜众芳春。黄花我负经三载，遣兴仙源幸一亲。

其 四

蜀道巴山隔远天，关心几度到篱边。寻秋偶共探盘谷，得地依稀似辋川。
顾我形将惭水鹤，多君契结在云烟。借谈风月思乡里，三径荒来已历年。

○萧莘 4 首

萧莘（1871—1940），字湘，号梧嗜。清重庆府涪州武隆分州（今重庆市）人。
清光绪二十九年（1903）进士，授刑部主事。

别后寄赠主人四首

好山好水好亭台，图画天然异境开。我是风尘奔走吏，偷闲曾过肖园来。

其 二

曲曲栏杆短短墙，通幽昃径转回廊。振衣更上层楼望，无数山光接水光。

其 三

到门无碍市声嚣，小坐都令俗虑消。俯视千家烟火上，始知身已在重霄。

其 四

春风桃李艳阳天，细草幽香一例鲜。清福几人消受得，却疑君是地行仙。

○查人伟 2 首

查人伟（1887—1949），字仲坚，亦作诵坚，海宁（今浙江省）袁花人。清末秀才。

游肖园归途口占

春色秋容尽满园，逃名何必问桃园。忘机鸟有山林乐，避世门无车马喧。
闲向桐阶吟夜月，偶从菊径泛金樽。愧予碌碌风尘客，敢与高人对榻论。

留饮肖园

尺木楼头目已穷，四围山色有无中。未秋凉意侵衣袖，向晚溪声度远空。
客里乡心悬似月，酒边离绪乱如蓬。满园风雨催诗急，为赋新词志雪鸿。

○柴锡堂 1 首

柴锡堂，字子琴，清末富阳场口（今浙江富阳）人。举人，曾主讲东图书院。

赠肖园主人

泉石新开处士庄，先生大器个中藏。结庐占断桐江胜，艺圃留将菊径香。
樽酒款宾今北海，滑稽玩世汉东方。兴来能咏闲能睡，此乐何如南面王。

○王昌钊 1 首

王昌钊，字敬臣，清末桐庐质素乡（今浙江省桐庐县横村镇）人。由附生援。

肖园即景

每向肖园过，携来两袖风。青山与绿水，并入画图中。

○郭瑞节 2 首

郭瑞节，字虎溪，清人，余不详。

肖园看菊两首

复阁层楼迥出尘，飞鸿爪印证前因。花围四座香成海，中有冰清雪淡人。

其 二

异种幽姿萃众芳，秋容绚烂助杯觞。风光雅称髭须白，看到黄花是晚香。

○张孝则 1 首

张孝则，字鉴堂，清人，余不详。

肖园看菊

如入众香国，金精处处开。幽居近城市，胜景出尘埃。
久客思三径，闲情酒一杯。流连方未已，落日上楼台。

○何耀南 2 首

何耀南，字拱辰，清人，余不详。

肖园看菊两首

暇日轻舟泛绿波，寻幽选胜到严阿。园花种种翻新样，只恐渊明未见多。

其 二

品类能教范谱稀，五光十色斗芳菲。主人爱客开家酿，送酒无烦望白衣。

○沈毓壂 1 首

沈毓壂，清人，余不详。

肖园看菊

九日惜无菊，寻花此放舟。何期罗隐宅，占得一城秋。
佳色满幽径，夕阳明画楼。相看真不厌，杯杓递欢酬。

○何厚孳 2 首

何厚孳，字宽夫，清人，余不详。

肖园看菊两首（并序）

丁未秋，肖园看菊，承主人移赠多本，内有绿色者尤佳，爰作二截句奉谢。

楼阁峥嵘真福地，烟霞笑傲小神仙。寻秋今到罗含宅，正是花黄九月天。

其　二

秋容烂漫竞芳妍，奇品携来绿萼仙。许我园中花木乞，达观远胜李平泉。

○张存诚 3 首

张存诚，清人，余不详。

肖园看菊（并序）

丁未秋，偕何君宽夫至肖园看菊，承主人留饮，并导观楼亭畦圃各种菊花，中有绿萼牡丹及二色西施两种尤为特色，因赋三截以志欣赏云。

楼阁飞翠撼碧空，依山结构有神工。最高亭上凭栏立，老圃秋容一览中。

其　二

园林幽胜拟蓬莱，玉葆金英五色该。绿萼华原天上种，人间能有几枝开。

其　三

占尽秋芳绝世姿，东篱帝女说西施。奇香艳色传千古，倾国名花信有之。

○罗芬 12 首

罗芬，字莳舍，清桐庐（今浙江省桐庐县旧县街道）人。光绪间贡生，罗灿麟之子。

看　梅

为爱梅花未忍离，流连竟夕意如痴。倚窗寂寞怜开早，绕屋横斜恨见迟。
甘冷孰如君傲世，耐寒唯有我深知。与卿同是清癯者，刮目相看更属谁。

夏游钓台

长夏恍如年，萧然旦复旦。忽值友人来，约我游钓台。乃乘木兰舟，
风利疾如驶。两岸山翠滴，水碧清且沚。石壁乃天生，东西各相峙。
爰指子陵台，即在此间是。移舟泊山脚，登临共举趾。附葛又牵萝，
行行复止止。台畔有石亭，两座客星记。矫矫严先生，当日钓于此。
婆娑拂残碑，清风徒仰视。绿树亭边排，层峦四面系。猿啼深谷中，
蝉鸣夕阳里。及兹契幽绝，浑忘三伏始。总使热中人，也悟清净理。
笑彼名利客，相对应自耻。兴尽方下山，犹觉爽心耳。

买春三首

一寸光阴一寸金，平时售出到于今。况当春日繁华候，价倍寻常始称心。

其　二

牙侩凭谁做主张，成交我欲问东皇。四时若得春常在，不惜钱倾百万囊。

其　三

阳春有脚去如梭，无几时光莫负他。不把黄金拼一掷，花残莺老悔如何。

花　酣

浅红淡紫好丰姿，袅娜风前弱不支。恰以上阳妃子醉，牡丹池畔倚栏时。

苋上春耕

踏青约伴趁新晴，乍见郊原笠影横。三月风暄花竞放，一犁雨足水初盈。
绿杨树里桑鸠唤，红杏枝边秧马迎。苋上风光春更好，不妨小住听啼莺。

双桥秋钓

双桥景色最清华，有客垂纶傍小艖。千尺秋潭光潋滟，半竿夕照影横斜。

烟蓑雨笠怡情好，荻岸芦滩引兴赊。一尾鲈鱼刚钓得，晚来鲜味足山家。

凤庵梵韵

峰峦缥缈望难穷，庵在千山万谷中。金粟开时香馥郁，竹林深处日冥濛。
经声朗澈猿声应，磬韵幽传鸟韵通。参得菩提微妙旨，令人俗障尽消融。

消夏即事（并序）

夏至日消夏初集，时值昼雨忽降，因成古风一章以志之

去岁消寒寒偏负，今年消夏热难受。天兼大旱已多时，炎炎赤日当空透。
遍体汗淋若胶黏，蒲葵终日不离手。肖园主人最多情，呼童折柬邀诸友。
红笺一幅写分明，消夏初集是初九。至期陆续集园中，相逢共说天晴久。
俄见头上黑云堆，电光时击龙蛇走。一声霹雳雨沛然，时值钟鸣四点后。
顷刻凉风入座来，热气居然化乌有。时哉一雨值千金，天赐良辰原非苟。
堪叹趋炎人世情，身与名利死相守。那如我辈会中人，一片冰心付林薮。
相逢到处寄闲情，富贵穷通不挂口。或吟诗，或酌酒，餐冰桃，尝雪藕，
爽爽清清无咎无咎。一任炎帝司辰，烂石煎沙，高卧北窗，纤无尘垢。
管教他溽暑全收，时有清凉添座右。

消夏宜剥蕉学书

种得芭蕉绿满天，闲来剥作五云笺。书成蝌蚪文犹碧，界就乌丝色更绢。
百本灵苗权当纸，千行醉墨欲生烟。浓涂莫笑猪肥俗，满幅琳琅别样妍。

和张君灿文原韵

老人雅爱是田园，花月流连意不存。毕竟偷闲闲逊我，纳凉重叩主人门。

○罗华 8 首

罗华，字少英，生卒不详。桐庐乡（今浙江省桐庐县旧县街道）人。由附生援例。

罗灿麟之子。

赌 春

青帝权开赌博场，百花当局竞芬芳。呼庐赖有莺声巧，得来偏宜蝶舞忙。
宵值千金拼一掷，日争几道入三商。赢他如许春光好，那惜金钱十倍偿。

凤庵梵韵

凤岭峰头筑凤庵，梵声呗韵静中参。尘心到此消除尽，一炷清香一佛龛。

村市夜话

尚欠床头酒一壶，携灯入市自行沽。不知今夜酕醄后，可许垆边睡得无。

雪

小楼听雨罢，寒气逼人来。担卖谁呼杏，窗开尽著梅。
春光工点缀，诗思共徘徊。最好消寒酒，今朝饮百杯。

消夏即事两首

困人天气日初长，聊把闲情寄一觞。乘醉北窗高卧足，烟霞饱吸暑全忘。

其 二

焚香静坐抚瑶琴，绿树森森暑不侵。相对清凉浑入骨，何须饮水始神清。

消夏宜绿荫下铺歌席

绿藤深护昼沉沉，长夏筵开暑不侵。一曲红牙余袅袅，几丛翠竹自阴阴。
霞觞飞处凉生簟，凤管吹来响振林。恰好柘枝刚唱罢，半弯明月照弹琴。

登桐君山

桐君山上桐君宅，万古千秋此遗迹。未必指桐遂姓桐，一任世人言啧啧。
何时何代尽难稽，不见塔尖腾塔脊。祠旁古木护阴阴，猿啸一声四山碧。
四山围处如画屏，山虽幽兮境不僻。俯瞰城市万家烟，近挹长江千片席。
有时榔击荡鱼舟，有时歌发停妓舫。茫茫江水向东流，仙境红尘两不隔。
人或慕仙来此游，我则携妓蜡此屐。太傅东山游兴多，彼昔如斯我今亦。
游倦兴尽下山来，一轮明月江心白。此时欲归未肯归，无限深情寄今夕。
重开歌席重整弦，寻欢不惜缠头掷。忽焉山顶晓钟撞，能否惊醒繁华客。

◯张桂林 3 首

张桂林，清人，余不详。

题严子陵钓台三首

天子当阳握赤符，烟波浩荡访渔夫。英雄仗剑争驱鹿，隐士持竿解钓鲈。
兔死狗烹怜国士，龙潜蠖屈说狂奴。桐江胜迹双台在，汉室山河问有无。

其　二

江寒五月着羊裘，不愿为官拜冕旒。锦绣岭峰双鬓老，晦明风雨一竿浮。

其　三

舟过严滩浪不平，晚风吹送布帆轻。临流顿觉尘心净，水与先生一样清。

◯佟毓秀 1 首

佟毓秀，字钟山，襄平（今辽宁辽阳）人，清汉军正蓝旗人。仕至甘肃巡抚。善画。

七里滩

参差云树间，悬崖有茅屋。白鹭忽飞来，点破澄溪绿。

○袁振业 13 首

袁振业，桐庐（今浙江省）人。清光绪间由监生援例授光禄寺署正。有《榆园杂兴诗草》。

桐君山

塔影卧烟中，楸花曲径通。人言山路窄，我觉世缘空。

行经香炉峰下访报恩寺

初地净琉璃，坛风尽日吹。犬迎知客到，云合觉山移。
细草承趺坐，青松当尘枝。谷栖如可老，何以世缘为。

大奇山瀑布

招提素脊出增云，溅沫飞流失澡垠。直下冲翻愁地脉，横拖洞户亘天绅。
两龙争壑那知夜，一布悬空欲渡人。此亦曹溪泉味别，木鱼风音待修真。

注：大奇山在桐庐县南十四里。

九头松

奇松偃盖对沙洲，势欲飞鸣远屿投。风起偏疑遥吹度，雨余误听怒涛流。
仙人白鹿行常见，老父青羊去不休。携榼登山无十里，崖光一线射江楼。

注：九头松在桐庐县东六里梓芳山上。

江 望

微风吹白芷，水曲幽香发。隔浦望归樵，孤烟表村落。
稚子弄流杯，山人行采药。卧讽玉书文，还来倚江阁。

南村方氏茅亭

晚悟谢尘继，闭关三十年。去年篱下酌，共借菊花眠。山槛看落日，
潭鳞跃苍烟。几回俗士驾，劚杖出园泉。开堂竹色净，行汲水纹圆。

不羡石渠议，高咏鹿门篇。谁识荣期寿，寒裘只着棉。（心香丈年近九十，尚健饭）。

和赵友农四丈独钓

朝穿雾树出，晚度石桥回。柳影鱼方唼，萍皱鹭忽开。危蹲或有石，标寄不名台。兼分药苗种，时随樵采来。沽得村醪酽，欢迎稚子咍。

示师谷庵高洪律师

林鸟曙钟散，苍然众山寂。起讽楞伽字，还参雪色壁。野外无人居，岩溜时一滴。苍鼠亦忘机，仰拱松枝适。

钟山寺

直上径纤曲，孤寻拨白云。忽露招提脊，余梵出烟煴。回看下山路，但见牛羊群。扰扰人间世，溪声荡夕曛。

江　上

浪卷前朝龙尾沙，江心界破一条斜。秋来水涸沙痕见，蟹舍新添三两家。

安乐山

安乐峰前暮色酣，烟光云影两相参。疏钟隐约三山塔，旧迹犹存一钵庵。

秋　晚

荻乱闪渔灯，秋江暮色增。鸣榔喧隔岸，一个夜归僧。

春　晚

垂柳系江船，风滩落蓝前。一声春去也，却是散花天。（春去也，乡所在有之，即子规也）。

○汪曾梅 1 首

汪曾梅，字问和，遂安（今浙江淳安）人。清光绪间岁贡生，例授修职郎。禀性灵异，学问渊博，罕有其匹。有《拾香草》《蕉窗录》等。

晚泊富春

烟雨夕阳舻，丹枫落远汀。酒旗和月挂，鱼市带风腥。
江锁寒潮急，山围暮霭青。临流发长啸，乡梦索空冥。

○俞作霖 1 首

俞作霖，建德（今浙江省）人，清岁贡，余不详。

七里泷

一艇寒江濑，双台晚树风。橹声犹在耳，渔唱夕阳中。

○徐葵生 1 首

徐葵生，字卫堂，杭州（今浙江省）人。清末副贡。善诗。

泊桐庐

晚饭桐庐县，归禽劝小留。江声春客梦，烟雨接春愁。
径僻余寻药，台荒邈曳裘。千秋两高士，同调自赓酬。

○胡书源 4 首

胡书源，字洛庭，清乾隆时山阴（今浙江绍兴）人，长双峰书院，知博白县，曾修《严州府志》。

过陈熙绩留耕山庄观梅花赋赠

严陵千载扇高风，江水泠泠不向东。回挽逝波羊裘里，一竿砥柱云台空。
瞥见幽人踵囊趾，痼癖林泉畏城市。梅花香殿百花丛，不数孤山林处士。

我来踏雪探梅花，花绕山中处士家。醉把花枝还纵酒，玉缸花扑浸流霞，香沁羊裘香气赊。

过严滩

江水泠泠一钓竿，坤维砥柱见严滩。聪明浣净逾冰雪，六月羊裘兀自寒。

谒严陵祠两首

地老天荒外，峰青江碧中。谁为辟祠宇，犹见汉渔翁。

其　二

万古清风劲，严陵一钓开。却羞名下士，不敢上高台。

○程玉麟 2 首

程玉麟，字尼书，清乾隆时淳安人。曾任海宁学官。

答周环溪礼用原韵

甬上推名士，文星莅海昌。衔鱼新讲席，倚马旧词场。
光霁迎人爽，醇醪饮我长。匆匆何事急，征旆已飞扬。

明秋约牵情祇暂离

白头搔未老，丹桂折非迟。我去凭谁惜，君留好自为。
桐江回首处，一字感吾师。

○张尚絅 1 首

张尚絅，字琴川，丹徒（今江苏镇江）人，诸生。有《思勉斋诗钞》。

过子陵钓台

空台寂寞对斜阳，谁会山高与水长。在昔不知天子贵，而今但觉世人忙。
无名江树层层绿，带笑山花细细香。千古高风留胜迹，估樯犹自避寒芒。

○张大受 2 首

张大受，字若谷，又字可之，号蔚园，常熟（今江苏省）人，诸生。有《蔚园诗钞》。

过钓台作

炎祚重开累故人，青山独往得闲身。帝方卧榻客酣睡，客自披裘受隐沦。
中古巢由非异事，东京风节播清尘。江流千载澄空碧，不负先生旧钓纶。

桐　庐

县小浑成市，山多半入云。空江烟雨里，休息问桐君。

○袁寿康 2 首

袁寿康，字迪民，晚号盘谷，桐庐（今浙江省）人。清光绪间诸生。有《盘谷文存》
《盘谷遗稿》。

五聪翠嶂

山色荡晴空，山名记五聪。远排云树外，高嶂画楼东。
草软时凝露，松高惯引风。开窗闲把酒，余翠落杯中。

注：五聪翠嶂，在桐庐县石阜乡。

乳泉歌

珠峰之西狮岩麓，下有澄潭浅可掬。疏璃十丈不染尘，两派流分势相逐。
为问源头何处来，石罅泉喷无盈缩。混沌不知谁凿破，涌出珠玑三百
斛。几疑坤母现婆心，一乳能鼓千人腹。又疑愚公移转狮，岩尾倒引

溪流滋百谷。我来石乳旁，对景感沧桑。双泉井干玉柱塞，欲寻遗址
两茫茫（双泉、玉柱两井距潭数百步，各出泉，今填塞成溪）。石之坚兮水之长，
一时变迁尚难量。何怪人生血肉躯，昔时头黑今忽苍。休读养生论，
导引亦荒唐。何如手持酒一斝，口吟诗数章。交融如乳水，活泼如波光。
收得眼前风景入诗囊，流传或比长流长。

○李本楔 1 首

李本楔，字公度，号幼李，惠民（今山东省）人，清诸生。有《得朋楼诗》。

严　州

芊绵春草合，竹外发寒梅。山势依城转，江流抱郭开。
淡烟群鸟去，微雨一帆来。回望严陵濑，清风满钓台。

○方赞修 16 首

方赞修（1879—1940），字述斋，号纫兰，淳安（今浙江省）人。清宣统元年（1909）
以拔贡授休宁知县，目睹清廷腐败，又受民主革命思想影响，愤不赴任，不久加入
同盟会。有《饮渌山房文集》《勘灾杂咏》《医验录存》《先德见闻录》等。

勘灾杂咏十六首（并序）

壬戌之夏，浙东西大水，余被省符。偕夏公曰，敬勘旧严属灾，登山临水，凡
两阅月。于兹诸所涉历惨目，伤心不可殚述。辄以所闻见作小诗，积而益多，尚未
能状其一二。且据事直述，知去风雅之道藐远，然不忍拉摧杂烧之冀，以动仁人君
子饥溺之感云尔。诗凡六十五首，兹选其关于桐邑者十六首。

坐愁亢旱祷灵潭，一夜潇潇雨信甘。岂料浸淫成祸水，妄言妄听笑街谈。
（桐庐先苦旱，张知事立德往邑属龙潭为桑林之祷，是夜果大雨。方喜甘霖，大沛越日，
报水灾者乃纷如雪片至，无知愚民以为知事求雨时触龙怒所致，真无稽之谈也。）

其　二

巨浪冲翻百丈堤，行人裹足岸东西。临溪岂是蚕丛路，不信攀缘也用梯。

（桐庐芦茨村堤岸既塌，端平桥亦全部冲毁，两崖陡绝高四五丈，行人渡溪均板梯上下，余往勘时，亦曾历其境云。）

其 三

破壁蛟飞窟万余，森林竹木尽为墟。奇谈说是山漂去，目见方知话不虚。

（芦茨源内蛟洪，冲出之迹以万计，漂去竹木无算。宗人芝仙语余人云："田地冲没，我源并山亦漂去矣。"非虚语也。）

其 四

产擅中人号小康，千金费尽起华堂。霎时卷入蛟宫去，无复当年瓦砾场。

（桐庐芦茨村傅姓家颇殷实，新造大厦费二三千金。比次被大水冲去，基址无存，无栖止处矣。）

其 五

水面高于屋丈余，筑塘宁可缓须臾。休云楗石需工钜，不塞宣防不可居。

（桐庐儒间村，去水百步，水高于村居数丈，全持惠安坝以为捍蔽。此次大水，该坝全毁，不亟兴筑，真成鱼鳖矣。）

其 六

无数堤防一扫空，灵光独据上游雄。等闲莫试埋洪策，劲草才能敌疾风。

（桐庐二三四管，堤堰百余处，所在残破，唯二管翔岗之保禾大坝，工程坚实，屹然独存。仅扫去坝脚二十八丈，坝尾六十余丈。不然全村五六百家，将不免其鱼之叹。可见堤之良窳，所关甚巨也。）

其 七

极目已无青草影，更从何处辨原田。荒荒廿里龙沙路，敢畏崎岖却不前。

（桐庐三管之小源，廿余里中满浦堆巨石，几无青草。田地、堤岸、沟塍、桥路，更无论矣。）

其　八

连山百堵尽云颓，空向荒墟觅劫灰。最是伤心村媪语，蛟洪何不夜间来。

（三管石峡里居民近廿家，全村覆没，基址不可辨认。往勘时，见数小儿在石堆中抱寻农具残铁。一中年妇人泣告："此次大水，不幸在日间，若在夜中，并人俱漂溺，不能逃出，则一瞑不视，无须受苦矣。"不觉为之泫然。）

其　九

白浪滔天势若雷，当冲堤岸瞬将颓。千囊齐下终维护，始信安邦要秀才。

（桐庐富阳交界处，有村名桃岭，居民百余家。此次大水，村旁堤岸岌岌不可保，村中秀才名申屠相者，急令村人，以竹囊囊石，投湍悍处，卒赖抢救无恙，亦云幸矣。）

其　十

全堤不障百川东，垂熟田禾万亩空。颇怪凭夷弄机巧，池塘十许尽天工。

（桐庐二管官堰，被水冲毁，损害田六千余亩，且于两小山夹峙处冲成池塘十数，均深丈余一碧莹，然不假人力，抑亦奇已。）

其十一

夏种春耕不住忙，竟无新谷与登场。可怜镇日淘残粒，八口才支半月粮。

（余勘桐庐官堰时，见许多农民在泥土中寻剪谷穗，就水淘洗，余粒无几，不觉恻然。）

其十二

缘崖蓦涧惯经过，如此征途可若何。无奈且乘兜子去，不然行不得哥哥。

（桐庐二三四管及金牛乡，道路太半冲毁，勘灾时往往越崖岭、涉溪涧以行，虽轻舆不得度，该处土人习惯用两短竹杆悬两木板，一坐一衬脚，谓之兜子，上下四旁都无掩蔽，雨淋日晒又甚颠簸，不惯坐者，苦之。然较之徒行，胜矣。）

其十三

沙中聚语漫心惊，隐约唯闻乞救声。挽向荒郊巡视去，扶将还仗众饥氓。

（桐庐二三管各村，闻省委至，率由绅耆一二人，率领丁壮十数，在村外相迓。及至，则牵挽，筝舆导。至灾区周视，遇石碛溪涧难行处，群集两旁，撑扶以过。亦可见望救之殷已。）

其十四

田庐半已付波臣，求饮翻难问水滨。昨日恨多今恨少，天乎胡忍苦吾民。

（堤堰既毁，水不入坝，下游居民反难求得饮料。如桐庐之石硖里，翔岗前溪下附源；建德之红岭里杨桥头；淳安之葛蒲塔坞等；村情状略同然。一遇一二日雨水即泛滥，此等堤堰，诚不可不亟谋兴复也。）

其十五

荒居底事不迁乔，堤破庐沈亩已漂。非是不迁迁不得，山中薪木尚堪樵。

（堤岸既塌，庐舍多毁，田地漂没，势难安居。如桐庐之甘竹坞、石硖里、西下坞；建德之红岭、小吉；淳安之黄石潭、柯家、闻家、桐木庄等村；往勘时，质以何不迁居，则无不凄然答云："此间田庐虽没，尚有片山，日砍竹木肩往各处换升米，籍图一饱，他处并山俱无，迁往何许？"真可悯也。）

其十六

陵谷而今竟变迁，泥沙争水水争田。几多氓子哀相告，指点前溪是故廛。

（大水所经，溪流改道，故道反为沙石所淤积，甚有冲庐舍为深渊者。建淳桐分所见皆然，而尤以桐之二三四管，建之东南乡，淳之七八都为尤甚，桑田沧海，令人感慨系之。）

○江昉 1 首

江昉，字旭东，号砚农，清歙县（今安徽省）人。有《晴绮轩诗集》。

桐江杂诗

重冈复岭锁烟霞，林静风微鸟不哗。谁道仙源无路入，落红流出涧中花。

○增春 3 首

增春，字熙堂，清旗人，举人，光绪三十三年（1907）任建德知县。

舟过七里泷作两首

列嶂层岚排闼来，中流一水复潆洄。峥嵘不愧称天险，犹冀人文从此恢。

其　二

朝烟宿雾未曾开，破浪乘风过钓台。只剩子陵遗迹在，惜无英隽出尘埃。

过钓台有感

可以有为偏不为，高人深识又谁知。我今凭吊崇台下，逝者如斯殊可思。

○何永隆 1 首

何永隆，清分水（今浙江桐庐）人。

逻迦山

路曲山如抱，禅栖此景幽。栽茶锄瘠土，劈竹引清流。
涧底随龙伏，花间听鸟休。行云慵出岫，常自满峰头。

注：逻迦山，在分水县（今桐庐县分水镇驻地）西北。

○释静禅 1 首

释静禅，清分水（今浙江桐庐）九龙山睢阳寺僧。

南　山

一塔卓空际，岿然镇碧岑。晓招云出谷，夕引鸟归林。
独立瞻真我，玲珑见道心。钟声来古寺，禅意静中寻。

○洪诰 1 首

洪诰，建德（今浙江省）人，曾官建德学试用训导。

钓台怀古

大江东去浪滔滔，一领羊裘立足牢。借问勋臣二十八，云台怎似钓台高。

○张丙镕 1 首

张丙镕，号适斋，鄞县（今浙江宁波）人，举人，清同治十一年（1872）任寿昌县训导。

钓台怀古

苍松翠柏满山春，千古清风一钓纶。渔笛至今传逸响，羊裘何处访高人。
月空幽壑猿声急，雨洗荒祠草色新。看到忘机鸥鹭逐，先生真不愧天民。

○杨友声 1 首

杨友声，字莺谷，黄岩（今浙江省）人。清同治岁贡，曾任寿昌县训导。

桐江舟中

富春江上趁春晴，春涨新添两岸平。峭壁古松飞积翠，悬崖细草落空青。
宦情久已安双桨，耄学犹能守一经。欲借羊裘来把钓，却愁太史又占星。

○何士循 6 首

何士循，字勉之，号息庐，河南息州人。进士，清光绪三十三年（1907）任桐庐知县。

夜泊桐庐

八年五过此，身世感飘蓬。短发盈梳白，颓颜借酒红。
打窗疑夜雨，移烛避江风。津析声声急，垂头有睡童。

桐庐夜眺

山城初过雨般般，特借巡逻夜出关。月满秋波大银海，塔悬孤影小金山。沙洲系艇渔人肃，野岸担经衲子还。天色虚明吟望里，顿教俗虑一齐删。

至里松山途中两首

雨过松山草木滋，晓岚翠色上茅茨。机心忘倒白衣蝶，飞落人身自不知。

其　二

峰峦匝匝路回环，翠竹苍松掩映间。一路画眉声不断，送人直到里松山。

　　注：里松山在桐庐。

肖园看菊两首（并序）

　　丁未九月，偕德阳黄明府雨帆、山阴潘君少逸、商城张君鉴堂、息县郭君虎溪，泛舟之肖园看菊。承主人留饮并赠以菊，率成二律奉酬。

难向名园结静缘，楼台登眺意翛然。恰逢冷艳开三径，喜得诗人共一船。（谓雨帆明府。到此退心生粟里，于今笑口见樊川。秋光占尽罗含宅，卜筑何妨近市廛。）

其二

眩目如游市五都，篱边小坐快提壶。新诗敢和陶彭泽，异种偏增范石湖。（主人索诗，菊谱异种七十一园菊倍之）。绿萼华成高士淡，白头人对醉颜朱。（绿色者尤佳）。多君增我黄花意，携上归航日未晡。

〇史剑尘1首

　　史剑尘，字名榛，丹徒（今江苏省）人。清光绪间省内著名女史。

子陵钓台

一领羊裘暑亦寒，烟波深处托身安。云台诸将功名重，不及先生老钓竿。

○高鹏年 7 首

高鹏年，字澥艇，仁和（今浙江杭州）人。副贡。光绪六年（1880）任桐庐县训导，光绪八年（1882）升任教谕。

题桐江渔隐图

频年司铎桐江滨，桐江山水万古青。子陵垂钓处高风，今犹存天却为我。

圆通寺

古寺重寻百感生，晨昏钟鼓寂无声。菩提龛内焚香火，猿鹤山中解送迎。
客似春潮来有信，僧如秋菊淡多情。人生难得偷闲日，片刻蒲团梦亦清。

桐君山

采药高风在，神仙一去遥。江山阅今古，潮汐自昏朝。
丹灶凭谁问，白云为我招。登临无限感，秋景更萧条。

消寒雅会四首（并序）

己丑长至日，闻肖园主人提倡消寒诗社，九九设席，同人按期吟诗，不计工拙。如诗不成，罚依金谷酒数诚雅会也。幸与其盛，爰赋四绝。

月榭风廊点缀多，亭台高下列严阿。主人丘壑胸中满，对酒何当一放歌。

其　二

旧邑溪山入画图，置身浑似在蓬壶。达夫十载前来此，依旧今吾即故吾。

其　三

罗隐烟霞有癖人，风流才调本无伦。丹青更擅冬心妙，笔下梅花树上春。

其　四

寒威消尽酒杯中，名士班联玉笋同。座上推敲如少客，可来招个浣花翁。

○张哲炳 4 首

张哲炳，字灿文，别号偷闲老人，清末桐庐（今浙江省）人。余不详。

消寒即事两首

倚山临水起楼台，恍若蓬莱胜景开。纵使陈遵能好客，此中那许俗人来。

其 二

添得桐溪一画图，花如迎客鸟提壶。偶然来共诸君醉，忙里偷闲却笑吾。

踏 雪

风雪潇潇阻客程，东村西舍少人行。聊扶竹杖来招友，为访梅花不待晴。
沽酒冲寒寻野店，披裘冒冷出江城。骑驴灞岸吟诗者，缓策归鞭句更清。

赠消夏会友（并序）

己丑年肖园消寒之会余亦在列。今年又集同人消夏会，惜年老事繁未能与焉，因赋七绝一首，以赠诸大吟坛哂正。

诸君消夏到肖园，酌酒吟诗风雅存。恨我劳人殊草草，未能脱俗出蓬门。

○袁以衍 11 首

袁以衍，字小安，清末桐庐（今浙江省）人。余不详。

消寒即事三首

主人爱客太情多，独乐何曾赋在阿。会集消寒添韵事，一齐酣醉放豪歌。

其 二

欢情乐趣倩谁图，耳听弦歌手挈壶。我是尘寰劳瘁客，也贪暇豫乐吾吾。

其 三

佳章唱和约同人，鏖战骚坛兴轶伦。为甚诗中寒句少，一阳生处已回春。

花 香

卷帘春色望无穷，宿雨初收晓日红。一阵香风刚扑鼻，卖花声已近墙东。

会泉月夕

良宵风景足清幽，汩汩泉从石隙流。为爱月明忘坐久，夜凉赢得一身秋。

金洲问渡

隔岸金洲柳一堤，雨中春色半沉迷。客来正恐无人问，有鸟频呼滑滑泥。

苋上春耕

纵横阡陌路交通，苋上田畴一望中。开到杏花春已半，扶犁雨后有人同。

双桥秋钓

双桥紧锁一村庄，把钓溪头趁晚凉。况值新秋好天气，淡云疏雨更斜阳。

雪

九九寒消尽，全无一次寒。如何春烂漫，翻见雪飞抟。
不负冬心抱，仍联雅集欢。此情天女解，散与好花看。

消夏即事

花屿堂深不见天，石栏杆砌碧涟涟。迎风一榻沿流设，午梦逍遥尽客眠。

和张君灿文原韵

乡居托迹在荒园，满眼蒙茸野趣存。豆架瓜棚闲永日，黄昏且自掩柴门。

○袁锡恩 10 首

袁锡恩，字蓉台，清末桐庐乡（今浙江省桐庐县旧县街道）人。余不详。

消寒即事两首

雅爱肖园景最多，重楼杰阁起严阿。此间仿佛神仙府，可有霓裳一曲歌。

其　二

桐溪添得此林园，次第看花客满门。开到寒梅春意动，霜天留饮快同樽。

问　梅

寂寂孤芳只自知，窗前几度费相思。冲寒毕竟邀谁赏，索笑能无怪我痴。
与竹订交容有益，聘棠迫吉果何时。自从一别林家后，可记逋仙忆内诗。

媚　春

无术媚东皇，趋时学艳妆。舞风常带笑，泣雨亦流芳。
憨态娇支枕，清歌巧弄簧。兰汤新浴罢，一缕蕴奇香。

花　睡

香国曹腾过一生，阳台朝暮不分明。将毋化蝶眠须早，却怪啼莺梦屡惊。
深护绣帷春一刻，高烧银烛夜三更。惜花人恐侵晨至，莫遣新妆晓未成。

肖园花晨

一生多半为花忙，每到花开兴更狂。只恐海棠睡未足，肯教烧烛照红妆。

金洲问渡

斜风细雨晚来天，有客临流唤渡船。却好绿杨断岸里，橹声摇曳到江边。

宁寺钟声

白云深处寺僧闲，钟韵随风度往还。一百八声声振耳，可能打破利名关。

消夏宜清簟弈棋

日长何事泻胸襟，且把秤开趁午阴。几净簟铺光自润，院深子落响偏沉。
观非玉质仙几悟，赠有欧阳妙趣寻。一局敲残天欲暮，绿杨枝外听蝉吟。

和张君灿文原韵

自来买夏欲论园，此处楼台景独存。窗是玻璃屏是镜，分明身入月宫门。

○袁圣玉 1 首

袁圣玉，清末桐庐（今浙江省）人。余不详。

和张君灿文原韵

肖园仿佛拟随园，无数新诗壁上存。愧我生花无妙笔，也教弄斧到班门。

○陈培芝 2 首

陈培芝，字紫友，清末金牛乡（今浙江省桐庐县城南街道）人。余不详。

消寒即事两首

年少风流逸兴多，亭台小筑傍山阿。回环一带桐溪水，时有渔樵相和歌。

其　二

人生一醉是良图，笑指床头酒一壶。今日欣逢朋辈聚，消寒畅饮乐输吾。

○张培芝 11 首

张培芝，字秀廷，桐庐乡（今浙江省桐庐县旧县街道）人。清末庠生。余不详。

消寒即事三首

愁城兴少事偏多，那有闲情寄曲阿。骨俗癯仙应避我，自家心恨自家歌。

其　二

众山如画水如图，对景聊倾酒一壶。拼把烦愁收拾起，此心终觉强支吾。

其　三

我乃心夷病废人，愁肠触着酒无伦。唯将寂寞残生养，耐得天寒即是春。

寻　梅

为爱梅花兴欲狂，骑驴踏雪任徜徉。依稀竹外流疏影，仿佛溪头递暗香。野旷无人堪问讯，桥通有路费商量。探春毕竟从何处，未定行踪尽日忙。

醉春两首

身闲无计遣年华，红杏村边问酒家。对此春光拼一醉，垆头不惜百钱赊。

其　二

频闻鸟语唤提壶，我是高阳一酒徒。不放片时春暂醒，醉眠仗有好花扶。

金洲问渡

金洲约略有人家，岸隔溪流水一涯。问到渡头天已晚，数行归雁影横斜。

双桥秋钓

一村上下有双桥，把钓清溪趁晚潮。记得西风黄叶里，松江鲈味正鲜饶。

宁寺钟声

离村咫尺有禅关，寺宇深藏竹树间。寒夜更筹将次尽，霜钟隐隐出山湾。

村市夜话

萧斋夜坐太孤清，欲饮村醪向市行。沽罢归来明月下，浅斟低酌伴长更。

消夏即事

为爱肖园景物赊，好将诗酒遣年华。一江绿水摇红日，两岸青山醉紫霞。
燕语呢喃巢稳护，蝉声断续柳重遮。昼长无事门深阖，午梦徐回待试瓜。

○张培蓉 2 首

张培蓉，清末桐庐（今浙江省）人。余不详。

消夏即事两首

清泉汩汩石中流，溪畔行吟月一钩。羡煞风光无限好，夜凉闲步小桥头。

其 二

松下听涛惬素心，泠泠山水有清音。扫苔相与题诗罢，乘兴还操一曲琴。

○黄屡 1 首

黄屡，女，字顺之，号蕉卿，清杭州（今浙江省）人。擅诗文字画。有《听月楼诗》。

严陵钓台

羊裘着后便轻身，留得人间大隐名。半夜客星惊太史，满江征棹拜先生。
云台谁识烟波趣，笠泽终寻鸥鹭盟。历历翠岩看不足，一竿春雨画眉声。

○吴中英 1 首

吴中英，字含乡，桐庐（今浙江省桐庐县钟山乡）人。清光绪八年（1882）岁贡。

钓台怀古

双台突兀峙西东，七里清风到处同。鱼水依然前渡绿，江山曾带夕阳红。
竿头烟雨三生愿，朝内冠裳一笑空。今夜泊舟何处好，客星亭下月明中。

○许莹珍 1 首

许莹珍，字良伯，山阴（今浙江绍兴）人。清光绪间恩贡生，候选教谕，工诗书。
有《天赏楼吟稿》。

过严子陵钓台

先生不复返，遗迹至今留。耻作云台将，长随海国鸥。
功名双敝屣，天地一浮沤。万古客星在，凭吊涕泗流。

○丁养元 4 首

丁养元，字又吾，长兴（今浙江省）人。清光绪二年（1876）任桐庐训导。

汉高士严子陵钓台

早识英雄主，功成忆故人。客星何事犯，天子不能臣。
芳姓传名郡，荒台冷钓纶。千秋嗟合传，周党岂同伦。

宋谢皋羽墓

痛哭西台上，酸风直到今。参军唯报国，丞相是知音。
旧宅元英近，荒祠翠木深。寒鸦纷晚噪，遗恨满空林。

晋寓公戴仲若诗楼

结构桐山畔，高楼好送青。地临分水港，天矗合江亭。
丹灶经年冷，黄鹂昔日听。吴依犹不死，惭愧少微星。

唐隐士方元英宅

上书常报罢，凄绝白云源。死后才登第，生前孰讼冤。
秋风文字恨，夕照墓门昏。酹酒悲同病，穷通莫漫论。

○叶庆澍 22 首

叶庆澍，一名善坤，字篆湖，号笠史，清桐庐坊郭（今浙江省桐庐县桐君街道）人。有《浑清堂文集》。

舟过溜江滩

直泻群峰下，到滩势忽平。风横一帆峭，湍急万篙争。
水柳绿无次，山桃红尚轻。乡愁浑未减，时节况清明。

春日杂感四首

笑掷华年付逝流，客中无计与淹留。名心渐退因多难，往事重思只触愁。
卖赋相如兼善病，依人王粲怯登楼。家园咫尺心千里，击鼓西来苦未休。

其　二

炮声疾走小艨艟，照彻江天夜夜红。八口艰难烽火里，一春零落雨风中。
村缘近市音多哄，鬼亦愁兵厉不雄。惭愧读书无远略，偶缮旧史坐论功。

其　三

萍蓬同聚雅相知，（侨寓中航埠，郑氏同居。得章丈枕仙留梓汪丈信夫），
投赠偏多别后诗。（胡心香寄有见怀诗）。
隔浦麦苗荒瘠土，过春菜把挟高赀。
书来北地鸿难寄，（姊丈方岑苔在豫，半载未获音问）。
暖入南天燕故迟。最好夜深樽酒对，
留宾不让郑当时。（谓郑阆仙纬程诸表昆季）。

其 四

春日初长昼掩门，消闲竹栅课鸡豚。情长于世偏多累，才少如吾愧受恩。
算到谷成愁尚缺，芟来诗章旧无存。自怜醉后雄心在，欲拟樊川著罪言。

山中杂感两首

离乱已如此，天心未厌何。囊空脾土健，村僻口传多。
故旧半黄壤，山田又绿波。严寒今已极，生意望阳和。

其 二

匝野重阴布，霡微郁不开。林坳风趷㞑，冰合水迟回。
薄醉村醪贱，奇寒客枕来。草庐高卧处，孰是不凡才。

乡居四首

做客乡居惯，闲游俗虑忘。土膏葵脚紫，日暖草心黄。
未解成金术，先求避谷方。遣怀无杰句，辜负好春阳。

其 二

石壁常窥牖，柴门却枕溪。筒分泉脉细，路没烧痕齐。
护笋妨松鼠，穿林闻竹鸡。弋人何所慕，聊作一枝栖。

其 三

不识还家乐，焉知行路难。得钱同传舍，徙宅等迁官。诗境贫为祟，
愁城醉更宽。卯君欣对榻，摇曳雨灯寒。（弟生于辛卯，故戏用坡公语）。

其 四

随俗吾能适，谈元客自超。兵戈当地远，蔬笋赴邻招。
书少旁参卜，山多便荷樵。归与何日赋，惆怅立溪桥。

次胡心香杜鹃花韵

憔悴朱颜惜鬓华，乱红环抱一村斜。渍来芳草浑疑血，闷绝空山见此花。
三月春阴谁扫墓，一竿初日客思家。枝头莫漫催归去，为尔闲愁枕上加。

题朱子巢学师宝慈桃源图小影两首

曾辟烟霞结四邻，洞天别有古时春。偶从桐渚称仙吏，且与桃花作主人。
遗简未亡秦代火，风怀犹近葛天民。个中十丈红尘隔，认取金刚不坏身。

其　二

笠檐蓑袂境离奇，人海茫茫孰与知。大泽一竿归去早，镜湖半曲梦来迟。
为参北海论文座，好和东坡答影诗。酒美鱼肥幽愿足，画中著我展钩丝。

九月四日桐君山重举登高小集胡心香先有诗依韵和之两首

一觞同醉菊花天，入座先参米汁禅。
敢说文星联盛会，偶偕旧雨续前缘。
诗镌霁壁征重九，劫历恒沙怅十年。　（自庚申后无此兴会）
难得今秋师弟集，错教人羡桂堂仙。　（宋时樵学师亦在座）

其二

渐染秋霜摘鬓稀，华年惜与壮心违。
潮翻骇白侵渔网，树合浓青上佛衣。
妙句俄传人压倒，雏僧扶醉客先归。　（是日子翁酪酊，扶掖以归）
题名试向凌云塔，滩畔闲鸥正息机。

题章柳村妹婿沄柳阴观钓图

桥阴萃圆波，林表阁轻雨。溟濛杨柳村，越溪绿如许。

钓鱼不在鱼，问答悟渔父。狂呼天随翁，一笑结新侣。

舟泊柴埠隔江望九里洲梅花三首

一帆落日柴川路，西望人家隔水湄。知是江乡春事早，等闲开过向阳枝。

其 二

留春馆畔剧流连，（辛酉避兵借居柯氏留春山庄）怅触兵烽已十年。
今日水滨重问讯，花光如雪树如烟。

其 三

腊前喜有消寒约，来岁携朋共探春。寄语高楼莫吹笛，折枝留迟再游人。

郑氏书带草堂题壁

书带草堂面水开，端居多暇重裴裹。沙鸥呼侣冲波起，松鼠窥人绕树来。
小室茶炉闲自点，比邻花种乞分栽。自惭雅望非徐孺，下榻陈蕃剧爱才。

四面锦山茶限蒸韵

天然霞蔚与云蒸，鹤顶犀文未足称。风透团窠酣蜀锦，艳流列座织吴绫。
叶能承露千重裹，栏为看花到处凭。知是曼罗庵已近，红苞绿萼间层层。

○姚桂祥 2 首

姚桂祥，字馥堂，桐庐（今浙江省）人。清光绪二十四年（1898）岁贡。

登桐君山

为采灵芝偶一留，此山名胜已千秋。仙踪落落归何处，江水茫茫空自流。
济世犹传君秘箓，逃名却笑客披裘。褰衣直上最高处，万树桐花乱扑头。

消夏即事（并序）

夏至日为消夏会初集，遵诸先生命，不计工拙，赋此寄兴。

时维五月苦蕴隆，火光倒出天门红。山川郁烈暑气冲，招凉难觅树头风。
肖园主人意兴浓，呼童折柬邀朋从。跫然足音来匆匆，解衣磅礴气凌空。
席上何所有，金波玉液盛碧筒。座右何所见，玻璃画屏映雕龙。
一觞一咏饶佳趣，到此热恼尽消融。人生行乐会须早，切莫拘束受樊笼。
君不见，熙熙攘攘名利客，往来足踏火坑中。淋漓汗雨挥不尽，何如
百杯满饮，北窗高卧乐无穷。

◎俞占鳌 2 首

俞占鳌，字友兰，分水（今浙江省桐庐县分水镇天英村）人。清光绪二十四年（1898）
岁贡。

赠肖园主人两首

果然形胜自天开，不受人间半点埃。相访无缘徒有愿，今朝才幸肖园来。

其　二

别开生面若天台，指教寻幽憩榭台。步步引人堪入胜，玻璃窗面逐间开。

◎冯增 1 首

冯增，字映川，慈溪（今浙江省）人，清光绪间诸生。有《煮梦轩诗钞》。

钓　台

光武方龙战，先生独退耕。自无经世意，敢有市高情。
磐石偶垂钓，层台空复名。谁知谢皋羽，曾此泪纵横。

○周庆云 3 首

周庆云（1864—1933），字景星，号湘舲，别号梦坡，吴兴（今浙江湖州）人。清光绪七年(1881)秀才，后以附贡授永康教谕，例授直隶知州。晚清、民国时期实业家。有《梦坡室藏研拓本》《梦坡诗文》等。

游钓台两首

江深五月尚披裘，不作人间第二流。白水故人空有梦，此生却被钓竿留。

其 二

逆流才识之江曲，倏过富春景渐幽。高阁桐庐临水倚，两山鹳鹤眼帘收。

西 台

西台并峙亦千秋，欲歌无声暗自愁。吊古平生无限感，长吟付与怒涛流。

○孙玉声 1 首

孙玉声（1864—1940），名家振，号漱石、警梦痴仙，上海人。清末民国时期著名小说家，知名报人。

题钓台

百尺从何理钓丝，高台遗迹大离奇。岂因已奏安刘绩，敝屣勋名故托辞。

○刘承孝 2 首

刘承孝（1865—?），字初民，号解生，华容（今湖北省）人，清光绪年间举人。

严高士钓台

泉明晋贞士，子陵汉客星。彼有不得已，此有不为臣。南风吹羊裘，
一竿常独清。故人亦不俗，同眠致殷勤。太史强解事，琐陈乾纽文。
焉识高士趣，唯知天子尊。巢由耻舜让，洗耳箕颍滨。非时不可乘，

抱朴贵其真。先生洵大隐，继执扬芬馨。千古富春濑，皎洁泛游鳞。钓台高巍巍，众卑安足论。矧乃际混浊，而与世网婴。首阳甘饿死，其中有至仁。

钓台歌

钓台累我严先生，词流骚客争纷纭。后人好事复谬论，先生雅不善逃名。呜呼，先生何心逃名与钓名，自适其适率乃真。天子但有故人念，匹夫遑为高世情。羊裘蓑衣听自尔，客星犯帝偶然耳。子治天下既治矣，恶用劳劳我代子。人生各有所不同，或潜或见等是龙。严先生不知我汉光武，宁相左道无所可无不可。呜呼，清风白云何时无，招隐岂独先生乎。唯有濑清石见底，游鳞出没足天机。过客对之乐忘归，谁画一幅富春山水置我前，神气便与先生相周旋。

○傅德选 5 首

傅德选（1866—1901），字韵卿，桐庐（今浙江省）人。清光绪二十三年（1897）拔贡。

谒王耕雨先生墓（墓在罗湖）

义旗当日竖山陬，闻说先生亲运筹。三载妖氛迷日月，满腔热血洒貔貅。招魂何处田横岛，遗迹空存德裕楼。黄土一抔松万壑，夜深定有鹤悲秋。

游圆通寺四首

夹道蝉声噪树端，修蛇一径蹑晴峦。丰碑斑剥摹蝌蚪，野寺萧森访懒残。佛果六根心了彻，海天一粟目澄观。静中参透曹溪偈，恍有醍醐灌顶寒。

其　二

偷得浮生半日闲，逍遥古刹陋尘寰。曾罹劫火贝经古，重剔佛颜石发斑。

松果云封猿蹀躞，桐花日丽鸟绵蛮。如来纵尚圆通旨，也峻人禽第一关。

其 三

稻田鳞比竹蝉嫣，一路垂杨蔼洞天。翠鸟穿花啄佳果，雏僧煮茗汲甘泉。
兜罗经咒龙驯钵，明镜台空虎坐禅。绝倒头陀多世故，袈裟披送到岩前。

其 四

仙掌何年劈巨灵，岿然杰刹厂珑玲。西拖严濑涛头白，东控君山塔影青。
雷击石狮苔绣腹，烟嘘鼎鸭篆成形。慈航肯把征尘涤，乞洒杨枝水一瓶。

○臧承宣 19 首

臧承宣（1868—1943），字益乡，分水（今浙江桐庐）人。清光绪二十三年（1897）
拔贡。曾任严州中学校长、之江大学教授、桐庐县参事。

过谢翱墓有感两首

南渡无王迹，西台有哭声。兴亡关气数，生死见交情。
富贵群儿乐，乾坤志士撑。追谈军国事，蟋蟀也哀鸣。

其 二

磊磊参军墓，巍然土一抔。孤高谁许剑，摇落独悲秋。
病革医难力，时衰鬼亦柔。冬青风雨夜，凄极鸟啾啾。

重宴肖园四首

亭台一见一回新，半山半水都可人。元石壶觞千日醉，平泉花草四时新。
寻香时有双双蝶，听韵潜浮六六鳞。自是琅嬛真福地，何嫌再四问仙津。

其　二

金箔银屏迤逦开，一花一叶一楼台。檐牙铃说风轻重，波面镜听月去来。买夜红摇星万点，消寒白战雪千堆。主人为客添豪兴，引满叵罗劝几回。

其　三

名园草木得春先，二月夭桃已弄烟。林鸟啼晴催午课，岩花送翠入宾筵（时袁君蓉台设帐此园）。樽前旧侣袁丝杳，名下新知罗泌贤（丁酉秋宴于园中，同座八人，今袁君振甫已作古矣。泌贤者荐芗大弟）。回首飞觞金谷夜，风尘一梦误三年。

其　四

年来萍梗欢浮沉，往事旗亭迹怕寻（前年申杭之游已成往迹，今观斯园，不免有忆）。三斗松醪生剑胆，一帘花月写琴心。徘徊林木思名节，俯仰江山感古今。剧爱主人多闲福，披书日日卧苔芩。

龙　洞

岩石千年欲化龙，昂然见首白云中。在山已有为霖志，万斛飞泉洒碧空。

耕云桥

农家圈住水云乡，望杏瞻蒲耕作忙。昨日侬从桥上过，风来满鼻稻花香。

注：耕云桥，在麂坞口（今桐庐县百江镇联盟村）。已圮。

枕流亭

一亭风月枕清流，大好溪峦供卧游。泉水出山声倍雅，惹人整日住桥头。

注：枕流亭，在麂坞口（今桐庐县百江镇联盟村）。已圮。

过揽秀亭

路转峰回草木青，岩腰新筑小凉亭。林峦秀色供人揽，仆仆轮蹄目暂停。

注：揽秀亭，在架兰山（今桐庐县分水镇驻地西）。已圮。

西施墓

一出吴宫计便差，空山沈郁了年华。秋风梦逐苏台鹿，春雨神伤越水蛙。
望帝有魂归杜宇，息妫无语对桃花。早知妾命输青冢，悔向溪头浪浣纱。

注：西施墓，在蠡湖圭峰山下（今桐庐县分水镇蠡湖村）。

宝华堂

郁郁龙山佳气苍，物华天宝聚斯堂。阶兰砌树生奇采，西翰东图发古香。
稚子趋庭晨习礼，嘉宾式宴夜飞觞。花砖影里儿亲课，省识诗书继世长。

注：宝华堂为肖园建筑之一。

更上一层楼

蓬莱绝顶起楼台，旷览更教眼界开。风月无边消酒去，江山如画送诗来。
振衣未减元龙气，作赋宁输司马才。醉后清狂宜少发，高歌容易震三台。

注：更上一层楼为肖园亭台楼阁之一。

振衣亭

谁谓天高不可几，白云时向眼前飞。凌霄胜概今何在？试向亭中一振衣。

注：振衣亭为肖园亭台楼阁之一。

菡香榭

静坐观莲六气清，菡香庭榭喜新成。方塘盛得秋光住，万柄残荷战雨声。

注：菡香榭为肖园亭台楼阁之一。

肖园赏菊四首

一别肖园已两年，来游又值菊花天。自从憔悴风尘后，始信渊明乐似仙。

其　二

菊花知我远归来，齐向东篱冒雨开。十色五光争烂漫，重重叠叠上瑶台。

其　三

琼筵开处月轮高，左手金樽右手螯。旨酒佳肴谋客醉，主人兴比信陵豪。

其　四

洪崖老去身犹健，罗隐诗成樽已开。相约年年重九节，两翁常叙我常陪。

○洪际泰 4 首

洪际泰，字宝阶，坊郭(今浙江省桐庐县桐君街道)人，清贡生。曾在肖园设馆课徒。

肖园赏菊四首

种得东篱菊万千，傲霜环立晓风前。自从陶令归来后，妃白嫣红各献妍。

其　二

闲来轧向肖园游，次第看花直到秋。看到群花偏爱菊，爱他风骨占风流。

其　三

六十年前总角交，相逢日日醉醇醪。而今恐被黄花笑，老态龙钟兴尚豪。

其　四

策杖重登偕隐庐，十年鸿雪认模糊。主人新种延年菊，池上排成百寿图。

○潘葆延 3 首

潘葆延（1857—？）字菊潭，浙江富阳人。余不详。

游肖园（并序）

闲步肖园，偶成七律一章，录呈主人，以博一粲。

空亭高耸任徘徊，倚遍栏杆莫笑呆。万树绿从楼外绕，四山青送座中来。
雨如旧友催诗急，风替婢童扫径开。他日肖园能再到，花前重与共衔杯。

别后却寄肖园主人两首（并序）

昨与诸君子闲步肖园，问柳评花，寻诗读画，书生到此无异登仙矣。奈话别匆匆，
共有依依之态，孤篷寂寞，破闷无方，爰叠前韵再寄二律。

与君竟日共徘徊，莫道诗呆画亦呆。欲住楼台消暑去，拼移笔砚
避尘来。鸟防惊梦因低啭，花解迎人带笑开。帘外东风杨柳月，山亭
最好晚衔杯。

其 二

名园无客不徘徊，我亦依依状似呆。风月佳时清兴发，霓裳咏处众仙来。
诗题水阁毫端润，帘卷山楼眼界开。步入竹林天欲晚，多情留客举茶杯。

○李恭 4 首

李恭，字筱山，清末桐庐（今浙江省）人。余不详。

肖园赏菊四首

冬日暄和未陨霜，铿然拖杖上华堂。十年重到谈何易，晚节多君菊有芳。

其 二

一步花前一步迟，项家园里忆儿时。追凉可羡高题处，习苦而今若个师。

其 三

三层宏景阁方开，四面云窗不染埃。水似推襟山送抱，好风时卷市声来。

其 四

不尽回黄更洗红，离披绿叶出幽丛。捧来珍重江天去，待候寒梅傲朔风。

○严汉清 4 首

严汉清，字显之，清末桐庐（今浙江省）人。余不详。

游肖园作两首

天然图画傍山开，几度登临亦快哉。半壁烟云招客隐，满园花鸟逐人来。
红情绿意皆诗料，秋月春风惯酒陪。尤羡神仙多乐趣，一家终日住楼台。

其 二

亭山榭水阁云烟，花木亲栽四季全。自是琅嬛真福地，客居一日亦神仙。

邀章镜尘黄午庭同游钓台两首

同泛轻舟到钓台，漫思题句愧天才。先生解送吟诗料，风月云烟出出来。

其 二

不上高台已廿年，感怀往昔渺如烟。人争富贵原多事，学得渔樵便是仙。

○陈鍋音 1 首

陈鍋音，清末分水（今浙江桐庐）人。

龙 坞

佳气接蓬莱，轮困实壮哉。石非生触处，峰是偶飞来。

树杪风声合，天边图画开。为霖方待济，还遣阿香催。

注：龙坞在桐庐县百江镇百江村，坞内有元千夫陈日卿墓。

○章周礼 1 首

章周礼，清末分水（今浙江桐庐县）人。

淡竹山

古道何迂回，溪流绕平阪。山气日夕佳，松柏荫青巘。鱼鸟自相亲，
携壶共息偃。对此倍清幽，会心岂在远。吟长兴转赊，月色窥林晚。
如登华子冈，陶然欲忘返。

注：淡竹山在桐庐县百江镇罗山村东。海拔 247 米。

○张迈 2 首

张迈，字哲甫，清末山阴（今浙江绍兴）人。有《大野草堂诗》。

严子陵祠

先生祠宇好，临水枕山阿。宿雨滋苔藓，清风带薜萝。
大名诸将上，高谊故人多。一棹沧江里，云山入浩歌。

谢翱墓

南宋遗民录，西台恸哭歌。当年曾痛绝，此地忍经过。
墓草荒残月，哀禽吊女萝。可怜天下士，凄断鲁阳戈。

○袁琴 3 首

袁琴，字海卿，号雪庄，桐庐（今浙江省）人。清光绪岁贡。有《雪庄诗集》《月评精舍赋钞》。

谢皋羽墓

一曲竹如意，悲凉胜大招。贞心同碎石，正气共干霄。
南宋仇难复，西台泪莫消。风尘谁许剑，亭畔草萧萧。

山居杂咏两首

深山迷樵路，无处入渔郎。幽人结茅住，天空日月长。

其　二

一入东山境，悠然自成趣。揽景发狂歌，坐定云深处。

○徐履诚 3 首

徐履诚，字敬修，号愚合，江山（今浙江省）人。清诸生。有《愚合诗钞》。

泷中即事

水曲望疑断，山重转复开。乱崖风力紧，古木雁声哀。
岁月资诗箧，肝肠付酒杯。子陵遗恨处，多此钓鱼台。

七里泷两首

七里溪光净，孤舟客子寒。崖高沉月易，风静出滩难。
险地终宵坐，穷途隔夕餐。忘机唯羡鸟，片片下惊湍。

其　二

万壑风声满，征帆去若飞。云山秋瑟瑟，石濑梦依依。
树密啼琴怪，波澄跃鲤肥。更残犹舞剑，三尺耀寒辉。

○何鸣阳 1 首

何鸣阳，清末分水（今浙江桐庐）人。

八曲山

过溪逾峻岭，层折又登攀。俯视群山砌，凭看一水环。

刹竿撑日近，僧舍倚云闲。凝眺多奇致，谁辞游屐艰。

注：八曲山，在桐庐县分水镇武盛村荷花坪自然村，海拔352米，旧称县治案山，昔有不老庵。

○叶大纬 1 首

叶大纬，字纬如，清钱塘（今浙江杭州）人。

登范文正公竹阁

山围高阁霭苍苍，曲涧逶迤竹影凉。五马逢春曾蹀躞，百年遗爱尚烝尝。

风传清磬来僧舍，人到疏林卧石床。为忆子陵留汉土，先生古道更难忘。

○臧承寅 1 首

臧承寅，字晓三，清分水（今浙江桐庐）人。

过钓台严子陵祠

月涌江流夜有声，烟波浩渺访先生。朝多将相容高隐，天空江山署大名。

合与神仙成眷属，免教狂戆累升平。客星不掩台星色，太史何烦咄咄惊。

○陆成栋 1 首

陆成栋，字迈能，萧山（今浙江杭州）人。清诸生。有《青霭居诗钞》。

登严陵钓台

隐者甘沦没，先生独有祠。功名逐流水，遇合识残碑。

高节千秋创，清风百世师。云台今在否，过此敢忘之。

○匡南枝 1 首

匡南枝，字子庚，祁阳（今湖南省）人。清诸生。

七里滩阻风

一棹麋城下，风高浪拍天。滩头千舻避，沙尾万舟悬。
余霭浮孤鸟，残阳曳暮蝉。沧江虹贯月，谁问米家船。

○鲁宗泰 1 首

鲁宗泰，字璞人，清钱塘（今浙江杭州）人。官江西知县。

严先生祠堂

千秋但觉客星尊，汉帝高风合并论。卧起浑忘天子贵，烟波都是故人恩。
当年一老羊裘隐，终古荒山子姓存。独上钓台感陈迹，夕阳时节荐清樽。

○罗锦章 1 首

罗锦章，字倬卿，清桐庐县坊郭（今浙江省桐庐县桐君街道）人，由增贡授训导。

游肖园作

雕栏曲折任西东，飞阁层楼景最工。四面山光皆拱绕，一帘花影尽玲珑。
溶溶皓月盈窗白，叶叶丹枫映座红。把酒闲吟随处好，引人入胜兴无穷。

○皇甫效璟 1 首

皇甫效璟，字小宋，清桐庐坊郭（今浙江省桐庐县桐君街道）人。由廪生援例。

肖园即景

一方图画本天然，庭院春深曲九穿。羯鼓催来随处处，蚁艭飞去话年年。
闲寻桂窟疑无路，省识桃源别有天。雅爱北窗高卧者，凭人唤作小游仙。

○王秉融 18 首

王秉融，分水（今浙江省桐庐县瑶琳镇琴溪村）人。清光绪十一年（1885）拔贡，候选教谕。淳安知事。

续增招贤十景诗（并序）

族称王宅，地号珠村。山重水复之中，间多胜境。户密烟稠之下，代产伟人。触景生情，前士已多题咏；寻游记胜，当时讵少篇章。不图世际，咸丰庚申岁，陡兴兵燹；洎乎我王，同治壬戌年，始定干戈。其间蹂躏吾乡，老成徂谢，从此感怀曩哲，后起式微。兹当谱牒集成，同赋俚言数页，即遇英贤品评，不辞贻笑千秋。

其一　仙人石室

此地曾传旧隐仙，巍巍一室锁山巅。洞门常辟非无客，石壁高环别有天。小住几生修得到，开基自古卜安然。玲珑不假工雕琢，对此人应厌市廛。

其二　狮岩高踞

奇峰特立俨成形，树色葱茏草色青。名拟狮岩诚克肖，山连象鼻似通灵。风来浑讶声长啸，泉涌曾惊沫骤冷。更有花球拱攫搏，爪牙猩处动雷霆。

其三　虎塘晚秋

金风瑟瑟十分凉，草木经霜改旧妆。饮马有塘曾献瑞，飞凰无地不成祥。松涛带雨猿声急，枫叶临风虎势张。倘得读书居是处，功铭麟阁姓名香。

其四　石柱擎天

一石当空立涧前，巍峨拔地且参天。擎来可作中流柱，峙处非撑广厦椽。直竖不须良匠斗，高标还与彩云连。清泉漱处苔痕绿，遥傍人家有暮烟。

其五　龙门峻岭

见说龙门便系情，登临我欲把先争。峰高似鼓千层浪，云展如开万里程。

河鲤纵难从此跃，骚人曾向是间行。攀跻恰喜蟾宫近，俯视平峦满目呈。

其六　屏山春色

一带平峦若绣屏，横斜郭外色青青。三春明媚无穷景，四面玲珑好绘形。
云树似教添水墨，天心未许塞门庭。山容淡冶迎人笑，锁住村烟特地灵。

其七　五洞流泉

岩坳一洞本天成，为有清泉半十生。排列允堪将屈指，同流曾否与山盟。
溪痕漫认东西界，石迹浑如大小城。欲问渊源何所异，先喷五孔后归并。

其八　曲涧凉风

路曲山回一涧中，清凉浑欲夺天工。时当九夏无烦暑，节届三春有好风。
水复陡惊流易断，云迷似觉径难通。驱炎绝胜层冰蹈，游赏胥忘畏日红。

其九　奇岩开口

离奇一石锁山隈，终日频将笑口开。我欲问时偏阗寂，君无言处独崔嵬。
唇朱试看飘红叶，须碧应知罩绿苔。嘘气任教云出入，齿寒不待冷泉催。

其十　北山积雪

不数高峰峙北方，时交冬令景弥彰。积来尽是岩头雪，叠出全非瓦背霜。
种玉有田多宝璧，采樵无路失山庄。诗人到此应消俗，赌韵何须趁夕阳。

分水玉华八景诗（并序）

窃思地以人传，人以地显，自古已然，于今为烈。佳山佳水，全凭造化之功；
爱居爱处，一任人生自择。所以宇宙间每多奇胜，而名贤辈不少咏题也。如对溪湖
墈头者，傍山临水，栉比云连。红树青山，触处皆成诗料；茂林修竹，写来都入画图。
观大塘之瀑布，泉可清心；听古寺之梵音，声无乱耳。控梅濑上，湖桥之驴迹依稀；
采药松间，山顶之春光和霭。蝉鸣在树，龙潜于潭。访古寻幽，漫认慈庵之碑碣；

枕流漱石，静看溪水之潺湲。美景如斯，里言曷禁？顿忘笔墨之疏用，博大方一笑。是为引。

其一　顶山春色

巍然一嶂独尊崇，缓步登临眼界空。纵览众山谁不小，暮云青树画图中。

其二　溪水绿波

活泼源头天目来，青溪一带水潆洄。绿波荡漾明如谷，伫听渔歌唱几回。

其三　慈庵古址

揽胜寻幽到上方，荒烟蔓草感兴亡。残碑断碣封苔藓，始识慈庵瓦砾场。

其四　湖硚胜迹

一泓秋水碧当门，小小湖硚不日成。但得行人无病涉，也应千古亦留名。

其五　大塘观瀑

数亩方塘一鉴开，清泉飞瀑似天来。原田万顷资培溉，作者其谁功伟哉。

其六　古树蝉鸣

老树扶疏绕屋傍，参天拔地几星霜。绿荫浓处长吟罢，蝉亦多情噪夕阳。

其七　龙潭夜月

古人秉烛夜曾游，蹈月吟诗喜乘舟。最爱龙眼潭影静，一轮皎洁水中浮。

其八　古寺晨钟

侬家遥对九龙山，美景良晨数往还。每到晨鸣初唱候，钟声隐隐度松关。

注：玉华村今为桐庐县分水镇玉华社区。本书所辑玉华村景诗原载《分阳玉华濮氏家谱》。

○马慎和 1 首

马慎和，字子纯，建德（今浙江省）人。清诸生，邑内有声。

钓台怀古

中兴事业淡炎刘，谏议功名付钓钩。到底云台今不见，客星终古照江流。

○章瀛 11 首

章瀛，分水（今浙江桐庐）人。清嘉庆六年（1801）拔贡，曾任分水知县。

五云山洗砚池

邑之东南有奇峰，遥空秀削金芙蓉。李唐元和之十年，闻说庆云笼其巅。
郁郁纷纷舒复展，萧索轮困烟非烟。云是施公读书处，胸罗列宿应魁躔。
兴酣笔落五岳摇，浩乎陆海兴韩潮。九烈神传柳汁衣，凌云气象何飘飘。
挥毫泼墨自淋漓，至今犹传洗砚池。汾水端溪多异产，所宝青钱唯红丝。
我闻越州水常黑，逸少临池鱼吞墨。又闻绛县制澄泥，细绢绿漾春波色。
高贤遗迹将毋同，墨花璀璨来清风。肠胃空洞不留滓，肯使鸲眼如云雾。
偶来绝顶一凭览，青山隐隐遥天澹。三径台痕碧草铺，唯有池中放菡萏。

注：五云山在分水县东。

何园假山六首

窗前榜出金芙蓉，秀韵天然缥缈峰。剪水生花工夺巧，染云作句锦罗胸。
六桥垂柳风初起，双培栖霞色倍浓。曲折亚栏看不厌，一重重尽一重重。

其　二

风清翠竹映涟漪，小筑园林晤对时。飞阁宛然添色相，云亭似此忆离奇。
眼前世界何如也，岛外蓬莱信有之。会得个中真意否，荻帘日影上迟迟。

其 三

气自佳哉郁郁葱，别饶清赏小园中。镂冰刻玉矜人巧，剪织为花夺化工。
石叠烟云多变幻，峰环牖户更玲珑。猗猗竹影穿岩岫，碧水池头一线通。

其 四

片石几同一粒粟，世界化成满大千。西蜀草亭铭陋室，南阳山室隐癯仙。
家童花扫开三径，卧榻风光映入砖。月窟云根谁得到，超然我欲问张骞。

其 五

室才七步唯容膝，径辨三叉仅露拳。巧筑花池红滴砚，绿含书榻静流泉。
梧桐月上飞云去，杨柳风来枕石眠。人面皆从山色里，吾庐对此乐忘年。

其 六

蕞尔园林卷石堆，玲玲砌就假山台。时时与我周旋久，步步引人入胜来。
春意疏梅穿曲径，秋容丛菊点苍苔。尤宜月到天心处，倒影池塘面面开。

注：何园，章氏私家花园，在分水县西（今桐庐县百江镇罗山村）。已圮。

茂山竹枝词四首

一片楼头烟雨中，行行曲径暗香通。桃园深处风花舞，欲问人家在水东。

其 二

轻雷惊起雨前芽，女伴相携竞采茶。谁识山中饶别韵，归来斜插满头花。

其 三

披襟坐对午风清，送出樵歌断续声。映带桥头水深浅，往来人向镜中行。

其 四

春蚕满箔喜年年，日丽风和三月天。少妇踏梯桑沃若，青鬟斜映绿云边。

注：茂山，今桐庐县百江镇罗山村一自然村。

○张心穀 1 首

张心穀，字爱庐，建德（今浙江省）人。清光绪年间岁贡生，官庆元县训导。

羊裘歌

富春渚上山无数，葱茏曾有万人慕。雪发霜衣映荻芦，钓鱼人去空飞鹭。忆昔严子陵，辞荣恋江月。披得羊裘来，立沙羡肥鳜。不教姓氏上云台，愿学夷齐采薇蕨。晓著羊裘把钓纶，暮著羊裘还水滨。羊裘暖胜绣衣客，富贵何必思朱轮。铜马功名又何在，金貂显赫原非真。羊裘羊裘亦高雅，掩映鱼乡复渔舍。长安车服总轻肥，谁知清福归林下。先生今已往，羊裘疑在望。突兀钓台高，澄清波镜朗。羊裘歌罢心畅然，石室烟萝开荡桨。

○严廷桢 1 首

严廷桢，字渔三，号辟庸，慈溪（今浙江省）人，清末诸生。有《延秋室诗稿》。

富春山

江上羊裘说富春，钓名犹是动星辰。本来面目原如此，不愿王侯愿逸民。

○罗祖钦 9 首

罗祖钦，淳安东沇（今浙江省）人。清末曾在分水（今浙江桐庐）合村教书。

春日游五云山

五色云霞烂漫开，几疑身在小蓬莱。黄鹂紫燕双双舞，颓日危崖惘惘来。

剩欲扬裾拳笑语，休教归鬓着尘埃。登临真有无穷乐，一曲春光酒一杯。

　　注：五云山在分水县东。

丹霞八景
其一　瀑布悬空

危岩斜界水中天，倒影银河雪外穿。曲曲遥连琼树合，有人疑是白虹悬。

　　注：丹霞，分水生仙里（今桐庐县合村乡）小茆坞、岭源村的合称。村有觉道山，山有瀑布。

其二　莲池供碧

雨后池塘异兴多，隔船谁唱采菱歌。新波新涨荷载满，听取娇香换碧罗。

　　注：小茆坞村中有一池塘植荷。

其三　龙潭印月

镜里楼台水底天，清风明月几千年。倘教玉兔偷龙子，不用渔类沽酒筵。

　　注：小茆坞外麻纤有龙门潭。

其四　玉屏积雪

玉镜台前洗容尘，满山明月洒金银。只输柳絮月风起，看到梅花更有神。

　　注：里麻溪石壁如玉屏。

其五　塘坂春耕

杜鹃啼处草萋萋，绿绕平畴雨一犁。洗尽归来吟不尽，蓑衣牛背夕阳低。

　　注：小茆坞有塘干坂。

其六　双溪晚钓

水深鱼乐意便便，两岸桃花宿卷烟。剩欲摩天钓东海，长竿高耸白云边。

其七　直坪樵歌

双肩常带白云来，踏月行歌不用催。看取妻拿杀麋鹿，胸中丘壑未须猜。

注：小茆坞坞深林密。

其八　觉山夜读

觉山深处有黄山，谁解仙人去不还。石上犹留青藻迹，古今都在口头间。

注：小茆坞有觉道山。

○虞琨笙 1 首

虞琨笙，清金坛（今江苏常州）人。

严子陵先生像

郁郁云岫松，青青钓台柏。迢迢桐江渡，磊磊泷滩石。山高水以长，
落落高人节。雨雪披羊裘，高风却征辟。钓鱼不钓璜，非臣讵非客。
云台诸勋将，众星何历历。帝星悬中天，客星朗明月。钓台与云台，
辉映俱生色。惜我生晚时，丰裁徒想忆。祠宇幸亲瞻，想象怀清格。
泼墨写照来，须眉非往昔。神离貌亦离，欲肖憾不得。留与后人看，
仙风抑道骨。非神亦非仙，高踪溯淡泊。卓哉先生风，千古同钦式。

○胡量 1 首

胡量，字元谨，号眉峰，清华亭（今上海松江）人。侨吴门，工诗擅画，通医理，
善骑射，平生足迹甚广，晚寓维扬。有《海红堂集》《墨香居画识》等。

七里滩登严子陵钓台

泷联峰亦回，缘源造幽境。面面青芙蓉，七里开奁镜。聊放一叶舟，
云光忽远映。滩声虽聒耳，神闲气乃定。野禽隔屋啼，江天转螺径。
钓矶可嵬嵬，登啸众山应。缅怀羊裘翁，占此岩栖胜。清风邈难追，
吊古发微咏。夕阳在冈峦，万籁入虚听。

○毕锦元 3 首

毕锦元，字荣塘，建德（今浙江省）人。清光绪间官徽州通判、严州六睦学堂堂长，入民国后任教育科长。

客星亭

扁舟驶入富春境，日落孤帆不见影。舣舟独上客星亭，仰见客星光耿耿。
客星亭上云苍苍，客星亭下水汪洋。飞檐上下知多少，客星自闲水自忙。
忙中得闲水性清，当年早悟先生情。滔滔不共倾盆雨，流去昆阳助战声。
君不见、二十八宿共奔走，云台图像今在否。客星终古照寒流，直与
天地相长久。

钓台还古

故人做天子，先生得圣清。辞官羞屈节，归钓岂沽名。
卧榻映星象，渔歌随水声。高台屹不动，时有画眉鸣。

钓 台

人称严濑水云寒，我说云台将业难。倘使干戈常满地，先生何处放渔竿。

○俞新 1 首

俞新（1882—1911），字曙村，桐庐（今浙江省）江南镇严坞村俞家人。清末留日，为同盟会早期会员。

肖园即事

引领名园久未游，今朝何幸得勾留。亭开四面吟情旷，花发一篱景色秋。
题咏佳篇千辈集，风流寄福几生修。主人一笑曾相识，看菊谁还学子猷。

○梁绍壬 1 首

梁绍壬（1792—？），字应来，号晋竹，钱塘（今浙江杭州）人。清道光辛巳举人。

能承家学，工诗善文，学问渊博。官内阁中书。有《两般秋雨庵诗》《两般秋雨庵随笔》，在近代笔记中自成一家。

舟行七里泷阻风长歌

层青选翠千万重，一峰一格羞雷同。篷窗坐眺快眼饱，故乡无此青芙蓉。
或如兔鹘起落势，或如鸾鹤回翔容。槎丫或似踞猛虎，蜿蜒或若游神龙。
忽堂忽奥忽高圹，如壁如堵如长墉。老苍滴成悲翠绿，旧赭流作珊瑚红。
巨灵手擘逊峭，米颠笔写输玲珑，中间素练若布障，两行碧玉为屏风。
无波时露石齿齿，不雨亦有云蒙蒙。一滩一锁束浩荡，一山一转殊前
行已若苇港断，后径忽觉桃源通。樵歌隐隐深树外，帆影历历斜阳中。
东西二台耸山半，乾坤今古流清风。我来祠畔仰高节，碧云岩下停游踪。
搜奇履险辟藤葛，攀附无异开蚕丛。千盘百折始到顶，眼界直欲凌苍穹。
斯游寂寞少同志，知者唯有羊裘翁。狂飙忽起酿山雨，四围岚气青葱茏。
老鱼跳波瘦蛟泣，怒涛震荡冯夷宫。舟师深惧下滩险，渡头小泊收帆篷。
子陵鱼肥新笋大，舵楼晚饭□盘充。三更风雨五更月，画眉啼遍峰头峰。

○曾元林 1 首

曾元林，字子璘，清永嘉（今浙江温州）人。工诗。有《太玉山馆诗草》。

富春江打渔图

烟柳春江画不如，绿波一棹夕阳余。扁舟误入桃花岸，载得桃花胜鲤鱼。

○胡伟然 1 首

胡伟然，字益新，清萧山（今浙江杭州）人。有《永思集》。

题钓台

在昔披裘客，浮名著意逃。江流日趋下，益见钓台高。

○吴霆 1 首

吴霆，字哲辅，清末桐庐（今浙江省）人。余不详。

赠肖园主人

先生不负林泉乐，小试经纶在一丘。艺菊满町征寿相，倚山结屋见新猷。
笑谈时肆江河辨，酣睡唯闻霹雳驹。我得几生修到此，翛然脱去杞人忧。

○周学备 1 首

周学备，字思我，清东阳（今浙江省）人。余不详。

题严子陵垂钓图

何代无高人，子陵独千古。风雨一钓竿，不复知光武。

○李汝英 1 首

李汝英，字纪室，清任邱（今湖北省）人。余不详。

题严陵钓台

台尚高高在，江仍浩浩流。严光好男子，志不愿封侯。

○苏良嗣 1 首

苏良嗣，字小眉，清汉阳（今湖北省）人。余不详。

登严陵钓台

磻溪以钓显，严滩以钓藏。藏者高龙潜，显者奋鹰扬。鹰扬为帝师，
龙潜为帝友。师友之道重千秋，千秋开辟自二叟。停舟拂袖临钓台，
亭间谡谡松风来。共云昔有趋名客，羞见先生帆夜开。又谓此台栖隐地，
轩冕戒登恐不利。我闻其语真绝到，戒既近迂羞亦伪。思试羊裘老子
非熊翁，隐显虽殊道则同。丈夫遭遇各有命，何事拘牵形迹中。

○项世润 1 首

项世润，字畴一，清遂昌（今浙江省）人。余不详。

严先生钓台

故人独隐钓，辞作汉家宾。不尽往来客，谁知江上春。

○沈谦之 1 首

沈谦之，清吴兴（今浙江湖州）人。余不详。

钓　台

王气终应在茂陵，菟肩麦饭记飘零。故交贫贱如相忘，帝座何由犯客星。

○华绍濂 1 首

华绍濂，字西京，金匮（今江苏无锡）人。清诸生。余不详。

严子陵

中兴事业等云浮，七里滩前理钓钩。太史早知星是客，故人肯为一官收。

○江衡 1 首

江衡，号贾纬，清吴县（今江苏苏州）人。余不详。

怀古有感

咄咄子陵吾故人，客星一现即韬真。从龙将士如云雨，安用旁人旧间新。

○李兰芬 1 首

李兰芬，清松江（今上海市）人。余不详。

过子陵滩

舟抵严州泊水滩，钓鱼台畔夕阳残。古人不见留遗迹，山水宛如画里看。

○周仪 1 首

周仪，字确斋，清震泽（今江苏吴江）人。工书法。

夜渡七里滩

孤帆夜夜钓鱼矶，风落松涛振客衣。波底漾星随棹转，树头流水带云飞。
桐江人去遗风在，异代心悲旧事违。万古高踪留此地，山青水绿自相依。

○钱纫惠 1 首

钱纫惠，女，清吴县（今江苏苏州）人，余不详。

新安江行

乘潮渡渔捕，沓嶂夹江渍。一瞰绿波影，能令纤芥分。
筏移疑入镜，碓落自春云。听尽潺湲水，滩高易夕曛。

○申屠梁 12 首

申屠梁，清人，余不详。

深澳十二景
其一　乌石龙蟠

东吴鼎足忆当时，业胜一朝名远垂。高大屏藩乌石峙，龙蟠古迹复流遗。

其二　青桥鹤翥

鹤翥翩翩坁上旋，桥如鹤算万千年。舆梁不病行人涉，共步青云着着先。

其三　狮泉垂钓

狮威雄峙壮溪东，泉水漾洄吼震中。追溯子陵垂钓迹，桐南又著一遗风。

其四　鸡麓闻樵

时庆年丰岁际和，樵夫日唱太平歌。高声曲曲来鸡麓，皞皞群黎快若何。

其五　石陇犁云

田家农务藉三春，伊尹曾尝耕有莘。石陇堤旁云雾里，一犁披戴不烦辛。

其六　璇山映雪

雪是丰年祥瑞形，峰峦无处不珑玲。璇山风景如图画，好似门前列玉屏。

其七　黄山夕照

晴天顿觉豁衷怀，游览黄山趣倍佳。最是夕阳斜影照，峰峦胜景兴无涯。

其八　紫水晴虹

雨过初晴忽现虹，紫溪绘画实难工。形垂百尺犹如带，一半青兮一半红。

其九　深澳春波

潺潺活水远源头，昼夜如斯不舍流。荡漾波澜徐曲绕，长春深澳永千秋。

其十　菱塘秋月

明月当空秋夜时，菱塘接映两攸宜。清光波影情相行，美媲绿荷夏赏池。

其十一　松亭锁翠

村西桥畔绿荫浓，云积龙鳞老木松。高掩长亭如翠锁，常青四季耐三冬。

其十二　枫林染丹

同是枫林一样斜，缘何秋景特光华。枝经玉露浓霜染，丹胜三春桃杏花。

注：本书辑录深澳（今浙江省桐庐县江南镇）村景诗，原载《桐南申屠氏攸叙堂宗谱》。

○申屠师彭 12 首

申屠师彭，清桐庐（今浙江省）人，余不详。

乌石龙蟠

乌石山头仔细寻，龙蟠吉穴最幽胜。千秋古木成鳞爪，百里春江作带襟。此处好峰俱似笏，其间流水也鸣琴。东吴遗迹凭谁问，只听高风响暮林。

又深澳十一景

其一 狮泉垂钓

狮岩洞石俯清流，好负渔竿做钓游。半亩方塘开玉鉴，一溪明月弄金钩。绿杨桥畔春风暖，红蓼花边水国秋。但得鲜鳞需养祭，披蓑何必羡羊裘。

其二 鸡麓闻樵

一峰当户画图然，听得新腔隔岸传。鸡麓寺藏青树里，樵歌人在白云边。腰镰新月吟晨壑，担荷斜阳唱晚天。不是翁之同调者，也为此境小神仙。

其三 石陇犁云

牧童戴笠曳披蓑，陇上春耕奈石何。几片云阴浓淡护，一犁犊影往来过。青迷柳岸鸠呼雨，绿满秧畦马走波。好作幽风图画读，听声都是太平歌。

其四 璇山映雪

侧闻王母有璇山，山在虚无缥缈间。不道青岚添雪影，也怜白玉照尘寰。花飞六月鸡峰晓，月冷三更鹤梦闲。喜得袁安高卧起，手披黄卷读柴关。

其五　深澳春波

寻得源头活水来，一湾深澳傍村开。波翻潋滟三春雨，石砌玲珑九曲隈。
溉济良苗云叠陇，烹成香茗雪浮杯。祖先遗泽知多少，且把清流溯一回。

其六　菱塘秋月

一样空明月魄光，波心相印是菱塘。墨痕洒净前番雨，冰境澄鲜半夜霜。
萤火细吹荷叶碧，蛤声遥吠稻花香。十分秋景凭谁领，料有吟肩纳晚凉。

其七　松亭锁翠

数株高与碧峰齐，翠锁长亭夕照西。风满涛头筛夜月，雨余云脚绕清溪。
凉痕爱结三弓地，霁色平分十里堤。我欲开窗凭远眺，书楼更上一层梯。

其八　枫林染丹

秋容未许学春桃，染出霜天色倍高。深巷欲留云路客，疏林尽着锦宫袍。
村旁问信书声近，叶上题诗意气豪。此树红于花二月，停车坐爱望东皋。

其九　紫水晴虹

溪流紫水绕村横，一带长虹挂晚晴。绝壑云归千万状，余阴雷送两三声。
梁如海市鲸翻起，桥岂银河鹊驾成。大造文章看不厌，好风催起月轮明。

其十　黄山夕照

五光十色绘难工，都在黄山夕照中。翠岫忽开浓雾白，蓝云遥带落霞红。
童携短笛吹归路，鸟背斜阳趁晚风。北景此时抛不得，杖黎扶我望桥东。

其十一　青桥鹤矗

石齿平铺路一条，清风明月共逍遥。拨开玉宇三秋界，踏胜银河七夕桥。
地拥青云怜矗鹤，人攀丹桂欲凌霄。高车驷马谁题桂，应有相如姓氏标。

○申屠蕙林 1 首

申屠蕙林，清桐庐（今浙江省）人，余不详。

黄山夕照

层峦围绕夕阳烟，晚眺黄山意欲仙。树色参差溪岸外，霞光闪灿画桥边。
峰腰规影藏将半，鸦背秋阴锁欲圆。最是此时风景好，须将佳句付云溪。

○赵大伦 8 首

赵大伦，清人，余不详。

荻浦八景诗
其一　双婆古迹

泽溯陈杨氏，双婆古澳存。母仪慈岸对，坤范凯风温。
瓮汲溪无砧，砧敲石有痕。即今群父老，共乐水云村。

其二　两畈秧歌

秋插西畴遍，农歌两畈闻。一犁时雨足，十里暖风熏。
黍肉儿能饷，桑麻妇克勤。待看禾嫁熟，鼓腹愈交欣。

其三　黄山翠屏

山峻屏如障，岩峣接翠薇。云归樵径湿，雨歇药苗肥。
松老凝青蔼，林深逗远辉。幽居人亦古，游眺息尘机。

其四　范井水源

申屠齐赘旧，范氏井源深。门第荣乔木，村烟出远林。
暗通山脉润，清绝市尘侵。饮水怀遗泽，斯民厚宅心。

其五　慈济钟声

古寺清幽甚，声传晓暮钟。禅堂云树密，法座雨花浓。
尽有慈航渡，谁寻觉路踪。于斯参妙谛，不上九嶷峰。

其六　荻溪秋月

月皎寒溪碧，秋高葭荻苍。清波浮桂魄，净练漾蟾光。
旅雁归无定，沙鸥聚不常。伊人应可溯，遇轴在何方。

其七　鸡峰积雪

鸡头峰矫矫，雪积愈崔嵬。玉垒浮云接，阴严齐雨开。
非因无暖律，疑或有残梅。谁效南山祝，相期献寿杯。

其八　浦口松涛

幽壑松林密，迎风起怒号。阴参陶宅古，声拟广陵涛。
拔地虬髯竖，干霄马鬣高。不期江浦口，竟有驾山鳌。

注：荻浦旧属定安乡，今属浙江省桐庐县江南镇。本书辑录的荻浦村景诗原载《桐南申屠氏家正堂宗谱》。

○申屠桢 8 首

申屠桢，清人，余不详。

荻浦八景
其一　双婆古迹

陈杨遗迹到于今，万派分流利泽深。不减郑卿称众母，直教世世仰婆心。

其二　两畈秧歌

歌声起处秧初绿，唱罢前村复后村。一径雨余明夕照，几家蓑笠晒当门。

其三　黄山翠屏

山容雨过青犹碧，翠嶂烟开绿更肥。列岫层层藏古寺，白云深处一僧归。

其四　范井水源

范家已换申屠宅，古井依然姓氏芳。遗迹百年甥舅继，寻源始觉此流长。

其五　慈济钟声

谁学如来自在身，钟声鸣处有长春。渊渊不减渔阳鼓，警觉迷途几许人。

其六　荻溪秋月

萝月一滩秋瑟瑟，荻花两岸夜沉沉。伊人饶有闲居兴，趁得清辉弄素琴。

其七　鸡峰积雪

冻雪凝寒山似玉，彤云散影日如萍。诗人晓起开窗望，失却鸡峰一片青。

其八　浦口松涛

芦荻花中寻远浦，万松交荫月轮低。风鸣古木齐筛韵，恰送涛声过一溪。

○凌凤鸣 8 首

凌凤鸣，清人，余不详。

荻浦八景

其一　东溪荻翠

环村绮谷号东溪，芦荻丛生集翠鹥。绿柳低垂丝最软，青蒲遥映色常迷。堂开绿野知同赏，山送青峦应入题。诗咏毳衣多服政，预占五马试轻蹄。

其二 茅沼莲芳

横塘里许芰荷香，茅氏当年此结房。擎露时沾仙掌味，迎风恍睹舞霓翔。
荻溪应共濂溪赏，艳色何如秀色扬。出水亭亭尤入画，恰逢初日有辉光。

其三 西崖松韵

徂徕千尺郁葱中，历世滋培秩视公。霜干宜凌碧落府，虬枝横隐翠微宫。
朝迎海日晞繁露，夕带江潮应谷风。乔木由来昭世泽，愿同蔽芾憩歧丰。

其四 鸡梵书云

一峰遥插几千年，天子罡分体势全。俯接尘寰呈瑞应，高临斗极曜玑璇。
灵台曩日传书矣，孤壁今朝继迹焉。更喜重离文笔耸，会钟间气毓名贤。

其五 前罔瀑布

层峦叠嶂簇前罔，瀑布飞流散练光。滴滴珠玑帘外落，纷纷冰雪望中扬。
南山雨歇常供翠，北陆风飘欲溅裳。众壑分来源自远，石桥千渡孰为梁？

其六 慈济钟声

何处声来自北林，噌吰镗鞳有奇音。晓风带湿催征辔，晚漏随更杂夜琴。
唤醒迷途成觉悟，惊残蝶梦胜规箴。梵宫慈济声声切，诵读尤当惜寸阴。

其七 黄山远眺

登临长啸与常豪，极目钱江起怒涛。客舰远扬如惊集，群峰俯列尽儿曹。
村居绣错星棋布，烟树参差咫尺高。闻道避秦黄石叟，曾于此地息焦劳。

其八 狮屿潜虹

玉爪金毛耀物华，狻猊欲共此山夸。巨灵劈出唯侔象，造父追来不羡骅。
据地吼知雷隐隐，藏虹见卜雨家家。田畴禾黍环狮屿，赢得连村祝满车。

○徐曰纪 8 首

徐曰纪，字松圃，清水滨乳泉庄（今浙江省桐庐县江南镇）人。由廪贡选授金华府学训导，俸满升授英山县知县。旋署和州知州，历顺庆府同知，历潼川、顺庆两府知府、贵州平越府知府、贵阳府知府，有政声，卒于官。有《松圃诗草选》。

又荻浦八景（并序）

其一　双婆古迹

荻浦东环陈婆澳，西绕杨婆溪，汲引灌田永资乐利。相传为陈杨二婆遗泽。

陈杨氏族久难稽，村绕清流坂绕溪。两乳恩膏凝左右，千家乐利渥东西。
无涯世泽奇成偶，不朽家声夫逊妻。回忆豪门亲妯娌，几多阡陌倩谁题。

其二　两畈秧歌

村前为上畈村后为下畈，春时栽插，秧歌遍野，若唱和然。

插秧时节雨初晴，何处讴歌一片声。风好遥传村上下，春融间听曲和平。
牧童有笛高低吹，流水无弦前后鸣。胜畔老农还击壤，两隅齐唱度丰亨。

其三　黄山翠障

山在村东，为富桐二县交界处，秀挺千寻，翠霭如障。

崇岚峭卓峙村东，横列如屏界富桐。峰并屠山分瑞霭，影环荻浦合青葱。
翠螺钗挽黄些碧，眉黛春描瘦亦工。最是芸窗临雨眺，更余新绿付诗筒。

其四　范井水源

申屠氏自汉代迁居富阳之屠山，宋时三一公赘婿范姓始居荻浦，其深澳、明堂里及富阳新城等族，皆从荻浦分支。迄今范家井尚存，族人汲饮瀚衣仍循其旧。

追维根本溯屠原，弈世迁桐信有源。一勺常沾饮食利，千年不涸舅甥恩。
支分深澳明堂派，浑衍春江龟水村。奚翅姑苏崇义产，尚余古井在名门。

其五　慈济钟声

慈济庵在村后，早晚课诵钟声不绝。

鲸登佛地傍溪鸣，唤破痴眠梦里情。贫士闻来疑饭后，老僧敲去趁黎明。
白云隐隐音殊远，午夜迢迢韵更清。此是慈航怀利济，朝朝暮暮一声声。

其六　荻溪秋月

溪流本浅，秋月更清，一轮皓魄，映照芦花。

一轮皎洁射湍流，郎照苍苍芦荻秋。花映清光依皓魄，水涵明镜衬珠球。
圆来课画何须烛，缺去垂纶不用钩。溪上诗翁频玩赏，应多佳句入明眸。

其七　鸡峰积雪

鸡足峰又名鸡头峰，拱对大门，挺如文笔。冬时积雪层层，逢春始化。

谁蓄金鸡霄可冲，白云堆里雪重重。一支笔耸霜毫冻，五德冠高白玉封。
漫笑家禽披鹤氅，却怜缟羽缀芙蓉。天然图画辉门户，似对蓬莱第几峰。

其八　浦口松涛

浦在慈济庵外接泉塘澳口，古松乔郁，新植青葱，临风谡谡其响如涛。

山中何事忽闻涛，浦上松林节渐高。老干临风声愈壮，新枝得水韵偏豪。
虬奔溪涧无多浪，鳞养泉塘不作潮。他日凌霄欣际会，洪波万顷驾金鳌。

○洪亮吉 8 首

洪亮吉，清人，余不详。

荻浦八景
其一　双婆古迹

岭头时有窄径，港口皆通小河。郑姥宅连杜姥，陈婆澳绕杨婆。

其二　两畈秧歌

争传上畈下畈，却界前村后村。渔网阴边小市，稻芗深处衡门。

其三　黄山翠障

名拟三天子嶂，秀参五老人峰。莫讶山田龟坼，时瞻云氛如龙。

其四　范井水源

家移浙水平壤，里本陈留外黄。瓣香我忆佣叟，汲水人传婿乡。

其五　慈济钟声

红云高阁初启，白鸽春田四飞。待得孤僧入定，钟声穿出松扉。

其六　荻溪秋月

高低山合村坞，南北江连渚沙。消受九秋明月，输他千顷芦花。

其七　鸡峰积雪

欲赛社翁社姥，相邀渔弟渔兄。鸡头峰顶晨雪，鸭嘴船边夜明。

其八　浦口松涛

阁外苍苔一片，门前碧水三篙。居屋不殊居艇，松涛远接江涛。

○马应和 2 首

马应和，字审之，清建德（今浙江省）人。余不详。

钓台怀古两首

先生独则善其身，辅义怀仁秉性真。江上钓鱼非钓玉，御前称客不称臣。
无求合作仙家婿，有道能招处士邻。当日泷中算寂寞，至今瞻拜许多人。

其　二

山临于水水环滩，此地相宜放钓竿。遁迹那知劳物色，披裘岂为御身寒。
心无外幕泷中乐，主有中兴天下安。千古森森松柏里，永垂不朽客星坛。

○方国钧 6 首

方国钧，字成甫，清桐庐（今浙江省桐庐县）人。余不详。

入子陵先生祠堂见云英先生配位作

未获传家集，已登配享堂。钓台原有二，隐士讵无双。
祀典崇今古，先生属汉唐。斯风山水并，应共卜高长。

过钓台

素慕先生节概幽，今朝才上二台游。披萝欲觅耕云畔，坐石先寻钓月钩。
料待元英成鹤伴，故违光武着羊裘。苍泱山水亘千古，不朽斯风山水侔。

诣白云源求元英集俄而宗人以集进读之有感

未见公诗隐恨多，见时欣喜又如何。才知大雅风犹在，转爱名贤论不磨。
唇补当年深想象，韵流今日细吟哦。诵余助我无穷趣，山有白云水有波。

谋刻元英集过访楫卿宗兄赋诗示意三首

君祖景传我景珍，一家骨肉本周亲。莫因代远情都远，同是白云后裔人。

其　二

同君对坐数家珍，诗集元英风雅亲。此是高僧真矩矱，捐资重梓在吾人。

其三

无须海错与山珍，诗味家藏切且亲。异日集成行世上，应称处士有传人。

○杨家槐 2 首

杨家槐，字植三，清建德（今浙江省）人。余不详。

钓台怀古两首

先生古君子，隐德兼隐身。尚志超流俗，清风迈众人。
高亭云锁暗，树老岁岁春。突兀双台峙，名区世代新。

其　二

东汉真名士，高风天下闻。羊裘弃轩冕，渔笛爱松云。
辅义能希圣，怀仁不事君。后贤方谢侣，相继揖清芬。

○鲍元很 1 首

鲍元很，字质翁，清歙县（今安徽省）人。余不详。

严子陵钓台

一片泷中石，传为古钓台。连江松雨暗，何处客星来。
猿啸寒崖顶，鸥飞乱雪堆。应怜晞发者，遗冢对崔嵬。

○谭肇荃 1 首

谭肇荃，清广东人。余不详。

过钓台

岩阴江失曙，水碧石能看。山合前无路，沙回别有滩。
高台千载峻，古庙一星寒。蘋藻何由荐，襟期溯钓竿。

○徐辰角 1 首

徐辰角，字左田，海盐（今浙江省）人，清诸生。

过七里泷追忆开化旧令王亦凡

七里风吹过客船，浮岚叠翠暖如烟。山遮帆面疑无路，水转泷腰别有天。
孤枕新添长夜梦，旧游还记十年前。河阳花木今谁属，阅尽沧桑意惘然。

○王嵩 1 首

王嵩，字子高，清建德（今浙江省）人。余不详。

七里濑

峡束江流转，峰高日上迟。鸟过青嶂合，樯动翠屏移。
身世严陵钓，山川谢客诗。寥寥人境外，千载有心期。

○张鸿基 1 首

张鸿基，字祖仪，号研孙，清吴县（今江苏苏州）人。有《传砚堂诗集》。

严 滩

山山青不断，已过子陵台。帆影孤鸿落，滩声万马来。
峭寒欺破帽，乡梦入深怀。岂有音书到，灯花昨夜开。

○陆恩澍 1 首

陆恩澍，字允邮，号袖海道人，清吴县（今江苏苏州）人。余不详。

富春江舟中晚望

一夜橹声摇梦去，半江帆影送诗来。榜人能解看山意，早把篷窗四面开。

○释元本 1 首

释元本，名立中，清曲阳（今河北省）人。余不详。

富春归隐图

小桥流水隔红尘，亦有渔郎介问津。要路只闻收壮士，好山还许住闲人。
每思李愿归盘谷，独爱严陵老富春。便拟采芝歌隐曲，白云红树漫为邻。

○沈德鸿 1 首

沈德鸿，清光绪年间人。余不详。

狂　奴

狂奴故态久相安，大度包容量独难。宵起堆篷珠斗满，高峰一点客星寒。

○朱穆 1 首

朱穆，字汉直，清吴县（今江苏苏州）人。余不详。

子陵钓台

百尺高台接翠微，千山围合到人稀。即传汉主多明诏，自识羊裘是故衣。
日落正看晴鸟浴，秋来常见白云飞。渚烟溪月时相伴，今古悠悠一钓矶。

○江左 1 首

江左，清温岭（今浙江省）人。余不详。

钓　台

山绿山青欲暮天，小船轻载富春烟。千寻峭壁双台峻，百世清风一线牵。
严子祠堂今尚在，汉家社稷几回迁。假令画入云台上，未必能居邓禹前。

○王乃斌 5 首

王乃斌，字雪香，号吉甫，清仁和（今浙江杭州）人。有《红蝠山房诗钞》。

泊钓台下

溪山秋洗十分春，七载琴书又放舲。健步著人扪葛上，画眉输我倚篷听。
无端大泽求男子，终古高台照客星。乌石滩声晚来急，断云含雨入苍冥。

七里泷

青山红树白云低，中有人家住水西。五百滩前帆影疾，乱松烟冷画眉啼。

夜过严滩

双台高峙碧云端，千古羊裘一钓竿。明月满江风七里，梦中吹我过严滩。

富　春

双台暗有暮潮生，流入钱塘彻底清。但把鱼竿钓滩月，一轮犹是汉时明。

桐江吊谢皋羽

一哭苏台再越台，子陵台上不胜哀。桐江歌洒遗民泪，柴市魂招国相来。
千载有人称古义，当年知己感斯才。溪蘋未得芳祠荐，遥与方干奠一杯。

○吴兰林 1 首

吴兰林，清浦江（今浙江省）人。余不详。

严先生祠题壁

烟波七里放襟怀，冷看船中士往来。遁迹销光凭笑傲，青山绿水任徘徊。
可怜汉室三分国，不及严家一钓台。胜境长存同日月，先生虽死亦生哉。

○谢炜 1 首

谢炜，清余姚（今浙江省）人。余不详。

桐江钓台

赪尾向谁诉旧因，且从江上独垂纶。忘机已久肯投饵，乐意相关欲数鳞。蓑笠不妨晴雨变，烟波无限画图真。富春七里严陵路，千载高风有几人。

○刘膺诚 1 首

刘膺诚，字畅甫，清华容（今湖南省）人。余不详。

钓台怀古

招隐堂开好风月，钓台旧识严先生。濑清石见鱼犹乐，水远山高云欲横。同学宁知天子贵，客星虚为故人明。掉头归向富春道，从此羊裘肯钓名。

○濮乾 1 首

濮乾，清分水（今浙江桐庐）人。余不详。

月　溪

圣人清濯缨，至人清濯足。望仙不可见，遗踪在空谷。

注：月溪在今桐庐县分水镇驻地西。相传月照溪中，出现神仙得名。

○王日曦 1 首

王日曦，清分水（今浙江桐庐县）人。余不详。

登珠村文昌阁

巍巍高阁镇长川，直上层楼势翼然。山外夕阳红到坞，云中春树绿横天。铃声响处东风峭，人语静时夜月圆。绝倒村农工祷祝，家家豚酒此祈年。

注：珠村（今桐庐县瑶琳镇琴溪村珠村自然村）文昌阁明万历年间建，旋圮。清乾隆二十五年重建。已圮。

○何立宏 1 首

何立宏，清分水（今浙江桐庐）人。余不详。

赠妙空上人

梵宇南山麓，樵溪竹径通。闲云依仗室，清磬韵疏桐。
塔隐层峦抱，泉香古木丛。石顽头欲点，伯仲拟生公。

○许令典 5 首

许令典，清海盐（今浙江省）人。余不详。

五怜歌 为贞女顾氏作

人怜顾女少，少成若天性。未解双鸳欢，但知六礼聘。
梦里识何郎，觉来泪血迸。亲言失不从，佩刀愿自尽。

其 二

人怜顾女苦，苦节不可贞。一死甘如饴，二天讵肯更。
登堂拜礼毕，衰绖哭坟茔。原为同穴妇，毋为沟渎经。

其 三

人怜何妇贫，贫妇志弥坚。但知失节大，饥死安足言。
姗彼富豪者，铅华随俗缘。何以洴澼绒，龟手具粥馓。

其 四

人怜吊影孤，伊虑若敖馁。叔兮志昂藏，子矜冠侪辈。
稽首告苍穹，似续犹可待。何必属且离，白骨肉亦再。

其 五

人怜远父母，父母忍离膝。归宁一探亲，刲股疗亲疾。

节孝钦两全，彤史畴可匹。学宫教所先，二谢共称述。

注：贞女顾氏名明姑，於潜（今浙江临安）人。清初聘为分水何鼎新妻。未及嫁，何故。顾氏遂守贞至卒。顺治中上表其事，康熙中建祠祀之。

○方宝慈 8 首

方宝慈，号竹斋，永康（今浙江省）人。清末民初在世。余不详。

游钓台舟中作

几回梦到钓台游，携手今朝素愿酬。静坐船中凭远望，穆然风景果清幽。

谒严陵像两首

入门长揖拜先生，气象巍峨山岳倾。从祀两贤双处士，云台那敌钓台荣。

其　二

不爱勋名拜谏臣，一竿垂钓乐天真。清风亮节堪千古，廿四史中有几人。

游东台两首

层阶百级上东台，俯瞰风帆破浪来。万叠晴岚当面抱，倚亭遥望独徘徊。

其　二

渭水垂纶莘野耕，两朝硕辅俨齐名。一犁烟雨双台钓，还是严陵风月清。

游西台

东台游罢复西台，一片清风在岸隈。讵意纶收千载后，追踪犹有谢公来。

钓台石笋

石笋孤高造自天，诸君莫把等闲看。经营设此非无意，付与先生作钓竿。

登平畴山

同人乘兴上平头，十亩桑田绿满畴。月影三塘真福地，先生到此复何求。

○龚永寅 10 首

龚永寅，清人。余不详。

梅洲十景

其一　锦江春色

梅柳渡江春，次第开桃李。嫣红斗姹紫，色色可人意。
九十好韶光，峰媒引游屐。风日趁晴和，莫待莺唤起。

其二　霜林秋容

霞衬夕阳烘，点染秋容老。金风吹萧瑟，千林经霜饱。
如醉复如妆，天工非草草。红比二月花，毕竟赢多少？

其三　修竹生凉

种得竹千竿，压檐复蔽日。溽暑不能侵，尘心赖以涤。
阮嵇爱其清，武公会比德。节操自耐寒，虚中岂可热。

其四　寒梅破腊

占魁亭久夷，占魁花常在。占魁人不出，天有岂有待。
独自凌寒开，不与时荣悴。清节励风霜，和羹作鼎鼐。

其五　前港渔歌

江上锁烟波，溟濛听渔唱。榔声敲不断，结阵争逐浪。
六六多锦鳞，日出齐收网。系舟杨柳荫，卖入人家巷。

其六　后山樵唱

家住青山阳，时逢采樵客。樵歌声抑越，一曲沉涧壑。
响彻又丁丁，白云人隐约。采得两束轻，归来日已落。

其七　洋滩牧笛

滩畔草色齐，枝头鸟声杂。牧童来何处，信口吹短笛。
牛背足稳眠，天机多活泼。归去弄斜晖，呜呜犹未歇。

其八　中华梵钟

庙亦名中华，环居有四境。钟又何所用，朦胧都惊醒。
韵彻晓千门，凭将顽懦警。一念分圣狂，曷不瞿然憬。

其九　占魁望月

梅月自双清，亭在江之北。况留只遗迹，低回增怅触。
人事有古今，千秋此明月。聊为一登临，天涯空极目。

其十　登楼观涨

一雨注倾盆，山洪陡然至。家家深数尺，泛滥无涯涘。
花木浸中流，蛟龙游城市。儿童喜泛荏，士女凭楼视。

○赵文翰 12 首

赵文翰，字简香，清末金牛乡（今浙江省桐庐县富春江镇）人。

梅洲十景
其一　锦江春色

水国连香国，参差绿映红。自然成锦绣，端不借人工。

其二　霜林秋容

澜目尽丹黄，疏林渐染霜。春花难烂漫，争及此秋妆。

其三　修竹生凉

绕屋万竿留，翛然绿意稠。清风徐入户，虽夏亦成秋。

其四　寒梅破腊

邓尉香消歇，孤山影寂寥。何如洲九里，春意十分饶。

其五　前港渔歌

风日丽前汀，舟浮一叶萍。棹歌声不断，韵入远山青。

其六　后山樵唱

生计指重山，松崖又竹关。身劳心自逸，高唱暮云还。

其七　洋滩牧笛

潮落晚江平，盈堤草自生。临风听牧笛，不尽饭牛情。

其八　中华梵钟

古社号中华，休疑大小差。钟声惊梦起，不受睡狮加。

其九　占魁望月

月色依然在，看花迹已陈。芳亭谁作记，独忆大魁人。

其十　登楼观涨

久雨积黄梅，江流滚滚来。登楼闲眺望，何处着尘埃。

注：《梅洲十景》原载于《桐江龚氏宗谱》。

咏龙门阴宅诗两首（并序）

牛鼻形龙山公葬此，相传既得此地难于点穴，大水时登高以望一片汪洋，唯此处不没穴逐定。

吉穴知从何处求，茫茫大水没汀洲。一坯土壤独高出，万顷波涛俱倒流。归骨不教身化鹤，象形真似鼻穿牛。龙门村左龙山墓，谁相阴阳具此眸。

其 二

蛤豹山君盛公葬此，山名蛤豹，相其形实凤也。荫木多松树，子孙取用不竭，故又名宝山。

底事山传蛤豹名，朝阳鸣凤本生成。昂头势讶龙身峻，分尾形同燕剪轻。两岸围屏峰叠叠，一江衣带水盈盈。葱茏佳气藏难尽，古木森森尚陇平。

〇李榛林 10 首

李榛林，清人，余不详。

又梅洲十景

其一 锦江春色

江上春光好，扶节几问津。花红浓似锦，草绿细如茵。
剪剪风情暖，依依柳色新。桃源仙路近，应有避秦人。

其二 霜林秋容

谁道秋容淡，丰神点染工。霜凝朝露白，霞衬夕阳红。
二月韶光候，千林醉熊中。天然颜色好，轻薄笑东风。

其三 修竹生凉

种得千竿竹，瘳瘳暑不侵。耐寒多介节，涤虑本虚心。
赤日簸余影，清风响作琴。幽篁深处住，君子结知音。

其四　寒梅破腊

山意冲寒后，花开九里梅。横斜风影重，浮动月锄来。
江北春先透，剑南句可裁。平分香雪海，许我步瑶台。

其五　前港渔歌

羡煞烟波叟，扁舟江上头。一纶绵岁月，四壁钓春秋。
雪夜榔声急，花晨歌韵休。贯来鳞六六，卖向酒家楼。

其六　后山樵唱

何处来樵客，山中久未归。采将红叶老，唱彻白云低。
响听松涛和，声惊瀑布飞。丁丁歌伐木，担荷夕阳回。

其七　洋滩牧笛

芳草平湖长，儿童聚牧场。呜呜吹短笛，个个弄斜阳。
角扣风弦响，鞭垂柳线长。横眠牛背稳，归去乐徜徉。

其八　中华梵钟

兰若钟声振，泠泠欲曙天。岂无鸡报晓，知有客参禅。
警破人间梦，超寻物外缘。为言聋聩者，好把俗尘捐。

其九　登楼观涨

环洲原是水，今不与常同。地上深盈丈，庭前泛短篷。
村庄成泽国，花木漾鱼龙。士女凭楼望，滔滔汛滥中。

其十　占魁望月

亭子今何在，茫茫往事悠。寒梅独暗淡，明月自春秋。
俯仰空陈迹，沧桑感逝流。无言对皓魄，谁与话从头？

○龚树标 17 首

龚树标，字凤楼，清末水滨乡（今浙江省桐庐县江南镇）人。余不详。

咏洲上梅花五则
其一　风梅

傲骨姗姗孰与同，怪他造化没心胸。寒香不受斯人制，何事低头顺下风？

其二　雨梅

罗浮香梦耐春寒，玉骨笼烟蝶意贪。不避天公霜露重，素心和雨十分酣。

其三　雪梅

玉作肌肤冰作心，素冠粉黛倍精神。雪花何与琼花斗，逊白输香评品真。

其四　月梅

花笼寒月月笼花，花韵姗姗月影斜。一色香浮罗角梦，画家清景入诗家。

其五　晴梅

玉骨冰肌剧可怜，枝南枝北放晴天。陆游好句如相赠，品自清高韵亦仙。

注：洲上即九里洲，在桐庐县桐君街道梅蓉村。

梅洲十二景
其一　锦江春色

春日春风春色新，绿杨堤畔草如茵。锦江孰是对芳客，李白桃红笑向人。

其二　霜林秋容

金风瑟瑟染秋容，树到霜时叶自红。洗刷年华秋意老，千林一色画图中。

其三　修竹生凉

四围修竹绕蓬庐，艳说时与君子居。惠我清风涤我虑，凉生只为节中虚。

其四　寒梅破腊

阳回大地管飞灰，处处寒梅斗雪开。一色横斜疏影里，香分明月入瑶台。

其五　前港渔歌

潮落春江波静时，渔舟逐水趁朝曦。歌声欸乃榔声急，捕得鱼儿柳贯腮。

其六　后山樵唱

采樵人唱采樵歌，一曲辛勤感慨多。余韵悠扬随涧水，斜阳暮霭锁岩阿。

其七　洋滩牧笛

红尘紫随绿杨堤，鸟语喈喈草色萋。何处牧童何处笛，横吹牛背夕阳低。

其八　中华梵钟

人生乐事梦时浓，争奈禅关惊晓钟。要识蜉蝣尘世界，万千色相总空空。

其九　占魁望月

漫云亭畔即天涯，云净风清银汉斜。惆怅占魁翘首望，一轮明月万人家。

其十　登楼观涨

洪水滔滔一望赊，西邻泛滥入东家。楼头士女闲无事，笑看儿童竞泛苴。

其十一　县左流芳

鹤峰东峙钓台西，潇洒桐庐孟氏题。廿里小金山下住，一洲佳胜溯余辉。

其十二　江中独秀

锦江独秀镇中流，十里洋滩九里洲。花木楼台多近水，消寒宜暑乐春秋。

○李功镛 8 首

李功镛，清人，余不详。

梅州八景
其一　垂柳梳风

亭亭袅袅起眠迟，一曲晓风残月词。笑乃芳菲烟锁处，倩伊妆束舞浓时。
度头纤步怜桃叶，村外酣歌唱柘枝。何似江干多别绪，者番青眼不胜垂。

其二　修竹筛日

一丛绿竹秀参天，空翠漪漪赋几篇。露滴竿头光璀璨，尘挥林际响丝弦。
清风簸影凉生榻，赤日筛空暑化烟。安得宅邻君子住，虚心觇我俗尘捐。

其三　乌桕经霜

绿杨昔日垂青眼，乌桕今朝到白头。枝缀霜花明月夜，风飘芦絮曲江秋。
琼林霞衬丹黄叶，株树云连上下洲。容易年华身世憾，斑生两鬓客心愁。

其四　寒梅破腊

几生修到月锄来，数点参差错落开。阅劫不争花一度，冲寒且酌酒三杯。
勾留鹤梦仙缘溯，洗刷年华岁事催。春信早通香国里，令人要想旧亭台。

其五　中华晓钟

庙镇中洲集四邻，晨钟八百乡频频。三声乍杂更鸡舞，一夜全轮输鸟驯。
韵逼舒湾连濮涨，音余下港澈甘津。敲残玉杵千门晓，惊醒朦胧梦里人。

其六　占魁夜月

明月三更夜影凉，梅花一色透春光。花笼明月花弥洁，月映梅花月亦香。
云净风疏星落落，漏深人静水汤汤。占魁亭子今何在？感到沧桑总渺茫。

其七　县左流芳

桐江东望路悠悠，舟泊垂杨古渡头。九里若耶干净土，一方闲于水云鸥。
春花粉褪秋花艳，前港潮来后港流。山下小金二十里，到今佳胜话梅州。

其八　江中独秀

钓台西峙鹤峰东，辉映芳洲水国中。竹外桃葩醺缀雨，堤边柳絮舞随风。
春回明月梅花白，秋到斜阳柏叶红。秀矗江心图画好，天然不与等闲同。

○邵可观 1 首

邵可观，清人，余不详。

脉地书斋

一进桐江望远行，几将高步乐升平。楼回绿水观龙化，牖绕青山听凤鸣。
灯火晚辉联月幛，春风晓度助书声。但堪奋志鹏程路，振羽飞腾达帝京。

○景贤风 17 首

景贤风，清人，余不详。

题咏大脉地何氏村景图十六韵

金牛刍大地，脉络著流芳。族姓传何氏，宗人教义方。潭门刳独木，
祠宇转迴廊。绕户溪垂绿，环庐树又苍。屏山神庙显，枫领水泉香。
果赢墙边叶，居邻桥下王。凤凰钟两宅，伏虎卫三房。袁属东家婿，
戴携新嫁娘。云中载白果，水落磨黄梁。岩坞追仙迹，奇山募佛堂。

有田唯首畈，无雨汲漩塘。秋夏勤耕稼，春冬费纸章。饭梨生此境，涧筱鬻他乡。世远诗书久，人先礼乐将。百花图簇绕，十景绘舒张。瓜瓞绵绵咏，庐江万古长。

游岩坞

旸谷溪流两峡冲，观音尖上翠云封。灵岩何氏留芳躅，绣像如生肖玉容。谁道山川标特异，可知天地本中庸。夕阳一片烟霞景，竹石垂檐青万重。

大地饶龙脉

地迥资生厚，迴环饶古风。问禁思草木，十宅赚英雄。春晓梨花白，秋深枫叶红。四围山色里，万象绘图中。曲曲虬龙护，悠悠脉络通。坤舆何处好，胜景画难工。

梅林别里居

庐江传一脉，别业载烟居。梅放山村晓，林开诗酒余。檐敧香有韵，月淡影交舒。户可酸盐味，人称冰雪储。师雄魂欲断，和靖案非疏。本是江南景，名魁万象初。

游大奇峰

屧绕金绳路，松阴五里清。山疑天上落，云向石边生。登眺低桐塔，抒襟压县城。峰高尘意净，霞散佛光明。刳竹听泉急，扪萝想砥平。香厨烧玉版，诗酒杂钟声。

又

奇峰探古寺，披雾上云程。望与大河接，神疑斗柄横。絜量跨富邑，摹绘入桐城。江水连溪窄，君山到地平。人烟俯视小，禅宇仰观清。一饭同斋午，时闻钟磬声。

诸葛后山并凤凰形拟古作

后山诸葛蜘蛛形，凭空突起一丘陵。四方围绕团团密，廿三府君作佳城。
西附高会云祖墓，累累不计其余茔。作帐开自观音尖，右襟上峡何仙坛。
左脉侧落大奇山，陕区名传金竹湾。上下湖塘归一壑，溪流绿水墓前看。
青龙顾祖茶山凸，舒张象鼻向前安。东穿瓜藤庙山峡，白虎屏风狮子搏。
乌石谷中涧水落，流出花村两合襟。先人迁得眠牛地，毓秀钟英亿万春。
世说何氏出仙姬，或产聪明正直神。不是凤凰点眼穴，凡民安得反天真。
脉络分明称大地，与君一一诉原因。

脉地十景（并序）

予前制题云"大地饶龙脉""梅林别里居"，又仿西湖十景，列为脉地十景于下。

其一　梅林欺雪

梅雪争春绵绣纯，醉中闲咏古乡村。压枝花淡冰含蕊，绕座香清月在门。
素性但容寒彻骨，幽情未许冷添痕。林家风韵天然秀，金笸罗酬酒一樽。

其二　脉地莺声

冈岭回环内坦然，新莺也为十乔迁。春风一度来时路，簧舌千般向午天。
卓尔神龙开地脉，乐哉好鸟脱尘缘。诗肠正闹书声里，不用携柑到树边。

其三　屏山春色

闲门径曲翠屏环，深锁蛾眉月一弯。漏尽五更披薄雾，朝来万彩掩重关。
晴岚有树光庭栋，云母如花点黛鬟。护我烟村排闼入，帘垂春景满前山。

其四　金溪晚枫

极目金溪岭上枫，谁知霜色渐裁红。夕阳影里迷桃叶，赤水潭边赛石崇。
坐爱车停朱履迹，行疑马走杏花丛。芳菲二月名园景，南北枝头变化工。

其五　幽斋听泉

幽斋读罢响疏棂，误作鸣琴倾耳听。万籁无声泉洒落，孤情何处水清泠。
韵关风木思亲切，泣向渊源溯岳灵。谱入丝弦音历历，惹将砧杵恨惺惺。

其六　横塘观鱼

横塘草映水纡徐，学得垂纶比羡鱼。初戏新荷鳞可数，忽衔流荇尾旋舒。
把竿或钓璜中字，漏网疑投腹寄书。濠上乐观今宛尔，梨花春雨涨成渠。

其七　石壁流光

峭石通灵显宝光，岩岩可象立轩昂。记称翁仲流形异，欲拟莲花掠影长。
精炼出神窥色相，顽蛮故态俨冠裳。儿童休道山岚障，隐现朝看辨雨旸。

其八　梨花淡月

和风晓度水仙家，浅逗芳梨树树花。不企夕阳迷去雁，却随宿雾入平沙。
冷侵月殿千团雪，淡衬春闺雨鬓鸦。青女欲争今夜景，故将水鉴斗奇葩。

其九　岩坞仙云

灵岩脱迹是何仙，满坞祥云与岫连。消息不闻鸡共犬，神通只见雨和烟。
三清一气驰冈路，五色千重触石泉。变幻无心归妙谛，甘霖祷处又逢年。

其十　奇峰晓日

峰矗云端撑大奇，禅僧晓沐向咸池。天开佛相金灯早，日上经声鸡唱迟。
舍利光华五色动，菩提彩散一辉驰。五更推却书窗望，疑是琉璃初挂时。

注：大脉地，旧属金牛乡，今属桐庐县城南街道。本集辑录的《脉地十景》原载《桐
江何氏宗谱》。

○朱学源 12 首

朱学源，清人，余不详。

和景贤风《脉地十景》诗十则

其一　梅林欺雪

晴日芳梅映远村，寒花浮动雪盈门。傲开第一琼为树，谁道添肥冰作魂。
瘦有精神何白逊，香无俗艳共黄昏。浩然兴致从来好，不让风光酒满樽。

其二　脉地莺声

脉地崇隆势旷然，阳春芳树喜莺迁。好音是处歌红雨，争暖飞来快乐天。
翠霭一横梭下上，清晨百转诉因缘。静听鼓吹诗肠妙，培植相依不计年。

其三　屏山春色

群峰锦列开云母，春景芳依曙色斑。竹木垂崖花烂漫，藤萝篆壁鸟绵蛮。
韶华高耸芙蓉缀，清淑宏张翡翠环。光胜琉璃争似绘，一声长啸对屏山。

其四　金溪晚枫

空谷何年树老枫，白云深处映溪红。羽人临水丹青画，霜日流光金碧泷。
丛说脂香成琥珀，曾吟叶冷忆崔公。争如身入桃源路，坐爱林泉有古风。

其五　岩坞仙云

飞升何处阿谁仙，幻迹灵传岩坞巅。鹤算程余松顶月，鹿衔草赛陇头烟。
烧丹泥粉寻旸谷，跨鲤鱼红现石泉。行有救时云自异，甘霖从此庆逢年。

其六　奇峰晓日

晓日孤悬照大奇，峰高轩曜浴咸池。光含五色金绳路，辉映双林古寨基。
慧火晴明灵鹫晓，香炉红烛法云披。祝融夜半争如看，化国舒长大觉时。

其七　幽斋听泉

构山筑涧启疏棂，石界奔泉信可听。半让松涛风浩浩，全争琴韵月泠泠。
清流案畔棋声和，潇洒轩前诗梦醒。领得庄生天籁趣，足音更有访岩扃。

其八　横塘观鱼

银塘碧水见游鱼，人立堤边影到渠。雨眼住看垂钓候，一声长啸举竿初。
风波顿起贪芳饵，活泼流行澹坐渔。解得相忘当镜曜，昔年濠上乐何如。

其九　石壁流光

磐石孤高带宝光，俨然野丈立轩昂。点头风度摇巅翠，对面霞披照碣苍。
五老独临岩坞外，一仙争似泰山傍。仰观辉映欣携杖，呼拜名流大米狂。

其十　梨花淡月

不是武陵沽酒家，春光酿热趁梨花。寒香笼月欺香雪，白锦明枝赛锦沙。
树下洗妆几坠兔，风前解笑欲腾鸦。只图点缀芳村好，太白一联吟诗葩。

游仙姑坛

石径危峨仙迹留，烟霞吐纳几春秋。水晶帘里丹壶澈，碧玉楼前药灶幽。
雪鹤盘空飞欲下，冰桃采结取难收。偶来惊起仙人睡，未识烹茶赐坐不？

和元韵

不见仙人踪迹留，空存石室纪春秋。凡心顿可壶天净，俗冗闲消洞府幽。
物外田园何日起，竹中棋局几时收。古今同是天台路，流水桃花尚在不？

○吉堂氏 10 首

吉堂氏，清人，余不详。

新增（脉地）十景诗踵诸前辈遗迹

其一　梅林欺雪

东风吹向一枝开，清友先闻羯鼓催。偶听鹤声鸣未已，偏招驴背踏犹来。暗香浮动梅花笑，疏影横斜柳絮堆。不是一番寒透骨，那能春色上瑶台。

其二　脉地莺声

暖辞云谷背朝阳，翅趁东风拂故乡。试看双飞穿雾雨，闻来百啭度笙簧。清音唤醒红闺梦，细语流连绿树忙。巧舌调琴疑叙夜，离人何处泣宫妆。

其三　屏山春色

雨洗层岚景正新，烟螺点处活如神。和颜才着情难置，笑貌初开画不真。现山微青残絮帽，削成寸碧透松筠。花香泉韵山光好，差胜庐峰脱俗尘。

其四　金溪晚枫

萧萧古木映玲珑，雨岸荒堤夕照红。艳景枝枝澄玉露，碧波片片荡金风。鸦声欲噪霜林落，鱼影常穿石磴空。秋色寒光呈异境，苍茫犹似画图中。

其五　幽斋听泉

寂寞闲居独处清，韦编坐对一灯明。小窗射月添花影，尔室临溪多水声。自雇萧萧联壁静，常闻混混带琴鸣。直同茅屋三间隐，志在偏教侧耳情。

其六　横塘观鱼

东风拂拂绉波光，一望清池半亩方。投足径登红蓼岸，纤鳞翻出白蘋香。晶眸顾盼欣情切，玉尺抛游乐意尝。此景宜招银海瞭，徐徐多在水中央。

其七　石壁流光

山骨何无草色暗，粼粼如镜不生痕。一拳未足遮岩穴，五色端方护洞门。

化法削成青玉片，神工截断碧云根。高排直等望夫品，却似袈裟雅景存。

其八　梨花淡月

深深琪树有余香，清夜朦胧一味凉。风动琼林偏着色，云开皓魄也无光。
三更交接何能辨，雨景相连孰可彰。素质宜逢红日透，高枝簇簇又如霜。

其九　严坞仙云

深山一碧水溶溶，中有功成丹灶封。高接千层宜舞鹤，低连五色快从龙。
仙姑常在灵登岫，童子偏居唯爱松。非雾非烟能脱俗，氤氲几幅映重重。

其十　奇峰晓日

曙色腾岚若接天，景同十二挂清泉。高擎似掌仙人在，旭照如轮鸟影鲜。
暖暑初迎螺髻上，夏云多罩佛头边。朝阳犹胜黄山射，隔岸遥观笔搁连。

○徐庭三 1 首

徐庭三，清人，余不详。

和景贤风游大奇峰

随步仙源境，萝穿石锦纹。垂崖连宿雾，根石自生云。两峡蛟龙隐，
三尊狮象分。钟声透梅杪，鼓韵散妖氛。志载何仙迹，岩图罗汉文。

○叶善坤 8 首

叶善坤，清人，余不详。

城南书林（下轮）八景诗（并序）

书林吴氏辑宗谱成，绘其地八景，属为题词。夫鱼川百亩显甫聚族于殷州，凤
烛千寻僧绰著家于齐代。故支繁者叶必振，人杰者地亦灵。菱渚粳田流连杜老，茂
林修竹想象兰亭。自来胜境移情，佳游寄咏。写蝉嫣之世阀。显驷马之门楣。矧兹

瓜牒新成，葭莩幸附，偶疏短引，恍接芝兰。谢氏之晖，用托长吟，借志花树，韦家之盛云尔。

其一 顶峰毓秀

淡墨染矾头，浓青拓黛尾。中有大邱居，郁葱皆佳气。

其二 泉塘储清

在山复出山，泠泠天绅落。臣居廉让间，快然饮一勺。

其三 东涧晴波

古涧雨秋霁，乃在山之东。溪童闲放鸭，独立稻花风。

其四 西山夕照

村落炊烟合，园林晚吹凉。平原荒草际，一队下牛羊。

其五 双桥串月

如游华子冈，天然得佳境。凉月照清波，中有诗人影。

其六 百室临溪

花覆双扉敞，林深独碓喧。劫灰飞不到，或恐是桃源。

其七 远近垂杨

何处沾春便，有人横笛来。河阳描不出，一树一楼台。

其八 左右修竹

团变千万竿，爱竹已成性。敲门挂杖过，我有子猷兴。

注：书林，原名下林，今名下轮，旧属金牛乡，今属桐庐县城南街道。本集辑录的书林村景诗原载《桐江书林吴氏宗谱》。

○耀南 8 首

耀南，清人，余不详。

下轮八景

其一　顶峰毓秀

叠嶂峻嶒万象罗，葱郁佳气满岩阿。头衔夕照丹浮鹤，眉展春风绿点螺。
青峭直干千仞上，白云留向半空摩。两间钟毓诚非偶，到此看山兴倍多。

其二　泉塘储清

滢然沏底绿波鲜，绝胜方塘咏句年。放海可征源混混，始流已觉韵涓涓。
涟漪有影疑开鉴，澄澈无私合见天。酌水励清怀祖德，此心原不染尘缘。

其三　东波晴涧

迢迢春水绿如油，逐队鱼鳞乐泳游。一带罗纹迎日出，千层锦涨逐花流。
沦漪似书初收雨，荡漾偏宜待月楼。畅咏考磬情更适，此中知有硕人留。

其四　西山夕照

乌躔欲下尚留踪，霞彩层层映碧峰。景住螺鬟无限好，光烘鸦背带来浓。
桑榆写影窥真面，松相呈颜尚少容。每向西山频顾盼，残红时见桂芙蓉。

其五　双桥串月

上界清辉下界同，宵行无数镜光融。别成银汉三千界，幻起琼楼卅六宫。
一带虹连争照影，几回龙戏欲腾空。向闻贝阙迢遥甚，不信人间有路通。

其六　百室临溪

户口繁昌傍水居，清流环处即吾庐。红桃花泛残春候，翠击波添夜雨余。
卧处流声环枕畔，秋来潭影上庭除。帘疏皓月征先得，垂钓门前学老渔。

其七　远近垂杨

张绪风流宛未更，腰婀肢娜大憨生。行行客繁堤边马，步步歌闻叶底莺。
野外含烟烟不断，林中带雨雨无声。凭君青眼年年启，常向溪头管送迎。

其八　左右修竹

入望猗猗密翠连，淇园风景想当年。阴垂不待丁帘挂，暑少偏耽午梦圆。
君子果然宜且有，仙风时带管和弦。龙孙岁岁经培植，直上青霄古节宣。

○自琦 8 首

自琦，清人，余不详。

又下轮八景
其一　顶峰毓秀

蹴起青峦列眼前，云根深处住神仙。烟开石径层梯直，雨洗岚光宝相圆。
百尺悬崖形拔地，一枝卓笔影摩天。会当绝顶登临好，静听秋声入涧泉。

其二　泉塘储清

滟滟名泉色相兼，半泓不待雨频添。流从平野清无比，出自深山碧欲舔。
有影照来弥觉淡，此心印到本能廉。天机触处凭微会，荡漾天光镜一奁。

其三　东波晴涧

涧水东流一带连，分明佳景列晴川。含光先迓初升日，彻底还开小有天。
流出锦纹何潋滟，迎来霁色倍澄鲜。观鱼不减蒙壮兴，宛置濠梁在目前。

其四　西山夕照

一抹斜阳岭上横，西上西望最关情。末光且喜桑榆附，真相才将面目呈。
秋后凝妆红叶灿，晚余衣锦彩霞明。莫嫌日落人稀少，牧唱樵歌不住声。

其五　双桥串月

步到桥头月色圆，浑凝塔影望中悬。虹垂水讶三更吸，龙卧珠惊九曲穿。
两处玉箫吹不断，一年金镜照无边。会看驷马留题客，衣袂翩翩挹露鲜。

其六　百室临溪

佳景由来胜若耶，清溪环处是人家。窗前波影微微醮，堤畔烟痕故故斜。
夏木千章余樾阴，春流三月泛桃花。门开便见涟漪色，垂钓何须借汉槎。

其七　远近垂杨

杨柳依依蜿地垂，东皇消息遍天涯。黛分深浅频描尔，堤隔湾环欲问谁。
月浸书栏围叠叠，春藏红板步迟迟。者番领略风光细，寄语秾纤好品诗。

其八　左右修竹

晋代风流凤所钦，从教人忆七贤临。风飘翠袖林无暑，露滴青竿玉有音。
雏凤行分文采目，籙龙岁长子孙心。欣看书意符诗品，一抚筇筤一畅吟。

○朱琳 16 首

朱琳，字贡球，孝仁乡（今浙江省桐庐县城南街道）人。清光绪初岁贡。

岩桥八景
其一　石桥串月

水隔行人路一条，中间谁为驾虹腰。金波叠涌光无定，宝镜中分影共摇。
蟾窟有辉通面面，鱼潭积涨泻迢迢。石阑左右平如砥，少憩朋俦不待招。

其二　魁阁齐云

遥望层楼接上青，欲登高处步难停。奎垣自是文章府，阁道还呈峻峭形。

每向空中延皓月，好从窗外摘飞星。碑题碧落今番便，天语应堪倾耳听。

其三　十井储泉

取饮何年得自如，四时不断见清渠。蒙泉出本由山下，井养盈溪待雨余。
百里寻源来甚远，千家行汲往无虚。此间聚族情胥恔，莫问山居与水居。

其四　双溪环带

策杖寻源数里遥，来从岩坞出岩桥。桃花艳泛三春锦，柳渚波环百尺绡。
歌到沧浪缨欲濯，观同濠濮鲤频跳。问谁素有澄清志，一扫尘氛答圣朝。

其五　兰山幽韵

爱采猗兰性欲狂，邀朋寻觅到山岗。探来自得幽人趣，崛起原为王者香。
笑口开时春未老，芳心触处夜犹扬。余馨布满云峦上，传及今朝尚未央。

其六　岩坞高峰

青峭摩空远益奇，晴烟笼处望迷离。春光到后农堆翠，秋景描来淡有姿。
游屐拟从灵运借，画图应待少文披。参天叠叠蓉峰耸，凝眺频增谷隐思。

其七　仙观钟声

为爱琼宫景出群，钟声起处遏行云。一鸣响共千山答，几度人惊半夜闻。
天上音通非小叩，汞中丹熟待平分。料知金奏迎仙侣，紫气东来瑞霭纷。

其八　纳庵梵语

数声遥送梵王宫，悟彻三千色是空。衣仰观音全现白，花因说法乱飞红。
欣闻逸响超尘外，回忆前身在月中。礼拜如来应默祷，几生修到可能同。

注：岩桥旧属孝仁乡，今属桐庐县城南街道。本集辑录的《岩桥八景》诗原载《桐庐岩桥王氏宗谱》。

下轮八景

其一　顶峰毓秀

层峦何突兀，意欲凌苍穹。耸然呈异彩，迥非诸峰同。
入望气佳哉，郁郁复葱葱。新晴夕照留，圆形霞光融。
雨余天际近，掩映云摩空。阴晴经历览，变化殊难穷。
钟灵依胜境，拔地表雄风。即此壮观在，奚必求衡嵩。

其二　泉塘储清

正田为楹泉，侧田氿泉焉。非正亦非侧，直从地底穿。喷薄沙频碎，
旋折珠同圆。雨久不加多，但见一泓鲜。旱久不加少，能灌千顷田。
得非郁奇气，下有神龙眠。百川供吐纳，其来自涓涓。坐久烦襟涤，
观时俗虑捐。空明谁似此，悟彻心悠然。

其三　东涧晴波

虽非雨集时，滔滔行不驻。人家西边密，涧水东边注。
漾洄阚地脉，活泼侥天趣。日映金波融，霞烘锦纹互。
问源来处来，寻流去处去。学海洵非难，循途从此赴。

其四　西山夕照

夕阳好无限，诗人得语妙。好恐无多时，急急供凝眺。
却幸西山西，余晖真炫耀。景好为我延，侣好为我召。
春来野芳发，相对嫣然笑。秋至枫林丹，散彩满岩窈。
玩此淡忘扫，樵歌犹缭绕。莫愁归路迷，明月来相照。

其五　双桥串月

境静兴倍幽，衣凉极清赏。雁齿历双行，蟾魄升数丈。

天边净无滓，桥下辉愈朗。影中影尤多，水而水相荡。
蛰龙惊一一，长虹跨两两。沈壁无定形，离合森万象。
珠几捞踟蹰，窥镜时俯仰。不信广寒遥，我欲乘槎上。

其六　百室临溪

武夷溪九曲，晦庵作栖止。今读精舍诗，棹歌应宫徵。书林形胜区，
灵景复尔尔。绕宅映清渠，当门流碧水。滟滟色迎眸，泠泠声入耳。
行汲朝暮便，垂钓鱼虾美。春来泛桃花，苑住仙源里。

其七　远近垂杨

游日春郊外，新阴沿溪绩。丝垂何袅袅，情牵殊脉脉。
入望无远近，娱情足朝夕。十里曲江堤，五株栗里宅。
听多莺好音，系马半佳客。围堂深后深，览景适复适。
羡君眼能青，赏鉴当不易。愿借汁染衣，枣糕非吾惜。

其八　左右修竹

旷观天地间，无物堪医俗。唯有此君心，不受尘埃束。
主人爱栽培，雨行排碧玉。密翠东西连，芳邻左右续。
凤雏凭长养，龙孙无局促。直节千云霄，翘然千寻绿。

○俞荣初8首

俞荣初，清人，余不详。

岩桥八景
其一　石桥串月

两岸人家满，虹桥一幅通。界连村内外，客便路西东。
鸭涨铺如镜，蟾辉印似弓。凭栏闲望处，尘累尽消融。

其二　魁阁齐云

百尺魁楼敞，村巅望峭然。文光真射斗，笔势欲摩天。
翰墨凭流韵，功名仗主权。人材看辈起，科甲定蝉联。

其三　十井储泉

开凿知何氏，清泉味尽甘。窍应通脉一，源不竭秋三。
渴解人人爽，膏沾户户酣。牺经传井养，卦义可详参。

其四　双溪环带

小步沿溪去，双流似带围。鱼游浮水出，鸥浴掠波飞。
春雨桃花艳，秋风柳绵肥。此间佳趣满，垂钓足忘机。

其五　兰山幽韵

山以兰为号，芳兰定满山。雨余蜂意淡，风过蝶情闲。
花发烟笼岫，香清月罩鬟。幽人居不远，乘兴试跻攀。

其六　岩坞高峰

独立群峰上，复高莫可加。泉声喷洞壑，风彩蔚云霞。
绕磴秋花野，参天古木斜。揽衣登绝顶，四望渺无涯。

其七　仙观钟声

仙观超尘外，钟响度远林。余音搀药杵，遥响答衣砧。
鹤梦霜华重，鸟啼月色沉。不堪身在客，一听一惊心。

其八　衲庵梵语

脱书尘红气，幽然梵宇宏。经储三乘富，香热一炉清。

说法花千朵，参禅月四更。元机同悟彻，各自证前生。

○王炳耀 8 首

王炳耀，清末孝仁乡（今浙江省桐庐县城南街道）人，余不详。

岩桥八景
其一　石桥串月

平桥低跨小溪头，桥上阑围两道周。最爱凭栏看倒影，月光穿处现双钩。

其二　魁阁齐云

奎宿锋芒万丈连，层楼高接九霄云。问谁大振凌云志，取把文光射斗躔。

其三　十井储泉

十泉甘美味无加，井养功成众共夸。取不禁兮用不竭，管教沾润到家家。

其四　双溪环带

溪原出自白云乡，弯弯曲曲十里长。流过村前双派合，人家都在水中央。

其五　兰山幽韵

兰山山色绝尘埃，情韵幽然生面开。携得同人登眺去，清香定带满身来。

其六　岩坞高峰

一峰壁立势岩峣，石级盘空境界超。绝顶有人能上去，此身应是近云霄。

其七　仙关钟声

月落乌啼夜气清，紫云观里一钟鸣。数声击罢天霜白，惊破人眠梦不成。

其八　衲庵梵语

清幽高敞梵王宫，老衲垂头说法工。谈到元机真妙处，架裟满领尽仙风。

○马锡康 8 首

马锡康，字晋蕃，清末孝仁乡（今桐庐县城南街道）人，余不详。

又岩桥八景

其一　石桥串月

虹桥平跨一波清，波自洁清月亦明。最好月从桥下逗，桥痕两道似弓横。

其二　魁阁齐云

魁阁巍巍远接天，红尘碧落俨相连。文光指望冲霄上，科甲从教焕后先。

其三　十井储泉

清泉甘美出无穷，十井源应一脉通。读易卦占山下水，人工虽巧总天工。

其四　双溪环带

双溪合作一溪流，源出岩峰到此收。环绕村间浑似带，人家无数水中浮。

其五　兰山幽韵

兰山名说到如今，难把幽芳谷口寻。蜡屐一双侬欲着，问君肯否订同心。

其六　岩坞高峰

十里寻山往复还，山高面面白云环。尖峰更在云深处，有否人能绝顶攀。

其七　仙观钟声

仙观原来仙气清，如来顶上白云生。钟声叩处微风送，梦里惊闻分外明。

其八　衲庵梵语

头陀三两住清寮，寂坐蒲团说法劳。悟彻色空空即色，满天云净月轮高。

○郑沛霖 8 首

郑沛霖，清人，余不详。

岩桥八景
其一　石桥串月

盈盈一水间，何年通车马。空际驾长虹，镜开天不夜。石栏峙东西，
银蟾彻上下。影中影复流，水天一色写。恍惚广寒宫，乘槎可到也。

其二　魁阁齐云

杰阁起玲珑，翘然耸碧空。布置随地势，孤高接天宫。有象摩星汉，
何人擅化工。层楼碍白日，卓笔凌苍穹。行看文运启，霞彩锦裳融。

其三　十井储泉

泉出取诸蒙，蒙养征圣功。泉深取诸井，井养而不穷。
昔人开利赖，穿凿极人工。一处复一处，处处泉源通。
挹注周彼此，灌濡遍西东。饮之沁心脾，太和气融融。

其四　双溪环带

妙境出天然，宛与尘境隔。双溪来迢迢，数里行不竭。
源自山下分，流从桥下合。人家居其中，村烟起稠密。
玉水与珠泉，回环而曲折。问津烦过客，可似桃花源。

其五　兰山幽韵

此山知何山，幽馨随时出。春到任搜寻，风来常郁馥。云是王者香，

韬迹隐空谷。欣欣生意满，历历清芬触。九畹滋灵均，修然脱尘服。

其六 岩坞高峰

群山何崔嵬，拔地千寻起。峭壁矗云中，奇观恢眼里。变幻罹万熊，追寻无十里。云此属岩坞，层岩高无比。拟欲时登览，深情寄仰止。

其七 仙观钟声

一声徐，一声疾，一声一声听不歇。听久钟声彻上苍，疑是群仙先后赴金阙。或偕鼍鼓喧，古音依古节。或共磬声扬，玉韵应金律。吼声宛似起蒲牢，响逼朝潮与夕汐。此情此景此时兼安得，不共仙班为戏谑。

其八 衲庵梵语

佛是僧僧礼，佛修到几生。征定力梵音，清彻九霄通。疑为金经为石碣，清夜数声传，宛与尘缘隔。岂是如来说法时，天花纷纷隧不息。岂是弥勒讲经时，水际鱼龙听不辍。耳聆心增感皈依，清净域愿随老衲。携钵更披缁，色即是空空即色。

○汪玉林 8 首

汪玉林，清人，余不详。

凤川凤岗八景诗（并序）

桐邑据江浙上游，水秀山明，甲于诸邑。如桐君之笋秀，严濑之回澜，阆苑之仙洞，赤洲之瑶林，管仙之类不可胜纪。然山川之胜，皆所以表天地之灵，使山川不甚奇异，则高厚亦觉无色，而吟咏又所以图写山川之状，若无诗歌题咏，而山川又觉无色。故凡山水之历历在人耳目间者，要得文人笔墨而其名始传，吟咏之有功于山川尚矣。

今郑氏世居凤岗洞庭里，去县治南二十里许，山围水绕，地广土腴，三峰西峙，高出于云霞缥缈之间。南望关宫紫烟缭绕，里人相率以为瑞气。东则有青松冬茂，偃若虬龙。北则有梅坞芬芳，银屏如画。余音嘹亮，虎镇闻牧子之歌；雅韵铿锵，甘溪奏子期之响。时而流光欲没林亭，留夜月以增辉。每当更漏初残，香泉振洪钟而觉梦。桥卧石而亭捧月，山如黛兮水如蓝。胜概引人致足嘉也。则五七言之作，又乌可少哉！兹当葺谱将竣，咮读前贤佳句，因忘鄙陋，擅拾俚词，附于简末，虽不足为景物生色，然不惜抛砖易玉，庶可令后日之长于此者，因其名而惠以球琳琅玕之响，则山川景物之胜，亦可因之以不朽云。

其一　狮志晓色

数仞峨峰狮象奇，登临遥盼觉天低。朦胧带雾朝霞映，恍惚披霓晓日迷。亘古风云凭际会，从今牛女任提携。凤岗高并郡峦翠，俨若严台不染泥。

其二　虎镇秋容

巉岩顽石虎威头，寥落枫林楚地秋。极目总堪游绿野，伤心谁复问红楼。奇峰松柏连云影，隔岸芙蓉带雨愁。山似负嵎千古镇，登临一望雁鸿幽。

其三　林亭夜月

万木含辉晚景幽，夜深月色照枝头。松筠杳渺闻涛响，桂魄芬芳带影浮。仿佛凭栏圆似镜，依稀沉水曲如钩。游人秉烛襟怀旷，欲步天河问斗牛。

其四　香泉山寺

千家烟火听钟声，方外云行步鹿林。入寺问山花答巧，闻香谒水涧情深。不参鹫岭如来意，得悟沧浪孺子心。渴饮甘泉谁作记，空中有色却难寻。

其五　三峰积雪

三山聚雪在天涯，瑞满江南士女夸。皎皎岩峰飞柳絮，潺潺溪涧作冰花。欣看玉树高千尺，喜盼银河饶万家。兆庆丰年歌大有，长安贫者不须嗟。

其六　石桥流水

浩浩甘泉日夜流，水滨源远永千秋。山梁积石来鹦鹉，川谷盈科浴凤鸥。

逝者潺潺歌有本，允矣世世庆贻谋。兹溪相接桐江水，别派分流似柳欧。

其七　乌石砥流

溪心特立一奇巅，游子欣瞻一洞天。砥柱波回涛若靖，中流怒激浪尤颠。
依稀溱洧留芳躅，仿佛麟溪拟钓仙。实获我心谁可转，不知将至老弥坚。

其八　甘溪春满

溪有甘泉美细流，绿波偏满在春头。桃开李继终华发，柳暗花明却共幽。
赠芍采兰君子戒，观澜取水圣人游。濯缨濯足歌孺子，意念还期李杜俦。

　　注：凤岗旧属水滨乡，今属桐庐县凤川街道。本集辑录凤岗村景诗原载《桐南
郑氏宗谱》。

○李贤达 12 首

李贤达，清人，余不详。

壬子续增（凤岗）八景诗（步前韵）
其一　狮志晓色

山以狮名局最奇，晓看带雾恨天低。依稀玉爪岚光艳，仿佛金眸黛色迷。
磅礴凤岗争胜负，蜿蜒象鼻任提携。人非物是今犹在，下接甘溪不染泥。

其二　虎镇秋容

虎镇原来似虎头，悲秋时值洞庭秋。寺湾气逼丰亭阁，仙室景凌乔木楼。
怪石生风声愈怨，奇形震怒色添愁。登临树点千家小，指雇石桥流水幽。

其三　林亭夜月

华林亭畔径通幽，皓月当空照陇头。清涧横斜疏影落，黄昏皓魄暗香浮。
苍松掩映圆如镜，丘水漂流曲若钩。试问一枝如许折，天河令渡会牵牛。

其四　香泉山寺

泉水清涟杂梵声，香流雅韵出华林。寺边波逐天花落，山下音回暮鼓深。
滴滴芳馨洗俗耳，娟娟素影逗禅心。瓶中杨柳非南海，幸有菩提仔细寻。

其五　三峰积雪

三峰耸峙近天涯，瑞雪纷纷自足夸。昨夜轻飞成玉案，今朝巧剪就冰花。
非无乌石宜人处，羡有黄杨堪隐家。预识水滨歌鼓腹，士民何用食来嗟。

其六　石桥流水

石桥水稳自清流，赏玩长天一色秋。上接二源来秀谷，下连万顷极沙鸥。
门开立柱留长计，泉别勒铭贻远谋。坐看逝者诚如是，偷闲怀古学苏欧。

其七　乌石砥流

甘溪突兀一山巅，砥柱中流别有天。靖久行来石磊磊，雨长望处浪巅巅。
侈心不做桃源客，悬想还如洞里仙。恨与野人无以异，青云未堕志弥坚。

其八　甘溪春满

二水渊源活水流，甘溪春色满溪头。金鸡相对鸡冠笑，乌石还参石室幽。
垂落残花深逐浪，抽条嫩柳浅浮游。雷鸣天下旗枪树，乐向荣兮草木俦。

壬子重修和续（凤岗）四景诗
其一　西林书屋

夕阳返照小楼头，欲步青云志未酬。翰墨淋漓高士迹，琴书诵读古人留。
西来爽气添精雅，月出皎明倍曲幽。彼美情怀如可咏，讵看济济圣门游。

其二　南阜关宫

此吴地也一奇峰，士庶诚心建帝宫。松柏岁寒傍古刹，神灵庙貌敬关公。

三山环拱留恩远，二水滢迴降福隆。大节巍巍高仰止，绵绵顶祝沐仁风。

其三　东山松茂

独耐岁寒爱古松，巍巍劲节植林东。日升栖鹤留仙迹，雨致成龙代化功。
紫气盘旋宣籁气，春风淡荡寓高风。深山宰相承君宠，恩沾皇封一品中。

其四　北坞梅芳

梅蕊南山先北山，而今开放耐天寒。冰姿偏向辰边艳，玉骨每逢腊正残。
后日和羹调鼎鼐，今朝傍屋胜芝兰。上林若作盐梅用，欣得承筐叶帝欢。

○友刚8首

友刚，清人，余不详。

续增（凤岗）四景诗
其一　西林书屋

读书精舍筑山头，李白酣歌杜甫酬。金谷繁华邀客饮，西园翰墨赋诗留。
牡丹未染仙娥醉，兰蕙先添逸士幽。况有青林解我意，犹凭红日待人游。

其二　南阜关宫

地称南阜一奇峰，众姓平基建帝宫。吴地威灵显胜绩，桃园庙貌慕关公。
群民拜首光辉远，合社庆崇神寿隆。吾辈登临堪寓目，优游凭眺仰高风。

其三　东山松茂

每怀冬岭秀孤松，不意成林独在东。童子言师频采药，大夫封号有奇功。
与梅同伴非冰炭，选柏为邻傲雪风。隐士云深高枕石，郑侠难写画图中。

其四　北坞梅芳

北极星辉映绣山，数枝梅萼傲冬寒。水清不与凡花共，玉洁讵同别色残。
遍坞芬芳恍似雪，满腔歌咏拟如兰。自今不让南枝早，待作盐梅卜帝欢。

重修和续（凤岗）四景诗（步前韵）
其一　西林书屋

西林书院建溪头，道理盈眸笔墨酬。翠壁清闲高士兴，苍岩佳景古人留。
潜修举业书声雅，欣睹春光物色幽。欲步云梯何处是，寒窗十载禹门游。

其二　南阜关宫

凤岗秀毓一端峰，明代经营作帝宫。殿畔苍松邻翠柏，林间绿竹友丹枫。
四面青山多佳趣，一湾溪水奏丝桐。士女纷纭皆仰止，令人起敬咏关公。

其三　东山松茂

昔人有意种青松，今得成林独秀东。高节巍巍君子伴，乔枝郁郁大夫功。
呼梅作友邀星月，觅竹为朋傲雪风。樵子深山沾雨露，还将避暑入云中。

其四　北坞梅芳

曲折盘旋叠叠山，芬芳梅发斗天寒。含葩初放春将至，吐蕊才开腊正残。
一种清香还若桂，十分幽馥却如兰。银姿玉色春魁早，唯有诗人着意欢。

○李九龄 2 首

李九龄，清人，余不详。

族居（凤岗）敷景七言二则

乾公卜筑住芳踪，好景天然意所钟。岫类一鞍名亿马，峰高万笏号从龙。

清泉挹彼双圈井，古树抚来独股松。小立荷花桥畔眺，凤凰山胜碧芙蓉。

其二

胜迹多多洵益善，金鸡仙石至今传。岭称刺司千重峻，桥傍人村七板联。
坛远黄金围为屋，溪深绿水转当阛。吟诗愧乏生花笔，好句留题待后贤。

○王彦高 20 首

王彦高，清人，余不详。

南冈十景诗（并序）

夫南冈者名实旧矣，代谢虽不同而胜概则素著。闲居之际，偶似十景诗题，聊
赋俚言，以适鄙怀，祈善诗者，代为品题，则山家之增辉多矣。

其一　华林晓色

缥缈南峰云气收，青山如洗曙光流。梵王宫殿金银饰，祇树楼台紫翠浮。
自有幽花盈院宇，还看飞鹭满林丘。前村一片炊烟起，倚杖闲凭逸兴留。

其二　群峰晚翠

暮倚高楼一望中，酒怀诗兴雨从容。苔铺翡翠盘陀石，山削芙蓉笔架峰。
震远飞湍千涧雨，撑空浓碧万年松。凭栏指数斜阳外，烟锁禅关又晚钟。

其三　东岭苍松

东山架壑数株松，黛色参连倚半空。劲挺虬枝斜挂月，凉生钗叶迥摇风。
空青乍觉岚光合，浓翠浑疑雾气笼。最喜来楼双白鹤，结巢高顶岁时同。

其四　西畴白鹭

一行白鹭下林池，宿食平芜趁夕晞。绿水每随鸥共泛，青春不与雁同归。

银丝拂顶穿烟霭，铁足联拳振雪衣。空阔且无矰缴虑，任渠来往自忘机。

其五　南谷秋容

西风飒飒吼高岩，秋满南山爽气添。撑日枫疏红掩映，倚空柏古翠廉纤。
鹤惊露滴难成梦，人爱花黄欲卷帘。到此停车凭眺久，诗情酒兴却相兼。

其六　北岸云屏

远望云蒸若可招，参差屏列倩谁雕。亭亭闲布晴峰面，霭霭轻排碧嶂腰。
浓影纷驰催细雨，清光澹漾接层霄。扶与巧列罘罳样，未许移归怅路遥。

其七　石桥流水

近市平桥鲜作堆，山泉汩汩径萦回。清阴远压千竿竹，疏影旁环几树梅。
甃石细铺深涧汇，添渠分引小池开。酒旗隐约茅檐外，时有骑驴过客来。

其八　松林夜月

南阜山前松万株，村居遥接景萧疏。穿林隐隐烟浮处，傍汉迢迢月上初。
疏密互通波不定，玲珑低映画难如。小窗灯火难家子，清夜钩帘自读书。

其九　甘溪春涨

群山涧潦会南冈，滚滚源泉百里长。霉雨积时翻雪浪，春风卷处落花香。
流看箭激争砰湃，势讶雷轰共激昂。幸值初晴凭远眺，水云烟树晚苍苍。

其十　山市晴光

村郭朝晴图画开，两山时好送青来。彩帘摇影沽春酒，翠竹凝辉间玉梅。
霞彩远涵新院落，日华纷绕旧亭台。可怜二十年重到，一段繁华付劫灰。

又十景

其一　华林晓色

樛木苍藤露未收，恰逢日影射溪流。山前雾影层层卷，寺里烟光缕缕浮。
白鹭群飞明峻岭，青松骈挺荫平丘。静观好把尘心涤，何处清闲不可留。

其二　群峰晚翠

翠色浓连接目中，丹青未易写形容。莪莪掩映留斜日，曲曲回还插远峰。
时有烟浮遮怪石，远看月上挂虬松。骚人徙倚搜诗句，不觉黄昏报寺钟。

其三　东岭苍松

佳气遥浮岭上松，数株苍翠亘长空。清阴密自凝昏晓，劲节撑还惯雨风。
披径静宜澄月映，遮峰澹有薄烟笼。岁寒时睹青青趣，桃李芳姿未许同。

其四　西畴白鹭

联翩下集近清池，白羽鲜明映旭晞。草色离离应共适，川光漠漠欲忘归。
随方饮啄联霜趾，几度低昂整皓衣。尘纲不撄多乐意，西畴尽可畅天机。

其五　南谷秋容

凉风几度逼南岩，满谷秋阴秀色添。霜意渐催枝瑟瑟，风威时堕叶纤纤。
乍欣点染形如画，漫怅萧森气逗帘。正合气佳吟日夕，黄封紫菊两相兼。

其六　北岸云屏

扑面云光不待招，锦屏浑讶巧工雕。浓铺锦彩妆峰面，淡映银华绚岭腰。
树拥晴光分五色，鸟斜飞影入三霄。庐山九叠无由访，晚对殊欣路不遥。

其七　石桥流水

白石平铺自作堆，盈盈流水绕桥回。田沿低隰和平垄，岸荫长松与古梅。

导脉清泉堪远引，分流小浦任旁开。幽居近得临川趣，杖策还应几度来。

其八　松林夜月

荫径松多莫论株，月流空处密还疏。几重秀色炊烟外，一片清辉漏点初。静映林光欣朗若，凉分叶影讶纷如。凭空远览恣幽赏，转令中宵倦对书。

其九　甘溪春涨

远汇流泉近绕冈，连绵阴雨积时长。砰湃响警春宵梦，浩瀚波分涧草香。浪溢平坡无深浅，涛翻巨石自低昂。灌输不竭交分润，弥望烟林爱碧苍。

其十　山市晴光

远射窗楹霁色开，共欣山市日光来。乌踆初跃分屏幛，羲驭遥升映竹梅。应爱岚光飞涧壑，还疑蜃气涌楼台。安居幸遂游观兴，无辜追寻感劫灰。

注：南冈即凤岗，旧属水滨乡，今属桐庐县凤川街道。本集辑录的南岗村景诗原载《凤岗李氏宗谱》。

○华宗海 8 首

华宗海，清人，余不详。

凤川武陵（西庄）八景诗（并序）

夫桐据浙上游，擅美东南。吾祖览其形胜，卜居武陵其间，最著者列为八景，载诸谱牒。昔人创之，先子续之。前人之序备矣。余何容赘一词？然烟岚万状，歌韵悠扬，春风秋月，触处宜人，我独何心能忍然耶！故不惮步武，虽句不惊人，而揆诸兴感之由，若合一契，岂非地以人传、人以诗名也哉。至于为记、为词、或歌、或赋，是所望于后之贤达，非余所敢擅也。

其一　武陵春晓

迢遥绮绮陌俱长，曙色苍苍恋燕忙。花外马嘶鞭未逞，楼头鸡促梦初扬。星镕空碧浮晨镜，霞散新红衬晓装。果是武陵春意满，须臾人物尽增光。

其二　仁里秋容

仁里悠然一径赊，无边翠树染丹霞。吴江飘落传佳句，御水流来识少娃。
天洗晴光凝紫气，人饶秋色醉黄花。等闲欲尽行游兴，回首斜阳挂酒家。

其三　西华钟韵

绀殿云深万籁收，疏钟偏向耳根浮。岩前应有僧敲月，郭外非无客系舟。
清韵悠扬高复下，洪音断续去还留。人间半是沉酣梦，藉得蒲牢唤不休。

其四　仙洞樵歌

仙源天辟任逍遥，岂道讴歌出野樵。四五山中布律细，二三径畔矢音娇。
晴峦日照声偏远，古洞云封队自招。若使烂柯如可续，不防掩卷伴群谣。

其五　溪桥印月

曲曲临溪半似湖，谁来溪畔汲明珠。南冲凤麓澄水镜，北抱龟峰挂玉壶。
桥外有桥分贮魄，月边见月各归渠。凭虚凝眺思何限，会得风云起壮图。

其六　贤圣栖云

溪山分翠景天然，圣迹浮空历有年。云为花香绕经石，兹因萝蔓淡生烟。
牧童放犊依晴树，樵子停柯漱玉泉。目断栖霞千万里，好凭秃笔学参禅。

其七　龙岗岚带

翠叠龙岗满目春，空浮岚带净无尘。奢遮松径宜奔鹿，掩映林花欲避人。
宛见轻扬维马岫，犹疑远渡系桐津。漫言奇迹堪描画，聚族于今一望新。

其八　凤岫松风

凤山飞舞自天成，万木吟风晓夜横。果尔孤高无世态，何曾委折有人情。

千枝乱吼笙簧响，亦叶轻翻猿鹤惊。最喜环村多胜景，书香大半此中生。

○华夔 8 首

华夔，清人，余不详

又西庄八景诗

其一　武陵春晓

花柳双溪村外绕，春眠处处闻啼鸟。宜人最是早晴天，点染烟光青不了。

其二　仁里秋容

秋风几阵鸿飞速，树拂晴霞真豁目。游向村西遍夕阳，归来一笑醉黄菊。

其三　西华钟韵

梦醒家家天欲曙，钟声遥听云深处。松间惊起鹤双飞，也悟禅机忘俗虑。

其四　仙洞樵歌

天然仙境云封白，别有高歌起樵客。唱到忘机情更闲，担抛日影卧松石。

其五　溪桥印月

一轮月吐圆光满，照人溪潭尘飞散。遍游桥畔数银蟾，笑指嫦娥堪结伴。

其六　贤圣栖云

翠叠千重岩石古，郁葱时有云霞吐。步作天梯许我先，从龙还学神仙舞。

其七　龙岗岚带

山形矫若游龙猛，一带空浮云外影。系来村北几经秋，时引晴烟笼绣岭。

其八 凤岫松风

景列凤凰真福地，苍松满岫龙鳞备。忽际雄风天外来，吟成一片冲霄意。

注：武陵即指西庄。西庄旧属孝仁乡，今属桐庐县凤川街道。本集所辑武林（西庄）八景诗原载《桐江孝仁华氏宗谱》。

○李景瀚 22 首

李景瀚，清人，余不详。

蟠龙十景诗

其一 龙山永秀

龙山松翠霭重重，岁到寒时不改容。多少风霜经阅历，峰前秀色益葱茏。

其二 阔坞常青

满坞修篁翠欲流，参差好似绿云稠。寻幽独坐萧森处，风动凉生不待秋。

其三 前环古垒

山光水影两霏微，环绕村前却似围。溪上依稀留古垒，至今人作钓鱼矶。

其四 后卫秀岩

环村山翠郁青青，叠嶂层峦列画屏。看到茂林修竹外，崇山峻岭似兰亭。

其五 禽鸣圣岭

每到春来倍有情，迟迟嫩日放初晴。岭头绿树扶疏合，上有幽禽相对鸣。

其六 鱼化京潭

京潭潭水逼人寒，无数金鳞漾碧澜。羡尔一朝得云雨，伊人空把钓鱼竿。

其七　旗峰拥翠

岭外高峰展似旗，村边草木长新枝。千重山色真如画，画里传神合有诗。

其八　鼓突呈祥

小山突兀峙溪隈，宛若严陵两钓台。不是钟灵兼毓秀，如何葱郁气佳哉！

其九　东园春满

春归何处斗芳菲，首数东园是也非。开到杏花红未瘦，舒将杨柳绿初肥。

其十　南陇秋登

南陇嘉禾一望同，黄云铺遍绿畦中。余粮栖毕浑闲事，击壤歌成庆屡丰。

蟠龙四景诗
其一　东皋舒啸

一揽东皋胜，眉舒句好题。闲游松树下，长啸夕阳低。
烟景多排目，晴岚欲映溪。仰观山绝顶，不啻与云齐。

其二　西流赋诗

笑傲西溪畔，诗怀活水流。蛟龙腾笔底，词旨溯源头。
波浪篇中接，云烟纸上浮。长吟饶逸趣，赋罢一天秋。

其三　南溪垂钓

今有垂纶客，南来到此栖。身缘抛俗事，钓且学磻溪。
设饵投深水，收竿唤小奚。剖璜如遇合，烧尾上云梯。

其四　北刹闻钟

闲步蟠龙北，欣闻古刹钟。余音通半岭，小殿隔层峰。

上界敲残杵，清晨振大镛。参禅回首顾，不觉白云封。

又蟠龙四景诗
其一　东皋舒啸
平皋烟景趁时新，胜日登临为惜春。载酒东园花下饮，一声长啸动轻尘。

其二　西流赋诗
淙淙流水绕村西，杨柳阴中好听鹂。鼓吹诗肠动诗兴，绿苔扫罢夕阳低。

其三　南溪垂钓
烟溪潭水绿波深，鱼影浮空倏又沉。雨细风斜如画里，钓丝荡漾落花侵。

其四　北刹闻钟
北山古刹近蟠龙，残月笼烟动晓钟。此际已知禅悦味，更闻余韵度遥峰。

蟠龙时令四景诗
其一　春谷幽兰
花光如锦簇春峦，满谷幽香独有兰。骚客也曾纫作佩，美人采得露珠团。

其二　夏山新竹
长夏新篁绿似云，清阴满坞绝尘氛。薰风引得能消暑，环室须添水二分。

其三　秋圃芳菊
菊花开到是重阳，老圃秋容饱缀霜。瘦影依依人比淡，疏篱叠叠月浮香。

其四　冬岭寒梅
冬山寂寂未颜开，唯有癯仙傲雪来。有客爱梅成痼癖，天寒与鹤共徘徊。

注：蟠龙，即肖岭村，旧属水滨乡，今属桐庐县凤川街道。本集辑录的蟠龙村景诗原载《蟠龙吴氏宗谱》卷一。

○绍璇玉衡 4 首

绍璇玉衡，清人，余不详。

蟠龙时令四景诗
其一　春谷幽兰

幽谷皆春色，群推九畹兰。品为王者贵，香亦美人欢。
韶景宜骚客，孤芳映画栏。蔼然君子德，绂佩乐盘桓。

其二　夏山新竹

极目丛篁里，扶疏竹影交。青围新箨秀，绿护嫩芽苞。
翡翠螺鬟缀，参差凤尾梢。此君饶美荫，翔羽正来巢。

其三　秋圃芳菊

经秋群卉尽，唯菊正芬芳。荒草疏离白，寒花老圃黄。
露凝霜已肃，枝瘦瓣犹香。留待重阳赏，吟诗再举觞。

其四　冬岭寒梅

岭上阳和动，寒梅独早开。花容羞卉伍，芳信占春魁。
树向岩中植，香从雪里来。调羹应待用，雨露厚滋培。

○朱善一斋 10 首

朱善一斋，清人，余不详。

蟠龙十景诗
其一　龙山永秀

白鹤无垠骨脉长，出云头角迥苍苍。老髯精操松篁节，古鬣高笼云雾香。突兀独怀三辅德，郁葱不替二南岗。钟灵毓秀存今古，选出英贤奕世芳。

其二　阔坞常青

隆冬处处物萧条，羡此风霜不敢凋。太极淳卿光最盛，旸春深坞景殊饶。苍茫秀色祯无限，馥郁天香瑞不消。岂只宋元名奕奕，岁寒履历万千朝。

其三　前环古垒

太白高峰临鸟道，内通金浦外通津。迢迢北绕过横岭，脉脉南还傍水滨。出谷金虬迎赤日，绕门玉蜃拂青尘。往来敢惮羊肠远，忠尽君兮孝尽亲。

其四　后卫秀岩

青帝车临四五峰，清霜紫电羽林重。青云会捧红云障，半夜常闻五夜钟。出色深崖观变豹，腾空绝壑看蟠龙。迥峦飞巘英棱处，鹤盖亭亭百尺松。

其五　禽鸣圣岭

古壑凡禽忽息音，古岐瑞鸟正飞临。彩葩花照扶桑曜，翠羽光涵岛屿阴。多少山灵来秀极，选生人哲继簪缨。门庭自是祯祥集，伫看飞鸣到上林。

其六　鱼化京潭

百尺源头机活泼，云根直透派银河。性情恬淡鳞鲜健，趣兴徜徉志琢磨。桃浪暖时凭尔跃，峡门开处任君过。轩昂头角飞腾去，四海相期霖雨多。

其七　旗峰拥翠

绿帜青旄横碧落，岩峤阵势卫英豪。阴连庆衍庭前厚，影庇弄丸堂上高。选出报功精烈士，还生树绩著时髦。千岩万壑钟灵秀，又应吴宗振凤毛。

其八　鼓突呈祥

海晏河清颂太平，阒然音韵不能声。晴风只听松琴响，化日唯知鸟管鸣。
林暖花繁香馥郁，蜂飞蝶舞影交征。团团藏却龙山下，拟助风雷化巨鲸。

其九　东园春满

百里刍蕘逐雉兔，东风万斛布芳林。鸟声不息东西韵，花影相连浓淡阴。
载酒玉堂人似玉，吟诗金谷句如金。台池鸟兽情无限，贤者何妨日日吟。

其十　南陇秋登

霭霭黄云万顷生，露穰霜穗熟盈盈。上原下隰高粱稔，北陌南阡大宝成。
鸟鹊风香欣噪晚，牛羊日煖饱归城。清宁民社丰年岁，三辅堂前穀禄平。

○王功卓 4 首

王功卓，清人，余不详。

蟠龙四景诗

其一　东皋舒啸

远望东皋绿正肥，闲来登眺乐忘归。一犁细雨鞭春犊，几曲高歌唱夕晖。
空谷有声如响应，野田无处不花飞。牧童倚笛浑相问，南陌西畴似旧非。

其二　西流赋诗

源源碧水涧西浮，木自滔滔心自悠。夜雨潇湘怀帝子，浪花深浅泊沙鸥。
生机活泼清如许，妙句清新韵欲流。歌罢夕阳人影淡，波光遥映读书楼。

其三　南溪垂钓

南溪春望绿漫漫，闲理丝纶把钓竿。水静方知鱼可数，潭深始觉月俱寒。

拟将鸥浪身同隐，听唱渔歌兴未阑。青笠绿蓑烟雨里，被人写作画图看。

其四　北刹闻钟

梵宫隐隐远钟闻，度入书斋心自清。窗外山花窥色相，村边林鸟识闲情。
是谁妙偈诠真理，好证禅机悟此生。听得余音惊梦觉，顿令身世淡浮名。

○春谷幽兰 4 首

春谷幽兰，清人，余不详。

又蟠龙时令四景诗

其一　春谷幽兰

孟春天气雨初晴，谷口幽兰好赏心。入室须教君子佩，闻香更得美人吟。
寻芳有兴千杯酒，作操摅怀一曲琴。此外俗尘都不染，空山许我是知音。

其二　夏山新竹

长夏山村景最幽，猗猗新竹正清修。柔枝带雨垂花径，嫩绿成阴入翠楼。
影密不教红日漏，捣深疑是碧云浮。此君伴我超尘俗，一局棋消万斛愁。

其三　秋圃芳菊

年华容易又重阳，老圃秋深菊已黄。松下犹存三径影，篱边独傲一枝霜。
物经晚节非凡品，花拂凉飙殿众芳。莫道园林今寂寞，临寒也有好风光。

其四　冬岭寒梅

料得冬风未着梅，谁知岭上已先开。时临岁暮繁花尽，守到天寒有鹤来。
傲骨岂能随世俗，冰心应不染尘埃。闲来且赏门前雪，一句诗成一引杯。

○孙茂焕 14 首

孙茂焕，清人，余不详。

蟠龙竹枝词十四首

蟠龙溪上蟠龙山，溪自长流山自闲。试向蟠龙山下望，蟠龙溪水碧潺潺。

其 二

阳宅曷名肖岭庄，因村右臂有平岗。大源溪水门前绕，久旱不干第一长。

其 三

龙山树木叶蓁蓁，尤受苍松夏健人。阳宅周围多美荫，可占百福定骈臻。

其 四

祖先相地住蟠龙，还望村中万户封。虽有一友迁东坞，也如江汉必朝宗。

其 五

蟠龙阳宅素称良，前面朝山文笔岗。能于诗书栽植厚，子孙怎不列胶庠。

其 六

浙闱高中姓名扬，得锦荣归建木坊。匾额登科名字在，蟠龙千载足增光。

其 七

村中水碓二三轮，大半男儿业纸人。今岁纸行如陡涨，客人年里付洋银。

其 八

杭商谷雨抵吾家，托购旗枪云雾茶。粗细不同凭货色，银钱论现莫论赊。

其　九

今朝闲步铺基头，若遇亲朋须应酬。北出长江南进浦，行人到此总勾留。

其　十

大岭横边义冢埋，仁人厚泽及枯骸。年年设祭兼增土，物我无存两样怀。

其十一

道路崎岖月未升，龙山脚下点天灯。往来多少行人便，定保村中福禄增。

其十二

百尺丹枫岭上遮，枝头点缀胜桃花。经霜叶染烟脂色，玩赏赋诗兴倍赊。

其十三

塘头冷水味清凉，酷热无人不去尝。偶染猛沙如汲饮，豁然痊愈似仙浆。

其十四

蟠龙学校有精神，培植英才数百人。成德达材经化雨，他年发达自超伦。

○朱承模 8 首

朱承模，清人，余不详。

三元里八景

其一　明塘映月

皓月挂天空，池塘色更浓。无风波荡漾，鱼跃水晶宫。

其二　天香晨钟

古刹白云封，泠泠听晓钟。浮生何不悟，醒与梦时同。

其三　紫溪垂钓

溪咽水溶溶，烟波认钓翁。柳侵蓑影绿，呼酒失鱼筒。

其四　黄山晚霞

一抹秋光老，烟霞淡欲无。黄山笼晚照，胜似着绫罗。

其五　乌石积雪

鹤本天然白，雪加白更肥。只余乌石畔，突兀影离奇。

其六　鸡岭高峰

矗矗峙苍穹，形如卓笔峰。天鸡来底处，还问是雌雄。

其七　屏源牧笛

草长绿平堤，牛童牧倒骑。横吹随口笛，岁熟慰黔黎。

其八　水顶樵歌

乐意乡村足，身劳意自恢。樵从山径出，口唱曲歌回。

注：三元村，旧属定安乡，今属桐庐县江南镇。本集辑录三元村村景诗原载《朱氏宗谱》。

○章焕如 8 首

章焕如，字襄廷，定安贤茂庄（今浙江省桐庐县江南镇）人。清光绪二十三年(1897)拔贡。

又三元里八景
其一　明塘映月

月映明塘分外明，鸭头新涨绿盈盈。漏声恰为蛙声乱，坐到黄昏数不清。

其二　天香晨钟

白云深锁梵王宫，山径如蛇曲曲通。似怪前村人未起，钟声催到小楼东。

其三　紫溪垂钓

投纶岂为食无鱼，名士风流画不如。不仅忘机兼悟道，归来胜读十年书。

其四　黄山晚霞

风光不待菊花香，尽日流连满目黄。忽见山前横紫翠，只因晚冈挂斜阳。

其五　乌石积雪

彤云四合雪霏霏，顷刻乌山石便肥。连日太阳收不尽，山腰一角尚依稀。

其六　鸡岭高峰

昂头鼓翼接轻清，何处飞来势不平。乘兴攀援凌绝顶，定闻天上玉鸡鸣。

其七　屏源牧笛

青山四面如屏列，牧笠归来短笛横。马背哪如牛背稳，隔林且弄两三声。

其八　水顶樵歌

樵夫高唱白云边，惊破岩头数点烟。天籁一声何处递，余音端藉好风传。

○徐景宣 10 首

徐景宣，清人，余不详。

江南石泉十景诗
其一　鹤峰积雪

仙迹由来号鹤峰，早知王气秀灵钟。山高预卜丰年瑞，雪积林端慰老农。

其二　西天修竹

山名何事号西天，料想清幽境似仙。遍坞绿云修竹锁，常留风月共流连。

其三　破石流泉

石破非关大力成，天然妙境锡嘉名。润边时有泉声送，流到山溪澈底清。

其四　百步樵歌

樵子登临百步山，太平歌唱白云间。问渠哪得欢如许，报道何思心自闲。

其五　神山松伞

昔闻山顶有神基，建是何时没几时。故遣虬松撑似伞，常留古迹表奇姿。

其六　吴囿松涛

吴公囿里喜栽松，为爱清高可耐冬。听得风涛添逸韵，至今令我溯遗纵。

其七　萧墙旭照

萧墙闻说是吴垣，门对东山旭照暄。最爱晓晴明媚处，邻边更觉绿荫繁。

其八　梁溪待月

诗人清兴在临流，步到梁溪月未钩。令我几回翘道待，相邀对影作朋俦。

其九　常乐钟声

朝夕钟撞情自幽，名称常乐最相侔。声声送到螺鬟外，响比清流韵更悠。

其十　庙山螺髻

山以庙名地有灵，只缘天造似螺形。此间定卜多钟毓，黛色纷披满岫青。

注：石泉旧属定安乡，今属桐庐县江南镇。本集所辑石泉村景诗原载《桐江吴氏宗谱》。

○朱宗显 8 首

朱宗显，清人，余不详。

三元里八景

其一　明塘映月

塘月交加分外明，冰壶朗彻若蓬瀛。光辉皎洁涓埃净，秀色苍茫灏气生。
雁过波心微有影，风来水面寂无声。此时万虑应俱绝，坐久更阑意倍清。

其二　天香晨钟

星河耿耿梦方浓，惊觉遥闻古寺钟。隐隐清音消万籁，悠悠逸响逼群峰。
天将曙色留余韵，磬引涛声隔几重。佛国从来无俗扰，霜寒不为白云封。

其三　紫溪垂钓

子母清溪百折流，严陵此地昔曾游。独行石畔来禽语，数尺丝纶漾月钩。
千顷烟波思钓叟，一竿风雨忆羊裘。漫言往事空陈迹，迩日重临景倍悠。

其四　黄山晚霞

遥望深林晚景殷，夕阳点缀映西山。一湾斜照铺丹色，两艳交辉类醉颜。
倦鸟行行穿绛树，残霞片片散朱鬟。停车独坐添幽兴，静看渔樵意自闲。

其五　乌石积雪

乌山石上雪漫漫，黑白难分改大观。绿地宽平如玉砌，青峰高下似晶盘。
三冬柳絮天边舞，六出梅花寺外看。一夜妆成银世界，好同高卧学袁安。

其六　鸡岭高峰

鸡峰绝境古名峦，磊落烟霞石自盘。俯仰千山如谒圣，趋迎万笏若朝銮。

浮岚缥缈神俱往，远树溟濛画亦难。闲步登临浑不厌，回头斜日在林端。

其七　屏源牧笛

屏源胜景牧童娱，竹笛新腔信口呼。宛转其音何飒尔，恍疑此地殆仙乎。
一声杨柳吹残折，五月梅花应落无。上有龙潭泉水涌，居然绘出太平图。

其八　水顶樵歌

一峰峭峙荻溪东，修竹长松气郁葱。翠霭千年凌碧汉，白云终古伴樵翁。
歌闻谷口空山答，归自岩腰曲径通。唱到斜阳西去也，满林树木落霞红。

○汝翼 10 首

汝翼，清人，余不详。

甲寅重修（石泉吴氏）宗谱续刻十景诗
其一　鹤峰积雪

雪积云端瑞气多，琼山朗朗乐如何。峰高鹤舞来仙子，如听人间大有歌。

其二　西天竹林

深山幽谷号西天，俗虑消除竹万千。到此不知炎暑酷，谈棋酌酒亦称仙。

其三　破石流泉

绿荫芬菲胜足夸，泉流南北足桑麻。山深石破推帘让，百代留传故我家。

其四　百步樵歌

傍晚柴门到处开，樵夫担荷出山隈。歌传百步声声送，化日光天喜气该。

其五　神山松伞

老干斜斜此独奇，宏张宝盖妙丰姿。功高神圣推何代，特树山头辟尔基。

其六　吴囿松涛

底是深山秀气钟，涛声万斛起乔松。盈园佳趣开吴地，老干乘时欲化龙。

其七　萧墙旭照

文文华国仰先公，玉宇增辉旭照烘。树立堂阶钦福履，家声阀阅溯同宗。

其八　梁溪待月

一堤杨柳线初长，钓罢梁溪对夕阳。沽酒还期凉夜月，邀君与我共倾觞。

其九　常乐晨钟

曙色辉煌宝殿开，钟敲常乐响初来。余音袅袅传山外，梦醒清晨几度催。

其十　庙山螺髻

山钟灵秀莫嫌低，螺髻斜欹黛色迷。庙拓此间扬圣德，门关北阙护群黎。

○徐振声 10 首

徐振声，清人，余不详。

又（石泉）十景诗
其一　鹤峰积雪

一片鹅毛积数重，偏教鹤顶隐残红。朔风势紧飞花起，晓日形微对雪封。
峰透寒光随月冷，天钟瑞气兆年丰。谁能着屐携筇上，一认仙师羽化容。

其二　西天竹林

为对东山天号西，白云深处竹林低。一湾清静龙疑化，百尺浓荫鸟欲啼。
入夏风来薰自引，临冬雪压翠难迷。庵邻福禄殊堪爱，玉版春生诗许题。

其三　破石流泉

不知此石何年破，破到而今石更奇。下出清泉通地脉，上流活水贯天池。
淙淙韵带松涛泻，漠漠光随竹影披。且喜原田多灌溉，又供佳士沁诗脾。

其四　百步樵歌

竹屿松岩四面空，樵歌唱和各随风。一肩担荷争声卖，百步讴吟不计工。
逸韵遥传芝宙外，清音远逗板桥东。优游自具无心曲，腔调何妨等牧童。

其五　神山松伞

一座神山溯远封，嘉名独树大夫松。宏张宝盖擎如伞，静听清涛泻此峰。
养得龙鳞几变化，傍依佛殿郁葱茏。当年知是吴翁种，直似灵芝秀气钟。

其六　吴囿松涛

羡他吴囿有乔松，谡谡洪涛涌半空。当未雨时疑作雨，于无风处似生风。
沿墙花木浮尘净，绕树藤箩锁翠浓。且喜夏凉能爽健，炎消暑月快邻翁。

其七　萧墙旭照

吴公晚岁乐安居，树立萧墙起敬余。旭照屏藩新第宅，庭栽花木灿阶除。
要知今日名流迹，可想当年礼貌舒。晓起迟迟春睡醒，鹿门未启外停车。

其八　梁溪待月

古木荫浓夜气该，特乘清兴待溪隈。徐看月影山巅过，俯视天光涧底开。

若得此中添色相，何须别外洗尘埃。楼台自是称先得，共证前身约我陪。

其九　常乐晨钟

常乐僧寮虽懒残，鸣钟犹是耐霜寒。蒲牢尚听朝朝吼，梵呗何须日日喧。
净土鲸音开妙觉，禅林鱼唱任偷安。五更逸响催人省，百八声洪韵自宽。

其十　庙山螺髻

一点青螺绕水边，万千气象见山巅。黛分列岫形尤活，翠挹群峰色更鲜。
庙貌钟灵兼毓秀，岚光际地复盘天。何须更倩迂倪画，画得真神反不传。

○徐森玉 10 首

徐森玉，清人，余不详。

甲寅重修（石泉吴氏）宗谱十景诗

其一　鹤峰积雪

鹤峰高峻欲参天，雪比群峰积更先。早为此间钟瑞气，预将来岁兆丰年。
寻梅能否穷丹顶，咏絮应教耸玉肩。纵使迟迟红日上，祥云犹绕翠微巅。

其二　西天竹林

坞号西天境最幽，满栽绿竹更清修。重重密翠无疑暗，阵阵薰风气觉秋。
莫道凌霄能直上，也知含雨亦垂头。此君品格非凡辈，唯有苍松可与俦。

其三　破石流泉

闻说初来破石迁，伊人选胜爱流泉。澄清那得明如镜，灌溉堪教浸彼田。
峭骨峻嶒何磊磊，源头活泼自涓涓。几家晓汲堪描处，村后狮山缕缕烟。

其四　百步樵歌

百步山巅樵采多，嗯唔时听遏云歌。好教牧子相酬和，俨学朱翁费揣摩。
峰顶远闻余韵袅，檐头归见夕阳拖。无腔曲是随心谱，乐趣津津兴不磨。

其五　神山松平

神坛久已杳无踪，独有亭亭一古松。碧影团遮擎绣伞，清涛远和隔林钟。
只缘劲气凌寒秀，料得英灵依旧钟。超出寻常高节外，此间曾否倩秦封。

其六　吴囿松涛

闻昔吴公致仕归，栽培苑囿赏芳菲。只看花影浓浓护，好听松风习习飞。
日色淡遮窗外冷，涛声远和轴巅微。大夫早使头衔谢，常愿知友来不稀。

其七　萧墙旭照

园号萧墙名亦奇，尚书妙想少人思。花含旭照逾增艳，林带晴烟别有姿。
好景不唯春到候，浓香最爱晓初时。晚来犹把余妍着，淡淡斜阳树几枝。

其八　梁溪待月

梁溪水色最澄清，月影团圞分外明。底事令人常拭目，只缘为我证前生。
几番踯躅停琴佇，两岸低平架石横。待到蟾辉贺似镜，一潭皎皎望如晶。

其九　常乐晨钟

古寺曾传常乐名，朝朝暮暮送钟声。旁随螺髻岚风度，远答狮山涛韵清。
夜半静闻鱼共读，晓初惊起鸟俱鸣。禅房花木深丛处，袅袅余音足寄情。

其十　庙山螺髻

名山永与庙流传，形似螺鬟黛色鲜。雨后苔痕阶更绿，月明藓影石增妍。
旋纹疑是香烟绕，好景宜随神泽绵。是不常钟灵秀气，那教苍翠护岩前。

○高阳臣 8 首

高阳臣，清人，余不详。

江南蒋川八景诗（并序）

语有之，挺生人杰，良由地灵。诚哉斯言也。今蒋川钟氏之祖肇迁四管之高枧后坞等处，于宋德祐年间，万九公因瞩斯地山明水秀，土沃风醇，相与卜筑而迁徙之，子孙遂世居焉。由今观之，端严而壮居者，天子岗之前临也；列侍而端拱者，侍郎山之后卫也。左则鸡峰之插立，上则龙凸之潜藏。马同春耕，沐薰风于舜日；豹塘秋荻，乐鼓腹于尧天。兼之秋磬时鸣，来番山之静室；清泉一派，出五股之石梁，何莫非斯地之关，拦佳居之丽景耶？不佞下榻于兹，朝夕闲步，偶占绝数，聊为一时从事之记。

其一　天子钟灵

横星傍斗峙离阳，积翠凝华映四方。闻道当年飞白鹤，三分鼎足出侯王。

其二　侍郎拱秀

亭亭秀气聚金峰，衍脉分支出九重。名列郎官多顾问，频年侍近待君从。

其三　鹤峰夜月

层峦峻秀贯青霄，常见文光聚斗杓。读罢鸡峰横皓月，天香飘掷正非遥。

其四　龙凸朝云

濛濛紫气罩松岭，带月乘风晓夜吟。多是神龙鳞甲异。思兴云雾洒甘霖。

其五　马同春耕

微风细雨满溪菁，戴笠披蓑击壤轻。犁罢陇头归未晚，又闻牧笛唱勤耕。

其六　豹塘秋获

离离黍稷遍芬芬，满目珠玑绚采云。鼓腹林皋歌老稚，三三两两色欣欣。

其七　番山晓磬

数声石磬点残更，阵阵随风分外清。多少英雄争胜负，黄粱敲醒霎时轻。

其八　五股洪涛

鸡峰瀑布出山泉，流出桃花日复年。春日洪涛浮五股，声声雷动震前川。

注：蒋川即凤鸣里蒋坞、外蒋坞，旧属定安乡，现属桐庐县江南镇。蒋川村景诗原载《桐江义门钟氏蒋川积庆堂家谱》。

○吴景庚 10 首

吴景庚，清人，余不详。

江南梧村十景诗（并序）

桐之南有吴村焉，曷以"吴"名？或曰昔有吴尚书曾居此，地因名。吴后易而为"梧"，曷以易？或曰云条山上有梧桐生焉，因易"吴"为"梧"。之二说者"谚有之"，不见经传，姑置勿论。第此墟之卜宅，迁居者不一姓，而李氏则自敬川、小川二公始，厥后瓜瓞绵延，人文蔚起，虽本祖宗之遗泽孔长，亦由地脉之钟灵特异也。约而计之，景之胜者得盈数焉：孤松挺秀于岩头，半月成形于坞搗口；峰盘远势，依稀白鹤回翔；庙壮奇观，仿佛青螺环抱；聆声声于陇畔，寺中夏击，曾同钟响以遥传；蹴桥板于溪边，亭外横斜，已接庵堂而济渡；层峦叠嶂，曾发脉于天子之岗；远岫遥峰，已列衔于侍郎之职；虎埋深穴，虽伏处而现形，却类狮岩；犬卧平岗，虽懒眼而摹像，宛同牛岭。种种奇形，尽属发祥之迹；重重异景，皆为毓秀之墟。后之畸人逸士，或经此地而流连，或览斯图而玩赏。上有以知先人迁徙之由，下有以知后嗣蕃昌之故，洵乎人杰者之（处）必基于地灵也！因摘其十景而曲拟焉，遂援笔而为之记。

其一　孤松挺秀

百尺乔松挺秀姿，高擎翠盖不参差。亭亭独立孤峰顶，荫透梧村第一枝。

其二　半月成形

地脉蟠成地势遒，摹形宛似月悬钩。开茔莫道光同镜，穴结岩阿半自幽。

其三　白鹤回峰

峰像曾如鹤踞巅，高盘远势趁风旋。何人跨得腾空上，摩顶终须白羽仙。

其四　青螺镇庙

山形绝妙类螺形，庙建岩头祀典馨。作镇村墟安六社，万年巩固显神灵。

其五　寺中磬击

一声清磬透村庄，梵宇深沉韵自扬。何处僧徒曾拊石，寺中早已设禅房。

其六　庵侧桥横

问津庵外路常经，桥傍庵边又傍亭。宛似画图呈一幅，水湄山坞绘真形。

其七　脉宗天子

脉络分明嶂万重，岗从天子认来龙。结成旺地迁阳宅，迹发梧村秀独钟。

其八　迹发侍郎

山名竟作侍郎名，爵秩堪同五岳衡。岂是当年封此职，祥占发迹极峥嵘。

其九　虎伏深山

啸谷风生作势雄，何为伏处密林中。谁知似虎原非虎，目注深山状貌同。

其十　眠犬远嶂

眠牛仿佛已成图，眠犬依稀状又符。嶂远不闻龙也吠，此形原是现山岣。

　　注：梧村旧属定安乡，今属桐庐县江南镇。梧村村景诗原载《桐江李氏宗谱》。

○雪若甫 10 首

雪若甫，清人，余不详。

珠山十景

其一　珠峰耸翠

突兀一峰镇，圆如颔下珠。文昌联瑞气，人杰地灵俱。

其二　乳水流泉

泽润生民众，灵泉筮蒙家。问源资富媪，晓露乳潭融。

其三　三仙下棋

三山参立处，平地布棋盘。不是神仙侣，都为局外观。

其四　七星托盒

瓜果盒堆重，星联淑气钟。西风饯八月，南亩馌三农。

其五　凤飞桐坞

曲坞如飞凤，高冈半树桐。此山谢凡鸟，藻耀耸云中。

其六　鱼跃莲塘

不依蒲藻乐，翻爱莲花鲜。出水鱼苗细，芳塘何处边。

其七　狮岩笑天

据地同狮吼，悬崖异虎暄。天风开笑口，岩外百花翻。

其八　梅山映月

通济庵前路，梅山对面望。恰当三五夜，月送隔溪光。

其九 雷岭樵歌

樵者入山深，行行雷岭表。歌声和斧声，响振暮林杪。

其十 兴隆钟韵

佛室人烟外，钟声暮食时。底须翻贝叶，如是我闻之。

注：珠山旧属水滨乡，今属桐庐县江南镇。本集所辑珠山、珠峰村景诗原载《朱峰吴氏宗谱》。

○梅宝 10 首

梅宝，清人，余不详。

珠山十景
其一 珠峰独峙

溪流山独峙，体势夜珠圆。不竞双峰秀，疑经九曲穿。
凤衔迴地轴，岚涌映霞笺。远眺斜阳侧，千家络暮烟。

其二 雷岭樵歌

雷声惊百里，岭小锡嘉名。漫道樵夫乐，闲看翁子行。
山歌白云遏，地震晓风生。跋履非吾事，长怀霹雳鸣。

其三 鱼跃莲塘

芳塘盈数亩，对景欲云云。鱼尾萦青带，莲花衬绿裙。
戏时开潋滟，跃处浑苍雯。欲上龙门近，腾凌羡不群。

其四 凤飞桐坞

钟灵凭造化，坞底凤翱翔。竹实元相待，桐枝更远扬。
巢疑在阿阁，飞类向朝阳。借问山居客，多应挹景光。

其五　梅山映月

山中呈夜景，月色映梅林。玉润寒光彻，水清瘦影沉。
溪风送气潭，水香净尘心。诗思正无限，相催击钵吟。

其六　狮岩笑天

名岩何所似，跃跃对苍穹。一笑机缄启，千秋气象雄。
茸毛苔点缀，凿齿石玲珑。风雨征时若，先天默感通。

其七　三仙下棋

地势开棋局，三山拱若仙。虚无工措点，元妙任争先。
列布留荒冢，骈罗了夙缘。登高观气象，瑞蔼亘千年。

其八　七星托盒

星体符乾象，盘盂效荐陈。左旋宾作主，右转主为宾。
月下罗珍果，花间点绛唇。伫看灵液泛，酌胜醉和春。

其九　乳泉晓气

识取坤称母，资生迸乳泉。养蒙求有应，习坎索无偏。
气聚光华溢，功参化育全。晓观三汏石，掏水赋清涟。

其十　隆庵晚钟

古刹建村东，鲸铿度晚风。颠撞诗得句，捧喝听惟聪。
猛省三生幸，旋疑万籁空。月林清影地，几度日光红。

○占甫 10 首

占甫，清人，余不详。

又珠山十景

其一　珠山独峙

明珠原出海，圆净独称山。不作增城列，非关合浦还。
蔚蓝凝露气，翡翠饰云鬟。美若西方霍，多珍乐共攀。

其二　乳水长清

石穴出清泉，何为名乳水。和兑体居初，养蒙占正始。
沧浪孺子歌，沃灌农夫喜。造化实元微，生津甘且旨。

其三　文阁图书

图书秘府开，学者明河洛。璧宿耀煌煌，奎光芒作作。
文成五色宣，词辟九畴错。试望斗筐形，何如天禄阁。

其四　隆庵钟鼓

神灵龙作长，蛰伏在山庵。佛号香花诵，经文贝叶参。
撞钟诗喜咏，击鼓话雄谈。莫惜千金价，骊珠此可探。

其五　三仙下棋

山势三分界，仙家一局棋。输赢浑不定，黑白亦奚为。
花影松阴地，秋镫夜雨时。须臾人甲子，指点烂柯知。

其六　七星托盒

二十八星宫，四方分野匝。天公设市垣，地主承盘合。
罗列小墩堆，酒肴多结纳。内厨问所司，数计泉神答。

其七　凤飞桐坞

花开洒泽桐，鸟集参差凤。夜挂孔巢枝，朝飞香坞洞。

九雏日在门，十石云生瓮。岂必植阿房，还征张鷟梦。

其八　鱼跃莲塘

泳游依碧沼，璀璨胃红渠。泼泼鳞翻动，亭亭盖展舒。

为裳宜濯锦，加饭好传书。雅爱町畦种，丰占牧梦鱼。

其九　狮岩笑天

狮子声闻吼，毛群尽帖然。何其岩戴石，乃尔笑昂天。

凿齿林开豁，形颜草结连。想因春淡冶，威怒不留填。

其十　虎形伏地

赤色著名山，虎形成大地。啸则有风从，化之惟德致。

受气感枢星，点睛如玉宇。伏处合阴阳，佳城常锡瑞。

○袁文彬 16 首

袁文彬，清末曾任桐庐县官学堂堂长。余不详。

珠山八景
其一　珠峰毓秀

龙文百斛鼎能扛，健笔挥来势未降。似毓文昌灵秀气，珠跳峰顶到书窗。

其二　石笋钟灵

山自珠峰一脉穿，踞山二石亦神仙。自今灵气钟鳞角，定有班随玉笋联。

其三　乳泉融清

汩汩流泉甘似乳，出山犹是在山清。百千鞠育众人母，茂豫丰盈桐养生。

其四　赤山凝紫

烟光疑处暮山紫，不数赤城霞建标。想是朱砂丹炼就，灵芝茁长石英飘。

其五　奎阁凌云

奎阁巍峨射斗牛，梯云更上一层楼。会逢蟾窟香分日，定有朱衣暗点头。

其六　狮岩望雨

傅说犹然筑傅野，作霖谁实济苍生。须臾云出师严顶，慰偏三农望雨情。

其七　平枰棋局

纷纭时局皆棋局，平枰依然楚汉分。胜负当先争一着，祝天及早下将军。

其八　兴隆犀香

禅机寂净复圆通，窗外犀香却个中，留玉山门苏学士，全看八景到兴隆。

又八景

其一　珠峰独秀

临溪秀挺青山好，峰势圆勾一颗珠。可是骊龙悬颔下，探来端的藉师儒。

其二　石笋双擎

祝母山头访旧踪，一卷奇石踞高峰。双枝矗矗圆如笋，峭立休教宿雾封。

其三　乳泉漾月

月印潭心光荡漾，波潆石鳟影沉浮。泉甘酿出千年乳，倒影长天一色秋。

其四　赤山流霞

赤山顶上夕阳斜，惹得游人驻小车。笑指此中风景好，满山满树缀红霞。

其五　奎阁凌云

蕊宫黝纠群星聚，彩笔凌云气倍酣。桂子香分蟾窟里，头衔三尺沐恩覃。

其六　平枰棋局

三山罗列镇棋盘，一局残枰不计年。胜负何须争一着，令人凝想橘中仙。

其七　狮岩望雨

岩头凝望气氤氲，顷刻山坳起黑云。白雨如珠抛不定，四郊禾稼尽欣欣。

其八　兴隆犀香

隔院香飘一阵风，前途知是梵王宫。木樨树老花如粟，丹桂何烦折月中。

○雪子昂 10 首

雪子昂，清人，余不详。

珠山十景

其一　珠峰独峙

挺踞溪湄迥别颠，穿畦度脉到村前。团圆不亚明球态，惹得苍龙探九天。

其二　雷岭樵歌

岭高雷震最分明，樵者攀云爱上行。为效买臣齐唱和，担头经济冠群英。

其三　鱼跃莲塘

莲瓣鲜妍叶似雯，池中鳞属戏芸芹。鳃然金鲤腾空际，思向龙门驾彩云。

其四　凤飞桐坞

盘旋体势凤翱翔，人羁石门未远扬。岂为地名桐坞里，一朝楼托若岐阳。

其五　梅山映月

良宵移步过梅林，澹月缠枝花耐寻。酌酒赋诗难拟句，凭风送馥调元音。

其六　狮岩笑天

名岩灵秀结师嵩，张口昂霄气若冲。造化不知何所授，敛威人伏此山中。

其七　三仙下棋

平阳一片如棋局，傍立三山势若仙。将冢作枰俱妙着，不容凡手稍参元。

其八　七星托盒

罗墩体势似水轮，七石如星联布唇。西望瑶池王母降，好将桃果掌中陈。

其九　乳泉晓气

庙侧名潭号乳泉，晓观气比白云绵。町畦旱酷施膏际，的似村姑乳子焉。

其十　隆庵晚钟

村余古刹号兴隆，夜夜钟声令耳充。惊得此间名利客，鸡鸣各起意殊雄。

○肇奎 8 首

肇奎，清人，余不详。

珠山十景
其一　珠峰毓秀

山似珠圆孕毓奇，鳌峰独峙画中披。光随雨后胎凝蚌，探向花前颔抱骊。
象罔搜余明月上，蛟人泣罢翠鬟欹。林篁九曲通幽径，有客招凉夕照时。

其二　石笋钟灵

莫笑坡公参老禅，凌霄双笋插山巅。寒芽岂俟雷惊茁，青鲜旋看雨过穿。
质认三生尘世隔，名同千古玉班联。乾坤递泄菁华气，下拜何人效米颠。

其三　仙棋布局

花香草碧对遥岑，一局宏开羽客临。陈列纵横谈自手，兵分胜负战从心。
春风吹出支公笛，秋雨披来橘叟襟。试问尘寰谁坐隐，芙蓉峰下且沈吟。

其四　奎阁凌云

闲云一片破空升，文阁巍峨势欲凌。东壁辉联珠斗迥，西山雨霁紫烟凝。
光腾碧落三千丈，界隔红楼十二层。藉尔丹梯同举足，落霞仙句许谁称。

其五　乳泉漾月

月照空潭不染尘，宛同膏乳蕴渊沦。波心点破源流活，镜面磨来雨露新。
兑泽含和人被惠，蒙泉育德地皆春。楼台近应此先赏，仿佛渠分郑白仁。

其六　狮岩积雪

水落天寒雪正储，西方白兽傍山居。摹来宛似丘中虎，踏去谁怜坝上胪。
云脚科拖霜露冷，峰头迥抱爪牙舒。探梅此地传高士，绘出狻猊状不虚。

其七　赤出流霞

山色嫣然似艳状，余霞散作绮罗裳。青分螺点千般活，浓拓猩屏五色张。

石壁翔红留返照，楼台绚采丽朝阳。此闲会有幽栖客，餐对松阴一树凉。

其八　碧溪泛涨

杨柳堤边烟雨菲，清溪水碧羡鱼肥。桃源笑谢迷津客，竹影翻空护钓矶。
秋雁凌波排几阵，寒鸥对镜讶双飞。渔歌唱罢湘灵曲，且向斜阳昼里归。

○少峰鼎占 8 首

少峰鼎占，清人，余不详。

珠山又八景
其一　珠峰毓秀

玉树芝阑并一林，村南舍北木森森。二原溪水逢庚涨，四面云山傍午阴。
公种时无调鼎事，相门应有济舟心。探源星海骊珠得，谁羡秋深闻暮砧。

其二　乳水流清

半亩潭光清眼目，寻源须到大源头。滥泉正出沙空泛，石汧中分水别流。
越陌度阡资万顷，涵星印月照千秋。琵琶形似讹传说，只作荒唐一笑休。

其三　狮吼云岩

桐南三管水滨东，指点名山在眼中。踞地拳毛形甚古，仰天昂首气殊雄。
金眸炯炯迎朝日，石齿粼粼吼暮风。仿佛世尊骑坐镇，迄今谁不效呼嵩。

其四　棋围地轴

平撬相传似局棋，仙人下降有谁知。星移北陆成天象，斗换南司职地宜。
果否宅边闻伐鼓，依稀池畔认张旗。指挥如意争先着，黑白分明手不疲。

其五　星辉文阁

文昌宫阙对南山，奎壁联珠霄汉间。艺苑图书开秘府，儒林翰墨拔尘环。斗筐目昔分荣职，禄命于今定宠颁。瞻仰景星如半月，千秋丹桂许登攀。

其六　瑞霭龙庵

村中古刹数楹开，竹木林深不染埃。三面祥云皆北向，四时佳气自西来。天花乱坠维摩室，人境清空玉镜台。鹫岭只园真佛国，一庭杨柳半窗梅。

其七　碧井源长

闻道莲塘田百顷，往来井井几经年。入霉未足黄梅雨，遇旱曾需碧玉泉。辘轴晨抛鱼跃浪，桔槔夜静柳垂烟。牧人兆叶丰年梦，报赛春秋杂管弦。

其八　赤山霞起

一峰未了一峰生，谷日常闻虎啸声。地势转头如兔起，穴形点眼似麇清。松风乡处涛奔赴，霞气蒸余绮结成。愿效种瓜同种德，好将萝薜易簪缨。

○名纬 10 首

名纬，清人，余不详。

舒湾村居十景
其一　长桥映红

长桥矗矗挂村东，虹影横飞一色空。最是晚来晴霁候，行人仿佛入云中。

其二　溪潭望月

溪流月亦与同流，流到寒潭一望秋。色相阿谁能拟得，龙宫新诚水晶球。

其三　隔岸梅花

九里梅花对岸开，村前屏蔽净无埃。冲风时见林中鹤，带得清香过水来。

其四　滩上牧笛

滩前滩后牧童多，短笛声声牛背过。慢说小儿坡上学，朝朝点缀放春鹅。

其五　大源溪水

大源春涨绿油油，流出溪头日不休。隔断红尘无俗累，一方云水好勾留。

其六　江岸渔灯

江水澄清一镜平，渔家放钓夜三更。灯光明灭穿芦去，万点星辰两岸横。

其七　庙前水碓

庙前流水湲溶溶，一碓循环独自舂。每与山声相互答，夜深惊起有潜龙。

其八　江畔櫂歌

垂杨影里櫂穿梭，曳橹把篙断续歌。对此青山流水处，数声点缀韵如何。

其九　溪山翠色

溪溪如练绕春山，雨后渐滋翠一湾。排闼时将青意送，柴门虽设不长关。

其十　前村晨钟

游仙枕上梦惺惺，凭晓钟声隐约听。触动青枫又连起，满身源露半天星。

注：舒湾旧属水滨乡，今属江南镇。本集所辑舒湾村景诗原载《舒湾宗谱》。

○高贤 10 首

高贤，清人，余不详。

又舒湾村居十景

其一 长桥映红

忽闻野外乱啼鸦，古木葱茏映暮霞。樵子归来时傍晚，举头犹见日光斜。

其二 溪潭望月

深宵寂寂四无声，一水潺湲一镜明。不是娥池垂倒影，依然轮抱玉壶清。

其三 隔岸梅花

一阵清香扑鼻来，遥知花发隔溪梅。贪看何必野桥渡，我自罗浮梦里回。

其四 滩上牧笛

沙漠荒凉日落西，牧童归自隔林溪。声声短笛吹牛背，唤起群鸥逐水啼。

其五 大源流水

沧海桑田几变更，源头又见碧波新。春来骤发桃花涨，惹得渔郎此问津。

其六 江岸鱼灯

天光惨淡月朦胧，芦荻丛中数点红。疑是江干流蟹火，扁舟醉卧一渔翁。

其七 庙前水碓

民安凿井与耕田，禾麦芃芃横陌阡。全仗慈悲呵护力，金镶玉粒自磨研。

其八 江畔櫂歌

芦花深处夕阳红，一叶扁舟收钓筒。歌曲遥传声欸乃，时随流水响西东。

其九　溪山翠色

沿溪凸兀起孤岑，朝爱青葱暮爱阴。一种浅深眉黛色，王维能画不能吟。

其十　前村晨钟

月色朦胧晓雾横，鸡声听罢又钟声。遥闻百八撞终后，绝妙余音隐约呈。

〇方曰连 8 首

方曰连，清人，余不详。

富春芦茨八景诗（并序）

茨川八景，远祖清溪公旧有题咏，久已失传，裔孙曰连欲追遗笔，杳然不可复得矣，今聊述其胜概以志不忘。

其一　龙石春泉

蘅皋露湿遥围碧，幽涧风微细蹴纹。远引泉声珠跃跃，倒摇山色翠纷纷。
流分稻陇能滋物，气薄松阴欲涌云。时喜野花飞夹岸，艳浮水面有余芬。

其二　凤山晚照

引得高瞻意爽然，天开好景凤山前。岩头日彩留偏永，峰畔霞光护更鲜。
几处松林添掩映，经时石径动流连。须臾暝色村家起，傍岭还欣袅素烟。

其三　清芬高阁

共传杰构倚修原，时步遗墟访旧垣。龙石清流萦白日，凤山佳气映黄昏。
拾残可有琉璃瓦，吊古难寻翡翠轩。有志莫忘绳武意，清芬依旧散江村。

其四　东山书院

培护书香有杰观，轩楹整设近林端。指头书韵添黄鸟，槛外文华绕碧澜。

漫叹遗墟何处问，宜思遗泽此中宽。依山可溯崇风雅，不是敲棋学谢安。

其五　双溪流月

玉楼桥东处士涯，劈分流水护晴沙。几番清赏开宵景，一片明辉漾月华。
波朗未输河引练，藻舒还讶桂分花。坐堤最喜逢良夜，不帐云多影暗遮。

其六　孤屿停云

子陵滩畔白云源，孤屿遥浮胜概存。罗薄每留舒展态，絮轻时漾往来痕。
有时近敛含残雨，几度遥拖待晓曀。幽景自多游目兴，难忘挂频对晴轩。

其七　玉阶古桥

陡石嶙峋古渡头，天然有树作梁舟。柯交自足供来往，步接无须叹滞留。
幻异银河驾鸟鹊，奇欣寒涧卧苍虬。古来胜事殊堪念，时为徘徊问碧流。

其八　下湾渔唱

闲泛轻舫傍水涯，斜阳列网有渔家。倚篙兴动时传曲，对酒声多未厌哗。
月下引腔含篪拍，波间流响彻幽遐。适情最是持竿客，天籁时闻逸兴赊。

　　注：芦茨在今桐庐县富春江镇，本集所辑《富春芦茨八景诗》原载《桐江白云源胡氏家谱》。

○盈沐 4 首

盈沐，清人，余不详。

富春茆坪即景四章
其一　八郎步樵唱

为爱芳塘执钓忙，四山樵唱甚悠扬。猿啼鹤唳遥相和，担荷归来带夕阳。

其二 仁寿桥闻钟

曙色当窗梦不成，披衣策杖小桥行。禅房未见双扉启，但听钟声杂水声。

其三 乐志园怀古

楼傍青山榭傍矶，满园春草目菲菲。频看画栋雕梁上，燕子呢喃认主非。

其四 诚正楼怀古

地拓三弓屋一椽，登楼吐纳几何年。回廊曲槛今奚在，古柏苍苍荫未迁。

注：茆坪在今桐庐县富春江镇。本集所辑《富春茆坪即景四章》原载《桐江白云源文安胡氏家谱》。

○胡履谦 5 首

胡履谦，清人，余不详。

富春长洲村景诗

迤逦长洲迳，山山似茧团。林丛戴月小，水涨渡溪难。
绝壁阻人境，修篁遮石湍。酒徒司谱事，犹欲梦方干。

又

风雅先生后，白云深处栖。蝉琴调柳树，蛙鼓闹桑畦。
严险飞泉吼，徨幽宿雾迷。楸枰弹几局，不觉已鸣鸡。

长洲道中口占

小饮安旋候，肩与古道循。溪流忙送客，山里善留人。
蝉唱深林杳，禽翻浅渚频。长洲与石舍，处处是乡亲。

长洲夜吟

日薄西林后，蝉吟最警时。酒浇胃磊块，镜挽目迷离。

枯草山坡瘠，乾流涧石疲。酩然无事事，每醉辄成痴。

长洲留别

谱牒牴牾愧素餐，寝兴颠倒更难安。元英后裔乡情笃，山泽癯生病体拌。
严气喷云书笴泾，溪声作雨酒杯寒。飘然归去非轻别，兰谷清芬缔古欢。

注：长洲在今桐庐县富春江镇，本集所辑长洲村景诗原载《桐江白云源胡氏家谱》。

○方承彩 2 首

方承彩，清人，余不详。

长洲村景

白云深入碧篁荣，石径崎岖傍涧行。数亩山田流水活，一村茆屋晚烟横。
不衫不履娱朝夕，时雨时晴阅晦明。如问此闲何所乐，纵无寇盖亦怡情。

又

我祖平时克象贤，远移云谷谢尘缘。春和野草多融放，冬冷炉薪始缓然。
昧爽闻鸡争采茗，黄昏叱犊尚耕烟。莫嫌岩穴无佳趣，庆衍诗书自古传。

○邵天简 1 首

邵天简，清人，余不详。

长洲即事

四顾层峦照眼明，层峦上有石泉倾。金乌西坠新蝉噪，玉兔东升宿鸟惊。
古木扶疏笼雾薄，修篁苍翠引风清。雄飞高节人知否，只爱闲吟不爱名。

○胡启鹏 1 首

胡启鹏，清人，余不详。

富春石舍村景

前后高峰势插天，中分深壑引溪川。层岩峻起青鬓秀，活水长流碧黛妍。庐舍深藏浑不见，人踪罕至寂无喧。溪鳞闲钓寻芳药，疑是人间一洞仙。

注：石舍村在今桐庐县富春江镇。

○胡启凤 1 首

胡启凤，清人，余不详。

富春石舍村景

左右回砂曲似拳，行人争羡白云源。湾环幽涧多方抱，断续层峦一带连。凤尾竹低青匝地，龙鳞松古碧参天。欣登绝顶闲凭眺，果属奇观画不全。

○胡儒照 1 首

胡儒照，清人，余不详。

午后步至石舍

碧山红树合幽栖，路转峰回望欲迷。一水引人寻人胜，此中与可养天机。

石舍晚归

散步远远去又来，醉撷篱菊独徘徊。鸟音泉韵如箫鼓，送我行跰带月回。

○王澜 8 首

王澜，清道光时人，余不详。

富春竹山杜宅八景诗（并序）

竹山当七里滩上，去钓十台里许。其地高爽，有山水田园之乐。余常往来其间，爱之辄不忍去。昔家摩诘先生，有辋川二十景诗，与裴秀才相唱和，今读其诗令人心旷神怡，不啻身入其中焉。余不能诗，谨仿其体为俚句八章以自适。云时道光己亥二月中和节也。

其一　双江水月
团团月华白，兴勤孤舟客。一泻如汞走，掬之渺无迹。

其二　七里渔讴
欸乃何处起，清讴时入耳。闻声不见人，知是渔家子。

其三　竹里听禽
鸟多不知名，想像自呼声。丛篁且独步，此境少人行。

其四　山中采笋
二月惊雷起，采笋深山里。相携娇小妹，恨杀山十里。

其五　探岩白石
白石峙高冈，探幽谁家郎。回头望江景，溪流一带长。

其六　垂钓木杓
春水漫柳塘，垂钓乐无央。塘虽木杓样，不堪把酒浆。

其七　土肥布谷
田家有真乐，兹土信不恶。布谷树头鸣，布袴脱还着。

其八　江涨网鱼
柴门江水长，鲤鱼乘潮上。鳞鳞三四尺，换酒聊一网。

　　注：竹山旧属金牛乡，今属桐庐县富春江镇。本集所辑竹山村景诗原载《桐江竹山杜氏家谱》。

○章镒 1 首

章镒，清人，余不详。

孝门梅花

绕屋梅花千万树，春风开处玉参差。绝胜东阁题诗日，好似西湖放鹤时。
月下清摇疏影乱，雪中寒度暗香迟。乌纱却有林泉味，枝上青禽莫浪疑。

注：孝门村旧属孝泉乡，今属桐庐县富春江镇。本集所辑孝门梅花诗原载《孝泉赵氏宗谱》。

○顾天锡 1 首

顾天锡，清人，余不详。

孝门梅花

路入山村半野莱，坡头千树唾寒梅。花禁冰雪何须护，根占阳和不用培。
携酒独看偏有趣，倚筇相对喜无埃。翠禽啼断黄昏月，绝似罗浮梦里来。

○郭时 1 首

郭时，清人，余不详。

孝门梅花

先生心地爱清奇，手植寒梅玉万枝。冰雪襟期甘作友，岁寒心事许相知。
赏花更促开樽饮，就影频教坐席移。番笑东园桃与李，芬芳能有几多时。

○刘道 1 首

刘道，清人，余不详。

孝门梅花

玛瑙坡头几树梅，南枝先向岁寒开。推轩几度疑晴鹤，放鹤常时坐绿苔。

绝胜西湖携棹去，漫夸东阁赋诗来。傍人尽比林逋隐，谁道调羹志未裁。

○许章1首

许章，清人，余不详。

孝门梅花

梦道桐江处士家，舍南舍北尽梅花。铁心坐阅春风老，玉影横随夜月斜。
新赐衣冠无束缚，旧藏书卷是生涯。何当分榻西窗下，细和林诗共煮茶。

○黄孔昭1首

黄孔昭，清人，余不详。

孝门梅花

老向山中两鬓华，庭前庭后总梅花。香传曲径随风远，影落明窗带月斜。
东阁豪吟应不减，西湖清思更无涯。岁寒自有冰霜操，艳杏娇桃敢并夸。

○冯遵1首

冯遵，清人，余不详。

孝门梅花

梅坡面面绝风尘，花占群芳头上春。东阁观来无俗客，西湖吟后少诗人。
自知节耐冰霜苦，谁识心如铁石真。伫看金丸频结实，和羹商鼎济元钧。

○刘时学1首

刘时学，清人，余不详。

孝门梅花

最爱姑山第一仙，冰姿潇洒幔坡前。从教雪压三冬后，应是花开百卉先。

春意初怀看静里，寒香微度到吟边。无端梦入罗浮境，翠羽啼残月满天。

○陈鉴 1 首

陈鉴，清人，余不详。

孝门梅花

甘向明时卧薜罗，衡门曾见沐恩波。青山隐约梅连屋，白鹤飞来月满坡。
载酒有怀江上醉，寻诗无复雪中过。得人景仰高风在，吟对孤芳感慨多。

○魏诗敏 1 首

魏诗敏，清人，余不详。

孝门梅花

习隐无心起草莱，舍傍种得数株梅。窗横疏影晴偏爱，土沃孤根手自培。
常有暗香随杖履，更无闲地着尘埃。却怜诗思清如水，曾逐春风梦里来。

○顾福 1 首

顾福，清人，余不详。

孝门梅花

数亩平坡玉万株，却怜风景似西湖。醉看疏影横窗处，月透冰帘半上厨。

○叶萱 1 首

叶萱，清人，余不详。

孝门梅花

其于岩谷托孤根，不媚春风桃李村。一自题诗东阁后，风光今属赵王孙。

○启谟 8 首

启谟，清人，余不详。

富春新泽（里董）八景诗

其一　松溪春涨

午余闲散步溪边，水净沙明面面天。听得时禽枝上叫，也知春到报人间。

其二　前村烟雨

蒙蒙春雨障前村，绕绕迷烟却半痕。无事掩扉来好客，品茶青话至黄昏。

其三　龟山晚照

夕阳斜映后村东，偏喜山灵秀古松。曲曲平平呈好相，不须图画夺天工。

其四　朝阳晴昼

一镜高悬万里明，炎炎天气日初晴。休闲梵屋三间下，松有涛声竹有阴。

其五　前山叶月

秋月当空分外明，推窗四顾寂无声。莫教云影生微晦，畅我幽襟把句吟。

其六　青山远眺

淡淡秋山澹澹青，登楼远望簇成阴。苍茫烟树层遮隔，不惹红尘到碧林。

其七　济亭风雪

劳人何事苦栖栖，风正寒时雪又飞。幸有小亭堪憩息，得逢知己饷村西。

其八　钟峰暮蔼

寺古峰高薄暮天，含辉蔼蔼冷风翩。白云缭绕和霞散，偶听梵音过耳边。

注：新泽今名里董，属桐庐县富春江镇。本集所辑新泽村景诗原载《新泽广川董氏家谱》。

○姚延 2 首

姚延，清人，余不详。

通济桥

百尺流通壮泽新，往来问路不辞频。于今便有遗名迹，通济亭前又送人。

注：通济桥在今桐庐县富春江镇里董村。

塘下岭

照眼峥嵘数十程，层峦叠翠碧烟横。心宽意适渐渐上，熟视徐行路觉平。

注：塘下岭在今桐庐县富春江镇里董村。

○国泰 10 首

国泰，清人，余不详。

龙溪十景

其一　龙池跃鲤

灵物由来不易逢，池中暂托觅奇踪。潜鳞此日仍呼鲤，掉尾当年已化龙。
跃且在洲随雾起，飞能破壁想云从。禹门浪借桃花暖，嘘气行看上九重。

其二　凤岭惊鸿

岭上匀排万笏青，翼然绕出望江亭。忽惊天际留鸿爪，不道村前集凤形。
霞焕九苞思附翼，霄冲一举欲梳翎。文心飘忽应如此，人杰端推地毓灵。

其三　三泉印月

何村无井井无泉，到处云收月在天。象合三台随地凿，轮开一鉴向空悬。

晨来汲绠蟾光共，夜出提壶兔影连。读易茅斋占勿幕，却从心镜悟流川。

其四　五马腾霄

昂昂千里欲追风，天马行来迹自空。山势奔腾青嶂外，岚光踊跃碧霄中。
五峰环列迎金埒，三甲胪传跨玉骢。试望蔚然深秀处，亭前醉倒白头翁。

其五　琴山松韵

流水高山一曲琴，钟期千载号知音。横来石上泉声咽，听到松间指韵沉。
不信寒涛惊绝岛，却疑明月照深林。无弦解识渊明趣，抚树盘桓尽日吟。

其六　垆峰晓烟

卷帘晨对翠峦环，峰列香垆忆博山。吐雾每思携袖罢，篆烟频拟惹衣还。
氤氲佳气遥堪即，缥缈灵光近欲攀。会见祥符呈五色，声名应许列朝班。

其七　仙石留踪

石留山顶说仙踪，肯许凡夫杖履从。月白风清长自啸，雪痕鸿爪漫相逢。
合威羽化蹁跹鹤，子晋笙吹缥缈峰。一局坐观柯已烂，归家不复旧尘封。

其八　云坞栖霞

大块文章着意裁，云蒸霞蔚焕蓬莱。人间别有藏春坞，天上还多织锦才。
半岭平栖添绚烂，四围斜拥匝崔嵬。彩光映射村间墩，疑是堂前绛帐开。

其九　玉壶流液

一派清冷贮玉壶，源头活水浸膏腴。来方汩汩常盈矣，去自滔滔不竭乎。
泽润禾畴忘抱瓮，液流艺圃静操觚。欣看日暖烟生候，璧种蓝田价更殊。

其十　金斗环村

北极高悬众拱辰，魁方首出斗垣新。度分绿野环村美，土变黄金酿俗淳。
积欲满时籯遗子，光看射处笔惊人。当年卜宅开鸿业，耕读同游浩荡春。

注：龙溪旧属安乐乡，今属桐庐县横村镇。本集所辑龙溪村景诗原载《龙溪俞氏家谱》。

○徐廉甫8首

徐廉甫，清人，余不详。

晦岩八景诗
其一　富乐春耕

一年衣食计于春，万事无过只在勤。富乐土膏宜稼穑，驱奴饭犊早耕耘。

其二　柳岩晚眺

桥亭晚眺景何幽，万象虚涵一望收。从此烟光凝不尽，朝耕暮读乐优游。

其三　独山晓钟

像阁清高倚半山，苍茫云树锁禅关。夜阑欲占灵鸡晓，百八洪声振世间。

其四　炉山紫烟

谁把炉香日日烧，紫烟常见透云霄。乘闲偶向山僧问，报导岩灵瑞气晓。

其五　祥谷流辉

休咎由来不易窥，至诚默运可前知。泥墙一带迟迟日，毓秀钟灵讵复疑。

其六　南岭牧笛

南岭春来百草鲜，牛羊茁壮沐生全。牧童自是无余事，短笛悠扬到耳边。

其七　清溪绕绿

清溪一派绿溶溶，极目怡情兴不穷。濯足濯缨唯自取，儿歌还与旧时同。

其八　南门瀑布

户启门山景适当，泉飞石壁几寻长。雪花坠地无消息，疑是神仙练素场。

注：晦岩今名柳岩，旧属安乐乡，今属桐庐县横村镇，本集所辑晦岩村景诗原载《桐庐柳岩王氏宗谱》。

○王士焯 8 首

王士焯，清人，余不详。

又晦岩八景诗
其一　绿杨遗址

千年已往万年辽，地大人稠气象饶。相去乡离桐水远，由来迁自伊山遥。
花迷雨露三三径，柳带烟霞曲曲桥。父老传言安乐地，至今古迹岂无聊。

其二　翠柏古祠

宋时插种三槐堂，有意无心手植长。皮老盘龙真似画，膏如阴雨并甘棠。
凤栖老干音长唤，叶落呼童扫肯荒。烟火声称分世族，林青野气有余香。

其三　香山晚烟

卓立乾坤意自如，晚来瑞气霭吾庐。烟霞聚散藏人影，日月轮回拱村居。
踏翠高贤欣匿袖，夕阳野老扶归锄。芬芳漠漠无终极，几处青云接有余。

其四　祥原朝旭

朝曦迎客爱群贤，柳汁染衣色更妍。数亩青田留我住，一轮红日献君前。
三杯卯酒肴醋面，半榻晨风不用钱。湛露润添深夜后，茶清味厚识甘泉。

其五　南岭牧笛

只传美酒属东坡，谁识南来牧笛过。岭上清音闻恰好，山中雅韵乐何如。
儿童曲弄梅花落，父老时听牛背多。疑是西堂诗赋句，不知不识太平歌。

其六　西坞樵歌

风和日暖唤仓庚，树下樵歌又复赓。深坞音谐非鸟语，曲调韵叶是人声。
口吟诗句幽风训，肩负薪归淡月生。利器摩来锋及试，拔茅迥别野柴荆。

其七　富畈课耕

如何致富重桑麻，好礼无骄最乐赊。望杏瞻蒲由我意，翻犁锄雨有谁家。
丁男竭力黄云偏，卯冒初占绿水涯。待得秋成处处熟，咸歌大有满田车。

其八　青溪垂钓

农夫趁早翻春犁，钓者垂弦挂小溪。隈水源源归海北，池鱼鱍鱍画桥西。
身边白雨渔蓑湿，线度黄金柳岸低。早识存心无属纲，扶竿时往绿杨堤。

○王昌文 8 首

王昌文，清人，余不详。

又晦岩八景

其一　绿杨遗址

生平怀古思偏劳，况复村居胜景饶。堂得三槐图额久，岩来双柳记名遥。
花朝月淡初三夜，谷古春深廿四桥。过访幸余佳客到，呼樽便约破无聊。

其二　翠柏古祠

何年封殖向西堂，想见先民遗泽长。不许延龄悬宝剑，只争召伯爱甘棠。

武候已叹官城失，御史徒嗟府署荒。留得一株吟万古，分来宗祠满楹青。

其三　香山晚烟

占得溪山画不如，连霄瑞霭拥吾庐。客从杨柳岩边到，家在蔷薇露下居。
供我西窗常夜读，芬人南亩自归锄。几番默靠师清献，一炷天然较有余。

其四　祥原朝旭

一村媚绝是祥原，添得新曦分外艳。琼室丹霞生雨后，苏门紫岫落窗前。
颜驼对此非关酒，背献从来不值钱。此地自应绵世业，朝朝佳气满林泉。

其五　南岭牧笛

遥闻矩笛弄南坡，多少儿童岭上过。饱顿三餐消不得，空林一枕乐如何。
析残杨柳人情少，落尽梅花牛背多。怪得西岗樵采子，声声忙谱太平歌。

其六　西坞樵歌

长歌何处起纷纷，道是村西满坞赓。对面柳荫酬牧笛，隔溪花里和书声。
前呼后应寻常事，弄雨嘲风过此生。哪得有乐如许乐，定应胸次少柴荆。

其七　富乐课耕

闲来偶尔课桑麻，买得腴田富乐赊。半乞花枝查月令，全凭鸟语勤农家。
青怜排踏山三面，绿爱前村水一涯。且喜年年逢岁稔，不劳豚酒祝篝车。

其八　清溪垂钓

秧青雨足罢扶犁，七尺鱼竿向小溪。出谷莺啼晓院北，断桥人坐午阴西。
吴中乡思应何禁，濮上豪情自不低。等得归来明月后，客星朗朗照前堤。

○王锡晋 1 首

王锡晋，清人，余不详。

炉山紫烟

一峰鼎峙势巍峨，吐雾含烟朝夕多。缥缈空岩腾紫气，博山光景复如何。

注：炉山即香炉山，在桐庐县横村镇与莪山畲族乡界上，海拔 509 米，形似得名。

○王永承 1 首

王永承，清人，余不详。

香炉紫烟

村墟问道景如何，妙得炉山紫霭和。缥缈云浮佳气满，氤氲岗幻彩霞多。
临风冉冉茏幽径，映日层层卷翠河，共道溪山钟秀异，相看不厌日吟哦。

○郭清宪 10 首

郭清宪，清人，余不详。

关山十景诗
其一　关山拥翠

万木森横绿荫浓，野花啼鸟斗春风。欲求满眼穷无趣，郡在关山景物中。

其二　灏水流芳

一派寒泉万古情，东坡亭上旧存名。主人莫向云根卧，争似临流漱玉清。

其三　天马朝云

腾空天马峙南方，吐绣舍英锦色张。铁骑远开红日上，更无一点蔽清光。

其四　屏峰夕照

斜阳西下万山幽，独见危峰返照留。高阁远迎天际景，更看归雁落汀洲。

其五　黄山秋色

枫林散锦影珊阑，窗草凝霜翠欲丹。万物尽随金气改，一樽醉饮菊花鲜。

其六　锦岭冬松

秀岭苍龙岁暮天，嫦娥曾养宿胎仙。昔仙曾此徘徊后，翠盖停停独挺然。

其七　石潭钓月

百尺江潭碧玉寒，浮光静影鳜鳞鲜。清风明月天如洗，独坐苔矶把钓竿。

其八　小浦归帆

两岸潮平放棹远，一帆风送蓼花滩。舣舟小浦波涛息，沽酒高歌月正圆。

其九　孟洲潮回

天排雪阵鳌翻偎，浪卷银山洲砥回。唯有伍胥江上信，朝流东去暮西来。

其十　仙棋奕罢

昔仙曾此暂徘徊，仙去棋空月满台。唯有东风最相忆，荒平时见碧桃开。

注：关山即小缕岭，旧属质素乡，今属桐庐县横村镇。本集所辑关山村景诗原载《关山喻氏宗谱》。

○喻铭公 20 首

喻铭公，清人，余不详。

关山十景诗

其一　关山拥翠

云峰高峙画屏张，万古苍苍淑气长。厚重不迁培我老，四时花木贲文章。

其二　灏水流芳

一脉源泉衍派长，小溪沉碧映天光。鸣金澈玉浑无滞，应是流来活水香。

其三　天马朝云

马星谪降峙离宫，散彩含辉满地红。雨后临窗遥嶂列，光华无限透林中。

其四　屏峰夕照

昔年伴夯步山屏，万木含祥暮霭生。北岭樵归歌断续，更看鸦阵远投林。

其五　黄山秋色

山色西风秋暮时，楚空寥阔景凄其。丹枫绣草山容静，应是乾坤敛化机。

其六　锦岭冬松

矗矗危峰郁郁松，身高节劲受秦封。四时长见云披锦，更听涛声起细风。

其七　石潭钓月

玉渊深静涣文光，桂魄流辉泻碧香。自爱一般清意味，垂竿乐处醉壶觞。

其八　小浦归帆

山光水色雨悠悠，潮落斜阳返钓舟。千里一帆风力便，片时直拟上瀛洲。

其九　孟洲潮回

一元升处发潮狂，夕往朝来信有常。万涌莫能逾此地，谩回沧海看龙骧。

其十　仙棋奕罢

云环蓬岛壮人观，每日登临眼界宽。一局棋敲松鹤舞，烟霞作队脱尘寰。

又关山十景
其一　关山拥翠

翠黛凌霄体势雄，巍峨缥缈耸晴空。苍松古柏连天碧，异萼仙葩映地红。
嶂色含烟辉远近，岚光照日耀西东。名如失路非难越，四序呈妍入化工。

其二　灏水流芳

浩渺元来九曲滨，吞星饮马拟龙津。清波曳练欣纹皱，碧浪拖蓝爱色新。
柳岸含风冲翠羽，渔矶漾日动金鳞。源泉一派知流远，泛出溪光并富春。

其三　天马朝云

冀北登魁焕挺生，如龙似鹿四驰名。怀才喜获王良御，抱德欣逢伯乐鸣。
浦水屯营惊伏枥，黄山作阵讶奔程。朝云驻足鹏飞路，雨后鬃蹄分外明。

其四　屏峰夕照

读罢偷闲步翠峦，屏峰景色惹人观。清和牧笛林中响，断续泉声石上弹。
玉鉴光从岩顶落，金鸟影向岫边残。苍烟暮霭吟归去，兔魄东升兴未阑。

其五　黄山秋色

节届清虚白露凉，梧桐散影桂飘香。岩生爽气枫呈赤，岫蕴商飚菊发黄。
连落红衣欣向日，柳拖绿线讶经霜。蝉声断续随风远，壁列遥峰色更芳。

其六　锦岭冬松

万木飘零独挺然，灵根老干斗芳妍。虬枝不畏风霜变，鹤骨常凭岁月迁。

翠盖高撑辉锦岭，苍鳞特立映清泉。夜深涛起疑琴奏，托体冈陵品自坚。

其七　石潭钓月

碧涧渊深号石潭，风光可引钓台恭。纶垂藻动波拖练，饵掷萍开浪曳蓝。
玉兔流晖盈岸澈，银蟾散影满坡涵。金鳞变化辞钩去，渭水岩滩宛立三。

其八　小浦归帆

夕照青峰观碧流，芦花汀畔见行舟。篙回蓼岸穿如柳，棹返渔矶似击鸥。
一叶冲烟归小浦，孤帆望月上塘洲。何时得借东风力，可拟乘槎羽客游。

其九　孟洲潮回

海岛雄驱忽涌潮，雷奔直上孟洲遥。千寻雪阵忠心激，万叠银涛怒气消。
浪发乘风吞草渡，波回应月洗山桥。晨来夕往如传信，鲲化鳌翻势撼霄。

其十　仙棋奕罢

养道深云古迹遗，烟霞笑傲下仙棋。松林势布忘柯烂，竹院挑余免腹饥。
法妙纵横消日月，神通胜负达机宜。闲敲局罢翁归去，舞鹤还催烹紫芝。

○炎廷 10 首

炎廷，清人，余不详。

关山十景诗
其一　关山拥翠

融和春色锦悠悠，满目浮岚碧欲流。万木阴重云乍敛，千岩翠开雨初收。
藤花散绮香来座，山鸟鸣风声过楼。此景四时抛不得，每令穿屐恣遨游。

其二　灏水流芳

清溪曲曲出山头，漱玉鸣金声更幽。十里不辞穿谷去，四时长喜向门流。
功齐膏雨频滋物，泽及渔人屡下钩。此际纵堪鸥鸟集，还期到海称龙游。

其三　天马朝云

天马奔腾驻碧空，烟光霞绮锦成丛。梨花作阵星归次，铁骑屯营日上东。
秦岭弥漫虽势异，阳台缱绻此情同。滴鬓愿借甘霖沛，妆点园林景万重。

其四　屏峰夕照

晚凉乘兴翠屏游，万景都从眼界收。红日半轮山外落，紫烟千顷树间留。
鹭衣点雪投深渚，鸦背浮金过小楼。归去不妨途人暮，渐看明月上岩头。

其五　黄山秋色

金风西起雨生凉，海雁南来燕去忙。万树霜飞枫叶赤，千岩露滴菊花黄。
天高日朗林容净，云敛烟霏野色芳。潇洒更添清意味，芙蓉映水桂枝香。

其六　锦岭冬松

天地元冥肃气扬，群芳凋尽化机藏。千霄只见虬枝秀，冒雪难移铁干苍。
风撼怒涛惊鹤梦，月明荒径醉陶觞。千年独擅洋霜节，不与繁华竞艳阳。

其七　石潭钓月

一水迢迢曲涧来，桃花雨涨鳜鱼胎。垂纶月下波纹涣，布罛潭边浪蕊开。
得意鲸鳌思海去，忘情鸥鹭傍溪回。子陵千载清风在，愿学披裘坐钓台。

其八　小浦归帆

千里长江归棹轻，片帆卸处小桥横。潮从杨柳堤边落，人在芦花汀畔行。

停桡波涛还自稳，掩篷风雨不须惊。何当得遇天风便，直上瀛洲几万程。

其九　孟洲潮回

海门潮涌雪山倾，浪渡塘洲波自平。应月不移朝夕信，驾风长带疾徐声。
来余红蓼汀俱没，去后白蘋花复明。到此子胥情已解，更无怒气向前横。

其十　仙棋奕罢

烟霞深处集群仙，神运机权洞里天。局内纵横才罢战，人间剥复已多年。
将军得令乾坤静，士卒归闲宇宙宽。自是奕翁归去也，更无车马到山坛。

○天益 8 首

天益，清人，余不详。

重咏缑岭八景
其一　桃源春色

萧萧幽景锁烟霞，岁岁春风赋物华。两岸翠萝山绕路，一川红锦日蒸花。
随风宛转辞芳树，带雨参差入浅沙。何用武陵寻旧隐，此中端的是仙家。

其二　葛岭仙踪

勾漏丹成返十洲，却传灵迹此藏修。岭名尚袭当时姓，仙学曾将至理求。
乌兔火飞闲日月，汞铅炼就几春秋。至今翠岫祥云起，疑是蓬莱神岛游。

其三　鱼轩课读

一曲幽轩一鉴塘，水光光里耀天光。荧随灯影来还去，鱼听书声现复藏。
瓦鼎沸时烹细茗，金炉烟里藕沉香。云礽继述今犹古，诗礼相传奕世芳。

其四　金谷间吟

湾湾盘谷绕西东，中有奇观秀气钟。竹舞晓风翻翠羽，松含残月现苍龙。扶筇跳远情可极，整履登高兴正浓。长啸一声尘襟洒，却疑仙子降云峰。

其五　圆墩落日

平畴中峙一高坡，万壑云间落照多。欲吐野花迎日笑，将栖林鸟向人歌。烟光缥渺横苍岫，树影参差蘸碧波。翘首杖藜凝眺久，不知新月渡银河。

其六　孤塔晴霞

高冈冈上砥如平，七级浮屠接太清。孤鹜齐飞新雨霁，长虹遥映夕阳明。芙蓉朵朵澄秋水，锦绣层层拂画屏。金刹已无风景在，青编千古播诗名。

其七　俞桥流水

隐群移住画桥西，曲水流觞亦乐兮。微雨泛花归别渚，长虹垂影落清溪。跳珠溅液侵凉阁，戛玉鸣金漱石矶。忆昔右军成记日，山阴亭上醉如泥。

其八　松涧清风

一径岩绕人翠岑，参天乔木自森森。千岩云拥青芝盖，万壑风调绿绮琴。枕上有时和雨听，户边长日步虚吟。灵根若产延年药，荷插何妨取次寻。

○秉乙 1 首

秉乙，清人，余不详。

总咏缑岭八景诗

恭诵前贤八景诗，诗传今日系吾思。桃源洞口春深后，白塔园中雨霁时。试钓桥边流水活，怡情墩上夕阳迟。鱼轩池好人何在，金谷觞飞醉不辞。葛岭已无乘鹤客，松峰犹有化龙枝。闲寻古迹登临遍，绝胜岩陵景物奇。

○俞小春9首

俞小春，清人，余不详。

题缑岭风景图诗九首

后岭之山高而秀，后岭之水曲且清。山秀水清俱妙绝，天然一幅图画成。

其 二

中有烟户百余家，屋舍比邻毫不差。点缀到吾新起宅，岿然独立在三叉。

其 三

祠堂阁庙尽成章，鬼神之德盛难忘。古石字成人钦服，进士登贡节孝坊。

其 四

伤哉故墟复断垣，观鱼栖碧两无轩。发匪又遇红羊劫，一炬吾家依绿园。

其 五

绘出八景老址存，抚今追昔有何言。感慨凭吊聊复喜，几生修得住桃源。

其 六

桃源之乐人不知，乐读书兮在四时。花发鸟啼又雪月，到此避秦未为迟。

其 七

树木参天多老松，古樟翠竹叶重重。更有金谷山梅放，羡煞岁寒三友逢。

其 八

溪桥路石自斜横，一脉龙山面面情。当年子晋吹笙去，地灵还有人杰生。

其　九

昔日后岭怅无图，山水田庐皆模糊。而今图成我歌续，胜迹应与万古俱。

○鹤仟 1 首

鹤仟，清人，余不详。

总咏缑岭八景诗

筑得幽栖寄此身，名山景物本天真。丸丸古木时生响，渺渺仙源屡问津。
孤岭登来螺髻耸。横桥跨处鸭头新。一痕落日盆初侧，五色霞飞绮更匀。
把卷高轩欣静寂。闲吟深谷绝嚣尘。四围胜境俱罗列，乘兴何嫌陟历频。

○翰芳 1 首

翰芳，清人，余不详。

总咏缑岭八景诗

缑岭曾传八景奇，登临还系后人思。环山松木生风响，夹岸桃花映日迟。
好句裁成看雁字，残书读罢步鱼池。岚浮葛岭升仙处，水泛俞桥把钓时。
孤塔霞飞寻古刹，圆墩夕照数残棋。熙朝唯有村居乐，且和前贤寄兴诗。

○袁师怀 8 首

袁师怀，清人，余不详。

龙池八景诗
其一　龙脉甘泉

灵物由来最不凡，每从山谷毓幽潜。修鳞不许尘氛扰，养角岂邀流俗怜。
真精凝聚寒山骨，嘘气流通引地泉。腾空不识归何处，留得清涟万古传。

其二　屏山献秀

开屏相对任凝眸，何羡王维图画优。天造景屏时点翠，地成横帐日增休。
春夏菁英佳气满，秋冬霜雪玉光浮。惭无杜李传神句，难使屏山笔下收。

其三　锦峰夕阳

一峰插起逼云霄，拔俗离伦势最高。层峦耸秀形难似，拾级攀奇心自超。
每看夕阳斜照处，俨睹炬烛透光摇。松影倒垂长无限，草色横拔姿倍娇。

其四　峨岭樵歌

清声何自遍岩阿，倾耳方知岭上多。人登高阜声弥远，歌发山巅民自和。
共处尧天爱击壤，齐游舜日且高歌。虽无武城系竹响，几从齐右并吟哦。

其五　沉塝积雪

玉屑飞来遍九天，高高下下布无边。幽地偏饶堆积厚，邃处常凝补辑全。
增高能冠层峦顶，益下几平侧凹间。太阳不忍全收拾，多留洁白在沉塝。

其六　竹轩夜诵

竹伴书斋松伴禅，无穷清趣在人间。窗外微风求竹韵，灯前妙旨沁人怀。
唱和不须调律吕，声应何用假丝弦。放怀朗诵三更后，好坐淇泉丛竹间。

其七　谷口古樟

漆园曾道大椿长，三千岁月寿无疆。此地老干相伯仲，拭目扶苏堪颉颃。
坚贞恰塞长城户，挺拔还推幽谷墙。俨似中流一砥柱，岂屑私家作栋梁。

其八　宝庵晓钟

日暮村庄静寂间，忽闻巨响震原中。不疏不密成条理，且徐且疾判初终。

山鸣谷应声如和，月白风清韵自浓。争似东山闻圣铎，何用南屏听晓钟。

注：龙池今属桐庐县横村镇元村。本集所辑录的龙池村景诗原载《桐江龙池周氏宗谱》。

○喻熹8首

喻熹，清人，余不详。

重咏龙池八景诗

其一　龙脉甘泉

醴泉征瑞视非轻，况出龙峰旧有名。挹注还思细细品，南峰紫笋好将烹。

其二　屏山献秀

如屏环列水云乡，遥映川原秀色长。峭壁斑斓经宿雨，层峦葱茜对朝阳。

其三　翠峰夕阳

矗天峻起翠峰头，远衬斜阳暮未收。影射虹桥摇碧落，村庄到处共迎眸。

其四　峨岭樵歌

峨岭层层不计坡，晚风潇洒意如何。归途樵子无心事，信口高歌唱和多。

其五　沉坞积雪

山坞到处却阴沈，不向朝阳寒气侵。六花入矣无形迹，积雪于今依旧深。

其六　竹轩夜诵

黄昏月上已三更，独坐幽篁万籁清。唯有窗前竹个个，夜深常听读书声。

其七　谷口古樟

涧流夹岸出山泉，烟锁长林欲雨天。寂寂无人深谷口，古樟高老不知年。

其八　宝庵晓钟

古刹由来远市尘，山僧趺坐好修真。黎民听得晨钟起，唤醒迷途多少人。

○黄步蟾 8 首

黄步蟾，清人，余不详。

船形岭四景诗
其一　东山晓日

灵钟维岳媲龟蒙，每见羲轮破晓红。阳德方升车盖远，烛龙初照海云空。
缘如世世多安石，自可人人学少通。更卜他年金玉出，长随赤曜丽天中。

其二　趺水春耕

最喜春深农事至，飞流直下满前川。琼珠万斛林端泻，碧玉千层石窦悬。
落马桥边忙课雨，安龙岗下庆逢年。曾将厚德留方寸，世业须教亘古传。

其三　湖源瀑布

何处飞泉喷玉流，湖源出没几千秋。遥闻碧练分天汉，近挹清波泛小丘。
空洞无涯云锦阔，寒潭彻底剑光浮。且看万派朝宗日，莫使狂浪纵未休。

其四　大岭松涛

郁郁长松栽绝顶，风翻鳞甲动潮声。波沧远似昆仑落，巨浸疑从弱海生。
月白影摇惊野鹤，林深籁发应川鲸。而今历尽冰霜节，会见三公梦里成。

新增船形岭四景诗（步前原韵）
其一　东山晓日

五更漏尽色蒙蒙，蓦见东山旭日红。天际金乌才出谷，帽头野马始行空。

丁香树里朝烟锁，榾鼓岩端爽气通。着屐登临同谢客，舒啸兴寄画图中。

其二　跌水春耕

记得春来耕跌水，水田漠漠似平川。扶犁陇口蝉琴急，驱犊岩头牧笛悬。
望杏瞻蒲会曾日，迎猫祀虎祝其年。灵山庙外秧针绿，播谷声中蛙鼓传。

其三　湖源瀑布

雅爱湖源活水流，罗罗似布瀑春秋。鱼梭织就翻幽壑，柳线缝成落远丘。
一幅漂来波縠结，几围滴处荇系浮。庐山面目疑相幻，逝者如斯何日休。

其四　大岭松涛

大岭亭迹松郁茂，风声浩荡拟潮声。忽闻山顶狂飚急，误听江头巨浪生。
响澈林中惊宿鹤，喧流溪上震潜鲸。龙鳞顿作龙吟远，惹得诗人逸韵成。

注：船形岭为今桐庐县横村镇凤联村一自然村。本集所辑船形岭村景诗原载《新桐黄氏宗谱》。

○黄涤源 8 首

黄涤源，清人，余不详。

施公山八景诗
其一　施公胜境

卜宅高巅地势崇，施公名胜古称雄。凭栏远眺心怀旷，四面群峰一望中。

其二　灵峰挺秀

门对灵山第一峰，崔嵬高拱瑞光浓。出云降雨寻常事，永毓人间秀气钟。

其三　平石异迹

磷磷怪石似棋枰，一片铺来甚坦平。坐可百人凭玩赏，问谁盟订结三生。

其四　跌水瀑布

宅前小涧曲斜流，激石潺潺响未休。若得三春红雨降，桃花浪暖涌山秋。

其五　茶青春景

龙团初长洽春和，雀舌萌芽绿影多。携掇盈筐新曲唱，隔峰犹聆采茶歌。

其六　横坑夕照

横坑春景斗芳菲，漠漠青田玉鹭飞。渐看暮烟村舍起，樵歌一曲趁斜晖。

其七　碧莲烟锁

一朵红莲透碧天，山中寂静锁青烟。林间古寺云封暗，空听枝头噪暮蝉。

其八　龙泉古庵

一潭碧水号龙泉，林外茅庵别有天。暮鼓晨钟声播远，骚人惊起咏诗篇。

注：施公山村为今桐庐县横村镇凤联村一自然村。本集所辑施公山村景诗原载《新桐黄氏宗谱》。

○宋金门 8 首

宋金门，清人，余不详。

灵山（下张）八景诗
其一　灵山耸秀

灵山插笔秀，晴空宝镜开。林深舒曙色，岭卷现阳辉。

耸穿云汉碧，高华接泰岱。诸翠攒拱瑞，济济焕英才。

其二　乌善余庆

天造连云岫，地呈苞羽祥。郁葱开人瑞，翠黛毓灵光。
反哺翔舞胜，绵绵发秀长。嗟美唯慈孝，庆与岭齐芳。

其三　塘源泉涌

源近潆洄近，静影碧澄流。藻荇浮金液，清澈泛玉瓯。
洗耳非沽誉，濯缨岂道侔。会心池上立，相对乐琳球。

其四　大峰峥嵘

层峦开锦嶂，振策步云梯。仰坂近天际，俯瞰列珠玑。
峥嵘疑虎踞，迴曲似龙飞。耸出群峰外，真与碧云齐。

其五　谷村环流

荡漾清光彻素秋，氤氲树色境相幽。闲来徐步溪边立，漫看流中漾水鸥。

其六　膳山列嶂

列屏如画出天然，不用奇工巧匠传。村乐有时开锦席，笙歌无待鸟声暄。

其七　南陇春耕

丛丛秀色遍芳原，沛泽阳和雨露妍。两获菑畬称遂意，衢歌帝力庆逢年。

其八　土谷前镇

煌煌宝殿镇村前，威力加徽永奠安。百世明禋祈景福，郡乡比拟若天然。

　　注：灵山即下张村，为今桐庐县横村镇凤联村一自然村。本集所辑灵山村景诗
原载《桐江张氏宗谱》。

○喻骞如 7 首

喻骞如，清人，余不详。

宅湾（里村）风景诗

其一　虎山雨霁

为羡巉岩似虎斑，新晴景色等巫山。孤峰雾散披霞赤，万木烟疏带日殷。
空际已无云惨淡，石边犹有水潺湲。尤多静气飘然现，注目高岗心顿闲。

其二　乌岭蒸霞

缘何乌岭似金陵，盖为丹霞灿烂蒸。镕铸奇峰多绛火，铺张怪石有红绫。
林中不见朱冠雉，岩下难寻赤羽鹯。想是此间呈瑞气，因看紫色逐飞腾。

其三　灵峰插汉

翠岭巍巍高万重，欲寻岩顶却无从。凌云树动开云影，接月花荣添月容。
日出几为悬古柏，星生疑是挂苍松。冲霄山势真灵也，桐北咸称第一峰。

其四　跌水澄清

闲步溪边聊濯缨，天光倒影漾波明。鳌晴激水微形赤，月魄沉渊更著清。
堪睹鱼游鳞细细，还瞻浪涌玉盈盈。龙潜此地难终隐，想必飞腾不伴鲸。

其五　莲庵翠竹

何物檐前拖翠蓝，为看茂竹绕莲庵。铿铮响与钟声杂，淅沥音同佛号参。
月照如银窗外碎，露凝似玉叶中含。他年结下离离实，丹凤欣从此际探。

其六　溪泉浪湲

细浪温漫出玉川，应知石髓涌甘泉。银波每逼新荷艳，碧水常浸绿藻妍。
有雪难铺清沼上，无冰堪结巨桥边。游鱼乐此灵渊暖，待变龙飞忽在天。

其七　石壁兰香

闲游怪石若垣墙，何物频生满路香。不见梅花横柯上，唯看兰蕊吐岩旁。

风来馥郁还盈袖，露滴芬芳自映裳。最是临秋偏独秀，卓然含笑傲严霜。

注：宅湾即里村，为今桐庐县横村镇凤联村一自然村。本集所辑宅湾村景诗原载《桐江张氏宗谱》。

○羽丰 8 首

羽丰，清人，余不详。

咏泽里八景诗

其一　浪水观鱼

杖策沉观雪浪冲，归帆一片上琼峰。鱼穿石底开波镜，月照滩头听晚钟。

钓影浮空丝袅袅，花须啖尽水溶溶。玲珑四壁随风动，坐向苔矶悟化龙。

其二　塔山晚钟

曲曲盘盘塔影环，樵歌阵阵度空山。灯分别院禅初静，风送残钟月自闲。

响彻琼峰听断续，声飞浪水夹潺湲。从兹醒却浮生梦，只见松林鹤往还。

其三　乌墓瀑布

云迷乌墓果修哉，脉缕分明凤岭来。片影喷成三伏雪，余波却挂一林隈。

飞岩远势浑如练，溜石清声恍似雷。五百余年流派厚，儿孙俯仰荫滋培。

其四　琼峰夕照

峭壁巉岩积翠浓，玲珑万点仰琼峰。兰荪淡照悬金桐，石磴虚明泻玉容。

彩凤斜依红树去，寒蝉曳向白云封。闲来此地为吟侣，入谷穿林上几重。

其五　茶园听莺

淑氏融融鸟语清，茶园春晓寄余情。风前细舞千条柳，叶底深藏百啭莺。
香泌琼牙烹玉垒，歌流红树奏瑶笙。诗肠鼓吹松阴路，斗酒双棋颂太平。

其六　狮潭印月

天然图画号师名，雪浪云涛接太清。月印金波千点碎，潭空玉兔一轮明。
鱼游镜面红鳞跃，网晒芦汀白羽鸣。水色天光澄碧落，晶球掩映挂蟾精。

其七　凤岭霁雪

一山云水拥禅居，雪霁看山意自如。凤立山前人寂寂，山明凤后月徐徐。
钟声寺里为寒拟，篆贴楼头带旭书。移步空亭浑不厌，清光尽入望中虚。

其八　瑶峰插云

云流曲曲抱孤峰，白石峥嵘烟霭中。岫际高标银灿烂，岩前倒插玉玲珑。
三霄鹏碍天边雾，半壁琼飞谷口风。凭吊袁公栖息处，层楼画阁接西东。

　　注：泽里，今名宅里村，属桐庐县横村镇。本集所辑泽里村景诗原载《桐江姚
氏宗谱》。

○永治8首

永治，清人，余不详。

和咏泽里八景
其一　浪水观鱼

濠上之观乐不虚，谁知浪水雅多鱼。悠然得所频思汝，逝者如斯最感余。
跃想红鳞抛一一，泼来青眼赏徐徐。此间却并双台古，占尽烟波意自舒。

其二　塔山晚钟

禅房清况悟三乘，向晚听钟慧业仍。塔影迷离无过客，山光浓淡送归僧。
音传衣钵留余韵，响彻烟霞度几层。敲罢数声何处去，大家膜拜佛前灯。

其三　乌墓瀑布

嵯峨山势不嫌孤，慰我先灵墓号乌。章织七襄疑四练，形分三足好传图。
借来却有枝栖汝，悬去何尝敌诱吾。蔓草荒烟凭吊处，一经回首重踟蹰。

其四　琼峰夕照

从容无事受朝曦，日照琼峰却也宜。映去璧痕犹露彩，烘来山色未全亏。
可怜石齿遮斜影，且喜岩头隐半规。欲上春台歌盎盎，万方瞻就仰重离。

其五　茶园听莺

携柑载酒任盘桓，听到茶园不尽欢。百啭弄簧同雀舌，几回掷柳拟龙团。
歌残处处松风爽，啼破声声谷雨寒。此日上林邀睿赏，金梭织向书桥端。

其六　狮潭印月

狮潭胜迹至今传，水色溶溶月印川。望去眸如明镜皎，撑来爪似大刀圆。
拴时兔影无边洁，照想蟾辉分外鲜。遍览湖光唯此好，嫦娥一见定应怜。

其七　凤岭霁雪

几日风声逼暮昏，量来三尺到禅门。踏烟陡上千重岭，摘艳犹余六出痕。
凤爪直同鸿爪印，桐花竟杂雪花翻。当年李贺寻诗思，未识骑驴过几番。

其八　瑶峰插云

层峦垒嶂正缤纷，只为峰奇半插云。点缀乍因山得气，回环旋见水成纹。
飞来一寸凭风起，削出千重触石分。岫列窗前延妙景，新裁五色庆氤氲。

○沈凤梧 8 首

沈凤梧，清分水（今浙江省桐庐县瑶琳镇）人，余不详。

毕源八景诗（并序）

其一　新巷桥亭

山环水绕，泉流毕浦，地势曲折盘旋，不减桃源仙迹。

桥亭临曲渚，毕水贯桐江。古碓喧春坞，晨钟响晓窗。
文光联碧汉，揣霭锁长杠。脉脉泉流远，逢源喜满腔。

其二　锦屏环绕

阳宅坐山，层峦环列，宛若锦屏。

锦绣开屏障，祥光绕邑东。鸟啼云树里，人在画图中。
四壁连环翠，三山点缀工。为思多种毓，俗美颂休风。

其三　五马归槽

五岳齐奔状，若五马，故有此云。

瑞绕毕浦地，村称五马归。峰峦环耸峙，秀水几重围。
凤翥千岩耀，龙奔万里辉。人才咸卓立，济济观天威。

其四　七星桥梁

村西有一桥，石上生七窍，因以此名。

上应天台宿，星桥古迹留。小山联夕照，旭日射枝头。
北耸文岗秀，东流毕水悠。寻芳多胜景，仿佛步瀛洲。

其五　文岭古刹

山回路绕，文峰插天，建有僧院，为分新要道。

文峰曾叠叠，绣岭更层层。密竹栖鸾凤，疏林访院僧。
天低云暗淡，石峻水清澄。俨若蓬莱境，登临月作朋。

其六　太平古迹

　　良梅山有平坦大石，上刊"天下太平"四字，古迹俨然。

太平传盛事，千载颂芳名。介石苍苔衬，云巢茂树营。

老猿安信宿，孤鹤任归程。古迹今犹在，盰衡万象清。

其七　樟树桥景

　　庵下桥侧，樟木翠如华盖，山水相拥护，乃余村之瑞也。

山溪交掩映，古木锁烟霞。势曲疑无路，花开又有家。

石虹跨涧渚，水镜澈天涯。钟毓多灵秀，停车望眼赊。

其八　古岭锁钥

　　两山拥抱犹如狮象，一水中流，上建僧庵，为毕源之锁钥处也。

一岭由来古，溪泉夹岸流。金狮横水口，玉象镇源头。

锁钥云归岫，潆洄月挂钩。遥传清馨响，胜地复何求。

　　注：毕源即文源村，今属桐庐县瑶琳镇。本集所辑毕源村景诗原载《分阳马源沈氏宗谱》。

〇何邦彦 10 首

　　何邦彦，清人，余不详。

昌东桐坞居址十景诗

其一　北山远眺

左控新城右富阳，遥看葛水几多长。攀崖更上凭虚望，万里山河任展藏。

其二　炉峰毓秀

屹然如鼎矗云霄，吐雾含烟瑞气饶。坐对此山佳气阔，香山弥尽寿弥高。

其三　拱山张屏

南耸巍巍莫与齐，古来名迹至今题。宛然树立如屏障，卜宅依斯实伟奇。

其四　竹山献瑞

北山发脉到斯山，淑气成形壮大观。翠柏苍松笼瑞霭，凤栖龙化长芝兰。

其五　桐岭呈祥

曾闻此岭以桐名，岭以桐名岁月深。可见物华由地胜，地灵人杰足为征。

其六　水口龙卧

一昂一伏势如龙，委曲盘旋水口中。镇守一方形胜地，宅隆秩秩产英雄。

其七　高岗豹隐

逶迤高岗最多情，君子变之列户庭。为道仙翁流憩后，看来尤胜画图新。

其八　池塘夜月

水在池兮月在天，水天相映月池连。几回月下临池赏，水更清兮月倍圆。

其九　野畈秋登

原隰畜畬万顷余，无端荒草不须虞。秋来满目横山富，仓廪盈盈乐自如。

其十　永安流水

桥列永安自古宣，潺潺流水绕庭前。莫云此处无灵物，一会风云鳞跃天。

　　注：昌东桐坞即桐岭村，今桐庐县瑶琳镇琴溪村一自然村。本集所辑桐坞村景诗原载《分阳马源沈氏宗谱》。

○杨家贤 15 首

杨家贤，字举游，贵阳（今贵州省）人。举人。清光绪十七年（1891）任分水知县。

分水风景诗

分水源从何处来，钱塘遥指富春开。难寻天目穷支派，且过严滩访钓台。

其 二

科甲峰高几辈游，旧有仙人旧状头。双桂里前风欲动，五云山上月空浮。

其 三

玉华清绝境何如，云护泉幽好读书。青鸟漫夸城厥舞，苍龙须向海门舒。

其 四

东溪直接乡贤里，中有英才能继起。誓求古学绍渊源，耻习时文博青紫。

其 五

闲居立说岂徒然，其言剀切志堪怜。愿借他山攻美玉，勉从平地着先鞭。

其 六

与尔同消夏日长，诗书不负读何妨。天地吾庐吾亦爱，花县依稀深柳堂。

其 七

此中静坐存天理，刚曰读经柔读史。左顾右盼皆古人，灯青月白为知己。

其 八

公余退食课余儿，小子经年未学诗。教益敢忘君子爱，德成还望友生资。

其 九

直谅多闻如陈子，兰臭同心斯可取。下榻重温易书诗，焚香细读春秋礼。

其 十

晨昏风雨互观摩，莫问公庭事若何。晚放蜂衙蛙鼓闹，蝉吟一曲当高歌。

其十一

读书有味清于水，分水官贫味更清。官味何如诗味美，此中真趣语陈生。

其十二

桐江一带沙河浅，毕浦月明江树远。红疏两岸雁初飞，黄落千岩石不转。

其十三

乘风到此浪悠悠，桂子香飘八月秋。琴鹤喜随书画舫，江山欣放水云眸。

其十四

烟波小住鸥盟久，结得岁寒松竹友。忆梅无日不题诗，就菊有情还醉酒。

其十五

晚景余香犹足傲，傲对东风桃李笑。落花得意赏奇文，流水何心弹别调。

○王舜 1 首

王舜，清分水（今桐庐县）人。余不详。

望江岭

百江亭栏江水幽，登临凭眺豁双眸。密云龙过千山经，贩叶鸦翻两岸秋。
石燕沙头飞欻欻，溪翁滩下战飕飕。黄昏月霁澄如练，闲看渔舟傍野鸥。

○钱彪 8 首

钱彪，清分水（今桐庐县分水镇）人。余不详。

分水前湾八景诗

其一　望江风雨

风风雨雨过亭前，徐疾横斜望眼穿。飘去垂来如欲诉，波涛响寂水云边。

其二　碧石垂钓

磐石临江可系竿，闲投香饵下清澜。利钩特为贪鳞设，好是醒人一粒丹。

其三　明亭修竹

申明亭畔想遗风，修竹几竿画卷中。月影添来筛碎玉，乘凉人醉落花丛。

其四　沙渚丛桑

桑渚丛丛铺白沙，迎风沾露任横斜。采求浪供春蚕事，资此蚕丝献帝家。

其五　砖桥夜月

皓月当空欲渡桥，频来步步履琼瑶。南飞鸟鹊惊如舟，不为骚人破寂寥。

其六　牛山古木

特立层峦不计年，横斜瘦骨伴云烟。雪花苔叶频生色，谁向科头箕踞先。

其七　前潭渔歌

绿杨深处突新歌，来自前潭断续多。欸乃几声江月上，渔舟袅袅荡清波。

其八　石涧灵泉

涧底涌来淙淙奇，穿岩越壑任施为。原田溥遍流膏泽，一泻如何雨露滋。

注：前湾村为桐庐县分水镇东溪村一自然村。本集所辑前湾村景诗原载《分阳钱氏宗谱》。

○钟秀 21 首

钟秀，清人。余不详。

印渚、法道村景诗
其一　印江渔歌

获管萍梗散渚溪，渔舟一叶渡前堤。数声欸乃缈然去，杨树滩头云水齐。

其二　冷坞春茶

冷坞春寒雨乍收，新茶敷甲绿阴稠。小窗午梦枕书罢，乳浪初平雪满瓯。

其三　桐岭樵歌

隔村桐岭路迢迢，惯有丁男竞采樵。偏是晚风残照里，歌声先颂送出山。

其四　乌石奇观

乌石嶙峋矗碧空，藤萝到挂半苔封。社公拟作伍公庙，的是飞来第一峰。

其五　村口闲步

水近村前不用春，悠悠一带浸苔矼。闲将分岁登田望，手把红豇忆白豇。

其六　石湖古祠

古寺巍然镇石湖，蜿蜒深锁似方壶。要知不少桃源客，到处桑麻列画图。

其七　乌石奇峰

一笏嶙峋势矗天，阳乌初照最为先。愿携谢朓惊人句，不废衣冠拜米颠。

其八　塘埠祖茔

雄蟠虎踞两边包，丘水前来又一坳。纵问前言今不应，此心未可付全抛。

其九　乌石奇观

凤山怪石更名乌，高矗盘空看有无。借问仙桥何处是，闲中领略赛蓬壶。

其十　静胜古寺

喜到禅门放眼青，四围松竹半云停。老僧竟日闲无事，茶话焚香只诵经。

其十一　玉涧回澜

玉涧泂潆一派清，前溪放棹数游鳞。年来三月春潮涨，兴逐桃花问水滨。

其十二　横山平桥

接岸虹桥处处开，横空平锁一螺堆。荒村休说无多景，山水行人画里来。

其十三　乌石奇峰

峭壁何年擘巨灵，横开片石锁郊坰。秋来莫厌山容淡，几树枫丹点翠屏。

其十四　静胜古刹

层开古刹锁林坰，夹路分栽树影青。夜静钟声云外落，度来缥缈隔村听。

其十五　玉涧回澜

一泓涧水碧于油，荡漾澜翻翠藻浮。蓦地风来微绉玉，教人凝望兴偏幽。

其十六　横山平桥

秋霁山林赏竞邀，绿溪缓步入村遥。游观莫道诗情少，兴到还如上灞桥。

其十七　题乌石峰

乌石奇峰卓凤山，四围积翠锁螺鬟。风流邑宰留题后，疑是蓬莱几翠湾。

其十八　泛舟唐埠

一水盈盈隔岸斜，轻桡摇曳胜浮槎。蓬窗小立浑无事，且看凫鹥戏浅沙。

其十九　秋郊闲步

日影衔山雁阵天，新凉散步看湖田。偶从野老停锄话，道是今年胜旧年。

其二十　读书夜雪

自愧功疏故纸堆，凝寒窗外雪皑皑。儿童惊说梅花早，昨夜围亭满树开。

其二十一　法道古迹

故土可怀极不谖，闲游眺望意无喧。横山旋绕如悬岸，印水澄清似抱村。
不尽桑麻盈野畔，无边禾忝绕郊原。小溪肥鲫正堪美，捣蒪烹调几欲吞。

注：印渚村、法道村在今桐庐县分水镇。两村于分水江水利枢纽工程建成后外迁或后靠。本集所辑印渚、法道村景诗原载《潜阳汤氏宗谱》。

○章日甫 4 首

章日甫，清人，余不详。

乌窠景物（并序）

闻之人杰由于地灵，山川开美景物呈祥，所以钟人瑞也。乌窠章氏，世居此地，既有九乌之遗迹，又多胜景之环峙，凝祥毓瑞，其地甚灵，其人必杰，不可不标诸谱乘，以显一族之巨瞻。至于名人才士所题诗记，逐一登载，以志不朽。观者一见而知此地非俗土矣。

其一　墓平遗迹

草遮回磴几层层，寂寂松楸锁白云。每夜忽闻乌叫月，至今犹见鹿随人。
班剥苔纹疑履迹，潺湲涧溜似悲吟。试听樵牧讴歌者，尚说贞元孝子名。

其二　金谷传芳

碧峡苍崖另有春，胜形同擅石家名。烟罗四辟悬珠翠，云树千嶂列书屏。
间阙鸟语笙歌韵，错落花枝层绣文。共言此地钟灵异，豪俊何须羡季伦。

其三　兰桥锁秀

碧水周回宛转通，还从绝涧驾长虹。雨后朦胧横蟛蜞，月明隐见卧虬龙。
势扼下流环胜概，路通上国达飞蓬。多君应有相如志，题柱行看意气雄。

其四　乔木凌霄

古干亭迥出裙群，经霜傲雪几兴春。枝挺大庭多景色，气连霄漠倍氤氲。
热池的的融华露，偃盖重重拂瑞云。应知世泽栽培久，原留桢干报明君。

注：乌窠村，今桐庐县分水镇朝阳村一自然村。本集所辑乌窠村景诗原载《章氏宗谱》。

○赵士廉 8 首

赵士廉，清人，余不详。

续取乌窠八景诗
其一　马坞松涛

遥瞻天马列星文，忽听松涛响若殷。神翼行空翻翠浪，苍虬鼓磤吐清氛。
重重楦盖鸣天籁，蔼蔼龙芳拂瑞云。犹亿赤松寻觅处，山灵应有吉氤氲。

其二　龙池桃浪

嵬峰直上路崎岖，云外天开注碧湖。时有鱼龙乘浪跃，年来桃李傍春敷。
岩前滴翠响环佩，林下澄波映玉壶。伫看禹门三汲尺，蜿蜒瞬息上云衢。

其三　双溪映月

清溪环集会村前，每有蟾光照静湍。万点明星澄紫府，雨条玉带繁瑶天。

漱纹荡漾峨梅动，桂影参差玉镜圆。最是登高捷足者，广寒分得一枝先。

其四　三岳浮云

三山绣列玉屏开，片片浮云去后来。泰岳钟灵产圣子，菘高孕秀毓申才。
氤氲覆壑流苍碧，暖暖凌霄绕翠苔。续咏斯干咸济美，云乃千载位鼎台。

其五　金谷传芳

名同金谷聚春光，紫蔓红英斗采芳。好鸟枝点求胜友，野花涧外集文章。
携章每有登山约，对客宁无问月狂。遥想季伦风景在，喜歌清韵入奚囊。

其六　兰桥锁翠

山溪盘旋水回东，径转兰桥绿树中。幽谷闻香花染露，石矶拂翠竹生风。
留侯秘授芳踪杳，司马题名逸兴同。忽睹云间鸟鹊聚，恍如织女渡仙宫。

其七　牧岭晴晖

岩峣巍岭似天台，复道层层一径开。千里浮云风散去，万山锦色日部来。
近瞻紫水溪为带，远眺岩岗石作台。为有何公遗茜迹，监风长亿牧侯才。

其八　墓坪遗迹

郁葱佳气萃三川，孝墓流芳奕世传。云树苍茫鸟未杳，野坪旷緻鹿犹眠。
几经春雨濡膏日，频见秋霜露冷年。愧我得瞻华表在，蓼莪好诵艳阳天。

○振齐氏 2 首

振齐氏，清人，余不详。

鹅头颈

小小一座山，都作鹅头看。义之若复生，定写经来换。

老鸦塘

方方半亩塘，非是老鸦样。都把老鸦名，反哺形谁状。

注：本集所辑《鹅头颈》《老鸦塘》《馒头山》《龙眼井》《岩屋》《古井》《东西两山屏》《桃源会仙处》《宁吴庵古柏》《观音塘》等均属徐桥（今桐庐县分水镇）村景诗。原载《高城外厅吴氏宗谱》。

○愚谷氏 2 首

愚谷氏，清人，余不详。

馒头山

石纹镌字写馒头，欲献天家未许收。日鼠空衔虚半夜，牵牛交踏镙千秋。团团伴月来黄鸟，皎皎凝霜骇白猴。满点法埃今古是，故教一篑弃荒丘。

龙眼井

原来霖雨济苍生，龙眼香泉澈底清。泪湿千秋枯井豁，水流一甲逆鲜平。丝丝石发浑凝目，点点莓苔乱刺睛。银海不知谁是主，波文应说仰高城。

○尧天氏 6 首

尧天氏，清人，余不详。

岩 屋

前山古洞滴寒泉，翠色连云似屋然。芳草迷离堪作盖，青松错落可为橼。檐牙相接闻鸡犬，石壁高悬惹雾烟。采药先人来托足，蓬门不闭亦神仙。

古 井

桃洞之前井水香，源头滴滴自流长。不嫌坐久观天小，休侍干深掘地忙。浪影涟漪摇夜月，波光潋艳缀斜阳。至今抱瓮来相取，且把甘泉比露浆。

东西两山屏

青山齐立象峥嵘，两扇屏风两面呈。不是琉璃形对照，偏同翡翠影相迎。
故童朝夕寻牛迹，樵叟高低话古声。欲借蔽门难自主，画图一幅动诗情。

桃源会仙处

路转峰回别有村，群仙笑语集桃源。堂中潇洒棋排局，座上缠绵酒满樽。
俗虑消时观佛法，林阴密处听禽言。武陵渔父还逢此，应向老僧夜叩门。

宁吴庵古柏

道人培植几生前，龙虎英姿尚宛然。磨铄风霜枝益嫩，追随松竹节弥坚。
横柯远射重门外，直干低垂两岩边。月照僧房遮半面，根般宝刹老千年。
香云披拂苍须暗，好雨沾濡黛色宣。钵现昙花应竞秀，经翻贝叶欲争妍。
者煨小坐添佳趣，此际斜窥赋短篇。最爱贞心逾蒲柳，禅林无日不凝鲜。

观音塘

一亩芳塘数尺深，留名最爱号观音。西天胜景怀前日，南海肖形想到今。
法雨添丝悬水面，慈云拥盖覆波心。莲花开处符莲座，竹干垂时认竹林。
洗钵浪摇明月碎，窥鱼影带夕阳沉。泉痕引我凝眸顾，佛像劳他缓步寻。
古树斜来疑顿首，老僧至此却抒忧。山辉川媚多仙境，眺望徘徊好句吟。

○屏樵隐 4 首

屏樵隐，清分水（今浙江桐庐）人，余不详。

西村四季

山如长帚径如梯，四五人家住水西。村外桃花三月闹，春光合似武陵溪。

其 二

门前修竹万千竿，习习南风六月寒。世上炎氛飞不到，俗人住在此间难。

其 三

登高一望四山青，叠嶂层峦列画屏。更爱隔溪斜日里，风吹波影上幽亭。

其 四

雪正晴时梅正开，暗香疏影月中来。先生夜坐东窗下，消遣寒光酒一杯。

注：西村为今桐庐县百江镇联盟村一自然村。本集所辑《蔗岗后拥》《文笔前迎》《沃壤圆墩》《曹溪叠嶂》《杨坂耕农》《川泉渔集》《双溪古渡》《三会晨钟》为西村八景诗。原载《分阳潘氏家谱》。

○宋梦依 1 首

宋梦依，清人，余不详。

蔗岗后拥

峨然耸秀出冈陵，簇拥华居黛色凝。巨镇东乡分八面，端居八极拱千层。
尊如帝座年年在，福庇人家日日增。欲驾天风高处立，就攀仙桂远飞腾。

○商承学 1 首

商承学，清人，余不详。

文笔前迎

孤峰卓笔透青霄，壮观乡间意趣陶。云气黑时天泼墨，霞光明处锦濡毫。
钟灵未许为牙笏，拱秀应知出凤毛。绝顶尚存龙主庙，岁时行雨慰民劳。

○周汴1首

周汴，清人，余不详。

沃壤圆墩

何年地理置斯墩，隐隐隆隆一块尊。坦似琼台承雨露，圆如石鼓壮乾坤。
当春种作儿童戏，待月嬉游笑语温。润屋润身皆此兆，不忧沧海浪涛奔。

○方岊1首

方岊，清人，余不详。

曹溪叠嶂

一带衡山宛若屏，四时苍翠逼青岭。仙岩有局棋难着，鸟道如梯步可经。
下瞰鸥凫依片桨，仰观星斗乱飞萤。渔农耕筑无春夏，岁岁丰盈贺太平。

○吴福1首

吴福，清人，余不详。

杨坂耕农

数顷良田近宅西，三春努力事锄犁。雨中黄犊行行策，花里斑鸠得得啼。
秋熟喜看云自敛，冬蒸不厌酒相携。年年了得官家税，畅饮何妨醉似泥。

○吴祚1首

吴祚，清人，余不详。

川泉渔集

一潭澄澈映长天，无日偷闲不泛般。巨细往来都入网，高低跳跃岂藏渊。
得鱼自喜沽新酒，贯柳常怀失旧筌。名利不如耕钓稳，陶然一醉且安眠。

◯宋兴 1 首

宋兴，清人，余不详。

双溪古渡

二水纵然不断流，一溪古渡有扁舟。桥通西市何年坠，路接东源整日游。
聚雨一番犹稳载，寒冰三尺岂迟留。居人善继能修葺，隐德终为远大谋。

◯宋旻 1 首

宋旻，清人，余不详。

三会晨钟

古迹荒凉碧藓封，三间矮屋夕阳重。含花鹿过无新座，策篆僧来失旧踪。
古老相传三会寺，山村唯听一声钟。只因梁武亡天下，今日兴隆孰肯从。

◯刘曰谦 8 首

刘曰谦，清人，余不详。

次西村八景诗
其一　蔗岗后拥

二气中分拥大陵，位尊八极势严凝。雄开屏障来千里，峭拔乾坤耸万层。
雨过碧天青黛点，日临芳树翠阴增。振衣多少登高士，争附朝阳彩凤腾。

其二　文笔前迎

院外奇峰耸碧霄，如椽巨笔气钧陶。璇宫雨度濡彤管，宝树花生丽彩毫。
南极常存千古象，中山谁拔九秋毛。英雄肯掇文场用，挥染应知不惮劳。

其三　沃壤圆墩

开地神工创此墩，川原一望势为尊。钟灵有象环平壤，载物无疆益后坤。
世息狼烽烟久净，春调玉烛气常温。游人胜览归时候，羲驭常妨万马奔。

其四　曹峰叠嶂

叠嶂嵯峨展翠屏，曹溪环绕自泠泠。云窝叶茂仙常属，石磴藤稀客谩经。
日涌峰巅喧宿鸟，星飞岭面度流萤。几曾奋发凌高顶，指点群山一抹平。

其五　杨坂农耕

畬畲万顷画桥西，并耦春耕雨一犁。作伴鸟犍如意步，催工布谷尽情啼。
老农和曲声相应，童子传餐手共携。但得穰穰秋有望，何妨举趾日涂泥。

其六　川泉渔集

清流一派远云天，时有渔郎泊钓船。浮羽忘机游浅浪，纵鳞得所跃深渊。
烟波意适谁投饵，云水名遗不记筌。欸乃啸歌尘世外，杭歌红日尚高眠。

其七　双溪古渡

二水滔天左右流，通津谁不问梁舟。星轺载道时争涉，羽檄驰京日竞游。
移事肯教行辙阻，济人梁复乘兴留。耆英莫惜长虹架，万里云程为后谋。

其八　三会晨钟

上方僧院白云封，殿阁玲珑树影重。金钵水腥龙起蛰，石阶苔破鹤遗踪。
名传三会庚年刹，响震千门午夜钟。左道式微文教显，浮屠振起几人从。

○章文镐 9 首

章文镐，清分水（今浙江省桐庐县百江镇）人，余不详。

茂山风光

其一　一篑山房

担石为山兀未全，和盘托出十年前。松楸几日成高荫，不奈微霜压鬓边。

其二　迎益轩

从无住处足烟霞，风月三间水一洼。长笑临轩多胜友，苍松修竹与梅花。

其三　贮清轩

咫尺银潢一派通，问津心迹与谁同。自惭欹假难驰远，不用登天眼亦空。

其四　环秀亭

喷云泄雾涨平桥，碛石风涛未易描。此日偶从亭下过，十年心地暑全消。

其五　长寿庵

花厌颓坦薜荔低，绿云红雪隐招提。山前春好何人赋，拟待黄鹂出谷啼。

其六　横波亭

白界青山动地雷，龙纹百折浪花开。夜光知有穷途客，跳上亭前石上来。

其七　怀义桥

半轮雾色压清波，酒伴相寻喜共过。高唱入林人影断，疑踩鳌背渡银河。

其八　水仙洞

高入壶门地急平，漫移曲涧听泉声。无关深锁云千朵，浓似山前望雨情。

其九　徐明岩

徐君仙去定何年，徐水徐山世竞传。添得岩前多少恨，杏花和雨写红泉。

○潘彝良 8 首

潘彝良，清人，余不详。

雁山八景诗

其一　龙门秋月

皓月遥从海上来，碧空云净绝纤埃。一泓莹洁银盆浸，万里澄清玉镜开。
丹桂影凉移贝阙，紫箫声远隔瑶台。此中剩有蟾宫客，带得天香两袖回。

其二　雁塔青云

一塔凌空万壑低，青云唱傍画檐飞。为霖变化从龙去，薄暮悠扬伴鹤归。
轻度潭心清彻底，遥连山色翠成围。有时入望腾佳气，五彩氤氲映夕晖。

其三　前村牧唱

十里平原绿草长，欢呼满路去茫茫。披蓑度垅冲朝雨，横笛归来带夕阳。
低唱但知牛背稳，离欧却笑马蹄忙。今逢昭代升平世，不学当年宁戚狂。

其四　后岭樵歌

采薪山谷惯经过，落日归来发浩歌。一曲远从云际响，数声偏应谷中多。
断猿啼歇藏岩洞，栖鸟惊飞出薜萝。若遇仙人休看弈，世间甲子易蹉跎。

其五　仙人古迹

何处仙翁避世氛，昔年羽化寄云根。一函高冢魂应远，千载阴崖迹尚存。
洞里花香闲白昼，溪头月色自黄昏。只今唯有春秋社，还向祠前奠酒樽。

其六　广王灵祠

祠宇幽深户不扃，槛前乔木昼阴阴。春风送暖花连砌，秋雨生凉叶满庭。
一缕篆烟清拂座，四围山色翠堆屏。竭忠报国人何在，独有声藜照汗青。

其七　山南霁雪

一夜遥山失翠屏，晓来四望玉嶙峋。晴光渐透林稍日，寒气潜消谷口春。
地布琼瑶应有象，天开图画迥无尘。也知预兆丰年瑞，歌颂何时逢紫辰。

其八　桥北晴波

水涯清溪路转赊，波纹长映日光华。晴分碧色迷芳草，暖带红香泛落花。
片月浸来微有影，群鸥飞处净无瑕。渔村钓罢归来晚，一曲沧浪兴未涯。

注：雁山村在今桐庐县百江镇翰坂村。本集所辑雁山村景诗原载《分阳潘氏家谱》。

○叶思正 8 首

叶思正，清人，余不详。

雅坊八景诗（并序）

予乃四方千丈下山之东南邑泉溪人也。生平窃慕古骚人好游，足迹遍江山，到
处索题以姿狂兴，真所谓技痒然也。举天下名山胜迹，逞风月之雅怀，阐花鸟之幽绪，
一吟一弄，造句俄成，视彼才捷七步三步者，肯少让耶？予窃慕之尚未能耶！正统
间，秋官仁甫楼公未际时，藏修于此。四顾境之奇拔者，订为八景。意以出则展嘉猷，
处则足肥遁。呜乎！公竟忠于谋国宁，暇谋身计也。是八景命名未坠，在人二三子，
希哲辈于修谱稍隙，数恳题句，以垂不朽。予以命题取义，最难措词以臻体，奈白
头受简，盘礴至再，聊以副二三子望云。

其一　方山耸翠

方山山峻势参天，列岫森罗景物妍。纵羡五陵多贵士，争如此地一行仙。

其二　石井通潮

石井相传不记深，暗渠直抵海波平。平生莫问人间事，水远山长尚有情。

其三　荷溪香溢

缓步溪头溪水深，绿荷净植碧泛汀。可观不可亵相玩，花正开时香满亭。

其四　渭水源清

清渭由来渊且清，毛诗自古著芳名。问渠何事得如许，惹却骚人费品评。

其五　象珠毓秀

一点苍山山更殊，仪形端特象珠玑。翠薇佳处原无限，毓秀钟灵世最稀。

其六　韫玉含辉

玉韫山兮山自辉，晴岚烟壑绕村居。清修于此堪清隐，纵酒酣歌兴浩如。

其七　靖明古刹

靖明古刹晓鸣钟，多少阇黎西复东。却忆当年题句客，姓名曾得碧纱笼。

其八　乌庙遗迹

试问颜乌何处村，流风遗迹至今存。悬知孝感通天地，好向阎浮细共论。

注：雅坊村为桐庐县新合乡新合村一自然村。本集所辑雅坊村景诗原载《荥阳潘氏家谱》。

○陈澹斋 8 首

陈澹斋，清浦阳（今浙江浦江）人，曾设帐雅坊。

其一　龙门飞瀑

峭壁挂苍藤，一道飞泉直。正似白虹眠，划断青山色。

其二　虎山对月

奇峰插入云，高踞群山阜。如有取月方，还待云梯否。

其三　西山拱翠

诸峰翠接天，洗出西山雨。坐啸东窗中，清光溢眉宇。

其四　北岭归樵

山居不入城，半是采樵者。一担尚未归，牛羊来四野。

其五　隔溪晚波

夕阳映远峰，归鸟掠沙渚。漠漠暮烟中，溪声杂人语。

其六　石井西流

数家共一溪，溪幽澹吾虑。逝者果如斯，远随斜阳去。

其七　潭角垂钓

休管去来云，暂此投竿住。却喜兴不孤，前滩有白鹭。

其八　松岭听涛

松涛起半空，顿觉道心胜。寄语烧丹人，何如此间听。

○王彪 1 首

王彪，清人，余不详。

西山樵唱

晨光初照日迟迟，樵唱歌声上九嶷。薪担轻挑修竹径，芒鞋细踏落花泥。
斜阳有影描图画，古调天腔谱曲词。寻得烂柯山下路，仙人对局静谈棋。

○杨汝弼 1 首

杨汝弼，清人，余不详。

高畈晚耕

绿野高原天削平，西畴横纵赴春耕。犹如乐道追莘野，亦是课功拟伯成。

赤壤锄云榆荫覆，青畦浥露稻香清。时和幸际升平日，岁稔兴歌句载赓。

注：本集所辑《高畈晚耕》《西山樵唱》《后塔山屏》《北潭秋月》均为高畈（今桐庐县新合乡新合村）村景诗。原载《桐江高畈义门何氏宗谱》。

○皇甫时高 1 首

皇甫时高，清人，余不详。

后塔山屏

层峦高耸日星齐，郁郁苍苍隔径蹊。峰下不闻元豹隐，障前常有子规啼。晴光掩映穿云上，冷色空濛对阆低。花鸟青山工点缀，骚人到此费吟题。

○韩士杰 1 首

韩士杰，清人，余不详。

北潭秋月

潭水澄清静不流，良宵快对月当头。浮光射处开金镜，倒影沉时挂玉钩。天未卸芦频度雁，波中落魄屡惊鸥。夜籁人静鱼龙现，辉映重门万户幽。

○吴道林 12 首

吴道林，字少亭，清末钟山乡（今浙江桐庐）人。历署奉化县训导，景宁县教谕，旋致仕还里。有《禄在堂文集》《磨针所试帖》《诺诺子诗钞》《寒斋随录》若干卷待梓。

常丰十景诗（并序）

其一 龙山毓秀

山不甚高而奔腾起伏，有飞龙之象焉，因名龙峰。《易》曰："飞龙在天，利见大人。"是所望于接踵而起者。

龙盘如作势，虎踞更超群。风雨及时发，雷霆何处闻。

出山先破浪，嘘气定成云。娇首天衢近，为霖久属君。

其二　鼠石呈祥

出常丰桥数武，有聚龙庵焉。庵前有石卧大道旁，俗名鼠石，其为鸳化乎？抑为豹文乎？石如有知，应为点头。

一卷奇更古，镇日伴禅关。食黍头能点，穿墉性更顽。

衔书千佛笑，说法一僧闲。化鸳应飞去，天空任往还。

其三　杏湖晓涨

村有三潭，爱川先生疏之为湖。两堤遍植杏花，因以杏为名焉。每当春水方生，晓涨未落，水浮花而波痕皱，花点水而香气清。洵奇观也，其美景乎！

杏花何日放，春水及时生。雨久天常暗，波翻地亦惊。

桥无三板露，泉有百重鸣。忙煞田间叟，携锄陇上行。

其四　桑园晚晴

吾族首崇耕读兼讲蚕桑，宅环五亩，桑植百株，宿雨初晴，浓云密布，不必图绘豳风，俨然林成著作矣。

残滴歇檐际，邻墙闻笑声。树犹如此碧，风比昨宵清。

剪业云都活，穿林月渐明。万方衣被遍，吾道重苍生。

其五　丰桥纳凉

桥曰常丰，路达建邑，古木参天，浓阴夹道。时则斗茗人来，战瓜客至，或就月以看书，或临流而把钓。既曰招凉有馆，敢云消夏无词。

不必湾消夏，何须轩纳凉。溪环流水曲，日此小年长。

树密风声聚，山空月影藏。相携一樽酒，围坐说沧桑。

其六　对山横翠

是村也，山列其前，溪走其下。当春夏之交，新雨初霁，晴云欲张，浓翠交流，空青入画，弥觉光景无边山林生色矣。

当户一峰立，重重似列屏。山低能起翠，雨久自然青。
宿霭烟中树，斜阳水上亭。诗情兼画意，曲曲绘疏棂。

其七　芹溪踏月

　　明月如画，溪流有声，沿堤而行，在河之汜，何须秉烛而游，无俟掣舟相向，鸥波不起，鱼梦无惊，可以永夕。当知时不再来，寄语幽人，莫谓乐而忘返。

直到溪流处，行逢月上时。屐声驱水急，人影过桥迟。
足底霜微印，楼中笛未吹。归来须缓缓，恐有雨催诗。

其八　松墩闻涛

　　去村里许，一阜突起，古松数百株，名曰松墩。无风自韵，入夜更佳。有客倚青澄而听，何人乘白马而来？山中有此奇景，江上无此清趣矣。

无风松自响，疑是夜潮生。林密得秋意，山空闻水声。
波从云外落，浪在树头鸣。却恼归来鹤，高飞梦不成。

其九　北坂春耕

　　钟山之下小溪是环，水与桥分，田同郭贫。斯时也，牛宫草暖，鸡舍花明，农丈人荷锸而至，村夫子带经而锄。是皆画本，足供诗情。

读书声未了，北坂又春耕。布谷穿花出，携锄傍柳行。
水流双涧合，雨过一犁轻。容易清明近，分秧趁晓晴。

其十　东楼夜读

　　有楼岿然在湖之东，即义塾也。每逢更深人静，灯火荧荧，咿唔之声达旦不辍。虽兵燹以后，楼已毁圯，而古迹有可考者。

且喜书堪读，谁知夜已沉。燃糠寒士志，继晷古人心。
明月白生室，疏灯红出林。斯楼应不朽，风雨发长吟。

　　注：常丰今名吴宅，属桐庐县钟山乡。本集所辑常丰村景诗原载《钟山吴氏家谱》。

重建严先生祠堂歌

终南之山佳而高，仕宦捷径生蓬蒿。淮阴之水深无底，鸟尽弓藏安足齿。
羊裘老子独英雄，一竿西去如冥鸿。愿持节义佐汉帝，甘作神仙学妇翁。
双台屹立几千载，下有祠堂俯江海。长啸一声秋风生，露白葭苍人宛在。
先生祠堂何处寻，江水照见先生心。临风仰读希文记，山高水长无古今。
壬戌九月天多雨，黄巾窜入山之坞。宰官下堂渔父奔，楚人一炬成焦土。
沧海桑田一瞬间，残碑断壁苔斑斓。客星亭畔一回首，木叶飘萧秋满山。
魏公英武世无有，旌旗直驻严江口。梅花复开桐花香，谁其嗣者丁太守。
太守名列兰台中，清节堪与子陵同。徘徊祠下不忍去，扁舟放过钓台东。
两水夹山山夹水，画眉声声白云里。富春如此好烟波，忍使斯堂长毁圮。
宋斤鲁削选良材，大启尔宇何壮哉。鱼鸟如逢新世界，山林高敞旧楼台。
我来登临天将暮，夕阳西下鸦翻树。囊诗先吊玄英庐，挂剑更辞皋羽墓。
太守清廉魏公功，先生与之垂无穷。此景云台图不出，秋水一碧晚山红。
噫吁嘻，芜蒌亭，生苗莠，南宫台，丛荒柳。敬酬先生一杯酒，还问
先生知也否？

归　里

季子归来一敝裘，怕人慰问见人羞。书缘亲授思重读，业任儿荒悔远游。
百病公然排闷入，一官空作背城谋。长安不少新花样，莫为科名误白头。

○苣凤金 8 首

苣凤金，清人，余不详。

陇西八景
其一　朱山雪障

雪色从来白，山名古属朱。化工成妙景，天地结良图。

赤日帘中照，红霞陇上铺。因知多点染，不尽是悬珠。

其二　钟阜云屏

钟阜层层举，云屏曲曲开。溪山标胜概，图画入楼台。
触石琉璃见，狂风翡翠来。朱峰遥激射，两两其崔嵬。

其三　长源独石

缥缈长源道，群推独石功。水环钟阜北，路出月山东。
倒影双虹见，平波一掌空。往来常不息，小雨立渔翁。

其四　青邃仙枰

猿鹤空山老，云霞满地生。石边迷烂斧，林下胜闲枰。
白日苍苔路，清风松子声。何年重再过，还与决输赢。

其五　天墩石屋

最爱天墩石，重重似屋包。丹楹红日起，翠壁白云交。
秋雨添樵迹，春风少燕巢。客来关不住，月下莫须敲。

其六　上邃松涛

几番风满处，数里雨余天。闷即携琴坐，清都伴鹤眠。
茶铛怀妙道，禅理合通元。涤可烦襟尽，时兼响瀑泉。

其七　巽峰夕照

自觅巽峰起，东南一柱攀。半空明陇水，对面失钟山。
碧撼长虹卷，青归宿鸟远。摩霄文笔健，余彩尚斑斓。

其八　龙堂晚钟

晚钟何处起？隐隐自龙堂。响彻僧归寺，声残客梦乡。

禅房音乍密，古院韵还长。袅袅留千古，悠然姓字扬。

注：陇西村今属桐庐县钟山乡。本集所辑陇西村景诗原载《钟山吴氏家谱》。

○玉春 8 首

玉春，清人，余不详。

陇西八景
其一　朱山雪障

物换星移春复冬，银沙呈瑞帐朱峰。萤窗满眼光飞处，那许梅花并玉容。

其二　钟阜云屏

华彩氛氲上接天，云屏一座竖村前。天孙为织丹霞帐，倚着钟峰几万年。

其三　长源独石

天光如水水如天，中有长桥渡客船。滚滚源泉流不息，卧波独石永千年。

其四　青邃仙枰

宝三久藉土为尊，今日山中更有枰。块石何心争胜负，世人空自赌输赢。

其五　天墩石屋

人工不藉石巍峨，夏屋萧然任客过。鸟革翚飞霞掩映，山门寂静白云多。

其六　上邃松涛

杰出群枝号大夫，清风常撼数株株。者番绝响惊天地，沥沥涛声遍九衢。

其七　巽峰夕照

地擅东南第一峰，夕阳返照影重重。劝君把住擎天柱，多少功名晚境逢。

其八　龙堂晚钟

灵钟叩起艳阳天，疏密清音彻耳边。几度临风遥望处，溶溶月色印前川。

○士鳌 8 首

士鳌，清人，余不详。

陇西八景
其一　朱山雪障

层峦璀璨玉泉香，天与丰年特降康。高列碧空悬太白，遥陈宝素显文章。
寒光赛尽千山丽，冻色凝留万斛霜。一旦金乌来献曝，朱峰耸秀独朝阳。

其二　钟阜云屏

名山钟阜古钟灵，道是乾坤铸此形。漏尽五更尘梦杳，镇安万载德芳馨。
雷鸣借响惊人耳，石吼兴云带雨零。大造不将炉冶去，西村优汝作围屏。

其三　长源独石

烟散瑶琳众壑渟，民无病涉乐安宁。迂回松径梅苔绿，往返泥边草木青。
水涨平原浮玉版，泉深沈涧现支硎。游人到此多忘倦，更达前村过一亭。

其四　青邃仙枰

青邃林岚一径穿，传闻逸事意如环。园垂仙橘皆成幻，柯烂樵夫不记年。
月上不扃云户动，烟飞欲断谷溪联。日长无事成清世，一局闲情别有天。

其五　天墩石屋

石屋重重绿映门，山名旧说是天墩。往来雁燕成三友，混沌乾坤其一村。
薄雾轻烟迷古洞，疏风密雨过高轩。灵岩樵子归何处，试问山僧并不言。

其六　上邃松涛

一径幽深佳境通，气机鼓荡启群蒙。琴书一榻居人恋，花月双清世事融。
最爱空山仙韵奏，兼怜古树暮涛冲。有人夜半频惊起，十万军声此样同。

其七　巽峰夕照

红轮东起尽欢欣，傍晚光回复转烝。花不关春元自媚，山因返照似偏棱。
霞痕细逐投林鸟，笠影斜翻归院僧。堪爱东南文笔耸，帝星辉射月初升。

其八　龙堂晚照

幽馆清霄百虑生，俄传刻漏已初更。窗前耿耿明河色，枕畔鏦鏦木叶声。
云散长空天籁发，月华有意夜钟鸣。笑观壁上留题好，应识当年笼句情。

○近君 8 首

近君，清人，余不详。

又陇西八景
其一　朱山雪障

朱山一望尽成银，雪积如屏拥后身。玉笋千寻摩禁阙，芙蓉一朵簇郊埭。
寒光点点描难尽，冷艳重重画更新。自昔阳春曾有曲，不能容易步芳尘。

其二　钟阜云屏

自觉钟峰别有形，烟霞如画胜丹青。孤崖美丽人多杰，片石清奇地更灵。

五色辉光凝锦帐，千秋焕彩竖云屏。此间不藉忍工巧，瑞气氤氲晃日荧。

其三　长源独石

片石功争一叶舟，山源利济仰前修。龙嫌浅水何年卧，虹落长空不肯收。
客子霜天迷晓迹，渔翁月夜坐中流。村人出入如门户，我道碑凭万口留。

其四　青邃仙枰

漫向空山博胜游，仙人鲁去几经秋。千年沧海应时变，七日残棋尚未收。
松子频敲明月上，樵人空说烂柯留。何时重返林间鹤，还决雌雄上此丘。

其五　天墩石屋

剧爱天墩巨石雄，周遭如屋妙凌空。闲云入户山三面，急雨留人地一弓。
碧砌低排春草绿，朱帘高卷夕阳红。良工纵具擎天手，顾此应归造化功。

其六　上邃松涛

松风谡谡满林丘，村落还争上邃幽。断壑风来晴亦雨，空山月上夜如秋。
千年戏鹤飞鹤处，十里游龙战不休。清景几回眠复起，中宵每倚在高楼。

其七　双峰夕照

吾乡自昔数人文，曾乞溪山灵秀蒸。博得余辉明宝塔，将来佳气复延陵。
当空按剑凭谁在，绝顶挥戈知未能。总是东南文笔健，应余霞彩一层层。

其八　龙堂晚钟

龙堂古迹话宵钟，疏韵悠扬半在空。客听溪头明月上，僧归亭外暮云中。
黄昏人尽喧流水，静夜山空啸碧风。一枕黄粱求不得，古今唤醒几英雄。

○章羽仪 1 首

章羽仪，清人，余不详。

咏仕厦阳宅图

为欲披图步岭巅，俨然屋舍尽精妍。云山叠叠看皆美，竹树重重路不全。
虎穴峰从坎位耸，龙门水自兑方迁。应知此地钟灵远，继起传人盍勉旃。

注：仕厦村今属桐庐县钟山乡。本集所辑仕厦村景诗原载《桐江仕厦章氏家谱》。

○章甫云 1 首

章甫云，清人，余不详。

咏仕厦阳宅图

缭绕溪山面面张，参差楼阁映斜阳。万罗对峙村西北，一水中分路短长。
竹抱人家林抱坞，桥通古寺岭通庄。家居胜在渊明宅，风土民情迈古皇。

○章楚云 1 首

章楚云，清人，余不详。

咏仕厦阳宅图

水绕山迴拓一方，家居正近白云乡。参差楼阁王维画，苍翠林峦谢朓庄。
虎穴牛眠占兆穴，龙门鲤化焕天章。灵钟是处多佳气，俊秀陈书姓氏香。

○章蔚 2 首

章蔚，清人，余不详。

咏仕厦阳宅图

遍观形胜果天然，俨似王维图画悬。四面林峦三面岭，千家楼阁百家烟。

屏环虎嶂堪栽树，布瀑龙门好灌田。灵秀从来推此地，桃源盘谷许同传。

又

参差楼阁水东西，两岸人家尽抱溪。松竹栽庭陶令宅，柳梅绕屋老翁栖。
龙回漫讶车无路，虎伏宜看岭有堤。堪惜未经摩诘画，名流村度把诗题。

○章伇漪 1 首

章伇漪，清人，余不详。

咏仕厦阳宅图

楼阁亭台列两旁，滔滔锦浪涌中央。烟峦环绕村三面，云树卷舒秀一方。
百岁坊朝藩相第，万罗岫对序宾堂。山川灵秀诚堪羡，赛过陶潜谢朓庄。

○章鼎云 1 首

章鼎云，清人，余不详。

咏仕厦阳宅图

两岸人家中有溪，人家楼阁水东西。北支虎伏殊增壮，南峙龙回压厌低。
曲折瀑声经雨泻，浅深山色展屏题。地灵应卜多人杰，继起还须步武齐。

○章芬 1 首

章芬，清人，余不详。

咏仕厦阳宅图

眺北瞻南东复西，遮峰高与白云齐。山川景色供图画，人物风流诗品题。
竹木重重藏古寺，楼台一一浸清溪。游人莫讶前程误，须认桃源路不迷。

○章佩荪 1 首

章佩荪，清人，余不详。

咏仕厦阳宅图

家居形胜信堪怜，绝似桃源别有天。楼阁巍峨拟宝殿，峰峦秀丽吐云烟。
茂林秀竹环三面，湍激清流涌一川。地既灵兮人定杰，溪山佳处画难传。

○吴山涛 1 首

吴山涛，清人，余不详。

茇　溪

山近松呼榻，诗清月露文。推敲无气力，倚槛看飞云。

○顾豹文 1 首

顾豹文，清人，余不详。

茇　溪

经载羊车洛下还，桃花初发正春寒。横塘游女休联手，洗马从来不耐烦。

○祈佳 1 首

祈佳，清人，余不详。

茇　溪

万丈峰头朝雾开，雪晴松壑滚轻雷。一声鹤叫春云碧，疑是仙人海上来。

○杨鼎 1 首

杨鼎，清人，余不详。

莪　溪

千载灵椿万岁芝，安期采菊自瑶池。酿成醽醁为君寿，一曲杨和酒一卮。

○徐潮 1 首

徐潮，清人，余不详。

莪　溪

飞鸟归林去，扁舟泊岸停。落霞红映水，岭月暗投门。
宿影参差树，炊烟远近村。分明城郭里，钟鼓正黄昏。

○项景襄 1 首

项景襄，清人，余不详。

莪　溪

长松落落白云多，千尺飞潜满涧阿。洞里神仙忘甲子，临风一曲紫芝歌。

○黄埙 1 首

黄埙，清人，余不详。

莪　溪

秋净湖明天倒开，波心荡漾驾虚台。舟过别港鸦频起，月挂斜阳客未归。

○傅先 1 首

傅先，清人，余不详。

莪　溪

攀林据石兴翩翩，曲径通幽荫郁然。避暑琴台容客醉，南山岁月就丹仙。

○陈瑢 1 首

陈瑢，清人，余不详。

莪　溪

天涯萝薜授新衣，政逐黄花醉未归。缥缈双鸿云外至，倾樽莫问月西飞。

○赵瑛 1 首

赵瑛，清桐庐人。余不详。

三山即事

食减炉无火，衣单晓更寒。山中无一事，个个学袁安。

（三山墺在剪溪源，尽处时避乱于此）

○胡琳 1 首

胡琳，清桐庐人。余不详。

二月既望新晴登万福桥口占

绿野晚风轻，行吟趁雨晴。藤罗牵岩阔，梅柳卧桥平。
山裹寺无路，溪流月有声。问他朝市者，能味此中情。

注：万福桥在今桐庐县富春江镇茆坪村，宋谢翱留题有："石桥千载何成败，
转觉行人路不迷"之句。

○华山祺 2 首

华山祺，清人，余不详。

莪　溪

松筠鹤醉玉峰孤，湖外烟林列画图。两嶂参差凝远黛，春花错落是平芦。

又

碧天空阔鹤飞来，月满晴明爽气开。高隐守真多雅德，素心抱朴不矜才。
千寻松柏南山茂，五味葡萄北海杯。露浥广寒秋气好，氤氲丛挂拂瑶台。

○赵成渠1首

赵成渠，字清如，清桐庐人。余不详。

读江退谷先生遗稿

芳尘历落去匆匆，盥诵瑶编感慨同。一卷离骚秋泠淡，三生慧业月玲珑。
自来遭际天难问，如此才华命不穷。愧我未将衣钵受，瓣香珍重宋南丰。

○柴杰1首

柴杰，清桐庐人，余不详。

谒子陵祠集唐人句

吾爱严夫子（李咸用），烟霞得性灵（钱起）。胸中无别虑（李开先），
身外有闲情（佚名）。雅望群心折（罗炯），高风众莫京（芮挺章）。
自然成啸傲（陆龟蒙），相与乐升平（宋之问）。久系苍生望（庐弼），
应劳圣主迎（唐球）。欣逢太史奏（李白），虚馆待时英（李百药）。

○李浍1首

李浍，清人，余不详。

登钓坛

三过先生渔钓处，停桡此日独登临。东台却比西台峻，今水争如古水深。
祠下断碑多剥蚀，岩前老树自萧森。更看隔岸芦茨浦，日暮白云何处寻。

○何玉其 1 首

何玉其，清人，余不详。

麻姑庙

一幅溪山展画图，仙踪缈缈溯麻姑。鸟翻檐树疑归鹤，露滴阶花讶掷珠。
环珮声和流水远，香烟篆透碧云纤。残碑读罢潜斋记，问讯前村酒可沽。

○释野云 1 首

释野云，清僧。余不详。

钓台怀古

云合云从四七豪，冥鸿不受网罗包。委身若使侪冯邓，亢节何由到许巢。
一足故人星宿迫，片心清圣水云交。钓台凛凛高千古，回首云台觅梦泡。

○卓禺 1 首

卓禺，清人，余不详。

竹枝词

严陵滩水清照眉，六管滩头浊似泥。一样高滩两般水，那识郎心归不归。

○黄槐 1 首

黄槐，清人，余不详。

桐　溪

佳木葱茏郁早晖，结庐深处俗尘稀。心空诸有蒲团稳，道解虚无粟颗微。
径僻客分山霭人，林深鸟带涧云飞。桐溪居士耽禅悦，每过精兰乐忘归。

○孙谷诒 2 首

孙谷诒，字春苔，清桐庐人。余不详。

携儿赴郡试上七里濑 时庚寅闰二月既望

富春山上草茁长，富春山下水泆溙。花开踯躅鸟绵蛮，时正清明春浩荡。
胜游百里路非遥，四年不赋高山仰。浪骇有声风有色，一舟飞渡鸟舒翼。
怪石虎牙吁可畏，健儿猿臂强有力。不畏红浪满江桃，不畏黑风全军墨。
批亢捣虚水阵平，化危为安在顷刻。前船折舵惊仓皇，后船濡衵救匍匐。
胆碎顿教心太平，日饱五餐非素食。舟子日食五次。我闻有风七里无风七十里，
风逆且暴合倍蓰。始省文战非天亡，万般竟有神乎技。儿曹努力爱少年，
得尺我尺咫我咫。百炼锋扫千人军，弗效而翁徒拊髀。果然割䮝无全牛，
游刃自克与心谋。险韵岂窘八义手，奇才终让一出头，鸢肩有相无落魄，
燕颔能飞当封侯。险峡如牛蜀道易，使船如马韩王筹。盘根错节别利器，
尔如不信视此舟。

罗给事宅

河清欲继此才难（钱武肃赠句：黄河尚有澄清日，后代应继此才难），故宅犹存
数亩宽。文藻千秋同宋玉，云源百里近方干。讨梁未遂生平愿（朱温僭
号，隐请钱镠讨之曰：纵不成功犹可保守吴越，奈何交臂事贼，为千古羞。镠不听），
及第虚从死后看。莫感沧桑松橘废，罨江终古气迷漫。本集诗：松橘
苍黄覆钓矶，早年生计近相违。

○胡震源 2 首

胡震源，字篪浦，清桐庐人。余不详。

采桑曲　其一

大妇灯前织竹筐，小姑梳洗学时妆。茆檐挂出团圆月，相约明朝去采桑。

其　二

高处柔桑共依梯，低枝却好与肩齐。踏青绣得红鞋小，半染苔纹半锦泥。

◯方庆熺 2 首

方庆熺，清人，余不详。

钓台怀古两首

抛却人间得与名，先生冰雪净聪明。登台应有苍茫感，垂钓唯存隐逸情。
身世逍遥甘蠖屈，江湖潇洒订鸥盟。迄今凭吊荒祠下，缅想高踪莫与京。

其　二

先生垂钓著羊裘，惹得游鱼上钓钩。亮节俨忘天子贵，高风能却故人求。
云山迢递披千树，烟水溟濛锁一洲。茅屋数家橼幽僻，客星炯炯至今留。

◯戴昆樨 1 首

戴昆樨，清人。余不详。

富春钓台图

层嶂回环桐水滨，垂竿名迹揽嶙峋。双台石结松萝古，千载祠传栋宇新。
天子故人星是客，羊裘高士帝难臣。青山今日犹存汉，还藉当年一钓丝。

◯吴钦泰 1 首

吴钦泰，清人。余不详。

上七里滩

直上严滩路不平，钓台沉寂仰高名。千秋祠宇归云处，七里江流浪激声。
白雪有痕余彼岸，青山无限认前程。寒鸦飞去知天暮，渔火东关照眼明。

○杨生 1 首

杨生，清人。余不详。

严先生祠题壁

霸王事业空图画，江上鱼竿千古横。不是故人心郑重，钓台岂易属先生。

○沈捷 1 首

沈捷，清人。余不详。

武陵庙

睢阳战垒山中画，桐水悲笳江上音。偶过武陵寻旧迹，独留忠义动人心。

○李念岵 2 首

李念岵，清人。余不详。

游圆通寺两首

桐江古刹号圆通，寂习禅房翠霭中。午夜潮音杂梵响，定知花雨又漫空。

其 二

客星联从汗漫游，秋山秋水感新愁。方池静印通禅说，可许尘襟一浣否。

○钟之升 1 首

钟之升，清人。余不详。

过七里濑

濑急帆高不易过，危峰夹岸郁嵯峨。船头水雾秋偏重，舵尾寒潮晚更多。断涧风生疑虎豹，澄江雨后出鼋鼍。谁堪日暮犹言迈，又听舟人发棹歌。

○冯昶世 1 首

冯昶世，清人。余不详。

富春江行

天上金鸡种，江声日夜流。葭芦摇暮景，鸿雁急深秋。
岸转孤帆出，沙低万树浮。苍茫不可问，旅思自悠悠。

○佚名 1 首

咏仕厦阳宅图

遮峰高耸映斜阳，竹木森森古寺藏。虎嶂锦屏徘闼列，龙门瀑布引溪长。
马山牛岭东南峙，象鼻狮形左右张。应慕钟灵唯此地，于今百世并流芳。

○佚名 1 首

题桐庐茶

君山凝成云雾质，仙庐飘出万里香。桐君云山探雀舌，富春碧水煮龙团。

○佚名 3 首

里嵩山风景诗

其一　竹林积雪

瑞凝寒竹压琼檐，积厚相看叶叶边。直待睢园开霁色，琪花落尽又朝天。

其二　眠牛石

何人遗下一眠牛，朝夕清波漾里游。人懒涵关行道去，到来此地度春秋。

其三 石牛眠水

函谷奔回气吐虹,嶙峋似犊映高峰。眠穿石上藤萝月,饮尽洲前芦荻风。

注:里蒿山今属桐庐县新合乡松山村。本集所辑里蒿山村景诗原载《义门钟氏宗谱》。

○佚名 3 首

严 滩

九月桐江江水寒,布帆无恙下严滩。早知此地鲈鱼美,悔把浮名误钓竿。

钓 台

青山绿水映晴辉,闻道先生伴亦稀。欲向钓台分一席,可能容我晒蓑衣?

客星台

严公台耸夕阳开,山色苍茫落酒杯。石壁撑风迎水立,潮声如雨破天来。
客星台古空秋草,招隐堂虚长绿苔。松柏萧萧悬日月,天涯凭吊几徘徊。

注:此三首佚名诗,原载清乾隆《桐庐县志》,不知何朝何代为游人题壁。

○佚名 4 首

徐村四景诗
其一 群流东汇

渺渺烟波谁作障,潆洄百折尽朝东。游人指问村何所,争说桃源有路通。

其二 两马南来

南来莫辨流沙路,所向披靡马势骄。雾鬃云鬣多不羡,长风引得四蹄遥。

其三　鸡峰西耸

风雨何曾振翰音，凭楼西望揩窗禽。此间鹤立何须问，绣颈花冠送古今。

其四　双狮北峙

突兀方知形势峻，北山遗迹镇双狮。夕阳归处悬星眼，不是河东也叹奇。

○佚名 4 首

元川四景诗
其一　云桥登俊

汩汩溪流远，悠悠道里长。渡难通雀舫，行合驾鼍梁。
闲步尘怀涤，芳春禊事商。圆桥可同溯，髦士乐观光。

其二　琼峰簇景

竞秀争流处，层峦叠嶂排。化工呈万象，幻想出千崖。
应接纷无暇，形容巧莫阶。四时多好景，展眺兴弥佳。

其三　波马呈祥

峭壁千寻立，江干意态雄。蹴如奔渴骥，屹若驻神骢。
影动清流外，头昂返照中。回瞻宜宅第，千里蹑追风。

其四　玉蟾献瑞

女娲遗巨石，精自广寒来。蛙蛙天然肖，蘁蘁雨后猜。
丹书藏八字，鼎足兆三台。月桂攀宜近，蟾宫步几回。

注：元川村今属桐庐县瑶琳镇。本集所辑元川村景诗原载《桐江喻氏宗谱》。

○佚名 4 首

旧县鸿儒居坛胜事诗四首

其一　地名（并序）

里名璜琭树者，其先有古木，大数围许，枯干昂立永，百余年不坏。时有震雷飞电，绕击数过，析其树，中有美石，如斗印，黄灿四溢，光辉袭人，众争欲得之，遂献于官。曰："此璜玉是尔里之瑞也。"因名其地曰"璜琭树"。嗣后人文聿振，同榜两举，接武七贡，因又称为"鸿儒里"云。诗曰：

昔日蟠溪已兆祥，今来此地毓奇光。后人应具垂纶志，奎璧联辉照玉堂。

其二　居址（并序）

吾家祖籍由吴江而迁新安之岭南。迨建升公以寇乱，故就庄于桐溪源上毕桥之西麓。数传而至迪功郎始成土著。后有术士叩而请曰："闻公家世积厚德，今子孙振振，必得旺地以大尔居。"越旬辞去，遂示迁今所，或疑以为神物所使云。诗曰：

为避尘氛访薜萝，林泉卜筑绿阴多。褒荣集庆传遗泽，天假名流指旺坡。

其三　祠宇（并序）

是先正夫待补公以前，每届春秋必归省祠墓于祖处。后值离乱，故墟茂草，宗老凋谢，祭业竟成轶典矣。故上及建升公五世而止，自立一祠于琭里。至于远祖姑缺有间焉。若祠额则仍遵其旧，曰"清河遗范"。诗曰：

祖泽渊源衍派多，瓜绵远继茂新柯。芬芳代播轩辕烈，千载于斯颂清河。

其四　庙社（并序）

琭里前住不一姓，故神亦不止一庙，以其各奉有香火也。越至明代，大约张、王、邵为独盛。至今春祈秋报上元庙、龙山庙、钟灵诸庙，皆三姓所奉祀焉。诗曰：

聿俎凝馨庙祀移，声灵赫濯壮坛墠。期将里社腾笙瑟，永祀和恒民物熙。

注：鸿儒，原名璜琭树，旧属桐庐乡，今属桐庐县旧县街道。居坛胜事诗 4 首，原载《桐江鸿儒张氏宗谱》。

○佚名 4 首

引坑风景诗（并序）
其一　乌鸦岭

位于引坑，相传浦江有一名叫邬霞的妇女，为逃避不满意的婚姻殉难于此，因乌鸦与邬霞同音，后人将此岭改名乌鸦岭。

势若飞禽傍涧滨，昔人著意细平稀。为思极本巢中鸟，故把乌鸦赠岭名。

其二　两高峰

位于引坑高峰，现上高峰已不存在，只剩下高峰。

相持上下两高峰，间断中流一水溶。秋月春花多景色，行人遥望映江红。

其三　独石堰

位于引坑村东，为新合乡最大堰坝。

罗君昔日济川忧，负重谁教截此流。岂是禹王忘瀹决，单遗独石在滩头。

其四　石柱春花

位于引坑村对面石柱山上，春天山上盛开杜鹃花，故名。

天孙削去秀芙蓉，幻作惊天柱插空。风入巅头吹玉笋，云迷岭顶罩银龙。
春晴花气来深坞，夜静猿声落翠峰。四面兽形皆拱伏，恍疑文笔落其中。

注：引坑村今属桐庐县新合乡。引坑村景诗原载《义门钟氏宗谱》。

○佚名 5 首

城东村景诗
其一　谢莲祖宅

追思祖宅式公迁，方里传今名谢莲。芙蕖台中登圣佛，荷花叶外伴高贤。

眠牛脚下埋宗骨，天子山巅遇鹤仙。巢凤不离河阁上，绵绵百世集池边。

其二　白水清涟

为爱桐江严子先，亲临御驾宿湖边。尖山秀锐传今也，白水潆洄自古然。
玉凤原来栖胜地，金龙偏下戏清涟。乐安三国辉皇极，历世无忘祖美权。

其三　大郎仙游

赤脚野仙傍鹤游，大郎街内径通幽。万家烟火如星斗，一鉴圆灵似玉楼。
北接西湖桃柳巷，南观东海木兰舟。炯公有意迁杭省，指日裔孙拜冕旒。

其四　车埠凤鸣

亘古丹山起凤鸣，何来车埠赋新声。湖田蓿草为梧树，牛角塘泉作露羹。
好似岐山应气瑞，无殊侧陋显文明。富春世世多英俊，凡鸟门前不敢惊。

其五　市岸元峰

市岸盈盈客笑容，门潮江水坐元峰。到今葱郁诚堪爱，自古繁华信可从。
卜宅咸思寻景地，迁居偕欲步芳踪。不忘祖德仍修谱，裕后还生鱼化龙。

　　注：城东旧属质素乡，今属桐庐县横村镇。本集所辑城东村景诗原载《桐江孙氏宗谱》。

○佚名 5 首

印渚、法道风景诗
其一　昭明庵

帝子今何在，徘徊古寺前。赏心唯翠竹，洗眼有清泉。
云拥千峰暗，烟消半壑妍。逢俭茶话后，吾意学参禅。

其二 千丈崖

纵步层崖上，楼空未许攀。谈经诸佛净，补衲老僧闲。
俯槛闻流水，开窗对小山。一尘真不染，此处觅禅关。

其三 西方岩

杰阁西方起，岩空爽气侵。石盘全带仄，松秃半扶阴。
洞壑犹能记，仙坛未许寻。叩关来到此，顿觉涤烦襟。

其四 玉柱峰

天功如削玉，一柱插云峰。兜率高原并，浮图上几重。
西南开面目，螺黛失群从。不信巨灵手，甘辞五岳封。

其五 云 海

扶筇登绝巇，翠霭望遥遥。岭曲云分出，天空海叠潮。
丹青真不辨，色相画难描。坐久怜衣薄，新寒此独饶。

○佚名 8 首

罗山村景诗
其一 亦云轩

朝挹西来爽，烦嚣入室除。引风栽箂竹，涤暑玩红蕖。
兴至携冰雪，欢承赋板舆。休嫌容膝地，吾自爱吾庐。

其二 横波亭晚钓

暮雨湿丝丝，收纶归去迟。溪流声自激，山蔼望中疑。
不醉偏停酒，无花亦有诗。痴情聊独赏，此外倩谁知。

其三　面山居

村居赢得此身闲，涉趣园亭任性还。云自孤飞鸟自乐，小窗独坐看南山。

其四　茂　山

百世基由九世开，卧龙缘此结灵胎。户当淡竹山容静，水号罗溪地势回。
旗帜簇随丹嶂列，波澜横驾巨鳌来。曾闻肇锡嘉名后，神秀加承造化培。

其五　横波潭

村在溪之北，山在溪之南。径波东汇泽，横波西流潭。

其六　南山诗社

古道何纡迥，溪流绕平阪。山气日夕佳，松柏荫青谳。
鱼鸟自相亲，携壶共息偃。对此倍青幽，会心岂在远。
吟长兴转赊，月色窥林晚。如登华子冈，陶然欲忘返。

其七　淡竹山

淡泊武侯志，明志不欲速。杜老任所之，栖憩必种竹。
二公见性真，仰止起敬肃。吾地有高山，兼兹嘉名目。
不闻车马喧，不厌山桂馥。源头活水来，到此多停蓄。
山麓复旷如，下构数椽屋。筛庭月一轮，插架书千轴。
静观真太古，风声时佐读。

其八　横波闲眺

驱犊前村溪水横，一犁烟雨早催耕。归来料理明朝具，鹊语声声叫晚晴。
菜花结子麦成苞，带雨青笼遍四郊。听道农人应鼓腹，不高米价是天教。

○佚名 8 首

缑岭（金谷）八景诗
其一　金壶玉液
泉流石罅泼新醅，滟滟清光拂栏来。日影西沉融雪乳，月华东上映瑶台。
净无沙土冰壶彻，朗照须眉玉镜开。自是琼膏钟福地，凤池蔚起不凡才。

其二　雪里松声
闲林落叶散天花，新霁顿开丽晓霞。薄积偏迷松顶鹤，暖融竞叫日边鸦。
独留秀色标冬岭，忽讶繁声隔水涯。浑气风涛来万壑，惊人句少愧诗家。

其三　凤舞龙翔
卜宅田来卜吉宜，山川秀杰复何疑。轩腾千仞临丹凤，矫拔群峰走碧螭。
好引鸣和吹竹客，便防飞去出云时。天然位置真如画，祥瑞斯钟变化奇。

其四　桃溪春色
结庐人间远尘嚣，拂拂春风剪树条。两岸妖桃开更落，一溪清水艳还娇。
绿垂如织莺歌路，红涨徐平雁齿桥。漫道仙境无可问，别开天地尽非遥。

其五　鳌峰崛占
巉巉削壁六鳌分，幻出化工迥不群。背欲闪金人可达，头回载粒蚁何云。
嵌崎崛起环千岫，赑赑雄蹲冠五云。底事垂纶沧海上，迥崛独占蔚人文。

其六　飞云锦石
路入幽岩滑翠微，奇梁磐石露沾衣。漫云履栉留传异，试看琴棋造化稀。
橘叟自应窥局面，松风正合奏音徽。一枰一曲娱观听，不羡季常题醉飞。

其七　月锁星桥

清涧环流漾碧漪，小桥横处绿杨垂。印来娥月圆如镜，点缀榆星密似棋。
铁锁关逢今日启，冰轮若禁卧虹移。蟾宫璧水应相接，正拟瀛洲独步时。

其八　菊馥瑶台

觅得东篱嘉种栽，满城风雨便相催。阿谁万个金铃缀，令我重阳酒瓮开。
雅调广陵高可助，诗人摩诘约还来。自编麂眼晚香护，三径频教属草莱。

○佚名 8 首

陇西八景诗（并序）

芝潭八景素称名胜，而陇西诸景更以环翠标奇。宜夫，毓秀钟灵，人文蔚起，
后先辉映，谓以地灵开人杰可也。爰各缀五言四韵以纪其胜。

其一　朱山雪障

霁雪全凝素，山名旧是朱。化工开地轴，宝障接天衢。
日丽朝添锦，星明夜缀珠。应知云谷里，高卧有贤儒。

其二　钟阜云屏

缭绕浮云起，依山作画屏。绣非经组织，绘不假丹青。
五色披天锦，千秋壮地灵。夜来添照曜，峰外灿明星。

其三　长源独石

一碧泻潺湲，山花夹涧繁。长桥通古岸，片石度西原。
月色黄孤影，霜踪露浅痕。过溪风景别，迤逦入桃源。

其四　青邃仙枰

下棋人已去，青邃境还幽。老树穿鼪鼠，空林叫鹧鸠。

柯于何岁烂，枰向此山留。仄径闲云冷，谁为局外游。

其五　天墩石屋

一块天墩石，千年夏屋名。彩云浮绮阁，红树作舟楹。

烟锁重门绿，山环四壁清。岩居无圮坼，风雨未须惊。

其六　上邃松涛

骇浪震幽谷，长风撼古松。胥旗招不得，钱弩射无从。

与鹤添清籁，随云度远峰。发入深省处，绝胜晓来钟。

其七　巽峰夕照

宝塔千层耸，斜阳一抹横。余霞低度水，新月渐穿城。

飞鸟争巢急，炊烟隔树生。桑榆增暮景，图画自天成。

其八　龙堂晚钟

晚钟何处是，鞺鞳自龙堂。宿鸟惊残梦，归僧立夕阳。

客船明月度，古寺暮云藏。大叩千云起，铿然振远冈。

○佚名 9 首

《外嵩山八景诗》选七
其一　清潀渔火

明月滩头纲罟多，夜深犹唱太平歌。寒灯点点浮江面，小艇停停泊水阿。

思酒谁能寻野肆，披蓑自合卧婆娑。明朝天色开晴霁，值向深林李杜过。

其二　卸坞樵歌

晨炊乱起几家烟，滚滚生涯各异船。餐给固知田里得，薪寻必向坞中还。乘残隐隐林中影，涉尽清清渡数湾。齐唱一声归去路，恍疑身出虎牢关。

其三　蒲畈春耕

春官颁令授人时，饱饫耕牛早办犁。布谷自知因候唱，腴畴岂可下秧迟。收来休使闲来用，饱日须防缺日饥。第一早输完国课，门庭无辱更无危。

其四　竹庐晓读

修篁挺挺透疏棂，唱澈灵鸡正五更。灯火点明心上镜，牙签展诵晓来声。天关有路非为险，月宇无梯亦可行。俊秀儿郎勤肄业，伫看夺锦气嵘峥。

其五　孤屿栖云

剑戟排空接远丛，斯山不与众山同。挺然拔出环珠颗，特地生来立鼎钟。云暗每从龙入峤，风清忽见鹤鸣松。千年秀气钟豪杰，海岳齐龄白发翁。

其六　嵩峰夜月

村后高峰分外幽，哀哀怙恃此中游。月生东岭明珠见，花发林阴翠锦收。节届花残蝴蝶舞，恩深难极泪河流。凡登马鬣添新土，不觉寒烟带日浮。

其七　庄钟鼓楼

闲向山前一玩游，试从父若问元由。汉唐创置铜壶漏，皇宋增修钟鼓楼。旧址虽存今已没，世情不改水长流。归来云静重思兆，笑叹蜉蝣若用谋。

注：外嵩山今属桐庐县新合乡新四村。本集所辑外嵩山村景诗原载《嵩山阮氏宗谱》。

龙潭缘

神龙已去杳无踪，赢得山潭尚号龙。细浪星星余甲现，重波跃跃落珠溶。
光摇云破边天碧，景动山移浇涧封。谁道小渊非禹穴，桃花春暖亦相从。

鳌石孤松

断壁迂回断水中，上余千载支离翁。虬髯倒拂鳌头重，鹤发低垂鳞角丰。
春暖石新苔藓碧，冬深松劲雪霜濛。楚春遥望堪为友，漫道孤影老涧东。

  注："龙潭缘""鳌石孤松"两景在雪水岭（今桐庐县凤川街道和新合乡界上）。
诗原载《桐江龚氏宗谱》。

○佚名 10 首

凤岗十景诗
其一　虎镇春灯

管弦声里颂尧春，火树星球彩画新。真个南岗灯市好，一年一度太平民。

其二　三峰拱秀

三峰鼎峙冠群山，位列贪狼翌宿间。此是南村好文笔，金乌玉兔任君攀。

其三　华林香市

清晓焚香上翠微，不知花露点谁衣。僧斋供罢穿林下，尽说盘餐是与非。

其四　香泉纳凉

香泉亭畔水淙淙，风度修篁月挂松。到底禅关多静寂，一声樵唱一声钟。

其五　黄阳西照

巉岩蛇委是真龙，罗列余山几万重。天半朱霞频点缀，金乌也爱最高峰。

其六　南阜晚钟

红霞飞处一蜗庐，云水苍茫画不如。分得南屏半风月，霜钟寒夜听萧疏。

其七　桐坞景烟

遥闻犬吠白云间，山下清溪抱曲湾。最爱疏林当缺处，晨烟隐隐掩柴关。

其八　乌门拥翠

朝拥山云暮拥霞，桑麻四合路三叉。停踪借问采樵者，何处杯盘卖酒家。

其九　甘溪红叶

隔溪茅屋趁溪斜，两岸丹枫似落花。煖酒林间多野趣，小童遥指一停车。

其十　西岗探梅

平岗错落路迢迢，郭外晴晖云乍消。闻说岭西梅有孕，魁名应让此花标。

注：凤岗旧属水滨乡，今属桐庐县凤川街道，本集辑录的凤岗村景诗原载《桐江凤岗章氏宗谱》。

○佚名 10 首

江南徐畈十景诗

其一　鸡足晨钟

鸡峰秀峙直干云，晓雾新开一坞春。百八钟声来枕上，惊回多少梦中人。

其二　暮鼓化城

禅关小结砥西流，岩石闻经暗点头。几度夕阳邀缺月，又听法鼓数慈筹。

其三　鹤峰积雪

翱翔去后久无闻，底事乘寒斗朔云。应是岗前曾毓秀，翩翩翎羽出鸡群。

其四　狮岫留云

黄山雄峙小溪东，宛肖灵狮卧地中。一带白云横半岭，天然幻出玉屏风。

其五　阶前玉带

一泓清浅绕重檐，雅韵潺潺枕畔添。月下推窗光可掬，浑如玉带映珠帘。

其六　屋后金波

座倚金波势最雄，村居一带小新丰。两源双合溪相绕，不数桃源几度红。

其七　平塘映月

水泚树影自参差，莫厌临流玩日迟。淡荡波心浑似镜，浮沉上下照无私。

其八　卸岭含星

斜阳山霭色娟娟，岭畔松楸带晚烟。古寺钟残人静后，试看文焰逼星缠。

其九　屏源牧笛

驱犊纷纷过远村，村童结伴弄新声。是谁教与沧浪兴，逸韵遥从空谷生。

其十　水顶樵歌

腰边斤斧露光芒，负戴崎岖涉峻岗。暂息长松歌且和，百年何日不羲皇。

注：徐畈亦称徐村，今属桐庐县江南镇。本集辑录的徐畈村景诗原载《桐江徐氏宗谱》。

○佚名 10 首

上沈祖居十景诗

其一　棋盘石

天然棋一局，仙子弈梅山。石上乾坤大，盘中日月闲。
纵横云层触，黑白藓痕斑。太古遗踪在，应知性不顽。

其二　牵牛石

岂是中天宿，分明石点头。于今谁射虎，自昔号牵牛。
雪卧青山老，云耕碧落秋。望夫如再化，织女自同俦。

其三　七星桥

毕水隔迢迢，文峦路几条。七星频缀石，两岸自横桥。
天上鸡鸣应，云中犬吠哓。倘经牛女过，点点夺魁杓。

其四　仙人洞

别有一洞天，山中自住仙。幽来太古穴，修到不如年。
峡里烟霞淡，门前草木鲜。伊人皆羽化，此地不尘连。

其五　古岭锁钥

禅房横路路横山，拥抱毕源水一湾。谷口狮岩当要道，溪头象石守重关。
三三径曲龙盘伏，六六峰高鹤往还。莫辨人家何处住，鸡鸣犬吠白云间。

其六　文岭古刹

文岭崔嵬不可攀，插天古刹耸云间。屏风山外莲华现，笔架峰前塔影环。
射斗圆光攒露顶，挥毫法雨洗屠颜。禅房花木通幽处，绀绸芳林得句还。

其七　新庵桥亭

隐隐桥亭跨毕源，人家何处起田园。月明松下新庵静，日出云中古碓喧。
两岸青山临曲槛，一湾绿水照层轩。予怀命笔题仙柱，驷马高车壮里门。

其八　太平石迹

迴环四字胜描成，万古千秋颂太平。遮莫篆看蟠屈一，方知世自永由庚。
呼兄客合弹冠拜，顺帝人还击壤赓。顽到如君头也转，何愁宇宙不休明。

其九　五马归槽

五岳奔腾势欲飞，峰生异体列周围。槽看开处依黄道，马向行空入紫微。
屈指悬崖齐勒转，回头伏枥自停骓。名符太守分图画，应有状元红杏归。

其十　锦屏环绕

峰头列锦最玲珑，缭绕回环胜画屏。雨过岚光当户绿，风吹草色入帘青。
遥连绮阁烟霞满，直接文峦竹木声。吾爱吾庐山四面，赢他西蜀子云亭。

注：上沈，今为桐庐县瑶琳镇文源村一自然村。本集所辑上沈村景诗原载《分
阳马源沈氏宗谱》。

○佚名 10 首

文村（贤德）居址十景诗
其一　象鼻峰

神象何年到至传，能齐玉德保君前。黄门拜舞欢唐主，未许亭狂物自牵。

其二　文溪锦浪

一带文溪锦浪翻，澜迴透拱涨平轩。潜鳞密密常游泳，渥泽恩波遍野原。

其三　白石云岩

白石云岩耸九霄，犹疑瀑布泻峦腰。空中野鹤归来晚，仙府坛前隔水遥。

其四　湖山桥

湖山相隔路迢迢，毕里文溪一小桥。万户同行皆得意，往来何处不逍遥。

其五　放鸭池

绿水波纹皱满塘，满塘青草鸭悠扬。蛙声唱辍春和调，羡得诗人动锦肠。

其六　舟形阳宅

宝榻创成亿万年，风平浪静系江边。舱中满载粮余万，篷外多迎客一千。王潜益州何日往，苏翁赤壁至今传。池岩妙境留佳话，百世鸿基仰祖先。

其七　黄墓古刹

黄墓幽幽曲径通，茂林遮盖梵王宫。西天竺国凭堪画，南海陀山此可逢。法雨瓶中生柳絮，慈云座上拥莲蓬。黎民育物恩施遍，妙境声传万里风。

其八　文昌阁

圣德昭垂万古香，崔峨高阁艳文昌。三层极点三元第，四面名留四海扬。画栋连云如玉宇，朱帘卷雨比滕王。品题士子成佳会，毕里咸称锦绣场。

其九　笔竿石

郏水朱华此境逢，三竿笔石插绕峰。临川光照逞千里，阆苑名书第一重。像著宛然眠犊迹，形留堪比望夫踪。良辰美景敲推便，骚客题来兴独浓。

其十　楼外青山

山外青山楼外楼，白云深入最清幽。平岗叠叠含螺黛，高阁层层摘女牛。

社土禅房成妙景，苍松翠柏结风流。贤乡咫尺西湖并，骚客停车把笔留。

注：文村今为桐庐县瑶琳镇文源村一自然村。本集所辑上沈村景诗原载《分阳马源沈氏宗谱》。

○佚名 10 首

义林十景诗

其一　法道招贤

里号招贤自昔传，元朝法道何公迁。名登甲第官阶盛，赖有后人猛执鞭。

其二　凤岫祷雨

凤岫横开等舞云，民安乐土慕唐虞。甘霖未雨神滋助，但祷田园润若酥。

其三　靖胜晨钟

靖胜缘何以寺名，隐居求志一心清。晨钟暮鼓除凡俗，免得齐东讥割烹。

其四　坭岭牧唱

古名泥岭是坭丘，一带郊原好牧牛。短笛自吹还自唱，声同金石韵悠悠。

其五　梅坞田歌

飘然梅雨沥芳田，中有声歌类管弦。斯坞一犁人尽乐，火耕水耨庆丰年。

其六　笔架高峰

笔架高悬印一方，门前纱帽肇祯祥。金鱼玉带三台瑞，元宝山朝世泽长。

其七　百山插云

群峰直上插云衢，唯见百山在一隅。料是无心浮四表，油然出岫任驰趋。

其八　保山村麓

不保沧浪且保山，古来村麓寓其间。乐仁乐智祈兼擅，石也点头且解顽。

其九　太阳后坞

太阳在地且在天，后坞如何不向前。高木出头终有折，心如皎日得安然。

其十　凤凰桥名

灵禽一出国家昌，谁把斯桥谓凤凰。如或翱翔千万仞，误登此处任高冈。

注：义林，今为桐庐县分水镇保安村一自然村。本集所辑义林村景诗原载《潜阳法道何氏宗谱》。

○无名氏1首

谒严先生祠遂登钓台

荒祠祀高风，令人思汉代。千古一钓矶，白云护嵯嶫。
若为鲈鱼僻，还念前莼菜。不上凌烟阁，一任狂奴态。
雨笠复烟蓑，垂竿养其晦。我来荐芳杜，登眺凭忉耐。
两浙汇东西，双台峙南北。山高水长句，昔贤传记载。

○无名氏2首

七里滩两首

滩以七里名，九曲水更妙。东汉有高人，于兹独下钓。
把竿立双台，直逼鱼龙啸。潺潺清且沦，锦峰都落照。
清风梳闲云，渔翁顾亦笑。随波弄歌声，唱彻清平调。
无事凤衔书，山鸟自呼召。

其 二

七里滩水深，登舟玩清妙。举目有双台，经纶全寄钓。唯知拾锦鳞，
那管猿啼啸。长江洗我心，明月亦相照。挂帆独乘风，两岸花迎笑。
年年鸟石春，不与时改调。侧耳听渔歌，何计征辟召。

○无名氏 1 首

客星亭

薛方逢萌外，作者谁小异。光武之故人，蒙庄之遗裔。在上应列宿，
视下临无地。富贵固自有，酸咸殊俗嗜。逴恓尝同游，永矢高尚志。
究其钓非钓，聊尔寄所寄。二台增崛崒，七里足澎湃。踯躅花依红，
交加竹竦翠。锦峰绣岭攒，峭角飞檐屵。絜惟海右亭，集古差仿佛。
云亭莫过问，郑亭空辨讳。何如此震耀，星煌且星晢。蘧蘧然周也，
於是乎宛在。试质市门仙，亦应称快婿。用晦而居贞，和义不言利。
风流兮绝特，得乾坤清气。

○无名氏 1 首

钓 台

芦花枫叶绕林峦，想见高眠七里滩。不随风云攀凤翼，闲乘雪月弄鱼竿。
故人合作江湖客，天子空除谏议官。借问富春归隐后，更谁星象动长安。

○无名氏 1 首

钓 台

耕钓终身隐富春，掉头不作汉家臣。披裘早识为男子，捧简何能屈故人。
双足放开天地阔，一竿长与水云亲。锦峰绣岭留奇迹，山月江风万古新。

下 册

词部分
宋 代

○柳永 1 阕

柳永（？—1053），字耆卿，初名三变。北宋崇安（今福建省）人。景祐元年（1034）进士。曾授睦州团练使推官，官至屯田员外郎。世称柳七、柳屯田。其词文情旖旎，有《乐章集》。

满江红·桐江好

暮雨初收，长川静、征帆夜落。临岛屿、蓼烟疏淡，苇风萧索。几许渔人飞短艇，尽载灯火归村落。遣行客、当此念回程，伤飘泊。

桐江好，烟漠漠，波似染，山如削。绕严陵滩畔，鹭飞鱼跃。游宦区区成底事？平生况有云泉约。归去来、一曲仲宣吟，从军乐。

○苏轼 2 阕

苏轼(1037—1101)，字子瞻，自号东坡居士，眉山（今四川省）人。宋嘉祐二年(1057)进士。历知杭州、密州、徐州、湖州、登州、颍州、扬州、定州等，其间因乌台诗案曾贬黄州团练副使，后贬惠州、儋州。官至中书舍人、翰林学士。有《东坡集》四十卷、《东坡后集》二十卷。

行香子·过七里滩

一叶舟轻，双桨鸿惊。水天清、影湛波平。鱼翻藻鉴，鹭点烟汀。过沙溪急，霜溪冷，月溪明。

重重似画，曲曲如屏。算当年、虚老严陵。君臣一梦，今古虚名。但远山长，云山乱，晓山青。

注：此词一说为元张养浩作。

满江红·钓台

不作三公,归来钓、桐庐江侧。刘文叔、青眼不改,故人头白。风节
倘能关社稷,云台何必图颜色,使阿瞒、临死尚称臣,伊谁力!
登钓台,初相识。渔竿老,羊裘窄。除江山风月,更谁消得?烟雨一
竿双桨急,转头不分青山隔。叹鼻端、不省利名膻,京华客。

○李甲 1 阕

李甲,字景元,宋华亭(今上海松江)人,善画翎毛,元符中官武康令。有《李
景元词》。

暮云碧·吊严陵

蕙兰香泛,孤屿潮平,惊鸥散雪。迤逦点破,澄江秋色。暝霭向敛,
疏雨乍收,染出蓝峰千尺。渔舍孤烟锁寒碛。画鹢翠帆旋解,轻舣晴
霞岸侧。正念往悲酸,怀乡惨切,何处引羌笛?
追昔当时,富春佳地,严光钓址空遗迹。华星沉后,扁舟泛去,潇洒
闲名图籍。离觞吊终寓目,意阑魂消泪滴。渐洞天晚,回首暮云千古碧。

○李光 1 阕

李光(1078—1159),字泰发,宋上虞(今浙江省)人。崇宁五年(1106)进士,
历官常熟令、右司谏、吏部侍郎,官至参知政事。有《庄简集》。

水调歌头·兵气暗吴楚(并序)

过桐江,经严濑,慨然有感。予方力丐宫祠,有终焉之志,因和致道《水调歌头》,
呈子我、行简。

兵气暗吴楚,江汉久凄凉。当年俊杰安在,酌酒酹严光。南顾豺狼吞噬,
北望中原板荡,矫首讯穹苍。归去谢宾友,客路饱风霜。
闭柴扉,窥千载,考三皇。兰亭胜处,依旧流水绕修篁。傍有湖光千顷,
时泛扁舟一叶,啸傲水云乡。寄语骑鲸客,何事返南荒。

○刘一止 1 阕

刘一止（1078—1161），字行简，号太简居士，宋湖州归安（今浙江湖州）人。宣和三年（1121）进士。历官越州教授、参知政事、秘书省校书郎、监察御史、起居郎奏事、袁州知府、浙东路提点刑狱、中书舍人兼侍讲、给事中、敷文阁待制，以敷文阁直学士致仕。有《苕溪集》。

水调歌头 · 和李泰发尚书泊舟严滩

千古严陵濑，清夜月荒凉。水明沙净波面，一叶弄孤光。北望旄头天际，杀气遥昏楚甸，云树失青苍。愁绝未归客，衰鬓点吴霜。

听江边，鸣宝瑟，想英皇。骑鲸仙裔，高韵清绝胜风篁。醉入无何境界，却笑昔人底事，远慕白云乡。不见咸阳道，烟草茂陵荒。

○陈康伯 1 阕

陈康伯（1097—1165），字长卿，宋弋阳（今江西省）人。宣和三年（1121）进士，累拜平章事，孝宗即位封鲁国公。

阮郎归 · 钓台

闲来溪上有云飞，溪光接翠微。江南三月落花时，春波去棹迟。

寻竹路，破林扉，苍苔旧钓矶。欲回首未成归，黄尘满素衣。

○曾觌 1 阕

曾觌（1109—1180），字纯甫，宋汴京（今河南开封）人。淳熙初除开封仪同三司、加少保、醴泉观使。有《海野词》。

好事近 · 严陵柳守席上

一梦别长安，山路雨斜风细。行到子陵滩畔，谢主人深意。

多情低唱下梁尘，拚十分沉醉。去也为伊消瘦，悄不禁思忆。

○赵彦端 1 阕

赵彦端（1221—1175），字德庄，宋鄱阳（今江西省）人。绍兴八年（1138）进士，历官左修职郎、钱塘主簿、右司员外郎、太常少卿、建宁知府。

浣溪沙·桐江

水到桐江镜样清。有人还似水清明。樽前无语更盈盈。

翠袖舞衫何日了，白头归去几时成。老来犹有惜花情。

○陆游 2 阕

陆游（1125—1209），字务观，越州山阴（今浙江绍兴）人。以荫补登仕郎，宋孝宗即位，迁枢密院编修，赐进士出身。通判建康府、隆兴府、夔州府。乾道八年（1172），为四川宣抚使干办公事。其后曾通判蜀州，知嘉州、荣州，迁成都路安抚司参议。淳熙五年（1178），提举福建路常平茶盐，翌年改提举江南西路，十三年（1186）起知严州，后诏除军器少监。嘉泰二年（1202），诏国史修撰兼秘书监；三年（1203），致仕。有《渭南文集》《剑南诗稿》。

忆秦娥·富春

玉花骢，晚街金辔声璁珑。声璁珑，闲欹乌帽，又过城东。

富春巷陌花重重，千金沽酒酬春风。酬春风，笙歌围里，锦绣丛中。

鹊桥仙·钓台

一竿风月，一蓑烟雨，家在钓台西住。卖鱼生怕近城门，况肯到、红尘深处。

潮生理棹，潮平系缆，潮落浩歌归去。时人错把比严光，我自是、无名渔父。

○范成大 1 阕

范成大（1126—1193），字致能，号石湖居士，吴县（今江苏苏州）人。宋绍兴二十四年（1154）进士，历官徽州司户参军、著作郎、吏部员外郎、处州知府、礼部员外郎、中书舍人、静江知府、四川安抚使、礼部尚书、参知政事、明州知府、建康知府，加资政殿大学士知太平州。有《石湖大全集》《吴郡志》《骖鸾录》等。

醉江月·钓台

浮生有几，叹欢娱常少忧愁相属。富贵功名皆由命，何必区区仆仆。
燕蝠尘中，鸡虫影里，见了还追逐。山间林下，几人真个幽独。
谁似当日严君，故人龙衮，独抱羊裘宿。试把渔竿都掉了，百种千般拘束。
两岸烟林，半溪山影，此处无荣辱。荒台遗像，至今嗟咏不足。

○方有开 2 阕

方有开（1128—1190），字躬明，号溪堂，宋新安歙县（今安徽、浙江一带）人。
隆兴元年（1163）进士，历官建昌军南丰尉、淮南西路转运判官、宣教郎。

点绛唇·钓台

七里滩边，江光漠漠山如戟。渔舟一叶，径入寒烟碧。
笑我尘劳，羞对双台石。身如织，年年行役，鱼鸟浑相识。

满江红·钓台

跳出红尘，都不顾、是非荣辱。垂钓处、月明风细，水清山绿。七里
滩头帆落尽，长山泷口潮回速。问有谁，特地上钩来，刘文叔。
貂蝉贵，无人续。金带重，难拘束。这白麻黄纸，岂曾经目，昨夜客
星侵帝座，且容伸脚加君腹。问高风、今古有谁同，先生独。

○陈居仁 1 阕

陈居仁（1129—1197），字安行，宋兴化（今福建莆田）人。绍兴二十一年（1151）
进士，历守五郡，仕至宝文阁直学士，有政声。卒谥"文懿"。

水调歌头·重过钓台

重过钓台路，风物故依然。羊裘轩上，俯临清泚面屏颜。仰见先生风节，
更有两公名德，冰雪照人寒。龙野方驰逐，鸿翼自孤骞。

酹壶觞，追往昔，笑华颠。别来三纪，推排曾戴侍臣冠。惭愧君恩难答，聊复守符重绾，敢叹客途艰。少报期年政，行泛五湖船。

○朱熹 1 阕

朱熹（1130—1200），字元晦，号晦庵，祖籍婺源（今属江西），生于南剑州尤溪（今属福建），侨寓建阳（今属福建）。绍兴十八年（1148）进士。历官同安主簿、南康知军、江南路茶盐平提举、浙东常平提举、秘阁修撰、焕章阁待制。有《四书章句集注》《楚辞集注》及门人所辑《朱子大全》等。

水调歌头·不见严夫子

不见严夫子，寂寞富春山。空余千丈危石，高插暮云端。想象羊裘披了，一笑两忘身世，来把钓鱼竿。不似林间翮，飞倦始知还。

中兴主，功业就，鬓毛斑。驱驰一世豪杰，相与济时艰。独委狂奴心事，不羡痴儿鼎足，放去任疏顽。爽气动星斗，千古照林峦。

注：此词一说为宋建州胡寅作。

○黄诛 1 阕

黄诛（1131—1199），字子厚，自号榖城翁，宋崇安（今福建省）人，有《榖城集》。

江城子·晚泊分水

秋风袅袅夕阳红。晚烟浓，着云重，万叠青山、山外叫孤鸿。独上高楼三百尺，凭玉楯，睇层空。

人间日月去匆匆。碧梧桐，又西风。北去南来、销尽几英雄。掷下玉尊天外去，多少事，不言中。

○王自中 1 阕

王自中（1134—1199），字道甫，宋平阳（今浙江省）人。淳熙进士，历官怀宁主簿、分水令、鄞州通判，知兴化军、信州、邵州。

念奴娇·题钓台

扁舟夜泛，向子陵台下，偃帆收橹。水阔风摇舟不定，依约月华新吐。
细酌清泉，痛浇尘臆，唤起先生语。当年纶钓，为谁高卧烟渚。

还念古往今来，功名可共，能几人光武。一旦文星惊四海，从此故人何许。
到底轩裳，不如蓑笠，久矣心相与。天低云淡，浩然吾欲高举。

○林亦之 1 阕

　　林亦之（1136—1185），字学可，号月渔，一号网山。宋福清（今福建省）人。林光朝高弟，继光朝讲学于莆之红泉。赵汝愚帅闽，荐于朝，命未下而卒。有《论语考工记》《毛诗庄子解》《网山集》等。

酹江月·钓台

桐皋东去，又依然，烟际云边柔橹。赖有双台知己耳，牢落孤怀欲吐。
小倚云根，细商心事，提起千年语。九天飞梦，别来长记幽渚。

试说北海归文，西山何事，犹不甘臣武。广大尧天箕颍小，绵上何能如许。
举世真痴，先生长啸，尘海谁堪与？啸声吹送，刺天鸾鹤冲举。

○葛立方 1 阕

　　葛立方（？—1164），字常之，宋丹阳（今江苏省）人。绍兴八年（1138）进士，授正字、校书郎及考功员外郎等职。后因忤秦桧而得罪，罢吏部侍郎，出知袁州、宣州。有《归愚集》《韵语阳秋》等。

水龙吟·游钓合作

九州雄杰溪山，遂安自古称佳处。云迷半岭，风号浅濑，轻舟斜渡。
朱阁横飞，渔矶无恙，乌啼林坞。吊高人陈迹，空瞻遗像。知英烈、垂千古。

忆昔龙飞光武。怅当年、故人何许。羊裘自贵，龙章难换，不如归去。
七里溪边，鸬鹚源畔，一蓑烟雨。叹如今宕子，翻将钓手遮日，向西秦路。

○袁去华1阕

袁去华，字宣卿，宋奉新（今江西省）人。绍兴十五年（1145）进士。历知善化、石首县。工词，有《袁宣卿词集》。

柳梢青·钓台（并序）

绍兴甲子赴试南宫登此，今三十三年矣

一水萦回，参天古木，夹岸苍崖。三十三年，客星堂上，几度曾来。

眼看变化云雷，分白首、烟波放怀。细细平章，钓台毕竟，高似云台！

○郑庶1阕

郑庶，字几仲，宋莆田（今福建省）人，淳熙间官安仁尉、襄阳令。

水调歌头·钓台

千古钓台下，老尽去来人。倚空绝壁，朝暮秀色只如春。高挂瀑布千尺，洗到云根著风尘。秋尽玉壶冷，别是一乾坤。

问当日，中兴将，汉功臣，云台何在？寂寞谁复记丹青。争似先生标致，长共清风明月，不减旧精神，无限兴亡意，舒卷在丝纶。

○辛弃疾1阕

辛弃疾（1140—1207），字幼安，号稼轩。宋历城（今山东济南）人。南宋耿京聚兵山东，节制忠义军马，为掌书记，奉表来归。高宗召见，授承务郎，差签判江阴。累官浙东按抚、加龙图阁待制，枢密院都承旨。为南宋著名爱国将领，著名词人。有《稼轩长短句》。

贺新郎·钓台

濮上看垂钓，更风流、羊裘泽畔，精神孤矫。楚汉黄金公卿印，比著渔竿谁小。但过眼、才堪一笑。惠子焉知濠梁乐，望桐江、千丈高台好。烟雨外，几鱼鸟。

古来如许高人少。细平章、两翁似与，巢由同调。已被尧知方洗耳，毕竟尘污人了。要名字、人间如扫。我爱蜀庄沈冥者，解门前、不使征车到。君为我，画三老。

○韩淲 2 阕

韩淲(1159—1224)，字仲止，号涧泉，祖籍开封，南渡后隶籍信州上饶(今江西省)。从仕后不久即归。有《涧泉集》。

水调歌头 · 清明严濑

今古钓台下，行客系扁舟。扁舟何似，云山千叠亦东游。我欲停桡一醉，与写平生幽愤，横管更清讴。小上客星阁，短鬓独搔头。

风乍起，烟未敛，雨初收。一年花事，数声鶗鴂欲春休。吊古怀贤情味，只有浮名如故，谁复识羊裘。赖得玄英隐，相望此溪流。

步蟾宫 · 钓台

三年重到严滩路，叹须鬓，衣冠尘土。倚孤篷、闲时濯清风，见一片，飞鸿归去。

人间何用论今古。漫赢得，个般情绪。雨吹来云，乱去水东流，但只有，青山如故。

○刘克庄 3 阕

刘克庄 (1187—1269)，初名灼，字潜夫，号后村，莆田 (今福建省) 人。宋嘉定二年 (1209) 以荫补将仕郎，历知建阳，除枢密院编修。淳祐六年 (1246) 赐同进士出身，除秘书少监，兼国史院编修。后知漳州，权工部尚书。复知建宁府，除龙图阁学士。有《后村先生大全集》二百卷。

念奴娇 · 严光

禁中张宴，苦留公、未许归寻初服。千载君臣鱼有水，不比严光文叔。

火德中天，客星一夕，草草聊同宿。重来凝碧，依然赓载相属。
过眼夸夸纷纷，浮云野马，几度棋翻局。客话凤池三入事，洗耳湖光一曲。
伯始泉荒，稚珪圃冷，占断西风菊。年年岁岁，金英常泛芳醁。

满江红·富春濑

往日封章，曾耸动、君王颜色。今似得、三闾公子，四明狂客。古不
能箝言者口，天方欲寿中朝脉。算人间、岂有病无医，须针石。
年冉冉，袍犹碧。心耿耿，头先白。笑臣舒迂缓，臣山愚直。拂袖归
来羞炙手，望尘拜了难伸膝。把富春濑与首阳山，图斋壁。

满江红·双台

怪雨盲风，留不住、江边行色。烦问讯、冥鸿高士，钓鳌词客。千百
年传吾辈话，二三子系斯文脉。听五郎、一曲玉箫声，凄金石。
晞发处，怡山碧。垂钓处，沧溟白。笑则今拙宦，他年遗直。只愿常
留相见面，未宜轻屈平生膝。有狂谈、欲吐且休休，惊邻壁。

○陈三聘 1 阕

陈三聘（1162 年在世），字萝弼，宋苏州（今江苏省）人。尝和范成大词。有《和
石湖词》。

满江红·子陵台

斜日熔金，三万倾、棹歌齐举。风不动、采蘋双桨，翠鬟相语。月殿
欲浮蟾兔魄，海神不放鱼龙舞。到今宵、秋气十分清，无今古。
君试唤，扁舟侣。来伴我，潇洒渚。共夷犹春浪，笑歌秋浦。霸越独
高身退后，尘缨未濯人谁许。叹酒杯、不到子陵台，刘伶土。

○赵善括 1 阕

赵善括（1169 年在世），字无咎，大宗第四子商王元份六世孙，隆兴（今江西省）人，宋孝宗朝进士第。历官常熟令、平江府通判、润州通判，鄂州、廉州、常州知府。有《应斋杂著》。

沁园春 · 向严滩垂钓

千里风湍，万叠云峰，自相送迎。叹扁舟如叶，漂流如梗，片帆如箭，聚散如萍。家在东湖，身来西浙，非为区区利与名。堪怜处，为雏饥犊暮，狗苟蝇营。

平生何荣何辱。且一任三才和五行。有鷃飞鹏奋，鹤长凫短，朱颜富贵，白发公卿。印漫累累，绶何若若，休羡行歌朱买臣。归来好，向严滩垂钓，谷口躬耕。

○石孝友 1 阕

石孝友，字次仲，宋南昌（今属江西）人。乾道二年（1166）进士。以词名。有《金谷遗音》。

清平乐 · 严陵

山明水嫩，潇洒桐庐郡，极目风烟无限景，说也如何得尽。

自怜俗状尘容，几年断梗飘蓬。借使严陵知道，只应笑问东风。

○赵师侠 2 阕

赵师侠，一名师使，字介之，宋新淦（今江西新干）人。淳熙二年（1175）进士，官江华郡丞。有《坦巷长短句》。

醉桃源 · 桐江舟中

微云扫尽碧虚宽，月华光影寒。山河表里鉴中看，沉沉清夜阑。

风细细，露溥溥，神游八极间。九霄回首望尘寰，悠然醉梦还。

鹊桥仙·过桐江

风波平地，尘埃扑面，总是争名竞利。悟时不必苦贪图，但闲任、流行坎止。

忽来忽去，何荣何辱，天也知人深意。一帆风送过桐江，喜跳出、琉璃井里。

○吴文英 1 阕

吴文英（1215—1276），字君特，号梦窗，宋四明（今浙江宁波）人。景定时，尝客荣王邸，从吴潜等游。有《梦窗甲乙丙丁稿》四卷。

瑞鹤仙·钱郎纠曹之严陵

夜寒吴馆窄，渐酒阑烛暗，犹分香泽。轻扬展为翩。送高鸿飞过，长安南陌，渔矶旧迹。有陈蕃、虚床挂壁。掩庭扉，蛛网黏花，细草静摇春碧。

还忆。洛阳年少，风露秋繁，岁华如昔。长吟堕帻。暮潮送，富春客。算玉堂不染，梅花清梦，宫漏声中夜直。正逋仙，清瘦黄昏，几时觅得。

○何梦桂 5 阕

何梦桂（1228—？）字岩叟，自号潜斋，淳安（今浙江淳安）人。宋咸淳元年（1265）省试第一，廷试一甲三名。授台州军事判官，通判吉州。召为太常博士，累迁大理寺卿。入元，屡征不就，筑室小酉源。有《潜斋集》。

八声甘州·严陵滩下

恨公来较晚，早归朝、骢马去难留。是朱轮华毂，联珪叠组，家世公侯。今在玉堂深处，借重护偏州。好把青毡拂，奕世勋猷。

明日东津归路，正梅花霜暖，春上枝头。看连旗列鼓，送客下江楼。对云山、千年不老，向楼前、阅尽几行舟。留名在、严陵滩下，日夜东流。

八声甘州 · 严陵路述怀

自辽东鹤去，算何人、插得翅能飞。笑平生错铸，儒冠误识，者也焉之。漫道寒蚕冰底，瓮茧解成丝。何许丝千丈，补得龙衣。

镜里不堪勋业，纵梦中八翼，不到天墀，看墦间富贵，妻妾笑施施。对青山、千年不老，但梅花、头白伴人衰。严陵路、年年潮水，不上渔矶。

水龙吟 · 和何逢原见寿

倚窗闲嗅梅花，霜风入袖寒初透。吾年如此，年年十月，见梅如旧。白发青衫，苍头玄鹤，花前樽酒。问梅花与我，是谁瘦绝，正风雨、年时候。

不怕参横月落，怕人生、芳盟难又。高楼何处，寒英吹落，玉龙休奏。前日花魁，后来羹鼎，总归岩岫。但逋仙流落，诗香留与，孤山同寿。

洞仙歌 · 又和何逢原见寿

青衫白发，独倚江楼小。待欲题诗压崔颢。慨凤台今在否，白鹭沙洲，芳草外、剩得闲身江表。

醉来疑梦里，梦入梅花，歌彻青衣听清窈。起看飞鸿没尽，白鸟玄驹，谁能数、曹瞒袁绍。待明年、七十问何如，笑只是今朝，浣花堂老。

沁园春 · 寿何逢原北堂

孔盖霓旌，月佩云裳，人间女仙。问韶光九十，何如今待，明朝最处，好是明年。戏舞称觞，一堂家庆，眼见儿孙曾又玄。奇绝处，看菱花白发，不改朱颜。

当年。手种红莲。笑几度桑田沧海干。想蟾胎炼就，紫皇灵药，龙髯飞堕，玉女云軿。青鸟重来，红霞俨在，一曲云和犹未闲。羞尘世，把蛾眉蝉鬓，空为谁妍。

○程准 1 阕

程准，字平叔，宋休宁（今安徽省）人。淳熙二年（1175）进士，有文名。官两浙路转运判官、淮东总领，曾为桐庐宰。

水调歌头·钓台

船系钓台下，身寄碧云端。胸中千古风月，笔下助波澜。唤起羊裘仙魄，来伴蝉冠清影，星阁倚栏干。上想中兴事，名节重于山。

濯沧浪，开玉鉴，照朱颜。平生多少英气，直欲斩楼兰。尽道诗书元帅，好作经纶上衮，勋业秉华丹。霄汉展鸾翼，雷雨震龙蟠。

○赵希明 1 阕

赵希明，宗室，燕王德昭九世孙。宋嘉定元年（1208）守处州。

霜天晓角·羊裘

空山木落，月淡栏干角。相与羊裘披上，方知道，宦情薄。

老来须自觉。酒尊行处乐。疑到碧湾无路，滩声小、橹声薄。

○林正大 1 阕

林正大（1200年在世），字敬之，号随庵，永嘉（今浙江省）人。宋开禧中为严州学官。有《风雅遗音》。

沁园春·钓台

子陵先生，故人光武，以道相忘。幸炎符再握，六龙在御，看臣来亿兆，阳德方刚，自是先生，独全高节，归去江湖乐未央。动星象，被羊裘傲睨，人世轩裳。

高哉不事侯王。爱此地山高水更长。盖先生心地，超乎日月，又谁如光武，器量包荒。立懦廉顽，有功名教，万世清风更激扬。无古今，想云山郁郁，江水泱泱。

○沈刚孙 1 阕

沈刚孙，宋荆溪（今江苏宜兴）人。宝庆元年（1225）官昌国县令，二年（1226）致仕。

酹江月·钓台

我来访古，把尘襟都付，一声鸣橹。笑把瑶觞波浩荡，却忆长鲸吞吐。坐挹高风，骨清毛冷，不作人间语。客星何在？漫留遗像江渚。

试问泽畔羊裘，当时何事，笑禹弃宫武。金印貂蝉谁不爱，只为汗颜巢许。幸有高台，较他箕颍，未肯轻输与。酒酣长啸，翩然谁共飞举？

○黄子行 1 阕

黄子行，号蓬瓮，宋修水（今江西省）人。寓籍分宜，黄庭坚之诸孙。有《蓬瓮寐语》，今佚。

满江红·归自湖南题富春馆

津鼓匆匆，犹记得、故人相送。春江上、鸟啼花影，马嘶香鞚。情逐阳关金缕断，泪和杨柳春丝重。算别来、几度月明时，相思梦。

山万叠，愁眉耸，春一点，归心动。问风侪月侣，有谁游从。百里家山明日到，一尊芳酒今宵共。任楼头、吹尽五更风，梅花弄。

○苏十能 1 阕

苏十能，宋乾道五年（1169）进士。宋绍兴年间任建平知县。志载宋绍兴间，圩岸水圮，知县苏十能申常平司给钱米修筑，民赖其利。

南柯子·钓台

江水粼粼碧，云山叠叠奇。平生心事一钓丝，便是壶中日月、更何疑。

文叔今方贵，君房素自痴。洛阳尘土浣人衣，争似归来双足、蹈涟漪。

○黄子功 1 阕

黄子功，宋人。余不详。

水调歌头·钓台

绾纤钓台下，敛衽谒严陵。石矶封藓，一笑挟策独先登。山献修蛾几抹，江绕青罗千顷，今古富春声。行有二三子，心迹喜双清。

吊羊裘，追往躅，尚仪型。丹青洒落三反，谁动紫垣星。重袖调元大手，归傲纶巾一线，志不在寒鲸。千载仰风节，鸿鹄自冥冥。

○张嗣初 1 阕

张嗣初，宋人。余不详。

水调歌头·客星

名节本来重，轩冕亦何轻。人间儿戏，刚自指点客星明。黄屋龙旂九仞，苍石渔丝千尺，谁辱又谁荣。会得傥来意，方识古交情。

想当时，奇男子，汉真人。龙潜豹隐，胸中同是一经纶。公办中兴事业，我向沧浪学钓，各自寄吾真。谁信往来客，千古诵清名。

○沈明叔 1 阕

沈明叔，宋荆溪（今江苏宜兴）人。余不详。

水调歌头·严陵老子

汉事正犹豫，足迹正跫然。严陵老子，当时底事动天颜。曾把丝纶一掷，藐视山河九鼎，高议凛人寒。竹帛非吾事，霄汉任腾骞。

问云台，还得似，钓台巅，几年山下，使人犹识汉衣冠。寄语功名余子，今日成尘何在，百战亦多艰。一笑桐江上，来往吊名船。

○林实之 1 阕

林实之，宋人。余不详。

八声甘州·客星

客星堂下水，碧浮空、烟树九重重。想故人当日，论情蓬蘽，际会云龙。
底事泥涂轩冕，不肯作三公。千仞钓江浒，此意谁同。

应笑赤松黄石，放痴儿成事，犹自言功。怎知他箕颍，袖手独春容。
幸风月、有人料理，自家山叟与溪翁。鸣榔晚，一声长啸，相送冥鸿。

○刘源 1 阕

刘源，宋人。余不详。

水调歌头·双台

几载沧江梦，此夕复经过。双台双峙如画，空翠滴清波。不是先生高节，
激起清风千古，汉鼎复如何。矫首望天际，烟树翠婆娑。

危楼下，数不尽，去帆多。人人惊肉生髀，却日欲挥戈。谁识矶边泉石，
别有壶中天地，烟雨一青蓑。自笑华发，三叹吊岩阿。

○曾思中 1 阕

曾思中，宋人。余不详。

水调歌头·子陵君

有客泛轻舸，迤逦到桐庐。山湾水曲，个中依约是仙区。试唤清江渔父，
为问来今往古，兴废事如何。笑指寒烟里，此是子陵君。

汉光武，兴皇运，握乾符。客星侵座，方见不与故人疏。自是先生高尚，
无限经纶才略，飘泛寄江湖。凛凛亘千载，风月属樵渔。

元 代

○张野 1 阕

张野（约 1294 年在世），字野夫，元邯郸（今河北省）人。曾官翰林学士。有《古山乐府》。

念奴娇 · 题钓台

钓台千尺，问谁曾占断，一江深绿。试拜先生眉宇看，何地可容荣辱。
遥想当年，故人邂逅，以足加其腹。书生常事，可怜惊骇流俗。

应恨惹起虚名，平生正坐，误识刘文叔。笑杀君房痴到底，燕雀焉知鸿鹄。
万叠云山，一丝烟雨，比得三公禄。高风千古，冷香聊荐秋菊。

○张可久 1 阕

张可久（1270—？），字伯远，号小山，庆元（今浙江宁波）人，元代著名散曲家，曾官桐庐典史。他捐俸重修桐君祠，开辟桐君山道，广交桐庐文坛俊彦，颇得民心。有《小山乐府》。

百字令 · 舟泊小金山下

片帆摇曳，喜东风吹雨，秋容新沐。一带长江青未了，天际乱峰如簇。
浮玉山空，梧桐人去，月冷神仙屋，停舟吊古，斟泉三酹寒菊。

犹记邂逅桓郎，驿楼残照里，依栏吹竹。南去北来人自唤，老树柳丝长绿，
倦客能吟，依歌而和，醉写沧浪曲，今霄何处，钓鱼台下寻宿。

○周权 1 阕

周权（1275—1343），字衡之，号此山，元处州（今浙江丽水）人。磊落负隽才，然不得志。延祐六年持所作走京师。袁桷大异之，称之为磊落湖海之士，谓其诗意度简远，议论雄深，可预馆职，力荐弗就。后回归江南，更专心于诗，唱和日多。有《此山集》。

满江红·次韵邵本初登富春山

长啸登临，望不尽、海门修碧。人道是、江山高处，汉时遗迹。一自耕耘人去后，几番烟草凝秋色。任掀空、骇浪卷银山，蛟鼍泣。

尘世事，纷如织。云外径，闲舒立。问来今往古，几人高适。共拍栏干呼大白，欲倾沧海供豪吸。倚东风、无限客中愁，斜阳笛。

明 代

○林鸿 1 阕

林鸿，字子羽，明福清（今福建省）人。洪武初以荐授将乐县训导，后官礼部精膳司员外郎。有《鸣盛集》。

青玉案 · 钓台遇雪

桐江倚棹兼葭暝。怪倦枕、朝寒劲。拂曙掀篷银万顷。犯星人去，清风名在，尚想羊裘冷。

簪缨误我山林兴。幸唤醒，槐安尘梦境。烟浪迢迢归路永。汲江燃竹，买鱼沽酒，沉醉休教醒。

○商辂 1 阕

商辂（1414—1486），字弘载，号素庵，淳安（今浙江省）人，明宣德十年（1435）乡试第一，正统十年（1445）会试、殿试皆第一，授修撰，累迁兵部。英宗复辟，被诬下狱，斥为民。成化初以故官入阁，进谨身殿大学士。卒谥"文毅"。有《商文毅公集》《商文毅疏稿》《蔗山笔麈》。

祝英台近 · 旅怀

挂轻帆，飞急桨，还过钓台路。酒病无聊，倚枕听鸣橹。断肠簇簇云山，重重烟树。回首望、孤城何处。

闲离阻。谁念萦损襄王，何曾梦云雨。旧恨前欢，心事两无据。要知欲见无由，痴心犹自，倩人道、一声传语。

○戚礼 1 阕

戚礼，明分水（今浙江桐庐）人。永乐六年（1408）岁贡，知峡江县。

南乡子·延鸿寺

古刹依嵚岑，一坞空青护石林，溽暑凉生浑似洗，阴阴，别有乾坤岁月深。
万木郁萧森，赤日行天午不侵，籁寂人稀无个事，沉沉，鸟语枝头送好音。

注：延鸿寺，在今桐庐县分水镇西。周广顺三年（953）建，明洪武七年（1374）
僧智净重建，清顺治十六年（1659）僧真澄改造，雍正十一年（1733）僧通达重修。
今圮。

○史鉴 1 阕

史鉴（1434—1496），字明古，人称西村先生，明吴江（今江苏省）人。书无不读，
尤熟于史。隐居不仕，留心经世之务。王恕巡抚江南，闻其名，延见之，访以时政。
鉴指陈列病，恕深服其才。有《西村集》。

木兰花慢·渔隐

年来多少早，苦耕稼、久无收。且觅取纶竿，寻将钓线，走上渔舟。
满前山青水绿，似生绡画采漾中流。风起停槎古渡，月明鼓枻沧洲。
桐江千古水悠悠。何处觅羊裘。但钓得鱼来，沽将酒去，痛饮为谋。
醉来幕天席地，把蓑衣盖了卧舡头，要识其中乐趣，除非请问沙鸥。

○李堂 1 阕

李堂（1463—？），字时升，号堇山，明鄞县（今浙江宁波）人。成化二十三
年（1487）进士，官至工部右侍郎，总理漕河。有《堇山文集》。

西平乐·工部送太子太保尚书徐公还淳安

石濑澄泓，云山重叠，钓台寂寞江浔。谁把一丝，清风梦寐，相期莫
遏归心。喜海宇讴歌尧舜，庙堂接武夔龙，青镜暗窥华发，孜孜为切

南音。径扫严陵祠宇，瞻拜了、回首自沉吟。

世路羊肠，虚名蜗角，且凭高远，纵目登临。何必羡、陶郎三径，贺
老一湖，前辈羊裘尚在，物色如真，江山无古亦无今。寄语儿童，且
修敝屋，为问薄田，徜徉泉石，放我尘羁，管教别是光阴。

○夏言 2 阕

夏言（1483—1548），字公谨，明贵溪（今江西省）人。正德十二年（1517）进士，
历兵科给事中、礼部尚书兼武英殿大学士。嘉靖二十七年议收复河套事，被至弃市死。
其诗文宏整，又以词曲擅名。有《桂洲集》。

沁园春 · 严陵感旧

石壁溪头，富春山下，画舫新来。正雨过青山，波生碧渚，千峰日照，
两岸花开。北郭池塘，东门杨柳，二十年前几往回。重登眺，爱风烟如画，
临水楼台。

追思少日情怀。长记在、先人旧郡斋。向范老祠前，春风走马，客星亭上，
雪夜观梅。往事分明，故交零落，叹息光阴一瞬哉。伫立久，念白云
芳草，欲去徘徊。

忆旧游 · 送淳安邵主簿号藻川

记石佛岩前，乌龙山下，王氏新庄。柴门临水曲，有一林修竹，数亩池塘。
几共萧萧夜雨，坐对短檠光。叹如流岁月，从头屈指，四十经霜。

相望。念先公，有遗祠尚在，往事堪伤。惜藻川旧学，试问淳一簿，
白首为郎。却愧纡朱拖玉，素食坐岩廊。爱富春山色，桐江烟水近吾乡。

○王翃 1 阕

王翃（1603—1653），字介人，明嘉兴（今浙江）人。家本业染，而勤学不辍，
以布衣终。工诗词，有《三槐堂词》

念奴娇·夜过严滩

桐江春泛，月明迟、路入乱峰回互。一线舟悬天更远，人出千重岩树。石貌多端，滩声转怒，使客心生恶。七里盘涡，溶溶渐起烟雾。

闻有台上先生，身着羊裘，但以鱼虾务。星动归来仍倚钓，想见千秋风度。山不胜高，水何其淡，缥缈神栖处。他年卜隐，白云待我同住。

○来集之 1 阕

来集之（1607—1682），一名镕，字元成，明萧山（今浙江省）人，崇祯十三年（1640）进士。授皖城司理，弘光时官太常少卿，后隐居倘湖，课耕读以自给。有《倘湖樵书》。

鹤冲天·赠淳安令罗公倬

梅雪尽，柳烟新。花县喜逢春。栽花兼得种深仁。万口祝庄椿。

青山小。白云渺。琴罢却看飞鸟。官衙吹到子陵风。瘦马课郊农。

○万士和 2 阕

万士和，字思节，号履庵，明宜兴（今江苏省）人，嘉靖间进士，官至礼部尚书。有《履庵集》。

临江仙·同杨魏村少参登桐君山

睡里钓台相失了，寻仙且上桐山。乱峰环合碧波寒，笑携黄鹤伴，来坐白云间。

二十年前游处好，趋庭犹忆红颜，而今狼藉鬓座斑。西风衰草外，长啸下松关。

又咏钓台

山色重重横翠黛，中开一派江流。狂奴得意下渔钓。手探银汉缕，影落碧波秋。

多少南阳攀凤客，故人独著羊裘。君王物色遍沧洲。帝旁牢睡足，天上使星愁。

○朱一是 1 阕

朱一是，生卒不详，字近修，明海宁（今浙江省）人。崇祯十五年（1642）举人。明亡后，披缁衣授徒。有《梅里词》。

两同心 · 七里滩

万山秋晓，暗入仙源。撑浅濑、舟舟阁阁，迷高岭、树树翻翻。空凝望，百代樽俎，一钓丝丝。

往事几度销魂。祠宇徒存。伴寂寥、烟云聚散，助外啸、狐兔晨昏。关情处，皋羽西台，还有啼痕。

○释大汕 1 阕

释大汕，俗姓徐，字石濂，明吴县（今江苏苏州）人，曾主广州长寿寺。有《离六堂诗集》。

沁园春 · 钱塘放舟，经子陵钓台

越岫连云，隔江吴地，满望郁葱。正归舟天际，园林恰好，鸟啼花放，到处春风。一自严陵垂钓后，至今日、犹名高水中。磐石上，有眠云白鹤，遮日虬松。

移文北山不少，彼终南捷径，多丧前功。念久荒三径，松篁不改，五湖归去，芳躅难同。看富春、山山翠染，杜鹃候、高低成锦丛。被纨绮，亦何时曾胜似，蓑笠蒙茸。

○刘命清 1 阕

刘命清（1610—1682），字穆叔，号但月仙，又号虎溪渔叟，明临川（今江西省）人。明诸生。入清，以史馆荐，不应，遁迹林泉，馆课为生。有《虎溪渔叟诗余》。

八声甘州·谢皋羽西台记

辞公去、泪滴涨江湄。来往竟何之。道常山访友，睢阳觅旧，感慨凄其。
欲公难藉手，但云冷荒池。盼苏台严榭，杳渺谁追。
竹石敲弹俱碎，叹关河水黑，雪榜惊移。帐风涛怒驶，幸既济神奇。
一自阮步兵死后，空山哭韵，千载谁知，正此际、文辞达意，陶郁予思。

○董俞 1 阕

董俞（1661 年在世），字苍水，明华亭（今上海市）人。崇祯举人。工诗词，有《玉兔词》。

柳梢青·七里滩

莫向江头，问他渔父，谁醉谁醒。一叶轻船，数声横玉，云树冥冥。
狂奴故态堪惊，垂钓处，寒鸦乱鸣。花落鸥滩，蕨香蟹籪，潮白山青。

○姜垚 1 阕

姜垚，字汝臯，号尧章，明余姚（今浙江省）人。贡生，官昌化教谕、国子监学正、国子监博士。有《四书别解》《易原》《樗里山樵稿》《得一参伍》等。

摸鱼儿·六月过严子陵钓台

羡先生、富春高卧，消受一江烟雨。红揉翠滴花如锦，况见石巉溪路。
清无暑，见说道、泷名七里高人步。羊裘未补，任海跃鱼，龙飞鹏鹗，
都为韶光误。
钓竿下不饵香钩，谁是未央望断鸥鹭？华亭鹤唳，东门去，何似闲评
今古。君且住，试看韩彭功业同狡兔，南阳何所，早收拾奚囊，孤帆
一片，天末斜阳暮。

清　代

○李渔 2 阕

李渔（1611—1680），原名仙侣，字谪凡，号笠翁，明兰溪（今浙江省）人。年十八补博士弟子员，中秀才。入清后无意仕进。有著作数十种。

贺新郎·桐江道上乘风作

一幅轻帆挂。喜今朝、矢作扁舟，飞来如射。好景只愁容易尽，忽略世间名画。过眼处、便嗟神化。贱杀鲈鱼曾唤买，怪船轻、风急蓬难卸。无一物，酒难下。

未终五岳愁婚嫁。为四方、路途辽远，奔驰无暇。似此天风终日有，绝顶何难齐跨。破浪舵、恨难常把。偶然得福须知足，怕贪心、致祸天难惹。日将晚，系舟罢。

多丽·过子陵钓台

过严陵。钓台咫尺难登。为舟师、计程遥发，不容先辈留行。仰高山、形容自愧，俯流水、面目堪憎。同执纶竿，共披蓑笠，君名何重我何轻。不自量、将身高比，才识敬先生。相去远、君辞厚禄，我钓虚名。

再批评、一生友道，高卑已隔千层。君全交、未攀衮冕，我累友、不恕簪缨。终日抽风，只愁载月，司天谁奏客为星。羡尔足加帝腹。太史受虚惊。知他日、再过此地，有目羞瞪。

○曹溶 1 阕

曹溶（1613—1685），字洁躬，号秋岳，一号倦圃，明嘉兴（今浙江省）人。

崇祯间进士，官御史。顺治初，归清，授原官，累迁广东布政使。工诗，有《崇祯五十宰相传》《静惕堂诗集》。

水调歌头·钓台

行过富春渚，绝壁倚青天。披裘男子高卧，安取客星悬。手弄桐庐烟雾。秋水不随人老。花覆打鱼船。青史几兴废，竿影至今圆。

摘松鬣，摩藓石，恨高寒。谢家如意，偏到山顶泣婵娟。欲起云台将相，罗拜先生床下，汉鼎定千年。旧事莫深论，溪畔且安眠。

○曹尔堪 1 阕

曹尔堪（1617—1679），字子顾，清秀水（今浙江嘉兴）人。顺治进士，历官翰林院编修、侍讲学士。有《杜鹃亭集》《南溪词集》。

满庭芳·钓台

钓坠蟾蜍，饵悬蜥蜴，佳词构自奚囊。修纶一尺，独茧下菱塘、借问鱼虾几许，杨筐去、到处徜徉。生来性，直钩可使，不上亦何妨。

何妨。终日坐，紫藤花落，白荇花香。有船名舴艋，歌拟沧浪。八十磻溪野叟，名心在、出佐周皇。羊裘子，高山长水，江濑有严光。

○朱彝尊 2 阕

朱彝尊（1629—1709），字锡鬯，号竹垞，秀水（今浙江省嘉兴）人。清康熙十八年（1679）应试博学鸿儒科，除翰林院检讨、直南书房，因私抄禁中书被劾降一级。后补原官，引疾乞归。有《曝书亭集》等多种著作传世。

百字令·富春道中

柁楼侵晓，望樟亭木末，雾收川净，谁把钱塘犀弩射，冲落惊涛千顷。霸业孙郎，高风严子，毕竟论谁胜？西台寂寞，更何人扫岩磴。

最爱踯躅花繁，画眉啼处，高下穿红影。十载重来头已白，愁对清江如镜。沙际鸬鹚，门前乌桕，引我移家兴，众师渔父，结邻尽许相并。

秋霁·钓台

七里滩光，见拥树归云，石壁衔照。渔火犹存，羊裘未敝，只合此中垂钓。客星曾老，算来无过烟波好。况有个偕隐，门市仙女定婵妙。

当此更想，去国参军，白杨悲风，应化朱鸟。翠微深、鸬鹚飞处，半林茅屋掩秋草，历历柁楼人影小。水远山远，君看满眼江山，几人流涕，把莓苔扫。

○彭孙遹 1 阕

彭孙遹（1631—1700），字骏，自号羡门，清海盐（今浙江省）人。顺治间进士，官中书舍人，著有《松桂堂集》。

二郎神·忆富春旧游

富春七里，水牣蓝，游鳞堪数。看来往云帆，浅深沙石，渺渺青溪渔浦，南北峰头，登临远望，不尽斜阳疏树。怅星子，台空桐君，佩冷旧游何处？

羁旅，又经几度，他乡寒暑，自芍药花残，樱桃梦醒，肠断锦鞋一赋。谢客沧洲，潘郎绿鬓，踪迹犹然朝暮。算只有，山中明月，江上清风如故。

○毛际可 1 阕

毛际可（1633—1708），字会侯，号鹤舫，遂安（今浙江淳安）人。顺治十五年（1658）进士，官彰德府推官，改知城固，调祥符令。后以事罢归，不出。有《安序堂文钞》《松皋诗选》《浣雪词钞》。

满江红·夜过钓台

日暮孤征，新绿遍、小洲芳杜。溯急濑、频催两桨，富春东路。七里澄光天共水，客星倒挂悬崖树。更休云、物色为羊裘，虚名误。

云台彦，羞渔父。桐柱绩，惊鸥侣。任帝增于往，狂奴如故。傲骨谁能官谏议，流风尚自矜厨顾。问西溪、清节有谁怜，高人墓。

○宋维藩 2 阕

宋维藩，清建德（今浙江省）人。贡生，候选州同知。康熙十八年（1679）举博学鸿儒，不遇。有《白云阁诗》。

水调歌头·二江成字

闻说潇湘望，波撼岳阳城。长江浩淼无际，何日问邮程。此地扁舟一叶，到处苍烟远树，见底石嶙峋。白鹭滩头立，荇藻满前汀。

溯瀫水，合浙港，宁成丁，澄江如画，一竿照影老严陵。最爱春山雨后，满镜烟鬟欲滴，二水共盈盈。坐待晚潮涨，直接海门青。

水调歌头·严陵

不见西湖上，峰塔尽摧残。空余一镜明净，荡漾碧波澜。怎似严陵滩上，雁刹盘空矗秀，突兀碧云间。百尺楼头上，烟雾锁栏干。

跻塔顶，瞻绣岭，面青山。钟鱼响答声声，铃铎语林端。俯视雕甍朱栱，依旧沙清水白，雉堞绕晴川。极目鸟飞外，遥数九州烟。

○厉鹗 1 阕

厉鹗（1692—1752），字太鸿，又字雄飞，号樊榭、南湖花隐等，钱塘（今浙江杭州）人，清代著名诗人、学者，浙西词派中坚人物。有《樊榭山房集》《宋诗纪事》《辽史拾遗》《东城杂记》《南宋杂事诗》等。

百字令·秋光今夜（并序）

月夜过七里滩，光景奇绝，歌此调，几令众山皆响

秋光今夜，向桐江，为写当年高躅。风露皆非人世有，自坐船上吹竹。万籁生山，一星在水，鹤梦疑重续。棹音遥去，西岩渔父初宿。

心忆汐社沉埋，清狂不见，使我形容独。寂寂冷萤三四点，穿破前湾茅屋。林净藏烟，峰危限月，帆影摇空绿。随风飘荡，白云还卧深谷。

○吴锡麒 3 阕

吴锡麒(1746—1818)，字圣征，号谷人。浙江钱塘(今杭州)人。乾隆四十年(1775)进士。官至国子监祭酒。有《自怡集》《岭南诗钞》《有正味斋全集》。

台城路 · 富春道中

江流不管闲鸥梦，匆匆似随帆转。鬓短笼烟，衫轻浣雪，禁得天涯人惯。丝风乍卷，听万竹影中，画眉低啭。镇日狂歌，早催斜阳堕天半。

回头山远水远，只依依霁月，无限情恋。短笛能横，长鱼欲舞，相对蓬壶清浅。空明一片，想深谷高眠。白云都懒，钓火何来，隔滩流数点。

酹江月 · 秋边无际（并序）

夜过桐庐，明月在空，山水澄映，冷然如濯魄玉壶中也！

秋边无际，看阴阴一片，初凝凉魄，借取半帆风力稳，争向玉壶摇曳。舞鹤邀凉，眠鹤选梦，此度尘凡隔。橹音何处，远滩渔火明灭。

许我载酒来游，醉余长啸，千顷江波裂，采药人骑龙背去，几叶云迷瑶宅，泉古鸣弦，山空响玉，弹破桐枝碧。蓬瀛不运，梦魂还恋幽绝。

水调歌头 · 钓台

春草一亭绿，麦饭几家烟。人渡滹沱河口，去去夕阳船。往日事传铜马，今日沙埋铁镞，浪卷沫花圆。古庙乱鸦语，大树忆何年。

宛城走，云台筑，赤符延。有个故人天际，作婿傍神仙。不羡君王九五，不羡星辰四七，高枕钓竿眠。富贵等闲耳，危度亦堪怜。

○王策 1 阕

王策（约1772年在世），字汉舒，清太仓(今江苏省)人。诸生。其词秀异，有《香雪词钞》二卷传于世。

南柯子 · 七里滩

涧水新烟碧，春山小雨青。淡霞红里片帆行，可惜好峰看尽不知名。

天气蘼芜老，风丝荇叶晴，金沙玉砾夕阳明，那得一生长此伴啼莺。

○史承豫 1 阕

史承豫（1767 年前后在世），字衍存，宜兴（今江苏省）人。诸生。才思清隽，与兄承谦并擅词名，著有《苍雪斋诗文集》《苍雪斋词》等。

高阳台 · 秋日登严子陵钓台

岚翠侵衣，蘋香刺水，片帆高挂清秋。七里滩明，当年曾隐羊裘。层台百尺凌霄汉，凫纶竿、独钓寒流。仰高风，系缆沙边，挂杖峰头。

江山千古长如画，叹先生去久，星阁空留。窈窕岩扉，白云低覆深幽。断猿晴鸟悲啼处，闪残阳、枫叶飕飔。更堪怜，埋骨参军，谁酹荒丘？

○徐庾 1 阕

徐庾，字同怀，清太仓（今江苏省）人。诸生，年少俊才，不随时尚。所著《昙华词》，半皆风情之作。征词婉约、托志遥深。

簇水 · 咏子陵鱼

半寸银花，桐江上番春风起，高台坐钓。不信是、为伊投饵，还似羊裘残氍。卷共杨花坠，迎浪花，千头针细。

真好事，千载下，鳞鳞白小。谁为注，先生字，冰衙弹铗。喜乍见、香羹至，想象梅家仙耦，举案耽风味，更不用，戏赌金盘鲤。

○凌廷堪 1 阕

凌廷堪（1755—1809），字次仲，清歙县（今安徽省）人。乾隆间进士，官宁国府学教授。工词，有《校礼堂文集》。

瑞鹤仙·光武严陵

六龙方斗野。发突骑、渔阳邯郸初驾。潺湲赖王霸。记芜蒌亭侧、燎衣邨舍，中原未下。不遑问公孙跃马，筑云台、天上星辰，尽入中兴图画。

休讶。赤符膺瑞，白水征祥，半成虚话。雄风逝也。千载后，孰真假，但秋原古庙，椎牛酾酒，父老年年赛社。让桐江一叟披裘，钓竿百把。

○郭麐 1 阕

郭麐（1767—1831），字祥伯，号频迦，清吴江（今江苏省）人，嘉庆间贡生。工诗词古文，著有《灵芬馆诗初集》。

忆旧游·正风开帆叶（并序）

严陵道中，偕寿生同坐船头倚声歌此几欲令四山皆响也

正风开帆叶，云拥山根，又诉奔泷。合沓群峰出，似千屯骥马，高步临江。江水弯环碧玉，流影去淙淙。算如此江山，旧曾相识，者个吴艭。

船窗喜同眺，问畸士东京，遗老南邦，突兀高台外，剩红衣一树，枫卧空腔。晞发披裘都往，斜日下渔矼，但极目寒烟，沧浪白鸟飞一双。

○金焘 1 阕

金焘，字保和，号竹庄，清嘉定（今上海市）人。乾隆四十五年（1780）举人。尝知山东即墨县。工诗，善书，有《竹庄词草》。

满江红·题严子陵钓台

七里滩声，诉不尽，隐流心迹。看千载，龙飞蠖蛰，讵由人力？天子竟符文叔谶，公卿赠与君房策。任逍遥、独拥旧羊裘，荒矶石。

随举足，星辰逼。随举目，烟霞癖。叹如此山川，惟余空碧。远树曾牵春渚梦，孤篷又听寒江雪。剩隔林、渔火一痕明，真清绝。

○改琦 1 阕

改琦（1774—1829），字伯蕴，号香白，又号七芗、玉壶山人、玉壶外史、玉壶仙叟等，清松江（今上海市）人。善书画，有《玉壶山人集》等。

摸鱼儿·富春山七里泷

弹烟鬟，一奁幽渌，画眉啼澈花底。峰如锦绣波如染，越女漱于春水。船并舣，惹舞絮飞英，乱点风前袂。香熏翠被。问椅枕云偎，搴帱月堕，谁与共吟醉。

泷中好，倒泻松光无际。鱼天帆影摇曳。浅斟不唱潇潇曲，恰唱我侬欢喜。渔梦里，配紫笛红衫，著个人双髻。风情未已。尽诗鬓星稠，酒灯雪艳，陶写付歌吹。

○项廷纪 1 阕

项廷纪（1798—1835），原名继章，又名鸿祚，字莲生，清钱塘（今浙江杭州）人。道光十二年（1832）举人。有《忆云词甲乙丙丁稿》。

齐天乐·过钓台

画眉唤客停船暮。空祠尚临寒渚。络径藤荒，支亭石断，茅屋两间谁住。羊裘在否。算如此青山，尽客渔父。剩我闲来，缘尊聊为酹芳醑。

登临试寻旧迹，是参军去国，晞发歌处。七里滩声，一江帆影，阅尽斜阳今古。天涯倦旅。问何日归休，再盟鸥鹭。只恐先生，厌人行役苦。

○叶申芗 1 阕

叶申芗（1780—1842），字维彧，号小庚，又号其园，清闽县（今福建福州）人。嘉庆十四年（1809）进士，选翰林院庶吉士。历任云南富民、昆明等县知县，东川、开化、昭各府同知，迁宁波知府、洛阳知府，代理河陕汝道，任云南乡试同考官。积劳，病逝于河南任上，民皆德之。工词，有《小庚词》《本事词》《天籁轩词谱》等。

金缕曲·桐江书怀

倦听秋蝉咽。送征帆、半江碧浪，满山红叶。问我劳从何日歇，买棹
又来东浙。空自叹、年年伤别。回望吴山烟涛阔，倩梦魂、归去愁难越。
歌未尽，恨千叠。

篷窗兀坐何为悦。检巾箱、重商旧稿，添编新阕。对酒当歌羞白发，
辜负桐江风月。漫指点、荒台双碣。高隐孤忠同奇绝。与江山、终古
难磨灭。情独往，觞频釂。

○杨夔生 3 阕

杨夔生（1781—1841），字伯夔，清金匮（今江苏无锡）人，生员，官至蓟州知州。
有《真松阁诗词集》。

蝶恋花·严滩

最忆严滩新雨涨。袅袅珊竿，静戛玻璃响。天际碧云时荡漾。钱塘潮
接桐江浪。

波自出泷船逆上。七里无风，翠逼天如港，采乐人骑龙背往。暮闻渔
父西台唱。

买陂塘·钓台阻风

越江流、碧无边际，层峦翠滃如雾。渡头叶叶蒲帆稳，输尔轻于飞鹭。
天又暮。乍黯淡、吹人几点桐庐雨。更无鸥侣、向水菰凉边。烟芦暝底、
摇兀一篷住。

长干曲，一样画船游女。汀洲谁采兰杜。黄垆汐社消沉久，寂寞西台今古。
乡思苦，正野寺钟残、又听津亭鼓。宵长不语，见白海漂花，青山堆梦，
潮影入新树。

南乡子 · 祭谢翱

蒲艇竹为篙，又泊桐江待暮潮。一夜凝云商作雪，明朝，手折梅花祭谢翱。翠尾尽低摇，禽小无名集苇条。除却鹭鸥都畏冷，寥寥，那是江湖耐久交。

○周之琦 1 阕

周之琦（1782—1862），字稚圭，清祥符（今河南开封）人。嘉庆间进士，官广西巡抚。有《心目斋词》。

玉漏迟 · 严陵道中

片帆人万里。琴歌兴在，仍搴吟袂。过雨秋容，侵晓越娥妆洗。漫拟西湖镜影，也休认、南屏烟，还信未。桐江一路，好山如此。

三载惯约清游，叹饮渌题花，顿成前事。醉拍征衫，空惜酒痕红渍。旧垒芹泥换尽，更谁识、归舟天际。兰棹倚。魂消画眉声里。

○冯登府 4 阕

冯登府（1783—1841），一作登甫，字云伯，号勺园，又号柳东，清秀水（今浙江嘉兴）人。嘉庆间进士，知江西将乐县。有《石经阁集》。

醉太平 · 过严濑（并序）

自桐江而上过严濑，昔戴勃所谓山水之极致也。终日行柔蓝软翠间，两崖岩木四合，河禽水鸟往来烟际，滩声潺潺，下见鱼影，其居人多援崖结屋，或临江而渔，山花自开自落，不知时序。风微波罢，暮色倏至，飒然知为秋也。渔唱忽起，理舷和之，还成此段。

高台水长。扁舟客忙。乱帆飞过惊泷，露青山一窗。

滩光树光。鸥乡鹭乡。数声渔笛沧浪，正秋风满江。

河传 · 钓台

峰转，江远。高台平，落日潮生鸟鸣。画眉四面山色青，渔舟呼不应。

晞发西台谁痛哭。天地窄，烟雨一蓑绿。鸬鹚滩，竹石寒，钓竿，故人去不还。

百字令·七里泷和樊榭韵

一星今古，向严江，遥认故人芳躅，四面画眉啼不断，只在白云丛竹。乱石穿沙，暗泉生雨，渔唱前汀续。此时高卧，闲鸥留住同宿。

回望夕照西台，补唇晞发，来伴风流独。我亦清狂还故态，欲借松门茅屋。波静鱼跳，月凉鹤语，著个烟蓑绿。山灵无恙，仙鬟疑响空谷。

金缕曲·西台晞发

六百余年纸。想仓黄，当时舐笔，家山万里。问讯大桃村里妹，今日奈何而已。凭造物、安排一死。柳女环娘多未老，只伤心、骨肉飘零地。洒不尽，数行泪。

北风塞草沙尘起。早飞上、江南白雁，羽书迢递。百八十言三诗句，犹记小楼甲子。常留得人间正气。携向西台晞发读，任高歌、竹石都敲碎。苌叔血，鲁公字。

○丁子复 1 阕

丁子复，清乾隆年间在世，字见堂，号小鹤，浙江嘉兴人。贡生。有《见堂集》。

水调歌头·西台吊谢皋羽

手执竹如意，晞发向沧洲。钓竿寂寞千古，云物自悠悠。忽尔歌声变徵，涌起一江寒濑，惊醒老羊裘。山鬼作人语，凄断暮猿愁。

西台泪，柴市血，恨同流。望中关水天黑，魂去不禁秋。剩有倚天长剑，分付平生知己，未便死前休。酹我一尊酒，孤月照山头。

○姚燮 2 阕

姚燮（1805—1864），字梅伯，号野桥，又号复庄，清镇海（今浙江省）人。道光十四年（1834）举人，有《复庄诗词》等。

如此江山·江山船

鱼天眷属凫鸥约，一篷翠娇红软。处处为家，年年送客，夜夜玉樽银琯，钱塘月暖。更濒渚青帘，眉山隔镜几痕断。

无聊诗梦催醒，画笼纤羽绿，屏隙双峭。守舵呼娘，补帆倩妹，学就杨花娇懒。泥灯歌婉。又移得愁侬，怀乡心转。萍水相思，暮潮流共远。

贺新郎·西台祭文丞相

是铁还非铁。是公心、是公愁泪，紫纠苍结。葵柄尺三银篆六，姓氏日星高揭。相映耀、西台苦节，天意指麾如臣意，恁河山、似瓮悲南裂。歌《正气》，唾壶缺。

倒持悔未奸阻击，敢怜渠、环娇柳靓，黄冠归乞。一舸零丁军散后，几葬仙铜马石。留此柄、铮铮难折。莫漫招魂唱朱鸟，袒红衣、夜舞临安月。恐隐起，蜀鹃血。

○陈澧 1 阕

陈澧（1810—1882），字兰甫，号东塾，清番禺（今广东省）人。道光十二年（1832）举人，官河源县学训导。于天文、地理、乐律、算术、古文、骈文、填词、书法，无不研习。有《忆江南馆词》等。

百字令·过七里泷（并序）

夏日过七里泷，飞雨忽来，凉沁肌骨，推篷看山，新黛如沐，岚影入水，扁舟如行绿颇黎中，临流洗笔，赋成此阕，倘与樊榭老仙倚笛歌之，当令众山皆响也。

江流千里，是山痕寸寸，染成浓碧。两岸画眉声不断，催送蒲帆风急。叠石皴烟，明波蘸树，小李将军笔。飞来山雨，满船凉翠吹入。

便欲舣棹芦花，渔翁借我，一领闲蓑笠。不为鲈香兼酒美，只爱岚光呼吸。野水投竿，高台啸月，何代无狂客？晚来新霁，一星云外犹湿。

○刘熙载 1 阕

刘熙载（1813—1881），字伯简，号融斋，清兴化（今江苏省）人。道光二十四年（1844）进士，改翰林院庶吉士，入直上书房，官至左中允。有《艺概》《昨非集》等。

水调歌头·严子陵钓台

坚卧自难起，狂态乃中行。若无耕钓旧友，天子也非荣。便欲乘时佐相，却看云台诗将，不是少功名。除了一竿在，何事遂生平。

溯遗风，千载后，钓台经。且休错认，有意世外表孤清。几辈从来未遇，几辈辞官归去，都觉愧先生。但把桐江水，当酒酹高情。

○薛时雨 1 阕

薛时雨（1818—1885），字慰农，清滁州（今安徽省）人。咸丰进士，出知杭州府，代行布政、按察两司事。工词，著有《藤香馆集》。

渔家傲·严子陵钓台

江绕青山山绕郡，羊裘去后犹留姓。千载严州管领，真大隐。功名那羡云台盛。

人自清高风自峻。客星仿佛中流映。过客维舟争揽胜，波影净。尘容俗状难相近。

○李联琇 1 阕

李联琇（1820—1878），字季莹（一作秀莹），号小湖，临川（今江西省）人。清道光二十五年（1845）进士，改庶吉士，散馆授编修。擢侍读学士，署国子监祭酒，调福建学政。咸丰三年（1853），擢大理寺正卿。五年（1855）调江苏学政，致仕后主讲钟山、惜阴二书院。有《好云楼初集》《二集》。

柳新初 · 七里泷谒谢翱墓

青山绿水程程有,忽聚会,增幽秀。钓台南岸、桐棺渴葬,死傍富春渔叟。
吊朱鸟,芙蓉僚友,怆红羊,虾蟆更漏。

下笔鸿龙玉狗,惊奇才、修文郎,又集成晞发。名高汐社,竹石一声砰后。
展墓碣,苔花如绣,享严祠,椒浆同侑。

○花痴 1 阕

花痴,生平不详。

点绛唇 · 新妇山

几坞桃花,繁华塞住桐溪渡。望夫新妇,那便如许。
审视啼痕,知道径凉露。伤心处,一江红雨,摇落身无主。

注:新妇山,一名新武山,在桐庐县城北五六里,昔入旧县必由之路。相传有
妇人新嫁,夫从征不还,她投水而殁,葬于此山。清人袁源悼媳夭亡,筑石亭于此山麓。
此词题在亭壁上,独不知花痴为何许人也。

○唐际虞 1 阕

唐际虞,字赞襄,清嘉善(今浙江省)人。光绪岁贡,官金华府教授。有《春
星堂词集》。

摸鱼儿 · 过七里泷作

仗东风、一帆婀娜,飘来烟水深处。生平未识匡庐面,对此精灵忽聚。
君看取,似九曲、云屏面面都围住,青林红树。在放棹中流,左萦右带,
宛转向前去。

山坳里,无数桃绯柳絮,耳边吹到绵羽,参差楼阁凌空起,飐出炊烟几缕。
知何许?又碎玉、玎琮乱吐泉如乳。凝眸延伫,抵一幅生绡,浓青淡绿,
写入辋川墅。

◯朱英 1 阕

朱英，字宣初，清大光（今北京市）人。咸丰间官山东知府。精六书善画。

多丽·富春

富春山，丹崖绿树苍苍。尽遨游，山南水北，都成画里村乡。驻鸣鞭、
花州桃艳，停过舫、茗浦茶香。高阁飞轩，危栏极目，烟波千里数归帆。
共指道、赤松仙去，岭上白云横，空余得三分故垒，七里清江。
叹人生、朱颜白发，多愁景短情长。倒不如、寻山问水，安排着、杖
竹鞋芒。晓雾嶂岩，夕阳花坞，相将童冠两三行。日晏也，江边缓步，
归去咏沧浪。何必口，吴山越水，始趁徜徉。

◯郑涵 1 阕

郑涵，清雍正时分水（今浙江桐庐）人，邑痒生。

百字令·咏陈御史

燕云迷塞，尚夸谈天堑，金陵人物，籍卷西风谁个是，细柳当年垒壁。
碧血长埋，丹心寸指，饮恨辞君阙。魂招何处，临清依旧寒月。
遮莫蔓草荒烟，残编断简，潜德凭谁发。气薄遥空浑寄啸，劲操那曾汩没。
石濑泻清，云山郁翠，胜似孤忠碣。萧条异代，索须北望凄切。

◯濮文煦 1 阕

濮文煦，清雍正时分水（今浙江桐庐）人，附贡生。

满江红·咏陈御史

燕子飞来，青徐界，惊尘蔽日。数十万，貔貅东下，兵威正赫。忠义
椎心空有愤，庙堂束手全无策。叹巡行，方面气凌霄，捐躯急。
苍天意，先几彻，夜台逝，神人泣。奈是非未定，史书竟阙。精爽不

同秋草腐，乾坤岂许幽光灭。幸林泉，耆旧志遗风，今犹烈。

○李高煜 10 阕

李高煜，字南甫，清桐庐（今浙江省桐庐县凤川街道翔岗村）人。咸丰元年（1851）恩贡。

临江仙·月印洋滩

风卷平沙芦叶冷，夜来做出秋声。迟迟归去踏莎行。软红香土上，一片月华明。

扑籁飞来天上鹊，桂轮照彻三更。水天清影湛波平。白蘋洲渚外，柔橹一枝横。

南楼令·雁落中洲

雨过水明霞。寒回岸带沙。雁声寒，远和清笳。莫恨西风无意绪，能吹我，到天涯。

晓阵背霜华。南飞一字斜。慨年年，云水为家。且喜江边鸥鹭熟，共明月，宿芦花。

凤西梧·烟锁柴川

积雨平川寒正峭。宿雾溟濛，不见双栖乌。两岸疏林烟缭绕，博山炉火还犹小。

淡抹轻笼波淼淼。樵斧渔蓑，空外行踪杳。俄顷金鸦飞树枝，柳阴深处人家晓。

定风波·潮涌石墩

天鼓匎匐破远空。潮头涌起玉山峰。记得吴儿曾踏浪。摇桨。弄涛头蘋口满江红。

修到石墩声势急。微咽。何人来唱天江东。无数芦花沙清白。如雪。鲨帆齐趁鲤鱼风。

散天花·泉鸣响水

自古丁东直到今。当时方响,洞杳难寻。此间聊试一登临。岂知山水里有清音。

真个泉声带玉琴。笙簧兼欲,奏夹松林。筝琶俗耳是砭针。愿从幽客去涤尘心。

苏幕遮·笛弄舒垮

继云飞,疏雨歇。忽听清音,缥缈来林樾。何处仙人裁鹤骨。长笛声声,吹碎梅梢月。

水如靴,山似笏。法曲谁偷?珠露生罗袜。裂石穿云何激越。不道桓伊,又报红腔阒。

渔家傲·渔集津潭

欲摸鱼儿何处有。绿蓑青笠寻渊薮。浅水芦花藏积久。持竿叟。此间尚有风波否?

作阵联舟环左右。指挥如意鸬鹚走。三十六鳞新贯柳。休搔首。呼童且换城中酒。

破阵子·瀑飞焦岭

拔地千盘崒崪,插天一岭峥嵘。三峡倒从丹嶂泻,万古长如白练横。银河影共明。

不见山中石溜,似闻屋上泉。溟濛,惊看龙沫溅樵牧,旁穿鸟道行。晴空霹雳声。

黄钟乐·云横垫坞

非烟非雾散，横斜。底事白衣苍狗，倏忽变浮华。远岫疏林图水墨，
遥知深处有人家。

夜龙唤起雨，非耶。且看无心出岫，树树着梨花。满坞间云耕不尽，
头随仙客去餐霞。

握金钗·云积舒坑

别路短，长亭荒坡只双堠。西风吹冷襟袖，天女剪花散严岫。凝望处，
遍林皋都改。

深坞绝，鸦飞平桥滞驴走。铜龙不滴更漏，银界三千月光透。只写得，
竹声寒梅影瘦。

注：以上十阕"梅洲十景"，原载《桐江龚氏宗谱》。

○佚名 11 阕

临江仙·象鼻览鱼游

象鼻临渊激水，分明柱砥中流。高高俯览锦鳞游。深依蒲藻乐，暖逐
浪沉浮。

漫效严君把钓，且同尚父藏钩。忘机泳跃快凝眸。宛登灵沼上，水族
见皇猷。

眼儿媚·凝紫钟声雅

佛殿岩峤凝紫层，花簇拥斑斓。江流九曲，松涛一鼓，钟韵两三。
随风断续清音遁，入耳乐湛湛。个中遥想，击缘说法，疏间和尚。

青玉案·瑶琳泉韵幽

瑶琳洞字称何汰，进步闻天籁。嘹亮声传小大。虞弦再鼓，玉笙疑弄，

雅韵遥相待。

虽无唱舞霓裳会，律叶宫商戲大界。洗耳淙淙真古怪。嶰山芳竹，峄阳孤桐，劈碎清音外。

浪淘沙 · 利农浮堰内

浮堰实堪夸，混混无涯，虽然难许可乘槎。灌溉纵横千百亩，却利农家。

旱魁免咨嗟，霖雨何差，田功颖栗乐殊奢。平秩西成歌社宝，共庆年华。

朝中措 · 双狮拱绣球

狮山相拱绣球山，入目好开颜。织就藤萝彩线，毫添花草斑斓。

烟云吐气石棱献，爪风抟声颜。两两昂头注目，天然对舞其间。

阮郎归 · 虎台观豹变

巍峨台榭接苍穹。玲珑夺化工，羊群马石不相通。依稀虎戏同。

浓雾隐，淡烟笼。南山听疾风，安排牙爪逞文雄。遥瞻炳蔚功。

西江月 · 焦岩添翠点

素向高山仰止，岩枯翠色业添。松涛狮吼动须髯。点缀佳城永远。

雨过丹霞彩映，阳晞紫雾争妍。隋时美艳亲奇瞻。亘古文华绝献。

诉衷情 · 洪石映霞流

崇岩石色似丹砂。流处映红霞。洞泉高泻讶衔，日彩浴金鸦。

虹彩射，电光斜。宜泛槎。乌云难掩，青草难遮，赤壁何差。

桃源忆故人 · 五马胜云雾

崔嵬山势如腾马，控送彤容真雅。晦雾晴云常惹，风作啼嘶写。

讶贪茂草和荒野，不论春秋冬夏。俨然成龙非假，奈少扬镳者。

清平乐 · 石柱凌霄汉

凌霄石柱。俨若人镕铸。柱下茅庵三两处。玩赏无非佳趣。

擎天好藉频来。中流作砥悠哉。几认仙梯高蹑,青云足下安排。

贺圣朝 · 金潭漾鹭鸥

满潭绿水深难量,绕金山悠漾。一行白鹭,两般鸥,鸟三呼相户。

渔舟欸乃频歌唱,却也天机高旷。适来惊起,翩翩情性,冲霄直上。

注:以上"至德十二景"词,原载《桐江姚氏宗谱》。

○玉春 8 阕

玉春,清人。余不详。

采桑子 · 朱山雪障

冯夷剪破澄溪练,吹上朱峰。飞下朱峰。明月芦花一样浓。

山阴此夜明如画,冷艳重重。粉萼重重。万顷银山耀眼中。

点绛唇 · 钟阜云屏

钟阜如屏,烟霞缭绕凌云榭。森罗绣结,漠漠溶溶挂。

捧日从龙,欲卖真无价。浑如画,巍峨村下。五色氛氲射。

谒金门 · 长源独石

溪水漫。片石古桥通岸。千百行人交口赞。鹊桥横碧汉。

雾锁光浮一练。浪卷形摇千片。源远天高云去畔。卧波光自烂。

浣溪沙 · 青邃仙枰

木石森岩不世情。白云堆里觅仙枰。枰中好景向人迎。

乘日游丝萦纸局。隔花啼鸟和钉声。声声流出韵轻清。

行香子 · 天墩石屋

石耸天旻。屋敞无尘。卷残霞，恰受斜曛。烟浮飞楹，雾障高闉。看花如绣，山如沐，草如茵。

帘雨珠垂。树竖丹榛。绕柴扉，日色曛曛。奇峰叠障，怪石嶙峋。喜冬宜雪，秋宜月，夏宜云。

醉花阴 · 上邃松涛

衔烟卷雾音方纵。淅荔枝头弄。风过韵偏清，倾听淙淙，和雨涛声重。

奔腾澎湃和谁共。响彻云霄中。莫道不情浓，寒夜沟沟，惊破三更梦。

菩萨蛮 · 巽峰夕照

烟霞散乱天光暮。瞳瞳日落扶桑路。暗影入峰浓。峄高锦万重。

回塘垂倒影。坠布偏偏景。夕照烂红裳。江天秀色茫。

秋蕊香 · 龙堂晚钟

帘帐踈疏风透。飘渺钟声遥奏。清音转传黄昏候。悠击迭扬如镂。

停停晖落龙堂后。衾音逗。此情幸钦蒙君遘，餐后钟声依旧。

注：以上"陇西八景"词，原载《钟山吴氏宗谱》。

○罗芬 2 阕

罗芬，字蒔含，清桐庐（今浙江省桐庐县旧县街道）人。光绪间贡生，罗灿麟之子。

醉太平 · 剪荷

荷花数茎，荷香益清。制衣剪向湖心，是一层两层。

风生锦屏，日映芳亭，荇带藕丝相衬，牵绿藻翠萍。

浣溪沙·剪荷

曾记春风剪绿杨，裁云又欲撷荷香，香随花影出芳塘。

记得昨宵新雨后，花明如绣叶如妆，一双燕尾试来忙。

○罗灿麟 3 阕

罗灿麟，字正甫，桐庐（今浙江省）人。清光绪岁贡，历任桐庐、淳安知县。

调笑令·思春

春鸟，春鸟，飞上花枝乱噪。细听声似多情，搅得情人梦惊。惊梦，惊梦，也把心思调弄。

十六字令·春二阕

闲，独坐红楼枕手眠。停针线，闷煞是春天。

又

鲜，春到人间无价钱。时光艳，搅得不成眠。

○王国维 1 阕

王国维（1877—1927），字伯隅、静安，号观堂、永观，浙江海宁人。清秀才。我国近现代在文学、美学、史学、哲学、古文字学、考古学等各方面成就卓著的学术巨子，国学大师。

蝶恋花·钓台

辛苦钱唐江上水，日日西流，日日东趋海。两岸越山溃洞里，可能消得英雄气。

说与江潮应不至。潮落潮生，几换人间世。千载荒台麋鹿死，灵胥孤愤终何是。

附 录
桐庐历代诗词集目录

年　代	书　名	编集者或出处
晋	月令章句十二卷	戴　颙
唐	章八元诗一卷	《唐书·艺文志》
	方干诗十卷	《唐书·艺文志》
	章子三卷	章鲁风
	章碣诗一卷	《陈振孙书录解题》
	西山集十卷	施肩吾
	徐凝诗一卷	徐　凝
	常欢居士诗集	何希尧
宋	钓台集	郑　淑
	严陵集九卷	董　弅
	钓台新集六卷	舒城、王敷
	钓台续集十卷	谢德舆
	自然庵集	江端友
	玉泉集	喻　樗
	无所可用集三十卷	滕　岑
	西江传衣诗派图	吕本中
	《晞发集》	谢　翱

年　代	书　名	编集者或出处
宋	《许剑集》	谢　翱
	《天地间集》五卷	谢　翱
	全归集	吴思齐
	观海集	章正则
	潜山集三卷	朱　翊
	感遇诗一卷	何逢原
	玉华集十卷	何逢原
	南畴集十五卷	俞诚一
元	南华百拙藁诗集	李骧龙
	沧江集	徐　舫
	瑶林集	徐　舫
	乐郊私语	姚桐寿
	近溪集	李　文
	近山集	李　文
	古乐府二卷	李　文
	梅月斋永言	李　康
	看山清暇集	李　康
	杜诗补遗	李　康
	桐川诗派	李　康
明	严先生钓台集十卷	龚宏、越英、邝才
	钓台集	郑廷纲、李德恢

年　代	书　名	编集者或出处
明	钓台拾遗四卷	章　琥
	钓台集八卷	霍　韬、吴希孟
	钓台集六卷	陈文焕、刘伯潮
	钓台集二卷	杨　束
	田家乐	方　礼
	呼鹤山人集	李　恭
	归樵诗集	李　敬
	听松集十卷	俞　深
	续咏史诗	俞　深
	蛾术词选四卷	邵亨贞
	桐江诗话三卷	姚建和
	百咏集	姚建和
	磊蠹堆稿十卷	姚　夔
	行吟集	张　冠
	竹轩集	诸　论
	云霄集十二卷	濮　瑀
	琴山杂咏	章　芸
	和轩集	汪　鼐
	管窥集	汪九龄
	青山吟稿	袁九成
	万里风烟	罗椿枝

年　代	书　名	编集者或出处
明	朱峰集	邵　蕡
	罗峰诗集	吴　材
	哀思录	章　琳
	经术堂遗集	王希上
	听鹂集诗稿	周希商
	桐江集	释绍大
	居易轩诗集	叶　瓒
	思萱草堂诗集	王禹道
	小阳河集	王景文
	闇然子湖山新艺	王景文
	四六彙纂	王景文
	雪松遗集	徐　球
	自在园吟稿	何廷献
	洛浦春耕草	王　祐
	蕉阁吟稿	章士正
	南楹集	王　舆
清	桐江钓台集十二卷	严樊功
	桐庐集二卷	王瑞彬
	桐江随笔	吴廷铨
	栖茶溢咏	吴廷铨
	上清集	吴廷铨

年 代	书 名	编集者或出处
清	就正集	汪锦生
	谷水诗稿	汪锦生
	亦正堂诗集	方 金
	舒啸轩文集	孙瑞禾
	一琴书屋梅花吟	孙瑞泉
	一琴书屋诗草	孙瑞泉
	培庵诗文稿	俞国桢
	分类诗钞	柴杏元
	分类诗集	柴杏元
	听松草堂诗文集五卷	江肇埭
	松圃诗草	徐曰纪
	寿补山馆诗草	张豫翘
	守拙斋稿	周思鉴
	稻香馆诗集	周思鉴
	余事诗集	申屠世宝
	观理轩诗草	方毓瑞
	梦花馆赋钞	方毓瑞
	云岩诗草	方毓瑞
	月香斋文稿	方毓瑞
	寄拙诗草	赵 煐
	石屋山人集	袁世经

年　代	书　名	编集者或出处
清	晦村集三卷	袁世纪
	诗词集四卷	袁世纪
	乐府训纂十卷	袁世经
	坊郭樵唱	袁世纬
	柏堂文稿	方骥才
	觉昨非轩诗草	方骥才
	秋芙蓉集	方骥才
	不伦翁笑笑录	方骥才
	挹芬集	胡宗藩
	渐西村人初集十三卷	袁　昶
	安般簃诗续钞十卷	袁　昶
	春闱续咏	袁　昶
	于湖小集六卷	袁　昶
	水明楼	袁　昶
	碧山老人诗词各一卷	方炯林
	清晖堂文集	叶庆澍
	培荆山房诗	胡景曾
	偶吟	李浦舟
	雪庄诗集四卷	袁　棽
	月评精舍赋钞二卷	袁　棽
	辛勤庐诗稿三十卷	孙谷诒

年　代	书　名	编集者或出处
清	栽桂山房诗钞	吴道林
	榆园杂兴诗	袁振业
	桐溪耆隐集	袁烔
	盟鸥集	汪灿
	对影轩诗	孙凤
	芗石文集五卷	袁棻
	桐江肖园诗集四卷	罗灿麟
	磐谷文存	袁寿康
	磐谷遗稿	袁寿康
	南桂轩诗集	宋澜
	闽疆小草	张兆凤
	沿波集	王瑞成
	秋潭影词	王六吉
	冰心斋存稿	章周礼
	大观社集	张域
	舞仪阁集	张域
	蘧轩集	张域
	思补堂类致集	刘嘉宾
	朴斸集	缪试隽
	王林诗集	王洽
	南屏山房诗集	陈新燕

年　代	书　名	编集者或出处
清	戊寅集二卷	王上槐
	肷箧余	王上槐
	循陔堂诗集八卷	陈景潮
	塞上集	何文奇
	西园草	刘腾蛟
	三唐诗律选六卷	濮有玫
	五云居士文集八卷	王椿耀
	吾馨斋诗文集	王家坊
	退思录	王家坊
	自修录	王时泰
	菁华集	张兆凤
	奎映堂诗集	王吉人
	亹斋集八卷	王吉人
	淡竹山房文稿	章　柱
	瘦寒吟草	张　綖
	近圣居荟录	臧正炜
	一簣山房诗	张肇周
	雕华诗	王演之
	梦吟仙馆诗草	陈本忠
	绿阴山房诗稿	臧　槐
	严陵钓台集	汪光沛

《桐庐古诗词大集》主要参考书目

《桐江集》四卷：宋·方回著。

《桐江续集》三十六卷：宋·方回著。

《晞发集》十卷：宋·谢翱撰。

《天地间集》：宋·谢翱撰。

《严陵集》：宋·董弅编。

《钓台续集》：宋·谢德舆编。

《钓台集》十卷：明·邝才编。

《钓台集》二卷：明·杨束编。

《钓台集》八卷：明·吴希孟、霍韬编。

《桐江钓台集》：清·严懋功编。

《严陵钓台志》：清·汪光沛编。

《渐江村人初集》：清·袁昶著。

《安般簃诗续钞》：清·袁昶著。

《于湖小集1—2》：清·袁昶著。

《桐溪耆隐集》：清·袁炯编。

《全唐诗》：清·彭定求等编。

《全唐文》：清·董浩等编。

《唐代文学史》：董乃斌编著。

《唐代文士与唐诗考论》：吴在庆编著。

《隋唐五代文学思想史》：罗宗强编著。

《隋唐五代乱世文学研究》：李定广编著。

《唐才子传校笺》：傅璇琮编著。

《唐诗汇评》：陈伯海编著。

《唐诗研究》：胡云翼编著。

《唐诗别裁集》：沈德潜编著。

《肖园诗集1—2》：罗灿麟编。

《绿阴山房诗集1—4》：臧槐著。

《富春江游览志》：周天放著。

《严州诗统鉴》：方韦编。

《严州诗词》：方韦等编。

《潇洒桐庐》：申屠丹荣编。

《富春山水诗选》：申屠丹荣编。

《富春江名胜诗集》：申屠丹荣编。

《富春严陵钓台集》：申屠丹荣编。

《潇洒桐庐诗文选注》：申屠丹荣等编。

《美丽桐庐村景诗集》：吴建清等编。

《分阳诗稿》：王顺庆编著。

《唐诗桐庐》：王樟松、皇甫汉昌编著。

《画中桐庐》：王樟松编著。

《旮旯拾遗》：姚朝其编著。

《严州——七里泷山水旅游诗选》：朱睦卿编著。

《历代诗人咏严子陵》：余巨平编著。

《乾隆桐庐县志》：严正身等主编。

《光绪分水县志》：陈常铧等主编。

《民国桐庐县志》：颜士晋等主编。

《乾隆於潜县志》：陈泰年等主编。

作者目录

（按姓氏笔画排序）

后 记

编纂《桐庐古诗词大集》历时三年。期间,得到了县政协领导和同事、亲朋好友的关心支持,为我配备助手,专门从事部分文稿的录入;为我减轻事务负担,有更多的时间查阅相关资料。建德市政协文史委主任方韦先生在其《严州诗统鉴》尚未付梓前,就不吝提供文稿;县政协提案委主任郑萍萍女士利用业余时间为本书从头至尾进行审阅勘校;董利荣、石樟泉、王域明、蓝银坤、祝均、陈柳、李龙、孟红娟、袁东明等亲友文友为本书编纂出谋划策、点校输录。本书参阅了历代有关富春江、桐庐、钓台的诗集(《桐庐古诗词大集》已附参阅书目)。毋容置疑,本书是站在它们的肩膀上诞生的,我只是做了一个"网罗放佚"的工作。在此,一并表示谢忱!

从乾隆《桐庐县志》和光绪《分水县志》的记载来看,桐庐古诗词当数以万计。由于资料阙如,所集者仍为沧海一粟,往往挂一漏十,遗珠良多,诚心期待后人继往开来,予以增补完善。

由于所涉诗稿卷帙浩繁,收集整理工作又是一个系统工程。凭一己之力,又限于编纂者水平,虽多处核实,择而取之,难免糟粕不分,校勘有疏。漏误之处,祈盼专家学者指正。

王樟松

2019 年 12 月

图书在版编目（CIP）数据

桐庐古诗词大集 / 王樟松编 . -- 杭州 ： 浙江工商
大学出版社，2019.12
ISBN 978-7-5178-3626-1

Ⅰ . ①桐… Ⅱ . ①王… Ⅲ . ①诗词－作品集－中国
Ⅳ . ① I22

中国版本图书馆 CIP 数据核字（2019）第 269280 号

桐庐古诗词大集
TONGLU GUSHICI DAJI

王樟松　编

责任编辑	周敏燕	
封面设计	袁东明	
责任印制	包建辉	
出版发行	浙江工商大学出版社	
	（杭州市教工路 198 号　邮政编码 310012）	
	（E-mail:zjgsupress @ 163.com）	
	（网址 :http://www.zjgsupress.com）	
	电话：0571-81902043，88831806（传真）	
排　　版	桐庐富春广告有限公司	
印　　刷	杭州宏雅印刷有限公司	
开　　本	787mm×960mm　1/16	
总 印 张	102	
总 字 数	1360 千	
版 印 次	2019 年 12 月　第 1 版　2019 年 12 月　第 1 次印刷	
书　　号	ISBN 978-7-5178-3626-1	
总 定 价	238.00 元（全三册）